ギリシア・ローマ神話辞典

高津春繁著

岩波書店

まえがき

　ギリシア神話は欧米においては古来の深い伝統の中に根ざし，その文化のあらゆる面に浸透し，それと一体となっている．文学や美術の中にはギリシア神話の常識を前提とするものが多い．ローマの神界と伝説の世界も，ギリシア神話ほどではないにしても，同様に広く知られている．したがってギリシアとローマの神神と英雄伝説とを知らずには，欧米の文学や美術その他の極めて卑近な事柄も不明曖昧となることが多い．本書はこの知識を簡略な形のもとに提供することを目的としている．したがって本書はギリシア・ローマ神話の研究書ではない．古代作家中に見いだされる話をできるだけ簡単に，明晰に伝えることがその仕事である．

　この一見容易にみえる仕事は，実はなかなか面倒なことが，迂闊千万にも始めてみてわかった．ギリシアの神話や英雄伝説は，ホメーロス以来幾多の古代の文学者，神話，系譜，歴史，哲学，宗教の学者が繰り返し取り扱い，そのたびに内容が変っている．ギリシア悲劇を見てもすぐわかるように，時代や作者とともに神話伝説の内容が改新されるのがその特徴である．ギリシア神話伝説があの見事な物語を創り出し，今日にいたるまで生命を失わないのは，しかし，このためである．その上，神話伝説は地方によって伝承が相違している，まったく相反する話が異る地方にあったり，同じ話が違った風に各地で語り伝えられている．詩人や哲学者や歴史家は勝手に解釈する，系譜学者は諸家の系譜をつじつまを合わせるために，勝手に変更し，いもしない人を付け加える．紀元前3世紀以後になると，ロマン的風潮が強くなって，新しい恋物語ができあがる．多くの都市はその始祖を勝手に神話伝説中に求める．ギリシア神話中の英雄がむやみやたらにイタリアに行かなくてはならなかったのはそのためである．ローマでもオウィディウスやウェルギリウスなどの詩人が勝手に都合のよいように当世流に変更する．こういうものが混合してできあがったのが近世以降の欧州のギリシア・ローマ神話世界である．これをひとつひとつ分離しなければならない．分離すれば異伝異説を並記する必要が生ずる．内容や名前に矛盾ができる．ことに困ったのは，ある作家のある話がある一人を主人公としていて，その主人公が本来はあまり大した人物でない場合である．たとえばポリュドーロスはエウリーピデースの悲劇《ヘカベー》以外では大して重要でもないのに，ここでは主要人物となる．そうすると同じ話のほかの部分と食い違いが出て来る．しかしこれを矛盾なしに統一することはできない．本書のように簡潔を旨とし，一々出典を挙げない方針では，これを各々の場合にあたって明示することは不可能なので，この種の矛盾が相当に見いだされる．これらの矛盾を矛盾として認め，整理するのが一番大変な煩わしい，長時間を要する仕事となった．

　ほかの点については，凡例に列挙したから，これを見られたい．

本書を上梓するにあたって怠け者の著者を鞭撻し，あらゆる点にわたって助言を与えられた岩波書店の波木居斉二氏，禰寝尚武氏，この上なく面倒な校正をこの上なく入念にして下さった生沼昭勇氏に深い感謝の念を捧げたい．巻末索引作製の面倒な仕事は荊妻久美子が引きうけてくれた．

　昭和 35 年 1 月 15 日

著　　者

凡　　例

1. 項目は，かなによるギリシア(またはラテン)名の転写，ギリシア文字によるギリシア名のローマ字転写，ギリシア文字によるギリシア名(希)(項目が元来ローマのものである時は上記二者は勿論ない)，そのラテン形(拉)，英・独・仏の形の順で示した．**アキレウス** Achil(l)eus, Ἀχιλ(λ)εύς, 拉 Achilles, 独 Achill, 仏 Achille　ここに英がないのは拉と同じであるためで，ラテン形以下はギリシア形と同一またはさして相違のない場合は，すべて省略した．
2. 配列は五十音順により，濁音，半濁音，母音の長短は考慮せずに並べた．たとえばハ，バ，パは等しく取り扱い，長短もヘーロー，ベーロー，ベーロス，ペローナ，ヘーロビレーのごとくに配した．
3. 別項目を立ててある人名・地名は星印(アステリスク)で示した．*ゼウス，*トロイア．
4. 二通りの読み(または綴り)方のある場合は，省略し得る部分を(　)に入れて示した．レ(イ)アー　Rhe(i)a．
5. 作品名は《　》でかこみ，ローマ字はイタリックにした．《イーリアス》　*Ilias*, Ἰλιάς, 英 *Iliad*, 独・仏 *Iliade*, 《アイネーイス》　*Aeneis*.
6. ギリシア名，ラテン名の単数と複数の形が異なっていて，複数形がよく用いられるものには，両方の形を項目に加えた．アルゴナウテース：アルゴナウタイ，ネーレーイス：ネーレーイデス．
7. 同名異人は同一項目中に番号を付して区別した．
8. 同人で形が異なるものは，できるだけこれを列挙した．ペイリトオスまたはペイリトゥース，ペーネロペーまたはペーネロペイア．
9. 転　写　法
   a. ギリシア文字をかたかなによって転写するにあたっては
   (1) 母音の長短は―によって表わした．
   (2) 二重母音の中，長母音+i(āi, ēi, ōi)は単に長母音のみで表わした場合が多い．アケローオス，ハーデース．これは今日一般に行なわれている．ただし，長母音とiとが二音節の場合は，アーイ，エーイ，オーイのごとくに書き表わした．なお二重母音と，異る音節を形成する連続せる母音との区別は無視し，同一の表記法によった．アイ=aiまたはaï．

   　a, e, oとυとの二重母音はア(ー)ウ，エ(ー)ウ，オーウで表わしたが，ギリシア文字でουで表わされる音は，すでに古典時代に発音が[ū]になっていたので，ウーで表わした．
   (3) ギリシア文字のυ=[y]はユ(ー)，子音+yは，テュ=tyの場合を除き，キュ=ky, ミュ=my, ピュ=pyのごとくに，イ列の音+ュによって表わした．ただしyを第二要素とする二重母音はエウ，アウ((2)を見よ)等とした．
   (4) 無声帯気閉鎖音(ch, ph, th)は無声閉鎖音(k, p, t)と同じく，カキクケコ，パピプペポ，タティトゥテトによって表わした．
   (5) ク，ス，ム，ルはk, s, m, r, lおよびku, su, mu, ru, luを表わす．
   (6) シはsiを表わす．
   (7) タ行中トにtoとtを表わす．
   (8) ンはnを表わす．

(9) 二重子音は ッ によって表わしたが, ll, rr, mm, nn, は無視した場合が多い. アポローン=Apollon, パラシオス=Parrhasios, ペロポネーソス=Peloponnesos. ただし少数の慣用的となっているものには例外がある. アムモーン=Ammon.

b. ローマ固有名詞の転写にあたっては, a. の場合に準拠した. ただしこの場合に
(1) 二重母音 ae, oe はアイ, オイで表わした. これをアエ, オエで表わすやり方が日本ではよく行なわれているが, これは誤りである.
(2) 子音の u=v(発音は[w])は, ウァ, ウィ, ウゥ, ウェ, ウォで表わした.
(3) 子音の i=j(発音は[j])はヤ, ユ, ヨで表わした.
(4) qu はクヮで表わした.

c. ギリシア文字をローマ字に転写するにあたっては, できるかぎり原綴に忠実にしたが,
(1) 母音の長短はかなによってすでに表わされているから, すべて示さなかった.
(2) ου は u によって表わした. a. の(2), (3)を見よ.
(3) 母音 +i が二重母音の場合にもラテン式の ae, oe によらず, ai, oi とした.
(4) いわゆる iota subscriptum は表わさなかった, Hades=῞Αιδης.
(5) κ は k で表わした.
(6) χ は ch で表わした.
(7) 語頭の ῥ- は rh-, 語中の -ρρ- は -rrh- によって表わした.

10 ギリシア名とローマ名とのあいだには, つぎのごとき一定の対応がある.
(1) 男性のギリシア名の語尾 −オス, -os: ローマ名, −ウス, -us. アスカニオス: アスカニウス, ラティーノス: ラティーヌス.
(2) 女性のギリシア名の語尾 アー, -ā, エー, -ē: ローマ名 ア, -a(ときに, エー, -ē).
(3) 希 ai, ei, oi: 拉 ae, ei(ī), oe. Aigisthos, Eileithyia, Oidipus: Aegisthus, Ilithy(i)a, Oedipus. ただしつぎに母音の来る時には ai, ē(ī) が多い. Aias: Ajax, Aineias, Iphigeneia: Aeneas, Iphigenea(Iphigenia).
(4) 希 ου: 拉 u, 希 υ: 拉 y.
(5) 希 κ: 拉 c(ただし発音は [k]). 希 χ: 拉 *ch*

11 英・独・仏など現代欧州のギリシア固有名詞の形は, ラテン語の形を用いるか, それからの変形が多い. そのために特に変形がはなはだしく, 原形が認め難い場合にのみこれらの言語の形をラテン形とともに示した. Aigisthos, Αἴγισθος, 拉 Aegisthus, 仏 Égisthe.

12 地名の場合のみ, 語尾の長い -ā(アー)をアで表わした. トロイア, 強いてアーとすると慣用に反して, 妙な感を与えると考えたからである.

13 内容について
a. ギリシア・ローマ神話は長い伝承のあいだに, また異る地方によって, いろいろにつくり変えられたり, 矛盾する伝えがあることが多い. できるだけこれを列挙することに努力したが, 異る項下に一々繰り返し列挙することの無駄を避け, 主なる項下においてのみこれを行なった.

b. a.に述べたごとく, 異る伝承やつくり変えが多いために, 同一の話で人物名が相違したり, ある作家の中にのみある人物が現われることがあり, 項目相互間に矛盾があることが多い.

c. この点は系譜の場合にとくに著るしく, かつ明瞭である. ギリシア神話中の諸家の系譜は, 一人一人の古代の作家や学者によって異り, ほとんど一致することがない. したがって各々の項下の系譜が相互矛盾することの多いことは勿論, 別表系譜と本文中の一

部分との矛盾もまぬがれなかった．別表系譜はできるだけ一般に現在用いられている系譜によっている．
- **14** 地名は神話中にしばしば現われるもののうち，極めて僅少のものを選んで項に出したにすぎない．
- **15** 地名以外にも少数の祭礼名そのほかも項に選んだ．
- **16** 本書中に見いだされるあらゆる固有名詞は，巻末の索引に網羅されてあるから，項目にない時には索引によって検索すること．
- **17** 地図は本書中に見いだされるおもな地名を含むのみである．一部の地名は，たとえばアイアイエーの島のごとくに，おとぎばなし中のもので，その所在の地は，いうまでもなく，不明である．

図版解説

アキレウスの死骸をめぐる戦闘 ……………………………………………………………（ 1 ）
　　ギリシア古瓶画．トロイア攻撃の最後の年にアキレウスがパリス(中央のアキレウスの死骸より右に二人目の弓を引いるいる男)の矢によって倒れた時，その死骸をわがものにせんとして，ギリシア方とトロイア方の間に激しい戦闘が生じた．左よりステネロス，ディオメーデース，死の神ケール，アイアース，二人おいてアイネイアースなどの名がみえる．

エーレクトラーとオレステース ……………………………………………………………（ 61 ）
　　ギリシア古瓶の画．エーレクトラーが召使とともに父アガメムノーンの墓に供物を捧げに来て，オレステースとその友ピュラデースに出会うところ．上方にいるのはアポローンとアルテミスの二神(?)．悲劇の場面よりヒントを得たものと思われる．

エーレクトラーとオレステース ……………………………………………………………（125）
　　ギリシア古瓶画．中央かぶとをいただいて立っているのが，アガメムノーンの墓標．その左右にエーレクトラーとオレステース．父の墓に供物を捧げに来たエーレクトラーがオレステースに出会うところ．

ディオニューソスとシーレーノス …………………………………………………………（131）
　　ギリシア古瓶上の画．竪琴をひき歌っているディオニューソスをめぐって，シーレーノスが踊っている．古い時代の酒神はこの図のように髯のある壮年の男の姿で表わされていた．美しい青年として想像されるようになったのは後のことである．

テティスとペーレウス ………………………………………………………………………（149）
　　ギリシア古瓶画．ペーレウスの求婚をさけて，様々に姿を変える女神をしっかととらえて放さぬペーレウス．蛇，ライオンは彼女の変身を表わす．

ディオニューソス ……………………………………………………………………………（152）
　　ギリシア古瓶の画．つたの冠を戴き，大盃を手にした有髯のこの酒神は酒に酔いしれながら，堂々としている．古い時代のこの神は常にこのように壮年の威ある男子として表わされている．

アプロディーテーとパーン …………………………………………………………………（187）
　　ギリシア古鏡上の線画．愛の女神アプロディーテーと山羊の姿のパーンとは戯れをたたかわし，女神の左手には勝利の女神ニーケーがいる．古鏡上の画の中でも最も保存のよい美しいもの．

ペロプスとヒッポダメイア …………………………………………………………………（201）

ペロプスが花嫁ヒッポダメイアを戦車に乗せて連れ去るところ．ギリシア古瓶の画．
　　両者の頭上に各々その名がある．
ヘクトールの死骸をプリアモス王が贖いうける図 ………………………………………(226)
　　ギリシア古瓶の画．《イーリアス》第24巻の情景．中央の上部に坐しているのがアキ
　　レウス，その下に頭上に手をやっているのがプリアモス，死体がヘクトール，その
　　上方の女神はアテーナー，その左がネストール，アキウスの右の神はヘルメース
　　である．
踊り狂うマイナスたち ………………………………………………………………………(269)
　　ギリシア古瓶の画．女たちは左から一人おきにテュルソス杖を，四人目の女は大盃
　　をもっている．右端にみえるのは酒を混ぜるためのクラーテールと称する大甕．

ギリシア神話主要系譜 ……………………………………………………………………(313)
地　図 ………………………………………………………………………………………(326)
索　引 ………………………………………………………………………………………(328)

ア

アイア Aia, Αἶα, 拉 Aea　　*アルゴナウタイ伝説中，*アイエーテース王の領土，歴史時代のコルキス Colchis. Aia は《大地》の意. 彼女はもとは女猟師で，*パーシス河神に追われた時，神に祈って島となったという．

アイアイエー Aiaie, Αἰαίη, 拉 Aeaea　《*オデュッセイア》中，*オーケアノスの流れのうちにある，*キルケーの島．

アイアキデース Aiakides, Αἰακίδης, 拉 Aeacides　*アイアコスの後裔の意．*ペーレウス，*テラモーン，*ポーコス（以上アイアコスの子），ペーレウスの子*アキレウスおよびアキレウスの子*ネオプトレモス，そのほかアイアコスの一族の父称．

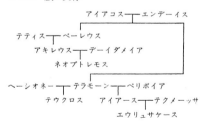

アイアコス Aiakos, Αἰακός, 拉 Aeacus, 仏 Éaque　　*ゼウスと*アーソーポス河神の娘*アイギーナとの子，ギリシアの英雄中もっとも敬虔な人．*テラモーン（*アイアースの父）と*ペーレウス（*アキレウスの父）の二子を*スキーローンの娘エンデーイス Endeïs とのあいだに，海のニンフ，*プサマテーとのあいだに*ポーコスを得た．ポーコスが運動競技に秀でているのをねたんで，テラモーンとペーレウスは彼を殺したために，アイギーナ島から追われた．この島はもとはオイノーネ Oinone なる名であったが，アイアコスの母の名を取ってアイギーナとなったもので，この島の住民が疫病で全滅した時（あるいは元来無人だったので），ゼウスは彼の敬虔の償いとして蟻 myrmex を人間に変えて，住民としたために，彼らは*ミュルミドーン人と呼ばれた．彼は旱魃に際してギリシア人を代表してゼウスに祈り，また*アポローンと*ポセイドーンを援けて*トロイアの城壁を築き，死後は冥府で亡者を裁いている．

アイアース Aias, Αἴας, 拉 Ajax　　1. サラミース Salamis 王*テラモーンの子．それで一般にテラモーニオス Telamonios《テラモーンの子》とホメーロスで呼ばれている．12隻の船をひきいてギリシアの*トロイア遠征軍に加わった．巨大な身体，忠実で勇敢で，《*イーリアス》中*アキレウスに次ぐ闘将であるが，アキレウスのごとき優にやさしいところがない．彼は牛皮七枚を重ねた大楯を自由に扱い，つねにギリシア軍の先頭にあり，トロイアの*ヘクトールとしばしば闘い，ギリシア陣営がアキレウスの不参加によって危機に瀕し，自分の船も焼かれようとしたおりにも，一歩も退かず阿修羅のごとくに戦う．アキレウスとの和睦の使者の一人となり，*パトロクロスの葬礼競技においては*オデュッセウスと相撲で引き分けになった．彼を*アイアコスの孫としたのは《イーリアス》以後のことで，母は*テーセウスとともにクレータに行った娘たちの一人*ペリボイアであるとされている．ヘーシオドスの《エーホイアイ》Ehoiai において，彼の父テラモーンを訪れた*ヘーラクレースはライオンの皮を敷いて，このように強い子が生れるようにと祈ったところ，*ゼウスは鷲 aietos を承諾の徴に放ったので，アイアースと名づけられたという．一説にはヘーラクレースは赤児のアイアースをライオンの皮にくるんで子供を不死身にするように祈ったが，皮にふれなかった部分だけは不死身にならなかったという．彼の死に関しては，彼は

アイアース

アキレウスの死後この英雄の有名な鎧をオデュッセウスと争い、それがオデュッセウスに与えられたのが原因だとされている.《小イーリアス》Ilias mikra やソポクレースの《*アイアース》では彼はこの結果気が狂い、牛羊の群をギリシア人と思って殺し、それを恥じて自殺したことになっているが、また*パリスに矢で射られたが、不死身なのでトロイア人が彼の上に泥を投じて生埋めにしたとも伝えられる. ホメーロス以後彼に関して多くの物語がつくられた. 彼はアキレウスとともにギリシア海軍の統率者となり、第一回遠征で誤ってミューシア Mysia に上陸して、アキレウスがその王*テーレポスを傷つけた時、アイアースは王の弟テウトラーニオス Teuthranios を殺した. 第二回目の遠征で、最初の九年間、彼はトロイア周辺と奥地の諸都市を攻め、ブリュギア Phrygia 王テレウタース Teleutas の娘*テクメーッサを捕え、トラーキア Thrakia のケルソネーソス Chersonesos 王*ポリュメーストール王の領土や*イーデー山のトロイア人の家畜を荒した. アキレウスの死後、その子*ネオプトレモスを我が子のごとくにいつくしみ、彼や*ピロクテーテースとともに闘い、トロイア陥落に際しては、*ヘレネーを死刑に処すべきことを主張して*アガメムノーンと*メネラーオスの憎しみをかった. ついで*パラディオンを戦利品として自分のものとすることを求め、拒絶された. 彼が自殺した時、その血からアイリスの花が生じ、それで花弁には英雄の名 (Aias-αἰαi) がしるされている. 彼は当時の習慣のごとくに火葬されず、棺に納めて土葬されたという. 彼はアッティカ、サラミース、メガラ Megara、トロイアの地、ビューザンティオンで崇拝されていたが、本来神であったというのは疑わしい.

2. *オーイレウスまたはイーレウス Ileus の子. 1.のアイアースを大アイアースというのに対して、小アイアースと呼ばれる. ホメーロスでは彼はロクリス人 Lokroi の 40 隻の船をひきいてギリシア軍に参加、大アイアースと対照的に、彼は背は小さいが、足がはやく、つねに大アイアースと対になって現われる. 彼の性格は、しかし、傲慢、惨酷で神にも人にも不遜であり、*アテーナー女神に憎まれていた. *トロイア陥落のおり、彼はアテーナーの祭壇に遁れた*カッサンドラーと*パラディオンとを無理に引きずり出して、彼女を犯したため、ギリシア人は彼を殺そうとしたが、彼は今度は自分でアテーナーの祭壇に遁れた. 帰国の途中ギリシア軍の船の多くはミュコノス Mykonos 島付近で神の送った嵐で難破し、アイアースは*ポセイドーンに助けられて岩山に漂着したが、女神の憎しみにも勝ったと自慢したため、彼女の求めに応じてポセイドーンがその岩を三叉の戟で打ち割って(あるいは女神自身が*ゼウスの雷霆を投じて)、アイアースを溺死せしめた. ギリシア軍が帰国後三年目にロクリスに厄病と不作がつづいた. 神託はアテーナー女神の怒りが原因であり、これはカッサンドラーの件に対する怒りで、毎年ロクリス人が良家の娘二人をアテーナーに仕えるべくトロイアに一千年間送れば、女神の呪いは解けることを明らかにした. 最初の二人はトロイア人に殺され、その灰は海辺に撒かれたが、つぎの二人以来受け入れられて、女神に仕えた. 前 3 世紀前半以後、アイアンテイオイ Aianteioi (アイアースを祖とする部族)が娘を送る任に当り、紀元後 100 年位までその習慣がつづいていた. 彼女らは昔の話のごとくに、到着すると武装した人々に追いかけられ、無事アテーナー神域に遁れこんだ時に、許されたという. この習慣から、アイアースはなんらか実際にあった英雄であろうと考えられている.

《アイアース》 Aias, Αἴας, 拉 Ajax ソポクレースの伝存する最古の作品. 上演年代不明. *テラモーンの子*アイアースの死を扱っている.

*アキレウスの死後、*ヘーパイストス神の製作したこの英雄の鎧をアイアースと*オデュッセウスが争い、後者が勝利を得る. アイアースは怒って、オデュッセウスとその味方の*アガメムノーンと*メネラーオスに復讐せんとする. 彼の狂暴な企ては*アテーナー女神に妨げられ、女神は彼を狂わしめ、彼はギリシア軍が捕獲した牛羊の群を仇と信じて殺戮し、一部をからめて自分の畜舎にひいて来る. 劇はアテーナーと家畜の殺戮者の足跡をつけてアイアースの陣に来たオデュッセウスとの対話で始まる. 女神は彼にアテーナーを狂わせたことを語り、彼のあさましい姿を見せる. アイアースの領地サラミースの船乗りの合唱隊に対し、捕えられて陣中の妻となっている王女*テクメーッサが夫の狂気を訴える. アイアースは狂気より覚めて、自分の恥ずべき行為を知り、名誉ある道は死のみ、と言う. 息子の*エウリュサケースに別れを告げ、異母弟*テウクロスに後事を託する言伝をしたのち、汚れを清め、禍をなした剣を埋めると称して海辺に出かける. そこへ徴発に出かけていたテウクロスの使者が来て、予言者*カルカースよりアイアースを今日一日だけ止めおきさえすれば、万事無事におさまるという言葉の

アイオロス

あったことを告げる．テクメーッサは合唱隊にアイアースの捜索を頼み，みずからも出かける．アイアースは一人海辺に現われ，*ヘクトールから贈られた剣に伏して死ぬ．テウクロスが兄の死体を葬らんとすると，メネラーオスがこれを禁止する．二人は烈しく言い争う．メネラーオスの去ったあとにアガメムノーンが来て，同じ場面が繰り返されるが，オデュッセウスの口添えによってアガメムノーンも折れ，アイアースはサラミースの人々によって埋葬のため運び去らる．

アーイウス・ロクーティウス（または**ロクェーンス**） Aius Locutius (Loquens) 《言う人，語る人》の意．ガリア人が前390年にローマに攻め寄せた時に，アリア Allia の会戦の少し前に，ガリア人が来つつあることをカイディキウス M. Caedicius の口を藉りて告げたが，誰も耳をかさなかった．ガリア人退去後，ときのディクタートルのカミルスが，その声の聞かれた所の，ノウァ・ウィア Nova Via 上，*ウェスタ神殿付近に一神殿を建造して，この神を祭った．

アイエーテース Aietes, Αἰήτης 太陽神*ヘーリオスと*オーケアノスの娘*ペルセーイスの子，*キルケーと*パーシパエーの兄弟，メーデイアと*アプシュルトスの父．はじめコリントス王であったが，のち*コルキス（＝*アイア）王となった．彼の妻はエウリュリュテー Eurylyte とも，*ネーレウスの娘ネアイラ Neaira とも，オーケアノスの娘*イデュイアとも，あるいはタウリス王*ペルセースの娘で，自分の姪の*ヘカテーであるとも伝えられる．メーデイア，アルゴナウテースたち，アタマース，プリクソスの項を見よ．

アイオーラー Aiora, Αἰώρα エーリゴネーの項を見よ．

アイオリア Aiolia, Αἰολία, 拉 Aeolia, 仏 Éolia 1. 《*オデュッセイア》中，風の支配者*アイオロスの島．岩山で青銅の城壁を有する浮島，後年アイオリアイ群島中のストロンギュレー Strongyle（今日のストロムポリ Stromboli）あるいはリパリ Lipari 島と同一視される．
2. *アミュターオーンの娘，*カリュドーンの妻．

アイオリデース Aiolides, Αἰολίδης *アイオロスの子孫の意．*ケパロス，*プリクソス，*オデュッセウスの称呼．彼の娘*カナケーと*アルキュオネー（または*ハルキュオネー）はアイオリス Aiolis と呼ばれている．

アイオロス Aiolos, Αἴολος, 拉 Aeolus, 仏 Éole 1. 風の支配者，*ヒッポテースの子．一説には*ポセイドーン神の子．彼は*アイオリア島に住み，その六人の息子と六人の娘は相互に結婚して父の島に居住している．彼は風を袋に閉じこめる力を有し，《*オデュッセイア》では，*オデュッセウスの帰国に対する逆風を閉じこめた袋を彼に与えた．これより彼は風神と見なされるにいたり，《*アイネーイス》では風を岩屋内に閉じこめるように描かれている．

2. *デウカリオーンと*ピュラーの孫，*ヘレーンとニンフの*オルセーイスの子，*ドーロスと*クスートスの兄弟，アイオリス Aiolis 人の祖．*デーイマコスの娘エナレテー Enarete とのあいだに息子*クレーテウス，*シーシュポス，*アタマース，*サルモーネウス，*デーイオーン，*マグネース，*ペリエーレース，*マカレウス，娘*カナケー，*アルキュオネー，*ペイシディケー，*カリュケー，*ペリメーデー（一説にはさらにアルネー Arne，タナグラー Tanagra，*メラニッペー）があった．このアイオロスはときに1. のアイオロスと同一視されている．

3. 2. のアイオロスの娘アルネー Arne（エウリーピデースの悲劇では*メラニッペー）と*ポセイーンの子．このアイオロスも 2. と同じく，しばしば 1. のアイオロスと同一視されている．メラニッペー（またはアルネー）はポセイドーン神と通じて双生児アイオロスとボイオートス Boiotos を生んだ．父親はこれを怒って，彼女を盲にし，土牢に幽閉した．二人の子供を山に棄てたところ，一頭の牝牛が乳をやって育てた．羊飼たちがこれに驚き，二人を養った．イーカリア Ikaria 王*メタポントスには子がなかったので，后の*テアーノーはこの双生児を自分の子として王をあざむき育てたところ，自分にも双生児ができた．后はアイオロスとボイオートスをなきものにしようとして，自分の子供たちとともに狩にやり，二人を殺させようと計ったが，逆に二人の方が彼らを殺して羊飼たちの所へ逃走した．ポセイドーン神が二人に真の父母を告げ，二人は母親を救い出し，メタポントスにテアーノーの悪企みを知らせる．王はメラニッペーと結婚し，二人はアイオリス人とボイオーティア Boiotia 人の祖となった．一説ではアルネー（メラニッペー）は，メタポントゥム Metapontum の一住人に与えられ，神託によって双生児を養子とした．成人してのち，革命の結果メタポントゥムの王位につき，養父の妻が自分たちの母と争った時，これを殺したため，遁れて，アイオロスはアイオリアイの群島に行ってリパラ Lipara 市を建設，ボイオートスは

アイオーン

アイオリス(のちのボイオーティア)に赴いたという. さらに一説には,アイオリアイの群島でリパロス Liparos 王の娘キュアネー Kyane と結婚し,王はナポリ湾のソレントに行き,キュアネーからアステュオコス Astyochos, クストス Xuthos, アンドロクレース Androkles, ペライモーン Pheraimon, イオカストス Iokastos, アガテュルノス Agathyrnos が生れたといわれる.

アイオーン Aion, Αἰών　時または永劫の擬人神. 前5世紀以後諸所でその崇拝,祭礼があったことが知られている.

アイガイオーン Aigaion, Αἰγαίων　1. 百手巨人(*ヘカトンケイル)の一人. 神々は彼を《*ブリアレオース》なる名で呼んだとホメーロスは言っている. *オリュムポスの神々が*ティーターン神たちと戦った時,彼は兄弟とともに*ゼウスに味方して,ティーターン神たちを破り,地下に幽閉して,その番人を務めていると伝えられた. 一説には*ポセイドーンは彼の働きの賞に娘を与え,番役を免じたと. また一説には彼は反対にゼウスたちの敵であるとしている. *ヘーラー, *アテーナー, ポセイドーンがゼウスにそむいて大神を鎖で縛ろうとした時, *テティスの願いに応じて,彼はゼウスを守った.

2. アルカディア王*リュカーオーンの50人の子の一人.

アイギアレーまたはアイギアレイア Aigiale, Αἰγιάλη, Aigialeia, Αἰγιάλεια, 拉 Aegialea　1. *アドラストスの四女, *ディオメーデースの妻. 夫の*トロイア遠征中,はじめは貞節だったが,のち多くの男と通じた. その原因は*パラメーデースの父*ナウプリオスが彼女の夫の不貞を偽って語った,あるいは*アプロディーテーがディオメーデースに傷つけられたのを怒って,愛を他の男にむけしめたためという. 帰国後ディオメーデースは遁れて*ヘスペリアに赴いた.

2. *パエトーンの姉妹の一人. *ヘーリアスとも呼ばれる. パエトーンとヘーリアデスの項を見よ.

アイギアレウス Aigialeus, Αἰγιαλεύς, 拉 Aegialeus, 仏 Aegialée　1. シキュオーン市の創建者.

2. *アドラストスとアムピテアー Amphithea(*プロナクスの娘)の子. *エピゴノイの一人. 彼のみ戦死した.

3. *アプシュルトスの異名.

アイギス Aigis, Αἰγίς.　*ゼウスと*アテーナーの持物の一つ. 普通山羊皮の形で表わされ, *ヘーパイストスの造ったゼウスのアイギスは雷霆をもってしても破壊しがたいもの,これを一度振れば嵐を生じ,人の心に恐怖を吹きこんだ. アテーナーのは恐怖,戦闘,暴力,追跡で囲まれ, *ゴルゴーの首が中央についている. 一説にはこれはゼウスを育てた牝山羊*アマルテイアの皮であるという.

アイギストス Aigisthos, Αἰγισθος, 拉 Aegisthus, 仏 Égisthe　*テュエステース(一説には彼とその娘*ペロピアーとの不倫)の子. 成長して伯父*アトレウスを殺して父の復讐をした. 一説には彼は母親に棄てられ,羊飼に山羊(αἴξ)の乳で育てられたためアイギストスと呼ばれ,ペロピアーを妻としたアトレウスに自分の子として育てられ,実父を殺害すべく送られ,彼を切らんとした時,その剣をテュエステースがかつて自分のものであった事を認め,そこで二人はアトレウスを殺したという. *トロイア戦争にアトレウスの子*アガメムノーンと*メネラーオスが出征しているあいだに,アイギストスはアガメムノーンの后*クリュタイムネーストラーと通じ,王をその帰国に際して,殺害した. しかしアガメムノーンの王子*オレステースが成長後帰国して,母とアイギストスを殺して父の復讐をした. オレステース,アガメムノーン,クリュタイムネーストラーの項を見よ.

アイギーナ Aigina, Αἴγινα, 拉 Aegina, 仏 Égine　*アーソーポス河神の娘. *ゼウスが彼女を愛して奪い去ったので,父は探し求めてギリシア中をさまよった. 自分のアクロポリスに泉を欲していたコリントス王*シーシュポスの教えによって,ゼウスと娘との寝所に赴いたアーソーポスは神の雷に撃たれた. この河床に炭があるのはこのためである. ゼウスは女を連れてオイノーネー Oinone 島に行き,そこで*アイアコスが生れた. 爾来この島はアイギーナと呼ばれた. のち彼女はテッサリアに行き, *アクトールの妻となって, *メノイティオス(*パトロクロスの父)を生んだ.

アイギパーン Aigipan, Αἰγίπαν　《山羊のパーン》,すなわち山羊の姿のパーンの意. *パーンに同じ.

アイギミオス Aigimios, Αἰγιμιός;　ドーリス人の祖*ドーロスの子(または父). *ラピテース人に襲われた時, *ヘーラクレースが彼を助けたので,これを感謝して,自分の子供デュマース Dymas, *パムピューロスとヘーラクレースの子*ヒュロスの三人に領土を分ち与えた. これがドーリス人の三族(Hylleis, Dymanes,

Pamphyloi)の祖である.

アイギュプトス Aigyptos, Αἴγυπτος, 拉 Aegyptus, 仏 Égypte, Égyptos　*ベーロスとアンキノエー Anchinoë の子, *ダナオスの兄弟. ベーロスはダナオスにリビア を, アイギュプトスにアラビアを与えたが, 後者はエジプトを征服して, 自分の名をこの地に与えた. 彼には50人の息子があり, ダナオスには50人の娘(*ダナイスたち)があった. 兄弟は争い, ダナオスは娘とともにアルゴリス Argolis に遁れたが, アイギュプトスの息子たちはそのあとを追って来て, 従姉妹との結婚を強請, ダナオスはやむなく承知するが, 娘たちに新床で夫を殺させる. ただ一人*ヒュペルメーネストラーのみは夫の*リュンケウスを助けた. アイギュプトスは息子たちの運命を悲しんでアロエー Aroë に隠退して世を去った.

アイクマゴラース Aichmagoras, Αἰχμαγόρας　アルカディアの人アルキメドーン Alkimedon の娘ピアロー Phialo は*ヘーラクレースの子アイクマゴラースを生んだ. 父が怒って子供と娘を山に棄てた. かけす(懸巣)が赤児の泣声をまね, それがこだましたので, ヘーラクレースが赤児と女を見つけて救った. その付近の泉はキッサ Kissa(《かけす》の意)と呼ばれるようになった.

アイグレー Aigle, Αἴγλη　1. *ヘスペリスたちの一人.

2. *カリスたちの一人.

3. *アスクレーピオスと*ラムペティエーの末娘.

4. *パノペウスの娘のニンフ. *テーセウスに愛された.

5. 一説によれば, 太陽神*ヘーリオスと*ネアイラとの娘のニンフ.

アイゲウス Aigeus, Αἰγεύς, 拉 Aegeus, 仏 Égée　アテーナイ王, *パンディーオーンの子, *テーセウスの父. *メーティオーンの子によってアッティカより追放されたパンディーオーンは, メガラ王*ピュラースの娘*ピュリアーを妻として, アイゲウス, *パラース, *ニーソス, *リュコスの四子を得た. 王の死後息子たちはアテーナイを取りかえし, アイゲウスは王となった. 一説では彼はスキュリオス Skyrios の子, パンディーオーンの養子で, ためにパラースの子らがテーセウスと王位を争ったという. アイゲウスは子ができないので, *デルポイの神託にはかったところ, 神は不可思議な神託を与えた. これを解することなく, 帰途トロイゼーン Troizen の*ピッテウス王の所に立ち寄ったところ, 王は神託を正しく解して, 娘*アイトラーを酔った彼に近づかしめ, 一子テーセウスが生れた(同項参照). のち*メーデイアがコリントスから遁れ来た時, 彼女を受け入れ妻とした. テーセウスがアテーナイに来た時, メーデイアは彼を毒殺せんとしたので, アイゲウスは彼女を追い払った. テーセウスはパラースの50人の子供たちの攻撃を退け, *ミーノータウロス退治にクレータに赴いたが, 無事帰国の際には白い帆を張るという父との約束を忘れて, 黒い帆のまま帰って来たので, アイゲウスは悲しみのあまりアクロポリスから, あるいは海に, 身を投じて死んだ. アイガイオン Aigaion 海はアイゲウスより名を得たとするが, テーセウスの父は本当は*ポセイドーンであるとの伝えが示すごとく, 王自身本来海神の分身とも考えられる.

アイサ Aisa, Αἶσα　モイラの項を見よ.

アイサコス Aisacos, Αἴσακος, 拉 Aesacus　*プリアモスと*アリスベー(またはアレクシロエー Alexirrhoe)の子. 祖父*メロプスより夢占いの術を受け, *パリス誕生のおりに*ヘカベーの夢を占って, *トロイアの滅亡を予言し, 彼を殺すことを勧めた. ヘスペリア Hesperia に恋し, 彼女を追ううちに, 女は毒蛇に咬まれて死に, 彼は悲しんで海に身を投じた. *テティスが憐れんで彼を海鳥に変えた.

アイシューエーテース Aisyetes, Αἰσυήτης　1. *トロイアの*アンテーノールの父.

2. *トロイアの*アルカトオスの父.

アイスクラーピウス Aesclapius　*アスクレーピオスのローマ名. 同項を見よ.

アイセーポス Aisepos, Αἴσηπος, 拉 Aesepus　ミューシア Mysia の河神.

アイソーン Aison, Αἴσων　*クレーテウスと*テューローの子. *イアーソーンの父. 妻は*アウトリュコスの娘*ポリュメーデーとも*ピュラコスの娘アルキメデーともいわれる. 異父の兄弟*ペリアースにイオールコス Iolkos の王権を奪われ, イアーソーンが金毛の羊を取りに出かけているあいだに, ペリアースに殺されようとし, 牡牛の血を飲んで自殺した. オウィディウスによれば彼は息子の帰国まで生きていて, *メーデイアの魔法によって若返ったといわれる.

アイタリデース Aithalides, Αἰθαλίδης　*ヘルメース神と*ミュルミドーンの娘エウポレミアー Eupolemia の子. *アルゴナウテースたちの遠征に布告使として参加. 死後彼の魂はなんども生をこの世にうけ, ついに哲人ピュータ

アイティオ

ゴラースの体内に入ったが，前世を記憶していたという．

アイティオプス人 Aithiops, Αἰθίοψ　ホメーロスによれば，西方，*オーケアノスの流れの近くに住む民族．*メムノーンにひきいられて*トロイアに来援した．神々もしばしばこの民族の所に赴いたという．

アイティラ Aithilla, Αἴθιλλα　*トロイア王*ラーオメドーンの娘．トロイア陥落のおりに，ギリシア方の*プローテシラーオスの部下たちに与えられた．帰国の途中嵐に遇って，彼らが水を求めてトラーキア Thrakia のパレーネー Pallene に立ち寄った時に，仲間の捕虜の女たちとともに船を焼き払ったために，ギリシア人たちはこの地にやむなく留まり，スキオネー Skione 市を建設した．

アイテール Aither, Αἰθήρ　天空の上天，気が澄み，光が輝く部分の擬人化．ヘーシオドスによれば幽暗(*エレボス)と夜(*ニュクス)の子で，昼光(*ヘーメラー)の兄弟．一説によれば彼はヘーメラーと交わって大地，天，海，ついで《怒り》その他の抽象名詞の擬人化したもの，また大洋(*オーケアノス)，*テミス，*タルタロス，*ブリアレオース，*ギューゲース，*ステロペー，*アトラース，*ヒュペリーオーン，*サートゥルヌス，*オプス，*モネータ，*ディオネー，*エリーニュエスの父となった．これは*ウーラノスの話からの借用と混同に由来する．キケローはアイテールを*ユーピテル，*カイルス(=ウーラノス=天空)の父，太陽神の祖父に擬している．

アイトネー Aitne, Αἴτνη, 拉 Aetna　シシリアのニンフ．*ウーラノスと*ガイア(一説には*ブリアレオース)の娘．ヘーパイストスとデーメーテールがこの島の所有を争ったおりに，仲裁した．ときに彼女はヘーパイストスによって*パリキーの母となったといわれている．彼女の名は有名なシシリア島の火山の名となった．

アイドーネウス Aidoneus, Ἀϊδωνεύς
1. *ハーデースの別名．
2. モロッソイ Molossoi 人の王．*テーセウスと*ペイリトオスとが彼の娘*ペルセポネーを*アケローン河岸で奪わんとしたのを怒って，捕えて牢に投じた．ここから二英雄の冥府降りの神話が生じたという．プルータルコスの《テーセウス伝》中の神話の合理的解釈である．

アイトラー Aithra, Αἴθρα　トロイゼーン Troizen 王*ピッテウスの娘，*テーセウスの母．*ベレロポーンに妻に望まれたが，*アイゲウスが*デルポイから帰る途中で立ち寄り，神託によって彼女と交わってテーセウスを得た．しかし，テーセウスは*ポセイドーン神の子であるという伝えがあるので，これを説明するためか，アイゲウス来訪の前日，*アテーナー女神によってヒエラ Hiera，またはスパイリア Sphairia の島に犠牲を捧げにやられ，ポセイドーンに犯され，同夜アイゲウスと交わったとも，あるいはピッテウスが娘の評判を守るためにポセイドーンの話をつくったともいわれる．テーセウスが冥府への旅をしているあいだ，奪って来た*ヘレネーを母にあずけたが，ヘレネーの兄弟*ディオスクーロイが助けに来て，アイトラーを捕えた．ヘレネーが*トロイアに走った時，ついて行った．*パリスとともに逃げるように勧めたのは彼女であるともいう．トロイアで曾孫*ムーニトスの乳母となり，同市陥落後孫の*デーモポーンと*アカマースに救われた．テーセウスの死に際して，彼女は自殺したともいう．

アイトーロス Aitolos, Αἰτωλός, 拉 Aetolus　アイトーリア人の祖．エーリス Elis 王*エンデュミオーンに*パイオーン，*エペイオス，アイトーロスの三男と一女エウリュキューデー Eurykyde があった．エンデュミオーンはオリュムピアで競争させて，勝者に王位を譲ることに定め，エペイオスが勝ち，パイオーンはマケドニア地方に走って，その祖となった．アイトーロスはエペイオスの死後王となったが，*アーピスを殺したために遁れて，*アケローン河口付近で*ドーロス，*ラーオドコス，*ポリュポイテースの三兄弟を殺し，*クーレーテス族を追って，この地アイトーリアの王となった．*ポルバースの娘プロノエー Pronoë を妻とし，*プレウローンと*カリュドーンの二子を得た．

アイトーン Aithon, Αἴθων
1. *ヘクトールの馬．
2. 太陽神の馬．
3. *パラース(*エウアンドロスの子)の馬．主人の死に涙を流した．

アイネアデース Aeneades　*アイネアースの子孫，彼の子*アスカニウスその他の父称として用いられる．

アイネイアースまたは**アイネアース** Aineias, Αἰνείας, Aineas, Αἰνέας, 拉 Aeneas, 仏 Énée　*トロイア方の英雄，*アンキーセースと*アプロディーテー女神の子．彼は父方から*ゼウスの子*ダルダノスの後裔にあたる．*イーダー山中に生れ，のち姉*ヒッポダメイアの夫*アルカトオスに育てられた．ホメーロスでは彼は

アイネーイ

最初は戦に加わらなかったが、*アキレウスがイーデー山中で彼の家畜を襲った時に、リュルネーソス Lyrnessos に遁れ、アキレウスがこの市をも攻略するにおよんで参加、トロイア方の勇将として、つねに*ヘクトールと並び称せられ、しばしばギリシア方を破ったが、*ディオメーデースに傷つけられた時にはアプロディーテーに、アキレウスに追われた時には*ポセイドーンに救われた。神は彼およびその子孫がいつかトロイアを支配するであろうと告げた。ホメーロス中で彼はつねに神の保護を蒙り、その命に敬虔に従う英雄として表わされ、トロイア方の中ただ一人彼のみが市の陥落後にも有望な未来をもっていた。この点から彼のトロイア滅亡後の物語がホメーロス以後創り出され、ローマ建国と結びつけられたのである。

彼は父と子の*アスカニウスとともに遁れてイーデー山中に退き、のちトラーキアのアイノス Ainos やカルキディケーのアイネイア Aineia のごとき彼の名に似た多くの都市を建設し、またアイネイアス Aineias なる称呼を有するアプロディーテーの神殿をレウカス、アクティウム、エリュモス(シシリア)に建立したと伝えられている。トロイア脱出の際彼は父祖の神像を携えたが、その中には有名な*パラディオンがあった。その後彼がシシリアよりヘスペリア Hesperia に来たという伝説から、彼とローマとの関係が求められ、ローマ人が自分たちの祖先をギリシア神話で、しかも敵なるギリシア人でなく英雄に求めた時に選ばれたのが彼であった。ウェルギリウスがこの話を採って、《*アイネーイス》を書いたのもこのためである。彼はトラーキア、マケドニア、クレータ、デーロス、ラコーニア、アルカディア、レウカス島、ザキュントス島、エーペイロスを経て、イタリアに着き、シシリア島に上陸、ドレパノン Drepanon で父を失った。海上で嵐に流されてカルターゴー Carthago に着き、その女王*ディードーに歓待され、恋される。そこより神命によってローマにむかう途中、クーマイ Cumae で*シビュレーを訪ね、その案内で冥府に入る。ラティウム Latium に着いたトロイア人たちを王*ラティーヌスは歓迎し、娘*ラウィーニアを、*ルトゥリー人の王*トゥルヌスと婚約中にもかかわらず、アイネイアースに与える。そのあいだに土着のイタリア人とのあいだに戦が起り、アイネイアースは神の命によってローマに赴き、アルカディア出身の*エウアンドロス王に援助を乞う。王は承諾し、さらにエトルリア人の応援を乞うべく勧める。アイネイアースは味方とともにトゥルヌスと*メーゼンティウスを討ち取る。《アイネーイス》はここで終っている。こののちアイネイアースはラティーヌスの死後トロイア人と*アボリーギネース人の支配者となり、ラウィーニウム Lavinium 市を建設した。のち戦闘中に死んだが、死体が見つからなかったので、昇天した、あるいはヌミーキウス Numicius 河に流されたともいう。彼の子アスカニウスはアルバ・ロンガ Alba Longa を建設、ローマの建設者はその子孫の一人*ロームルスである。ウェルギリウスによってアイネイアースは父祖、国家、神々に忠実な英雄に仕立てあげられている。

《**アイネーイス**》 *Aeneis* ローマのウェルギリウス(前70〜19)が前30〜19年の間に作ったラテン文学最大の叙事詩。12巻より成り、*アイネイアースの物語である。

*トロイア陥落後七年、流浪の生活を送っていたアイネイアースは、シシリアを出てラティウムにむかうが、トロイアの族が自分の市カルタゴー Carthago の禍となることを知る*ユーノー女神は風神*アイオロスに嵐を起させる。艦隊は四散し、幾隻かが難破するが、海神*ネプトゥーヌスは海を鎮め、アイネイアースはアフリカに着く。カルターゴーの女王*ディードーはトロイア人を歓待する。彼女は夫*シュカイウスを殺したテュロス王で兄弟の*ピュグマリオーンから遁れて、この市を新たに築いたのである。アイネイアースの母*ウェヌスは、ユーノーとテュロス人の策謀を恐れ、ディードーにアイネイアースへの恋を吹きこむ(第Ⅰ巻)。ディードーの求めに応じ、アイネイアースは木馬の計、*シノーン、*ラーオコオーン、トロイアの陥落と炎上、*プリアモスの死、自分が父*アンキーセスと子の*ユールスとともに脱出し、その際、妻*クレウーサを失ったこと、妻の亡霊が彼の将来を告知したことを話す(第Ⅱ巻)。彼はつづいて、船の建造、トロイアで*ポリュドーロスの声を聞いたこと、*デーロスの神託が最初にトロイアの族を生んだ地に赴くべしと告げたこと、これを誤解してクレータにむかい、疫病によってそこを追われ、いまや神託はイタリアを指していたこと、*ハルピュイアの島で*ケライノーが彼らが飢のあまりテーブルを食するまでは新市を創建できないと予言したこと、カオニア Chaonia で*ヘレノスと*アンドロマケーに会合、彼はアイネイアースにクーマイ Cumae (ギリシア語のキューメー)の*シビュレーを訪れ、流水のそばで 30 匹の仔をもった牝豚を発見した所に市を築くべしと教えたこと、シ

アイピュト

シリアで*キュクロープスの国に行き, アンキーセースはドレパヌム Drepanum で世を去り, そこからアフリカに来たことを話す(第Ⅲ巻). 狩の途中嵐に遇い, ユーノーとウェヌスのはからいでアイネイアースとディードーは結ばれる. 隣国の王*イアルバースはディードーに求婚して拒絶されたが, 二人の仲を聞いて*ユーピテルに訴え, 神はアイネイアースに出発を命ずる. 女王は彼が出発の用意をしているのを知り, 止めんとするが甲斐なく, アイネイアースとトロイア人を呪って, 自殺する(第Ⅳ巻). シシリアに帰ったアイネイアースは父アンキーセースの一年祭の競技を催す. トロイアの女たちは長の放浪に倦み, ユーノーにそそのかされて船に火を放ち, 四隻は焼けたが, 大雨が火を消す. 出航してイタリアにむかう途中, 舵取り*パリヌールスは海に落ちる(第Ⅴ巻). アイネイアースはクーマイのシビュレーを訪れ, ラティウムで彼が闘うべき戦の予言を聞く. 彼女の言葉に従い黄金の枝を折り, 彼女に導かれて, アウェルヌス Avernus の洞窟より冥界に降り, ディードーやアンキーセースの霊に会う. アンキーセースは彼に霊魂の潔めと輪廻を説き, *ロームルスをはじめ将来のローマの偉大なる為政者や将軍となるべき霊を指し示す. そのなかにはアウグスッス帝や若くして世を去った帝の甥マルケルス Marcellus もいる. 彼とシビュレーは, そこを通って偽りの夢が人間に送られるという象牙の門から地上に帰る(第Ⅵ巻). 彼らはティベル河口に着き, パンを皿代わりにして食事をしたので, 前のハルピュイアの予言は成就される(第Ⅲ巻を見よ). 土地の王*ラティーヌスの娘*ラウィーニアに*ルトゥリ人の王*トゥルヌスその他多くの者が求婚していたが, 王は神より新来の異邦人に娘を与えるよう告げられている. 王はアイネイアースに同盟と娘の手とを約する. ユーノーは王の妻*アマータと*トゥルヌスにトロイア人を憎悪せしめる. *アスカニウスは王の鹿を傷つけ, イタリアの諸族はトロイア人を追い払うべく集結する. トゥルヌス, *メーゼンティウス, *メッサプス, *ウィルピウス, *カミラなどがその将である(第Ⅶ巻). アイネイアースはティベル河神の勧めにより*エウアンドロス(パラーティーヌス丘上の市の創建者)に同盟を求め, ティベル河岸でアイネイアースはヘレノスの予言のごとくに牝豚と子を見いだす. エウアンドロスはエトルリア人との同盟を勧め, みずからも支援を約する. 彼はアイネイアースを導いて市中の後代ローマの場所とその名を説明する. ウェヌスの願いにより*ウゥルカーヌスはアイネイアースのために武具を製作する(第Ⅷ巻). アイネイアースの留守中にトゥルヌスはトロイア人の陣営を囲み, その船を焼く. 船はネプトゥーヌスによって海のニンフに変えられる. *ニーススと*エウリアロスは夜にアイネイアースを迎えに敵陣を通過, 戦死する. トゥルヌスは敵陣に攻めこんだが, 味方と離れ, 河に投じて遁れる(第Ⅸ巻). アイネイアースはエトルリア王*タルコーンを味方につけ, 王と*パラース(エウアンドロスの子)とともに帰る. トゥルヌスは海岸に彼らを迎え撃ち, パラースは討死する. メーゼンティウスとその子*ラウッスはアイネイアースに討たれる(第Ⅹ巻). 両軍の休戦. ラテン人たちの協議の席で*ドランケースはアイネイアースとトゥルヌスとの一騎打を提唱, トゥルヌスは受諾する. そこへアイネイアース来襲の報. 騎馬戦が展開され, タルコーンはウェヌルス Venulus を生捕りにし, カミラはアルンス Arruns に討たれる(第Ⅺ巻). トゥルヌスはラティーヌスとアマータが止めるのも聞かず, アイネイアースと一騎打せんとし, その協定がなされる. しかしトゥルヌスの姉妹*ユートゥルナはルトゥリ人を鼓舞し, 戦闘が開始される. アイネイアースはなんびとともわからぬ者に傷つけられるが, ウェヌスが彼を治療する. トロイア人はラティーヌスの町が無防備なのを見て, 火を放ち, アマータは自殺する. トゥルヌスとアイネイアースの一騎打. トゥルヌスを傷つけたアイネイアースは, 彼を助けんと思うが, パラースの鎧を着ているのを見て, 怒り心頭に発し, 彼を殺す(第Ⅻ巻).

アイピュトス Aipytos, Αἴπυτος 1. アルカディア Arkadia の英雄. *ヒッポトオスの子. *ポセイドーンの神殿の中に無理に押し入ろうとして, 神罰によって盲目となり, 世を去った.

2. 1. の孫, メッセーネー王*クレスポンテースと 1. のアイピュトスの子*キュプセロスの娘*メロペーとの子. *ポリュポンテースの起した暴動の際に父と兄弟が殺されたときに, 彼は祖父のもとに遁れ, 成人ののちアルカディア人とドーリス人の援助を得て復讐し, 母親を無理強いに妻として王位にあったポリュポンテースを殺し, 王位についた. 彼の家は*ヘーラクレイダイであったので, 彼以後アイピュティダイ Aipytidai と呼ばれた.

3. *エラトス(または*アルカス)の子, アルカディア王. 狩猟中蛇に咬まれて死んだ. その墓はキュレーネー Kyllene 山の近くにあった.

アウトノエ

*ピタネーよりあずけられて，*ポセイドーンの子*エウアドネーを養女とし，彼女は*アポローンとのあいだにオリュムピアの神官の家イアミダイ氏の祖*イアモスをもうけた．

アウィリウス Avilius *ロームルスと*ヘルシリアの子．同項参照．

アウェルヌス湖 Avernus Lacus, 希 Aornos, Ἄορνος クーマイ Cumae とプテオリ Pteoli の中間の岬に近い死火山の火口湖．その水から毒気が立ちのぼり，上を飛ぶ鳥を殺すというので，ἄ-ορνις《鳥のない》よりこの名が出たという．この湖水の近くに*アイネイアースが地獄におりたという洞窟があり，冥府それ自身がアウェルヌスと呼ばれることもある．

アーウェルンクス Averruncus 禍を転じるローマの神．

アウクセーシアーとダミアー Auxesia, Αὐξησία, Damia, Δαμίς 友達のダミアーとともにトロイゼーン Troizen に来て，同地の騒動に遇い，群衆に石で撃ち殺され，その代償としてこの地で祭礼をうたクレータ島の娘．アウクセーシアーとダミアーは*デーメーテールと*ペルセポネーと同一とされている．彼女らは豊穣多産の女神で，エピダウロス Epidauros とアイギーナ Aigina でも祭られた．

アウクヌスまたはオクヌス Aucnus, Ocnus エトルリア Etruria の英雄，*ファウヌスまたはティベル河神と*マントー(*テイレシアースの娘と同じといわれる)の子．ペルシア Perusia の創建者たる兄弟のアウレステース Aulestes に疑惑をかけないように，国を捨て，アペニン山脈を越えて，フェルシナ Felsina (すなわちボノーニア Bononia, ボローニア)を建設．彼の部下もマントゥア Mantua その他多くの都市をポー河流域に造った．

アウゲ Auge, Αὔγη アルカディアのテゲア Tegea の王*アレオスとペレウス Pereus の娘*ネアイラの娘．*ヘーラクレースによってミューシア Mysia 王*テーレポスの母となる．同国王*テウトラースに嫁したが，その間の事情は悲劇によっていろいろに潤色されている．最古の伝えでは彼女は*トロイア王*ラーオメドーンの宮廷で英雄に愛されたことになっているが，悲劇では，彼女の子が伯父たちを殺す運命にあるため，*アテーナーの女宮守として処女を守っていた．ヘーラクレースはアウゲアースと戦うべくテゲアを通過しており，彼女を王の娘とは知らずに犯し，彼女は秘かに赤児を生み落して，アテーナーの神域に隠した．しかし地が実らず，神託こよって父に見破られた．赤児はパルテニオン Parthenion 山中に棄てられたが，牝鹿が彼に乳を与えたとも，また父王が母子を箱に入れて海に流したとも，二人を*ナウプリオスに殺すべく渡したとも伝えられる．とにかくナウプリオスが二人をミューシアの王テウトラースに売り，王は彼女を妻とし，子供のテーレポスを養子にしたとも，アウゲーのみテウトラースに売られ，山中に棄てられたテーレポスは，のち牛飼に育てられて成長し，両親を探して*デルポイに来て，神に教えられて，ミューシアに赴き，テウトラースの養子となったともいう．彼はのちミューシア王となった．テーポレスの項を参照．

アウゲイアース Augeias, Αὐγείας, 拉 Augeas, Augias, Augeus エーリス Elis 王．太陽神*ヘーリオスの子で，*アイエーテースの兄弟とも，*ポセイドーンの子とも，*ラピテース族の*ポルバースの子とも，エーリスにその名を与えたエーレイオス Eleios の子ともいわれる．母は*ネーレウスの娘ヒュルミーネー Hyrmine．*アクトールの兄弟．アイエーテースに会うために，*アルゴナウテースたちの遠征に加わったという．彼の家畜と*ヘーラクレースの話は同項参照．のち彼はヘーラクレースに殺されたといわれるが，別の所伝では老年で死んだことになっている．またアウゲイアースの宝庫に関しては，アガメーデースの項参照．

アウステル Auster ローマの南風(または南西風)の神，ギリシアの*ノトス．ノトスの項を参照．

アウソーン Auson, Αὔσων *オデュッセウスと*キルケー，または*カリュプソーとの子．*ラティーヌスの兄弟，*リパロスの父．イタリアの最初の王で，彼の名からこの地の人々はアウソネース Ausones, この地はアウソニア Ausonia と呼ばれるにいたった．一説には彼は*イータロス王の子ともされている．

アウテシオーン Autesion, Αὐτεσίων *オイディプースの子*ポリュネイケースの子*テルサンドロスの子*ティーサメノスの子．彼の子*テーラースはテーラ島の市の創建者．彼の娘*アルゲイアーは*ヘーラクレイダイの一人*アリストデーモスに嫁し，双生児の*プロクレースとエウリュステネース Eurysthenes の母となった．

アウトノエー Autonoe, Αὐτονόη 1. *ダナオスの娘の一人．

2. 海神*ネーレウスの娘の一人．

3. *カドモスの娘．*アリスタイオスの妻．*アクタイオーンの母．姉妹*アガウエー，*イーノ

アウトメド

ーとともに*ペンテウスを八つ裂にした.

4. ペイレウス Peireus の娘. *ヘーラクレースとのあいだに*パライモーンを生んだ.

5. *ペーネロペーの婢女の一人.

アウトメドゥーサ Automedusa, Αὐτομέδουσα　*アルカトオスの娘. *イーピクレースの妻. *イオラーオスの母.

アウトメドーン Automedon, Αὐτομέδων　ディオーレース Diores の子, *トロイア遠征に際しスキューロス Skyros 島の十隻の軍船の将. *アキレウスの, その死後は彼の子*ネオプトレモスの戦車の御者. この点から巧みな御者の代名詞となっている.

アウトリュコス Autolykos, Αὐτόλυκος　*ヘルメースと*キオネー (あるいは エオースポロス Eosphoros の娘*スティルベー) の子, *オデュッセウスの母*アンティクレイアの父. 父のヘルメースから盗みの術を授けられ, この術と詐術の並びない名人となった. オデュッセウスが用いた皮の兜を*アミュントールから, 牛を*エウリュトスから盗んだが, *シーシュポスの家畜では失敗した (同項を参照). 彼は盗んだ家畜の色を変えたり, また自分の姿を変ずる力があった. 彼は*アルゴナウテースたちの遠征に参加. 彼の娘*ポリュメーデーはときに*イアーソーンの母とされている. 彼は*ヘーラクレースに相撲の技を教えた.

アウトレオーンまたは**レオーニュモス** Autoleon, Αὐτολέων, Leonymos, Λεώνυμες　ロクリス人 Lokroi には, 戦闘に際して, 彼らの英雄*アイアースが彼らとともに戦闘に参加するものとして, 戦列に空所をつくっておく習慣があった. クロトーン Kroton 人アウトレオーンはロクリス人と戦ったとき, この空間を攻めたところ, 影が現われ, 彼の腿を傷つけた, 癒らなかった. 神託によって*白い島 (アキレウスの項参照) に行き, 英雄たち (とくに*アイアース) に犠牲を捧げたところ, 傷は治った. そのとき*ヘレネーに会い, 彼女は自分の悪口を書いた罰で盲目となった詩人ステーシコロスに取消しの歌を書くように伝えることを命じた. 詩人は伝えられる通りに取消しの歌を書いて, 視力を回復した.

アウラー Aura, Αὔρα　《微風》の意. プリュギアの女ペリボイア Periboia と*ティータン神レラントス Lelantos の娘. 風のごとく足速く, 酒神*ディオニューソスが恋して, 追いかけてもおよばなかった. *アプロディーテーが彼女を狂わしめ, 神は想いを遂げ, 双生児が生れたが, 狂女は子供を殺し, *サンガリオス河に投身した. *ゼウスは彼女を泉に変えた.

アウリス Aulis, Αὐλίς　エウボイア Euboia 島と本土とのあいだの海峡エウリーポス Euripos にのぞんだ, ボイオーティアの小港. *トロイア遠征のギリシアの軍船がここに集まり, 出帆した.

アウローラ Aurora　ローマの曙の女神. エーオースの項を見よ.

アエトリオス Aethlios, Ἀέθλιος　*ゼウスと*プロートゲネイア (*デウカリオーンの娘) の子. *エンデュミオーンは彼と*カリュケーの子である.

アエードーン Aedon, Ἀηδών　*パンダレオースの娘, テーバイの*ゼートスの妻, *イテュロス (または*イテュス) の母. ゼートスの兄弟*アムピーオーンの妻*ニオベーが大勢の子供をもっているのを羨しく思って, 子供たち (またはその一人) を殺そうとし, 同じ部屋に寝ていた自分の子を誤って殺した. これを悲しんで神に祈ったところ, 鶯 (ギリシア語で aēdōn) に変身した.

一説にはアエードーンは芸術家ポリュテクノス Polytechnos の妻で, 結婚生活のむつまじさを誇ったために神の怒りをかい, 二人は仲たがいする. 男は車, 女は織物で技を競い, さきに仕上げた者に召使を与える賭をし, 女が勝った. 男は女の妹ケリドーン Chelidon (《燕》の意) を犯し, 髪を切り, 奴隷に仕立て, 真実を語れば殺すと嚇して, 女に与える. 妹が嘆いているのを聞いて, 女は真実を知り, 夫と兄弟とともに男を捕えるが, 女が男に憐れみをかけたところを見つけられて, 彼らは女を殺そうとする. *ゼウスは一家を憐れみ, アエードーンを鶯に, ケリドーンを燕に, 他の一家のものもそれぞれ鳥に変えた.

アエロー Aello, Ἀελλώ　1. *ハルピュイアの一人, 同項参照.

2. *アクタイオーンの猟犬の一頭.

アーエロペー Aerope, Ἀερόπη　1. *ミーノースの子*カトレウスにアーエロペー, *クリュメネー, *アペーモシュネーの三女と一子*アルタイメネースがあった. 神託によって父は子供の手にかかって死ぬことがわかり, アルタイメネースはこれを恐れてアペーモシュネーとともに家を棄てる. アーエロペーとクリュメネーは*ナウプリオスに奴隷として与えられ, アーエロペーはアルゴス王*プレイステネースの后となり, *アガメムノーンと*メネラーオスの母となった. 一説にはアーエロペーは奴隷と通じたために, 溺死させるべくナウプリオスに手

渡され，*アトレウスに嫁して二子を得た．また一説にはアトレウスはプレイステネースの子（または父）で，アーエロペーは後者の死後アトレウスの妻となり，アトレウスに二児は養育されたので，アトレウスの子となったという．彼女はのちアトレウスの兄弟*テュエステースと交わり，王権の護符たる黄金の羊を彼に与えたが，*ゼウスの力によりアトレウスは王座を確保し，妻を海に投じたと．

2. パウサニアースによれば，*ケーペウスの娘にアーエロペーという女があり，*アレースと交わり，一子を生んだがそのさいに世を去った．アレースはその子が死者の乳を飲むようにしたと．

アオニオス人 Aonioi, 'Aόνιος ボイオーティア Boiotia の東南部，アーオニア山脈，ヘリコーン Helikon 山の地方の住民．*カドモスがテーバイに来た時に，自分のつれて来たフェニキア人とともに居住することを許した古いボイオーティアの住民．アーオニア Aonia はボイオーティアの別名として詩で用いられる．

アカイア人 Achaioi, 'Aχαιοί, 拉 Achīvī ホメーロスの詩中，*アキレウスの部下の，広義には*アガメムノーン配下のギリシア軍の総称．

アカイオス Achaios, 'Aχαιός, 拉 Achaeus アカイア人の祖．*ゼウスあるいは*ポセイドーン，あるいは*クスートス，あるいは*ハイモーンの子といわれる．

アカイメニデース Achaimenides, 'Aχαιμενίδης, 拉 Achaemenides, 仏 Acheménide *オデュッセウスが*ポリュペーモス その他の*キュクロープスたちの襲撃を遁れて船を出したとき，忘れて置き去りにし，のち*アイネイアースに助けられた男．

アガウエー Agaue, 'Aγαύη, 英 Agave, 仏 Agavé テーバイ王*カドモスと*ハルモニアーの娘，*イーノー，*セメレー，*アウトノエーの姉妹，*ペンテウスの母．ペンテウス，《バッカイ》の項を見よ．

アカカリス Akakallis, 'Aκακαλλίς

1. *ミーノースの娘，*ヘルメースと*アポローンの恋人．ヘルメースとのあいだに*キュドーン，アポローンとのあいだに*ナクソス，*ミーレートス，アムピテミス Amphithemis（またはガラマース Garamas）がある．父は怒って彼女をリビアに追放し，そこでガラマースが生れ，遊牧の民ガラマンテス Garamantes の祖となったという（一説にはガラマースは人類最初の人間）．またミーレートスを生もうとした時，彼女は父を恐れて森に遁れ，そこに子供を棄てたが，アポローンの命により牝狼が赤児を育てた．アカカリスはアカカレー Akakalle ともいい，エジプトのぎょりゅう（植物）の意である．

2. *アポローンと交わってピランドロス Philandros とピューラキス Phylakis を生んだニンフ．子供たちはクレータに棄てられたが，山羊が乳を与えた．

アコス Akakos, Ἄκακος *リュカーオーンの子，アルカディア Arkadia のアカケシオン Akakesion の建設者，*ヘルメースの養父となった．

アガステネース Agasthenes, 'Aγασθένης エーリス王*アウゲイアースの子．父の王位を継承．*ポリュクセノス（*トロイア戦争でエペイオイ Epeioi 人の将）の父．

アカストス Akastos, Ἄκαστος, 拉 Acastus *ペリアースとアナクシビア Anaxibia の子．*ラーオダメイアの父．父の意に反して*アルゴナウテースたちの遠征に加わり，*カリュドーンの猪狩（メレアグロスの項を見よ）にも参加．父の死後イオールコス Iolkos 王となった（メーデイアの項を見よ）．*ペーレウスが彼を頼って来たとき，アカストスの妻*アステュダメイア（または*ヒッポリュテー）は彼に不倫の恋をしかけて拒絶され，怒ってアカストスにペーレウスが自分に言い寄ったと訴えた．アカストスは客人を殺害することを避けて，ペーレウスを伴ってペーリオン Pelion 山に狩し，彼が眠っているあいだにその剣を奪って山中に遺棄した．ペーレウスは*ケンタウロスたちに囲まれて危いところを，*ケイローンに救われた．のちイオールコスを襲ってアカストスの后（一説にはアカストス自身をも）殺した．

アカーテース Achates, 'Aχάτης, 仏 Achate *アイネイアースの忠実な部下，*プローテシラーオスを討ったのは彼だと伝えられた．

アカデーモス Akademos, 'Aκάδημος, 拉 Academus *テーセウスに奪われた*ヘレネーの居所を*ディオスクーロイに教えたアッティカの英雄．アテーナイ郊外にあったその墓所は森に囲まれ，プラトーンの学校アカデーメイア Akademeia はここにあった．一説にはアカデーメイアなる名はディオスクーロイに従っていたアルカディアの人エケデモス Echedemos に由来するという．

アガニッペー Aganippe, 'Aγανίππη ペルメーソス Permessos 河神の娘，ボイオーティア Boiotia のヘリコーン Helikon 山麓にある同名の泉のニンフ．これは*ムーサたちの泉で（それゆえにムーサたちはアガニッピデス

アガペーノ 12

Aganippides と呼ばれる)，この泉の水を飲んだ者には詩の霊感が与えられたという．

アガペーノール Agapenor, Ἀγαπήνωρ アルカディア王，*アンカイオスの子，*リュクールゴスの孫．《*イーリアス》ではアルカディア軍をひきいて*トロイア遠征に参加している．帰国の途上難船してキュプロス Kypros 島に上陸，パポス Paphos 市を建設，同地に*アプロディーテー女神の神殿を建てた．*アルクマイオーンの二子の復讐を助けたのはこの王である．

アカマース Akamas, Ἀκάμας 1. *テーセウスと*パイドラーの子，*デーモポーンの兄弟．ホメーロス以後の伝説によれば，彼が*ディオメーデースとともに*ヘレネーの返還を求めて*トロイアに赴いたとき，*プリアモスの娘*ラーオディケーに見染められ，両者のあいだに*ムーニトスが生れた．トロイア陥落後アカマースが息子をつれて帰国の途上，ムーニトスは毒蛇に咬まれて死んだ．一説によれば，アカマースは木馬(シノーンの項を見よ)に入っていた戦士の一人として，クリュメネー Klymene を得，トラーキア Thrakia に赴いて*ピュリスと長らく同棲したのち，キュプロス島に渡り，彼女より与えられた秘密の箱を開いて驚き，馬をかって逃げるあいだに自分の刀の上に落ちて死んだ．同様の話がデーモポーンにも語られている．また一説では兄弟は無事にアッティカに帰還したとする．

2. *アンテーノールと*テアーノーの子．*トロイア戦争で闘い，*メーリオネースに討たれた．

3. *キュージコスの伯父，トラーキア人をひきいて*トロイア方として出陣，*テラモーンの子*アイアースに討たれた．

アガメーデース Agamedes, Ἀγαμήδης, 仏 Agamède オルコメノス王*エルギーノスの子，*トロポーニオスの兄弟．一説には*ステュムパーロスの子．*アポローン神の子をつれたエピカステー Epikaste を妻とし，のちに彼女とのあいだに*ケルキュオーンが生れたと伝えられる．三人とも名高い建築家で，*アルクメーネーの初床の部屋，*デルポイの神殿，マンティネイア Mantineia よりテゲア Tegea への道にあった*ポセイドーンの神殿，ボイオーティアのヒュリア Hyria 王*ヒュリエウスの宝庫などを建てた．宝庫を造ったとき，彼らはある石を自由に取りはずしできるようにしておき，たびたび庫に入って宝物を盗んだ．王は気づいて，*ダイダロスの勧めで，わなをかけ，アガメーデースがこれにかかった．トロポーニオスはその首を切ってだれかわからぬようにして遁れた

が，大地が開いて彼をのみこんだ．レバデイア Lebadeia の森のなかに岩窟があり，そこで人人はトロポーニオスとアガメーデースより神託を求めた．一説には王はエーリス Elis の*アウゲイアースで，盗賊はケルキュオーンで，トロポーニオスとともに遁れ，ダイダロスとアウゲイアースに追われ，ケルキュオーンはアテーナイに，トロポーニオスはレバデイアに逃亡したという．またキケローによれば，アガメーデースとトロポーニオスはアポローンのある神殿を建て，神は報酬を八日後に払う約束をし，待っているあいだ愉快に暮すように命じた．八日目の夜二人はやすらかに世を去ったが，これが最高の報酬だった．

アガメムノーン Agamemnon, Ἀγαμέμνων *アトレウスの子，*メネラーオスの兄弟．*ミュケーナイ (またはアルゴス)の王．(後代の伝えではラケダイモーンのアミュークライ Amyklai 市の王ともいわれる．) スパルタの*テュンダレオースの娘*クリュタイムネーストラーを妻として，*クリューソテミス，*ラーオディケー，*イーピアナッサの三女と一子*オレステースを得た．*イーピゲネイアと*エーレクトラーはホメーロス以後の伝説中に初めて彼の娘として現われる．クリュタイムネーストラーは初め彼の叔父*テュエステースの子*タンタロスに嫁していたが，アガメムノーンは二人を殺して，クリュタイムネーストラーの意に反して彼女を妻にしたために，彼女の兄弟ディオスクーロイは彼を追い，彼はテュンダレオースの保護を求め，やがて*ディオスクーロイと和したのであるともいう．*トロイア戦争が生じたとき，《*イーリアス》では彼はギリシア軍の総帥となって出征するが，つねに*アキレウスよりは劣った，勇敢だが決断力のない，利己的な人物として描かれている．アキレウスとの争い(同項参照)およびアキレウスの戦死後，トロイアが陥落して，帰国の途についたアガメムノーンは，《*オデュッセイア》によれば，*アイギストスの領地に風に流されて着き，アイギストスに殺される．アイギストスと通じていたクリュタイムネーストラーは，アガメムノーンがトロイアで得た*プリアモス王の娘*カッサンドラーを殺した．

《イーリアス》以後の叙事詩(《キュプリア》 Kypria)ではじめてイーピゲネイアの話が見いだされる．ギリシア軍は最初トロイアと誤ってミューシア Mysia を攻め，嵐によって国に吹き戻された(トロイア戦争の項を見よ)．八年後にギリシア軍は*アウリスにふたたび勢揃いしたが，風がなくて出帆できない．これは予言者

*カルカースによれば*アルテミス女神の怒りのためである．怒りの原因はアガメムノーンが狩で牝鹿を射て、アルテミスより自分の方が狩がうまいと誇ったためとも、*アトレウスが、かつて黄金の仔羊を女神に捧げなかったためとも、イーピゲネイアの生れた年に、その年の最上の産物を女神に捧げると約しながら、娘を捧げなかったからともいわれる．女神の求めに応じて、アガメムノーンは娘を犠牲に供した（が、女神は彼女の身代りに鹿をおき、彼女を他の地につれ去った）．

帰国後クリュタイムネーストラーがみずからアガメムノーン殺害に手を下した話はホメーロス以後のことで、ピンダロスは彼女をオレステースをも殺さんとしたと言っている．王の殺されたのはホメーロスでは食卓においてであるが、また一説では湯殿で、后に袖を縫いつけたシャツを与えられ、これを着ようとしているときであるともいわれる．ヒュギーヌスは殺害をそそのかしたのは*パラメーデースの兄弟*オイアクスで、彼は王がカッサンドラーを后にしようとしていると告げ、クリュタイムネーストラーは王が犠牲を供しているあいだに彼とカッサンドラーを殺したという．その後の話はオレステース、エーレクトラーの項を見よ．

《**アガメムノーン**》 *Agamemnon*, 'Αγαμέμνων　アイスキュロスの作品．《オレステイア》の項を見よ．

アカランティス Akalanthis, 'Ακαλανθίς　マケドニア王*ピーエロスの九人の娘（*ピーエリデス）の一人、*ムーサ女神たちと歌の競技を行なって敗れ、五島ひわに変えられた．

アカルナーン Akarnan, 'Ακαρνάν　*アムピアラーオスの子*アルクマイオーンと*アケローオス河神の娘*カリロエーの子、アムポテロス Amphoteros の兄弟．アルクマイオーンがプソーピス Psophis 王*ペーゲウスの子プロノオス Pronoos と*アゲーノールに殺害されたとき、カリロエーは彼女を愛していた*ゼウスに祈って、彼女の二人の子供を一時に大人に成長させ、ペーゲウスと二人の息子を殺して復讐させた．プソーピス人が二人に復讐せんと追ったとき、彼らはアルカディアのテゲア Tegea の王*アガペーノールに助けられた．アムピアラーオスとアルクマイオーンの死の原因となった*ハルモニアーの頸飾をも、アケローオスの命によって、*デルポイの*アポローンに奉納、エーペイロス Epeiros に赴き、ついでアカルナーニア Akarnania に植民地を開いた．一説によれば、アカルナーンは*オイノマーオスの娘*ヒッ

ポダメイアの求婚に失敗して死んだという．

アーキス Akis, 'Ακις　*ファウヌス神とニンフのシュマイティス Symaithis の子、エトナ山付近の同名の河の神．ニンフの*ガラテイアの恋人．彼女に言い寄る*ポリュペーモスが彼を岩で圧殺したとき、その血が河となって流れ出した．

アギュイエウス Agyieus, 'Αγυιεύς　道路の保護者としての*アポローン．同項参照．

アキレウス Achil(l)eus, 'Αχιλ(λ)εύς, 拉 Achillēs, 独 Achill, 仏 Achille　ホメーロスの《*イーリアス》の主人公．プティーア Phthia の王*ペーレウスと海の女神*テティスとの子．*ペーレイデース Peleïdēs、ペーレーイアデース Peleïadēs、ペーレーイオーン Peleion の父称でも呼ばれる．ホメーロスでは彼は心やさしくはあるが、怒れば狂暴な英雄である．彼をめぐってホメーロス以後さまざまな物語が創り出され、ギリシアにおけるもっとも多くの伝説を有する英雄の一人となった．彼は*ポイニクスや*ケンタウロス族の智者*ケイローンに教育をうけた．ある伝えによれば母テティスは彼を不死にするべく冥府の河*ステュクスに浸したが、そのおりに彼を持っていた踵だけが水につからず、不死とならなかった．一説には彼は第七子で、母神は六人の子を不死にすべく火に投じたが焼けてしまい、最後に彼を火に投じたおりに、ペーレウスが見つけて救い出したともいう．*トロイア戦争に参加しないように、両親は彼を女装させて、スキューロス Skyros 王*リュコメーデースの娘たちとともにおいたが、彼が加わらなければトロイアは落ちないとの予言によって、*オデュッセウスが商人に化けてスキューロスに来て、娘たちの前に装身具、衣裳の他に武器を並べて見せたところ、アキレウスのみは武器に手を出したために見破られた．しかしこのあいだに彼は娘の一人*デーイダメイアによって一子*ネオプトレモスを得た．トロイア出発の際の*アウリスでの*イーピゲネイアとの関係、ミューシア Mysia における*テーレポスの事件はおのおのの項を見よ．

彼は50隻の船に部下の*ミュルミドーンたちをのせ、親友*パトロクロスとともにギリシア軍に加わり、トロイアの地につき、九年のあいだにトロイア周囲の諸市を攻め、リュルネーソス Lyrnessos 市を攻略したおりに美女*ブリーセーイスを得、*アンドロマケーの父*エーエティオーンを殺した．キュクノス、トローイロスに関することはおのおのの項を見よ．このほかに彼には*ヘレネーや*メーデイアとの交情の話

アクァーリ 14

もある.

十年目に《イーリアス》の物語が始まる. *アガメムノーンが自分の女*クリューセーイスを*アポローン神の力によりその父に返さねばならなくなったときに，アキレウスからブリーセーイスを強奪したために，英雄は怒って戦闘より身を引く. テティスは息子のために*ゼウスに乞うて，トロイア方に利を与え，ギリシア軍は大敗北し，陣営そのものも危機に瀕する. アガメムノーンは莫大な代償を積んでアキレウスに和を乞うが拒絶される. 味方の切迫した事情を見かねて，パトロクロスはアキレウスの武具を借りて，出陣，敵将*ヘクトールに討たれる. アキレウスは親友の死に激怒し，テティスに乞うて火神*ヘーパイストスに武具を作って貰い，戦に出てヘクトールを討ち，その死骸を戦車に結びつけて引き回して，はずかしめる. ヘクトールの父*プリアモスは夜中に彼の陣営を訪れ，身代金を払ってヘクトールの遺体を申しうける(《イーリアス》の項を見よ). 《オデュッセイア》において，*オデュッセウスは彼が冥府の野で多くの英雄たちとさまよっているのに会うが，その死の事情は語っていない.

彼の《イーリアス》前後の物語はホメーロス以後の叙事詩人や悲劇詩人などに語られている. *アマゾーンの女王ペンテシレイア，曙の子メムノーン，プリアモスの娘ポリュクセネーに関しては各項を見よ. 彼はアポローン自身，あるいは神の援けのもとに*パリスの射た矢がその踵にあたって死んだ. 彼の死体をめぐる争いに，大*アイアースとオデュッセウスがようやくのことにこれを救い出し，海の女神やニンフたち参列のもとに葬儀が行なわれた. 死後テティスは彼をダニューブ河口の《白い島》に連れ行き，ここで彼は不可思議な生を生きつづけているとも伝えられる.

アクァーリウス Aquarius ギリシアのヒュドロオコス Hydroochos 《水を奉持する者》. 黄道の星. *ガニュメーデースあるいは*デウカリオーンの変身といわれる.

アクゥイロー Aquilo ギリシアの*ボレアース. 同項を見よ.

アクタイアー Aktaia, Ἀκταία, 拉 Actaea

1. *ネーレウスの娘の一人.

2. *ダナオスの娘の一人.

アクタイオス Aktaios, Ἀκταῖος 1. ペレキューデース(前6世紀の神話学者)によれば，*テラモーンは*アイアコスの子で，*ペーレウスの兄弟ではなくて，アクタイオスと*グラウケー(*キュクレウスの娘)との子で，ペーレ

ウスの親友であったということである.

2. アテーナイ王*ケクロプスの妻*アグラウロスの父.

アクタイオーン Aktaion, Ἀκταίων, 拉 Actaeon, 仏 Actéon *アポローン神の子*アリスタイオスと*カドモスの娘*アウトノエーとの子. *ケンタウロスの*ケイローンに育てられて狩の術を授けられた. *キタイローン山中で50頭の犬とともに狩の最中，*アルテミス女神が水浴中の裸身を見たために，その怒りにふれ，鹿に変じられ，自分の犬に八つ裂にされて死んだ. このほかに，*ゼウスと*セメレーを争ったため，アルテミスより狩にすぐれていると誇ったため，あるいはアルテミスを妻にせんとしたためにこの罰を蒙ったとの話もある.

アグディスティス Agdistis, Ἄγδιστις プリュギア Phrygia の大地女神の一名. 同地のペッシヌース Pessinus では*キュベレーと同一視されていた. *ゼウスが夢で精液を地上に落し，そこから男女両性のアグディスティスが生れた. 神々がその男根を切り，そこから巴旦杏が生える. *サンガリオス河神の娘がその実を摘んで懐に入れたところ，身重になって男の子*アッティスが生れた. 子は棄てられたが，山羊に養われ，非常に美しくなったので，アグディスティスが彼に恋した. 女神の追求を遁れるべく，彼はペッシヌースに赴き，その王の娘と結婚せんとするとき，女神が現われ，その姿を見てアッティスと王は狂って，みずから去勢して死ぬ. 女神は悲しんでアッティスの死体を不滅にした. 一説にはアッティスがアグディスティスの子であるともいう. 同項参照.

アクトリオーネー Aktorione, Ἀκτορίωνη モリオニダイの項を見よ.

アクトール Aktor, Ἄκτωρ 1. テッサリアの英雄，*ミュルミドーンと*アイオロスの娘*ペイシディケーの，あるいは*ラピタイ族の*ポルバースと*エペイオス(またはネーレウス)の娘ヒュルミーネー Hyrmine の，あるいは太陽神(*ヘーリオス)とヒュルミーネーの子といわれる. *メノイティオスの子，*パトロクロスの祖父. またポルバースの子で，*エウリュトスと*クテアトスの父であり，*アウゲイアースの兄弟，エーリスの王家の祖とも伝えられる. *ペーレウスが*ポーコスを殺して遁れて来たのは，ペライ Pherai 王家のアクトールで，この話では，*カリュドーンの猪狩に加わった*エウリュティオーンとピロメーレー Philomele は彼の息子と娘になっている.

2. *プリクソスの後裔の，オルコメノス Or-

chomenos の英雄.

3. *ポセイドーンとアガメーデー Agamede の子.

4. ポーキス王*デーイオーンと*クスートスの娘*ディオメーデーの子.*ケパロスと*ピュラコスの兄弟.

5. *アステュオケー(*アスカラポスと*イアルメノスの母)の父.

6. *アカストスの子.*アルゴナウテースたちの遠征隊員の一人.

7. *ヒッパソスの子.*アルゴナウテースたちの遠征隊員の一人.

8. *アイネイアースの部下の一人.

アグライアー Aglaïa, Ἀγλαΐα カリスの項をみよ.

アグラウロス Aglauros, Ἄγλαυρος または Agraulos, Ἄγραυλος 1. アテーナイ初代の王*アクタイオスの娘で*ケクロプスの妻.*エリュシクトーンおよび三女アグラウロス,*ヘルセー,*パンドロソスを得た.

2. 1.の娘.*アレースと交わって一女*アルキッペーを得た.赤児の*エリクトニオス(同項をみよ)を入れた箱を開いたために,狂ってアクロポリスより身を投じたとも,姉妹の*ヘルセーを訪れようとした*ヘルメース神をさまたげたために石に変じられたとも,だれかが国のために身を犠牲にすれば,アテーナイが勝利をうるという神託によって,アクロポリスより身を投じ,アテーナイ人は感謝のしるしにアクロポリス山上に彼女の神殿を建て,若者たちはここで最後まで祖国を防衛する誓いをたてたとも伝えられる.アグラウリア Agraulia なる祭が彼女のためにアテーナイで行なわれていた.

アクリシオス Akrisios, Ἀκρίσιος, 拉 Acrisius アルゴス Argos 王*アバースの子,*リュンケウスの孫,*ダナオスの曾孫,*ダナエー(同項をみよ)の父,*ペルセウス(同項をみよ)の祖父,*プロイトスと双生の兄弟.二人は母の胎内にあるとき以来相争い,父の死後その王国の継承をめぐって戦うあいだに,彼は円形の楯を発明した.敗れたプロイトスはリュキア Lykia の*イオバテース王のもとに走り,その娘*アンテイア(または*ステネボイア,同項をみよ)を妻とし,王の援助のもとに帰国,*キュクロープスたちが巨岩で彼のために築いた*ティーリュンス城を占め,アクリシオスと仲直りし,アクリシオスはアルゴスの主となり,王国はここに二分された.その後の事はペルセウスの項をみよ.

アークロン Acron カイニーナ Caenina 王.*ロームルスと一騎打して討たれた.

アグローン Agron, Ἄγρων コース島のメロプス Merops の息子エウメーロス Eumelos に一子アグローン,二女ビュッサ Byssa, メロピス Meropis があった.傲慢で神々をないがしろにしたために,*ヘルメース,*アテーナー,*アルテミスの三神が彼らを罰し,ビュッサは鷗の一種に,メロピスは梟に,エウメーロスは鳥に,アグローンは千鳥になった.

アケステース Acestes, 希 Aigestes, Αἰγέστης, Aigestos, Αἴγεστος, 仏 Égeste, Aceste *トロイアが怪物に襲われたとき,*ラーオメドーン王は娘のアイゲステー Aigeste (またはセゲステー Segeste) を救うためにシシリア島に送った.この島のクリムニーソス Krimnisos 河神と交わってアケステース(またはアイゲステース)を生んだ.アケステースはセゲスタ市を建設,*アイネイアースがこの島に来たときに,歓待した.

アゲーノール Agenor, Ἀγήνωρ 1. *イーオーの子*エパポスの娘*リビュエーと*ポセイドーンとのあいだに生れた双生児の一人.今一人は*ベーロス.シリアのテュロス Tyros またはシドーン Sidon の王.*テーレパッサ(またはアルギオペー Argiope, またはベーロスの娘アンティオベー Antiope)を妻として,三子*カドモス,*ポイニクス,*キリクス,一女*エウローベーを得た(息子のなかには*タソスが加わっていることがある).娘が失踪したとき,アゲーノールは息子たちを彼女を発見するまでは帰るなと命じて送り出したから,彼らは発見できなかったので,カドモスはボイオーティアのテーバイ,ポイニクスはフェニキア,キリクスはキリキア(タソスは同名のタソス島)の住民の祖となった.

2. *トロイアの*アンテーノールと*テアノーの子,トロイア方の勇将.

3. *アイギュプトスの息子の一人.

4. サルミュデーッソス王*ピーネウスの父.

5. *アムピーオーンと*ニオベーの子の一人.

6. エクバソス Ekbasos の子.百眼の*アルゴスの父.

7. *ペーゲウスの息子の一人.

8. アルゴス王.*クロトーポスの父.

9. *ペーネロペーの求婚者の一人.

アゲラーオス Agelaos, Ἀγέλαος 1. *イクシーオーンの子.コリントス王.

2. *ヘーラクレースとリューディアの女王*オムパレーの子.リューディア王クロイソス Kroisos の王朝の祖.

アケルパー

3. *プリアモス王の召使. 王に命ぜられて*パリスを*イーデー山中に棄てた男.
4. *ペーネロペーの求婚者の一人.

アケルバース Akerbas, Ἀκέρβας, 拉 Acerbas　テュロス Tyros 市の*ヘーラクレースの神官. *ディードーの夫. ディードーとシュカイオスの項を見よ.

アケローオス Acheloos, Ἀχελῷος, 拉 Achelōus　ピンドス山脈に発し, アカルナーニア Akarnania とアイトーリア Aitolia の境をなしつつ, コリントス湾の入口に流入するギリシア最大の河. その同名の河神は*オーケアノスと*テーテュースとの多くの子供の中の最年長者と伝えられる (他説には河神は太陽神 (*ヘーリオス) と大地 (*ガイア) との, または*ポセイドーン神の子といわれる). また河名は本来ポルバース Phorbas であったが, アケローオスが渡河のさいに矢で射られて河中に落ちたため, 名が変ったとの説もある. *メルポメネーと交わって*セイレーンたちを生み, またほかのりし*ムーサたちとの交情の話もある. コリントスの*ペイレーネー, *デルポイの*カスタリア, テーバイ Thebai の*ディルケー, *アルクマイオーンに嫁した*カリロエーら多くの泉のニンフの父. *オイネウスの娘*デーイアネイラを得るべく*ヘーラクレースと争い, 河神は身体さまざまに変じたが, 牡牛になったとき, ヘーラクレースにその角を折られて敗けた. 河神はその代償に*アマルテイアの角 (一説には折れた角そのものが豊饒の角であったという) を受け, 女を譲った. 河口にあるエキーナデス Echinades 群島は, もとはニンフで, 河岸で彼女たちが神々に犠牲を捧げたとき, 河神を忘れたため, 彼は慣って彼女らを海に押し流し, 四人のニンフたちは島となった. 第五番目の*ペリメーレーを彼は愛して犯した. 彼女の父ヒッポダマースは怒って彼女が子供を産もうとしたときに河中に投じたが, 河神の願いにより*ポセイドーンが女を島に変じた.

アケローン Acheron, Ἀχέρων　冥界を流れる河. 死者はこれを渡守り*カローンの舟で渡らねばならなかった. *ガイアの子とされ, 神々と巨人との戦で敗れた巨人たちに自分の河の水を飲ませた罪で地下に追われた. ニンフのオルプネー Orphne《闇》あるいはゴルギューラ Gorgyra によって*アスカラポスの父となった, 同名の河は二三あるが, なかでも南エーペイロス Epeiros の, 上流は深い谷間, 下流は数度地下を通り, 支流*コーキュートスをあわせてテスプロトス Thesprotos 湾に入る河が有名.

アコイテース Akoites　*ディオニューソスが乗船を沈めたときに, ただ一人神の味方であったために救われた船乗り. ディオニューソの項を見よ.

アコンティオス Akontios, Ἀκόντιος, 拉 Acontius　ケオース Keos 島の青年.*デーロス島における*アルテミス女神の祭礼で, アテーナイの美少女*キューディッペーを見染め, 彼女を妻に得る策として, マルメロに《アルテミスの神殿にかけて, 私はアコンティオスと結婚することを誓う》と彫りつけ, 少女の方に投じた. 乳母がそれを拾い, 少女はこれを読んだが, これによって女神を証人として結婚の誓約をすることになった. アテーナイに帰国後, 少女の父は他の男に結婚させるべく, 式を用意するたびに彼女は重病に陥る. アコンティオスはアテーナイに来て, *デルポイの神託に伺いを立てた少女の父に許されて, めでたくキューディッペーを得た.

アザーン Azan, Ἀζάν　アルカディアのアザーンに名を与えた祖.*アルカスと木のニンフの*エラトーの子. *アペイダースと*エラトスと異母の兄弟.

アシアー Asia, Ἀσία　*オーケアノスと*テーテュースとの娘.*イーアペトスとのあいだに*アトラス, *プロメーテウス, *エピメーテウス, *メノイティオスが生れた. 彼女の名は大陸の名となっている.

アシオス Asios, Ἄσιος　1. *デュマースの子. *ヘカベーの兄弟.
2. *ヒュルタコスと*アリスベーの子.

アスカニオス Askanios, Ἀσκάνιος, 拉 Ascanius, 仏 Ascagne　*イウールス (または*ユールス) とも呼ばれ, ローマのユーリア氏 gens Iulia の神話的祖先. 一般に*アイネイアースと*プリアモスの娘*クレウーサの子とされているが, リーウィウスによれば, 彼はアイネイアースがイタリアに来たのち, *ラウィーニアより得た子供となっている. 古い伝説では彼は*プロポンティス Propontis の王となり, のち*ヘクトールの子*スカマンドリオスとともに*トロイアを再建したという. ウェルギリウスの《*アイネーイス》では, 彼はまだ少年に描かれていて, アイネイアースの死後ラティーニー Latini 人の王となり, ラウィーニウム Lavinium 建設後 30 年でアルバ・ロンガ Alba Longa 市を創建して移った. 継母のラウィーニアがアイネイアースの子*シルウィウスをはらんでいるとき, 夫が死に, アスカニオスが子供を殺しはしないかと恐れて羊飼テュロス Tyrrhos (ま

たはテュレーヌス Tyrrhenus)のところに遁れた.羊飼はアスカニオスに対して人民を煽動,彼の死後シルウィウスがアルバ王となった.

アスカラボス Askalabos, Ἀσκάλαβος
*デーメーテールが*ペルセポネーを探して歩いているあいだに,アッティカを通ったとき,ミスメー Misme なる女が女神に水と食物を与えた.その子アスカラボスは女神があまりごくごくと飲むのを見て笑ったので,女神は怒って子供に残りの水を浴せ,子供はまだらのとかげになった.

アスカラポス Askalaphos, Ἀσκάλαφος
1. *アケローン河神とアケローンのニンフであるオルプネー Orphne またはゴルギューラ Gorgyra の子.*ペルセポネーが*ハーデースにさらわれたとき,冥府でなにも食べなければ地上に帰れたのに,彼女が柘榴の実を食べたのを見ていたアスカラポスがこの事を証言したので,*デーメーテールは怒って彼を梟に化したとも,大石を彼の上に置いたともいわれる.
2. *アレースと*アステュオケーの子.兄弟の*イアルメノスとともにオルコメノスの*ミニュアース人をひきいて*トロイアに出陣,*デーイポボスに討たれた.彼はまた*アルゴナウテースたちの遠征にも参加した.

アスクレーピオス Asklepios, Ἀσκληπιός, 拉 Aesculapius, 仏 Esculape ギリシアの英雄で医神.ホメーロスでは彼はまだ人間で,その子*マカーオーンと*ポダレイリオスはギリシア軍の医として*トロイアに遠征し,テッサリアのトリッケー Trikke がその国とされている.彼はヘーシオドスとピンダロスでは*アポローンとテッサリアの王*プレギュアースの娘*コローニスの子となっている.コローニスが,しかし*エラトスの子*イスキュスと通じたのを怒って,アポローンは不義者を殺したが,火葬の薪の中から腹の中にいたアスクレーピオスを救い出した.またこのとき不義を知らせた烏に対して憤って,それまでは白かったのを黒色にしたという.しかしアスクレーピオスの誕生に関しては,土地にいろいろと異なる話がある.この神の崇拝の一大中心であったエピダウロス Epidauros の伝えでは,大盗賊だったプレギュアースはペロポネーソスに娘を伴って来て,アポローンに犯されたコローニスはひそかに赤児をエピダウロスで生み落した.棄てられた子に一頭の牝山羊が乳を与え,一頭の犬が番をしていた.動物たちの主人のアレスタナース Aresthanas が子供を発見し,子供が後光に取りまかれているのに驚き,拾い上げた.メッセーネー Messene では母親は*レウキッポスの娘*アルシノエーであるといわれ,南アルカディアでは両親はアルシッポス Arsippos とアルシノエーとなっている.この伝えの矛盾を解くべく,母はアルシノエーで,コローニスに育てられたとする説が生れた.

アスクレーピオスはアポローンによって*ケンタウロスの*ケイローンにあずけられ,医術を授った.やがて彼は名医となり,*アテーナーから授った*ゴルゴーンの血によって,死者をも蘇らせる力を有するにいたり,彼によって蘇生した英雄中には*カパネウス,*リュクールゴス,*ミーノースの子*グラウコスなどがあり,最後に*アルテミスの乞により*ヒッポリュトスを蘇生させた時,*ゼウスは天地の常道をアスクレーピオスが覆えすことを恐れて,雷霆を投じて殺し,医神は星と化した(Ophiuchos 蛇遣座).

彼の妻は*エーピオネーと呼ばれ,比較的新しい伝説では,二人のあいだにアケソー Akeso,*パナケイア Panakeia,*ヒュギエイア Hygieia,*イアーソー Iaso の四女が生れた.いずれも《治癒》,《健康》等の意味の語で,これらの概念の擬人化である.彼はまた後代の伝えでは*カリュドーンの猪狩や*アルゴナウテースたちの遠征に加わっているが,本来はこれらの伝説圏には関係がない.

古典時代の彼の崇拝の中心はペロポネーソスのエピダウロスで,これは壮大な神域内に多くの神殿と宿舎をもったところ,病人はここにて神殿内に眠り,夢のお告げや夜のあいだの治療によって癒ったらしく,多くの奇蹟的治療の話が碑文によって伝えられている.ここからアテーナイ(前420年頃),ペルガモン Pergamon (前4世紀?),ローマ(前293~291年,疫病大流行に当って)などに分祠された.コース Kos とクニドス Knidos の両島には別にアスクレーピオス崇拝があり,アスクレーピオスの後裔 Asklepiadai と称する医師団があった.分祠にあたっては蛇が神の化身として遣わされた.蛇はその皮を脱ぐところから若返りの動物とされ,また地下から生れ出ると考えられ,アスクレーピオスの社には多く飼われていた.犬もまた聖獣で,雄鶏が彼に捧げられた.ヘレニズム時代以後彼の崇拝はとくに盛大となった.

アスタルテー Astarte, Ἀστάρτη シリアの豊饒多産の女神,*アプロディーテーとしばしば同一視されている.

アステュアナクス Astyanax, Ἀστυάναξ
*ヘクトールと*アンドロマケーの子,*スカマン

アステュオ

ドリオスに同じ．*トロイア陥落に際して，いまだ幼い彼は*ネオプトレモスあるいは*オデュッセウスによって殺された．一説では彼は遁れて，のちトロイアを再建したという（アスカニオスの項を見よ．

アステュオケー Astyoche, 'Αστυόχη
1. *トロイア王*ラーオメドーンの娘，*プリアモスの姉妹．*テーレポスに嫁し，*エウリュピュロスの母となった．同項を見よ．
2. テスプローティアのエピュラ Ephyra 王*ピューレウスの娘，*ヘーラクレースとのあいだに*トレーポレモスを生んだ．
3. *アムピーオーンと*ニオベーの娘．*アルテミスに射られて死んだ．
4. *シモエイス河神の娘．*トロイア王*エリクトニオスの妻となって，*トロースを生んだ．
5. *アクトールの娘．アレースとのあいだに*アスカラポスと*イアルメノスを生んだ．イアルメノスの項を見よ．

アステュダメイア Astydameia, 'Αστυδάμεια
1. *アミュントールの娘．*ヘーラクレースによって一子クテーシッポス Ktesippos を生んだ．
2. アステュメドゥーサ Astymedusa ともいう．*ペロプスの娘．*アルカイオスの妻．*アムピトリュオーンとアナクソー Anaxo の母．
3. イオールコス王*アカストスの妻．*ペーレウスに懸想して拒まれた．

アステュノメー Astynome, 'Αστυνόμη
1. *アムピーオーンと*ニオベーの娘の一人．
2. *タラオスの娘．
3. *クリューセーイスに同じ．

アステリアー Asteria, 'Αστερία 1. *ティーターン神族の*コイオスと*ポイベーの娘で，*レートーの姉妹．*ペルセースに嫁し，ヘカテーの母となった．*ゼウスの恋を遁れるためにうずら（鶉）に身を変じて，空から海に身を投じ，アステリアー《星島》あるいはオルテュギア《鶉島》となった．のちこの島でレートーが*アポローンと*アルテミスを生み，*デーロス Delos と名づけられた．
2. *アトラスの娘の一人．*オイノマーオスの母とされている．

アステリオーンまたはアステリオス Asterion, 'Αστερίων, Asterios, 'Αστέριος 1. *テクタモスまたは*ドーロスと*クレーテウスの娘との子，クレータ王．*ゼウスがさらった*エウローペーを妻とし，神とのあいだに生れた*ミーノース，*サルペードーン，*ラダマンテュスを養子にした．
2. コメーテース Kometes の子．*アルゴナウテースたちの一人．
3. *ミーノータウロスの本名．
4. *ネーレウスと*クローリスの子の一人．

アステロペー Asterope, 'Αστερόπη ステロペーを見よ．

アステロペース Asteropes, 'Αστερόπης ステロペースを見よ．

アストライアー Astraia, 'Αστραία, 拉 Astraea, 仏 Astrée 《星乙女》の意．*ゼウスと*テミスの娘，*ディケー Dike（正義の女神）と同一視されている．黄金時代に人間の世に住んでいたが，人類の悪が大となるにつれて，彼女は天上に帰り，乙女座となった．

アストライオス Astraios, 'Αστραῖος *ティーターン神族の一人，クレイオス Kreios と*ポントスの娘エウリュピアー Eurybia の子．曙女神*エオースを妻として，風と星の父となった．アストライオスは《星男》を意味する．

アーソーポス Asopos, 'Ασωπός シキュオーン Sikyon の河の神．*ポセイドーンと*ペーロー，*ゼウスと*エウリュノメー，あるいは*オーケアノスと*テーテュースの子といわれる．*ラードーン河神の娘*メトペーを妻とし，*イスメーノスとペラゴーン Pelagon の二子，20人の娘を得た．娘のなかには*エウアドネー，エウボイア Euboia，*アイギーナ，*コルキューラ，*サラミース，*ペイレーネー，*テーベーらがあり，また*アムピーオーンと*ゼートスの母*アンティオペーやプラタイアー Plataia もそのなかに数えられている．

アタマース Athamas, 'Αθάμας *アイオロスの子，ボイオーティア王（コローネイア Koroneia あるいはテーバイ Thebai）．彼には*ネペレー（《雲》の意），*カドモスの娘*イーノー，ヒュプセウス Hypseus の娘*テミストーの三人の妻が帰せられ，継子いじめの伝説がこれにまつわっている．彼はネペレーを妻として男子*プリクソスと娘*ヘレーを得た．二度目にイーノーを娶り，彼女から*レアルコスと*メリケルテースが生れた．イーノーは先妻の子を憎み，女たちに男にかくれて種麦を焙らせたので，作物が実らない．そこでアタマースは*デルポイの神託を乞いに使者を送ったが，イーノーは使者を籠絡して，プリクソス（あるいはヘレーもともに）を*ゼウスに犠牲に供すれば不作はやむと神託があったかのごとくに言わしめた．アタマースは住民に強請されて，その通りしようとしたが，ネペレーは*ヘルメースから授った金毛の羊に彼らを乗せて逃がした．羊の背の

二人は空中を飛んで行くあいだにヘレーは目まいがして海中に落ちた．ヘレースポントス Hellespontos《ヘレーの海》がその場所である．プリクソスはコルキスに着き，*アイエーテース王の娘*カルキオペーを妻に与えられ，金毛の羊を厄除け神としてのゼウスに捧げ，その皮をアイエーテースに与え，王はこれを*アレースの森の樫の木に打ちつけ，竜に護らせた．その後のことはアルゴナウテースたちの遠征の項を見よ．後代ではこの牡羊は星座となったといわれている．一説では，神託の使者はプリクソスを憐れみ，アタマースにイーノーの悪企みを告げたので，王はプリクソスのかわりにメリケルテースとイーノーを犠牲に命じた．*ディオニューソスがかつての乳母たる彼女を憐れみ，彼を霧で包んで見えなくし，アタマースを狂わしめた．王はレアルコスを熱湯のなかに投じ，イーノーはメリケルテースを殺して自殺した．もっとも普通に行なわれている話では，アタマースはイーノーが幼児のディオニューソスを育てることに同意したので，*ヘーラーが怒ってアタマースとイーノーを狂わしめ，王はレアルコスを殺し，イーノーはメリケルテースとともに海に身を投じ，彼女は*レウコテアー，子供は*パライモーンなる海神に変じたという．エウリピデースの《イーノー》なる失われた悲劇では，イーノーはディオニューソス崇拝の狂乱女となり，アタマースはテミストーを妻とし，オルコメノス Orchomenos とスピンギオス Sphingios の二子を得たが，イーノーはひそかに帰って，アタマースの同意のもとに奴隷になって王宮に入り，自分の子供の乳母となる．テミストーの計画の裏をかき，テミストーにオルコメノスとスピンギオスを殺させ，自殺させることになっている．アタマースはボイオーティアから追放され，野獣によって饗応された所に住むべしの神託を得，長い放浪ののち，狼たちが肉をくらっているところに出会い，動物が逃げたので，そこに居を構えアタマンティア Athamantia と呼び，ハロス（またはアロス）(H)alos 市を建設，普通の話ではここでテミストーを娶り，*レウコーン，エリュトリオス Erythrios，*スコイネウス，プトーオス Ptoos の四子を得た．のちアタマースは宗教上の罪を犯して，住民に犠牲に供せられんとしたときに，孫の*キュティッソーロスに救われた．歴史時代に，テッサリアのアカイア Achaia にあったハロス市では，アタマースの後裔を名乗る氏族の長老は，市庁に足を踏み入れれば，ゼウス・ラピュスティオス Laphystios に犠牲に供せられるとの掟があり，

これはアタマースがイーノーと共謀して，プリクソスを殺そうとしたからだという．上述のごとくアタマースの話は悲劇その他の多くの人によってさまざまに作り直され，相互に矛盾して，一致がない．

アタランテー Atalante, Ἀταλάντη, 拉 Atalanta　アルカディアの*リュクールゴスの子*イーアソスとボイオーティアの*ミニュアースの娘*クリュメネーの娘とも，ボイオーティアの*アタマースの子*スコイネウス，あるいはアルカディアの*マイナロスの娘ともいわれる．父が男の子を欲していたので，彼女を棄てたが，牝熊が乳を与え，猟師が発見して育てた．成人して，*アルテミスと同じく，処女を守り，山野に狩し，*ケンタウロスの*ロイコスと*ヒューライオスは彼女を犯さんとして射殺された．*カリュドーンの猪狩に参加（メレアグロスの項を見よ），*ペリアース葬礼競技では*ペーレウスと闘って勝った．のち両親に再会し，父が彼女を結婚させようとすると，求婚者たちに競走して勝つことを求め，敗けた場合には殺した．すこし先に走り出させて，あとから槍をもって追い，刺し殺したともいう．すでに多くの若者が殺されたのち，*アムピダマースの子*メラニオーンあるいは*メガレウスの子*ヒッポメネースが彼女に恋し，*アプロディーテーより与えられた三箇の黄金の林檎をもって競走に臨み，追いつかれそうになると林檎を投げた．アタランテーがそれを一箇ずつ拾っているあいだに，競走に敗れ，彼の妻となった．のち二人は狩の途中*ゼウスの神域に入り，そこで交わった．これを怒ったゼウスは彼らをライオンに変じた．アタランテーにはテーバイにむかう七将の一人である*パルテノパイオスが生れたが，父は上記の夫以外に，*アレースとも*メレアグロスともいわれる．なおエピダウロス Epidauros の地には《アタランテーの泉》があり，彼女が狩の途中渇を覚えて，槍で岩を撃ったとき湧出したと伝えられる．

アタルガティスまたはデルケトー　Atargatis, Ἀτάργατις, Derketo, Δερκετώ　シリアのヒエロポリス・バムビュケー Hieropolis-Bambyke の豊穣の女神，ハダッド Hadad の妻．ヘレニズム時代以後その信仰が広く行なわれた．女神は湖に落ちて魚になった，あるいは魚に救われたとの説があり，魚と鳩がその聖獣．*セミーラミスはその娘である．同項を見よ．*シュリア・デア Syria Dea (Dea Syria) と同一．

アッカ・ラーレンティア（またはラウレンティア）　Acca Larentia (Laurentia)　もと

アッサーオ

はイタリアの大地女神，12月23日のLārentā-lia祭の主神．共和制末期の伝説によれば，彼女は*ロームルス(またはアンクス・マルティウス Ancus Martius)時代のローマの遊女で，*へーラクレースと交情を結び，その結果神の勧告によって，彼と別れたのち，最初に出会ったタルーティウス Tarutius と結婚し，その死後莫大な遺産を得て，これをローマ市民に遺贈した．一説には彼女は羊飼*ファウストゥルスの妻で，ロームルスと*レムスを養子としたほかに，12人の子供(*アルヴァーレースの創設者)を生んだという．

アッサーオーン Assaon, ’Ασσάων　リューディア Lydia の伝えによれば，*ニオベーの父．婿のピロットス Philottos がシピュロス Sipylos 山の狩で死んだのち，娘に不倫の恋をしかけて，拒絶され，娘の20人の子供を招じ，焼き殺した．ニオベーは絶望して絶壁より投身し，アッサーオーンは狂って，自殺した．

アッサラコス Assarakos, ’Ασσάρακος　*トロイア王，*トロースの子，*カピュスの父，*アイネイアースの父*アンキーセースの祖父．

アッティスまたは**アテュス** Attis, ῎Αττις, Atys, ῎Ατυς　プリュギア Phrygia の大地女神*キュベレー・*アグディスティス(同項参照)の愛した少年．これには種々神話の変形があるが，古くはつぎのごとくであった．アグディスティスは本来は男女両性であったが，神々が去勢したため，女性となった．切断された部分からはたんきょう(巴旦杏)が生え，その実によって*サンガリオス河神の娘ナナ Nana はみごもり，アッティスを生んだ．彼に恋したアグディスティスは，彼がほかの女と結婚しようとしているので，彼を狂わしめ，彼はためにみずから去勢して死んだ．女神の願いにより，彼の魂は松の木に宿り，血からは菫が咲き出た．へーロドトス中のクロイソス Kroisos の子アテュスが猪狩で*アドラストスに殺された話はこの神話の変形である．オウィディウスでは，彼はプリュギアの美少年で，女神の愛人であったが，ニンフの*サガーリティスの恋を容れたため，女神はニンフの宿っている木を切りたおし，彼を狂わした．アッティスは*アドーニスと同じく植物の枯死と復活を表象した神で，ローマ時代にその崇拝が広まっている．

アーテー Ate, ῎Ατη　神々と人間とを問わず，道徳的判断を失わしめ，盲目的に行為せしめる狂気の擬人化．ホメーロスでは*ゼウスの，へーシオドスでは*エリスの娘となっている．ゼウスが*ペルセウスの最初の子孫に支配権を与えると誓い，*へーラクレースを*エウリュステウスよりさきに生れさせようとした計画を齟齬せしめたのは彼女で，ゼウスは憤って女神を天より投げ落し，彼女はのちのイーリオン Ilion 市が建てられた場所に落ちた．ゼウスは女神に天上に帰ることを禁じたので，彼女は人間の悲しむべき属性となった．

アテーナーまたは**アテーネー** Athena, ’Αθηνᾶ, Athene, ’Αθήνη　ギリシア神界最大の女神．アテーナーのもとの形はアターナー ’Αθάνα であり，これが ’Αθήνη なる形にイオーニア方言で変化した．’Αθηνᾶ は ’Αθηναία (>ホメーロス ’Αθηναίη《アテーナイの女》)に由来する，アッティカのアテーナイの方言形である．この神名はおそらく先住民族のもので，印欧語族であるギリシア人がこの女神を受けついだものであろう．本来ミュケーナイ時代のアクロポリスの守護の女神 (poliuchos, polias) であり，アテーナイのアクロポリスにもまた古くはミュケーナイ時代の宮殿があった．これがホメーロス中の《*エレクテウスの家》である．したがって女神はホメーロスでは*ディオメーデース，*オデュッセウスの，また他の伝説でも英雄王侯たちの守護の女神となっている．彼女がホメーロスで鳥にたとえ glaukopis《梟の眼の》，あるいは《青い(輝ける)眼》と呼ばれ，アテーナイで彼女の聖鳥が梟であるのも，ミュケーナイ時代の獣形の神の名残りかと思われる．

女神はアクロポリスの女神より，国家の守護神となった．また彼女は種々の技術(織物，陶器，冶金，医術その他，女神の称呼 Ergane《工女》とアラクネの話を参照)，音楽(とくにフルート，マルシュアースの話を参照)の女神でもあり，さらに戦の女神として，つねに武装した若い威厳のある処女として考えられていた．しかし*アーレースとは異なり，女神は戦闘の狂暴な方面ではなくて，知的な方をこのみ，選ばれた英雄や民族の冷静な指導者であり，戦車，ラッパその他の武具の発明者とされている．このような性質は最後に彼女を知性の擬人化と見なす傾向を生じた．

神話ではアテーナーは*ゼウスと*メーティス《思慮》の娘で，*ウーラノスと*ガイアが，メーティスから生れる男子によって王座を奪われると予言したため，ゼウスは彼女を嚥下し，月みちた時に，*へーパイストスに斧で自分の頭を割らしめ，そこからアテーナーが完全に武装した姿で飛び出したという．生れた所はトリートーニス Tritonis 湖岸で，ここから Tritogeneia (-geneia は《生れた女》の意)なる称呼が出た

アドメート

といわれる．Trito-が海神*トリートーンと関係ある語であることは確実であるが，その意味は不明．ピンダロスによれば，太陽神*ヘーリオスはロドス島の息子たちにこのことを知らせたところ，彼らは急ぎのあまり火を忘れたので，焼かない犠牲を女神に供えた．しかし女神はこれを嘉し，この習慣はリンドス Lindos 市の女神の神殿に伝わっているという．

女神は巨人*ギガースとの戦では，*パラースをたおし，その皮で鎧の胴を造り，逃げる*エンケラドスをシシリアまで追い，その上に島を投じた．*ペルセウスや*ヘーラクレースを援けて（同項参照），前者が退治した*ゴルゴーンの首をその楯につけ，*アイギスを鎧った．ホメーロスでは*オデュッセウスはとくに彼女のひいきである（同項を見よ）．また女神は*アルゴーの建造にあたった*アルゴス（同項参照）を援けた．

アテーナイでは女神はまたオリーヴ栽培の保護神とされている．彼女と*ポセイドーンとがアッティカの地を争い，おのおのが最良の賜物を与える約束をし，ポセイドーンは三叉の戟の一撃でアテーナイのアクロポリス山上に塩水の泉を出現させたが，女神はオリーヴを芽生えさせた．神々が審判者となり，女神に軍配が上った．アッティカは彼女のものとなった．

彼女は処女を守った．ヘーパイストスが女神に恋し，追いかけ，手ごめにしようとしたが，彼女に拒否された．しかし争いのあいだに彼の精液が彼女の脚にたれ，女神は怒って羊毛で拭き取って，地上に投じたところ，そこから*エリクトニオスが生れた．赤児を箱にかくして，*ケクロプスの娘たちにあずけた（その後の話はエリクトニオス，アグラウロスの項参照）．

彼女は上記のほかに，しばしば*パラス（同項参照）とも呼ばれ，ローマでは*ミネルヴァと，エジプトではネイト Neith と同一視されている．勝利の女神*ニーケーはアテーナーに付属する神々のなかの一人である．

アテュス アッティスを見よ．

アドーニス Adonis, Ἄδωνις シリア王*テイアース，またはキュプロス王*キニュラースとその娘*ミュラー（または*スミュルナー）との不倫の交わりより生じた美少年．*アプロディーテーはこの美しい赤児を箱にかくし，*ペルセポネーに養育を頼む．ところがペルセポネーもその美しさにうちれて少年を返そうとせず，*ゼウス（またはその命により*カリオペー）が一年の三分の一ずつを二女神のもとに，残る三分の一を自分の好きな所で暮すように命じた．のち彼は*アルテミスの，あるいは*アレース（*ヘーパイストス，*アポローンとも伝えられる）の怒りにふれ，狩猟の最中に猪に突かれて死に，その血からアネモネが，彼を悼むアプロディーテーの涙からばらが生れた．Adon はセム語で《主》の意味，バビロニアのタムズ Tammuz と同じ神で，農業神であり，植物の芽生え，繁茂と冬のあいだの死を象徴する．シリアのビュブロスとキュプロス島にアドーニス崇拝の中心地があり，毎春彼の蘇りを祝う祭礼アドーニア Adonia が行なわれた．女たちは壺に植物を植え，湯を注いで芽生えをはやめ，これを《アドーニスの園》と呼び，祭には彼を嘆いた．

アドメーテー Admete, Ἀδμήτη アルゴリス Argolis の王*エウリュステウスの娘，ペルセウスの曾孫，アルゴスの*ヘーラー女神の女宮守．*アマゾーンの女王の帯を求めに*ヘーラクレースがやられたのはアドメーテーのためであったとも伝えられる．サモス Samos 島の伝説によれば，父の死後彼女はヘーラーの神像を携えてサモスに遁れ，この地にレレクス Lelex 人とニンフたちの建てた古い女神の神殿に像を安置した．アルゴス人は像の行方の探索をテュレーニア人 Tyrrhenoi の海賊に依頼，彼らは神像を盗み出したので，船が動かなくなったので，神像を海岸に放置して立ち去った．これを見いだした時，アドメーテーは像を潔めて，ふたたび神殿に安置した．毎年サモス人が神像を海岸にもち出し，新たに奉納するのはこのためであるという．ただしパウサニアースによれば，神像をサモスに運んだのは*アルゴナウテースたちであると．

アドメートス Admetos, Ἄδμητος, 拉 Admetus, 仏 Admète テッサリアのペライ Pherai の王，*ペレースとペリクリュメネー Periklymene の子．*カリュドーンの猪狩と*アルゴナウテースたちの遠征に加わった．*ゼウスが*ヒッポリュトスを蘇生せしめた医神*アスクレーピオスに対して怒って雷霆を投じて殺した時，*アポローンは，自分の息子の医神の死の復讐のために，雷霆を製造した*キュクロープスたちを殺した罪であがなうために，一年間アドメートスのもとに下僕となっていた．その間，王は神を親切に扱ったので，王が*ペリアースの娘*アルケースティスを妻に求め，ペリアースがライオンと猪に引かれた戦車に駕した男に娘を与えると布告した時，神は王にその条件に合う戦車を与えた．王が若死することを神は*モイラ（運命の女神）より聞き，王を助けるために女神たちを酔わせて，定めの時に身代りに死ぬ者があれば，長寿を許す約束をさせた．王の両親

アトラース

どもは身代りを拒んだが、妻のアルケースティスは進んで代りに死んだ。そこへ*ヘーラクレースが偶然来訪し、事を知って死神*タナトスより彼女を奪い返した。これはエウリーピデースの劇《*アルケースティス》の筋であるが、一説では冥府の女王*ペルセポネーが彼女の貞節に感じてこの世に帰ることを許したともいう。

アトラース Atlas, Ἄτλας　天空を支えている巨人神。*ティーターン神族の一人。*イーアペトスと*クリュメネー（または*アシアー）の子。*プロメーテウス、*エピメーテウス、*メノイティオスの兄弟。一説には*ウーラノスの子。ティーターン神族とオリュムポスの神々との争いで、その罰として蒼穹を支える役を課せられた。しかしホメーロスではまだ彼は蒼穹の支柱の番人にすぎない。彼の居所ははるかなる西方となっており、ヘーロドトスは彼をアフリカのアトラース山脈であるとしている。*ペルセウスが*ゴルゴーン退治の帰途、宿を求めた時、拒んだので怒って*メドゥーサの首を見せて彼を石化したという。ホメーロスでは*カリュプソーが彼の娘となっている。西方に住んでいると考えられていたことから、彼は*ヘスペリデスの父となった。*プレイアデス、*ヒュアデス、さらに*ディオーネーもその娘である。息子に*ヒュアース、*ヘスペロスがある。*ヘーラクレースがヘスペリデスの林檎をとりに行った話は、同項参照。のちアトラースは羊飼、天文学者（星占師）、王（アトランティスの項を見よ）など、さまざまな解釈を与えられている。

アドラステイア Adrasteia, Ἀδράστεια, 拉 Adrastea, Adrastia　1.　*ゼウスと*アナンケー（《必然》の意）の娘。*ネメシスの別名。*アドラストスが捧げた祭壇よりこの名が出たというが、アドラステイアはおそらく《遁れ得べからざる女》の意であろう。慢心を罰し、善行を賞した。

2.　*クーレースたちの一人の*メリッセウスの娘。*ゼウスの乳母。

アドラストス Adrastos, Ἄδραστος　*タラオスの子、アルゴス王、テーバイにむかう七将の総帥。*プロイトスが*アミュターオーンの二子*ビアースと*メラムプースにアルゴスの領土を分ち与えたのち、この三家がアルゴスを支配していたが、やがて紛争を生じ、メラムプース家の*アムピアラーオスはタラオスを殺した。アドラストスは遁れてシキュオーン Sikyon 王*ポリュボスのもとに赴き、のちその王国を譲られ、アムピアラーオスと和してアルゴスに戻り、妹*エリピューレーを彼に与えた。*オイネウスの子*テューデウスと*オイディプースの子*ポリュネイケースがともに国を追われてアドラストスを訪ねてアルゴスに到着、彼の宮殿の外で争っているのを発見した王は、ライオンと猪に娘を与えよという予言によって（両者の楯にこの紋章があった）*アルゲイアーをポリュネイケースに、*デーイピューレーをテューデウスに妻として与える。両人を国に復帰させることを約し、まずポリュネイケースの祖国テーバイに二人の婿、*パルテノパイオス、アムピアラーオス、*カパネウス、*ヒッポメドーンが加わった。これが七将である。一説には二人の婿の代りに*メーキステウスと*エテオクロスが加えられている。途中ネメア Nemea を通過するとき、*ヒュプシピュレーが泉への道案内に立っているあいだに、彼女が乳母をしていた*アルケモロスが蛇に殺されたので、軍はここで競技を子供のために催し、これがネメア競技のはじめとなった。テーバイで最初は旗色のよかったアルゴス軍は、大敗し、アドラストスのみ神馬*アレイオーンによって遁れることができた。彼はアテーナイの*テーセウスの力によって戦死者を葬ることを得たともいう。十年後彼は戦死者の息子をひきいて再びテーバイを攻め（これを*エピゴノイの戦という）、市を攻略し、ポリュネイケースの子*テルサンドロスを王とした。しかしアドラストスの子*アイギアレウスは*エテオクレースの子*ラーオダマースに討たれたため、アドラストスは悲しみのあまり、帰途メガラ Megara で世を去った。彼はアムピテアー Amphithea とのあいだにアルゲイアー、*ヒッポダメイア、デーイピューレー、*アイギアレーの四女をもうけ、おのおのポリュネイケース、*テューデウス、*ディオメーデースに嫁した。歴史時代に彼はシキュオーンとメガラにおいて祭られていたが、本来彼が神であったとの説は疑わしい。Ἄδραστος は否定辞 ἀ- と διδράσκω《走る》の δρα- の合成語で、《遁れ得べからざる者》の意であるらしい。

アトランティス Atlantis, Ἀτλαντίς, 仏 Atlantide　プラトーンの《*ティーマイオス Timaios と《クリティアース》Kritias の二対話中に語られている伝説的な島。エジプトのサイス Saïs の僧の話とある。この島はジブラルタル海峡を出た大西洋中にあり、*ポセイドーンがこの島のエウエーノール Eueror とレウキッペー Leukippe の娘クレイト Kleito と交わって、十人の子を得、彼らは領土を分って、壮麗な市と宮殿を建設し、そのうち長子*アトラースが

全体を支配した．島は豊かで金属に富み，栄えていて，西南ヨーロッパと西北アフリカをも領有した．彼らは，プラトーンの時代より9000年以前に侵略戦争でアテーナイ人の祖先に破られた．のちアトランティスの住民は兇悪瀆神の徒となり，島は一日一夜のうちに海中に呑みこまれた．これは一種の理想境の話であり，ディオドーロスの話では彼らはリビアに隣接し，*アマゾーンに襲われたという．

アトランティデス Atlantides, Ἀτλαντίδες
*アトラースの娘たちの父称．同項を見よ．

アトレイデース At=eides, Ἀτρείδης, 拉 Atrides 《アトレウスの後裔》の意．*アガメムノーンと*メネラーオスを指す．

アトレウス Atreus, Ἀτρεύς, 仏 Atrée
*ペロプスと*ヒッポダメイアの子，*テュエステース，*ピッテウスの兄弟．彼の伝説は種々に変更の手が加えられたために，相互に矛盾する話が多い．つぎに述べるテュエステースとの醜い争いの話はホメーロス以後のものである．この二人は彼らの異母弟*クリューシッポスを殺したため，*ミュケーナイの*ステネロス，あるいはその子の*エウリュステウスのもとに遁れた．これは*アムピトリュオーンが追放された時にあたり，二人はミュケーナイ市にあずけられた．エウリュステウスの死後，後継者なく，神託がペロプスの子を王とすべしと告げた．アトレウスは自分の家畜のなかに黄金の仔羊が現われ，*アルテミスに自分の羊のなかで一番美しいものをアルテミスに捧げると誓いながら，これを破り，羊を殺して，皮を箱にしまっておいた．この仔羊は，自分の子*ミュルティロスをペロプスが殺したのを憤って，*ヘルメースがよこしたものといわれる．王座に関して議論が起ったとき，テュエステースは，これは黄金の仔羊の所有者に帰すべきものであると言った．これはアトレウスの妻である*アーエロペーと情を通じ，仔羊をひそかに手に入れたからである．アトレウスが彼の提案に同意したとき，テュエステースは仔羊を示して王となったが，これは神の意志に反していた．*ゼウスは*ヘルメースをアトレウスのもとに遣わして，太陽が逆の道を取ったならば，アトレウスが王となるという協約をテュエステースにするように命じ，テュエステースが同意すると，太陽は東に沈んだ．この神がさらにテュエステースに黄金の仔羊を僭領したことを示したので，アトレウスが王となり，テュエステースは追放された．のちアトレウスは，妻の姦通を知って，テュエステースと和睦し，彼を招き寄せ，水のニンフからテュエステースが得たアグラオス Aglaos, カリレオーン Kallileon, オルコメノス Orchomenos の三人の子供を，彼らがゼウスの祭壇に遁れて命乞いをしたにもかかわらず，殺害し，八つ裂きにして煮て，テュエステースの食膳に供した．彼が飽食した時に，頭を見せて，彼が何を食ったかを知らせた後に，国外に追放した．太陽がもと来た道に戻り，東に沈んだのは，このあさましい光景に驚いたからだともいわれる．テュエステースはシキュオーン Sikyon に逃げ，神託によって，自分の娘*ペロピアーと交わって，*アイギストスを得た．この女はのちアトレウスと結婚した．アイギストスは，父親不明のまま，アトレウスに育てられ，成長したとき，アトレウスは彼にテュエステースの殺害を命じた．しかし彼は実父を知り，かえってアトレウスを討ち，父にミュケーナイの王座を与えた．

*アガメムノーンと*メネラーオスはアトレウスとアーエロペーの子と普通されているが，また一説にはアトレウスと別の女とから生れた*プレイステネースの子で，父の死後，祖父に育てられたものとも伝えられる．プレイステネースの項を見よ．なお上記の兄弟の不和の原因についても，いろいろな所伝がある．

アトロポス Atropos, Ἄτροπος 三人の*モイラ(運命の女神)の一人．同項を見よ．

アナクサゴラース Anaxagoras, Ἀναξαγόρας アルゴス Argos 王*プロイトスの子*メガペンテースの子．パウサニアースやディオドーロスによれば，*メラムプースがアルゴスの婦人たちの狂気を鎮めて，兄弟*ビアースとともにアルゴス王国の三分の二を貰ったのはアナクサゴラースの王の時であったという．彼の子孫アナクサゴリダイ Anaxagoridai は*ステネロスの子キュララベス Kylarabes の時に，ふたたび王国を全部自分の手に収めた．メラムプースの子孫は*アムピロコスに至って国外に去り，ビアースの最後の子孫*キュアニッポスは子なくして世を去った．

アナクサレテー Anaxarete, Ἀναξαρέτη
キュプロスの貴族の乙女．*テウクロスの子孫．彼女を愛し，拒絶されて絶望のあまり彼女の家の戸口で縊れて死んだ*イーピスの葬礼の行列を無情にも窓から眺めていた彼女を，怒った*アプロディーテーがその姿のまま石にした．この石像は Venus Prospiciens《前を眺めるウェヌス》と呼ばれ，キュプロス島のサラミース Salamis の神殿に納められた．

アナケスまたは**アナケテス** Anakes, Ἄνακες, Anaktes, Ἄνακτες 《君侯》の意味．*デ

アナヒタ

ィオスクーロイの称呼. しかし他の神の名としてもアムピッサ Amphissa で行なわれていたらしい.

アナヒタ Anahita, 希 Anaitis, Ἀναῖτις ペルシアの水の女神, 前4世紀に小アジアよりアルメニアに至る広い地域にその崇拝が広がり, リューディア Lydia では*キュベレーや*アルテミスと同一視されている.

アナンケー Ananke, Ἀνάγκη 運命の《必然》を擬人化した女神. オルペウス教で彼女は, その娘の*アドラステイアとともに赤児の*ゼウスを養育したことになっている. 彼女は*クロノスの娘で, *アイテール, *カオス, *エレボスはその子とされている.

アニオス Anios, Ἄνιος *アポローンの子, *デーロス王. 母*ロイオーの父*スタピュロス(《葡萄の房》の意)は*ディオニューソスの子孫. 娘がみごもった時, 怒って箱に入れて海に流した. 箱はエウボイア Euboia 島に漂着, 子供が生れると, *アポローンは母とともにデーロスに住まわせ, その支配者にした. ドーリッペー Dorippe とのあいだにエライス Elaïs, スペルモー Spermo, オイノー Oino, (《オリーヴ》,《麦》,《葡萄》の意)の, *オイノトロポイ Oinotropoi《葡萄づくり》と呼ばれる子供を得た. 三人はそれぞれオリーヴ, 麦, 葡萄を地より芽生えさせる力をディオニューソスから授った. *トロイア戦争のとき, 彼らはギリシア軍に頼まれて, 食糧を供したが, のちこれに疲れて遁げ, ギリシア人に追われ, ディオニューソスに願って鳩となった. デーロスで鳩の殺生が禁じられているのはこのためである. アニオスはそののち*アイネイアースを歓待した.

アヌービス Anubis, Ἄνουβις エジプトの死者の神, ジャッカルの頭で身体は人間の姿で表わされている. ヘレニズム時代にヘルマヌービス Hermanubis なる名のもとに, *ヘルメース神と同一視されている.

アパイアー Aphaia, Ἀφαία アイギーナ Aigina 島で崇拝されていた女神, *ブリトマルティス・アルテミスと同一視され, その神殿がアイギーナに現存している.

アバース Abas, Ἄβας 1. *メタネイラの子, *デーメーテール女神が*ペルセポネーを探し疲れて, エレウシース Eleusis に着き, メタネイラの家で葡萄酒を勢よく飲むのを嘲笑したためにとかげにされた.

2. *ポセイドーン神とニンフの*アレトゥーサ(エウボイア Euboia 島のカルキス Chalkis 近傍の泉)との子, 同島のアバンテス Abantes 族に名を与えた祖. 一説(アテーナイの後代の伝説)によれば, *エレクテウスの子*メーティオーンの子*カルコーンの子で, *カルコードーンとカネートス Kanethos の父.

3. アルゴス Argos の12代目の王, *リュンケウスと*ヒュペルムネーストラーの子, *ダナオスと*アイギュプトスの孫, *アクリシオスと*プロイトスの父. 彼は兄弟たる両祖父の争いを解き, *ペルセウス家の祖となった. 彼の娘イードメネー Idomene は*アミュターオーンに嫁した. 彼はポーキス Phokis のアバイ Abai 市の建設者とされ, また*ヘーラー女神に, 反乱を起した人民を鎮圧する力ある, 聖なる楯をダナオスより授けられた.

4. 上記アバースの曾孫, *アミュターオーンの孫, *メラムプースの子. その娘*リューシマケーは*タラオスに嫁し*アドラストスの母となった. 有名な予言者*イドモーンと*コイラノスもまたアバースの子である.

5. エウリュダマス Eurydamas の子. トロイアで*アイネイアースに討たれた.

6. *アイネーイスl中に*アイネイアースの部下の中に, 彼をカルターゴーに流した嵐で溺死した, またアイネイアースの同盟者で*ラウススに討たれたアバースがある.

アバリス Abaris, Ἄβαρις *アポローンの神官と伝えられる*ヒュペルボレイオイ人. 疫病を遁れてギリシアに来た. 神の象徴たる黄金の矢を携えて各地を巡り, 食物を取らずに生きたという. 年代はピンダロスによればリューディアのクロイソス Kroisos 王(前 560~546)と同時代.

アパレウス Aphareus, Ἀφαρεύς *イーダースと*リュンケウスの父. この兄弟はしたがってアパレーティダイ Apharetidai《アパレウスの子ら》と呼ばれる.

アバンティアス Abantias, Ἀβαντιάς *アバースの女性の子孫. とくに*ダナエーと*アタランテー.

アバンティアデース Abantiades, Ἀβαντιάδης *アバースの子孫. とくにその子*アクリシオスと孫の*ペルセウスを指す.

アーピス Apis, Ἆπις *イーナコス河神の子*ポローネウスとニンフのテーレディケー Teledike (一説にはラーオディケー Laodike)との子. 父のあとを継いでペロポネーソス全土を支配し, この地は彼の名からアーピア Apia とも呼ばれるようになった. 暴君だったので*アイトーロスあるいは*テルクシーオーンと*テルキースに殺され, 死後神格視されて, *サ

ラービスと呼ばれた.一説には彼はテルキースの子で,テルクシーオーンの父とされている.

サラーピスとの同一視は,エジプトのメムピス Memphis で崇拝の対象となっていた牡牛アーピスがヘレニズム時代に崇拝されたサラーピスと関係あったことに由来している.

アプシュルトスまたはアプシュルトス Apsyrtos, Ἄψυρτος, Absyrtos, Ἄβσυρτος
*コルキス王*アイエーテースの子,*メーデイアの弟.姉と*イアーソーンに従って海上を逃走するあいだに,姉は父の追手を遅らせるために弟を殺し,八つ裂にして海に投じた.アルゴナウテースたちの遠征の項を見よ.

アブデーロス Abderos, Ἄβδηρος *ヘーラクレースがトラーキア王*ディオメーデースの牝馬を奪った時に,ビストーン人 Bistones が武装して助けに来た.英雄は,*ヘルメースの子で,オプース Opus のロクリス Lokris 人で,自分の少年であったアブデーロスに馬を守るべく託したが,馬は彼を引きずり殺した.英雄はビストーン人を敗走せしめ,ディオメーデースを殺したのち,殺されたアブデーロスの墓のかたわらに一市アブデーラ Abdera を創設した.

アブリアテー Apriate, Ἀπριάτη レスボス島の女,*トラムベーロスに愛されたが,拒んだ.男は女が散歩しているところを襲い,彼女が抵抗したので,海に投げこんだために,その後罰をうけた.女の名は《贖われざる女》の意味である.

アプロディーテー Aphrodite, Ἀφροδίτη ギリシアの愛,美,豊穣の女神.ホメーロスでは*ゼウスと*ディオーネーの娘となっているが,ヘーシオドスでは*クロノスに切断された*ウーラノスの精液が海に滴り,そこから生れた(aphros《泡》)とされている.全ギリシア的な女神であるが,崇拝の中心はキュプロス島(Paphos と Amathus),キュテーラ Kythera 島,コリントス Korinthos 等で,セム族の*アスタルテー・イシュタル Ishtar に類似し,また豊穣多産の女神として*ホーラーや*カリスの女神たちと関係があり,結婚の女神としては*ヘーラに劣るが,売淫の女神としてコリントスで祭られていた.彼女は航海や戦争の女神としても崇拝され,後者の資格でスパルタ,キュテーラその他で祭られていた.プラトーンで哲学的論議の的となっているウーラニアー Urania《天上の》とパンデーモス Pandemos《大衆の,卑俗の》なる二つの女神の称呼は,本来はウーラニアーは東洋の神々の称呼,パンデーモスは《すべての市民の女神》の意味で,ギリシア的称呼

である.前者はコリントス,キュテーラ,キュプロスで,後者はアテーナイ,テーバイ,メガロポリス,コース,エリュトライ等に見いだされ,これもまたアプロディーテーの東洋起源とそのギリシア化を示すものである.なおこの女神のなかにはギリシア先住民族の分子も混入しているらしく,*デーロス島では*アリアドネー崇拝が彼女のなかに吸収されたらしい.

アプロディーテーは水泡から生れると西風*ゼピュロスがやさしく彼女をキュテーラに,ついでキュプロスに運び,そこで*ホーラーたち(季節の女神)が女神を飾り衣を着せて神々の所に導いた.彼女に関しては*オリュムポスの神神と密接な関係のある物語は少く,また彼女をめぐる一貫した神話もない.彼女は*ヘーパイストスと結婚したが,軍神*アレースと情を通じた(これは女神が戦の神である点より生じた話か?).《*イーリアス》では,彼女は*トロイア方の女神として活動し,《*オデュッセイア》では二人のあいだを知った夫のヘーパイストスは,ベッドに巧みに魔法の網をかけ,二人を捕え,神々を呼んでその醜情を見せた.*ポセイドーンの願いにより,夫が網を解いてやると,女神はキュプロスへ,アレースはトラーキア Thrakia に逃げ去った話がある.同様の話についてアレクトリュオーンの項を見よ.二人の交情から*エロースと*アンテロース,デイモス Deimos《恐怖》と*ポボス Phobos《恐れ,逃走》,*カドモスの妻となった*ハルモニアー,*プリアポスが生れたという.アドーニス,アンキーセース,パリスとの話については,おのおのの項を見よ.女神の吹きこむ恋の心は恐ろしい激しいもので,曙の女神*エオースには,*オーリーオーンに対する恋を与え,レームノス Lemnos の女たち(ヒュプシピュレーの項を見よ)や*キニュラースの娘を罰した.パイドラー,パーシパエーの恋についてはそれぞれの項を見よ.

ローマでは女神は田園あるいは庭の女神として,同じ性質の*ウェヌスと同一視されている.

女神に聖なる植物はミルト,ばら,けし,それにとくにかりん(花梨)であり,動物は鳩,白鳥,燕および女神の戦車を引く雀である.

アペイダース Apheidas, Ἀφείδας *アルカスの子.*エラトスの兄弟.*アレオスと*ステネロイオスの父.

アペーモシュネー Apemosyne, Ἀπημοσύνη カトレウスの項を見よ.

アボリーギネース Aborigines, 希 Autochthones, Αὐτόχθονες 原住民の意.しかしローマの伝承によれば,アボリーギネースはイタ

リア中部の原住民で，シクリー Siculi 人を，*アイネイアースと力を合わせて，ラティウム Latium より追い払い，ラティーニー Latini 族の祖となったという．

アポローン Apollon, 'Απόλλων, 拉 Apollo *ゼウスと*レートー（同項参照）の子，*アルテミスの双生の兄弟，*デーロス島で生れた．音楽，医術，弓術，予言，家畜の神．また光明の神として*ポイボス Phoibos《輝ける》なる称呼を有し，これを後に太陽と同一視される．要するに彼はギリシア人にとって，あらゆる知性と文化の代表者であり，律法，道徳，哲学の保護者でもあった．彼は贖罪と潔めの神であるとともにまた疫病によって人間を罰することもできる．その起源については二説がある．一つは小アジア説で，彼の母の名レートーはリュキアの《女》を意味する lada と酷似し，*トロイアの味方であり，またその称呼の一つ*リュケイオス Lykeios は《リュキアの》の意味にも解し得ることを根拠としている．他は北方説で伝説的であると同時に，史的実在性をも有しているらしい北方民族*ヒュペルボレイオイはこの神のもっとも忠実な崇拝者であり，彼は生れ落ちるとともにこの民族のところへ白鳥に運ばれて行ったといわれている．しかしいずれにせよ，これらの説には確実な根拠はなく，アポローンのギリシア移入の径路は明らかでない．しかし Apollon なる名は，ギリシア語源では解きがたいものである．彼の崇拝の称呼としては Lykaios《狼の？》，Smintheus《鼠の》（あるいは同名の地名から来たか？），Nomios《牧畜の》などがある．

彼はヒュペルボレイオイ人のところに一カ年いたのちにデルポイ Delphoi に来て，*ピュートーン（あるいは*デルピュネー）と呼ばれる，大地からきた大蛇を射殺し，これを記念するために（しかし本当はその葬礼の儀として）*ピューティア祭競技を始めた．八年ごとに行なわれるセプテーリア Septeria と称する祭はこれを記念したものらしく，ここで少年がピュートーンの宮と呼ばれる小さな小屋に入れられ，小屋は焼かれる．少年は追放され，最後に式に参加した者たちはすべて北方のテムペー Tempe の渓谷で潔められて，《ピューティアの道》と呼ばれる聖路を通って帰って来た．これはアポローン自身の神話の劇的再現で，少年は神であり，神は大蛇退治ののちに，テムペーで殺害の汚れを潔められたと伝えられている．アポローンはついで*テミスの神託を自分のものとした．デルポイは世界の中心，omphalos《へそ》とされ，《へそ》石がこの地にあり，神がこの上に坐して

いる姿が彫刻絵画に見えるけれども，実際の神託は巫女*ピューティアーが三脚台の上に坐して行なったものである．神託は謎めいた言葉で与えられたが，実際にいかなる方法によったかに関しては，議論が別れている．アポローンは，その後*ヘーラクレースが神託を求めに来て，ピューティアーが与えることを拒み，英雄が怒って神殿を荒し，三脚台を奪って，他のところで自分自身の神託所を始めんとした時に，ふたたびデルポイを守らねばならなかった．この時ゼウスは自分のこの二人の息子の中間に雷霆を投じて二人を引きわけた．アポローンが退治した怪物には，この他に*ティテュオス，*アローアダイがある．

アポローンは美しい青年として想像され，したがって彼には恋の物語が数多くある．これに関しては，ダプネー，キューレーネー（アリスタイオス），コローニス（アスクレーピオス），マルペーッサ（イーダース），カッサンドラーの項を見よ．また彼には*ムーサの一人*タレイアとのあいだに*コリュバースたちを，*ウーラニアーとのあいだに音楽家*リノスと*オルペウス（他説では*カリオペーと*オイアグロスの子）が生れた．トロイア王*プリアモスの后*ヘカペーを彼に恋じて*トローイロスを生み，予言者*モプソスも神と*マントーの子とされている．*アカカリスとのあいだには*ミーレートスが生れた．また彼はプティーアー Phthia と交わって*ドーロス，*ラーオドコス，*ポリュポイテースを，*ロイオーと通じて*アニオスを得た．なおテネースの項参照．彼は美少年たちとの恋も経験した．ヒュアキントス，キュパリッソスの項を見よ．

アポローンは*ポセイドーン，*ヘーラー，*アテーナーと共謀して，ゼウスを縛して空から吊りさげようとし，*アイガイオーン・*ブリアレオースがゼウスを助けた．このため彼はトロイアの*ラーオメドーン王のためにポセイドーンとともに城壁を築かねばならなかった．一説には城壁を築いたのはポセイドーンで，彼は*イーデー山中で王の家畜を牧したといわれる．贖罪の期間が過ぎて，二神が王に報酬を求めると，王は拒絶した．二神が抗議すると，王は耳を切って奴隷に売り飛ばすとおどした．アポローンは神の姿に戻ると同時に，トロイアに疫病を送って悩ませた．*アスクレーピオスの死を慣って，*キュクロープスたちを殺した罪で，*アドメートスの下僕となった話については同項を見よ．アポローンの牛を盗んだ*ヘルメースに関しては同項参照．

アポローンは怒れば恐ろしい神であった．ニオベー，マルシュアース，クリューセーイスの項を見よ．彼は*ギガースとの戦では*オリュンポスの神々とともに奮戦し，*トロイア戦争ではトロイア方であり，*パリスを援け，*アキレウスを討たしめた．

アポローンはデルポイの神として，その神官たちの巧みな操作によって，しだいに勢力を拡大した．彼の神託所はデルポイのほかに，小アジアの*クラロス，*ディデュマのそれが有名であり，また彼の島デーロスはイオーニア人の一政治的中心であった．アポローンはまたオルペウス教徒の神であり，ピュータゴラス Pythagorasの父とされ，新ピュータゴラース派の崇拝の中心でもあった．イタリアにはこの神はエトルリア Etruria を通じてまず入り，また南部のギリシア諸都市からもローマに入った．*シビュレーが神から手の中の砂の数だけの長命を授けられながら，永遠の青春を同時に乞うことを忘れ，神の意に従わなかったために，しだいに老い，ついに声のみとなり，なにを欲するかと聞かれた時に，死にたいと答えたという物語は，*カッサンドラーに対するこの神の復讐と相通ずる．前433年の疫病のおりにすでにアポローンの神殿がローマのカルメンターリス Porta Carmentalis 門外に建てられ，アウグストゥス帝がこの神を崇拝して，パラティーヌス丘上にその神殿を建てて以来，アポローン・パラティーヌス Palatinus は*ユーピテルとともに，ローマ神界の中心であった．

アマゾーン Amazon, ’Αμάζων　アマゾーニス Amazonis, ’Αμαζονίς とも呼ぶ．軍神*アレースとニンフのハルモニアーHarmonia を祖とする女武者より成る民族．その王国は北方の未知の地（カウカソス，スキュティア，あるいはトラーキア北方等）にあると考えられていた．彼らの国は女のみより成り，他国の男と交わって子を生むが，男子は殺すか不具とし，女子のみを育てた．右の乳を武器を扱うのに邪魔にないように除いていたのでアマゾーン (a-否定辞＋mazos《乳》)《乳なし》と呼ばれたという．彼女らはとくに弓術に秀れ，その半月形の楯とともに名高く，その他槍，斧をも用い，騎士であり，つねに戦闘と狩猟に従っていた．彼女らは多くの神話伝説中に現われている．《イーリアス》では*ベレロポーンと*プリアモスがこの国を攻めている．アマゾーンはその後女王*ペンテシレイアにひきいられて，*トロイアに来援したが，女王は*アキレウスに討たれ，アキレウスはその死顔の美しさに恍惚として恋に落ちたと伝えられる．*ヘーラクレースは*エウリュステウスの命によって，アマゾーンの女王の帯を取りに行った．その時ともに赴いたとも，のち自分自身でもいわれるが，*テーセウスたちの女人国に攻めこみ，アマゾーンはその仕返しにアッティカに来襲，*アレイオス・パゴス丘に陣を敷き，激しい戦闘ののちに敗れた．その日はのちのボエードロミア Boedromia 祭の日に当るという．アマゾーンの守護神は女狩人*アルテミスであった．ヘレニスム時代の伝説では酒神*ディオニューソスもまたアマゾーン征討の主人公となっている．

アマータ Amata　《*アイネーイス》中，*ラティーヌス王の后，*ラウィーニアの母．*トゥルヌスと許婚の娘ラウィーニアを*アイネイアースに与えることに反対し，トゥルヌスが戦死したとき，縊れて死んだ．

アマルテイア Amaltheia, ’Αμάλθεια, 拉 Amalthea, 仏 Amalthée　1. クレータ島の*イーデー山で赤児の*ゼウスに乳を与えた山羊，のち星座（カペラ Capella）となった．また彼女はニンフであるとの説もある．彼女はゼウスを嚥下しようとする父*クロノスから赤児を守るために，天地海のどこを探しても見つからぬように，木の枝からつるした．*クーレーテスが大騒ぎして泣声が聞えないようにした．山羊の角は*アムブロシアーと*ネクタルにみちていた．その角が折れ（ゼウスが折ったともいう），角は望むがままに欲する果物でみたされる力を持っていたという．これが角 cornu copiae (’Αμαλθείας κέρας) である．山羊は太陽神*ヘーリオスの子孫で，ゼウスはその皮から武具*アイギス (aix＝山羊) を造ったという．しかし，オウィディウスによれば*アケローオスが*ヘーラクレースと闘ったおり，その角が折れ，*ナイアデスがこれを花と果実でみたして，ボナ・コーピア Bona Copia に捧げたのが，この角である．

2. キューメーの*シビュレーであるヒエロピレー Hierophile, あるいはデーモピレー Demophile の別名．

アミュークレイデース Amykleides, ’Αμυκλείδης, 拉 Amyclides　アミュークラース Amyklas の子*ヒュアキントスの父称．

アミュコス Amykos, ’Αμυκος, 拉 Amycus　*ポセイドーンの子，巨人で，ビーテュニア Bithynia の*ベブリュクス人の王．拳闘の発明者ともいわれる．彼は自国に来た外国人に自分と拳闘させ，打ち殺していた．*アルゴナウテースたちが立ち寄ったとき，同じく挑戦をうけ，*ポリュデウケースが彼を打ち殺したとも，勝

アミュター

ってアミュコスに爾後外国人を歡待するように誓わせたともいう.

アミュターオーン Amythaon, Ἀμυθάων
*メラムプースと*ビアースの父. *クレーテウスと*テューローの子.

アミューモーネー Amymone, Ἀμυμώνη
*ダナオスの50人の娘の一人. アルゴス Argos の地を*ヘーラーが自分のものにしたのを怒った*ポセイドーンが水を枯らしたので, 彼女は父の命によって他の姉妹とともに水を求めて歩く途中, 眠っているところを*サテュロスに襲われたが, 海神ポセイドーンに助けられた. そのとき海神が三叉の戟で大地を打ったところから出た泉がアミューモーネーの泉である. 一説には*レルネーの泉を教えたともいう. 海神によって彼女は*ナウプリオスの母となった.

アミューントール Amyntor, Ἀμύντωρ
ボイオーティア Boiotia のエレオン Eleon (またはヘラス Hellas, 叙事詩時代には中部ギリシアの一小地方を指す)の王. オルメノス Ormenos の子. *ポイニクスの父. 自分の妾とポイニクスのあいだを疑い, 息子を呪って追放(あるいは盲目に)した.

アムピアラーオスまたはアムピアレオース
Amphiaraos, Ἀμφιάραος, Amphiareos, Ἀμφιάρεως, 拉 Amphiaraus アルゴス Argos の英雄で予言者. *オイクレースと*ヒュペルメーストラーの子, *アルクマイオーンと*アムピロコスの父. *アドラストスの家と争って, その父*タラオスを殺したとき, アドラストスはシキュオーンに遁れたが, のち和睦し, アムピアラーオスはアドラストスの妹*エリピューレーを妻とした. そのおり二人は将来意見が合わないときには, エリピューレーの判決に従う約束をした. テーバイへむかう七将の出軍を決したアドラストスがアムピアラーオスの参加を求めたとき, 予言者はこの出征の失敗, アドラストス以外のすべての大将の死を予知して, 反対した. *ポリュネイケースはエリピューレーに*ハルモニアーの頸飾を与えて, 出征の判決を下させる. アムピアラーオスはやむなく, 二人の子供に母を殺し, 再度テーバイを攻めることを命ずる(アルクマイオーンの項を見よ). 途中ネメア Nemea で*ヒュプシピュレーに水を求めたところ, 彼女が乳母になっている*オペルテースをおいて, 案内しているあいだに, 蛇が子供を殺したので, アルゴス人たちは子供のための葬礼競技を行ない, アムピアラーオスは跳躍と円盤に勝利を得た. また彼は赤児の両親からヒュプシピュレーのために許しを得てやった. 子供の名はこの時からアルケモロスとなった. テーバイでアムピアラーオスはホモロイダイ Homoloidai 門を攻め, *メラニッポスを討ったが, 味方は総崩れとなり, *ペリクリュメノスに追われてイスメノス Ismenos 河まで遁れて来たとき, *ゼウスが雷霆を投じて大地を裂き, 彼は戦車もろとも地に吞まれた. かくてアムピアラーオスの神託予言が生じたのであって, 歴史時代にはアッティカのオーローポス Oropos に彼の神殿があり, 夢占いで名高かった.

アムピーオーン Amphion, Ἀμφίων *ゼウスと*アンティオペーの子, *ゼートスと双生の兄弟. *キタイローン山中のエレウテライ Eleutherae で生れた. テーバイ王, 大伯父*リュコスに山中に乗てられ, 羊飼に育てられた. 伯父に捕えられていたアンティオペーの鎖がある夜自然に解け, 彼女は子供と再会. 兄弟は母の復讐をするべく, リュコスを殺し(あるいは王座から追い), アンティオペーの美貌に嫉妬して彼女を虐待したリュコスの妻*ディルケーを牡牛の角に縛りつけて引き回させて殺した. 兄弟はテーバイの王権を自分のものとした. ディルケーの骨は焼かれて同名の河に投入された, あるいは彼女自身同名の河に変身したという. アムピーオーンは*ヘルメースより竪琴を授り, その名手となって, テーバイ市の城壁を造るとき, 彼の楽の音に石がおのずから動いたと伝えられる. アムピーオーンは*ニオベー(*タンタロスの娘)を妻とし, のちその多くの子供たちとともに*アポローンの矢に射られ, あるいはこの神の神殿を毀そうとして射られて, 世を去った. テーバイなる名はゼートスの妻*テーベーに由来すると.

アムピクテュオーン Amphiktyon, Ἀμφικτύων *デウカリオーンと*ピュラーの第二子. アテーナイ王*クラナオスの娘を妻とし, 義父を追って王となり, 十年後に*エリクトニオスに追われた. *ディオニューソスが彼のところに客となったという. アテーナイにこの名を与え, *アテーナーにこの市を捧げた. 彼はアムピクテュオネイア Amphiktyoneia なるギリシア諸都市の宗教的同盟の創設者とされ, 会合の場所の一つたるテルモピュライ Thermopylai 王だったとも伝えられる. *イトーノスは彼の息子, *ケルキュオーンの妻は彼の娘ともいう.

アムピステネース Amphisthenes, Ἀμφισθένης スパルタ人アーギス Agis の子アムピクレース Amphikles の子. 彼の子イルボス Irbos の二子アストラバコス Astrabakos とアロペーコス Alopekos は, *オレステースと*イ

ーピゲネイアがタウリス Tauris から持ち帰り，その後長らく失われていた*アルテミス・オルテイア Ortheia の神像を偶然発見し，ために狂気になった．

アムピダマース Amphidamas, 'Αμφιδάμας
 1. *アレオスの子．*アルゴナウテースたちの遠征に参加．
 2. エジプト王*ブーシーリスの子．父とともに*ヘーラクレースに殺された．
 3. *アレオスと*ネアイラ(ペレウス Pereus の娘)との子*リュクールゴスの子．*メラニオーンの父．
 4. *パトロクロスが殺したクレイトーニュモス Kleitonymos の父親．

アムピッソス Amphissos, "Αμφισσος
*ドリュオペーの子．同項を見よ．

アムピトリーテー Amphitrite, 'Αμφιτρήτη
*ネーレーイスの一人，海神*ポセイドーンの后，海の女王．姉妹たちとナクソス Naxos 島付近で踊っていたときに海神にさらわれそうになり，海神に求婚されたとき，はずかしがって遁れたが，いるか(海豚)たちに見つけられ，海神と結婚したともいう．

アムピトリュオーン Amphitryon, 'Αμφιτρύων, 拉 Amphitruo *ティーリュンス王*アルカイオスと*ペロプスの娘*アステュダメイア(母に関しては諸説あり)の子．叔父で妻の父*エーレクトリュオーンが*ミュケーナイ王の時，アムピトリュオーンの大伯父*プテレラーオスの子供たちが彼らの外祖父*メーストールのものであるミュケーナイの王座を要求し，タポス Taphos 人とともに攻め寄せ，エーレクトリュオーンの牛をめぐってその息子たちとのあいだに戦闘が行なわれ，エーレクトリュオーンの息子たちのなかでは最年少の*リュカムニオスが，プテレラーオスの方はエウエーレース Eueres だけが残った．タポス人は牛を奪って去り，エーリス Elis 王*ポリュクセノスに預けたが，アムピトリュオーンが王からあがなって取り返した．エーレクトリュオーンは息子たちの復讐のため軍を起し，王国と娘*アルクメーネーをアムピトリュオーンに委ね，自分の帰国するまで娘を処女のまま守ることを誓わせた．アムピトリュオーンが取り戻した牛を受け取ろうとしているとき，牛のなかの一頭が飛び出したので，アムピトリュオーンが手にしていた棒を投げたところ，牛の角にあたってはねかえり，エーレクトリュオーンを殺した．アルゴス王*ステネロスはこれを口実としてアムピトリュオーンを追放したので，彼はアルクメーネーとリキュムニオスをつれてテーバイに遁れ，その王*クレオーンによって罪を潔められた．アルクメーネーが兄弟の仇を討たねば結婚しないという運命をもっていたので，彼はプテレラーオスとテーレボエース Teleboes 人に対して出征することにし，クレオーンの援けを乞うたとき，王は彼がカドメイア Kadmeia の牝狐を追い払えば，との条件を出した．この獣はなにびとにも捕えられない運命をもっていたので，彼はアッティカの*ケパロスの，追いかけるものはかならず捕える運命の犬を借りて，追わしめた．*ゼウスは両者を石に化してこの運命の対立を解決した．以後のことはアルクメーネー，ヘーラクレースの項を見よ．彼はオルコメノスの*ミニュアース人との戦闘中にたおれた．

アムピロコス Amphilochos, 'Αμφίλοχος
 1. *アムピアラーオスと*エリピューレーの子，*アルクマイオーンの兄弟．兄を助けて母を殺し，エピゴノイの戦に参加したという(アルクマイオーンの項を見よ)．ホメーロス以後彼は*トロイア遠征軍のなかに加えられ，有名な予言者であった．トロイア陥落後*カルカースとともに小アジアのクラロス Klaros に来て，その地の予言所を開いた．
 2. しかし彼のほかにいま一人，アルクマイオーンと予言者*テイレシアースの娘マントーとの子のアムピロコスがあり，二人のアムピロコスは混同されている．後者はアイトーリア Aitolia のアルゴス Argos の建設者で，*トロイアに来て，のち*モプソスとともにマロス Mallos 市を建設，帰国した．その後同市に再来，市の返還を求めてモプソスと争い，一騎打の末，相討となって死んだ．

アムブロシアーとネクタル ambrosia, άμβροσία, nektar, νέκταρ　アムブロシアーは神神の食物．a- 否定辞+brot-《死すべき》=《不死の》の意味で，蜜よりもあまく，香気を有し，これを食べた者は不老不死となり，傷に塗布すればたちまちにして治癒するといわれ，また香油としても用いられた．ネクタルは神酒，同じく不死にする力を有する．

アムペロス Ampelos, "Αμπελος　《葡萄の株》の意．*ディオニューソスに愛された美少年．神がにれ(楡)の枝からさがった葡萄の房のついた木を与えたところ，これを摘もうとして木に登り，落ちて死んだので，神は彼を星座にしたと．

アムモーンまたはハムモーン Ammon, "Αμμων, Hammon, "Αμμων また Amon, "Αμων, Amun, "Αμουν　エジプトの神，リビアのシ

ウァ Siwa のオアシスの神殿は古くよりギリシア人に知られ, 神託で名高かった. ギリシア人はこの神を*ゼウスと同一視した. 牡羊, 牡羊の頭の, または頭に牡羊の角をいただく姿で表わされる. アレクサンドロス大王がここを訪れたので有名.

アムーリウス Amulius プロカース Procas の子, アルバ Alba の第15代目の王. *ヌミトルの兄弟. 父は遺産を財宝と王国に二分し, アムーリウスは前者を選び, 後者を得たヌミトルを追い払ったが, その娘*レアの双生の子*ロームルスと*レムスに王座を奪われて殺された.

アモル Amor 恋の神, ギリシアの*エロースのラテン訳名. 同項を見よ.

アラクネー Arachne, Ἀράχνη リューディア Lydia の女. コロポーン Kolophon の有名な染めの名手イドモーン Idmon の娘. 織物の名手で, *アテーナー女神にこの術で挑戦した. 女神は老婆の姿で現われ, 彼女の慢心をたしなめたが, 聞かれないで, 二人は織物の競技を行ない, 女神はオリュムポス 12 神と, 神にこらしめられた人間の話を四隅に現わした. アラクネーは神々と人間の女との恋愛を織り出した. それは完璧だったが, 女神は怒ってアラクネーを打ち, 織物を引き裂いた. アラクネーは悲しんで縊れたが, 女神は彼女をくも(アラクネーは《くも》の意)に変じた.

アラストール Alastor, Ἀλάστωρ 1. *ネーレウスの子, *ネストールの兄弟. *ヘーラクレースに殺された. アルゴスの*クリュメノスの娘*ハルパリュケーと結婚したが, 父王は娘に不倫の恋を抱き, 追いかけて途中で彼女を奪いかえした. 彼女はこれを怒って, 弟を殺して父の食卓に供し, 自分は世を去ることを望んで, カルキス Chalkis (夜鳥の一種) となった. アラストールは普通名詞としては復讐の擬人化神である.

2. リュキア王*サルペードーンの従者. *オデュッセウスに討たれた.

アラルコメネウス Alalkomeneus, Ἀλαλκομενεύς, 仏 Alalcoménée ボイオーティアのアラルコメナイ Alalkomenai 市の祖. *ヘーラーが*ゼウスの乱行を彼(彼は*アテーナー養育に当たっていた)に訴えた時, 女神に自分の像を樫の木で作って, 結婚式のまねをするように勧め, その結果ゼウスの愛情を取り戻した. この故事により《ダイダロスの祭》と称する祭礼が行なわれるにいたったという.

アリアドネー Ariadne, Ἀριάδνη, Ariadne, 仏 Ariane クレタ Kreta 王*ミーノース と*パーシパエーの娘. *テーセウスがこの島に来た時, 彼に恋し, 妻となる約束で, *ラビュリントスの道案内の糸玉を与え, *ミーノータウロス退治を助けた. 彼とともに遁れてナクソス(ディーア)島に着いたとき, 彼女は*アルテミスに射られて死んだとも, テーセウスが彼女を置き去りにし, そこへ*ディオニューソスが来て彼女に恋し妻とし, 結婚の贈物として彼女に与えた冠を星座に変じたとも伝えられる. ディオニューソスとのあいだに*トアース, *オイノピオーン, *スタピュロス, *ペパレートスが生れた. プルータルコスによれば, アリアドネーはみごもったままナクソスに棄てられ, そこで産褥で死んだ. これを記念して, キュプロス島のアマトゥース Amathus では毎年一人の若者がアリアドネー・*アプロディーテーのために, 産褥に苦しむ女のまねをしたという. この奇妙な風習は, アリアドネーがかつて女神であったことを意味している.

アリーオーン Arion, Ἀρίων 1. レスボス島出身の詩人, 音楽家, ディテュラムボス dithyrambos 詩の発明者, 前 625 年頃コリントスの僭主ペリアンドロス Periandros の宮廷にあった. 南イタリアとシシリアで音楽の競技に出場, 多くの賞を得て, コリントスの船で帰る途中, 船乗りどもは彼を殺して, その所持品を奪わんとした. 彼は最後に一曲を奏することを乞い, 歌い終って海に投じたところ, 歌を愛するいるか (海豚) が集まって来て, 彼を背に乗せてタイナロン Tainaron 岬に送りとどけた. 彼はそこからコリントスに帰り, ペリアンドロスにその話をした. コリントスの船が帰って来たとき, ペリアンドロスはアリーオーンの安否を尋ねたところ, まだ南イタリアにいるとの答えに, アリーオーンが姿を現わし, 船乗りどもは罪に服した.

2. アレイオーンの項を見よ.

アリスタイオス Aristaios, Ἀρισταῖος, 拉 Aristaeus, 仏 Aristée *アポローンとニンフの*キューレーネー(*ラピテース族の王ヒュプセウス Hypseus と*クレウーサの娘)との子. 神はペーリオン Pelion 山で狩する彼女を見染めて, リビアにつれ行き, 生れたアリスタイオスを曾祖母*ガイアにあずけた. 彼は*ケイローンに育てられ, ついで*ムーサたちに医術と占術とを伝授されて帰り, ケオス島の人々にオリーヴの栽培を教えた. *カドモスの娘*アウトノエーと結婚して*アクタイオーンが生れた. ウェルギリウスの《農耕詩》Georgica 4. 315~558 では, アリスタイオスは*エウリュディケーに恋

して，彼女を追い，逃げる彼女は毒蛇に咬まれて死んだ．ニンフたちがこれを怒って，彼の蜜蜂を全滅させた．母親の勧めにより，*ブローテウスを捕えて，その忠信により牛をニンフに供えたところ，九日目に帰って来ると，その牛の死骸に蜜蜂が群れていたという話が伝えられている．また彼は*ディオニューソスに従って，アルカディア人の将としてインドに遠征した．キュクラデス Kyklades 群島に酷暑の候に疫病が流行したとき，アリスタイオスは父神の命により，群島中のケオース Keos の島に*ゼウスの大祭壇を造り，山上でゼウスと酷暑の頃の星セイリオス Seirios に犠牲を捧げた．神はエテーシアイ etesiai の風（暑口に吹く貿易風）を送って疫病を払った．それ以来この風は暑中に吹いて，キュクラデスの空気をきよめるということである．死後彼は神として祭られ，羊と羊飼，葡萄，オリーヴの守護神となった．アルカディアでは養蜂の神になり，リビアでは薬草，香料の原料であるシルピオン silphion の栽培を教えたというので，キューレーネーで崇拝されていた．

アリステアース Aristeas, Ἀριστέας　プロコネーソス Proconnesos の人，なかば伝説的な*アポローン崇拝の伝道者．*アリマスポイ人に関する詩を著わした．彼が死んだ時，その死体が見当らず，同じ日に旅行者たちが彼がキュージコス Kyzikos の方にむかって行くのを見た．いろいろな場所に姿を現わしたが，七年後に上記の詩を綴った．この七年間は彼はアポローンとともに*ヒュペルボレイオイ人の国に旅していたという．詩を書き終えるとともに，彼は姿を消した．

アリストデーモス Aristodemos, Ἀριστόδημος　*ヘーラクレースの子孫，この英雄の曾孫*アリストマコスの子．*クレスポンテースと*テーメノスの兄弟．ペロポネーソス侵入のために，テーメノスとともにナウパクトス Naupaktos で軍を整えているあいだに，*デルポイの神託を求めなかったのを怒った*アポローンの怒りによって，雷に撃たれたとも，*ピュラデースと*エーレクトラーの子*メドーンと*ストロピオスに殺されたともいわれる．ラコーニア Lakonia の伝えでは，彼は殺されず，兄弟とともにペロポネーソスを征服し，ラコーニアを得たり，アウテシオーンの娘*アルゲイアを妻として，そのあいだに生れた双生児エウリュステネース Eurysthenes と*プロクレースに王国を譲った．

アリストマコス Aristomachos, Ἀριστόμαχος　1. *タラオスと*リューシマケー（*アバースの娘）の子．*アドラストスの兄弟．テーバイにむかう七将（アドラストスの項を見よ）の一人，*ヒッポメドーンの父．

2. *ヘーラクレースの後裔の一人．*ヒュロスの孫で*クレオダイオスの子．*クレスポンテース，*テーメノス，*アリストデーモスの父．*ヘーラクレイダイが二度目にペロポネーソスに帰還を企て，*ティーサメノス（*オレステースの子）と戦った時，戦死した．

アリスベー Arisbe, Ἀρίσβη　*プリアモス王の最初の妻．*メロプスの娘．二人のあいだに*アイサコスが生れた．のち王は彼女を*ヒュルタコスに与えて，*ヘカベーを娶った．アリスベーとヒュルタコスより*アシオスが生れた．

アリマスポイ人 Arimaspoi, Ἀριμασποί, 拉 Arimaspi　北方のイッセドネス Issedones 人と*ヒュペルボレイオイ人とのあいだに居住しているといわれる民族．一眼で，黄金の宝を守る怪獣グリッフィン griffin と闘った．

アルウァーレース Arvales, Fratres　古ローマでアムバルウァーリア Ambarvalia 祭を毎年行なう役目を有する 12 名の神官団．*デア・ディアなる大地女神その他の神を祭り，豊穣を祈った．

アルカイオス Alkaios, Ἀλκαῖος　1. *ペルセウスと*アンドロメダーの子．*ステネロス，*ヘーレイオス，*メーストール，*エーレクトリュオーン，*ゴルゴポネーの兄弟．*ペロプスの娘*アステュダメイア（あるいは*グーネウスの娘*ラーオノメーあるいは*メノイケウスの娘ヒッポノメー Hipponome）を妻とし，*アムピトリュオーン（*ヘーラクレースの父）とアナクソー Anaxo の父となった．

2. *ミーノースの子*アンドロゲオースの子，*ステネロスの兄弟．同項を見よ．

3. *ヘーラクレースと*オムパレーの婢の子．

アルカス Arkas, Ἀρκάς　*ゼウスとニンフの*カリストーの子．一説には父は*パーン．母の死んだ，あるいは熊に変身したのち，*マイアに育てられた．彼の祖父*リュカーオーンはゼウスの全知を試すために，アルカスを殺し，神の食膳に供したが，神は知って，食卓をくつがえし，リュカーオーンの邸を雷霆で撃ち，彼を狼 (lykos) に変じ，アルカスをよみがえらせた．リュカーオーンの子*ニュクティーモスのあとを継いで*ペラスゴス Pelasgos 人の王となり，彼らはその後アルカディア Arkadia 人と呼ばれた．*トリプトレモスより教わって，麦の栽培を伝え，パンを焼くこと，麻糸を取るこ

アルカトオ

とを教えた．アミュークラース Amyklas の娘より*エラトスと*アペイダース，ニンフの*エラトーより*アザーンが生れ，三人でアルカディアを三分して領有した．アルカスはある日熊になった母に出遇い，彼女を追った．母は立ち入るべからざるゼウス・*リュカイオスの境内に逃げ，子もあとを追って入り，死すべきところを，ゼウスは憐れんで母を熊座に，子をアルクトゥーロス Arkturos の星に変じた．

アルカトオスまたはアルカトゥース Alkathoos, 'Αλκάθοος, Alkathus, 'Αλκάθους, 拉 Alcathous 1. *ペロプスと*ヒッポダメイアの子．兄弟の*クリューシッポス殺害に加わったために国を遁れ，メガラ王*メガレウスの子エウヒッポス Euhippos を殺したライオンを*キタイローン山中で退治し，約束通りに王の娘エウアイクメー Euaichme を妻とし，オンケーストス Onchestos 王となった．クレータ人がメガラ市を荒した時に，*アポローン神の援助のもとに城壁を造り，これはアルカトエー Alkathoe と呼ばれた．そのさい神がその竪琴を置いた石が歴史時代にまであり，それを小石で叩くと妙音を発した．彼はまたアポローン・アグライオス Agraios と*アルテミス・アグロテラー Agrotera の神殿を建立した．彼の長子イスケポリス Ischepolis が*カリュドーンの猪狩で死んだ時に，兄弟*カリポリスが知らせに来て，アルカトオスがアポローンに捧物をしていた祭祀用の火の薪を散らかしたので，その中の一本でカリポリスを打ち殺した．なお彼には娘イーピノエー Iphinoe があり，その墓がメガラにある．メガラ市ではアルカトオスのためにアルカトイア Alkathoia の競技が行なわれていた．*テラモーンの妻*ペリボイアも彼の娘である．

2. *ポルターオーンと*エウリュテー(*ヒッポダメイアの娘)の子．*オイネウスの兄弟．テューデウスに殺されたとの伝えがある．

3. トロイア人．*アンキーセースの娘*ヒッポダメイアの夫．*トロイア戦争で*イードメネウスに討たれた．

4. *アイネイアースの友．*ルトゥリー人との戦で討たれた．

アルキッペー Alkippe, 'Αλκίππη 1. アテーナイ王*ケクロプスの娘*アグラウロスと*アレースとの娘．ハリロティオス，アレイオス・パゴスの項を見よ．

2. *エウパラモス(*メーティオーンの子)の妻．*ダイダロスの母．

3. *オイノマーオスと交わって*マルペーッサの母となった女．しかし一般にマルペーッサ は*エウエーノスの娘となっている．

アルキディケー Alkidike, 'Αλκιδίκη *サルモーネウスの妻．*テューローの母．

アルキトエー Alkithoe, 'Αλκιθόη, 拉 Alcithoe *ミニュアース王の娘．ボイオーティアの他の女たちとともに*ディオニューソス崇拝に加わらなかったために，姉妹たちと一緒にこうもり(蝙蝠)に変身させられた．

アルキノエー Alkinoe, 'Αλκινόη コリントスの女，ドリュアース Dryas の子ポリュボス Polybos の妻．紡ぎ女に約束の報酬を与えなかったために，呪いを蒙り，*アテーナー女神によって狂気とされ，サモス Samos のクサントス Xanthos に恋し，家を出て同島に赴く途中，正気にかえり，海に身を投じた．

アルキノオスまたはアルキヌース Alkinoos, 'Αλκίνοος, Alkinous, 'Αλκίνους, 拉 Alcinous. 1. *ナウシトオスの子，*スケリア島のパイアーケス人の王，一女*ナウシカアーと五子の父．*ポセイドーンの孫となる．《*オデュッセイア》では彼は*オデュッセウスを厚くもてなし，その故郷に送り返した(オデュッセウスの項参照)．彼とその市民は航海にたけた商人であり，豊かな生活を送り，幸福に暮していた．彼らの船は欲するところに速やかに到着する魔法の船である．*アルゴナウタイ伝説では，*イアーソーンと*メーデイアは*アイエーテース王の送った追手を遁れて，この島に着き，追手に出遇う．アルキノオス王は二人がすでに結婚していれば，メーデイアは夫のもの，さもなければ父のものと判定する．その后*アレーテーはひそかに二人を交わらしめて，メーデイアを助けた．

2. *ヒッポコオーンの息子の一人．

アルキメデー Alkimede, 'Αλκιμέδη *アイソーンの妻．*イアーソーンの母．

アルキュオネーまたはハルキュオネー Alkyone, 'Αλκυόνη, Halkyone, 'Αλκυόνη, 拉 Alcyone, Halcyone 1. *プレイアデスの一人．*アトラースと*プレーイオネーの娘．*ポセイドーンに愛された．

2. 風の支配者*アイオロスとエナレテー Enarete の娘，朝の明星エオースポロス Eosphoros の子*ケーユクスの妻．その幸福な家庭が*ゼウスと*ヘーラーのそれにさえ比較されたのを怒って，神々は彼女をかわせみに，夫をあび鳥に変じた．海岸に彼女の作る巣が波にさらわれるのを見て，ゼウスは憐れみ，冬至の前後おのおの七日間，かわせみが卵を産むあいだ風にしてやった．そのためこの《アルキュオネー

アルクメー

の日》のあいだには嵐がないという. オウィディウスによれば, ケーニクスは神託を得るべく航海中に嵐にあって溺死し, その死体を発見したアルキュオネーは鳥に変じ, 神々は夫をもまたふび鳥に変えてやったと.

3. *イーダースと*マルペーッサの娘で*メレアグロスの妻*クレオパトラーの別名.

4. *ステネロスと*ニーキッペー(*ペロプスの娘)との娘.

5. *カルコードーンの妻で, *エレペーノールの母.

アルキュオネウス Alkyoneus, Ἀλκυονεύς, 拉 Alcyoneus, 仏 Alcyonée　1. *ウーラノスと*ガイアから生じた巨人の一人. もっとも巨大で強く, 神々と巨人との戦闘で神々も敵し得ず, 彼が生れた地にいるかぎり不死であるので, *アテーナーの考えにより, *ヘーラクレースは, 彼をパレーネー Pallene より連れ去った. 巨人はヘーラクレースの 24 人の部下を巨岩を投じて一挙に倒したが, 英雄に射られて死に, 巨人の娘たち(Alkyonides)は父の死を悲しんで海に身を投じて, かわせみになった. ギガース(巨人)の項を見よ.

2. *デルポイの美少年. *ラミアーまたは*シュバリスなる怪物に人身御供にされんとした時, エウリュバトス Eurybatos が美少年に恋して, 身代りとなり, 怪物を退治した. 怪物は消えうせて, そこに泉シュバリスが湧出した. ロクリス Lokris 人が南イタリアに建設したシュバリス市はこの泉の名を取ったものである.

アルギュンノス　アルゲンノスを見よ.

アルクトゥーロス　Arkturos, Ἀρκτοῦρος カリストー, アルカスの項を見よ.

アルクマイオーンまたはアルクメオーン Alkmaion, Ἀλκμαίων, Alkmeon, Ἀλκμέων, 拉 Alcmaeon, 仏 Alcméon　1. *アムピアラオスと*エリピューレーの子(同項参照). *ハルモニアーの頸飾で買収されて夫を売った母が, ふたたびハルモニアーの衣裳(ペプロス)で買収されて, 第二回目の*エピゴノイのテーバイ遠征を躊躇している自分に, 出征するよう強いたので, 父の命を重んじ, 母を殺した. エピゴノイの戦で彼は*エテオクレースの子*ラーオダマースを討ち取り, 市を攻略し, *ポリュネイケースの子*テルサンドロスを王位につけて帰国する. 母を殺した罪により, 復讐の女神*エリーニュースたちに追われて諸国をさまよい, 祖父*オイクレースを訪ねてアルカディアに赴き, ついでプソーピス Psophis 王*ペーゲウスによって罪を潔められ, その娘*アルシノエー(また

は*アルペシボイア)を妻とするが, 母殺しの穢れにより飢饉になったので, 彼はふたたび流浪の旅に出る. *カリュドーンの*オイネウスに歓待されたのち, テスプローティア Thesprotia を経て, *アケローオス河神のもとに赴き, 母を殺した時いまだ天日を見なかった土地, すなわちこの河口の沖積土地帯で潔めを受け, 河神の娘*カリロエーを妻とする. 彼女が, アルクマイオーンがアルシノエーに与えたハルモニアーの頸飾と衣裳を求めてやまないので, プソーピスに行き, *デルポイの*アポローンに奉献するという口実のもとにこの宝物の返還を求める. アルクマイオーンの下僕の口から真実を知ったペーゲウスはプロノオス Pronoos と*アゲーノール(または*テーメノスとアクシオーン Axion)の二人の息子をして, 彼を待ち伏せて殺さしめ, のちアルシノエーを箱に入れて, 奴隷に売らせた. その後の事についてはアカルナーンの項を見よ.

エウリーピデースの失われた悲劇では, アルクマイオーンは流浪の途中, *テイレシアースの娘*マントーによって一子*アムピロコスと一女*テイシポネーを得た. 彼は二人をコリントス王*クレオーンにあずけた. テイシポネーは成長して, 非常に美しかったので, 王の后は王の愛が彼女に移ることを恐れて, 奴隷に売る. 彼女を父のアルクマイオーンが知らずして買う. 彼はコリントスに来て二子の返還を求めるが, 娘がいない. その時アルクマイオーンが前に買った女奴隷が自分の娘であることが判明するという筋になっている.

2. *シロスの子. シロスの項を見よ.

アルクメーネー　Alkmene, Ἀλκμήνη, 拉 Alcmena, 仏 Alcmène　*エーレクトリュオーンの娘. 夫の*アムピトリュオーンが誤ってエーレクトリュオーンを殺した時, ともにアルゴス Argos からテーバイ Thebai に行ったが, 兄弟の死を復讐するまでは床をともにしない. アムピトリュオーンは, それで, アルクメーネーの兄弟たちを殺したタポス Taphos 人とテーレボーエス Teleboes 人に対して戦うべく遠征しているあいだに, *ゼウスがアルクメーネーに恋し, 夫の姿で彼女に近づき, 遠征の物語をし, 床をともにする. 神は太陽神*ヘーリオスに命じて三日間空に登らしめず, そのあいだ彼女と交わったとも. 夫が帰って来た時に, 彼女が, がすでに遠征の事情を知っていることを怪しみ, *テイレシアースの言葉によって真実を覚ったので, 彼女を殺そうとしたが, 神の力により果さず, 妻を許したともいわれる. かくてゼウ

アルゲイア

ス の子 *ヘーラクレースとアムピトリュオーン の子 *イーピクレース が生れた。ヘーラクレー スの死後, 彼女は子供たちとともに *エウリュ ステウスに迫害されてアテーナイに遁れた。追 って来たエウリュステウスとのあいだの戦に, 神託によって, ヘーラクレースの娘 *マカリア ーが身を *ペルセポネーに捧げて自殺して味方 に勝利をもたらし, エウリュステウスは殺され た。のち彼女はヘーラクレースの子孫とテーバ イに住み, 長生きしたのち世を去った。死後そ の死体は *幸福の島に運ばれ, *ラダマンテュス の妻となった。一説には天上に運ばれたとも, アムピトリュオーンの死後, ラダマンテュスに 嫁し, ボイオーティア Boiotia に住んだとも伝 えられる。

アルゲイアー Argeia, Ἀργεία, 拉 Argia

1. *アドラストスの娘, *ポリュネイケースの 妻。これらおよびアンティゴネーの項を見よ。

2. *ヘーラクレイダイの一人 *アリストデー モスの妻。*アウテシオーンの娘。双生児のエ ウリュステネース Eurysthenes と *プロクレー スの母。

アルケイシオス Arkeisios, Ἀρκείσιος, 拉 Arcisius   *ラーエルテースの父, *オデュッ セウスの祖父。彼自身の父母に関しては諸説が ある。

アルケイデース Alkeides, Ἀλκείδης, 拉 Alcides   *アルカイオスの子孫の意味。*ヘーラ クレースの義父 *アムピトリュオーンがアルカ イオスの子であるために, ヘーラクレースもま たともにアルケイデースと呼ばれる。ヘーラク レース, アルカイオスの項参照。

アルゲイポンテース Argeiphontes, Ἀργει- ϕόντης   *ヘルメースの称呼の一つ。《*アル ゴスを退治した者》と古代では一般に解されて いたが, 真の語源は不明。

アルケーゲテース Archegetes, Ἀρχηγέτης 《先導者》の意, アポローンの称呼の一つ。植民 都市その他の創設を嘉し, 保護を与える神の意 味である。

アルゲース Arges, Ἄργης   キュクロー プスの項を見よ。

アルケースティス Alkestis, Ἄλκηστις *ペリアースとアナクシビアー Anaxibia の娘, ペライ Pherai 王 *アドメートスの妻。アドメ ートスと《*アルケースティス》の項を見よ。

《**アルケースティス**》 Alkestis, Ἄλκηστις, 拉 Alcestis   エウリーピデースの前 438 年上演 の作品。《クレータの女たち》,《プソービスの *アルクマイオーン》,《*テーレポス》とともに, サテュロス劇の代りに作られたものであるの で, 滑稽な要素を多分に含んでいる。題材につ いてはアドメートス, アルケースティスの項を 見よ。ペライの王アドメートスが自分の身代り に死んでくれる人を求めるが, 自分のエゴイズ ムを忘れて, 身代りを拒む老人の父を責め, つ いに妻アルケースティスが彼の身代りとなって 死ぬ事によって死から救って貰いながら, その 死に際して狼狽する王, 喜劇におきまりの大食 漢 *ヘーラクレースが死神と格闘して, アルケ ースティスを連れ戻す話が, 夫の身代りに立つ 妻の美談ではなく, アドメートスの恐るべきエ ゴイズムであるとの新解釈のもとに展開されて いる。

アルケプトレモス Archeptolemos, Ἀρχε- πτόλεμος   エーリス王 *イーピトスの子。*ヘ クトールの御者として, ギリシア軍と戦い, *テ ラモーンの子 *アイアースに討たれた。

アルケモロス Archemoros, Ἀρχέμορος アドラストス, アムピアラーオス, ヒュプシピ ュレーの項を見よ。

アルケラーオス Archelaos, Ἀρχέλαος *ヘーラクレースの後裔 *テーメノスの子, マケ ドニア王家の祖。アルゴス Argos より兄弟に追 われて, マケドニア王キッセウス Kisseus のも とに遁れた。そのとき敵に囲まれていた王は, 助けてくれれば娘と王国を与える約束をした。 アルケラーオスは王を救ったが, 王は約を守ら ず, 溝を掘り, 燃え立つ炭火でみたし, その上 を木の枝で蔽って, アルケラーオスをだまして 落そうとしたが, かえって奴隷より事を知った 彼に溝の中に投げ込まれる。*アポローンの神託 により市を出て山羊 (aix) のあとに従って進み, 止まったところに一市を建て, 山羊にちなんで アイガイ Aigai と称した。これはマケドニアの 旧都で, 彼はこの王家の祖となった。

アルゲンノス または **アルギュンノス** Argennos, Ἄργεννος, Argynnos, Ἄργυννος, 拉 Argynnus   *レウコーンの娘ペイシディケー Peisidike の子。ボイオーティアのコーパイス Kopaïs 湖畔に住んでいた。*アウリスで足待ち をしていた *アガメムノーンがこの美少年を見 染め, 遁れた彼はケーピッソス Kephissos 河 に身を投じて死んだ。アガメムノーンは彼のた めに葬礼を行ない, *アルテミス・アルゲンニス Artemis Argennis の神殿を建てた。

アルゴー Argo, Ἀργώ   *アルゴナウテ ースたちをコルキスに運んだ船。同項を見よ。

アルゴス Argos, Ἄργος, 拉 Argus

1. *ゼウスと *ニオベーの子。ペロポネーソス

を与えられ、これをアルゴスと呼んだ．＊ストリューモーンの娘エウアドネー Euadne（または＊ペイトー，＊オーケアノスの娘の一人）と結婚した．彼はギリシア人に麦の栽培を教えたという．

2. 1.の孫（あるいは＊アゲーノール，あるいはアレーストール Arestor，あるいは＊イーナコスの子），背中に第三番の眼，またはまえに二眼，背後に二眼，あるいは無数の眼を全身に有する巨人で，アルカデァ Arkadia に害をする牡牛と＊サテュロスを退治した．彼はまた＊タルタロスと大地＊ガイアの娘で，通行人をさらっていた＊エキドナを退治し，＊ポローネウスの子＊アーピスの殺害者たちを殺した．＊ヘーラー女神の命により，牝牛に変えられた＊イーオー（同項を見よ）を看視している彼を，＊ゼウスの命をうけた＊ヘルメースが殺した．彼は孔雀に変身したとも，ヘーラーがその眼を取って孔雀の羽を飾ったともいわれる．

3. ＊プリクソスと＊カルキオペーの子．コルキスで育ち，祖父＊アタマースの王国相続権を求めるべく，ギリシアに赴く途中で難船，＊アルゴーの英雄たちに救われたとも，＊アイエーテース王のところで＊イアーソーンに会い，＊メーデイアとのあいだの仲介を行ない，アルゴーに乗ってギリシアに来たとも伝えられた．＊アドメートスの娘＊ペリメーレーを妻とし，一子＊マグネースを得た．

4. ＊アルゴー船の建造者（アルゴナウテースの項を見よ）．上記＊プリクソスの子のアルゴスと同一人とされている場合もあり，また 2.のアルゴスと同じく，アレーストール Arestor の子ともされていて，系譜は明らかでない．

5. ＊オデュッセウスの忠犬．20 年後に乞食に身をやつして帰国した三人を見て，喜びのあまり死んだ．

アルゴナウタイ Argonautai, 'Αργοναῦται ＊アルゴナウテースの複数形．アルゴナウテースたちの遠征を見よ．

《アルゴナウティカ》 Argonautika, 'Αργοναυτικά ＊アルゴナウテースたちの物語．アルゴナウテースたちの遠征を見よ．

アルゴナウテースたちの遠征 ＊イアーソーンとともに人類が最初に造ったといわれる大船＊アルゴーに乗って金の羊毛を求めに赴いた英雄たち．アルゴナウテース Argonautes, 'Αργοναύτης は《アルゴーの乗組員》を意味する．この冒険譚はすでにホメーロスにおいても周知の物語のごとくに扱われ，ギリシアのもっとも古い話の一つである．おそらくイオーニアのミーレートス Miletos 市民の航海冒険譚，またそれ以前の古い時代の同様な海上の旅のさまざまな物語が加わってできあがったものであろう．

＊クレーテウスの子＊アイソーンは異父の兄弟＊ペリアースにイオールコス Iolkos の王国を奪われた．アイソーンの子イアーソーンを警戒していたペリアースは彼に＊アイエーテース王のもっている金毛の羊の皮を取って来ることを命令する（イアーソーン，アタマース，プリクソスの項を見よ）．ペリアースに憎しみを抱く＊ヘーラー女神の援けを得て，イアーソーンは＊アルゴス（同項参照）に 50 の櫂の大船を建造させ，全ギリシアに檄を飛ばして英雄を集めた．冒険を望む英雄豪傑がはせ参じたが，その数は 50 乃至 55 名より成る．しかしその乗員のリストは人によって相当に相違している．一致しているのはイアーソーンとアルゴス，舵手の＊ティーピュス（彼の死後＊アンカイオスまたは＊エルギーノスが代った），有名な音楽の名手＊オルペウス，＊ボレアースの二人の子＊ゼーテースと＊カライス，＊ディオスクーロイ，その従兄弟の＊リュンケウスと＊イーダース，途中でこの冒険行から脱落した＊ヘーラクレースとその侍童＊ヒュラースである．この他にも＊テーセウス，＊アドラストス，＊アムピアラーオス，＊メレアグロスなど神話伝説の中の名ある英雄たちでホメーロスの物語より一世代前の人々の大部分が，いろいろな著者によって加えられているが，一致しない．ギリシアの名家の系譜が発達して，その祖先がこの冒険に参加した名誉を競うために，リストはさらに混乱している．

船は＊アテーナー女神の助けを得て，テッサリアの海港パガサイ Pagasai でアルゴスが，ペーリオン Pelion 山から切り出した木材で造ったが，船首だけは神託の聖地＊ドードーナ Dodona の樫の木を女神が提供した．女神はこの木を切り，予言を与え得るように人声を船首に与えた．船はパガサイで進水し，予言者＊イドモーンは前兆によって，この航海は成功するが，彼自身は航海の途中で死ぬことを知った．まずレームノス Lemnos 島に立ち寄ったが，この島の女たちがすべての男を殺して女だけでいたので，彼女らと交わって一年を過し，子供を得た（ヒュプシピュレーの項を見よ）．ついでキュージコス Kyzikos の島に寄航，その王＊キュージコスに歓待され，出港したところ，逆風に会い，夜の間に知らぬうちに吹き戻され，海賊の来襲と誤解した住民と闘い，イアーソーンは知らずに王を殺した．アルゴナウテースたちと住民は翌朝誤りに気づき，王の死を痛んだ．王の后＊クレイテーは嘆きのあまり縊れて死に，ニンフた

ちがその死を悲しんで流した涙がクレイテーの泉となった.ミューシア Mysia に着いて,住民に歓迎されているあいだに,水を求めに出たヘーラクレースの愛する美少年ヒュラースに泉のニンフたちが恋して,水中に引きこみ,彼は溺死した.その叫び声を聞いた乗員の一人*ポリュペーモスが助けに行き,ヘーラクレースに出会って,ともにヒュラースを探し,夜中に森でさまよっているあいだに,船は出帆してしまった.ポリュペーモスはこの近所でキオス Kios 市を建設し,ヘーラクレースは単独でいろいろな冒険を行なった(ヘーラクレース,ヒュラースの項を参照).ついで船は*ベブリュクス人の住む地に着き,*ポリュデウケースはその国の王*アミュコス(同項参照)を破った.ついで船はヘレースポントス Hellespontos の西岸,トラーキア Thrakia 側にある*ピーネウス王の国で仮泊した.王は*ポセイドーンの子で,盲目の予言者である.彼が食卓につくたびに,*ハルピュイアたちが現われ,食物を荒し,식物を穢した.英雄たちは自分たちの冒険の前途の予言の代償として,ボレアースの息子ゼーテースとカライスにハルピュイアたちを追わしめた.王は彼らに,航海の途上*シュムプレーガデス Symplegades(《打ち合わさる岩》の意)なる岩が両岸にそそり立っている所があり,その間を船が通れば,岩は両方から相打って,船を破壊する.アルゴーが通過し得るか否かを試すには,鳩を飛ばせ,鳩が通過できれば,船も通れると教えた.英雄たちはこの岩(これはまたキューアーナイ Kyaneai 《青黒色の岩》とも呼ばれる)に来た時,鳩を飛ばせると,岩が相打ち,鳩は尾の先の羽を取られたが無事通過した.岩が開きかけている時に,英雄たちは一勢に力漕して岩の間に入り,通過したが,船尾の先が岩によってもぎ取られた.船が一度通れば,岩はもはや打ち合わさることがないと運命づけられていたので,この岩はその後静止した.ついで黒海に入った彼らは,マリアンデューノイ人の国の王*リュコスに歓迎されたが,ここでイドモーンが猪に突かれて死に,ティーピュスもなくなり,アンカイオスまたはエルギーノスが代りに舵を取ることになった.ついでテルモードーン Thermodon 河口を通過,パーシス Phasis 河口の*コルキスに着いた.

アイエーテース王に金の羊皮を求めたイアーソーンに対して,王は*ヘーパイストス神から贈られた,鼻から火を吹く,青銅の蹄の二頭の牡牛を軛につないで,*カドモスがテーバイで播いた竜の牙の残りの半分を王がアテーナーから貰って持っていたが,これを播くことができれば,との条件を出した.イアーソーンが困っていると,王の娘で彼に恋した*メーデイアが妻にして貰う約束で,彼を魔法によって援助し,火によっても刀によっても害を蒙ることのない薬を与えた.彼はこれによって牡牛をつなぐことを得,牙を播くと,そこから武装した男たちが生えて来た.イアーソーンはかくれて彼らの中に石を投げ,彼らがたがいに疑って闘っているところに近づいて退治した.しかしアイエーテースは皮を与えず,アルゴーを焼き,英雄たちを殺そうと計ったので,イアーソーンは夜間にメーデイアの案内で皮の番をしている竜を薬で眠らせ,皮を手に入れ,夜の闇にまぎれて船出した.

アイエーテースは彼らのあとを船で追った.メーデイアは一緒につれて来た弟の*アプシュルトスを殺し,八つ裂きにして海に投じた.王は子供の身体を集めているあいだに追跡がおくれたので,近くの港に寄り,子供を葬り,その地をトモイ Tomoi 《切断されたもの》と呼んだ.しかし彼はコルキス人を四方に派遣し,メーデイアを連れて来なければ,彼ら自身も罰すると嚇して,アルゴー追跡に出た.一説ではアプシュルトスは王によって追跡を命ぜられ,イアーソーンはメーデイアとともに,ダニューブ河口にある*アルテミス女神の社で彼をだまし討ったという.

これ以後のアルゴー船の帰国の道については,いろいろな所伝があって一致しない.一番簡単なのは来た道の通りに帰ったというのである.つぎはシュムプレーガデスをさけて,パーシス河を遡り,*オーケアノスの流れに出て,そこから地中海に入ったという説,第三はダニューブ河から北海に出て,南下して地中海に戻ったとの説である.第四はアポローニオス・ロディオスの《*アルゴナウティカ》やアポロドーロスの《ギリシア神話》の話で,これによると,両者のあいだには相違があるが,アルゴーはダニューブ河を遡行し,当時はこの河となんらかの連絡があると思われていたエーリダノス Eridanos 河(これは部分的にはポー河と一致するが,伝説的な河)を通りつつある時,*ゼウスはアプシュルトスの殺害のために怒って,嵐を送った.そのとき船が人声を発して,*キルケーに潔められなくてはゼウスの怒りはやまないと教えた.そこで彼らはエーリダノスを遡行,ロォヌ河を経てケルト人とリグリア Liguria 人の国を通り,地中海に出て,*アイアイエー島のキルケーの所に来て潔めをうけた.ついでへ

ーラー女神の命をうけた海の女神*テティスに案内されて，*セイレーンたちのそばを通った時，オルペウスが対抗して美しい歌で英雄たちを船に引き止めた．*ブーテースのみは彼らの方に泳ぎ去り，*アプロディーテー女神が彼を奪ってリリュバイオン Lilybaion に住まわせた．その後*カリュブディスと*スキュラと，火煙が立ち上っている岩の浮島を通過，*パイアーケス人の住む*スケリア(コルキューラ)島に着いた．ところがここでアイェーテースが送ったコルキス人の一部の者に出くわした．メーデイア引渡しを要求されたパイアーケス人の王*アルキノオスは，彼女がすでにイアーソーンと夫婦の契りを結んでいたならば，イアーソーンのもの，もしまだ処女であるならば，父に送り返そうと言った．アルキノオスの后*アーレーテーは機先を制してメーデイアをイアーソーンと契らしめたので，アルゴナウテースたちはメーデイアを伴って出港，コルキス人たちはこの地に住みついた．

コルキューラを出るとただちに大嵐に遭い，船はアフリカのシュルティス Syrtis に吹きつけられた．英雄たちは船を担ってトリートーニス Tritonis 湖に運び，そこで海神*トリートーンのお蔭で海への道を見いだし，海にしてクレータ Kreta 島にむかった．そこでヘーパイストス神が*ミーノースに与えたという青銅人*タロースが島の番をしていて，アルゴーにむかって巨石を投じた．彼は日に三度島をめぐるのである．この巨人は不死身だが，頸から踵にいたるただ一つの血脈があり，その終りのところには青銅の釘がはめてあった．他説ではこれは踵のところが非常に薄い皮膚になっていたともいう．一説ではメーデイアが薬によって，あるいは偽の幻影を見せたために，巨人が怒って踵の血脈をかきむしったため，彼女が不死にしてやる約束のもとに，釘を抜いたため，一説では*ポイアースに踵を射られて，死んだ．クレータ海で彼らは濃い霧あるいは大嵐に遭った．祈りによって，*アポローンが海中に矢を射て，稲妻を放ち，この光によって彼らは小島を発見，そこに投錨した．思いがけなく島が現われたので(anaphanenai)，これにアナペー Anaphe なる名を与えた．そこで輝くアポローン Phoibos Apollon の祭壇を建て，供物を捧げた．アーレーテーによってメーデイアに与えられた12人の侍女が人々とたわむれながら揶揄した．そこから犠牲に際して女たちが冗談を言うこの島の習慣が生れた．ついでアイギーナ Aigina 島に寄航，エウボイア Euboia 島とロク

リス Lokris の間を通って，イオールコスに帰った．(その後のことはイアーソーン，メーデイア，アイソーン，ペリアース，アイゲウスの項を見よ．)

アルコーン Alkon, Ἄλκων 1. クレータの名射手，*ヘーラクレースの友．息子が蛇に襲われたとき，子供を傷つけることなく蛇を射殺した．同じ話はアテーナイの*パレロスの父アルコーンについても語られている．パレロスの項参照．

2. *ヒッポコオーンの息子の一人．

3. *アレースの子．*カリュドーンの猪狩に参加．

4. *アミュコスの子．*カリュドーンの猪狩に参加．

アルシノエー Arsinoe, Ἀρσινόη 1. *アルクマイオーンの妻．同項を見よ．

2. アポローンに愛された女．*レウキッポスと*ピロディケーの娘．一部の所伝では*アスクレーピオスの母に擬されている．同項を見よ．

アルタイアー Althaia, Ἀλθαία, 拉 Althaea, 仏 Althée *テスティオスの娘，*カリュドーン王*オイネウスの妻，*メレアグロスと*デーイアネイラの母．おのおの項を見よ．

アルタイメネース Althaimenes, Ἀλθαιμένης クレータ王*カトレウス(同項参照)の子．父を殺す運命にあることを神託で知り，ロドス島に赴くが，のち父が彼を求めて来たとき，海賊と誤って殺した．

アルティス Altis, Ἄλτις オリュムピアの，*ゼウスと*ヘーラーの名高い二つの神殿，多くの祭壇と彫像のあった，壁でかこまれた聖域の名称．

アルテミス Artemis, Ἄρτεμις *ゼウスと*レートーの娘，*アポローンの双生の妹．その誕生についてはレートーの項を見よ．一説では*デーメーテールの娘とされている．ホメーロスではすでにオリュムポスの12神の一人となっているが，まだ勢力のない女神で，彼女自身の弓で*ヘーラーに打たれて，泣きながら立ち去る小娘として描かれている．彼女の名はアポローンと同じくギリシア語源では解きがたく，先住民族の女神であったらしく，彼女の支配するところは野獣にみちた山野であった．彼女はまた誕生，多産および子供(人間や野獣の)の守神であり，ロケイア Locheia (産褥の女神)なる称呼のもとに*エイレイテュイア(同項参照)と同一視されている．エペソス Ephesos で崇拝されていたアルテミスは多くの乳房を有する偉大な母なる女神で，これがマルセイユを経て

アルブネア

ローマに入り、*ディアーナと同一視されるにいたった。アルテミスはまた熊と特別の関係にあったらしく、女神の怒りをかって牝熊に変じられた*カリストー（同項およびアルカスの項を見よ）は、本来アルテミス自身（アルテミス・カリステー Kalliste《もっとも美しい》）であったと思われる。*オレステースが姉の*イーピゲネイアとともにタウリス Tauris のケルソネーソス Chersonesos (クリミア) からハライ Halai にもたらしたアルテミス像は、人身御供を要求する恐ろしい女神で、これはブラウローン Braurion で祭られて、ブラウローニアー Brauronia と呼ばれ、アテーナイのアクロポリス山上にも神域をもち、少女たちが熊をまねて、黄色い衣を着て踊った。女神に対する人身御供の風習の名残りは他のところにも見いだされる。アルテミスはアポローンが太陽と同一視されたと同じように、月の女神*セレーネーおよび月と関係がある*ヘカテーとしばしば同一視あるいは混同されているが、これはこれらの女神の支配の範囲や性格がたがいに重なりあっている部分があるからである。さらにアルテミスはスパルタのオルテイア Ortheia とも同一視されているが、オルテイアは明らかにドーリス人が北方からもたらした印欧語源を有する女神で、もとはまったく異なるのである。

神話では、しかし、アルテミスのこのような性格とは異り、女神はうら若い美しい処女の狩人で、猟犬を伴い、ニンフたちにとりまかれて、山野をはせめぐる。鹿を追い、ときには人間にも矢を放つ。産褥にある女に苦痛のない死をもたらすのもこの女神であり、彼女はとくに女の崇拝のもとに、町の女神ともなっている。彼女の矢で死んだ者に、*ニオベーの娘たち（同項参照）、*ティテュオスがあり、ともに母レートーの名誉のためであった。また彼女とアポローンが生れる時に襲った大蛇をも兄とともに射殺した。巨人との戦ではグラティオーン Gration を*ヘーラクレースの助けを得て退治し、*アローアダイをたおし、アルカディアでは怪物*ブーパゴス Buphagos《牛くらい》を殺した。*オーリーオーン、*アクタイオーンの死については同項参照。彼女の怒りにふれて不運に見舞われた話も多い。*メレアグロスの死の原因となった*カリュドーンの猪、*アウリスで犠牲になった*イーピゲネイアの話を参照。ヘーラクレースが*エウリュステウスに命ぜられて、アルテミスの鹿を追った話については、同項参照。上記のように、アルテミスには独立の神話は少なく、この女神が比較的おそくギリシア神界に入り、あまり重要な地位をかち得なかったことを示している。

アルブネア Albunea ローマの近郊ティーブル Tibur の聖森で祭られていた*シビュレーの一人。

アルペイオス Alpheios, Ἀλφειός, 拉 Alpheus, 仏 Alphée アルカディアの南東よりエーリスを経、オリュムピアのそばを通って海に注ぐ、ペロポネーソスの大河。河神は*オーケアノスと*テーテュースの子。オルシロコス Orsilochos (メッセーネーのペライ王ディオクレス Diokles の父) と*ペーゲウスはその子といわれる。*アルテミスに恋したが、女神は顔をよごして誰だか解らぬようにした。また女神のニンフの一人*アレトゥーサに恋して追い、彼女が*オルテュギア（シシリア島のシュラクーサイの湾にある島）に遁れ、泉に身を変じたとき、彼は自分の水をその水に混ぜたという。これはアルペイオス河の水が地下を通ってこの泉に出ていると信じられていたところから出た話であるという。

アルペシボイア Alphesiboia, Ἀλφεσίβοια, 拉 Alphesiboea, 仏 Alphésibée 1. プソーピス王*ペーゲウスの娘、*アルクマイオーンの妻。アルクマイオーンの妻は普通*カリロエー（または*アルシノエー）と呼ばれている。ローマの詩人プロペルティウスでは、カリロエーのではなくて、アルペシボイアの子供が父の仇を討ったことになっている。アルクマイオーンの項を見よ。

2. *ディオニューソスが愛したアジアのニンフ。神は虎 (tigris) に身を変じてある河の岸で女に近づき、一子*メードス（メーディア人の祖）が生れた。のち彼はその河の名をソラクス Sollax からティグリスに変えた。

アレイオス・パゴスまたはアレイオパゴス Areios Pagos, Ἄρειος Πάγος, Areiopagos, Ἀρειόπαγος, 拉 Areopagus 《アレースの丘》の意。アテーナイのアクロポリス西方の小丘。*アレースが*ハリロティオスを殺した時、ここで裁かれたため、この名があるという。*オレステースもまた母殺しの罪でここで裁きをうけた。この法廷はかつてアルコーン archon の職にあった者より成り、殺人、放火等の重大犯人を扱った。

アレイオーンまたはアリーオーン Areion, Ἀρείων, Arion, Ἀρίων 神馬。*デーメーテールが*ペルセポネーを探してさまよっているとき、女神に恋した*ポセイドーンがあとを追い、女神がアルカディアのテルプーサ Thelpusa で, 男神を避けるべく牝馬に変じて, オンコス Onkos 王の畜群中に身をかくしたとき, 男神も牡馬に変身して, 彼女と交わり, そこからアレイオーンと, その名を口にすべからざる恐るべき女神デスポイナ Despoina (=*ペルセポネー・*コレー)が生れた. 神馬は最初オンコス王に属し, *ヘーラクレースの所有を経て*アドラストスの有に帰し, テーバイ攻めの際に大敗したが, その快足によって彼を救った.

アレーイトオス Areïthoos, Ἀρηίθοος *アレースに与えられた鉄棒を振って闘ったために, コリュネーテース Korynetes《棒男》と綽名された男. アルカディアの*リュクールゴスは棒を振り回わすことのできぬ狭い道で彼と闘い, 槍で突き殺し, その武具を奪った.

アレウアース Aleuas, Ἀλεύας *ヘーラクレースの後裔, テッサリアのラーリッサ Larissa の王, 同地の王家アレウアダイ Aleuadai の祖.

アレオス Aleos, Ἄλεος アルカディアのテゲア Tegea の王. *アペイダース(*アルカスの子)の子. *ステネボイアの兄弟. *ケーペウスと*アウゲーの父.

アレクサンドラー Alexandra, Ἀλεξάνδρα *カッサンドラーの別名. 同項を見よ.

アレクサンドロス Alexandros, Ἀλέξανδρος, 拉 Alexander, 仏 Alexandre *パリスの別名. 同項を見よ.

アーレークトー Alekto, Ἀληκτώ, Allekto, Ἀλληκτώ *エリーニュスたちの中の一人. 同項を見よ.

アレクトリュオーン Alektryon, Ἀλεκτρυών *アレースと*アプロディーテーとが密通した時に, 夜明けを知らす役目を帯びながら, 眠りすごした見張番. そのため二神の密通が発見され, 女神の夫*ヘーパイストスによって二人が相抱いているところを神々にさらされた. アレースは怒ってアレクトリュオーンを鶏に変じた(この名は《鶏》の意). 鶏が朝早く時刻を告げるのはこのためであると.

ア(ー)レース Ares, Ἄρης, アイオリス方言 Areus, Ἄρευς ギリシアの軍神, *ゼウスと*ヘーラーの子. 彼の性格は兇暴で無計画的で, 戦というよりは, 戦闘の気を表わしている. 彼の崇拝はテーバイ Thebai 以外には大体第二次的なものである, とくに北部と西部のギリシアが中心である. スパルタでは彼に犬が捧げられたが, 犬の犠牲は呪法の特徴であるから, 彼は本来は神というよりは戦闘に際する呪法のあいだから発達したものとも考え得る. この神の住居がしばしばトラーキアにおかれていることなどから, 北方からこの神の崇拝が移入されたとする説がある. 彼はオリュムポス 12 神の中の一人に数えられているが, 彼をめぐる神話伝説は少なく, かつ戦の勝利よりも, 知性に対する無思慮な暴力の敗北を語ったものが多い. したがって彼にはオリュムポスの神々のごとき静かな智がなく, なんら神としての機能をもたず, いわばならず者のごとく描かれている.

神話では彼は戦闘のために戦闘を好み, その正邪は問題にしない. *トロイア戦争ではトロイア方であるが, ときには*アカイア人をも助ける. 彼は普通は徒歩であるが, ときには戦車に駕し, 巨大で美しい青年として想像されている. しかし彼はしばしば人間と戦って敗れている. トロイアでは同じく戦の女神でありながら知性の代表者である女神*アテーナーの助けを得たギリシアの英雄*ディオメーデースに傷つけられて, 一万人の戦士の雄叫びにも比すべき大声をあげてたおれ, *ヘーラクレースがアレースの子*キュクノスと戦った時に, 助けに来た軍神は, 敗れてオリュムポスに遁れた. *アマゾーンは彼の娘たちと一説にはいわれているが, その女王である*ペンテシレイアが*アキレウスに討たれたとき, 復讐にむかわんとしてゼウスに止められた. *アローアダイによって 13 カ月のあいだ青銅の壺に閉じこめられ, *ヘルメースに救い出された.*アプロディーテーの情人としてホメーロスの中では描かれているが(アプロディーテーの項を見よ), 一説にはこの女神の夫である. この女神はその中に戦の神の性質を備えていたから, このような関係が語られるにいたったのであろう.

彼には多くの子供があるが, いずれも兇暴な無頼漢である. *アスカラポス, トラーキア王のディオメーデース, 山賊のキュクノス, 乱暴で神をないがしろにする民族の祖である*プレギュアース, *リュカーオーン, *オイノマーオス等がこれである. しかし一説では*メレアグロスや*カリュドーンの猪狩に加わった*ドリュアースも彼の子とされている. 彼の娘のなかでとくに有名なのは, *カドモスの妻となった*ハルモニーアである. *ケクロプスの娘*アグラウロスとのあいだに生れた*アルキッペーを犯そうとした*ハリロティオス(*ポセイドーンの子)を殺したとき, アレースは*アレイオス・パゴスでオリュムポスの神々から成る法廷で裁かれ, 放免(あるいは一カ年の奴隷生活)の宣告を受けた. デイモス Deimos《恐怖》と*ポボス Phobos《敗走》はアプロディーテーとのあいだの子であ

アーレーテ

り、つねに彼に従い、また*エリス《争い》や*エニューオーも彼の従者とされている。*エロースもアレースとアプロディーテーの子とされているが、これは女神とエロースとのあいだに古くは関係がなかったことを親子にするための方便であり、のちキケローは*アンテロースをも同じ親の子としている。

アーレーテー Arete, Ἀρήτη　*パイアーケス人の王*アルキノオスの妻。アルキノオス、オデュッセウス、アルゴナウテースたちの遠征の項を参照。

アレーテース Aletes, Ἀλήτης　1. *ヒッポテースの子、*ヘーラクレースの曾孫。母*レイペピレーはヘーラクレースの甥*イオラーオスの娘。父が殺人の罪によって放浪中に生れたためにこの名《放浪者》を得た。*ドードーナの神託に王となる方法を尋ねたところ、多くの花の頭飾の日に土塊を与えられたときに、との答えがあった。乞食に身をやつし、死者の祭日にコリントスで、パンの代りに土塊を与えられた。同市の王*クレオーンの娘、この日に城門を開けば妻にする約束で、門を開かせ、同市を占領した。つぎにアテーナイに軍を進めた。その時アテーナイ王の命を助ければ成功するとの神託があった。70歳のアテーナイ王*コドロスは市民のために身を犠牲にし、アレーテースは失敗した。

2. *アイギストスの子。エーレクトラー、エーリゴネーの項参照。

アレトゥーサ Arethusa, Ἀρέθουσα　1. シュラクーサイ Syrakusai 市の近くの*オルテュギア島上の泉のニンフ。アルペイオスの項を見よ。アカイア Achaia のニンフ、*アルテミスの侍女で、女主人と同じく恋を軽蔑していた。ある日狩に疲れて、清らかな河のほとりに出て、水浴していると、水中から声があった。それは河神アルペイオスで、彼女に恋したのであった。遁れる彼女を女神は願いによって泉に変じ、女神の導きによって海底の地下を渡ってオルテュギアまで逃げたが、河神もあとを追い、彼女の泉に自分の水を混じて、ニンフと交わった。

2. *ヘスペリスたちの一人。

3. *アバースの母。

アレビオーン Alebion, Ἀλεβίων　*ポセイドーンの子。兄弟*デルキュノスとともに、リグリア Liguria で、*ヘーラクレースの追って来た*ゲーリュオーンの牛を奪おうとして、殺された。

アローアダイまたは**アローエイダイ** Aloadai, Ἀλοάδαι, Aloeidai, Ἀλωεῖδαι, 拉 Aloidae, 仏 Aloades　*アローエウスの妻*イーピメデイアと*ポセイドーンとの子*オートスと*エピアルテースのこと。イーピメデイアはポセイドーンに恋し、海辺で波を掌に受け胸もとに注ぎがかれた。神はその求愛を容れて二子が生れた。彼らは巨人で、毎年高さが1尋、幅が1キュービット大きくなり、九歳で高さが9尋(約17メートル)になった時、オッサ Ossa 山を*オリュムポス山の上に、さらにペーリオン Pelion 山をその上におき、天に登って神々と戦わんとし、海を山で埋めて陸地とし、陸地を海に変えようとした。エピアルテースは*ヘーラーに、オートスは*アルテミスに言い寄り、*アレースを縛って13ヵ月間青銅の壺に閉じこめたが、*ヘルメースが彼を盗み出した。*アポローンが彼らが成人する前に殺したとも、*ゼウスが雷霆で撃ち殺したとも、アルテミスが牡鹿に身を変じて(あるいはアポローンがそれを放って)、ナクソスで狩をしていた兄弟のあいだを走ったところ、両方から投槍を投じたため、たがいに殺し合ったともいわれる。彼らは地獄で柱に大蛇で縛りつけられ、梟が彼らを苦しめている。彼らはいくつかの都市の建設者と伝えられ、その祭りでは上記のような乱暴者とは考えられていない。

アローエウス Aloeus, Ἀλωεύς　*ポセイドーンと*カナケーの子。*イーピメデイアの夫。*アローアダイは妻とポセイドーンとの子である。アローアダイの項を見よ。

アロペー Alope, Ἀλόπη　エレウシース Eleusis 王で山賊の*ケルキュオーンの娘。父にかくれて*ポセイドーンと交わり、生れた子を自分の乳母に棄てさせた。牝馬が赤児に乳を与えた。見事な産着に包まれた子を羊飼が拾ったが、他の羊飼に与えた。しかし産着は渡さなかったので、他の羊飼がケルキュオーンに訴えた。産着を見た彼は乳母に白状させ、アロペーを殺し、ポセイドーンは彼女を泉に変じた。ケルキュオーンは子供をまた棄てたが、今度も牝馬が乳を与えた。また一人の羊飼が拾って、*ヒッポトーオーンと名づけた。彼はのちアテーナイのヒッポトオンティダイ Hippothoontidai 族の祖となった。*テーセウスがケルキュオーンを退治したとき、ヒッポトーオーンは祖父の王国の返還を求め、テーセウスは要求に応じた。

アンカイオス Ankaios, Ἀγκαῖος, 拉 Ancaeus　1. アルカディアの*リュクールゴスの子(または孫)。*アガペーノールの父。アルゴナウテースたちの遠征に参加。*ヘーラクレースにつぐ勇士。*カリュドーンの猪狩でたおれた。

アンティゴ

2. *ポセイドーンの子，レレクス Lelex 人の王．*ティーピュスの死後*アルゴー船を操った．彼は葡萄を植えたが，召使の一人が彼はその葡萄酒を飲む前に死ぬと言った．実った時，葡萄を搾ったが，召使は《盃と唇とのあいだは遠い》と言い，アンカイオスは酒を飲まないうちに，猪に殺された．彼は 1. としばしば混同されている．

アンキーセース Anchises, 'Αγχίσης　*カピュスとダルダノス Dardanos 王の娘テミステー Themiste の子．*イーデー山中で家畜を追っているとき，*アプロディーテーに見染められ，女神はプリュギア Phrygia 王*オトレウスの娘に身を変じて近づき，*アイネイアースを生んだ．これを話すことを禁じられながら，酒に酔って宴席で明したため，雷霆に撃たれて盲目(あるいは跛)になった．*ゼウスが*トロースに神馬を贈った時，自分の牝馬と合わせて，六頭の仔馬を得，うち二頭をアイネイアースに与えた．エリオピス Eriopis なる女から*ヒッポダメイアとその他幾人かの娘が生れた．*トロイア陥落の際，アイネイアースは父を背負って逃げた．アンキーセースの死所については諸説があるが，《*アイネーイス》では，息子とともに流浪したのち，シシリアのドレパノン Drepanon で世を去ったことになっている．アイネイアースの項を見よ．

アンギティア Angitia　《*アイネーイス》において，マルシー Marsi 族のあいだで女神として崇拝されている．*メーデイアと*キルケーの姉妹．マルシー人は彼女をアナグティア Anagtia と呼び，病気治療の女神であった．

アンケモルス Anchemolus　《*アイネーイス》中，イタリアのマルーウィー Marruvii 人の王ロイトゥス Rhoetus の子．義母カスペリア Casperia の情人となり，父に見つけられて*トゥルヌスの父*ダウヌスのもとに遁れて，*アイネイアースとトゥルヌスとの戦のあいだにたおれた．

アンゲローナ Angerona　ローマの女神，12月21日にその祭が行なわれた．

アンタイオス Antaios, 'Ανταῖος, 拉 Antaeus, 仏 Antée　*ポセイドーンと*ガイア(大地)の子．巨人でリビアに住み，通過する旅人に相撲を挑み，勝っては殺し，その戦利品で父神の神殿を飾った．*ヘーラクレースが*ヘスペリスの林檎を求めに来たおりに，アンタイオスは負けて殺された．彼が投げられて母なる大地にふれるたびにますます強くなるので，ヘーラクレースは彼を持ち上げてしめ殺したという話は，のちに加えられたものであるらしい．

アンテイア Anteia, 'Αντεια　ベレロポーンとステネボイアの項を見よ．

アンテイアース Antheias, 'Ανθείας　*トリプトレモスのまねをして，その竜の引く戦車に乗り，空から種を播こうとして，墜死した．トリプトレモスの項を見よ．

アンティオコス Antiochos, 'Αντίοχος　*ヘーラクレースの子，*ヒッポテースの祖．

アンティオペー Antiope, 'Αντιόπη

1. テーバイの*スパルトイの一人*クトニオスの子*ニュクテウスの娘(あるいは*アーソーポス河神の娘)．*サテュロスの姿で近づいた*ゼウスと交わった．子供が生れる前に，父の怒りを恐れて，シキュオーン Sikyon 王*エポーペウスのもとに遁れた．父は兄弟*リュコスに復讐を命じたのち，悲しみのあまり自殺した．リュコスはシキュオーンを攻め，エポーペウスを殺し，アンティオペーを捕えてテーバイに連れ戻す途中，エレウテライ Eleutherai で双生児*アムピーオーンと*ゼートス(同項参照)が生れた．子供は棄てられる．リュコスと妻*ディルケーは彼女を虐待する．双生児に救われたのち，アンティオペーは，ディルケーの死を怒った*ディオニューソスによって狂気となり，ギリシア中をさまよい歩いたが，*ポーコスによって病を癒され，その妻となった．

2. *アマゾーン．*ヒッポリュテーの姉妹で*テーセウスの妻，*ヒッポリュトスの母ともいわれる．

3. *アイオロスの娘．*ポセイドーンと交わって，*ボイオートスとヘレーンの母となった．

4. *テスピオスの娘．*ヘーラクレースと交わってアロービオス Alopios の母となった．

アンティクレイア Antikleia, 拉 Anticlea, 仏 Anticlée　*ラーエルテースの妻，*オデュッセウスの母，*アウトリュコスの娘．アウトリュコスが*シーシュポスから家畜を盗んだとき，シーシュポスは探し求めてアウトリュコスの所に来て，アンティクレイアとひそかに交わったのち，彼女はラーエルテースに嫁したという話もある．このためオデュッセウスはときにシーシュポスの子とされている．オデュッセウスの留守中に，彼女は悲しみのあまり自殺した．

アンティゴネー Antigone, 'Αντιγόνη

1. *オイディプースの娘，*イスメーネー，*ポリュネイケース，*エテオクレースの姉妹．悲劇ではこの兄弟姉妹はオイディプースとその母*イオカステー(または*エピカステー)との

アンティゴ

あいだに生れた子供となっているが、ホメーロスその他の叙事詩人にはこのような物語はなく、またオイディプースを歌った《オイディポデイア》Oidipodeia では、アンティゴネーらの母は*エウリュガネイアとなっている。さらに古くはアンティゴネーは物語にはあまり重要ではなかったらしい。しかし悲劇(ソポクレース)の物語はつぎのごとくである。

オイディプースが自分の素姓を発見して、みずから盲となって、国を出て乞食をして諸国をめぐったとき、彼女は父に従い、彼がアッティカで世を去ったのち、テーバイに帰った。テーバイにむかってアルゴス Argos の七将が攻め寄せ、兄弟のポリュネイケースが戦死して、その遺骸を*クレオーンが葬ることを禁じたとき、彼女は禁を犯して葬礼を行ない、捕えられ、地下の墓場に生きながら葬られる。彼女はみずから縊れて死に、彼女の婚約者でクレオーンの子の*ハイモーンは彼女の上に折り重なって自殺し、クレオーンの后*エウリュディケーも悲しみのあまり刃に伏した。

エウリーピデースの失われた悲劇では、新しいプロットが考案されたらしい。クレオーンはハイモーンに彼女を殺すように命じたが、彼はひそかに彼女を田舎にかくし、子供が生れる。子供が成長して競技に出場、素性を見破られて親子三人はクレオーンに死刑を宣せられるが、神(*ディオニューソス？)の仲介によって許された。さらにのち(前4世紀？)に、アンティゴネーをポリュネイケースの妻*アルゲイアーが助けて、夫の死骸をエテオクレースの葬火の中に入れたところ、煙が二つに別れた、という話が作られた。

2. *トロイア王*ラーオメドーンの娘。*プリアモスの姉妹。*ヘーラー女神より美しいと誇るために、彼女の髪は蛇に変じられたが、神々(あるいはヘーラー自身)が憐れんで彼女を蛇をくらうこうのとりに変えた。

3. プティーア Phthia 王*アクトールの子*エウリュティオーンの娘。エウリュティオーンは殺人の罪で遁れて来た*ペーレウスを潔めて、王国の三分の一を持参金として彼女を妻に与えた。のちペーレウスは*カリュドーンの猪狩で誤ってエウリュティオーンを殺し、イオールコス Iolkos に遁れた。

《アンティゴネー》 Antigone, 'Αντιγόνη
ソポクレースの作。おそらく前442〜441年頃に上演。アンティゴネー、ポリュネイケース、オイディプース、《テーバイ物語》の項を参照。

*オイディプースの娘*アンティゴネーは兄弟*ポリュネイケースの埋葬を禁ずる*クレオーンの命に反して、葬礼を与えんとし、妹*イスメーネーを誘うが、弱い性格の妹は応じない。アンティゴネーは単独でこれを行なう決心をする。彼女は形ばかりの、土を死骸に振りかける葬礼を行なったのち、ふたたび兄弟の死骸の場所に行ったところを捕えられる。クレオーンに対し恐れる色もなく、彼女の行為は天の命ずる正義に基き、人間の律し得るものではないと述べる。イスメーネーは姉の行為を知り、自分もこの罪の仲間であることを希望するが、姉はこれを拒否する。クレオーンは彼女を地下の岩室に生きながら埋めることを命じ、彼の息子でアンティゴネーの許婚*ハイモーンの願いをも容れない。盲目の予言者*テイレシアースが神の姿を拒んだこの国に対して、神は憤っていると告げる。クレオーンはこれに耳をかさず、予言者はクレオーンの頑迷はやがて彼自身の子の死によって救われると告知する。クレオーンは心を動かし、急ぎアンティゴネーを解放すべく岩室に行くが、すでにおそく、アンティゴネーは縊れ、ハイモーンは刃に伏して死ぬ。使者のこの報にクレオーンの后*エウリュディケーは胸を貫く。

アンティノエー Antinoe, 'Αντινόη
1. アルカディアの*ケーペウスの娘。神託によってマンティネイア Mantineia 市の住民を蛇の先導に従って導き、オピス Ophis《蛇》河のそばに一市を建設した。

2. *ペリアースの娘。父の死後アルカディアに遁れた。彼女の墓がマンティネイアの付近にあった。

アンティノオスまたはアンティヌース Antinoos, 'Αντίνοος, Antinus, 'Αντίνους 《*オデュッセイア》において、*ペーネロペーの求婚者の一人。強暴傲慢で、*テーレマコスの暗殺を謀り、*エウマイオスを侮辱し、身を乞食にやつしている*オデュッセウスに乞食の*イーロスをけしかけた。盃を手にしているときに、英雄の復讐の第一矢をうけて殺された。《盃と唇とのあいだは遠い》という言葉はここから出たともいわれる。アンカイオスの項参照。

アンティパテース Antiphates, 'Αντιφάτης
1. 《*オデュッセイア》中、巨人*ライストリューゴーン人の王。*オデュッセウスが三人の部下を偵察に出したとき、そのうちの一人を殺して食べたが、他の二人は遁れた。ついで彼の家来たちは12隻あったオデュッセウスの船のうち、彼自身が乗っていた一隻以外のすべての船を破壊した。

2. *メラムプースの子。*アムピアラーオスの

父 *オイクレースの父.

3. *サルペードーンの子.

アンティポス Antiphos, Ἄντιφος

1. *プリアモスの子. *アガメムノーンに討たれた.

2. *ヘーラクレースの子テッサロスの子. 30隻をひきいて*トロイア遠征に参加.

3. *オデュッセウスの伴侶.

アンティポノス Antiphonos, Ἀντίφονος

*プリアモス王が*ヘクトールの死体を贖いに行ったとき, 王に従って行った王の子.

アンティマコス Antimachos, Ἀντίμαχος

1. *オデュッセウスと*メネラーオスが*ヘレネーの返還を要求に*トロイアに来たとき, *パリスが買収して, 反対させた男. その子*ヒッポロコスとペイサンドロス Peisandros は*アガメムノーンまたは*アキレウスに討たれた.

2. *ヘーラクレースと*テスティオスの娘との子.

アンティロコス Antilochos, Ἀντίλοχος, 仏 Antiloque *ネストールの子, *トロイア遠征のギリシア軍の将の一人. 勇士で足が速く, *アキレウスの親友. *パトロクロスの死の報をアキレウスにもたらした. 戦車を操ることにもすぐれていたが, パトロクロス葬礼競技では*メネラーオスに第一位を譲った. 父が*メムノーンに襲われて危いときに, 救おうとして討たれたとも, *ヘクトールの手にかかった, あるいは*パリスの矢に射られたともいう. 死後彼はアキレウス, パトロクロスとともに《白い島》(*アキレウスの項参照)で楽しく日を送っている.

アンテーノール Antenor, Ἀντήνωρ *アイシュエーテースとクレオメーストラー Kleomestra の子. *テアーノーの夫. *トロイアの*プリアモス王の賢明な顧問役の老人. *メネラーオスと*オデュッセウスが使者として来たとき, 自分の家にとめ, *ヘレネー返還を主張した. 《*イーリアス》では彼は平和主義者で, *パリスとメネラーオスとの一騎打で事を解決しようとしている. トロイア陥落のおり, 彼はギリシア軍によって危害を加えられなかった. この点より, 後世になると彼は*パラディオンを敵に渡し, 木馬の中のギリシア兵を助けた, 祖国の裏切者とされている. 彼はトロイア陥落後パプラゴニア Paphlagonia のエネートイ Enetoi 人たちをひきいて, ポー河下流に移り, この地のウェネーティ Veneti 人の祖となったとも伝えられている.

アンテーロス Anteros, Ἀντέρως エロースの項を見よ.

アンドライモーン Andraimon, Ἀνδραίμων

1. *カリュドーン王*オイネウスの娘*ゴルゲーの夫, のちカリュドーン王となり, *トアースをもうけた.

2. *オクシュロスの子, *ドリュオペーの夫.

アンドロクロス Androklos, Ἄνδροκλος

*コドロスの子, エペソス Ephesos 市の建設者. イオーニア Ionia 人をひきいて同地のカーリア Karia 人やレレクス Lelex 人を追った. 魚と猪によって市を建設すべきところを教えられるとの神託があり, ある日, 食事の仕度の最中, 魚が飛んで炭火がそのために灌木に燃え移り, そこから猪が飛び出した. 彼はこれを殺したが, 神託にしたがってこの地に市を造った.

アンドロゲオース Androgeos, Ἀνδρόγεως, 仏 Androgée 1. クレータ王*ミーノースと*パーシパエーの子. 運動競技に秀れ, パンアテーナイア Panathenaia 祭ですべての相手を負かしたために, テーバイに赴く途中で負けた者たちに殺されたとも, *アイゲウス王がマラトーン Marathon の牡牛(テーセウスの項を見よ)退治にやり, 牡牛に殺されたともいう. この報をミーノースはパロス Paros 島で*カリス女神への捧物の最中に受け, 頭飾を投じ, 音楽を止めたので, パロスではその後この女神たちへの犠牲には頭飾も音楽も用いなくなった. ミーノースはアテーナイに兵を進め, 包囲し, 各七人の少年少女を*ミーノータウロスの犠牲に毎年捧げる約束をさせたのち兵をかえした. アンドロゲオースはアッティカのパレーロン Phaleron で祭られていた.

2. *トロイアでたおれたギリシア方の将.

アンドロマケー Andromache, Ἀνδρομάχη, 仏 Andromaque 小アジアのテーベー Thebe 王*エーエティオーンの娘, *ヘクトールの妻. 父王と七人の兄弟はギリシア軍に殺され, 母は捕えられてのちに身代金で贖われた. 《*イーリアス》では典型的な貞節な妻として描かれている. *トロイア陥落の際, 一子*アステュアナクスは殺され, 自分は*ネオプトレモスの奴隷となってエーペイロス Epeiros に行った. そこで*モロッソス, ピエロス Pielos, *ペルガモスの三子を生んだ. ネオプトレモスが*デルポイで殺されたのち, その王国を譲られた*ヘレノスの妻となった. 彼の死後, ペルガモスとともにミューシア Mysia に行き, ペルガモン市を建設した.

《**アンドロマケー**》 Andromache, Ἀνδρομάχη エウリーピデースの上演年代不明の作品. 前430年頃か(?) *アキレウスの子*ネオプトレモスは*ヘクトールの妻*アンドロマケ

アンドロメ

ーを捕虜とし, 妾にする. *メネラーオスの娘 *ヘルミオネーと結婚するが子なく, ヘルミオネーはアンドロマケーが魔法で呪っているのではないかと疑う. ヘルミオネーの以前の婚約者 *オレステースは今なお彼女に愛着し, メネラーオスもその同情者である. メネラーオスはネオプトレモスが *デルポイに行っている留守中にアンドロマケーとその子供らを殺そうとするが, 子供らはネオプトレモスの祖父 *ペーレウスに救われる. その卑劣な企ての失敗にメネラーオスは立ち去る. 使者が来てネオプトレモスがオレステースの部下によって殺されたことを告げる. オレステースはヘルミオネーを奪い去る. 悲しみに沈むペーレウスをその妻たる海の女神 *テティスが現われてなぐさめる.

アンドロメデーまたはアンドロマダー Andromede, Ἀνδρομέδη, Andromeda, Ἀνδρομέδα エティオピア王 *ケーペウスと *カッシエペイアまたは *カッシオペーの子. 母親がネーレイスたちより美しいと誇ったので, 彼女らは怒って *ポセイドーンに訴え, 海神は怪物をやって王国を荒した. *アムモーンの神託によって, 娘を人身御供にすることを強いられ, 王はアンドロマダーを海辺の岩に鎖で縛った. *ペルセウスが *ゴルゴーン退治の帰途彼女を認め, 自分の妾に呉れるならば, 怪物を退治しようと約束する. 退治したとき, かねて婚約していた彼女の叔父 *ピーネウスが襲って来たが, ペルセウスは彼と従者どもに *メドゥーサの首を見せて石に化した. 二人はしばらくケーペウスのところに留まり, 長子 *ペルセースを彼のもとに残した. これはのちのペルシア王家の祖である. その後二人はセリーポス Seriphos, アルゴス Argos, *ティーリュンスに行き, *アルカイオス, *ステネロス, *ヘレイオス, *メースト-ル, *エーレクトリュオーン, 娘 *ゴルゴポネーが生れた. アンドロマダー, ペルセウス, ケーペウス, カッシオペーおよび怪物はいずれもの ち星座となっている.

アンナ Anna カルターゴーの女王 *ディードーの姉妹. 同項およびアンナ・ペレンナの項を見よ.

アンナ・ペレンナ Anna Perenna ローマの女神, 3月15日(旧暦の年の最初の満月)に大衆的で無礼講な祭が行なわれた. Perenna は《永久》を意味する. 女神に関しては二つの伝説がある.

ローマの民衆(plebs)がモンス・サケル Mons Sacer に退いた時(前494年), 食糧が足りなかったので, ボウィライ Bovillae の老婆アンナ(《婆さん》の意)は自分が作って売っていた菓子を彼らに供した. 民衆がローマに帰った時, 彼女は神と祭られた.

他の伝えに, 女神を *ディードーの姉妹アンナと同一視するもので, ディードーの自殺ののち *イアルバースが攻めて来たので, アンナはアフリカ沿岸のメリテー Melite 島の王のもとに遁れた. シリア王 *ピュグマリオーンが彼女を引渡すことを求めたので, 彼女は海に逃げ, 嵐でラティウム Latium に漂着, *アイネイアースに出会って, 厚遇をうけた. しかし彼の妻 *ラウィーニアが彼女を嫌ったので, 夜宮殿を遁れ出て, ヌミーキウス Numicius 河神に会い, 犯された. 彼女を探しに出たアイネイアースの従者たちは河の岸で彼女の足跡が絶えているので, 戸惑っていると, 水中よりある者が現われ, アンナはニンフとなり, ペレンナと呼ばれるようになったと告げた. 従者どもは喜んで, 岸辺の野で大いに陽気に一日を過し, これがこの女神の祭のしきたりとなった. 老婆になった時, アンナは *マールスに *ミネルウァとの仲をもつことを頼まれたが, 女神は聞かないので, 自分が花嫁に化けてマールスを引き入れ, のち正体を明かし, マールスを大いに嘲罵した. これがアンナ・ペレンナの祭に歌う卑猥な歌の起源であると.

イ

イ- I- ギリシア名《エイ-》Ei- は, ローマ名で《イー-》I- となる. 《イー-》の項下に見当らぬときは, 《エイ-》を一応見よ. 例 エイレイテュイア Eileithyia:イーリーテュイア Ilithyia. ただしすべてのラテン語の i がギリシア語の ei に相当するわけではない.

イアイラ Iaira, Ἴαιρα 1. 海神 *ネーレウスの娘の一人.

2.《*アイネーイス》中, プリュギアの *イーデー山のニンフ. アルカーノール Alkanor と交わり, *パンダロスとビティアース Bitias の双生児を生んだ. 彼らは *アイネイアースの部下となった.

イーアシオーン Iasion, Ἰασίων *イーア

シオス Iasios と*イーアソス Iasos とも名前の類似から混同している．*ゼウスと*エーレクトラーの子．兄弟の*ダルダノスとともにサモトラーケ Samothrake 島に住んでいた．*デーメーテールの恋人で，二人のあいだに富の神*プルートスが生れた．一説には彼は女神を暴力で犯さんとし，ゼウスに雷霆で撃たれたという．さらに一説では彼は*ハルモニアーの兄弟でもあり，ゼウスを命じて同島の秘教に導入され，他の多くの英雄を秘教に入会せしめた．*カドモスとハルモニアーの結婚のとき，彼はデーメーテールに会い，彼に恋した女神は彼に小麦の種を贈った．のち，彼は*キュベレーの夫となり，*コリュバースたちの祖たるコリュバース Korybas を生んだ．

イアーソー Iaso, Ἰασώ 《治癒》の意．*アスクレーピオスの娘．*ヒュギエイアの姉妹．オローポス Oropos 市に彼女の神域があった．

イーアソスまたはイーアシオス Iasos, Ἴασος, Iasios, Ἴασιος　1. アルゴス王．*トリオパースまたは*アルゴスの子で，*アゲーノールの孫．*イーオーの父．トリオパースの子であるとの伝えでは，彼は兄弟たちとペロポネーソスを分割継承し，彼自身は西部とエーリス，*ペラスゴスは東部，アゲーノールは父の騎兵隊を継承したが，アゲーノールはたちまちにしてその兵力により兄弟たちの領地をわがものとしたという．ただしこのペラスゴスはアルカディアのそれではなく，アゲーノールも，その祖父と混同してはならない．

2. アルカディアの*リュクールゴス王の子で，*アルカスの孫．*ミニュアースの娘*クリュメネーを娶り*アタランテーの父となった．

3. アムピーオーン Amphion の父．*ミニュアースの娘ペルセポネー Persephone を娶った．

イアーソーン Iason, Ἰάσων, 拉 Iason, 英・独・仏 Jason　*アイソーンと*アルキメーデー(*ピュラコスの娘)あるいは*ポリュメーデー(*アウトリュコスの娘)の子．したがってイアーソーンは*アイオロスの後裔である．アイソーン(*クレーテウスと*テューローの子)は異父の兄弟*ペリアース(*ポセイドーンと*テューローの子)に当然自分に属していたイオールコス Iolkos の支配を奪われた，あるいはイアーソーンが成長するまで支配をペリアースに委ねた．イアーソーンは危険を避けるために，ペーリオン山中に住む*ケンタウロス族の賢者*ケイローンにあずけられ，教育された．ペリアースが海辺でポセイドーンに犠牲を捧げている時に，イアーソーンが片方だけのサンダルを履いた姿で現われた．かつてペリアースが王権に関して神託を伺った時，神は片方のサンダルの男に注意すべしと託宣したが，ペリアースはイアーソーンを見て，その意味を了解し，イアーソーンが父の王国の返還を求めた時，ペリアースは彼に黄金の羊皮を持参することを要求した．ペリアースはイアーソーンに，市民の一人に殺されるであろうとの神託があった場合に，もしその権力をもっていたならば，どうするかと尋ねたところ，イアーソーンは，その場の思いつきか，それとも*メーデイアがペリアースの禍となるようにとの*ヘーラーの計画によってか(ペリアースは女神の怒りをかっていた)，金毛の羊皮の持参を命じたらよかろうと答えたために，この難題を押しつけられたともいう．なおイアーソーンが河中でサンダルを失ったのも，老婆に扮していたヘーラーに頼まれて，女神を負って河を渡ったためであると．羊皮を取りに行った*アルゴナウテースたちの遠征の物語には，同項を見よ．メーデイアと結婚して帰国したイアーソーンは，羊皮をペリアースに与え，イオールコスに住み，一子*メーデイオスを得て，静かに暮したともいうが，普通の話では，父アイソーンがペリアースに迫られて自殺した復讐に，メーデイアにペリアースの娘たちをだまさせ，父親を切り刻んで大釜で煮殺させた．そのためイアーソーンとメーデイアはイオールコスを追われ，コリントスに来住，十年間幸福に暮したが，のちコリントス王*クレオーンの娘*クレウーサ(あるいは*グラウケー)を妻にしようとして，メーデイアを離婚したので，メーデイアは*メルメロスと*ペレースの二子を殺し，クレウーサに毒に浸した衣を送り，花嫁と王とは，ともにから発した火に焼き殺された．メーデイアの項を見よ．イアーソーンは*ペーレウスとともに，*ディオスクーロイの援助を得て，イオールコス市を襲い，イアーソーン(あるいはその子*テッサロス)はこの地の王となった．イアーソーンは*カリュドーンの猪狩の勇士のなかにも数えられている．

イアッコス Iakchos, Ἴακχος, 拉 Iacchus　*エレウシースの秘教会においてその行列を導いた神．ボエードロミオーン Boēdromion (9月〜10月)の月の19日に彼の像はエレウシースからアテーナイに運ばれ，行列とともにエレウシースにふたたび運ばれた．この時のかけ声が《イアッコーイアッケ》ἴακχ' ὦ ἴακχε であって，これが神格化されてイアッコスなる神が生れたらしい．彼は*デーメーテール，*ペルセポネー，あるいは*ディオニューソスの子とされ，とき

イアニスコ

にデーメーテールの夫とも考えられている. デーメーテールの子としての彼は, 女神とペルセポネー探索の旅をともにし, *バウボー(同項を見よ)の滑稽な身振りを笑って, 女神の悲しみを解かした. *ゼウスとペルセポネーの子としての彼は, *ザグレウス(同項を見よ)と同じで, *ヘーラーの命によって*ティーターンたちは彼を八つ裂にしたが, *アポローンと*アテーナーがゼウスの命によって彼を蘇生させ, イアッコスなる名となった. ディオニューソスの子としての彼は, プリュギアのニンフのアウラーの子とされている. 彼女は双生児を生んだが, 気が狂って一人を呑みこんだ. イアッコスは他のディオニューソスの愛人のニンフに助けられ, エレウシースの酒神の従者たちに育てられた. アウラーは*サンガリオス河に投身して泉となり, アテーナーが赤児に乳を与えた.

イアッコスは, ディオニューソスの名の中の*バッコスと似ているところから, 酒神としばしば同一視されている. イタリアにおいても*リーベルとの同一視が行なわれた. ペルシア戦争中, サラミース Salamis の海戦(前 480 年)の直前, 巨大な塵埃がエレウシースの方よりサラミースにむかって走り, イアッコスの名がそのなかから聞かれた. これは神がギリシア軍に味方した徴と解せられた. イアッコスは炬火を手にして, 秘教会参加の会衆の行列を導く子供として表わされている.

イアニスコス Ianiskos, Ἰάνισκος 1. *アスクレーピオスの子. *マカーオーンと*ポダレイリオスの兄弟.
2. アテーナイのクリュティオス Klytios の子孫. クリュティオスの娘がシキュオーン Sikyon 王 *ラーメドーンの妻となっていたので, ラーメドーンの後継者の一人*アドラストスがシキュオーンを去ったとき, イアニスコスが招かれてシキュオーンの支配者となり, その死後パイストス Phaistos (*ヘーラクレースの子)が王位を継承した.

イ(ー)アーピュクス Iapyx, Ἴαπυξ イタリア南部のイリュリア族に属するイアーピュゲス Iapyges 族の祖. *リュカーオーンの子でダウニオス Daunios(または*ダウヌス)と*ペウケティオスの兄弟とも, *ダイダロスとクレータの女との子とも, *イーカディオスの兄ともいわれる. ダイダロスを追って*ミーノースがシシリアに到着(この二項を見よ), 殺されたのち, ミーノースの部下の軍の長たるイアーピュクスは部下とともにタレントゥム市近傍に嵐で吹きよせられ, そこに定住した. イーカディオスの兄

弟説では, 単に彼は南イタリアに到着, イーカディオスはいるか(海豚)によってパルナッソス山麓に運ばれて, そこに*デルポイを創設したと.

イーアペトス Iapetos, Ἰαπετός, 拉 Iapetus, 仏 Japet 天空*クロノスと大地*ガイアの子. したがって*ティーターン神族に属する. *オーケアノスと*テーテュースの娘*クリュメネーを娶り, *アトラース, *プロメーテウス, *エピメーテウス, *メノイティオスの父となった. なお彼の妻は, オーケアノスの他の娘*アシアー, あるいは*アーソーポス河神の娘アーソーピス Asopis, あるいは*リビュエーであるとの説もある. イーアペトスは他のティーターンたちとともに*タルタロスに投ぜられた. ギリシアでは彼の名は古くさい時代おくれの老人の代名詞に用いられた.

イアムベー Iambe, Ἰάμβη *パーンと*エーコーの娘. エレウシース王*ケレオスと后*メタネイラの召使となっているときに, *ペルセポネーを探してさまよっている*デーメーテールがエレウシースに来た. イアムベーは女神を最初に笑わせたという. ただしバウボーとデーメーテールの項を見よ.

イアモス Iamos, Ἴαμος *アポローンと*エウアドネー(*ポセイドーンと*ピタネーの娘)との子. アポローンに愛されたエウアドネーは, 子供のできたことを恥じて, イア ia, Ἴα (普通には《すみれ》, しかしここではピンダロスの言葉では黄と赤色であるというので, なにかの花かも知れない)の花の野に棄てたところ, 子供は二匹の大蛇に育てられた. これが彼の名の由来である. 彼女の父代りをしていた*アイピュトスはこの事を知り, *デルポイの神に尋ねたところ, 偉大な予言者となるとのことであった. 成長して, イアモスは*アルペイオス河岸でポセイドーンとアポローンに祈り, アポローンの指示に従って, その声の導くままにオリュムピアに住み, *ヘーラクレースが*オリュムピア競技を創設するのを待ち, 予言者として, オリュムピアの神官職の家柄イアミダイ Iamidai 氏の祖となった. この家は紀元後 3 世紀まで連綿として続いていた.

イアリューソス Ialysos, Ἰάλυσος ロドス Rhodos 島のイアリューソス市に名を与えた英雄. *ケルカポスと*ロデーの子(同項および*ヘーリアダイの項を見よ). ドーティス Dotis を妻とし, 一女*シュメーを得た.

イアルダネースまたは**イアルダノス** Iardanes, Ἰαρδάνης, Iardanos, Ἰάρδανος リュディア王. *オムパレーの父. 一説には彼は魔法

イオダマー

使で, *カムブレース(カムブリテース Kamblites ともいう)王に癒すべからざる飢を送って, その妻を食わせたともいう.

イアルバース Iarbas　*ユーピテル・*アムモーンとガラマンテス Garamantes 人の国のニンフとの子. ガイトゥーリー Gaetuli 人の王で, *ディードーにカルターゴー市を築く地を与えたが, 彼女に恋し, *アイネイアースに嫉妬し, ディードーの死後その妹*アンナをカルターゴーから追った.

イアルメノス Ialmenos, Ἰάλμενος　兄弟*アスカラポスとともに, *アレースと*アステュオケー(*アクトールの娘)の子. ボイオーティアのオルコメノス Orchomenos の 30 隻の軍船の将として, 兄弟とともに*トロイア遠征のギリシア軍に参加した. *トロイア陥落後, 帰国せず, 黒海沿岸に*アカイア人の植民地をつくり, これはのちのちまでオルコメノスを母市としていたという. 彼ら兄弟は*アルゴナウテースたちの遠征に参加した. イアルメノスは*ヘレネーの求婚者の一人でもある.

イアレモス Ialemos, Ἰάλεμος　*アポローンと*ムーサの*カリオペーの子. *ヒュメナイオスと*オルペウスの兄弟. 彼は若くして世を去った不幸な人々を嘆く歌の擬人化で, その発明者と称せられ, ときに*リノスと同一視されている. 同項を見よ.

イアンテー Ianthe, Ἰάνθη　1. 大洋神*オーケアノスの娘の一人.

2. *イービスの妻となったクレータの女.

イウールス Iulus　*アイネイアースの子*アスカニオスの別名. ローマのユーリア氏 gens Iulia (カイサルがこれに属する)の祖. 彼はアルバ Alba 市を創建した. この名は, アイネイアースがこの世から姿を消して以後, アスカニオスが味方(トロイア人と土着の民族)をひきいて, ルトゥリー Rutuli 人とエトルリア人とを破ったので, イオブム Iobum (Iupiter, 語根 Iov-), すなわち小ユーピテルの称を得たことに由来するという. これは*ラティーヌス王も死後ラテン族同盟の神 Iupiter Latialis と同一視されているのと同じである. ときにイウールスはアスカニオスの子, すなわちアイネイアースの孫とされ, この伝えでは, 彼はアイネイアースと*ラウィーニアの子*シルウィウスにアルバから追われたことになっている.

イーオー Io, Ἰώ　アルゴスの*ヘーラーの女神官で, *イーナコス(あるいは*イーアソス, *ペイレーン)と*メリアーの娘. *ゼウスは彼女の美しさにうたれて(あるいは*イユンクスの魔力によって)愛し, 彼女と交わった. 彼女は夢に*レルネー湖畔に赴き, ゼウスに身をまかせよと命ぜられ, 父親が神託に尋ねたところ, その命に従うべしとの答えを得たという. ヘーラーの怒りを恐れて, ゼウスは彼女を若い牝牛に変えたが, ヘーラーは牛を乞いうけ, 百眼の怪物*アルゴスに番をさせた. ゼウスが*ヘルメースに命じてアルゴスを退治させると, ヘーラーは虻を送って彼女を苦しめた. イーオーは世界をさまよい歩き, ヨーロッパからアジアに渡り (この渡った地点がボスポロス Bosp(h)oros《牝牛の渡し》である), ついにエジプトに着き, ゼウスによって人間の形となり, 一子*エパポスを生んだ. 子供はヘーラーの命で, *クーレータスたちに奪われたが, 彼女はエパポスを探し出し, エジプトの女王となった. エパポスの項を見よ. 彼女から多くのギリシアの英雄の族が生れた. 彼女は*イーシス女神が牛形の神ハトル Hathor と同一視されていたことから, イーシスと同一視されている. イーオー神話を史的事実として解釈しようとする試みは古くから行なわれている. 彼女はイーナコス王の娘で, フェニキアの海賊にさらわれてエジプト王に売られ, 王は償いに牡牛をイーナコスに送ったが, その時にはイーナコスはすでに世を去っていたというがごときものである. また死後彼女は星となったとも伝えられる.

イオカステー Iokaste, Ἰοκάστη, 拉 Iocasta, Jocasta, 仏 Jocaste　テーバイの*クレオーンの姉妹. *ラーイオスの妻となり, *オイディプースを生み, のちわが子の妻となった. オイディプースの項を見よ. 彼らのあいだに*エテオクレース, *ポリュネイケース, *アンティゴネー, *イスメーネーが生れた. しかし他の話によると, 二人のあいだの子は*ラーロニュートスとプラストール Phrastor で, 彼らはオルコメノス Orchomenos および他の*ミニュアースの子孫との戦でたおれ, オイディプースはイオカステーの死後, *エウリュガネイアを娶り, この二人のあいだの子が上記の四人である. この物語ではイオカステーはオイディプースと不倫の結婚をしたことにはなっていない. なお彼女はホメーロスでは*エピカステーと呼ばれている.

イオダマー Iodama, Ἰοδάμα　*イトーノスの娘で*アムピクテュオンの孫. ボイオーティアの*アテーナー・イトーニア Itonia の女神官. *ゼウスと交わって一女*テーベーを生み, テーベーは*オーギュゴスの妻となった. イオダマーはある夜, *アイギスを身につけた*アテーナー女神の出現によって石に化せられた.

イオニオス Ionios, Ἰόνιος　イオニア海に名を与えた祖．イリュリア王アードリアース Adrias（アドリア海に名を与えた英雄），あるいはデュラコス Dyrrhachos（Dyrrhachion 市，現在のデュリッゾー Dulizzo に名を与えた英雄）の子．後伝では，兄弟に攻められていたデュラコスを助けた *ヘーラクレースが誤ってイオニオスを殺し，その死骸はのちイオニア海と呼ばれた海に投ぜられた．アイスキュロスはこの海の名を*イーオーに由来するとするが，母音の長さが異る．それ以前にはこの海は《*クロノスと*レアーの海》と呼ばれていた．

イオバテース Iobates, Ἰοβάτης　リュキア王．兄弟の*アクリシオスによってアルゴリス Argolis を追われた*プロイトスに娘*アンテイア（＝ステネボイア）を与え，婿のために軍をアルゴリスに送って，*ティーリュンスを獲得した．その後の話はベレロポーンの項を見よ．イオバテースは*ベレロポーンに娘ピロノエー Philonoe（あるいはカッサンドラー Kassandra，アルキメネー Alkimene，アンティクレイア Antikleia）を与え，王国を譲った．

イオペー Iope, Ἰόπη　1. *イーピクレースの娘で，*ヘーラクレースの姪．*テーセウスの妻となった．

2. ある所伝で，*アイオロスの娘で，*アンドロメダーの父*ケーペウスの妻．この話ではケーペウスはフェニキア王で，イオッペー Ioppe 市の名は，彼女に由来している．

イオベース Iobes, Ἰόβης　*ヘーラクレースとケルテー Kerthe（*テスピオスの娘）の子．

イオラーオス Iolaos, Ἰόλαος　*ヘーラクレースの異父弟*イーピクレースと*アウトメドゥーサ（*アルカトオスの娘）との子．伯父ヘーラクレースの戦車の御者として，彼のかずかずの功業や遠征につねに従い（例えば*レルネーの*ヒュドラー退治，*ゲーリュオーンの牛，*トロイア遠征その他），彼を助け，*アルゴナウタースたちの遠征，*カリュドーンの猪狩にも参加，ヘーラクレースが創設したオリュムピア競技の第一回戦車競走や，ペリアースの葬礼競走に勝った．ヘーラクレースの最初の妻*メガラーを貰った，一女*レイペピュを得た．ヘーラクレースが*オイタ山上で死んだ時に，最初に彼を神として敬った．彼はヘーラクレースと*テスピオスの娘たちとのあいだの多くの子供とアテーナイ人を連れてサルディニアに移住し，オルビア Olbia を初め多くの都市を築き，*ダイダロスを招いて大建築を起させた．彼が植民した民族はサルディニアで彼を神と祭った．彼はこの島で世を去ったとも，さらにシシリアに渡り，この島の多くのヘーラクレース神殿を建てたともいわれる．非常な高齢で（あるいは死後神に祈って一時この世に出て），*ヘーラクレイダイを助けて，彼らを迫害する*エウリュステウスを討ち取ったとの話もある．*ゼウスと*ヘーベーの願いにより，一日だけ彼をこの目的のために若返らせた．ヘーラクレース，ヘーラクレイダイ，《ヘーラクレイダイ》，イーピクレースの項を見よ．

イオレー Iole, Ἰόλη　オイカリア Oichalia の*エウリュトスの娘．*ヘーラクレースに捕えられて，愛され，彼の死後ヘーラクレースの子*ヒュロスの妻となった．エウリュトス，イーピトス，ヘーラクレースの項を見よ．一説には彼女はヘーラクレースを拒み，両親が眼前で殺されても折れなかった，あるいはオイカリアが陥った時，城壁から投身したが，長衣が風をはらんだため，彼女は無傷で落ちたという．ヘーラクレースは彼女を*デーイアネイラのもとに捕虜として送ったが，デーイアネイラは夫の愛が彼女に移るのを恐れて，媚薬を使用した．デーイアネイラと《トラーキースの女たち》の項を見よ．

イオーン Ion, Ἴων　イオーニア人 Ἴωνες<ιάοvες<*Fι- に名を与えた祖．ただし ἰάοvες のアクセントになっているゆえに Ἰάοvες でなく，Ἴωνες となっているのか不明．彼は*ヘーレーンの子*クスートスと*クレウーサ（アテーナイ王*エレクテウスの娘）の子．彼の物語はすべてアテーナイを中心として，アテーナイがイオーニアの母市としての位置を強めるためのものと考え得る．クスートスは*ドーロスと*アイオロスの二人の兄弟によってテッサリアを追われ，アテーナイに来てクレウーサを娶った．ストラボーンによると，彼はアッティカのテトラポリス Tetrapolis-Hyttenia (Oinoe, Marathon, Probalinthos, Trikorynthos の四市より成る）を築いた．彼の子の一人*アカイオスは誤って殺人の罪を犯して，ラケダイモーンに遁れ，この地の住民に*アカイア人の名を与えた．イオーンは*エウモルポスにひきいられたトラーキア人を破り，アテーナイ王となり，住民をホプレーテス Hopletes, ゲレオンテス Geleontes, アルガデイス Argadeis, アイギコレイス Aigikoreis（これは彼の子供の名を取ったともいう）の，イオーニアの伝統的な四民族に別ち，彼の死後，

住民は彼の名を自分たちの民族名とした．のちアテーナイ人はアイギアロス Aigialos (歴史時代のペロポネーソス北岸のアカイア Achaia) に植民し，その名をイオーニアに改めたが，*ヘーラクレイダイの時代に*アカイア人に追われ，土地の名もアカイアとなった．パウサニアースはこれとは多少異なる話を伝えている．クストスは，エレクテウスの死後，アッティカを追われてアイギアロスに住み，彼の死後二人の子の中アカイオスはテッサリアに帰り，イオーンはアイギアロス人を攻めようとしたところ，その王セリーノス Selinos は彼に娘*ヘリケーを与え，王の死後イオーンは王となり，一市を創建して，ヘリケーと名づけ，住民をイオーニア人と呼んだ．エレウシースと戦っていたアテーナイ人は彼を招いて将とした．彼はアッティカで世を去り，彼の子孫はアイギアロスを支配していたが，のちアカイオスの子孫がテッサリアから来て，彼らを追った．これらの物語は，おそらく歴史的な事実の説明あるいは記憶と作為との混合である．

エウリーピデースの《*イオーン》によれば，彼はクレウーサと*アポローンとの子で，母は子供を生んで，父の怒りを恐れてアクロポリス山上の洞穴に子供を棄てた．*ヘルメースの召命によって*デルポイに運び，彼はその神殿の召使として育てられる．のちクレウーサはクストスに嫁し，子がないので二人がデルポイの神託を伺いに来る．神託により神殿を立ちいでて，最初に会った人を子にする．クレウーサはイオーンを夫の庶子であると思って，イオーンを毒殺せんとし，見破られて殺されかけ，神殿に遁れる．女神官が保存していた揺籃から，クレウーサは子供を認知し，イオーンは母とクストスとともにアテーナイに帰り，イオーニア人の祖となった．

《イオーン》 Ion, ´Ιων　エウリーピデースの上演年代不明の力作．少女の頃*アポローン神に操を奪われたアテーナイの王女*クレウーサは，罪の子*イオーンをひそかに棄てたが，神はその子を*デルポイに運び，イオーンはこの地の女司祭に育てられて成人し，日夜神への奉仕に専念する身となっている．そこへ今は*クストースを婿に迎えたクレウーサが，子供がないため，アポローンの神託を求めてこの聖地に来る．イオーンに会った彼女はなんとなしに愛情を覚える．クストースは神よりイオーンが彼の落胤であるかのごとき神託をうけ，おおやけに自分の子とすべく宴を張る．クレウーサはこれを知り，自分を犯しておきながら子供を見すて

た卑怯卑劣な神を罵り，その報復にイオーンを毒殺しようとして，見破られる．追いつめられたクレウーサに，イオーンを育てた女司祭が，イオーンを拾った時に彼の身についていた物や彼を入れてあったものを持参する．クレウーサは直ちにこれを認め，自分が殺そうとしたイオーンが我が子であることを知り，イオーンの父がアポローンなるを明かす．

イーカディオス Ikadios, ´Ικάδιος　*アポローンとニンフのリュキアー Lykia の子．自分の出生した土地に母の名を与え，同地の海港であるパタラ Patara 市を建て，この市の有名なアポローンの神託所を創設した．のちイタリアへの航海中に難破，いるか(海豚)に救われて，パルナッソス山麓に運ばれ，このいるか (delphis) にちなんで*デルポイの神託所を設けた．一説には彼は*イアーピュクス (同項を見よ) の兄弟であると．

イーカリオス Ikarios, ´Ικάριος　イーカロス Ikaros ともいわれるが，これは誤りである．

1. *エーリゴネーの父．同項を見よ．*ディオニューソスがアッティカに来た時，歓待した礼に，葡萄の木を授けられ，隣人に葡萄酒を供したところ，酔った彼らは毒を飲まされたと思って，彼を殺した．娘は犬の*マイラに導かれて父の死体を発見，そこで縊れて死んだ．イーカリオスの殺害者たちはケオース Keos 島に遁れたが，同島に疫病が発生，*アリスタイオスが彼の霊を慰めたところ，疫病がやんだ．

2. ラケダイモーンの*ペリエーレース，あるいは*オイバロスの子．*ペーネロペーの父．異母兄弟の*ヒッポコオーン (同項を見よ) に国を追われて，兄弟の*テュンダレオースとともに*プレウローンの*テスティオスのもとに遁れた．*ヘーラクレースがヒッポコオーンの一家を討って，テュンダレオースはスパルタ王となって国へ帰ったが，イーカリオスはプレウローンに留まり，リュガイオス Lygaios の娘*ポリュカステーを娶り，ペーネロペーのほかに二子を得た．他説によると彼はスパルタに帰り，水のニンフの*ペリボイアを娶り，五子とペーネロペーを得た．*ヘレネーの求婚に際して (同項を見よ)，適切な勧告をした*オデュッセウスのために，テュンダレオースは姪のペーネロペーをその妻として乞いうけてやったとも，イーカリオスは娘を競走競技の勝利者に与えることとし，オデュッセウスが勝って，彼女を得たともいう．イーカリオスはオデュッセウスに結婚後も自分の所に留まることを願ったが，彼は応ぜず，妻の選択に任せたところ，ペーネロペーは

イーカロス

答えず、顔を赤くしてヴェールを引いたので、父は娘の真意を知り、二人をオデュッセウスの国に立たせ、彼はその地に《羞恥の神殿》を建立した. ラケダイモーンの地方伝説ではイーカリオスはヒッポコオーンとともにテュンダレオースを追い、テュンダレオースはペレーネー Pellene に亡命した.

イーカロス Ikaros, Ἴκαρος, 拉 Icarus, 仏 Icare 1. *ダイダロスの子. 父とともに*ラビュリントス脱出のために、ダイダロスの発明した翼を身につけて、空中を飛んだが、父の命に従わず、高く飛翔したため、太陽の熱で翼の蠟が溶けて、イーカリオス Ikarios 海に墜死した. ダイダロスの項を見よ. 一説にはダイダロスがアテーナイから追放されたのち、イーカロスもまた追放され、父を求めて航海中、サモス Samos 付近で難破、その死体がイーカリア Ikaria の島に打ち上げられたのを*ヘーラクレースが葬った、他説では、父子はクレータからべつべつの帆船で逃げ出したが、子は帆の操り方を知らず、船が顛覆した、あるいはイーカリア島に着いて、飛び降りる際に海に落ちて、溺死したという. ダイダロスはエーゲ海の一岬に子の墓を建てた、子供と自分の名を刻んだ柱を建てた、またクーマイ Cumae の*アポローン神殿の入口に子の最後を表わしたと.

2. カーリア Karia 王. *テストールの娘で、*カルカースの姉妹*テオノエーの恋人. 同項を見よ.

イクシーオーン Ixion, Ἰξίων *プレギアース(あるいは*アレースその他父については諸説がある)と*ペリメーレーの子. 彼は*ラピテース族を支配し、ディーア Dia (*デーイオネウスあるいは*エーイオネウスの娘)を娶り、*ペイリトオスをもうけた. デーイオネウスが約束の結納金を求めた時、彼はデーイオネウスを炭火を満した穴に落して殺した. かくて彼は最初の親族殺しとなった. この罪を恐れてだれも彼を潔めようとしなかったが、*ゼウスのみ彼を憐れみ、天上に連れ行き、罪を潔めてやった. しかるに彼は恩を忘れて、*ヘーラーを犯さんとした. ゼウスは雲でもってヘーラーの似姿を造り、イクシーオーンはこれと交わって、*ケンタウロスの族が生れた. ゼウスは怒ってつねに回転している火焔車に彼を縛りつけ、かくて彼は絶えず空中を引き回されているが、ゼウスが彼に天上で*アムブロシアーを味わせて不死にしたため、彼の罰は永劫にやむことがない. 彼の車輪は地獄の*タルタロスにあるとされている.

イクテュオケンタウロス Ichthyokentauros, Ἰχθυοκένταυρος 《魚の*ケンタウロス》の意. これは頭から腰までが人間、下半身が魚の怪物で、海の神々に従った姿で、ヘレニズム、グレコ・ロマンの時代の彫刻にしばしば表わされている.

イクマリオス Ikmalios, Ἰκμάλιος *イタケー島の指物師.*ペーネロペーの長椅子を象牙と銀で飾った.

イケロス Ikelos, Ἴκελος 夢の神.

イーシス Isis, Ἶσις *オシーリスの后で*ホーロスの母. セト Set による*オシーリスの殺害と、イーシスの夫の死骸捜索に関する神話についてはオシーリスの項を見よ. ヘレニズム時代に彼女の崇拝はギリシア・ローマ世界に広がったが、ここでは彼女は*サーラーピスと*アヌービスと関係づけられている. 夜の力セトに勝ったものとして、彼女は秘教を有し、ハトル Hathor との関係から、牝牛を媒体として*イーオーと、また大地女神として*デーメーテールと同一視され、ついに彼女はあらゆるものの支配者として崇拝されるにいたった.

イスキュス Ischys, Ἴσχυς アルカディア王*アルカスの子*エラトスの子. *プレギアースの娘で、*アポローンとのあいだに*アスクレーピオスを生んだ*コロー二スを娶ったため、二人はアポローンの怒りに触れて、殺された. コロー二スの相手は、ときにアルキュオネウス Alkyoneus とも呼ばれている.

イスケノス Ischenos, Ἴσχενος オリュムピアの人. *ヘルメースとヒエレイア Hiereia (《女神官》の意)との子ギガース Gigas の子. 飢饉に際して、神託に従い、みずから人身御供となり、*クロノスの丘に葬られた. タラクシッポスの項を見よ.

イストミア Isthmia, Ἴσθμια コリントスで*ポセイドーンのために行なわれた競技. コリントス王*シーシュポスが*メリケルテース・パライモーンの記念に創始したというが、アテーナイ人は*テーセウスが*シニスを退治したのちに設けたと主張する.

イストロス Istros, Ἴστρος イストロス (=ダニューブ)河の神. *オーケアノスと*テーテュースの子. 彼の二子ヘロロス Heloros とアクタイオス Aktaios は、ギリシアの*トロイア遠征軍がミューシアを攻めた時、*テーレポスを援けて闘った.

イスマロス Ismaros, Ἴσμαρος 1. テーバイのアスタコス Astakos の子. テーバイにむかう七将の戦で、七将の一人*ヒッポメドーンを

討ち取った.

2. *エウモルポスの子. 同項を見よ.

イスメーネー Ismene, Ἰσμήνη　**1.** *アーソーポス河神の娘. *イーアソスを*アルゴスの子とする系譜では, その母.

2. *オイディプースと*イオカステーの娘. *アンティゴネー, *ポリュネイケース, *エテオクレースの姉妹. 一説では彼女はテーバイ人テオクリュメノス Theoklymenos と密会中, *アテーナーの命により*テューデウスに殺された.

イスメーノス Ismenos, Ἰσμηνος　**1.** ボイオーティアの同名の河の神. *オーケアノスと*テーテュースの子. ときに*アーソーポス河神と*メトペー(*ラードーン河神の娘)の子とされている.

2. *アポローンと*メリアーの子. イスメーニオス Ismenios とも呼ばれる. テーバイの*ディルケーとストロピエー Strophie の二泉は彼の娘であるという.

3. *アムピーオーンと*ニオベーの長子. *アポローンに殺された.

イーダイアー Idaia, Ἰδαία　《*イーデーの》の意味の形容詞の女性形.

1. ニンフ. *スカマンドロス河神と交わって, サモトラーケー Samothrake 島に面したアジア側の住民テウクロイ Teukroi 人の祖*テウクロスの母となった.

2. *ダルダノスの娘, したがって 1. の曾孫. *ピーネウスの後妻. ピーネウスとクレオパトラーの項を見よ.

イーダイオス Idaios, Ἰδαῖος　《*イーデーの》の意味の形容詞の男性形. したがって*トロイアおよびクレータにこの名の人物が多い.

1. *プリアモスの子.

2. *パリスと*ヘレネーの子.

3. *プリアモスの戦車の御者. *トロイア戦争で戦死した.

4. *ダレースの子.

5. *コリュバースたちの一人の名.

6. *イーデー山にその名を与えたといわれる, *ダルダノスとクリューセー Chryse の子. 彼はこの付近に*キュベレーの崇拝をもたらしたと伝えられる.

イタケー Itake, Ἰθάκη, 拉 Ithaca, 仏 Ithaque　イオニア海上の小島. *オデュッセウスの領土として有名.

イタコス Ithakos, Ἰθακος　*プテレラーオスとアムピメデー Amphimede の子. 兄弟のネーリトス Neritos と*ポリュクトールとともにコルキュラ Korkyra 島より*イタケー島に来て, イタケー市を建て, その名をこの島に与えた. 三人はとくにイタケー市の泉を築いたので名高い.

イーダース Idas, Ἰδας　*アパレウスとアレーネー Arene の子. 一説には父は*ポセイドーンであるともいわれる. *リュンケウスの兄弟. 人間の中でもっとも強い男といわれている. *エウエーノスの娘*マルペッサを*アポローンと争い, 彼は*ポセイドーンから授かった有翼の戦車でマルペッサを奪って去った. エウエーノスはその後を追ったが捕えられなかった. しかしイーダースがメッセーネー Messene に来た時, 偶然アポローンが通りかかって, 少女を奪おうとした. イーダースはその際アポローンに対して弓を引いたという. 二人が闘っていると, *ゼウスが彼らを引き分け, 乙女自身に選択を許したところ, 彼女はアポローンが, 老年になった時に自分を見捨てはしないかと恐れて, イーダースを夫に選んだ. 一説には婿取りは戦車競争によったともいう. イーダースはリュンケウスとともに*カリュドーンの猪狩に参加, さらに*アルゴナウテースたちの遠征に加わり, マリアンデューノス Mariandynos 人の地で, 予言者*イドモーンが猪に突かれて殺された時, イーダースはその野獣を退治し, イーダースはミューシア王*テウトラースからその王国を奪おうとしたが, *テーレポスに敗れた(同項を見よ). イーダースとリュンケウスは*ディオスクーロイとともにアルカディアから牛を略奪し, イーダースがその分配にあたった. 彼は一頭の牝牛を四分して, 最初に食い尽した者が半分, 第二の者がその残りを得ることにきめ, だれよりも早く自分の分を, つぎにリュンケウスの分を食い尽し, 二人で牛をメッセーネーに追って行った. しかしディオスクーロイはメッセーネーに軍を進め, 略奪した牛とほかの多くのものとともに奪って去った. イーダースとリュンケウスは待ち伏せし, リュンケウスは*カストールを見つけてイーダースに知らせ, イーダースはカストールを殺した. しかし*ポリュデウケースは彼らを追って, リュンケウスを槍を投じて殺したが, イーダースを追跡中, 大石を頭に投げつけられ, 気絶してたおれた. ゼウスはわが子の危機に, イーダースを雷霆で撃ち, ポリュデウケースを天上に連れて行った. しかし別の話では, イーダースとリュンケウスとは*レウキッポスの娘で従姉妹の*ヒーラエイラと*ポイベーと婚約していたが, ディオスクーロイが彼女らをさらったので, イーダースとリュンケウスはその復讐に彼らを追い, その戦闘の結果は

上記と同じくなったとのことである．しかしまた他の伝えでは，この紛争を一騎打で決することとし，カストールはリュンケウスをたおし，イーダースがその復讐にカストールを襲わんとした時，ゼウスの雷霆に撃たれたという．さらに一説では，カストールに殺されたリュンケウスを葬ろうとしているイーダースに，カストールがリュンケウスは臆病者で女のように死んだと言って，埋葬を妨げんとしたので，イーダースは怒って，カストールの帯びていた刀で彼を殺した，あるいはリュンケウスの墓石で押しつぶしたが，直ちにポリュデウケースに討たれたともいう．

イ(ー)タロス Italos, Ἰταλός　　イタリアに名を与えた祖．一説では彼はブルッティウム Bruttium の南端(オイノートリア Oinotria)の賢王で，善政を行なったので，人民は感謝の意を表して，彼の王国をイータリア Italia と呼び，これが南イタリア(以前はアウソニア Ausonia と呼ばれていた)に，ついで全半島に及んだ．このレイータロス王をシシリア島のシクリー Siculi 人の王であるとか，ルーカーニア Lucania 人，リグリア Liguria 人，コルキューラ Korkyra 人などの諸説があるうえに，*ミーノース王の娘サテュリア Satyria の子，さらに*ペーネロペーと*テーレゴノスの子ともままである．

イッサ Issa, Ἴσσα　　1. *アキレウスがスキューロス Skyros 王*リュコメーデースの邸でその娘たちとともに女装して女として育てられていた時の名．このほか彼は*ピュラあるいはケルキュセラー Kerkysera と呼ばれていたともいう．

2. レスボス島の人*マカレウスの娘．同島のイッサ市にその名を与えた．*アポローンあるいは*ヘルメース(あるいは両方)に愛され，ヘルメースによって予言者*プリュリスを生んだ．ダルマティア Dalmatia 海岸のイッサも彼女から名を得たといわれる．

イーデー Ide, Ἴδη, 拉 Ida　　イーデーはプリュギアの山脈で，ここで*ガニュメーデースがさらわれ，パリスの審判が行なわれるなど，ギリシア神話の舞台として有名であって，ホメーロスでは神々はこの山の頂で観戦した．この山は，また，*キュベレー女神崇拝の中心でもあった．またクレタ島のイーデー山は，この山中の洞穴で赤児の*ゼウスが育てられた，この島最高の名山である．人名としては

1. *メリッセウスの娘．姉妹の*アドラステイアとともに，クレタで赤児の*ゼウスを育てた．

2. コリュバース Korybas の娘．クレタ王*リュカストスに嫁し，*ミーノース二世を生んだ．

3. 《*アイネーイス》中クレタ島のニンフ．プリュギアに赴き，その名をイーデー山に与えた．1. と同人か(?)

イーデーのダクテュロスたち Daktylos Idaios, Δάκτυλοι Ἰδαῖοι　ダクテュロスの項を見よ．

イデュイア Idyia, Ἰδυῖα　大洋神*オーケアノスの娘．*アイエーテースの二度目の妻で，*メーデイアの母．彼女は*アプシュルトスの母ではないと普通考えられているが，また二人の母との説もある．

イテュス Itys, Ἴτυς　アエードーンおよびピロメーラーの項を見よ．

イテュロス Itylos, Ἴτυλος　テーバイの*ゼートスと*アエードーンの子．アエードーンの項を見よ．

イトーノス Itonos, Ἴτωνος　*アムピクテュオーンの子．*アテーナー・イトーニア Itonia の崇拝の創建者といわれる．ニンフの*メラニッペーとのあいだにボイオートス Boiotos, クロミアー Chromia, *イオダマーの三子をもうけた．

イトーメー Ithome, Ἰθώμη　メッセーネ — Messene の同名の山のニンフ．この地の伝えでは，彼女は他のニンフ*ネダーとともに赤児の*ゼウスを育て，近くのクレプシュドラー Klepsydra の泉でゼウスを浴せしめた．ここにゼウス・イトーマース Ithomas の神殿があり，予言を行なった．

イードメネウス Idomeneus, Ἰδομενεύς, 拉 Idomeneus, 仏 Idoménée　1. クレタの*ミーノースの子*デウカリオーンの子．クレタ王．*ヘレネーの求婚者の一人として，80隻の船(クノーソス，ゴルテュン Gortyn, リュクトス Lyktos, ミーレートス Miletos, リュカストス Lykastos, パイストス Phaistos, リュティオン Rhytion の七都市の軍)を率いて，*トロイア遠征軍に参加，他の英雄たちより年長であったにもかかわらず，勇戦し，*アキレウスの武器受与の審判役の一人となり，木馬の勇士(シノーンの項を見よ)でもあった．帰国に関しては，《*オデュッセイア》は彼が無事帰国したと言っているが，その後，彼の帰国について種々の物語が生れた．一つは*ナウプリオスにからむ話で，自分の子*パラメーデースが殺されたのを怨んだナウプリオスはその復讐に，ギリシア各地をめぐって，ギリシアの将たちの妻が姦通す

るように仕組み、イードメネウスの妻メーダーMedaは*レウコスと通じたが、レウコスは彼女を神殿に遁れて助けを乞うたその娘*クレイシテュラーとともに殺し、クレータより十市を引き離して、クレータの僭主となった. そして帰国したイードメネウスをも追い払った. しかし別の所伝ではイードメネウスはレウコスを盲にし、王座を回復したと. また他の所伝では、イードメネウスは帰国の航海中に嵐に遇い、無事帰国の暁には、上陸して最初に出会った人間を犠牲に海神*ポセイドーンに捧げる誓いをしたところ、その最初の人間とはわが子(娘ともいう)であり、彼は誓を守った(あるいは単に似像を犠牲にした). この残虐行為は神の怒りをかい、疫病が発生、彼は人民に追われ、南イタリアのサレンティーニー Salentini 人の国に赴き、*アテーナーの神殿を建てた. 彼は、また、*テティスと*メーデイアの美の争いの審判にあたり、テティスに勝利を与えたので、メーデイアは怒ってイードメネウス一家を呪い、《すべてのクレータ人は嘘つきである》と言った. これがこの諺の起源であるとのことである.

2. *プリアモスの子.

イドモーン Idmon, Ἴδμων ―*アポローンとアステリアー Asteria または*キューレーネーの子であるが、彼の人間としての父は*アバス(*メラムプースの子). 彼はまた*テストール(*カルカースの父で、アポローンの子)と同一視されている. イドモーンは《知っている人》の意であって、有名な予言者、自分の死を知りつつ、*アルゴナウテースたちの遠征に加わり、マリアンデュノス Mariandynos 人の国で猪に突かれて死んだ. しかし一説には無事*コルキスに到着したともいわれている.

イーナキス Inachis, Ἰναχίς 《*イーナコスの娘》、すなわち*イーオーのこと.

イーナコス Inachos, Ἴναχος ―アルゴリス Argolis のイーナコス河の神. *オーケアノスと*テーテュースの子、またアテーナイ王*エリクトニオスと同時代のアルゴス王であったともいう. さらに彼は*デウカリオーンの洪水ののち、人をイーナコス河の平野に集めて住まわせ、その記念にこの河に彼の名が付けられたと. *ヘーラーと*ポセイドーンの二神がアルゴリスを争った時、彼はケーピーソス Kephisos とアステリオーン Asterion 両河神とともに審判者に任ぜられ、ヘーラーを選んだために、海神は彼の河水を雨季以外は枯渇せしめた. アルゴスのヘーラー神殿の創建者は彼(あるいはその子*ポーロネウス)である. 彼にはオーケアノスの娘*メリアーとのあいだに二男*ポローネウスと*アイギアレウス(ときにこのほかに*アルゴス、*ペラスゴス、カーソス Kasos)、一女ミュケーネー Mykene(*ミュケーナイ市に名を与えた)があった. しかし彼の子のうち一番有名なのは*ゼウスの恋人となって、ヘーラーに迫害された*イーオー(彼女はまた*イーアソスの娘ともいう)で、彼は娘の誘惑者たるゼウスを追及せんとした. ゼウスは*エリーニュスの*テイシポネーを送って彼を苦しめたので、彼はそれ以前には*ハリアクモーンと呼ばれていた河に投身、そのため河名がイーナコスとなった. 一説にはゼウスは彼を雷霆で撃ち、そのためこの河の水が枯渇したという.

イヌウス Inuus ファウヌスの項を見よ.

イーノー Ino, Ἰνώ ―*カドモスと*ハルモニアーの娘. *アタマースの後妻. アタマース、ネペレーの項を見よ. イーノーは海の女神*レウコテアーと同一視されている. その話については同項を見よ.

イーピアナッサ Iphianassa, Ἰφιάνασσα

1. アルゴスの*プロイトス王の娘. 他の姉妹たちとともに気が狂い、*メラムプースに治癒された. 同項を見よ.

2. ホメーロス中、*アガメムノーンの娘. のち*イーピゲネイアが伝説に登場、両者は混同されるに至った. アガメムノーンの項を見よ.

3. *エンデュミオーンの妻、*アイトーロスの母.

イーピクレース Iphikles, Ἰφικλῆς ―*アムピトリュオーンと*アルクメーネーの子. *ヘーラクレース(*ゼウスとアルクメーネーの子)と双生で、一日だけ年少の異父の兄弟. ヘーラクレースの項を見よ. 初め*アルカトオスの娘*アウトメドゥーサを娶ったが、ヘーラクレースとともにテーバイとオルコメノスの戦の功によって、*クレオーン王の娘を貰った. アウトメドゥーサとのあいだに*イオラーオスが生れた. のちの妻とのあいだに生れた二人の子を、ヘーラクレースが気が狂った時に自分の子供らとともに殺した.

ヘーラクレースを迫害した*エウリュステウスは、イーピクレースには好意を示し、ヘーシオドスはイーピクレースが兄弟を棄ててエウリュステウスに従ったのに、イオラーオスは伯父に忠実であったとの話を伝えている. *トロイア遠征、*カリュドーンの猪狩に参加、*アウゲイアースとの、あるいは*ヒッポコオーンとの戦闘でたおれた. アルカディアのペネオス Pheneos に運ばれて死に、そこに墓があった.

イーピクロス Iphiklos, ῎Ιφικλος　1. テッサリアのピュラケー Phylake 市の王＊ピュラコスの子．一説には＊ケパロスの子ともいう．彼が性的無能力者となり，＊メラムプースに治癒された話については，メラムプースの項を見よ．イーピクロスは足が速いので有名で，麦畑のうえを穂を曲げないで走ったといわれ，＊ペリアースの葬礼競技に優勝，＊アルゴナウテースたちの遠征に参加した．

2. プレウローン Pleuron 王＊テスティオス王の子で＊アルタイアーの兄弟．＊カリュドーンの猪狩，＊アルゴナウテースたちの遠征に参加した．

3. クレータ王＊イードメネウスの子．父の＊トロイア遠征中に，＊レウコスに殺された．

4. ロドス島に侵入して，フェニキア人を追い払ったドーリス人の将．フェニキア人はわずかにイアリューソス Ialysos 市の城を保つのみとなり，その将パラントス Phalanthos は，鳥が黒く，城中の水槽に魚がいないかぎりは城を保ち得るであろうとの神託を得ていたが，敵に召使が買収され，あるいはパラントスの娘がイーピクロスに恋して，彼の命により石膏で翼を白く塗った鳥を飛ばせ，水槽に魚を放ったので，パラントスは降伏した．

イーピゲネイア Iphigeneia, ῎Ιφιγένεια, 拉 Iphigenia, 仏 Iphigénie　＊アガメムノーンと＊クリュタイムネーストラーの娘．一説には彼女は＊テーセウスが＊ヘレネーをさらった時にできた娘で，＊ディオスクーロイに助けられたおりに，ヘレネーはそれを隠し，ひそかに生み育てして，クリュタイムネーストラーが自分の娘として育てたとも，あるいは彼女の母は＊クリューセーイスであるともいう．この説では彼女は，アガメムノーンが＊トロイア陥落後帰国の途中で，滅殺されたことになっている．いずれにせよ，彼女はホメーロスではまだアガメムノーンの娘のなかにはなく，この説はその後のトロイア物語の叙事詩および悲劇のなかで発達したものである．

アガメムノーンは，トロイア遠征の軍が＊アウリスに集まった時，鹿を射て，＊アルテミスに弓技を誇った，あるいはある年にその年に生れたもっとも美しいものを女神に捧げると誓い，その年にイーピゲネイアが生れたが，彼女を，あるいは＊アトレウスの黄金の仔羊を，女神に捧げなかったために，女神は艦隊を無風によって立往生させた．＊カルカースの言葉により，彼女を＊オデュッセウスと＊メネラーオスに迫られて，アガメムノーンはやむなく＊アキレウスと結婚させる口実で，彼女を＊ミュケーナイから呼び寄せ，犠牲に供せんとしたところ，アルテミスが彼女を憐れんで，牝鹿を身代りにし，彼女をさらってタウロス Tauros 人の国（クリミア半島にあった）に連れ行き，自分の神官とした．そこで彼女はこの地に来る異邦人をみずから女神に人身御供にする役目を果していたが，弟の＊オレステースが＊ピュラデースとともに，＊デルポイの神託により，自分の狂気から遁れるために，アルテミスの神像を求めてこの国に着き，捕えられてあやうく姉の手にかかって犠牲にあげられるところ，二人の素姓がわかり，イーピゲネイアは神像と二人を潔めるとの口実で海岸に連れ出し，＊アテーナーの援助で無事脱出，神像をアッティカのハライ Halai にもたらし，その神官として女神に仕えた．この地の女神はアルテミス・タウロポロス Tauropolos と呼ばれ，のちながく人身御供のまね（軽く人の喉を切る）が行なわれた．帰国の途中，彼らは，ソポクレースによれば，＊クリューセースがその地の＊アポローンの神官であったトローアス Troas のスミンティオン Sminthion に寄航した．そこにアガメムノーンと＊クリューセーイスの子で，祖父と同じく＊クリューセースと呼ばれていたアポローンの神官があり，アポローンの子と思われていた．彼があとを追って来たタウロス人の王＊トアースにイーピゲネイアたちを捕えて渡そうとした時，祖父が彼の身分を明かしたので，トアースを殺し，姉弟とともにミュケーナイに来たという．

アッティカのブラウローン Brauron の住民は，イーピゲネイアの犠牲が行なわれたのはこの地であり，身代りは鹿ではなくて熊であったという．また彼女自身が牡牛，牝牛，あるいは老女に変じて消えうせたとの伝えもある．

彼女は彼女の神域があったメガラで世を去ったとも，アルテミスが彼女を神にして，＊ヘカテーと同一にした，あるいはレウケー Leuke の島でアキレウスとともに永遠に暮しているともいわれる．おそらく彼女は，ヘルミオネー Hermione 市のアルテミス・イーピゲネイアの称呼が示すように，本来はアルテミスの分身，あるいはアルテミスと同一視された女神であろう．

《イーピゲネイア（アウリスの）》 Iphigeneia he en Aulidi, ῎Ιφιγένεια ἡ ἐν Αὐλίδι, 拉 Iphigenia in Aulide　前405年に上演のエウリーピデースの作．＊アルテミス女神の怒りにふれた＊アガメムノーンの艦隊は順風を得ず，＊トロイアにむかって出帆することができない．予言者＊カルカースの言葉により，王は娘＊イーピ

ゲネイアを犠牲に供するために，*アキレウスとの結婚を口実に后と娘とを*アウリスに呼び寄せる手紙を出したあとで，後悔の念にかられ，娘たちが到着せぬうちにと急ぎ取消しの手紙を出すが，*メネラーオスに手紙を見られる．兄弟のあいだに激しい論争が交わされているあいだに，*クリュタイムネーストラーとイーピゲネイアの到着が報ぜられる．万事窮すと絶望に沈む兄を見てメネラーオスは慰め，イーピゲネイアの犠牲はやめよう，兄弟の方が不義の妻*ヘレネーより大切だ，と言うが，アガメムノーンは軍の怒り，*オデュッセウスの煽動を恐れて，娘を助けることができない．なにごとも知らぬ妻と娘の夫と父との信頼と愛情，良心の苛責に苦しむアガメムノーンの対面．そこへなにも知らぬアキレウスが来る．クリュタイムネーストラーとの初の対面に，一方は婿のつもり，一方は訳が解らず，ついにアキレウスが自分の結婚に関してなにも知らぬことが明らかとなる．そこへ老僕が現われ，すべてを明らかにする．アキレウスは直ちに婦人たちの味方となり，イーピゲネイアのために闘うことを誓う．彼の勧めによりクリュタイムネーストラーは夫を説く．イーピゲネイアも父にすがるが，アガメムノーンは聞き入れない．そこへアキレウスが来て，ギリシア軍が犠牲を要求して騒ぎ，イーピゲネイアを弁護するアキレウスさえも死の危険に瀕し，彼直属の部下たちまで彼に叛いたことを告げる．しかし彼は死をおかしても彼女を護るつもりである．イーピゲネイアはギリシア軍のために身を捧げようと決心する．この気高い姿にアキレウスは恋の虜となるが，彼女の心は動かない．嘆き悲しむ親を振り切って彼女は祭壇へと立ち去る．やがてアルテミスが彼女の身代りに鹿をおいて，彼女は万目の中に姿を消したことが告げられる．

《**イーピゲネイア（タウリスの）**》 *Iphigeneia he en Taurois,* Ἰφιγένεια ἡ ἐν Ταύροις, 拉 *Iphigenia Taurica* エウリーピデースの上演年代不明の作品．*アウリスで*アルテミスの犠牲に供せられんとするところを女神に救われ，タウリスに連れて行かれ，この地の女神の宮守にされた*イーピゲネイアは，異邦人をその祭壇に捧げなくてはならない．そこへ弟*オレステースと*ピュラデースが*アポローンの命により女神の像をアッティカにもたらそうと旅して来，捕えられてイーピゲネイアの前に，女神に捧げられるべく引き立てられて来る．王女はギリシア人なる若々しい彼らに同情し，うち一人は自分の手紙の持参者として助けようとする．

二人はたがいに譲り合い，ついにオレステースはピュラデースを説き伏せる．手紙の宛名はだれかと問えば，オレステースとの答に，姉弟はたがいの身分を知り，ともに遁れんと計画する．*トアース王をだまし，神像を奪って遁れるが，逆風に吹き戻されたところへ，*アテーナー女神が現われてトアースとの和がなり，タウロボロス Taurophoros のアルテミスとブラウローン Brauron のイーピゲネイアの崇拝がアッティカに創設されることとなる．

イービス Iphis, Ἶφις　この名は男女両方に見いだされる．

1. アレクトール Alektor の子で，テーバイにむかった七将の一人*エテオクロス（アドラストスの項を見よ）と，*カパネウスの妻*エウアドネーとの父．イーピスはカパネウスの兄弟ともいわれ，*エリピューレーを買収するように*ポリュネイケースに勧めた罪で，エテオクロスとカパネウスは戦死し，エウアドネーは夫の火葬壇に身を投じて死に，子なくして世を去り，カパネウスの子*ステネロスに王国を譲らなくてはならなかった．

2. *ペルセウスの子*ステネロスの子で，*エウリュステウスの兄弟．*アルゴナウテースたちの遠征に参加．

3. キュプロス島の人．*アナクサレテーに恋して，自殺した．同項を見よ．

4. *ヘーラクレースと交わった*テスピオスの 50 人の娘の一人．

5. *パトロクロスの愛したスキューロス Skyros 島の捕虜の女．

6. オウィディウスの《変身譜》*Metamorphoses* 中の話．クレータのパイストス Phaistos のリグドゥス Ligdus とテーレトゥーサ Telethusa に子が生れんとした時，娘ならば育てないことを夫は命じたが，*イーシスが夢に現われて育てるように命じたので，妻は生れた娘を男の子と称し，イーピスと名づけた．男として育てられた彼女が年頃になった時，テレステース Tleestes の娘*イアンテーと婚約が整い，母娘は結婚を延期すべく努力したが，甲斐なく，せっぱつまって，女神に祈ると，女神はイーピスを男に変え，その翌日結婚が無事行なわれた．

イーピダマース Iphidamas, Ἰφιδάμας

1. *トロイアの*アンテーノールと*テアーノー（トラーキア王*キッセウスの娘）の子．コオーン Koon の兄弟．彼はキッセウスに育てられ，その娘（すなわち自分の叔母）と結婚後しばらくして，12 隻の船を従えてトロイアに来援，*アガメムノーンに討たれた．コオーンは復讐

イーピトス

せんとしたが，アガメムノーンに傷つけ得たのみで，自分も討たれて，兄弟の死骸に折りかさなってたおれた．

2. *ブーシーリス王の子．父とともに*ヘーラクレースに殺された．

イーピトス Iphitos, Ἴφιτος　　1. ポーキス Phokis のナウボロス Naubolos の子．*スケディオスとエピストロポス Epistrophos の父．*アルゴナウテースたちの遠征に参加．

2. オイカリアの王*エウリュトスの長子．クリュティオス Kiytios とともに*アルゴナウテースたちの遠征に参加．《*オデュッセイア》では彼は父の死後，父が*アポローンより授った弓を譲られ，メッセーネー Messene のオルシロコス Orsilochos の所で*オデュッセウスに会った際，この弓を，剣と槍を友情の徴に交換した．オデュッセウスが求婚者殺戮に用いたのはこの弓であると．彼は*ヘーラクレースがオイカリアを攻略した際，父や兄弟たちとともに殺されたとも，*イオレーをヘーラクレースに与えることをイーピトスのみが主張し，ヘーラクレースがエウリュトスの牛（あるいは牝馬）を盗んだと疑われた時も信ぜず，彼の客となって*ティーリュンスにいるあいだに，ヘーラクレースが気が狂って，彼を城壁より投げ落したともいう．ヘーラクレースの項を見よ．彼がオデュッセウスに出会ったのはこのあいだである．

3. *コプレウス（同項を見よ）に殺された男．

4. スパルタの*リュクールゴスと同時代のエーリス Elis の王．国が乱れ，疫病に悩まされたので，デルポイの神託に従い，*オリュムピア競技を再興し，オリュムピア祭の時にリュクールゴスと全ギリシアの平和を保つ約束をし，ヘーラクレース崇拝をエーリスに起した．

5. 《*アイネーイス》中，*アイネイアースと*トロイアを脱出した人．

イーピメデイアまたは**イーピメデー** Iphimedeia, Ἰφιμέδεια, Iphimede, Ἰφιμέδη, 拉 Iphimedia, 仏 Iphimédie　　*トリオプスの娘．伯父の*アローエウスの妻となったが，*ポセイドーンに恋してつねに海に行き，海水を掬っては懐に注ぎこんだ．海神は彼女と会して，彼女は*アローアダイと呼ばれる*オートスと*エピアルテースの二人の怪物を生んだ．同項を見よ．このほかに彼女にはパンクラティス Pankratis なる娘がある．アローアダイは大地の子で，イーピメデイアはその育て親にすぎないとの伝えもある．母娘はアカイア Achaia のドリオス Drios 山上で*ディオニューソスの祭に加わっている時に，ナクソス Naxos（あるいはストロンギュレー Strongyle）に住むトラーキア人の海賊に捕えられ，海賊どもは二人を争って相討になって死に，ナクソス王は母を友人に与え，娘を自身のものにしたが，アローアダイは父の命で二人を探して，ナクソスを攻め，トラーキア人を追い払って，この島を支配した．

イプティーメー Iphthime, Ἰφθίμη　　*イーカリオスの娘．*エウメーロスの妻．*ペーネロペーの姉妹．*アテーナーは彼女の姿を夢の中でペーネロペーに送って，彼女を慰めた．

イムブラソス Imbrasos, Ἴμβρασος

1. サモス島のイムブラソス河神．*アポローンとニンフのオーキュロエー Okyrrhoe の子．

2. 《*イーリアス》中，*トアースに討たれたトラーキア人の将ペイロオス Peiroos の父．

イユンクス Iynx, Ἴυγξ　　*パーンと*エーコー（あるいは*ペイトー）の娘．媚薬を飲ませて，*ゼウスに自分（あるいは*イーオー）を愛させたので，*ヘーラーによって石像に，あるいはイユンクスなる鳥にされた．イユンクスは《ありすい》の一種で，これを小さな車輪に張りつけて，恋の魔法に使うところから，この物語が出たらしい．ピンダロスはこの呪法は，*イアーソーンに*メーデイアの愛を得せしめるために，*アプロディーテーが発明したと言っている．

イーリア Ilia, Ἰλία　　*ロームルスと*レムスの母*レア・シルウィアのこと．同項を見よ．しかし*ヌミトルの娘とする場合にはレア，*アイネイアースと*ラウィーニアの娘とする場合にはイーリア（イーリオン，すなわち《トロイアの女》の意）と呼ぶべきであると主張する人（古代の）もあった．いずれにせよ話には変りはない．

《イーリアス》 Ilias, Ἰλιάς, 拉 Ilias, 英 Iliad, 独・仏 Iliade　　ホメーロスの作と伝えられるギリシアの*トロイア遠征軍がこの町の包囲を開始して以来十年目のある日で，全体は 49 日乃至 51 日のあいだの挿話である．現在では 24 の巻に別れている．

*アポローンの神官*クリューセースは捕虜になった娘*クリューセイスの身代金をもって娘の自由を贖いに来るが，*アガメムノーンの拒絶にあい，神アポローンに報復を乞い（第一日），神は疫病をギリシア軍に送る．九日目に*アキレウスは会議を開き．予言者*カルカースより禍の原因を知り，神に乙女の返還を求めるが，かえって彼に自分の捕虜の娘*ブリーセーイスを奪われ，これを憤って戦闘より身を引く．彼の願いによりその母なる海の女神

イーリアス

*テティスは*ゼウスに息子に加えられた暴行を後悔させるためにギリシア軍を敗北させるよう約束させる(第Ⅰ巻)。ゼウスは夢(*オネイロス)を使者として、アガメムノーンにいかにもギリシア軍が勝つかのごとき偽りを伝えさせる。アガメムノーンは自己の軍勢をためすべく、彼らを召集し、帰国の決心を披瀝する。彼らは*テルシーテースに引ずられて、帰国に賛成するが、*オデュッセウスがテルシーテースを杖で打って、軍を振い立たせる。ついで十年前にギリシア軍が*アウリスで勢揃いした時の軍の表とトロイアとその味方の軍勢の表(第Ⅱ巻)。*パリスが*メネラーオスに一騎打の挑戦をしたため、休戦が宣せられる。*ヘレネーはトロイア王*プリアモスとともに城壁上よりギリシア軍を眺める。一騎打では*パリスは*アプロディーテーの助けによってあやうく遁れる(第Ⅲ巻)。トロイアの将*パンダロスは*アテーナー女神にあざむかれ、メネラーオスに矢を射かけ、休戦の誓いを破る。両軍合戦にのぞむ(第Ⅳ巻)。ギリシアの将*ディオメーデースの奮戦。彼はパンダロスを討ち、アプロディーテーを傷つけるが、アポローンによって退けられる。軍神*アレースをもディオメーデースはアテーナーに援けられて、傷つける(第Ⅴ巻)。ディオメーデースはトロイア軍の*グラウコスとまさに刃を交えんとして、たがいに父祖の代から親交のあった家であることを知り、武具を交換して別れる。トロイアの将*ヘクトールはトロイア城内に帰り、婦人たちにアテーナーに祈ることを求め、ふたたび出陣する前に妻*アンドロマケーと幼い子供の*アステュアナクスに別れを告げる(第Ⅵ巻)。ヘクトールと大*アイアースとの一騎打は勝負がつかない。トロイアの*アンテーノールはヘレネーとそのもたらした財宝を返還して和を乞うことを勧告するが、パリスはヘレネーの返還を肯んぜず、奪った財宝にさらに多くの富を加えて和を乞うが、ギリシア方は拒む。戦死者の埋葬(第23日)。ギリシア軍は船の周囲に城壁を築く。レームノス島より葡萄酒の船到着。ギリシア軍は酒に酔いしれて浜辺に伏して眠る(第24日)、(第Ⅶ巻)。ゼウスはテティスとの約により、神々に戦闘に加わることを禁じ、*イーデーの山頂に座して、ギリシア軍を敗走させる。*ヘーラー、アテーナー、*ポセイドーンの諸神がギリシア軍を援けようとするが、阻止される。トロイア軍はヘクトールに従えられて戦場に夜を明かす(第Ⅷ巻)。将たちの会議においてアガメムノーンはふたたび軍を解くことを提議するが、ディオメーデースと*ネストールが反対する。アガメムノーンはオデュッセウス、アイアース、*ポイニクスを使者として、アキレウスに償いとして財宝とともにいまだ手のつけられていないブリーセーイスを返還し、彼の許しを乞うが、拒絶される(第Ⅸ巻)。アガメムノーンとメネラーオスは将たちに壕の側で見張りするように命ずる。ディオメーデースとオデュッセウスは夜間敵の陣営に近づき、敵のスパイの*ドローンを殺し、*レーソスの陣を不意に襲って彼をたおし、その馬を奪う(第Ⅹ巻)。アガメムノーンをはじめ、ディオメーデース、オデュッセウス、*マカーオーンらの諸将の奮戦と負傷。*パトロクロスはアキレウスの命によって様子を尋ねるべく遣わされ、ギリシア軍敗北を知り、ネストールはアキレウス自身が戦に参加するか、パトロクロスを代りに差しむけるように勧告する(第Ⅺ巻)。トロイア軍はギリシア人の陣営に押し寄せ、*サルペードーンは塔を破壊、ヘクトールは門を破り、なだれ入る(第Ⅻ巻)。ゼウスがトロイアの平野からしばし眼を他処にむけているあいだに、ポセイドーンがギリシア方に援助。*イードメネウスの奮闘によって、トロイア軍は一時乱れるが、やがて勢を取り戻す(第ⅩⅢ巻)。ヘーラーはアプロディーテーの愛の帯を借りてゼウスを誘い、イーデー山上に眠らしめ、そのあいだにトロイア方は旗色が悪くなる(第ⅩⅣ巻)。ゼウスは目覚め、アポローンはその命によってトロイア軍を援け、彼らは門を破って船に近づく。パトロクロスはアキレウスにギリシア軍を助けんことを乞う。大アイアースは飛鳥のごとくに船より船に飛び移って敵軍を防ぐが、力およばず、ヘクトールは*プローテシラーオスの船に火を放つ(第ⅩⅤ巻)。パトロクロスはアキレウスに乞い、彼の武具を鎧って出陣、トロイア軍を敗走させ、サルペードーンを討ち取るが、敵中に深入りし、アポローンの助けを得たヘクトールに討ち取られる(第ⅩⅥ巻)。ヘクトールはアキレウスの武具を剥ぐ。パトロクロスの死骸をめぐって両軍が闘い、メネラーオスは奮戦して死体を取り戻し、二人のアイアースがしんがりを務め、追いすがる敵を退ける(第ⅩⅦ巻)。アキレウスの嘆きの声に母なる女神テティスは海から立ち上り、彼にヘクトールを殺せば、みずからもまた死すべき運命にあることを告げるが、アキレウスはなおも求めるので、やむなく*ヘーパイストス神に新しい武具を求めるべく立ち去る。トロイア軍が押し寄せるが、アキレウスの鯨たけびの声に立ちどまり、平原に陣を張る。ギリシア軍はパトロクロスの

イーリオネ

死骸をアキレウスにもたらす．アキレウスの新しい楯の描写(第XVIII巻)．アキレウスは武具を得て，友の復讐を誓い，アガメムノーンと和解．ギリシア軍は戦を前にして食事をとるが，アキレウスはヘクトールを殺すまでは，飲食しない．戦車に乗る彼に不死の名馬*クサントスは人声を発してアキレウスの迫れる死を予告する(第XIX巻)．アキレウスのうけた辱めが償われ，テティスとの約束が果されたので，ゼウスは諸神に自由に戦闘に加わることを許す．ヘーラー，アテーナー，ポセイドーン，*ヘルメース，ヘーパイストスはギリシア方，アレース，アポローン，*アルテミス，*レートー，アプロディーテー，河神*スカマンドロス・クサントスはトロイア方である．アレースと闘ったやうかった*アイネイアースはポセイドーンに，ヘクトールはアポローンに救われる(第XX巻)．アキレウスはトロイア人を追う．河神クサントスはトロイア方の死体で流れが塞がれ，怒って洪水となって溢れ出し，アキレウスを圧せんとするが，ヘーパイストスに妨げられる．諸神は入り乱れて戦う．トロイア方は城内に逃げ込む(第XXI巻)．ヘクトールのみは，両親の願いをも退け，城外に留まり，アキレウスを迎えるが，その近づくのを見て恐怖に捕われ，走り逃げて市を三めぐりする．ゼウスは天上で両人の運命を黄金の秤にかける．ヘクトールの死が定められ，アポローンは彼を見棄て，アテーナーは偽って彼の兄弟*デーイポボスの姿を取って彼を励ます．アキレウスは彼を討ち取り，彼が死のまぎわに埋葬を乞うのを拒む．死体を戦車に結びつけてひいて行く．ヘクトールの老いたる父母と妻とは城壁上よりこれを見て嘆く(第XXII巻)．パトロクロスの霊が現われてアキレウスに埋葬を乞う．翌日火葬壇が築かれ，多くの犠牲とともに，12人のトロイアの若者も殺されて火に投ぜられる．つづいて盛大な葬礼競技が催される(第XXIII巻)．アキレウスは嘆きをやめず，食べも眠りもせず，毎日ヘクトールの死骸を戦車に結びつけてパトロクロスの塚の周囲を馳けめぐるが，アポローンは死体を損傷より護る．ゼウスの命によりテティスはアキレウスに暴行をやめるよう勧め，*イーリスはゼウスの使者としてプリアモス王に息子の死骸を贖いうけるようにと言う．老王は夜にまぎれて，ヘルメースに導かれつつ人知れず平野を横切り，黄金にみちた車とともにアキレウスを訪れる．英雄は老王を鄭重に引見し，両者はたがいに自己の不幸に涙を流す．暁にプリアモスは死骸をトロイアに運び帰り，后*ヘカベー，アンドロマケー，ヘレネーたちは嘆き悲しむ(第XXIV巻)．

イーリオネー Ilione, Ἰλιόνη *トロイア王*プリアモスと*ヘカベーの長女．*ポリュメーストールの妻．同項および デーイピュロス，ポリュドーロスの項を見よ．

イーリオネウス Ilioneus, Ἰλιονεύς, 仏 Ilionée 1. *ニオベーと*アムピーオーンの末子．彼は兄弟姉妹とともに*アポローンと*アルテミスに殺される時に，神に祈っていたので，アポローンは彼のみを助けようと思ったが，矢はすでに放たれていて，まに合わなかった．

2. *トロイア人ポルバース Phorbas の子．*アイネイアースとともにイタリアに来た．

3. *トロイア陥落の際に*ディオメーデースに殺されたトロイア人．

イーリオン Ilion, Ἴλιον *トロイアの別名．*イーロスがこの市を創設したので，イーリオンと呼ばれたという．

イーリス Iris, Ἴρις 虹の女神．ヘーシオドスでは*タウマス(*ポントスの子)と*エーレクトラー(*オーケアノスの娘)との子，したがって*ハルピュイアの姉妹とされている．天地を結ぶ虹として，神々の使者と見なされ，ホメーロスでは*ゼウスの使い，その後*ヘーラーにとくに仕えていると思われていた．レスボス島の詩人アルカイオスは彼女は*エーロスとのあいだに*ゼピュロスを生んだと言っている．彼女は長衣の上に軽衣を纏い，有翼の姿で現わされている．

イーリーテュイア Ilithyia エイレイテュイアを見よ．

イリュリオス Illyrios, Ἰλλύριος *カドモスと*ハルモニアーがイリュリアに来た時に生れた子．彼はその名をイリュリアに与えた．

イーレーネー Irene エイレーネーを見よ．

イーロス Ilos, Ἴλος 1. トロイア王朝の祖*ダルダノスの子．子なくして世を去り，彼の弟*エリクトニオスが王位を継承した．

2. *トロイアにその名を与えた*トロース(*エリクトニオスの子)と*カリロエー(*スカマンドロス河神の娘)との子．*アッサラコス，*ガニュメーデース，*クレオパトラーの兄弟．*アドラストスの娘アステュオケー Astyoche を娶り，*ラーオメドーンをもうけた．ラーオメドーンは*プリアモスの父である．またイーロスの娘テミステー Themiste は*アッサラコスの子*カピュスの妻となって，*アンキーセースを生んだ．イーロスはプリュギアに来て，その地の王が開いていた競技に加わり，相撲で勝利を得，

その賞として50人の男および同数の女の奴隷を獲得した．王は，神託によって，彼に斑の牝牛を与え，それが臥した所に一市を建てるべしと伝えたので，牝牛に従って行くと，牝牛はアーテーの丘と称する所に来て，臥した．これは*アーテーが*ゼウスによって，天から投下されて，落ちた所である．イーロスはここに一市を建てて，*イーリオンと呼び，ゼウスになにか神意の徴を示されたいと祈ったところ，空より天降った*パラディオンがテントの前にあるのを発見した．それは3キュービットの高さで，両足は一緒になり，右手に高く槍を，左手には糸巻竿をもっていた．イーロスはこの木像のために神殿を営造して，崇拝した．パラディオンは神殿が未完成のあいだに，屋根を抜けて落下，独りでに定めの位置に立ったともいわれる．神殿が火事のおりに，イーロスは火の中から神像を救ったが，彼はこの神像を見ることを許されていなかったので，盲になり，*アテーナーに祈って視力を回復した．またイーロスは，ある所伝では，ガニュメーデース誘拐の責任者たる*タンタロスと*ペロプスをプリュギアから追い払ったという．

3. *イアーソーンと*メーデイアの子ペレース Pheres の孫で，メルメロス Mermeros の子．この話ではペレースとメルメロスはコリントスでメーデイアに殺されたイアーソーンの二人の幼い少年ではないことになっている．同項を見よ．イーロスはエーリスのエピュラ Ephyra の王で，メーデイア所伝の毒薬の製法を知っていた．*オデュッセウスが*トロイアに出征するに際し，彼に矢に塗るために毒を求めたが，彼は神意を恐れて，拒んだ．

4. *アスカニオスが*トロイアにいた時の名．

5. 《*アイネーイス》中．*トゥルヌスの味方の一人．*パラースに討たれた．

イーロス Iros, ῏Ιρος   1. オプース Opus 王*アクトールの子で，*アルゴナウテースたちの遠征に参加したエウリュダマース Eurydamas と*エウリュティオーン(アクトールの子ともいわれる)の父．*ペーレウスが誤ってエウリュティオーンを殺した時，代償に羊と牛とを供したが，イーロスは受け取らず，神託に従ってペーレウスはこれらの畜群を野に放ったところ，一頭の狼がそれを食い，神意によって石に化した．それはポーキス Phokis とロクリス Lokris の境界にあったという．

2. 《*オデュッセイア》中，*オデュッセウスが乞食に身をやつして帰館した時，彼をはずかしめ，内に入るのをさまたげ，挑んだため，オデュッセウスに撲り倒された乞食．

インクボーまたは**インクブス**   Incubo, Incubus   悪夢あるいは埋蔵された財宝の精．ときに*ファウヌスと同一視される．彼は夜間に眠っている人の胸に乗って悪夢を見させ，また眠っている女と交わる．円錐形の帽子を被っており，彼らがふざけて失ったその帽子を手に入れた者は，かくされた財宝のあり場所を発見できるといわれている．

インディゲテース Indigetes   ローマのある神々に与えられた総称．Di Indigetes と称せられ，その中には非常に多くの，極めて限られた機能(例えば姙婦，弔意，門，坂道，扉の蝶番など)を有する神々が含まれているが，さらに*ボナ・デアや*アポローンのごとき大神もその中にあるので，現在までのところ，この名の確実な解釈はない．

インフェリー Inferi   スペリー Superi《天上の神々》に対して，地下の神々を指すとともに，冥界の住人，すなわち死者を意味する．

ウ

ウァクーナ Vacuna   イタリアのサビニー Sabini 族の女神．*ウィクトーリア，*ベローナ，*ディアーナ，*ミネルウァ，*ウェヌスなど，いろいろの女神と同一視されているが，古代においてすでになにの職分を司る女神か忘れられていた．

ウィクトーリア Victoria   勝利の女神．ギリシアの*ニーケーと同一視されている．同項を見よ．

ウィルトゥース Virtus   ローマの《勇武》の女神．*アマゾーンのごとき姿で表わされている．

ウィルビウス Virbius   ローマ近郊のネミ Nemi で*ディアーナの崇拝に関係ある神．この聖森に馬を入れることを禁じられていたことから，彼は*ヒッポリュトスであるとの説が生れた．ヒッポリュトスは馬にひきずられて死んだからであり，*アスクレーピオスの力によって蘇った彼を*アルテミス・ディアーナがこの地に連れて来たのであると．Virbius は vir

ウゥルカー

《男》と bis《ふたたび》より成る合成語で,《蘇生して二度生きた人》の意に解された.

ウゥルカーヌス Vulcanus　ローマの火の神. ムルキベル Mulciber《火除けの神》とも呼ばれる. サビーニー人の王ティトゥス・*タティウス Titus Tatius がこの神の崇拝を始めたとも, 最初の神殿は*ロームルスが奉献したともいう. 8月23日のウゥルカーナーリア Vulcanalia がその主祭であった. のちギリシアの*ヘーパイストスと同一視されている.

ウェスタ Vesta　ローマのかまどの女神. ギリシアの*ヘスティアーに同じ. 彼女はすべての家庭で崇拝されると同時に, 国家のかまどの神として, ローマのフォルム Forum に神殿をもち, そこで火が絶えず保たれていた. これはかつての王宮の名残り, 女神に仕えるウェスターリス Vestalis と呼ばれる女祭司(最初は二人, 最後には六人)は, 王女の名残りであるといわれる. 女神には神像なく, 火が崇拝の対象であった. その祭ウェスターリア Vestalia は6月9日に催され, 同月7〜15日のあいだに, 神殿の倉が開かれ, 主婦たちは供物を捧げた. このあいだ公事は休みとなり, 9日には女神の聖獣たるろば(驢馬)はすみれで飾られ, 休みを与えられた. 祭のあとで倉は閉じられ, 神殿は清掃された.

ウェニーリア Venilia　*ピールムヌスの娘のニンフ. *ラティーヌス王の后*アマータの姉妹で*ダウヌスとのあいだに*トゥルススと*ユートゥルナの二人の子をもうけた. 彼女はもとは女神で, *ヤーヌスと関係があったらしいが, なにの神か不明.

ウェヌス Venus　《魅力》の意. 本来菜圃の女神で, これがギリシアの*アプロディーテーと種々の連想から同一視されるに至った. ローマにおけるこの女神の神殿は前295年建立である. カイサルの属するユーリア氏 gens Julia (Iulia) はこの女神に発するとされ, その祖*ユールス(*アスカニオス)はウェヌスの孫となっている. この女神はウェヌス・ゲネトリークス Genetrix として, 前46年にカイサルが壮大な神殿を奉献した. ウェヌスに関する神話はアプロディーテーのもの. 同項を見よ.

ウェルトゥムヌスまたはウォルトゥムヌス Vertumnus, Vortumnus　ウォルトゥムヌスは古形. イタリアの果樹と果物の神で, おそらくエトルリア起源. ローマ人はこれを verto《転ずる》に由来するものと感じたために, 植物を転じて果実に, 果実が転じて木になる過程を促進する神と解釈した. 彼が*ポーモーナに恋した時にも, さまざまに姿を変えて求愛し, 最後に美青年となって成功したとの話も同じ解釈によっている. 8月13日が彼の祭日.

ウォルトゥルヌス Volturnus　8月27日にその祭(Volturnalia)のあったローマの神. 彼, あるいは同名の河神はニンフの*ユートゥルナの父であるともいわれている.

ウーカレゴーン Ukalegon, Οὐκαλέγων　*トロイアの元老の一人で*プリアモスの友人. その家は*アイネイアースの住居の近くにあり, トロイア陥落のおりに焼かれた.

ウーピス Upis, Οὖπις　前3世紀のギリシアの詩人カリマコスの中で*アルテミスの称呼として用いられている名. キケローによれば, (1)*ユーピテルと*プロセルピナの娘で*クピードーの母, (2)ユーピテルと*ラートーナ(*レートー)の娘, (3)ウーピスとグラウケー Glauke の娘の三人の*ディアーナがあり, 父の名がそのまま女性形で第三番目のディアーナ女神の名となった. この名はさらに女神を育て, その従者の一人でもあるニンフの名ともなり, 後代のギリシアでは*ネメシスの称呼の一つとしても現われている.

ウーラニアー Urania, Οὐρανία　1. *ゼウスと*ムネーモシュネーの娘. *ムーサの一人. *リノスと*ヒュメナイオスの母といわれる.

2. *アプロディーテーの称呼の一つ.

3. *オーケアノスの娘の一人. *ペルセポネーの従者.

ウーラノス Uranos, Οὐρανός　《天》の意. ヘーシオドスでは*ガイアの子, 他の所伝では*アイテール, あるいは*ニュクス(夜)の子. 彼は最初に全世界を支配し, ガイアを妻として, 三人の*ヘカトンケイル, 三人の*キュクロープスを得たが, ウーラノスは彼らを*タルタロスに投げ込んだ. さらに二人から*ティーターン神族(六柱の男神と六柱の女神)が生れた. ガイアはタルタロスに投ぜられた子供のために怒って, ティーターンたちに父を襲うように説き, *クロノスに金剛の斧を与え, *オーケアノス以外の神々は父を襲い, クロノスは父の生殖器を切り放ち, 海に投じ, 父の支配権を奪った. 流れる血から*エリーニュスたち, その泡から*アプロディーテーが生れた.

ウリッセースまたはウリクセース Ulisses, Ulixes　*オデュッセウスのローマ名. この形はイタリアのギリシア植民地の方言形を借用したもの. 同項を見よ.

エ

エーイオネウス Eïoneus, Ἠϊονεύς　1. トラーキア王. *レーソスの父.

2. *ヘクトールに討たれたギリシア人.

エイドテアー Eidothea, Εἰδοθέα, 拉 Idothea

1. 海神*プローテウスの娘. *メネラーオスが*トロイアからの帰途, エジプト沖で凪にあい, 困窮している時に, 彼にいかにして自分の父親を捕えて, この災いを遁れ得るかを明かさせる方法を教えた.

2. カーリア Karia 王エウリュトス Eurytos の娘. *ミーレートスの妻. *カウノスと*ビュブリスの母.

3. *ピーネウス王の後妻. *カドモスの姉妹. なおピーネウスの後妻の名は, このほかに*イーダイアーともエウリュティエー Eurytie とも伝えられる.

4. アルゴス王*プロイトスの娘の一人. *メラムプースがその狂気を治療した.

5. 幼児の*ゼウスを世話したニンフの一人.

エイレイテュイア Eileithyia, Εἰλείθυια, 拉 Ilithyia, 仏 Ilithye　お産の女神. *ゼウスと*ヘーラーの娘といわれ,《*イーリアス》では複数でも呼ばれていることがある. その起源はおそらくミノア時代のお産の女神であるらしく, ホメーロスはこの女神を祭った洞穴がクレータ島にあることを伝えている. 彼女は, その職能から, ときに*ヘーラーや*アルテミスと関係づけられ, 同一視されている. 神話中ではこの女神に独立の話はなく, ヘーラーに命ぜられて, *アポローンとアルテミス, あるいは*ヘーラクレースの誕生をおくらせたり, その他第二次的な役割をもっているにすぎない. ローマでは *ユーノー・*ルーキーナ Iuno Lucina と同一視されている.

エイレーネー Eirene, Εἰρήνη, 拉 Irene 《平和》の意で, その擬人化された女神. ローマの*パークス. ヘーシオドスでは*ゼウスと*テミスの娘で, *ホーラーたちの一人. 神話もなく, ギリシアでは特別に独立の崇拝もうけなかったが, アテーナイで前4世紀以後, アッティカの町をアテーナイを主都に一国家に統合した*テーセウスの記念に毎年行なわれたシュノイキアー Synoikia 祭に, 彼女に犠牲が捧げられるにいたった. ローマではウェスパシアーヌス帝が彼女に壮麗な神殿を捧げたというが, その遺跡は残っていない.

エウアドネー Euadne, Εὐάδνη, 英 Evadne, 仏 Évadné　1. *ポセイドーンと*ピタネーの子. ただし人間としての父親は*アイピュトス. 彼女は*アポローンに愛されて, オリュムピアの神官の家イアミダイ Iamidai 氏の祖*イアモスの母となった.

2. *イーピスの娘. テーバイにむかう七将の一人*カパネウスの妻. 夫の火葬壇に飛びこんで死んだ. エウリーピデースの《救いを求める女たち》の項を見よ.

エウアンドロス Euandros, Εὔανδρος, 拉 Euander, 英 Evander, 仏 Évandre　1. *サルペードーンの子. *トロイアの味方として戦った.

2. *プリアモスの子.

3. アルカディアのパランティオン Pallantion の英雄. ここでは彼は*パーンをめぐる地方神の一人として, 神殿をもっていた. ローマでは彼は*ファウヌス(=*パーン)の崇拝と関係があり, のちのローマ市のパラティーヌス Palatinus 丘上のパランティオン Pallanteion (拉 Pallanteum) 市の創建者として知られている. 一説では彼は*ヘルメースと*テミスあるいは*テルプーサ(*ラードーン河神の娘のニンフ)の子で, この母親はローマでは*カルメンタ(*カルメンティス)の名で予言の女神として祭られている. 母の名はこのほかに*ニーコストラテーともテュブルティス Tyburtis とも呼ばれている. したがって彼は*ヘルメースの祖父なる*アトラースを通じて, *トロイアの王家と関係がある. しかしまた一説では彼は*エケモス(テゲア

Tegea 王，*パラースの孫)と*ティーマンドラー(*テュンダレオースと*レーダーの娘)の子とされている．パラースの娘はトロイアの*ダルダノス王の妻となったから，ここでも彼はトロイア王家と結ばれている．子供の時に*プリアモスと*アンキーセースがアルカディアを訪れた際に歓待して，ペネオス Pheneos 市へ案内した．彼がアルカディアを去った原因には諸説がある．アルゴスの攻撃あるいは飢饉によるとも，母を庇って父を殺した，あるいは母を殺したためともいわれる．彼はティベル河左岸の，のちのパラーティーヌス丘上に居を占め，自分の国パランティオンにちなんで，パランテイオン市と名づけ，これが後にパラーティヌスとなった．土地の王*ファウヌスは彼を歓迎したが，プライネステ Praeneste の王や巨人*エリュルスとは戦わねばならなかった．彼は住民に文字，音楽および技術を授け，アルカディアの神々(*ケレース・*デーメーテール，*ポセイドーン・*ネプトゥーヌス)の崇拝を移入し，またパーンのためにルペルカーリア Lupercalia 祭を創始した．ファウヌスはアルカディアのパーン・*リュカイオスと同一視されている．*ヘーラクレースが彼を訪れ，怪物*カークスを退治した時，その穢れを潔めたのは彼である．彼はその際ヘーラクレースを神と崇めて，パラーティヌスとアウェンティーヌス丘のあいだに大祭壇 Ara Maxima を築いた．*アイネイアースがラテン人たち Latini と戦い，ティベル河を遡って，エウアンドロスに助力を求めた時に，彼はすでに老人であったが(彼がここに来たのは*トロイア戦争の60年前とされている)，息子*パラースの指揮のもとに援助軍をアイネイアースに送り，未来のローマの地を案内した．パラースは*トゥルヌスに討たれた．彼にはパラースのほかに，*ローメーとデューネー Dyne (あるいはダウナ Dauna)の二女があった．彼の祭壇はアウェンティーヌス丘の麓，トリゲミナ Trigemina 門の近くにあり，彼の母カルメンタのそれと対照的になっていた．エウアンドロスはこのように，ギリシアとローマとを結ぶ絆に利用されている．

エウエーノス Euenos, Εὔηνος, 拉 Euenus, 仏 Événos *アレースとデーモニーケー Demonike の子，アイトーリア Aitolia 王．娘*マルペッサの求婚者たちを殺し，その首を*ポセイドーンの神殿に奉献したが，*アポローンと*イーダース(*アパレウスの子)が彼女に恋し，イーダースはポセイドーンから有翼の戦車を授けられて，彼女を奪った．エウエーノスは戦車で追いかけ，リュコルマース Lykormas 河まで来たが，捕えることができないので，馬を殺し，河に身を投げた．その後この河はエウエーノス河と呼ばれている．

エウケーノール Euchenor, Εὐχήνωρ コリントスの予言者*ポリュエイドスの子．ポリュエイドスは彼に，家に留まれば安楽に死ねるが，*アガメムノーンとともに*トロイアに遠征すれば，戦死すると予言する．彼は光栄ある死を選び，出征して，*パリスの矢に射られて死んだ．

エウテューモス Euthymos, Εὔθυμος ロクリス Lokris の人．*オデュッセウスの部下*ポリーテースは，オデュッセウスたちが南イタリアのテメセー Temese(あるいはテムプサ Tempsa)に寄航した時，酔って土地の娘を犯したため，住民に石で打ち殺された．ポリーテースの魂はアリュバース Alybas という鬼と化し，住民に自分のために社を造らせ，毎年もっとも美しい娘を人身御供に出させた．そのすぐれた拳闘家であるエウテューモスがここに来て，鬼と闘い，その地から追い払い，その年の生贄と定められていた娘と結婚し，長寿を得たのち，不思議にも姿を消した．

エウテルペー Euterpe, Εὐτέρπη *ムーサたちの一人．同項を見よ．

エウドーロス Eudoros, Εὔδωρος *ヘルメースと*ポリュメーレー(テスプローティア Thesprotia のエピュラ Ephyra の王*ピューラースの娘)の子．祖父に育てられ，*アキレウスに従って*トロイアに遠征．アキレウスにかわって戦場に赴く*パトロクロスに従って戦った．

エウネオース Euneos, Εὔνεως *イアーソーンと*ヒュプシピュレーの子．*トアースの兄弟．*トロイアには出征しなかったが，ギリシア軍の味方であり，*パトロクロスより*プリアモスの子供の一人*リュカーオーンを買い取った．母のヒュプシピュレーがネメア Nemea 王*リュクールゴスに奴隷として売られ，そこに仕えている時に，エウネオース兄弟が来て，母を認め，救い出した．

エウノモス Eunomos, Εὔνομος *ヘーラクレースが*オイネウスの娘*デーイアネイラを妻とし，オイネウスの所に留まっていた時に，宴のあいだに，アルキテレース Architeles の子エウノモス(ときにキュアトス Kyathos とも呼ばれている)が彼の手に水を注いでいる時に，平手打を食わせたところ，力あまって殺した．この子はオイネウスの親戚で，子供の父は，故意になされたのではないので，許そうとした

が，ヘーラクレースは託に従って追放されることを望み，妻とともにトラーキース Trachis に去った．

エウパラモス Eupalamos, Εὐπάλαμος
*ダイダロスの父．

エウヒッペー Euippe, Εὐίππη, 仏 Évippé
1. *アタマースの孫娘．
2. *ダナオスの娘．アルギオス Argios の妻．ダナオスの項を見よ．
3. *ダナオスの娘．イムブロス Imbros の妻．ダナオスの項を見よ．
4. 求婚者殺戮ののち，*オデュッセウスは神託に伺うべく，エーペイロス Epeiros の地に赴き，テュリムマス Tyrimmas 王に歓待されながら，その娘エウヒッペーと通じ，*エウリュアロスが生れた．子供が成人したとき，母は証拠の品を持たせて*イタケーに送ったが，オデュッセウスは留守であった．*ペーネロペーはエウヒッペーに嫉妬し，オデュッセウスが帰って来たとき，エウリュアロスは彼を殺しに来たのだと思わせて，殺させた．息子の名は一説にはレオントプローン Leontophron であるともいわれる．

エウブーレウス Eubuleus, Εὐβουλεύς
1. 《よき助言者》の意であって，冥府の王*ハーデースの名を直接に呼ぶことをはばかった名称．オルペウス教では地下神の一人となっている．
2. この名は*エレウシースの秘教では英雄の名となった．デュサウレース Dysaules の子で，*トリプトレモスの兄弟．父は一説ではアルゴスからアッティカに遁れて来た，*デーメーテールの神官トロキロス Trochilos．彼はデーメーテールに*ペルセポネーがさらわれたことを告げた．また彼はこの地で豚を飼っていて，ハーデースがペルセポネーを奪って地下に入った時，彼の豚の一部がともに大地に呑まれた．テスモポリア Thesmophoria 祭で，豚が地の割目に投げこまれるのはこのためであるという．

エウプロシュネー Euphrosyne, Εὐφροσύνη
*カリスたちの一人．同項を見よ．

エウペーモス Euphemos, Εὔφημος *ポセイドーンと*エウローペー(*ティテュオスの娘)の子．父より水上を歩む力を与えられた．*アルゴナウテースたちの遠征に参加．*シュムプレーガデスを通過するに当って，鳩を放ったのは彼である．リビアのトリートーニス Tritonis 湖で*トリートーンが彼に土塊を与え，タイナロン Tainaron 岬付近の海中にこれを投ずれば彼の四代目の子孫がリビアの支配者となるであろうと予言した．しかしそれはタソス Thasos 島のそばで海中に落ちたために，*バットスが 17 代目にリビアのキューレーネー Kyrene の支配者となった．なおテーラ Thera 島はこの土塊より生じたという．エウペーモスは*ヘーラクレースの姉妹である*ラーオノメーを妻としたが，バットスの祖はレームノス Lemnos 島の女マラケー Malache の子*レウコパネースである．アルゴナウテースたちの遠征の項を見よ．

エウポルボス Euphorbos, Εὔφορβος *トロイアの将．*パントスの子．*パトロクロスを最初に傷つけたが，のち*メネラーオスに討たれた．メネラーオスはその楯をアルゴスの*ヘーラー神殿に奉献，のちピュータゴラースは前世においてエウポルボスであったと称し，この楯に見覚えがあると言ったと伝えられる．

エウマイオス Eumaios, Εὔμαιος, 拉 Eumaeus, 仏 Eumée シュリエー Syrie 島の王クテーシオス Ktesios の子．幼児の時，フェニキア人の乳母によってフェニキアの海賊に売られ，*オデュッセウスの父*ラーエルテースに買われて育てられた．オデュッセウスの留守中，彼の豚飼として，忠実に主人の財産を護った．オデュッセウスは帰国した時，まず第一にエウマイオスの小屋に赴き，ここで*ペーネロペーの求婚者たち殺戮の策を練り，エウマイオスは彼を助けて，事を成就させた．オデュッセウスの項を見よ．

エウメニスたち Eumenis, Εὐμενίς (複数 Eumenides, Εὐμενίδες) エリーニュスたちおよびオレステースの項を見よ．《善意の，好意の女》の意．アイスキュロスの《*オレステイア》では，*エリーニュスたちは*アレイオス・パゴスの審判で敗れて怒ったが，アッティカで祭られることになってその怒りは解け，エウメニスとなったという．

エウメニデス エウメニスたちを見よ．

《エウメニデス》 Eumenides, Εὐμενίδες
アイスキュロスの作品．《オレステイア》の項を見よ．

エウメーロス Eumelos, Εὔμηλος *アドメートスと*アルケスティスの子．*トロイアに遠征，*アポローンがアドメートスの奴隷として飼育した馬によって，*パトロクロスの葬礼競技で勝利を得た．

エウモルポス Eumolpos, Εὔμολπος *エレウシースの秘教の神官職の家エウモルピダイ Eumolpidai 氏の祖．秘教の創建者と称せられる．彼は*ポセイドーンと*キオネー(*オーレイ

エウリュア

テュイアと*ボレアースの娘)の子で，彼女は父に隠れてエウモルポスを生み，露見を恐れて，赤児を海の深みに投じた．ポセイドーンが拾いあげて，エティオピアに連れて行き，*アムピトリーテーの娘*ベンテシキューメーに育てさせた．彼女の夫は成長したエウモルポスに娘の一人を与えたが，エウモルポスは妻の姉妹を犯さんとしたので，子供の*イスマロスとともに追われて，トラーキア王*テギュリオスのもとに赴き，王はイスマロスに娘を与えた．のち，王に対して悪企みをしていることが露見し，彼はエレウシース人の所へ遁れ，彼らと友誼を結んだ．しかしイスマロスの死後テギュリオスに迎えられ，以前の不和を解き，王国を継承した．アテーナイ人とエレウシース人との間に争いが生じた時，エレウシース人に呼ばれて，トラーキア軍を率いて，彼らの味方となって戦ったが，*エレクテウス(同項を見よ)に討たれた．彼の子*ケーリュクスは，エレウシースの神官職の家柄ケーリューケス Kerykes の祖とする．なおエウモルポスを*ムーサイオスの父あるいは子とするもの，また*トリプトレモスの孫で，デーイオペー Deiope の子とする者もある．

エウリュアレー Euryale, Εὐρυάλη
1. *ゴルゴーンの一人．*メドゥーサの姉妹．
2. *オーリーオーンの母．

エウリュアロス Euryalos, Εὐρύαλος, 拉 Euryalus, 仏 Euryale　1. アルゴスの*メーキステウスの子．*アルゴナウテースたちの遠征，*エピゴノイの戦に参加，のち*ディオメーデースとともに*トロイアにも遠征した．

2. *メラースの息子の一人．*オイネウスに対して隠謀をめぐらしたため，兄弟たちは*テューデウスに殺された．

3. *オデュッセウスと*エウヒッペー(エーペイロス Epeiros 王テュリムマース Tyrimmas の娘)の子．オデュッセウスに殺された．エウヒッペーの項を見よ．

4. *アイネイアースの部下の一人．美男子で，*ニーソスの友．ニーソスの項を見よ．エウリュアロスはルトゥリー Rutuli 人との戦闘中戦死した．

エウリュガネイアまたはエウリュガネー Euryganeia, Εὐρυγάνεια, Eurygane, Εὐρυγάνη 古い所伝で，*オイディプースの妻．彼は母*イオカステー(*エピカステー)と結婚したのではなくて，エウリュガネイアが妻であり，彼女が四人の子(*ポリュネイケース，*エテオクレース，*アンティゴネー，*イスメーネー)の母であることになっている．一説ではオイディプースは母エピカステーと結婚したが，子供たちの母親はエウリュガネイア(ヒュペルパース Hyperphas の娘)であると．

エウリュクレイア Eurykleia, Εὐρύκλεια, 拉 Euryclea, 仏 Euryclée　1. ある所伝によれば*ラーイオスの先妻で，*オイディプースの母．*イオカステーはこの所伝では*エピカステーと呼ばれ，ラーイオスの後妻で，その死後オイディプースの妻となった．

2. 《*オデュッセイア》中，*オデュッセウスの乳母．彼が20年の旅ののちに，乞食に身をやつして帰った時に，足の傷で彼を認め，求婚者殺戮に協力した．

エウリュサケース Eurysakes, Εὐρυσάκης *テラモーンの子*アイアースと，プリュギア王テレウタース Teleutas の娘で，捕虜となり，アイアースに愛された*テクメッサとの子．アイアースは自殺する時，彼を弟の*テウクロスに託した．*トロイア陥落後，テウクロスは彼を伴って帰国したが，別の船に乗ってサラミース Salamis に着いたために，テウクロスの父テラモーンは怒って，テウクロスを追放した．そこでエウリュサケースは祖父の王位を継いだ．テウクロスはテラモーンの死の報をキュプロスでうけて，帰国せんとしたがエウリュサケースに阻まれた．エウリュサケースは兄弟のピライオス Philaios とともに，サラミースをアテーナイに引渡した．一説にはこれを行なったのは，彼の息子のピライオス Philaios だという．アテーナイの貴族の家柄ピライダイ Philaidai 氏(ミルティアデース，キモーン，トゥーキュディデース，アルキビアデースなどがこれに属する)は彼の子孫であるとされていた．

エウリュステウス Eurystheus, Εὐρυσθεύς, 仏 Eurysthée　*ペルセウスの子*ステネロスと*ペロプスの娘*ニーキッペーとの子．*ヘーラクレースが生れようとした時に，*ゼウスは神々のあいだで，その時生れるペルセウスの後裔が*ミュケーナイの王となるであろうと言ったところ，*ヘーラーは嫉妬からお産の女神*エイレイテュイアに月みちた*アルクメーネーのお産を止め，七カ月であったエウリュステウスが生れるようにしたために，彼はミュケーナイ王となった．彼は成人後もヘーラクレースを恐れ，彼および彼の子孫に敵意を抱いて策動した卑怯者であった．ヘーラクレースの項を見よ．ヘーラクレースの死後，その子供たちはエウリュステウスから遁れて，*ケーユクスのもとに来たが，エウリュステウスが引渡しを要求したので，彼らはアテーナイ人の保護を乞い，アテー

ナイ人はエウリュステウスと戦って彼を破り，逃げるのを追って，スケイローニス Skeironis の岩を馬で通ろうとするところを，*ヒュロスが追いついて，殺し，その首をアルクメーネーに与えた．彼女は機織のおさでその両眼をくり抜いた．アレクサンドレイア時代に集められた別の所伝では，ヘーラクレースはエウリュステウスを愛していたために，彼に奉仕して，種々の仕事を遂行したことになっている．これはこの時代流行の同性愛物語への変形である．

エウリュテー Euryte, Εὐρύτη　1. *ヒッポダマースの娘．*ポルターオーンに嫁し，*オイネウス，アグリオス Agrios, *アルカトオス，*メラース，レウコーペウス Leukopeus, 一女*ステロペーの母となった．

2. ニンフ．*ポセイドーンとのあいだに*ハリロティオスを生んだ．

エウリュティオーン Eurytion, Εὐρυτίων

1. *ゲーリュオーンの牛飼．同項およびヘーラクレースの項を見よ．

2. *ペイリトオスの結婚の宴で，その花嫁を犯さんとして，その結果*ラピテース族と*ケンタウロス族の戦を惹き起したケンタウロス．

3. オーレノス Olenos の王*デクサメノスの娘ムネーシマケー Mnesimache を暴力で妻にせんとして，*ヘーラクレースに退治された*ケンタウロス．

4. *アクトールの子．プティーア Phthia の英雄．*カリュドーンの猪狩に参加．*ポコースを殺しての所に遁れて来た*ペーレウスを潔め，娘*アンティゴネーと王国の三分の一を彼に与えた．しかし猪狩の最中に，ペーレウスは誤ってエウリュティオーンを殺したため，*アカストスのもとに遁れた

5. ウェルギリウスによれば，*パンダロスの兄弟．同項を見よ．

エウリュディケー Eurydike, Εὐρυδίκη
*クリュメネー，*クレウーサなどと同じく，系譜や伝説の間隙を埋めるために，多くの女性に与えられている名．《広く裁く》の意．

1. *オルペウスの妻．木の精のニンフ．トラーキアの野で水のニンフたちと歩いている時（ウェルギリウスによれば*アリスタイオスに追われて，逃げるあいだに），毒蛇に咬まれて死んだ．オルペウスは妻を恋うるあまり，冥界にくだり，音楽で神々の心を動かして，地上に出るまでうしろをむかない約束で，妻をあとに従えて来たが，地上に出る少し前に振りかえったため，エウリュディケーはふたたび冥界に引き戻されてしまった．

2. *ダナオスの娘．

3. *ダナエーの母．*アクリシオスの妻．*ラケダイモーンと*スパルテーの娘．

4. ネメア Nemea 王*リュクールゴスの妻．*アルケモロスの母．

5. *アドラストスの娘．*イーロスの妻．*ラーオメドーンの母．

6. *アムピアラーオスと*エリピューレーの娘．4. と同人か？

7. テーバイ王*クレオーンの妻．*ハイモーンの母．息子の死を悲しんで，自殺した．

8. *ネストールの妻．*クリュメノスの娘．

エウリュトス Eurytos, Εὔρυτος　1. *モリオネの一人．同項を見よ．

2. オイカリア Oichalia 王．*イオレーの父．*メラネウスとストラトニーケー Stratonike の子．ピューロン Pylon の娘アンティオケー Antioche を妻とし，デーイオーン Deion, クリュティオス Klytios, *トクセウス，*イーピトスの四子と一女*イオレーをもうけた．エウリュトスは，父と同じく，弓の名人で，ホメーロスによれば，*アポローンにもまさると自慢したために，老年に達する前に神に殺されたことになっている．彼は*ヘーラクレースに弓術を教えた．彼の弓は息子のイーピトスによって，土産物として，槍と剣と交換に，*オデュッセウスに与えられ，オデュッセウスはこの弓で求婚者たちを殺戮した．エウリュトスは弓の競技を催し，勝利者に娘を与えることにしたが，ヘーラクレースは彼を破った．しかし息子たちはヘーラクレースがかつて*メガラーとその子供たちを殺したように，自分らの姉妹と子供たちを殺しはしまいかと恐れて，イオレーを彼に与えることに反対した．イーピトスのみがヘーラクレースの味方となった．しばらくのちエウリュトスの牛が*アウトリュコスに盗まれた時，エウリュトスはヘーラクレースの仕業であると思ったが，イーピトスはそれを信ぜず，ヘーラクレースにともに牛を探すように誘った．ヘーラクレースは彼を歓待したが，ふたたび気が狂って，*ティーリュンスの城壁から彼を投げて殺した．一説にはヘーラクレースが本当に牛盗人で，その返還の要求に来たイーピトスを殺したという．ヘーラクレースのこの罪に対する贖いを拒絶したエウリュトスに対して，英雄は軍を進め，オイカリアを攻め落し，エウリュトスとその息子たちを殺し，イオレーを捕虜として引いて行った．

3. *ヘルメースの子．*エキーオーンの兄弟．エリュトスの項を見よ．

エウリュノ

4. オリュムポスの神々と*ギガース(巨人)たちの戦で, *ディオニューソスに*テュルソス杖で打ち殺された巨人.

5. *ヒッポコオーンの息子.

エウリュノメー Eurynome, Εὐρυνόμη

1. 大洋神*オーケアノスと*テーテュースの娘. *クロノスの支配以前に*オピーオーンとともにオリュムポスを支配していたが, クロノスと*レアーに追われ, 海中に遁れた. 彼女は*テティスとともに天上から落ちて来た*ヘーパイストスを助けた. *ゼウスに愛されて, *カリス女神たちおよび*アーソーポス河神の母となった. ピガレイア Phigaleia のサイプレスの森の中に彼女の古い神殿があり, 彼女の像は上半身女, 下半身魚の形をした.

2. アルカディア王*リュクールゴスの妻. *アンカイオス, エポコス Epochos, *アムピダマース, *イーアソスの母.

エウリュバテース Eurybates, Εὐρυβάτης

1. *アガメムノーンの布告使.

2. *オデュッセウスの布告使.

エウリュビアー Eurybia, Εὐρυβία

1. *ポントスと*ガイアの娘. クレイオス Kreios と交わって*アストライオス, *パラース, *ペルセースを生んだ.

2. *ヘーラクレースと交わった*テスピオスの50人の娘の一人.

エウリュピュロス Eurypylos, Εὐρύπυλος

1. テッサリアのエウハイモーン Euhaimon の子. *トロイア遠征のギリシア軍に従って出陣, 勇敢に闘い, ヒュプセーノール Hypsenor, *メランティオス, アピサーオーン Apisaon を討ったが, *パリスに傷つけられ, *パトロクロスに助けられた.

パトライ Patrai の地方伝説に現われるエウリュピュロスも多分これと同一人らしいが, 一説には*デクサメノスの子ともいわれている. 彼はトロイアの戦利品中より得た箱を開いたところ, 中に*ヘーパイストス作の*ディオニューソスの像があり, これを見て発狂した. *デルポイで彼は妙な犠牲を見た時に狂気が癒されるだろうとの神託を得た. パトライに来た時, 彼は毎年*アルテミスに若い男女が人身御供にされる祭に出会った. これはここのアルテミスの女宮守*コマイトーがかつて*メラニッポスと逢引きして, 神域を穢し, 女神を怒らせたために生れた犠牲である. パトライにもまたデルポイの神託によって, 異国の王がその犠牲の式を見た時に, この犠牲はやむであろうと知らされていた. エウリュピュロスのこの市への到着によって, 両方の神託は実現し, 彼はここに留まって, ディオニューソスの崇拝を広めた.

2. *ポセイドーンとアステュパライア Astypalaia の子, コース Kos 島の王. *ヘーラクレースがこの島に来た時, 息子たちとともに彼を追い払わんとしたが, 英雄は夜の間に市に入り, 彼を殺した.

3. *テーレポスの子. 彼が傷を治療された時, 彼およびその子孫はギリシア人には弓を引かない約束をしたが, *プリアモスの姉妹でエウリュロコスの母*アステュオケーは賄賂を貰って, 息子を*トロイア方につかしめた. 彼は*ネオプトレモスに討たれた. 彼には一子*グリューノスがある.

4. *ポセイドーンの子. アフリカのキューレーネー Kyrene を支配していた. *アポローンが*キューレーネーをつれて来たのは彼の時代であった. トリートーニス Tritonis 湖で*エウペーモスにこの地の支配を約束する印に土塊を与えた. 彼は*トリートーンであるとも, またその兄弟ともいわれる. 彼の母は*アトラースの娘*ケライノー, 妻は太陽神の娘*ステロペーで, *リュカーオーンと*レウキッポスの二子があった.

エウリュマコス Eurymachos, Εὐρύμαχος, 拉 Eurymachus, 仏 Eurymaque 《*オデュッセイア》中, *ペーネロペーの求婚者たちの一人. 彼は*オデュッセウスが乞食に身をやつして自分の宮殿に帰って来た時, 侮辱した. *テオクリュメノスが求婚者どもの運命を予言した時も, 気狂い呼ばわりした. 弓の競技では弓を張ることができなかった. オデュッセウスに最後に射られて死んだ.

エウリュメドーン Eurymedon, Εὐρυμέδων

1. *ギガース(巨人)の王. 地の涯に住んでいた. *ヘーラーがまだ幼い頃, 彼女を犯し, *プロメーテウスが生れた. これが*ゼウスの怒りを招き, 彼の一族滅亡の原因となったという.

2. *ミーノースとニンフのパレイア Pareia の子. *ネーパリオーン, *クリューセース, *ピロラーオスの兄弟. パロス島に住み, *ヘーラクレースが*アマゾーンの女王の帯を手に入れるべく遠征の途次, この島に寄航した時, 二人の部下がミーノースの子供らに殺されたので, 英雄は彼らを殺し, 残る者を攻囲した. 彼らは殺された者の身代りを取ることを乞うので, ミーノースの息子*アンドロゲオースの子*アルカイオスと*ステネロスを代りに取って, 島をあとにした.

3. *アガメムノーンの御者. *ミュケーナイ

でアガメムノーンとともに，*アイギストスに殺された．

エウリュモス または **エウリュマース** Eurymos, Εὔρυμος, Eurymas, Εὐρύμας　1．オーレノス Olenos の人．*ポリュデウケースに*カストールを讒訴したが，ポリュデウケースが兄弟に告げたため，カストールに撲り殺された．ポリュデウケース自身が撲り殺したとする所伝もある．

2．*キュクロープスたちの予言者*テーレモスの父親．

エウリュロコス　Eurylochos, Εὐρύλοχος, 拉 Eurylochus, 仏 Euryloque　《*オデュッセイア》中，*オデュッセウスの主なる部下．*キルケーの島で，他の者たちは彼女の宮殿に入って，豚に身を変えられたが，エウリュロコスのみは入らず，帰ってオデュッセウスに急を告げた．のち彼は太陽神の島で，常時恋に身をやつすことなったといい，多くの恋人をもった．これについてはオーリーオーン，ケパロス，ティートーノス(*メムノーンの父)，クレイトスの項を見よ．

エウロス　Euros, Εὖρος　南東風の神．曙の女神*エーオースと*アストライオス(または*テューポーン)の子．

エウロータース　Eurotas, Εὐρώτας　*レレクスと水のニンフのクレオカレイア Kleokareia の子．ラケダイモーンのエウロータース河にその名を与えた．*スパルテーは彼の娘．

エウローペー　Europe, Εὐρώπη, 拉 Europa　1．テュロス Tyros の王*アゲーノール(あるいは*ポイニクス)と*テーレパッサの娘．*カドモス，*キリクス(あるいはポイニクスも)の姉妹．*ゼウスは彼女に恋し，侍女たちと海浜で戯れている彼女の所へ，白い牡牛の姿となって近づき(あるいは牡牛を送り)，恐れている彼女と優しく戯れ，彼女がその背に乗るやいなや，海を泳ぎ渡ってクレータ島に上陸，ゴルテュン Gortyn の泉のそばで交わって，*ミーノース，*ラダマンテュス(のちに*サルペードーンが加えられた)を生んだ．*カルノスと*ドードーンもその子とする説もある．彼女はクレータ島でヘロ－ティア Hellotia と称する祭をもっていた．ゼウスは彼女に島の海岸を守護すべく青銅巨人*タロース，かならず獲物を捕える猟犬，かならずあたる投槍を与えた．のち彼女はクレータ王*アステリオス(または*アステリオーン)の妻となり，子供らはその養子となった．牡牛は星座中の牡牛座 Tauros となった．なおゼウスの三つの贈物のうち猟犬と投槍はミーノースの病を治した*プロクリスに与えられ，その夫*ケパロスの物となった．

2．*ティテュオスの娘．*ポセイドーンと交わって，*エウペーモスの母となった．

3．大洋神*オーケアノスと*テーテュースの娘たちの一人．

4．*ポローネウスの妻，*ニオベーの母．

5．ナイル河神の娘，*ダナオスの妻の一人．

エーエティオーン　Eetion, Ἠετίων　多くの同名の英雄があるが，重要なのは，小アジアのミューシア Mysia のテーベー Thebe の王で，*アンドロマケーの父のエーエティオーンである．*アキレウスがこの市を攻めた時，息子たちとともに殺されたが，アキレウスは彼を尊敬し，その武器とともに厚く葬った．彼の妻は身代金を払って救われたものの，*アルテミスの矢に射られて世を去った．エーエティオーンの墓にはニンフたちがにれ(楡)の木を植えた．

エーオース　Eos, Ἠώς　(アッティカ方言形ヘオース Heos, Ἑώς)　曙の女神．ローマの*アウローラ．彼女は*ティーターンの*ヒュペリーオーンと*テイアーの娘(*パラースの娘ともいう)で，*アストライオスとともに風神*ゼピュロス，*ノトス，*ボレアース，暁の明星その他の星を生んだ．彼女はラムポス Lampos《光》とパエトーン Phaethon《輝かしきもの》と呼ばれる二頭の馬にひかれた戦車に乗って，太陽神*ヘーリオスの先駆として天空の門戸を開いて，空を馳せ，《ばら色の指もてる》，《サフランの衣をまとえる》女神と歌われている．彼女は*アレースと通じたために，*アプロディーテーの怒りをかい，常時恋に身をやつすことなったといい，多くの恋人をもった．これについてはオーリーオーン，ケパロス，ティートーノス(*メムノーンの父)，クレイトスの項を見よ．

エキーオーン　Echion, Ἐχίων　1．*カドモスの播いた竜の牙から生え出た戦士(*スパルトイ)の中で生き残った一人(カドモスの項を見よ)．カドモスの娘*アガウエー(または*アウトノエー)の夫，*ペンテウスの父．同項参照．

2．*ヘルメースとアンティアネイラ Antianeira の子．*エウリュトスの双生の兄弟．*カリュドーンの猪狩と*アルゴナウテースたちの遠征に参加．

3．*ポルテウスの子．*トロイア戦争の木馬の勇士の一人．最初に馬の腹から飛び降りて，死んだ．

エキドナ　Echidna, Ἔχιδνα　《蛇》女．上半身女で，下半身は蛇の怪物．*ポルキュスと*ケートーの子とも，*クリューサーオールと*オーケアノスの娘*カリロエーとの子とも，*タルタロス，あるいは*ステュクスの子ともいわれる．

エケトス

その居所もペロポネーソス，キリキア Kilikia と一定しない．百眼の怪物*アルゴスによってペロポネーソスで家畜をかすめている時に退治されたともいう．怪物*テューポーンと交わって*ゲーリュオーンの怪犬*オルトス，地獄の番犬*ケルベロス，*レルネー湖の水蛇*ヒュドラー，*キマイラ，オルトロスと交わって*スフィンクス，ネメア Nemea のライオンを生み，さらに*コルキスで金毛の羊皮を番した竜，*ヘスペリスの園の黄金の林檎の番人の竜，*プロメーテウスの肝をくらった鷲など多くの怪物の母となった．黒海沿岸のギリシア植民地の伝説では，彼女はこの地方の洞穴にすみ，*ヘーラクレースの馬群を奪い，英雄が取り返しに来た時，彼と交わって，アガテュルソス Agathyrsos，ゲローノス Gelonos（この地方のスキュタイ族の一民族ゲローノス族の祖），スキュテース Skythes（スキュタイ族の祖）を生んだ．

エケトス Echetos, Ἔχετος エーペイロス Epeiros の暴君．娘メトーペー Metope が愛人に身を任せたのを怒って，男の手足を切断し，娘を盲目にした上で，塔に幽閉し，青銅の大麦を臼でひかせ，それが粉になった時に，眼が開くだろうと約束した．《*オデュッセイア》中で，乞食のオデュッセーウスを嚇して，彼をエケトスに引渡せば，王はその鼻と耳とを切り落し，犬にくらわせるだろうと言う場面がある．

エケトロス Echetlos, Ἔχετλος マラトーン Marathon の会戦で奮闘し，ペルシア軍を悩ましたのち，突然姿を消した英雄．神託は彼が神であることを明らかにし，その神殿建造を命じたという．

エケモス Echemos, Ἔχεμος アーエロポス Aeropos の子．*テュンダレオースと*レーダーの娘*ティーマンドラーの夫．*リュクールゴスのあとをうけてアルカディア王となり，ヘーラクレースの後裔たち（*ヘーラクレイダイ）のペロポネーソス第一回侵入に際して，もし彼らの側が敗れた時には，50年（100年ともいう）間は平和を守る約束で，彼らの将*ヒュロスとコリントス地峡付近で一騎打をし，彼をたおした．爾来アルカディアのテゲア Tegea 人はペロポネーソス軍の一翼の指揮権を有するにいたった．エケモスはまた義兄弟*ディオスクーロイのアッティカ遠征にも加わった．

エーゲリア Egeria, Aegeria, 希 Ἠγερία, 仏 Égérie ローマ神話中，ネミ Nemi の*ディアーナの森の泉の女神．彼女はヌマ Numa 王の祭儀と政治上の相談役であったと伝えられ，彼の妻または友であり，王と夜々面会した場所はカイリウス Caelius 丘の麓，カペーナ門 Porta Capena 外の森であった．そこの泉から*ウェスタの女祭官 vestales は祭儀用の水を汲む習わしであった．ヌマ王の死に際して，彼女は悲しみのあまり涙を流し，ついに泉と化したという．

エーコー Echo, Ἠχώ 森のニンフ．《こだま》の意．こだまの説明のために二種の話が創られている．一つは，彼女は*パーンの愛を受け容れなかったので，パーンは羊飼たちを狂わしめ，彼女を八つ裂にさせたところ，大地がその身体をかくしたが，こだまの作用は残ったというのである．他は有名な*ナルキッソスとの話である．彼女は，*ゼウスが恋人と戯れているあいだ*ヘーラーに気づかせたいように，つねに自分と話をするようにした．しかしヘーラーはこのトリックに気づき，彼女をこだまにした．この状態でナルキッソスに恋をしたが，遂げられず，彼女は悲しみのあまり消えうせて，声だけ残った．ナルキッソスの項を見よ．

エジプトの神々 エジプトの神々の中で，後期古典古代で崇拝をうけた主なものは，*アムモーン，*オシーリス，*ブーバスティス，*サラーピス，*イーシス，*ハルポクラテースなどで，これらの神々はヘレニズム時代以来ギリシア・ローマ世界へ浸透して行った．古典古代の習慣に従って，彼らをギリシアの神話世界に位置づけ，彼らをギリシアの神々と関係づけようとする努力が払われたことはいうまでもない．これに関してはおのおのの項目を見よ．彼らの崇拝は帝政時代に入ってますます盛んとなり，その秘教的な儀式や崇拝の形式は，たとえばアープーレイウスの《黄金のろば》などで部分的に窺い得る．しかしギリシア神話伝説の本筋にはなんらの影響を与えなかった．

エテオクレース Eteokles, Ἐτεοκλῆς, 拉 Eteocles, 仏 Étéocle *オイディプースと*イオカステー（あるいは*エウリュガネイア）の子．*ポリュネイケース，*アンティゴネー，*イスメーネーの兄弟．父オイディプースから兄弟は殺し合うだろうとの呪い（オイディプースが盲目となったため追放した，あるいはオイディプースに*ラーイオスの食器で食を供し，また王にふさわしくない食事を供したために）をうけた．兄弟は父の王位を争い，ついに一年交代で国を治める約束をし，エテオクレースが最初に王位を占めた．ポリュネイケースが一年後に交代を求めたが，追い払った．そこでポリュネイケースはアルゴスの*アドラストスの助けを得て，テーバイに迫り，エテオクレースと一騎打の末，

両者ともにたおれた．アンティゴネー，ポリュネイケース，オイディプース，アドラストスの項を見よ．エテオクレースの子 *ラーオダマースが父のあとを継いだ．

エテオクロス Eteoklos, Ἐτέοκλος *イービスの子．アイスキュロス《*テーバイにむかう七将》458 行以下，ソポクレースの《*コローノスのオイディプース》1316 行では，彼は七人のアルゴスの将の中に数えられ，アルゴス人もパウサーニアースによれば彼を七人の中に入れていたらしい．この事から，エテオクロスは相当に古くから七人の中に入っていたと思われ，*パルテノパイオスの代りであったとも考えられる．エテオクロスが入る場合，*メーキステウスをも加え，*テューデウスと*ポリュネイケースの二人のアルゴス出身でない英雄を七人の数から省いている．

エナロポロスまたは**エナルスポロス** Enarophoros, Ἐναροφόρος, Enarsphoros, Ἐναρσφόρος *ヒッポコオーンの息子の一人．*ヘレネーを奪おうとしたので，*テュンダレオースは彼女を*テーセウスにあずけた．エナロポロスは他の兄弟とともに*ヘーラクレースに殺された．

エニーペウス Enipeus, Ἐνιπεύς テッサリア（あるいはエーリス）の河神．*サルモーネウスの娘*テューローは彼を愛していたが，*ポセイドーンが河神の姿をとって，彼女と交わり，波の天蓋をもって自分たちの姿をかくした．この交わりから*ペリアースと*ネーレウスの二人が生れた．

エニューアリオス Enyalios, Ἐννάλιος 冥神 *アレースの称呼の一つ．しかし後代ではアレースとエニューアリオスは別人となった．

エニューオー Enyo, Ἐννώ 1. 戦の女神．ローマでは*ベローナと同一視されている．*アレースの母，娘，あるいは姉妹とされ，この神の従者の一人．

2. *グライアたちの一人．同項を見よ．

エパポス Epaphos, Ἔπαφος *ゼウスに愛されて，牝牛に変じられた*イーオー（同項を見よ）が，方々をさまよった末にエジプトに帰り，もとの人間の姿にかえり，ナイル河岸でエパポスを生んだ．しかし*ヘーラーは*クーレースたちに命じて赤児を隠させた．ゼウスはそれを知って彼らを殺したが，イーオーは子供を探しに出かけ，ビュブロス Byblos 王の妻がエパポスを育てているのを見いだし，エジプトに帰って当時の王テーレゴノス Telegonos と結婚した．エパポスはそのあとを継いで王となり，ナイル河神の娘*メムピスを娶って，彼女の名を取ったメムピス市を建て，リビア Libya がその名に由来している娘 *リビュエーをもうけた．このほかにリューシアナッサ Lysianassa と*テーベーも彼の娘という説もある．なお彼の妻は*カッシオペイアだとする伝えがある．

エピアルテース Ep(h)ialtes, Ἐφιάλτης, Ἐπιάλτης 1. *アローアダイの一人．

2. *ギガースたちの一人．オリュムポスの神神とギガースたちとの戦闘で，左眼を*アポローンに，右眼を*ヘーラクレースに射られて死んだ．

エーピオネー Epione, Ἠπιόνη *アスクレーピオスの妻，*イアーソー，*パナケイア，アイグレー Aigle, アケソー Akeso の母．コース Kos 島では彼女はアスクレーピオスの娘とされ，またときには彼女はメロプス Merops の娘ともいわれている．

エピカステー Epikaste, Ἐπικάστη *イオカステーのホメーロス中の名．同項を見よ．

エピゴノイ Epigonoi, Ἐπίγονοι (Epigonos, Ἐπίγονος《後裔》の複数), 拉 Epigoni, 仏 Épigones *アドラストスを総帥としてテーバイにむかった七将の子供たちに与えられた名．この遠征が失敗に終ってのち十年，テーバイで討たれた将の子供たちが，父の復讐をすべく，まず神託を伺ったところ，*アムピアラーオスの子*アルクマイオーンの指揮のもとに勝利を予言した．十年前にアムピアラーオスが遠征に出る時に，これが失敗に終ることを予見して，反対したにもかかわらず，妻の*エリピューレーが*ポリュネイケースから*ハルモニアーの頸飾を受け取って，アムピアラーオスに出征を強いた．アルクマイオーンはアムピアラーオスに，成人した暁には，母エリピューレーを殺してテーバイに遠征するべく命ぜられていたので，自分の母を罰する以前に軍を指揮することを欲しなかったが，エリピューレーはポリュネイケースの子*テルサンドロスよりハルモニアーの長衣（ペプロス）を貰って，子供らに軍を進めるように説得した．そこで彼らはアルクマイオーンを将に選んで，テーバイに戦を挑んだ．後裔たちの名は所伝によって一致しないが，普通は，アムピアラーオスの子アルクマイオーンと*アムピロコス，アドラストスの子*アイギアレウス，*テューデウスの子 *ディオメーデース，*パルテノパイオスの子*プロマコス，*カパネウスの子*ステネロス，ポリュネイケースの子テルサンドロス，*メーキステウスの子*エウリュアロスである．彼らは周囲の村落を荒廃せしめたのち，テーバイ人が*エテオクレースの子*ラーオ

エピメーテ

ダマースに率いられて攻めて来た時，勇ましく闘い，ラーオダマースはアイギアレウスを，ラーオダマースをアルクマイオーンが討った．ラーオダマースの死後テーバイ人は一団となって城壁内に逃げこみ，予言者 *テイレシアースの勧めにより，敵には和睦の使者を送り，自分たちは車に妻子を乗せて遁れた．アルゴス軍はテーバイ人の遁走を知って入城，戦利品を集め，城壁を破壊した．誓いにより，戦利品の一部とテイレシアースの娘 *マントーを *デルポイの *アポローンに送った．アドラストスとアルクマイオーンの項を見よ．

エピメーテウス Epimetheus, Ἐπιμηθεύς, 仏 Épiméthée *イーアペトスと *クリュメネー（または *アシア）の子，*プロメーテウスの兄弟．*パンドーラーを娶って，*デウカリオーンの妻 *ピュラーの父となった．プロメーテウスとパンドーラーの項を見よ．

エピメーリスたち Epimelis, Ἐπιμηλίς（複数 Epimelides, Ἐπιμηλίδες）南イタリアのメッサピア Messapia の伝説によれば，エピメーリデスは羊の保護のニンフたちで，ある日羊飼たちが彼女らが踊っているところに出遭い，神であることを知らずにからかい，踊の競技を行なった結果，敗れて，木に姿を変えられた．夜な夜な木となった彼らの呻き声が聞えたという．

エピメーリデス エピメーリスたちを見よ．

エペイオス Epeios, Ἐπειός, 拉 Epeus, Epius 1. *エンデュミオーンの子．エーリス Elis 王．*アイトーロスと *パイオーンの兄弟．エーリス人の一部がかつてエペイオス人と呼ばれた．

2. *トロイアの木馬の発明者．*パノペウスの子．30隻の軍船を従えてトロイア遠征軍に加わった．彼は秀れた拳闘家だったが，戦士としては香しくなかった．彼は *アテーナー女神の助けを得て木馬を造った．帰国の途中，イタリアに上陸，メタポンティオン Metapontion 市を創建，木馬建造に使用した道具を女神に奉献した．一説には彼は中部イタリアに漂着，トロイアの捕虜たちが船を焼いたので，エーリスのピーサと同名の市を建てた．トラーキアのアイノス Ainos にある *ヘルメース像は彼の作と伝えられる．これはトロイアで彫刻され，*アキレウスに対して怒った *スカマンドロス河の起した洪水に流されて，アイノスに漂着，漁夫の網にかかった．彼らはたき木にすべくこれを割ろうとしたが，割れず，火に投じても焼けなかったので，海に投じたところ，ふたたび網にかかったので，これは尊い神像であることを悟り，神殿を建てて，これを祭った．

エペイゲウス Epeigeus, Ἐπειγεύς アガクレース Agakles の子．プティーア Phthia のブーデイオン Boudeion の侯．従兄弟を殺して *ペーレウスのもとに遁れ，*アキレウスに従って *トロイアに遠征，*ヘクトールに討たれた．

エポナ Epona ローマの馬とらばの女神．しかしその源は明らかにケルト系で，女神は乗馬，あるいは馬やらばのあいだに坐っている姿で表わされている．

エポーペウス Epopeus, Ἐπωπεύς 1. *ポセイドーンと *カナケーの子とも，この二人の子 *アローエウスの子ともいう（ただしアローエウスは *ヘーリオスの子ともいわれる）．コラクス Korax のあとを継いでシキュオーン Sikyon 王となり，*ブーノスの死後コリントスの王座をも併せた．*アムピーオーンと *ゼートスの母 *アンティオペーを保護したため，*リュコスに攻められて，討たれた．エポーペウスの子 *マラトーンは父の生存中にアッティカに亡命，同名の地にその名を与えたが，父の死後帰国した．

2. 自分の娘に恋したレスボスの王．ニュクティメネーの項を見よ．

エーマティスたち Emathis, Ἠμαθίς（複数 Emathides, Ἠμαθίδες）*ピーエリスたちと同じ．Emathia はマケドニアの一地方の名で，マケドニアの代りに用いられたもの．

エーマティデス エーマティスたちを見よ．

エムプーサ Empusa, Ἔμπουσα *ヘカテー女神に従う女の怪物の一つ．いろいろな姿を取り，夜に婦人子供をおそって嚇し，人間をくらい，ときに美しい女に化けて男を誘惑するが，最後にはこれをくらう．青銅の脚を有するともいわれる．

エラトー Erato, Ἐρατώ 1. *ムーサの一人．同音を司る．

2. アルカディアの *アルカスと交わって *アザーンの母となった木の精のニンフ．*パーンによって予言の術をうけた．

3. 海神 *ネーレウスの娘の一人．

4. *ダナオスの娘の一人．

5. *テスピオスの娘．*ヘーラクレースと交わって，デュナステース Dynastes の母となった．

エラトス Elatos, Ἔλατος 1. アルカディア王 *アルカスの子．兄弟 *アペイダースと父の王国を分けたが，全権を保持した．ポーキス Phokis 人を援けてプレギュアイ Phlegyai 人と戦い，エラテア Elatea 市を創建した．*キニュラースの娘 *ラーオディケーを娶り，*ステュムパーロスと *ペレウスの父となった．

2. ラーリッサ Larissa 王．*アルゴナウテースたちの遠征に参加した*ポリュペーモスの父．*カイネウスもまたこのエラトスの子といわれている．

3. *ケンタウロスの中の一人．*ヘーラクレースに追われて，マレア Malea の*ケイローンのもとに遁れ，ヘーラクレースの矢がエラトスの腕を射抜いてケイローンの膝にささった．ケイローンの項を見よ．

4. *アガメムノーンに討たれたトロイア人．

5. *ペーネロペーの求婚者の一人．

6. タイナロン Tainaron 岬に名を与えたタイナロス Tainaros の父．

エリクトニオス Erichthonios, Ἐριχθόνιος

1. 神話的な古いアテーナイ王．一説には*ヘーパイストスと*アッティス（*クラナオスの娘）の子といわれるが，彼の誕生に関する話は普通はつぎのごとくである．*アテーナーは武器を註文するためにヘーパイストスの所に赴いたところ，彼は*アプロディーテーに捨てられていたので，欲情の虜となり，女神を追いかけた．彼は跛であったにもかかわらず，逃げる女神にようやくにして追いつき，交わらんとしたが，女神に拒まれ，彼の精液は女神の脚にまかれた．女神は怒って毛でこれを拭き取り，地に投げた．かくて大地がみごもって，エリクトニオスが生れた．（これは erion《ウール》と chthon《大地》とが合成されて Erichthonios なる名ができたと，その語源を俗に解したものか?）．アテーナーは彼を不死にしようとして，神々に秘して育てた．彼を箱に入れ，*ケクロプスの娘*パンドロソス（あるいは*アグラウロス，*ヘルセーを加えて三人）に，箱を開くことを禁じたのち，あずけた．しかし彼女（たち）は好奇心に駆られて箱を開き，赤児を巻いている大蛇（あるいは赤児自身が蛇形だったとも，下半身が蛇だったともいう）を見た．彼女らは大蛇に殺されたとも，アテーナーの怒り（あるいは驚き）によって気が狂い，アクロポリスより投身したともいう．彼はアテーナーによってアクロポリス山の境内で育てられ，ケクロプスのあとを継いで，あるいは*アムピクテュオーンを追放して，アテーナイ王となり，水のニンフの*プラークシテアーを娶り，一子*パンディーオーンを得た．彼はアクロポリス山上にあるアテーナーの神殿を建て，パンアテーナイア Panathenaia 祭を創設し，四頭立の戦車を始めて駆ったという．したがって彼は星座中のアウリーガ Auriga（希 Heniochos）であるとされている．死後神と祭られた．彼は*エレクテウスと多くの点で混同されている．

2. *ダルダノスの子．*イーロスの兄弟．*トロイアの王国を継承し，*シモエイスの娘*アステュオケーを娶り，*トロースの父となった．

エーリゴネー Erigone, Ἠριγόνη 1. アテーナイ人*イーカリオスの娘．*ディオニューソスが葡萄とその酒を人類にひろめていた時，イーカリオスの家に泊り，エーリゴネーを愛して，*スタピュロスを得た．神はイーカリオスに酒を与え，イーカリオスが近所の人々にこれを分ち与えたところ，彼らは酔い，毒を飲まされたと思って，彼を打ち殺した．彼の犬*マイラの悲し気な鳴き声によって，エーリゴネーはその場所に来て，父の死体を発見し，そこにあった木から縊れて死んだ．神は怒ってアテーナイの娘たちを狂わしめ，彼女らは縊れて死んだ．*デルポイの神託によって原因を知ったアテーナイ人は罪人たちを罰し，エーリゴネーのために祭を行ない，その中で娘たちを木から吊す行事（アイオーラー Aiora）があったが，のちこれを人間の顔をその上に彫った円盤にかえた．これはローマで，オスキラ Oscilla と称し，*リーベル（＝ディオニューソス）の祭リーベラーリア Liberalia でも行なわれた．彼女は死後星座の乙女座 Virgo となった．

2. *アイギストスと*クリュタイムネーストラーの娘．彼女は*オレステースを殺人罪で*アレイオス・パゴスの法廷に訴え，彼が無罪となった時，自殺した．一説には彼女の父母と兄弟の*アレテースを殺し，彼女をも殺さんとしたオレステースから，*アルテミスが救い出し，アッティカに連れて行って，女宮守としたとも伝えられる．しかし別の所伝では，彼女はオレステースと交わり，*ペンティロスを生んだことになっている．

エリス Eris, Ἔρις 《不和，争い》の擬人化された女神．ローマのディスコルディア Discordia．ホメーロスでは軍神*アレースの姉妹として彼に従っている．ヘーシオドスでは夜の神*ニュクスの娘で，さまざまな人間悪の母とされている．《争い》には悪い意味のほかに，良い意味での《競い》もあり，エリスのこの面もときに認められているが，これは例外である．彼女は普通有翼の女として表わされる．*パリスの審判の原因となった話については，同項を見よ．

エーリダノス Eridanos, Ἠριδανός, 拉 Eridanus, 仏 Éridan ギリシア神話中の伝説的な河．大洋神*オーケアノスと*テーテュースの子とされている．未知の極北あるいは西域の河で，北洋に流入し，河口にエーレクトリデス

エリッサ　Elissa　ディードーの項を見よ．

エリーニュエス　エリーニュスたちを見よ．

エリーニュスたち　Erinys, Ἐρινύς（複数 Erinyes, Ἐρινύες）　主として肉親間の，しかしまた一般に殺人，その他の自然の法に反する行為に対する復讐あるいは罪の追及の女神．最初その数は不定であったが，のち*アレクトー，*テイシポネー，*メガイラの三人と定まった．神話中では，*ウーラノスの男根が*クロノスによって断ち切られた時，その血の滴りが大地に落ちて，そこから生れたとか，原初の，*ゼウス以前の神である．彼女らは普通には翼をもち，頭髪は蛇の恐ろしい形相で，手には炬火をもち，罪人を追い，狂わしめるというが，パウサニアスはなんら恐ろしい気のないエリーニュエスを見たことを記している．彼女たちは神話伝説中では，母殺しの*オレステースのごとき罪人を追う恐ろしい女神として登場する．しかし一方彼女らは大地との関係から，多産豊穣をもたらす者として，*デーメーテール・エリーニュスなる称呼の示すごとく，好意ある神として，*エウメニデスともセムナイ Semnai《おごそかなる女神たち》とも呼ばれ，両者は混同している．ローマでは彼女たちは*フリアイ Furiae あるいは*ディーライ Dirae と呼ばれた．彼女らは地下の冥界の底な*タルタロスに住み，犠牲には黒い羊とネーパリア Nephalia（水，蜜，ミルクの混合物）が捧げられた．

エリピューレー　Eriphyle, Ἐριφύλη, 拉 Eriphyla　アルゴス王*タラオスの娘．*アドラストスの姉妹．*アムピアラーオスの妻．*アルクマイオーンの母．アドラストス，アムピアラーオス，アルクマイオーンの項を見よ．

エリュクス　Eryx, Ἔρυξ　シシリアの西部にあるエリュモイ Elymoi 人の植民都市およびその頂上に*アプロディーテーの名高い神殿があった山の名．この名をこの地に与えた英雄は，*セイレーンたちの美声に魅せられて，まさにその犠牲とならんとしたところを，アプロディーテーに救われた*ブーテース（*アルゴナウテースあるいはこの地の王）と女神との子エリュクスであるとされているが，また女神と*ポセイドーンの子ともされている．彼はここのアプロディーテー・エリュキーネ Erykine の神殿の創建者であると．*ヘーラクレースがゲーリュオーンの牛をつれてイタリアを通った時に，一頭の牡牛がレーギオンで海峡を泳ぎ渡って，シシリアにつき，エリュクスはこれを自分の家畜のなかに紛れこませた．ヘーラクレースは牡牛を探しに来て発見し，エリュクスが相撲で勝たなくては渡さないと言ったので，三度彼を破って，殺した．ヘーラクレースは住民に，自分の子孫が来るまでその王国を依託して去った．のちスパルタ人ドーリエウス Dorieus が来て植民都市を建てた．

エーリュシオン　Elysion, Ἠλύσιον．拉 Elysium　神々に愛された人々（英雄など）が死後そこで幸多い生活を営んだ野．ホメーロスではこれは*ハーデースの支配下にある冥界とは全く別に，西のはて，*オーケアノスの流れ近くに位し，支配者は*ラダマンテュスである．しかしウェルギリウスなどローマの詩人ではエーリュシオンの野は冥界に移されている．《幸福の島》もまたこれと似たもので，同一場所かも知れない．

エリュシクトーン　Erysichthon, Ἐρυσίχθων

1. テッサリアの*トリオパース王の子．*デーメーテールの聖森の木を，女神みずから禁じたにもかかわらず，材木にするために切り倒した罰に，無限の飢に襲われ，数日にして自分の家畜を食いつくした．娘のムネーストラー Mnestra は*ポセイドーンに愛され，身を変ずる術を授けられていたので，身を売っては，姿を変えてまた売って，父の飢をみたしたが，彼はついにわれとわが身をくらって死んだ．

2. アッティカ初代の王*ケクロプスと*アグラウロス（*アクタイオスの娘）の子．彼は子なくして世を去った．*デルポイから*エイレイテュイアの古像をもたらしたが，その帰途に死んだとも伝えられる．

エリュテイア　Erytheia, Ἐρύθεια, 拉 Erythea, Erythia　《紅色の女》の意．

1. *ヘスペリスたちの一人．

2. *ゲーリュオーンの娘の一人．

ともに西方落日の国と関係がある．

エリュトスまたはエウリュトス　Erytos, Ἔρυτος, Eurytos, Εὔρυτος　*エキーオーンの双生の兄弟．*ヘルメースとアンティアネイラ Antianeira の子．*アルゴナウタイの一人．

エリュマントス　Erymanthos, Ἐρύμανθος

1. 地名として，アルカディアの北側にある高山．*ヘーラクレースがここで猪を狩った．またこの山から流出して，*アルペイオス河に流入する河の名．その河神の伝説は*アルカスの一家になっている．

2. *アポローンの子．*アプロディーテーが*アドーニスと交わるべく沐浴しているところを見たために，盲目にされた．アポローンは怒って，猪に姿を変え，アドーニスを突き殺した．

エリュモス Elymos, Ἔλυμος, 拉 Elymus, 仏 Élyme　*アンキーセースの庶子．*エリュクスの兄弟．*アケステースとともにシシリアで多くの都市を創建，*トロイアから遁れて来た人々たるエリュモス人の祖となった．

エリュルス Erylus　ウェルギリウスの《*アイネーイス》中，*フェーローニア女神の子．プライネステ Praeneste の人．三生三身をもったという．*エウアンドロスがラティウム Latium に移住した時，彼を一騎打でたおした．

エルギーノス Erginos, Ἐργῖνος　1. *クリュメノスとブージューゲー Buzyge の子．ボイオーティアのオルコメノス王．オンケーストス Onchestos の*ポセイドーンの祭で，父親がテーバイの*メノイケウスの御者ペリエーレース Perieres に石を投げつけられて傷つき，半死の有様でオルコメノスに運ばれ，死に際してエルギーノスに復讐するように命じたので，彼はテーバイを攻めて，大勢のテーバイ人を殺し，20年間毎年100頭の牝牛を貢物として送る約束をさせて休戦した．*キタイローン山のライオン退治の帰途*ヘーラクレースは，この貢物受け取りの使者に出遇い，彼らの耳，鼻，手を切り取り，縄で頸に結びつけ，これを貢物としてエルギーノスとその人民*ミニュアース人の所に持って行くように命じた．エルギーノスは怒ってテーバイに軍を進めた．ヘーラクレースは*アテーナーから武具を授けられて，テーバイ軍を率いて戦い，エルギーノスを殺し，ミニュアース人を敗走せしめ，二倍の貢物をテーバイに支払わせるようにした．しかしこの戦では*アムピトリュオーンが討たれた．ヘーラクレースはテーバイ王*クレオーンより褒美として長女*メガラーを与えられた．しかし一説にはエルギーノスは戦死せず，敗戦後の困苦に耐え，妻を神託によって迎えて，*アガメーデースと*トロポーニオスの父となったという．

2. *アルゴナウテースたちの一人．*ポセイドーンの子．1. と同人との説もある．*アルゴー船の舵手*ティーピュスの死後，船を操った．若年にもかかわらず，白髪であったので，レーム
ノス Lemnos の女たちに嘲笑されたが，同島上で行なわれた競技で，競走で一番となった．アルゴナウテースたちの遠征の項を見よ．

エルペーノール Elpenor, Ἐλπήνωρ　*オデュッセウスの部下の一人．*キルケーに豚に変えられ，のち人間の姿に戻された．キルケーの宮殿の屋根で酒に酔って眠っている時に，オデュッセウスたちが出発するので彼を呼んだため，彼はあわてて屋根から落ちて死んだ．のちオデュッセウスが冥界の霊に会いに行った時，まっさきに彼の魂が現われて葬礼を与えて，オールを墓に立てることを要求したので，オデュッセウスはそのとおりにした．後世ラティウムに彼の墓と称するものがあった．

エレウシース Eleusis, Ἐλευσίς　エレウシーノス Eleusinos ともいう．*ヘルメースとダエイラ Daeira の子，*トリプトレモスの父．ただしこれは新しい所伝で，エレウシースは*ケレオスと置換えられている．エレウシースは，言うまでもなく，アッティカの*デーメーテール女神崇拝の秘奥の中心地で，アテーナイの北西海岸にあり，壮麗な女神の神殿があった．エレウシースなる人物はこの市の名から逆に考え出されたものである．

エレクテウス Erechtheus, Ἐρεχθεύς, 仏 Érechthée　アテーナイ王．本来は*エリクトニオスと同一であったらしく，古くはエリクトニオスと同じく《大地》の子とされ，*アテーナーに育てられたことになっていたが，のちアテーナイの古い時代の王の系列の中に加えられて，*パンディーオーンと*ゼウクシッペー（パンディーオーンの母の姉妹）の子，*ブーテースの双生の兄弟，*ピロメーラーと*プロクネーも彼の姉妹とされるにいたった．パンディーオーンが死んだ時，王権をエレクテウスが，アテーナーと*ポセイドーン・エレクテウスの神官職をブーテースが得た．エレクテウスは*プラークステアー（プラシモス Phrasimos とケーピーソス Kephisos 河神の娘ディオゲネイア Diogeneia との，または河神自身の娘）を娶り，息子*ケクロプス，*パンドーロス，*メーティオーンと，娘*プロートゲネイア，*プロクリス，*クレウーサ，*クトニアー，*オーレイテュイア，メロペーを得た．*ポセイドーンと*キオネー（*ボレアースとオーレイテュイアの娘）との子*エウモルポスはエレウシース人を率いてアテーナイを攻めた時，エレクテウスは*デルポイの神託によって，娘の一人（プロートゲネイアともクトニアーともいう）を殺して，大勝利を得たが，他の娘たちもまた自害した．ポセイ

エーレクト

ドーンは息子エウモルポスの死を怒って，エレクテウスとその家を破壊した．一説にはエレクテウスはアッティカの飢饉の際にエジプトより来て，小麦の栽培を教え，その功により王となったという．

エーレクトラー　Elektra, Ἠλέκτρα

1. 大洋神*オーケアノスと*テーテュースの娘．海洋神*ポントスと大地女神*ガイアの子*タウマースの妻となって，虹の女神*イーリスおよび*アエローと*オーキュペテーの二人の*ハルピュイアを生んだ．

2. *アトラースと*プレイオネー（大洋神*オーケアノスの娘）よりアルカディアのキュレーネー Kyllene 山で生れた七人の娘（*プレイアデス）の一人．彼女らはサモトラーケー Samothrake 島に住んでいたが，エーレクトラーは*ゼウスと交わって*ダルダノスと*イーアシオーンの母となった（同項を見よ）．このほかにエマティオーン Emathion と称する三番目の息子があったとも，また*カドモスの妻*ハルモニアーは彼女の娘であるとする説もある（同項を見よ）．エーレクトラーは，また，*パラディオンとも関係がある．ゼウスに犯されんとした彼女はパラディオンのそばに遁れたが，甲斐がなく，ゼウスは*アーテーとともにこの神像を*イーリオン（=*トロイア）の地に投じた．トロイア王*イーロスはこの像のために神殿を建てて，崇拝した．一説には彼女自身がイーリオン・トロイア市の守護神としてパラディオンをもたらしたともいう．

イタリアでの伝えでは，彼女はエトルリア王*コリュトスの妻で，ダルダノスとイーアシオス Iasios（=イーアシオーン）の母となった．ダルダノスの項を見よ．

3. *アガメムノーンと*クリュタイムネーストラーの娘．彼女はホメーロスその他の叙事詩人には未知の人物で，最初に現われるのはステーシコロスにおいてである．彼女の姉妹イーピゲネイアがホメーロスの中の*イーピアナッサと代ったのと同じく，エーレクトラーは*ラーオディケーの代りになったものと思われる．母親と*アイギストスとがアガメムノーンを殺したのち彼女は二人に虐待されて，復讐の機の熟するのを待っている．アッティカ悲劇はこの間の事情をさまざまに構成している．ソポクレースによれば，彼女はいまだ幼年の弟*オレステースに人をつけて，ポーキスの*ストロピオスの所に落し，オレステースは成長して帰って，彼女とともに母とアイギストスを殺す．アイスキュロスにおいても，彼女は弟を助けて復讐を行なう．エウリーピデースでは，彼女は農夫の妻にされるが，夫は彼女の処女性を重んじて大切にかしづき，彼女は復讐の鬼と化している．また彼女は一説では*カストールと，ついで*ポリュメーストールと婚約のあいだであったが，宮殿内の牢獄に閉じこめられていた．エウリーピデースの《*オレステース》では，彼女は復讐ののち*エリーニュスたちに追われて狂ったオレステースを最後まで保護する．復讐ののち彼女は*ピュラデースと結婚したともいわれる．また一伝によると，オレステースがタウリス Tauris の*アルテミス神像を取りに行った時に，彼が姉のイーピゲネイアによって女神へ人身御供にされたとの報が伝わる．エーレクトラーは*デルポイに赴き，そこでイーピゲネイアに会い，まさに彼女を盲目にせんとした時に，オレステースを認めて，誤報だったことを覚る．三人はオレステースの死の報にただちに王座を奪ったアイギストスの子*アレーテースを殺し，オレステースは*ヘレネーの娘*ヘルミオネーを娶った．エーレクトラーとピュラデースとのあいだには*メドーンと*ストロピオスが生れた．《エーレクトラー》，《オレステイア》の項を見よ．

《エーレクトラー》　Elektra, Ἠλέκτρα

1. ソポクレースの作品．上演年代不明．*アガメムノーンを殺した*クリュタイムネーストラーに対する*エーレクトラーと*オレステースの復讐を扱う．

オレステースを連れて遁れ，育て上げた年老いた従者につきそわれて，オレステースと*ピュラデースが父の死を復讐するために*ミュケーナイに帰って来る．オレステースは従者に自分の死の偽りの報告者となって母のもとに赴かせ，そのあいだに父の墓に詣でて，頭髪を捧げる．父の復讐のみを念願し，そのために母とその愛人*アイギストスに奴隷のごとき境涯に落されているエーレクトラーとその同情者たるミュケーナイの女たちの合唱隊との対話のあいだに，不吉の夢見に驚き，殺した夫の霊を宥めようとエーレクトラーの妹*クリューソテミスが母に遣わされて宮殿から出て来る．姉は妹が父殺しの母とその情夫におとなしく従っていることを責める．姉は妹の使の目的を知り，こんな供物の代りに，二人の捧げ得るただ一つの物たる姉妹の頭髪を父の墓前に供えようと言い，妹もこれに同意して退場．クリュタイムネーストラーが登場し，娘が宮殿外に出ていることを責め，夫を殺害した罪を*イーピゲネイアを*アルテミスの犠牲にした冷酷な夫の仕業によって弁護する．二人が争っていると

ころへ，オレステースの従者が来て，オレステースが*ピューティア競支でクリッサ Krissa の野に戦車を駆りつつあるあいだに事故で死んだことを告げる．女王は母らしい悲しみを装って，従者を宮中に誘う．クリューソテミスが来て，なんびとかが墓に詣で，頭髪が捧げてあり，それはオレステースのものに違いないと言う．エーレクトラーは妹を罵り，オレステースの死を告げ，いまや復讐の道は自分ら二人のみにあるとて，妹に迫るが，クリューソテミスはかよわい女にはとても及ばぬところと，この無謀の企てをやめるように説く．姉はそれでは自分一人でと決心を表明する．オレステースが自分の骨壺の伝達者となって登場，姉は弟の形見と壺を抱いて悲しむ．その慨嘆に弟は堪えず，正体を明かす．従者が現われて二人をいましめ，オレステースとピュラデースは宮中に入って，母を殺す．アイギストスがオレステースの死の報に喜んで来る．彼の命にまり宮殿の扉が開かれ，布に蔽われた死骸が見える．アイギストスはオレステースのものと思いつつ布をもたげて女王を認め，オレステースに追われつつ宮殿内のアガメムノーンを殺した場所へと連れて行かれる．

2. 前413年頃上演されたエウリーピデースの作．*アイギストスはニーレクトラーの子が王位を要求しないように，王女を百姓の妻とする．しかしこの百姓は立派な男で王女の生れと不幸の同情者である．王女は父の仇討と自分に加えられた不正に心を奪われ，復讐のための鬼と化し，*オレステースは流謫のうちに苦吟，故国に帰り得た場合の栄光を夢みて，姉の激情に押し流される気の弱い青年にすぎない．この性格が恐るべき母殺しを成就させる．最後に*ディオスクーロイが現われ，エーレクトラーと*ピュラデースの結婚，*アレイオス・パゴスにおけるオレステースの裁きを告知する．

エーレクトリュオーン Elektryon, Ἠλεκτρύων *ペルセウスと*アンドロメダーの子．*アルカイオスの娘アナクソー Anaxo を娶って，娘の*アルクメーネー（*ヘーラクレースの母）の他に多くの息子を得た．そののちプリュギアの女ミデアー Midea によって庶子*リキュムニオスをもうけた．エーレクトリュオーンについてはアムピトリュオーンとリキュムニオスの項を見よ．さらにボイオーティアの所伝では，彼は*イトノスの子で，*レーイトスの父となっている．

エレペーノール Elephenor, Ἐλεφήνωρ
エウボイア Euboia 島の*アバースの孫．*カルコードーンと*アルキュオネーの子．同島のアバース族の支配者で，*ヘレネーの求婚者の一人として，ギリシアの*トロイア遠征には40隻の軍船を従えて出征，《*イーリアス》ではトロイアの*アゲーノールに討たれたことになっているが，のちの所伝では戦後も生きている．彼は祖父アバースに無礼をはたらいている召使をこらしめようとして，これを杖で打ったところ，杖がはねて祖父を誤って殺したために，亡命した．トロイア遠征の際に，エウボイアに入ることができず，海岸で海中の岩上から命令したという．このため彼はトロイアに遠征しなかったとも考えられている．のち，彼はシシリア近くのオトロノス Othronos 島に赴いたが，大蛇に追われて，エーペイロスのアバンティア Abantia に行った．なおエーペイロスのアポローニア Apollonia 市は彼の部下がトロイア戦後建てたものであるという．

エレボス Erebos, Ἔρεβος 《暗黒》の意で，原初の暗黒（あるいは冥界）の擬人神．*カオスの子，自分の姉妹*ニュクス《夜》と交わって*ヘーメラー《昼》と*アイテール《上空の輝ける空》の父となった．

エロース Eros, Ἔρως ギリシアの愛の神．ローマの*クピードー Cupido または*アモル Amor．ホメーロスではエロースはいまだ擬人化されず，人を襲う激しい肉体的欲求，身心を慄わせ，なえさせる恐るべき力として写されている．ヘーシオドスにおいて彼は大地とともに，*カオスより生れた原初の力とされ，また一説には原初の卵が割れて，エロースが生れ，卵の一部は天，一部は地となったとの説もある．パルメニーデースやオルペウス教のエロース，またプラトーンの《シュムポシオン》中のエロースの誕生と性格に関する説などは，彼のこのなにものをも征服し，あらゆるものを結びつける力の考えがもとになっている．しかしヘーシオドスにおいて彼はすでに*アプロディーテーと関係づけられ，その後彼の系譜は普通この女神を母としているが，しかし驚くべきいろいろな異説がある．彼は誕生とお産の女神*エイレイテュイアの，虹の女神*イーリスの，あるいは*ヘルメースと地下神としての*アルテミスの，あるいはアプロディーテーとヘルメース（父は*アレース，*ゼウスともいわれる）の子とされている．このほかに*アンテロース（アレースとアプロディーテーの子）があり，これは愛に対して愛を返さない者を罰する神，あるいは愛に対して反対する神と考えられているが，一方愛に対してそれに報いる愛ともされる．さらにキケローは第三の，ヘルメースとアルテミス（ゼウスと*ペ

ルセポネーの娘としての)の子たるエロースを挙げているが、これらは要するに神話作者のつくりものにすぎない.

エロースは恐るべき神であったが、恋に対する戯れの気の増大とともに、美しい若者で、気まぐれで、ばらの花の上をかろやかに歩む、有翼の神となった. 年代がくだるとともにエロースの年はますます若くなり、弓と矢をもつ子供となってしまった. 彼の戯れに放つ矢に胸を射られて神も人も苦しむ. 最後にエロースは幼児の姿の複数の神々となったことは、ポムペイの壁画の示すごとくである. 彼は神話においては*プシューケーの物語以外には第二次的な役割しかもっていない. プシューケーの項を見よ.

彼の崇拝は相当に広く各地で行なわれていた. ボイオーティアのテスピアイ Thespiai で彼は単なる石の形で多産豊穣の神として敬われていたが、これは原初のエロースの姿の名残りであろう. テーバイ, アテーナイその他にも彼の祭がある.

エンケラドス Enkelados, Ἐγκέλαδος *ゼウスまたは*アテーナーがその上にエトナ山を投じた*ギガース(巨人)の一人. ギガースの項を見よ.

エンデュミオーン Endymion, Ἐνδυμίων *アエトリオス(*ゼウスの子)と*カリュケー(*アイオロスの娘)の、あるいはゼウスの子. テッサリアからアイオリス人を率いてエーリオス Elis に住み、その王となった. 彼は水のニンフ、あるいは*イーピアナッサを娶り、*アイトーロス、*パイオーン、*エペイオス、エウリュキューデー Eurykyde を得た. またときにエーリスのピーサに名を与えたピーサ Pisa もその娘であるという. エーリスの伝えでは50人の娘を彼に帰しているが、これはオリムピアドの期間が50カ月にあたるためであろう. エンデュミオーンに関する一番有名な物語は彼と月の女神*セレーネーの恋である. ここでは彼は美しい羊飼の若者で、月女神は彼に恋し、彼の願いによってゼウス(一説には月神自身)は不老不死の永遠の眠りを彼に授け、彼女は夜な夜な天上より降って、眠れる恋人と夜をともにした. この恋の場所は一説ではペロポネーソスであるが、一説では小アジアのカーリア Karia にあるラトモス Latmos 山で、彼の墓はエーリスとラトモスの両方にあった.

オ

オイアクス Oiax, Οἴαξ *ナウプリオスと*クリュメネー(*カトレウスの娘)の子. *パラメーデースとナウシメドーン Nausimedon の兄弟. パラメーデースが*トロイアで殺された時、父に知らせるために、櫂にその報告を彫りつけて、海に流した. 彼はまた復讐のために*クリュタイムネーストラーに夫を殺害するように勧めたという.

オイアグロス Oiagros, Οἴαγρος *オルペウスの父なる河神. オイアグロスの父は*アレース、*ピーエロス、*カロプスなど、種々異説がある. カロプスの子の場合には彼はトラーキア王. *ムーサの*カリオペー(あるいは*ポリュヒュムニアー、あるいは*クレイオー)を妻とした. 後代の作家はオルペウスのほかに、*マルシュアース、*リノス、キューモトオーン Kymothoon も彼の子としている.

オイオーノス Oionos, Οἰωνός *リキュムニオスの子で*ヘーラクレースの従兄弟. ヘーラクレースに従ってペロポネーソスに戦い、ヘーラクレースが*オリュムピア競技を創設した時、競走で勝利を得た. オイオーノスが*ヒッポコオーンの息子たちに非道にも棍棒で打ち殺されたために、ヘーラクレースはスパルタを攻めて、ヒッポコオーンとその一族を皆殺しにしたといわれる.

オイクレース Oikles, Οἰκλῆς *メラムプースの子 *アンティパテース(またはマンティオス Mantios)の子. *ヒュペルメーストラー(*テスピオスの娘)を娶り、*アムピアラーオスとイーピアネイラ Iphianeira, *ポリュボイアの二女を得た. オイクレースは*ヘーラクレースの*トロイア遠征に参加. 船の番をしているあいだに、*ラーオメドーンに襲われて、討死した. しかしまた*アルクマイオーンが母*エリピューレーを殺害して、アルカディアにいたオイクレースのもとに遁れたとの話もある.

オイテー または **オイタ** Oite, Οἴτη, Oita, Οἴτα テッサリアとアイトーリアのあいだにある山脈. *ヘーラクレースはこの山上の火葬壇に上って世を去った.

オイディプース Oidipus, Οἰδίπους, 拉・英 Oedipus, 独 Ödipus, 仏 Œdipe テーバイの創建者 *カドモスの後裔で、その系譜はカドモ

ス——*ポリュドーロス——*ラブダコス——*ラーイオス——オイディプースである．母はカドモスが播いた竜の牙から生れた*スパルトイ族の一人*エキーオーンの子孫*メノイケウスの子*クレオーンの姉妹*イオカステー（ホメーロスでは*エピカステー）である．彼はホメーロスやヘーシオドスにすでに現われているが，彼をめぐる悲壮な英雄伝説は彼を主人公とする叙事詩《オイディポデイア》 *Oidipodeia* （現存せず）とアッティカ悲劇（ソポクレース，エウリーピデース）の創り出したものである．

*アムピーオーンの死後ラーイオスが王国をついだが，それ以前彼が亡命して*ペロプスの宮廷にあった時，彼はペロプスの子*クリューシッポスに恋して，彼をさらったために呪いをうけた．これがテーバイ王家の不幸の始まりである．*アポローンはラーイオスに男子をもうけるべからず，生れた男子は父殺しとなるであろう，と神託を下した．さらにその子は一家の破滅の原因となろうと神が言ったともいわれる．しかしラーイオスは神の言葉をきかず，妻と交わって，子供が生れた．その子の踵をピンで貫いて棄てた．一説には子供を籠に入れて海に，一説には牧人に*キタイローン山中に，棄てさせたという．後者の説ではコリントス王*ポリュボスの牛飼が子供を拾い（あるいはラーイオス王の牧人が牛飼に与えて），ポリュボスの后*ペリボイア（*メロペー，メドゥーサ Medusa ともいう）に与えた．前者では后自身が拾ったことになっている．この際子供の足（pod-）がピンで腫れて（oidein）いたので，子供を Oidipus と呼んだ．王夫婦には子がなかったので，オイディプースを養子にした．彼は成人して，奪われた馬を探しに出かけて，知らずに突父ラーイオスに出遇ったともいう．悲劇ではさらに複雑になっている．これでは彼は友だちと争ったとき，彼は偽りの子であると罵られた．父母に真実を正したところ，あるいは事実を打ち明けたため，あるいは事実を確かめるために*デルポイのアポローンに伺ったところ，父を殺し，母を妻とするであろうとの答を得たため，ポリュボスとペリボイアを真の父母と思っていた彼は，この不幸を避けようとして，コリントスにふたたび帰らぬ決心をした．かくして旅するうちに，彼はラーイオスに出遇い，知らずして父を殺した．この邂逅の場所についても，ラピュスティオン Laphystion, ポトニアイ Potniai, あるいはダウリス Daulis とテーバイからの道がデルポイへの道に合する所とする異説がある．とにかく車がすれちがえないある狭い道で車に乗ったラーイオスに出遇った．ラーイオスの布告使*ポリュポンテース（またはポリュポイテース）が道をあけよと命じ，オイディプースがそれに従わないと見るや，彼の戦車の馬のなかの一頭を殺したので，オイディプースは怒ってラーイオスとポリュポンテースを殺し，テーバイに来た．するとテーバイはこのとき*スピンクスに苦しめられていた．この怪物はピーキオン Phikion 山上に坐し，一つの声をもち，四足，二足，三足になるものはなにか，(あるいは，二人の姉妹で，一方が他方を生み，また反対に他方がいま一つの方を生むのはなにか）という謎（これを*ムーサから教わったと伝えられる）をテーバイ人にかけ，これを解くことができなかった者を取って食った．一説によると，*アンティゴネーの許婚で，*クレオーンの子の*ハイモーンもその犠牲になったという．ラーイオスなきあとの摂政クレオーンは，この謎を解いた者に王国と妻としてイオカステーを与えると布告した．オイディプースはこの謎は人間で，その心は赤児の時にはって歩くから四足，成人して二足，老年になって杖を加えるから三足である（他の謎の答えは，昼と夜）と解いた．スピンクスは城山より身を投じ，オイディプースはテーバイ王となり，知らずして母を妻とした．一説にはこの謎を解いたため，彼に人望が集り，彼は母を妻として与えられて，王に選ばれた．この結婚から二男*ポリュネイケースと*エテオクレース，二女アンティゴネーと*イスメーネーが生れた．しかし古い伝えでは，これらの子の生れたのは，イオカステーの死後娶った*エウリュガネイア（あるいはエウリュアナッサ Euryanassa, ヒュペルパース Hyperphas またはペリパース Periphas の娘）からであるとされている．

のちオイディプースの素姓が明らかとなり，オイディプースはわれとわが目を盲いにし，（あるいはラーイオスの召使たちに盲にされ），イオカステーは縊れて死んだ．この事情に関しても異伝があり，また作家のプロットも異る．単に彼の足の傷からイオカステーが発見されるのから，ソポクレースの劇のごとくに複雑なのもある．これではオイディプースのこの不倫の結婚によって，テーバイが疫病に襲われ，その原因をアポローンに求めたところ，ラーイオスの殺害者を除かなければならないとの答えを得る．オイディプースが探索するうちに，予言者*テイレシアースは王がその人であると告げ，さらに王をキタイローンに棄てた羊飼から赤児を受け取った牛飼がポリュボス王の死の報の使者となって現われ，羊飼自身も見つかり，その結果

オイディプ

オイディプースの素姓が明らかになる．エウリーピデースの失われた劇では，ペリボイア自身がポリュボス王の死を告げに来て，オイディプースがキタイローンで拾われた事情が明かされる．なおホメーロスでは，オイディプースはこの事件でイオカステーが自殺したのも，王位にあり，のち戦場でたおれたことになっているが，悲劇では彼は王位を棄てて国外にさまよった（ソポクレース），あるいはテーバイで閉じ籠っていた（失われた彼に関する叙事詩とエウリーピデース）．市より追われんとする彼に援助の手を延べなかった息子たちに呪いをかけたのち，彼はテーバイを去って，アンティゴネーに導かれつつ，諸国を流浪，最後にアッティカのコローノス Kolonos に来た．彼の墓のある地は祝福をうけるとの神託があったので，クレオーンとポリュネイケースは彼を連れ戻そうとするが，オイディプースはきかず，*テーセウスに迎えられ，コローノスの*エリーニュエス・エウメニデスの聖域で雷鳴轟くうちに世を去った．これはソポクレースの悲劇《*オイディプース（コローノスの）》の語るところであるが，これにも異説がある．

《**オイディプース（コローノスの）**》 *Oidipus epi Kolonoi*, Οἰδίπους ἐπὶ Κολωνῷ, 拉 *Oedipus Coloneus*　ソポクレースの遺作．前402〜401年に孫によって上演されたという．

テーバイで盲目のうちに不幸な日々を送っていた*オイディプースは，*クレオーンによってついに国を追われて，二人の娘*アンティゴネーと*イスメーネーに伴われ，さすらいの身となる．アンティゴネーに手を引かれた王は，長い放浪ののちにアッティカのコローノスに辿りつく．折から来かかる通行人に尋ねれば，これは*エリーニュエス・*エウメニデスの聖なる地である．オイディプースは自分の不幸な生涯を閉じるべきところに来たことを悟る．*アポローンが，かつて，旅路の果てに恐るべき女神たちの聖なる地に生を終り，彼の死体の埋められた地に祝福を，彼を追い出した地には呪いをもたらすであろうと告げたからである．コローノスの地の市民がいなる合唱隊登場．オイディプースの素姓を知って，彼を追い払おうとするが，オイディプースは*テーセウス王の来らんことを求める．そこへイスメーネーが馬上で父を求めて登場，*ポリュネイケースと*エテオクレースが王座を争い，ポリュネイケースはアルゴスの軍とともにテーバイに迫り，かつオイディプースの帰国を求むべき神託のあったことを告げる．父の代りに神々に捧物をすべくイスメーネーが去る．合唱隊がオイディプースより昔語りを聞くうちにテーセウスが来る．オイディプースはわが身の与え得る恵みを語り，保護を求める．テーセウスは承諾して去る．クレオーンが部下を率いて現われ，オイディプースに帰国を求めるが，拒絶される．クレオーンはイスメーネーを捕えたと告げ，もし従わずばアンティゴネーも，と威嚇する．そこへテーセウスが来て，部下の者にただちに乙女らを救いに急げと命ずる．やがて二人が救われて帰って来る．盲目の王は手探りに娘を抱き，かき抱く．テーセウスへの礼の言葉のおくれたことを詫びるオイディプースに王は海神の祭壇に見知らぬ男がいて，オイディプースに頼みたいことがあると言ったと告げる．彼は息子のポリュネイケースであることを覚り，面会を拒むが，アンティゴネーの嘆願に折れる．ポリュネイケースは老人の味方する方に勝利があるべしとの神託を告げ，父に願うが，オイディプースは自分がテーバイから追われた時の冷淡な仕打を責め，兄弟はたがいの手でたおれるであろうと呪う．アンティゴネーは祖国に弓を引かぬようにと頼むが，ポリュネイケースは聞かず，二人の妹に自分に代る幸をと，祝福を与えて去る．そこへ雷鳴が轟き渡る．老王は娘たちとテーセウスを従え，自分のこの地における眠りはアテーナイの無限の祝福となるであろうと言いつつ，聖森に入り，最後にテーセウスと二人のみで去り，彼の姿は忽如として消える．最後の秘密を知るのはテーセウスのみである．悲しむ姉妹を慰めるテーセウスにアンティゴネーは兄弟の呪われた争いを止める術もあろうかと，テーバイに急ぐ．

《**オイディプース王**》 *Oidipus Tyrannos*, Οἰδίπους Τύραννος, 拉 *Oedipus Rex*　ソポクレースの最大傑作と称される悲劇．上演年代不明．前429〜20年のあいだか（？）

王国を襲った疫病に心悩める*オイディプースは神官に*アポローンの神託を伺うべく后の兄弟*クレオーンを*デルポイに遣わしたと告げているところへ彼が帰る．神は先王*ラーイオスの殺害者を除くべしと命じた．王は自分こそその人であると知らず，探索を始め，恐るべき呪いを殺害者にくだす．王は予言者*テイレシアースを召し，下手人を尋ねるが，すべてを知っている予言者は語らない．王は怒って彼を罵り，予言者もここにオイディプースこそその人であると叫ぶ．王は自分の王位をねらうクレオーンの陰謀であるとますます怒り狂う．クレオーンは事実無根を訴え，両人が言い争っているところへ后の*イオカステーが現われ，

合唱隊の老人とともに取りなす．王は彼らのためにクレオーンを許すが，疑いははれない．イオカステーはラーイオスは子供の手にかかって死ぬとの神託があったのに，実は追剥に殺され，赤児は生れると同時に捨てたから，神託や予言は無に等しいと高言する．しかし后のラーイオスが三又の道で殺されたという話に，古い記憶がオイディプースによみがえって来る．后にその場所，時，ラーイオスの様子を尋ね，さてはおのれがと暗い疑惑が心をかすめる．王は事件の報告者たる下僕がいまだ存命なのを聞き，ただちに召しよせよと命する．理由を知らぬ后はなぜかと王にたづね，オイディプースはテーバイに来るまでの半生を語る．コリントスから使者が到着，その王が世を去り，オイディプースが後継者と選ばれたことを告げる．コリントス王を実父と信じるオイディプースは悲しみとともに，父殺しにならなかった喜びに叫び，イオカステーは神託の恐怖に悩む愚かさを嘲笑する．しかしオイディプースはこの使者がかつてオイディプースをコリントスにもたらした者であり，かつ彼はオイディプースをテーバイの羊飼より貰いうけたことを知る．女王はいまや夫の素姓を知り宮殿内に走りこむ．呼ばれた牧人が来て，使者の言葉を否定するが，王に追及されてついに棄てられた赤児の話をする．いまや自分の真の素姓を知った王は，母にして妻なるイオカステーがみずから縊れて死んだことを知り，われとわが目をくり抜く．盲となった王は神人ともに許さざる穢れた自分を追放にしてくれと頼むが，クレオーンは神託に伺うほかはないと言う．王は*アンティゴネーと*イスメーネーの二人の幼い娘との別れを嘆き，クレオーンに託する．

オイネウス Oineus, Οἰνεύς　　1. アイギュプトスの息子の一人．

2. *カリュドーンとプレウローン Pleuron の王．*ポルターオーン（あるいは*ポルテウス）と*エウリュテーの子．アグリオス Agrios, *アルカトオス，*メラース，レウコーペウス Leukopeus の兄弟・姉妹に*ステロペーがあった．彼は最初に*アルタイアー（*テスティオスの娘）を娶った．オイネウスは*ディオニューソスより最初に葡萄の木を授けられたという．また彼の羊飼の一人が未知の植物の若芽を牡山羊が食べているのを見て，それを摘んで，その果実の汁をしぼり，*アケローオス河の水に混ぜた．この液にオイネウスは自分の名を与えてオイノス oinos《葡萄酒》と呼んだという伝えもある．オイネウスの名は《オイノス》と関係があるらしい．アルタイアーとのあいだに最初の子*トクセウスを得たが，オイネウスは彼が禁止したにもかかわらず，ある溝を飛び越えたので，息子を殺した．この他にテュレウス Thyreus, クリュメノス Klymenos *アンドライモーンと結婚した娘の*ゴルゲー，アルタイアーがディオニューソスと通じて生んだといわれる娘*デーイアネイラ（*ヘーラクレースの妻），*アレースを父としているといわれる*メレアグロスがいる．この他に二女エウリュメデー Eurymede とメラニッペー Melanippe, 三男ペレウス Phereus, アゲレオース Ageleos, ペリパース Periphas が彼の子のうちに加えられていることがある．メレアグロス，アルタイアー，デーイアネイラについてはおのおのの項を見よ．アルタイアーが自殺したのち，オイネウスはオーレノス Olenos の王*ヒッポノオスの娘*ペリボイアを娶った．失われた叙事詩《テーバーイス》Thebais の著者はオーレノスを攻略した時に，オイネウスが彼女を戦利品として得たと言い，ヘーシオドスはアマリュンケウス Amarynkeus の子ヒッポストラトス Hippostratos（あるいはアレース）によって操を破られたので，彼女の父ヒッポノオスがオイネウスに彼女を殺すようにという頼みとともに送ったという．しかしその操を破ったのはオイネウス自身で，彼の子を宿したので，彼のもとに送ったとの伝えもある．さらに彼女は怒った父によって豚飼たちに渡されたが，オイネウスが彼らからペリボイアを奪い取ったのであるともいわれる．彼女からテューデウスが生れた．これについても，テューデウスはオイネウスとその娘ゴルゲーとの不倫の交わりによるとする説もあった．彼は年々の収穫の初穂を神神に捧げるにあたって，*アルテミスだけを失念したため，女神は怒って大猪を送り，それが有名な*カリュドーンの猪狩の猪である（メレアグロスの項を見よ）．彼は娘のデーイアネイラに求婚に来たヘーラクレースに数年のあいだ宿を与えた．老年になって，彼は兄弟アグリオスの子供たちに王座を奪われ，虐待された．テューデウスの子*ディオメーデースは*アルクマイオーンとともにひそかにアルゴスから来て，ペロポネーソスに遁れた二人以外のすべてのアグリオスの子を殺し，オイネウスは老年だったので，王国をオイネウスの娘婿アンドライモーンに与え，オイネウスをペロポネーソスに連れて行った．さきに逃げたアグリオスの二人の息子がアルカディアのテーレポス Telephos の炉辺で待ち伏せていて，老人を殺したともいう．またある伝えでは*アガメムノーンと*メネラー

オイノーネ

オスは若い時に*テュエステースから遁れて,一時彼のもとに身を寄せたという.

オイノートリア Oinotria, Οἰνωτρία イタリアの東南端の地. 一般に詩でイタリアの意味に用いられる.

オイノートロス Oinotros, Οἴνωτρος アルカディア王*リュカーオーンと*キュレーネーの子. 父の領土ペロポネーソスの分与に際して, 不満を抱き, 兄弟*ペウケティオスとともにイタリアに移り, 彼は*オイノートリア人に, ペウケティオスはペウケティア Peuketia 人にその名を与えた. オイノートロスは, また, サビニー Sabini 人の王とされ, ときに*イータロスの兄弟ともされている.

オイノーネー Oinone, Οἰνώνη ニンフ. ケブレーン Kebren 河神の娘. 彼女は*レアーより予言の術を, *アポローンより貞操の代償として薬草の知識を得ていた. *トロイアの*パリスがいまだ羊飼として*イーデー山中にあったとき, 彼女を愛した. 彼がのちに*ヘレネーを求めて航海に出ようとした時, 彼女はその危険を予言し, 彼を説得し得なかった時, 自分のみが彼の傷を治療できるのであるから, 負傷した際には自分のところに来るようにと言った. *トロイア戦争末期に, 彼が*ピロクテーテースに*ヘーラクレスの弓で射られたとき, 彼女のところに帰った(あるいは使者を送って治療を求めた). 彼女は怨みを忘れず, 拒んだので, 彼は死んだ. 彼女は後悔して薬をもって行ったが, すでに遅く, みずから縊れて死んだ, あるいは彼の火葬の火の中に飛びこんだ.

オイノトロポイ Oinotropoi, Οἰνοτρόποι *アニオスの娘たちのこと. 同項を見よ.

オイノピオーン Oinopion, Οἰνοπίων *ディオニューソスと*アリアドネー(あるいはヘリケー Helike), あるいは*テーセウスとアリアドネーの子. 彼はクレタ, あるいはレームノス, あるいはナクソスの島よりキオス Chios 島に来住, 王となり, 赤葡萄酒の醸造を島人に教えた. 彼の名は《葡萄酒飲み》を意味する. 彼にはエウアンテース Euanthes, *スタピュロス, マローン Maron, タロース Talos の四男と, 一女*メロペーがあった. *オーリーオーンがキオスに鹿狩に来たときに, 彼女に求愛したが, オイノピオーンは彼を酔わせ, 眠っているあいだに盲目にし, 海辺に棄てた.

オイノマーオス Oinomaos, Οἰνόμαος *アレースと*ハルピンナあるいはエウリュトエー Eurythoe (*アーソーポス河神の娘), あるいは*プレーイアデスの一人*ステロペーの子.

父は*ヒュペロコスであるともいう. 上記ステロペーあるいはエウアレーテー Euarete (*アクリシオスの娘)を娶り, 一女*ヒッポダメイアを得た. 娘に恋していたためか, 婿の手にかかって死ぬとの神託があったためか, 娘を妻に与えることを欲せず, 求婚者たちに結婚の条件として, ヒッポダメイアを自分の車に乗せてコリントス地峡まで追跡するオイノマーオスから逃げ了せることを要求, 追いつかれたときには求婚者を殺した. 彼はアレースに授けられた馬をもっていたから, 自分が*ゼウスに牡羊を捧げるあいだに, 相手に出発させて, ハンディキャプを与えても, 十分に追いつくことができた. かくて彼は多くの求婚者, 一説では 12 人を殺し, その首を自分の家に釘づけにした. しかし彼は彼の御者*ミュルティロスの不信によって, *ペロプスに敗れて, 死んだ. 同項を見よ.

オイバロス Oibalos, Οἴβαλος 1. スパルタの古い時代の王. その系譜には種々異説がある. 一説では彼は*キュノルタースの子となっているが, また一説ではキュノルタースより*ペリエーレースが生れ, *ペルセウスの娘*ゴルゴポネーを妻とし, 二人のあいだに*テュンダレオース, *イーカリオス, *アパレウス, *レウキッポスが生れ, そのうちのアパレウスとオイバロスの娘アレーネー Arene とのあいだに*リュンケウス, *イーダース, ペイソス Peisos が生れたともいう. さらに一説にはペリエーレースが二人あり, アパレウスとレウキッポスとは*アイオロスの子ペリエーレースより, またオイバロスはいま一人のキュノルタースの子ペリエーレースより生れ, オイバロスの子テュンダレオース, イーカリオス, *ヒッポコオーンであるとする. オイバロスにはなんらの神話伝説がない.

2. 《*アイネーイス》中, *トゥルヌスの味方の将. 彼の父母は*テーレボエース人テローン Telon とニンフのセーベーティス Sebethis (セーベートス Sebethos 河神の娘)で, テローンはカプリに移住し, その支配者となったが, 子のオイバロスはこの地をあまりに狭小であるとして, カムパニアに移り, サルノー Sarno とノーラ Nola とのあいだに王国を建設した.

オイーレウス Oileus, Ὀϊλεύς, 仏 Oilée ロクリスのオプース Opus の王. この市に名を与えた*オプースの曾孫で, ホドイドコス Hodoidokos とラーオノメー Laonome の子. オイーレウスはとくに小*アイアースの父として有名. 彼にはこのほかに別の女から生れた*メドーンがあり, さらに第三番目の妻としてアルキ

マケー Alkimache(*テラモーンの姉妹)があったという．*アルゴナウテースたちの遠征に参加，またステュムパーロス Stymphalos の鳥に肩を傷つけられた話がある．

黄金時代 ヘーシオドスの《仕事と日々》の中で，*クロノス(=ローマの*サートゥルヌス)が世界を支配していた時代の，最初の人間の族を《黄金の族》Χρύσεον γένος と称し，この時代には人間が労働もせずに，あらゆる産物がおのずからなり，人は不正も争いも知らず幸福に暮していた．*ゼウスの支配とともにこの時代は去り，つぎの白銀時代の人間は濱神の罪でゼウスによって滅ぼされた．つぎの青銅時代は人が人を殺し合う末世である．これにつづいてテーバイや*トロイアの戦争のあった英雄時代を経て，最悪の，ヘーシオドスの生きている鉄の時代となった．

黄金時代の考えはローマに入って，原初の理想的な時代として詩人たちに謳歌されている．

黄金の枝 ディアーナの項を見よ．

オキモス Ochimos, Ὄχιμος　*ヘーリオスとニンフの*ロドスとのあいだに生れた七人の息子(ヘーリアデースの項を参照)の一人．ニンフのイオカレー Iokale(ヘーゲートリアー Hegetoria)を娶り，一女キューディッペー Kydippe を得た．彼についてはヘーリアデースの項を見よ．

なおキューディッペーは叔父の*ケルカボスの妻となったが，そのあいだの事情に，別の所伝がある．彼女ははじめオクリディオーン Okridion の許嫁となり，使者が彼女を連れに来たとき，彼女を恋していたケルカボスは彼女を使者より奪って国外に遁れ，オキモスが老人になったときに帰国，そのあとを継いだ．これはこの島で神と祭られていたオクリディオーン(かつての王)の神域に布告使が立ち入るのを禁じている習慣を説明するための縁起物語である．

オーギュギア Ogygia, Ὠγυγία　1. 《*オデュッセイア》中，ニンフの*カリュプソーの島．はるか西方の大洋のただなかにあると想像されていた．

2. *ニオベーと*アムピーオーンの娘の一人．

オーギュゴス Ogygcs, Ὤγυγος　1. ボイオーティアの英雄．*ボイオートス，あるいは*ポセイドーンの子，あるいは大地から生れたともいう．彼は*デウカリオーンの洪水以前の，最初の住民の王で，彼の時代にボイオーティアに最初の洪水があった．彼の娘にはアラルコメニアー Alalkomenia, アウリス Aulis, テルクシノイア Thelxinoia など，ボイオーティアの都市に名を与えたと称せられる者が多い．彼は一方テーバイ人で，*カドモスと*ポイニクスの父であるとする伝えもある．テーバイ市のオーギュギアイ Ogygiai 門は彼の名によっている．

2. エレクシースに名を与えた英雄*エレウシースの父．

3. *ゼウスと戦った*ティーターン神族の王とされている巨人．

オーキュペテー Okypete, Ὠκυπέτη　*ハルピュイアの一人．同項を見よ．

オーキュロエー Okyrrhoe, Ὠκυρρόη　《速かに流れる(女)》の意．1. *オーケアノスの娘の一人．*ヘーリオスと交わり一子*パーシスを得た．ある日パーシスは母が逢引きしているのを見つけて，彼女を殺したが，後悔してアルクトゥーロス Arkturos 河に投身，この河はその後パーシスと呼ばれた．

2. サモスのニンフ．*イムブラソス河神とニンフのケーシアス Chesias の娘．*アポローンが彼女を愛して，さらわんとして，彼女はポムピロス Pompilos なる父の友人に頼んで，船で遁れたところ，アポローンは船を岩に，ポムピロスを魚に変じ，彼女を奪った．

3. *ケイローンとニンフの*カリクローの娘．急流のかたわらで生れたので，この名を得た．予言の力を有し，神々の意に反して，ケイローンと少年の*アスクレーピオスに神々の秘密を教えた罰に，馬に変えられ，その後ヒッポー Hippo(hippos《馬》)なる名となった．

オクシュロス Oxylos, Ὄξυλος　1. *アレースと*プロートゲネイア(*カリュドーンの娘)の子．*アイトーロスの曾孫．

2. 1. と同じく*アイトーロスの七(または九)代目の子孫．*トアースの子*ハイモーン(あるいは*アンドライモーン)と*ゴルゲー(*デーイアネイラの姉妹)の子．したがって彼は*ヘーラクレースとデーイアネイラの子*ヒュロスの従兄弟にあたる．オクシュロスはアイトーリアで，円盤投げのあいだに誤って兄弟テルミオス Thermios を殺したため，エーリスに遁れ，一年後に国に帰る途中*ヘーラクレイダイに出会った．彼らはペロポネーソスへの帰国の案内者として三眼の男を用うべしと神託によって命ぜられていた．オクシュロスは一方の目を矢傷で失った馬に跨っていたので，ヘーラクレイダイはこれこそ神託の三眼の男であると，彼に案内を乞うた．オクシュロスの案内によってヘーラクレイダイはペロポネーソスを回復し，オクシュロスは報酬として祖先の地エーリスを得た．この際オクシュロスはヘーラクレイダイが

豊穣の地エーリスを見れば，これを譲ることを嫌うだろうと恐れて，エーリスを避けて，アルカディアを通過して彼らを案内した．ヘーラクレイダイがペロポネーソス分割を終ってのち，オクシュロスはアイトーリア人を従えてエーリスを攻め，その王エーレイオス Eleios と戦ったが勝負がつかない．そこで一騎打によって決めることとなり，エーリス人は弓術の達人デグメノス Degmenos を，アイトーリア人は投石の達人 *ピューライクメースを代表とした．アイトーリア人が勝利を得て，オクシュロスは始祖 *エンデュミオーンの地を回復した．彼は善政を行ない，国土の拡張を禁じ，ドーリス人に追われた*アカイア人を助け，ヘーラクレースが創設したのちすたれていた*オリュムピア競技を再興した．その創始者ともときに呼ばれている．オクシュロスはピーエリアー Pieria を娶り，アイトーロス Aitolos 二世とライアース Laias の二子を得た．アイトーロスは幼い時に死んだが，彼を市内にも市外にも葬るべからずとの神託により，聖道がエーリスの市に入る城門のもとに葬った．ライアースは父のあとをついだ．

3. オレイオス Oreios の子．姉妹のハマドリュアス Hamadryas を妻として，木のニンフである*ハマドリュアスたちを生んだ．

オクシュンテース Oxyntes, Ὀξύντης　アテーナイ王*デーモポーンの子．その子アペイダース Apheidas が父の王国を継承したが，間もなく弟の*テューモイテースに王位を奪われ，殺された．

オクヌス Ocnus　アウクヌスの項を見よ．

オクノス Oknos, Ὄκνος, 拉 Ocnus　非常に勤勉で有名な男．彼の妻は反対に浪費家で，夫が働いて得たものをすべて消費しつくした．彼は冥界で縄をなっているが，それを牝の驢馬が片端から食っているものとして想像され，そこから《オクノスの縄》は無益な努力，労働の意に用いられる．

オクリーシア Ocrisia　ラティウムの古都コルニクルム Corniculum の王の娘．ローマ王タルクゥイニウス・プリスクス Tarquinius Priscus の妃タナクゥイル Tanaquil の侍女となった．王の食卓に供する食物の一部を供物として火中に投じていると，火の中に突然男根の形をしたものが見えた．女王の命によりそれに近づいたところ，子をはらみ，のちにタルクゥイニウスの後継者となったセルウィウス・トゥリス Servius Tullius が生れた．一説にはこれは*ウゥルカーヌス神が姿を現わしたもので，トゥルス王の父はこの神であるとし，また一説にはオクリーシアはコルニクルム王の娘ではなくて，妻であった．あるいはタルクゥイニウス王の家の者と通じて，子をはらんでいたのであるという．

オーケアニス Okeanis, Ὠκεανίς, 複数 Okeanides, Ὠκεανίδες　大洋神*オーケアノスの娘の意．彼女たちについては*オーケアノスの項を見よ．

オーケアニデス　オーケアニスを見よ．

オーケアノス Okeanos, Ὠκεανός, 拉 Oceanus　ギリシア神話中では*ウーラノスと*ガイアの子で，*ティーターン神族に属する水の神．ホメーロスなどの古いギリシア人の世界像では，オーケアノスは平板な円形の大地の周囲を巻いて流れている大河，あるいは大洋で，世界のあらゆる河川や泉はこの水が地下を通って地上に現われるものと考えられていた．したがってオーケアノスは地の果であり，*エーリュシオンの野や*ハーデースの国，*ゴルゴーン，*ゲーリュオーン，*ヘスペリスの園，エティオピア人などの遠いお伽噺の国の所在地はすべてオーケアノスの岸辺におかれ，太陽はこの河に沈み，黄金の大杯に乗って夜の間に東に渡って，ふたたびこの河から上ると想像されていた．オーケアノスは，したがって，なかば地理的かなかば人格的な神であり，ギリシア人の地理的知識の進歩に従って，オーケアノスは人格神から地理的な概念に変って行った．

オーケアノスは姉妹の*テーテュースを妻として，すべての河川と3000人の娘たち（*オーケアニデス）を生んだ．ヘーシオドスは幾人かの河神とオーケアニデスの名を挙げているが，このリストは人によって異り，一致しない．彼女たちの中で有名なのは，冥界の河*ステュクス，*アレトゥーサ，*ケイローンの母*ピリュラー，*クリュメネー，*カリロニーなどである．

オシーニウス Osinius　《*アイネーイス》中，エトルリア王*タルコーンが*アイネイアースを援助すべく送った軍の将として，*トゥルヌスと戦ったクルーシウム Clusium の王．

オシーリス Osiris, Ὄσιρις　エジプトの冥府の神．彼はエジプトの王として人民を教化し，善政を行なったが，兄弟のセト Set（ギリシア人はこれを*テューポーンと同一視した）に殺され，その死骸は八つ裂にされてナイル河に投ぜられた．彼の姉妹で妻の*イーシスは長いあいだかかって夫の死体を集めて葬り，子の*ホーロス（太陽）とともに王国を奪っていたセトを破って，復讐した．オシーリスはヘーロドトスによって*ディオニューソスと同一視されている．

《オデュッセイア》 *Odysseia*, Ὀδύσσεια, 拉 *Odyssea* 英 *Odyssey*, 独 *Odyssee*, 仏 *Odyssée*
《オデュッセイア》はその名のごとくに*オデュッセウスの*トロイアからの帰国物語を歌った12110行、24巻より成る長篇の叙事詩である。《*イーリアス》と同じくホメーロスの作と称される。全体は41日の短期間のうちにまとめられている。

時はトロイア陥落後十年目である。オデュッセウスは海神*ポセイドーンの怒りにふれていまだ帰国し得ず、*オーギュギアの島に女神*カリュプソーの所に留められている。彼の后*ペーネロペー(叙事詩ではペーネロペイア)は*イタケーの島で悪逆非道なる求婚者たちに迫られ、オデュッセウスの財宝や家畜は彼らの荒らすがままである。神々の会議で*アテーナーはポセイドーンがもう十分にオデュッセウスを苦しめたのであるから、帰国を許すべしと説き、*ゼウスは*ヘルメースをカリュプソーのもとに遣わす。アテーナーはオデュッセウスの旧友*メンテースの姿となってイタケーに赴き、オデュッセウスの子*テーレマコスを励まし、人民を集めて求婚者を弾劾し、自分は父を探しに出かけるように勧める。宮殿の広間で吟唱詩人ペーミオスがギリシア軍のトロイアよりの帰還の不幸な物語を弾ずる(第I巻)。テーレマコスはイタケー人の会合を求め、人民に自己の権利を守ってくれるよう要求するが、求婚者らは彼を嘲り、会合を解散させる。*メントールになった女神は彼に船を提供し、テーレマコスは女神に伴われて母に知られずに夜間に出立する(第II巻)。彼は*ネストールをピュロス Pylos に訪問。しかし王はオデュッセウスの消息を知らず、他の多くの将と*アガメムノーンとの非業の死を物語る。宴席でメントールは突然姿を消す。テーレマコスは老王の子*ペイシストラトスとともに翌日最近帰国した*メネラーオスより父の消息を聞くべくスパルタに旅立ち、夜をペライ Pherai に過す(第III巻)。メネラーオスは彼らを歓待、*ヘレネーはテーレマコスの素姓を父に似ている点からたちまち看破する。翌日メネラーオスはエジプトで海神*プローテウスから聞いたオデュッセウスの現状を告げる。イタケーでは求婚者どもはテーレマコスの外遊を知り、彼をアステリス Asteris 島に待ち伏せる計画をする。ペーネロペーはこれを知って嘆くが、アテーナーは夢のなかで彼女を慰める(第IV巻)。ヘルメースは諸神の使者としてカリュプソーの島に着き、オデュッセウスに出発させるように命ずる。オデュッセウスは女神の助けのもとに海に出たが、18日目にポセイドーンは彼を見いだして嵐を起し、彼は難船するが、海の女神*イーノー・*レウコテアーが彼に人を沈ませぬ不思議のヴェールを与え、彼はようやくのことにある河口に漂着、疲れ果てて繁みに倒れ伏して眠る(第V巻)。*パイアーケス人の王*アルキノオスの娘*ナウシカアーは腰元たちと洗濯に河に行き、その後鞠遊びを始める。その声にオデュッセウスは目を覚し、助けを乞う。腰元らは驚き恐れて逃げまどうが、王女は彼に衣服と食物を与え、父王の都への道を教える(第VI巻)。少女に身を変じたアテーナーに導かれてオデュッセウスは王の宮殿に至り、后*アーレーテーに保護を乞う。王と后は彼を接待し、贈物と帰国の船とを約束する。オデュッセウスはカリュプソーの島の冒険を物語る(第VII巻)。アルキノオス王はパイアーケス人の集会を求め、客人に帰国の船を提供することを決する。競技でオデュッセウスは円盤投に勝つが、他の競技には加わらない。夕べの宴席で吟唱詩人*デーモドコスがトロイアの陥落を歌うのを聞いてオデュッセウスはひそかに落涙、王に認められて、オデュッセウスは自分の素姓をあかし、漂流の冒険を語る(第VIII巻)。IX—XIIの四巻は一人称によるオデュッセウスの物語である。トロイアを去ってのち*キコーン人の国に着き、ついで*ロートパゴス人の国をすぎ、*キュクロープス人の地に至り、一眼巨人*ポリュペーモスを盲にして難を遁れる。彼はポセイドーンの子で、このために海神の怒りをかう(第IX巻)。ついで風神*アイオロスの島に着き、順風以外の風を封じこめた袋を与えられたが、まさにイタケーに着かんとする時、彼の部下が袋を財宝と考えて彼が疲れて眠っているあいだに開いたために、たちまちにして逆風に吹き戻され、食人種*ライストリューゴーン人の国で12隻の船の中11隻を失い、ついで魔女*キルケーの島に着き、彼女の魔法をヘルメースより与えられた秘草によって破り、彼女とともに一年を過す(第X巻)。キルケーの勧めにより*オーケアノスの彼方なる死の国に至り、血の犠牲を捧げて死者の霊を呼び出し、予言者*テイレシアースをはじめ多くの霊と語る(第XI巻)。キルケーは立ち去る彼に未来を予言し、とくに太陽神(*ヘーリオス)の牛を食うなと告げる。船は*セイレーンたち、*スキュレー、*カリュプディスらの怪物のいる海の難所を無事に過ぎ、無風によって*トリーナキエーの島に一カ月のあいだ留められ、ここで部下たちは太陽神の牛を食ったために、船は海上で沈没し、部下はすべて死ぬが、彼のみはカリュプ

オデュッセ

ソーの島に漂着した(第XII巻). この物語ののちパイアーケス人は彼に贈物を与え, つぎの夕べに船出, 夜明前にイタケーに着き, 眠っている彼を陸に上げる. 海神は怒って船を石に変じた. 覚めた彼にアテーナーが若者に身を変じて現われて, 何処にいるかを教え, 彼の姿を乞食に変える(第XIII巻). 彼は豚飼の*エウマイオスの小屋に着く. エウマイオスは昔の主人を認め得ず, 彼はクレータ人と称し, エウマイオスに主人の帰りの日の近いことを教える(第XIV巻). テーレマコスはスパルタでアテーナーから求婚者の伏勢を告げられ, これを避けて都よりはるかに離れたところに上陸, 一方エウマイオスは自分が貴人の子でありながらさらわれて奴隷の身となったことを物語り, オデュッセウスに都への道を教える(第XV巻). テーレマコスはエウマイオスの小屋に来て, 無事帰還の使者として彼を母のもとにやる. 息子と二人きりになったオデュッセウスはアテーナーによって真の姿に帰り, 息子に正体を示し, 二人で求婚者殺戮を協議. エウマイオスは小屋に帰って来る(第XVI巻). テーレマコスは宮殿に帰って母にメネラーオスの話のみを告げ, 父の帰国は明さない. ふたたび乞食の姿になったオデュッセウスはエウマイオスとともに宮殿に来る. 彼の飼った犬*アルゴスのみは旧主を認め, 喜びののちに息が絶える. オデュッセウスは山羊飼の*メランティオスに侮辱される(第XVII巻). オデュッセウスは求婚者どもにけしかけられた乞食*イーロスと争い, 彼をさんざんな目にあわせる. 婢女*メラントーがオデュッセウスを侮辱する(第XVIII巻). 彼はテーレマコスとともに広間から武器を取り払う. ペーネロペーは彼に, 求婚を避けるために, ある織物を織り終れば求婚者どもの一人を夫に選ぶ約束をし, 昼間織ったものを夜の間に解きほぐしていたが, 見破られ, もはや猶予が与えられないことを語る. オデュッセウスはクレータ人と称して, オデュッセウスの帰国を予言する. 彼の昔の乳母*エウリュクレイアは客人の足を洗う際に足の古傷によって彼を認めるが, オデュッセウスは彼女を制して黙らせる(第XIX巻). 彼は宮殿のポーチに伏して, ペーネロペーの嘆きの声を聞いていると, アテーナーが現われて慰める. 求婚者たちは広場でテーレマコスに対する陰謀をこらすが, 凶兆にさまたげられて宴席に帰る. テーレマコスが旅から連れ帰った予言者*テオクリュメノスは求婚者たちの恐るべき運命を告げるが, 彼らはかえりみない(第XX巻). ペーネロペーは, かつて*エウリュトスがオデュッセウスに与えた強弓を試みるように言うが, 求婚者らは一人もこれを引き得ない. オデュッセウスもこれを試みることを乞い, 弓を引きしぼって12の斧の頭の孔を射抜く(第XXI巻). テーレマコスは武装してそのかたわらに立つ(第XXI巻). オデュッセウスはいまや正体を現わして求婚者たちを射る. テーレマコスはエウマイオスと*ピロイティオスとともに彼らを殺戮する. つぎに求婚者どもと関係のあった12人の婢女を絞殺, メランティオスも殺す(第XXII巻). エウリュクレイアはこれをペーネロペーに知らせる. 彼女は初めは信じないが, ついに夫を認めその放浪の話を聞く. 翌朝彼は息子とともに父*ラーエルテースのところに赴く(第XXIII巻). 求婚者らの霊はヘルメースに導かれて冥府にくだり, アガメムノーンと*アキレウスに自分の運命を語る. オデュッセウスは父が果樹園の手入れをしているのに出会う. 求婚者らの親族は復讐すべくラーエルテースの荘園に攻め寄せるが, アテーナーの仲介によって和が結ばれる(第XXIV巻).

オデュッセウス Odysseus, Ὀδυσσεύς, 拉 Ulixes, Ulisses 英独伊ともに両方の名を用いる. ギリシア名オデュッセウスに対するラテン名ウリクセース Ulixes は方言形の借用. ウリッセース Ulisses は文芸復興期のフマニストの創り出した形である. ホメーロスの《*オデュッセイア》(オデュッセウス物語)の主人公.

ペロポネーソスの西側のイオニア海 Ionios Pontos 中の小島*イタケーの王*ラーエルテースと*アンティクレイア(*アウトリュコスの娘)との子. これはホメーロスの伝えであるが, 悲劇作者はときにアンティクレイアが結婚前にコリントス王*シーシュポスに愛されて彼をはらんだものとする. 彼の名の語源について古代の神話学者はさまざまな想像を逞ましくしているが, おそらくギリシア先住民族から得たものであろう.

《オデュッセイア》に彼が若い頃にパルナッソス山中で狩の際に猪に襲われ, 膝に傷をうけ, その傷跡がのち彼が*トロイアからの帰国に際して, 彼を認知する手がかりになったことを伝える. この他にホメーロス以後の叙事詩に始まり, 多くの作家が彼がトロイアに出征する以前の物語を創り出した. 彼は*ケイローンに, 他の英雄たちと同じく教育された. 彼は父ラーエルテースの命により, 奪われた羊群の返還を求めるためにメッセーネーに旅の途中, ラケダイモーンで*イーピトスに邂逅, のちに*ペーネロペーの求婚者たちを殺した*エウリュトスの弓を贈られた. 成人してイタケー王となったときに,

*テュンダレオースの娘*ヘレネーの求婚の事件が生じた。多くの求婚者に困り果てた*テュンダレオースに、彼は求婚者たちにヘレネー自身の選択を尊重し、この結婚に関して彼女に何事か起ったときには、彼女を助けるとの誓いをさせることを勧め、かくてヘレネーは*メネラーオスを選び、オデュッセウス自身はその代償として*イーカリオスの娘ペーネロペーをテュンダレオースの口ききで、妻にすることができた。彼女は競走を挑み、彼に敗れて、妻となったともいう。二人のあいだに*テーレマコスが生れた。

ヘレネーがトロイアの*パリスと出奔し、*アガメムノーンとメネラーオスとが昔の約束によってギリシアの諸王に誓言して助力を求めたとき、オデュッセウスは出征を嫌い、狂気を装ったが、*パラメーデースはペーネロペーより赤児のテーレマコスを奪って、白刃をさしかざしたところ、オデュッセウスは狂気を装っていることを忘れて助けんとしたために、この策略は破れ、軍に従った。あるいは狂気を装った彼が驢馬と牛とを鋤につけて、畑を耕していると、パラメーデスはテーレマコスをその前に投げたところ、彼は立ちどまったので、偽りの狂気が見破られた。彼はまずメネラーオスとともに*デルポイの神託を伺い、ヘレネー返還の要求にトロイアに赴き、*アキレウスをスキューロスSkyrosの島よりつれ来たり（*ネストール、*ポイニクス、パラメーデース、あるいは*ディオメーデースとともに）、またメネラーオスと*タルテュビオスとともにキュプロス島の王*キニュラースの所に行って味方になるように説いた。最初の遠征が道を誤ってミューシアMysiaに上陸、その王*テーレポスがアキレウスに槍で腿を傷つけられ、が不浴なので、ギリシアに来たとき、神託が《傷つけたもの》が医となったときに治癒されると告げ、アキレウスが治療の法を知らなかったとき、オデュッセウスはそれは槍を意味することを教えた。この第一回の遠征についてはホメーロスはまったく語っていない。

*アウリスに集まったギリシア軍にオデュッセウスは12隻の船を率いて参加、レスボス島で、その王*ピロメーレイデースの相撲の挑戦に応じて、彼を殺した。後代の作者はこの話を作り変えて、オデュッセウスがディオメーデースとともに王を暗殺したことにしている。またオデュッセウスはレームノス島寄航中アキレウスと争った。アガメムノーンは*アポローンから、寄せ手のあいだに争いが生じたときに、トロイアを攻略するとの神託を得ていたので、これを喜んだ。軍がテネドス島にあるとき、彼はメネラーオスとふたたびヘレネー返還を求めにトロイアに赴き、危いところをトロイアの長老*アンテーノールに救われた。

トロイアに来て、パラメーデースを怨んでいたオデュッセウスは、プリュギア人の捕虜に*プリアモスよりパラメーデースに宛てた裏切りの偽りの手紙を書かしめ、パラメーデースの天幕のなかに金を埋め、手紙を陣中に落しかけた。アガメムノーンが手紙を読み、金を発見し、パラメーデースを裏切者として味方の者に石で打ち殺させた。

《イーリアス》中の彼は賢明であるとともに勇ましい将として描かれている。彼はアガメムノーンとアキレウスの争いの最初の原因となった*クリューセーイスを父のもとに送りとどけ、*テルシーテースをこらしめ、メネラーオスとパリスの一騎打を取り計らい、ディオメーデースとともに夜間敵状偵察に出かけ、*ドローンを捕え、*レーソスの陣を襲い、アガメムノーンのために使者としてアキレウスに和解を乞いに出かけ、ディオメーデースとともにギリシア軍の敗走を止めて勇戦、ついに傷ついて大*アイアースとメネラーオスに助けられ、*パトロクロスの葬礼競技では競走に優勝、杆撲では大アイアースと引き分けになった。《イーリアス》の話のあとに、彼は*アニオス（同項を見よ）のもとに使者となって、その娘たちを、*ピロクテーテースおよび*ネオプトレモスを*ヘレノスの予言によってギリシア軍に迎えた（これらの項を見よ）。アキレウスの死後、その武具一式が最上の勇者に賞として出されたとき、オデュッセウスと大アイアースとがこれを競い、オデュッセウスがこれを得た。これについてはアイアースの項を見よ。また彼は乞食に身をやつし、*アンドライモーンの子*トアースに鞭で打たせて認知し難いように身を損い、トロイア市内に潜入、ヘレネーの家に赴いた。彼女はこれを*ヘカベーに告げたが、彼は雄弁と涙とによってヘカベーを説得して、遁れ出た。ディオメーデースもこの際に同行、ともに*パラディオンを盗み出した。のち彼は木馬の建造を思いつき、工匠*エペイオスに命じて大木馬を造らせ、そのなかに50人（あるいは300人）の勇者を入れ、この計によってトロイアを落した（シノーンの項を見よ）。彼はこの際メネラーオスとともに最初に突進し、メネラーオスがヘレネーを殺そうとするのを止めた。あるいはギリシア人が彼女を石で撃ち殺そうとしたのを阻止したという。*ア

オデュッセ

ステュアナクスと*ポリュクセネーの殺害も彼の献策に帰せられ、また彼の有に帰したヘカベーが石で打ち殺されたとき、最初の石を投じたのも彼であるとされ、ホメーロス以後しだいに彼の性格は知勇兼備の勇将より、奸策にみちた狡猾漢に変えられている。

帰国に際して、オデュッセウスは最初に出航したメネラーオスとネストールと行をともにしたが、テネドスで彼らと争って、トロイアに帰り、アガメムノーンとともにふたたび船出し、途中で嵐で別れ別れになった。彼はまずトラーキアの*キコーン人の市イスマロス Ismaros に寄航、戦って市を掠奪し、ただ一人アポローンの神官*マローンのみを許した。マローンはその感謝の徴に芳醇強烈な葡萄酒12甕を贈った。内陸のキコーン人が救援に来た。彼は各船より六人を失って海に逃げた。南にむかった彼は二ヵ月後にペロポネーソス南端のマレア Malea 岬に来たが、嵐に流されて、*ロートパゴス人の国に着き、偵察に数名を派した。ところが彼らはロートス lotos と呼ぶ甘い、これを味わった者をして万事を忘れしめる果物を食い、船に帰らなかった。オデュッセウスはこれを知って、味わった者を力づくで船に連行し、北にむかい、山羊の島で食糧を得て、そこから*キュクロープスの国に着く。他の船を近くの島に留め、一隻のみをひきいて陸に近づき、12人の部下とともに下船。海の近くの一眼巨人*ポリュペーモスの洞穴とは知らずに、マローンに与えられた酒をもって入った。彼らはそこに食物を見つけ、仔山羊を殺して宴を張った。巨人が羊を追って来て、羊を追い入れると、巨石を洞穴の入口に扉としてあてがい、オデュッセウスたちを捕虜とし、二人ずつ食った。オデュッセウスはマローンの酒を彼に与えると、巨人はこれを飲んで、ふたたび要求し、二度目に飲んだときに、彼の名を尋ねる。彼が《だれでもない》（ウーティス）と答えると、巨人は彼を友情の徴に最後に食ってやると言う。巨人が酔いつぶれたのを見すまして、オデュッセウスは棍棒の先をとがらせ、火で焼き、彼の目を突き潰す。ポリュペーモスは仲間のキュクロープスたちに助けを求めたので、彼らが来て、犯人はだれかと尋ね、彼が《だれでもない》（ウーティス）と答えたので、彼らは立ち去った。翌朝羊を牧場につれ出すときに、オデュッセウスたちは羊の腹の下にかくれて洞穴の外に遁れ、羊を船に追って行き、出航するにあたってキュクロープスたちに自分の名はオデュッセウスであると大音声に告げた。彼は怒って岩をひきちぎって船にむかって投じ

たが、あやうく事なきを得た。これ以来キュクロープスの父*ポセイドーンはオデュッセウスに憤怒を抱いた。つぎに彼らは風の司*アイオロスの島に着いた。彼はオデュッセウスにもろもろの風を閉じこめた牛皮の袋を与え、航海中どの風を用うべきかを教えた。このためにオデュッセウスらは無事航海して、イタケーに近づき、すでに市より立ちのぼる煙を見て眠りに落ちたところ、部下たちは袋のなかには金が入っていると思って、袋を開けたために、風は解き放たれ、船はふたたびアイオロスの島に吹き戻された。オデュッセウスはアイオロスに護送を求めたが、アイオロスは神々が反対する時には彼を救うことはできないとて、彼らを島から追い払った。つぎに彼は食人種*ライストリューゴーン人の国に来た。彼らはこの国の王*アンティパテースの娘に出遇い、王のもとに導かれた。王はその中の一人をひっつかんで食い、逃げる残りの者を他のライストリューゴーン人とともに追って海辺に来て、石を投じて船を破壊し、乗組の者をくらった。オデュッセウスのみは乗船の綱を切って遁れいで、他の船は乗組員もろとも失った。

ただ一隻となってオデュッセウスは次に魔女*キルケーの島*アイアイエーに寄航、仲間の者を分けて、自分は籤によって船に留まり、*エウリュロコスが22人の仲間とともに偵察に進んだ。キルケーの宮殿に着き、彼女の提供したチーズ、蜜、大麦、葡萄酒に魔法の薬草を混ぜた飲物を飲むと、彼らは種々の動物になった。一人外にいたエウリュロコスの報告により、オデュッセウスは*ヘルメースに与えられた薬草モーリュ moly を持って、キルケーの所に来た。薬草の力で彼女の飲物の力を破り、刀を抜いてキルケーに迫り、仲間の者をもとの姿に帰らせ、床をともにして一年を過し、一子*テーレゴノスが生れた。キルケーの教えにより、*オーケアノスに航して、死者の霊に血の犠牲を捧げて、*テイレシアースの霊より予言を聞き、また母アンティクレイア、キルケーの家で屋根から落ちて死んだ*エルペーノール、多くの英雄たちの霊に会った。ふたたびキルケーのもとに帰り、彼女に送られて出航、その美声によって人を引き入れる*セイレーンの島を通過するとき、オデュッセウスは他の者の耳を蠟でふさいだが、自分は歌を聞かんものと、自分をマストに縛りつけさせた。彼は歌を聞いて、海中に身を投じてセイレーンの所に行こうとしたが、仲間の者は彼をかたく縛って、無事ここを通過、つ

ぎに一方には漂う岩が，一方には断崖のある所に来た．一方には海の魔女*スキュラが，一方の断崖には*カリュブディスがいた．キルケーの教えにより，スキュラの断崖を航したとき，彼は武装して艫に立ったが，六人の部下を彼女にさらわれた．そこから太陽神*ヘーリオスの島*トリーナキエーに来た．オデュッセウスの命にもかかわらず，部下たちは，無風に禍されてここに留まるあいだに，食物に窮して，神の牝牛を食ったために，神は怒って*ゼウスに乞い，ゼウスは海に出た彼の船を雷霆で撃ち沈めた．オデュッセウスはマストにすがって漂流，カリュブディスの渦巻へと流され，彼女に呑まれんとしたとき，頭上に懸って生えていた大無花果樹を掴んで待ち，マストがふたたび吐き出されたのを見すまして，その上に飛び降り，ニンフの*カリュプソーの島*オーギュギアに着いた．そこで数年(1, 5, 8, 10 年と作家によって異る) 留まったのち，*アテーナーの願いによってゼウスはヘルメースをカリュプソーのところに遣して，彼を船出せしめるように命じた．彼女はやむなく彼に筏を造らせて，海に出したが，ポセイドーンの怒りによって，嵐に遇い，海中に投ぜられた．しかし*レウコテアーの助けで，裸で*パイアーケス人の国に漂着，*アルキノオス王の娘*ナウシカアーに発見，救助されて，王の宮殿に行った．彼は王と后*アーレーテーに歓待され，帰国の船と贈物とを約束される．アルキノオス王の催した競技においてオデュッセウスは円盤投で勝ったが，他の競技には加わらない．夕べの宴席で吟唱した*デーモドコスのトロイア陥落の歌を聞いて，ひそかに落涙するオデュッセウスを王はいぶかしく思って，彼の素姓を尋ねる．オデュッセウスはこれを明かし，ここで漂流を物語る．パイアーケス人は彼に贈物を与え，つぎの夕べに船出して，夜明前に船は目的地に到着，眠っているオデュッセウスを陸に揚げる．海神は怒って船を石に変じた．眠りよりさめたオデュッセウスは自分のいる所がしばし判らなかったが，アテーナーが若者に身を変じて彼に教え，その姿を乞食に変えた．オデュッセウスは自分の古くからの召使である豚飼の*エウマイオスの小屋に着く．エウマイオスは昔の主人を認め得ず，オデュッセウスはクレータ人と称して，エウマイオスにオデュッセウスの帰国の近いことを告げる．

オデュッセウスはかくして 20 年目に帰国したが，このあいだに彼が死んだものと思って，近隣の島ドゥーリキオン Dulichion (57 人)，ザキュントス Zakynthos (44 人)，さらにイタケー(12 人)より，多くのペーネロペーの求婚者が集まり，オデュッセウスの家畜を殺して日夜宴を張っていた．ペーネロペーは求婚者たちを避けるために，ラーエルテースのための棺衣ができ上ったときに結婚すると約束し，昼間は織り，夜のあいだに解きほぐして，三年間織っていたが，ついに求婚者に見破られ，彼らはいまや猶予を与えない情勢にある．一方テーレマコスは父の消息を求めてペロポネーソスにネストールとメネラーオスを訪れてのち，アテーナーより求婚者たちが彼を暗殺すべく伏勢をおいていると告げられ，これを避けて都からはるかに離れた場所に上陸，エウマイオスの小屋に来て，彼を自分の無事帰還の使者として母のもとにやる．息子と二人きりになったオデュッセウスはアテーナーの力によって真の姿に帰り，息子に正体を示し，求婚者殺戮の協議をする．息子をさきに帰してのち，オデュッセウスはエウマイオスとともに宮殿に来るが，彼の昔の愛犬のみ旧主を認め，喜びののちに息が絶える．オデュッセウスは山羊飼の*メランティオスに侮辱される．ついで求婚者にけしかけられた乞食の*イーロスと争い，彼を打ちこらしめる．メランティオスの姉妹*メラントーがつぎに彼を侮辱する．彼の乳母*エウリュクレイアは客人の足を洗う際に，足の古傷によって主人を認めたが，彼は制して黙らせた．ペーネロペーはエウリュトスの弓を持ち出し，これを引き得た者の妻となると言う．求婚者のなかには引き得る者がいない．オデュッセウスも試みることを乞い，エウマイオスより弓を受け取り，これを引きしぼって，12 の斧の頭の孔を射抜き，いまや正体を現わして求婚者たちを射る．テーレマコスと二人の部下エウマイオスと*ピロイティオスとともに彼らを殺戮し，彼らと関係していたメラントーをはじめ 12 人の侍女を絞殺し，メランティオスを殺す．エウリュクレイアはこの事をペーネロペーに知らせる．翌朝オデュッセウスは息子とともに父ラーエルテースのところに行き，父が果樹園で働いているのに出会う．求婚者たちの親族が復讐のため，ラーエルテースの荘園に攻め寄せるが，アテーナーの仲介によって和が結ばれた．

以上が《オデュッセイア》の話である．その後種々の物語が付加されている．アポロドーロスの伝えによると，彼は*ハーデース，*ペルセポネー，テイレシアースに犠牲を供したのち，陸路エーペイロスを通って，テスプロティア Thesprotia 人の国に来て，テイレシアースの予言に従って，内陸で，海を知らない住民がオ

デュッセウスのもっている櫂を箕と間違えるほどの所にポセイドーンの神殿を建てて，この神を宥めた．テスプロティアの女王*カリディケーが王国を彼に与えて，留まるを乞うたので，彼は女王と交わって，一子*ポリュポイテースを得た．彼はこの国の王となり，近隣の住民と戦って，これを破った．カリディケーの死後，息子に王国を譲ってイタケーに帰ると，ペーネロペーから第二子*プトリポルテースが生れていた．一方テーレゴノスは母キルケーより父がオデュッセウスであることを聞いて，彼を探しに船出し，イタケーに来て，その家畜をさらった．オデュッセウスが助けに来たが，彼は息子と闘って殺された．テーレゴノスは，しかし，相手が父であることを知って，大いに嘆き，死体とペーネロペーとをキルケーのもとに運び，そこでペーネロペーはテーレゴノスと，キルケーは*テーレマコスと結婚した．キルケーは彼ら二人を*幸福の人々の島に送ったという．一説にはオデュッセウスは殺された者の親戚によって訴えられ，ネオプトレモスを審判官としたが，ネオプトレモスはオデュッセウスを除けばケパレーニアの島を手に入れることができると考えて，彼に追放を宣告し，オデュッセウスはアイトーリアの*トアース《*アンドライモーンの子》の所に行き，その娘を娶り，二人のあいだにできた子供*レオントポノスをあとに残して老年で死んだ．イタリアの伝承中には，オデュッセウスはイタリアをさまよい，*アイネイアースに出会って和解，エトルリアの地に30の都市を建設し，同地のゴルテュニア Gortynia (＝コルトーナ Cortona) 市で，テーレマコスとキルケーの死を嘆いて世を去ったとするものがあり，ここでは彼は*ナノス《放浪者》なるエトルリア語で呼ばれていると．オデュッセウスの放浪は，*ヘーラクレースの*ゲーリュオーンの牛を求めて出た旅と同じく，欧州各地に彼の足跡を求める傾向が強い．さらに*ラティーノスのごときも，アポロドーロスによると，キルケーと彼とのあいだの子供とする伝えさえある．

オートス Otos, Ὦτος　アローアダイの項を見よ．

オトレウス Otreus, Ὀτρεύς, 仏 Otrée

1. プリュギア王．デュマース Dymas の子．*アマゾーンと戦った*プリアモスを援助した．*アプロディーテーが*アンキーセースに交わった時，女神はオトレウスの娘と称してアンキーセースに近づいた．

2. マリアンデューノス Mariandynos 人の王*リュコスの兄弟．

オネイロス Oneiros, Ὄνειρος　夢の神．《*イーリアス》では*ゼウスは*アガメムノーンをだますために，送っているが，一般には夢の神は複数で，おのおの自分の受持をもっている．モルペウスの項を見よ．

オピーオーン Ophion, Ὀφίων　1. オルペウス教の神．*オーケアノスの娘*エウリュノメーとともに，*クロノスと*レアーの時代以前に世界を支配していたが，クロノスに支配権を奪われて，レアーと同一と考えられていた．8月25日に彼女の祭 (Opeconsiva, Opiconsiva) があった．彼女はまた*コーンススとも関係づけられている．25日の祭はカピトーリウム丘にあった太古の王宮レーギア Regia の小神殿で国家の最高神官たる Pontifex Maximus と*ウェスタの乙女 (Vestales) のみによって行なわれた．

オプース Opus, Ὀποῦς　ロクリスのオプース人に名を与えた祖．*ロクロスと*プロートゲネイア (*デウカリオーンの娘)，あるいは*ゼウスといま一人の*オプース (エーリス王) の娘との子とされている．後説ではゼウスは赤児のオプース二世を子のなかったロクロスに託して育てさせたことになっている．

オペルテース Opheltes, Ὀφέλτης　アルケモロスの項を見よ．

オムパレー Omphale, Ὀμφάλη　リューディア Lydia の女王．*イアルダネースまたは*イアルダノスの娘．夫 (または父ともいう) の*トモーロスが死に際して彼女に王国を譲った．*イーピトスを殺害したために病にとりつかれた*ヘーラクレースは*アポローンの予言により，奴隷として*ヘルメース神に売られ，オムパレーが彼を買い取った．ヘーラクレースはリューディアにいるあいだに*ケルコープスを捕え，*シュレウスとその娘*クセノドケーを*アウリス Aulis で退治し，イトーネー Itone 人を破った．これらの仕事の背景はリューディアとはまったく関係なく，むしろギリシア本土での出来事のごとくに見え，オムパレーの王国も本来はアドリア海に面するエーペイロスにあったのではないかと考えられている．女王はこの奴隷を嘆賞し，その素姓を知って，結婚し，*アゲラーオスとラーモーン Lamon の二子を生んだ．オムパレーの物語はアレクサンドレイア時代の芸

術家の嗜好にかなったか，彼らはヘーラクレースが女装して，糸をつむぐなど女の仕事を行ない，オムパレーはヘーラクレースの棍棒をもち，そのライオンの皮を身に纏って，男のまねをしている有様を主題にして歌っている．この英雄のリューディア滞在は三年，あるいは一年といわれる．

オー(ア)リーオーン O(a)rion, 'Ω(α)ρίων
ボイオーティアの巨人で美男子の狩人．父は*ヒュリエウスとも*ポセイドーン(母は*エウリュアレー)，または大地女神*ガイアの子ともいわれる．彼はポセイドーンより水上を(あるいは水中を)歩む力を与えられた．*シーデーを妻としたが，彼女は*ヘーラと美を競ったため*タルタロスに投ぜられ，のちキオス島に赴き，*オイノピオーンの娘*メロペーに求婚したが，王はまず島の野獣退治を要求，これをただちに果したオーリーオーンはふたたびメロペーを求めたので，オイノピオーンは彼を酔わせ，眠っているあいだに彼を盲目とし，海辺に棄てた．しかし彼は*ヘーパイストスの鍛冶場に行って，*ケーダリオーンなる男の子を奪って肩に乗せ，太陽の登る方向に導くように命じ，そこに到着して，太陽の光によって視力を回復し，復讐のために大急ぎでオイノピオーンのところにむかった．しかしヘーパイストスがオイノピオーンのために地下の部屋を構築し，そこに遁れさせたため，オーリーオーンは彼に手を下すことができなかった．その後，曙の女神*エーオースがオーリーオーンに恋して，彼をさらって*デーロスにつれて来た．彼は，一部の人々は*アルテミスに円盤投の競技を挑んだために殺されたといい，また一部の人々は*ヒュペルボレイオス人の国から来ていた乙女オーピス Opis を暴力で犯したために女神に射られた，あるいは，これはもっとも通説であるが，アルテミス自身を犯さんとして，女神の送ったさそり(蠍)に刺されて死んだ(このさそりは彼がいかなる動物をも殺すことができると誇ったために，大地ガイアが送ったものであるともいう)．オーリーオーンはホメーロス中ですでに星座のオーリーオーンと同一視されており，もっとも古い星物語の一つである．さそりは功によって星座となり，オーリーオーンがつねにさそりから遁れつつあるのはこのためであるし，また彼がつねに*プレーイアデス(あるいは*プレーイオネー)を追っているのも，同じく星座の位置から出た物語であろう．

なおオーリーオーンとヒュリエウスとの関係と彼の出生に関する奇妙な物語については，ヒュリエウスの項を見よ．

オリュムピア競技 Olympia, 'Ολύμπια
*ヘーラクレースがエーリスの王*アウゲイアースを破った時にこの競技を創始し，*ペロプスの祭壇を築き，オリュムボス 12 神のために六祭壇を建てた，あるいはペロプスが*オイノマーオスを戦車競争で破った時に，この競技を創始したと伝えられる．競技は前 9 世紀に始まったというが，競技の年(四年毎に一回)の記録は前 776 年に始まっている．競技は*ゼウスに捧げられ，戦車競走，競馬，ペンタトロン，競走，ジャンプ，レスリング，ボクシング，およびパンクラティオンより成り，このほかに少年の競技が催された．

オリュムポス Olympos, ΄Ολυμπος
1. *クレースの子．赤児の*ゼウスを*クロノスより託されて，育てたが，オリュムポスは*ギガースたちにゼウスの支配権を奪うようにと勧めたので，ゼウスは怒って彼を雷霆で撃ち殺した．しかしのちこれを悔んで，オリュムポスの墓に自分の名を与えた．これはクレータ島にあった．

2. *キュベレーの最初の夫．*イーアシオーンは二番目の夫である．これは女神がミューシア Mysia のオリュムポス山と関係あることを説明せんとする試みにすぎない．

3. プリュギアの名高い笛の名手．*マルシュアースの父，あるいは子といわれる．マルシュアースが*アポローンに殺されたとき，オリュムポスは彼を葬り嘆いた．

オリュムポス山 Olympos, ΄Ολυμπος 同名の山がギリシア世界の方々にあるが，そのなかで名高いのがマケドニアとテッサリアの国境地帯に聳え立つギリシアの最高峯オリュムポス(2885 メートル)である．神々はこの山頂に住んでいると考えられていた．

オルクス Orcus ローマの死の神で，同時に冥府そのものの意となっている．エトルリア起源で，その墳墓の壁画上では髯を生やした恐ろしい巨人として現わされているが，文学では*プルートーンや*ディース・パテルと同一視されるにいたった．

オルテイア Ortheia, 'Ορθεία (古くは Fορθεία) スパルタにおける*アルテミスの称呼．その祭壇で少年たちは鞭で打たれる儀式 (diamastigosis) に耐えなければならなかった．

オルテュギア Ortygia, 'Ορτυγία
1. *デーロス島の古名．《うずら (ortyx) 島》の意．*ヘーラーの追求を遁れるために，*ゼウスによってうずらの姿に変ぜられた*レートーがこ

オルトロス

の島で*アポローンと*アルテミスを生んだために，この名があると解する伝えもある．したがってアルテミスもまたオルテュギアと呼ばれる．

2. シシリアのシューラクーサイ Syrakusai の湾内にある小島．ここに*アレトゥーサの泉がある．その他同名の地が幾つかあった．例えばエペソス近傍のある森．

オルトロス Orthros, Ὄρθρος *ヘーラクレースに退治された*ゲーリュオーンの牛群の番犬．*テューポーンと*エキドナの子．母と交わって*スピンクス(テーバイの)の父となった．ヘーラクレースの項を見よ．

オルニュティオーン Ornytion, Ὀρνυτίων オルニュトスに同じ．

オルニュトス Ornytos, Ὄρνυτος 1. テウティス Teuthis ともいう．アルカディアの小邑テウティスの王．アルカディアの兵の一部の将として，*アウリスに来たが，*アルテミスの怒りによって出航できないので，帰国しようと考えた．そこで*アテーナーがオプス Ops の子メラース Melas の姿で現われ，彼を止めんとしたので，王は怒って女神の太腿に傷つけた．帰国後女神が夢に現われて，その傷を見せたところ，王は病にとりつかれ，国は飢饉に見舞われた．*ドードーナの神託により王は神殿を建て，太腿に傷のあるアテーナー像を安置，その傷を紫の繃帯で巻いて，女神の怒りを鎮めた．

2. *シーシュポスの子．ダプヌース Daphnus を争って，オプス Opus のロクリス人の味方となって戦い，王国を建設，子の*ポーコス (ポーキス Phokis に名を与えた)に国を譲り，自分は次男の*トアースとともに故郷のコリントスに帰った．

オルペウス Orpheus, Ὀρφεύς, 仏 Orphée ホメーロス以前の最大の詩人で音楽家．オルペウス教の創設者とされている．彼には《アルゴナウテースの遠征譚》 Argonautika，《神統紀》 Theogonia など，多くの詩が帰せられ，歌人としての彼の名声もこれらの詩に由来しているが，作品はすべて偽作であり，《神統紀》もまたヘーシオドスの亜流で，伝説の主張するごとくにホメーロス以前に遡るものではない．彼に関する伝説はつぎのごとくである．

彼の父は*オイアグロス(ときに*アポローン)，母は*ムーサの*カリオペー(あるいは*ポリュヒュムニアー，ときに*タミュリスの娘*メニッペー)で，*オリュムポス山の北側のトラーキアで生れた．アポローンより竪琴を授けられ，あるいはみずから竪琴を発明(あるいはその絃を七本より九本に増加)し，歌と音楽の巨匠と

なり，彼の歌に野獣も山川草木も聞きほれたという．彼は*アルゴナウテースたちの遠征に参加し，音楽によってオールのピートを取り，荒波をしずめ，サモトラーケー Samothrake の秘教に*アルゴー船の勇士らを入会させ，セイレーンたちの魔法の歌に対抗して自分の音楽によって彼女らを破り，無事この難所を通過した．

彼は*ドリュアスたちの一人であるニンフの*エウリュディケーを妻とし，熱愛していた．彼女はアポローンの娘ともいわれる．ある日彼女が河の岸を散歩していると，*アリスタイオスが彼女を犯さんとした．逃げるあいだに草むらのなかにいた蛇に咬まれて彼女は世を去った．オルペウスはいかなる危険を冒してでも，妻を取り戻そうと，冥界に降った．彼の音楽は冥界のあらゆるものを魅了した，ために*イクシーオーンの車輪は回転を止め，*タンタロスは渇を忘れ，*シーシュポスの岩はおのずから静止し，*ダナオスの娘らは水を汲むのをやめた．*ハーデースと*ペルセポネーはオルペウスが地上に帰りつくまで，うしろをふりむかないならば，との条件でエウリュディケーが地上に戻ることを許した．オルペウスはこの条件を喜んで容れ，まさに地上に出て太陽の光を見ようとするとき，地獄の女王に対する不信からか，あるいは妻の顔が見たくなったためか，ついにうしろを振りかえって妻の姿を見ようとすると，エウリュディケーはたちまちにして冥界に引き戻された．彼はふたたび妻を追って冥府に帰ろうとしたが，三途の河の渡守り*カローンはこれを許さず，望みを果せなかった．

その後妻以外の女を近づけないので，トラーキアの女たちが侮辱されたと怒ったために，あるいは女を嫌って美少年(*ボレアースの子*カライスともいう)を愛したために，あるいは冥府より帰来後秘教会を創設し，女をたいれなかったために，あるいは*アプロディーテーがペルセポネーと*アドーニスを争ったときに，カリオペーが争いの審判者として，二人の女神に公平にアドーニスの所有を分ったのをアプロディーテーが怒って，その復讐に女たちにけしかけたために，トラーキアの女たちは*ディオニューソスの祭で狂乱のうちにオルペウスを八つ裂にした．この通説以外に，オルペウスが自己の秘教入会者に秘密の教えを啓示したのを憤って，*ゼウスが雷霆で彼を撃ったとの伝えもある．

トラーキアの女たちは八つ裂にした彼の身体をヘブロス Hebros 河中に投じた．もっとも身体はムーサたちが集めて葬ったとの説もある．しかし彼の竪琴と首とは河を下って，レスボス

島に流れつき，ここで葬られた．この島が歌に名高いのはこのためであるという．彼の首は，しかし，他所に葬られたとする伝えもあり，例えばその一つは小アジアのメレース Meles 河口のそれで，彼の死後トラーキアに疫病が発生し，神託によって彼の首を探したところ，なお血にまみれ歌を歌っている首をこの河口の砂のなかで見いだしたというのである．マケドニアーラ，ムーサに捧げられた泉のあったレイベートラ Leibethra にも彼の墓があった．彼の灰が陽の光にあたる時には，市は豚(sys)によって破壊されるであろうとの神託があったが，市民は豚が市を破壊することはあり得ないと思っていた．ところがある日一人の羊飼にオルペウスの竪琴が乗りうつり，彼は妙なる歌を歌い出した．これを聞いて田畑に働いていた者たちが大勢かけつけ大騒ぎとなり，ために墓の石柱が倒れて，石棺が毀れた．その夜大嵐が起り，シュース Sys 河の水が溢れて，市の建物を破壊した．なおオルペウスの竪琴は天上に登って星座となり，彼自身は*エーリュシオンの野に赴き，その歌でこの野に送られた至福の人々を楽しませているという．彼はディオニューソスとともに*エレウシースの秘教の創設者ともいわれ，ホメーロスとヘーシオドスの祖先のなかに彼をおく者もあった．

オレイアス　オレイアデスを見よ．

オレイアデス　Oreiades, Ὀρειάδες, 単数 Oreias, Ὀρειάς　山のニンフ．ニュムペーの項を見よ．

オーレイテュイア　Oreithyia, Ὠρείθυια, 拉 Orithyia, 仏 Orithye　1. *ボレアースにさらわれた娘(アテーナイ王*エレクテウスの娘)．ボレアースの項を見よ．

2. *ケクロプスの娘でマケドーン Makedon の妻．その子エウローポス Europos は同名のマケドニアの都市にその名を与えた．

3. *ネーレーイスの一人．

4. *アマゾーンの一人．

《オレステイア》　Oresteia, Ὀρέστεια　前458年にサテュロス劇《*プローテウス》とともに上演されたアイスキュロスの三部作．ギリシア悲劇中ただ一つの完全に残っている三部作で，《*アガメムノーン》Agamemnon, Ἀγαμέμνων,《コエーポロイ》Choephoroi, Χοηφόροι,《*エウメニデス》Eumenides, Εὐμενίδες より成る．

第一部《アガメムノーン》は十年の歳月のあいだ*トロイア遠征のギリシア軍の留守をまもりつつ，*ミュケーナイにトロイア陥落の報をもたらす狼煙の火を待ちわびる番人の独白に始まる．突如として夜空をこがす狼煙の火．王后*クリュタイメーストラーにこの報をもたらすべく彼が立ち去ると，アルゴスの老人たちの合唱隊が登場．トロイア遠征のさまざまの不幸と*イーピゲネイアの犠牲にまつわる暗雲を歌う．王后が彼らにトロイア陥落の報を伝えると老人たちは信じようとしない．しかし彼らの疑いは*アガメムノーンの使者の登場によって一掃される．王后は表面上は喜ばし気にこの報を聞くが，アガメムノーンの従兄弟の*アイギストスと深い仲になっている彼女にとっては，これは陰謀への第一歩を意味する．アガメムノーンがトロイアの王女*カッサンドラーを伴って登場．王后は夫を王宮の前に迎え，王とともに宮中に入る．女王がふたたび登場，カッサンドラーに王宮に入ることを命ずる．王女は突然*アポローンの名を呼び，アガメムノーンと自分のまさに流されんとする血の恐るべき姿を見る．彼女は予言者たる印を地に投げうち，敢然とこの世の光に別れを告げ，死に赴くと知りつつ宮殿内に歩を運ぶ，たちまちにして起るアガメムノーンの叫び声によって，殺害が宮殿内で行なわれつつあることが示される．老人たちが驚いて無益な評定をしているあいだに，クリュタイメーストラーが登場．合唱隊が抗議しているあいだにアイギストスが登場．合唱隊は彼を罵り，両者のあいだに争いが起らんとするが，王后はもう血を流すのは十分だ，おとなしく家に引きさがれと老人たちに命ずる．

第二部《コエーポロイ》はクリュタイメーストラーとアイギストスに対するアガメムノーンの子*オレステースの復讐を中心とする．故国を遁れてポーキスの叔父*ストロピオスのもとで育てられた彼は，従兄弟の*ピュラデースとともに帰国，父の墓に詣で，頭髪の一房を捧げる．そこへクリュタイメーストラーが悪い夢見の故に，アガメムノーンの霊を鎮めるべく遣わした王女*エーレクトラーが捧物をもって婢女たちの合唱隊を伴って登場．エーレクトラーは王女とはいいながら，母のむごい仕打ちに，日々父の仇を討つことをのみ念じて生きている．オレステースの頭髪の特徴によって弟のものであることを認め，オレステースの足跡によってこれは確められる．オレステースが現われて姉弟の対面．彼は*デルポイの神アポローンの命により父の仇を討つべく帰国した旨を告げる．二人は復讐を誓い，父の霊に援助と加護を乞う．オレステースは見知らぬ異邦人となって宮殿に行き，自分自身の死の報告者となって母に近づく．王后はこの報に内心では喜びながら，悲し

オレステウ

みの声を上げる．オレステースの老いたる乳母がアイギストスを呼び寄せる使となって門口に現われ，オレステースの死の報を嘆く．アイギストスに護衛とともに来るべく伝えるように命ぜられたにもかかわらず，合唱隊の勧めにより，一人で宮殿に来るように伝える決心をする．アイギストスが宮殿内に入ると，とたんに彼の死の叫びが聞え，彼の召使が走り出て，その死を伝えるところへ，王后が一人で現われ，叫び声の原因を聞き，愛人の死を知るや，ただちに事を覚る．そこへオレステースとピュラデースが現われる．女王は乳房を示して，赤児の時にこれを吸ったではないかと言う．その言葉にオレステースはひるむが，ピュラデースに励まされ，母を追って宮殿内に入る．母を殺したオレステースはいまや母殺しの大罪のために，恐るべき復讐の女神*エリーニュスたちに追われる身となり，狂気のうちに走り去る．

第三部《エウメニデス》の舞台は，最初はデルポイのアポローンの神殿である．神に仕える巫女が神殿内に狂えるオレステースを囲んで眠るエリーニュスたちの恐ろしい姿に驚いて走り出る．アポローンと*ヘルメースの二神が現われ，オレステースにエリーニュスたちの眠りのあいだにアテーナイに遁れ，現在の苦悩への救いを求めよと命ずる．彼はヘルメースに導かれて遁れ去る．クリュタイメーストラーの亡霊が現われてエリーニュスたちを叱責する．目覚めた女神たちの合唱隊は一人一人起き上る．アポローンがふたたび現われ，あくまでオレステースを救うことを断言する．舞台はアテーナイに移る．オレステースとヘルメースを追ってエリーニュスたちは猟犬のごとくに登場．オレステースの願いによって*アテーナーが現われ，両者の言葉を聞き，アテーナイ市民にこの裁きをゆだねる．*アレイオス パゴスの審判官が登場．アポローンもみずからオレステースの弁護者となる．オレステースは母殺しの行為を認め，アポローンの命によったこと，このために自分の身にふりかかった禍を後悔しないことを語る．エリーニュスたちは母殺しは大罪であることを主張するのに対し，アポローンは自己の神託はすべて*ゼウスの意志なることを前置きにして，1. アガメムノーン殺害が卑劣なる策謀による暗殺であること，2. 母は父の播いた種を宿すにすぎず，真の意味で生む者ではないと主張する．票が投ぜられ，アテーナー女神自身はオレステースのために一票を投ずる．開票の結果は同数で，オレステースは救われて退場．エリーニュスたちは怒って，アテーナイに禍をもた

らさんと猛り狂うが，アテーナーの彼らに対するアテーナイにおける崇拝の約束によって宥められ，恐るべき女神はここに*エウメニデス《好意ある女》，《祝福の女神》となり，喜ばしい祭礼の列にまもられつつ*アレースの丘の麓なる神域へと導かれて行く．

オレステウス Orestheus, Ὀρεσθεύς, 仏 Oresthée　アイトーリア王．*デウカリオーンの子で*オイネウスの祖父．プロノオス Pronoos とマラトーニオス Marathonios の兄弟．オレステウスの牝犬が木切れを生み，それを地中に埋めたところ，葡萄の木が生え出た．その枝 (ozos) からロクリスのオゾライ Ozolai 族はその名を得，オレステウスの子はピューティオス Phytios (phyo《植える》) と名づけられた．ピューティオスの子がオイネウスである．

オレステース Orestes, Ὀρέστης, 仏 Oreste　*アガメムノーンと*クリュタイムネーストラー（*クリュタイメーストラー）の子．*イーピゲネイア，*エーレクトラーの兄弟．父アガメムノーンを殺した母親と*アイギストスに対する復讐の話はホメーロス以来彼に関する伝説の中心を成しているが，この話は年とともに複雑化している．ホメーロスでは彼は父が殺されたのち八年目にアイギストスを討ち取ったことになっているが，母をも殺したかどうかについては明言はない．彼は国外に遁れて機をねらっていたといわれる．他の印欧語民族におけると同じく，ギリシアでもかつては，家長の死の復讐は当然その後継者に課せられた義務であって，そのために母を殺しても，それはなんら罪でもまた良心の苛責の原因ともならない，賞讃すべき行為であった．この話はステーシコロス（前6世紀前半）の失われた詩《オレステース物語》Oresteia ですでに多少手が加えられている．詩人は事件の場面をスパルタに移し，オレステースは父が殺された時にはまだ赤児であったとし，クリュタイムネーストラーは夢によって自分の危険を予知し，またオレステースは母殺しののち*エリーニュスたちに追われ，彼女たちを防ぐために*アポローンより弓を授けられたと語っている．オレステースがポーキスの叔父*ストロピオス（アガメムノーンの妹アナクシビエー Anaxibie の夫）の所に遁れ，従兄弟の*ピュラデースと深い友情を結ぶに至ったことも，すでに抒情詩の中に見いだされる．この物語を題材として，発展させたのが悲劇である．

オレステースはエーレクトラー（あるいは乳母，年老いた家僕，家庭教師ともいう）に助けられて，ポーキスのキラ Kirrha の王ストロピ

オスのもとに送られ、ピュラデースとともに育てられて、刎頚の交わりを結ぶ。復讐の機に関して、アイスキュロスは単にアポローンの命によるとし、ソポクレースはエーレクトラーに求められ、オレステースが*デルポイのアポローンに伺いを立て、神の許しを得たとする。オレステースとエーレクトラーとの出会いについて、アイスキュロスはオレステースが父の墓に捧げた彼の頭髪をエーレクトラーが兄弟のものと認めることにしているが、ソポクレースはオレステースのもっていたアガメムノーンの指輪が認知の徴であったとし、エウリーピデースは老僕がその仲立をしたことに変えている。アイスキュロスでは姉妹はただちに復讐の計を煉り、オレステースとピュラデースは旅人としで宮殿に入り、オレステースの死を報ずる。アイギストスが宮殿に呼ばれて、殺される。クリュタイムネーストラーはオレステースが赤児の時に飲んだ乳房を示して、助命を乞うが、一時ひるんだオレステースは、ピュラデースがアポローンの命を強調して励まし、母殺しが成就される。ソポクレースでは、母殺しは単純に行なわれ、その後にアイギストスが殺される。エウリーピデースは母殺しなる不自然な行為の解釈に苦しんだため、姉弟を一種の狂人扱いとし、アイギストスは自分の庭にニンフに犠牲を捧げているところを討たれたことになっている。

母殺しののち、オレステースは、アイスキュロスによれば、復讐の女神*エリーニュスたちに追われて狂う。ソポクレースはこれに関してはまったく無言であり、エウリーピデースはオレステースを狂人とする。エリーニュスたちに追われて彼はデルポイのオムパロス Omphalos (《へそ》の意で、世界の中心と称せられた石)に坐し、アポローンによって潔められた。なおこの石に関しては、その後、さまざまの伝えがあり、それはデルポイのオムパロスではなく、トロイゼーン、ギュテイオン Gytheion、またメッセーネーのメガロポリス Megalopolis (彼はここで指を咬み切って狂気がなおった)などに彼がその上で潔められたといわれる石があった。しかしアイスキュロスでは、アポローンの潔めも効なく、彼はアテーナイの*アレイオス・パゴスで裁判をうけ、陪審廷の票は有罪無罪に対して、裁判長役の*アテーナーが自分の無罪の票を入れて同数となったので、オレステースは許され、エリーニュスたちはアテーナイで神と祭られて、*エウメニデスとなった。オレステースの訴人にはエリーニュスたち、*テュンダレオース、*エーリゴネー、ペリレオース Perileos (ク

リュタイムネーストラーの従兄弟)など、種々の説がある。アテーナイのアンテステーリア Anthesteria 祭の《水差しの日》の式は、オレステースがアテーナイに遁れて来た時、アテーナイ王*デーモポーンが母殺しの罪の穢れを嫌って、神殿を閉じ、戸外で参列者ごとに別の卓を設けて、瓶子を各人にべつべつに供したことに由来するといわれる。さらにアルゴスの伝えでは、裁判はテュンダレオースと*オイアクスの訴えによってアルゴリスで行なわれ、アルゴス人は死刑の宣告をくだし、死の方法の選択をオレステースに許したが、ミュケーナイ人は追放の宣告をくだしたことになっている。

オレステースの狂気は、しかし、このように簡単に治癒したのではなくて、アポローンはさらに彼にタウリス Tauris の地の*アルテミスの像をもたらすことを命じたとの伝えがあり、エウリーピデースの《*イーピゲネイア(タウリスの)》はこの伝説に取材している。彼はピュラデースとともに、この地に赴き、捕えられて、アルテミスに犠牲に供せられんとする。ところが女神の女神官はほかならぬオレステースの姉*イーピゲネイアであった。異邦人の故郷を尋ねたところから、弟と知った彼女は策を用いる。母殺しの罪人たるこの異邦人は、人身御供の前に潔められなくてはならないと*トアース王に申し出て、オレステースの船に近い海辺にアルテミス神像と二人の異邦人を導き、潔めの儀式の秘密を守るためと称して、人を遠ざけ、船に乗って逃れる。ギリシアに帰ったら、彼らは神像をアッティカに安置した。この他の帰国のエピソードについてはイーピゲネイアとクリューセースの項を見よ。

帰国後、オレステースは自分の許婚で、いまは*ネオプトレモスの妻となっている従姉妹の*ヘルミオネーを、彼女の夫がデルポイに神託を伺いに行って留守のあいだに奪い去った。また一説にはオレステースは、ヘルミオネーの策により、デルポイでネオプトレモスと争って、彼を殺したともいう。オレステースとヘルミオネーのあいだには一子*ティーサメノスが生れた。オレステースはキュララベース Kylarabes の死後アルゴスの、さらに*メネラーオスの死後スパルタの、王座を継承した。のち、彼の王国に疫病が起り、神託が*トロイア戦争で破壊された諸都市を再興し、その神々の祭を行なうならば、疫病は去るであろうと告げるので、オレステースは小アジアに植民都市を建設した。彼は70年間王位にあったのち、90歳で世を去った。なお彼の幼時における事柄についてテーレポスの

項を参照.

彼の墓はアルカディアのテゲア Tegea にあり,神と祭られていたが,さらにイタリアでは,彼は,タウリスのアルテミスの崇拝が行なわれたと称するアリーキア Aricia で世を去り,その遺骨はローマの*サートゥルヌスの神殿下に葬られたとの話がある.

《オレステイア》,《エーレクトラ》,《イーピゲネイア(タウリスの)》,《オレステース》の項を見よ.

《オレステース》 Orestes, Ὀρέστης　前408年上演のエウリーピデースの作. 母殺しののち狂った*オレステースを姉*エーレクトラーが介抱している. 彼ら二人と*ピュラデースは宮殿内にあってアルゴスの民衆の裁きを待っているところへ,*トロイアから帰った叔父*メネラーオスと*ヘレネーが来る. オレステースたちはメネラーオスに救いを求めるが,アルゴスの王位に目がくらんだ悪党メネラーオスは見捨ててかえりみない. 死刑の宣告をうけた三人は,すべての禍の源なるヘレネーを殺そうとするが,彼女は消え去る. そこでメネラーオスの娘*ヘルミオネーを捕え,助けにかけつけたメネラーオスを,オレステースは屋上でヘルミオネーの喉に白刃を擬して嘲笑する. そこへ*アポローンが現われ,正気に帰ったオレステースは腕に抱いているヘルミオネーにたちまち恋し,めでたしとなる. 神はヘレネーを天上に運ばれたことを告げる.

オーレーン Olen, Ὤλην　*ムーサイオス以前の伝説的な詩人. *ヒュペルボレイオス人ともリュキア Lykia 人とも考えられ,*アポローンと*アルテミスの崇拝を*デーロス島にもたらし,神たちの誕生を讃歌を作って祝った. その歌は歴史時代までデーロスで謡せられていたという.

カ

ガイアまたはゲー Gaia, Γαῖα, Ge, Γῆ　《大地》の意で,それを擬人化した女神. ローマのテルース Tellus. 彼女の崇拝は各地に認められる. *デルポイの神託所は元来は彼女のものであった. 彼女はさらにあらゆる事柄がその上で行なわれる者として,誓言の神となっている. 神話の中では,彼女はあらゆるものの原初,神神も人間も彼女から発していることになり,したがって神々の系譜を歌ったヘーシオドスの《*テオゴニアー》では大きな位置を占めているが,ホメーロスではまったく度外視されている.

ヘーシオドスによれば,彼女は*カオスについで生れたこと(あるいはその子)になっている. 彼女は天空神*ウーラノスを生み,彼を夫として,海(*ポントス),山々,*ティーターンたち,*キュクロープスたち,*ヘカトンケイルたちを生んだ. しかしウーラノスは子供たちを母なる大地の奥底深くに幽閉したので,彼女はティーターンのなかで最年少の*クロノスに金剛の斧を与え,彼はウーラノスの生殖器を切り放った. その流れる血が大地に落ちて,大地から*エリーニュスたち,*ギガースたちと木のニンフたちが生れた. さらにのち,彼女はポントスによって*ネーレウス,*タウマース,*ポルキュス,*ケートー,*エウリュビアーの五人の海の神々を生んだ. クロノスは父の支配権をわがものにすると,ふたたび自分の兄弟たちを大地の奥深い所にある*タルタロスに閉じこめた. ガイアとウーラノスとはクロノスに彼もまた自分の子によって支配権を奪われるだろうと予言したので,クロノスは妻の*レアーから生れたすべての子を呑みこんだ. レアーは末子*ゼウスだけは夫にかくれて育てることに成功,ゼウスはクロノスとティーターンたちと戦い,ガイアの予言によって,タルタロスに投ぜられているキュクロープスたちを解放して味方とし,ティーターン族を破って,タルタロスに幽閉し,ヘカトンケイルたちをその番人とした. つぎにガイアの生んだギガースたちがゼウスたちオリュムポスの神々と闘ったが敗れた. ガイアは怒ってタルタロスと交わって,*テューポーンを生んだが,彼もまたついにゼウスによって征服された. この他に*エキドナ,*アンタイオス,*トリプトレモス,*エリクトニオス,*ピュートーン,*カリュプディス,*ハルピュイアたちなど,多くの怪物やその他の人物が彼女から生れたともいわれるが,これらの項を参照. 大地たるガイアはまた*デーメーテール,*ケレース,*キュベレーのごとき大地女神と同一視され,混同されている.

カーイエータ Caieta　ローマの伝えでは,*アイネイアース(あるいは*アスカニオス,またはアイネイアースの妻*クレウーサ)の乳母. その名がラティウム Latium の同名の市に

与えられた．理由は彼女がここに葬られた，あるいはアイネイアースの船の火事をこの地で止めたためともいわれる．一説ではこの市の名はもとは*メーデイアの父*アイエーテースが娘を追ってこの地に来たため，アイエーテースと名づけられていたのが，のちカーイエータとなったともいう．

カイクルス Caeculus　ローマの近くのプライネステ Praeneste 市の建設者．羊飼をしていた二人の兄弟 (Depidii) の姉妹の懐にかまどの火が飛びこみ，子が生れた．彼女は子供を棄てたが，若い女たちが見つけて，伯父たちのところへつれて来た．赤児は見つけられたとき，火のそばにいて，煙で目が見えないようになっていたので，caeculus《盲目の子》と名づられた．彼は実は*ウッルカーヌス神の子で，プライネステ市を建てるとき，父神に願って，そのとき集って来た人々を焰で取りまいて貰い，彼が命ずると火が消えたので，人々は奇蹟に驚き，続続とこの市に集まって来て，市が栄えたという．

カイネウス Kaineus, Καινεύς, 拉 Caeneus, 仏 Caenée　*ラピテース族の一人，テッサリアのギュルトーン Gyrton の*エラトスの子．以前はカイニス Kainis という女であったが，*ポセイドーンが彼女と交わったとき，不死身の男となることを願った．*ペイリトオスの結婚の宴でラピテースたちが*ケンタウロスたちと闘ったときに，多くの敵を殺したが，ケンタウロスたちは彼が不死身なので，もみ(樅)の木で地中に打ちこみ，埋めてしまった．また一説では，彼は傲慢で，自分の槍を広場に立てて，これを神と同じく崇拝させたので，*ゼウスが怒って，ケンタウロスたちに彼を殺させたという．彼は*アルゴナウテースたちの遠征や*カリュドーンの猪狩に参加したといわれる．死後彼はふたたび女になったとも，べにづる(紅鶴)になったとも伝えられている．

カイルス Caelus　ギリシアの*ウーラノス《天空》のローマ名．中性名詞 caelum《天空》を男性化した形．

カイロス Kairos, Καιρός　《機会》の擬人神．*ゼウスの末子とされ(キオス Chios の悲劇作者イオーンによる)，オリュムピアにその祭壇があった．のち彼は前部には長い頭髪があるが，後部は禿の姿で彫刻に表わされている．*アドラストスの戦車の馬もカイロスと呼ばれている．

カウコーン Kaukon, Καύκων　1．アルカディア王*リュカーオーンの 50 人の子の一人．不敬高慢の罪により，*ゼウスによって，父子もろとも，末子*ニュクティーモスを除き，雷霆で撃ち殺された．
2．ケライノス Kelainos の子．アテーナイ人プリュオス Phlyos の孫．*メッセーネーに*デーメーテールの秘教をもたらした．

カウノス Kaunos, Καῦνος　*ミーレートスと*エイドテアーの子．*ビュブリスの双生の兄弟．姉妹に恋されて(あるいは自分が恋して)，家を棄て，カーリア Karia のカウノス市を建てた．リュキア Lykia でニンフのプロノエー Pronoe を娶り，アイギアロス Aigialos を得た．カウノスの建設者はこの子供であるともいわれる．

カオス Chaos, Χάος　ヘーシオドスによれば，天地ができあがったとき，最初にカオスが生れた．カオスがなにかは詩人は語っていない．何物もない空虚の意か？　彼から*エレボス《暗黒》，*ニュクス《夜》，*ヘーメラー《昼》，*アイテール《上空の輝ける空》が生れた．ときにカオスはクロノス Chronos《時》の子で，アイテールの兄弟ともいわれる．

カーオーン Chaon, Χάων　*プリアモスの子．*トロイア陥落後兄弟の*ヘレノスとともに*ネオプトレモスに従い，エーペイロス Epeiros に赴き，狩に出て殺された．あるいは疫病をしずめるために，身を神々に人身御供として捧げた．ネオプトレモスのあとをついでエーペイロス王となったヘレノスは，カーオーンを記念すべく，王国の一部に彼の名を与えた．イリュリアのカーオネス Chaones 族の名は彼に由来している．

カーカ Caca　ローマの女神．彼女は*カークス(同項参照)が*ヘーラクレースから盗んだ牛の隠し場を英雄に教えたので，その報償として神殿を与えられ，そこで*ウェスタに対すると同じように，彼女のために不滅の火が守られていた．

カークス Cacus　*ウッルカーヌスの子．本来はローマの火神であったらしいが，神話では*ヘーラクレース伝説に結びついている．ローマのアウェンティーヌス Aventinus 丘の一岩窟に棲む，三頭の，その三つの口から火を吹く怪物，あるいは野盗で，ヘーラクレースが西方から*ゲーリュオーンの牛を奪っての帰途，のちのローマ市が建てられた場所で休んでいるあいだに，その牛の一部分を盗み，あとずさりさせて引いて行き，自分の洞穴にかくした．英雄はそのために牛が見つけられず(あるいは盗まれたことに気づかず)，洞穴の前を通りかかると，他の牛が仲間に気づいて鳴いた，あるいは

カークスの妹の*カーカが兄を裏切ったために、気がつき、ヘーラクレースはカークスを退治して、牛を取り返した。英雄は大祭壇 Ara Maxima を築いて、*ゼウスに犠牲を捧げ、この地を支配していた*エウアンドロス王は彼に感謝した。一説には、カークスは、プリュギア王マルシュアース Marsyas とともにこの地のエトルリア王*タルコーンを攻めたが、ヘーラクレースはタルコーンに味方して、彼らを破ったという。

カシオス Kas(s)ios, Κάσ(σ)ιος, 拉 Casius
ヘレニズム時代に、シリアのアンティオケイア Antiocheia やエジプトのナイル河口のペールーシオン Pelusion などで祭られていた*ゼウスの称呼。おそらくセム系の神(山または嵐の神？)がゼウスと同一視された結果であろう。コルキューラのカッシオペー Kassiope にも、名の類似からか、このゼウスが崇拝されていた.

カスタリア Kastalia, Κασταλία, 拉 Castalia, 仏 Castalie *アポローンの神託所*デルボイの北東に、パルナッソス Parnassos 山の岩壁の割目から流出している泉。彼女はニンフで、アポローンに恋され、追いかけられてこの泉に身を投じた。これはアポローンと*ムーサたちに聖なる泉で、ムーサたちはカスタリス Kastalis とも呼ばれる。別伝ではカスタリアは*アケローオス河神の娘で、デルボス王の妻、カスタリオス Kastalios の母となり、父の死後、カスタリオスが王となった.

カストール Kastor, Κάστωρ *ディオスクーロイの項を見よ.

カッサンドラーまたはカーサンドラー Kas(s)andra, Κασ(σ)άνδρα, 拉 Cassandra, 仏 Cassandre *アレクサンドラー Alexandra とも呼ばれる。*トロイア王*プリアモスと*ヘカベーの娘。*ヘレノスの双生の姉妹。王の娘の中でもっとも美しい姫で、ホメーロス中では*ヘクトールの死骸がもたらされたおりに、最初にこれを迎えたことになっている。彼女は予言の術を身につけていたが、その由来には二通りの説がある。一つは、*アポローンが彼女に言い寄り、予言の力を授ける代りに身をまかせる約束をし、その力を与えられたのちに、神を拒んだので、神は彼女の力を奪うことはできなかったが、だれもその言葉を信じないようにしたというのである。一つは彼女とヘレノスが赤児のころ、両親につれられてテュムブレー Thymbre のアポローンの祭礼に赴き、両親は二人を忘れて帰ったので、二人は夜神域に過すあいだに、蛇に耳をなめられたために、予言力を得たというのである。いずれにせよ、彼女は*デルボイの巫女*ピューティアーと同じく、神がかりとなって未来を告げた。しかし彼女の悲劇的な予言力は、つねに真を得ながら、人に耳をかさなかった。*パリスが成長して帰って来た時、彼女は彼がトロイア破滅の原因となると説いたが、プリアモスの子であることが判明して、彼は救われた。パリスが*ヘレネーを伴って帰った時も同じであり、木馬を城内に入れることに*ラーオコオーンとともに反対したが、アポローンが大蛇を送ってラーオコオーンとその子供たちを殺したために、彼女の予見は信じられなかった。*アイネイアースその他のトロイア方の人々の運命をも彼女は予言した。彼女はトロイア陥落の時、アテーナーの神像のもとに遁れたが、*オーイレーウスの子小*アイアースは、彼女を神像から引き放して犯したために、女神の怒りをかった。*アガメムノーン王は捕虜として彼の所有物となった彼女を愛し、ギリシアに連れ帰った。そのとき彼女は王と自分の運命を知り、人々に告げたが信じられず、*クリュタイムネーストラーは王と彼女を殺した。それよりさき、まだトロイア陥落以前に、オトリュオネウス Othryoneus が、彼女を妻にくれれば、ギリシア人を追い払ってやると、プリアモスに約束したことがあったが、彼は*イードメネウスに討たれた。彼女はアガメムノーンとのあいだに双生児テーレダモス Teledamos とペロプス Pelops を得たといわれる。

リュコプローン(前3世紀の詩人)の《アレクサンドラー》は彼女が、*トロイアの陥落、トロイア戦争の将たちの運命よりローマの興隆に至るまでを、父に幽閉されながら、予言した内容を歌ったものである.

カッシオペイア、カッシエペイアまたはカッシオペー Kassiopeia, Κασσιόπεια, Kassiepeia, Κασσιέπεια, Kassiope, Κασσιόπη, 拉 Cassiopea, Cassiope, 仏 Cassiopée *アンドロメダーの母、エティオピア王*ケーペウスの妻。彼女は*ヘルメースの子アラボス Arabos (アラビアにその名を与えた)の娘であって、*アゲーノールの子*ポイニクスの妻とも、*ピーネウスの子も、*エパポスの妻で、*リビュエーの母(アゲーノールの母)ともいわれる。彼女のことについては、アンドロメダーとペルセウスの項を参照せよ.

カッシポネー Kassiphone, Κασσιφόνη
*オデュッセウスと*キルケーの娘。彼女の兄弟の*テーレゴノスが誤って父を殺したとき、キルケーはオデュッセウスを蘇らせ、カッシポネ

カティルス Catillus　ローマの伝説によれば、*エウアンドロスの艦隊の長としてイタリアに来た、あるいは*アムピアラーオスの子で、父の死後若者たちとともにイタリアに来たともいわれる. 彼には*ティブルトゥスなど三人の子があり、ティブル Tibur 市を建設した. ウェルギリウスの《*アイネーイス》中のカティルスは、三人の子の中の一人である.

カテートス Kathetos, Κάθητος, 拉 Cathetus　エトルリア王アンニオス Annios の娘サリア Salia を伴ってローマに逃げ、王は彼らを捕えんとして果さず、アニオー Anio 河に投じて死んだ. カテートスとサリアのあいだにラティーノス Latinos と*マールス神の神官団*サリーイに名を与えた*サリオスが生れた.

カードゥーケウス caduceus　使者の神*ヘルメースが手にしている杖.

カドモス Kadmos, Κάδμος　フェニキアのテュロス Tyros の王*アゲーノールと*テーレパッサの子. *ゼウスが牡牛に身を変じて、カドモスの姉妹の*エウローペをさらったとき、アゲーノールはカドモスとその兄弟の*キリクスと*ポイニクスに姉妹を探し出すまでは帰国を禁じて、捜索に出した. 彼らの母親と*ポセイドーン(またはキリクス)の子*タソスも行をともにした. 彼らは見つけることができなかったので、彼らは帰国を断念し、ポイニクスはフェニキア、キリクスはキリキア Kilikia、カドモスと母はトラーキアに、タソスはタソス Thasos 島に居住した. カドモスは母が死んだのち、*デルポイに来て神託を求めたところ、牝牛を道案内とし、牝牛が疲れて倒れ伏した地に一市を建設せよと命じた. ポーキス Phokis でペラゴーン Pelagon の牛群の中に月の印のある牝牛を見つけ、そのあとに従うと、牝牛はボイオーティアを通って、のちのテーバイ Thebai 市のあった所で横になった. 牝牛を*アテーナーに捧げるために、従者数名を*アレースの泉に水を汲みにやると、泉を護っていた(一説ではアレースの子といわれる)竜が従者たちの大部分を殺したので、カドモスは竜を退治し、アテーナーの勧めでその牙を播いた. するとまもなく地中から武装した男たちが生えて出た. 彼らはふとしたことから、あるいはカドモスが石を投げつけたところ、彼らは仲間に石を投げつけられたと思い、争い始めて、たがいに殺し合い、*エキーオーン、ウーダイオス Udaios, *クトニオス, ヒュペレーノール Hyperenor, ペロロス Peloros の五人だけが生き残った. 彼らは*スパルトイ《播かれた男》と呼ばれ、のちのテーバイ貴族の家の祖となった. カドモスは殺害の罪をアレースに八年間仕えることによって償い、テーバイ市(=カドメイア Kadmeia)を建て、アテーナーの助けでテーバイ王となり、ゼウスは彼に*アプロディーテーとアレースとの娘*ハルモニアーを妻として与え、カドメイアで神々参列のもとに結婚式を行なった. 神々はカドモスの妻に長衣と頸飾を与えたが、これはのちに呪わしい運命をもつにいたった(アムピアラーオス、アルクマイオーンの項参照). 二人の間に*アウトノエー(*アクタイオーンの母)、*イーノー、*アガウエー、*セメレーの四人の娘と、男子*ポリュドーロスが生れた. カドモスは、のち王位をアガウエーの子*ペンテウスに譲り、イリュリア Illyria のエンケレイス Encheleis 人の所に赴き、神託によって彼らの指導者となって、イリュリア人を征服、その王となり、ここで一子*イリュリオスが生れた. そののちカドモスは妻とともに大蛇に変身し、ゼウスによって*エーリュシオンの野に送られた. カドモスはギリシアに文字を伝えたと伝えられ、またギリシア・アルファベットがフェニキア文字に由来しているところから、歴史を反映しているものと思われる.

カトレウス Katreus, Κατρεύς, 拉 Catreus, 仏 Catrée　*ミーノースと*パーシパエーの子、クレータ王. 三女*アーエロペー、*クリュメネー、*アペーモシュネーと一男*アルタイメーネースの父となったが、子供の一人の手にかかって死ぬとの神託があった. 王はこれを秘していたが、アルタイメーネースが知り、父の殺害者となることを恐れて、アペーモシュネーとともにロドス Rhodos 島に遁れ、クレーティニア Kretinia(または Kretenia)市を建てた. のち*ヘルメースがアペーモシュネーに恋し、遁れる彼女に追いつけないので、新しく剥いだ皮を道に敷いておき、彼女は泉よりの帰途その上で滑って倒れ、神に犯された. 彼女はこれをアルタイメーネースに告げたが、彼は神とは口実であると思い、足蹴にして殺してしまった. 一方カトレウスはアーエロペーとクリュメネーを他国に売るように*ナウプリオスに与えたが、アーエロペーを*プレイステネースが娶り、*アガメムノーンと*メネラーオスが生れた(他の伝えでは、普通二人の父は*アトレウスである). クリュメネーはナウプリオスの妻となり、*オイアクスと*パラメーデースを生んだ. カトレウスは

老年になった時，アルタイメネースに国を譲りたく，ロドス島に赴いて，人気のない所に上陸したところ，海賊と間違えられて，牛飼どもに追われた．犬の吠え声でカトレウスの説明が聞き取れず，石を投げているあいだに，アルタイメネスが来て，父とは知らずに槍を投じて，彼を殺し，のち事実を知って，彼は神に祈り，大地の間隙に姿を隠した．*パリスが*ヘレネーを誘惑したのは，メネラーオスがカトレウスの葬儀参列に赴いた留守中のことであった．アルカディア人によると，カトレウスはミーノースの子ではなくて，*リュカーオーンの孫*テゲアーテースの子であると．

カナケー Kanake, Κανάκη, 仏 Canacé *アイオロス とエナレテー Enarete (*デーイマコスの娘) との娘．*ポセイドーンと交わってホプレウス Hopleus, ニーレウス Nireus, *エポーペウス, *アローエウス, *トリオパースの母となった．一説によれば，彼女は兄弟の*マカレウスと不倫の恋をし，子供が生れた．彼女の乳母が聖器の下にかくして，子供を宮殿のそとに棄てに出ようとした時，子供が泣いたために，アイオロスに見つかり，彼は子供を犬に食わせ，娘に刀を送って自殺を命じ，マカレウスも自殺した．

ガニュメーデース Ganymedes, Γανυμήδης ホメーロスでは，*トロイアの*トロース (と*カリロエー) の子，したがって*イーロス, *アッサラコスの兄弟．その後の伝えでは，彼は*ラーオメドーン，あるいはイーロス，あるいは*アッサラコス，あるいは*エリクトニオスの子とされている．彼はもっとも美しい少年で，神々が*ゼウスの酒盃の奉持者として，天上にさらい，そのかわりに父親にすばらしい神馬 (あるいは*ヘーパイストスの作った黄金の葡萄の木) を与えた．彼のさらわれた時の事情については，諸説があり，神々たちが，あるいはゼウス自身が，あるいはゼウスの使いの鷲が，あるいはゼウスが鷲になって，さらったという．しかし奪ったのは*ミーノース, あるいは*タンタロス, あるいは*エーオースだとの伝えもある．奪った場所も，一般にはトロアスの地の*イーデー山というが，同名のクレータの，あるいはエウボイアの，あるいはミューシアのハルパゲー Harpage《誘拐》という所であるともいう．

カネーンス Canens 《歌う者》の意. ラティウム Latium のニンフ．同地の王*ピークスの妻．ある日二人は狩に出た時，*キルケーが王に恋し，彼の姿をくらますために猪に変じ，言い寄ったが拒絶されたため，怒って彼をきつつき (啄木鳥) に変じた．カネーンスは夫を求めて六日六夜さまよったのち，ティベル河岸で，力つきて倒れ，最後に歌をうたって，消え去った．

カノーポスまたは**カノーボス** Kanopos, Κάνωπος, Kanobos, Κάνωβος エジプトのナイル河口の一つと，同名の市に名を与えた英雄．アミュークライ Amyklai の出身で，*メネラーオスの船の舵手．メネラーオスと*ヘレネーがエジプトに来た時，エジプト王*プローテウスの娘*テオノエーがカノーボスに恋したが報いられなかった．彼は毒蛇に咬まれて死に，メネラーオスとヘレネーは彼をカノーボスの島に厚く葬り，彼女の流した涙からヘレニオン Helenion (おぐるま類のきく科植物) が生え出た．一説では彼は*オシーリス神の船の，あるいは*アルゴー船の舵取りで，船も舵取りもともに星となったという．

カパネウス Kapaneus, Καπανεύς, 拉 Capaneus, 仏 Capanée *ヒッポノオスの子．*ステノēロスの父．テーバイにむかう七将の一人 (アドラストスの項を見よ)．巨漢の乱暴者で，テーバイ市に火をつけるべく，城壁を登らんとし，*ゼウスも彼を止め得ないだろうと大言したため，神の雷霆に撃たれて死んだ．彼の妻*エウアドネーは彼の火葬壇に飛び込んで死んだ．

カピュス Kapys, Κάπυς, 拉 Capys
1. *アッサラコスの子，*アンキーセースと*イーロスの父．
2. *アイネイアースの部下の一人．カプアCapua の建設者．しかしこの市は，また，アイネイアースの子が建設したもので，祖父の名を取って命名したともいう．

カプリコルヌス Capricornus 黄道の山羊座．*ユーピテルの味方をして，*ティーターン神族と闘ったといわれる．

カプロティーナ Caprotina ローマの*ユーノーの称呼の一つ．野生のいちじく (無花果) の木 (caprificus) から奴隷たちがガリア人の攻め寄せて来たのを知らせたために，ローマが救われたことを記念するために，7 月 7 日 (この日を Nonae Caprotinae という) に催される祭礼の主神としてのユーノーを指す．この日，女の奴隷たちが石合戦その他の戦闘のまねごとをした．しかしこの祭は本来は豊穣多産を願う祭儀であって，上記の縁起は後代のものである．

カペイラ Kapheira, Κάφειρα, 拉 Caphira *オーケアノスの娘．*レアーに頼まれて，ロドス Rhodos 島で，*テルキーネスとともに*ポセイドーンを育てた．

カベイリスたち Kabeiris, Καβειρίς (複数

Kabeirides, Καβειρίδες), 拉 Cabiris (Cabirides) *カベイロイの三人の姉妹, 同項参照.

カベイリデス　カベイリスたちを見よ.

カベイロー　Kabeiro Καβειρώ, 拉 Cabiro カベイロイの項参照. *プローテウスとアンキノエー Anchinoe の娘, レームノス Lemnos 島の女, *ヘーパイストスと交わって *カベイロイと *カベイリスたちを生んだ.

カベイロイ　カベイロスたちを見よ.

カベイロスたち　Kabeiros, Κάβειρος (複数 Kabeiroi, Κάβειροι), 拉 Cabirus (Cabiri), 仏 Cabire (Cabires)　プリュギア Phrygia の豊穣神. 前5世紀以後航海者の保護神とも考えられ, この点から彼らは *ディオスクーロイと同一視されるにいたった. その祭は秘儀であり, そのためその名を直接に呼ぶことをさけて, ギリシアでは《大神》Μεγάλοι Θεοί とも呼ばれた. 崇拝の中心はサモトラーケー Samothrake の島であるが, レームノス Lemnos 島や小アジア, またオルペウス教の影響でボイオーティアのテーバイ市ではカベイロイの年長者(=*ディオニューソス)と子供の二人の形で崇拝された. 神話では *ヘーパイストスと *カベイロー(またはその子カドミロス Kadmilos)より三人のカベイロイが生れ, その娘たちがカベイリデスであるとも, 彼女たちは三人のカベイロイの姉妹ともいう. カベイロイの数も三, 四, 七人と諸説があり, さらに四人のばあい, その名はアクシエロス Axieros, アクシオケルサー Axiokersa, アクシオケルソス Axiokersos, カドミロスであって, おのおのギリシアの *デーメーテール, *ペルセポネー, *ハーデース, *ヘルメース(ローマでは *ユーピテル, *メルクリウス, *ユーノー, *ミネルウァ)であるともいわれる. またカベイロイはサモトラーケーの英雄 *イーアシオーンと *ダルダノスとも同一視されている. 彼らの系譜や数に関して上記のように一致がないのは, 彼らの崇拝が密儀であり, その名もまた秘密であったためと考えられる. 彼らは, *レアーの従者の中に数えられ, *コリュバースたちや *クーレースたちと同一視されていることもある.

カミラ　Camilla, 仏 Camille　ウェルギリウスの《*アイネーイス》にのみ見いだされる話. カミラはウォルスキー Volsci 人の王, プリウェルヌム Privernum 市のメタブス Metabus の娘. 王は后カスミラ Casmilla の死後, 市を追われ, まだ幼少の娘とともに逃げるうちに, アマセーヌス Amasēnus 河岸にいたり, 娘を槍に結びつけ, *ディアーナ女神に捧げての

ち, 川向うに投げ, 自分も泳ぎ渡って無事に遁れた. 二人は森の中に住み, カミラは狩をして暮した. のち *トゥルヌス王の味方となり, *アイネイアースの軍と戦い, 奮戦したが, エトルリア王アルンス Ar(r)uns に討たれた.

カムブレース　Kambles, Κάμβλης　リューディア Lydia 王. 大食で后をも食べてしまい, 後悔のあまり自殺した. この王はカムブリテース Kamblites とも呼ばれる.

カムペー　Kampe, Κάμπη　*クロノスが *タルタロスに投げこんだ *キュクロープスたちと *ヘカトンケイルたちの番をしていた女の怪物. キュクロープスたちを味方にしたならば *ティーターン神族に対して勝利を得るであろうとの *ガイア(*ゲー)の予言により, *ゼウスはカムペーを殺して, キュクロープスたちの縛めを解き, 勝利を得た.

カメイロー　Kameiro, Καμειρώ　*パンダレオースの娘. 同項を見よ.

カメイロス　Kameiros, Κάμειρος　*ヘーリアデースの一人 *ケルカポスの子. *イアリューソス, *リンドスの兄弟. 母はキューディッペー Kydippe. ロドス島西岸の同名の市の創建者. 一説には *ヘーラクレースと *イオレーの子ともいわれている.

カメセス　Cameses, 仏 Camèse　イタリアのラティウム Latium の伝説的な王. *ヤーヌスが自分の国テッサリア Thessalia を追われて, この地に来た時, 二人はラティウムをともに支配した.

カメーナイ　カメーナたちを見よ.

カメーナたち　Camena(複数 Camenae)　リーウィウス・アンドロニークス(前3世紀)以来ギリシアの *ムーサと同一視されているローマの水のニンフ. ローマ市のカペーナ Porta Capena 門外に彼女らの聖森と泉があり, ヌマ Numa 王によって捧げられたと伝えられる. *ウェスタの処女たちはこの泉から祭礼用の水を汲んだ.

カメルス　Camers　イタリアのラティウム Latium のカーイエータ Caieta とタラキーナ Tarracina とのあいだにあって, 大蛇のために滅亡したと伝えられる神話的な町アミュークライ Amyclae の伝説的な王.

カユストロス　Kaystros, Κάϋστρος, 仏 Caystre　リューディア Lydia の同名の河の神. *アキレウスと *ペンテシレイアの子. エペソス市の建設者エペソス Ephesos の父. *デルケトーとのあいだに *セミーラーミスを得た.

ガライスス　Galaesus　ラティウムの住

カライス

人. ウェルギリウスの《*アイネーイス》中, *アイネイアースの子*アスカニウスが*テュルスの鹿を殺したために生じたトロイア人と*ルトゥリー人との争いを解かんとして及ばず, 殺された.

カライスとゼーテース Kalais, Καλαϊs, Zetes, Ζήτης　北風神*ボレアースと*オーレイテュイアの子. ボレアダイ Boreadai と呼ばれる. 翼があって, 自在に空を飛んだ. *アルゴナウテースたちの遠征に加わり, サルミュデッソス Salmydessos の*ピーネウス王を悩ましていた*ハルピュイアたちを追い払った. 一説には彼らの姉妹*クレオパトラーがピーネウス王の妻となっていたが, 王が他の女に溺れて, 妻とその子を牢に投じたところ, 彼らがこれを発見し, ピーネウスを罰し, 姉妹とその子供たちを救い出し, 子供たちに王国を与えたという. 彼らはハルピュイアたちを追跡して, その一人*オーキュペテー(またはオーキュトエー Okythoe)を捕えて途中ストロパデス Stropades 群島で疲労のあまりともに落ちて死んだとも, 無事に帰り, 遠征を果し, *ペリアースの葬礼競技で競走には勝ったが, *ヘーラクレースがアルゴナウテースたちの遠征に加わっていた時, ミューシア Mysia で彼らの提案により置き去りにされたことを怒って, テーノス Tenos 島で彼らを殺したとも伝えられる. 彼はこの島に彼らの石碑を建てたが, その中の一つは北風が吹くと, 震え動いた.

ガラテイア Galateia, Γαλάτεια, 拉 Galatea, 仏 Galatée　海のニンフ. *ネーレウスの娘. この名は《乳白の女》の意味を有する. シシリアの*キュクロープスの一人*ポリュペーモスに愛された. この話は牧歌詩人の好んで用いた題材で, ぶざまで無器用な一眼巨人の美しいニンフに対する求愛が滑稽に扱われている. ポリュペーモスの愛に応じないガラテイアには*アーキスなる愛人があり, ポリュペーモスの愛の歌を二人はかくれて聞いていたが, 巨人の発見するところとなって, アーキスは逃げたが, 巨人は岩を投げて, 彼を圧殺した. そのときガラテイアは彼を河に変じた(アーキスの項を見よ). 一説には彼女はポリュペーモスと結ばれ, そこからガラテイア人, ケルト人, イリュリア人の祖ガラース Galas, ケルトス Keltos, イリュリオス Illyrios が生れたという.

カリオペー Kalliope, Καλλιόπη　*ムーサの一人. 叙事詩(歌)の女神とされ, *オルペウス, *セイレーンたち, *リノス, *レーソスは彼女の子といわれる. *アドーニスを争った*アプロディーテーと*ペルセポネーとの仲裁役をしたとも伝えられる.

カリクロー Chariklo, Χαρικλώ　1. *アポローン(または*オーケアノス)の娘. *ケイローンの妻. *イアーソーンと*アキレウスとを養育した.

2. サラミース Salamis 王*キュクレウスの娘. メガラ Megara 王*スキーローン(*スケイローン)の妻となり, *アイアコスの妻となったエンデーイス Endeïs を生んだ.

3. テーバイのニンフ. エウエーレース Eueres の妻. 予言者*テイレシアースの母. 彼女は*アテーナー女神と親しく, その戦車に乗ることも許されていた. ある日二人が沐浴している所に, 偶然テイレシアースが来て, 女神の裸身を見たために, 盲目となった. カリクローは息子の視力の回復を女神に願ったが, 許されず, その代りに女神は彼の耳を潔めて鳥のあらゆる鳴き声を理解し得るようにし, 普通と同様に歩けるやまぐみ(山茱萸)の枝の杖を与えた. また死後もすべての精神の働きを保持し得るようにした. テイレシアースの項を見よ.

カリスたち Charis, Χάρις (複数 Charites, Χάριτες)　1. 美と優雅の女神. 彼女らは神神, 人間および他の世界のあらゆるものに喜びを与える女神で, 本来は春の芽生えの力を象徴したものであるらしい. その数は古くは不定であり, その名も*タレイア Thaleia《花の盛り》, *エウプロシューネー Euphrosyne《喜び》, *アグライアー Aglaia《輝く女》, カレー Kale《美女》, アウクソー Auxo《成長させる女》のごとくまちまちであるが, 普通にはヘーシオドス以来三人で, 上記のはじめの三つの名を有し, *ゼウスと*エウリュノメー(あるいは*ヘーラー)の娘となっている. 美しい若い娘の姿で表わされ, *オリュムポス山上にすみ, 神々に従い, その宴で歌舞する. 彼女たちは単に肉体的な美と魅力を与えるのみならず, 精神的な面でも同様と考えられ, 芸術や技術の面でも崇拝されている. 神話伝説中に彼女たちがしばしば現われるが, 主役となることがないのは, *ホーラーたちと同様である.

2. ホメーロス中, カリスは*ヘーパイストスの妻となっている.

カリストー Kallisto, Καλλιστώ　1. アルカディアのニンフ(一説には*リュカーオーンあるいは*ニュクテウスの娘). 処女を守る誓いを立て, *アルテミスに従って狩をして暮していたが, *ゼウスが彼女を愛し, *アルカスが生

カリロエー

れた．彼女がまだアルカスを腹にもっていた時に，ある日アルテミスとニンフたちは沐浴することになり，裸になったため，カリストーの秘密が発見され，(あるいは后のヘーラーの怒りを憚ったゼウスが)カリストーを熊に変じた．ヘーラーがアルテミスに命じて，あるいはアルテミス自身が破戒を怒って牝熊を殺したとも，アルカスが母と知らずに彼女を追い，まさに殺さんとした時に，ゼウスが母子を憐れんで，母を大熊星に，子をアルクトゥーロス Arkturos 星に変じたともいう．

2. *オデュッセウスの姉妹．

カリディケー Kallidike, Καλλιδίκη

1. *ダナオスの娘の一人．

2. テスプローティア Thesprotia 人の女王．*オデュッセウスがこの地に来た時に，彼の妻となり，*ポリュポイテースを生んだ．彼は攻めて来た近隣の住民を破り，妻の死後，息子に王国を譲って，イタケーに帰った．

カリテス カリスたちを見よ．

カリポリス Kallipolis, Καλλίπολις *アルカトオスの子．犠牲の邪魔をしたので父に殺された．墓はメガラ Megara にあった．

カリュアー Karya, Καρύα 《くるみの木》の意味．くるみの木に変えられたラコーニアの乙女．ディオーンの娘．一説には彼女はオレイオス Oreios の子*オクシュロスとその姉妹の*ハマドリュアスとのあいだの不倫の子で，同じくハマドリュアス《木の精》であるという．

カリュケー Kalyke, Καλύκη *アイオロス(*ヘレーンの子)とエナレテー Enarete(*デーイマコスの娘)の娘．*ゼウスと*プロートゲネイア(*デウカリオーンの娘)の子*アエトリオスの妻となり，*エンデュミオーンを生んだ．

カリュドーン Kalydon, Καλυδών アイトーリア Aitolia の都市名で，この付近で有名な*カリュドーンの猪狩が行なわれた(メレアグロスの項を見よ)．この地の祖は*アイトーロスとプロノエー Pronoe の子カリュドーンで，*アイオリアーを娶り，エピカステー Epikaste と*プロートゲネイアの二女を得た．

カリュドーンの猪狩 メレアグロスの項を見よ．

カリュプソー Kalypso, Καλυψώ 1. 《*オデュッセイア》中で，ニンフ，*アトラースと*プレーイオネーの(一説では*ヘーリオスと*ペルセーイスの)娘．彼女の名は《隠くす女》の意であり，*オーギュギアの島に召使のニンフたち

とともに住んでいた．*オデュッセウスが*キルケーの島から航海の途中に難破して漂着した時に，彼を歓迎し，島に留まって夫となってくれれば，不死にすると言ったが，彼は帰国を願い，*ゼウスは*ヘルメースを遣わして彼を旅立たせることを命じたので彼は八年(他説では七年，あるいは二年)目に，カリュプソーの助けで，ふたたび海に出た．ホメーロス以後の伝えでは，二人のあいだには*ラティーノス(*ラティーヌス)，あるいは*ナウシトオスとナウシノオス Nausinoos が生れたという．この他，*アウソーンもまた二人の子(あるいは父はアトラースで，この系譜ではカリュプソーは*オーケアノスまたは*ネーレウスの娘となっている)とされていることもある．アウソーンの母はときにキルケーとされている．

2. *オーケアノスと*テーテュースとの娘の一人．

カリュブディス Charybdis, Χάρυβδις, 拉 Charybdis, 仏 Charybde 海の渦巻の擬人化された怪物の女．《*オデュッセイア》では*スキュラと相対した所にあり，一日に三度そこに来た船その他のあらゆるものを呑みこみ，三度吐き出した．*オデュッセウスが難航した時に，ここに引きこまれた時，彼は怪物の棲む洞穴の岩上に生えているいちじく(無花果)の枝に飛びつき，マストがふたたび浮き出た時に，それに飛び移って難を逃れた．後代ではカリュブディスはイタリアとシシリアとのあいだのメッシナ海峡に棲むとされている．彼女は*ポセイドーンと*ガイアの娘で，非常な大食で，*ヘーラクレースが*ゲーリュオーンの牛群を追ってここを通った時に，牛を盗んでくらった．*ゼウスが彼女を雷霆で撃ったところ，海に落ちて怪物となった．*アルゴナウテースたちもまたスキュラとカリュブディスのあいだを運航したことがあるという．

カリロエー Kallirrhoe, Καλλιρρόη

1. *オーケアノスと*テーテュースの娘．*クリューサーオール(*ゴルゴーンと*ポセイドーンとの子)とのあいだに怪物*ゲーリュオーンと*エキドナ，ポセイドーンとのあいだに*ミニュアース，*ネイロスとのあいだに*キオネー，リューディア Lydia 初代王*マネースとのあいだにコテュス Kotys が生れた．

2. *アケローオス河神の娘．アルクマイオーンとアカルナーンの項を見よ．

3. *スカマンドロス河神の娘．*トロイアの*トロースとのあいだに*クレオパトラー，*イーロス，*アッサラコス，*ガニュメーデースが生

4. *パリスが*イーデー山中で畜群を飼っていた時に，愛したニンフ．

5. リビア王*リュコスの娘．*ディオメーデースが帰国の途中嵐でリビアに漂着し，捕えられて*アレースに犠牲に供せられようとした時，彼に恋したカリロエーに救われたが，彼は彼女を棄てて去り，彼女は絶望して，縊れて死んだ．

ガリンティアスまたは**ガリンティス** Galinthias, Γαλινθιάς, Galinthis, Γαλινθίς *アルクメーネーの友だちで，テーバイのプロイトス Proitos の娘．アルクメーネーが*ヘーラクレースを生もうとした時，*ヘーラーの命によってお産の女神である*エイレイテュイアと運命の女神モイラたちが，戸口に坐り，腕と脚とをかたく組んで，これによって誕生を阻止していた．ガリンティアスはこれを知って，*ゼウスの命により子供が生れたと叫んだ．女神たちは驚いて立ち上がり，ここに魔力が解けて，アルクメーネーはお産をした．しかし女神たちは怒ってガリンティアスをとかげ(または，いたち)に変じたが，*ヘカテーが憐れんで自分の召使の聖獣とした．ヘーラクレースは成長して，ガリンティアスのために聖堂を造り，テーバイ人はヘーラクレースの祭の際に彼女に供物をそなえた．

カルカース Kalchas, Κάλχας *トロイア遠征のギリシア軍中の最大の予言者．*テストールの子．*アキレウスを伴わなければ勝てないことを予言した．*アウリスに遠征軍が集り，*アポローンに犠牲を捧げた時，祭壇から大蛇が進み出て，雀の巣の中にいた八羽の子雀と九番目には母鳥を食ったのちに，石となったのを見て，彼は十年目にトロイアは陥落するだろうと言った．*テーレポスがアルゴス Argos に来て，トロイアへの航路を教えた時に，カルカースは占術によって彼の指示が正しいことを保証した．*イーピゲネイアの犠牲を予言によって要求したのも，*アガメムノーンに，ギリシア軍を襲っている疫病の原因が*クリュセーイスを返還しないことが原因であると教えたのも，*ヘーラクレースの弓を味方にしなければトロイアは落ちないと予言したのも(ピロクテーテースの項を見よ)，トロイアの*ヘレノスがこの町を保護している神託を知っていることを告げたのも，すべてカルカースであった．トロイアが落ちたのち，ロクリスの*アイアースの不敬のために*アテーナーが怒っているから，無事に帰国することが困難なのを知って，ギリシアの諸将を引き留めたが聞かれなかった．それで彼自身は*アムピアラーオスの子*アムピロコス，*レオンテウス，*ポダレイリオス，*ポリュポイテースとともに陸路コロポーン Kolophon に来た．自分より賢い予言者に出遇ったならば，彼は死ぬであろうという予言があったが，彼らはここで*アポローンと*マントーの子*モプソスの家に招じられ，二人は予言の技を争った．カルカースがいちじく(無花果)の実の数を尋ねた時，モプソスは一万と一メディムノスと正確に言いあてたが，カルカースがモプソスに一頭の牝豚の腹のなかに何匹仔がいるかと尋ねられた時に，カルカースは八匹と言ったのに対して，モプソスは九匹の牡をつぎの日の六時に生むだろうと言い，そのとおりになったので，カルカースは気落ちして死んだ(あるいは自殺した)．彼は近くのノティオン Notion に葬られた．後代の伝承では，リュキア Lykia 王遠征に際して，二人は正反対の予言をし，モプソスの言うごとくになったので，カルカースは死んだともいわれる．他の話では，カルカースはアイオリス Aiolis のミュリーネー Myrine で葡萄を植えたところ，近くにいた一予言者が彼は決してその酒を飲むことはないであろうと言った．やがて木が成長して，酒ができあがった時，その予言者も近所の人々とともに招かれて来て，同じ予言を繰り返した．カルカースはこの時，盃を唇にあてていたが，この言葉を聞いて，大笑いをしたあまりに，むせて窒息し，世を去ったという(アンカイオスの項を見よ)．さらにイタリアの伝えでは，タレントゥム Tarentum 湾のシーリス Siris 山上に彼の墓があり，ヘーラクレースに撲り殺されたことになっている．

カルカボス Karkabos, Κάρκαβος *パンダロスの祖．*トリオパースの子．彼は祖国を救うために暴君だった父を殺して，亡命，*トロースのところに逃げて，罪を潔められ，*イーデー山麓にゼレイア Zeleia 王国を建設した．

カルキオペー Chalkiope, Χαλκιόπη

1. コース Kos 島の王*エウリュピュロスの娘．*ヘーラクレースとのあいだに*テッサロスが生れた．

2. *コルキス王*アイエーテースの娘．*プリクソスの妻となり，*アルゴス，*メラス，プロンティス Phrontis，*キュティッソーロスが生れた．

3. レークセーノール Rhexenor(または*カルコードーン)の娘．アテーナイ王*アイゲウスが，最初の妻，ホプレース Hoples の娘*メーターのつぎに妻とした女．子供がなかったので，王は*デルポイに神託を伺いに出かけ，その帰途トロイゼーン Troizen の王の娘*アイトラー

によって*テーセウスを得た.

カルキノス Karkinos, Καρκίνος 《かに》の意. *レルネーの沼沢に棲み, *ヘーラクレースと*ヒュドラーとの闘いで, 怪物の味方をして, 英雄の踵を挟んだが, 殺された. ヘーラは, しかし, かにが英雄に反対したことを嘉して, 天上の星座(Cancer)とした. 神話の合理的解釈説では, 彼はレルノス Lernos 王を救けて, ヘーラクレースに殺された将軍だということになっている.

カルコードーン Chalkodon, Χαλκώδων

1. エウボイア Euboia 島の英雄. *アバースの子, *エレペーノールと*カルキオペーの父. テーバイ人が貢税から解放される目的で, エウボイアを攻めた時に, その将*アムピトリュオーンに討たれた.

2. *ヘーラクレースが*アウゲイアースを攻めた時に従った英雄.

3. *オイノマーオス王の娘*ヒッポダメイアの求婚者の一人.

4. *ヘーラクレースが*トロイアからの帰国の途中, コース Kos 島人と戦った時, カルコードーンに傷つけられたが, *ゼウスが彼を奪い去ったために, なんらの害を受けずにすんだという.

カルコーン Chalkon, Χάλκων 神託によって*ネストールが息子の*アンティロコスの従者としてつけてやった男. *アキレウスが*ペンテシレイアと戦った時, 彼女に恋して, 助けに来たので, アキレウスに殺され, 死骸は裏切りの罪で十字架にかけられた.

カルデア Cardea ローマの女神. 扉のちょうつがい(蝶番)を, したがって家族生活をつかさどる.

カルナ Carna ローマの女神. 人間の健康を守る. その祭礼は6月1日に行なわれ, 共和制の第一年にブルートゥス Brutus によって始められたという. オウィディウスはこの女神を*カルデアと混同したらしく, これによるとカルナはローマ市がのちにできたところの, ティベル河岸の森(Lucus Helerni)に住み, もとの名はカルネー Carne であった. 処女を守る誓いを立て, 山野に狩をしていた. 恋人が近づくと, ともに森に行き, たちまちにして身をかくした. *ヤーヌス神が彼女に恋し, 彼女が岩の背にかくれようとするのを捕えて, 犯したが, 彼女にそのかわりに扉のちょうつがいの支配権を, その徴に家の戸を守る魔力のあるさんざし(山樝子)の枝を与えた. 彼女はまた, 夜現われて赤児の血を吸う魔鳥を払う力があり, アルバ・ロンガ Alba Longa 王プロカース Procas の子が

すでにこの鳥に襲われ, 身体に吸われた跡があるのを救った.

カルナボーン Karnabon, Καρναβῶν ゲータイ Getai 族の王. *トリプトレモスが*デーメーテールの命により, 竜に引かれた戦車で人間に麦の栽培を教えるべく, 世界をめぐる途中, 王の所に立ち寄った. 王ははじめは歓迎し, のちに彼を襲い, 竜の中の一頭を殺し, トリプトレモスをも殺さんとした時に, デーメーテールが助けに来て, 王を星に化した. 彼は空でまさに竜をつかんで殺さんとする姿をしている.

カルネイア祭 Karneia, Κάρνεια, 拉 Carnea *アポローン・カルネイオス Karneios を主神とする, カルネイオスの月(8〜9月)に行なわれた, ドーリス族の祭礼. Karnos は《牡羊》の意味である. これはドーリス人侵入以前の先住民族の古い神*カルノス あるいはカルネイオスで, アポローンと同一視されたために生じたものであるらしい. カルノスの項を見よ.

カルノス Karnos, Κάρνος アカルナニア Akarnania の神官, 予言者. *ヘーラクレースの後裔たちがナウパクトス Naupaktos に集って, ペロポネーソス攻略を計った時, そこに現われたので, 人々は彼を軍に禍するためにペロポネーソス人によって送られた魔術師と考え, 後裔たちの一人*ヒッポテースが投槍で殺した. のち, 海軍は船が破壊され, 陸軍は飢饉にみまわれ, 軍隊が解散した. *テーメノスが神託を求めたところ, *アポローンの怒りによることが判り, ヒッポテースは追放され, 人々はアポローン・カルネイオス Karneios の祭を神に捧げた.

カルマーノール Karmanor, Καρμάνωρ クレータ島の神官. エウブーロス Eubulos と*クリューソテミスの父. クレータの所伝では, 彼は*ピュートーンを殺した*アポローンと*アルテミスを潔め, また, アポローンとその恋人*アカカリスをかくまったという.

カルメー Karme, Κάρμη *ブリトマルティスの母. エウブーロス Eubulos(*カルマーノールの子)の娘. 一説では彼女は*ポイニクス(*アゲーノールの子)と*カッシオペイアの娘で, 年とってから, 捕えられてメガラ Megara に送られ, その王*ニーソスの娘*スキュレーの乳母となった.

カルメンティスまたは**カルメンタ** Carmentis, Carmenta ローマ伝説中, *エウアンドロスの母. 予言力をもっていた. 彼女はニンフともいわれているので, その起源はおそらく水の精で, 古くからお産の女神とされ, ローマ市

ガレオーテ

のカルメンターリス門 Porta Carmentalis にはその名がついている. 彼女はまた複数でカルメンテース Carmentes とも呼ばれ, この場合にはProrsa《前むき》とPostverta《後むき》の二人とされている. 伝説では彼女は*エウアンドロスとともにアルカディアからイタリアに来たことになっているが, 彼女の名はギリシア名ではないので, この説明のために, もとの名はニーコストラテー, *テミス, あるいはティーマンドラー Timandra であり, *ラードーン河神の娘とされていることがある. *ヘーラクレースが訪れた時, 彼の運命を予言した. 彼女は110歳まで生き, その子供たちが彼女をカルメンターリス門近くに葬った. 彼女は, 一説では, エウアンドロスの妻で, ヘーラクレースがローマで大祭壇 Ara Maxima を築いて, *ゼウスを祭った時, 犠牲に参加するのを拒んだため, その後神はこの祭礼に女の参加を禁じたのであるという.

ガレオーテース Galeotes, Γαλεώτης *アポローンとテミストー Themisto (ヒュペルボレイオス人の王ザビオス Zabios の娘) との子. 他のヒュペルボレイオス人テルミッソス Telmissos とともに*ドードーナの神託に伺ったところ, 一人は東に, 一人は西にむかって進み, 鷲が犠牲の最中に肉をさらった所に祭壇を建てるべしとの答えがあった. テルミッソスはカーリアに行き, ガレオーテースはシシリアに留まって, この島の予言者の一族の祖となった. 彼らはガレオータイ Galeotai と呼ばれ, ヒュブラ Hybla の市に住んでいたので, この市はガレオーティス Galeotis (または Galeatis) とも呼ばれる.

ガロイ ガロスたちを見よ.

ガロスたち Gallos, Γάλλος (複数 Galloi, Γάλλοι), 拉 Gallus (Galli) *キュベレーの神官. 普通複数で用いられる. コリュバースの項を見よ.

カロプス Charops, Χάροψ *オルペウスの父 *オイアグロスの父. *ディオニューソスがトラーキア Thrakia に来た時, その王*リュールゴスの悪企みを神に告げた償いとして, 神は彼を王とした. この神の崇拝は彼によってその子孫に伝えられた.

カローン Charon, Χάρων 冥府の河の渡守り. 老人で長髯, よごれたみすぼらしい衣服を着た姿で想像されている. 渡し賃は一オボロスで, ギリシアでは, そのために死者の口中に一オボロスの銅銭を入れる習慣があったこと, 日本の三途の河の渡し船賃の一文銭と同じ. 船は死人自身が漕ぎ, 彼はその方角だけを操ると考えられていた. *ヘーラクレースが生きながら冥界に降った時, カローンに無理強いに河を渡らせたので, その罪でカローンは一年間鎖につながれた. エトルリアの壁画上のカローンは槌を手にしており, 頭髪には蛇が生えた姿で表わされている. その解釈についてはまちまちで定説がない.

ガンゲース Ganges, Γάγγης インドのガンジス河の神. インドス Indos とニンフのカラウリアー Kalauria の子. 酔って, 知らずして母と交わり, 醒めた時絶望のあまり河に身を投げた. クリアロス Chliaros と呼ばれていたその河は, その後ガンゲースと呼ばれるようになった.

キ

キオネー Chione, Χιόνη 1. 北風神*ボレアースと*オーレイテュイアの娘. *ポセイドーンと交わって*エウモルポス (同項を見よ) の母となった. したがってエウモルポスはキオネーデース Chionides (キオネーの子) と呼ばれる.

2. *ダイダリオーンの娘. *ヘルメースによって*アウトリュコスの, *アポローンによって*ピラムモーンの母となった.

3. *ブリアーの母.

ギガース Gigas, Γίγας, 複数 Gigantes, Γίγαντες, 英 Giant, 独 Gigant, 仏 Géant 巨大な身体を有し巨力を振った神話中の一族. ヘーシオドスによれば天空神*ウーラノスが*クロノスによって生殖器を切断された時に流れた血が大地*ガイアに滴って, そこから生れたものであり, 勇敢な戦士とされている. ホメーロスではその王*エウリュメドーンとともに滅亡した野蛮な一民族となっている. 後代の想像では, 彼らは頭と頬から濃い毛を生やし, 腰から下は竜の姿となっている. 一説では彼らはプレグライ Phlegrai に, 一説ではパレーネー Pallene (トラーキアのカルキディケー Chalkidike 半島の一つ) に生れた. ただしプレグライはパレーネーと同一で, その古名とする説もある. 彼ら

はオリュムポスの神々に戦を挑んで，空に岩や火のついた樫の木を投じた．彼らの中でも*ポルピュリオーンと*アルキュオネウスはすべてにまさり，アルキュオネウスはその生をうけた地で闘っている限り不死であった．これらの巨人たちは神々のみによっては滅ぼされ得ないが，人間が味方になれば退治されるという予言があった．ガイアはこれを知り，人間によっても滅ぼされ得ないようにするために薬草を求めていた．そこで*ゼウスは太陽，月，曙に現われることを禁じ，薬草をみずから機先を制して切り取り，*ヘーラクレースを*アテーナーを通じて味方に招いた．彼はまずアルキュオネウスをパレーネーから外に引きずり出して殺した．ポルピュリオーンはヘーラクレースと*ヘーラーにむかって来たが，ゼウスがヘーラーに対する欲情を彼に起させ，彼が女神の衣を引き裂いて手込めにしようとした時，ゼウスが雷霆を投じ，ヘーラクレースが矢で射て殺した．*エピアルテースは左眼を*アポローンに，右眼をヘーラクレースに射られて死んだ．*エウリュトスは*ディオニューソスが*テュルソス杖で，クリュティオス Klytios は*ヘカテーが炬火で，*ミマースは*ヘーパイストスが熔鉱を投げつけて，殺した．アテーナーは*エンケラドスの上にエトナ火山を投げつけて下敷きにした．またパラースの皮を剝いで，戦闘の際に身に鎧った．*ポリュボーテースは*ポセイドーンがニーシュロス Nisyros 島を彼の上に投げて下敷きにした．*ヘルメースは*ハーデースのかくれ帽をかむって*ヒッポリュトスを殺し，*アルテミスはグラティオーン Gration を，*モイラたちはアグリオス Agrios とトオーン Thoon (またはトアース Thoas) を銅の棍棒で殺した．その他の者をゼウスは雷霆で撃ち，ヘーラクレースはその者が死につつあるところを矢で射てとどめをさした．これが*ギガントマキアー《巨人の戦》と呼ばれて，彫刻の題材としてしばしば採られたものである．

ギガースたちは，巨人族なので，他の巨人 (*ティーターンたち，*ヘカトンケイルたち，*キュクロープスたち，*アローアダイ) が彼らと混同されているが，神々に戦を挑んだティーターンたち，アローアダイはギガース族とは異なるものであるし，ヘカトンケイルとキュクロープスは神々の味方である．

ギガンテス　ギガースを見よ．

ギガントマキアー　Gigantomachia, Γιγαντομαχία　ギガースの項を見よ．

キコーン族　Kikon, Κίκων, 複数 Kikones,

Κίκονες　トラーキアの民族．*アポローンと*ロドペーの子キコーン Kikon がその祖．*オルペウスを八つ裂にしたのはこの民族の女たちであったといわれる．ホメーロスの《*イーリアス》ではこの民族は*メンテースに率いられて，*トロイア方になっている．*オデュッセウスはトロイアから帰国の途中，最初にこの民族の港イスマロス Ismaros に寄航，この市を掠奪したが，アポローンの神官*マローンのみは許したので，彼はオデュッセウスに多くの贈物をし，とくに12甕の葡萄酒を与えた．これはのちに*ポリュペーモスの洞窟で捕えられたおりに，オデュッセウスらを救うきっかけとなった．掠奪後オデュッセウスは部下にただちに引き上げるように命じたが，彼らは聞き入れず，ために奥地の住民が加勢に来て，12隻の船の乗組員中各船六人を失った．キコーン族はペルシアのクセルクセース Xerxes の軍がギリシア進攻の途中通過した民族中に挙げられているから，歴史時代にも同所に居住していたらしい．

キタイローン　Kithairon, Κιθαίρων

1. アッティカとボイオーティアの間に横たわる山脈．地方伝説によれば，キタイローンとヘリコーン Helikon は兄弟で，前者は乱暴者，後者はおとなしい性質であった．キタイローンは父を殺し，兄弟を岩から突き落し，自分も墜落して死んだ．そこで人々は彼らの名を取って，*エリーニュスたちの住居たる山をキタイローン山，*ムーサたちの山をヘリコーン山と名づけた．一説にはキタイローンは美男子で，エリーニュスたちの一人*テイシポネーに恋されたが，拒んだので，彼女は怒って彼の毛髪の一本を蛇に変え，彼はこれに咬まれて死んだ．それで以前にはアステリオーン Asterion と呼ばれていたこの山をキタイローンに変えたという．

2. プラタイアイ Plataiai の王．*アーソーポスの後継者．*ゼウスと*ヘーラーが仲たがいし，ヘーラーはエウボイア Euboia 島へ，ゼウスはキタイローンの所に来た．王はゼウスに女人の木像を造り，マントを着せ，牛車に乗せるように勧めた．ヘーラーがその理由を尋ねたところ，人々はゼウスが妻にするべくアーソーポスの娘プラタイアー Plataia をつれて行く所だと，教えたので，女神は大急ぎで車のところに行き，マントを剝いだ．しかしそこにあったのは単なる木像だったので，女神は笑って，夫と仲なおりした．この記念にプラタイアイでは毎年ゼウスとヘーラーの結婚を祝う祭が行なわれた．このキタイローンもまた山にその名を与えた．

キッセウス　Kisseus, Κισσεύς　トラーキ

キニュラー

ア王．*テアーノーの父，また一説では*トロイアの*プリアモス王の后*ヘカベーの父．したがって彼女はキッセーイス Kisseïs《キッセウスの娘》とも呼ばれている．

キニュラース Kinyras, Κινύρας　キュプロス Kypros 島の王，同島のパポス Paphos 市の*アプロディーテー・アスタルテーの崇拝の創建者で，この女神の神官職の祖といわれ，この島におけるフェニキア文化の移入者，代表者となっている．したがって彼はシリアのビュブロス Byblos 市出身とされ，音楽家（kinnor はフェニキア語でハープの意）で予言者であり，この点で彼は*アポローンとニンフの*パポスの子とされているが，また*ミーノースの子エウリュメドーンの子ともいわれる．さらにキニュラースとフェニキアとの関係は，いま一つのアテーナイの*ケクロプス家と関係づける系譜にも見いだされる．これによれば，曙の女神*エーオースにさらわれた*ケパロスは，シリアで女神とのあいだに子*パエトーンを得，その子アステュノオス Astynoos の子サンドコス Sandokos がキニュラースの父となった．サンドコスはシリアからキリキア Kilikia に行き，ケレンデリス Kelenderis 市を建て，ヒュリア Hyria の王メガッサレース Megassares の娘パルナケー Pharnake を娶り，キニュラースを生んだ．キニュラースは人々とともにキュプロスに来て，パポス市を建設し，キュプロス人の王*ピュグマリオーンの娘*メタルメーを妻とし，オクシュポロス Oxyporos と*アドーニスを，さらに娘オルセディケー Orsedike，ラーオゴレー Laogore，ブライシアー Braisia を得た．これらの娘はアプロディーテーの怒りによって異邦人と床をともにし，エジプトで生を終った．一説では，アドーニスは，キニュラースとその娘*ミュラー（または*スミュルナー）との不倫の交わりの子である．ただしアドーニスの系譜については異説がある．

キュプロスではキニュラースはあらゆる文化の移入者，創始者であり，アプロディーテーに愛されて，160 歳の長寿を得たともいわれるが，一方彼はアポローンと音楽の技を競い，神によって殺されたともいう．また*トロイア戦争に関して奇妙な伝説がある．ギリシア人たちは*オデュッセウスと*タルテュビオスを遣わして，彼に味方になることを乞わしめた時，彼は 50 隻の船を送ることを約束した．しかし実際には一隻のみを準備し，他の 49 隻は土でこねた船を造り，同時に進水させたので，ただ一船のみ*アウリス港のギリシア軍に加わった．戦後*テウクロスがこの島に来た時，キニュラースは彼を歓待し，領地を与えた．そこにテウクロスはサラミース Salamis 市を建設し，キニュラースの娘エウネー Eune を妻とした．

キープスまたはキップス Cipus, Cippus　ローマの昔のプライトル praetor．勝利を得て兵をひきいてローマに帰る途中，小川の水鏡で自分の頭に角が生えているのを見て，犠牲を捧げ，その獣の内臓により予言者が，彼は市に入れば王となる運命にあると言ったので，カムプス・マールティウス Campus Martius に人々を集め，自分を追放させた．感謝の徴として元老院は彼に一日のうちに耕しえただけの畑を与え，その像を立てた．

キマイラ Chimaira, Χίμαιρα, 拉 Chimaera, 仏 Chimère　1．ライオンの頭，蛇の尾，山羊の胴をもち，口より火焔を吐き出す怪獣．*テューポーンと*エキドナの子．彼女はカーリア Karia 王アミソダレース Amisodares に育てられ，リュキア Lykia にいた．*ベレロポーンに退治された（同項を見よ）．

2．*ダプニスを恋したシシリアのニンフ．

キムメリオス人 Kimmerios, Κιμμέριος, 複数 Kimmerioi, Κιμμέριοι　ホメーロスでは，世界のはて，*オーケアノスの流れにある極西の，日が上らない地で，*オデュッセウスが死者の霊を呼び出すためにそこに赴いたという地に住む民族．その後の人はこの民族の地をあるいはイタリアのアウェルヌス Avernus 湖付近に（ここには冥府への通路があると信じられていた），あるいはウクライナやアゾフ海沿岸に，あるいはスペインに求めんとしている．キムメリオス人は，ヘーロドトスによれば，アゾフ海沿岸に住んだ実在の民族で，前 8 世紀に南下して，アッシリアに迫り，サルゴン Sargon 王に破られ，小アジアではプリュギア Phrygia を荒廃に帰せしめたのち，リューディア Lydia およびイオーニア Ionia の諸都市を荒し，前 657 年にリューディアの主都サルデイス Sardeis を攻略したが，その王アリュアッテース Alyattes によって小アジアから追われた．この歴史的な民族と伝説中の民族との確かな関係は明らかでない．

ギュアース Gyas, Γύας　1．《アイネーイス》中，*アイネイアースの部下で，*アンキーセースの葬礼競技に参加した．

2．《*アイネイアース》中，*アイネイアースが討ったイタリア人の一人．彼は*ヘーラクレースが*ゲーリュオーンの所に行った時に従ったメラムプース Melampus と称する男の子であって，キッセウス Kisseus の兄弟で，この兄弟

も同時に討たれた.

キュアニッポス Kyanippos, Κυάνιππος

1. *キュアネー 3. の父.

2. *アドラストスの娘 *アイギアレイアの子. 一説ではアドラストスの子. アルゴス王. *ディオメーデースと*エウリュアロスに育てられ, *トロイア戦争に参加, *トロイアの木馬にひそんだ勇士の一人. 子なくして世を去った.

3. テッサリア人パラクス Pharax の子. 狩にこって, 妻レウコーネー Leukone をかえりみなかったので, 彼女は夫が森のなかでなにをしているかを見とどけるべく, 出かけたところ, 夫の犬群によって殺された. キュアニッポスは妻の死体を発見して, 焼き, 犬群を殺し, 自殺した.

キュアネー Kyane, Κυάνη 1. シシリアのシューラクーサイ Syrakusai 市の乙女. 父親*キュアニッポスが酔って彼女を犯したために, 疫病が発生し, 神託が不倫の罪を犯した者を犠牲にすることを求めた時, 彼女は父を殺し, 自分も自殺した.

2. 1. と同じくシューラクーサイのニンフ. *ペルセポネーが*ハーデースにさらわれんとした時, これを止めようとしたので, 神は怒って彼女を海のように濃青(kyanos)な泉に変じた.

3. 太古のアウソニア人(=イタリア人)の王リパロス Liparos の娘. 王はイタリアを追われて, シシリアの北のリパライ Liparai 群島に住み, *アイオロスが彼の所に来た時に, キュアネーを与え, 王権を分った.

キュアネアイ島 Kyaneai, Κυάνεαι *シュムプレーガデスのこと. アルゴナウテースたちの遠征の項を見よ.

キュアネエー Kyanee, Κυανέη *マイアンドロス河神の娘. *アポローンの子*ミーレートスによって*ビュブリス と*カウノスの母となった. ただしこの二人の母親には異説がある.

ギュエース, ギュアースまたはギューゲース Gyes, Γύης, Gyas, Γύας, Gyges, Γύγης *ヘカトンケイルの一人. 同項を見よ. *ブリアレオースと*コットスの兄弟. 後者とともにオリュムポスの神族と戦い, 破れて*タルタロスに閉じこめられ, ブリアレオースがその番をしている.

キュクノス Kyknos, Κύκνος 《白鳥》の意, 多くの同名異人がある.

1. *アレースと*ペリアースの娘*ペロピアー(あるいは*ピューレーネー)の子. ヘーシオドスによれば, *デルポイに参詣し奉献物を持参する巡礼たちを道で襲って殺す野盗であった. *アポローンが怒って, *ヘーラクレースに退治を命じ, 英雄は神々の贈物たる武具を装い, 神馬*アレイオーンの引く戦車に駕し, *イオラーオスとともにキュクノスに立ち向った. キュクノスはアレースとともに英雄を迎え, ヘーラクレースが道をあけてくれるように言ったが, 聞かず, 英雄はキュクノスを殺し, *アテーナーの援助により, アレースと戦って, その左腿を傷つけたので, アレースは*オリュムポスに逃げ帰った. ステーシコロスとピンダロスの詩によれば, ヘーラクレースはキュクノスとアレースの二人が向って来た時, 退き, のちキュクノス一人を討ち取ったことになっている. また一説では*ゼウスが雷霆をキュクノスとヘーラクレースの中間に投じて, 引き分けたという. この闘いはテッサリアのパガサイ Pagasai で行なわれたことになっているが, マケドニアのエケドーロス Echedoros 河畔ともイトーノス Ithonos ともする説がある.

2. *ポセイドーンと*カリュケーの子. 《キュプリア》Kypria 等, ホメーロス以後の*トロイア物語の叙事詩人中に語られているところでは, 彼は戦争以前に, 誤って死を伝えられた*パリスの葬礼競技に参加, 戦争ではトロイア方で, 海軍をもってギリシア軍をはばみ, *アキレウスに討たれた. 彼は不死身だったので, アキレウスは彼を楯で押し戻し, あとずさりするあいだに石につまずいて倒れるところを, 楯で圧し殺したが, ポセイドーンは彼を白鳥に変じた.

3. *ポセイドーンの子. レウコプリュス Leukophrys (=のちのテネドス Tenedos) 島に面する地の王. 母スカマンドロディケー Skamandrodike が彼の生れた時に棄てたが, 白鳥が育てた. のち*ラーオメドーンの娘プロクレイア Prokleia を娶り, 一男*テネース, 一女ヘーミテアー Hemithea を得た. 妻の死後, トラガソス Tragasos の娘ピロノメー Philonome を娶ったが, 彼女はテネースに懸想し, 拒絶され, 夫に自分の方が言い寄られたごとくに訴えたので, キュクノスは二人の子を箱に入れて, 海に流した. 二人はレウコプリュスに漂着, この島はテネドスと改名された. この際笛吹きのエウモルポス Eumolpos がピロノメーの証人になったが, のちキュクノスは真実を知り, 笛吹きを石で撃ち殺し, 妻を生埋めにし, 息子に会いにテネドスに赴いた. しかしテネースは面会を拒み, 父の船のもやい綱を斧で切った. 爾来テネドス島からは笛吹きは追い払われた. 一説には二人は和解し, キュクノスは*アキレウスに殺されたというが, これは 2. との混同である.

4. リグリア Liguria 王. *パエトーンの友で, 彼の死を嘆き, 白鳥となり, *アポローンは彼に歌声を与えた. 白鳥が死に際して歌うというのはこのためである.

5. *アポローンとアムピノモス Amphinomos の娘テューリアー Thyria の子. アイトーリア Aitolia のプレウローン Pleuron と*カリュドーンのあいだに住み, 美少年だったので, 大勢の人が言い寄ったが, 退け, ついにただ一人残った*ピューリオスにつぎつぎに難題を吹きかけた. ピューリオスは*ヘーラクレースの援けを得て, これを果したが, 最後にはキュクノスを見棄てたので, 少年は湖に身を投げ, 同じく身投げした母とともに, アポローンによって白鳥にされた.

キュクレウス Kychreus, Κυχρεύς　*ポセイドーンと*アーソーポス河神の娘*サラミースの子. サラミース島を害していた蛇を退治して, その王となった. 一説にはこの蛇はキュクレウス自身が育てたもので, 彼はエウリュロコス Eurylochos なる者に島を追われ, エレウシース Eleusis に遁れて, *デーメーテールのお使となったという.

キュクレウスの娘*カリクローはエンデーイス Endeïs の母で, *アイアコスの継母である. キュクレウスには男の子がなく, その王国は曾孫*テラモーンによって継がれた. 一説にはキュクレウスの娘は*グラウケーといい, *アクタイオスに嫁して, テラモーンを生んだと.

キュクレウスはサラミース島の保護の英雄として祭られ, ペルシア戦争のサラミースの海戦に際して, 大蛇の姿でギリシア海軍を保護すべく現われたと伝えられている.

キュ(ー)クロープスたち Kyklops, Κύκλωψ (複数 Kyklopes, Κύκλωπες)　ホメーロスにおいては, 彼らは一眼の巨人族で, 野蛮で乱暴で人食いの, 牧畜を行なう民族とされている. *オデュッセウスが彼らの住所 (シシリア?) に来た時, その部下とともに, キュクロープスのポリュペーモスの洞穴に捕えられた話は同項参照.

ヘーシオドスにおいては, キュクロープスたちは天空神*ウーラノスと大地女神*ガイアの三人の息子*ブロンテース Brontes《雷鳴の神》, *ステロペース Steropes《電光の神》, *アルゲース Arges《閃光の神》(ウェルギリウスではピュラクモーン Pyracmon) で, ウーラノスは彼らを縛して, 冥界の*タルタロスに幽閉した. *クロノスは父のウーラノスの支配権を奪うために, 彼らをタルタロスから助け出して, 味方にしたが, のちふたたびタルタロスに幽閉した. *ゼウスがクロノスたちの支配権を奪った時にも, キュクロープスたちはタルタロスより解放されて, ゼウスたちを援助し, ゼウスには電光と雷霆を, *ハーデースにはかくれ帽を, *ポセイドーンには三叉の戟を与えた. かくてキュクロープスたちは神話のなかで神の鍛治師となったが, 以上の話では彼は神あるいはオリュムポスの第一級の神々に従属する第二級の神である. *アスクレーピオスの伝説中では, *アポローンは, ゼウスが雷霆でその息子のアスクレーピオスを撃ち殺したのを怨んで, 雷霆を供給したキュクロープスたちを殺したことになっているが, これは不死の神としての彼らには矛盾する物語である. アレクサンドレイア時代には, 彼らは地下の仕事場で鍛治の仕事をして, 神々に武器を供給する職人と考えられ, 彼らの仕事場の煙がエトナの火山から出ていると思われていた. 先史時代の巨大な岩石によって造られた城壁 (*ミュケーナイ, *ティーリュンス, アテーナイのアクロポリスの城壁) は彼らの仕事とされていて, ἐγχειρογάστορες《手によって食を得る者=労働者》と呼ばれているが, このキュクロープスは, 一部では上記の神たるキュクロープスたちとは別の民族と考えられていた.

キュ(ー)クロープス　キュ(ー)クロープスたちを見よ.

キュージコス Kyzikos, Κύζικος　プロポンティス Propontis のアジア側にあるキュージコス市に名を与えた祖. テッサリアの*スティルベーの子アイネウス Aineus の子. 予言者*メロプスの娘*クレイテーと結婚したばかりのところへ, *アルゴナウテースたちが立ち寄ったので, 彼は彼らを歓迎した. アルゴナウテースたちは夜間に出航して, 逆風に遇い, 知らずにふたたびキュージコスの国ドリオニア Dolionia に帰った. ドリオニア人は, これを自分の敵のペラスゴス Pelasgos 人 (あるいは海賊) であると思い, 夜のあいだにたがいに知らずに戦い, アルゴナウテースたちはキュージコスを知らずに殺してしまった. 翌日これを知り, 彼らは大いに嘆いて, 立派に王を葬った.

キュティッソーロス Kytissoros, Κυτίσσωρος　*プリクソスと, *コルキス王*アイエーテースの娘*カルキオペー (あるいはイーオパッサ Iophassa) との子. *アルゴス 3., *メラース, プロンティス Phrontis の兄弟. 彼は故郷のテッサリアに帰り, 祖父*アタマースがまさに*ゼウスに捧げられんとするところに着き, 彼を救って, 祖父の王権を確保した. これよりゼウスの怒りをかい, 彼の子孫の長子は市庁に

キューディッペー Kydippe, Κυδίππη
1. *クレオビスと*ビトーンの母.
2. *アコンティオスの愛人. 同項を見よ.
3. *ネーレウスの娘の一人.

キュテーラ島 Kythera, Κύθηρα, 拉 Cythera, 仏 Cythère　ペロポネーソスの南東にある島. *アプロディーテーが誕生ののちこの島に上陸したといわれ, これより女神はキュテレイア Kythereia とかキューテーレー Kythere, キュテレーイス Kythereïs などと呼ばれる.

キュドーン Kydon, Κύδων　*ヘルメースと*アカカリスの子. クレータ島のキュードーニア Kydonia の創建者. *アポローンの子ともいわれる. 一方アルカディアのテゲア Tegea 人は, 彼は彼らの祖*テゲアーテースの子の一人であると主張している.

キュノスーラ Kynosura, Κυνόσουρα《犬の尾》の意味. クレータ島のニンフ. ニンフの*ヘリケーとともに子供の*ゼウスを育てたために, *クロノスに迫害され, ゼウスは二人を小熊と大熊星座に変じた. キュノスーラはクレータ島とアルゴスの南方の二カ所に地名として残っている.

キュノルタース Kynortas, Κυνόρτας　*ラケダイモーンの子アミュークラース Amyklas の子. 母はラピトス Lapithos の娘*ディオメーデー. *ヒュアキントスの兄. アミュークラースの死後, 兄のアルゴロス Argalos がスパルタ王となったが, 子なくして死に, キュノルタースがそのあとを継いだ. 彼の子は*ペリエーレース(あるいは*オイバロス). しかしペリエーレースは*アイオロスの子ともいわれる. *テュンダレオース, *イーカリオス等スパルタの古い伝説中の兄弟はペリエーレースの, あるいはオイバロスの, あるいはキュノルタース自身の子となっている.

キュパリッソス Kyparissos, Κυπάρισσος
1. テーレポス Telephos の子. ケオース Keos の人. *アポローンに想いを寄せられた美少年. 鹿を可愛がっていたが, ある日誤ってこれを殺し, 悲しみのあまり死せんとし, 神々は憐れんで彼を悲しみの木サイプレス(ギリシア語でキュパリッソス)に変じた.
2. *ミニュアースの子. オルコメノス Orchomenos の兄弟. パルナッソス山中のキュパリッソスに名を与えた.

キュプセロス Kypseos, Κύψελος　*アイピュトスの子. アルカディア王. *ヘーラクレースの後裔たち(*ヘーラクレイダイ)の第二回目のペロポネーソス侵入の際に, 娘*メロペーを*クレスポンテースに与えて, 王座を保った. クレスポンテースの死後, その子*アイピュトスを助けて, 父の復讐をなさしめた. キュプセロスはパラシオイ Parrhasioi 人の地にバシリス Basilis 市を創建して住み, *エレウシースの*デーメーテールの崇拝を移し, その例年の祭に美人コンテストを催し, 彼の妻ヘーロディケー Herodike が最初の勝利を得た.

キュベレー Kybele, Κυβέλη　プリュギア Phrygia のペッシヌース Pessinus を中心地とした, アナトリア Anatolia 全体にわたって崇拝されていた大地女神. 本来は豊穣多産の女神であるが, 最高の神として, 予言, 疾病治癒, 戦における保護, 山森の野獣の保護など, あらゆる面で力を有するものと考えられていた. リューディア語形ではキュベーベー Kybebe. 彼女はギリシア・ローマの世界においては, 神々の母として, *レアーと同一視され, その神官たる*コリュバースたちもレアーの従者たる*クーレースたちとしばしば混同されている. 彼女に関する一貫した神話は*アッティスの話で(同項およびアグディスティスの項を見よ), 彼女の神官コリュバースたち(あるいはガッルス Gallus たち)は, 男根を除いた去勢者で, あらゆる叫声を発し, 卑猥なさまで, 武器などを打ち鳴らしつつ, 狂い踊った. 女神の崇拝は前5世紀後半ごろにアッティカにもたらされ, ローマには前204年に, ペッシヌースにある, 彼女の崇拝の中心たる聖石とともに, ポエニ戦争の最中に将来された. 石を積んだ船がティベル河で坐礁した時に, ローマの貴婦人クラウディア Claudia Quinta は, 自分の帯を解いて, 船をこれで引いた. 女神の神殿はパラティーヌス丘に建てられたが, 古くはローマ人はその神官になることは許されなかった. その祭メガレ(ン)シア Megale(n)sia は 4 月 4 日に行なわれた. しかし帝政期にキュベレーの祭はさらに一般化した.

彼女はギリシア・ローマ神話界では, *ウーラノスと*ガイアの娘で, レアーのほかに, ローマでは*ケレース, *ウェスタ, *ベレキュンティアー, *ディンデュメーネー等, 多くの女神と同一視され, ディオドーロスによれば, リューディア王とディンデュメーネーの娘で, キュベレー山に棄てられたので, この名を得たという. 彼女は塔を頂き, ときに多くの乳房をもち, 二頭のライオンを従え, またライオンの引く戦車に乗った姿で表わされる.

キュラロス Kyllaros, Κύλλαρος　美しい

キュレーネ

*ケンタウロス族の青年．女のケンタウロス，*ヒューロノメーに愛されていたが，*ペイリトオスの結婚式の宴会でケンタウロスたちが*ラピテース族と争った時に，討たれた．ヒューロノメーはあとを追って自殺した．

キュレーネー Kyllene, Κυλλήνη　アルカディアのニンフ．*ペラスゴスの妻となり*リュカーオーンを生んだとも，リュカーオーン自身の妻であるともいわれる．彼女はアルカディアのキュレーネー山に名を与え，一説では，生れたばかりの*ヘルメースを育てたのは*マイアではなく，キュレーネーであるという．

キューレーネー Kyrene, Κυρήνη　テッサリアのニンフ．*クレウーサ(*オーケアノスと*ガイアの娘)と*ペーネイオス河神との子で，*ラピテース族の王ヒュプセウス Hypseus の娘．ピンドス Pindos 山中で父の畜群を飼っているあいだに，ライオンと素手で戦って，これを倒したのを見た*アポローンが，彼女に恋し，*ケイローンに彼女の素姓を尋ねたのち，さらってアフリカのリビアにある，のちに彼女の名によって呼ばれたキューレーネーに連れて行って交わり，*アリスタイオスが生れた．ヘーシオドス・ピンダロスのこの話は，アレクサンドレイア時代には多少変って，彼女はこの地を荒したライオンを退治して，*ポセイドーンの子，リビア王*エウリュピュロスからこの地を分与され，キューレーネー市を創設，子供はアリスタイオスのほかにもう一人アントゥーコス Antuchos を生んだことになっている．彼女はまた，キューレーネーに来る途中クレータ Kreta 島に立ち寄ったとも，アポローンは狼の姿(この地には Apollon Lykios《狼のアポローン》の崇拝があった)で交わったともいわれる．ウェルギリウスは話をまったく変更して，彼女をペーネイオス Peneios 河の下にある地下の，地上に出る前に河川が合流する洞穴に住む水の精としている．

キュンティアー Kynthia, Κυνθία　キュンティオスの項を見よ．

キュンティオス Kynthios Κύνθιος　その誕生の地*デーロス島のキュントス Kynthos 山にちなんで，*アルテミスはときにキュンティアーと，また*アポローンはキュンティオスと呼ばれる．

キラ Killa, Κίλλα　*トロイア王*ラーオメドーンと*スカマンドロス河神の娘*ストリーモー(あるいは*オトレウスの娘プラキアー Plakia, 一説によれば*レウキッペー)との娘．*プリアモスの姉妹．プリアモスの后*ヘカベーが*パリスを生まんとした時，燃木を生み，これが広がって全市を焼く夢を見た．プリアモスは息子の*アイサコスに夢占いをさせたところ，彼はこの子が国の破滅となるといって，その子を殺す(あるいは棄てる)ことを勧めた．この際，一説ではパリスが棄てられたことになっているが，一説ではプリアモスは国を滅ぼす子供が生れようとしていると聞き，キラが*テューモイテースとのあいだに生んだ子ムーニッポス Munippos を母親とともに殺したともいう．また一説では，キラはヘカベの姉妹で，息子はプリアモスとのあいだにできたものともいわれている．

キラース Killas, Κίλλας　*トロイアのキラ Killa に名を与えたといわれる英雄．*ペロプスの御者．ペロプスが*ヒッポダメイアに求婚すべくリュキア Lykia からギリシアへの航海中に溺死した．

キリクス Kilix, Κίλιξ　シリアのテュロス Tyros 王*アゲーノールの子．*カドモス，*ポイニクス，*エウローペーの兄弟．エウローペーが*ゼウスにさらわれた時，父の命により他の兄弟と探索に出て，キリキア Kilikia に定住，この地の民族の祖となった．他の系譜では，キリクスはポイニクスと*カッシオペイアの子で，*タソスと*テーベーの父となっている．彼は*サルペードーンとともにリュキア Lykia を攻略，その一部分を分与した．

キルケー Kirke, Κίρκη, 拉 Circe　太陽神*ヘーリオスと*オーケアノスの娘*ペルセーイスの娘，したがって*コルキス王*アイエーテースと*ミーノースの后*パーシパエーの姉妹．伝説的な島*アイアイエー Aiaie に住み，魔法にすぐれた女神．《*オデュッセイア》では，*オデュッセウスとその部下がこの島に来た時，部下たちはキルケーの宮殿を訪れ，歓迎されて，魔法の酒を飲むと豚に変った．ただ一人*エウリュロコスのみは用心して屋外に留まり，この様子をオデュッセウスに報告した．オデュッセウスは*ヘルメース神より魔除けの霊草モーリュ moly を得て，キルケーの宮殿に乗りこみ，魔法の酒を飲まされても獣にならず，反対に彼女に迫って，部下たちを人間の姿にかえらせ，ここに一年を送った．このあいだに彼はキルケーによって一子*テーレゴノスを得た．ヘーシオドスでは子供は*ラティーノスとアグリオス Agrios の二人になっている．また*カッシポネーなる娘が生れたとする伝えもある．ラティーノスがラテン民族の祖となったごとくに，アンティウム Antium とアルデア Ardea の祖たる

アンティアース Antias とアルデアース Ardeas も同じ両親に帰する説もあるが、これは後代のつくり話で、ヘーシオドス中のラティーノスの項も後世の挿入ではないかと疑われる。キルケーにはこの他にも、ローマ時代に牽強付会の物語がある。*アルゴナウタイの物語では、キルケーは姪の*メーデイアと*イアーソーンが自分のところに来た時に、*アプシュルトス殺害の罪を潔めてやったことになっている。また海神*グラウコスを*スキュラと争って、彼女を怪物に変じたともいわれる。

キルケーの島は後代にはラティウムのテラチナ Terracina の近くのキルケーイイー Circeii の半島であるとされている。

金毛の羊 アルゴナウテースたちの遠征およびプリクソスの項を見よ。

ク

クゥイリーヌス Quirinus *ユーピテル、*マールスとともにローマの国家の三柱の主神を形成する神。古代の伝承によればこの名はサビーニー Sabini 人のクレース Cures に由来するらしく、さらにローマの最古の住民を《ローマ人とクゥイリーテース》populus Romanus Quiritesque と呼ばれている点から、この神はおそらくクゥイリーナーリス Quirinalis 丘にいたサビーニー人とローマ人とが合併して、ローマ市を構成するおりに、ローマの主神中に加えられたものと思われる。彼は他の二神と同じく、独自の神官を有し、その祭クゥイリーナーリア Quirinalia は 2 月 17 日であったが、彼の祭式についてはなにごとも伝わらない。彼は*ロームルスと同一視され、その后ホーラ Hora もロームルスの妻*ヘルシリアと同じであるとされている。これらの項を見よ。

クサントス Xanthos, Ξάνθος 1. *スカマンドロスに同じ。同項を見よ。

2. *アキレウスの戦車をひいた名馬。バリオスの項を見よ。

クストース Xuthos, Ξοῦθος *ヘレーンとニンフのオルセーイス Orseïs の子で、*ドーロスと*アイオロスの兄弟。ペロポネーソスの王で、アテーナイの*エレクテウスの娘*クレウーサを娶り、*アカイオスと*イオーンの父となったとも、ヘレーンの死後兄弟にテッサリアから追い出されて、アテーナイに来住、クレウーサを妻としたともいう。エレクテウスの死後、後継者選択を委任されて *ケクロプスを選んだために、エレクテウスの他の兄弟にアテーナイを追われて、ペロポネーソス北岸のアイギアロス Aigialos(のちのアカイア)に移り住んだ。彼はイオーニア人の祖とされている。クレウーサ、イオーンの項を見よ。

クセノドケー Xenodoke, Ξενοδόκη *ヘーラクレースに退治された*シュレウスの娘。同項を見よ。

クテアトス Kteatos, Κτέατος *モリオネの一人。同項を見よ。

クティメネー Ktimene, Κτιμένη *オデュッセウスの姉妹、*ラーエルテースと*アンティクレイアの娘。*エウマイオスとともに育てられ、オデュッセウスの部下の*エウリュロコスに嫁した。

クトニアー Chthonia, Χθονία 1. アテーナイ王*エレクテウスの娘の一人。叔父*ブーテースと結婚した。一説では彼女は*エレウシースの*エウモルポスとの戦の時、人身御供にされたとも、彼女の長姉*プロートゲネイアが人身御供にされた時に、他の姉妹たちとともに自殺したともいわれる。

2. *ポローネウスの娘。兄弟クリュメネウス Klymeneus とともに、ヘルミオネー Hermione の*デーメーテール神殿を建てた。他のアルゴス Argos の伝説では、彼女はコロンタース Kolontas の娘。父がデーメーテールを迎え入れ、崇拝することを拒んだ時、娘は父の不敬を責めた。女神は彼の家を焼き、彼女をヘルミオネーに連れ行き、クトニアーはここで神殿を建てた。このデーメーテールをデーメーテール・クトニアー《地下の》と称する。

クトニオス Chthonios, Χθόνιος 1. *カドモスが播いた竜の牙から生れ出た武者(*スパルトイ)の一人。

2. *アイギュプトスの 50 人の息子の一人。

3. *ペイリトオスの結婚の宴で*ネストールに討たれた*ケンタウロス。

グーネウス Guneus, Γουνεύς 1. オーキュトス Okytos の子、アイニアーニア Ainiania 人とテッサリアのペライビア Perrhaibia 人の将として、22 隻の軍船をひきいて*トロイアに出征、帰国の途中リビアに漂着し、キーニュプス Kinyps 河岸に定住した。

クノーソス Knos(s)os, Κνωσ(σ)ός　クレータ島の古都．神話時代に*ミーノース王の居城．壮麗な宮居が発掘されている．

クピードー Cupido　ギリシアの*エロースのローマ名．*ウェヌスの子で，恋の神．《アイネーイス》中彼は*アスカニウスのかわりにウェヌスに送られて，*ディードーのアイネイアースに対する恋をかき立たしめた．*プシューケーとの話は，同項を見よ．

グライアイ Graiai, Γραῖαι（複数），拉 Graiae, 仏 Grées　*ポルキュスと*ケートーの三人の娘パムプレードー Pamphredo, *エニューオー, デイノー Deino のこと．*ゴルゴーンたちの姉妹．グライアイは《老婆たち》の意で，生れながらにして老い，三人は共通に一眼一歯しか残っていなかった．彼女らは不死で，西のはて，太陽の上らぬ常夜の国に住んでいた．*ペルセウスが*メドゥーサ退治に行く途中，彼女らのただ一つの眼を奪い，メドゥーサたちの番ができないようにした．あるいは自分にメドゥーサ退治の方法を教えさせた．ペルセウスは眼を返したとも投げすてたともいわれる．ペルセウスの項を見よ．

グラウケー Glauke, Γλαύκη　**1.** *ネーレウスの娘の一人．この名は《青緑色，灰色》の意で，海の色の擬人化と思われる．

2. コリントス王*クレオーンの娘．*クレウーサともいい，*メーデイアに殺された．

3. *ダナオスの 50 人の娘の一人．

4. *ヒッポリュテー 1. の別名．

5. *キュクレウスの娘．一説によれば彼女は*アクタイオスの妻となり，*テラモーンを生んだ．

グラウコス Glaukos, Γλαῦκος　グラウコスは《青緑色の，灰色の，鋭い眼の》の意味を有し，多くの英雄や海の神の名となっている．

1. 海の神．ボイオーティアのアンテードーンの漁夫（この市の創建者たるアンテードーン Anthedon と*アルキュオネーの子，あるいは*ポセイドーンと水のニンフの子ともいわれる）．偶然に薬草のおかげで不死となり，海に飛びこんで海神となった．予言力を有し，海の怪物を引き具して，島々や海をめぐり，予言を行なうといわれ，漁夫たちに尊ばれた．彼は*メネラーオスの帰国の途中マレア Malea で現われ，また*アルゴナウテースたちを保護した．彼は*スキュレーに恋し，むくいられず，怒って彼女を怪物に変じ，ナクソスに棄てられた*アリアドネーにも恋したが失敗した．ウェルギリウスはクーマイの*シビュレーは彼の娘であるとしている．

2. エピュラ Ephyra, のちのコリントスの王．*シーシュポスの子．*ベレロポーンの父．彼はボイオーティアのポトニアイ Potniai で牝馬を飼っていたが，*ペリアースの葬礼競技で，この牝馬による四頭立で戦車競争に出て，*イーピクレースの子*イオラーオスに敗れたが，その後自分の牝馬に食われて死んだ．その理由は，馬を人肉で養った，牝馬につがうことを許さなかったために，愛の女神*アプロディーテーの怒りをかった，知らずして馬を狂わせる草を食わせた，ためといわれる．彼は，一説には，ある日ある泉の水を飲んだところ，不死となり，人が信用しないのを説得するために，海中に身を投じて，海の神となったという．彼を見た船員はかならず死んだ．ただしこのグラウコスは 1. の海神とはまったく別ものである．

3. 2. の曾孫で*ベレロポーンの子*ヒッポロコスの子．*サルペードーンの従兄弟で，リュキアの軍を率いて彼とともに*トロイア方として出征した．戦場で，祖父ベレロポーンをかつてその家に歓迎したことのある*オイネウスの孫*ディオメーデースと敵味方となって相会し，二人はこの祖先の間柄を知って，ディオメーデースは自分の青銅の鎧をグラウコスの黄金の鎧と交換して，大いに利益を得た．グラウコスはその後も勇戦，サルペードーンがたおれた時，彼を助けに行って，*テウクロスに傷つけられた．*アポローンに救われて，傷をいやされ，サルペードーンの死体を救出に出かけたが，成功しなかった．のち*ヘクトールとともに*パトロクロスの死体をめぐる戦闘において，*テラモーンの子*アイアースに討たれた．彼の死骸はアポローンの命に，風神たちによってリュキアに運ばれ，ニンフたちは彼の墓の付近から同名の河を発せしめた．彼はリュキア王家の祖となった．

4. *トロイアの*アンテーノールと*テアーノーの子．*パリスによって*ヘレネー略奪を助けたために，父によって家を追われた．*アガメムノーンに*トロイア戦争中に殺されたとも，アンテーノールの歓待をうけた*オデュッセウスと*メネラーオスとによって助けられたとも伝えられる．

5. *ミーノースと*パーシパエーの子．まだ幼いころに，鼠を追いかけているあいだに蜜の大甕に落ちて死んだ．彼が行方不明になったので，ミーノースは大捜索を行ない，発見の方法を神託に求めた．*クーレースたちがミーノース

に，彼の所有している牛のなかに一頭の三色の牝牛があるが，この牝牛の色をもっとも巧みに言い表わし得た者が少年を生きたままで返すであろうと言った. そこで陰陽師たちが呼び集められた時，*コイラノスの子*ポリュエイドスはその色を黒莓の実に譬えた. この実ははじめは白く，ついで赤く，ついで黒くなるからである. そこで子供を探すことを強いられ，酒庫にとまって蜜蜂を追っていた一羽のふくろうにあって，死体を発見した. しかしミーノースは生きたままでなくてはならないと言い，彼を死骸とともに閉じこめた. 困っていると，蛇が死体に近づくのを認め，死体になにか害が加えられては，自分も殺されるかも知れないと思い，石で蛇を打ち殺したところ もう一匹の蛇が現われ，ある草をもって来て 死んだ蛇の全身を蔽うと，蛇が生き返った. これを見てポリュエイドスは同じ草をグラウコスの身体にあてて生き返らせた. ミーノースは子供を取り戻したが，さらにポリュエイドスが少年に占いの術を教えるまではアルゴスに帰ることを許さなかった. ポリュエイドスはやむなく少年に教え，出帆しようとする時に，グラウコスに自分の口のなかに唾をはくように命じた. グラウコスがそうすると，占いの術を忘れてしまった. 他説によると，グラウコスを生き返らせたのは*アスクレーピオスであるという.

6. 《*アイネーイス》中, イムブラソス Imbrasos の子, *トゥルヌスに討たれた.

7. *ヒッポリュトスの子. その後裔はイオーニアの支配者となった.

8. アテーナイによれば，テュレーニア Tyrrhenia 人と戦って，ただ一人傷をうけなかったという*アルゴナウテース.

グラティアたち Gratiae, 英 Graces, 独 Grazien, 仏 Grâces　　ギリシアの*カリスたちのローマ名.

クラナオス Kranaos, Κραναός　　*ケクロプスのあとを継いだアッティカの王. 大地より生れたといわれ，ケクロプスの子*エリュシクトーンが子がなくて若死し，クラナオスがもっとも有力な市民であったので，王位が彼に移った. 彼の時にアテーナイはクラナエー Kranae と呼ばれていたが，彼の娘の一人アッティス Atthis が若く未婚で死んだので，この名がこの地に与えられ，以後アッティケ Attike となった. 彼はラケダイモーン人ミュネース Mynes の娘ペディアス Fedias を妻に迎え，アッティスのほかに，クラナエー Kranae, メナイクメー Menaichme の二女を得た. 彼は婿の一人*アムピクテュオーンによって国を追われた. 彼の墓はアテーナイにあったという.

グラーニーコス Granikos, Γρανικός　　プリュギアのアドラミュッテイオン Adramytteion の創建者. *ヘーラクレースに，娘*テーベーを与え，ヘーラクレースは彼女のためにミューシアのテーベー Thebe 市を建てた.

クラーノーンまたはクランノーン Kranon, Κράνων, Krannon, Κράννων　　*ペラスゴスの子. テッサリアのクラーノーン市の王. *オイノマーオスの娘*ヒッポダメイアへの求婚に失敗して，殺された時に，市民は，それ以前にはエピュラ Ephyra と呼ばれていた市名をクラーノーンに変えた.

クラロス Klaros, Κλάρος　　小アジアのコロポーン Kolophon 近傍にあった*アポローンの神託所.

クラントール Krantor, Κράντωρ　　ドロプス Dolops 人. 人質として*アミュントールによって*ペーレウスに預けられ，彼の従者として愛されたが, *ラピテース族と*ケンタウロス族との闘争中，敵の投げた木があたって死に，ペーレウスはその復讐をした.

クリーオー　　クレイオーおよびムーサの項を見よ.

クリソス Krisos, Κρίσος　　*デルポイの海よりに，パルナッソス Parnassos 山麓にあったクリッサ Krissa の創建者. *ポーコスと*デーイオネウス(または*デーイオーン)の娘*アステリアーの子. *パノペウスの双生の兄弟. 一説ではクリソスはテュラソスの Tyrannos とアステロピアー Asteropia の子ともいわれる. ナウボロス Naubolos の娘アンティパテイアー Antiphateia を娶り, *ストロピオスを得た. ストロピオスは*アガメムノーンの妹アナクシビエー Anaxibie を妻とし，*オレステースの従兄弟で親友の*ピュラデースは彼の子である.

クリテーイス Kritheis, Κριθηίς　　ホメーロスの伝説的な母. 詩人の誕生に関していろいろな話がある. 彼女は小アジアのニンフで，スミュルナ Smyrna 近傍のメレース Meles 河神と交わってホメーロスを生んだ. 一説には彼女はイタリアのクーマイ Cumae のアペレース Apelles の娘で，父の死後叔父にあずけられたが，その監督を遁れて，スミュルナの人ペーミオス Phemios の妻となった. ある日メレース河に洗濯に行き，ホメーロスを生んだ. また一説には彼女はスポラデス Sporades 群島中の一小島イオス Ios の乙女で, *ムーサたちの従者の一人に愛されていた. 海賊にさらわれて，スミ

ュルナに連れて行かれ, リューディア王*マイオーンの妻となり, メレース河岸でホメーロスを生んだのち, ただちに世を去った. いずれもホメーロスの称呼たるメレーシゲネース Melesigenes《メレースで生れた》の起源を解釈せんとする試みである.

クリーニースス Crinisus *クリーミーソスに同じ. ウェルギリウスはこの河をクリーニーススと呼んでいる.

クリーミーソス Krimis(s)os, Κρίμισ(σ)ός シシリアの河神. 熊(または犬)の形で*トロイアの女エゲスタ Egesta またはセゲスタ Segesta と交わり, セゲスタ市の創建者*アケステースを得た.

クリューサーオール Chrysaor, Χρυσάωρ *ポセイドーンと*ゴルゴーンの*メドゥーサとの子. *ペルセウスがメドゥーサの首を切り取った時に, 傷口から有翼の馬*ペーガソスとともに飛び出した. クリューサーオールは《黄金の剣をもてる者》の意で, 生れた時に黄金の剣を振り回わしたという. *オーケアノスの娘*カリロエーと交わって, *ヘーラクレースに退治された*ゲーリュオーンの父となった.

クリューシッポス Chrysippos, Χρύσιππος
1. *ペロプスとニンフのアクシオケー Axioche の子. *ラーイオスが*アムピーオーンと*ゼートスに追われて, ペロプスの所に逃げて来ていた時, クリューシッポスに戦車を馭る術を教えているあいだに, 彼に想いを寄せ, 彼を誘拐した. クリューシッポスは恥じて, 自殺し, ペロプスはラーイオスを呪い, これが*ラブダコス家の呪いの起源であると. 他説では, クリューシッポスは, *アトレウスと*テュエステースに殺されたともいわれる. それは彼らの母*ヒッポダメイアが継子のクリューシッポスが父のあとを相続するのを恐れて, 両人をそそのかしたためであると.
2. *アイギュプトスの 50 人の息子の一人.

クリューセー Chryse, Χρύση *トロイアの海港. *アポローンの神殿があった.

クリューセーイス Chryseis, Χρυσηΐς *クリューセー市の*アポローンの神官*クリューセースの娘. この名は《クリューセーの娘》の意で, 本名はアステュノメー Astynome. 彼女は*トロイア遠征のギリシア軍がミューシア Mysia のテーベー Thebe 市を攻めた時に, この市にいあわせ, その王*エーエティオーンの姉妹イーピノエー Iphinoe の邸でギリシア軍に捕えられ, 捕虜となり, 分捕品の分配に際して, *アガメムノーンに与えられた. 彼女の父クリューセースは身代金をもって娘を贖うべくギリシア軍の陣営に来たが, アガメムノーンに拒絶され, アポローンに祈った. 神はギリシア軍に疫病を送った. そこでアガメムノーンは, やむなくクリューセーイスを父に返したが, その代りに*アキレウスの女*ブリーセーイスを奪い, ここに二人のあいだに不和が生じた. 一説には, 彼女はアガメムノーンとのあいだに, *イーピゲネイアと*クリューセースとを生んだという. 彼女は, ブリーセーイスと反対に, ブロンドで華奢な 19 歳の娘として想像されていた.

クリューセース Chryses, Χρύσης
1. *クリューセーイスの父. *トロイア近くの港市*クリューセーにあった*アポローン神殿の神官.
2. *クリューセーイスと*アガメムノーンの子, 上記クリューセースの孫. クリューセーイスが父のところに帰ったのち, この子を生んだが, *アポローンの子と称して彼を育てた. のち*オレステースと*イーピゲネイアがタウリス Tauris 王*トアースに追われて逃げて来た時に, 神官クリューセースは彼らをトアースに引渡さんとしたが, クリューセーイスは子のクリューセースが本当はアガメムノーンの子であることを明かし, 三人の兄弟姉妹は力を合わせて, トアースを殺害した.
3. ミーノースの子. 兄弟*エウリュメドーン, *ネーペーリオーン, *ピロラーオスとともにパロス Paros 島に住んでいた. *ヘーラクレースが*アマゾーンの女王のもっていた*アレースの帯を求めに行く途中, この島に寄航, 乗組員の中の二人がミーノースの子供たちに殺されたため, ヘーラクレースは彼らを攻め, ミーノースの子*アンドロゲオースの子*アルカイオスと*ステネロスを殺された二人の身代りに取って, 立ち去った.

クリューソテミス Chrysothemis, Χρυσόθεμις
1. クレータ Kreta の*カルマーノールの娘. 音楽の競技を発明し, 最初の勝利を得た. 彼女は音楽家*ピラムモーンの母ともいわれている.
2. *アガメムノーンの娘. ソポクレースの悲劇では彼女は, *エーレクトラーと異なり, 母*クリュタイムネーストラーに従順で, 父の復讐には荷担しきれない女らしい娘となっている. アガメムノーン, エーレクトラーの項を見よ.

クリューソペレイア Chrysopeleia, Χρυσοπέλεια, 拉 Chrysopelea, 仏 Chrysopélée アルカディアの樫の木のニンフ. *アルカスが狩の途中, この木が激流に流されんとしているの

を見，流れを変えて，木を救い，二人は結ばれて，*エラトスと*アベイダースが生れた．

クリュタイムネーストラーまたは**クリュタイメーストラ**　Klytaim(n)estra, Κλυταιμ(ν)ήστρα, 拉 Clytaemnestra, 英 Clytem(n)estra, 仏 Clytemnestre　*テュンダレオースと*レーダーの娘．レーダーは白鳥の姿になった*ゼウスと交わって，*ヘレネーを得，また神とのあいだに*ディオスクーロイを生んだが，テュンダレオースとのあいだにはクリュタイムネーストラーのほかに，*ティーマンドラーとピューロノエー Phylonoe の二女をもうけた．はじめ*テュエステースの子*タンタロスに嫁したが，*アガメムノーンが，彼を殺した後，*ディオスクーロイに強いられてクリュタイムネーストラーを娶ったという．二人のあいだに*オレステース，*クリューソテミス，*エーレクトラー，イーピゲネイアが生れた．ただし後二者はホメーロスには出て来ないで，*イーピアナッサなる娘がほかにあったことになっている．

*アウリスに*トロイア遠征軍が勢揃いした時，アガメムノーンは軍に強いられてイーピゲネイアを*アルテミスに捧げるため，クリュタイムネーストラをだまして娘を連れて来させた．これが妻の夫に対する恨みの原因となったともいう．彼女は*テーレポス王が傷を治して貰うべくアルゴスに来た時，王に策を授けた（同項を見よ）．アガメムノーンの留守中，最初は貞節であった．夫は歌人*デーモドコスを妻の付け人に残しておいたが，*アイギストスが彼女に近づき，デーモドコスを除き，二人は通じて，アイギストスは権力を握った．ホメーロスではクリュタイムネーストラーは単にアイギストスに引きずられる気の弱い女となっており，アガメムノーンが帰国した時に，彼を殺したのも，アイギストス一人となっているが，後代になって，とくに悲劇で彼女が中心人物とされるにいたった．彼女が夫を殺した理由には，上記のイーピゲネイアの問題のほかに，*クリューセーイスに対する妬みも挙げられている．また姦通の原因には，*ナウプリオスが子供の*パラメーデースをギリシア人に殺された恨みから，留守をしているギリシア諸将の夫人たちに姦通を犯させるように，たくみに工作したためもいわれる．クリュタイムネーストラーはアガメムノーンが帰国すると，風呂場に導き，首と両手のところを縫いつぶしてあるシャツを与え，アガメムノーンが両手の自由を失っているところを殺した．また彼女は夫が連れ帰ったトロイアの王女*カッサンドラーをも殺害した．悲劇では

クリュタイムネーストラーは子供をも迫害し，オレステースは国外に遁れ，エーレクトラーは虐待されたことになっている．成長したオレステースはエーレクトラーとともに母を殺し，父の復讐をしたが，母親は最後まで亡霊となってオレステースを追及したというのが，アイスキュロスの悲劇の話である．

クリュティエー　Klytie, Κλυτίη　1. 大洋神*オーケアノスと*テーテュースの娘．太陽神（*アポローン・*ヘーリオス）に愛されたが，神が*レウコトエーに走ったために，クリュティエーはレウコトエーの父にこれを告げた．神はこのために彼女をいやしみ，彼女は悲しみのあまり死んで，ヘリオトロープ Heliotropium《太陽の方を向くもの》となった．

2. *アムピダマースの娘，*タンタロスの妻，*ペロプスの母．

3. *ポイニクスの父*アミュントールの妾．ポイニクスに言い寄り，拒まれたため，アミュントールに讒言し，ポイニクスを盲にさせた．

4. *パンダレオースの娘．*カメイローの姉妹．パンダレオースの項を見よ．

グリューノス　Grynos, Γρῦνος　ミューシア王*テーレポスの子*エウリュピュロスの子．父が*トロイアで*ネオプトレモスに討たれたのち，彼を王座より追わんとする近隣のものどもに攻撃されたので，ネオプトレモスと*アンドロマケーとの子*ペルガモスに助けを乞い，その援助によって敵を制した．その記念に彼はペルガモン Pergamon とグリューニオン Grynion の二市を創建した．

グリュピオス　Glyphios, Γλύφιος　トロイゼーンの人．*テイレシアースがまだ女であった時（同項を見よ），彼を犯さんとして，反対に殺された．彼を愛していた*ポセイドーンは運命の女神*モイラたちに，テイレシアースを男にし，予言力を奪わしめた．

グリュプス　Gryps, Γρύψ, 拉 Gryps, Gryphus, 英 Griffon, Gryphon, 仏 Griffon　ライオンの胴，鷲の頭と翼をもつ怪物．*ヒュペルボレイオイ人と一眼の*アリマスポイ人の国の中間にあるリーパイオス Rhipaios 山脈中で北国の黄金を護っている．この怪獣は*アポローンの聖獣であるが，また*ディオニューソスとも関係づけられ，酒でみたされたクラーテール（酒を水と混合するための甕）ともいわれる．アリマスペイア人が金を求めに来て，グリュプスたちと闘っていることになっているが，他の説では怪獣の棲家はエティオピア，あるいはインドとされ，後代では彼らはイ

ンドの砂漠中に棲み,金を守る役目を有するため,あるいは金鉱のある地に棲み,子供を守るために,金を求めに来る者に反対するのであるとされている.

クリュメネー Klymene, Κλυμένη 《名高い女》の意.系譜が不明の場合,しばしばこの名が穴埋めに利用されているために,十人あまりの同名の女があり,かつ相互に混同されている.そのうち主なものはつぎのごとくである.

1. 大洋神*オーケアノスと*テーテュースの娘.*イーアペトスに嫁して,*アトラース,*プロメーテウス,*エピメーテウス,*メノイティオスの母となった.一説には彼女はプロメーテウスの妻で,ギリシア人(ヘレーネス)の祖*ヘレーンと*デウカリオーンの母であるともいう.

2. 上記のクリュメネーと同一らしいが,このクリュメネーは太陽神*ヘーリオスに嫁して*パエトーンおよび幾人かの娘(*ヘーリアデス)の母となった.ただしクリュメネーの夫はエティオピア王*メロプスであるともいう.

3. 海神*ネーレウスと*ドーリスの娘.

4. オルコメノス Orchomenos 王*ミニュアースの娘.*デーイオーンの子*ピュラコスの妻となり,*イーピクロスと*アルキメデーを生んだ.2.とも同一視されている.

5. 上記と同人か否か識別が困難であるが,*ケパロスが*プロクリスの死後娶った女.

6. 4.および 5.とも同一視されている,*イーアソスの妻で,一女*アタランテーを生んだクリュメネーがある.

7. クレータ Kreta 王*カトレウスの娘.父によって*ナウプリオスに与えられ,二人のあいだに*パラメーデース,*オイアクス,ナウシメドーン Nausimedon が生れた.

クリュメノス Klymenos, Κλύμενος 《名高い人》の意.多くの伝説中の人物にこの名が与えられている.

1. 冥府の王*ハーデースの称呼の一つ.とくにヘルミオネー Hermione 市でこの称呼が用いられている.

2. アルゴス人で,上記ヘルミオネー市の*ハーデースの社の創設者.

3. ボイオーティア Boiotia 人.*プレスボーンの子.オルコメノス王オルコメノス Orchomenos に子がなかったので,そのあとを継いだ.*ポセイドーンの聖林でテーバイ人に石で打ち殺されたため,その子*エルギーノスはテーバイ人を改めて,彼らに貢税を課し,この重荷から*ヘーラクレースがテーバイ人を解放した.クリュメノスにはエルギーノスのほかに,ストラティオス Stratios, アローン Arrhon, ピュライオス Pylaios, アゼウス Azeus の四男と,一女*エウリュディケーがあり,彼女は*ネストールの妻となった.

4. クレータ Kreta 島のキュドーニア Kydonia の人カルデュス Kardys の子.*イーデー山の*ヘーラクレース(クレータ島でのこの英雄の称呼)の子孫.*デウカリオーンの洪水後 50 年頃にオリュムピア Olympia に来て,競技を創始し,*クーレータちとヘーラクレースの祭壇を建てた.のち*エンデュミオーンに王位を奪われた.

5. アルカディア王.*スコイネウスの子.娘の*ハルパリュケーに恋し,乳母の仲立ちで彼女と交わった.のち娘を*アラストールに与えたが,惜しくなって,さらった.娘は怒って,弟たち(あるいはクリュメノスとのあいだの子)を殺して料理し,父に供した.クリュメノスはこれを知って娘を殺し,自殺した.彼は,一説には,鳥になったともいう.アラストール,ハルパリュケーの項を参照.

クルティウス Curtius, M. ローマのフォルム Forum にあって,アウグストゥス時代にはすでになくなっていた池 Lacus Curtius の縁起譚中の人物.いろいろな縁起物語のうち,一番有名なのは M. Curtius である.共和制のはじめのころ,フォルムの中央に大穴が開き,土で埋めても埋まらないので,神託に問うと,一番貴重なものを投入せよ,とのことであった.青年騎士クルティウスは,ローマ人にとって一番貴重な物とは,その青年と兵士であると解し,武装して馬に乗り,その穴に飛びこんで,身を捧げたところ,穴が塞がり,小さい池ができ,その岸辺にいちじく(無花果),オリーヴおよび葡萄の木が生えた.一説によると,この名の起源は,*ロームルスとその隣接民族の王*タティウスとの戦で,ここに馬を乗り棄てた Mettius Curtius に,また一説では前 454 年に,雷霆が落ちた場所を神に捧げたコンスルの名に由来するという.

クレイオーまたはクリーオー Kl(e)io, Κλ(ε)ίω, 拉 Clio ムーサの項を見よ.

クレイシテュラー Kleisithyra, Κλεισιθύρα *イードメネウスと メーダー Meda の娘.父は彼女をタロース Talos の子*レウコスと婚約させたが,イードメネウスが*トロイア遠征中に,レウコスはメーダーと通じ,彼女を,神殿に遁れて助けを乞うクレイシテュラーとともに殺した.レウコスの項を見よ.

クレイテー Kleite, Κλείτη キュジコ

ス王*キュージコスの若妻.ミューシアのペルコーテー Perkote 市の予言者*メロプスの娘.新婚後王が*アルゴナウテースたちに殺されたので,彼女は悲しみのあまり縊れて死んだ.

クレイトス Kleitos, Κλεῖτος　1. *メラムプースの孫.曙の女神*エーオースに恋され,さらわれて不死の人となった.彼の子*コイラノスの子が*ポリュエイドスである.

2. トラーキアの王シートーン Sithon の娘*パレーネーの夫.パレーネーの項を見よ.

クレイトール Kleitor, Κλείτωρ　1. *アルカスの子*アザーンの子.父の死後同名の市を建設,子なくして世を去り,彼の王国はその兄弟*エラトスの子*アイピュトスが継いだ.

2. アルカディア王*リュカーオーンの 50 人の子供たちの一人.上記のクレイトールと同人か(?)

クレウーサ Kreusa, Κρέουσα　*クレオーン《支配者》の女性形,同名の女性が多い.

1. 大地女神*ガイアの娘,テッサリアの水のニンフ.*ペーネイオス河神に愛されて,*ラピテース族の王ヒュプセウス Hypseus,一女*スティルベーを得た.

2. アテーナイ王*エレクテウスと*プラークシテアーの娘.アテーナイのアクロポリス山上の洞窟で*アポローンに犯され,*イオーンを生んだが,籠に入れて神に犯された場所に棄てた.のちイオーンは*ヘルメースによって*デルポイに連れ行かれ,そこのアポローンの神域で成長した.のちクレウーサは*クストスの妻となったが,子がなく,デルポイに詣でて,イオーンと再会,クストスは彼を自分の子と思って連れ帰った.イオーンはイオーニア人の祖となった.のちクレウーサとクストスとのあいだに*ディオメーデーと*アカイオスの二子が生れた.

3. コリントス王*クレオーンの娘.一名*グラウケー.クレオーン,メーデイアの項を見よ.

4. *アイネイアースの妻.*プリアモスと*ヘカベーの娘.彼女に関する話はまちまちで一致がない.一説には彼女は*トロイア陥落の際に,他の王女たちとともに捕われの身となったというが,ウェルギリウスの《*アイネーイス》では,彼女はトロイア脱出の際に夫とはぐれ,*アプロディーテー(または*キュベレー)が彼女をさらった.夫が妻を探しにもどった時,彼女の姿が立ち現われて,アイネイアースの未来を予言したことになっている.

クレオダイオス Kleodaios, Κλεόδαιος　*ヘーラクレースの子*ヒュロスの子.*ヘーラクレイダイの一人.ペロポネーソス帰還を試みたが成功しなかった.

クレオテーラー Kleothera, Κλεοθήρα　*パンダレオースとハルモトエー Harmothoe の娘,*アエードーンとメロペー Merope の姉妹.両親が早くなくなったので,三人は*アプロディーテー,*ヘーラー,*アテーナーに育てられ,成長し,長姉アエードーンは*ゼートスの妻となったが,他の二人はエリーニュスたちにさらわれ,地獄でその召使にされた.

クレオパトラー Kleopatra, Κλεοπάτρα

1. 北風神*ボレアースと*オーレイテュイアの娘,したがって*ゼーテースと*カライスの姉妹.*ピーネウスの妻となり,*プレークシッポスと*パンディーオーンを生んだ.ピーネウスは,のち*ダルダノスの娘*イーダイアーを娶った.イーダイアーは先妻の子供らが自分を犯したとピーネウスに偽って訴え,ピーネウスはこれを信じて,二人の子を盲目にし,クレオパトラーは牢に入れられた.しかし,*アルゴナウテースたちがピーネウスのところに来た時,彼をこらしめた.

2. *イーダースの娘,*メレアグロスの妻.夫の死後みずから縊れて死んだ.

3. ロクリス Lokris 人によって最初にイーリオン Ilion に送られた女の一人.アイアース 2. とペリボイアの項を見よ.

4. *ダナオスの 50 人の娘の一人.

5. *トロースの娘.

クレオビス Kleobis, Κλέοβις　*ビトーンの項を見よ.

クレオーン Kreon, Κρέων　《支配者》の意.系譜の間隙を埋めるために,しばしば用いられているため,多くの同名異人がある.

1. コリントス王.リュカイトス Lykaithos (または*シーシュポス)の子.*イアーソーンと*メーデイアはイオールコス Iolkos を追われて,コリントスに逃げ,数年間平和に暮していたが,クレオーンがイアーソーンに自分の娘*グラウケー(または*クレウーサ)を妻に与えようとし,イアーソーンがそれを受けたため,メーデイアはその復讐に毒を塗った衣を花嫁に贈った.グラウケーがこれを着ると,火を発し,娘を助けに来た父とともに焼かれて死んだ.メーデイアは自分の子供たちを殺して,アテーナイへ逃げた.一説にはメーデイアは王を魔法で殺し,子供たちをおいて遁れたところ,子供たちはコリントス人に殺されたという.また一説ではメーデイアは宮殿に火を放ち,王親子は焼かれて死んだ.

クレオンテ　　　　　　　　　　118

2. コリントス王. *アルクマイオーンが*テイレシアースの娘*マントーとのあいだに得た男女の子を彼にあずけた. 1. と同人か不明.

3. テーバイ王. *アムピトリュオーンが殺人の罪で遁れて来たのを潔め, 彼の*テーレボエース人の国への遠征を援助し, *ヘーラクレースがオルコメノス Orchomenos 王*エルギーノスを破って, 貢税の重荷からテーバイを救った時, 襃美として, 娘の*メガラーを妻として与えた.

4. *メノイケウスの子. *イオカステーの兄弟. テーバイの支配者. *ラーイオスの死後執政となり, *スピンクスの謎を解いた者にイオカステーと王国とを与える約束をする. *オイディプースが謎を解き, 母と知らずにイオカステーを妻として, テーバイ王になってのち, 疫病の原因を求めるオイディプースによって*デルポイに派遣される. オイディプースの不倫の結婚と父殺しの事実が判明して, 国外に追われたのち, クレオーンはふたたび支配者となった. ソポクレースの劇によれば, オイディプースの二人の子*ポリュネイケースと*エテオクレースが王位を争い, エテオクレースが王となり, ポリュネイケースがアルゴスに遁れ, *アドラストスの助けを得て, 七将がテーバイ攻めに来た時, クレオーンはオイディプースが帰れば, その地の繁栄することをデルポイの神託によって知り, 放浪ののちにアッティカに来た彼を暴力で連れもどそうとして失敗した. テーバイ攻めでアドラストス以外のアルゴス方の将たちが戦死し, アルゴス方が大敗した時, クレオーンは彼らの死体の埋葬を禁じたが, ポリュネイケースの姉妹*アンティゴネーは命に反して埋葬の礼を兄弟に与え, 発見されて*ラブダコス家の地下の埋葬室に生埋めにされた. 彼女は, ソポクレースによれば, みずから縊れて死に, クレオーンの子で彼女の許婚者*ハイモーンもその死骸のかたわらで自刃, クレオーンの妻*エウリュディケーも自殺した. この戦ではクレオーンの他の子*メノイケウスは国のためにみずから身を捧げた. アッティカの伝えでは, アルゴス方の人々の死体の埋葬を*テーセウスがクレオーンに強いて, 許可せしめたことになっている. 後代の話では, クレオーンはこの目的でテーバイに軍を進めたテーセウスによって討たれたともいわれる.

5. *《イーリアス》中, リュコメーデース Lykomedes なる将の父.

クレオンティアデース Kreontiades, Κρεοντιάδης　*ヘーラクレースと*メガラー(*クレオーンの娘)との子. 父が狂気となった時, 他の兄弟たちとともに殺された.

クレース Kres, Κρής　*ゼウスと*イーデー山のニンフとの子, あるいはクレータ Kreta の大地の子. 彼はエテオクレース Eteokres 族《真のクレータ人》の王で, その名をクレータ人に与えた. *ミーノース以前にクレータ人に法を与え, 赤児のゼウスに隠れ家を提供した. ときに彼は怪物*タロースの父ともいわれている.

クーレースたち Kures, Κούρης (複数 Kuretes, Κούρητες)　アクセントに関しては Κουρῆτες の方が正しいとも考えられるが, これはドーリス方言形か(?)

1. クレータ島に住む, 赤児の*ゼウスの守護を*レアーに託された精. 彼らは*イーデー山中で, 赤児のゼウスの泣き声をかくすために, 武装して洞穴中で槍でもって楯を打ち鳴らした. これはクレータ島の《子供のゼウス》Zeus Kuros の祭における若者たちの行なった儀式の縁起解釈に由来するらしい.

彼らの系譜については, 2. のクーレース族と同一とする説もあるが, 一般には*コムベーとソーコス(またはサオコス) S(a)okos の子とされ, 数は百人, 九人, 二人とする説もあるが, 普通は七人とする伝えである. 乱暴な父親に対して, 故郷のエウボイア Euboia を出て, 母とともにクレータ島よりプリュギアに赴き, そこで*ディオニューソスを育て, アッティカに移り, *ケクロプス王の援助でソーコスに復讐したのち, エウボイアに帰った. コムベーは青銅の武器を発明したのでカルキス Chalkis (chalkos《青銅》) とも呼ばれたというが, これはエウボイア島のカルキス市に名を与えたニンフとの混同で, この名の縁起的解釈であろう. このカルキス市の伝承のほかに, クーレースたちは大地*カイアの子, ゼウスと*ヘーラーの子, *アポローンとニンフのダナイス Danais の子とするなど, 諸説がある. 彼らはまた予言力を有し, *ミーノースにその子*グラウコス蘇生法を教えたといわれる. *イーオーの子*エパポスをヘーラーの命にしたが行方不明にさせたので, ゼウスは怒って彼らを雷霆によって撃ち殺した.

なお彼らは*コリュバースたちとしばしば混同されている.

2. アイトーリア Aitolia の民族. カリュドーン人の敵で, *アイトーロスがペロポネーソスより来て, 彼らを追い払った. アイトーロスとメレアグロスの項を見よ.

クレスポンテース Kresphontes, Κρεσφόντης　*ヘーラクレースの後裔(*ヘーラクレイダイ)の一人. *テーメノスと*アリストデーモス

の兄弟.*キュプセロスの娘*メロベーを妻とした.彼は兄弟たち(一説にはアリストデーモスは死に,その子の*プロクレース)とともにペロポネーソスを征服した.その後に祖神*ゼウスの三つの祭壇を築き,その上で犠牲を捧げ,ペロポネーソスを三つに分ち,鬮引きにした.最初の鬮がアルゴス,第二がラケダイモーン,第三がメッセーネーであった.水瓶のなかにおのおのが小石を投入することにした時,クレスポンテースはメッセーネーを得たいと思って,石のかわりに土塊を投げ入れた.これは溶けるから,二つの鬮がかならず先に引かれる.第一にテーメノスが,第二にアリストデーモス(あるいはその子供たち)が引いたので,クレスポンテースは思い通りにメッセーネーを得た.犠牲を捧げた祭壇上にはおのおのの徴が現われ,アルゴスを得た者にはひきがえる,ラケダイモーンには竜,メッセーネーには狐であった.クレスポンテースはメッセーネーを五区に分ち,各区に代官をおき,土着民にドーリス人と同等の権利を与えた.彼はステニュクラロス Stenyklaros に首都をおいた.しかしドーリス人がこのやり方に反対したので,クレスポンテースはステニュクラロスをドーリス人だけのものとしたところ,土地の六地主たちが不平をとなえ,反乱を起し,クレスポンテースをその二子とともに殺した.その後のことについてはメロベーとアイピュトスの項を見よ.

クレーソーニュモス Klesonymos, Κλησώνυμος オプース Opus の*アムピダマースの子.子供の時,*パトロクロスと遊んでいるあいだに,過って殺された.そのためパトロクロスの父は彼を*ペーレウスにあずけた.かくてパトロクロスは*アキレウスとともに育てられた頃の友情が生れた.

クレーテー Klete, Κλήτη *アマゾーンの女王*ペンテシレイアの乳母.女王の死後,国に帰るべく航海の途中,嵐に流されて南部イタリアに漂着し,そこにクレーテー市を建てた.のちクロトーン人 Kroton人との戦で戦死し,この市はクロトーンに合并された.

クレーテーイス Kretheïs, Κρηθηΐς 《*クレーテウスの娘》の意.本名は*ヒッポリュテー(クレーテウスの項を見よ)あるいは*アステュダメイアという.イオールコス王*アカストスに嫁し,*ペーレウスに恋して拒絶されたために,逆にペーレウスが彼女に言い寄ったと夫に讒訴した.ペーレウスの項を見よ.

クレーテウス Kretheus, Κρηθεύς, 拉 Cretheus, 仏 Créthée *アイオロスとエナレテ — Enarete の子.テッサリアのイオールコス Iolkos 市(アルゴナウテースたちの遠征の項を見よ)の創建者.兄弟*サルモーネウスの娘*テューローを娶り,*アイソーン,*ペレース,*アミュターオーンの三子を得たが,さらに妻が結婚以前に*ポセイドーンと交わって生んだ*ネーレウスと*ペリアースを養子にした.*アカストスの妻で*クレーテーイスと呼ばれるヒッポリュテー,レームノス王*トアースの妻*ミュリーネーは彼の娘であるといわれる.このほかに,普通は*ビアースの子といわれている*タラオス(*アドラストスの父)も,ときには彼の子とされている.

クレーテウス Kreteus, Κρητεύς *ミーノースと*パーシパエーの子.*カトレウスと同一人(?)

クーレーテス クーレースたちを見よ.

クロアントゥス Cloanthus 《*アイネーイス》中,*アイネイアースの部下.

クロイリア Cloelia ローマの伝説中,ローマが共和制になったはじめのころ,エトルリア Etruria 王ポルセンナ Porsenna に攻められて,人質として渡された乙女.彼女はエトルリアの陣営より遁れ,ティベル河を泳ぎ渡ってローマに帰ったが,ふたたび王の手許にやられた.王は彼女の勇気に感じ,彼女と他の人質をローマに送り帰し,彼女に美事な馬具のついた馬を与え,ローマ人は馬上の彼女の像を建てて彼女を賞した.

クロエー Chloë, Χλόη まだ青い穀物の女神としての*デーメーテールの称呼.chloë は《緑》の意.アテーナイのアクロポリスの近くにその神殿があった.

クロトー Klotho, Κλωθώ モイラたちの項を見よ.

クロトーポス Krotopos, Κρότωπος アルゴス王*アゲーノールの子.一男*ステネラースと一女*プサマテーがあった.彼女は*アポローンに愛されて*リノスを生み,これを棄てた.彼は羊飼に拾われたが,その後,犬にねわれた.プサマテーは悲しみのあまり,父に打明けたが,彼は話を信用せず,娘を殺した.アポローンは怒って飢饉(あるいは怪物,コロイボスの項参照)を送った.アルゴス人は神託によってプサマテーとリノスの祭を設け,クロトーボスを追った.彼はメガリス Megaris で一市を創建した.

クロトーン Kroton, Κρότων 南イタリアのクロトーン市に名を与えた英雄.*ゲーリュオーンの牛を追って,のちにクロトーン市ので

きたところに来た*ヘーラクレースはクロトーンに歓待されたが、近隣に住むラキニオス Lakinios が牛を盗もうとしたので、ヘーラクレースは彼を殺し、闘争中誤ってクロトーンをも殺害した. クロトーンはときに*バイアーケス人の王*アルキノオスの兄弟とされている.

クロノス Kronos, Κρόνος　天空神*ウーラノスと大地女神*ガイア(*ゲー)の子、したがって彼は*ティーターン神族に属し、その末弟である. ガイアはウーラノスが子供の*ヘカトンケイル(百手巨人)と*キュクロープスたちを冥府*タルタロスに投入したことを怒って、ティーターンたちに父を襲わしめ、クロノスに金剛の斧を与えた. 彼は父の生殖器を切り放ち、海に投じ、父の支配権を奪い、支配者となったが、さきに地獄に投入された者たちを一度は連れもどしながら、ふたたびタルタロスに投じた. クロノスは姉妹の*レアーを妻とした. ガイアとウーラノスがクロノスは自分の子によって支配権を奪われるであろうと予言したので、彼は生れた順に*ヘスティアー、*デーメーテール、*ヘーラー、*ハーデース、*ポセイドーンを呑みこんだ. レアーは怒って、*ゼウスが生れた時、石を襁褓でくるんで生れた子のごとくに見せかけ、クロノスに呑むように与え、ゼウスをクレータ島でひそかに育てた. ゼウスが成長すると、*オーケアノスの娘*メーティス《智》あるいはレアーを協力者とし、彼女(二人の中のいずれか)はクロノスに薬を与えて、呑み込んだ子供らを吐き出させた. 兄弟はクロノスとティーターン神族と戦を交えたのち、十年の戦ののち、タルタロスに投げ込まれている者たちを味方にすれば勝利を得るであろうとのガイアの予言に従い、ゼウスはキュクロープスたちとヘカトンケイルたちを解放して、味方とし、クロノスたちを征服し、彼らをタルタロスに幽閉し、ヘカトンケイルたちをその番人にした. このほかクロノスは*ケイローンの父であり、また*ヘーパイストスもときにはクロノスとヘーラーの子、*アプロディーテーもウーラノスではなくてクロノスの娘とされている.

クロノスは、また別の伝承では、*黄金時代の王であり、人類にさまざまの幸をもたらした人とされており、この点から、彼はローマで*サートゥルヌスと同一視されるにいたった. クロノスの崇拝はオリュムピアでは独立の神官団と犠牲とを有し、アテーナイその他でも彼の祭 (Kronia) が収穫時に行なわれ、この日には主人も奴隷も平等に無礼講で宴を張った. また彼の父に対する遣り方もギリシア的ではない. 彼はおそらくギリシア先住民族の(おそらく農業豊穣の)神で、オリュムピアでの崇拝や、歴史時代にも残っていた人身御供などは、このことを示している.

クロムミュオーンの牝猪 Krommyon, Κρομμυών　バイアの項を見よ.

クローリス Chloris, Χλῶρις　1. 春の女神. フローラの項を見よ.
2. テーバイの*アムピーオーンと*ニオベーの娘の一人. 彼女の兄弟姉妹が*アポローンと*アルテミスに射殺された時、彼女と兄弟のアミュークラース Amyklas だけが助かった.
3. オルコメノス Orchomenos 王アムピーオーン Amphion の娘、*ネーレウスに嫁し、*ネストールの母となった. 2.のクローリスとしばしば混同されている.

ケ

ゲー Ge, Γῆ　ガイアの項を見よ.

ケイローン Cheiron, Χείρων, 拉 Chiron　*ケンタウロス族の一人、*オーケアノスの娘*ピリュラーの子. クロノスは后*レアーの目を遁れるために、馬形で交わったために、ケイローンがケンタウロスの姿となったという. ケンタウロスでありながら、賢明で、正しく、音楽、医術、狩、運動競技、予言の術に秀れ、多くの英雄たち(*アキレウス、*アスクレーピオス、*イアーソーン、*ディオスクーロイ等)は幼年時代に彼に養育、教育された. 彼は*ペーレウスを他のケンタウロスたちより保護し、*テティスとの結婚を勧め、その祝いにとねりこの槍を贈った. はじめペーリオン Pelion 山に住んでいたが、ケンタウロス族が*ラピース族に追われた時、ペロポネーソスのマレア Malea に移り、そこで、*ヘーラクレースの矢に誤って射られて死んだ. この事についてはケンタウロスの項を見よ.

ケクロプス Kekrops, Κέκροψ　1. 伝説的なアテーナイ初代王(*アクタイオスが初代であるとの説もある). アッティカの大地より生れたとされ、これを表わすために彼はしばしば腰から下が大蛇の姿を取っている. アッティカ

は彼以前にはアクテー Akte と呼ばれていたが, のちケクロペイア Kekropeia と呼ばれるにいたった. アクタイオスの娘*アグラウロスを娶り, *パンドロソス, *ヘルセー, *アグラウロスの三女を得た(おのおのの項を見よ). 一子*エリュシクトーンは若く, 子なくして死に, 王位は*クラナオスが継いだ. ケクロプスはアテーナイのアクロポリス(ケクロペイア)を築き, アッティカを12の部に分った. 一夫一妻の制, 葬礼, 神々の崇拝, 文字を教えるなど, 多くの文化的な活動が彼に帰せられている. *アテーナー(同項参照)と*ポセイドーンがアテーナイを争った時の審判者も彼であったと伝えられ, アクロポリス山上エレクテイオン Erechtheion 神殿西南隅に彼の墓所があった.

2. *エレクテウスの子にもケクロプスがあり, 1. との区別は不明. メーティアドゥーサ Metiadusa (エウパラモス Eupalamos の娘)を娶り, *パンディーオーン(メガラ王)の父となった.

ケーダリオーン Kedalion, Κηδαλίων
冶金の名手. ナクソス Naxos 島に住み, *ヘーパイストス神が生れた時, *ヘーラーに依頼されて, 彼に自分の技を教えた. 彼はまた, *オーリーオーンの肩に乗って, 太陽の上る方角を教え, オーリーオーンが視力を回復するのを助けた.

ケートー Keto, Κητώ *ポントスと*ガイア(《海》と《大地》)の娘. 兄弟の*ポルキュス(ポルコス)の妻となって*グライアイ, *ゴルゴーンたちおよび*ヘスペリスの園の黄金の林檎を護っていた竜の母となった.

ゲネトリークス Genetrix ラテン語で《生む女, 母》の意. *キュベレーおよび*ウェヌスの称呼の一つ. カイサルは自分の氏のユーリア氏 gens Iulia の祖としての*ウェヌス・ゲネトリークス Venus Genetrix に神殿を献じた.

ケパリオーン Kephalion, Κεφαλίων リビアのアムピテミス Amphithemis とトリートーニス Tritonis 湖のニンフとの子. 彼の畜群を奪わんとした*アルゴナウテースのカントス Kanthos とエリボテス Eribotes を殺した.

ケパロス Kephalos, Κέφαλος, 拉 Cephalus, 仏 Céphale アッティカのトリコス Thorikos の町の, ケパリダイ Kephalidai 族の祖. したがって彼はアッティカ王*ケクロプスの娘*ヘルセーの子, あるいは同じくアッティカ王*パンディーオーンの子とされているが, 一方普通に*デウカリオーンの後裔とも考えられて, この系譜では*アイオロスの子の*デーイオーンの子で, 母は*クストスと*クレウーサの娘*ディオメーデーとされている. 古い叙事詩の話では, 彼は*ミニュアースの娘*クリュメネーを妻としているが, この女はのちの伝えではデーイオーンの子*ピュラコスの妻となっている.

彼に関するもっとも古い伝説は, 曙女神*エーオースが彼をさらい, 二人のあいだにシリアで*パエトーンが生れた話である. その後彼は女神を棄てて, アッティカに帰り, *エレクテウス王の娘*プロクリスを娶った. そのおり彼は妻が*ミーノースから貰ったところの, 追いかけたものをかならず捕える犬を贈られた. 彼はこの犬でテウメッサ Teumessa の牝狐を捕える*アムピトリュオーンを助けた(同項を見よ). ケパロスは, やがて妻の貞節を疑い, 八年間留守にしたのちに, 身を変じて彼女に近づき, 莫大な贈物によって彼女の貞操を買わんとし, ついに彼女が誘惑に負けた時, 正体を明かした. 妻は怒りと屈辱に山中に遁れたが, ケパロスも後悔して, あとを追い, 仲直りした. 今度は妻が夫を疑い, 夫が狩に出ているあいだに, しばしばネペレー Nephele《雲》あるいはアウラー Aura《そよ風》を呼んでいるということを召使から聞き, 本当は雲や風を呼んでいるのに, これを女の名と信じて, 夫のあとをつけて行ったところ, 夫はかくれている妻を獣とまちがえ, 投槍を投じて殺した. *アレイオス・パゴスの裁判で追放を命ぜられ, アムピトリュオーンのタピオス Taphios 人遠征に加わり, のち彼の名によってケパレーニア Kephallenia と名づけられた島で*リューシッペーを娶り, この島の四族の祖となった四人の子供を得たというが, これは後代の作り話である. また*オデュッセウスの父*ラーエルテースの父の*アルケイシオスはケパロスの子, あるいは孫ともいわれる. ケパロスは*デルポイの神託で息子を得る法を尋ねたところ, 最初に出会った女性のものと交わるべし, との答えを得た. そして彼は牝熊に出会い, これと交わったところ, 熊は美しい女に変り, アルケイシオスを生んだという.

ケーペウス Kepheus, Κηφεύς, 拉 Cepheus, 仏 Céphée 同名の英雄が数人あるが, その中で一番よく知られているのは,

1. *アンドロメダーの父, *カッシオペイアの夫, *ベーロスの子. ケーペーネス Kephenes 人の王. この民族はエティオピア人とも, エウフラテス河岸に住んでいたともいわれる.

2. アルカディアのテゲア Tegea の王*アレオスの子. *アルゴナウテースたちの遠征に参加. *ヘーラクレースが*ヒッポコオーンの息子たちを罰すべく, ラケダイモーン Lakedaimon

ケーユクス

に軍を進めた時, ケーペウスに20人の息子とともに味方になることを乞うた. ケーペウスは留守中にアルゴス Argos 人が攻めて来ることを恐れて, ことわった. ヘーラクレースは*アテーナー女神より青銅の壺に入ったゴルゴーンの毛髪を貰って, 敵が攻めて来れば, この髪を三度城壁から差しあげ, 自分は前方を見ないでいれば, 敵は敗走するだろうと言って, ケーペウスの娘*ステロペーに与えた. そこでケーペウスは息子たちと出陣したが, 父子ともに戦死した. ヘーラクレースの項を見よ.

3. *リュクールゴスの子, アルカディア王. このケーペウスは*カリュドーンの猪狩に参加した. 2. と同人であるかも知れない.

ケーユクス Keyx, Κήυξ 1. トラーキース Trachis 王, *アムピトリュオーンの甥, *ヘーラクレースの従兄弟で友. アルキテレース Architeles の子*エウノモスを誤って殺したヘーラクレースは, ケーユクスの所に赴いた. ヘーラクレースの死後, 彼の子供たちは*エウリュステウスに追われて一時ケーユクスの所に避難した. ケーユクスの娘テミストノエー Themistonoe は*アレースの子*キュクノスの妻となり, ヘーラクレースがキュクノスを殺した時, その葬礼をケーユクスが行なった. オイカリア Oichalia 遠征でヘーラクレースに従った*ヒッパソス, *アルゴナウテースたちの遠征に加わった*ヒュラースはケーユクスの子とされている.

2. 暁の明星*ヘーオースポロスの子. *アイオロスの娘*アルキュオネーの夫. 自分たちが*ゼウスと*ヘーラであると僭称した罰として, 同名の鳥((かつおどり))と((かわせみ))に変えられた. あるいは夫が溺死し, 妻が身を投げたのを憐れみ, 神々が二人を鳥にしたともいう.

ケライノー Kelaino, Κελαινώ 1. *ハルピュイアの一人.

2. *アトラースと*プレーイオネーの娘である*プレイアデスの一人. *ポセイドーンと交わって, *リュコス, *エウリュピュロス, *トリトーンを生んだ.

3. *ダナオスの娘の一人. *ポセイドーンと交わって, *ケライノス Kelainos の母となった.

4. *アポローンと交わって*デルポスの母となった女.

ゲラナ Gerana, Γέρανα *ピグミ族に神として祭られていた女. しかし彼女は神々を軽んじたので, *ヘーラーが怒って彼女を鶴に変じた. 一子モプソス Mopsos に会いたさに, 人の姿の時に住んでいた家に行こうとしたが, ピグミと鶴とが戦っていたので, 鶴はゲラナの行動

を禁じたため, 彼女は大いに悩んだという.

ゲラーノール Gelanor, Γελανωρ *ポロネウス系の最後のアルゴス王. *ステネラースの子. *ダナオスに王位を譲ったとも, また彼に奪われたともいう. ダナオスの項を見よ.

ケラムボス Kerambos, Κέραμβος テッサリアのオトリュス Othrys 山の羊飼. *デウカリオーンの洪水の時, 山中に遁れ, ニンフたちは彼に翼を与えて, ケラムビュクス kerambyx というかぶとむし(甲虫)に変えた.

ケラモス Keramos, Κέραμος アテーナイのケラメイコス Kerameikos 区にその名を与えた, 陶器の発明者. *ディオニューソスと*アリアドネーの子. keramos は《土器》の意.

ゲーリュオーン, ゲーリュオネースまたはゲーリュオネウス Geryon, Γηρυών, Geryones, Γηρυόνης, Geryoneus, Γηρυονεύς *クリューサーオール(*ポセイドーンと*メドゥーサの子)と*カリロエー(*オーケアノスの娘)の子. 三頭三身の怪物で, オーケアノスの流れに近いエリュテイア Erytheia の島に住み, 多くの牛を所有し, その牛飼は*エウリュティオーン, 番犬は*オルトロスであった. *ヘーラクレースがこの牛を取りに来て, まず彼に突進して来た犬を棍棒で打ち殺し, 犬を助けに来た牛飼のエウリュティオーンをも殺した. *ハーデースの牛を近くで飼っていた*メノイテースがこの事をゲーリュオーンに告げた. 彼はアンテムース Anthemus 河畔で牛を追って去りつつあるヘーラクレースに追いつき, 戦を交え, 射殺された. エリュテイアはガデス Gades の近くのガデイラ Gadeira 島である(これは*ヘスペリスたちの一人*エリュテイアと同名)とも, エーペイロスのアムブラキア Ambrakia 地方の一地域だともいわれる.

ケーリュクス Keryx, Κῆρυξ 《布告使》の意. *エレウシースの*エウモルポスの子. 父の死後*デーメーテールの祭を受けつぎ, その子孫がエレウシースの神官職の一つ《ケーリュクス》を受けもっている. 一説には彼は*ヘルセーの子.

ケール Ker, Κήρ, 複数 Keres, Κῆρες 《*イーリアス》中においては, 戦場において死をもたらす悪霊. 有翼で, 黒く, 長い歯と爪をもち, 死骸の血を吸う. ときにそれは《運命》の意味にも用いられ, *アキレウスは武勲に輝く短いケールと故国に帰って長い幸福なケールとの選択を与えられ, またアキレウスと*ヘクトールのケールを*ゼウスは秤にかけ, ヘクトールのそれが*ハーデースの方に傾いたことによっ

て、彼の死が決定される．しかしケールは決していい意味に用いられることはない．ケールは複数で、ヘーシオドス中では、*ニュクス(夜)の娘とされ、単数で*タナトス(死)とモロス Moros(死，運命)との姉妹とされ、さらに複数で*モイラたちの姉妹となっている．ケールは個人に関してだけでなく，集団的にも，たとえば*トロイア方とギリシア方のケールのごとくにも用いられる．ケールはあらゆる悪をもたらす者として，古典時代には，*ハルピュイアのように，ものを汚染し，腐敗せしめ，病気をもたらし，不幸の源泉となるとされている．ケールは，さらに，死者の魂の意味にも用いられた．死者の祭たるアンテステーリア Anthesteria 祭の終りに，《ケールたちは外》と叫んだのは，この意味においてであった．

ケルカポス Kerkaphos, Κέρκαφος　*ヘーリアデースたちの一人．太陽神*ヘーリオスと*ロデーの子．兄弟の*オキモスの娘キューディッペー Kydippe を妻とし，オキモスのあとをついでロドス Rhodos 王となった．彼の三子*イアリューソス，*リンドス，*カメイロスはおのおの同名の市を同島に建設した．

ケルキュオーン Kerkyon, Κερκυών

1. *エレウシスの英雄．*ポセイドーンあるいは*ヘーパイストスと*アムピクテュオーンの娘との子．あるいは*ブランコスとニンフのアルギオペー Argiope の子ともいわれる．彼はのちに《ケルキュオーンの相撲場》と呼ばれた，エレウシスとメガラ Megara のあいだの道のある場所で，通行人に相撲を強いて，彼らを殺した．*テーセウスが彼を高く頭上に持ち上げ，大地に投げつけて微塵にした．

2. *アガメーデースの子．同項を見よ．

ケルキューラ Kerkyra, Κέρκυρα　*アーソーポス河神と*メトーペー(*ラードーン河神の娘)との娘．ケルキューラは*ポセイドーンにさらわれて，ケルキューラ島(またはコルキューラ Korkyra, 現在のコルフ Corfu)で交わり，この島に名を与えた．二人のあいだに生れたのが*パイアーケス人の祖*パイアークスである．

ケルコープスたち Kerkops, Κέρκωψ (複数 Kerkopes, Κέρκωπες)　猿のごとき顔をした乱暴な野盗．*オーケアノスの娘テイアー Theia の子といわれ，二人の兄弟で，エウリュバテース Eurybates とプリューノーンダース Phrynondas，あるいはシロス Sillos とトリバロス Triballos (《すが目，あるいは揶揄》と《やくざ者》の意)と呼ばれたという．一般に複数形で*ケルコープスと呼ばれる．通行人を殺して奪っていたが，母親はメラムピュゴス Melampygos《黒尻》に注意せよといましめていた．ある日ケルコープスたちは*ヘーラクレースが道で眠っているのに会い，彼を襲ったところ，たちまちにして敗け，足を縛られ，棒の先につるされた．英雄は彼らを逆づりにして肩にかけ，歩いて行くと，彼らはちょうど頭のところにある英雄の尻が毛で真黒なのを見て，母親の戒めを解した．彼らは，しかし，その黒尻をさんざん面白く揶揄したので，英雄も興がって，彼らを許してやった．のち彼らの暴行を怒って*ゼウスは二人を猿に変じ，ナポリ湾頭の二島に住まわせた．この群島がピテークーサ Pithekusa と呼ばれるのはこのためであり(pithekos《猿》)，彼らの子孫がここに住んでいるという．

ケルコープス ケルコープスたちを見よ．

ケルビダース Kelbidas, Κελβίδας　クーマイ Cumae の人，ギリシアのアカイア Achaia のトリータイア Tritaia 市の創立者．一説にはこの市は*アレースと*トリートーンの娘でアテーナー・トリーテイア Triteia の女宮守であった女とのあいだの子，*メラニッポスの子の創建にかかるという．

ケルベロス Kerberos, Κέρβερος, 拉 Cerberus, 仏 Cerbère　冥府の入口の番犬．*テューポーンと*エキドナの子．したがって*ゲーリュオーンの怪犬，*レルネーの*ヒュドラー，*ネメアのライオンの兄弟．ヘーシオドスはこの犬は50頭をもち，青銅の声をもっていると言っているが，100 頭とする詩人もある．もっとも一般に古典期に通用したのは，三頭で尾が蛇の形をし，頸のまわりに無数の蛇の頭が生えている形である．*ヘーラクレース(同項を見よ)が*エウリュステウスの命により，この犬を生捕りにしてこの世に引き出した話がもっとも有名である．

ケルミス Kelmis, Κέλμις　クレータ島の伝えによれば，*ゼウスが生れて，この島で育てられた時，ついていた*イーデーの*ダクテュロスの一人．*レアーの怒りにふれ，ためにゼウスによって金剛石(あるいは《鋼》，ギリシア語では同一語)とされた．

ケレウトール Keleutor, Κελεύτωρ　*カリュドーンのアグリオス Agrios の子供の一人．兄弟とともに伯父*オイネウスの王国を奪って，父に与えたのみならず，オイネウスを幽閉して，虐待したので，のち*ディオメーデース(オイネウスの孫)に殺された．

ケレオス Keleos, Κελεός　大地から生れたといわれる，エレウシース初代王*エレウシ

ケレース

ースの子で，同地の王（ただし同地の農夫との説もある）。*デーメーテールが娘の*ペルセポネーを探し求めてさまよい，この地に来た時，老婆に姿を変え，王の家の召使となり，王の一番下の子の*デーモポーンの乳母となった。女神は彼を不死にしようと思って，夜な夜な赤児を火中においたが，発見され，子供は火に焼かれてしまった。女神はそこで本身を顕わし，長子の*トリプトレモスに麦の栽培を人類に教える役目を与え，また王には自分の崇拝を教え，彼はエレウシースのデーメーテールの最初の神官に，彼の娘たちは最初の女神官となった。

ケレース Ceres ローマの古い豊穣の女神。その祭（Cerealia）は4月19日に行なわれ，大地女神（Tellus Mater）の祭（4月15日）と密接に関係している点から，ケレースにも地下神の性質があったことを知り得る。エトルリア人がポルセンナ Porsenna 王に率いられてローマを攻めた時，大飢饉が生じ，*シビュレーの本の神託によって，ギリシアの*デーメーテールと*ディオニューソスの崇拝が前496年にローマに移入され，前493年に神殿がアウェンティーヌス Aventinus 丘の麓にできあがった。この崇拝はギリシア的で，その大きな影響下にあり，ローマ古来の女神の祭は失われてしまった。ケレースの地下神的要素は，死人の出た家では，この女神に犠牲を供することによって潔められる点にも認められる。

ケーレビアー Kerebia, Κηρεβία *ポセイドーンと交わって，セリーポス Seriphos 島の*ディクテュスと*ポリュデクテスの母となった。この二人の系譜に関しては異説が多く，一定しない。同項およびペルセウスの項を参照。

ゲロー Gel(l)o, Γελ(λ)ώ レスボス島の子供をさらう，若くて死んだ娘の幽霊。

ケロエッサ Keroessa, Κερόεσσα *ゼウスと*イーオーの娘。ビューザンティオン Byzantion（＝コンスタンティヌーポリス・イスタンブール）に名を与えた*ビューザースとストロムボス Strombos の母。彼女の名は《角ある女》の意で，彼女がイスタンブールの《黄金角》で生れたためといわれる。

ケンタウロス Kentauros, Κένταυρος, 拉 Centaurus, 英 Centaur, 独 Kentaur, 仏 Centaure 馬身で腰から上が人間の姿になっている怪物。したがって人間の手とともに馬の四肢をもっている。ホメーロスでは単に野獣と呼ばれ，山野に棲み，野蛮で乱暴な種族。彼らは*イクシーオーンが*ヘーラーに恋した時，*ゼウスが《雲》を女神の姿に似せて，イクシーオーンの所にやり，これと交わって，その《雲》から生れたとも，二人のあいだの子ケンタウロスがペーリオン山の近くで牝馬と交わって生んだともいわれる。しかしこのなかで*ケイローンと*ポロスだけは生れが違い，前者は*クロノスと*ピリュラーの子，後者は*シーレーノスととねりこの精のニンフとの子であり，ケイローンは医術その他の技に長じて，*アキレウスや*アスクレーピオス，*イアーソーンのごとき多くの英雄たちの養育と教育を任されたし，ポロスもまた野蛮ではなかった。ケンタウロスたちの住所は，主としてテッサリア Thessalia のペーリオン山であったが，他にアルカディア Arkadia やエーリス Elis にも棲んでいた。これは，*ペイリトオスの結婚式に招かれたおりに，はじめて酒を飲み，そのために酔って，その中の一人（*エウリュティオーンまたはエウリュトス），あるいはいく人かが花嫁の*ヒッポダメイアその他の女を犯さんとし，ここにペイリトオスとその人民の*ラピテース族，彼の客となっていた*テーセウスとケンタウロス族との戦闘が生じ，ケンタウロスたちはラピテースの勇者*カイネウスをたおしたが，ついにテッサリアを追われたのであるという。

*ヘーラクレースが第四番目の仕事として，エリュマントス Erymanthos 山の猪を生捕りにするべく，ポロエー Pholoe を通った時に，ポロスに歓待された。彼は英雄には焼肉を供しながら，自分は生肉を食べた。英雄は酒を所望した。ポロスは*ディオニューソスから与えられ，ケンタウロス族の共有になっている甕を開けることを躊躇したが，英雄が大丈夫だと言うので，開けたところ，香をかいでケンタウロスどもが岩ともみの木で武装してポロスの洞穴に集って来た。最初に入って来たアンキオス Anchios とアグリオス Agrios をヘーラクレースは燃木を投げつけて追い払い，その他の者を矢で射てマレア Malea 半島まで来た。そこにはラピテース人によってペーリオン山から追われて来ていたケイローンがいた。彼の所に遁れ，まわりに小さくなっているケンタウロスどもにヘーラクレースが矢を射ると，*エラトスの腕を射抜いて，ケイローンの膝にささった。ヘーラクレースの毒矢の傷は不治だが，ケイローンは不死で死ねなかった。彼は傷の痛みに耐えず，死を願った。*プロメーテウスがかわりに不死となり，ケイローンは死んだ。ケンタウロスどもは方々に遁れ，一部はマレアに，エウリュティオーンはポロエーに，*ネッソスはエウエー

ノス河に行き，ここでのちヘーラクレースに殺された．残りは*ポセイドーンがエレウシースに引きうけて，山中に隠した．ポロスは仲間の死体から引抜いた毒矢でみずから傷ついて死に，ヘーラクレースに葬られた．エウリュティオーンはさらにヘーラクレースからムネーシマケー Mnesimache を奪わんとしたことがある．

また *ヒュライオスと *ロイコスは *アタランテーを犯さんと試みた．同項を見よ．この他，女のケンタウロスもあり，山中で男と一緒に住んでいたと考えられている．

ケンティマヌス Centimanus　ギリシアの百手巨人 *ヘカトンケイルのラテン語の訳名．《百手を有するもの》の意．

コ

コイオス Koios, Κοῖος　*ウーラノスと *ガイア(すなわち天と地)の子．したがってウーラノスその他の *ティーターン神族の兄弟・姉妹の *ポイベーを妻として，*アポローンと *アルテミスの母親 *レートーおよび *アステリアーの父となった．

コイラノス Koiranos, Κοίρανος　1. *メラムプースの曾孫．クレイトスの項を見よ．

2. *メーリオネース(または *メーリオーン)の戦車の御者．クレータのリュクトス Lyktos の人．*ヘクトールに討たれた．

3. *オデュッセウスに *トロイアで討たれたリュキア Lykia 人．

4. ミーレートス Miletos の人．捕えられいるか(海豚)を買って海に放ってやったところ，難破した時，ただ一人だけいるかに救われ，また彼の葬列が海岸を通った時，いるかの群が海上でこれに加わって泳いだ．

幸福の島 Makaron Nesoi, Μακάρων Νῆσοι, 拉 Fortunatae Insulae, Fortunatorum Insulae　はるか西方に，至ある死者たちの住む島あるいは海辺の場所があると考えられていた．のち地理学者たちはこれをマデイラ島と同一視しているが，この島はこのほかいろいろな所と同一視されている．

《**コエーポロイ**》 Choephoroi, Χοηφόροι　アイスキュロスの作品．《オレステイア》の項を見よ．

コーカロス Kokalos, Κώκαλος　シシリアのカミーコス Kamikos の王．*ダイダロスは *ミーノースのもとを遁れて，自分の造った翼によってカミーコスに着き，王の庇護をうけた．ミーノースはダイダロスを追い，あらゆる地で巻貝を示し，これに糸を通した者に多くの褒美を与えると約束した．ミーノースがコーカロスの所に来た時，コーカロスは巻貝をダイダロスに示した．ダイダロスは蟻に糸を結びつけ，貝に糸を通させた．ミーノースはこの結果を見て，このような工夫はダイダロス以外には考え得ないとして，彼がコーカロスのところにいることを知り，その引渡しを要求した．コーカロスは引渡す約束をして，ミーノースを歓待し，入浴させたのち，娘たちに殺させた．一説には彼は煮え立った湯をあびせられて死んだという．

コーキュートス Kokytos, Κωκυτός, 拉 Cocytus, 仏 Cocyte　《嘆きの河》の意．エーペイロス Epeiros の *アケローン河の支流．*ステュクス河とともに，冥界を流れている河の名となっている．

コクレース，ホラーティウス Cocles, Horatius　エトルリア王ポルセンナ Porsenna がローマを攻めた時，他の二人とともにスブリキウス橋 Pons Sublicius を守り，ローマ人が橋をほとんど破壊した時に仲間を帰し，のち一人で破壊の完了まで敵を防いで，河を泳ぎ渡って帰った．この話はまったくの伝説で，本来はこの橋に面して *ウゥルカーヌス神の聖域があり，そこにある片眼で跛の人の像が，*ヘーパイストス・ウゥルカーヌスの像であるのを，この伝説によって解かんとしたものであるらしく，同じくコクレースも片眼で，この戦によって太腿に負傷し，跛になったことになっている．し

コットス Kottos, Κόττος　百手巨人 *ヘカトンケイルの一人. 同項参照.

コテュスまたは**コテュ(ッ)トー**　Kotys, Κότυς, Kotyt(t)o, Κοτυτ(τ)ώ　トラーキア Thrakia の女神. その祭 (Kottytia) は狂乱の儀式を伴っていた. プリュギアの*キュベレーと関係づけられ, のちギリシアからイタリアに広まった.

コドロス Kodros, Κόδρος　伝説的アテーナイ王. 彼の父*メラントスはペロポネーソスのピュロス Pylos 王*ネーレウスのあとで, ボイオーティア王クサントス Xanthos との戦に, *テーセウスの最後の後裔テューモイテース Thymoites を援けて, 功があったので, テューモイテースが子なくて世を去ったあとを継いで王となった. アッティカがペロポネーソス人に攻められた時, コドロスが父の後継者として王であったが, 敵が*デルポイで, アテーナイ王を殺さなければ, 勝利を得るであろう, との神託を受けたことを, デルポイ人クレオマンティス Kleomantis より知らされ, 貧しい身なりをして敵陣に近づき, 兵と喧嘩して, わざと殺された. 敵はこれを知って軍を引いた. 彼の子*メドーンが, その後, 王となったとも, またこのような立派な王にはなんびとも後継者たるに価しないとして, メドーンは一生アルコーン archon となり, 王制は廃された, ともいわれる. コドロスの他の子供たちはイオーニア Ionia に植民した.

コプレウス Kopreus, Κοπρεύς　エーリス人ペロプス Pelops の子. *イーピトスを殺して*ミュケーナイに遁れ, *エウリュステウス王によって罪を潔められ, 王の伝令となった. 彼は卑しい尊大な男で, エウリュステウスが*ヘーラクレースに多くの困難な仕事を命じたのも, このコプレウスを通じてであったという. ヘーラクレースの後裔たちの引渡しを要求すべく, 王がコプレウスをアテーナイに送った時, 彼はあまりにも傲慢なので, アテーナイ人は使者の身体が不可侵であるにもかかわらず, 彼を殺した. その償いとして, アテーナイの青年たちはある祭には暗色の着物をつけたという. 彼には息子*ペリペーテースがあり, *アガメムノーンに従って*トロイアに出陣, *ヘクトールに討たれた.

コマイトー Komaitho, Κομαιθώ　1. タポス Taphos のテーレボエース Teleboes 人の王*プテレラーオスの娘. 王の頭には*ポセイドーン神が生やした黄金の毛髪があり, これがあるかぎり王は敗れることがなかった. *アムピトリュオーンがタポスを攻めた時, コマイトーはアムピトリュオーン(あるいは彼の味方の*ケパロス)に恋し, 父の頭から黄金の毛を取り去ったので, プテレラーオスは死に, アムピトリュオーンは勝利を得たが, コマイトーを殺した.

2. パトライ Patrai (現在のパトラス Patras) の*アルテミスの女神官. メラニッポス Melanippos と恋じ, 神域で逢引きしたのを怒って, 女神が市に疫病を送り, *デルポイの神託によって, 二人は女神の犠牲に供せられた. さらにこれより毎年一番美しい若者と乙女とを女神に捧げる習慣ができたが, *エウリュピュロス がこれを止めた.

コマータース Komatas, Κομάτας　南イタリアのトゥーリオイ Thurioi の羊飼. 主人の羊を*ムーサたちにしばしば犠牲に捧げたので, 主人は怒ってシーダーの棺に彼を閉じこめ, ムーサが彼を助けてくれるだろうと言った. 三カ月後開いてみると, 彼は生きていた. ムーサたちが蜜蜂を送って, その蜜で彼を養っていたのであると.

コムベー Kombe, Κόμβη　*アーソーポス河神の娘. サオコス(またはソーコス) S(a)okos の妻とされ. 彼女は*クーレースたち, あるいは*コリュバースたちの母とされている. 夫は乱暴者なので, 彼女は子供たちとともにクレータ島の*クノーソス, ついでプリュギア Phrygia に, さらにアテーナイの*ケクロプスのもとに遁れた. 夫の死後エウボイア Euboia 島に子供とともに帰った. そこで, 死後(あるいは子供たちに殺されそうになった時), 鳩になった. 彼女はエウボイアのカルキス Chalkis 市に名を与えた同名のニンフと混同されているらしく, また彼女の放浪は, プリュギアの*キュベレー女神の従者たち*コリュバースたち, *レアー女神の従者で, *ゼウスの幼時をクレータ島の*イーデー山で世話したクーレースたちとの混同によって複雑になっているらしい.

コメーテース Kometes, Κομήτης　1. *ステネロスの子. *ディオメーデースが*トロイアに出陣した時, 留守を彼に任せたが, 彼はディオメーデースの妻*アイギアレイアと通じた. これはディオメーデースがトロイアで*アプロディーテーを傷つけたため, 女神が復讐したのであると, *パラメーデースの父*ナウプリオスが息子を殺された復讐に, 姦通をそそのかしたのだともいわれている. ディオメーデースは帰国した時, 国から追われた.

2. *オレステースの子*ティーサメノスの子．同項を見よ．小アジアに移住した．

3. *ペイリトオスの結婚の宴で，*ラピテース族に殺された*ケンタウロス族の一人．

4. プレウローン Pleuron の王 *テスティオスの子．*カリュドーンの猪狩で死んだ．

コーモス Komos, Κῶμος　　祝祭の陽気な騒ぎの擬人化．後期古代では有翼の若者の姿で表わされている．

コライノス Kolainos, Κόλαινος　　*ヘルメースの子孫，アッティカ初代王．義理の兄弟*アムピクテュオーンにアテーナイより追われ，ミュリネー Myrrhine のデーモスに住み，*アルテミス・コライニス Ko ainis の像を奉献したという．地方的な縁起伝説．

コーリュキアー Korykia, Κωρυκία　　パルナッソス Parnassos 山中の*コーリュキオン洞窟にその名を与えたニンフ．*アポローンに愛されて，*リュコーレワスの母となった．パルナッソス山との関係から，*ムーサたちはときにコーリュキデス Korykides と呼ばれることがある．

コーリュキオン洞窟 antron Korykion, ἄντρον Κωρύκιον　　デルポイのすぐ上のパルナッソス Pornassos 山中の，*パーンとニンフたちの遊び場と考えられていた洞窟．コーリュキアーの項を参照．

コリュトス Korythos, Κόρυθος　　1. *ゼウスと*アトラースの娘*エーレクトラーの子．*イーアシオーンと*ダルダノスの父（一説ではこの二人もゼウスとエーレクトラーの子）．コリュトスはエトルリア Etruria を支配し，コルトーナ Cortona 市を建設した．二人の子はここから，一人はサモトラーケー Samothrake へ，他は*トロイアへ赴いた．

2. アルカディア Arkadia のテゲア Tegea 王．母親*アウゲーに棄てられた赤児の*テーレポスを拾って，育てた．

3. *パリスと*イーデーのニンフ，*オイノーネーの子．パリスの不実を知るや，オイノーネーはコリュトスにギリシア軍を*トロイアの地に案内せしめた．彼はパリスよりもさらに美しく，*ヘレネーが彼を愛したため，パリスに殺された．

4. *ペルセウスの従者．

5. *ラピテース族の一人．

コリュネーテース Korynetes,　　*ペリペーテースに同じ．同項を見よ．

コリュバースたち Korybas, Κορύβας（複数 Korybantes, Κορύβαντες）　　プリュギア Phrygia の大地女神*キュベレー（同項参照）の従者たち．激しい音楽と踊りを行ないつつ，女神に従った．この名はまた女神に仕える神官をも意味し，狂気のごとくに踊り狂う人の名称ともなっている．コリュバースは*レアーの従者たる*クーレースたちと混同されている．

コリュバンテス　　コリュバースたちを見よ．

コリントス Korinthos, Κόρινθος　　コリントス市に名を与えた古い王．*エポーペウスの子*マラトーンの子．コリントス人は彼を*ゼウスの子と称していたが，これは他のギリシア人の笑い物になった系譜である．父とともにアッティカに遁れ，エポーペウスの死後コリントスに帰り，父のあとを継いで王となった．子なくして死し，それ故にコリントス人は*メーデイアを呼び寄せたとも，また彼は人民に殺され，彼のあとを継いだ*シーシュポスがその復讐をしたともいう．*テーセウスに退治された*シニスはコリントスの娘シュレアー Sylea の子である．

コルキス Kolchis, Κολχίς　　カウカソスの南，黒海の東端の地．伝説的な*アイエーテースの王国，*メーデイアの故郷，*アルゴナウテースたちの冒険の目的地．

コルキューラ Korkyra, Κόρκυρα　　ケルキューラを見よ．

ゴルゲー Gorge, Γοργή　　1. *オイネウスの娘．*メレアグロスと*デーイアネイラの姉妹．*テューデウスは彼女が父と交わって得た子といわれている．*アンドライモーンとのあいだに一子*トアースがある．メレアグロスの他の姉妹が山うずらに変えられた時（メレアグリスたちの項を見よ），彼女とデーイアネイラのみは変身を蒙らなかった．

2. *メガレウスの娘．コリントス市の創建者*コリントスに嫁した．彼女の子供たちが殺された時，湖に身を投じた．その湖は以来ゴルゴーピス Gorgopis 湖と呼ばれている．

3. *ダナオスの 50 人の娘の一人．

ゴルゴー（ン） Gorgo(n), Γοργώ(ν)　　1. *ポルキュスと*ケートーの三人の娘*ステンノー Sthenno《強い女》，*エウリュアレー Euryale《広くさまよう，あるいは遠くに飛ぶ女》，*メドゥーサ Medusa《女王》はゴルゴー（ン）と呼ばれ，*グライアイはその姉妹である．ゴルゴーたちは醜怪な顔を有し，頭髪は蛇，歯は猪のごとく，大きな黄金の翼をもち，その眼は人を石に化す力があった．三人のうちメドゥーサのみが不死でなかった．神も人も彼女たちを恐れたが，*ポセイドーンはメドゥーサと交

わった. 彼女たちははるか西方の死者の国, *ヘスペリスの園, *ゲーリュオーンの棲家に近い所に棲んでいた. *ペルセウスがメドゥーサの首を切り落した時(同項を見よ), そこからポセイドーンの子たる有翼の天馬*ペーガソスと*クリューサーオールが生れた. 彼女の首は*アテーナーの*アイギスの飾りとなった. また*アスクレーピオスは彼女から人を蘇生させ, また人を害する力のある血を得た.

メドゥーサは本来は古い大地女神であり, かつまた厄除けの力を有するものでもあったらしく, 武器や壁上にゴルゴーンの頭(Gorgoneion)をつけるのはこのためである. しかし彼女はしだいにギリシア神話の中に編みこまれて行った. のち彼女はもとは美しい少女で, アテーナーと美を競い, とくに頭髪に自信をもっていたために, それが蛇となった怪物に変じられたという話が作られた. さらにこれはポセイドーンと, アテーナーの神殿で交わったためだとも伝えられる.

2. *アイギュプトスの妻の一人.

ゴルゴーピス Gorgopis, Γοργῶπις ある所伝では, *イーノーの代りに, ゴルゴーピスが*アタマースの二番目の妻で, *プリクソスの継母となっている.

ゴルゴポネー Gorgophone, Γοργοφόνη 《*ゴルゴーの退治者》(女性)の意.

1. *ペルセウスと*アンドロメダーの娘. *ペリエーレースに嫁し, *アパレウスと*レウキッポスの母となった. *イーカリオスと*テュンダレオースのこの二人の子ども. ペリエーレースの死後ゴルゴポネーが結婚した*オイバロスの子ともいわれる. 彼女はギリシアの婦人で最初に二度目の結婚をした女で, それ以前には寡婦の再婚はなかったという.

2. *ダナオスの50人の娘の一人.

ゴルゴポノス Gorgophonos, Γοργοφόνος 《*ゴルゴーの退治者》(男性)の意.

1. *ペルセウスの孫.

2. エピダウロス Epidauros の王. 国を追われ, 神託によって刀の鞘のはしを蔽うこじりを発見した所に一市を建てるようにと教えられた. 彼は*ペルセウスが*メドゥーサを退治しての帰りに落したこじりを発見して, そこに*ミュケーナイ市を建てた.

ゴルディアース Gordias, Γορδίας 神話時代のプリュギア王. ゴルディオン Gordion 市の創建者. *キュベレーが彼を愛して, 一子*ミダースを生んだ. 彼は生れは百姓で, プリュギアで内乱が起り, 神託が, 王が車に乗って来て, 乱を鎮めるだろうと告げた時に, ちょうど彼が車に乗って現われたので, ただちに王にされた. ゴルディオン市のアクロポリスには彼の捧げた戦車があったが, そのながえ(轅)には非常に複雑な結び目がついていて, だれにも解けなかった. しかし解き得た者にはアジアの支配が約束されていた. アレクサンドロス大王がここに遠征の途中立ち寄り, この結び目を刀で断ち切った.

コレー Kore, Κόρη 《娘》の意. *ペルセポネーに同じ. 同項を見よ.

コロイボス Koroibos, Κόροιβος 1. アルゴス王*クロトーポスの娘*プサマテーは*アポローンに愛されて, リノス Linos を生んだが, 王は怒って娘を殺し, 子供を犬にくわせた. アポローンはこれを憤り, ポイネー Poine(《罰》の意)という怪物を送り, アルゴスの子供をくわせた. この時若者コロイボスが怪物を退治したが, さらに災厄がアルゴスを襲ったので, コロイボスは*デルポイに行き, 神に償いの方法を求めたところ, 神はデルポイから聖三脚台を一基背にして行けと言った. この台が背から落ちたところに彼は一市を建てたが, これはメガラ Megara 市のあった場所であった. 彼の墓がこの市にあったという.

2. プリュギア Phrygia の*ミュグドーンの子. *カッサンドラーと交換に*プリアモスに援助しようと申しいで, カッサンドラーが厭から手を引くように勧めても聞き入れず, *トロイア陥落の際に(*ネオプトレモスに?)殺された.

コローニス Koronis, Κορωνίς 1. *ラピテース族の王*プレギュアースの娘. *アポローンに愛されて, *アスクレーピオス(同項参照)の母となった. まだ子供が腹の中にある時, 彼女はアルカディア人*エラトスの子*イスキュスと通じた(あるいは結婚した). アポローンは鳥の口からこれを知り(コローニスは《鳥》の意), 彼女を殺し, 彼女が火葬されている時に, 子供を胎内から取り出した. エピダウロス Epidauros の伝えでは, プレギュアースはエピダウロス人で, マロス Malos と*ムーサの*エラトーとのテッサリアの女クレオメネー Kleomene によってコローニスを得たことになっており, コローニスは本名をアイグラー Aigla と呼ばれたという.

2. コローネウス Koroneus の娘. *ポセイドーンの愛を拒んで遁れているうちに, *アテーナーによって鳥に変じられた. このコローニスはコローネー Korone とも呼ばれている.

3. *ディオニューソスの乳母の一人. *ブーテ

コローニスたち Koronis, Κορωνίς (複数 Koronides, Κορωνίδες) ＊オーリーオーンの二人の娘、メーティオケー Metioche とメニッペー Menippe のこと. ボイオーティアのオルコメノスで疫病流行に際して、人身御供にされ、死骸は地中に呑まれたが、冥府の神＊ハーデースと＊ペルセポネーが二人を憐れみ、天上の流星に変じた.

コローニデス コローニスたちを見よ.

コローノス Koronos, Κόρωνος ＊カイネウスの子, ＊ラピテース族の王. ラピテース族が土地の境界に関してドーリス Doris 人の王＊アイギミオスと争い、アイギミオスは包囲されていた. 土地を分ち与える条件で＊ヘーラクレースに助けを求めたので、英雄はアイギミオスを助けて、他の者とともにコローノスを殺し、全土を自由にしてアイギミオスに与えた. コローノスは＊アルゴナウテースたちの遠征に加わり、一子＊レオンテウスがあった.

コンコルディア Concordia ローマ国内の市民、あるいはその内部の諸団体の和合一致の表象としての女神. 貨幣の刻文や市、ギルド等の碑の銘文にその名が見いだされる. その最古で主要な神殿がフォルム Forum の近くにあった.

コーンスス Consus ローマの古神. 8月19日と 12月15日にその祭 (Consualia) が行なわれた. 彼はおそらく農業、とくに取入れの神であるらしく、その祭壇がキルクス・マクシムス Circus Maximus の中央の地下にあった. 祭の日には祭壇が掘り出され、馬、ろば(驢馬)その他の駄獣はすべて休みを与えられた. 祭壇が競馬場にあるためか、のちには馬の神としての＊ポセイドーン・ネプトゥーヌス (Poseidon Hippios=Neptunus Equestris) と同一視されていて、祭日には戦車競争が行なわれた.

コーンセンテース・デイー（またはディー）Consentes Dei(Di) ローマで＊ユーピテルを含む 12 人の最高神で、男女おのおの六柱の神より成っていた. その構成は明らかでないが、ギリシアのオリュムポスの 12 神の模倣であるから、おそらくユーピテル, ＊ネプトゥーヌス, ＊マールス, ＊アポロー, ＊ウゥルカーヌス, ＊メルクリウスの六男神と、＊ユーノー, ＊ミネルウァ, ＊ディアーナ, ＊ウェヌス, ＊ウェスタ, ＊ケレースの六女神より成っていたと思われ、これはギリシアの＊ゼウス, ＊ポセイドーン, ＊アレース, ＊アポローン, ＊ヘーパイストス, ＊ヘルメース, ＊ヘーラー, ＊アテーナー, ＊アルテミス, ＊アプロディーテー, ＊ヘスティアー, ＊デーメーテールに相当する.

サ

サガリーティス Sagaritis, Σαγαρῖτις オウィディウスによれば、＊アッティスの愛人の木のニンフ. ＊キュベレーに忠実を誓いながら、アッティスはこのニンフと交わったために、女神はニンフの木を切りたおし、アッティスを狂わせて、みずから去勢せしめた.

ザグレウス Zagreus, Ζαγρεύς オルペウス教で＊ディオニューソスと同一視されている神. ＊ゼウスは蛇の姿で＊ペルセポネーと交わり、第一のディオニューソスが生れた. ゼウスは彼に世界の支配を託すつもりでいたが、嫉妬深い＊ヘーラーにそそのかされて、＊ティーターンたちが彼を襲い、ザグレウスは身を種々の姿に変えて遁れんとし、牡牛になった時にティーターンに捕えられ、八つ裂きにされて、食われた. ゼウスは怒ってティーターンたちを雷霆で撃って焼き殺し、その灰から人間が生れた. だから人間には神性が部分的にあるという. ＊アテーナーがザグレウスの心臓だけを救い、ゼウスはこれを嚥下し、そこから＊セメレーによって第二のディオニューソス・ザグレウスが生れた.

サテュロス Satyros, Σάτυρος, 拉 Satyrus, 英・独 Satyr, 仏 Satyre 快楽を好み、野獣的に行動する山野の精. ＊シーレーノスとの区別が曖昧で、両者はしばしば混同されているが、前 4 世紀以後シーレーノスは老人で馬の特徴をもっているのに対し、サテュロスの方は若くて、大体山羊の特徴をもっている. しかしサテュロスもまた長い馬の尾に似たものをもち、巨大な男根を具え、深毛の野蛮な男として表わされている. 山羊の特徴の一部をもつにいたったのは＊パーンと関係づけられた事に由来するのであろう. しかし時代がくだるにつれて、彼らは美術ではだんだんと普通の人間らしく表現されている. 彼らは＊ディオニューソスの従者とされ、酒を好み、ニンフや＊マイナスたちと戯れ、踊りぬく. ローマ人は彼らを＊ファウヌスと同一視し、山羊の蹄と角を有する姿を想像した. 彼ら

にはとくに神話はない．*マルシュアースはサテュロスともシーレーノスとも考えられている．

サートゥルヌス Saturnus, 英・独 Saturn, 仏 Saturne　ローマの古い農耕の神．その名はラテン語の sero《播く》(part. perf. pass. satus) に由来するとされていたが，これは誤りで，彼はエトルリア Etruria から輸入されたものらしい．ギリシアの*クロノスと同一視され，クロノスが*ゼウスに王位を奪われたのち，イタリアに来住，カピトリーヌスの丘に一市を建立し，サートゥルニア Saturnia と呼んだとされている．彼を迎えたのは*ヤーヌス神であった．彼の后は*オプスとも*ルアともいわれる．彼の治世はイタリアの黄金時代で，彼は民に農耕と葡萄の木の剪定を教え，法を発布し，民は太平を楽しんだ．彼の神殿はカピトリーヌス丘のカピトリーウムへの道路上にあり，その祭(Saturnalia)は12月17日より一週間つづき，さまざまな贈物が交換され，奴隷は特別の自由が許され，蠟燭がともされ，あらゆる愉快な遊びが行なわれた．これがクリスマスの祭の源であるといわれている．

サバージオス Sabazios, Σαβάζιος　プリュギア・トラーキア系の神．宗教的狂乱を伴う崇拝形式を有し，ギリシアには前5世紀ごろからすでに輸入されていたが，盛んになったのはヘレニズム以後である．彼はしばしば*ゼウスと*ペルセポネーの子とされていて，*ディオニューソスと同型であるが，さらに古い神であるという．彼の崇拝の中心はプリュギアとリュディアであった．彼は額に角のある姿で表わされ，牛の飼育は彼に帰せられている．また蛇が彼の聖獣で，その秘教会に使用され，ゼウスは蛇の姿でペルセポネーと交わった，またサバージオス自身この動物の姿で小アジアで女祭司と交わって，子供を得たという．彼はしばしばゼウス・サバージオスなる称呼のもとに，ゼウスの雷霆と鷲とともに表わされている．彼はギリシア神界のそとにあり，神話はない．

サラーキア Salacia　ローマの*ネプトゥーヌスの后の女神．

サラーピス Sarapis, Σάραπις　セラーピスの項を見よ．セラーピスはラテン，サラーピスはギリシア名．

サラミース Salamis, Σαλαμίς　*アーソーポス河神の娘の一人．*ポセイドーンが彼女を育て，彼女と交わって，一子*キュクレウスを得た島が，サラミースと呼ばれるにいたった．

サラムボー Salambo, Σαλαμβώ　*アドーニスの死を嘆く時の*アプロディーテー(*アスタルテー)のバビロニア名．

サリイー Salii　軍神*マールスの神官団．三月と十月に軍神の祭を行なった．

サリオス Salios, Σάλιος　*アイネイアースの部下．出身地はサモトラーケー Samothrake, マンティネイア Mantineia (アルカディアの)，あるいはテゲア Tegea とされている．彼はサリイー神官団の勇ましい戦闘の踊りの発明者であるという．

サルース Salus　ローマの《健康》と《安全》の擬人化された女神．クィリーナーリス丘上にその神殿があった．のち彼女はギリシアの*ヒュギエイアと同一視されている．

サルペードーン Sarpedon, Σαρπηδών
1. *ヘーラクレースが*アマゾーンの女王の帯を取りに行った帰りに，トラーキアのアイニア Ainia の海岸で射殺した男．*ポセイドーンの子．*ポルテュスの兄弟．
2. 《*イーリアス》中，*ゼウスと*ラーオダメイア(*ベレローポーンの娘)の子．*グラウコスとともにリュキアの兵をひきいて*トロイアに来援，ギリシア軍の陣営の壁を最初に突き破るなど，勇戦ののち，*パトロクロスに討たれた．ゼウスはわが子の死を嘆き，*ヒュプノス(眠り)と*タナトス(死)の神が彼を埋葬のためリュキアに運んだ．

ホメーロス以後の作者によれば，彼はゼウスと*エウローペーの子で，*ミーノースと*ラダマンテュスの兄弟となっている．エウローペーを妻としたクレータ王*アステリオスに育てられ，成長してから，*ミーレートス(あるいはゼウスと*カッシオペイアの子アテュムニオス Atymnios)なる美少年か，あるいは王位が原因か，ミーノースと争って，クレータを去り，リュキア人と戦っていた*キリクスに，その地の一部を得ることを条件に，味方して闘い，リュキアの王となった．一説にはミーレートス市の建設者も彼であると．この二人のサルペードーンを同一人とするためには，年代上の大きな差があるので，彼はゼウスから人間三代(あるいは六代)の命を授けられたとする解決方法が生れた．いずれにせよサルペードーンはリュキアで実際に崇拝をうけていたのであって，本来は同一人であったに相違ない．二人のサルペードーンの説明のために，さらにクレータのサルペードーンの子*エウアンドロスがペレローポーンの娘デーイダメイア Deidameia (あるいは*ラーオダメイア)と結婚して生れたのが，トロイアに来援したサルペードーンであるとする系譜を作っている者もある．

サルマキス Salmakis, Σάλμακις　　ヘルマプロディートスの項を見よ.

サルモーネウス Salmoneus, Σαλμωνεύς, 拉 Salmoneus, 仏 Salmonée　　*アイオロスとエナレテー Enarete の子. はじめはテッサリアに住んでいたが, のちエーリスに移り, 一市サルモーネー Salmone を建設した. *アルキディケーを娶り, 一女*テューローを得たが, のち*シデーローと結婚した. 彼は高慢で, みずから*ゼウスと称し, 青銅の道を造り, その上を戦車で走り, 青銅の釜を引っぱって雷鳴している, 同時に空にむかって火のついた炬火を投げて電光を発していると言った. ゼウスは雷霆で彼を撃ち, 彼の建てた市と住民とを滅ぼした.

サンガリオス Sangarios, Σαγγάριος　　小アジアの同名の河の神. *オーケアノスと*テーテュースの子. ときに*ヘカベーは彼とメトーペー Metope, あるいはニンフのエウノエー Eunoe, あるいは水のニンフのエウアゴラー Euagora の娘とされている. 彼の子アルパイオス Alphaios はプリュギア人で, *アテーナーに笛を教えたが, 彼女を犯そうとして, *ゼウスの雷霆に撃たれた. 彼の娘で*アッティスの母 ナナに関しては, アッティス, アグディスティスの項を見よ.

サンクス Sancus　　サビーニー Sabini 人から移入されたローマの神. セーモー・サンクス Semo Sancus と呼ばれ, ディウス・フィディウス Dius Fidius とも同じであるとされている.

サンダースまたは**サンドーン** Sandas, Σάνδας, Sandon, Σάνδων　　小アジアのキリキア Kilikia のタルソス Tarsos の神. その祭では大きな薪の山が造られ, 焼かれる習慣があったために, ギリシア人は彼を*ヘーラクレースと同一視した. 同じ崇拝が小アジアの各地に認められ, おそらくルーヴィア Luwia 人に由来するらしいが, この他の事は不明.

シ

シキュオーン Sikyon, Σικυών　　シキュオーン市に名を与えた祖. 一般にアテーナイ王*エレクテウスの子*メーティオーンの子で, シキュオーン王*ラーメドーンに招かれて, アルゴスのアルカンドロス Archandros とアルキテレース Architeles と戦い, 王女*ゼウキッペーを娶り, 一女クトノピューレー Chthonophyle を得たとされる. しかし彼を*マラトーンの子で, *コリントスの兄弟とする者もある.

シーシュポス Sisyphos, Σίσυφος　　人間のなかでもっとも狡猾な人. エピュラ Ephyra (コリントス) の創建者. *アイオロスの子. *アトラースの娘*メロペーを娶り, *グラウコス (*ベレロポーンの父), *オルニュティオーン (またはポルピュリオーン Porphyrion), *テルサンドロス, *ハルモスの父となった. ホメーロスですでに彼は地獄で, 急坂を岩を転がし上げる仕事を科せられ, いま一息のところで岩は転げ落ち, 未来永劫同じ仕事に従事しているといわれている. 彼は一説にはコリントスの王位を*コリントス, あるいは*メーデイアより与えられたことになっている. 彼の地獄における刑罰の原因として伝えられる話はつぎのごとくである. *ゼウスが*アーソーポス河神の娘*アイギーナをさらって, プリウス Phlius よりオイノーネー Oinone に行く途中コリントスを通ったので, シーシュポスはゼウスを見た. 河神が娘を探して彼のところに来たとき, 彼はコリントスに泉を湧出させる条件で, 犯人はゼウスであることを教えた. ゼウスは怒って彼を雷霆で撃ち, 地獄でかの罰を科した. さらに別の所伝では, ゼウスは怒って*タナトス(死)を彼に送ったが, 彼は死神をだまして捕え, そのためにしばらく死ぬ者がなくなった. ゼウスは*ヘーパイストスに命じて死神の鎖を解かしめ, 死神

は最初にシーシュポスを襲った．しかしシーシュポスは妻に自分の葬礼を行なわないようにひそかに命じて，冥界に降り，*ハーデースの前に出た．ハーデースは彼になにゆえ定めの姿をしていないかと尋ねた．彼は妻が葬礼を行なってくれないからだと訴え，彼女を罰するために一度地上に戻りたいと乞うた．ハーデースは彼の妻の行為を怒って，願いを許した．しかしシーシュポスは生き返ると，地獄に帰らず，長寿を得たが，死んでふたたび冥界に来た時，かの罰を蒙った．さらにある悲劇では，彼は兄弟*サルモーネウスを憎み，彼を殺す方法を*アポローンに尋ねたところ，アポローンは姪によって子供を得たら，と答えたので，サルモーネウスの娘*テューローを犯し，双生児が生れたが，テューローは神託を知って子供を殺した．その結果，その後の話の筋は伝わっていないが，彼は地獄で罰をうけたことになっている．

シーシュポスの話は，同じく狡猾で有名な*アウトリュコスと当然関係づけられるにいたった．アウトリュコスはシーシュポスの牛を盗み，自由に牛の色を変えたので，容易には盗まれた牛を発見し難かったが，シーシュポスは自分の牛の蹄に《アウトリュコスこれを盗む》と刻した鉛の板を張り，これによって容易に自分の牛を発見した．またアウトリュコスの娘*アンティクレイアと*ラーエルテースの結婚の前夜に，シーシュポスは花嫁にたくみに取り入り，あるいはアウトリュコスがシーシュポスのごとき人から子供が欲しいと思って娘を彼に提供し，二人の交わりから生れたのが*オデュッセウスであるとの話もある．

シーデー Side, Σίδη 《ざくろ》の意．

1. *ベーロスの妻．*アイギュプトスと*ダナオスの母．フェニキアのシーデーン市にその名を与えた．ただしベーロスの妻の名は普通はアンキノエー Anchinoe という．

2. *ダナオスの娘の一人．ペロポネーソスのマレア岬北側のシーデー市に名を与えた．

3. *オーリーオーンの妻．*ヘーラーと美を競ったために，地獄に落ちた．

4. 父に交情を迫られ，母親の墓で自殺した乙女．その血から神々はざくろの木を生え出させ，父を鳶に変じた．その鳥は決してざくろの木にはとまらないという．

5. タウロス Tauros の娘で，キモーロス Kimolos の妻．パムピューリア Pamphylia のシーデー市に名を与えた．

シデーロー Sidero, Σιδηρώ *サルモーネウスの後妻で，*テューローの継母．テューローをいじめたために，テューローの子*ペリアースに*ヘーラーの神域で殺された．これらの項を見よ．

シニス Sinis, Σίνις コリントス地峡に住んでいた野盗．*ポセイドーンの子とも，*ポリュペーモーンとシュレアー Sylea (*コリントスの娘) の子ともいわれる．力が強く，木をも自由に曲げることができた．二本の松の木を曲げ，そのあいだに旅人を結びつけ，これを放って，裂き殺したとも，自分とともに旅人に松の木を曲げさせ，自分は手を放し，木の伸張力によって旅人を空中に投げ飛ばして殺したとも伝えられる．ために彼は《松曲げ男》Pityokamptes と呼ばれていた．トロイゼーンよりアテーナイへの旅の途中 (あるいはすでに王位についてのち) *テーセウスは同じ方法で彼を殺した．*イストミア祭競技はシニスのためにテーセウスが創設したものであるという説もある．シニスには娘*ペリグーネーがあり，アスパラガスの畑にかくれていたが，のちテーセウスと交わって*メラニッポスを生んだ．その子イオクソス Ioxos の子孫は，祖先の命を救ったとの理由で，アスパラガスを大切にした．

シノーペー Sinope, Σινώπη 黒海沿岸の都市シノーペーに名を与えた祖．*アーソーポス河神 (あるいは*アレースと*アイギーナ) の娘．*アポローンにさらわれ，この地で交わって，*シュロスの母となった．別の所伝では，彼女を*ゼウスが愛し，なにごとでも願いをかなえる約束をしたところ，処女性を守ることを望み，ゼウスもこれを許して，シノーペーに住まわせたが，その後彼女に求愛したアポローンもハリュス Halys 河神も同様の目に会い，彼女は神にも人間にも許さずに終ったと．

シノーン Sinon, Σίνων アイシモス Aisimos (*オデュッセウスの母*アンティクレイアの兄弟) の子．ギリシア人たちは*トロイアが落ちないので，巨大な木馬を造り，アテーナーに捧ぐ，と彫り，その中に勇士たちをかくして，シノーンのみを残して自分たちは船に乗って出航，トロイア攻略をあきらめたと見せ，実は近くのテネドス Tenedos の島かげにかくれた．シノーンは捕えられ，*プリアモスの前に引かれて行った．彼は王に自分は*パラメーデースの親族で，オデュッセウスに憎まれ，その詭計により予言者*カルカースは神々の怒りを解くために人身御供を要求し，彼を指名したために遁れたと告げ，さらに木馬はオデュッセウスが奪った*パラディオンの代りに，ギリシア人が*パラス・アテーナーに捧げたものであって，トロイ

ア人が城内に引き入れることができないように かくも巨大に造ったのである．その理由は，カルカースが，この木馬を城内でトロイア人が崇拝する時には不敗となる，と予言したからである．トロイア人は木馬を城内に引き入れることに反対した*ラーオコオーンが二人の子供とともに海から来た大蛇に殺されたのを見てシノーンの偽りの供述を真実と思い，城壁を破壊して木馬を城内に引き入れた．その夜シノーンは木馬の腹を開いて勇士たちを連れ出し，また高所で狼火を挙げて味方を呼び寄せ，トロイアはかくて陥落した．以上はウェルギリウスの《*アイネーイス》中の話であるが，作家によって話は多少異なっている．

シビュレーまたは**シビュラ** Sibylle, Σίβυλλη, Sibylla, Σίβυλλα　*アポローン(ときに他の神)の神託を告げる巫女．最初にヘーラクレイトス(前500年頃)の中に見いだされる．本来は固有名詞であって，各地のシビュレーは，同一人が転々と居を移したことによって説明されていたが，前4世紀にはすでに複数(シビュライ Sibyllai)で考えられ，2, 3, 4, 5, 6, 10人のシビュレーが挙げられている．前1世紀のローマの学者ウァローは，ペルシア，リビア，*デルポイ，キメリア(イタリアの)，エリュトライ Erythrai(リューディアの)，サモス，キューメー(アマルテイア Amaltheia, ヘーロピレー Herophile, デーモピレー Demophile, あるいはデーイポベー Deiphcbe), ヘレースポントス(*トロイアの近くのマルペーッソス Marpessos にいた)，プリュギア(アンキューラ Ankyra にいた)，ティーブル(アルブネア Albunea と呼ばれた)いたの十人を挙げている．

最初のシビュレーは，トロイアの*ダルダノスとネーソー Neso の娘シビュレーで，予言の術にすぐれていたため，この名が普通名詞化になったとも，*ゼウスと*ラミアー(*ポセイドーンの娘)の娘であるリビアのシビュレーだともいわれる．つぎはマルペーッソスの*ヘーロピレーで，ニンフと人間の娘で，*トロイア戦争を予言した．彼女の作なるアポローン讃歌が*デーロスに保存されていて，その中で彼女は自分を《神の正妻》，《娘》と呼んでいたということである．彼女は生涯の大部分をサモスで過したが，*クラロス，デーロス，デルポイにも行った．彼女はその上に乗って予言する石を持って歩き，その石はデルポイに保存されていた．エリュトライのシビュレーはニンフと人間テオドロス Theodoros の娘で，コーリュコス Korykos 山中の洞穴に生れるやいなや，成長して，ヘク

サメトロスの詩形で予言を始めた．両親は彼女をアポローンに捧げた．彼女は990年生きたという．このシビュレーはイタリアのキューメーの名高いシビュレーと同一人であるとされている．彼女は片手に握れる砂粒の数だけの寿命をアポローンから与えられたが，エリュトライの地を決して見ない約束だったので，キューメーに移った．エリュトライ人は，彼女にエリュトライの土の印章で封をした手紙を送って，彼女を殺したとも，彼女はアポローンより長寿を与えられたが，青春をも同時に貰うことを忘れ，アポローンが彼女と交わることを求めたのに，拒んだため，年とともに身体が枯れしぼみ，ついに蝉のごとく小さくなり，かごの中に入れられ，子供たちが彼女に《シビュレーよ，なにがほしいか?》と尋ねると，《死にたい》と答えたと伝えられている．

シビュレーの予言は一種の狂乱のうちに与えられ，彼女のヘクサメトロス詩形の予言集は古くから編纂されていた．これらの予言集で一番有名なのはキューメーのシビュレーのものである．これはソローンの時代(前6世紀)のものでギリシアよりキューメーにもたらされた．キューメーのシビュレーはこの集をローマの王タルクィニウス Tarquinius (プリスクス Priscus ともスペルブス Superbus ともいう)に高価で提供した．王は金を惜しんで，拒んだところ，彼女は九巻のうち，三巻を火に投じて，同額で残余を提供，王がふたたび拒むと，さらに三巻を焼いた．王は最後の三巻をもとの価で買い取り，二人の貴族にその保管を命じた．本はカピトーリーヌスの*ユーピテル神殿下の部屋に石の箱の中に収められ，保管者はのち十人(中の五人は平民)，前1世紀には15人に増加され，地震や疫病に際して，彼らはこの本により神の怒りを解く法を見いだしたという．前83年にカピトリウムが焼けた時に，この本も焼失，その後各地より同類の予言集を求めて，この集はアウグストゥス帝がパラーティーヌスのアポローン神殿に収めた．これは5世紀初めに，テオドシウスとホノーリウス帝の将軍スティリコーの時に焼失した．現存する14の同類のシビュレーの本は，ユダヤ・ヘレニズムとキリスト教の偽造に由来するものである．

シモエイス Simoeis, Σιμόεις, 拉 Simois　*トロイアの平野を流れる河．*オーケアノスと*テーテュースの子．*スカマンドロス河神を援けて，*アキレウスを苦しめた．彼の娘*アステュオケーはトロイアの*エリクトニオスの妻となり*トロースを生んだ．いま一人の娘ヒエロ

シュカイオ

ムネーメー Hieromneme は*アッサラコスに嫁し, *カピュスの母となった.

シュ(ン)カイオス Sy(n)chaios, Συ(γ)χαῖος *ディードーのフェニキアでの夫. 古くはシカルバース Sicharbas なる名であったが, ウェルギリウスの《*アイネーイス》以来シュカイオスとなった. ディードーの兄弟*ピュグマリオーン(テュロスの王)は彼の財宝を奪う目的で狩(あるいは犠牲)の最中に彼を殺し, 死体を遺棄した. ディードーはこれを知らなかったが, 夢に夫が現われて, 彼女に自分の運命を告げ, 黄金のあり場を教えた. 彼女はカルターゴーに逃げて, 町を造り, 宮殿の奥に彼の墓を作った. *アイネイアースに身を任せて, 棄てられてのち, 彼女は夫への不貞を後悔して, 自殺した. 《アイネーイス》と異なる所伝によれば, シュカイオスはディードーの妹*アンナの夫となっている.

シュバリス Sybaris, Σύβαρις 1. ポーキス Phokis の女の怪物. *ラミアー 3. に同じともいう. 彼女の退治された所より一泉が湧出, ロクリス Lokris 人がイタリアのシュバリス市建設の時に新市にこの泉の名を与えた. アルキュオネウスの項を見よ.

2. プリュギア人. その娘アリアー Alia は*アルテミスの聖森で怪物と交わり, そこからヘレースポントスのパリオン Parion 市近傍に住むオピオゲネース Ophiogenes《蛇から生れた者》族が生れた. 彼らの祖は人間になった蛇だともいう. 彼らは蛇に咬まれて生じた傷を呪法で治した.

シュムプレーガデス岩 Symplegades, Συμπληγάδες 《打ち合う岩》の意. *アルゴナウテースたちがそこを無事通過してのち, 岩は動かなくなった. アルゴナウテースたちの遠征の項を見よ. これは《*オデュッセイア》中のプランクタイ Planktai《漂う岩》と同じ. *ゼウスに*アムブロシアーを運ぶ鳩の群でさえ, 幾羽かはここを通過する際に落ちたという.

シューメー Syme, Σύμη *イアリューソスとドーティス Dotis の娘. *グラウコス(*アンテードーンとハルキュオネー (H)alkyone の子)にさらわれた. グラウコスはシューメーの島(ロドスとクニドス二島間の小島)を占め, 妻の名をこれに与えた. この島は以前にはメタポンティス Metapontis, つぎにアイグレ Aigle と呼ばれていた. シューメーは*ポセイドーンと交わってクトニオス Chthonios を生んだ.

シュリア・デア Syria Dea 《シリアの女神》の意. アタルガティス Atargatis に同じ.

シューリンクス Syrinx, Σύριγξ アルカディアのニンフ. *パーンに追われ, まさに捕えられんとした時, ラードーン河岸で葦に身を変じた. 風にそよいで音を立てる葦から, パーンはシューリンクス笛を創り出した. エペソスにはパーンが最初のシューリンクスを収めた洞があり, 処女性の試験に用いられた. 真の処女をそこに閉じこめると, シューリンクスの音楽が聞こえ, 扉はおのずから開いて, 乙女は松の冠を戴いて現われるが, 偽りを申し立てた女のときには, 陰気な叫びが聞こえ, 数日後扉を開くと, 女は消えうせていたという.

シュレウス Syleus, Συλεύς, 仏 Sylée 普通はリューディア(ときに*アウリス, テルモピュライ Thermopylai, ペーリオン Pelion 山ともいわれる)に住んでいた野盗. 彼は葡萄作りで, 通行する他国人に無理に葡萄園で働かせたのち, 殺した. *ヘーラクレースが*オムパレーの奴隷になっていたとき通りかかり, 働く代りに, 葡萄の木を掘りかえし, 散々乱暴をやったのち, シュレウスを鍬で打ち殺した. このとき彼の娘*クセノドケーもともに殺したとも, 彼女は叔父のディカイオス Dikaios《正しい人》の所で育てられていたともいう. 彼は兄弟と異なり正しい男で, 二人は*ポセイドーンの子であった. ヘーラクレースはシュレウス退治ののち, ディカイオスの所に泊り, クセノドケーに恋し, 妻とした. しばらく留守にしているあいだに, 彼女は寂しさに耐えず, 世を去った. 帰って来たヘーラクレースは嘆きのあまり, 妻の火葬壇に身を投げんとし, 人々は止めるのに苦労した. さらに彼はオムパレーの奴隷ではなく, *イーピトス殺害の代償にシュレウスに売られたとの伝えもある.

シュロス Syros, Σύρος シリア人に名を与えた祖. *シノーペーと*アポローンの子とも, *アゲーノールと*テーレパッサの子ともいう. 後者の場合には彼は*カドモス, *ポイニクス, *キリクスの兄弟になる. 算数と輪廻の教義の創始者とされている.

シルウァーヌス Silvanus, 仏 Silvain 耕作されていない荒地と森の神. 彼は恐ろしい神で, その名は《森の》を意味するのみで, 彼の人格は明確でない. 彼は土地の境界, 農家, および畜群の神として三様に考えられている. ギリシア文化輸入後, 彼は*パーンその他の山野の神と同一視され, またローマそれ自身でも*ファウヌスとのあいだに明瞭な区別がつけ難い. タルクゥイニウス Tarquinius 王が追放された時, エトルリアとローマの軍が戦ったが, とも

にいずれが勝ったか定め難い接戦となった．その夜，声*があって，ローマ軍の戦死者が一人だけ少いから，ローマ軍の勝利であると告げたので，エトルリア軍は落胆して，敗走した．それはシルウァーヌスの声であったという．

シルウィウス Silvius *アイネイアースと*ラウィーニアの子．*アスカニウスはラウィーニウム Lavinium を義弟に譲り，アルバ・ロンガ Alba Longa 市を築き，死後この市をもシルウィウスに譲った．シルウィウスのあとを祖父と同名のアイネイアースが継いだ．しかし彼をアスカニウスの子とする者(この場合アスカニウスはアイネイアースとラウィーニアの子)，アイネイアースとシルウィア Silvia (*ラティーヌス王の妻で，王の死後アイネイアースの妻となった)との子とする者もある．

シーレーノスまたはセイレーノス Silenos, Σιληνός, Seilenos, Σειληνός シーレーノスは，*サテュロスと同じく，山野に住む精であるが，サテュロスたちよりは老人で，古い時代の絵では毛むくじゃらの，馬の耳，ときに馬の脚と尾をもった髯のある鼻の低い醜い老人の姿で表わされている．彼はすばらしい智慧の所有者で，彼を捕えて強いた者にのみそれを教える．*ミダース王は彼を酔わせて捕え，またウェルギリウスは二人の羊飼に彼を捕えさせている．しかし前6世紀頃から彼はサテュロスと同じく，*ディオニューソスの従者とされ，単数にも複数にもなっている．彼は酒神に従って巨人と闘い，踊り狂い，酒を造り，これを飲み，歌い，ニンフを追いかけ，ときには*イーリスや*ヘーラーのごとき女神にも手を出した．シーレーノス中一番有名なのはパッポシーレーノス Papposilenos《シーレーノス爺さん》と呼ばれるもので，彼は*パーン，*ヘルメース，あるいはニンフの子，あるいは*クロノスが*ウーラノスを傷つけた時の血から生れたとされ，またディオニューソスを教育したといわれている．一説では彼はとねりこの木の精と交わって，*ボロスの子となったといわれ，さらにアルカディアの羊飼の神たる*アポローン・ノミオス Apollon Nomios は彼の子であるという．シーレーノスはサテュロスたちの父ともされ，ヘレニズム時代には酔払いの老人としても，立派な音楽好きな老人としても表わされている．

シロス Sillos, Σίλλος *ネストールの子*トラシュメーデースの子．アルクマイオーン Alkmaion (*アムピアラーオスの子とは別人)の父．*ヘーラクレイダイの帰還の際にアッティカに遁れ，アルクマイオーンはアテーナイのアルクマイオーニダイ Alkmaionidai 氏の祖となった．

ス

スアーダ Suada ギリシアの*ペイトーのローマ名．

スカマンドリオス Skamandrios, Σκαμάνδριος 1. *ヘクトールが自分の子*アステュアナクスに与えた名．
2. ストロピオス Strophios の子で，*メネラーオスに討たれたトロイア人．

スカマンドロス Skamandros, Σκάμανδρος *トロイアの平野を流れているスカマンドロス河の神．神々はこの河をクサントス Xanthos《黄(金)色の》と呼び，これは河水の色，あるいはこの河に浴する動物の毛にこの光沢を与えるからであるという．*アプロディーテーも*パリスの審判に際し，頭髪に美しい色を与えるべく，この河に浴したという．河名に関してはつぎのごとき俗解源説がある．*ヘーラクレースがトロイアを攻めた時，渇を覚え，*ゼウスに祈ったところ，神は泉を噴出せしめたが，足りなかったので，地を掘り (skapto)，地下水を見つけたことに由来すると．《*イーリアス》中では彼はゼウスの子で，河水に多くの死骸と血とをうけて，怒って洪水を起し，*アキレウスをはばみ，溺れさせんとしたが，*ヘーパイストスが河神にもとの河床に帰ることを強いた．彼はニンフの*イーダイアーを娶り，トロイア初代の王*テウクロスの父となった．彼には他に*カリロエーと*ストリューモーの二女があった．

スキアーポデス Skiapodes, Σκιάποδες《*影足》の意．エティオピアあるいはインドに住む，大足の民族で，足を傘のかわりにして，眠ったという．

スキュピオス Skyphios, Σκύφιος *ポセイドーンから最初に生れた馬．

スキュラまたはスキュレー Skylla, Σκύλλα, Skylle, Σκύλλη 《*オデュッセイア》中，*カリュブディスに面する洞穴に棲む海の怪物．彼女は三重の歯を有する六つの頭と，12の足をもち，船が近づくと，一時に六人の船乗りをとっ

スキーロス

て食った. 彼女は女神クラタイイース Krataiis の娘で, 不死であり, *オデュッセウスはここで六人の部下を奪われた. 後代の作家は彼女は犬の頭より成る帯をしていると言っている. ホメーロス以外に, 彼女の父は海神*ポルキュス, あるいは*ポルバース(母は*ヘカテー), あるいは*テューポーン(母は*エキドナ)となっており, さらに*ラミアーの娘とする者もある. 彼女はもとは美しい女で, *グラウコスが彼女を愛して, キルケーを拒んだために, キルケーは彼女の沐浴する泉に魔法の草を入れ, 彼女を変容せしめたとも, *ポセイドーンの彼女に対する愛を怒って, *アムピトリーテーがキルケーに頼んで怪物にした, あるいはグラウコスを愛した彼女がポセイドーンを拒んだためともいわれる. *ヘーラクレースが*ゲーリュオーンの牛を連れて帰る途中, 彼女がその牛を食ったので, 英雄は彼女を退治したが, 彼女の父ポルキュスは魔法で彼女を生き返らせたという話もある.

2. メガラ王*ニーソスの娘. ニーソスの頭には紫色の毛が一本あり, これがあるかぎり彼は不敗であるが, 失った時には死ぬとの神託があった. *ミーノースがメガラを攻めた時, スキュラはミーノースに恋し, 自分と結婚するとの約束で, 父の毛を抜き取り, メガラは陥落したが, ミーノースは彼女をその足に綱をつけて船の艫につなぎ, 溺死させた. 神々は彼女を憐れんで鳥(白鷺)に変じた.

スキーロス Skiros, Σκῖρος 1. *エレクテウスの時アテーナイがエレウシースと戦っている最中に, *エレウシーンよりエレウシースに来た予言者. 戦闘でたおれ, 聖道にあるスキーローン Skiron と呼ばれる所に葬られた.

2. サラミースの人. *テーセウスがクレータに行った時, 乗組員と舵取り*ナウシトオスを提供した.

スキーローンまたは**スケイローン** Skiron, Σκίρων, Skeiron, Σκείρων *ペロプスあるいは*ポセイドーンの子でコリントスの人. メガラの海岸の, 山が海に迫っている所にあるスキーローンの岩に居を占め, 通行人に自分の足を洗わせ, 海中に蹴落し, 大亀に食わせていたが, *テーセウスがトロイゼーンよりアテーナイに向う途中で, 逆に彼を海中に投じて, 亀の餌食にした. これが普通に行なわれている話であるが, メガラ市の伝承では, 彼は*キュクレウスの娘*カリクローの夫で, 二人のあいだに生れたエンデーイス Endeïs が*アイアコスの妻となり, *テラモーンと*ペーレウスの母となった. テーセウスはエレウシース遠征の際に彼を討つ

たという. さらに他の伝承には彼はカネートス Kanethos とヘーニオケー Henioche(*ピッテウスの娘)の子で, したがって同じくピッテウスの娘*アイトラーの子のテーセウスとは従兄弟であるとする. この血縁の殺人のために, テーセウスは*イストミア祭競技を創設した. さらにスキーローンはメガラの王*ピュラースの子とする説もある. この話では彼はメガラに亡命していたアテーナイ王*パンディーオーンの娘を娶った. パンディーオーンの死後, 義兄弟*ニーソスと王位を争い, アイアコスの仲裁により, ニーソスは王位, 彼は軍の指揮権を得たという.

《赦いを求める女たち》 Hiketides, Ἱκετίδες, 拉 Supplices 1. アイスキュロスの最古の現存作品. *ダナオスの50人の娘と*アイギュプトスの50人の息子の話. アイギュプトスの息子らはダナオスの娘たちに求婚, 娘たちはこれを嫌って, 父とともにエジプトをすてて, この一族発生の地ペロポネーソスのアルゴスに遁れ, 王*ペラスゴスに保護を求める. 王は決しって人民にはかり, 保護を与えることに決する. 追って来たアイギュプトスの息子たちの船が海上に見える. ダナオスが娘たちを残して助けを求めに出かけているあいだに, アイギュプトスの息子たちの使者が来て, 娘たちを暴力で連れ去らんとするところへ, 王が現われて救う. 彼女らは感謝の祈を捧げて, 王および市民の与えた宿所に赴く. これが劇の筋で,《エジプト人》,《ダナオスの娘たち》との三部作. 他の二作は伝わっていないが, 筋はつぎのごとくである. 乙女たちはついに結婚を強いられるが, 父は彼らに剣を与え, 新婚の夜に花婿を殺すことを命じたが, *ヒュペルムネーストラーのみは夫を殺害しない. 彼女はこのため罪に問われるが, *アプロディーテーの弁護によって無罪となる. これにサテュロス劇として《アミューモーネー》がついていた. アミューモーネーの項を見よ.

2. エウリーピデースの上演年代不明(前430〜20年のあいだ)の作品.

テーバイ攻めのアルゴスの七将は敗北し, テーバイ人は神と人との掟に反して, アルゴス軍の埋葬のため死骸を運び去ることを禁ずる. 七将中ただ一人生き残った*アドラストスは戦死した将たちの母とともにアッティカのエレウシースに来て, *テーセウスの母*アイトラーに助けを求める. テーセウスははじめは拒むが, アイトラーに説き伏せられる. アテーナイ軍はテーバイで*クレオーンの軍を破り, 死体を手に入れ, テーセウス自身すでに腐敗した死骸を潔

め，アドラストスたちのところにもたらす．*ゼウスの雷霆に撃たれて死んだため別に焼かれている*カパネウスの火葬壇の火のなかにその若妻*エウアドネーが身を投ずる．焼かれた将たちの骨壺をもった子供らの葬列とその母たちの挽歌の合唱．そこへ*アテーナーが現われて幕．

スケイローン　スキーローンを見よ．

スケディオス　Schedios, Σχέδιοs　ポーキス Phokis の*イーピトス(ナウボロス Naubolos の子)とヒッポリュテー Hippolyte の子．*ヘレネーの求婚者の一人．兄弟エピストロポス Epistrophos とともに，*トロイアに出陣，*ヘクトールに討たれた．戦後彼の灰はポーキスのアンティキュラ Antikyr(r)a にもたらされた．

スケリエーまたは**スケリア**　Scherie, Σχερίη, Scheria, Σχερία　*パイアーケス人の島．*オデュッセウスが難破して，ここに漂着した．パイアーケス人の項を見よ．

スコイネウス　Schoireus, Σχοινεύς

1. *アタランテーと*クリュメノスの父．ボイオーティア生れで，アルカディアに移住したという．

2. *アタマースと*テミストーとの子．

スタピュロス　Staphylos, Στάφυλοs　《葡萄の房》の意．*ディオニューソス神話に関して，幾人かの同名の者があり，区別がむつかしい．

1. *ディオニューソスと*アリアドネーの子．ただし*テーセウスの子とする者もある．*トアス，*オイノピオーン，*ペパレトス(ときにこの他の名も兄弟として挙げられている)の兄弟．クリューソテミス Chrysothemis を娶り，*モルパディアー，*ロイオー，*パルテノス(および一説では*ヘーミテアー)の三(または四)女を得た．これらの項を見よ．彼は*アルゴナウテースたちの遠征に参加した．

2. *オイネウスの羊飼．一頭の山羊がいつも帰りがおそく，愉快そうにしているので，あとをつけると，知らない果物を食べていた．オイネウスにこの事を告げると王はその果実(荷萄)を圧して，酒を造ることを発見，酒には王の名 (cinos), 実には発見者の名 (staphyle) を与え た．

3. *エーリゴネーと*ディオニューソスの子．

4. *シーレーノスの子．葡萄酒に水を割る習慣を始めた．

スティルベー　Stilbe, Στίλβη　1. *ペーネイオス河神と*クレウーサの娘．*アポローンと交わって*ケンタウロスと*ラピテース(両族の祖)とアイネウス Aineus (*キュジコスの父)を生んだ．

2. *ヘーオースポロスの娘．*アウトリュコスの母．

ステネボイア　Stheneboia, Σθενέβοια
*プロイトスの妻．リュキア王*イオバテースの娘．ホメーロスでは*アンテイアと呼ばれている．ステネボイアは悲劇での名．しかし彼女の父はリュキア王アムピアナクス Amphianax, あるいはアルカディア王*アペイダースとする者もある．プロイトスが*アクリシオスに追われて父の宮廷に来た時，彼と結婚した．*ベレロポーンに恋した話は同項を見よ．彼がリュキアから帰った時，彼女は自殺したとも，プロイトスの計により，ベレロポーンの復讐を遁れるために，*ペーガソスに乗って逃れたが，馬に振り落されて，海中に墜落し，死体はメーロス Melos 島の漁夫が見つけて，王のもとに運んだともいう．後者はエウリーピデースの失われた悲劇《ステネボイア》の筋である．

ステネラース　Sthenelas, Σθενέλαs　*クロトーポスの子．*ゲラーノールの父．父の王位を継いでアルゴス王となった．

ステネレー　Sthenele, Σθενέλη　1. *ダナオスの娘の一人．

2. *アクトルの娘．*メノイティオスに嫁し，*パトロクロスの母となった．

ステネロス　Sthenelos, Σθένελος　1. *ペルセウスと*アンドロメダーの子．*ミュケーナイ王．*ニーキッペー(*ペロプスの娘)あるいはアルティビアー Artibia またはアンティビアー Antibia (*リュンケーゴスの子*アムピダマースの娘)を娶り，アルキノエー Alkinoe (または*アルキュオネー)，メドゥーサ Medusa, *エウリュステウス，*イーピス(またはイーピトス Iphitos)の父となった．

*アムピトリュオーンが誤って*エーレクトリュオーンを殺した時，ステネロスはこれを口実として*アムピトリュオーンを追放し，ミュケーナイと*ティーリュンスの支配権を自分のものとし，*アトレウスと*テュエステースを呼び寄せて，ミデア Midea の市を彼らに委任した．

2. *アクトルの子．*ヘーラクレースの*アマゾーン国への遠征に従い，負傷し，帰途パプラゴニア Paphlagonia で世を去り，海岸に葬られた．*アルゴナウテースたちが付近を通った時，*ペルセポネーはしばらくのあいだこの世に帰って，彼らに会うことを許した．彼らは彼に犠牲を捧げた．

3. *ミーノースの子*アンドロゲオースの子．*アルカイオスの兄弟．*ヘーラクレースが*アマゾーンの帯を取りに行った時，パロス

ステュクス

Paros島に寄航, ミーノースの四人の子に自分の部下の二人を殺されたので, 町を攻め, ステネロス兄弟を人質にした. 帰途ヘーラクレースはタソス Thasos 島よりトラーキア人を追って, ステネロス兄弟にこの島を与えた.

4. *カパネウスと*エウアドネーの子. *エピゴノイの一人. *イービス(祖父あるいは叔父)よりアルゴスの三分の一を譲られた. *ヘレネーの求婚者の一人として, 25隻の船を率いて*トロイアに遠征. エピゴノイの一人として*ディオメーデスと親しく, 彼とともに闘った. 木馬の勇士の一人(シノーンの項を見よ). かつて城壁より飛び降りた際(テーバイでか)に足を挫き, 徒歩では戦えなかった. ディオメーデースとともに*オイネウスを王座に復位せしめた.

5. *アイギュプトスの息子の一人.

6. *メラースの子.

ステュクス Styx, Στύξ 冥界を七巻きして流れている河. *オーケアノスと*テーテュースの娘. *パラースとのあいだに*ニーケー《勝利》, クラトス《支配》, *ゼーロス《競争心》, *ビアー《暴力》を生んだ. しかし彼女を*ニュクス《夜》と*エレボス《暗黒》の子とする者もある. *ペルセポネは普通は*ゼウスと*デーメーテールの子とされているが, ステュクスの子であるとの伝えもあった. さらに彼女はペイラス Peiras とのあいだに*エキドナを生み, また*アスカラポスもその子であるという. ステュクスは子供たちとともに神々のなかで最初にゼウスの味方をして*ティーターン神族と戦った報酬として, ゼウスは神々の誓言を彼女の水によって誓わせることとし, 誓言に際しては*イーリスに命じてその水を水差しに汲んでこさせた. 誓いを破った神は一年間呼吸飲食を, 九年間神神との交わりを禁じられる. 実際のステュクスはアルカディアのノーナクリス Nonakris 近く, ケルモス Chelmos 山の北東壁から滝となって60メートル落下, クラティス Krathis 河に流入する河で, 毒性が有ると考えられていた. 冥府の河も同じく魔力を有し, *テティスは*アキレウスをその河に漬けて不死身にしたという.

ステュムパーリデス Stymphalides, Στυμφαλίδες 1. ヘーラクレースに退治された, 青銅の嘴と爪をもった鳥. ヘーラクレースの十二功業(6)を見よ.

2. *ステュムパーロスとオルニス Ornis の娘たち. *モリオネを迎え入れたために, *ヘーラクレースに殺された.

ステュムパーロス Stymphalos, Στύμφαλος *エラトスと*ラーオディケー(*キニュラースの娘)の子. ステュムパーロス市にその名を与えた. *アガメーデース, ゴルテュス Gortys, アゲラーオス Agelaos の三男と, 一女*パルテノペー(*ヘーラクレースとのあいだにエウエーレース Eueres を生んだ)の父. *ペロプスがアルカディアを攻めた時, 落ちないので, ステュムパーロスと偽りの和を結び, 宴会のあいだに彼を殺し, その身体を切り刻んで撒いた. 彼は, 一説では, オルニス Ornis の夫で, *モリオネを迎え入れた乙女たち*ステュムパーリデスの父であるという.

ステロペーまたはアステロペー Sterope, Στερόπη, Asterope, Ἀστερόπη 1. *アトラースと*プレーイオネーの娘で*プレイアデスの一人. *アレースと交わり*オイノマーオスを生んだ. しかし彼女をオイノマーオスの妻とする者, *ヒュペロコスの妻でオイノマーオスはこの二人の子とする者もある.

2. *ポルターオーンと*エウリュテーの娘. *アケローオスと交わり, *セイレーンたちを生んだ.

3. *プレウローンの娘の一人.

4. テゲア王*ケーペウスの娘. *ヘーラクレースが*ヒッポコオーンとその息子たちを攻めた時, *ゴルゴーンの毛の入っている青銅の壺を彼女に与えて, ケーペウスと息子たちがヘーラクレースを助けて出陣して留守のあいだに, 敵が来た場合には, これを見せれば敵は敗走すると言って, 出かけた.

5. *アカストス王の娘. 王の妻*アステュダメイアは*ペーレウスに言い寄って拒絶された腹いせに, 彼の妻*アンティゴネーに彼がステロペーと結婚せんとしていると知らせ, アンティゴネーは自殺した.

6. *プリアモスの子*アイサコスの妻. ケブレーン Kebren の娘.

ステロペースまたはアステロペース Steropes, Στερόπης, Asteropes, Ἀστερόπης *キュクロープスの一人.

ステントール Stentor, Στέντωρ 《*イーリアス》(V. 785)中, 50人に匹敵する声の持主.

ステンノー Sthenno, Σθεννώ *ゴルゴーンの一人. 同項を見よ.

ストリューモー Strymo, Στρυμώ *スカマンドロス河神の娘. *ラーオメドーンの妻, *プリアモスの母. ただしときにプリアモスの母はプラキエー Plakie, あるいは*レウキッペーとも呼ばれている.

ストリューモーン Strymon, Στρυμών トラーキアのストリューモーン河の神. *ムーサ

の一人と交わって，*レーソスの父となった．他にブランガース Brangas, オリュンテス Olynthos, エウアドネー Euadne, テーレイネー Tereine も彼の子とされている．一説には彼は*アレースの子，トラーキア王で，レーソスの死の報を聞いて，この河に身を投じて死に，爾来この河はストリューモーンと呼ばれたと．また*ヘーラクレースが*ゲーリュオーンの牛を取って帰る途中，この河にさしかかり，渡れないので，大きな岩塊を河中に投じて渡った．爾後この河は船が航行不可能となったという．

ストロビオス Strophios, Στρόφιος
1. *アイアコスの子*ポーコスの子*クリソスの子．母はナウボロス Naubolos の子アンティパテイア Antiphateia ポーキスのクリッサ Krissa の王．*アガメムノーンの姉妹アナクシビエー Anxibie を娶り，*ピュラデースの父となった．
2. *ピュラデースと*ニーレクトラーの子．

スパイロス Sphairos, Σφαῖρος *ペロプスの御者*キラースの死後の名．トロイゼーン近傍のスパイリア島にその名を与えた．*アイトラーは彼に夜の供物を捧げている時に*ポセイドーンに犯された．

スパルテー Sparte, Σπάρτη *エウロータース河神の娘で，*ラケダイモーンの妻．アミュークラース Amyklas と*エウリュディケーの母．ヒーメロス Himeros とアシネー Asine もときに彼女の子のなかに数えられている．スパルタ市に名を与えた．

スパルトイ Spartoi, Σπαρτοί 《播かれた者》の意．*カドモスが播いた竜の牙から生えて出た戦士たち．その中*クトニオス，ウーダイオス Udaios, ペーロロス Peloros, ヒュペレーノール Hyperenor, *エキーオーンの五人のみが生き残った．カドモスは彼らの助けを得てテーバイの城を築いた．彼らの子孫はテーバイの重要な市民となり，槍の形の母斑があった．

スピンクス Sphinx, Σφίγξ 人頭でライオンの身体の怪物．ヘーシオドスは彼を*エキドナと*オルトロスの子としているが，*テューポーンの子とする者も多く，スピンクスは女性となり，*ラーイオスあるいはウーカレゴーン Ukalegon の娘とする妙な伝えもある．非常に古くエジプトよりギリシアに入り，女性化された．最初は子供をさらい，戦闘に際して死を見守る怪物として，また逆に魔除けとして楯や墓上につけられていた．スピンクスがとくに名高いのはテーバイ伝説で，*ヘーラーによってテーバイに送られ，町の西方の山に陣取り，謎をかけて，解けない者を取って食べた．*オイディプース（同項を見よ）が謎を解いた時，スピンクスは身を投げて死んだとも，あるいは彼に退治されたともいう．女性化されたスピンクスは美しい顔と胸と，ライオンの胴，足，尾をもち，翼のある姿となった．

スペルケイオス Spercheios, Σπερχειός スペルケイオス河の神．*オーケアノスと*テーテュースの子．*ペーレウスの娘*ポリュドーラーを娶り，*ドリュオプスを生んだ．オトリュス Othrys 山のニンフも彼の娘という．ペーレウスは*アキレウスが*トロイアから無事帰国するように，アキレウスの髪の毛を河神に捧げた．

スミュルナー Smyrna, Σμύρνα 1. エペソス Ephesos とスミュルナを創建した*アマゾーン．
2. *ミュラに同じ．*アドーニスの母．同項を見よ．

スミンテウス Smintheus, Σμινθεύς *アポローンの称呼の一つ．この名は*トロイアの町スミンテー Sminthe, あるいはスミントス Sminthos《鼠》に由来するとされている．

スムマーヌス Summanus ローマの夜の電光の神．サビーニー Sabini の王ティトゥス・*タティウスが*ロームルスとともにローマを治めた時にもたらされた神々の中の一人．カピトーリウムの*ユーピテル神殿に，前278年に雷によって首が飛んでティベル河に落ちたというスムマーヌスの像があり，これは神が別個独立の神殿を要求したものと解され，キルクス・マクシムス Circus Maximus に彼の神殿が建立された．

セ

セイリオス Seirios, Σείριος, 拉 Sirius ホメーロスでは*オーリーオーンの猟犬．

セイレーネス セイレーンを見よ．

セイレーノス シーレーノスを見よ．

セイレーン Seiren, Σειρήν (複数 Seirenes, Σειρῆνες), 拉 Siren (Sirenes) 上半身は女で下半身は鳥の形の，人を魅する歌い手である海の怪物．《*オデュッセイア》では*スキュラと*カ

リュブディスの近くに住んでいて、その歌を聞いた船乗りは引きつけられて、セイレーンの島に上陸、死んだといわれる。彼女たちは二人、三人、あるいは四人で、*ムーサの*メルポメネー、あるいは*テルプシコラー、あるいは*ステロペー(*ポルターオーンと*エウリュテーの娘)と*アケローオス河神の子といわれる。*アルゴナウテースたちがここを通った時には、*オルペウスが彼女たちに対抗して音楽をかなで、無事通過したが、ブーテースのみは海中に飛びこみ、*アプロディーテーに救われた。*オデュッセウスは*キルケーの忠告により、部下の耳は蠟でふさぎ、部下に自分を帆柱に縛りつけさせたので、歌声を聞いて彼女たちの島に行こうとしたが、身が動かせなかったために、無事通過した。セイレーンたちは自分たちの歌を聞いた人間が無事なのを怒って、海中に身を投げたという。セイレーンたちはもとは*ペルセポネーに従っていた乙女で、ペルセポネーが*ハーデースに奪われた時に、海陸を探すために神々に翼を乞うたさい、その姿はペルセポネーが奪われるのを遷げなかった罰として*デーメーテールが与えたものであるとか、彼女たちが愛の歓びを軽視したため、アプロディーテーが罰したとか、ムーサと音楽を競った罰であるとか、種々の臆測がなされている。セイレーンたちは風をおさめる力と、死者を冥府に送る役目を有するとされ、墓石の上にしばしば彼女たちの姿が見いだされる。古典時代以後しだいに美化され、ついにムーサたちと同じく音楽の代表者となり、これが彼女たちをムーサの娘とするに至ったものである。さらに彼女らは冥界の女神となり*幸福の島の音楽家となっている。

ゼウクシッペー Zeuxippe, Ζευξίππη
1. アッティカ王*パンディーオーンの妻で、*エレクテウス、*ブーテース、*プロクネー、*ピロメーラーの母。
2. シキュオーン王*ラーメドーンの娘。*シキュオーンに嫁して、一女クトノピューレー Chthonophyle の母となった。
3. *エーリダノス河神の娘。*アルゴナウテースたちの遠征隊員の一人*ブーテースの母。
4. *ヒッポコオーンの娘。*メラムプースの子*アンティパテースの妻。*オイクレースとアムパルケース Amphalkes の母。

ゼウス Zeus, Ζεύς ギリシア神界の最高神。その名は純粋に印欧語源で、dyēus, diw-に由来し、《天》、《昼》、《光》を意味する。しかし彼は同じく天の*ウーラノスとは異なり、種々の気象学的現象(雨、嵐、雷等)の生ずる空の神であった。この意味では同語源のインドの Dyaus とも異なる。

神話では彼は*ティーターンの*クロノスと*レアーの子となっている。二人のあいだには*ヘスティアー、*デーメーテール、*ヘーラー、*プルートーン・ハーデース、*ポセイドーンとつぎつぎに子が生れたが、*ガイア(大地)とウーラノス(天空)が予言して、クロノスは自分自身の子によって支配権を奪われるであろうと言ったので、彼は生れた子をつぎつぎに呑み込んだ。これを不満に思ったレアーは最後にゼウスを生んだ時、石をむつきにくるんで生れた子供のように見せかけ、クロノスに呑み込むように与えた。ゼウスはクレータのディクテー Dikte, あるいはアイガイオン Aigaion の山に生れたと普通いわれるが、アルカディアもまた同様の名誉を古くから主張しており、この他*トロイア地方、ボイオーティア、メッセーネー、アカイア、アイトーリアなどの地にも、ゼウスが生れたと称する地は多い。ゼウスは明らかに印欧語族民族たるギリシア人が後代のギリシアに侵入する時にもたらした神であり、これが先住民族の神との混合によって、これらの地で生れた神話が生じたものであろう。レアーは*クーレースたちおよびニンフの*アドラステイアと*イーデー(*メリッセウスの娘)にゼウスを育てるように命じ、ニンフまたは牝山羊の*アマルテイアが乳を与え、クーレースたちは武装して洞穴中で嬰児を守護し、クロノスが子供の泣き声を聞かないように、槍で楯を打ち鳴らした。

ゼウスは成長すると、*オーケアノスの娘*メーティス《智》を協力者とし、彼女から貰った薬をクロノスに飲ますと、クロノスは呑み込んだ子供を吐き出した。兄弟はティーターンたちと戦った。十年後ガイアはゼウスに*タルタロスに投入された者を味方にすれば、勝利を得ると予言したので、番人の*カムペーを殺して、*キュクロープスたちを解放した。彼らはゼウスに電光と雷霆を、ハーデースにはかくれ帽子を、ポセイドーンには三叉の戟を与えた。神々はこれらの武器でティーターン族を征服して、タルタロスに幽閉し、*ヘカトンケイルたちを牢番にし、籤によって、ゼウスは空、ポセイドーンは海、ハーデースは冥府の支配権を得た。

ゼウスは多くの女神や人間の女と交わって多くの子供を得た。彼は最初に、彼の近づくのを避けてさまざまに身を変じたメーティスと交わったが、ガイアが彼女から生れんとする娘のあとに一人の男の子を生み、その子は支配者となると予言したので、彼女がはらむと、メーティ

スを呑み下した．誕生の時が来た時，*プロメーテウス（あるいは*ヘーパイストス）がゼウスの額を斧で打ち，頭から*アテーナーが全身武装の姿で飛び出した．ついでゼウスはウーラノスの娘なる*テミス《掟》と変わって*ホーライ《季節》の女神たち，すなわち*エイレーネー《平和》，エウノミアー Eunomia《秩序》，*ディケー《正義》と運命の女神*モイラたちが生れた．これらの娘は明らかに大神ゼウスの機能を抽象した擬人神である．ゼウスと*ディオーネーから*アプロディーテー（ただし彼女の生れには異説がある．同項参照），オーケアノスの娘*エウリュノメーから*カリスの女神たち（*アグライアー，*エウプロシュネー，*タレイア），*ムネーモシュネー《記憶》より九人の*ムーサたち，*レートーから*アポローンと*アルテミス，デーメーテール（または*ステュクス）から*ペルセポネーが生れた．ゼウスは正妻として姉妹のヘーラーを娶り，二人から*ヘーベー，*エイレイテュイア，*アレース，*ヘーパイストスが生れた．また*ヘルメースは彼と*マイアの子である．

ギリシアの英雄諸家，都市の祖，ひいては歴史時代の名家は神々の子に最初の祖を求めたので，複雑な系譜が作られているが，このためにとくにゼウスには人間の女やニンフとの交わりによる子供が多い．アルカディアの祖*アルカスは*カリストー，*アイアコスは*アイギーナ，クレータの*ミーノス，*サルペードーン，*ラダマンテュスは*エウローペー，*アルゴスと*ペラスゴスはアルゴスの女*ニオベー，*タンタロスはプルートー Pluto，*ラケダイモーンは*タユゲテー，*ペルセウスは*ダナエー，*アムピーオーンと*ゼートスは*アンティオペー，トロイアの王家の祖*ダルダノス，*イーアシオン，*ハルモニエーと*エーレクトラー，エジプトの*エパポスは*イーオー，サルペードーンは*ラーオダメイア，*ヘーラクレースは*アルクメーネー，*ヘレネーと*ディオスクーロイは*レーダーとの子である．この他に人間の女たる*セメレーから*ディオニューソスが生れている．これらのヘーラー以外の女神やニンフや人間の女とゼウスとの交わりから生じた子供をヘーラーが嫉妬からその母親とともに迫害した話が共通した話題となっている．

ホメーロスの詩によればゼウスは神々とともに*オリュムポス山頂に宮居を構えていた．彼は神と人との父と呼ばれているが，これはいうまでもなく本当の意味の父ではなく，家長の意味での父で，彼の支配権は印欧語民族の大家族の族長としてのそれであった．したがって彼は国家の家長たる王として平和と秩序を守り，ディケー《正義》，テミス《掟》および*ネメシスを助けとして支配する．オリュムポスの神々は英雄時代の王たるゼウスとその下にある領主たちに等しく，彼らはときにゼウスに対して陰謀をもたくらむことがある．すべてのものは彼から来るのであって，幸も不幸も彼が割当てるとされてはいるが，ときには彼自身運命の支配下にあるがごとき感を与えることもある．家の神としては彼はヘルケシオス Herkesios, クテーシオス Ktesios であり，政治的自由の守り手としてはエレウテリオス Eleutherios, ソーテール Soter である．彼は神話では飽くまで人間的であるが，アイスキュロスのごときはゼウスを最高正義の大神であるとし，またストア学派では彼は崇高な唯一神となっている．しかしこれは宗教よりは哲学的な考え方に由来するものである．

彼の聖獣は鷲，聖木は樫．山羊，牡牛，牝牛が犠牲として捧げられた．彼は鷲を従え，手に王笏，雷霆，ときに*ニーケー《勝利》の女神をもった姿で表わされ，オリュムピアのゼウスはオリーヴの，*ドードーナのゼウスは樫の葉の冠を戴いていることがある．彼の武器は雷霆である．彼の崇拝の中心は上記の二カ所に，ドードーナでは彼は樫のささやきによって神託をくだした．彼はローマでは*ユーピテルと同一視されているが，これは*Dyeu pater《父なるディエースよ》なる呼びかけの形に由来し，本来ゼウスと同じ神である．

ゼーテース Zetes, Ζήτης　北風神*ボレアースの子．*カライスの兄弟．アルゴナウテースたちの遠征の項を見よ．

ゼートス Zethos, Ζῆθος　*アムピーオーンの兄弟．同項およびアンティオペーの項を見よ．

ゼピュロス Zephyros, Ζέφυρος　《西風》の神．*アストライオスと曙の女神*エーオースの子．トラーキアの洞穴に住み，*ポダルゲー（*ハルピュイアの一人）によって，*アキレウスの名馬*バリオスと*クサントスの父となった．*クローリスを妻とし，カルポス Karpos《実り》を生んだ．彼はときに*イーリスの夫ともされている．

セミーラミス Semiramis, Σεμίραμις　バビュローンの女王．シリアのアスカロン Askalon 市の近くの湖のなかに一人の女神が住んでいた．その名はデルケトー Derketo, その身体は，顔は人間で胴以下は魚形であった．*アプロディーテーの怒りにふれ，*カユストロスを愛し，娘を生んだが，女神はこれを恥じて男を殺

セメレー

し，自分は湖底に身をかくした．棄てられた子供を鳩が羊飼から乳とチーズを取って来て育てていたが，羊飼たちが子供を見つけ，自分たちの長の所へつれて行った．その子はまことに美しく，長はセミーラミスと名づけた．これはアッシリア語で《鳩から来た者》の意であると．彼女が成長した時，王の宰相オンネース Onnes が羊の検分に来て，彼女の美しさに驚き，妻とした．彼女は美しいのみか，すばらしく頭がよく，夫に種々の策を与え，オンネースはあらゆる点で成功を重ねた．バビュローンの王*ニノスはバクトリアに兵を進め，首都バクトラ Baktra を包囲したが容易に落ちない．この遠征に参加していたオンネースは，妻恋しさにセミーラミスを陣営に招いた．彼女は戦の様子を見て，包囲が平野においてのみ行なわれ，城山の方がなおざりになっているのに気づき，みずから山岳兵をひきいて山側から攻め，かくてバクトラの攻略に成功した．ニノス王は彼女の勇気，才智，美貌に驚嘆し，オンネースに自分の娘と交換にセミーラミスを后に呉れるように頼んだが，拒絶され，彼の眼をくり抜くぞと威嚇した．オンネースは絶望のあまりみずから縊れて死に，ニノスはセミーラミスを后とし，二人のあいだにニニュアース Ninyas が生れた．セミーラミスは王の死後，王位を継承，まず王のために壮大な霊廟をニネヴェに建て，自分のためにバビュローンに一市を築いた．それはエウフラテースの両岸に跨り，66 キロメートルの長さで，城壁上を馬をつけた戦車が六輌並んで走った．城壁の高さは 100 メートル，250 の塔があった．エウフラテース河には一大橋がかけられ，30 キロメートルに亙って護岸されていた．橋の両端にそれぞれ壮麗な王城があり，両者は河の下を通ずる地下道で結ばれていた．西側の王城中にかの名高い空中庭園があった．これは巨大なテラスを積み重ね，その上に土をおき，特殊な装置で灌漑して，庭園を築いたものである．彼女はさらにエウフラテースとティグリス両河岸に多くの都市を建設し，全アジアを征服，エジプトの*アムモーンの神託に伺ったところ，彼女の息子ニニュアースが彼女に対して陰謀を企てた時，生ける者より奪われるとの答えがあった．エティオピアを征服ののち，バクトラに帰り，矛を転じてインドにむかったが，ついに敗れて，みずからも傷つきインダス河を渡って退去，まもなくニニュアースが宦官どもと謀叛を図ったので，女王はアムモーンの神託を想起し，子供に王位を譲って，姿を消した．彼女は鳩となって昇天，神となったという．彼女の伝説はアッシリアのシャムシ・アダド五世の后サムラマト Sammuramat がその源らしく，この女王も息子アダド・ニラリ三世の幼時，前 810～5 年のあいだ摂政の位置にあった．

セメレー Semele, Σεμέλη *カドモス*ハルモニアーの娘．*テュオーネーともいう．*ゼウスに愛されて子をはらんだが，*ヘーラーにあざむかれ，ゼウスに彼がヘーラーに求婚した時の姿で自分の所に来ることを求めた．ゼウスはセメレーにいかなる願いもかなえる約束をしたあとだったので，やむなく，電光と雷鳴とともに戦車に乗って来て，雷霆を放った．彼女は焼け死んだが，神は六カ月の胎児を火中より取り上げた．これが*ディオニューソスである．セメレーの姉妹たちは彼女が人間と密通していて，ゼウスを偽りの責任者としたために，雷に撃たれたのだと言いふらしたために，のち罰をうけた．ディオニューソスは神となってから，冥界に降って，母を助け出し，天上に迎えた．彼女は神となり，テュオーネーと呼ばれた．ラコーニアの伝承では，カドモスは母と子を箱に入れて海に流したが，ラコーニアに漂着，セメレーは死んでいて，この地に葬られ，ディオニューソスはここで育てられたという．

セラーピスまたはサラーピス Serapis, Σέραπις, Sarapis, Σάραπις アレクサンドレイア時代に，プトレマイオス朝の政策によって，エジプトとギリシアの宗教の融合を計って創り出された神．その源はメムピスのオソラーピス Osorapis らしく，セラーピスの中にはエジプトの*オシーリスとギリシアの*ゼウス，*ハーデース，*アスクレーピオスが一体となっている．彼は病の治療者，奇蹟の行者，運命にもまさる者であり，その后*イーシスと子*ハルポクラテースと三位の神をなしている．崇拝の中心はアレクサンドレイアにあった壮麗なセラーペイオン Serapeion であった．ローマ帝政時代にはイーシスの信仰が強大となり，この神の信仰は衰えた．

セルゲストゥス Sergestus 《*アイネーイス》中，*アイネイアースの部下の船長．嵐で彼の船はアイネイアースの船と別れたが，のちカルターゴーで合流，*トゥルヌスとの戦で勇戦した．

セレストゥス Serestus 《*アイネーイス》中，*アイネイアースの部下の一人．嵐で彼の船は別れ別れになったが，*トロイアで再会した．アイネイアースが*ディードーを棄てる決心をした時，彼の命によりひそかに船を出し，アイネイアースの留守中ティベル河口の陣

営を守り，*トゥルヌス来襲に際して彼とともに闘った．

セレーネー Selene, Σελήνη　月神．彼女は*ティーターン神族の*ヒュペリーオーンと*テイアーの娘とも，また*パラースあるいは*ヘーリオスの娘ともされている．彼女は*ゼウスと交わって一女パンディーア Pandia を生んだ．*エンデュミオーンとの恋については同項を見よ．*パーンも白牛の一群を与えて，彼女と交わったという．月神は*アルテミス（ローマの*ディーアナ）あるいは*ヘカテーと同一視され，とくに動植物の繁殖と性生活に大きな影響力を有すると信じられ，またつねに魔法と関係づけられている．

ゼーロス Zelos, Zῆλος　《競争心》の擬人化された神．*パラースと*ステュクスの子で，*ニーケー《勝利》，*クラトス《支配》，*ビアー《暴力》の兄弟とされている．

ソ

ソスピタ Sospita　*ユーノーの称呼の一つ．《救済の女神》の意．ユーノーの項を見よ．

ソムヌス Somnus　ローマの眠りの神．ギリシアの*ヒュプノスに同じ．同項を見よ．

ソーラーヌス Soranus　ローマ北方のソラクテ Soracte 山上で崇拝されていた神．*ディース・パテルあるいは*アポローンと同一視されていた．ソーラーヌスは狼の崇拝と関係があった．

ソール Sol　ローマの太陽神．ギリシアの*ヘーリオスと同一視されている．ソールはソール・インディゲス Sol Indiges なる名のもとに8月9日に犠牲が捧げられ，12月11日にも祭があった．紀元後太陽神ヘーリオスと*アポローンの同一視にたすけられ，東洋の太陽崇拝が最初にエラガバルス（ヘリオガバルス に）帝（218～22）によってローマに移され，アウレーリアーヌス帝（270～5）以後*ユーピテルと並んで，ローマの公けの神として祭られるにいたった．ギリシア的な神話はソールにはなく，ヘーリオスのそれから借用したものにすぎないのである．

タ

ダイダリオーン Daidalion, Δαιδαλίων　*ケーユクスの兄弟，暁の明星*ヘオースポロスの子．乱暴で狩を好んだ．*キオネーなる娘があり，美しかったので，多くの求婚者があったが，*ヘルメースと*アポローンが彼女に恋し，キオネーはヘルメースの子*アウトリュコス，アポローンの子*ピラモーンを生んだ．彼女は*アルテミスと美を競ったため，女神の矢に射られた．ダイダリオーンは悲しんで，アポローンによってはいたか(鷂)に変じられた．

ダイダロス Daidalcs, Δαίδαλος, 拉 Daedalus, 仏 Dédale　《巧みな工人》の意．ギリシア神話中の飛驒匠に比すべき人物．アテーナイ人で，*エレクテウスの孫*メーティオーンの子*エウパラモス《巧みな手》と*アルキッペーの子（彼の父に関しては，パライモーン Palaimon とも，メーティオーン自身ともいう）．比肩する者のない名建築家，神像の発明者である．姉妹の*ペルディクスの子*タロースを弟子にしたが，彼が鋸とろくろ(轆轤)台を発明したので，自分を凌駕することを恐れて，アクロポリスから突き落した．ダイダロスは*アレイオス・パゴスで有罪の判決をうけ，クレータ王*ミーノースのもとに遁れ，*ポセイドーンの牡牛に恋した*パーシパエーのために木製の牝牛を造り（パーシパエーとミーノータウロスの項参照），彼女が*ミーノータウロスを生んだ時，これを入れるために迷宮*ラビュリントスを建て，*テーセウスに恋した*アリアドネーのために，迷宮中で道を失わないように，糸巻を入口につけて，糸によって帰り道を見いだす工夫を教えた．ミーノースは怒ってダイダロスと，その子*イーカロスとを迷宮内に幽閉したが，彼は自分と子供のために翼を作り，脱出して，シシリア王*コーカロス（同項参照）の許に無事遁れたが，イーカロスは高く飛びすぎて，太陽の熱で翼の膠が溶け，海中に墜落して死んだ．彼を追跡して来たミーノースはコーカロスの娘たちに殺された．ダイダロスは，また，鋸，斧，膠，船のマストなどの発明者とされ，彼の作と

ダウヌス

称される非常に古い時代の遺物があちこちにあった．アッティカのケクロピス Kekropis の部族中にダイダリダイ Daidalidai《ダイダロスの後裔》と称する氏があった．

ダウヌス Daunus, Δαῦνος, Δαύνιος　イリュリア Illyria 人リュカーオーン Lykaon, あるいは*ピールムヌスと*ダナエーの子．*イアーピュクスと*ペウケティオスの兄弟．兄弟とともに南イタリアに入り，原住民を追って，ダウニア Daunia, メッサピア Messapia, ペウケティア Peuketia の三王国(総称イアーピュギア Iapygia)を建てた．*ディオメーデースが祖国を追われて来た時に，ダウヌスは彼を迎え，娘と領土を与えた．後代の話ではディオメーデースはのちダウヌスと不和となり，殺されたという．ダウヌスは*トゥルヌスの父．

タウマース Thaumas, Θαύμας　*ポントスと*ガイアの子．*ネーレウス，*ポルキュス，*ケートー，*エウリュビアーの兄弟．*オーケアノスの娘*エーレクトラーを妻とし，*ハルピュイアたちと*イーリスの父となる．

ダクテュロイ　ダクテュロスたちを見よ．

ダクテュロスたち Daktylos, Δάκτυλος (複数 Daktyloi, Δάκτυλοι)　彼らは Daktyloi Idaioi《*イーデー山の指》と呼ばれ，冶金の術にすぐれた一種の山の精と考えられていた．イーデー山に関しても，これがプリュギアの山か，クレータ島の山か明らかでない．その数は古代に諸説あり，最古の文献ではケルミス Kelmis, ダムナメネウス Damnameneus, アクモーン Akmon の三人で，アドレステイア Adresteia(=*キュベレーまたは*レアー?)の召使で，冶金の術の発明者となっているが，また五人，十人，百人ともされ，五人の場合には上記と別の所伝ではヘーラクレース Herakles(英雄とは別人)，エピメーデース Epimedes, イーダース Idas(またはアケシダース Akesidas), パイオナイオス Paionaios, イーアソス Iasos となっている．アポローニオスは彼らはニンフのアンキアレー Anchiale の子といい，クレータのイーデーで彼らを生んだ際に，苦痛のあまり土を攫んだ，あるいは攫んで投げたために，この名がついたという．また*ゼウスの乳母たちが指で背後に投じた塵から生れたとも伝えられ，その身体は小人であったとも巨人で力の強いものだったとも考えられていた．彼らは*クーレースたちと同じく子供のゼウスの番をし，彼のために*オリュムピアの競技を発明し，プリュギアのイーデー山中で*パリスに音楽を教えた．

タゲース Tages　エトルリア Etruria 人の神．タルクゥイニア Tarquinia の近くで百姓が畑を耕している時，鋤き返された土の中から少年の姿で現われた．彼はゲニウス・ヨウィアーリス Genius Jovialis の子で，姿は子供でも老人の智を具え，エトルリア人に前兆による予言の術を教えたのち死んだ．

タソス Thasos, Θάσος　タソス島に名を与えた祖．*アゲーノールの子で*カドモスの兄弟とも，*キリクスあるいは*ポイニクスの子，したがってカドモスの甥ともされている．カドモスたちとともに*エウローペー捜索に出かけ，タソスに留まった．

タティウス Tatius, Titus　サビーニー人の王．クーレース Cures 市の支配者であったが，サビーニーの女の掠奪の際，彼らの軍の指揮者としてローマを攻め，女たちの仲介によって*ロームルスと和睦，ローマ人とサビーニー人は共同してローマ市を成し，ロームルスはパラーティーヌス丘，彼はカピトーリーヌス丘に住み，共同で支配した．しかし五年目にラウレントゥム Laurentum からの使者を彼の親族の者とサビーニー人たちが殺したので，ロームルスは彼らを罰しようとしたが，タティウスがこれを妨げた．そのためラウレントゥム人は二人の王が犠牲を捧げているところを襲って，タティウスを殺した．

ダナイスたち Danaïs, Δαναΐς (複数 Danaïdes, Δαναΐδες)　*ダナオスの 50 人の娘．ダナオスは兄弟の*アイギュプトスと王権を争い，アイギュプトスの 50 人の息子を恐れて，祖先の地アルゴスに遁れたが，アイギュプトスの子供らが追って来て，従姉妹たちに結婚を求めた．ダナオスはやむなくこれに同意し，娘たちを彼らに割りあてた．最年長者 *ヒュペルムネーストラーを*リュンケウスに，*ゴルゴボネー Gorgophone をプローテウス Proteus に与え，二人の娘は王女エレパンティス Elephantis の，二人の息子は王女アルギュピエー Argyphie の子だからである．つぎに息子のうち，ブーシーリス Busiris, エンケラドス Enkelados, *リュコス Lykos, ダイプローン Daiphron は*エウローペー Europe から生れた娘アウトマテー Automate, *アミューモーネー，アガウエー Agaue, スカイエー Skaie を引き当てた．つぎにイストロス Istros は*ヒッポダメイア Hippodameia を，カルコードーン Chalkodon はロディアー Rhodia を，*アゲーノール Agenor はクレオパトラー Kleopatra を，カイストス Chaistos はアステリアー Asteria を，ディオコリュステース Diokorystes はクレオダメイア Kleodameia(あるいはピューロダメイア Phylodameia, ヒッポトエー Hippothoe)を, アルケース Alkes は*グラウケー Glauke を, アルクメノール Alkmenor はヒッポメドゥーサ Hippomedusa を, *ヒッポトオス Hippothoos は*ゴルゲー Gorge を, エウケーノール Euchenor はイーピメドゥーサ Iphimedusa を, *ヒッポリュトス Hippolytos はロデー Rhode を娶った. これら十人の息子はアラビアの女から, 娘は森の精のニンフたちアトランテイエー Atlantie とポイベー Phoebe から生れた. アガトプトレモス Agathoptolemos はペイレーネー Peirene を, ケルケテース Kerketes はドーリオン Dorion を, エウリュダマース Eurydamas はパルティス Phartis を, アイギオス Aigios はムネーストラー Mnestra を, アルギオス Argios は*エウヒッペー Euhippe を, アルケラーオス Archelaos はアナクシビエー Anaxibie を, メネマコス Menemachos はネーロー Nelo を引き当てた. 以上男たちはフェニキアの女から, 乙女たちはエティオピアの女から生れた. クレイトス Kleitos はクレイテー Kleite を, *ステネロス Sthenelos は*ステネレー Sthenele を, *クリューシッポス Chrysippos はクリューシッペー Chrysippe を娶った. 以上男たちはテュリアー Tyria, 女たちはメムピス Memphis の子である. エウリュロコス Eurylochos は*アウトノエー Autonoe を, パンテース Phantes は*テアーノー Theano を, ペリステネース Peristhenes はエーレクトラー Elektra を, ヘルモス Hermos は*クレオパトラー Kleopatra を, *ドリュアース Dryas は*エウリュディケー Eurydike を, ポタモーン Potamon はグラウキッペー Glaukippe を, キッセウス Kisseus はアンテーレイア Antheleia を, リクソス Lixos はクレオドーレー Kleodore を, イムブロス Imbros は*エウヒッペー Euhippe を, ブロミオス Bromios は*エラトー Erato を, ポリュクトール Polyktor はステュグネー Stygne を, *クトニオス Chthonios はブリュケー Bryke を妻とした. 以上男は水のニンフ, カリアドネー Kaliadne, 女は水のニンフ, *ポリュクソー Polyxo の子である. *ペリパース Periphas は*アクタイアー Aktaia を, *オイネウス Oineus はポダルケー Podarke を, アイギュピオス Aigypios はディオーケ シッペー Dioxippe を, メナルケース Menalkes はアディテー Adite を, ラムポス Lampos はオーキュペテー Okypete を, イドモーン Idmon はピュラルゲー Pylarge を引き当てた. 男は*ゴルゴーン Gorgon, 女はピーエリアー Pieria の子である.

つぎに最年少の息子たちはつぎのごとくであった. イーダース Idas はヒッポディケー Hippodike を, ダイプローン Daiphron はアディアンテー Adiante を(以上女の母は*ヘルセー Herse), *パンディーオーン Pandion は*カリディケー Kallidike を, アルベーロス Arbelos はオイメー Oime を, ヒュペルビオス Hyperbios は*ケライノー Kelaino を, ヒッポコリュステース Hippokorystes はヒュペルヒッペー Hyperhippe を得た. 以上男はヘーパイスティネー Hephaistine, 女はクリノー Krino の子である. 以上のうち, ヒュペルムネーストラー, アミューモーネー, リュンケウスは古くからその名が知られているが, 他は後代の発明であり, 古くは特別の名をもたなかったらしい.

ダナオスは, 彼らが結婚の相手を引き当てた時に, 饗宴を催し, 娘たちに短刀を与え, 初夜の床で花婿を殺すことを命じた. しかしヒュペルムネーストラーのみは, リュンケウスがその処女性を守ってくれたために, 殺さなかったので, ダナオスは彼女を捕えた. 他の娘たちは男の首を*レルネーに葬り, 身体は市の前で葬礼に付した. *アテーナーと*ヘルメースが, *ゼウスの命により, 女たちを潔めた. ダナオスはのちヒュペルムネーストラーとリュンケウスを一緒にしてやり, その他の娘たちを競技の勝者に与えた. かくて彼女らからダナオイ Danaoi 人が生れ, 先住民族ペラスゴイ Pelasgoi 族に代った. 一説にはダナオスと娘たちはリュンケウスに殺されたともいう. 死後地獄で, 彼女らは, 篩あるいは孔のあいている容器で水を汲むことを命ぜられ, 永遠に果し得ないこの劫罰に服しているといわれる.

ダナイデス ダナイスたちを見よ.

ダナエー Danae, Δανάη アルゴス王*アクリシオスと*ラケダイモーンの娘*エウリュディケーとの娘. 神託が彼は娘の子に殺されるであろうと告げたので, 青銅の部屋にダナエーを閉じこめたが, *ゼウスが黄金の雨に身を変じてダナエーの膝に流れ入り, 彼女と交わった. 一説にはアクリシオスの兄弟*プロイトスが彼女を犯し, これより二人の争いが生じたともいう. アクリシオスはダナエーの子*ペルセウスをゼウスの子とは信ぜず, 二人を箱に入れて海に流した. 箱はセリーポス Seriphos 島に漂着, その王*ポリュデクテースの兄弟*ディクテースに拾われた. ペルセウスが*ゴルゴーン退治に行っているあいだに(同項を見よ), ポリュデクテースはダナエーに言い寄り, ついに彼女を犯そうとし(一説では二人は結婚したことにな

っている)，ダナエーはディクテュスとともに祭壇に遁れている時に，ペルセウスが帰って来て，王とその仲間の者たちを，ゴルゴーンの頭を見せて，石に化した．ダナエーはのち母エウリュディケーの住むアルゴスに来た．イタリアの伝説では，ダナエーとペルセウスはラティウム Latium に漂着，ダナエーは*ピールムヌス (*トゥルヌスの祖)と結婚し，二人はアルデア Ardea の町を創建したことになっている．

ダナオス Danaos, Δαναός　ホメーロスなどに見える，ギリシア人の総称(あるいはその一部)のダナオイ Danaoi 人に名を与えた祖．彼は*ベーロス(*エパポスの娘*リビュエーと*ポセイドーンとの子)とアンキノエー Anchinoe との子で，いろいろな女から50人の娘を得た．父よりリビアの王国を与えられたが，兄弟で50人の息子を有する*アイギュプトスと争い，彼らを恐れて，*アテーナーの忠告によって船を建造して遁れ，途中ロドス Rhodos に寄航，リンドス Lindos のアテーナーの神殿を建てた．そこからアルゴスに来て，当時王であった*ゲラーノールに王位を譲られた．*アミューモーネーが泉を発見した話と，ダナオスの娘たちがアイギュプトスの50人の息子たちを殺した話はアミューモーネー，ヒュペルムネーストラー，リュンケウス，ダナイスたちの項を見よ．なおダナオスが王位を得るにいたった経過はつぎのごとくである．王位継承者について議論がかわされ，最後の議論の時，夜明に一匹の狼が森から現われ，畜群を襲い，牡牛を殺したのを見て，アルゴス人はただ一匹遠くから現われた狼がダナオスの象徴であると知り，彼を王に選び，彼は《狼の*アポローン》Apollon Lykios の神殿を建てたとも伝えられる．

タナトス Thanatos, Θάνατος　《死》の意味．ホメーロスでは彼は*ヒュプノス《眠り》の兄弟とされ，ヘーシオドスは*ニュクス《夜》の子とする．彼は人格神というよりは，抽象的な存在であるが，ホメーロスは彼とヒュプノスが*サルペードーンの死骸を*トロイアからリュキアに運ぶ話を伝え，プリューニコス(前5世紀の作家)は彼を人格的に最初に取扱い，人格神としての彼は*アルケースティスを死神と格闘して救った*ヘーラクレースや死神をだまして縛った*シーシュポスの話に見いだされる．これらの項を見よ．

タピオス Taphios, Τάφιος　*ポセイドーンと*ヒッポトエー(*メーストールと*リューシディケーの子)との子．タポス Taphos の創建者．*プテレラーオスは彼の子．

ダプニス Daphnis, Δάφνις　シシリアの羊飼．*ヘルメースとニンフの子，あるいはヘルメースの愛顧をうけた者といわれる．ニンフたちや神々に愛された．ニンフのエケナイス Echenais またはノミアー Nomia (《牧場の》の意)に愛され，ニンフは彼に忠実を誓わせたが，シシリア王の娘が彼を酔わせて，彼と交わったので，ニンフは彼を盲目にした，あるいは殺した．盲目になった彼は自分の悲しみを歌い，岩から身を投げた，あるいは岩と化した，またはヘルメースによって天上に連れ去られた．彼は牧歌の発明者とされている．テオクリトスによると，彼はなんびとも愛さず，これが*アプロディーテーの怒りをかい，彼を猛烈な恋に陥れたが，彼はついにこのために大勢の者に惜しまれて世を去った．また他の伝えでは彼はピムプレイア Pimpleia (または*タレイア)なるニンフを愛していたが，彼女が海賊にさらわれたので，探しに出かけ，プリュギア王*リテュエルセースの奴隷となっているのを発見した．彼は王に殺されんとしたが，*ヘーラクレースに救われ，英雄は王を殺し，王国をダプニスとピムプレイアに与えたという．

ダプネー Daphne, Δάφνη　《月桂樹》の意．アルカディアの*ラードーン河神，あるいはテッサリアの*ペーネイオス河神の娘．*アポローンが彼女に恋して追い，遁れる彼女が，まさに捕えられんとして，父に助けを求め，父は彼女を月桂樹に変じた．爾来この木はアポローンの木となった．ラコーニアの所伝ではダプネーはアミュークラース Amyklas の娘で，狩猟を好み，侍女たちとともに山野で狩して暮していたが，エーリスの*オイノマーオスの子*レウキッポスとアポローンが彼女に恋をした．レウキッポスは女装して彼女たちに近づき，しだいに愛されるようになったが，アポローンがねたんで，彼女らに沐浴したい気を起させ，レウキッポスが躊躇しているのを無理に裸にした．彼女たちは正体を知って，彼を襲ったが，神々が彼の姿をかくした．アポローンはダプネーを捕えようとしたが，彼女は遁れ，その願いによって*ゼウスが彼女を木に変じた．

ダマステース Damastes, Δαμάστης　プロクルーステースを見よ．

ダミアー Damia, Δαμία　アウクセーシアーを見よ．

タミュリスまたはタミュラース Thamyris, Θάμυρις, Thamyras, Θαμύρας　伝説的な音楽家．*ピラムモーンとニンフのアグリオペー Agriope の子とも，父はアイトリオス Aithlios

(*エンデュミオーンの子)ともいわれる．さらに母親にもときに*ムーサの*エラトーあるいは*メルポメネーが擬されている．歌と竪琴の技に秀で，その師は*リノスであった．ホメーロスでは彼はムーサたちと技を競い，敗れて視力を奪われ，音楽の技をも失った．彼は勝利の暁にはムーサたち九人とこもごも床をともにすることを求めたと伝えられる．この失敗ののち彼は竪琴をペロポネーソスのバリューラ河に棄てたというが，これは Balyra=bal-《投げる》+lyra《竪琴》なる奇妙な語源解釈によるもの．後代の作家は彼に種々の音楽上の改革や作品を帰している．

タユゲテー Taygete, Ταϋγέτη　　*アトラースと*プレーイオネーの娘．*プレイアデスの一人．*ゼウスとのあいだに*ラケダイモーンを生んだ．のちこれを恥じてラコーニアの同名の山に姿を消し，その名を山に与えた．また*アルテミスはゼウスから彼女をかくすべく，金色の牝鹿に変じた．感謝の徴に彼女は黄金の角の牝鹿を女神に捧げ，これが*ヘーラクレースの追った鹿であるともいう．

タラオス Talaos, Ταλαός　　*ビアースと*ペーロー(*ネーレウスの娘)との子．*アドラストスの父．彼の妻は*リューシマケー(*アパースの娘)ともリューシアナッサ Lysianassa (シキュオーン王*ポリュボスの娘)とする者もある．*アルゴナウテースたちの遠征の勇士の一人．

タラクシッポス Taraxippos, Ταράξιππος《馬を乱す者》の意．1. *オリュムピアの競馬場で，祭壇付近に住み，競走に出場の馬を驚かす精霊．

2. コリントスの競馬場に住む精霊．馬に食われた*グラウコス(*シーシュポスの子)の魂であるという．同項を見よ．

タラッシオ Talassio　　ローマの結婚式の時に，花嫁に対して発せられる祝いの言葉．結婚の神の名とも，サビーニー人の女の掠奪(ロームルスの項を見よ)のおりに，人々はとくに美しい乙女をロームルスの部下のタラッシウス Talassius のため(Talassio)に選んだ故事に由来する，あるいはこの際にサビーニー人とローマ人は女たちに召使の仕事をさせず，毛糸を紡ぐこと(ギリシア語の talasia, ταλασία)のみにすると約束したことに由来するともいわれる．

タルコーン Tarchon, Τάρχων　　エトルリアのタルクゥイニア Tarquinia，あるいはエトルリアの12都市の創建者と称されるエトルリア人の祖．*テーレボスの子で，*テュレーノスの兄弟．白馬とともに生れ，リューディアよりエトルリア人をイタリアに移住させた．*エウアンドロスと同盟し，*アイネイアースを助けた．カークスの項を参照．

ダルダノス Dardanos, Δάρδανος　　*ゼウスと*アトラースの娘*エーレクトラーとの子．*イーアシオーンの兄弟．サモトラーケー Samothrake 島に住んでいたが，*デウカリオーンの大洪水のため，あるいは*デーメーテールを襲ったイーアシオーンが雷霆に撃たれて死んだので，彼はサモトラーケーを去って，小アジアに渡り，*スカマンドロス河神の子*テウクロス王の娘バティエイア Batieia と一部の領地を与えられ，王の死後この地をダルダニア Dardania と呼んだ．彼には*エリクトニオスと*イロス(一説ではさらにザキュントス Zakynthos とイーダイアー Idaia)が生れた．エリクトニオスの子が*トロイアに名を与えた*トロースであるが，市はダルダノスが創建したもので，彼はトロイア人にサモトラーケーの秘教を教え(カベイロスの項を見よ)，*キュベレーの崇拝をプリュギアに入れ，またアルカディアにあった*パラディオン(同項参照)をトロイアにもって来たという．イタリアの所伝では，彼と*イーアシオス(またはイーアシオーン)は*コリュトス(同項参照)の子で，エトルリアの町コルトーナ Cortona に住み，原住民*アボリーギネースを征服し，この市を創建，イーアシオスはサモトラーケーへ，ダルダノスはトロイアの地に移住した．一説ではダルダノスはイーアシオスを殺したともいう．彼はアルカディア人であるとして*エウアンドロスと*リュカーオーンの子*パラースとに関係づける説や，クレータや，トロイア生れの人とする説もある．

タルタロス Tartaros, Τάρταρος　　ヘーシオドスでは*アイテールと*ガイアの子．母と交わって*ギガースたち，*テューポーン，*エキドナの父となった．しかしタルタロスは本来は冥界の一番下にある部分で，*ハーデースとタルタロスとのあいだの距離は地と天のあいだのそれに等しく，ここには神々にそむいた大罪者が落された．*ウーラノスはガイアとのあいだに生れた最初の子たる*キュクロープスたちをここに落したが，*ティーターン神族が勝利を得た時，*クロノスは彼らを一度はタルタロスから出したが，ふたたびここに落した．*ゼウスならびにオリュムポスの神々がティーターン神族を破った時，クロノスたちティーターン族がタルタロスに投ぜられ，*ヘカトンケイルたちがその番をした．*アローアダイ，人間で*はサルモーネウス，*イクシーオーン，*タンタロスなどがここ

に落されている．ゼウスに叛けば神々もここに投下されるので，彼らはタルタロスを恐れた．しかしのちタルタロスは冥界そのものと同一視されるにいたった．

タルテュビオス Talthybios, Ταλθύβιος
*エウリュバテースとともに，*アガメムノーンの使い番．スパルタの使い番の一族タルテュビアダイ Talthybiadai の祖で，彼の神域があった．彼は使者として，しばしば英雄伝説中に現われる．

タルピオス Thalpios, Θάλπιος *エウリュトス(*モリオネの一人)とテーライポネー Theraiphone (*デクサメノスの娘)の子．兄弟のアンティマコス Antimachos とともにエーリスのエペイオイ Epeioi 人を率い，40隻の船をもって*トロイア遠征に参加した．彼は*ヘレネーの求婚者の一人，木馬の勇士(シノーンの項を見よ)にも数えられている．

タルペーイア Tarpeia ローマのカピトーリーヌス丘の南西の断崖(そこから罪人が突き落された)に名を与えた乙女．ローマの建国伝説では，彼女はタルペーイウス Sp. Tarpeius の娘で，*ロームルスは彼をカピトーリウム防衛隊長に任じた．サビーニー人がこれを攻めた時，彼女はサビーニー人の王*タティウスに恋して，自分と結婚する条件で，あるいは王および兵士たちが左手にもっているもの(黄金と宝石の腕輪)と交換に，ローマを裏切って敵軍を引き入れたが，王は結婚する代りに，左手にもっているもの，すなわち楯で，彼女を圧し殺した．しかし彼女は本来はこの断崖の岩の保護の女神か，タルペーイア氏 gens Tarpeia の祖神で，彼女の裏切りの話は，彼女がカピトーリウムに祭られているのを説明するために作られたものと思われる．なお彼女を裏切りの弱から潔めるために，彼女は本当はタティウスの子で，ロームルスにさらわれたものとか，タティウスにローマの軍略を教えなかったためとか，左手にもっているものとは，本当の楯のことで，敵の楯を奪って城内に引き入れて，殺すつもりだったのに，使いの者が彼女を裏切ったのであるとか，種々の話が作り出されている．

タレイア Thaleia, Θάλεια, 拉 Thalia
1. *ムーサの一人．同項を見よ．*アポローンと交わり，*コリュバスたちを生んだ，*ダプニス(同項を見よ)の愛人となったといわれる．
2. *カリスたちの一人．同項を見よ．
3. *ネーレウスと*ドーリスの娘．

ダレース Dares, Δάρης 1. ホメーロスの《*イーリアス》中，*トロイアの*ヘーパイストス神殿の神官．のちになってホメーロス以前にトロイア物語を著わしたと伝えられ，そのラテン訳と称されるもの《ダレースのトロイア陥落物語》Daretis Phrygii de Excidio Trojae Historia (後5世紀の偽作か？)が現存している．
2. 《*アイネーイス》中，*アイネイアースの部下の一人．拳闘に長じていた．
3. プリュギア人．テュムブレー Thymbre の*アポローンの言により，*ヘクトールが*パトロクロスと戦わぬようにしようとし，脱走者としてギリシア軍に入ったが，*オデュッセウスに殺された．

タロ(ー)ス Talos, Τάλως, Τάλος 1. クレータ島の番をしていた怪物．*ヘーパイストスの子で，*ヘーパイストスは彼の子，ラダマンテュスは彼の孫とする伝承や，*オイノピオーンを彼の父とする者もあるが，普通は彼はヘーパイストス(あるいは*ダイダロス)が造った青銅人間で，*ミーノースに与えられたことになっている．または彼は最後の青銅族であるとの説もあったし，また彼を牡牛とする人もある．彼は頸から踵まで通じているただ一つの血脈をもち，その終りの所には青銅の釘がはめてあった，あるいは膜で蔽われたという．彼は*ゼウスあるいはミーノースによって島の番を命ぜられ，日に三度島をはせめぐって番をし，人が島に出入りすることを許さなかった．彼は大石を投じ，自分の身を灼熱させ，人を抱いて焼き殺した．*アルゴナウテースたちがこの島に寄航した時，*メーデイアが彼を魔法にかけ，あるいは彼を不死にしてやると約束して，踵の釘を抜いて，一説には*ポイアースが踵を射て，殺した．
2. *ダイダロスの甥．彼に殺された．同項およびペルディクスの項を見よ．

タンタロス Tantalos, Τάνταλος 1. *ゼウスとプルートー Pluto (*クロノスあるいは*アトラースの娘)の子．プリュギアあるいはリューディアのシピュロス Sipylos 山付近の王．*ディオーネーあるいは*ステロペー(ともに*プレーイアデス)，またはエウリュアナッサ Euryanassa (パクトーロス Paktolos 河神の娘)，あるいはクリュティエー Klytie (アムピダマース Amphidamas の娘)を妻とし，*ペロプス，*ニオベーなどの子を得た．*アトレウス，*テュエステース，*アガメムノーン，*メネラーオス，*アイギストスなどはペロプスの子孫タンタリダイ Tantalidai である．彼は巨富を有し神々に愛されていたが，地獄に落ちて永劫の罰をうけた．その罰は池中に首までつかり，喉がかわいて水を飲もうとすると水がなくなり，頭上

には実もたわわな果樹の枝がたれさがっているが，飢を覚えて食べようとすると枝が遠ざかって，食べられないで，つねに飢渇に苦しめられているとする者と，大石が頭上にまさに落ちんとしてかかり，つねに圧し潰される恐怖におののいているとする説もある．その原因は彼が神々の食卓に招かれて，その時の秘密を人間にもらしたためとも，*ネクタルと*アムブロシアーを神々から得て，人間に与えたためとも，わが子ペロプスを殺して料理し神々に供した（ペロプスの項を見よ）ためともいわれる．この他，彼は*パンダレオースからあずかった*ゼウスの犬を*ヘルメースに渡さないために偽誓の罪を犯し，ゼウスは怒って彼をシピュロス山の下敷きにし，地獄におとした話．*イーロスにニオベーの悲劇ののち小アジアから追われた話，*ガニュメーデースを奪った話が彼について語られている．

2. *テュエステース（あるいは*タンタロス1.の子プロテアース Broteas)の子．*アトレウスが彼を殺し，料理してテュエステースに食わした，あるいは彼は*クリュタイムネーストラーのはじめの夫で，甥の*アガメムノーンに殺されたという．

3. テーバイの*アムピーオーンとタンタロスの娘*ニオベーとの息子の一人．

テ

デア・シュリア Dea Syria　アタルガティスの項を見よ．

デア・ディーア Dea Dia　ローマの*アルウァーレース神官団の主神で，五月にその祭が行なわれた．穀物の女神．

テアーネイラ Theaneira, Θεάνειρα　*テラモーンと交わり*トラムペーロスの母となった*トロイアの女．これらの項を見よ．

テアーノー Theano, Θεανώ　1. トラーキア王*キッセウスとテーレクレイア Telekleia (*イーロスの娘)の娘で，*トロイアの*アンテーノールの妻．*イーピダマース，アルケロコス Archelochos, *アカマース，*グラウコス，エウリュマコス Eurymachos, *ヘリカーオーン，ポリュダマース Pclydamas の母．夫が他の女から得た子ペダイオス Pedaios をも育てた．トロイアの*アテーナーの女司祭．アンテーノールの項を見よ．

2. *メタポントスの妻．子ができないために離婚されんとし，羊飼より双生児を貰い，自分の子として王をだました．ところが自分にも本当の子が二人できたので，貰った子を自分の子に殺させようとして，反対に実子が殺された．貰い子はじつは*ポセイドーンと*メラニッペーとの子で，メタポントスはテアーノーを去らしめ，メラニッペーを妻とした．同項を見よ．

3. *ダナオスの娘の一人．

テイアー Theia, Θεία　*ウーラノスと*ガイアの娘．*ヒュペリーオーンの妻．太陽神*ヘーリオス，曙の女神*エーオース，月神*セレーネーの母．

テイアース Theias, Θείας　バビュローンの王ベーロス Belos の子で，*アドーニスを彼とその娘*ミュラーの子とする伝えがある．アドーニスの項を見よ．

ディアース Dias, Δίας　*アトレウス家の系譜には異説が多いが，そのうちの一つにディアースなる名が見いだされる．この系譜によれば，彼は*ペロプスと*ヒッポダメイアの子で，アトレウスと*テュエステースの兄弟となっている．彼の娘クレオレー Kleole がアトレウスの妻となって，*プレイステネースを生み，これが*アガメムノーン，*メネラーオス，*アナクシビエー Anaxibie の父となった．また一説ではクレオレーはアトレウスの子プレイステネースの妻で，上記三人の母となったという．

ディ(ー)アーナ Diana　ギリシアの*ア

ルテミスと古い時代から同一視されているローマの女神.本来は樹木の女神で,農民のあいだで崇拝されるにいたり,一方ここから多産(とくに人間の)の女神となった.その崇拝の中心は,南イタリアのカプア Capua に近いティーファータ Tifata 山のディアーナ Diana Tifatina (Tifata は《うほめがしの森》の意)と,ローマに近いネミ Nemi の湖(Speculum Dianae)の岸の森の中にあったアリーキア Aricia のディアーナ Diana Nemorensis の神域である.アリーキアでは女神は森の神*ウィルビウスとともに祭られ,その神官 Rex Nemorensis の職は,この森の中のある木の枝を折ったのち,神官と決闘し,神官を倒した逃亡奴隷に与えられることになっていた.ネミのディアーナは人身御供を求めたタウリス Tauris のアルテミス(オレステース,イーピゲネイアの項参考)と同一視され,ウィルビウスは*ヒッポリュトスがアスクレーピオスの力によって蘇ったのち,アルテミスによってアリーキアに連れて来られたのちの名とされている.この伝えでは Virbius は古代人によって《二度生きた者》の意に解され,馬を神域に入れることを禁ずるタブーと馬に殺されたヒッポリュトスとの関連から,この同一視が生れたものと考えられている.ローマには*セルウィウス・トゥリウス王がアリーキアの女神の崇拝をアウェンティーヌス Aventinus 丘の神域に遷座した.ディアーナにはそれ自身の神話伝説はほとんどなく,アルテミスのそれがそのまま彼女に移されたにすぎない.

デーイアネイラ Deianeira, Δηιάνειρα, 拉 Deianira, 仏 Déjanire *カリュドーン王*オイネウスと*アルタイアーの娘.*メレアグロスの姉妹.一説では父は*ディオニューソスであるともいう.この話によれば,彼女はメレアグロスの死後,他の姉妹とともにほろほろ鳥になったが,ディオニューソスの願いにより,姉妹*ゴルゲーと彼女だけは人間の姿にかえった.前5世紀の詩人バッキュリデースによれば,*ヘーラクレースは,冥府に降った際にメレアグロスの魂に会って,デーイアネイラと結婚することを頼まれ,地上に帰って,彼女の手を求めている*アケローオス河神と争い,勝利を得,彼女を妻とした.カリュドーンで一子*ヒュロスが生れたのち,二人は旅にいで,*ケンタウロスの*ネッソスに河を渡すべくデーイアネイラをあずけたところ,ネッソスが彼女を犯さんとしたので,ヘーラクレースは自分の毒矢で射殺した.その時ネッソスは恋の媚薬として,自分の血と地上に落ちた精液を彼女に与えた.二人はトラーキース Trachis で*ケーユクス王の客となり,ヘーラクレースはドリュオプス人を征服,さらにオイカリア Oichalia を攻め,王女*イオレーを捕虜として愛した.デーイアネイラは夫の愛を失うことを恐れて,ネッソスの血を夫の下着に塗って送った.ヘーラクレースがこれを着たところ,毒血が皮膚を腐蝕し始め,苦痛に耐えず,*オイテー山上で火葬壇に登って焚死し,デーイアネイラはみずから縊れた.《トラーキースの女たち》の項を見よ.

ディエスピテール Diespiter *ユーピテルの異名.同項を見よ.

ディオスクーロイ Dioskuroi, Διόσκουροι, 拉 Dioscuri, 仏 Dioscures 《*ゼウスの息子たち》の意.ゼウスと*レーダーの子*カストールと*ポリュデウケース(拉 ポルクス Pollux) のこと.レーダーは*テュンダレオースの妻であるから,ディオスクーロイはまたテュンダリダイ Tyndaridai 《テュンダレオースの子》とも呼ばれる.*ヘレネーと*クリュタイムネーストラーの兄弟.ホメーロスでは彼らは人間で,《*イーリアス》ではすでに死んだごとくに語られ,《*オデュッセイア》では葬られたが,神々の愛顧によって,死後も隔日に生きることを許されたといわれている.レーダーは白鳥の姿に身を変じたゼウスと交わり,同じ夜にテュンダレオースと床をともにしたので,ゼウスからはポリュデウケースとヘレネーが,テュンダレオースからはカストールとクリュタイムネーストラーが生れたというが,ホメーロス讃歌は二人の兄弟ともにゼウスの子とし,またある伝説では兄弟と姉妹はそれぞれ卵から生れたとしている.彼らの生れた所はターユゲトス Taygetos 山上で,彼らはギリシア各地で神として祭られている.

カストールは戦争の術に,ポリュデウケースは拳闘の技にすぐれていた.彼らは,姉妹のヘレネーを*テーセウスが奪って,アッティカのアピドナイ Aphidnai にかくしたのち,*ペルセポネーを奪いに冥界へ降っているあいだに,スパルタ人およびアルカディア人とともにアテーナイに攻め入り,ヘレネーを奪い返し,テーセウスの母*アイトラーを捕虜として連れ去った.そしてテーセウスの子*デーモポーンと*アカマースを追い,*メネステウスにアテーナイの支配権を与えた.ディオスクーロイは,また,*アルゴナウテースたちの遠征に参加し,ポリュデウケースは*アミュコス王を拳闘で破り,*イアーソーンと*ペーレウスを助けてイオールコス Iolkos を荒した.二人は叔父*レウキッポ

スの娘*ヒーラエイラと*ポイベーをさらって妻とした．同じく叔父*アパレウスの子*イーダースと*リュンケウスが二人のあとを追い，カストールとリュンケウスは殺された．しかし別の所伝では，四人でアルカディアよりの分捕品の牛を追って来たのちに，イーダースにその分配を委ねたところ，彼は一頭の牝牛を四分して，最初に食い尽した者が分捕品の半分，第二の者がその残りを得べしと言った．そして最初にだれよりもはやく自分の分を，つぎに兄弟の分を食い尽し，二人で分捕品をメッセーネーに追って行った．ディオスクーロイは怒ってイーダースとリュンケウスとを待ち伏せしていたが，リュンケウスはカストールを見つけてイーダースに知らせ，イーダースはカストールを殺した．しかしポリュデウケースは彼らを追い，リュンケウスに槍を投げて殺したが，イーダースを追跡中に彼によって頭に石を投げつけられ，気絶してたおれた．ゼウスはイーダースを雷霆で撃ち，ポリュデウケースを連れて天上に登った．しかしポリュデウケースはカストールが死者となっているあいだは不死をうけることを肯じなかったので，ゼウスは両人に一日おきに神々と人間のあいだにいることを許した．また一説によればゼウスは二人を天上の双生児 Gemini として星座のなかにおいたといわれ，さらに彼らは航海の保護者と考えられ，聖エルモ Elmo の火は彼らであるとされている．彼らはスパルタ，シシリア，南イタリアで神として祭られていた．ロクリス Lokris 人がクロトーン Kroton 人と戦ったおりに，スパルタの助けを求めた時，ディオスクーロイを貸そうという返答を得た．サグラ Sagra の戦闘にあたって，二人の神将が現われてロクリス人に加勢し，彼らは大勝を得た．この話がローマに伝わり，レーギルス Regillus 湖の戦闘（前 496 年）の話らしい．ローマ人が近隣のラティーニー Latini 族とここで戦った際に，二人はローマ軍の先頭に立って闘い，その後*ウェスタの神殿の近くのユートゥルナの湖 Lacus Juturnae で馬に水を呑ませていたのを見たが，戦闘の翌朝にそのことをディクタートル，アウルス・ポストゥミウス Aulus Postumius は二人の神殿の建造を誓ったというのである．彼らの崇拝（とくにカストールの）は，トゥスクルム Tusculum から移入されたらしい．同様な話が，マケドニア王ペルセウス Perseus の敗北についても語られている．これによれば，王が捕えられた時，二人がプブリウス・ウァティニウス Publius Vatinius なる者に現われて，その事を告げたので，彼はそれを元老院に報告したところ，信用されずに，牢に投げこまれたが，やがて公報が入ったという．のちに彼らは*カベイロスたちと混同されているが，これは二人が船乗りの保護者として，*ポセイドーンから風と波の支配権を与えられているとの信仰に由来していると思われる．

テイオダマース Theiodamas, Θειοδάμας
ドリュオプスの人．*ヘーラクレースはこの地を通っている時に，食糧に窮して，テイオダマースの牛を殺して食った．ヘーラクレースの項を見よ．一説には彼はミューシアの王で，*ヒュラースの父．ヘーラクレースとヒュラースとを歓待しなかったので英雄に殺されたという．

ディオニューソス Dionysos, Διόνυσος
*バッコス（リューディア語?）ともいう．本来トラーキア・マケドニアの（主として女のあいだで行なわれた）宗教的な狂乱を伴う儀式を有する神であったらしく，それがギリシアに輸入され，女の熱狂的な崇拝をうけた．これをときの為政者たちが阻止しようとした事実が，*ペンテウスなどの神話となって記憶されているのであろう．女たちはこの神によって狂気のごとくになり，家を捨てて山野にさまよい，炬火や*テュルソス（杖を蔦でまき，頭に松露をつけたもの）を振りまわしつつ乱舞し，野獣を（神話では赤児をさえ）とらえて，八つ裂にし，生のままくらった．小アジアではディオニューソスは，自然の生産力の表象とも考えられ，豊穣神でもあった．彼自身，ときには牡牛，あるいは牡牛の角を有する者と呼ばれ，彼もその従者たる*マイナスたちともに鹿皮を身に纏った姿で想像されている．彼はのちに劇の神となっているが，これは劇が彼を主神とする祭とともに発達したことにもよるが，劇の源には彼と関係のある*シーレーノスや*サテュロスたちの姿をした合唱隊とその舞踊があり，また彼の崇拝にはマスクがいちじるしい特徴となっていることを思い合わせれば，単に彼の祭礼に行なわれたことよりも，むしろ彼の祭礼に本来つき物であったものから劇が発達した可能性の方が大きいように思われる．この神はギリシアでは葡萄の栽培とともに，主として酒の神となり，また一方彼のエクスタシーを伴う狂乱の祭は，やがて*アポローンの*デルポイの崇拝の中に加えられたことによってしだいに理性化され，鎮められたが，彼の信仰はオルペウス教とも関係があり，ここから神秘宗教中で彼は地下の冥界とのつながりを有するにいたった．ヘレニズム時代以後彼の秘教は大流行となり，やがてイタリアに移入された．古い時代には彼の従者は*カリスたちや*ホ

ディオニュ

ーラーたちであったが,のちには狂乱の女たち(*バッケーたち Bakchai, レーネーたち Lenai, *マイナスたち Mainades, *テューイアスたち Thyiades, バッサラーたち Bassarai または*バッサリスたち Bassarides などと呼ばれる)とシーレノス,サテュロス,*パーンその他の野生的な卑猥な者どもとなった.イタリアにおける彼の秘教は放恣な儀式が多かった.

ホメロスでは彼は神々のあいだでは重要な地位をもたず,葡萄作りの神にすぎなかったが,これはホメロスの叙事詩の貴族的性格によるものとも考えられ,この神の崇拝がいまだ新しかったことの証拠とはならない.神話中で彼はヘーシオドス以来*ゼウスと*セメレー(*カドモスと*ハルモニアーとの娘)との子となっている.ゼウスに愛されたセメレーはヘーラーに欺かれて,ゼウスがヘーラーに近づく時の姿で自分の所に来るように求めた.ゼウスは彼女にいかなる願いもかなえる約束をしていたので,やむを得ず電光と雷鳴とともに戦車に駕して彼女の臥床に近づき雷霆を放った.セメレーはために死んだが,ゼウスは六か月で彼女の胎内にあったディオニューソスをすばやく取り上げて,自分の太腿の中に縫い込んだ.月みちてディオニューソスが生れると,*ヘルメースは彼をオルコメノス王*アタマースと*イーノーにあずけ,少女として育て,ヘーラーの目から遁れるようにした.しかしヘーラーは怒って彼らを狂わせ,アタマースは子供の*レアルコスを鹿と思って狩り立てて殺し,イーノーは子供の*メリケルテースを煮立った大釜に投げ入れ,その死骸をだいて海に飛びこんだ.ゼウスはディオニューソスを仔鹿に変じてヘーラーより隠し,ヘルメースが彼をニューサ Nysa (場所不明)のニンフたち(*ヒュアデス)に育てさせた.

ディオニューソスの神話は,その後,さまざまな形で語りつづけられ,しだいに付加されて行ったので,これを年代的に分析することはかなり困難,ここでは単に物語を平面に叙することとする.成長したディオニューソスは葡萄の木を発見した.ヘーラーが彼を狂わしめたので,彼はエジプトとシリアをさまよい,まずエジプト王*プローテウスが彼を迎え入れたが,のちブリュギアの*キュベレーの所に赴き,そこで*レアーによって潔められ,その秘教の儀を学んだ.その後彼はトラーキアに旅した.*ドリュアースの子*リュクールゴスはエードーノス Edonos 人の王であったが,彼を侮辱し追放した最初の人であった.神は*ネーレウスの娘*テティスの所へ遁れたが,彼に従っていたバッケーたちやサテュロスら多くの者が捕えられた.しかし神はリュクールゴスを狂わしめ,王は自分の子を斧で打ち殺し,その身体のはしばしを切り取ったのち正気に帰った.しかしこの地は実らなかった.神はリュクールゴスが殺されたならば実るであろうと神託を下したので,人民は彼を馬に縛りつけて八つ裂にした.その後ディオニューソスは狂乱の従者たちを連れて,インドに至るアジアを征服したことになっているが,これはアレクサンドロス王のインド遠征以後に発達した話である.神はまたテーバイに来て,その婦人たちに窓を棄てて*キタイローン山中で乱舞せしめた.ペンテウス王はこれを阻止せんとして,かえって自分の母*アガウエーによって狂気のうちに四肢を引き裂かれた.彼女は彼を野獣だと思ったからである.ディオニューソスはテーバイの人たちに自分が神であることを顕わしてのちアルゴスに来た.そこでまたアルゴス人が彼を敬わないので,女たちを狂わしめ,彼女らは山中において乳呑子たちの肉をくらった.*メラムプースが彼女たちを治療した話については,同項を見よ.また*ミニュアースの娘たち(*ミニュアデス)を狂わしめた同様の話についても同項参照.ついで神はアッティカのイーカリアで*イーカリオスに葡萄の栽培を教えたのち,ナクソス Naxos 島へ渡ろうとして,テュレーニア Tyrrhenia 人の海賊船に乗った.彼らは神を奴隷に売ろうとして,アジアに急いだが,神は帆柱と櫂とを蛇に変え,船を蔦と笛の音でみたし,彼らは狂うて海中に遁れ,いるか(海豚)となった.

・神は母親を冥界より連れ戻すべく,地獄に降ろうと思ったが,道を知らなかったので,プロシュムノス(またはポリュムノス Polymnos)に道を尋ね,その報酬を地下より帰った時に与

える約束で，*レルネーの底無し沼より冥府に降り，セメレーを上界に連れて来て，*テュオーネーなる名を与えて，天上においた．しかしプロシュムノスはそのあいだに死んでいたので，彼の霊をなぐさめるべく男根の形の棒を切って，彫刻したという．また神は冥界で*ハーデースに母親と交換にミルトの木を譲ったが，これはディオニューソスの秘密会に人々がこの花の冠を戴く縁起物語である．*アリアドネーとの話は同項を見よ．またオリュムポスの神族と*ギガースたちとの戦で彼はテュルソスの杖で*エウリュトスを打ち殺した．

ディオニューソスはローマでは豊穣と酒の神*リーベル，エジプトでに*オシーリスと同一視されている．彼の聖なる植物は葡萄の木，蔦，動物では山羊，いるか(海豚)，蛇，虎である．前5世紀までは彼は男らしい有髯の姿で表わされているが，その後，男ではあるが女のごとき柔らかな丸みを帯びた美青年となった．オルペウス教におけるディオニューソスについてはザグレウスの項を見よ．

ディオニューソス・ザグレウス Dionysos Zagreus, Διόνυσος Ζαγρεύς　ザグレウスの項を見よ．

ディオーネー Dione, Διώνη　1. *ゼウス(Zeusの語根は *dyeu-, *diw-)の女性形．本来天空の女神か(?)．*ドードーナの神託所においてはゼウスの后であるが，のちに*ヘーラーがこれに代った．神々の系譜中では一般に天空神*ウーラノスと大地女神*ガイアの娘で，したがって*ティーターン神族の一人であるが，ときには*オーケアノスと*テーテュースの，ときには*アトラスの娘たち(プレイアスたちの項を見よ)の一人とされてもいる．ゼウスと交わって*アプロディーテーを生んだ．したがってアプロディーテーはディオーナイア Dionaia(《ディオーネーの娘》の意)，ときにはディオーネーとも呼ばれている．

2. *タンタロスの妻で，*ニオベーと*ペロプスの母．ただしタンタロスの妻の名には諸説があって一致しない(同項参照)．

3. 海神*ネーレウスの娘の一人．

デーイオネウス Deïoneus, Δηϊονεύς, 仏 Déionée　*イクシーオーンの妻ディーア Dia の父．娘を与える時に，慣例により贈物を求めたが，イクシーオーンは彼を炭火で一杯になった穴に突き落して殺した．

ディオメーデー Diomede, Διομήδη

1. *クストスの娘．*デーイオーンの妻．デーイオーンの項を見よ．

2. ラピトス Lapithos の娘．アミューグラス Amyklas の妻となり，*キュノルタースと*ヒュアキントスを生んだ．

3. レスボス島のポルバース Phorbas の娘．*アキレウスの奴隷で妾．

ディオメーデース Diomedes, Διομήδης, 仏 Diomède　1. *アレースと*キューレーネーの子．トラーキア王で人食い馬(四頭で，その名をポダルゴス Podargos, ラムポン Lampon, クサントス Xanthos, デイノス Deinos と呼んだという)をもっていた．*ヘーラクレースは，*エウリュステウスに命ぜられて，彼と喜んで行をともにする人々とともに，この馬を取りに海を渡り，馬の世話人どもを圧伏して馬を奪い，ディオメーデースを殺した．一説にはディオメーデースを馬に食わしめたという．エウリュステウスはこの馬を*ヘーラーに捧げたとも，放ったのでオリュムポス Olympos と呼ばれる山で野獣に食われたとも伝えられる．ヘーラクレースの項を見よ．

2. *カリュドーン王*オイネウスの子*テューデウスと*アドラストスの娘*デーイピュレーとの子．ホメーロスの《*イーリアス》中 *アキレウスにつぐ英雄．アグリオス Agrios の息子たちがオイネウスの王国を奪い，彼を幽閉して虐待したので，ディオメーデースは*アルクマイオーンとともにひそかにアルゴスから来て，二人以外のアグリオスの息子たちを殺し，オイネウスはすでに老年だったので，王国を，その娘*ゴルゲーの婿*アンドライモーンに与えて，オイネウスをペロポネーソスに連れて行ったが，アグリオスの息子たちが待ち伏せして，老人を殺害した．ディオメーデースは死体をアルゴスに運んで，彼の名を取ってオイノエー Oinoe と呼ばれている市に葬った．ディオメーデースはアドラストスの娘*アイギアレイア(一説では*アイギアレウスの娘)を娶ったのち，テーバイと*トロイアに出征した．テーバイへの出征は，*エピゴノイと呼ばれる，第二番目の，アルクマイオーンを主将とするテーバイにむかうアルゴスの七将の遠征である(アドラストスとアルクマイオーンの項を見よ)．

トロイア物語では，彼はアルゴスの兵を80隻の船に乗せて出陣，智勇兼備の将として描かれ，智将*オデュッセウスとつねに行動をともにしている．彼は*アテーナーの助けを得て*アレースと*アプロディーテーの二神と闘って傷つけ，多くのトロイア方の将を討った．彼は父祖以来親しい家の*グラウコスと戦場で相会して，鎧を交換した．オデュッセウスとともにト

デーイオー

ロイアの陣営に夜討ちをかけて*レーソスを討ち、*ドローンを殺した。また彼は*アガメムノーンとアキレウスを和解させるべく努力し、*パトロクロスの葬礼競技に参加した。ホメーロス以後のトロイア物語では、彼の役割はますます重要になっている。彼はオデュッセウスと共謀して*パラメーデースを殺し、オデュッセウスとともにレームノス Lemnos 島へ*ピロクテーテースを迎えに行き、この二人はまたトロイアから*パラディオンを盗み出した。

*オデュッセイア*ではディオメーデースは帰国後幸福に暮したことになっているが、その後彼にも帰国後さまざまの冒険が付け加えられるにいたった。彼の妻アイギアレイアは*コメーテース（あるいは*ヒッポリトスあるいはキュラバロス Kyllabaros) と彼の留守中に通じていた。これはアプロディーテーの彼に対する怒り、あるいは*ナウプリオスの陰謀によるものである。彼は*パラディオンをトロイアから持ち帰ったが、これをアテーナイの*デーモポーンに与えたとき、嵐でアッティカに吹き寄せられ、夜間にパレーロン Phaleron に上陸、海賊と誤認され、戦闘中に、パラディオンをアテーナイ人に奪われたともいう。その後イタリアに来て、*ダウヌス王の娘エウヒッペー Euhippe を娶り、ダウニア Daunia 王となって、ここで世を去った。彼はガルガヌム Garganum 岬沖の、彼の名によってディオメーデースの島と呼ばれた島に葬られ、彼の部下たちは鳥 (aves Diomediae) と化した。南イタリアのアプーリア Apulia 地方の多くの市が彼の創建に帰されている。またディオメーデースとダウヌスとの関係についても異説がある。

デーイオーン Deïon, Δηίων　*アイオロス(*ヘレーンの子)とエナレテー Enarete(*デーイマコスの娘)との子。*クレーテウス、*シーシュポス、*サルモーネウス、*カナケーらの兄弟。ポーキス王となり、*クスートスの娘*ディオメーデーを妻とし、一女アステロピアー Asteropia, 男児アイネトス Ainetos, *アクトール、*ピュラコス、*ケパロスを得た。

ディクテー Dikte, Δίκτη　*ブリトマルティスの別名、同項を見よ。

ディクテュス Diktys, Δίκτυς　セリーポス Seriphos の王*ポリュデクテースの兄弟。*ペルセウスと*ダナエーを保護した(同項参照)。彼の名は《網》を意味し、母子の入った箱を海岸で網にかけたことに関係があるか(?) 彼はときには単なる漁夫とされている。ポリュデクテースが石に化したのち、セリーボス島の王となった。

ディクテュンナ Diktynna, Δίκτυννα　*ブリトマルティスの別名。また*アルテミス・*ディアーナの称呼としても用いられる。

ディケー Dike, Δίκη　《正義》の意。その擬人神。*ホーラー女神たちの一人で、*ゼウスに人間の不正を報告した。ヘレニズム時代には彼女は青銅時代の人類の堕落に愛想をつかして、昇天して乙女座となったという話が生じた。ここから彼女はアストライアー Astraia 《星乙女》とも呼ばれている。

ディー (またはディー)・コーンセンテース Dei Consentes, Di Consentes　コーンセンテース・ディーを見よ。

ティーサメノス Tisamenos, Τισαμενός《復讐者》の意。1. *オレステースと*ヘルミオネーの子。父のあとを継いだが、*ヘーラクレイダイの帰還に際して、戦ってたおれたとも、アルゴスとスパルタよりヘーラクレイダイに追われたが、人民とともに退去の許可を得て、ペロポネーソス北岸のイオーニア人の所に退こうとし、イオーニア人は彼が智と勇とによって自分たちの支配者になることを恐れ、彼を襲撃したともいう。合戦が起り、彼は戦死したが、彼の部下は勝利を得て、ヘリケー Helike に籠ったイオーニア人を包囲、ついにイオーニア人がアッティカに退去の許可を乞うた。ティーサメノスの部下たちはこの地に住み、そこをアカイア Achaia と呼び、ティーサメノスのために壮大な葬礼を営んだ。彼の長子*コメーテースが王位を継いだ。このほかにティーサメノスにはダイメネース Daïmenes, スパルトーン Sparton, テリス Tellis, レオントメネース Leontomenes の四子があった。

2. *オイディプースの子*ポリュネイケースの子*テルサンドロスの子。母はデーモーナッサ Demonassa(*アムピアラオスの娘)。トロイア戦争で、父テルサンドロスは*テーレポスに討たれたが、彼はいまだ幼少であったので参加できなかった。成長してテーバイ王となり、一子*アウテシオーンを得た。しかしアウテシオーンは亡命して、*ヘーラクレイダイのもとにペロポネーソスに赴いたので、*ペーネレオースの子ダマシクトーン Damasichthon が王位を継いだ。

ティーシポネー Tisiphone, Τισιφόνη《殺人の復讐者(女性)》の意。

1. *エリーニュスの一人。*キタイローンを愛したが、自分の頭髪の蛇が彼を咬んで殺した。

2. *アルクマイオーンと*マントー(*テイレ

シアースの娘)との娘．彼女をコリントス王 *ク レオーンにあずけた．群を抜いて美しく成長し たため，クレオーンの后は夫が彼女を妻にする ことを恐れて，奴隷に売った．アルクマイオン は自分の娘と知らずに彼女を買い取り，侍女 としていたが，のち彼女を認知した．これはエ ウリーピデースの失われた劇の筋である．

ディース・パテル Dis Pater　ギリシア の*ハーデース・*プルートーンにあたるローマ の冥界の神．彼の崇拝は前249年に*プロセル ピナの崇拝とともに*シビュレー予言書によっ て公けに始められた．のちの文学ではディース は*オルクス(彼の別名)とともに単に冥府の代 名詞となっている．

ティスベー Thisbe, Θίσβη　ピューラモ スの項を見よ．

ティーターニス Titanis, Τιτανίς　*テ ィーターン神族の女神を指す．同項を見よ．テイ アー，レアー，テミス，ムネーモシュネー，ポ イベー，テーテュースの項を見よ．ティーター ンたちと交わって多くの神々を生んだ．なお上 記六柱のほかに，*ディオーネーが加えられるこ ともある．

ティーターノマキアー Titanomachia, Τι τανομαχία　*ティーターン神族とオリュムポ ス神族との戦．クロノスとゼウスの項を見よ． *ウーラノスと*ガイアがクロノスに，自分の子 によって支配権を奪われるであろうと言ったの で，クロノスは*ヘスティアー，*デーメーテー ル，*ヘーラー，*ハーデース，*ポセイドーンと 生れた子をつぎつぎに呑みこんだ．母レアーは 怒って，最後にゼウスが生れた時，これをかく し，石をむつきにくるんで，子供のごとくに見 せかけて，クロノスに呑ませた．ゼウスは成長 して，*オーケアノスの娘*メーティスの計によ り，クロノスに薬を与えて，子供たちを吐かせ， ゼウスは兄弟たちとともにティーターン神族と 十年間戦い，ガイアの予言により，クロノスに よって*タルタロスに投ぎこまれていた*キュク ロープスたちを番人の*カムペーを殺して，救 い出した．キュクロープスたちはゼウスに電光 と雷霆を，ハーデースにはかくれ帽を，ポセイ ドーンには三叉の戟を与え，オリュムポスの神 神はティーターン族を征服してタルタロスに幽 閉し，*ヘカトンケイルたちを牢番にした．

デーイダメイア De͞idameia, Δηϊδάμεια スキューロス Skyros 王 *リュコメーデースの 娘．*アキレウスが彼の王宮に女装でかくされて いるあいだに，彼女は彼と交わり，*ネオプトレ モスの母となった．

ティーターン Titan, Τιτάν　*ウーラノ ス《天》と*ガイア《地》とから生れ出た*オーケア ノス，*コイオス，クレイオス Kreios，*ヒュペ リーオーン，*イーアペトス，*クロノスの六柱 の男神と*テイアー，レアー，テミス，*ムネー モシュネー，*ポイベー，*テーテュースの六柱 の女神．このほかに*ディオーネーが加えられ ることもある．彼らはその名の示すごとくに， 一部はおそらくギリシア先住民族から継承した 神であり，一部はテミス《掟》，ムネーモシュ ネー《記憶》のごとき抽象名詞の擬人神である．彼 らはオリュムポス神族以前の原始の神々で，ク ロノスはウーラノスの生殖器をガイアの勧めに よって切り取って，父の支配権を奪ったが，こ の際オーケアノスのみはこの陰謀に加わらなか った．*ゼウスはティーターン神族と十年間闘 ったのち，*キュクロープスたちを味方にして， 勝利を得，ティーターンたちを*タルタロスに 幽閉し，*ヘカトンケイルたちを番人にした．こ の戦をティーターノマキアーという．この 戦闘と*ギガースたちとオリュムポスの神々と の戦である*ギガントマキアーはともに巨人族 との戦闘であるために，すでに古代作家が両者 を混同している．

なおティーターンなる名称はティーターンた ちの子孫たる*プロメーテウス，*ヘカテー，*レ ートー，とくに太陽神*ヘーリオス・ヒュペリ ーオーン，月女神*セレーネー・ポイベーを指 すにも用いられている．

ティテュオス Tityos, Τιτυός　*ガイアの 子．*ゼウスとエラレー Elare(*ミニュアースの 娘)の子ともいわれる．ゼウスは彼女と交わっ たのち，*ヘーラーを恐れて彼女を地中にかく し，その腹中にあった巨大な身体の子ティテュ オスを光明の世界に連れて来た．ヘーラーは彼 に*レートーに対する情欲を起こしめ，彼は彼 女を引き寄せたが，ゼウスが彼を雷霆で撃った とも，レートーの子*アポローンと*アルテミス が彼を射倒したともいう．彼は冥界にあって， 二羽のはげたか(兀鷹)がその肝を食い，彼の身 体は九ヘクタルの地を蔽っている．エウボイア には彼を祭った洞があった．

ディデュマ Didyma, Δίδυμα　ブランキ ダイ Branchidai, βραγχίδαι ともいう．ミーレ ートス Miletos 郊外にあった*アポローンの大 神託所．*ブランコスを祖とするブランキダイ家 がここを支配していた．

ディードー Dido, 仏 Didon　ウェルギリ ウスの《*アイネーイス》中，カルターゴーの女 王．しかし彼女の話は彼以前に古くより伝えら

れていた．彼女はフェニキアのテュロス王(その名はウェルギリウスでは*ベーロス，他説ではメトゲーノス Metgenos などと一定しない)の娘で，本来は*エリッサと呼ばれていた．父の死後兄弟の*ピュグマリオーンが王となり，彼女は叔父*シュカイオス(ウェルギリウスによる，他説ではシカルバース Sicharbas，*アケルバース)と結婚．ピュグマリオーンは彼の巨富をねらって，殺したが，ディードーはテュロスの貴族たちとともに財宝を船に乗せて遁れ，キュプロス島を経てアフリカに着いた．その地の王*イアルバースから牛皮で蔽い得るだけの地面の譲渡をうけ，皮を細く刻んで，これによって取り巻き得る地面を得て，城を造り，ビュルサ Byrsa《牛皮》と呼び，これを中心としてカルターゴーができあがって，繁栄した．イアルバースは彼女に求婚した．これを遁れるためにディードーは死んだ夫の魂を鎮めるためと称して三月の猶予を求め，最後に火葬壇を築いてその上に登って自殺した．その後この話に*アイネイアースが加わり，最初はディードーではなくて，その姉妹の*アンナがアイネイアースに恋して自殺したことになっていたらしいが，ウェルギリウスはこれをディードー自身に変えた．彼によれば，アイネイアースは嵐に遭ってカルターゴーに漂着，女王は彼に恋し，二人は狩のあいだに結ばれる．イアルバースはこれを知って怒り，*ゼウス・*ユーピテルに訴える．神はローマが南イタリアに建てられるべき運命にあることを知っているので，アイネイアースに立ち去ることを命じ，彼はこれに従ってディードーを棄てて出航し，ディードーは火葬壇に登って自殺した．

ティートーノス Tithonos, Τιθωνός *トロイアの*ラーオメドーンと*ストリューモーの子．*プリアモスの兄弟．*エーオースに愛され，二人から エーマティオーン Emathion と*メムノーンが生れた．エーオースは*ゼウスに恋人のために永遠の生命を乞いうけるが，永遠の青春を同時に願うことを忘れたために，彼はしだいに老衰して，ついに声のみとなったので，エーオースは彼をせみ(蟬)に変じた．

ティーピュス Tiphys, Τίφυς *アルゴナウテースたちの乗船*アルゴーの舵取り．ハグニアース Hagnias の子．ボイオーティアのシパイ Siphai の人．*アテーナーより航海の術を習った．*マリアンデューノイ人の王*リュコスの所で病で世を去った．アルゴナウテースたちの遠征の項を見よ．

デーイピュレー Deïpyle, Δηϊπύλη *アドラストスの娘．*テューデウスの妻，*ディオメーデースの母．

デーイピュロス Deïpylos, Δηΐπυλος トラーキア王*ポリュメーストールと*プリアモスの娘*イーリオネーとの子．彼女はプリアモスの子*ポリュドーロスが生れた時，ひそかにあずけられた．彼女は自分の子とポリュドーロスとを取りかえて，ポリュドーロスを自分の子と見せかけた．*トロイア陥落後，*アガメムノーンは娘の*エーレクトラーを与える約束で，ポリュメーストールにポリュドーロスの引き渡しを求め，彼を殺した．本当のポリュドーロスは*デルポイの神託で，両親が殺され，祖国は灰燼に帰したと告げられ，驚いて帰国，なんらその事がないので，母に尋ねて真実を知り，彼は母とともにポリュメーストールを盲にして殺した．ただしこれはアッティカのある悲劇の筋で，ポリュドーロスの運命については諸説がある．これに関してはポリュドーロス，ヘカベー，《ヘカベー》の項を参照．

ティーブルヌス または **ティーブルトゥス** Tiburnus, Tiburtus ティーブル(現在のティヴォリ Tivoli)の町の創建者．*アムピアラーオスの子で，イタリアに来住したといわれる．

ティベリーヌス Tiberinus ティベル河神とも．アルバ・ロンガ Alba Longa の王で，*アイネイアースの十代の後裔で，この河のかたわらで戦死し，それまではアルブラ Albula と呼ばれていたこの河の名が，ティベリス Tiberis となったともいう．さらにある所伝では，この河に名を与えたのは，*ヤーヌスとラティウムのニンフのカマセーネー Camasene の子で，この河で溺死したという．

デーイポベー Deïphobe, Δηϊφόβη *シビュレーの一人．同項を見よ．

デーイポボス Deïphobos, Δηΐφοβος *トロイアの*プリアモスと*ヘカベーの子．棄てられたパリスが成長してのち，最初に彼を認知した．ホメーロスでは，デーイポボスは勇敢な戦士であり，*ヘクトールが*アキレウスと闘った際，*アテーナーはデーイポボスの姿でヘクトールの側に立ち，彼を励まし，突然消えて，彼の死を決定的にした．パリスの死後彼は*ヘレノスと*ヘレネーを争い，勝ってヘレネーを妻とした．トロイア陥落の際，彼の邸をめぐってもっとも激しい抵抗が行なわれ，彼は*メネラーオスに討たれた．*アイネイアースは冥界で彼の魂に会っている．

デーイポンテース Deïphontes, Δηϊφόντης アンティマコス Antimachos の子．*ヘーラク

レース五代目の子孫．アルゴス王*テーメノスの娘*ヒュルネートーを娶った．王は彼を実子たちよりも可愛がったので，息子たちは王権がデーイポンテースに与えられるのを恐れて，父を殺した．王権はデーイポンテースに移ったが，息子たちは国外の助けを得て彼を追い，彼はエピダウロス Epidauros 王*ピテュレウスのもとに遁れ，その王座を護られた．その後息子たちの二人がヒュルネートーを奪い，デーイポンテースはこれを追って，一人を殺したが，ヒュルネートーも殺された．彼女はオリーヴの森の中に埋められて，神と祭られた．

デーイマコス Deimachos, Δηίμαχος 1. エナレテー Enarete (*アイオロスの妻) の父．

2. ピュロス王*ネーレウスの子の一人．

ティーマンドラー Timandra, Τιμάνδρα *テュンダレオースと*レーダーの娘．*エケモスに嫁し，一説では*エウアンドロスの母となった．*アプロディーテーをないがしろにしたため，狂気となり，*ピューレウスにさらわれ，ドゥーリキオン Dulichion に赴いた．

ディモイテース Dimoites, Διμοίτης *トロイゼーンの兄弟．その娘エウオーピス Euopis を娶ったが，彼女は兄弟を愛していた．これを知ったディモイテースはトロイゼーンにこれを告げた．彼女は怒って，彼を呪って自殺した．その後彼は海浜で美しい女の溺死体を見つけ，劇しい恋に襲われて，死体と交わったが，やがて死体は腐って仕舞った．彼は壮大な墳墓を造り，そこで自殺した．

ディーライ Dirae (単数 Dira) *フリアイに同じ．ギリシアの*エリーニュス・エウメニスたちのローマ名．

ティーリュンス Tiryns, Τίρυνς アルゴリスの旧都．*プロイトスの創設にかかり，*ペルセウスがそのあとを継ぎ，以後彼の子孫がここに住んだ．現在もわりあいによく保存され，*ミュケーナイ時代からの有名な*キュクロープスたちの築いたと称される巨大な城壁や建築の礎石が残っている

ディルケー Dirke, Δίρκη アンティオペー，アムピーオーンの項を見よ．テーバイ王*リュコスの妻．同地のディルケーの泉に名を与えた．アンティオペーを虐待したため，その子*アムピーオーンと*ゼートスはディルケーを牡牛に縛りつけて殺し，死体をディルケーの泉に投げこんだ．

テイレシアース Teiresias, Τειρεσίας, 拉 Tiresias テーバイの名高い予言者．*スパルトイの一人ウーダイオス Udaios の後裔，エウエーレース Eueres とニンフの*カリクローの子．彼は盲目であったが，その原因については三つの説がある．ある作家は彼が神々が人間から隠そうと欲することを明らかにしたためと言い，ペレキューデース (前 6 世紀の神話学者) の言うところでは，彼が*アテーナーが水浴している全裸の姿を見たので，女神は彼の眼を両手で蔽って盲にした．母のカリクローは視力を回復させることを願ったが，その代りに女神は彼に予言の力を与えた．しかしもっとも有名なのはつぎの話である．彼は*キュレーネー (あるいは*キタイローン) 山中で交尾している蛇を見，これを打ったところ，女になり，九年後ふたたび蛇の交尾を見て男に返った．*ゼウスと*ヘーラーが男女のうちでどちらが性交に際してより大きい快楽を感ずるかについて議論した時，彼に決定を乞い，彼は性交の喜びを 10 とすれば，男と女との快楽の比は 1 : 9 であると言ったので，ヘーラーは怒って彼を盲にし，ゼウスはその代りに予言の力を与えたのであるという．彼は非常に長寿であった．彼の名高い予言は無数である．彼は*アムピトリュオーンに*アルクメーネーを夜間に訪れたのはだれかを教え，*オイディプースの素姓を透視し，*クレオーンにテーバイを穢さぬよう彼を追放すべきことを命じ，テーバイにむかう七将の戦には，クレオーンの子*メノイケウスが*アレースに身を捧げれば，テーバイは勝利を得ることを予言，十年後の*エピゴノイの戦で，テーバイ人にアルゴス人の所に和議の使者を派し，彼ら自身は夜中に逃げるように勧めた．その夜彼はテルプーサ Telphusa の泉のそばで，その水を飲んで世を去った．あるいは彼と娘の*マントーは捕われ，*デルポイに送られる途中，老人の彼は疲労でたおれた．マントーは彼は死後もゼウスより予言の力を保つことを許され，*オデュッセウスは*キルケーの勧めにより，極西の国に赴き，彼の霊に会って将来のことを尋ねた．*ペンテウスに*ディオニューソスに反対せねように勧告し，*エーコーの姿が消えたのち，木魂が彼女であることを教え，*ナルキッソスの死を予告したのも彼であるといわれ，テイレシアースは時代を超越して，テーバイのただ一人の予言者となっている．

ティーレシアース Tiresias *テイレシアースのラテン名．同項を見よ．

ディンデュメーネー Dindymene, Διδυμηνή 小アジアのミューシア Mysia のペッシーヌース Pessinus 市近くの*キュベレーの聖山ディンデュモン Dindymon より，キュベ

レーに与えられた称呼.

デウカリオーン Deukalion, Δευκαλίων

1. *プロメーテウスと*クリュメネー(または*ケライノー)の子.*エピメーテウスと*パンドラーの娘*ピュルラーを娶った.*ゼウスが堕落した青銅時代の人間に(あるいは*リュカーオーンに)対して怒って、人類を大洪水で滅そうとした時、プロメーテウスの忠告により、デウカリオーンは箱船を建造、必要品を積み、ピュルラーとともに乗り、九日九夜水上を漂い、パルナッソスに着いた. 他の人間はすべて死滅した. 箱から出て、避難の神ゼウスに犠牲を捧げると、神は*ヘルメースを遣わして、なにごとでも望みをかなえようと言った. 彼は人間の生ずることを望み、神が(あるいは*テミスが)母の骨を背後に投げよと言ったのを、母なる大地の骨、すなわち石であると解し、石を拾って頭ごしに投げたところ、彼の石は男に、ピュルラーの石は女になった. 二人からギリシア人の祖たる*ヘレーン、*アムピクテュオーン、*プロートゲネイアが生れた.

2. *ミーノースと*パーシパエーの子. *メーリオネース(メーリオーン)の祖父.*テーセウスの友で、*カリュドーンの猪狩に参加した.

テウクロス Teukros, Τεῦκρος, 拉・英・独・仏 Teucer 1. *トロイア王家の祖.*スカマンドロス河神と*イーダイアー(*イーデー山のニンフ)の子. しかし彼は父スカマンドロスとともにクレータから来たもので、イーデーはこの島の山であるとする本紀もある. 神託が彼らに大地の子に襲われた場所に住むべしと告げた. トロイアに来た時、鼠が彼らの楯や弓の弦をかじったので、神託の意を解し、*アポローン・*スミンテウス《鼠のアポローン》の神殿を建立、この地に住んだ. アテーナイ人はテウクロスは自分の国のものであると主張している. テウクロスは*ダルダノスに娘バティエイア Bateia を与え、二人から*エリクトニオスが生れた.

2. サラミース王*テラモーンと*ヘーシオネーの子. 大*アイアースの異母弟. 兄とともに*トロイアに遠征、すぐれた射手で、勇戦して多くの敵将を討ち取った. アイアースが自殺した時に彼はミューシアに遠征していて居あわせず、帰って来て、兄の埋葬のために尽力した. 彼は木馬の勇士(シノーンの項を見よ)の中に数えられている. 帰国に際しアイアースの子*エウリュサケースと海上で別れ別れになり、かつアイアースを死なせ、その復讐をしなかったというので、テラモーンは怒って彼を追い払った. この際彼がアッティカのプレアッテュス Phre- attys湾で船上から最後の弁明を試みた故事により、アッティカより追放されたものは、祖国を去るに際して、ここで最後の弁明をする習慣が生じたという. 彼はシリアに行き、その王ベーロス Belos はキュプロスを征服中だったので、彼をこの島に住まわせた. 彼はサラミース市をこの島に創建、トロイアからの捕虜も市民の一部となった. 島の王キュプロス Kypros の娘エウネー Eune を娶り、一女アステリアー Asteria が生れた. 他の所伝では彼は平和裡にこの島に移住、*キニュラース王の娘エウネーを妻とし、数人の子ができたが、その中の一人アイアースAiasはキリキア Kilikia のオルベー Olbe 市を創建したという. 彼はキュプロスで世を去ったとも、テラモーンがサラミースより追われて、アイギーナに亡命しているのに会い、父に認められて、その王位を継いだとも、父の死の報に帰国したが、エウリュサケースに追い払われ、スペインに行き、後のカルターゴーを創建したともいわれる.

テウタロス Teutaros, Τεύταρος *アムピトリュオーンの羊飼をしていたスキュティア Skythia 人. *ヘーラクレースに弓術を指南し、自分の弓矢を彼に与えた.

テウトラース Teuthras, Τεύθρας 1. ミューシアの王. 母はリューシッペー Lysippe. テーレポスとアウゲーの項を見よ. 山中で猪を殺そうとしたところ、獣は人声を発して憐れみを乞い、*アルテミスの神殿に逃げこんだ. 女神は怒って彼を狂わしめ、癩病にした. 母は*ポリュエイドスの助けをかりて、女神をなだめ、彼の病は治癒した. この山は爾来テウトラーニア Teuthrania と呼ばれる、との言い伝えがある.

2. *トロイアで*ヘクトールに討たれたギリシア人.

3. *アイネイアースの部下の一人.

テオクリュメノス Theoklymenos, Θεοκλύμενος 1. *メラムプースの子マンティオス Mantios の子*ポリュペイデースの子. 殺人の罪で故国アルゴスよりピュロスに遁れ、そこで*テーレマコスに会い、彼に従って*イタケーに赴いた. テーレマコス、*ペーネロペーに*オデュッセウス帰国の近いことを、彼女の求婚者たちにその死の近いことを予言した.

2. エウリーピデースの悲劇《*ヘレネー》中、エジプト王*プローテウスと*プサマテーの子. ギリシア人の敵で、手中に入った者をすべて人身御供にした. プローテウスの庇護下にあった*ヘレネーを、父の死後、犯さんとし、彼女を助けた妹の*テオノエーを怒って殺さんとした.

同項を見よ．

《テオゴニアー》 Theogonia, Θεογονία
《神統記》．ヘーシオドスの作と称される天地開闢より神々の系譜を物語った 1022 行の詩．原始の*カオスに始まり，*ウーラノスと*ガイアとその子供たち*ティーターン神族，*キュクローブスたち，*クロノスとその子たる*ゼウスその他のオリュムポスの神々とティーターン神族および*テューポーンとの戦，ゼウスその他の神神の子孫，ついで諸々の男神女神のあいだの神，神々と人間の子に関する記述がある．この最後の部分は後代の偽作か(?) 本書は神話の神々の系譜の基礎となっている．

テオノエー Theonoe Θεονόη 1. エウリーピデースの劇《*ヘレネー》中，エジプト王*プローテウスの娘で*テオクリュメノスの姉妹．予言の力をもっていた．*ヘレネーのエジプト脱出を援けた．同項を見よ．彼女は一説には*メネラーオスの船の舵取り*カノーボスを愛したという．同項および*エイドテアーの項を見よ．
2. *テストールの娘．予言者*カルカースと*レウキッペーの姉妹．海賊にさらわれて，カーリア Karia の王*イーカロスに売られて，妻となった．テストールは娘を探しに出かけ，カーリアに漂着，自分も奴隷にされた．レウキッペーも*デルポイの神託により，二人を探しに出かけ，頭を剃って司祭に変装，同じく*カーリアに来た．テオノエーは男と思って彼女に言い寄って，拒まれ，彼女を捕えて投獄，知らずして奴隷のテストールにレウキッペーを殺すことを命ずる．獄中で彼が二人の娘を失い，さらにいままま殺人の罪を犯さんとすることを嘆く独言を聞き，父であることを知ったレウキッペーは，自殺せんとするテストールの手から刀を奪い取り，二人はテオノエーを殺さんとする．危険に臨んで父テストールの名を呼んだことから，父娘三人の対面がなり，イーカロスは彼らに贈物を与えて，国に送り返した．

テオパネー Theophane, Θεοφάνη トラーキア王ビサルテース Bisaltes の娘．*ポセイドーンが彼女を愛し，多くの求婚者から遠ざけるために，クルーミッサ Krumissa の島に移した．しかし求婚者が追いかけて来たので，自分は牡羊に，彼女を牝羊に変じ，二人の交わりから金毛の牡羊(*プリクソスと*ヘレーを助けた)が生れた．

テギュリオス Tegyrios, Τεγύριος トラーキア王．*エウモルポスがその子*イスマロスとともにエティオピアより追われ，彼のところに来た時，王は自分の娘をイスマロスに与えた．のち王に対して悪企みをしていることが知れ，二人はエレウシースへ遁れた．しかしイスマロスの死後，テギュリオスはエウモルポスを迎え，王国を譲った．

デクサメノス Dexamenos, Δεξαμενός
《迎える人》の意．*アウゲイアースに追われた*ヘーラクレースはアカイア Achaia のオーレノス Olenos のデクサメノスのところに来た時，自分の許嫁の，デクサメノスの娘ムネーシマケー Mnesimache を*ケンタウロスの*エウリュティオーンが無理矢理に妻にしようとしているのを見いだし，彼を殺し，ムネーシマケーと結婚した．他の所伝ではムネーシマケーは*ヒッポダメイアと混同されている．デクサメノスの娘テーロニーケー Theronike とテーライポネー Theraiphone は*モリオネの妻となった．

テクタモス Tektamos, Τέκταμος *ドーロスの子．ペラスゴイ人とアイオリス人を率いてクレータに侵入，*クレーテウスの娘を娶り，*アステリオスの父となった．彼はこの島のドーリス人の祖である．

デクマ Decuma 運命の女神*モイラたちの一人のローマ名．モイラの項を見よ．

テクメーッサ Tekmessa, Τέκμησσα プリュギアの王テレウタース Teleutas の娘．捕えられて*テラモーンの子*アイアースの奴隷となり，愛されて，一子*エウリュサケースを生んだ．アイアースおよび《アイアース》の項を見よ．

テゲアーテース Tegeates, Τεγεάτης アルカディア王*リュカーオーンの子．テゲア Tegea 市の創建者．*アトラースの娘*マイラを娶り，スケプロス Skephros とレイモーン Leimon の父となった．アルカディアの伝承では，クレータのそれに反して，*キュドーン，アルケディオス Archedios，ゴルテュス Gortys，*カトレウスは彼の子で，クレータ島に移住．キュドーニア Kydonia，ゴルテュス Gortys，カトレア Katrea 市を創建したという．

デケロス Dekelos, Δέκελος アッティカの小邑デケレイア Dekeleia に名を与えた祖．*ディオスクーロイが*テーセウスにさらわれた姉妹の*ヘレネーを求めて来た時に，彼らに彼女の居所を教えた．しかしときにこの役は*アカデーモスに帰せられている．

テスティオス Thestios, Θέστιος プレウローン王．アゲーノール Agenor (*プレウローンの子)の孫．母はデーモニーケー Demonike，父は*アレース．エウリュテミス Eurythemis あるいはデーイダメイア Deidameia (*ペリエ

ーレースの娘),あるいはラーオポンテー Laophonte (プレウローンの娘,したがって彼の大伯母)を妻とし,*アルタイアー(*メレアグロスの母),*レーダー,*ヒュペルムネーストラーの三女,*イーピクロス,エウヒッポス Euhippos,*プレークシッポス,エウリュピュロス Eurypylos の四男を得た.カリュドーン,メレアグロス,アルタイアーの項を見よ.なおテスピオスの娘ヒュペルムネーストラーはこのテスティオスの娘と同人であろう.

テストール Thestor, Θέστωρ　*イドモーンあるいは*アポローンとラーオトエー Laothoe との子.*カルカース,*テオクリュメノス,*レウキッペー,*テオノエーの父.アポローンの神官.テオノエーの項を見よ.

テスピオス Thespios, Θέσπιος　アッティカ王*エレクテウスの子.ボイオーティアのテスピアイ Thespiai 市を創建した.*メガメーデーを妻とし,50人の娘を得た.その母は,しかし,一人でなく,幾人かの妾もその中に入っているともいう.*ヘーラクレースが*キタイローンのライオン狩に赴いた時,テスピオスは彼を歓迎し,50人の娘と毎夜一人ずつ枕を交わさせ,多くの子供を得た.50夜のかわりに七夜,あるいは一夜の中にこれが行なわれたとする者もある.テスピオスはのち*メガラーから生れた子供をヘーラクレースが殺した時,その罪を潔めた.ヘーラクレースの項を見よ.なおテスピオス はしばしば*テスティオスと混同されている.テスティオスの項を見よ.

テスプロートス Thesprotos, Θεσπρωτός　アルカディア王*リュカーオーンの息子の一人.エーペイロス Epeiros に行って,テスプローティア Thesprotia の王となった.

テーセウス Theseus, Θησεύς, 仏 Thésée　アテーナイの国民的英雄.ドーリス族の英雄*ヘーラクレースに対抗して,テーセウスを中心とする一連の英雄譚が発達したらしい.

〔幼少期〕彼は普通アテーナイ王*アイゲウスとトロイゼーン王*ピッテウスの娘*アイトラーとの子とされているが,じつは*ポセイドーンの子とする説もある.アイゲウスは子がないので,*デルポイの神託に伺ったところ,酒袋の突き出ている口を解くことなかれ,との答えを得た.彼はその真意をはかりかね,ピッテウスに相談するため帰途トロイゼーンに立ち寄った.ピッテウスは神託の意を覚り,彼を酔わせて,娘アイトラーとともに寝かせ,彼女はテーセウスをはらんだ.しかし彼女がアイゲウスと枕を交わした夜,*アテーナーの送った夢にだまされて,彼女は*スパイロスに犠牲を捧げに行き,*ポセイドーンに犯され,子をはらみ,これがアイゲウスの子とされたともいう.アイゲウスはアイトラーに男児を生んだならば,だれの子か言わずに育てるように命じ(彼は自分に子がなければ王位継承権を有する*パラースの息子たちの陰謀を恐れたという),ある岩の下に刀とサンダルとをかくし,子供がこの岩を起して,これらの物を取ることができた時,これらの品とともに彼を送り出すように命じた.

テーセウスはコンニダース Konnidas なる者に養育された.彼は歴史時代にテーセウスの祭の前日に犠牲をうけていた.ヘーラクレースがピッテウスを訪れた時,他の子供は英雄のライオンの皮を見て驚き逃げたが,七歳のテーセウスのみは召使の刀を取って,ライオンに立ちむかったと伝えられる.青年期に入って,*デルポイでアポローンに頭髪を捧げる時,アバンテス Abantes 族式に,頭髪全部ではなくて,前髪だけを捧げ,これがその後の習慣となった.

〔野盗退治〕成長し16歳になった時,アイトラーは彼に素姓を教えた.彼はやすやすと岩を押しのけて,刀とサンダルとを手に入れ,母やピッテウスの忠告にもかかわらず,安全な海路を取らず,当時ヘーラクレースが*オムパレーの奴隷になっていたために留守にしていたために,猛獣野盗の跳梁していた危険な陸路をアテーナイにむかい,途中で鉄棒で人を殺していた*ペリペーテースとエピダウロス Epidauros で,松を曲げて通行人を縛り,殺していた*シニスをコリントスの地峡で,その育て親の老婆の名に*パイアと呼ばれた牝猪をクロムミュオーン Krommyon で,通行人を海に蹴落して大亀の餌食としていた*スキーローンを同名の岩で,通行人に相撲を強いて殺した*ケルキュオーンをエレウシスで,旅人をベッドに寝かせ,その長さに身体を引き延ばしたり,切りちぢめたりして殺していた*プロクルーステースをその近くで退治し,かくて街道の悪人どもを掃蕩して,アテーナイにつき,*ピュタロスの後裔に殺人の罪を潔められた.

〔*メーデイアとマラトーンの牝牛〕この時メーデイアがアテーナイに来てアイゲウスの妻になっていたが,テーセウスの素姓を知り,自分の子と知らずに彼を恐れているアイゲウスに,陰謀を企てているから用心するように説いた.そこで王はテーセウスをマラトーンの猛牛退治にやった.この牛はヘーラクレースがクレタから連れて来たものといわれている.同項を見よ.マラトーンへの途中テーセウスは*ヘカレ

テーセウス

ーなる老婆に歓待され、一夜を過した。彼女はテーセウスが無事に帰って来た時には、*ゼウスに犠牲を捧げることを約したが、テーセウスがこの牛を退治して帰ると、彼女は死んでいて、すでに火葬壇上にあった。彼は彼女のためにゼウス・ヘカレーシオス Eekalesios の祭を創設した。アイゲウスはメーデイアの勧めにより、テーセウスを招き、彼女から得た毒薬を混じた飲物を彼に供した。テーセウスは肉を切るために例の刀を用いたので、あるいはその刀をアイゲウスに贈ったので、アイゲウスはわが子と知り、毒薬の盃を叩きのけ、テーセウスを認め、メーデイアを追い払った。

〔クレータの冒険〕ミーノースはわが子*アンドロゲオースがアッティカで殺されたのを怒って、アテーナイを攻め、七人の少年と七人の少女とを、武器をもたずに半人半牛の怪物*ミーノータウロスの餌食に九年ごとに送ることを強いた。その第三回目の時、テーセウスは不平を言う人民を慰めるため、みずから志願した、あるいはミーノースが彼を選んだので、この一行に加わった。アイゲウスはテーセウスに、船が黒い帆をもっていたから、無事帰還のおりには白い帆を張るように命じた。船の舵取りはサラミース王*スキーロスの送った*ナウシトオス、一行中にはスキーロスの孫メネステース Menesthes, メガラ王*アルカトオスの娘*ペリボイア（またはエリボイア Eriboia）があった。バッキュリデース（前5世紀前半の詩人）の作品中では、ミーノースみずからこの貢物を受け取りに来て、船中でペリボイアに恋し、彼女はテーセウスに助けを求める。テーセウスはミーノースをなじる。ゼウスの子ミーノースは父神に祈ると、雷霆が轟きわたる。テーセウスはミーノースが海中に投じた黄金の指輪を追って、さかまく波の中に飛び込み海底の父なるポセイドーンの宮を訪ね、歓待をうけ、指輪をもって浮び上る話が歌われている。クレータに着いた彼をミーノースの娘*アリアドネーが見て、恋心を抱き、結婚を条件に彼を援け、*ダイダロスの教えによって、テーセウスがミーノータウロスの住む迷宮*ラビュリントスに入る時に、糸玉を与えた。彼はこれを扉に結びつけ、引きつつ内に入り、迷宮の奥に怪物を見いだし、拳で打ち殺し、糸玉を引いてふたたび外に出た。しかし一説にはアリアドネーは*ディオニューソスからの婚約の贈物である光輝を発する冠を彼に与え、その光でテーセウスは迷宮内を迷わずに歩けたともいう。この冠は、またテーセウスが海底の宮で*アムピトリーテーより贈られたもの

であるとする者もある。

テーセウスはアリアドネーおよび他の少年少女を伴い、船で遁れ、夜のあいだにナクソス（当時ディーア Dia と呼ばれた）島に着いたが、アリアドネーが眠っているあいだに、この島に置き去りにした。その原因については種々の説（テーセウスにはすでにポーキスの*パノペウスの娘*アイグレーなる恋人があった、アリアドネーに恋したディオニューソスの命には、ディオニューソスが彼女をさらった、*ヘルメースあるいはアテーナーの命によるなど）がなされている。帰途テーセウスらは*デーロス島に立ち寄り、迷宮にちなんで複雑な踊りを舞い、これはデーロス島で《こうのとりの舞》なる名のもとに保存されていた。テーセウスはアリアドネーのために悲しんで、港に着くとき船に白い帆を張るのを忘れた。アイゲウスはアクロポリスよりその船が黒い帆をもっているのを見て、わが子が死んだものと思い、その絶望から身を投じた。一説では彼は海中に身を投じ、それ以来この海はアイガイオン Aigaion の海と呼ばれるにいたったともいう。

〔王となってのちのテーセウス〕テーセウスは父の死後王位につき、王位継承の望みを失った彼の従兄弟である50人のパラースの息子たちは叛乱を起したが、彼は彼らをたおし、同じく彼に反対せんとした者たちも彼に殺され、彼は全支配権を掌握した。つぎに彼はアッティカにある多くの村や町を合して、アテーナイを主都とする一国家を形成（これを《シュノイキスモス》synoikismos という）、メガラを征服し、ヘーラクレースがゼウスのために*オリュムピア競技を創設したのと同じく、ポセイドーンのためにコリントスに*イストミア祭の競技を開いたという。このほか彼には種々のアッティカの民主主義国家の制度やパンアテーナイア Panathenaia 祭が帰されている。彼はヘーラクレースとともに、あるいは単独で、*アマゾーンの国に遠征し、*アンティオペー（あるいは*ヒッポリュテー、あるいは*メラニッペー）を奪った。アマゾーンたちはアテーナイに攻め寄せ、アレースの丘の付近に陣を張ったが、テーセウスはアテーナイ人とともに彼女らを破った。一説にはテーセウスは奪ったアマゾーンと結婚し、一子*ヒッポリュトスが生れたにもかかわらず、ミーノースの娘*パイドラーを*デウカリオーン（ミーノースの子）より与えられ、彼女と結婚したため、この結婚の式が行なわれている最中にテーセウスと結婚したアマゾーンがアマゾーンたちとともに武装しておし寄せ、宴に集まった

者を殺そうとしたので、彼らは急ぎ扉を閉じて、彼女をたおしたとも、彼女は戦闘のあいだにテーセウス自身の手にかかって死んだともいう。パイドラーとヒッポリュトスの恋に関しては、同説を見よ。

テッサリアの*ラピタイ族の王*ペイリトオスはテーセウスの盛名を聞いて、彼をためさんものと、マラトーンに来て、テーセウスの牛群を奪い、これを防ぎに来たテーセウスに会ったところ、二人は一目にして親友となり、テーセウスはペイリトオスの結婚の席で、ラピタイ族に味方して*ケンタウロスたちと闘った(ペイリトオスの項を見よ)。その後二人はおのおのゼウスの娘と結婚する約束をし、テーセウスは自分のためにスパルタから当時十歳の*ヘレネーを奪い、ペイリトオスのためには*ペルセポネーを妻にせんものと、二人して冥府に降った。その留守中にヘレネーの兄弟の*ディオスクーロイがラケダイモーン人およびアルカディア人とともにアテーナイに侵入、ヘレネーとテーセウスの母アイトラーを連れ去った。しかしテーセウスとパイドラーの子*アカマースと*デーモポーンは遁れた。ディオスクーロイは亡命している*メネステウスを連れ戻してアテーナイの支配権を彼に与えた。テーセウスとペイリトオスが冥府についた時、*ハーデースは彼らを歓待するかのごとくに装って、まず忘却の椅子に坐るようにと言った。二人は知らずに坐ると、この椅子は彼らについて離れず、大蛇が彼らを巻いてしまった。ペイリトオスは地獄に留まったが、テーセウスは、そのまま留まったとも、ヘーラクレースが*ケルベロス犬を取りに来た時に救い出されて、アテーナイに戻ったともいう。

テーセウスは王位にあった時に、*オイディプースをコローノス Kolonos に迎え(同項を見よ)、埋葬を禁じられたテーバイ攻めのアルゴスの七将のためにテーバイに出陣して、埋葬し(アドラストス、アムピアラーオス、《救いを求める女たち》の項を見よ)、狂って子を殺したヘーラクレースを助けた(同項を見よ)。また*カリュドーンの猪狩や*アルゴナウテースたちの遠征にも参加したとする説もある。

〔死〕冥府から帰来したテーセウスはメネステウス一派の扨逆にあい、子供たちをエウボイアの*エレペーノール(*カルコードーンの子)のもとに送り、自分はスキューロス島の王*リュコメーデースのところに来た。はじめクレータのデウカリオーンのもとに行こうとして、嵐でスキューロスに吹き寄せられたとも、自分の意志で親族にあたるリュコメーデースのところに来たともいう。リュコメーデースは彼を迎え入れ、高い断崖より彼を突き落した、あるいは夕方テーセウスが一人で散歩に出て、落ちて死んだ。そのあいだにメネステウスがアテーナイの王位にあり、デーモポーンとアカマースとは*トロイアに出征していたことになっている。

マラトーンの戦の時に、ギリシア軍の先頭に巨人が現われて敵と闘ったが、彼らはこれをテーセウスであると覚った。ペルシア戦争後デルポイの*アポローンの神託により、アテーナイの将軍キモーン Kimon はスキューロス島に英雄の遺骸を収めた石棺を発見、テーセウスのものとしてアテーナイに持ち帰って埋葬した。

テッサロス Thessalos, Θεσσαλός 1. *カルキオペー(エウリュピュロス Eurypylos の娘)あるいは*アステュオケー(*ピューラースの娘)と*ヘーラクレースとの子。後者の場合は*トレーポレモスの兄弟。コース Kos の王。*ペイディッポスと*アンティポスの二子を*トロイア戦争に送った。トロイア陥落後二人はテッサリアに住み、父の名をこの地に与えた。

2. *メーデイアと*イアーソーンとの子。母から遁れて、*アカストスの世を去った時イオールコスに赴き、その王となり、自分の名によってこの地をテッサリアと呼んだ。

3. ローマの史家によれば、テスプローティア Thesprotia のグライコス Graikos の子。テッサリアの地を征服し、王となった。

4. *ハイモーンの子。同項を見よ。

テティス Thetis, Θέτις 海の老人*ネーレウスと*ドーリスとの娘の一人。したがってテティスは海の女神で、父とともに海底に住んでいた。*ヘーラーに育てられたため、二人の女神は愛情で結ばれ、*ヘーパイストスが母のために天上よりレームノスに投げ落された時、彼を介抱した。*ディオニューソスが*リュクールゴスに追われた時にも、この神を迎え、神は彼女にその礼として黄金の壺を与えた。*ゼウスと*ポセイドーンは彼女を妻に望んだが、*テミスより彼女の子は父より偉大になるとの予言を聞いて思いとどまった(*プロメーテウスは母テミスよりこのことを知り、ゼウスの暴戻に対する武器として利用したともいう)、あるいはテティスはヘーラーのためにゼウスの申し出を断った。そこでゼウスは彼女を人間に与えることとし、*ペーレウスは*ケイローンよりこの事を聞き、その教えにより、種々に身を変じて遁れる女神を捕えて放さず、ついに自分の妻とし、*アキレウスを得た。一説には女神は七人を生んだが、アキレウスにしたと同様に、火によって子供を不

死にせんとして，焼き殺し，アキレウスのみ父が見つけたため，死をのがされたという．テティスはアキレウスの安全のため，あらゆることをしたが，ついに成功しなかった．アキレウスおよびテネースの項を見よ．ペーレウスとテティスの結婚に，天上の神々はすべて出席して，これを祝ったが，*エリス《争いの女神》のみは招かれなかったので，黄金の林檎を投じ，これが*トロイア戦争の原因となった．エリスおよびパリスの項を見よ．のち女神は*ネオプトレモスに他の*アカイア人とは異なり，二日間テネドスTenedos島に留まった後，出発することを勧め，彼を嵐に遇わないようにした．

テーテュース Tethys, Τηθύς　*ティータン神族の女神．*ウーラノスと*ガイアの娘．兄弟の*オーケアノスの妻となり，世界中の河川の神々と三千人の*オーケアニデス Okeanidesの母となった．オーケアノスの項を見よ．*レアーに託されし*ヘーラーを育て，ヘーラーは仲たがいしたオーケアノスとテーテュースを和解させた．テーテュースは太陽の沈む遠西の涯に住んでいると思われていた．

テネース Tenes, Τέννης　テネドス Tenedosの島にその名を与えた祖．*キュクノス（または*アポローン）とプロクレイア Prokleia（*ラーオメドーンの娘）の子．妻の死後キュクノスはピロノメー Philonome を娶った．彼女はテネースに言い寄って拒絶され，キュクノスにテネースが自分を犯さんとしたと讒言した．キュクノスはこれを信じ，テネースと妹の*ヘーミテアーを箱に入れて海に流したが，神々の保護により，二人はレウコプリュス Leukophrys, のちのテネドスの島に漂着，住民は彼を王とした．キュクノスはのち真実を知って，仲直りに来たが，テネースは応ぜず，父の船の繋留の綱を断ち切った．ギリシアの*トロイア遠征軍がテネドスに来た時，石を投じて阻止せんとし，*アキレウスに殺された．キュクノスもともに殺されたとの伝えもある．一説には彼はアキレウスが妹に近づくのを阻止せんとして，殺されたともいう．彼を祭った神殿ではアキレウスの名は禁物であり，またエウモルポス Eumolposなる笛吹きがテネースに対して，継母に有利な偽証を行なったために，笛吹きもここに立ち入ることを禁じられていた．*テティスはアキレウスにアポローンの子を殺せば自分も死ぬことを予言しておいたにもかかわらず，テネースを殺したために，彼はみずから自分の運命を封じたとの話もある．ムネーモーンの項を見よ．

《テーバイにむかう七将》 Hepta epi Thebas, Ἑπτὰ ἐπὶ Θήβας, 拉 Septem contra Thebas 紀元前467年に《*ラーイオス》，《*オイディプース》，サテュロス劇《スピンクス》とともに大ディオニューシア祭に上演された，アイスキュロスの劇．この作以外は伝わっていない．*オイディプースが自分の素姓を知って盲となった時，国を追われんとする彼をかえりみない*エテオクレースと*ポリュネイケースの二人の子に対し，彼は二人がたがいの手にかかって死ぬだろうと呪う．王国を毎年交互に治める約束にもかかわらず，エテオクレースはポリュネイケースに年が変っても王位を譲らず，ポリュネイケースはアルゴス王*アドラストスのもとに遁れ，その娘を妻とし，王の指揮の下に七将がテーバイに攻め寄せる．劇はここで始まる．テーバイ人を激励しているエテオクレースのもとに使者が来てアルゴス方の様子を報告．テーバイの乙女らの合唱隊は不安の心を表明するが，エテオクレースは叱り静める．彼はアルゴスの七将に対して自分を加えて七人の将を配せんと誓う．ついで使者は七門にむかう敵将を一人一人描写し，エテオクレースはこれに対してテーバイの将をあてる．最後にポリュネイケースに対して彼はみずから立ちむかう決心をする．乙女らはこれを止めんとするが，彼の心をまげる力はない．《神々の送る禍より遁れる術はない》と言い放って彼は立ち去る．使者の報告によって，兄弟は死んだが，テーバイ市は救われたことを知った合唱隊の前に，*アンティゴネーと*イスメーネーの姉妹につき添われた葬列が来る．姉妹は交互に挽歌を歌う．布告使が現われて，ポリュネイケースに葬礼を与うべからずとの命令を伝える．アンティゴネーは国令を犯しても葬礼を与える決心を表明する．

劇はここで終っている．他の同時上演の作が伝存しないために，筋を十分に追うことはできない．葬列以後の場面を後代の付加物とする考えもある．《テーバイ物語》の項を見よ．

テーバイ物語　*オイディプースが盲目となって王位を追われたのち（同項を見よ），その子*エテオクレースと*ポリュネイケースは王位に関して協定し，たがいに一年ずつ交代して治めることにきめた．しかしエテオクレースが王位についてのち，兄弟に譲らず，ポリュネイケースはテーバイより追放され，*カドモスの后*ハルモニアーが結婚のおりに神々より授けられた秘宝頸飾と長衣（ペプロス）とをもってアルゴスに来て，*アドラストスの婿となり，王は彼といま一人の婿*テューデウスに彼らの失った王位回復を約束する（これらの項を見よ）．まず

テーバイに軍を進めるべく諸将を集めたが，予言者で勇将の*アムピアラーオスは，この遠征に加わった者はアドラストス以外はすべて死すべき運命にあることを知り，反対した．しかしポリュネイケースはアムピアラーオスの妻でアドラストスの姉妹*エリピューレーを頸飾で買収し，夫に軍に加わるように説かせた．それはかつてアドラストスとアムピアラーオスが争った時に，仲直りしたあとで，今後は二人の間のいかなる不和もエリピューレーに裁かせると誓ったからである．彼はやむなく出征し，出発のおりに息子たちに成人の暁には母を殺し，テーバイに遠征するよう命じた．

アドラストスとともにテーバイにむかった七人の将は*タラオスの子アドラストス，*オイクレースの子アムピアラーオス，*ヒッポノオスの子*カパネウス，*アリストマコスの子*ヒッポメドーン（以上アルゴスの将），オイディプースの子ポリュネイケース，*オイネウスの子テューデウス，*メラニオーンの子*パルテノパイオスである．一説にはポリュネイケースとテューデウスを七人の中に数えず，*イーピスの子*エテオクロスと*メーキステウス（アドラストスの兄弟）とを入れている．テーバイにむかう途中ネメアに立ち寄り，ここで*アルケモロス・*オペルテースの挿話があった（同項とヒュプシピレーの項を見よ）．*キタイローンに来た時，テューデウスを使者として，協定のごとくにポリュネイケースに王権を譲るよう申し入れたが，エテオクレースは耳をかさなかったので，テューデウスはテーバイ人と一騎打ですべての者に勝ち，彼を待ち伏せした50人の者を*マイオーン以外はすべて殺して，帰った．テーバイには七つの門があり，七将はおのおの，アドラストスはホモローイダイ Homoloidai 門，カパネウスはオーギュギアイ Ogygiai 門，アムピアラーオスはプローイティダイ Proitidai 門，ヒッポメドーンはオンカイダイ Onkaidai 門，ポリュネイケースはヒュプシスタイ Hypsistai 門，パルテノパイオスはエーレクトライ Elektrai 門，テューデウスはクレーニダイ Krenidai 門に布置された．テーバイ方もエテオクレースは同数の将に門をかためさせた．予言者*テイレシアースの言葉によって，*クレオーンの子*メノイケウスは国を救うために*アレースに身を捧げるべく城門の前で自害した．戦闘上となってテーバイ人は追いつめられて城内に逃げこみ，カパネウスは梯子をひっつかみ，城壁によじ上らんとした時，*ゼウスは雷霆を投じて彼を撃った．これでアルゴス人は敗北した．両軍の決議によっ

てエテオクレースとポリュネイケースは王座を賭して一騎打を行ない，相討となった．ふたたび激戦となりアスタコス Astakos の子*イスマロス，レアデース Leades，アムピディコス Amphidikos はおのおのヒッポメドーン，エテオクロス，パルテノパイオスをたおした．しかしエウリーピデースの《*フェニキアの女たち》では，パルテノパイオスを討ち取ったのは*ポセイドーンの子*ペリクリュメノスになっている．アスタコスのいま一人の子*メラニッポスはテューデウスの腹に致命傷を与えた．アムピアラーオスはペリクリュメノスに追われて遁れるあいだに，イスメーノス Ismenos 河の近くでゼウスが雷霆を投じて大地を引き裂き，アムピアラーオスは戦車および御者の*バトーン（一説にはエラトーン Elaton）もろとも地中に姿を消したと伝えられる．アドラストスだけは名馬*アレイオーンの快速によって救われた．

クレオーンはテーバイの王位を継承し，アルゴス人の死骸の埋葬を禁じたが，オイディプースの娘*アンティゴネーはひそかにポリュネイケースの死体に葬礼を行ない，発見されて死刑に処せられた（同項を見よ）．アドラストスはアテーナイに来て，死者の葬礼が行なわれることを願った．*テーセウスはテーバイに来て，アルゴス人の葬礼を行なった．

十年後七将の子供たちがテーバイを攻めて，これを落した．これについてはエピゴノイ，アルクマイオーンの項を見よ．

テーバイ攻防に関する英雄伝説は《テーバイス》Thebais その他の叙事詩に歌われ，またアイスキュロスの《*テーバイにむかう七将》，ソポクレースの《*アンティゴネー》やエウリーピデースの《フェニキアの女たち》，《*救いを求める女たち》など多くの悲劇の題材となっている．これらの項を見よ．

テーベー Thebe, Θήβη　1. *プロメーテウスとあるニンフの娘．ボイオーティアのテーバイに名を与えた．

2. *ゼウスとイーオダメー Iodame (*デウカリオーンの曾孫) の娘．同じくテーバイに名を与えたといわれる．

3. *アーソーポス河神の娘で*ゼートスの妻．同じくテーバイにその名を与えたといわれる．

4. 小アジアのアドラミュットス Adramyttos の王アドラミュス Adramys (ペラスゴスの子) の娘．王は競走で自分に勝った者に娘を与える約束をし，*ヘーラクレースが勝ってテーベーを貰った．その記念にキリキアに一市を創建，テーベーの名を与えた．このテーベーは，

しかし，*カドモスの兄弟*キリクスの娘とする者もある．

5. ナイル河の娘で，エジプトのテーバイの祖．

テミス Themis, Θέμις　1. 確固不変の《掟》の意．その擬人神．ヘーシオドスでは*ウーラノスと*ガイアの娘．*メーティス《智》についで，*ゼウスの二番目の妻．*ホーライ《季節》，*モイライ《運命》，*アス・ライアー《乙女座，正義と徳》，*エイレーネー《平和》，*エーリダノスのニンフたちの母．*ヘスペリデスもときに彼女の娘とされている．アイスキュロスでは*プロメーテウスの母もテミスこなっている．彼女は*ティーターン神族中オリュムポスの神々と変らぬ生活をなし得ただ一人の神で，予言の術に秀で，*アポローン以前に*デルポイに神託所を有し，彼に予言の術を授けた．ホメーロスでは彼女は神々を会議に召集し，その宴会を取り締まる役目を与えられている．

2. *エウアンドロスの母．カルメンタの項を見よ．

テミストー Themisto, Θεμιστώ　ヒュプセウスHypseus(*ペーネイオス河神の子)と*クレウーサとの娘．テーバイ王*アタマースの三番目の妻．*レウコーン，エリュトリオス Erythrios, *スコイネウス, プトーオス Ptoos の母．アタマース，イーノー，レウコテアーの項を見よ．

デーメーテール Demeter, Δημήτηρ　ギリシアの穀物および大地の生産物の女神．ローマ人は彼女を*ケレース《同項参照》と同一視した．*クロノスと*レアーの娘．彼女の娘*コレー Kore《娘》の意》・*ペルセポネーとともに単に《二柱の女神》としてギリシア各地で祭られているが，崇拝の中心はアッティカのエレウーシス Eleusis であった．デーメーテールへの《ホメーロス讃歌》によれば，ペルセポネーは*ゼウスとデーメーテールの娘で，冥界の王*ハーデース・*プルートーンはペルセポネーに恋し，ゼウスの助力を得て彼女がニューサ Nysa (一説ではシリシアのエンナ Enna)の野で花を摘んでいる所に，突然現われられて，地下に帰った．なおこの場所については種々の異説がある．デーメーテールは娘を求めて炬火を手に世界をへめぐり，太陽神*ヘーリオス(あるいはヘルミオーネ Hermione の住民)よりハーデースが娘を奪ったことを聞き，またゼウスもこの計画に加わっているのを知り，憤慨して天界を捨て，身を一老女に変じて，エレウーシスに来た．まずカリコロン Kallichoron《美しき舞》の井戸のそばのアゲラストス Agelastos《笑いなき》と呼ばれた石に坐った．ついでエレウーシス王*ケレオスの所に赴いた．その時*イアムベーなる一老女が冗談を言って女神を笑わせた(これがためにテスモポリア Thesmophoria 祭で女たちは嘲罵を逞しくするのであるという)．ケレオスとその妻*メタネイラの子*デーモポーン(あるいは*トリプトレモス)の乳母となり，彼を不死にすべく夜な夜な赤児を火中に入れて，その死すべき部分を焼きつくそうとしていたのを，メタネイラ(あるいは*プラークシテアー)に発見されて果さず，そこで女神は本身を顕わした．女神が天に帰らないので，大地はみのらず，人々は困った．ゼウスはハーデースにペルセポネーを帰すよう命じた．しかし彼女は冥界でざくろ(柘榴)の実を食べたために，冥界の掟によって帰ることができないで，ゼウスは毎年三分の一はハーデースとともに，他は神々とともに暮すようにした．ペルセポネーがざくろを食べたのを告げたのは*アスカラボスだという．この話はエレウーシスの秘教の神話であって，ペルセポネーは穀物の種であり，彼女は播かれて地下にあり，芽生えて地上に出る．デーメーテールは大地と豊穣の女神として，当然死者の場所たる地下と関係がある．アッティカにおけるエレウーシス秘教の主祭は初秋のボエードロミオーン Boedromion の月に盛大に挙行された．エレウーシスの伝えによると，女神はケレオスの子トリプトレモスに穀物栽培の法を教え，彼は全世界の人類にその知識を伝えた．デーメーテール・テスモポロス Thesmophoros《掟をもたらす者》の祭テスモポリア祭もまた豊穣を祈るために，女だけで行なった祭で，10〜11月頃にあたるピュアネプシオーン Pyanepsion の月の11〜13日に挙行された．

デーメーテールが娘を探してさまよっているあいだに，各地に彼女の行動に関する伝えが残された．シキュオーン Sikyon では水車を発明したといわれ，また他所で豆，いちじく(無花果)等の栽培を教え，多くの土地の彼女の神殿は彼女の滞在をその縁起としている．アルカディアでは彼女は地下神としての*ポセイドーンと馬形で交わった話が伝わっている．フィガリア Phigalia のデーメーテールとテルプーサ Thelpusa の黒いデーメーテールがこれで，彼女よりデスポイナ Despoina《女主》と名馬*アレイオーンが生れた．デスポイナは恐るべき女神で，本名を口にすることがないように，単に《女主》と呼ばれているが，ペルセポネーと同じであるらしい．デーメーテールの夫はヘーシオドスでは，ポセイドーンではなく，ゼウスであ

テーメノス

る．また《*オデュッセイア》では，彼女が畑で*イーアシオーンと交わったため，ゼウスは彼を雷霆で撃ち殺した話があり，この際*プルートスが生れた．*エリュシクトーンが彼女を怒らせた時，女神は彼に飽くことのない飢えを与えた．このように女神は恐るべき地下の神でもあった．彼女はまた*ヘーパイストスとシシリアを，*ディオニューソスとカムパニアを争ったという．麦の穂，けし，水仙が彼女に聖なる植物となっている．ケレースの項を参照．

テーメノス Temenos, Τήμενος 1. *ペラスゴスの子．アルカディアのステュムパーロス Stymphalos の王．処女，妻，寡婦としての三様の*ヘーラーの神域を築いた．

2. パウサニアスによれば，*アルクマイオーンを暗殺した*ペーゲウスの二人の息子の一人．他はアクシーオーン Axion．しかし普通は二人の名はプロノオス Pronoos と*アゲーノールである．

3. *ヘーラクレイダイの一人．ヘーラクレースの子*ヒュロスの子*クレオダイオスの子*アリストマコスの子．しかし中にはクレオダイオスの子とする伝えもある．ヘーラクレイダイの帰還のおりにアルゴスを得た（同項を見よ）．娘*ヒュルネートーの夫*デーイポンテースを自分の息子たちより愛したため，息子たちの怨みをかい，一人で河で浴している時に殺された．人民はデーイポンテースを王に選んだ．テーメノスの子供の一人*アルケラーオスはマケドニア王朝の祖である．

デーモゴルゴーン Demogorgon 《三重の世界の最高神》と紀元後2世紀にはじめて考えられた神．おそらく demiurgos《世界の創造者》を誤り伝えたものか．その後《神々の系譜》Genealogia Deorum 中に，古代の神話中の原初の神とされ，爾後この意味に用いられるにいたっているが，ギリシア・ローマ神話には関係がない．

デーモドコス Demodokos, Δημόδοκος
1. 《*オデュッセイア》中，*アルキノオスの宮殿で*オデュッセウスたちに*アレースと*アプロディーテーとの恋と*トロイア戦争に関する歌を吟じた吟唱詩人．盲目で技にすぐれていた．

2. *アガメムノーンが*トロイア出征に際して，后の*クリュタイムネーストラーを監督し助言を与えるべく残した吟唱詩人．しかし彼女と*アイギストスの姦通を阻止し得なかった．

3. 《*アイネーイス》中，*アイネイアースの部下の一人．

デーモポ（オ）ーン Demoph(o)on, Δημο-φ(ο)ῶν 1. エレウシース Eleusis 王*ケレオスと*メタネイラの子．*トリプトレモスの兄弟．*デーメーテールが*ペルセポネーを探しあぐんで，老女の姿で王の所に来て，デーモポーンの乳母となった話については，デーメーテールの項を見よ．

2. *テーセウスと*パイドラー（または*アリアドネー）の子．*アカマースの兄弟．神話中における兄弟の役割はあまり明確でなく，両者はつねに混同されている．また彼は都合のよい穴埋めとして用いられているために，その伝説はたがいに矛盾している．テーセウスが冥界に*ペルセポネーを奪うべく降っているあいだに，*ディオスクーロイはデーモポーンとアカマースを追い，*メネステウスを王位につけたため，兄弟はスキューロス Skyros に赴き，そこへテーセウスも来た．二人は*カルコードーンの子*エレペーノールとともに，*ヘレネーに奴隷として仕えている祖母アイトラーを連れ戻すべく，*アガメムノーンとともに*トロイアに出征し，木馬の勇士の中に加わって闘った．デーモポーン（あるいはアカマース）は，トロイア陥落後わずかの船とともにトラーキアのビサルタイ Bisaltai 人の国につき，その王シートーン Sithon の娘*ピュリスに恋されて，結婚した．しかし彼は望郷の念やみがたく帰還を誓って立ち去った．ピュリスは《九つの道》と呼ばれる所まで見送って，母神*レアーの聖物が納められている箱を，帰る望みがなくなるまでは開くなと言って，手渡した．彼はキュプロスに行って住み，約束の時が過ぎた時，彼女は彼を呪って自害した．彼が箱を開くと，突然恐怖に襲われて，馬に乗り，むやみに駆り立てて，落馬し，自分の刀の上に落ちて死んだ．彼はまた，*パラディオンをアテーナイにもたらしたといわれ，これは*ディオメーデースがトロイアから奪った彼に与えたとも，ディオメーデースが誤ってアッティカのパレーロン Phaleron に一夜上陸し，デーモポーンは海賊と思って，彼らと闘い，パラディオンを奪ったともいわれる．*ヘーラクレースの子孫たちが*エウリュステウスに追われて，また*オレステースが*エリーニュスたちに追われてアテーナイに来た時の王もデーモポーンであった．

テューイアー Thyia, Θυία 1. *デルポイのニンフ．ケーピーソス Kephisos 河神，あるいはカスタリオス Kastalios の娘．*アポローンと交わって*デルポスを生んだ．最初に*ディオニューソスをパルナッソス Parnassos 山腹で崇拝したために，*マイナスあるいは*バッケ

ーたちはまた*テューイアスと呼ばれるという.

2. *デウカリオーンの娘. *ゼウスとのあいだに*マグネースと*マケドーンの二子を得た.

テューイアス Thyias, Θυιάς, 複数 Thyiades, Θυιάδες *バッケーと*マイナスに同じ. これらの項および*テューイアの項を見よ.

テューイアデス テューイアスを見よ.

テュエステース Thyestes, Θυέστης *ペロプスと*ヒッポダメイアの子. *アトレウスの兄弟. アトレウス, クリューシッポス, アイギストスの項を見よ.

テュオーネー Thyone, Θυώνη *ディオニューソスの母は普通セメレーと呼ばれるが, またテュオーネーともいわれる. これは彼女が天上に昇ってからの名とも, ときにはディオニューソスに二人あったとも解されている.

テュキオス Tychios, Τύχιος 《イーリアス》中, ボイオーティアのヒューレー Hyle 出身の名高い革師. 大*アイアースの大楯の製作者.

テュケー Tyche, Τύχη 《運》の擬人化された女神. ホメーロスには見いだされないが, ヘーシオドスは彼女を*オーケアノスの娘の一人に,《デーメーテール讃歌》は*ペルセポネーの侍女の一人にしている. しかし彼女はヘレニスム時代まではまだ抽象名詞的で, 十分には人格化されなかった. この時代に彼女は量るべからざる《運》の女神となり, ときに盲目の姿で表わされ, 崇拝された. 彼女には神話はない.

テューデウス Tydeus, Τυδεύς, 拉 Tydeus, 仏 Tydée *カリュドーンの王*オイネウスと*ペリボイア(*ヒッポノオスの娘)の子. しかし一説には, *ゼウスがオイネウスに自分の娘*ゴルゲーに恋をさせ, 父娘の不倫の交わりから生れたのがテューデウスだとする. *ディオメーデースの父. 成長して彼は人を殺したために国を追われた. 殺された相手は, オイネウスの兄弟*アルカトオスとも, オイネウスに対して陰謀をめぐらした*メラースの息子たちペネウス Pheneus, *エウリュアロス, ヒュペルラーオス Hyperlaos, アンティオニス Antiochos, エウメーデース Eumedes, ステルノプス Sternops, クサンティッポス Xanthippos, ステネラーオス Sthenelaos とも, 彼自身の兄弟オーレニアース Olenias ともいう. 叔父アグリオス Agrios が彼の罪を責めたので, 彼はアルゴスに遁れ, *アドラストスの娘*デーイピュレーを妻とした. この間の事情についてはアドラストスの項を見よ. アドラストスは*ポリュネイケースとテューデウスの二人の婿をそれぞれ彼らの国の王に

すべく, まずテーバイに軍を進めた. 途中*アルケモロス・オペルテースの挿話では(同項を見よ), テューデウスは*ヒュプシピュレーの味方をして, ネメア王*リュクールゴスと闘い, アドラストスと*アムピアラーオスが二人を分けた. アルケモロスのための葬礼競技でテューデウスは拳闘で勝利を得た. *キタイローン山に来た時, テューデウスは協約どおりにポリュネイケースに王位を譲るように説得すべく使者に立ったが, *エテオクレースは耳をかさないので, テューデウスはテーバイ人を試すために一騎打を挑み, すべての者に勝った. そこでテーバイ人は50人の者に待ち伏せさせたが, 彼は*マイオーン以外のすべての者を殺した. テーバイ攻めでは, クレーニダイ Krenidai 門に布置された. この間, 彼は*アテーナーの言葉により, エテオクレースの妹*イスメーネーとテオクリュメノス Theoklymenos が市外の泉で会っている所を襲った. 男は遁れたが, イスメーネーは捕えられ, 彼女が彼に命を助けるようにと乞うたが, 彼は彼女を殺したという. *メラニッポス(アスタコス Astakos の子)と闘い, 腹部に致命傷をうけた. アテーナーはゼウスより乞うて薬草をもたらし, 彼を不死にしようと考えていた. しかしアムピアラーオスは女神の意を察し, テューデウスが自分の意志に反してテーバイに遠征すべくアルゴス人を説き伏せたのを憎み, メラニッポスの首を切り取って, 彼に与えた. 彼はその頭を割って脳をくらった. これを見てアテーナーは嫌悪し, 彼を不死にすることをやめた. テューデウスの死骸はマイオーンに葬られたとも, エレウシースで*テーセウスとアテーナイ人に葬礼を与えられたともいう.

テューポーンまたは**テュポーエウス** Typhon, Τυφών, Typhoeus, Τυφωεύς 神々が*ギガースたちを征服した時, *ガイアが怒って*タルタロスと交わり, キリキアで生んだ人と獣との混合体である巨大な怪物. しかし彼の生れについては奇妙な別の所伝がある. ガイアはギガースたちの敗北を見て, *ヘーラーに*ゼウスが彼女に対して忠実でない行為があると告げたので, ヘーラーは*クロノスに復讐の力を求めた. クロノスは彼女に自分の精液を塗った二つの卵を与え, そこからゼウスを打倒する力のある怪物テューポーンが生れた. またヘーラーは男性の力をかりないで, 独りでテューポーンを生み, 大蛇の*ピュトーンに育てさせたとの伝えもある. いずれにせよ彼はその力と大きさでなにものにも優り, すべての山よりも高く, 頭は星を摩し, 手は一方に延ばすと西に,

他方は東にとどき，百の竜の頭が肩から出ていた．腿までは人間で，その下は巨大な毒蛇がとぐろを巻いた形で，それを延ばすと自分の頭に達し，シュウシュウと大音を発した．全身に羽が生え，頭と口からは乱髪が風になびき，眼から火を放った．彼は火のついた岩を投げつつ天へと突進した．神々はこれを見て，エジプトに逃げ，追われて姿を動物に変えた．ゼウスは遠方からは雷霆を放ち，近づいては金剛の鎌で打ち，逃げるをシリアのカシオス山まで追って行った．そこで痛手を負っている彼と組み合った．テューポーンはとぐろを巻いてゼウスをつかみ，鎌を奪って手と足の腱を切り取り，両肩にかついで海を渡り，キリキアに運び，*コーリュキオンの洞窟に押し籠めた．同じく腱も熊の皮に隠してしまいこみ，番人として竜女*デルピュネーをおいた．しかし*ヘルメースと*パーンが腱を盗み出してゼウスに秘かにつけた．ゼウスはふたたび本来の力を得て，空から有翼の馬にひかれた戦車に駕して，雷霆を放ちつつテューポーンをニューサ Nysa の山まで追った．怪物はそこで*モイラたちにあざむかれて，無常の果実を食った．追われてトラーキアに来て，ハイモス Haimos 山で戦闘中に全山脈を持ち上げたが，山を味方に撃たれて彼の上に圧しつけられたので，多量の血がほとばしり出た．この故事よりこの山はハイモス(ハイマ haima《血》)と名づけられたという．シシリアの海を越えて遁走中ゼウスはエトナ山を彼の上に投げつけて，彼をおしつぶした．それ以来投げられた雷霆から火が噴出しているのであると．テューポーンは*エキドナと交わって*オルトロス，*レルネーの*ヒュドラー，*キマイラなどの怪物の父となった．

テューモイテース Thymoites, Θυμοίτης

 1. *トロイア王*ラーオメドーンの子．*プリアモスの兄弟．しかし彼はプリアモスの姉妹*キラの夫であるともいう．プリアモスは予言を曲解して彼女を殺したので，テューモイテースは復讐のために，木馬(シノーンの項を見よ)を最初にトロイアに引き入れた．キラの項を見よ．

 2. アテーナイの*デーモポーンの子*オクシュンテースの子．同項を見よ．

テュルスまたは**テュレウス** Tyrrhus, Tyrrheus　*ラティーヌス王の羊飼の頭領．*アスカニウスが彼の鹿を殺したのがラティウムの住民と*アイネイアースとの戦の原因となった．アイネイアースの死後，*ラウィーニアは彼のもとに遁れて，*シルウィウスを生んだ．

テュルソス Thyrsos, Θύρσος　つた(蔦)，葡萄の葉をまき，松露を頭につけた杖．*ディオニューソスとその従者たちの持物．

テュレーノスまたは**テュルセーノス** Tyrrhenos, Τυρρηνός, Tyrsenos, Τυρσηνός　リューディアのアテュス Atys とカリテアー Kallithea の子で，*リュードスの兄弟とも，*ヘーラクレースと*オムパレーとの子でラッパの発明者とも，*テーレポスと*ヒエラーの子で*タルコーンの兄弟ともいう．*トロイア戦争後，あるいは飢饉に際し，リューディア人を率いてイタリアに移住し，エトルリア Etruria 人の祖となった．

テューロー Tyro, Τυρώ　*サルモーネウスとアルキディケー Alkidike の娘．父の兄弟*クレーテウスに育てられた．*エニーペウス河に恋し，その流れの水に心を訴えていたが，*ポセイドーンが河神に化けて彼女と交わり，生れたのが双生児*ペリアースと*ネーレウスである．テューローは継母の*シデーローに虐待されていたが，二人の子が成人して，シデーローを殺した．テューローはクレーテウスの妻となり，*アイソーン，*アミュターオーン，*ペレースの母となった．*シーシュポスがテューローと交わった話については項を見よ．

テュンダリダイ Tyndaridai, Τυνδαρίδαι　*テュンダレオースの子の意．*ディオスクーロイを指す．

テュンダレオース Tyndareos, Τυνδάρεως, 拉 Tyndareus, 仏 Tyndare　スパルタ王．*オイバロスとニンフのバテイア Bateia または*ゴルゴポネー(*ペルセウスの娘)の，あるいは*ペリエーレースまたは*キュノルタースとゴルゴポネーの子．*イーカリオスの兄弟で，*アパレウス，*レウキッポスの異父の兄弟．テュンダレオースとイーカリオスは父の死後*ヒッポコオーンとその息子たちに追われて，*カリュドーンの*テスティオスのもとに遁れ，テュンダレオースはテスティオスの娘*レーダーを妻とした．*ヘーラクレースがヒッポコオーンたちを殺した時，テュンダレオースをスパルタの王位につけた．一説にはイーカリオスはヒッポコオーンと共謀してテュンダレオースを追い出し，彼が帰った時，アカイアのペレーネー Pellene あるいはメッセーネーのアパレウスの所に逃げたという．レーダーによってテュンダレオースは*ティマンドラー，ピューロノエー Phylonoe，*クリュタイムネーストラー，*ディオスクーロイ，*ヘレネーの父となった．ディオスクーロイとヘレネーの誕生については，これらの項を見

よ．*アトレウスの死に際して，*アガメムノーンと*メネラーオスの乳母は二人をシキュオーン王*ポリュペイデース のもとに遁した．王は二児を*カリュドーンの*オイネウスに託し，テュンダレオースがスパルタ帰還の際に二人を伴い，かくて二人はクリュタイムネーストラーとヘレネーの夫となった．ディオスクーロイの死後*テュンダレオースはメネラーオスにスパルタの王位を譲った．彼はメネラーオスの娘*ヘルミオネーを*オレステースに与え，オレステースが父の復讐をした時，*アレイオス・パゴスあるいはアルゴスの法廷でオレステースを訴えたとも伝えられる．

テーラース Theras, Θήρας テーラ Thera 島に名を与えた祖．*オイディプースの五代目の後裔(オイディプース——*ポリュネイケース——*テルサンドロス——*ティーサメノス——*アウテシオーン——テーラース)にあたる．アウテシオーンはスパルタに住み，その娘*アルゲアーは*ヘーラクレイダイの*アリストデーモスの妻となり，二人から*プロクレースとエウリュステネース Eurysthenes が生れた．アリストデーモスは子供が幼い時に世を去り，テーラースが摂政となった．のちテーラースは二人の子の支配下につくことを好まず，テーラに移住，島はカリステー Kalliste と呼ばれていたが，名をテーラに変えた．この島に移住したのは*カドモスの部下のフェニキア人が住んでいたからで，テーラースは*アルゴナウテースたちの子孫でレームノスから追われラコーニアに住んでいた*ミニュアイ人を三隻の船で伴った．

テラモーン Telamor, Τελαμών 一般に*アイアコスとエンデーイス Endeïs (*キュクレウスの孫娘)の子で，*ペーレウスとアルキマケー Alkimache (*オイーレウスの妻)の兄弟とされているが，古い伝承でに彼の両親は*アクタイオスと*グラウケー(*キュクレウスの娘)の子とされていたらしい．異母弟*ポーコスを殺して，ペーレウスとともにアイギーナより遁れ(ペーレウスの項を見よ)，サラミース Salamis 島のキュクレウス王のもとに赴いた．彼は父に種々弁明を試みたが，成功しなかった．キュクレウスの娘グラウケーを娶り，王位を継ぎ，妻の死後*ペリボイアまたはエリボイア Eriboia (メガラ王*アルカトオスの娘)を娶り，大*アイアースの父となった．*カリュドーンの猪狩と*アルゴナウテースたちの遠征に参加，特に後者では，*ヘーラクレースに近づき，ビーテューニアでヘーラクレースが*ヒュラースのために船に帰るのがおくれ，船が彼を置き去りした時，これを非難した．ヘーラクレースが*トロイアを攻めた時，テラモーンは最初に城壁を破って市中に突入，ヘーラクレースがそれにつづいた．テラモーンが第一番に入ったのを見た時，なんとも自分よりすぐれていると思われるのを好まず，ヘーラクレースは刀を抜いて彼にむかった．テラモーンはこれを見て石を集め，ヘーラクレースのために祭壇を築いているのだと言ったので，ヘーラクレースは喜び，市が落ちた時，トロイア王*ラーオメドーンの娘*ヘーシオネーを彼に与えた．彼女から*テウクロスが生れた．一説ではトロイアで得た女は*テアーネイラで，テラモーンの子をはらんだまま，ミーレートスの王アリーオーン Arion のもとに逃げ，*トラムベーロスを生んだ．トラムベーロスはのち*アキレウスに討たれた．テウクロスがアイアースの死後トロイアから帰国した時，テラモーンは怒ってテウクロスを追放した．

テルキース Telchis, Τέλχις シキュオーンの王，一説では*エウローペーの子で*アーピスの父．一説では彼は*テルクシーオーンとともに暴戻なアーピスを除いた英雄．

テルキーネス Telchines, Τελχῖνες ロドス Rhodos 島の種々の術に通じた精．彼らは*ポントス(海)と*ガイア(大地)の子といわれる．*ハーリアーはその姉妹．*ポセイドーン養育を*レアーに命ぜられ，*カペイラとともにこれに当った．その後彼らはクレータよりキュプロスを経て，ロドスに来た．ロドスは彼らの名によってテルキーニス Telchinis と呼ばれたが，大洪水の到来を予見し，島を棄てて四散し，その中の一人*リュコスはリュキアに来て，*クサントス河岸に*アポローン・リュキオス Lykios の神殿を建立した．彼らは冶金の術に通じ，*クロノスの鎌，ポセイドーンの三叉の戟を鋳造，神像を造り，雨，雪，霰をもたらす力をもち，その目は災いをもたらし，欲する姿に身を変じ，動植物を*ステュクスの河水と硫黄とを混じて害した．彼らは半人半魚の，あるいは半人半蛇の姿で表わされている．*アポローンが彼らを矢で射て殺したとも，あるいは*ゼウスが雷霆で撃って殺したともいう．

デルキュノス Derkynos, Δέρκυνος *ポセイドーンの子．兄弟の*アレビオーンとともにリグリア Liguria に住み，*ゲーリュオーンの牛をつれて通過した*ヘーラクレースから牛を奪わんとして，英雄に殺された．

テルクシーオーン Thelxion, Θελξίων
1. *アーピスの二人の殺害者の一人．同項を

デルケティ

見よ.

2. *アイギアレウスの後裔. シキュオーンの第五代の王.

デルケティスまたは**デルケトー** Dercetis, Derceto　アタルガティスの項を見よ.

テルサンドロス Thersandros, Θέρσανδρος

1. コリントス王*シーシュポスと*メロペーの子. *ハリアルトスとコローノス Koronos (Haliartos と Koroneia に名を与えた祖)の父.

2. *ポリュネイケースと*アルゲイアー(*アドラストスの娘)の子. *エピゴノイのテーバイ遠征を計画, *エリピューレーに*ハルモニアーの長女(ペプロス)を与えて買収し, 彼女の子*アルクマイオーンにその意に反してこの遠征に参加させた. テーバイ市を攻略, *アムピアラーオスの娘デーモーナッサ Demonassa を娶り, *ティーサメノスの父となった. ギリシア軍が*テーレポスと戦った時, 彼に討たれた. ウェルギリウスは, しかし, 彼が*トロイア戦争に参加, 木馬の勇士(シノーンの項を見よ)の一人であるという.

テルシーテース Thersites, Θερσίτης　(*イーリアス)中, 禿頭で跛でせむしの醜い男. *アガメムノーンが士気を試すべく, 偽って*トロイアより帰国の事を軍に計ったところ, ただちにこれに同意し, アガメムノーンを罵り, *オデュッセウスに杖で打ちのめされた. ホメーロス以後, 彼の系譜が作られ, 本来はいやしい素姓のはずが, *ポルターオーンの子アグリオス Agrios の子で, 兄弟オンケーストス Onchestos, *プロトオス, *ケレウトール, *リュコーペウス, *メラニッポスとともに*カリュドーン王の伯父*オイネウスを王位より追ったが, *ディオメーデースと*アルクマイオーンがオイネウスの王国を取り戻した際, 彼はオンケーストスとともにペロポネーソスに遁れたという話が作り出された. 彼は*カリュドーンの猪狩に参加, 猛獣を見て逃げ出した. トロイアで*アキレウスが*ペンテシレイアを嘆いているのを罵った時, 彼に殺され, アキレウスは殺人の罪を潔めるべくレスボス島に赴いた.

テルース Tellus　ラテン語で《大地》の意. ギリシアの*ガイア, ときに*デーメーテール・*ケレースとも, 同一視されている. ときにテラ・マーテル Terra Mater《母なる大地, 大地女神》の名のもとに崇拝され, 男性テルーモー Telliumo と対になっている. 特別の神話はない.

デルピュネー Delphyne, Δελφύνη

1. 半身女で半身は蛇の竜女. *テューポーンが*ゼウスの手足の腱を切り取り, キリキア Kilikia の*コーリュキオンの洞穴に幽閉した時, 彼女を番人においたが, *ヘルメースと*パーンとが腱を盗み出し, ゼウスを救出した.

2. *デルポイの古い神託の番をしていた竜女. *アポローンは彼女と戦って神託を我が物とした. これは*ピュトーンとは別物で, おそらく二つの物語の層が重なったもの, ピュトーンの方が後代に属すると考えられている.

テルプーサ Telphusa, Τέλφουσα　ボイオーティアのハリアルトス Haliartos とアラルコメナイ Alalkomenai の中間, 断崖の麓にある泉のニンフ. *ヒュペルボレイオイ人の国から帰った*アポローンがこの地の清涼が気に入って, ここに自分の神域を作ろうとしたが, ニンフは彼のごとき大神の存在によって, 自分の影が薄くなることを恐れ, *デルポイに行くことを勧めた. 神はそのとおりにしたが, *ピュトーンと激しく闘わねばならなかった. 彼はニンフに計られたことを覚り, 帰って来て彼女をなじり, 罰に彼女の泉を断崖の下にかくし, そこに自分のために祭壇を作った.

テルプシコラー Terpsichora, Τερψιχόρα　*ムーサの一人. ときに*セイレーンたちの母, *リノスや*レーソスも彼女の子といわれる. ムーサの項を見よ.

デルポイ Delphoi, Δελφοί　パルナッソス Parnassos 山の南傾斜面にある*アポローンの聖地. 神は大蛇*ピュトーンを退治して, この地を自分のものとし, ここに神託所をおいた. この地は大地の中心といわれ, 歴史時代の初めよりギリシア人の宗教的政治的一大中心であり, ここでは*ピューティア祭の競技が四年ごとに行なわれた.

デルポス Delphos, Δελφός　*デルポイに名を与えた人. *ポセイドーンと*デウカリオーンの娘*メラントーとの子(いるか(海豚) delphis の形で交わったためにデルポスと名づけられた). *アポローンと*ヒュアモスの娘*ケライノー(あるいはカスタリオス Kastalios の娘*テューイアー, あるいはケーピソス Kephis(s)os の娘メライナ Melaina)の子ともいわれる. アポローンが*ピュトーンを退治した時のデルポイ王で, その子ピューテース Pythes または娘ピューティス Pythis はデルポイの古名*ピュートーの名の源であるともいわれるが, これについてはピュトーンの項参照.

テルミヌス Terminus　ローマの境界の標の神. 犠牲その他の儀式によって境界の標を神聖なものとして立てたので, 当然その神が考

えられ，2月23日には毎年境界の標の神聖不可侵性を犠牲によって確実にした．テルミヌスは*ユービテルの神殿が建立される以前からカピトーリウム Capitolium にあり，ここにいた他の神々が大神に場所を譲ったのに，テルミヌスのみはこれを拒んだので，ユービテル神殿中に席を与えられた．彼は大空のもとにいなくてはならないので，その上の天井にはとくに穴があけてあった．

テーレウス Tereus, Τηρεύς, 仏 Térée　ピロメーラーとプロクネーの項を見よ．

テーレゴノス Telegonos, Τηλέγονος

1. *オデュッセウスと*キルケー（ときに*カリュプソーともいわれる）の子．成人して母より父の名を知らされ，彼を探しに出て，イタケーの島につき，家畜の一部を奪った時に，防ぎに来たオデュッセウスを知らずに，えいの脊柱をつけた槍で傷つけ，その毒でオデュッセウスは世を去った．父と知って彼は嘆き，*ペーネロペーを伴ってキルケーの島に帰り，父の死体を葬り，ペーネロペーと結婚，キルケーは二人を*幸福の島に送った．二人のあいだに生れたのが*イータロスであるとする説もあり，イタリアの伝承ではテーレゴノスはトゥスクルム Tusculum の，ときにプライネステ Praeneste の創建者とされている．

2. *プローテウスとトローネー Torone の子．*ポリュゴノスの兄弟．同項を見よ．

テレスポロス Telesphoros, Τελεσφόρος　医神*アスクレーピオスに従う子供の姿の神．

テーレパッサ Telephassa, Τηλέφασσα　*アゲーノールの妻で，*カドモス，*キリクス，*ポイニクス，*エウローペーの母．エウローペーが*ゼウスにさらわれた時，子供たちと共に娘を探しに旅に出て，トラーキアで疲れて世を去り，カドモスに葬られた．

テーレボエース Teleboes, Τηλεβόης　テーレボエース人に名を与えた祖．*プテレラーオスの父とも子とも伝えられている．同項を見よ．

テーレポス Telephos, Τήλεφος, 拉 Telephus, 仏 Télèphe　*ヘーラクレースと*アウゲー（アルカディアのテゲア Tegea の王*アレオスの娘）との子．ヘーラクレースはテゲアを通過した際，アレオスの娘と知らずにアウゲーを犯した．彼女はひそかに赤児を生んで，*アテーナー・アレアー Alea の神域内に乗てたが，その地が疫病に犯されたので，アレオスは神域に入り，探索の結果娘の不仕末を発見した．これについては種々の伝えがある．1. アレオスはアウゲーと子供とを箱に入れて海に流したところ，小アジアのミューシア Mysia に着いた．2. アレオスは娘を*ナウプリオスに殺すように渡したが，ナウプリオスはミューシア王*テウトラースに売り渡し，王の宮廷でテーレポスが生れた．3. これは悲劇の筋であるが，アウゲーはテウトラースに売られたが，子供はパルテニオス Parthenios 山に棄てられたところ，仔を生んだばかりの牝鹿が子供に乳を与え，牛飼どもが拾って，テーレポス（エラポス elaphos《牝鹿》）と呼び，*コリュトス王に与え，王は彼をわが子として育てた．成長して彼は知らずして，母の兄弟ヒッポトオス Hippothoos とペレウス Pereus を殺し，アルカディアを追われ，デルポイの神託に尋ねたところ，一言も口をきかずにミューシアのテウトラースの所に赴くことを命ぜられた．普通はアウゲーはテウトラースの后となり，テーレポスを認知し，テウトラースは自分の娘アグリオペー Agriope を彼に与えて，後継者としたことになっているが，おそらくソポクレースの悲劇に由来するらしいある筋では，テーレポスが*パルテノパイオスとともにテウトラースの宮廷に来た時，王国は*アルゴナウテースの*イーダースに攻められて危くなっていた．王は養女アウゲーを妻に与える約束で，テーレポスに援助を乞う．彼は敵を破った．しかしアウゲーはヘーラクレースに忠実で，他の男に身をゆだねることを拒み，刀をもって新婚の部屋に入る．神々も大蛇を送って母と子のあいだに横たえ，やがて二人は相互に認め合い，不倫の交わりは阻止された．

テウトラースの死後王位についたテーレポスは，第一回*トロイア遠征のギリシア軍が誤って，あるいは*プリアモスの味方をそぐために，ミューシアに上陸した時に，迎え討ち，*テルサンドロス（*ポリュネイケースの子）をたおしたが，*アキレウスに追われ，逃げるあいだに葡萄の枝につまずいて倒れ，太腿に傷つけられた．八年後ギリシア軍が*アウリスにふたたび勢揃いした時，トロイアへの航路がわからない．テーレポスは，その傷が治癒せず，*アポローンの神託が彼に傷つけた者が医となった時に癒されるであろう，と言ったので，アウリスに来て，アキレウスが自分を治療してくれるなら，航路を教えようと約束した．*オデュッセウスの神託の解釈により，アキレウスは自分の槍の錆を傷につけると，傷は治った．エウリーピデースの劇では，テーレポスはぼろを身に纏った乞食に身をやつしてギリシアに来て，*クリュタイムネーストラーの言により，赤児の*オレステース

テーレマコ

を人質に取り，自分の言うことを聞かねば刺し殺すと嚇したことになっている．

テーレポスは約束どおりにギリシア軍をトロイアに導いた後，ギリシア軍を敵としない約束をし，*トロイアの戦には加わらなかった．しかし彼の死後，その子*エウリュピュロスはプリアモスの味方として闘った．同項を見よ．

リュコプローン(前3世紀の詩人)によれば，*タルコーンと*テュレーノスはテーレポスと*ヒエラーとの子で，トロイア陥落後イタリアに移住したという．さらに*ローマもまた彼の娘とする説もある．

テーレマコス Telemachos, Τηλέμαχος, 拉 Telemachus, 仏 Télémaque   *オデュッセウスと*ペーネロペーの子．生れてまもなく父は*トロイアに出征．この際出征を嫌って狂気を装ったオデュッセウスがろば(驢馬)と牛をつけた鋤で田を耕している前に赤児のテーレマコスを投じて，偽りの狂気を暴露した*パラメーデースの話については同項を見よ．父の留守中，父の友人*メントールに教育されて青年期に達した時，母の求婚者たちが彼の宮殿で日夜宴を張り，父の財を蕩尽した．《*オデュッセイア》は初めはまだ幼いテーレマコスがしだいに意志の強い青年になり行く経過を描いている．アテーナーの命により彼は父の行方を探しに船出し，*ネストールをピュロスに，*メネラーオスをスパルタに訪ね，*プローテウスからオデュッセウスが*カリュプソーの島に留められていると聞いた話をメネラーオスより聞く．帰途は同じくアテーナーから求婚者たちが彼を暗殺する目的で待ち伏せているから，往路と異なる道を取るように勧められ，途中予言者*テオクリュメノスを船に乗せて，*イタケーの島に上陸，*エウマイオスの所にいた父に会う．彼は父を助けて求婚者たちを殺戮する．これについてはオデュッセイアの項を見よ．

《オデュッセイア》はその後の事については語らないが，ホメーロス以後テーレマコスについて，相矛盾する雑多な話が作り出された．これを次に列挙する．1.求婚者殺戮後，オデュッセウスは*ネオプトレモスを自分と求婚者の血族とのあいだの争いの審判にしたところ，彼はオデュッセウスの追放を宣し，テーレマコスが王位を継いだ．2.オデュッセウスは自分の子に殺されるとの神託を得て，それをテーレマコスを指すものと思い，ケルキューラの島に幽閉したが，*テーレゴノスが父を探しに来て知らずしてオデュッセウスを殺した．テーレマコスはイタケー王となった．3.父の死後テーレゴノスはペーネロペーと，テーレマコスは*キルケーと結婚し，キルケーから*ラティーノス(*ラティーヌス)，あるいは*ローメー(*ローマ)が生れた．のちテーレマコスはキルケーを殺した．4.テーレマコスは，ネストールの家を訪れた際に彼を迎えたネストールの娘*ポリュカステーを妻とし，*ペルセポリスとホメーロス Homeros が生れた．5.テーレマコスは*ナウシカアーを娶り，二人からペルセポリスと*プトリポルトスが生れた．

テーレモス Telemos, Τήλεμος   *キュクロープスの*ポリュペーモスに*オデュッセウスが彼を盲目にすると告げた名高い予言者．

デーロス島 Delos, Δήλος   ギリシアのキュクラデス Kyklades 群島中央の最小の島．*ポセイドーンが三叉の戟によってこの島を創った．これは根なしの浮島であったが，*レートーが*アポローンと*アルテミスを生む際に，*ゼウスが海底につないだという．この島はのちアポローン崇拝の，イオーニア Ionia 族の宗教的中心地となった．アポローン，アルテミス，レートーの項参照．

デンドリーティス Dendritis, Δενδρίτις   ロドス Rhodos 島における*ヘレネーの称呼．*メネラーオスの死後，彼女は*トロイアで戦死した*トレーポレモスの寡婦*ポリュクソーのもとに，ロドスに赴いた．ポリュクソーは夫の死の原因となったヘレネーに復讐すべく，表面は大いに歓迎したが，ヘレネーが風呂に入っている時，召使たちに*エリーニュスに扮装させて，ヘレネーを襲わしめ，彼女に自殺させた．彼女が縊れた木の下から《ヘレネーの木》すなわちヘレニオン Helenion(毒蛇に対して薬となる木)が生えた．

ト

トアース Thoas, Θόας   1.*ディオニューソス(ときに*テーセウスともいう)と*アリアドネーの子．*オイノピオーンと*スタピュロスの兄弟．レームノス島に住み，*ミュリーネーを妻とし，同名の市の支配者となった．レームノスの女たちがすべての男を殺した時，彼の娘

*ヒュプシピュレーは彼をディオニューソスの神殿にかくし，神像に装って，殺人のあとの潔めを行なうと称して，車に乗せて海に連れ行き，舟で送った．彼はタウリス Tauris，シキノス Sikinos 島(キュクラデス群島の一つ)，あるいはキオス Chios のオイノピオーンの所に遁れた．ヒュプシピュレーの項を見よ．

2. *イーピゲネイアの話の中のタウリスの王．1.と同人ともされている．イーピゲネイアの項を見よ．

3. *イアーソーンと*ヒュプシピュレーの子．*エウネオースの兄弟．二人が母を救出した話に関してはエウネオースとヒュプシピュレーの項を見よ．

4. *アンドライモーンと*ゴルゲー(*オイネウスの娘)の子．アイトーリア Aitolia の兵を率いて，40隻の船をもって*トロイア遠征に加わった．木馬の勇士(シノーンの項を見よ)の一人．帰国後アイトーリアあるいはイタリアのブルッティウム Bruttium に住んだ．*オデュッセウスは*ネオプトレモスに*イタケーより追われて，彼の所に遁れ，その娘を妻とし，*レオントポノスの父となった．

5. *シーシュポスの子*オルニュティオーンの子．*ポーコス(ポーキス Phokis に名を与えた英雄)の兄弟．父のあとを継いでコリントス王となった．彼の子ダーモポーン Damophon がその後継者で，*ヘーラクレイダイの帰還まで王位にあった．

6. *イーカリオスの子で，*ペーネロペーの兄弟．

7. ある所伝で*アドーニスと*ミュルラの父とされているアッシリア王．

8. *アイネイアースの味方の一人．*ハレースに討たれた．

トゥルヌス Turnus　イタリアのラティウムのアルデア Ardea を主都とする*ルトゥリー人の王．*ピールムヌスの子*ダウヌスとニンフの*ウェニーリアの子．*ラティーヌス王の娘*ラウィーニアの許婚者であったが，王は妻*アマータの意に反して娘を新来者*アイネイアースに許したため，トゥルヌスは怒って，ルトゥリー人とともにアイネイアースと戦い，ラティウム人も*ユーノーに煽動されて，トロイア人を攻めた．トゥルヌスは勇ましく戦い，*エウアンドロスの子*パラースを討ち取ったが，アイネイアースについに彼をたおした．以上はウェルギリウスの《*アイネーイス》の筋であるが，この外にもいくつかの異伝がある．

トオーサ Thoosa, Θόωσα　*ポルキュスの子．*ポセイドーンと交わって*ポリュペーモスを生んだ．

トクセウス Toxeus, Τοξεύς　《射手》の意．1. オイカリア Oichalia 王*エウリュトスの子．*ヘーラクレースに殺された．

2. *カリュドーンの*オイネウスの子．オイネウスは彼が溝を飛び越えたというので，自分自身の息子を殺した．理由はなにか宗教的なことか(?)　*ロームルスと*レムスの同様の話を参照．

ドードーナ Dodona, Δωδώνα　エーペイロス Epeiros の山中にあるギリシア最古の*ゼウスの神託所．非常に古い歴史を有し，ここではゼウスはナイオス Naios なる称呼を有し，その后は*ヘーラーではなくて，*ディオーネーになっている．神は樫の神木の葉の風にそよぐ音で神託をくだしたが，これをさらに明瞭にするために銅鑼が木につけられたという．縁起物語によれば，一羽の鳩がエジプトのテーバイから飛び来って，ドードーナの一本の樫の木にとまり，神託所の創設を告げた．この樫がこの地のゼウス崇拝の中心らしく，神殿はなかった．神の意志は木の葉のそよぐ音以外に，鳩の鳴き声や水の流れる音によっても解釈され，神官はセロイ Selloi と呼び，また巫女も用いられ，彼女らは《老女》(graiai)，《鳩》とも呼ばれていた．

トモーロス Tmolos, Τμῶλος　1. リューディアのトモーロス山の神．*ミーダースとともに*アポローンと*パーンとの音楽競技の審判をした．

2. *オムパレーの夫．リューディア王．シピュロス Sipylos とクトニアー Chthonia の子．

3. *アレースとテオゴネー Theogone の子．リューディア王．*アルテミス女神に従うニンフのアリペー Arripe を犯したために，怒った女神に殺された．彼の子テオクリュメノス Theoklymenos は彼をトモーロス山に葬り，山の名もトモーロスとなった．

《トラーキースの女たち》 Trachiniai, Τραχίνιαι, 拉 Trachiniae　ソポクレースの作品．*ヘーラクレースと*デーイアネイラの悲劇を扱っている．

ヘーラクレースが遠征に出てのち15カ月の孤閨を守りつつ夫の身を案じているデーイアネイラに，乳母は息子の*ヒュロスを英雄の消息を探りにやることを勧める．ヒュロスは，しかし，ただちに母に英雄の消息と居所を告げる．母の命により彼はエウボイアの父のもとに急ぐ．トラーキースの女たちの合唱隊に后はヘーラクレースが出征の際に，一年と三カ月後に死

トラシュメ

か，これを逃れたならば光栄ある静かな生か，どちらかを得るであろうと*ドードーナの神託があったと告げたことを語る．トラーキースの男が来てヘーラクレースの安泰を伝え，ついでヘーラクレースの使者*リカースが捕虜の女をつれて登場．英雄はエウボイアのケーナイオン岬で*ゼウスを祭るべく準備中であると告げる．デーイアネイラは捕虜の中でもきわだって美しい王女*イオレーに気づき，素姓を尋ねる．前に来た使者が英雄がイオレーの父*エウリュトスの町オイカリア Oichalia を攻めたのは，イオレーの愛を求めて拒まれたからだと教える．デーイアネイラは不安となり，昔*ケンタウロスの*ネッソスがヘーラクレースに殺された時，その教えにより恋の薬のつもりで取っておいた彼の血と彼の精液の交ったものを衣に塗って，リカースにもたせてやる．ヒュロスが帰って来て，父がその衣を着ると毒が全身にまわり，焼けただれ，衣は身体に密着して離れず，彼は苦悶のあまり衣をもたらしたリカースの足を摑んで岩に投げつけ，デーイアネイラを呪ったことを告げる．彼女は内に入り胸を突いて自殺する．ヒュロスが嘆く中にヘーラクレースが担架で登場．この苦しみを一思いに刃によって断ってくれとヒュロスに頼む．ヒュロスは父に対して母を弁護し，ことの事を話す．英雄はすべてを覚り，*オイテー山上で自分を生きながら焼き，イオレーを妻とすべきことをヒュロスに命じて，山上に運ばれる．

トラシュメーデース Thrasymedes, Θρασυμήδης　*ネストールの子．父および兄弟*アンティロコスとともに*トロイアに出陣，15隻の船を率いた．木馬の勇士（シノーンの項を見よ）の一人．ピュロス Pylos に帰還後，*テーレマコスを迎えた．彼には一子*シロスがあり，その子はアルクマイオーン Alkmaion (*アムピアラーオスの子とは別人) である．

トラムベーロス Trambelos, Τράμβηλος　*テラモーンと*トロイアの捕虜の女*テーアネイラの子．母親を迎えたミーレートス王アリーオーン Arion に育てられた．*アキレウスがこの地を略奪しに来た時，彼に討たれた．アキレウスは彼がテラモーンの子で，したがって自分の血族であることを知って，海岸にその墓を築いた．トラムベーロスはレスボス の女*アプリアテーに恋し，拒まれたので，さらわんとしたが，彼女が格闘したので，海に投じて，溺死させた．彼の死はその報いであるとい．

ドランケース Drances　ウェルギリウスの《*アイネーイス》中，*ラティーヌスの友人，

雄弁で柔弱，*トゥルヌスの暴力に反対した．キケローがそのモデルであるといわれている．

トリアイ Thriai, Θριαί, 拉 Thriae, 仏 Thries　*ゼウスの三人の娘．ニンフで女の予言者．パルナッソス Parnassos に住み，*アポローンを育てたという．小石による占術を発見，蜜を好み，彼女たちに予言を伺う時には多くの蜜を献じた．

ドリオス Dolios, Δόλιος　《*オデュッセイア》中，*オデュッセウスの出征中，彼の領地の世話をしていた老人の庭師．*ペーネロペーの求婚者殺戮を手伝った．

トリオパースまたは**トリオプス** Triopas, Τριόπας, Triops, Τρίοψ　《三眼》の意．*アイオロスと*カナケー，*ポセイドーンとカナケー，*ラピテースとオルシノメー Orsinome，*ポルバースとエウボイア Euboia など彼の両親に関しては所伝が一致しない上に，*ヘーリオスと*ロドスの子の中にもトリオパースがある．したがって彼はテッサリアおよびアルゴスの諸家の系譜につながっている．*イーピメデイアと*エリュシクトーンの父．これらの項を見よ．トリオパースはまたクニドス Knidos の創建者にも擬せられている．

ドーリス Doris, Δωρίς　1. 大洋神*オーケアノスの娘．海神*ネーレウスの妻，*ネーレイス(《ネーレウスの娘》の意)たちの母．

　2. ネーレーイスたちの一人，1. の娘．

トリートゲネイア Tritogeneia, Τριτογένεια　トリート Trito, Τριτώ ともいう．*アテーナーの称呼の一つ．同書を見よ．

トリトパトレ(イ)ス Tritopatre(i)s, Τριτοπάτρε(ι)ς　マラトーンでスキラ Skira 祭(6～7月の頃に行なわれた)の前夜に祭られた神々．その名は《曾祖父》の意らしく，風神とも人間最初の祖ともいわれ，結婚の前に子宝を願う神であった．

トリートーン Triton, Τρίτων　*ポセイドーンと*アムピトリーテーの子．古くはアイガイ Aigai の沖合の海底の宮に住んでいると考えられていた．彼は，しかし，のち半人半魚の姿でポセイドーンに従って海馬に跨り，ほら貝を吹き鳴らして海を鎮める姿で想像され，ときに複数でも考えられている．またヘレニズム時代には彼はアフリカのトリートーニス Tritonis 湖の神とされ，*パラスは彼の娘．*アルゴナウテースたちが来た時に，キューレーネー Kyrene を将来保有することの約束の徴にこの地の土塊を与えた．*アーレスと交わって*メラニッポスの母となったトリーテイア Triteia も彼の娘で

あると. 彼はウェルギリウスでは*ミーセーヌスが自分にラッパの競技を挑んだのを怒って, 溺死せしめた. ボイオーティアのタナグラ Tanagra にも奇妙な伝説がある. 女たちが*ディオニューソスの祭のあいだに湖で沐浴していると, トリートーンが襲ったが, 女たちの祈りを聞いて酒神はトリートーンを追い払った. あるいはトリートーンは家畜を自分の湖の岸で奪っていたが, 人々が酒瓶をそこに置いておいたところ, 神はこれを飲んで酔い, 斧で打ち殺された. これは上記の話の合理的解釈であろう.

トリーナキエー Thrinakie, Θρινακίη
太陽神*ヘーリオスが自分の牛群を飼っていた島. シシリア島であるといわれる. オデュッセウスの項を見よ.

トリーナクリア Trinacria   *トリーナキエーのローマ名. 同項を見よ.

トリプトレモス Triptolemos, Τριπτόλεμος
エレウシースの王. *ケレオスと*メタネイラ(または*ポリュムニアー Polymnia)の子で, *デーモポーンの兄弟と一般にいわれているが, この他にデュサウレース Dysaules と*バウボー, あるいは*エレウシースの子ともされている. さらに*オーケアノスと*ガイアの子との説もある. *デーメーテールはエレウシースで彼の両親からうけた好意に報いて, 彼に竜車をひき, 麦の栽培を世界の人々に教えるべく旅立たせた. 旅のあいだで, ゲータイ Getai 人の王*カルナボーンはその竜の一頭を殺したが, ただちに女神は補充した. パトライ Patrai では*アンティアース(エウメーロス Eumelos の子)が彼の眠っているあいだに, 竜を車につけ, 自分で麦の種を播こうとして, 墜落して死に, 彼とエウメーロスは子供のためにアンテイア Antheia 市を築いた. 帰国後, ケレオスは彼を殺そうとしたが, デーメーテールの命により王位を彼に譲った. 彼はテスモポリア Thesmophoria (アッティカのデーメーテールの祭) を創始し, 死後冥界で*アイアコス, *ミーノース, *ラダマンテュスとともに判官となったという. 彼はエレウシースのデーメーテールと*ペルセポネー・*コレーの秘教で, 二人について重要な位置をしめる英雄であった.

ドリュアス Dryas, Δρυάς, 複数 Dryades, Δρυάδες   *ハマドリュアスと同一. 同項を見よ.

ドリュアース Dryas, Δρυάς   1. トラキア王*リュクールゴスの父. ヒッポロコス Hippolochos の子. テーバイにむかう七将の戦で戦死した.

2. 上記のドリュアースの孫. *リュクールゴスが*ディオニューソスによって狂わせられた時, 父に殺された.

3. *アイギュプトスの子で, *ダナオスの娘*エウリュディケーに殺された.

4. *アレースの子で, *カリュドーンの猪狩に参加.

5. *アレースの子で*テーレウスの兄弟. テーレウスは息子の*イテュスが近親者の手にかかって殺されることを知り, 近親者とはドリュアースであると想像して, 彼を殺したが, それは自分の妻の*プロクネーであった. 4. と同一人か(?)

6. *ペイリトオスの結婚の宴に出席していたケンタウロスの一人.

ドリュアデス ドリュアスを見よ.

ドリュオプス Dryops, Δρύοψ, 複数 Dryopes, Δρύοπες   ギリシア先住民族ペラスゴス Pelasgos 族と伝えられるドリュオプス人に名を与えたこの民族の王. 彼はテッサリアのスペルケイオス河神と*ダナオスの娘*ポリュメーレーとの子とも, *アポローンとアルカディアの*リュカーオーンの娘ディーア Dia との子とも, いわれる. 彼の民族の居所についても種々の所伝がある. 彼らは初めパルナッソス付近にいたが, ドーリス人に追われて, 一部はエウボイアに, 一部はテッサリアに, 一部はペロポーネーソスに, 一部はキュプロス島に移り住んだ. ドリュオプス人の移動とともに, ドリュオプス王の系譜も物語も変化したものであろう. またこのために, 彼の娘ドリュオペーも上記では*アポローンと交わって*アムピッソスの母となり, アルカディアでは*ヘルメースと交わって*パーンの母となっている. ドリュオペーの項参照.

ドリュオペー Dryope, Δρυόπη   1. *ドリュオプス王の娘. *オイテー山中で父の畜群を飼っているあいだに, *ハマドリュアスたちと仲よくなった. *アポローンが彼女に恋し, 亀の姿でニンフたちのあいだに入り, 彼女らはこれをボール遊びに用いた. ドリュオペーが膝にのせると, アポローンは蛇となって彼女と交わった. 驚いたドリュオペーは父のもとに帰り, *オクシュロスの子*アンドライモーンの妻となった. やがて*アムピッソスを生んだ. のちニンフたちが彼女をさらって, 自分たちの一人とした. そのさらわれた場所にはポプラが生え, 泉が湧出したという.

オウィディウスによると, 彼女は赤児のアムピッソスを連れて湖の側で花を摘んだ所, それ

がニンフであったために，その怒りをかい，ドリュオペーは摘んでいたのと同じ花に変えられたという．そしてドリュオペーのこの災難をしゃべった娘たちもまた悲しみの木たる松に変えられた．

2. アルカディアのニンフ．*ヘルメースと交わって，*パーンの母となった．1.と同人であろう．ドリュオプスの項を見よ．

3. ウェルギリウスの《*アイネーイス》中，*ファウヌスと交わって，タルクィトゥス Tarquitus の母となったニンフ．

4. フラックスの《アルゴナウテースたちの遠征》中で，*ウェヌスがその姿をとって，レームノス Lemnos 島の女たちに夫を殺すことを煽動した女．

ドリュオペス　ドリュオプスを見よ．

トレーポレモス　Tlepolemos, Τληπόλεμος
*ヘーラクレースと*アステュオケー(テスプロティアのエピュラ Ephyra 市の王*ピューラースの娘)，あるいは*アステュダメイア(*アミュントールの娘)の子．ただしアステュオケーは《*イーリアス》では*アクトールの娘となっている．*ヘーラクレイダイが帰還に失敗してアテーナイにあった時，彼と叔父の*リキュムニオスのみはアルゴスに住むことを許された．そこで彼は叔父と争って，あるいは彼が杖で召使を打っている時，リキュムニオスがあいだにわけて入ったので，あるいは牛を打とうとした時，誤って叔父を打ち殺した．そこで彼は妻*ポリュクソーと多くの人々を伴ってロドス島に移住，リンドス Lindos，イアリューソス Ialysos，カメイロス Kameiros の三市を創建した．彼は*ヘレネーの求婚者となり，九隻の船を率いて*トロイア戦争に参加，*サルペードーンに討たれた．彼の部下は帰国に際して，クレータに着き，それから風で航路外に押しやられてイベリア Iberia の島に住んだ．

トロ(ー)イア　Troia, Τρωία, Τροία, Τροίη
ダルダネルス海峡の入口のアジア側，*スカマンドロス河流域の平野に，海から多少入ったヒッサルリク Hissarlik 丘上に建てられた，ホメーロスの《*イーリアス》で名高い都市．シュリーマンが発見して以来，発掘が続けられているが，非常に古い居住地で，紀元前二千年代にさかのぼり，その第六層の都市がホメーロスの都市であろうとされている．

トロイア戦争　ギリシア人の年代記によれば紀元前 1184 年に起ったという．ギリシア人がダルダネルス海峡の入口にあった*トロイアに遠征し，これを攻略した戦争．しかしこの年代には古代ギリシアの伝承にも一致がなく，あるものでは前 1159 年ともされている．この戦争の中の二つのエピソードがホメーロスの《*イーリアス》と《*オデュッセイア》の主題となっている．歴史的事実がその基礎となっているかも知れないが，英雄伝説がこれを中心として発達し，トロイア戦争をめぐる複雑な物語ができあがった．

*テュンダレオースと*レーダーのあいだに，本当は*ゼウスを父とする絶世の美女*ヘレネーが生れた．成長した彼女に全ギリシアの王侯が求婚に集まったが，テュンダレオースは王侯たちがヘレネーの結婚に何事かが生じた場合に，求婚者たちはすべてその解決に援助する約束で，ヘレネーに婿を選ばせ，*メネラーオスが彼女を得た．その後*パリスは*アテーナー，*ヘーラー，*アプロディーテーの三柱の女神の美の競技の審判となって，アプロディーテーに賞を与えた．その報酬にヘレネーを約束され，女神の助けによって彼女をスパルタより連れ出し，トロイアに帰った．メネラーオスとその兄*アガメムノーンはかつての約束の履行を求婚者たちに求め，ギリシア軍はボイオーティアの*アウリスに集結した．集まった船は 1013 隻，将は 43 人，司令は 30 人であった．

ここで*テーレポスの話が挿入される．この話ではギリシア軍はトロイアへの航路を知らず，誤って小アジアのミューシア Mysia のテーレポス王の領土の海岸に上陸，王を傷つけてのち海上に出て暴風でちりぢりとなり，一度国に帰ったことになっている．これが第一次遠征といわれるものであるが，ヘレネー出奔後二年間を準備に要し，帰国後八年たってふたたびアウリスに集結したという．もっともこれはホメーロス以後に発達した物語である．テーレポスの項を見よ．

アウリスに軍が集結して出帆しようとした時，アガメムノーンが*アルテミス女神の不興をかい，ために無風が続いて船が出港できなかったので，予言者*カルカースの言により，アガメムノーンの娘*イーピゲネイアが犠牲に捧げられんとしたが，女神は彼女を祭壇よりさらってタウロス Tauros 人の国に連れて行き，かわりに牝鹿を捧げさせた．イーピゲネイアの項を見よ．ギリシア遠征軍はトロイアに着き，陣営を張り，市を包囲攻撃する前に，*オデュッセウスとメネラーオスをヘレネー返還の使者に立てたがトロイア方はこれに応じなかった．九年間たっても市は落ちず，十年目に《イーリアス》で歌われた*アキレウスの怒りの事件が起り，

トロイアの支柱たる*ヘクトールが討たれた．《イーリアス》，ヘクトール，アキレウス，パトロクロスの項を見よ．その後*アマゾーンの女王*ペンテシレイア（同項を見よ）とエティオピアの*メムノーン（同項を見よ）がトロイアに来援したが，ともにアキレウスに討たれる．しかしアキレウスもパリスに踵を射られて死んだ．その鎧をめぐってオデュッセウスと*アイアース（*テラモーンの子）が争い，オデュッセウスが勝ち，アイアースは自殺した（同項を見よ）．カルカースの予言により*ピロクテーテースをレームノスの島から連れて来て，彼はパリスを射殺す（ピロクテーテースの項を見よ）．パリスの死後ヘレネーを*ヘレノスと*デーイポボスが争い，敗れたヘレノスはギリシア軍に捕えられ，その予言により，アキレウスの子*ネオプトレモスが招かれ，*パラディオンがトロイアから奪われる．最後に木馬の計（シノーンとラーオコオーンの項を見よ）がめぐらされ，木馬を城内に引き入れることに反対した*ラーオコオーンと二人の息子は大蛇に殺された．木馬が城内に引き入れられ，その中から大勢の勇士が現われ，トロイア人を殺し，市は陥落した．この時*アイネイアースは父*アンキーセースを肩に城外に遁れた．同項を見よ．

このあとに多くの叙事詩で歌われた英雄たちの帰国物語がある．その中の有名なのがオデュッセウスの帰国物語《オデュッセイア》と，アガメムノーンの帰国物語である．オレステースの項を見よ．トロイア戦争の後日譚についてはアイアース（*オイーレウスの子），ディオメーデース，メネラーオス，ネストール，アガペーノール，イードメネウス，ポダレイリオス，アカマース，デーモポーン，テウクロス，カルカース，ネオプトレモス，ヘレネー，ポリュクセネー，ヘカベー，アンドロマケー，カッサンドラー，ナウプリオス等の項を見よ．

《**トロイアの女たち**》 Troiades, Τρῳάδες，拉 Troades　エウリーピデースの《*アレクサンドロス》，《*パラメーデース》，サテュロス劇《*シーシュポス》とともに前415年に上演された劇．

木馬の計によりついに落ちた*トロイアの城は焔に包まれて燃えている．*プリアモス王を始め公子たちはすべて殺され，夫人や公女は捕虜となり，未来の主人たるギリシアの将が引き取りに来るのを幕舎内で待っている．*ヘカベーがテントの前に伏して眠っている．海神*ポセイドーンと*アテーナーが登場，女神は小*アイアースの瀆神を怒り，ギリシア軍の帰国を妨げんと言う．両神の去ったあとでヘカベーが目覚める．*アガメムノーンの使者*タルテュビオスが王女*カッサンドラーを引き取りに来る．ヘカベー自身は*オデュッセウスの持物となる．そこへ*オデュッセウスの妻*アンドロマケーが子供の*アステュアナクスを抱いて，*ネオプトレモスの陣に赴くべく車で通る．ヘカベーは彼女より娘*ポリュクセネーの死を知る．そこへタルテュビオスが来て，アステュアナクスはオデュッセウスの提案により，城壁より投げ下して殺すことになったとて，赤児を受け取る．*メネラーオスと*ヘレネーが現われ，不義の妻は夫に許しを乞う．アステュアナクスの死骸をタルテュビオスが運んで来る．孫を葬らんとヘカベーは彼の死体をかき抱いて嘆く．これは上述のごとくに筋もない，一種の反戦劇である．

トロイアの木馬　シノーンの項を見よ．

トロイゼーン　Troizen, Τροιζήν　*ペロプスと*ヒッポダメイアの子．兄弟の*ピッテウスとともに当時アエティオス Aetios が王であったトロイゼーンに来て，三人でこの市を支配し，この市に名を与えた．その子アナプリュストス Anaphlystos とスペーットス Sphettos はアッティカに移住した．

トローイロス　Troïlos, Τρωΐλος　*トロイアの*プリアモスと*ヘカベーとの子．《*イーリアス》は単に彼はすでに死んだと語っているが，その後*アキレウスに殺された話ができあがった．トローイロスが20歳になればトロイアは落ちないとの予言があったが，この年令に達する少し前に討たれたという．スカイアイ Skaiai 門の近くに馬に水を飲ませに行って，あるいは捕虜になって犠牲に供せられて，殺されたとも，アキレウスは彼を泉のかたわらで見て恋したが，トローイロスはテュムブレー Thymbre の*アポローン神殿に遁れ，アキレウスは彼を呼出そうとしたが応じないので，怒って槍で突き殺したともいう．

トロース　Tros, Τρώς　*トロイアの*エリクトニオスと*シモエイス河神の娘*アステオケーの子で，トロイア王家の祖．*スカマンドロス河神の娘*カリロエーを娶り，*イーロス，*アッサラコス，*ガニュメーデースの三男，一女*クレオパトラーの父となった．

ドーロス　Doros, Δῶρος　*ヘレーンとニンフのオルセーイス Orseïs との子．*デウカリオーンの孫．*アイオロスと*クスートスの兄弟．ドーリス族にその名を与えた祖．彼とその子孫はテッサリアのプティーオーティス Phthiotis より*オリュムポス山地方に移り，さらにピンド

ス Pindos 山脈に入ってのち，*オイテー山にむかい，最後にペロポネーソスに定住した．しかし一説ではドーロスは*アポローンとプティーアー Phthia との子で，*ラーオドコスと*ポリュペートースの兄弟である．*アイトーロスは彼ら三人を招き，殺害して，その地を自分の物とし，アイトーリア Aitolia と呼んだ．

ドロプス人 Dolops, Δόλοψ, 複数 Dolopes, Δόλοπες　テッサリアのエニーペウス Enipeus 河地方に住んでいた民族．*ポイニクスに従って*トロイアに遠征した．

ドロペス人　ドロプス人を見よ．

トロポーニオス Trophonios, Τροφώνιος　ボイオーティアのレバデイア Lebadeia に名高い神託所を有する英雄．*アポローンとエピカステー Epikaste (*アガメーデースの妻) との子で，したがってアガメーデースの義理の子とも，オルコメノスの*エルギーノスの子で，アガメーデースの兄弟ともいう．*デーメーテールに育てられアガメーデースとともに名高い建築家で，テーバイの*アムピトリュオーンの家，*デルポイのアポローンの神殿，*アウゲイアースの宝庫，ヒュリア Hyria の*ヒュリエウスの宝庫，マンティネイア Mantineia の*ポセイドーンの神殿などが彼らに帰されている．二人の話についてはアガメーデースの項を見よ．彼の神託所は深い洞窟内にあり，人々に恐れられていた．

ドローン Dolon, Δόλων　*トロイアの布告使エウメーデース Eumedes の子．*ヘクトールがギリシア軍の陣営にスパイに行った者への報酬に*アキレウスの神馬にひかれた戦車を約束した時，ドローンはこの役を引き受けて，狼の皮を着て，夜出かけたが，*オデュッセウスと*ディオメーデースに捕えられて，トロイア方の軍の事情を聞かれた上，殺された．

トーン Thon, Θών　エジプトの王．*ヘレネーがこの地に来た時，王の后*ポリュダムナは悲しみを忘れさせる薬を彼女に贈った．

ナ

ナーイアス Naïas, Ναϊάς, 複数 Naïades, Ναϊάδες　泉や河のニンフ．ニュムペーの項を参照．おのおのの泉や河に一人のこともあるが，また数人いることもある．ホメーロスでは*ゼウスの娘と呼ばれており，また*オーケアノスの一族ともいわれるが，一般に彼女たちはその住む河の神の娘となっている．彼女らはその水を飲む者の病気を治す力ありと信ぜられていることがあるが，まれな例外を除き，その水に浴することは彼女たちに対する冒瀆で，その罰として，病を送る．またときに人を狂わすことがある．しばしば人間の妻となり（たとえば*エンデュミオーン，*レレクス，*オイバロス，*イーカリオス，*エリクトニオス，*テュエステースの妻），英雄の家の系譜に姿を現わしている．彼女たちに関する地方伝説は非常に多い．

ナーイアデス　ナーイアスを見よ．

ナウシカアー Nausikaa, Ναυσικάα　《*オデュッセイア》の第六巻に現われる有名な乙女．スケリア Scheria の王*アルキノオスと后*アーレーテーの娘．*カリュプソーの島から船出した*オデュッセウスはふたたび難破して，スケリアの島に打ち上げられて，裸で海辺の茂みの中で疲れはてて眠っている．*アテーナーはナウシカアーに夢を送る．彼女の友だちの一人が夢の中に現われて，彼女が家族の着物がよごれているのをかまわないでいると非難する．彼女は父に乞うてろばの引く車を借り，洗濯物を積み，侍女たちと海辺に出かけて，洗濯を終り，鞠遊びに興ずるあいだに，鞠が海に落ち，彼女たちは叫び声をあげる．これに目を覚ましたオデュッセウスは貴女を見て，裸身を木の枝でかくして現われた．侍女たちは恐れて逃げるが，ナウシカアーはアテーナーに勇気づけられて，彼の近づくのを待ち，その願いを聞き，飲食物を与え，町へ導き，町の近くになってから，自分が見知らぬ男とともに歩いて，あらぬ噂を立てられないように，彼に道を教えて，一人で町に入らせる．彼女は彼のごとき人の妻になりたいと淡い恋心を抱き，父アルキノオスも娘をこのような人にと思うが，オデュッセウスにはすでに妻があり，この魅力に富む乙女のエピソードはこれだけで終る．しかし紀元 5 世紀の史家ヘラーニーコスは彼女がのちにオデュッセウスの子*テーレマコスの妻となって，一子*ペルセポリスを生んだと言っている．

ナウシトオス Nausithoos, Ναυσίθοος
1. *ポセイドーンと*ペリボイアの子．*アルキノオスとレークセーノール Rhexenor の父．アルキノオスの后*アーレーテーは後者の娘．ナウシトオスは*パイアーケス人がまだヒュペリエー Hyperie に住んでいた時以来の彼らの

王で，*キュクロープスたちに追われて，スケリア Scheria の島に来た．

2. *テーセウスがクレータ島に赴いた時に乗った船の舵取り．

3. *オデュッセウスと*カリュプソーの子．ナウシノオス Nausinoos の兄弟．一説には彼は*テーレゴノスと同じく，オデュッセウスと*キルケーの子といわれる．

ナウテース Nautes, Ναύτης 《*アイネーイス》中，*アイネイアースに従った*トロイアの老予言者．シシリアでアイネイアースの船が焼かれた時に，彼にここに留まらずにラティウムに進むように勧めた．神託が*ディオメーデースに，*パラディオンをアイネイアースに渡すように命じた時に，これを受け取ったのも彼であり，彼はローマのナウティィー Nautii 氏の祖とされている．

ナウプリオス Nauplios, Ναύπλιος

1. *ポセイドーンと*アミューモーネーの子．ナウプリア Nauplia 市の創建者．ダマストール Damastor とプロイトスの父．前者は*ポリュデクテースと*ディクテュスの祖父である．後者については 2. を見よ

2. 1. の子孫．系譜は，ナウプリオス——*プロイトス——レルノス Lernos——ナウボロス Naubolos——クリュトネオース Klytoneos——ナウプリオス．二人のナウプリオスはしばしば混同されている(たとえばアポロドーロスの《ギリシア神話》II. 1. 5.). 彼は*カトレウスの娘*クリュメネー，あるいは*ピリュラー Philyra, あるいは*ヘーシオネーを娶り，*パラメーデース，*オイアクス，ナウシメドーン Nausimedon の父となった．*アルゴナウテースたちの遠征に参加，*ティーピュスの死後，*アルゴー船の舵を取った．彼は名高い航海者で，つねに海を航行していた．アルカディアのテゲア Tegea 王*アレオスは*ヘーラクレースに犯されて*テーレポスを生んだ自分の娘*アウゲーを海で殺すべく，あるいは他国に売るべく，ナウプリオスに与え，彼女はのち*テウトラースの后となった．またカトレウスは二人の娘*アーエロペーとクリュメネーを他国で売るようにナウプリオスに渡したが，アーエロペーは*プレイステネースまたは*アトレウスが，クリュメネーはナウプリオスが妻とした．*トロイアに遠征した息子のパラメーデースが*オデュッセウスの奸計によって石で撃たれて死んだのを怨み，ギリシア軍の陣に赴いて，わが子の償いを要求したが，すべての者がオデュッセウスとその仲間である*アガメムノーンの味方をしたので，なすことなく帰り，ギリシア各地を航行して，遠征で留守をしているギリシアの将たちの妻が姦通するように仕組んだ．アガメムノーンの妻*クリュタイムネーストラーが*アイギストスと，*ディオメーデースの妻*アイギアレイアが*コメーテースと，*イードメネウスの妻メーダー Meda が*レウコスと通じたのはこのためである．彼はさらにオデュッセウスの妻*ペーネロペーにも手を出したが，これは成功しなかった．その後彼はギリシア軍が海路帰国するのを待ち伏せて，エウボイア島のカペーレウス Kaphereus 岬の高処(これはクシュロパゴイ Xylophagoi 《材木食い》と呼ばれていた)に篝火を上げ，ギリシア人たちはこれを港の火と考えて，近づき，難航し，この時に*オーレウスの子の*アイアースも死んだ．ナウプリオス自身もまたこれと同じ死に方をするにいたったとも，またペーネロペーを求婚者たちになびかせようとしている時に，彼女の母*アンティクレイアが彼の子が死んだと偽りの知らせを与えたために，悲しみのあまり自殺したともいう．

ナクソス Naxos, Νάξος ナクソス島にその名を与えたカーリア Karia 人．ポレモーン Polemon, あるいは*エンデュミオーンと*セレーネー，あるいは*アポローンと*アカリスの子といわれ，*テーセウスの二代前に，この島にカーリア人の移住民を従えて来住，当時ディーア Dia と呼ばれていたこの島の名をナクソスに変えた．

ナノス Nanos, Νάνος 1. その娘がフェニキアからの移住民の長エウクセノス Euxenos の妻となった，マルセイユの王．

2. テュレーニア Tyrrhenia 人の言葉で《放浪者》を意味し，彼らのあいだでは*オデュッセウスはナノスと呼ばれていた．同項を見よ．

ナパイアー Napaia, Ναπαία, 複数 Napaiai, Ναπαῖαι 山の谷間の森に住むニンフ．

ナルキッソス Narkissos, Νάρκισσος テスピアイ Thespiai の美少年．ボイオーティアのケーピーソス Kephisos 河神とニンフのレイリオペー Leiriope の子．泉の水の中に写った自分の美貌に見とれ，それに恋し，その望みの達せられないままに，世を去り，同名の花となった．その事情に関しては種々な伝えがある．一番普通なのはオウィディウスの話で，彼の両親は彼が生れた時，予言者*テイレシアースから，彼が自分自身を見なければ長寿を得ると言われた．美しい青年に成長して，多くの乙女やニンフに言い寄られるが，彼は受け容れない．*エーコーもその一人で，絶望のあまり憔悴し，

声だけが残った．彼に拒まれた乙女が天に祈り，*ネメシスがこれを聞きいれ，彼は自分の水姿に見惚れて死んだ．パウサニアースの話では彼には双生の美しい姉妹があり，ともに狩をして娯しんでいたが，彼女が世を去ったのち，自分の水姿を姉妹だと思い，のちにはそうでないことを知ったが，つねにこの泉で自分の姿を眺めていたことから，この話が生れたとする．ボイオーティアの伝えでは，多くの恋人の中に，アメイニアース Ameinias なる者があり，彼はこの男を拒んだのみか，刀を贈ったので，アメイニアースはナルキッソスの家の前で自殺した．この時彼はナルキッソスを呪ったことが原因で，ナルキッソスは自分の水姿に惚れ，自殺したことになっている．エウボイアのエレトリア Eretria では彼は殺されて，その血からナルキッソスの花が生えたという．

ナンナコス Nannakos, Νάννακος *デウカリオーンの洪水以前の古いプリュギアの王．洪水を予知し，これを避けるために国を挙げての祈禱を，涙と嘆きとともに行なったので，《ナンナコスの涙》なる表現ができあがった．彼は 300 年の長寿を保ち，その死後，彼の人民はすべて滅びるとの神託があった．それで彼の死は大いに嘆かれたが，また本当に洪水が起って，予言は成就されたともいう．

二

ニオベー Niobe, Νιόβη 1. *タンタロスの娘でテーバイの*アムピーオーンの妻．二人のあいだにはホメーロスは六男六女，ヘーシオドスは十男十女，ヘーロドトスは二男三女が生れたと言っているが，後代の数は普通七男七女で，その名は男はシピュロス Sipylos, エウピニュトス Eupinytos, *イスメーノス Ismenos, ダマシクトーン Damasichthon, *アゲーノール Agenor, パイディモス Phaidimos, *タンタロス Tantalos, 女はエトダイアー Ethodaia (または*ネアイラ Neaira), クレオドクサ Kleodoxa, *アステュオケー Astyoche, プティーアー Phthia, ペロピア Pelopia, アステュクラテイア Astykrateia, *オーギュギア Ogygia であるとアポロドーロスは伝えているが，この名は所伝によって異なり，アポロドーロス自身の中にも，のちに述べるごとくに矛盾がある．

ニオベーが*レートーには*アポローンと*アルテミスの二人の子供しかないので，自分の方がまさっていると誇ったため，レートーは怒って二人の子に復讐を求めた．そこでアポローンは男の子を，アルテミスは女の子を射殺した．ホメーロスは*ゼウスがすべての者を石に変じ，ニオベーのみは少くとも一食だけ取るまで生きていたが，泣きつかれて，ついに石と化した．その石は小アジアのリューディアのシピュロス Sipylos 山上にある．また神々は子供らを十日目に葬ったという．その後の話では彼女はリューディアのシピュロス市へ，父タンタロスのもとに遁れ，泣きつづけて，ついに石となったことになっている．殺戮の際に男の子の中ではアムピーオーン Amphion が，女の子では*クローリス (*ネーレウスの妻) が助かったとアポロドーロスは言っているが，これらの名は彼自身の挙げた上記リスト中になく，彼はここで別の所伝によっているらしい．テレシラ (前 6 世紀後半の女流詩人) は助かったのはアミュークラース Amyklas と*メリボイア（クローリス）であると伝えている．この際父アムピーオーンもまた射殺されたということである．

さらに後代の奇妙な所伝では，ニオベーは*アッサーオーンの娘で，アッシリア人ピロトス Philottos に嫁したが，夫は狩で死んだ．アッサーオーンは自分の娘に恋したが，容れられず，20 人の孫を食事に招き，宮殿に火を放って焼き殺した．のちアッサーオーンは後悔して自殺し，ニオベーは石と化した，あるいは岩壁より身を投じたという．

2. アルゴスの*ポローネウスとニンフのテーレディケー Teledike (あるいはケルドー Kerdo, あるいは*ペイトー) との娘．彼女は*ゼウスと交わった最初の人間の女で，二人のあいだに*アルゴスおよび，アクーシラーオス (前 6 世紀後半の系譜学者) によれば，*ペラスゴスも生れた．

ニーキッペー Nikippe, Νικίππη 1. *ペロプスの娘．*ペルセウスの子*ステネロスに嫁し，*エウリュステウスの母となった．

2. *テスピオスの娘の一人．

ニーケー Nike, Νίκη 《勝利》の意で，その擬人化された女神．ローマの*ウィクトーリア．ヘーシオドスは彼女を*ティーターン神族の*パラースと*ステュクスとの娘で，*ゼーロス《競争心》，クラトス Kratos《支配》，*ビアー《暴力》

の姉妹としている．オリュムポスの神々を援けてティーターン神族と闘ったので，*ゼウスに賞せられた．彼女はまた競技の勝利の女神でもあり，ペルシア戦争の勝利は彼女の人気を急激に増大させた．彼女はよく軍の女神としての*アテーナーに従って表わされている．普通有翼の若い女神として造型美術で表現され，オリュムピア出土のパイオーニオス Paionios 作およびサモトラーケー Samothrake 出土の有名な像が残っている．彼女はギリシア各地に神殿をもっていた．

ニーコストラテー Nikostrate, Νικοστράτη *エウアンドロスの母．ローマの*カルメンタ．彼女は*ヘルメースと交わってエウアンドロスを生んだ．しかしときには彼女はヘルメースの娘でエウアンドロスの妻ともされている．

ニーコストラトス Nikostratos, Νικόστρατος *ヘレネーと*メネラーオスとの子．しかしホメーロスでは*ヘルミオネーが二人のあいだのただ一人の子とされているのだが，彼はメネラーオスが帰国後の子，あるいはメネラーオスと奴隷との子と説明されている．ヘレネー，メネラーオス，メガペンテースの項を見よ．

ニーセーイス Niseïs, Νισηίς 《ニーソスの娘》の意で，*スキュラを指す．

ニーソス Nisos, Νίσος 1. アテーナイ王*パンディーオーンとメガラ王*ピュラースの娘*ピュリアーとの子．メガラ王．彼の頭には真中に紫色の毛が一本あり，これを抜かれれば死ぬとの神託があった．彼の娘*スキュラはメガラを包囲しているクレータ王*ミーノースに恋し，その毛を抜き取った．そのため彼は死に，メガラは陥ちた．ミーノースは彼女をその足を船の艫につないで溺死させたという．また後代の伝えではミーノースは，彼女を見棄てて立ち去ったので，彼女は海に飛び込み，船のあとを追って泳いだところ，彼女の父は死後おじろわし（尾白鷲）となって，彼女に飛びかかったが，彼女もキーリス Ciris なる鳥（あるいは魚）に変身したという．メガラのニーサイア Nisaia 港は二ーソスの名によっている．

2. 《*アイネーイス》中，*ヒュルタコスの子で，*アイネイアースの部下の一人．*エウリュアロスの親友．ルトゥリー人との戦で，二人はともに討たれた．

ニノス Ninos, Νίνος アッシリアのニネヴェ市の創建者と称せられる．セム族の神ベール Bel と同一視された*クロノス，あるいは*ベーロスの子．アラビア王アリアイオス Ariaios とともにインド以外の全アジアを征服，バクトリア Baktria を攻めあぐんだ時，その王の宰相の一人の妻*セミーラミスの計によってこの地を征服，彼女はニノスの后となり，彼の死後王位を継承した．ヘーロドトスはニノスを*ヘーラクレースと*オムパレーの子アルカイオス Alkaios の孫としている．

ニュクス Nyx, Νύξ 《夜》の意で，その擬人化された女神．ホメーロスは彼女は*ゼウスにさえ恐れられ尊ばれている女神であると言い，ヘーシオドスは彼女を*カオスの娘で，*エレボスの姉妹，*アイテール，*ヘーメラー，モロス Moros《運命》，*ケールたち，*ヒュプノス，夢の神，*モーモス，*モイラたち，*ネメシス，*エリスその他の神々の母としている．彼女は極西の地の果てに住む．オルペウス教では彼女は偉大なる創造神で，*パネースの娘で，彼のあとを継ぎ，子の*ウーラノスに支配を譲ったのちも，ウーラノス，*クロノス，ゼウスの治世と世界形成の助言者であり，彼女は岩窟内にあって，予言を行なうことになっている．いずれにせよ彼女は畏怖すべき偉大な神とされているが，実際の彼女の崇拝はほとんどなく，また神話もない．

ニュクティメネー Nyktimene, Νυκτιμένη レスボス王*エポーペウスまたはエティオピア王*ニュクテウスの娘．父に愛され，これに応じて，あるいは強いられて，父と交わったのを恥じて，森に遁れ，彼女を憐んだ*アテーナーによってこうもりに変えられた．こうもりが昼を避けて夜間にのみ現われるのはこのためであるといわれる．

ニュクティーモス Nyktimos, Νύκτιμος *アルカディア王*リュカーオーンの子供たちが*ゼウスに殺された時，*ガイアの願いにより，一人だけ助けられた子．父をついでアルカディア王となり，*デウカリオーンの洪水は彼の治世中に起った．彼の後継者は*アルカスである．

ニュクテウス Nykteus, Νυκτεύς, 拉 Nycteus, 仏 Nyctée 1. *ヒュリエウスとニンフのクロニアー Klonia の子．*リュコスの兄弟．*アンティオペーの父．しかしニュクテウス兄弟はまた*カドモスの播いた竜の牙から生れた*スパルトイの一人*クトニオスの子とも，*ポセイドーンとケライノー Kelaino との子（これはこの二人の子の別人リュコスとの混同による）ともされている．二人は*プレギュアースを殺したため，エウボイアより遁れて，ヒュリア Hyria に居を構え，テーバイ王*ペンテウスにたよって，テーバイの市民となり，*ラーイオスの幼時，その摂政となった．アンティオペーがシ

ニューサ

キュオーンの王*エポーペウスのところに逃げ去り，彼と結婚したので，リュコスに両人を罰するように命じた後，自殺した．一説には彼は娘を奪い去ったエポーペウスを攻めて，シキュオーンで戦い，彼もエポーペウスも討死したという．アンティオペーとリュコスの項を見よ．
2. *ニュクティメネーの父．エティオピア王．

ニューサ Nysa, Νῦσα *ディオニューソスをニューサの山で育てたニンフたちの一人．*アリスタイオスの娘ともいわれた．他のディオニューソスの乳母のニンフたちとともに，神の願いにより，*メーデイアによって若返りの治療をうけた．

なおニューサは地名として，ギリシア人の地理的眼界が広がるにつれて，しだいに遠方に追いやられた．Nysa は Dio-nys-os を分解して，dio-《ゼウスの》と -nys- より，その意味不明のまま，作り出された名であろう．

ニューソス Nysos, Νῦσος ヒュギーヌス (後2世紀の神話書の著者)によれば，*ディオニューソスの養父．神の名の一部はニューソスの名に由来すると．インド遠征中，神は彼にテーバイをあずけたが，帰還後神が同市の返還を求めたが，彼はこれに応ぜず，神もまた暴力に訴えることを欲しなかったので，機会を待った．三年後表面上和解したごとくに見せて，神はテーバイ市で，三年目毎に行なわれる祭礼を催す許しをニューソスより得，兵を*バッケーたちに仮装せしめて市内に潜入させ，ニューソスよりテーバイ市を取り返した．

ニュムパイ ニュムペーを見よ．

ニュムペー Nymphe, Νύμφη, 複数 Nymphai, Νύμφαι ニンフのこと．山川草木やある場所，地方，町，国などの精，あるいはその擬人化された女神．彼女たちは若くて美しい女性と考えられ，ホメーロスは彼女たちは*ゼウスの娘であると言っているが，神と異なり，彼女たちは不死ではなく，その代りに非常に長寿であるとされている．樹木のニュムペーなどは，その樹木の死とともに生を終える．彼女たちは歌と踊りを好み，人間に恩恵を垂れるが，またときに怒って，害をなすこともある．彼女たちの住む泉の水を飲むと予言の力を与えられるとの伝えからか，彼女たちは予言力があるとされている．彼女たちは，*アルテミスその他の神々に従い，とくにこの女神とともに山野に狩し，*ディオニューソスとともに踊り狂い，*パーン，*シーレーノス，*サテュロスたちと恋をする．一方人間にも恋することがあり，多くの英雄の系譜中に彼女たちが現われている．聞き入れられないと*ダプニスのごとくに罰したり，またときに*ヒュラースのように，さらったりする．彼女たち相互間にもまた上下の差があり，*カリュプソーや*キルケーには彼女たちが付き従っている．彼女たちはその住む所によっていろいろに区別される．*ナーイアデスは淡水（泉，河川）の，*オレイアデスは山の，アルセイデス Alseides は森の，*ナパイアイは谷間の，*ドリュアデス (*ハマドリュアデス) は木のニュムペーである．海の美しい住人たる女性たちは，*オーケアニデスと*ネーレーイデス，すなわち*オーケアノスと*ネーレウスの娘たちであるが，彼女たちは単なるニュムペーのごとくもあると，真の意味での女神に近づいているものとがある．

ニーレウス Nireus, Νιρεύς シューメー Syme の王カロポス Charopos とニンフのアグライエー Aglaie の子．三隻の船を率いて*トロイア戦争に参加．*ヘレネーの求婚者の一人で，*トロイアに集まったギリシア人中一番美男子であった．ギリシア軍が誤ってミューシア Mysia に上陸し，その王*テーレポスと戦った時，ニーレウスは王とともに戦闘に加わっていたその后*ヒエラーを討った．トロイアで彼はテーレポスの子*エウリュピュロスに討たれた．一説には彼はトロイア陥落後，*アンドライモーンの子*トアースとともに放浪したといわれる．

ニンフ ニュムペーの項を見よ．

ヌ

ヌミトル Numitor ラティウムのアルバ・ロンガ Alba Longa 王プロカース Procas の長子で，*アイネイアース王家16代目のアルバ王．*レア・シルヴィアの父．彼女が*マールス神とのあいだに生んだのが*ロームルスと*レムスである．ロームルスの項を見よ．

ネ

ネアイラ Neaira, Νέαιρα　1. *ニオベーと*アムピーオーンの娘の一人. *アルテミスに射殺された.

2. アルカディアのペネウス Pereus の娘. *アレオスの妻となり, 一女*アウゲー, 二男*ケーペウスと*リュクールゴスが生れた.

3. *ストリューモーン河神の妻. その娘エウアドネー Euadne はアルゴス王*アルゴスの妻となった.

4. *ヘーリオスと交わって, パエトゥーサ Phaethusa と*ラムペティエーを生んだニンフ.

5. *アウトリュコスの妻.

ネイロス Neilos, Νεῖλος, 拉 Nilus　ナイル河神. *オーケアノスの子. *イーオーの子*エパポスは彼の娘*メムピスを妻とし, その娘*リビュエーから*アゲーノールと*ベーロスを祖とする二族が出た.

ネオプトレモス Neoptolemos, Νεοπτόλεμος, 拉 Neoptolemus, 仏 Néoptolème　*アキレウスと*デーイダメイア(スキューロス王*リュコメーデースの娘)との子. 父親がその焰のごとき色の髪の毛から*ピュラー Pyrrha と呼ばれていたのと同じく, ピュロス Pyrrhos とも呼ばれる. ネオプトレモスは《若い戦士》の意. アキレウスの死後, *トロイアの*ヘレノスの予言により, ネオプトレモスが戦に参加することと, さらに*ヘーラクレースの弓(これはそのとき*ピロクテーテースの所有に帰し, 彼は毒蛇に咬まれた傷が悪臭を放つので, 一人レームノス島に置き去りにされていた)とがトロイア攻略の条件であることを知ったギリシア人たちは, *オデュッセウス, *ポイニクス, *ディオメーデースを使者として, ネオプトレモスを迎える. ネオプトレモスはオデュッセウスとともにピロクテーテースを説いて, ふたたび軍に加わらせた(《ピロクテーテース》の項を見よ). トロイアでは彼は知勇兼備の勇将として奮闘, *テーレポスの子*エウリュピュロスを討った時に, 喜びのあまり踊り, これがピュリケー pyrrhike なる踊りの源であると. 彼は木馬の勇士(シノーンの項を見よ)の一人として, トロイア陥落の際に市内に侵入, *プリアモスをはじめ多くのトロイア方の将を討ち取り, *ヘクトールの子*アステュアナクスを城壁より投げおろして殺し, ヘクトールの妻*アンドロマケーを捕虜の中から自分のものとして得た. ついで父の霊を慰めるべく, プリアモスの娘*ポリュクセネーをその墓前で犠牲に供した.

彼の帰国については, 《*オデュッセイア》は彼が無事に国に帰り, *ヘルミオネーを妻としたと言うのみであるが, このほかに彼は*デルポイで殺されたという, またエーペイロスのモロッソス人の王家の祖とされ, 祖国のプティーア Phthia に帰らなかったとの伝承がある. これにもいろいろな異伝がある. 帰国に当って彼は*テティスの, あるいはヘレノスの忠告によって, 数日をトロイアに送ったのち, 陸路帰国の途につき, トラーキアを横切る時にオデュッセウスに出会ったのち, エーペイロスに来た. この旅にヘレノスも同伴し, ネオプトレモスの死後, 彼はアンドロマケーを妻としたという. また一説にはここでネオプトレモスは*ヘーラクレースの孫娘レオーナッサ Leonassa を娶って, 八子を得, 彼らはエーペイロス人の祖となったとする. デルポイにおける彼の死について, ピンダロスはネオプトレモスが*ゼウス・ヘルケイオス Herkeios の祭壇でプリアモスを殺したことを怒り, その結果彼はデルポイで神殿奉仕の人たちと争って殺されたとも, また*アイアコスの後裔(ネオプトレモスはその一人)がデルポイで神と祭られなくてはならなかったので, 彼はここで殺されたという. しかしその後この伝説は種々潤色された. 彼とアンドロマケーのあいだにはモロッソス人の祖*モロッソス, ピエロス Pielos, *ペルガモスの三子が生れたので, 自分には子ができないのを残念に思ったヘルミオネーが, 以前の許婚者*オレステースに彼を殺させた. この事件はプティーアあるいはエーペイロスで生じたともいうが, これをデルポイと結びつけた悲劇作者の話では, ネオプトレモスはヘルミオネーに子がないので, デルポイの神託を伺いに, あるいはトロイアからの戦利品奉献に出かけた. ときには*アポローンのアキレウスに対する敵意の理由を尋ねるのが目的であったともいわれる. オレステースはネオプトレモスと喧嘩して彼を殺した. またデルポイの神官*マカイレウスは, ネオプトレモスが習慣に反して, 自分が犠牲に供した獣の肉を要求したので, 神官職の権利を犯す者として, 彼を刀で殺したとの伝えもある. 彼の

墓は古くよりデルポイにあり、彼は実際にデルポイで崇拝をうけていたが、これはケルト族がここに侵入した時に、二人のヒュペルボレイオス人の神将(ヒュペロコスの項を見よ)とともに彼が現われてデルポイを守ったとの伝説によるもので、したがって前3世紀以後のことであるとパウサニアースは言っている。

ネクタル Nektar, Νέκταρ 神々の酒のこと。アムブロシアーの項を見よ。

ネケッシタース Necessitas 《必然》の擬人化されたローマの女神。ギリシアの*アナンケーに同じ。

ネストール Nestor, Νέστωρ ピュロス王*ネーレウスと*クローリスの子。ヘーラクレースがピュロスを襲った時、彼のみはゲレーニア Gerenia 人の地にいて不在だったため、あるいは*ゲーリュオーンの牛を父と他の兄弟たちが奪わんとしたのに、彼のみはこれに反対したために、12人の兄弟のうち彼だけが助かった。後者の伝えではヘーラクレースは彼に王位を与えたことになっている。彼は牛を掠めに来たエーリスのエペイオス Epeios 人と戦い、*ポセイドーンがあいだに入らなかったならば、*モリオネ兄弟を討ち取るところであった。彼はさらに*ラピテース族と*ケンタウロス族との戦闘に参加、またアルカディアの巨人エレウタリオーン Ereuthalion を一騎打で殺した。彼が*アルゴナウテースたちの遠征や*カリュドーンの猪狩に加わったとするのは後代の創作である。*トロイア戦争には、すでに老人であったにもかかわらず、*アンティロコスと*トラシュメーデースの二人の息子とともに、90 隻の船を率いて参加した。《*イーリアス》では彼は人間の三代目まで生きた、温和で、常識的で、饒舌で、つねに過去の自慢をする非常な老人として、やや、戯画化されしかし、好意的に描かれている。その長寿の原因は、彼の母クローリスの兄弟姉妹、すなわち*ニオベーと*アムピーオーンの子供たちを殺戮した*アポローンが、その代りに彼に年月を付与したのであると。《イーリアス》の話以前に、彼は*アキレウスのテネドス島攻略に加わって、アルシノオス Arsinoos の娘*ヘカメーデーを奴隷として得た。*アガメムノーンとアキレウスの争いには彼は仲裁を行ない、彼が*メムノーンに追撃された時、アンティロコスが身代りになって死んだ。トロイア陥落後、彼は無事に帰国、*オデュッセウスの子*テーレマコスをピュロスに迎えている。彼の妻*エウリュディケー(*クリュメノスのあるいはクラティエウス Kratieus の娘アナクシビエー Anaxibie)は彼の帰国の時にまだ生きていた。彼の墓はピュロスに歴史時代に存在した。彼の子は、上記二人のほかに、アーレートス Aretos、ペルセウス Perseus、ストラティコス Stratichos、ニケプローン Echephron、ペイシストラトス、娘は*ペイシディケー(またはエウリュディケー Eurydike)と*ポリュカステーである。

ネダー Neda, Νέδα *オーケアノスの娘のうち、*ステュクスと*ピリュラーについで三番目の娘。アルカディアの所伝では*ゼウスはこの地の山で生れたことになっており、そのとき母親の*レアーは赤児に産湯を使わせようと思ったが、河にも泉にも水がなかった。困った彼女は自分の笏で大地を打って、*ガイア(大地)に願ったところ、のちにレプレイオン Lepreion 市のあった所に泉が湧出し、彼女はこの泉にニンフのネダーの名を与えた。キケローはこのネダーは一番古い伝えによるとゼウスとのあいだに四人の*ムーサ、すなわちテルクシノエー Thelxinoë、アオイデーAoide、アルケー Arche、メレテー Melete を生んだと言っている。

ネッソス Nessos, Νέσσος *ケンタウロス族の一人。ヘーラクレースとデーイアネイラの項を見よ。

ネーパリオーン Nephalion, Νηφαλίων *ミーノースとニンフのパレイア Pareia の子。*ヘーラクレースが*アマゾーンの女王の帯を取るために出かけた時、ネーパリオーンとその兄弟*エウリュメドーン、*クリューセース、*ピロラーオスおよび*アンドロゲオースの子*アルカイオスと*ステネロスの住んでいたパロス Paros 島に寄航、乗組員の二人が殺されたので、英雄は市を攻略、ネーパリオーン兄弟を殺した。島の者はヘーラクレースに殺された二人の身代りにだれでも二人を取ることを申し出たので、アルカイオスとステネロスを取って出港した。

ネプトゥーニーネー Neptunine ローマで*ネプトゥーヌスの孫娘、あるいは娘の意。

ネプトゥーヌス Neptunus, 英・仏 Neptune, 独 Neptun ローマの古い神で、ギリシアの*ポセイドーンと同一視され、そこから海の神となったが、本来のこの神の性格は不明。祭日は暑い盛りの7月23日で、市民は木の枝で天蓋を造り、その下で飲食した。彼の神殿はキルクス・マクシムス Circus Maximus にあり、ここには古く小川が流れていたので、あるいは彼は水の神であったかと思われる。彼には女神*サラーキアなる配偶神があった。なお競馬がその祭に行なわれた*コーンスス神は、ポ

セイドーンが馬の神である点から，ネプトゥーヌスと関係ありと考えられていた．

ネペレー Nephele, Νεφέλη 《雲》の意．

1. *アタマースの妻で，*プリクソスと*ヘレーの母．これらの項を見よ．

2. *ゼウスが*ヘーラーに模して雲から創り出した幻像．神はこれを*イクシーオーンに送り，彼はこれをヘーラーと思って交わり，*ケンタウロス族が生れた．

ネメア祭 Neme(i)a, Νεμε(ι)α クレオーナイ Kleonai のネメア Nemea の谷にあった*ゼウスの神域で行なわれた全ギリシア的な祭典競技．*アドラストスがアルゴスの七将を率いてテーバイに遠征する途中で最初にこの競技を行なった（同項および*アルケモロスの項を見よ）とも，*ヘーラクレースが*ネメアのライオンを退治した時に創始したとも伝えられる．競技はオリムピアドの二と四年目に二年目ごとに催された．

ネメアのライオン ヘーラクレースの項を見よ．

ネメシス Nemesis, Νέμεσις 人間の思い上った無礼な行為に対する神の憤りと罰を擬人化した女神．本来はおそらく《配給者》の意であろう．ヘーシオドスはネメシスを*ニュクス《夜》の娘としている．*ゼウスは彼女と交わらんとして追ったが，彼女はさまざまに姿を変えて遁れ，ついにがちょう（鵞鳥）になったところ，神は白鳥となって彼女と交わり，女神は卵を生んだ．これを羊飼が見つけて*レーダーに与えた．これから*ヘレネーと*ディオスクーロイが生れた．

ネメシスのもっとも有名な神殿はアッティカ北辺のラムヌース Rhamnus にあり，*ペイディアースがその像を刻んだ．ここでは彼女は*アルテミス形の女神であったらしい．ボイオーティアではアドラストスが創始したといわれるネメシス・アドラステイア Adrasteia の崇拝があったが，*アドラステイアは《遁るべからざる》，すなわち必然のネメシスを意味している．

ネリオー Nerio ローマの軍神*マールスの配偶の女神．またときに*ミネルウァとも同一視されている．ベローナの項またマールスとアンナ・ペレンナの項をも参照．

ネーリーテース または**ネーレイテース** Nerites, Νηρίτης, Nereites, Νηρείτης *ネーレウスと*ドーリスの息子．*アプロディーテーがまだ海中に住んでいた時彼を愛した．彼女がオリュムポスに登る時，翼を与え，あとに従うように命じたが，従わなかったので，怒って彼を動けない貝殻にし，その代りに*エロースに翼を与えた．また彼は，一説では，*ポセイドーンに愛され，その後にすばらしい速さで従っていたが，*ヘーリオスがこれを妬み，彼を貝殻にしたともいう．

ネーリーネー Nerine ラテン語で，*ネーレーイスと同じ．

ネーレーイス Nereïs, Νηρηΐς, 複数 Nereïdes, Νηρηΐδες *ネーレウスと*ドーリス（オーケアノスの娘）との50人（あるいは100人）の娘たち．その名はアポロドーロスによれば，つぎのごとくである．ただし数は合わない．キューモトエー Kymothoe, スペイオー Speio, グラウコノメー Glaukonome, ナウシトエー Nausithoe, ハリエー Halie, *エラトー Erato, サオー Sao, *アムピトリーテー, エウニーケー Eunike, *テティス, エウリメネー Eulimene, アガウエー Agaue, エウドーレー Eudore, ドートー Doto, ペルーサ Pherusa, *ガラテイア, *アクタイアー Aktaia, ポントメドゥーサ Pontomedusa, *ヒッポトエー Hippothoe, リューシアナッサ Lysianassa, キューモー Kymo, エーイオネー Eione, ハリメーデー Halimede, プレークサウレー Plexaure, エウクランテー Eukrante, プロートー Protho, *カリュプソー, パノペー Panope, クラントー Kranto, ネオメーリス Neomeris, ヒッポノエー Hipponoe, イーアネイラ Ianeira, ポリュノメー Polynome, *アウトノエー Autonoe, メリテー Melite, *ディオーネー Dione, ネーサイエー Nesaie, デーロー Dero, エウアゴレー Euagore, *プサマテー Psamathe, エウモルペー Eumolpe, イオネー Ione, デュナメネー Dynamene, ケートー Keto, リムノーレイア Limnoreia. このほかにもなお多くの名が伝えられている．*オーレイテュイアは一般にアテーナイの*エレクテウスの娘とされているが，ときにネーレーイデスの中に数えられる．彼女たちは父の海底の宮殿で黄金の椅子に坐し，歌い踊り，つむぎ，一般の娘たちと同じ生活を送る美女と想像されている．

ネーレイテース ネーリーテースを見よ．
ネーレーイデス ネーレーイスを見よ．
ネーレウス Neleus, Νηλεύς, 仏 Nélée

1. *サルモーネウスの娘*テューローと*ポセイドーンとの子．*ペリアースの双生の兄弟．テューローは父の兄弟*クレーテウスに育てられた．彼女は双生児を捨てたが，馬飼に拾われた．彼らは成人してのち，母を見いだし，彼女がサルモーネウスの後妻*シデーローに虐待されているのを知り，シデーローが*ヘーラーの神殿

ネーレウス

に遁れたにもかかわらず、ペリアースはその祭壇上で切りたおした. その後、兄弟はたがいに争うにいたり、ネーレウスは追われてメッセーネ Messene に来てピュロス Pylos を建設し、*アムピーオーンの娘*クローリスを妻とし、一女*ペーローおよびタウロス Tauros, *アステリオス Asterios, ピュラーオーン Pylaon, *デイマコス Deïmachos, エウリュビオス Eurybios, エピラーオス Epilaos, プラシオス Phrasios, エウリュメネース Eurymenes, エウアゴラース Euagoras, *アラストール Alastor, *ネストール, *ペリクリュメノスの 12 人の男児を得た. *ヘーラクレースが*イーピトスを殺した時、ネーレウスはヘーラクレースの殺人の罪を潔めることを拒んだため、ヘーラクレースはピュロスを攻め、ゲレーニア Gerenia 人の地にいたネストール以外の 11 人の息子たちを討ちとった. ネーレウス自身もこのとき討たれたとも、その後コリントスで世を去り、そこに葬られたとも伝えられる. なおネストールの項を参照せよ.

2. 1. の子孫で、アテーナイ王*コドロスの子. 彼はアッティカからのイオーニア人と*ヘーラクレイダイに追われたメッセーネー人を率いてイオーニアのミーレトス Miletos 市を創建したと伝えられる.

ネーレウス Nereus, Νηρεύς, 拉 Nereus, 仏 Nérée　　*ポントスと*ガイアの子. 海の老人とホメーロスに呼ばれた海神で、賢明、温和で、予言の力があった. *オーケアノスの娘*ドーリスを妻とし、50 人 (あるいは 100 人) の娘、即ち、*ネーレーイスたちの父となり、彼女たちとともに海の底 (とくにエーゲ海) に住んだ. 彼は船乗りの保護者であり、姿を自由に変ずる力をもっていた. *ヘーラクレースは*ヘスペリスの林檎のあり場所を知るために、不意にネーレウスを襲って捕えんとし、ネーレウスは火、水その他いろいろな姿に変化して遁れんとするがついに遁れられず、ヘーラクレースにヘスペリスへの道を教えた. 彼は*テティスと*ペーレウスの格闘を眺め、彼らの結婚式に臨んだ. 彼が*アプロディーテーを教育したとの話もある. 美術では彼は白髯で、*トリートーンに跨り、三叉の戟を手にした姿で表わされる.

ノ

ノクス Nox　《夜》の意. ギリシアの*ニュクスに同じ. 同項を見よ.

ノストイ Nostoi, Νόστοι　　*トロイアに遠征したギリシア軍の将たちの帰国物語. そのなかでもっとも有名なのが*オデュッセウスの帰国物語たる《*オデュッセイア》である.

ノトス Notos, Νότος　南風神. ローマの*アウステル. 曙女神*エーオースの子. *ゼピュロス, *ボレアース, 暁の明星などの兄弟. 特別の神話はない.

ノーナ Nona　パルカたちの項を見よ.

ノミオス Nomios, Νόμιος　*アポローン, *ヘルメース, *パーンなど, 牧場と羊飼を保護する神々の称呼.

ハ

パイア Phaia, Φαῖα　　*エキドナと*テューポーンの子の牝猪. 育てた老婆の名によってパイアと呼ばれた. クロムミュオーン Krommyon で*テーセウスに退治された.

パイアークス Phaiax, Φαίαξ　　1. *ポセイドーンとニンフの*ケルキューラ (*アーソーポス河神の娘) との子. *アルキノオスの兄弟. *パイアーケス人にその名を与えた.

2. *テーセウスがクレータに行った時の船頭. サラミース Salamis の出身.

パイアーケス人 Phaiakes, Φαίακες, 拉 Phaeaces, 仏 Phéacians　《*オデュッセイア》中, *スケリアなる島 (ケルキューラ・コルフ島であると古代では想像されていた) に住む伝説的な民族. はじめヒュペリエー Hyperie に住んでいたが, *キュクロープスたちに追われ, その王*パイアークスに率いられてスケリアに移った. 彼らは思うがままに海を渡る魔法の船をもち, 武芸やスポーツよりは快楽を好み, 饒舌で多少傲慢だが, 親切であった. *オデュッセウスはこの島に漂着した時, 王女*ナウシカアーに救われ, *アルキノオス王に歓待され,

王の船で*イタケーに送りとどけられた．しかし*ポセイドーンは怒って，*ゼウスの許しを得て，オデュッセウスを運んだ船を石と化し，パイアーケス人の町を山で囲んだ．*アルゴナウテースたちもまたこの島に来て，ここで*メーデイアは*イアーソーンと結ばれた．同項を見よ．

パイエーオーン Paieon, Παιήων　ホメーロス中，神々の医者．*ハーデースが傷ついた時，彼はパイエーオーンに治療をうけた．のちこれは*アポローンの称呼となっている．

パイオス Baios, βαῖος　*オデュッセウスの船の舵手．《オデュッセイア》中にはこの名はないが，のち，彼は二三の地にその名を残したと考えられた．たとえばイタリアのカムパニアのバーイアイ Baiai 市など．彼はイタリアで世を去った．

パイオーン Paion, Παίων　1. パイオニア Paionia 人に名を与えた祖．彼は*エンデュミオーン，あるいは*ポセイドーン（と*ヘレー）の子と伝えられている．

2. *ネストールの子*アンティロコスの子．*ヘーラクレイダイの帰還によってメッセーネより追われ，従兄弟たちとともにアテーナイに住んだ．同市のパイオニダイ Paionidai 氏は彼の子孫である．

パイドラー Phaidra, Φαίδρα, 拉 Phaedra, 仏 Phèdre　クレータ王*ミーノースと*パーシパエーの娘．*アリアドネーの姉妹．*テーセウスの妻で*アカマースと*デーモポーンの母．*アプロディーテーの呪いにより，テーセウスがアマゾーンの女王*ヒッポリュテーによって得た義理の子*ヒッポリュトスに恋し，彼に言い寄ったが，拒絶され，意趣返しに，ヒッポリュトスが彼女に道ならぬ恋をしているとテーセウスに訴えた．テーセウスは怒って，*ポセイドーンから与えられた三つの願いごとによって，わが子を罰するよう祈って，彼を追放した．ヒッポリュトスがトロイゼーンの海辺を戦車で走っている時，海神は怪物を海より送り，馬が驚いて狂い，彼を引きずって殺した．パイドラーは後悔して罪を自白し，みずから縊れて死んだ．エウリーピデースの悲劇《*ヒッポリュトス》では，彼女は夫への讒言状を手にして，縊れ，そのためにヒッポリュトスが追われることになっている．同項を見よ．

ハイモス Haimos, Αἷμος　1. 北風神*ボレアースと*オーレイテュィアの子．*ストリューモーン河神の娘*ロドペーを娶り，ヘブロス Hebros（同名の河に名を与えた）の父となった．トラーキアに君臨し，みずから*ゼウスと*ヘーラーと僭称したため，二人は同名の山に変えられた．ただしこの話は後代の作りものである．他の伝えでは，彼はトラーキアの支配者で，ビューザンティオンの創建者*ビューザースとハイモス山で一騎打のすえ，敗れて殺されたことになっている．

2. 《*アイネーイス》中，*アイネイアースの味方．*トゥルヌスと戦った．

ハイモーン Haimon, Αἵμων　1. ハイモニア Haimonia, すなわちテッサリア Thessalia の古名に名を与えた英雄．*ペラスゴスの子で，歴史時代の名たるテッサリアにその名を与えた*テッサロスの父．一説には彼はペラスゴスの子*リュカーオーンの 50 人の息子たちの一人で，彼がその名を与えたハイモニアは，アルカディアの同名の都市であるという．

2. *カドモスの子*ポリュドーロスの子．彼は狩の最中に誤って仲間を殺し，アテーナイに遁れた．彼の子孫はロドスに，ついでシシリアのアクラガース Akragas に移住，この市の独裁者テーローン Theron の祖となった．

3. テーバイ王*クレオーンの子．ソポクレースの悲劇《*アンティゴネー》によれば，彼は*オイディプースの娘*アンティゴネーの許婚で，彼女が死刑の宣告をうけた時，自殺した．エウリーピデースの同名の失われた劇では，二人のあいだに*マイオーンなる息子があった．アポロドーロスの伝えでは，テーバイを苦しめていた怪物*スピンクスがハイモーンを食ったために，クレオーンはこの怪物を退治した者に王国を約束したことになっている．オイディプース，アンティゴネーの項を見よ．

4. *トアースの子で，*オクシュロスの父．

パウォル Pavor　ローマの軍神*マールスの従者の一人.《恐怖》の意.

バウキス Baucis　プリュギアの貧しい百姓*ピレーモーンの妻.*ゼウスが人間をためすべく*ヘルメースを伴って，人間の姿で旅し，この地に来た時，他の人々は彼らを追い払ったのに，二人だけは神を親切に迎えた．神は怒って，二人を山に避難させたのち，大洪水を起した．助かった二人はともに死にたいと願ったので，二人の住居は神殿となり，二人はその前に立つ木に変じられた.

バウボー Baubo, Βαυβώ　*デーメーテールが*ペルセポネーを探し求めて，さまよい歩き，エレウシースに来て，デュサウレース Dysaules とその妻バウボーの所で歓迎された．バウボーはスープを出したが，女神は食べなかった．そこでバウボーは尻をまくって見せたところ，女神の連れていた小児の*イアッコスが手を打ち，女神もつられて笑い，スープを飲んだ．デュサウレースとバウボーは，普通は*ケレオス王と*メタネイラの子とされている*トリプトレモスと*エウブーレウスの二子，およびプロートノエー Protonoe とニーサ Nisa の二女の親とされていることもある．彼女は本来はおそらく原始的な，野卑な女の性器の神であった.

パエトーン Phaëthon, Φαέθων　太陽神*ヘーリオスと*クリュメネーの子．一説には*エーオースと*ケパロスの子ともいう．成人して父の名を知り，極東の地に父を訪ねた．父が何事でもかなえてやると言ったので，太陽神の戦車を操ることを乞い，神はその危険を知りつつ，約束のためやむなくこれを許した．しかしパエトーンには荒馬を制する力なく，天の道をはずれて狂いまわる太陽の火は地を焼き払いそうになったので，*ゼウスは雷霆でパエトーンを*エーリダノス河に撃ち落した．戦車に馬をつけた彼の姉妹たち(*ヘーリアデスあるいはパエトンティアデス Phaetontiades)は，彼の死骸を葬り，嘆くうちにポプラの木と化し，その涙は凝って琥珀となった.

パオーン Phaon, Φάων　レスボス島のミュティレーネー Mytilene 市の渡守り．*アプロディーテーが老婆になって来たのを，渡し賃なしで，小アジアに渡したところ，女神は彼に香油の箱をくれた．これを塗ると，老人の彼は輝くばかりの美しい青年となった．女流詩人サッポーも彼に恋し，拒まれて，落胆のあまり，レウカス Leukas の断崖から海に身を投じたという．彼は他人の妻と通じて，その夫に殺されたとの後代の話もある.

バキス Bakis, Βάκις　ボイオーティア Boiotia の予言者．しかしこれは固有名詞というよりは，普通名詞的に予言者の意味であったらしい.

パークス Pax　ローマの《平和》の女神．ギリシアの*エイレーネーにあたる．帝政のもたらした秩序の回復の象徴となり，アウグストゥス帝の時(前9年)に《平和の祭壇》Ara Pacis Augustae が設けられ，ついでフラーウィウス帝が《平和の神殿》Templum Pacis を建立した.

ハグノー Hagno, Ἁγνώ　アルカディアのリュカイオン Lykaion 山中の泉のニンフ．アルカディアの伝承では，*ゼウスは，クレータ島ではなくて，アルカディアのリュカイオン山中のクレーテア Kretea なる地で生れ，ハグノー，ティソーア Thisoa, *ネダーの三人のニンフが育てたことになっている．ハグノーの泉は涸れることがないので有名で，かつて大旱魃の時，ゼウス・リュカイオスの神官が，祈禱ののち彼女の泉に樫の枝を浸したところ，たちまちにして水が湧き出で，一天にわかにかき曇って，大雨となったという.

パーシス Phasis, Φᾶσις　*コルキスのパーシス河の神．太陽神*ヘーリオスと*オーキュロエーの子．母が姦通しているのを発見して，殺したため，*エリーニュエスに追われ，それまではアルクトゥーロス Arkturos と呼ばれていた河に投身，河名はそれ以後パーシスとなったという.

パーシテアー Pasithea, Πασιθέα　*カリス女神の一人，*アグライアーに同じ.

パーシパエー Pasiphaë, Πασιφάη　クレータ王*ミーノースの妻．太陽神*ヘーリオスと*ペルセーイスの娘．*ペルセースと*アイエーテースはその兄弟，*キルケーは姉妹である．ミーノースはクレータの王国は神々より自分に授けられたものであると称し，その証拠として，*ポセイドーンに海底より牡牛を送られんことを祈り，その牛を神に捧げると約した．海神は彼に見事な牡牛を送ったので，彼は王国を得たが，その牡牛をおしみ，他の牛を犠牲に供した．ポセイドーンは怒ってその牛を兇暴にし，パーシパエーがこの牛に対して欲情を抱くようにした．一説にはパーシパエーが*アプロディーテーの崇拝をいやしんだ，あるいはパーシパエーの父ヘーリオスが*アレースとの情事を*ヘーパイストスに告げたのを怨んで，この欲情をパーシパエーに抱かせたという．パーシパエーは牡牛に恋し，*ダイダロスを共謀者とした.

彼は車のついた木製の牝牛を作り，牝牛を剝いで，その皮を縫いつけ，かの牝牛が草をはんでいる牧場におき，パーシパエーをそのなかに入れた．牝牛は真の牝牛と思って交わり，パーシパエーは《ミーノータウロス》を生んだ．ミーノースは怒って，ダイダロスにクレータ島を去ることを禁じた．彼はパーシパエーと関係して，遁れたともいうが，普通はこれと異なっている．ダイダロスおよびテーセウスの項を見よ．ミーノースは多くの女と床をともにしたので，キルケーや姪の*メーデイアと同じく，魔法に通じていたパーシパエーは，ミーノースに魔法をかけ，彼が他の女と床を交わすごとに彼の身体から獣が放射されて，女を殺した．アテーナイの*プロクリスは彼を無害にするためにキルケーの根を与えたのち，彼と交わった．ラコーニアにはパーシパエーの神託所があったが，このパーシパエーは本当は*トロイアの*カッサンドラー，あるいは*ダプネー，あるいは*ゼウスとのあいだにアムモーン Ammon を生んだ*アトラースの娘の一人であるといわれていた．

パシレイア Basileia, Βασίλεια 《女王》の意．*ウーラノスの長女，*ティーターン神族の一人．兄弟の*ヒュペリーオーンと結婚し，*セレーネー《月》や*ヘーリオス《太陽》を生んだ．他のティーターンたちがヒュペリーオーンを殺し，ヘーリオスを*エーリダノス Eridanos 河に投じた時，セレーネーは悲しみのあまり自分の家の屋根から身を投じた．これを知った母は狂気となり，タンブリーンとシムバルを鳴らしながら野をさまよい，だれかが哀れんで彼女を止めたところ，大嵐が起り，彼女は消え去った．彼女は*キュベレーと同一視されて祭られた．ただしこれはヘレニズム時代以後の新しい話にすぎない．

バッカイ バッケーを見よ．

《**バッカイ**》 Bakchai, Βάκχαι, 拉 Bacchae 前405年に上演されたエウリーピデースの作．

*ゼウスと*セメレーの子の酒神*ディオニューソスは世界を遍歴したのち，生れ故郷テーバイに来るが，彼の崇拝は拒否される．神はテーバイ王*ペンテウスの母*アガウエーをはじめ，その妻や娘たちをテーバイの婦女子を狂乱せしめ，彼女らは*キタイローン山中に踊り狂う．合唱隊はアジアより酒神に従って来た狂乱女バッカイである．ペンテウスは，*カドモスと予言者*テイレシアースの諫めの言葉も耳に入らず，酒神に反対し，彼を縛めんとする．王は狂える女たちの行動を探るべく山中に入り，見つけられ，八つ裂にされ，アガウエーはその首を

ライオンの首と思いつつ狂い踊り，正気に返って驚き悲しむ．カドモスとアガウエーは故国を遁れる．

バッケー Bakche, Βάκχη, 複数 Bakchai Βάκχαι, 拉 Bacchae *マイナスまたは*テューイアス Thyias とも呼ばれる．酒神*ディオニューソス・バッコスの供の女で，酒神によって忘我の境に入り，狂気に浮かされ，つた(蔦)，かし(樫)，もみ(樅)の葉の頭飾りをつけ，身にはひょう(豹)その他の動物の皮をまとい，半獣の姿で山野をさまよい，大木を引き抜き，猛獣を殺し，生肉をくらい，あらゆる物事の判断を忘れて狂いまわった．彼女たちは酒神がリューディア Lydia (またはプリュギア Phrygia)からトラーキア Thrakia を経てギリシアに入った時に従い，酒神に反抗した*オルペウスや*ペンテウスを八つ裂にし，酒神の東方遠征にも従った．テーバイの女たちは酒神に狂わされてバッケーとなった．エウリーピデースの《*バッカイ》はこの話を劇化したものである(ペンテウスの項参照)．彼女らは*サテュロスや*シーレーノスと戯れ，乱舞し，酒に狂う姿で表わされているが，一方葡萄酒を造るなど，その他の静かな面でも美術の題材となっている．

バッコス Bakchos, Βάκχος ディオニューソスの項を見よ．

バッサリス Bassaris, Βασσαρίς バッサレウスとバッケーの項を見よ．

バッサレウス Bassareus, Βασσαρεύς *ディオニューソスの称呼の一つ．バッサラー bassara (またはバッサリス bassaris)《狐，狐の皮から造った，酒神の従者が着ている衣》から来たものか．ディオニューソスの男性の従者をバッサラー，女性(=*バッケー)をバッサリスと呼ぶこともある．

バットス Battos, Βάττος 1. *ヘルメースが*アポローンの牛を盗んで行く途中，バットスなる老人に会い，露見を恐れ，牝牛を一頭与える約束で，黙らせた．牛を隠してのち，ヘルメースが姿を変えてもどり，報酬を与える約束で，牛の行方を尋ねたところ，バットスがしゃべったので，神は怒って彼を岩に変じた．

2. *アルゴナウテースの一人*ポリュペーモスの子孫ポリュムネーストス Polymnestos と，クレータ島出身のプロニメー Phronime の子．バットスは《どもり》の意味であるから，これは綽名であり，本名はアリストテレース Aristoteles，あるいはアリスタイオス Aristaios であるとする．ヘーロドトスはバットスはリビア語で《王》の意味であるという．彼はアフリカ北岸

ハーデース

のキューレーネー Kyrene 市の伝説的建設者であり、彼の家柄は、レームノス Lemnos 島からラケダイモーン Lakedaimon (スパルタのある所)へ、そこからテーラ Thera 島に移住した*ミニュアース人であり、キューレーネーはテーラからの移住者によって建てられたものである.

ハーデース Hades, Ἅιδης　叙事詩形 Ἀίδης, Ἀϊδωνεύς, 真の古典時代の発音はハーイデース. 死者の国の支配者. 彼はこの他に, *プルートーン Pluton《富者》, *クリュメノス Klymenos《名高き人》, *エウブーレウス Eubuleus《よき忠告者》などの別名で呼ばれ, その崇拝もほとんどつねにこれらの別名によって行なわれているが、これは恐ろしい彼の本名を呼ぶことを避けたためであろう. また彼は地下の神として, 地中より植物を芽生えさせ, 地下の富の所有者として, また一度来れば帰ることない死者に富める者として, プルートーンなる名を得たといわれる. ローマ人はプルートーンを取って彼の名としく (Pluto), また*ディース (プルートーンの訳名), *オルクスとも彼を呼んでいる. 彼は死者の王として, 決して帰還を許さない恐ろしい神とされているが, 正義にもとることのない正しい神であり, 后*ペルセポネーとともに冥界の王座に坐し, *ミーノース, *ラダマンテュス, *アイアコスの三人の判官に助けられて, 冥界を支配する.

彼は*クロノスと*レアーの子で, *ゼウス, *ポセイドーン, *デーメーテールの兄弟であり, *ティーターンとの戦には キュクロープスたちに与えられた《かくれ帽》を戴いて闘い, 勝利を得て, 冥界を自己の領土として獲得した. のち, デーメーテールの娘ペルセポネーに恋し, 彼女をさらって后とした. これについてはデーメーテール, ペルセポネーの項を見よ. これ以外に彼には神話がほとんどない. 彼の恋の相手となったニンフのメンテーとレウケーについてはおのおのの項を見よ. なお*ヘーラクレースが冥界に降った時, 彼を入れまいと立ちふさがったハーデースを矢で射(あるいは大石で襲って), 傷つけたので, ハーデースは急いで天上に登り, 医神パイエーオーン Paieon によって治療されたという話がある.

彼の支配する死者の国は, 古くホメーロスでは極西, *オーケアノスの流れの彼方にあるとされているが, のち, 地下に存在すると考えられ, ギリシア各地に見られる深い洞窟がその入口とされていた. 生者と死者の国の境には*ステュクスあるいは*アケローン と称する河があり, 渡守*カローンが死者を渡した. 冥府には別に(ピュリ)*プレゲトーン (Pyri)phlegethon と*コーキュートスなる河があり, ローマの詩人の想像はこれに*レーテー (《忘却》の意) 河を付加している. 冥府で死者はアスポデロスの咲く野にさまよい, 特別の神の恩寵を得た者は*エーリュシオンの野に住むことを許される. これに反して神々の敵は最深部の*タルタロスに幽閉されている. ただしこれらの冥界の地理はかなり後代の想像によってできあがったものである.

《バトラコミュオマキアー》 *Batrachomyomachia*, Βατραχομυομαχία　《蛙鼠合戦》. 古代においてホメーロスに帰せられているが, 後代の偽作である諷刺詩. ペーレウス Peleus の子, 蛙のピューシグナトス Physignathos が, 鼠のプシーカルパクス Psicharpax を招き, 背に乗せて自分の水中王国に案内中, 水蛇に驚き, 水中にもぐったために, 鼠が死に, これが原因で大戦争が生じ, 鼠に歩があったが, *アテーナーの要請で, *ゼウスが中止させるべく, 雷霆を投じた. しかし効果なく, かに(蟹)をつかわして鎮定した. このあいだにホメーロス風の戦闘が, 滑稽にパロディによって描かれている.

パトロクロスまたはパトロクレース Patroklos, Πάτροκλος, Patrokles, Πατροκλῆς　オプース Opus の地の*メノイティオス (*アクトールと*アイギーナの子) と*ステネレーの子. したがって彼もまた*アキレウスとアイギーナを通じて血縁関係にある. パトロクロスは少年の時に, 友だちのクレイトーニュモス Kleitonymos (*アムピダマースの子) と遊戯のあいだに争い, 誤って彼を殺したので, 父につれられて*ペーレウスのもとに遁れた. ペーレウスは彼を養育し, 息子のアキレウスの友人とした. パトロクロスはアキレウスとともに*トロイアに出征, *テーレポスとの戦闘では*トロイア の側で闘い, *ディオメーデースとともに*テルサンドロスの死骸を保護し, 矢傷を負ったが, アキレウスが彼を治療した. 彼はアキレウスの捕虜となった*リュカーオーン (*プリアモスの子) をレームノスに売り, リュルネッソス Lyrnessos で戦った. アキレウスが*アガメムノーンと仲たがいして, 戦闘より身を引いた時, 彼もまた陣営にこもっていたが, 味方の敗北の惨状を見て, ついにアキレウスに乞い, その武具を借りて出陣し, 多くのトロイアの将を討ち取り, 逃げるを追って, トロイアに迫らんとした時, *アポローンにさえぎられ, *ヘクトールに討たれた. 彼の死骸と鎧をめぐって, 激戦が展開され, 鎧は奪われたが, 死骸は*メネラーオスらの奮闘によって救われた. アキレウスはパト

ロクロスの死の報を*ネストールの子*アンティロコスより聞いて、悲嘆の叫びを上げる。アキレウスはヘクトールを討って親友の復讐をし、パトロクロスのために盛大な葬礼と競技を営んだ。のち、アキレウスの死後、二人の灰は一つに混じったという。また他の後代の所伝ではパトロクロスはアキレウス、*ヘレネー、*テラモーンの子*アイアース、アンティロコスとともに白島(*幸福の島)で幸多き日を送っているという。

パトローン Patron, Πάτρων 《*アイネーイス》によれば、シシリアに住んでいたアカルナーニア Akarnania 人で、アロンティオン Alontion 市の創建者。シシリアで*アンキーセースの葬礼競技に参加した。

バトーン Baton, Βάτων *アムピアラーオスの戦車の御者。*メラムプースの後裔。アムピアラーオスが大地に呑まれた時、運命をともにし、神と祭られた。一説には彼は死なず、イリュリア Illyria のハルピュイア Harpyia 市に赴いたという。

パナケイア Panakeia, Πανάκεια, 拉 Panacea, 仏 Panacée 《すべてを治療する女神》の意。*アスクレーピオスの娘。

パニデース Panides, Πανίδης エウボイアのカルキス Chalkis の王。兄弟のアムピダマース Amphidamas 王の葬儀の競技に、ホメーロスとヘーシオドスが競争し、パニデースはヘーシオドスの歌は農耕に有益であるのに、ホメーロスのは戦闘のみを歌っているとの理由で、ヘーシオドスに賞を与えんとしたが、聴衆が承知しなかったので、ホメーロスが賞を得た。無趣味なこの種の裁きを一般に《パニデースの審判》といった。

パネス Phanes, Φάνης オルペウス教で*アイテール中にクロノス Chronos 《時》によって創られた卵から生れた神。プロートゴノス Protogonos《最初に生れた者》とも呼ばれる。彼は両性、黄金の翼と種々の動物の頭をもち、光り輝き、すべてのものの創造者である。彼の娘*ニュクス《夜》は*ウーラノスと*ガイアを彼によって生んだ。彼はまた*エーロス、メーティス Metis、エリカパイオス Erikapaios とも呼ばれている。

パノプテース Panoptes, Πανόπτης 《すべてを見る者》の意で、怪物*アルゴスの称呼。同項を見よ。

パノペー Panope, Πανόπη 1. 海神*ネーレウスの娘。航海者を嵐から救う女神として敬われた。

2. *テスピオスの娘の一人。

パノペウス Panopeus, Πανοπεύς, 拉 Panopeus, 仏 Panopée *ポーコスと*アステリアー(またはアステロピアー Asteropia)との子。ポーキス Phokis の地の同名の町パノペウスに名を与えた。双生の兄弟*クリソスとの争いについては同項を見よ。パノペウスは*アムピトリュオーンのタピオス人遠征に従い、戦利品を横領しないと誓いながら、これを破ったので、その罰に彼の子で、*トロイアに遠征し、木馬(シノーンの項を見よ)を作った*エペイオスはすぐれた力士なのに、戦士としては落第であった。ソポクレースの《*エーレクトラー》でもパノペウスは*アイギストスがわであるのに、クリソスの孫*ピュラデースは*オレステースの味方であり、双生の兄弟の争いは代々継続している。

パポス Paphos, Πάφος 一説には、パポスは同名の有名なキュプロス Kypros 島の町のニンフで、*アポローンと交わって*キニューラースを生んだとされているが、またパポスは*ケパロスと曙女神*エーオースの子で、パポス市の創建者で、キニューラースの父とされている。さらにパポスは*ピュグマリオーンが愛し、*アプロディーテーに祈り、その力によって女になった象牙像から生れたもので、彼はキニューラースの父となったともいわれる。

ハマドリュアス Hamadryas, Ἁμαδρυάς, 複数 Hamadryades, Ἁμαδρυάδες 木の精であるニンフ。彼女たちは木とともに生れ、木と運命をともにするといわれる。ニュムペーの項を見よ。

ハマドリュアデス ハマドリュアスを見よ。

パムピューロス Pamphylos, Πάμφυλος *アイギミオスの子で、ドーリスのパムピューリオイ Pamphylioi 族に名を与えた祖。*ヘーラクレイダイとともに*ティーサメノスと戦い、*デーイポンテースの娘オルソビアー Orsobia を妻とした。

パムポース Pamphos, Πάμφως ホメーロス以前の、アテーナイ人のために神々(*デーメーテール、*アルテミス、*ポセイドーン、*エーロス、*カリスたちなど)への讃歌を作ったと伝えられる詩人。

パライビオス Paraibios, Πάραιβιος, 拉 Paraebius ボスポロス付近の、*ピーネウス王の国に近い地の住民。*ハマドリュアスたちの願いにもかかわらず、彼女らの木を切り倒した罰に、彼と彼の子とはひどい貧乏になった。ピーネウスは彼に、祭壇を築いてニンフたちに贖罪の犠牲を捧げることを勧め、その結果この呪い

が解けたので，パライビオスはピーネウスの忠実な従者となった．

パライモーン Palaimon, Παλαίμων
1. *イーノー・*レウコテアーと*アタマースの末子．メリケルテース，イーノー，レウコテアーの項を見よ．
2. *アルゴナウテースたちの一人．*ヘーパイストスあるいは*アイトーロスの子．
3. *ヘーラクレースの子の一人．

パラシオス Parrhasios, Παρράσιος アルカディアのパラシア Parrhasia 市の創建者．*リュカーオーン（あるいは*ゼウス）の子で，*アルカスの父ともいわれる．プルータルコス（後1～2世紀）によれば，ニンフのピューロノメー Phylonome（*ニュクティモスと*アルカディアー Arkadia の娘）は*アレースと交わり双生児を生み，父の怒りを恐れてエリュマントス Erymanthos 山中に棄てたが，双生児は牝狼に育てられ，羊飼のテュリポス Tyliphos に拾われて，*リュカストスと*パラシオスと名づけられ，のちアルカディア王となったと伝えているが，これはローマの*ロームルスと*レムスの話から作られたものであろう．

パラス Pallas, Παλλάς, 属格 Pallados, Παλλάδος *アテーナー女神の称呼の一つ．通常女神自身を指すが，後代の伝えでは，パラスはアテーナーが殺した，女神とともに育てられた娘（*トリートーンの）であるとか（パラディオンの項を見よ），巨人の*パラースであるとかいわれている．ただし男性形には語尾が異なることに注意．パラスの項を見よ．

パラース Pallas, Πάλλας, 属格 Pallantos, Πάλλαντος
1. *ティーターン神族の一人．クレイオス Kreios と エウリュビアー Eurybia（*ポントスの娘）との子．*アストライオスと*ペルセースの兄弟．*ステュクスを妻とし，*ニーケー《勝利》，クラトス《支配》Kratos，*ゼーロス《競争心》，*ビアー《暴力》を生んだ．曙の女神*エーオースは普通*ヒュペリーオーンと*テイアーの娘とされているが，またパラースの娘とする伝えもある．
2. *ギガースとオリュムポス神族との戦で，*アテーナーに殺された巨人．女神は彼の皮を剝ぎ取って，戦闘の際の鎧とし，その翼を足につけた．パラースは，一説には，女神の父で，娘である女神を犯さんとしたため，殺されたという．
3. アルカディア王*リュカーオーンの息子の一人．アルカディアのパランティオン Pallantion にその名を与えた．彼はときに*エウアンドロスの祖父とされている．さらに彼の娘クリューセー Chryse はトロイア王家の祖*ダルダノスの妻で，ダルダノスはパラースから*パラディオンを与えられたという．ローマのパラティーヌス Palatinus 丘に名を与えたのは，クリューセーの甥であった．
4. 《*アイネーイス》でウェルギリウスは，*エウアンドロスの子パラースをパラティーヌス丘に名を与えた者としている．パラースは*アイネイアースを助けて*トゥルヌスと戦い，彼に討たれた．しかし，ウェルギリウス以前からの伝えでは，パラースはエウアンドロスをパラーティーヌス丘に葬ったことになっているから，彼はエウアンドロスの死後世を去った．
5. ローマのパラーティーヌス丘に名を与えたとされているまた一人のパラースに，*ヘーラクレースと*エウアンドロスの娘とのあいだに生れたとされる者があり，4. と 5. とはあるいは同一人か（？）
6. アテーナイ王*パンディーオーンの末子．50人の息子とともに*テーセウスに殺された．パランティダイの項を見よ．

パラディオン Palladion, Παλλάδιον, 拉 Palladium その所有者たる町を保護する力があると信じられ，*トロイアの*アテーナー神殿に安置されていた*パラス（アテーナー）の古い神像．その由来に関しては説が区々に分れている．アポロドーロスによれば，つぎのごとくである．アテーナーは幼少の頃*トリートーンによって，彼の娘でアテーナーと同年輩のパラスと一緒に育てられた．二人は武術に励んでいたが，ある時に争いとなり，パラスがまさに一撃をアテーナーに与えんとした時，*ゼウスは自分の娘の危険を感じて，*アイギスをパラスの前にかざした．彼女は驚いて上を見たために，アテーナーに傷つけられて倒れた．アテーナーは友の死を嘆いて，彼女に似せて木像を彫り，アイギスを肩に着せ，ゼウスのそばにこれを立てて，神として崇めた．のち，ゼウスが*エーレクトラーを犯さんとした時，彼女はこの神像のもとに遁れたが，ゼウスは神像を天から地に投じた．これはちょうどその時*イーロスがイーリオン Ilion の町を建設していた所に落ちた．神像はイーロスの天幕の前に落ちたとも，建造中でまだ屋根のなかったアテーナーの神殿中に落ちて，おのずからそこに納まったともいう．神像は高さ3キュービットで，その両足は一つになり（これは古い時代の像の特徴である），右手に高く槍，左手には糸巻竿と紡錘をもっていた．しかし一説にはこれは*ペロプスの肩の

骨から彫られ, *ヘレネーが*パリスとともにスパルタからもって来たともいい, 神像を受けたのはイーロスの祖先の*ダルダノスとも, *トロースがアシオス Asios と称する魔法師(彼の名は地名としてアシア=小アジアとして残っている)から得たとする者もある.

神像のその後の行方に関してもまことに雑多な伝えがある. アポロドーロスでは, パリスの死後, ヘレネーを妻にせんと*デーイポボスと*ヘレノスが争ったが, 前者に凱歌があがったので, ヘレノスはギリシア軍に捕えられた際に, パラディオンがトロイア市にあるかぎり, 市は陥落しないことを教えた. そこで*オデュッセウスは*ディオメーデースとともにトロイア市に潜入して, 神像を奪った. その際オデュッセウスはディオメーデースに見張りをさせ, 自分は乞食に身をやつして市中に入ったが, ヘレネーに見破られ, その手引きで神像を盗み, 多くの番人を殺したのち, ディオメーデースとともに船へ引き返した. しかし一説には盗んだのはディオメーデースだという. この話では彼はオデュッセウスの肩に乗って城壁を越えたのち, 仲間を引き上げてやらず, 単独で神像を盗み出した. 帰途オデュッセウスはディオメーデースを殺さんとして, 背後より武器を振りかざしたところ, 月影でこれを知ったディオメーデースは身をかわし, オデュッセウスに刃を擬して先に歩かしめて, 船に帰った. さらに両人ともに市中に入った, あるいは神像は*アンテーノールの妻*テアーノーが手渡したともいう. ところがある伝えでは, トロイア陥落の際, ロクリスの*アイアースはこの神像に抱きついている*カッサンドラーを神像より引きはなして, 彼女を犯し, このとき神像は倒れた. この木像が空をむいているのはこの醜い行為を見ないためであると. さらに神像はトロイア陥落の際に*アイネイアースが*イーデー山に持参し, のちローマに安置したとも, ディオメーデースがトロイアより持ち去り, のち, イタリアのラウィーニウム Lavinium でアイネイアースに与えたとも, *アガメムノーンがカッサンドラーとともに*アルゴスにもたらしたともいう. さらにアテーナイもまたパラディオンの所有を主張し, この伝えでは, アテーナイ王*デーモポーンはトロイアでディオメーデースよりパラディオンを得, アガメムノーンがこれを奪いに来ることを恐れて, レプリカを造らせ, 本物は*ブージュゲースに命じてアテーナイに持参させ, 偽物を自分のテントに安置した. アガメムノーンは多くの兵を率いてこれを奪いに来たので, デーモポーンは彼にその偽物がほんとうの神像であると信じさせるために, はげしく闘ったのちに降服し, 偽物をアガメムノーンに与えた. また他説ではディオメーデースは帰国の途中アッティカに漂着, そこがどこかを知らずに乱暴したために, アッティカの人々とデーモポーンに神像を奪われた. これらの所伝は, オデュッセウスとディオメーデースが神像を盗み出した伝えと両立しないので, トロイア人はこの事あるを予知して, レプリカを造り, これを神殿に安置し, 本物は神殿の宝庫にかくしておいたものであると説明する伝えもある. アイネイアースがローマにもたらしたという神像は*ウェスタ神殿の内陣におかれ, 前390年のガリア人侵入のおりにローマ市を救い, 前241年に神殿が火災にあった際には, 大神官カイキリウス・メテルス Pontifex Maximus, L. Caecilius Metellus が火中よりこれを救った. なおイタリアではローマのほかに, ラウィーニウム, アプーリア Apulia のルーケリア Luceria 市, ルーカーニア Lucania のヘーラクレイア Herakleia 市がこの神像の所有を主張していた.

パラメーデース Palamedes, Παλαμήδης, 拉 Palamedes, 仏 Palamède　　*ナウプリオスと*クリュメネー(*カトレウスの娘)との子. *オイアクスと*ナウシメドーンの兄弟. 知勇兼備の将. *ケイローンに教育された英雄の一人. *ヘレネーが*パリスと出奔した時, *メネラーオスをなだめ, *オデュッセウスおよびメネラーオスとともに, ヘレネー返還要求の使者に立った. *クリュタイムネーストラーのヘレネー宛書状を持参したともいう. テネドスより送られた第二番目の使節にも彼はオデュッセウス, メネラーオス, *ディオメーデース, *アカマースとともに加わった. 彼は*アキレウスをスキューロスに迎えに行った使者の一人でもあった. *トロイアに来て, パラメーデースは*オイノピオーンの三人の娘を招来するなど種々の点で手柄を立てた. 最初にトロイア遠征のためにギリシアの王侯の参加を*アガメムノーンとメネラーオスが求めつつあった時, パラメーデースはメネラーオスとともにイタケーの島にオデュッセウスの勧誘に行った. しかしオデュッセウスは新婚の*ペーネロペーと一子*テーレマコスをあとに残して出征することを嫌い, 狂気を装い, ろばと牡牛とをつけた鋤で畑を耕し, 麦のかわりに塩を播いた. 真相を察したパラメーデースは生れたばかりのテーレマコスを父親の鋤の前に置いたところ, オデュッセウスは赤児を避けたので, あるいはパラメーデースがテーレ

マコスに剣を擬したところ，オデュッセウスが助けに来たので，偽りの狂気は破れたが，パラメーデースは永遠にオデュッセウスの憎悪をうけるにいたった．オデュッセウスは怨みをはらすべく，一人のプリュギア人の捕虜に*プリアモスからパラメーデースに宛てた，パラメーデースの裏切りを求め，報酬に黄金を送るという内容の偽書を書かしめ，パラメーデースの奴隷を買収して，彼のテントの内に金を埋めさせ，手紙を陣中に落しておいた．アガメムノーンがこれを読み，かの金を発見し，パラメーデースを裏切者として石を投じて打ち殺させた．ただしホメーロスにはこの話はない．彼の死に関しては，また異説がある．オデュッセウスとディオメーデースが彼が海で魚をつっている時，その舟をくつがえして溺死させた，あるいは彼をだまして井戸に降りさせ，大石を投じて殺したともいう．アキレウスと*アイアースは彼を盛大な葬礼とともに海辺に葬り，その上に小廟を建立，住民は彼に毎年犠牲を捧げた．

パラメーデースにはアルファベットのなかのθ, ξ, χ, φ, 骰子，すごろく，貨幣，暦法，戦場における合言葉，その他の発明が帰せられている．なおナウプリオスの項を参照．

パラロス Paralos, Πάραλος 《海辺の人》の意．アテーナイ人で，軍船を発明した．このためアテーナイの聖船の一つは《パラロス船》と呼ばれた．

パランティアスまたはパランティス Pallantias, Παλλαντιάς, Pallantis, Παλλαντίς *ティーターン神族の一人*パラースの娘の意で，通常曙の女神*エーオースを指す．

パランティダイ Pallantidai, Παλλαντίδαι, 単数 Pallantides, Παλλαντίδης アテーナイ王*パンディーオーンの末子*パラースの50人の息子．アテーナイ王*アイゲウスに子がないと信じられていたので，王の従兄弟にあたる彼らは，王位を継承し得るものと考えていたところ，アイゲウスがトロイゼーン Troizen の王の娘*アイトラーによって得た子*テーセウスが成長してアテーナイに来て，王に息子と認められたため，彼らはテーセウスの素姓に疑いをかけ，アイゲウスの死後，王位継承権に関する争いを起した．テーセウスは，しかし，アテーナイ市民に王と認められ，パランティダイを破って殺した．一族の穢れのためにテーセウスとその妻*パイドラーを一年間トロイゼーンに亡命したとも，アテーナイの法廷で裁きをうけて，無罪となったともいう．

パランティデース パランティダイを見よ．

ハリアー Halia, Ἁλία 《海の女》の意．*ネーレウスの娘で，海のニンフ．

ハーリアーまたはヘーリアー Halia, Ἁλία, Helia, Ἡλία 太陽神*ヘーリオスの女性形．ロドスの*テルキーネスの姉妹．*ポセイドーンと交わって一女*ロドスと六人の息子の母となった．*アプロディーテーによって六人の息子は狂気となり，母を犯さんとしたので，ポセイドーンの三叉の戟の一撃によって地中に呑まれ，ハーリアーは海中に身を投じ，爾後*レウコテアーの名のもとに，海の女神として住民に敬われた．ただしレウコテアーの前身は普通は*イーノーであるとされている．

ハリアクモーン Haliakmon, Ἁλιάκμων
1. 大洋神*オーケアノスと*テーテュースとの子．マケドニアの同名の河の神．
2. *イーナコス河の古名．このハリアクモーンはアルゴリスの*ティーリュンスの人で，気が狂って，それまではカルマーノール Karmanor と呼ばれていたこの河に投身，河名はハリアクモーンとなったが，さらにのちイーナコスとなった（同項を見よ）．

ハリアルトス Haliartos, Ἁλίαρτος *シーシュポスの子*テルサンドロスの子．オルコメノス王*アタマースがその息子をすべて失ったので，兄弟のコローノス Koronos とそれをついだ．アタマースの子*プリクソスの子*プレスボーンが*コルキスから帰って，祖父の王国の返還を求めた時，二人はこれに応じた．二人はハリアルトスとコローネイア Koroneia の市の創建者となった．

ハリオス Halios, Ἅλιος
1. *アルキノオスの息子の一人．舞踊の技にすぐれていた．
2. トロイア人．*アイネイアースとともにイタリアに来て，*トゥルヌスに討たれた．

バリオス Balios, Βαλίος *ゼピュロスと*ハルピュイアの*ポダルゲーから生れた，*アキレウスの戦車を引いた二頭の神馬の一頭．一方は*クサントス．アキレウスの両親*ペーレウスと*テティスの結婚の贈物として*ポセイドーンが与え，アキレウスの死後二頭ともにポセイドーンがふたたび自分のものとした．
2. *アクタイオーンの犬の中の一匹．

パリキー Palici, 希 Palikoi, Παλικοί シシリアのラゴ・ナフティア Lago Naftia（あるいは Fetia, または Lago dei Palici）の双生の神．彼らは*ゼウスとニンフのタレイア Thaleia（*ヘーパイストスの，あるいはヘーパイストスの子とニンフの*アイトネーとの娘）との子で，タレイアがみごもった時，*ヘーラーの嫉妬を恐

れて地下に身をかくした．生れた双生児はふたたび地上に帰ったので，ここから Palici はギリシア語の παλιν《ふたたび》と結びつけられ，《再帰せる者》の意に解されていた．彼らの再帰の途はデロイ Delloi と称される地下より湧出する温泉で，これは硫黄を含み，その臭気は空中に一面にただよい，鳥もその上を飛べば落ち，人も近づけば三日にして死ぬとされ，罪や誓言の真実の有無の審査にこの湖の毒気が用いられ，正しい者はこれによって害されないと信じられていた．

パリス Paris, Πάρις *アレクサンドロスともいう．*トロイア王*プリアモスと*ヘカベーの子．*ヘクトールのつぎに生れたとも，さらに年少であるとも伝えられている．彼が生れようとした時ヘカベーは，燃木を生み，その火が全市に広がって焼きつくす夢を見た．プリアモスはこの話を聞き，息子の一人*アイサコス（王と*アリスベーとの子）を呼び寄せた．アイサコスは母の父*メロプスより夢占いの術を授けられていた．彼は生れんとする子供が国の破滅となると言って，赤児を亡きものにすることを勧めた．王は召使のアゲラーオス Agelaos なる者に赤児を*イーデー山中に棄てるように命じた．棄てられた赤児は五日間熊によって育てられた．その後アゲラーオスは赤児の無事なのを見いだして，拾い上げ，自分の所で自分の子として育てた．彼は美貌と力によって衆にすぐれた青年となって，盗賊をうち退け，羊群を守ったので，アレクサンドロス(alex-《守る》, andr-《人》)と綽名された．一説にはパリスは羊飼たちに拾われて育てられたので，受身の意で《保護された者》，すなわちアレクサンドロスと呼ばれたとの解釈もあるが，Alexandros にはこの意味は牽強付会である．さらにプリアモスは，アイサコスの言葉を曲解して，*キラの子ムーニッポス Munippos を殺したとの所伝もある．

プリアモスが自分の子供のための葬礼競技の賞として牡牛を求め，彼の従者たちがイーデー山中からパリスのとくに愛していた牡牛を引いて行ったので，パリスは競技に勝利を得て，その牛を取り戻そうと，従者たちのあとをつけてトロイアに行き，自分の兄弟たちと競技して，すべてに勝利を得た．*デーイポボスが怒って，刀を抜いて彼を殺そうとしたので，彼は*ゼウスの祭壇に遁れたところ，彼の姉妹の*カッサンドラーが彼を認知した．また棄てられた時の衣服を持参して，身分を証したともいう．

*ペーレウスと*テティスの結婚式に神々が集まった時に，《争い》の女神*エリスは《もっとも美しい女に》与えると称して，黄金の林檎を神神のあいだに投げた．*ヘーラー，*アテーナー，*アプロディーテーの三女神がこれを争い，ゼウスは*ヘルメースに三女神をイーデー山中に導き，パリスに審判させるべく命じた．ヘーラーは，自分に林檎が与えられるならば，全アジアの王になることを，アテーナーは戦における勝利と智とを，アプロディーテーは人間のうちのもっとも美しい*ヘレネーとの結婚を約した．パリスはアプロディーテーを選んだ．彼はそれまで妻としていたイーデー山中のニンフである*オイノーネーを見棄て，*ペレクロスの建造した船で，アプロディーテーの命により，*アイネイアースを伴ってスパルタにむかった．カッサンドラーと*ヘレノスはこの企ての不幸な結果を予言したのが信じられなかった．スパルタで彼らは歓待され，十日目に*メネラーオスが母の父*カトレウスの葬儀に列するためクレータ島に旅立ったのち，パリスはヘレネーを自分とともに出奔するように説き伏せた．彼女は九歳になる娘*ヘルミオネーをあとに残し，大部分の財宝を船に積み，パリスとともにトロイアにむかった（この間の事情と，スパルタからトロイアへの旅に関しては，ヘレネーの項を見よ）．これが*トロイア戦争の原因である．

この戦争が生じて以来，パリスとヘレネーは市民や親族から冷い眼でみられることになった．またパリスは《*イーリアス》中ではむしろ柔弱な美男子として描かれている．彼はメネラーオスと，この戦の勝負をかけた一騎打をして，まさに危いところをアプロディーテーに救われた．その後，彼は戦から退いてヘレネーとともに居る所をヘクトールに責められ，戦場に打って出て，*メネスティオスを殺し，*ディオメーデース，*マカーオーン，*エウリュピュロスを傷つけ，ギリシア軍の陣を襲い，*エウケーノールとデーイオコス Deïochos を討った．彼は弓術に巧みで，*アキレウスが*メムノーンを討ち，トロイア市に迫った時，スカイアイ Skaiai 門のそばで，不死身のアキレウスの身体の中で，ただ一カ所そうでない場所たる踵を射て，彼をたおした．彼の矢は*アポローンに導かれたとも，アポローンがパリスの姿を取って射たともいわれる．ずっと後代のロマン的な話では，プリアモスの娘*ポリュクセネーに恋したアキレウスが，彼女と密会し，味方を裏切らんとしていたのを，パリスはテュムブレー Thymbre のアポローン神像のかげにかくれて待ち伏せし，アキレウスを殺したことになっている．かくてヘクトールがアキレウスに討たれる時

ハリテルセ

に、アキレウスがパリスとアポローンとに殺されるとの予言が実現した。

パリスは*ピロクテーテースに*ヘーラクレースの弓で射られた時、イーデー山中のオイノーネーのもとに帰った。彼女は治療の法を知っていたが、棄てられた恨みから、これを拒んだ。彼はトロイアに運ばれる途中で死に、オイノーネーは後悔して薬を持参したが、彼の死を知って、みずから縊れた。

ハリテルセース Halitherses, Ἁλιθέρσης *イタケーの人．メーストール Mestor の子．*オデュッセウスの友人．*ペーネロペーの求婚者たちにオデュッセウスの帰国と彼らの破滅を予言した．

パリヌールス Palinurus, 希 Palinuros, Παλίνουρος 《*アイネーイス》中，*アイネイアースの船の舵取り．シシリアよりイタリアへ渡る途中，アイネイアースの母*アプロディーテー・*ウェヌスは無事な航海を約束したが，人身御供として一人の人間を求め，これに当ったのがパリヌールスである．彼は眠りの神に襲われ海中に落ちた．彼は三日三夜海上に漂ったのち，南イタリアのウェリア Velia 付近に打ちあげられ，住民に殺された．埋葬されない人間の霊は*ステュクスを渡ることができない．アイネイアースは冥界を訪れた時，パリヌールスに会い，その嘆きを聞き，彼の死骸は葬られないが，彼が世を去った地は彼の名によってパリヌールス岬と呼ばれるであろうとげ告た．

ハリロティオス Halirrhothios, Ἁλιρρόθιος *ポセイドーンとニンフの*エウリュテーとの子．*アスクレーピオスの泉の近くで，*アレースと*アグラウロスの娘*アルキッペーを犯さんとして，アレースに殺され，アレースはポセイドーンによって*アレイオス・パゴス（同項を見よ）の法廷に訴えられた．一説には彼は，水神が*アテーナーとアテナイを争って破れたのを怒り，父の命でアテーナーのオリーヴを切り倒さんとし，過って自分自身を斧で撃って，死んだという．

パルカイ パルカたちの項を見よ．

パルカたち Parca（複数 Parcae），仏 Parque ローマの運命の女神．ギリシアの*モイラたちと同一視されている．本来誕生の女神であったらしく，その属性はすべてモイラから借りたものである．同項を見よ．

ハルキュオネー Halkyone, Ἁλκυόνη アルキュオネーを見よ．

パルケース Phalkes, Φάλκης *ヘーラクレイダイの一人*テーメノスの子．シキュオ

ン Sikyon を夜襲して占領したが，同じく*ヘーラクレースの後裔たるこの地の王*ラケスタデースと王権を分った．パルケースは兄弟とともに父を殺した（デーイポンテースの項を見よ）．

パルテノス Parthenos, Παρθένος 1. *スタピュロスとクリューソテミス Chrysothemis の娘．*モルパディアーと*ロイオの姉妹．父に葡萄酒と豚の番を命ぜられたパルテノスとモルパディアーは，眠っているあいだに豚が酒倉に入って，乱したのを知り，父の怒りを恐れて，水に身を投じた．彼女らを愛していた*アポローンは水に落ちる前に二人を救い，パルテノスをケルソネーソスのブーバストス Bubastos 市に，モルパディアーを同地のカスタボス Kastabos に祭った．パルテノスはこの地で神と祭られ，モルパディアーは*ヘーミテアーなる名のもとに敬われていた．

2. 乙女座の星座になった乙女．一説には彼女は*アポローンとクリューソテミス Chrysothemis の娘で，若くして世を去り，アポローンによって天上におかれた．さらに彼女は*ゼウスと*テミスの娘で，*ディケー《正義》と同一視され，ウェルギリウスは乙女座の回帰を正義の回復の前兆としている．さらに彼女を*アストライオスと*ヘーメラーの娘，あるいは*イーカリオスの娘*エーリゴネー，*デーメーテールの，テスピアー Thespia（*アーソーポス河神の娘で，ボイオーティアのテスピアイ Thespiai にその名を与えた）の娘とする者もある．

パルテノパイオス Parthenopaios, Παρθενοπαῖος テーバイにむかう七将の一人．古い時代の伝えでは彼は*アドラストスの兄弟で，*タラオスと*リューシマケーの子となっているが，のち彼は*アタランテーと*メレアグロスまたは*メラニオーンの子で，アルカディア人とされている．彼の名は《処女》parthenos を連想させるために，語源解釈が行なわれ，彼がパルテニオン Parthenion 山中に赤児の時に棄てられたから，あるいはアタランテーが長いあいだ処女を守ったからとされている．彼は*テーボスとともに山中に棄てられ，両人はミューシア Mysia に赴き，パルテノパイオスは*イーダースに対する遠征を行ない，ニンフのクリュメネー Klymene を娶って，一子トレーシメネース Tlesimenes を得た．母の忠告を退けてテーバイに出征し，*ネメアの競技で弓術で勝利を得，テーバイでは，*ペリクリュメノス（*ポセイドーンの子），あるいはアムピディコス Amphidikos，アスポディコス Asphodikos あるいはドリュアース Dryas（*オーリーオーンの子）に

討たれた.彼の子 *プロマコス(あるいはストラトラーオス Stratolaos, トレーシメネース)は *エピゴノイのテーバイ遠征に参加した.

パルテノペー Parthenope, Παρθενόπη

1. *セイレーンたちの一人.姉妹たちとともに海に身を投じ(セイレーンの項を見よ),その死骸がナポリの海岸に流れついたので,ナポリ人は彼女の墓を建てた.一説には彼女は小アジアのプリュギアの美女で,処女の誓いを立てたのに,メーティオコス Metiochos に恋したのを恥じて,髪を切り,身を棄てて南イタリアのカムパニアに住み, *ディオニューソスに身を捧げたが,これを怒って *アプロディーテーが彼女をセイレーンに変じたという.

2. *ステュムパーロスの娘.

パルテノーン Parthenon, Παρθενών 《処女の部屋》の意で,女神の神殿の一部にこの名が用いられた.もっとも有名なのはアテーナイのアクロポリス山上の処女神 *アテーナーの神殿である.

パルナッソス Parnassos, Παρνασσός

*アポローンの神託所 *デルポイがその麓にある名山パルナッソスにその名を与えた英雄. *ポセイドーンとニンフのクレオドーラー Kleodora の子であるが,人間としての父親はクレオポムポス Kleopompos である.彼は *ピュートーすなわちのちアポローンのものとなったデルポイの神託所を開いた.

ハルパリオーン Harpalion, Ἁρπαλίων

1. パプラゴニア Paphlagonia 王 *ピュライメネースの子. *トロイア方として戦い, *メーリオネースに討たれた.

2. ボイオーティアのアリゼーロス Arizelos とアムピノメー Amphinome の子.ギリシア方として,プロトエーノール Prothoenor に従って出征, *アイネイアースに討たれた.

ハルパリュケー Harpalyke, Ἁρπαλύκη

1. トラーキア王 *ハルパリュコスの娘.妻をはやく失った王は,彼女を男の子のごとくに育て,彼女は女ながら勇ましい戦士となった.敵(ゲータイ Getai 族とも.帰国途上の *ネオプトレモスの部下ともいう)に襲われ,王が危かった時,ハルパリュケーは父を救った.のち,王は国を追われ,森に遁れた時,彼女は野盗となって父を養ったが,ついに羊飼たちのわなにかかって捕えられ,殺された.その時彼女がもっていた仔山羊を奪い合って,羊飼たちは争い,数人の死人が出た.ハルパリュケーは神と敬われたが,その祭礼の際,この故事により,争闘のまねをした.

2. 父 *クリュメノスに犯されてのち,自殺した,父に殺された,あるいは《カルキス》 Chalkis なる夜鳥になった女.クリュメノスの項を見よ.

3. *イーピクレースに恋して,拒絶され,自殺した女. 《ハルパリュケーの悲しみ》なる歌があったという.

ハルパリュコス Harpalykos, Ἁρπάλυκος

1. *ハルパリュケーの父.同項を見よ.

2. *リュカーオーンの息子の一人.

3. 《 *アイネーイス》中, *アイネイアースの部下の一人. *トゥルヌスとの戦で, *カミラに討たれた.

4. テオクリトスの詩の中で, *ヘーラクレースに剣術と体育を教えた男.

ハルピュイア Harpuia, Ἅρπυια, 複数 Harpuiai, Ἅρπυιαι, 拉 Harpyia, 英 Harpy, 独 Harpyie, 仏 Harpie　ヘーシオドスによれば *タウマースと *エーレクトラー(*オーケアノスの娘)との子.彼らは二人(*アエロー《はや風》―ニーコトエー Nikothoe ともいう― と *オーキュペテー《はやく飛ぶ女》)あるいは三人(上記のほかに *ケライノー《暗い,黒い女》)であり,彼らは有翼の乙女,あるいは頭部だけ女の鳥と考えられていた.ハルピュイアは《掠める女》の意で,おそらく風の精であるらしいが,また *エリーニュスの婢女ともされ,墓場において彼女らに供物を捧げる習慣からすると,彼女らは元来死者の霊でもあったらしく,ホメーロス中で, *パンダレオースの娘をさらう話は,この後者の例である. *ピーネウス(同項を見よ)の話では,彼女らは穢らわしく,食物を排泄物でよごす猛禽として描かれている.ウェルギリウスは《 *アイネーイス》で彼女らをストロパデス Strophades 群島にすまわせている.彼女たちは西風神 *ゼピュロスと交わって, *アキレウスの神馬 *クサントスと *バリオスおよび *ディオスクロイの神馬ハルパゴス Harpagos とプロゲオス Phlogeos の母となった.アルゴナウテースたちの遠征,ピーネウス,カライス(とゼートス)の項を見よ.

ハルピュイアイ Harpuiai　ハルピュイアを見よ.

ハルピンナ Harpinna, Ἅρπιννα　 *アーソーポス河神の娘, *アイギーナの姉妹. *アレースに愛され,エーリスのピーサ Pisa で *オイノマーオスを生んだ.彼女はその名をハルピーナ Harpina 市に与えた.

ハルポクラテース Harpokrates, Ἁρποκράτης　ホーロスの項を見よ.彼は指をくわえた幼児として表わされているために,ギリシア

ハルモス Halmos, Ἅλμος　*シーシュポスの子. オルコメノス王エテオクレース Eteokles に土地を与えられ, ハルモネース Halmones 市を建てた. 彼の二女クリューソゴネイア Chrysogoneia とクリューセー Chryse は, それぞれ*ポセイドーンおよび*アレースと交わって, クリューセース Chryses および*プレギュアースの母となった.

ハルモニアー Harmonia, Ἁρμονία

1. *アレースと*アプロディーテーの娘. *ゼウスが彼女をテーバイの建設者*カドモスに与えた時, すべての神々は天界を去って, カドメイア Kadmeia において宴を張り, この結婚を祝った. 神々は二人に贈物をしたが, そのなかでも名高いのは長衣(ペプロス)と*ヘーパイストスの手になる頸飾であった. 長衣は*アテーナーの, 頸飾はヘーパイストスの贈物ともいうが, またこれら二つはゼウスが*エウローペーに与えたものをカドモスが貰って, ハルモニアーに与えたともいう. また一説にはこれら二神は, ハルモニアーがアレースとアプロディーテーとの娘であることを憎んで, 長衣を造り, 媚薬に浸して与え, この衣はハルモニアーの子孫の呪いとなったともいわれる. アドラストス, アムピアラーオス, エリピューレー, アルクマイオーンの項を見よ. サモトラーケー Samothrake 島の伝えでは, ハルモニアーはゼウスと*エーレクトラー(*アトラースの娘)との子で, カドモスがエウローペーを探して, この島に来た時に, 結婚した, あるいは神々の助けを得て, さらわれたという. 二人のあいだには*アウトノエー, *イーノー, セメレー, *アガウエーの娘たち, 男子は*ポリュドーロスが生れた. 二人はのちテーバイを去って, エンケレイス Encheleis 人の地に赴き, イリュリアの支配者となり, 一子*イリュリオスをもうけた. 二人はともに大蛇と化し, ゼウスによって*エーリュシオンの野に送られた. カドモスの項を見よ.

2. 和解, 調和の女神. *カリスおよび*アプロディーテーの従者の一人. 後代では 1. と混同されている.

ハルモニデース Harmonides, Ἁρμονίδης　*トロイアの船大工. *パリスが*ヘレネーを奪うべくスパルタに赴いた時に乗った船の建造者.

パレース Pales　ローマの家畜の保護神. 男神とも女神ともされ, ときに男女の複数の神とも考えられている. 4月21日にこの神の祭であるパリーリア Parilia が挙行され, この際に家畜の潔めが行なわれた. 早朝に家畜は水をふりかけられ, 家畜小舎は清掃され, 藁の大きな火が燃されて, 式に携わるものは三度そのあいだを飛んだ. この日は*ロームルスがローマを建てた日とされていたが, この祭は疑いもなくそれ以前の古いものである.

ハレーススまたは**ハライスス** Halesus, Halaesus, 希 Halaisos, Ἅλαισος　《*アイネーイス》中, *アガメムノーンの後裔. アウルンキ ー Aurunci とオスク Osci 族の長で, *アイネイアースがイタリアに上陸した時, *トゥルヌスを援けて戦い, 討たれた. しかし彼は本来ローマ近傍のファレーリイー Falerii 市のファリスキー Falisci 族の祖で, 神話学者は彼をアガメムノーンの子孫とするが, 一方また海神*ネプトゥーヌスの子ともされている.

パレーネー Pallene, Παλλήνη　*アルキュオネウスの娘の一人. 姉妹たちとともに鳥になった. アルキュオネウスの項を見よ.

パレーロス Phaleros, Φάληρος　アッティカのパレーロン Phaleron に名を与えた神. *アルコーンの子. *アルゴナーテースたちの遠征と*ラピタイ族と*ケンタウロス族の闘いに加わった. 幼時大蛇に巻かれた所を父が蛇を射殺したという.

パロス Phallos, Φάλλος　男根の形をした, *パーン, *プリアーポス, *ヘルメースのシンボル.

パロス Pharos, Φάρος　*トロイアから*メネラーオスと*ヘレネーをエジプトに運んだ船の舵取り. パロスの島で毒蛇に咬まれて死に, その名をこの島に与えた.

パーン Pan, Πάν　アルカディアの牧人と家畜の神. 彼の名はのちギリシア語の πᾶν 《すべて, 全宇宙》と関係づけられ, 哲学者によって宇宙神とされているが, Πάν は古形 Πάων であって, 形容詞 πᾶν(語根 παντ-)とは関係がない(後出の伝説参照). 彼は牧人の神として, 上半身は毛深い人間で, 有髯, 額に両角を備え, 下半身は山羊で, 足は蹄のある姿と想像されている. 彼は身軽で山野を森といわず岩山といわず自由に馳せめぐり, 繁みに身をかくしてニンフたちを待ち伏せし, 彼女たちや美少年を追い, 失敗した時には自慰行為を行なった. 彼は真昼時に木陰で眠るが, これをさまたげる時には, 怒って, 人や家畜に恐慌(panic)を送る. 彼はまた悪夢を送ると信じられていたが, しかし彼の送る夢がすべて悪いというわけではない. 彼はシューリンクス笛の音楽を好み(シューリンクスの項を見よ), つねに笛を携え, 杖をもち, 頭には松の冠を戴いていた. 彼に関する神話は少

いが，アレクサンドレイア時代の牧歌趣味の詩にはしばしば歌われている．

彼は*ヘルメースと*ドリュオプスの娘との子で，彼が生れた時，母親は奇怪な子供に驚いたが，ヘルメースは彼を野兎の皮に包んで*オリュムポスに行き，*ゼウスその他の神々に見せたところ，すべての神，とくに*ディオニューソスはこれを見て喜び，神々は彼がすべての者を喜ばしたとの理由で，パーンと名づけたという．彼は，しかし，またゼウスとヒュブリス Hybris，ゼウスと*カリストー，アステール Aster とニンフのオイノエー Oinoe，*クロノスと*レアー，*ウーラノスと*ガイア，あるいは牧者クラティス Krathis と牝山羊の子ともいわれる．また一説では*ペーネロペーは*オデュッセウスの留守中求婚者の一人*アンティノオスと通じたために，オデュッセウスは帰国して，彼女を父の*イーカリオスのもとに送り帰したところ，彼女はマンティネイア Mantineia でヘルメースと交わって，パーンを生んだ，あるいはペーネロペーは求婚者のすべてに身を許して，生れたのがパーンで，オデュッセウスは帰国後，これを知って，落胆のあまり，ふたたび国をすてたともいう．これは《パーン》=《すべて》にかけたしゃれにすぎない．

パーンには*エーコーやシューリンクス，あるいはもみ(樅)の木のニンフたる*ピテュス，月神*セレーネーとの恋物語があるが，すべて後代の話である．彼はセレーネーにみごとな羊毛を見せて，だまして犯したとか，白牛(あるいは羊)の一群を与えて，交情したとかいう．彼の崇拝は前5世紀初葉にアルカディアからしだいに他に広がったらしく，アテーナイの市民はマラトーンの会戦の時に，パーンが現われて援助を約したというので，彼にアクロポリス山上の一洞窟を捧げた．ローマでは彼は*ファウヌスあるいは*シルウァーヌスと同一視されている．プルータルコスは，ローマのティベリウス帝の治世に，パクソイ Paxoi 諸島の付近で，ある船の舵取りタムース Thamus に《大いなるパーンは死せり》と空中より叫ぶ声があって，皇帝はこの事の真相を探らせたが，判らなかったと伝えている．

パンダレオ(ー)ス Pandareos, Πανδάρεος, Πανδάρεως   すでに《*オデュッセイア》中に見いだされるが，その物語が明らかでない一人，あるいは二人の人物．《オデュッセイア》中には，*ペーネロペーは夫の行方が知れず，身の不幸を嘆いて，パンダレオースの娘たちのごとくに不意の頓死に遇いたいものと願うところがある．

この娘たちは，父の死後，神々がその不幸を憐れみ，*アプロディーテーは食物，*ヘーラーは智と美，*アルテミスは優雅，*アテーナーには手の技を与えた．しかし彼女らの養育が終り，アプロディーテーが*オリュムポス山上に*ゼウスに適当な婿の世話を行っているあいだに，*ハルピュイアイにさらわれ，冥府で*エリーニュエスの召使にされた．娘たちは二人(*カメイローと*クリュティエーあるいは*クレオテーラーとメロペー Merope)，または三人(クレオテラー，メロペー，*アエードーン)．*アエードーンはまた《うぐいす》となった女の名(同項を見よ)で，彼女の父パンダレオースは*デーメーテールから，いかに大食しても腹をこわさないという力を与えられていた．

上述のパンダレオースと同一らしいいま一人のパンダレオースに関する話が後代の作者によって伝えられている．*レアーがゼウスを生んだ時，*クロノスの眼をかすめて，ゼウスをクレタ島の*イーデー山中の洞窟にかくし，黄金の魔法の犬に番をさせた．その後この犬はクレタのゼウス神殿の番犬になったが，メロプス Merops の子パンダレオースはこれを盗み，小アジアのシピュロス Sipylos 山上で，*タンタロスに預けた．その後，帰って来て犬の返還を求めた時，タンタロスは犬を預ったことを否認した．ゼウスはパンダレオースをその罪のために岩に化し，タンタロスを偽誓の罪で，シピュロス山の下敷きにした．一説には犬の返還を求めに来たのはゼウスの代理としての*ヘルメースであったともいう．タンタロスは上述と同じ罰をうけ，パンダレオースは恐れて妻のハルモトエー Harmothoe とともにアテーナイよりシチリアに遁れたが，二人はゼウスに殺され，娘たちはハルピュイアイにさらわれたという．

パンダロス Pandaros, Πάνδαρος   1. ゼレイア Zeleia 市の*リュカーオーン 3. の子．トロースの*イーデー山付近に住んでいた．リュキア人の将として，*トロイア援助に赴いた．彼は*アポローン自身より教えをうけた弓の名手で，戦車を用いず(これは彼が客嗇だったためといわれる)，徒歩で闘った．ギリシア軍とトロイア軍とのあいだに休戦が約束され，メネラーオスと*パリスとが一騎打をした時，*アテーナー女神がトロイア人*ラーオドコスの姿を取り，パンダロスをそそのかして，メネラーオスを射させ，メネラーオスを*ディオメーデースにかすり傷をおわせたために，休戦が破れた．のちパンダロスはディオメーデースと闘って討たれ，彼の死体を救わんとした*アイネイアー

パンディー

スもまた危い目にあった.

2. 《*アイネーイス》中, アルカーノール Alkanor の子. 兄弟のビティアース Bitias とともに *トゥルヌスに討たれた.

パンディーオーン Pandion, Πανδίων

1. アッティカ王. *エリクトニオスとニンフの*プラークシテアーの子. 叔母(プラークシテアーの妹)と結婚して, 二子 *エレクテウスと*ブーテース, 二女 *プロクネーと*ピロメーラーの父となった. このほかに庶子オイネウス Oineus (これはカリュドーン王と別人の, 同名のアッティカの氏族の祖)があった. パンディーオーンはプロクネーをトラーキア王*テーレウスに与え, その援助のもとにテーバイの*ラブダコスを破ったが, テーレウスが義妹のピロメーラーに対して行なった非行を嘆いて世を去った. ピロメーラーの項を見よ. パンディーオーンの治世は穀物, 葡萄酒, オリーヴにみち溢れた幸福な時代で, *ディオニューソスと*アテーナーを親しくアッティカを訪れたという.

2. 上記1.の曾孫. 彼の父は*ケクロプス(*エレクテウスと*プラークシテアーの子), 母はメーティアドゥーサ Metiadusa (*エウパラモスの娘)である. 父のあとを継いでアッティカ王となった. のち, 彼の従兄弟たち(*メーティオーンの子供たち)によって王位を奪われ, メガラ王*ピュラースのもとに遁れ, その娘*ピュリアーを妻とした. ピュラース自身がメガラより退去せざるを得なくなった時, パンディーオーンがその後継者となった. パンディーオーンの四人の子*アイゲウス, *パラース, *ニーソス, *リュコスのうち, 長子アイゲウスがのちに父の王位を回復して, アッティカ王となった. 1.と2.のパンディーオーンはしばしば古代作者中でも混同されていて, かつその時代に関しても疑わしい点が多い.

3. *ピーネウスと*クレオパトラーの子. 兄弟の*プレークシッポスとともに, 継母の讒言により, 父によって盲目にされた.

4. *アイギュプトスとヘーパイスティネー Hephaistine の子.

パントオスまたはパントゥース Panthoos, Πάνθοος, Panthus Πάνθους, 拉 Panthous Panthūs 《*イーリアス》中, オトリュス Othrys の子で, *アポローンの神官. プロンティス Phrontis を娶り, *エウポルボス, *ポリュダマース, ヒュペレーノール Hyperenor の父となった. はじめ*デルポイの神官であったが, *ヘーラクレースが*トロイアを攻略した時に, デルポイの神託を伺うために*プリアモスが使者を送った際に, パントオスは彼らとともにトロイアに来住した. 使者の中の一人に*アンテーノールの息子があり, パントオスに恋して, 彼を穢したために, プリアモスはその償いにパントオスをトロイアのアポローンの神官にしたともいう. ウェルギリウスの《*アイネーイス》では, 彼はトロイア陥落の際に殺されたことになっている.

パンドーラー Pandora, Πανδώρα **1.** 地上最初の女. *プロメーテウスが天上の火を盗んで, 人間に与えたのを怒った*ゼウスが, 復讐のために, *ヘーパイストスに泥からパンドーラーを創らしめた. 彼女は女神のごとくに美しく, 優雅で, 魅力的で, 手芸の技にすぐれ, 神により《すべての賜物を与えられた女》すなわち Pandora であった. プロメーテウスの弟*エピメーテウスは, 神々からの贈物を受けるべからずとの兄の忠告を忘れ, *ヘルメースが連れて来たパンドーラーを妻とした. 彼女は天上からすべての禍をその中に閉じこめてある壺を持参したが, 地上につくやいなや, 好奇心からこの壺を開いた. すべての禍はたちどころに飛び出したが, 彼女が急いで蓋をしたので, ただ一つ《希望》のみが壺に留まった. 後代の話では, 逆にすべての善いものが中に入っていたので, これがすべて飛び立ち, 最後に情ない《希望》のみが人間に残されたのであるともいう. プロメーテウスの項を見よ.

2. アッティカ王*エレクテウスの娘. ヒュアキンティデスの項を見よ.

パンドーロス Pandoros, Πάνδωρος アッティカ王*エレクテウスと*プラークシテアーの子. *ケクロプスと*メーティオーンの兄弟. 彼はエウボイア島のカルキス Chalkis 市の創建者といわれる.

パンドロソス Pandrosos, Πάνδροσος アッティカ王*ケクロプスと*アグラウロス(*アクタイオスの娘)との娘. 姉妹の*アグラウロスと*ヘルセーとともに, 赤児の*エリクトニオスを入れた籠を*アテーナーよりあずけられたが, 好奇心からそれを開いて赤児をまいている大蛇を見たために, その罰に死んだ. パンドロソスは人間で最初に糸を紡いだ女とされ, アクロポリス山上で崇拝されていた. なお姉妹は三人ではなく, 四人とし, ポイニーケー Phoinike を加えることもある.

ビアー Bia, Βία 《暴力》の擬人化された女神.*ティーターンの*パラースと*ステュクスの娘.*ニーケー《勝利》,*ゼーロス《競争心》,クラトス Kratos《支配》の姉妹で,つねに*ゼウスに従い,ティーターン神族とオリュムポス神族の戦ではゼウスを援け,また*プロメーテウスをカウカソス山に縛るのを手伝った.

ビアース Bias, Βίας 1.*アミュターオーンとエイードメネーの子,*メラムプースの兄弟で,彼と行をともにし,その力で*ネーレウスの娘*ペーローを妻とし,*プロイトスの王国の三分の一を兄の力で貰いうけて,*アドラストスの父*タラオス,ペリアクレース Periakles,ラーオドコス Laodokos,アレイオス Areios,アルペシボイア Alphesiboia の父となった.のち*リューシッペーを娶り,*ペリアースの妻となったアナクシビアー Anaxibia を得た.メラムプースの項を見よ.

2.メガラ王*ピュラースの叔父.ピュラースの項を見よ.

3.*プリアモスの子の一人.

4.*ペーネロペーの求婚者の一人.

ピエタース Pietas ローマの,神々,祖国,父母その他の親族に対する敬いの心を表わす語.擬人化された女神として,カピトーリーヌス丘の麓に神殿をもっていた.彼女は帝政時代にローマの貨幣に現われている.

ヒエラー Hiera, Ἱερά *テーレポスの妻.*ヘレネーよりも美しいといわれ,ギリシアの*トロイア遠征軍がミューシアを侵した時に,女たちを率いて戦い,*ニーレウスに討たれた.彼女には*タルコーンと*テュルセーノスの二子があった.

ヒエラークス Hierax, Ἱέραξ 《鷹》の意.牛になった*イーオーを番している百眼の*アルゴスから,イーオーを盗むように*ゼウスに命ぜられた*ヘルメースは,ヒエラークスなる男がアルゴスに知らせてしまったので,やむなく石を投げてアルゴスを殺した.これはアポロドーロスの《ギリシア神話》の話で,ここにはヒエラークスが鷹になったことは語られていないが,おそらく彼は罰として,この鳥に変じられたものであろう.

ピエリア Pieria, Πιερία *オリュムポス山北麓,マケドニアの南東隅の細長い土地.*ムーサの崇拝はここからボイオーティアの*ヘリコーン山に移されたといわれ,このためムーサたちは*ピーエリデスと呼ばれる.

ピーエリス ピーエリデスの項を見よ.

ピーエリデス Pierides, Πιερίδες,単数 Pieris, Πιερίς 1.*ムーサの称呼.ピーエリアの項を見よ.

2.ペラ Pella の王*ピーエロスとエウヒッペー Euhippe の九人の娘.歌がうまかったので,*ムーサたちに挑戦し,*ヘリコーン山で競ったが,敗れて鳥にされた.一説にはムーサたちの子とされている英雄たち(*オルペウスその他)は,ほんとうはこのピーエリデスの子で,女神たちは処女だという.

ピーエロス Pieros, Πίερος 1.*ピーエリアに名を与えたこの地の王.*ピーエリデスの父.*マケドーンの子.*リノスと*オイアグロスもときに彼の子とされている.*ムーサの崇拝を自分の国に移入した.

2.*マグネースとメリボイア Meliboia の子.*アプロディーテーは,*ムーサの*クレイオーが自分の*アドーニスに対する恋を軽蔑したのを怒り,クレイオーにピーエロスへの愛を植えつけ,この二人から*ヒュアキントスが生れた.ただしヒュアキントスの系譜については別の所伝がある.

ピクス Phix, Φίξ ヘーシオドスでは*スピンクスはこう呼ばれている.

ピークス Picus 《木つつき》の意. イタリアではこの鳥は*マールスの鳥として, その出現, その木をつつく音の調子は予言のために重要視されていた. ローマ神話では彼は*サートゥルヌス(あるいはステルケース Sterces, ステルクルス Sterculus)の子で, *ファウヌスの父, *ラティーヌスの祖父とされている. *ポーモーナは彼の愛人であり, 彼は*キルケーの愛を拒んだため, きつつきに変えられたとの話もある.

ピグミー ピュグマイオイの項を見よ.

ヒケターオーン Hiketaon, Ἱκετάων
1. *トロイア王*ラーオメドーンの子. *プリアモスの兄弟. *アンティロコスに討たれた*メラニッポスの父.
2. 《*アイネーイス》中, *アイネイアースとともにイタリアに来たテューモイテース Thymoites の父. 1. と同人か(?)

ピーシストラトゥス Pisistratus ペイシストラトスの項を見よ.

ピーシディケー Pisidice ペイシディケーの項を見よ.

ヒストリス Historis, Ἱστορίς *テイレシアースの娘. *ガリンティアス(同項を見よ)が*アルクメーネーの分娩の時に演じた役割をヒストリスに帰する地方伝説がある.

ピーソス Pisos, Πῖσος 1. *ペリエーレースの子. アルカディアのオリュムピア Olympia を妻とし, ピーサ Pisa (オリュムピアの*ゼウス神殿のあった町)に名を与えた.
2. *アプレウスの子.
3. イタリアのピーサイ Pisai 市の祖. *ヒュペルボレイオス・*アポローンの子で, ケルト人の王.

ピタネー Pitane, Πιτάνη 1. エウロータース Eurotas 河神の娘. ラコーニアのピタネー市にその名を残した. *ポセイドーンと交わって一女*エウアドネーを生み, 棄てたところ, アルカディア王*アイピュトスが拾って育てた. あるいはピタネーが彼の所にひそかに連れて行ったともいう.
2. ミューシア Mysia のピタネー, キューメー Kyme, プリエーネー Priene の三市を創建した*アマゾーン.

ピッテウス Pittheus, Πιτθεύς, 拉 Pittheus, 仏 Pitthée *ペロプスと*ヒッポダメイアの子. *アトレウスと*テュエステースの兄弟. *トロイゼーンのあとを継ぎ, 同名の町の王となり, 同市の*アポローン・テアーリオス Thearios の神殿を建立. 予言の術にすぐれ, *アイゲウスに娘*アイトラーをめあわせて, *テーセウスが生れた. アイゲウス, テーセウスの項を見よ. なお彼はテーセウスの妻となった*アマゾーンの*ヒッポリュテーをも教育したという.

ヒッパソス Hippasos, Ἵππασος 1. *アクトールの父.
2. トラーキース Trachis 王*ケーユクスの子. *ヘーラクレースがオイカリア Oichalia を攻めた時, 父とともに英雄の味方となって出陣, 戦死した.
3. *ペイリトオスの結婚式で殺された*ケンタウロス.

ヒッパレクトリュオーン Hippalektryon, Ἱππαλεκτρυών 頭部と前脚が馬で, 胴, 後脚, 尾が鶏の怪物. ペルシアにその原形があったらしく, アリストパネースがこれに言及しているが, これに関する伝説も神話もない.

ヒッペー Hippe, Ἵππη *ケンタウロスの*ケイローンの娘. *アイオロスに恋し, 父にかくれて彼とペーリオン山中で密会した. 父が彼女を追って来たとき, ひそかに子を生むことを神々に祈り, 馬形の天上の星座に変えられた. メラニッペーの項をみよ.

ヒッポー Hippo, Ἱππώ ボイオーティアのレウクトラ Leuktra のスケダソス Skedasos の娘. 姉妹とともにスパルタの使者に犯され, 二人は縊れて死んだ. スケダソスはスパルタに訴えたが, 聞かれず, スパルタを呪って自殺した. エパメイノーンダース Epameinondas の時に, スパルタが天罰を蒙った原因の一つは, これであるという.

ヒッポカムポス Hippokampos, Ἱππόκαμπος 馬の胴に魚の尾がついた海の怪物. 海神が海上で乗っているのはこれである.

ヒッポクレーネー Hippokrene, Ἱπποκρήνη 《馬の泉》の意. *ヘリコーン山上にあった. 天馬*ペーガソスがこの山の*ムーサの森の近くで, 蹄で岩を打ったから, この泉が湧き出た. ムーサはこの泉のそばで集まり, 歌い踊ったので, 泉の水は詩的霊感を与えるといわれた. 他にトロイゼーン Troizen にも, 同じくペーガソスによって湧出した同名の泉があった.

ヒッポコオーン Hippokoon, Ἱπποκόων *オイバロスとバテイア Bateia の子. *テュンダレオースの異母の兄. 父の死後, 自分の多くの息子たちとともに, テュンダレオースと*イーカリオスの二人を追い, 父の王座(スパルタあるいはアミュークライ Amyklai の)を奪った. 一説にはイーカリオスはヒッポコオーンの共謀者である. しかし*ヘーラクレースの怒りをか

ヒッポリュ

い、ヒッポコオーン父子は殺された. ヘーラクレースの項を見よ.

ヒッポタデース Hippotades, Ἱπποτάδης 《ヒッポテースの子》の意. 風神*アイオロスを指す.

ヒッポダマース Hippodamas, Ἱπποδάμας

1. *アケローオスとペリメーレー Perimele との子. 彼の娘*エウリュテーは*ポルターオーンに嫁し, *オイネウス, *アルカトオスなどを生んだ.

2. *プリアモスの子.

ヒッポダメイア Hippodameia, Ἱπποδάμεια

1. *オイノマーオスの娘, *ペロプスの妻. 母は*プレイアデスの一人*ステロペーとも, *ダナオスの娘エウリュトエー Eurytho とも, レウキッポスの姉妹エウアレテー Euarete ともいわれる. ペロプスとの結婚の物語については同項を見よ.

彼女の子供のうち, *クリューシッポスは実の子ともいわれるが, 一説では彼女の継子であり, 彼女は*アトレウスと*テュエステースに彼を殺させたが, ペロプスは彼女を死刑にしたという. またアトレウスとテュエステースが拒絶したため, 彼女自身で, *ラーイオスの刀を用いてクリューシッポスを刺したが, クリューシッポスは虫の息ながら, 真犯人を告げたので, 彼女はペロプスによってエーリス Elis から追放され, アルゴリスのミデア Midea で死んだとの説もある. のち神託によってペロプスは彼女の灰をオリュムピアに持って来た. 歴史時代に彼女はこの地の*アルティスと呼ばれる神域内に実際に祀られていた.

2. *アドラストス(あるいは*ブーテース)の娘で, *ペイリトオスの妻. *ケンタウロス族と*ラピテース族の戦闘の原因は彼女である. 彼女はときにデーイダメイア Deïdameia とも, あるいはイスコマケー Ischomache とも呼ばれている.

3. *ダナオスの娘の一人.

4. *ブーリセーイスの本名.

5. *アンキーセースの娘. *アルカトオスの妻となった.

ヒッポテース Hippotes, Ἱππότης 1. *ヘーラクレイダイの一人. *ヘーラクレースの子*アンティオコス(母は*ドリュオプス人の王*ピューラースの娘メーダー Meda)の子*ピューラースがヒッポテースの父である. 彼に一子*アレーテースがある. ヒッポテースについてはヘーラクレイダイの項を見よ.

2. コリントス王*クレオーンの子. *メーデイアが父と姉妹を殺した時, アテーナイの法廷に訴えたが, メーデイアは無罪となった. メーデスの項を参照.

3. 風神*アイオロスの父.

ヒッポトエー Hippothoe, Ἱπποθόη

1. *ペルセウスと*アンドロメダーの子メーストール Mestor と*ペロプスの娘*リューシディケーとの娘. *ポセイドーンが彼女をさらって, エキーナデス Echinades 群島に連れて行って, 交わり, *テーレボエース人の王*タピオス(*プテレラーオスの父)が生れた.

2. 海神ネーレウスの娘の一人.

3. *ペリアースの娘の一人.

ヒッポトオス Hippothoos, Ἱππόθοος

1. *アイギュプトスの息子の一人.

2. アルカディア王*アイピュトスの父.

3. *カリュドーンの猪狩に参加した勇士の一人.

4. レートス Lethos の子. *アキレウスに討たれた.

5. *プリアモスの子.

ヒッポトオーン Hippothoon, Ἱπποθόων *ポセイドーンと*アロペー(*ケルキュオーンの娘)の子. アテーナイのヒッポトオーンティス Hippothoontis 氏の祖となった. アロペーの項を見よ.

ヒッポノオス Hipponoos, Ἱππόνοος

1. *オイネウスの後妻となった*ペリボイアの父. テーバイにむかう七将の一人*カパネウスも彼の子とされている. これらの項を見よ.

2. *プリアモスの子.

ヒッポメドーン Hippomedon, Ἱππομέδων *タラオスの子*アリストマコスの子で, *アドラストスの甥. テーバイにむかう七将の一人(アドラストスの項を見よ). *レルネーの城主. 巨大な体軀の持主で, テーバイ攻囲中, *イスマロスに討たれた. 彼の子*ポリュドーロスは*エピゴノイの一人である.

ヒッポメネース Hippomenes, Ἱππομένης

1. *メガレウスとメロペー Merope の子. *アタランテーと結婚したが(同項を見よ), のち, ライオンに変えられた. *キュベレーが二人を憐れみ, 自分の戦車につけて, 引かせたという. ヒッポメネースはまた*メラニオーンなる名でも知られている. 同項を見よ.

2. *メガレウスの父.

ヒッポリュテー Hippolyte, Ἱππολύτη

1. *アマゾーンの女王. *アレースとオトレーレー Otrere の娘. *ヘーラクレースが彼女の帯を求めに来た時, 彼に殺された. 一説には彼女

ヒッポリュ

は妹の*アンティオペーを取り返しに軍を率いてアッティカに攻めこみ、*テーセウスに敗れて、メガラで落胆のあまり世を去った、あるいはテーセウスの子*ヒッポリュトスの恩は彼女であるとの話もある。

2. *ペーレウスに恋をしかけた*アカストスの妻。同項を見よ。

3. *クレーテウスの娘。

ヒッポリュトス Hippolytos, Ἱππόλυτος

1. *テーセウスと*アマゾーンの*ヒッポリュテー(あるいは*メラニッペー、あるいは*アンティオペー)の子。狩猟と*アルテミスの崇拝に日を過していたが、クレータの*ミーノースの娘で、テーセウスの妻となった*パイドラーが彼に不倫の恋をし、拒絶されて自殺し、その時に彼を誣訴した手紙を残す(あるいは死ぬ時に彼をテーセウスに讒訴する)。テーセウスはこれを信じ、*ポセイドーンよりかつて与えられていた三つの願いによって、海神に息子の死を願う。父に家を追われたヒッポリュトスがトロイゼーン Troizen の海岸を戦車を駆っている時、海神は海より怪物を送り、これに驚いた馬がヒッポリュトスを戦車より落し、彼は馬に引かれて死ぬ。アテーナイでは彼は*アプロディーテーとともに祭られ、またトロイゼーンでは、花嫁が彼に結婚前に髪を捧げ、彼を悲しむ祭式があった。一説にはアルテミスの願いにより、*アスクレーピオスが彼を蘇生させたといわれ、ローマの伝説では、彼はアルテミスによって、戦車から落ちた時に、ラティウムのアリーキア Aricia 付近の*エーゲリアのニンフの洞穴に移され、*ウィルビウスなる名のもとに神として祭られたことになっている。ディアーナの項を見よ。彼の子の同名のウィルビウスは*アイネイアースがラティウムに来た時、彼を援助した。

2. *ギガースたちとオリュンポスの神々との戦闘で、*ヘルメースに退治されたギガース。

3. アイギュプトスの息子の一人。

《**ヒッポリュトス**》 *Hippolytos*, Ἱππόλυτος エウリーピデースの前428年上演の作。

女人を絶ち、処女の女神*アルテミスと神秘の共感の恍惚裡に生きる清浄な若い公子*ヒッポリュトスは、恋と愛欲の女神*アプロディーテーの怒りをかう。劈頭に女神が現われてこの侮辱に対する報復の企てを述べる。劇はその通りに進行する。アルテミスへの捧物に花冠をもたらす従者の一人が愛の神を怒りないがしろにせぬよういましめるが、公子はその言葉に一顧だにあたえない。*テーセウスの妻でヒッポリュトスの継母*パイドラーは久しく

公子への恋に悩んでいるが、これを抑えてついに食を絶つにいたる。乳母の執拗な問に抗しかねて、打ち明ける。乳母は他言せぬとの誓いのもとにヒッポリュトスに合意を迫る。彼ははかられたと知って、乳母の願いを退ける。パイドラーはもはや生きてはおれずと、縊れて死ぬが、ヒッポリュトスに対する讒言の遺言状を書き、手に握りしめて冷たくなる。テーセウスはこれを見て、一途に信じ、わが子を責め、怒りのあまり取調べもせずに追放し、ヒッポリュトスはこの思いがけない父の情ない糾弾に面を被う。テーセウスは父なる海神*ポセイドーンにヒッポリュトスを殺すように呪う。しかし公子は誓いを守って黙し、事情を知るトロイゼーンの女たちの合唱隊も同じくパイドラーに与えた無言の誓いのために弁護ができない。ヒッポリュトスは悲しみのうちに戦車をかって海辺を走るあいだに、海神の送りよこした怪獣に驚いて狂う馬は戦車をくつがえし、彼は手綱に巻かれて引きずられ、瀕死の姿で父の前に運ばれる。テーセウスは、しかし、まだ怒っている。アルテミスが現われてすべてを明らかにする。女神への献身の恍惚裡に公子は深い悔悟に沈む父に抱かれて死ぬ。

ヒッポロコス Hippolochos, Ἱππόλοχος

1. *ベレロポーンと*ピロノエー Philonoe (あるいはアンティクレイア Antikleia)の子。リュキア人の将として*トロイアに赴いた*グラウコスの父。

2. *トロイアの*アンテーノールの子。*グラウコスと*アカマースの兄弟。トロイア陥落後、彼らとともにキューレーネー Kyrene に住んだといわれる。

3. アンティマコス Antimachos の子。*アキレウスに討たれた。

ピテュオカムプテース Pityokamptes, Πιτυοκάμπτης シニスの項を見よ。

ピテュス Pitys, Πίτυς *パーンに愛されたニンフ。彼を避けるために松の木 (pitys) になった。パーンがこの木の冠を頭にするのはこのためである。一説には彼女はパーンと*ボレアースに同時に愛され、パーンを選んだため、ボレアースは彼女を岩から突き落したが、*ガイアが彼女を憐れんで、松の木にした。ボレアースが吹くと木はうめき、パーンには頭飾を供するのはこのためであると。

ピテュレウス Pityreus, Πιτυρεύς, 拉 Pityreus, 仏 Pityrée *イオーンの子孫。エピダウロス Epidauros 王。*ヘーラクレイダイの帰還に際して、その一人*デーイポンテースに王国

を譲り、人民とともにアテーナイに退いた. 彼の子*プロクレースはニビダウロスよりイオーニアのサモス Samos に移植民を率いて行った.

ピートー Pitho ペイトーを見よ.

ビトーンとクレオビス Biton, Βίτων, Kleobis, Κλέοβις　ヘーロドトス中、ソーローン Solon がクロイソス Kroisos に, 世界でもっとも幸福な人間として語った, 二人のアルゴスの若者の兄弟. 母を*ヘーラーの祭礼に連れて行く時, 牛が間に合わなかったので, 45スタディアの距離を二人で母の乗った車を引いて行った. 人々は彼らを賞讃した. 母は女神に人間の持ちうる最大の幸福を祈ったところ, 二人は眠っているあいだに安らかに世を去った. アルゴス人は彼らの像を*デルポイに奉献した.

ピーネウス Phineus, Φινεύς　**1.** アルカディア王*リュカーオーンの息子たちの一人. *ゼウスに雷霆によって撃ち殺された.

2. アンドロメダーの父*ケーペウスの兄弟. アンドロメダーを妻にせんと欲して, *ペルセウスに対して陰謀を企てたために, ペルセウスは彼とその仲間を*メドゥーサの首によって石に化した.

3. 黒海のサルミュデーッソス Salmydessos の王. 一説には彼は*ボレアースの娘*クレオパトラーを妻とし, 二子(*プレークシッポスと*パンディーオーン)を得たが, のち*イーダイアーを娶った. 後妻は継子をピーネウスに讒訴したため, 彼(あるいはイーダイアー)は二人を盲にした(一説にはクレオパトラー自身が復讐のためにこれを行なった). *ゼウスは怒ってピーネウスに死か盲目かのいずれかを選ばせ, 彼は後者を取ったが, 太陽神*ヘーリオスは彼の仕業を憤って, *ハルピュイアに彼の食物をけがし, かつ奪わせ, ために彼はほとんど餓死せんとした. 他の伝えでは, この目にあったのは, 彼が神に与えられた予言の力を濫用して, 明かすべきでないことを明かしたからであると. アルゴナウテースたちがこの地に来た時, 彼らは*コルキスへの道を彼に示さんことを乞い, そのかわりにハルピュイアを追い払うことを約束した. *ボレアースの子*カライスと*ゼーテースは約束によってハルピュイアたちを退治し, ピーネウスは道を教えた. しかし上記の第一の説に従う者には, ボレアースの息子たちは, 姉妹に対する虐待の復讐にピーネウスを盲目にし, *アスクレーピオスが二人の子の視力を回復させたが, ゼウスは彼を雷霆で撃ったとする人もある.

ヒーメロス Himeros, ἵμερος　《恋心》の擬人化. *エロースとともに*アプロディーテーに従い, *カリスたち, *ムーサたちとともに*オリュムポスに住んでいた.

ヒュアキンティデス Hyakinthides, Ὑακινθίδες　《*ヒュアキントス》の女性形容詞. 彼女たちの物語には二様の所伝がある. 一は, クレータ王*ミーノースは, 子供の*アンドロゲオースがアッティカのマラトーンで殺されたのを怒って, アテーナイを攻めたが, 成功しなかったので, *ゼウスに祈って, アテーナイに飢饉と疫病を送った. アテーナイ人は古い神託に従って, ラケダイモーンからの移住者*ヒュアキントスの娘アンテーイス Antheïs, アイグレーイス Aigleïs, リュタイアー Lytaia, オルタイアー Orthaia を*キュクロープスのゲライストス Geraistos の墓で殺したが, 効果なく, ミーノースに屈した. 他説では, 彼女たちは*エレクテウスの娘*プロートゲネイアと*パンドーラーを指し, エレウシース Eleusis 人が*エウモルポスに率いられて, アテーナイを攻めた時に, 犠牲に供せられた. ヒュアキンティデスなる名は, 犠牲の行なわれた場所がヒュアキントスなる丘上であったからという.

ヒュアキントス Hyakinthos, Ὑάκινθος　ラケダイモーンのアミュークライ Amyklai 市の美少年. *アポローンに愛され, ともに円盤を投げている時に, アポローンの投じた盤が少年にあたって死んだ. これは西風神*ゼピュロスとアポローンが少年を愛し, 退けられた風神が意趣がえしに, 風で円盤を吹いて, 少年の頭にあてたのであるという. 少年の血から花が咲きいで, その花弁には AI AI《ああ!》あるいはヒュアキントスの頭字 Υ がついていた. この花は今日のヒヤシンスではなくて, アイリスの一種であったろうと想定されている. ヒュアキントスのの系譜はまちまちで, アミュークラース Amyklas と*ディオメーデーの子, したがって*ラケダイモーンと*スパルテーの孫で, *オイバロス(または*ペリエーレース)の叔父とされているが, ときにはオイバロスの子, あるいは*ムーサの*クレイオーと*ピーエロスの子ともされる. *ピラムモーンとニンフのアルギオペー Argiope は彼を愛し, 最初の少年愛の例となったともいう. しかしヒュアキントスは, その -nth- なる接尾辞がよく示しているように, 本来はギリシア先住民族の名であり, ヒュアキンティア Hyakinthia なる祭礼をもち, この地方では少年ではなく, 有髯の壮年の姿で表わされ, さらにヒュアキントトロポス Hyakinthotrophos《ヒュアキントスを育

ヒュアース

る}なる称呼がクニドス Knidos 島の*アルテミスに与えられている点などからみて, *アポローンによって取って代られた先住民族の神であったに違いない. ドーリスの諸市にはヒュアキントスなる月名が見いだされる.

ヒュアース Hyas, Ὕας *アトラースと*プレーイオネーの子. *プレ(ー)イアデス, *ヒュアデスと兄弟. リビアで狩猟中, 毒蛇(あるいはライオン, 猪)に殺された. これを嘆いて彼の姉妹 *ヒュアデスは死に(自殺し), 星となった.

ヒュアデス Hyades, Ὑάδες, 単数 Hyas, Ὑάς 《雨を降らす女》の意. 牡牛座 Tauros の頭部にある群星. 太陽とこの星の出が同時刻になった時に雨季が始まると考えられていた. *アトラースと*オーケアノスの娘の一人(アイトラー Aithra とも*プレーイオネーともいう)とのあいだに生れた娘たちと一般にいわれるが, 父としてはクレータ王*メリッセウス, *ヒュアース, *エレクテウス, *カドモスも擬せられている. 数も七人から二人のあいだとされ, 普通は七人で, その名はアムブロシアー Ambrosia, エウドーラー Eudora, コローニス Koronis, ポリュクソー Polyxo, ディオーネー Dione(またはテュエーネー Tyene), アイシュレー Aisyle (またはパイシュレー Phaisyle, ペディーレー Pedile), ピュートー Phyto (またはパイオー Phaio). 以前はニンフで, *ゼウスより子供の*ディオニューソスの養育を託されたが, *ヘーラーを恐れて*イーノーに渡し, *テーテュースのもとに遁れ, ゼウスによって星座中におかれた. また兄弟ヒュアースの死を嘆いて自殺し, 星となったともいう. *メーデイアによって若返りの法を受けたとの話もある.

ヒュアモス Hyamos, Ὕαμος *リュコレウス(または リュコーロス Lykoros)の子. *デウカリオーンの娘メランテイア Melantheia (または*メラントー 1.)を娶って, *デルポイにその名を与えた*デルポスの父となった. ヒュアモスはヒュース Hya 市の創建者である.

ヒュエーットス Hyettos, Ὕηττος アルゴスの人. 妻が姦通している所を捕えて, 姦夫を殺したが, これがその最初の例であるという. 殺人の罪で国を遁れて, ボイオーティアのオルコメノス Orchomenos のもとに赴き, ヒュエーットス市を建てた.

ヒュギエイア Hygieia, Ὑγίεια, 拉 Hygiea, 仏 Hygie 《健康》の意. その擬人化された女神. *アスクレーピオスの娘, あるいは妻といわれ, 彼の従者中第一の位を占めている.

ピュグマイオイ Pygmaioi, Πυγμαῖοι, 単数 Pygmaios, Πυγμαῖος, 拉 Pygmaei, 英 Pygmies, 独 Pygmäe, 仏 Pygmées アフリカ, インド, あるいはスキュティアにいると想像されていた矮人族. 大きな男根の所有者として美術では表わされている. その名は pygme の背丈(pygme=約35センチ)の者の意であるらしい. 彼らはとくにこうのとりと戦闘するので名高く, すでに《*イーリアス》で, こうのとりは冬になると*オーケアノスの南の流れに赴き, 彼らに死をもたらすといい, 前6世紀の小アジアのミーレートス Miletos の史家ヘカタイオスは彼らの住居を南アフリカに, 前4世紀の史家クテーシアースはインドにおいている. 彼らは牡羊や山羊に跨るか, あるいは牡羊に化けて, 自分たちの畑を守るためにこうのとりと闘い, さらにこうのとりの卵を破壊する. これに関しては, のちにこの原因の説明につぎのごとき物語が作られた. 彼らのあいだにオイノエー Oinoe なる美少女があって, ニーコダマース Nikodamas なるピュグマイオスと結婚し, 一子モプソス Mopsos が生れたが, 彼女は*ヘーラーと*アルテミスを敬わなかったので, *ヘーラーは怒って彼女をこうのとりに変えた. 彼女は鳥の姿で子供をひき取りに来たが, 矮人たちは彼女を追い払ったので, ここに両者のあいだに憎しみが生じたというのである. 彼らの話は, ヘーロドトスやアリストテレースの言うごとくに, 中央アフリカの背の低い民族のことがエジプトを通じてはやい時代にギリシアに伝わったことに由来しているらしい.

ピュグマリオーン Pygmalion, Πυγμαλίων
1. シリアのテュロス Tyros の王で, *エリッサ(=*ディードー)の兄弟. 彼女の夫*アケルバース(あるいは*シュカイオス)を, その財産を奪うために殺した.
2. キュプロス島の王. 象牙で作った女の像に恋し, *アプロディーテーに, 像に似た女を与えられんことを乞うたところ, 像が生きて人間となり, 二人のあいだに一女*パポスが生れた. パポスは*キニュラースの母であると. しかしキニュラースはピュグマリオーンの娘*メタルメーを妻に貰った, すなわち彼の婿とする者もある.

ビューザース Byzas, Βύζας *ポセイドーンと*ケロエッサ(*ゼウスと*イーオーの娘)の子. ビューザンティオン Byzantion(のちのコンスタンティヌーポリス・イスタンブール)の建設者. *アポローンとポセイドーンの助けを得て, 城壁を築いた. トラーキアの王*ハイモスが攻めて来たのを一騎打でたおし, その留守にスキュティア Skythia 王オドリュセース

Odrysesの軍が攻め寄せた時，ピューザースの后ペイダレイア Pheidaleia は女たちとともに敵陣中に蛇を投じて破った．彼女はまた夫の兄弟ストロムボス Strombos が攻め寄せたおりにも，市を救ったという．

ピュタロス Phytalos, Φύταλος　アッティカの英雄．イーリッソス Ilissos 河岸に住み，*デーメーテールが*ペルセポネーを探してアッティカに来た時，女神を迎えたので，その礼にいちじくの木を与えられた．彼の子孫ピュタリダイ Phytalidai はその後ながくこの果樹の栽培に従い，*テーセウスがトロイゼーンから来た時に，途中で退治した盗賊どもの殺人の罪を潔め，そのためピュタリダイはテーセウスの祭で特権をもっていた．

ピューティアー Pytia, Πυθία　*デルボイの*アポローンの女司祭．

ピューティア祭 Pythia, Πύθια　*デルボイの*アポローン神を主神とする祭．これに古くから神への讃歌の競技があり，八年ごとに行なわれた．前582年以後四年ごとに，オリンピアドの第三年目に行なわれることとなり，器楽，歌，劇，朗誦のほかに，運動競技と馬の競技が加えられた．勝利者は月桂樹の冠を与えられた．

ピューティオス Pythios, Πύθιος　*デルボイの*アポローンの称呼．

ピュートー Pytho, Πυθώ　*デルボイの古名．

ヒュドラー Hydra, Ὕδρα　《水蛇》の意．しかしとくに*ヘーラクレースに退治されたレルネー沼沢地帯のヒュドラーを指す．ヘーラクレースの12功業中のヒュドラー退治の項を見よ．エーリス Elis にあるアニグロス Anigros (現在のマヴロポタモ Mavropotamo)の水は，ヒュドラーの毒を塗ったヘーラクレースの矢で射られた*ケイローンあるいは他の一*ケンタウロスがこの河水で浴し，その際に矢が水中に落ちたために，悪臭を放ち，この河から取れる魚も食べられないという．

ピュートーン Python, Πύθων　*ガイア(大地)の子で，*デルボイにいた大蛇．*アポローンはデルボイに来て，大蛇を射殺し，ここに神託所を開いた．ピュートーンもまた神託を与えていた．これについて，つぎのごとき話がある．ピュートーンは*レートーの子の手にょって死ぬとの予言があり，*ヘーラーはレートーが*ゼウスによってみごもった時，太陽の光のもとでは子を産むことを禁じ，ピュートーンはレートーを殺そうと謀った．*ポセイドーンはゼウスの頼みによってレートーを*デーロス島におき，海の水で天蓋を作って彼女をかくし，ヘーラーの言葉のごとくに，太陽の光のあたらない所で産褥につかせた．アポローンは生れて三日目にピュートーンを殺し，その灰を石棺に納め，ピュートーンのために葬礼競技*ピューティア祭を始めた．ピュートーンはデルボイの神殿のオムパロス Omphalos(《へそ》の意で，世界の中心におかれた岩)の下に葬られているという．

ヒュプシピュレー Hypsipyle, Ὑψιπύλη　レームノス Lemnos 島の王*トアース(*ディオニューソスと*アリアドネーとの子)と*ミュリネー(*クレーテウスと*テューローとの娘)との娘．同島の女たちは*アプロディーテーの崇拝を怠ったために，女神は女たちが臭気を発するようにした．そこで男たちはレームノスの女を棄てて，トラーキアから女を捕えて来て，彼女らと床をともにした．この侮辱に怒って，レームノスの女は父や夫を殺害したが，ヒュプシピュレーのみは父親を隠して救った．箱に隠したとも，ディオニューソスの神像のごとくに父親を仕立て上げ，殺害のつぎの日神像を海で潔める儀式を行なうまねをして，逃がしたともいう．その後彼女は女王として島を支配した．*アルゴナウテースたちが，この島に寄航した時に，これらの女たちと交わり，ヒュプシピュレーは*イアーソーンとのあいだに*エウネオースとネブロポノス Nebrophonos(あるいはネブロニオス Nephronios)あるいは*トアースの二子を生んだ．アルゴナウテースたちが出発してしばらくのち，トアース王を逃がしたことが発覚し，ヒュプシピュレーは殺されかけたが，夜の闇に乗じて脱出した．しかし海賊に捕えられ，ネメア王*リュクールゴスに奴隷として売られた．一説にはトアースは殺され，彼女は奴隷に売られたともいう．リュクールゴスの后*エウリュディケーはその子*オペルテースの養育を彼女に命じた．テーバイにむかう七将(アドラストスの項を見よ)がネメアを通って，水を求めた時，ヒュプシピュレーがオペルテースをあとに残して，泉へ案内しているあいだに，子供は大蛇に殺された．七将は帰って来て大蛇を殺し，子供を葬り，子供を*アルケモロスと呼んだ．リュクールゴスとエウリュディケーは怒って，ヒュプシピュレーを殺そうとしたが，その時ディオニューソスがトアース王に与えた黄金の葡萄の木を身の印に持参したエウネオース兄弟が母を探してネメアに現われ，*アムピアラーオスの仲介で母親に再会，アムピアラーオスはリュクールゴスをなだめ，ヒュプシピュレーは子供とともにレームノスに帰国することを許された．

ヒュプノス　208

エウリーピデースはエウネオースたちが父につれられて、アルゴナウテースたちとともに*アルゴー船に乗って行ったために、母と別れ、のちトラーキアで*オルペウスに育てられ、そこで祖父トアース王に会ったという話を創り出した。なお七将たちはオペルテースのために*ネメア祭の競技を行なって、その霊をなぐさめた。

ヒュプノス　Hypnos, Ὕπνος　《眠り》の擬人神.*ニュクス(夜)の子、*タナトス(死)の兄弟。ヘーシオドスには父はないかのごとくにいわれているが、*エレボスを父とする説もある。ホメーロスでは彼はレームノス Lemnos 島に住み、*ヘーラーより*カリス女神の一人パーシテアーを妻に貰ったといわれ、彼は人間の姿でヘーラーとともに*イーデー山に赴き、夜の鳥に身を変じて、*ゼウスを眠らせた。ヘーシオドスでは彼はタナトスとともに地下の世界に住み、陽を見ないが、静かに人を訪れる。彼は翼ある青年の姿で、人間の額を木の枝で静かに触れるか、角から液を注いで、人を眠りに誘うように想像されていた。オウィディウスは彼の住む、その中の人々がすべて眠っている美しい宮居を物語っている。彼に関する物語はないが、彼は*メムノーン、*サルペードーンその他の勇士の死骸を兄弟のタナトスとともに墓場に運んだといわれる。ただ一つ彼には*エンデュミオーンに恋し、目を開けたままで永遠の眠りに陥らせたという物語がある。

ビュブリス　Byblis, Βυβλίς　*ミーレートスと*エイドテアー(母には種々の異説あり)の娘、したがって*ミーノースの曾孫あるいは孫。双生の兄弟*カウノスに恋したが、彼は遁れて、カーリア Karia のカウノス市を建てた。彼女は悲しんで狂い、アジアをさまよい、岩から身を投げんとした時、ニンフたちが憐れんで、彼女を、その涙のごとくに、涸れることなき泉に変じた。一説では恋をしたのはカウノスの方で、彼は家を出て、彼女は縊れて死んだという。彼女の名前はカーリアのビュブリスとシリアのビュブロス Byblos に残っていると。

ヒュペリーオーン　Hyperion, Ὑπερίων　*ティーターン族の一人。*ウーラノスと*ガイアの子。姉妹の*テイアーを妻とし、太陽神*ヘーリオス、月神*セレーネー、曙の女神*エーオースの父となった。ヒュペリーオーンはときとしてヘーリオスの称呼としても用いられる。

ヒュペルボレ(イ)オイ　ヒュペルボレ(イ)オス人を見よ。

ヒュペルボレ(イ)オス人　Hyperbore(i)os, Ὑπερβόρε(ι)ος、複数 Hyperbore(i)oi, Ὑπερβόρε-(ι)οι　極北の果(hyper-《……のかなたに》、-Bore-《北風》、ただしこのほかの解釈もある)に住む、*アポローンを崇拝する、伝説的な民族。アポローンが生れた時、*ゼウスは彼に*デルポイに行くことを命じたが、彼は白鳥の車に駕してヒュペルボレイオス人の所に行って、しばらく住まった。彼は19年(天体が軌道を一周する期間)ごとに彼らの国に赴き、春分より*プレイアデスの上るまで、毎夜竪琴を弾じ彼らの讃歌に耳を傾けた。*アスクレーピオスがゼウスの雷霆に撃たれた復讐にキュクロープスたちを射た矢はヒュペルボレイオス人の都にかくされたが、この国のアバシス Abasis がそれに乗って世界を一週した。*レートーは彼らのあいだで育ち、ついで*デーロスでアポローンと*アルテミスを生んだ。デーロス島の《聖物》もまた彼らの送ったものであるとされ、由来について二説がある。一つはそれが麦藁に包まれて、ヒュペロケー Hyperoche とラーオディケー Laodike なる二人の乙女と付添いの五人の男によってもたらされ、彼女らはデーロスで世を去り、神と祭られたというのである。他は《聖物》が、ヒュペルボレイオス人によって、隣国のスキュテース Skythes 人に託され、つぎつぎに多くの民族の手を経てアドリア海岸に着き、エーペイロスの*ドードーナよりエウボイアのカリュストス Karystos にいたり、島々を通り、最後にテーノス Tenos 島の住民がデーロスにもたらしたという。アルゲース Arges とオーピス Opis なる二人のヒュペルボレイオス人の女が、アポローンとアルテミス出生の時にレートーと*エイレイテュイアとともにデーロスに来て、レートーのお産を軽くすべく、エイレイテュイアに供物を捧げたたとも伝えられる。

デルポイの神託の創始者もヒュペルボレイオス人の*オーレーンで、神託に最初にヘクサメトロス hexametros の律を用いたといい、またケルト人のガラタイ Galatai 族が神域を掠奪せんとした時、ヒュペルボレイオス人の*ヒュペロコスと*ラーオドコスの二人の武者の姿が現われて敵を驚かした。ただしこの二人の名は、ラーオディケーとラーオドコスは多少は異なるが、上記の二人の乙女の男性形である。ヒュペルボレイオス人は*ペルセウス、*ヘーラクレースの物語にも関係があり、後代では彼らの国土は一種の理想郷となり、彼らは不足不自由なく幸福に暮し、老年に至ると花冠を頭にいただいて、断崖より海に身を投じたと考えられるにいたった。さらに彼らは魔力を有し、空中を飛行し、地中の財宝を発見する力を有していた。ピュ

ータゴラースはヒュペルボレイオスのアポローンの化身とされた.

ヒュペルムネーストラーまたはヒュペルメーストラー Hyperm(n)estra, Ὑπερμ(ν)ήστρα

1. *ダナオスの娘(*ダナイデス)の一人. 他の姉妹たちが父の命により, 新婚の床で花婿たち(*アイギュプトスの息子たちで従兄弟)を殺したのに, 彼女のみは夫の*リュンケウスを助けたので, ダナオスによって訴えられたが, アルゴス人は彼女を許した. *アバースはこの二人の子である.

2. *テスティオスとエウリュテミス Eurythemis の娘. *アルタイアーと*レーダーの姉妹. なおこのヒュペルムネーストラーは, *テスピオスの娘ヒュペルムネーストラーと同一人であると思われる. 原因に Thestios と Thespios との混同であろう.

ヒュペロコス Hyperochos, Ὑπέροχος

1. ケルト族のガラタイ Galatai 人が*デルポイを掠奪しようとした時に, *ラーオドコスとともに防衛を援けた神将. *ヒュペルボレイオス人であるといわれる. 同項を見よ.

2. *オイノマーオスの父.

ヒュメナイオスまたはヒュメーン Hymenaios, Ὑμέναιος, Hymēn, Ὑμήν 結婚の式で,《ヒュメーン》,《ヒュメナイオス》と叫ぶ習慣から, 人はだれか神の名を呼んでいるものと解釈し, ここに結婚の行列を導く神としてのヒュメナイオスが生れた. この習慣を解釈するために, 多くの縁起物語が創り出されている. 彼は*ムーサの一人(*カリオペー, *クレイオー, あるいは*ウーラニアー)と*アポローン, あるいは*アプロディーテーと*ディオニューソス, あるいは*ピーエロス, あるいは*マグネースの子とされている. 一説では, 彼はアテーナイの, 女にみまがう美青年で, ある美少女に恋し, 近づき得ず, 遠くからあとをつけるばかりであった. 少女たちがある日エレウシースに*デーメーテールに供物を捧げるべく赴いたところへ, 海賊が来襲, 彼女らとともに, ヒュメナイオスをも女と間違えてさらった. ある人気のない岸辺で, 海賊どもが疲れて眠っているのを, ヒュメナイオスは全部退治し, 一人アテーナイに帰って, 恋人を妻に貰う条件で少女たちの返還を約し, かくてめでたく恋が実った. これを記念して彼の名が結婚式で呼ばれるのであると. 一説では彼はマグネースの子の音楽家で, ディオニューソスとアルタイアー Althaia との結婚式で歌っているあいだに死んだので, この習慣が生じたと. また一説では彼は*ヘスペロスの愛した少年で, *アリアドネーとディオニューソスの結婚式で歌っている時に声を失ったので, これを記念して彼の歌を歌うのであると. さらに一説では彼が自分の結婚式で死んだのがこの歌の原因であり, のち*アスクレーピオスが彼を蘇生させたという. 彼は花冠をいただき, 炬火(ときに笛)をもった美少年として表わされている.

ピュラー Pyrrha, Πύρρα 1. 《赤髪の女》の意. *エピメーテウスと*パンドーラーとの娘. *デウカリオーンの妻となった. 同項を見よ.

2. スキューロス島の*リュコメーデースの宮廷にあずけられて, 女装していた時の*アキレウスの名.

ヒューライオス Hylaios, Ὑλαῖος アルカディアの*ケンタウロス. 同じくケンタウロスの*ロイコスとともに*アタランテーを犯さんとし, 彼女によって射殺された. しかし他の伝えでは, ヒューライオスはケンタウロス族と*ラピテース族の闘いで, *テーセウスに殺された, あるいは*ポロスの洞穴で*ヘーラクレースに殺されたという.

ピュライオス Pylaios, Πυλαῖος レートス Lethos の子. 兄弟*ヒッポトオスとともに, ラーリッサ Larissa の*ペラスゴイ人を率いて*トロイア戦争に参加した.

ピューライクメース Pyraichmes, Πυραίχμης 1. 《*イーリアス》中, パイオニア Paionia 人の将. *トロイア方を助けに来て, *エウドロスを討ったが, のち*パトロクロスあるいは*ディオメーデースに討たれ, トロイアに葬られた.

2. *オクシュロスのエーリス征服を成就させた戦士. 同項を見よ.

3. エウボイア王. ボイオーティアに攻めこみ, *ヘーラクレースに破られ, 馬に縛りつけられ, 四つ裂の刑に処せられた. これはヘーラクレイオス Herakleios《ヘーラクレースの》河のそばで行なわれ, 馬がこの河で水を飲むと, 河中から馬のいななきが聞えたという.

ピュライメネース Pylaimenes, Πυλαιμένης パプラゴニア Paphlagonia 人の王. *ハルピオーンの父. *トロイア方の将. 彼は《*イーリアス》中, V.576 で一度*メネラーオスに討たれているのに, XIII.658 で息子のハルピオーンの葬式に列しているので有名.

ピュラコス Phylakos, Φύλακος 1. *アイオロスの後裔. *デーイオーン(またはデーイオネウス Deïoneus)と*ディオメーデー(*クストスの娘)との子. *ミニュアースの娘*クリュメネーを娶り, *イーピクロスと*アルキメデ

ヒュラース

—(*アイソーンの妻で*イアーソーンの母)の父となった. オトリュス Othrys 山中のピュラカイ Phylakai 市の創建者で, 莫大な家畜をもっていた. イーピクロス 1. およびメラムプースの項を見よ.

2. *イーピクロスの子. ペルシア人が*デルポイを攻めた時. 巨人の姿で他の英雄アウトノオス Autonoos とともに現われた英雄.

ヒュラース Hylas, Ὕλας *ヘーラクレースが*ドリュオプス人の王*テイオダマースと戦って, 王を討った時, ヘーラクレースは王の子ヒュラースを自分の侍童にした. 二人は*アルゴナウテースたちの遠征に加わったが, 小アジアのミューシアのキオス Kios で, 泉に水を汲みにでかけたところ, 水のニンフたちが少年の美しさに魅せられて, 彼を水中に引きこんだ. アルゴナウテースの一人*ポリュペーモスは少年の叫びを聞き, 盗賊にさらわれたと思って, 刀を抜いて追いかけるうちに, ヘーラクレースに出会い, そのことを話し, 二人で探しているあいだに船が出てしまった. ヘーラクレースはミューシア人がさらったと思い, 彼らに少年の捜索を命じた. 歴史時代にもヒュラースを探す儀式がキオスで行なわれていたという.

ヒュラース Pylas, Πύλας メガラ王. *クレオーンの子クレソーン Kleson の子. 父の兄弟*ビアースを殺した時, 娘*ピュリアーの婿*パンディーオーンに王国を与え, 自分はレレゲス人を率いてペロポネーソスのメッセーネー Messene にピュロス Pylos 市を築いたが, のち*ネーレウスに追われ, エーリス Elis のいま一つのピュロス市を創立した.

ピュラース Phylas, Φύλας **1.** *ドリュオプス人の王. *デルポイを攻めたので, *ヘーラクレースは彼と戦って殺し, ドリュオプス人を*アポローンの奴隷にした. しかし多くの者は逃げたが, アポローンの命によってか, ペロポネーソスのアシネー Asine その他に住んだ. ヘーラクレースはピュラースの娘を捕虜とし, 彼女からアッティカのアンティオキス Antiochis のデーモスの祖*アンティオコスが生れた.

2. テスプロティア Thesprotia のエピュラ Ephyra の王. *ヘーラクレースは*カリュドーンの人々とともに彼を攻めて殺した. 彼の娘*アステュオケーとヘーラクレースから*トレーポレモスが生れた.

3. *ポリュメーラーの父. 同項を見よ.

4. 1. の子*アンティオコスの子. *ヒッポテースの父. 彼は*イオラーオスの娘*レイペピレーを娶り, 一男*ヒッポテース, 一女*テーロー (*アポローンとのあいだにカイローネイア Chaironeia に名を与えたカイローン Chairon を生んだ)を得た.

ピュラデース Pylades, Πυλάδης *オレステースの親友. *ストロピオスとアナクシビエー Anaxibie (*アガメムノーンの姉妹)の子で, オレステースの従兄弟. 二人はストロピオスの宮廷でともに育てられ, アガメムノーンの死の復讐にオレステースを助け, アイギストスを討ちに来た*ナウプリオスの息子たちと闘い, さらにオレステースとともに*アルテミスの神像を取りにタウリス Tauris に行った. 彼は*エーレクトラーを娶り, *メドーンと*ストロピオス二世の父となった.

ピューラモス Pyramos, Πύραμος ピューラモスとティスペー Thisbe はオウィディウスの《変身譜》*Metamorphoses* 中の話によって有名な悲恋の主人公. 二人はバビュローンに住み, 隣同志であったが, 両親の仲が悪いので, ひそかに壁の割目を通じて恋しあっていたが, ついに*ニノスの墓で会う約束をした. 夕闇にまぎれて, さきに着いたティスペーを牝ライオンが襲い, 彼女は外套を棄てて遁れる. ライオンは獲物のくらった血だらけの口でそれを引き裂いて立ち去った. そこへピューラモスが来て, 血だらけの衣服を見, 恋人が野獣に喰い殺されたものと思って, 自殺した. 帰って来たティスペーはピューラモスの死骸に驚き, その身体から刀を引き抜き, 自害した. 二人の血をあびた近くにあった桑の木の実は, それまでは白かったのが, 黒色に変じた. 二人の灰は一つの壷に納められた. この話にはさらに古い原形が伝えられ, これでは二人は結婚前に愛し合って, 子供ができたので, ティスペーは自殺し, これを知ったピューラモスもあとを追った. 神々は二人を憐れみ, 男はキリキアの同名の河に, 女はこの河に注ぎこんでいる泉に変じたことになっている.

ピュリアー Pylia, Πυλία メガラ王*ピュラースの娘. *パンディーオーンの妻.

ヒュリエウス Hyrieus, Ὑριεύς, 拉 Hyrieus, 仏 Hyriée *ニュクテウス, *リュコス, および*オーリーオーンの父. ヒュリエウスは*ポセイドーンと*ハルキュオネーの子で, ボイオーティアのヒュリア Hyria の創建者といわれる. 妻はニンフのクロニアー Klonia. ずっと後期の話では, 彼は老年の百姓で, *ゼウス, ポセイドーン, *ヘルメースがボイオーティアを旅している時, その小屋で歓待したため, なにか望みを

ピューレノ

かなえてやろうと神々が言った時，彼は女と交わらずに子供を得ることを望み（彼の妻は最近世を去り，彼女を愛していた彼は再婚を欲しなかった），神々は前日自分たちのために犠牲に供せられた牛の皮に小义し，これを包んで，九カ月間地中に埋めておくことを命じたところ，その牛皮からオーリーオーンが生れたという．*トロポーニオスと*アガメーデースとが宝庫を造ったのはヒュリエウスのためであるという（アガメーデースの項を見よ）．

ピュリオス Pylios, Πύλιος　　*ヘーパイストスの子．レームノス島で*ピロクテーテースの傷を癒した礼に，弓術を教えられた．

ピューリオス Phylios, Φύλιος　　*キュクノスの恋人．

ピュリコス Pyrrhichos, Πύρριχος　　武装し，槍，楯，炬火をもって行なわれる激烈な踊りピュリケー Pyrrhichē の発明者．彼はクレタの*クーレースの一人で，*ゼウスの番をしている時に，この踊りを発明したとも，ラコーニア人ともいわれる．一説にはこの踊りは*ピュロスに帰せられている．同項を見よ．

ピュリス Phyllis, Φυλλίς　　トラーキアのビサルタイ Bisaltai 人の王の娘．*トロイアより帰国の途中*ストリューモーン河口に漂着したアテーナイの王*アカマスあるいは*デーモポーン（ともに*テーセウスの子）と結婚した（二人からアカマース Akamas とアムピポリス Amphipolis が生れた），あるいはその約束をした．夫がアテーナイで事を処するためと称して立ち去った時，*レアーの聖物が入っているという箱を，彼女の所に帰る望みを失うまでは開けないとの約束で，夫に与え，出発を承諾した．帰国の約束の日が来て，彼女は港に出て夫を待ったがむなしく，ついにみずから縊れて死んだ．一方デーモポーン（あるいはアカマース）はキュプロスに住み，他の女と結婚，箱を開いたら，突然恐怖に襲われ，馬をむやみに駆り立て，馬はつまずき，彼は投げ出されて，自分の刀の上に落ちて死んだ．一説にはピュリスは葉のないはたんきょう（巴旦杏）に変じ，デーモポーンが帰って来て，その木を抱いたところ，緑の葉が芽生え出た．このためギリシア語で《葉》を phylla というと．また人が彼女の墓に木を植えたところ，彼女の死んだ季節になると，葉を落したともいう．

ピュリプレゲトーン Pyriphlegethon, Πυριφλεγέθων　　プレゲトーンの項を見よ．

ピュルゴー Pyrgo, Πυργώ　1. メガラ王*アルカトオスの妻でイーピノエー Iphinoe の母．アルカトオスは妻を棄てて，エウアイクメーEuaichme を娶った．アルカトオスを見よ．

2. *プリアモスの子供たちの乳母．*アイネイアースに従って*トロイアを遁れ，*イーリス女神の言により，トロイアの女たちに船に火を放つことを勧めた．

ヒュルタコス Hyrtakos, Ὑρτακος　*トロイア王*プリアモスが，*ヘカベーと結婚するために，自分の最初の妻*アリスベーを与えた男．ヒュルタコスとアリスベーとのあいだに*アシオスが生れ，アシオスはトロイア方として，*トロイア戦争で闘った．ウェルギリウスは*アイネイアースの部下*ニーソスとヒッポコオーン Hippokoon をヒュルタコスの子としている．

ヒュルネートー Hyrnetho, Ὑρνηθώ　*テーメノスの娘．*デーイポンテースの妻．

ピューレウス Phyleus, Φυλεύς　　エーリス王*アウゲイアースの子．*ヘーラクレースが王の家畜小屋を清掃した時，その報酬に関して証人となり，父の不正に反対して，ヘーラクレースを支持したので，父に追われ，ドゥーリキオン Dulichion に住み，そこで*テュンダレオースの娘*ティーマンドラー（あるいは*クティメネー）を娶り，*メゲースと*ポリュエイドスの妻となったエウリュダメイア Eurydameia が生れた．ヘーラクレースはアウゲイアースを破って，ピューレウスにエーリスを与えたが，彼はのちこれを兄弟たちに与えて，ドゥーリキオンに帰った．*カリュドーンの猪狩の勇士中にも彼の名が見える．

ピューレーネー Pyrene, Πυρήνη　1. *ダナオスの50人の娘の一人．

2. ナルボンヌ地方の王ベブリュクス Bebryx の娘．*ヘーラクレースが*ゲーリュオーンの牛を取りに行った時に，王の宮廷に酔って，彼女を犯し，彼女は蛇を生んだ．驚いた彼女は山に遁れ，野獣に殺された．帰途ヘーラクレースは彼女の死骸を発見，埋葬したのち，その山に彼女の名を与えた．

3. *キュクノスと*ディオメーデース（トラーキア王）の母．キューレーネーともいう．

ピューレーネウス Pyreneus, Πυρηνεύς　ダウリス Daulis の王．*ヘリコーン山に赴く途中大雨にあった*ムーサたちを自分の宮殿に招じ，女神を犯さんとした．遁れる彼女たちを，空中に追わんとして，岩の上に落ちて死んだ．

ピューレーノール Pylenor, Πυλήνωρ　ヘーラクレースと*ケンタウロスたちが*ポロスの所で闘った時に，ヘーラクレースの毒矢に傷つけられたケンタウロス．アニグロス Anigros

河で傷を洗ったために，この河はその後悪臭を放つにいたった．

ヒュロス Hyllos, Ὕλλος *ヘーラクレースと*デーイアネイラとの長子．ヘーラクレースはこの child を，リューディアのヘルモス Hermos 河の支流ヒュロス河(この河の名は，洪水の際に流れ出た大地の子，すなわち巨人ヒュロスの骨に由来するという)から取ったとされている．ヘーラクレースの死後，他の兄弟とともに*ケーユクスのもとに遁れ，一家の長として，*ヘーラクレイダイのペロポネーソス帰還を計った．*エウリュステウスと戦って彼をたおしたが，神託の解釈を誤って，テゲア王*エケモスと一騎打ちをして，たおれた．なお彼の母については，*オムパレーであるとの説のほかに，かなり後代の話では，*パイアーケス人の国のニンフのメリテーであるとの説がある．この話では，ヘーラクレースは先妻*メガラーとのあいだに生れた子供たちを狂気のうちに殺したのち，この国に遁れているとなっている．のち，彼はパイアーケス人を率いてイリュリア Illyria に移住し，ここで牛群に関して土着民と争って殺されたが，その名をエーペイロスのヒュレイス Hylleis 人に与えた．しかし普通は，彼の名はドーリス人の三部族の一つヒュレイス人に伝わるとされ，ドーリス人の王*アイギミオスが，ヘーラクレースの死後，ヒュロスを養子にしたからであるという．なおヘーラクレイダイの項を見よ．

ピュロス Pyrrhos, Πύρρος《赤髪の男》の意．*アキレウスにも用いられるが，とくに彼の子*ネオプトレモスの別名．彼はラコーニアのピュリコス Pyrrhichos 市に名を与え，またピュリケーの踊りを発明したといわれる．ピュリコスの項を見よ．

ヒューロノメー Hylonome, Ὑλονόμη *ケンタウロスと*ラピテース族の戦闘で討たれた，ケンタウロスの*キュラロスの妻の女ケンタウロス．夫が射られた矢で自殺した．

ヒーラエイラ Hilaeira, Ἱλάειρα, 拉 Hilaira *レウキッポスの娘たちの一人．*イーダースの花嫁．レウキッピデス，ディオスクーロイの項を見よ．

ピラムモーン Philammon, Φιλάμμων *アポローンと*キオネー(*ダイダリオーンの娘)との子．母はこのほかにピローニス Philonis (デーイオーン の娘)，クレオボイア Kleoboia，*クリューソテミスなど種々伝えが異なる．キオネーは同日にアポローンと*ヘルメースと交わり，前者よりピラムモーン，後者より*アウトリュコスの双生児が生れた．ピラムモーンは名高い予言者，音楽家，詩人となった．ニンフのアルギオペー Argiope に愛されたが，彼女がはらむと，近づけず，彼女はカルキディケー Chalkidike に道れて，*タミュリスを生んだ．*エウモルポスもまた彼の子とされている．彼は乙女たちより成る合唱，*レルネーの*デーメーテールの秘教を創始し，*デルポイ人がプレギュアイ Phlegyai 人に攻められたおりに，アルゴスの軍を率いて救援に赴き，戦死した．

ピーリトウス Pirithous ペイリトオスの項を見よ．

ピリュラー Philyra, Φιλύρα *オーケアノスの娘．*ケイローンの母．その名は《菩提樹》の意．*クロノスは彼女を愛したが，*レアーに発見され，二人の仲をかくすためにピリュラーを馬形に変じた，あるいは彼女がクロノスを拒んで，馬に形を変えたので，神もまた馬形となって交わったために，半人半馬の姿のケイローンが生れた．彼女は子供の姿を恥じて，神に祈って木となったとも，ケイローンを育て，のち，彼が多くの英雄の教育をするのを手伝ったともいう．

ピールムヌス Pilumnus ローマに無数に見いだされる，特別の役目を有する神の一人．彼はインテルキードーナ Intercidona《斧で切ること》とデーウェラ Deverra《掃くこと》の二女神とともに，産褥にある婦人と赤児とを*シルウァーヌスの禍から守る神で，ピークムヌス Picumnus とも同一視されている．ウェルギリウスは彼を*ダウヌスの父，*トゥルヌスの祖父に擬した．

ピーレーネー Pirene ペイレーネーの項を見よ．

ピレーモーン Philemon, Φιλήμων バウキスの項を見よ．

ピーレーン Piren ペイレーンの項を見よ．

ピロイティオス Philoitios, Φιλοίτιος *オデュッセウスの牛飼．主人に忠実で，オデュッセウスの求婚者殺戮を助け，ペイサンドロス Peisandros とクテーシッポス Ktesippos を討ち，*エウマイオスとともに*メランティオスを罰した．

ピロクテーテース Philoktetes, Φιλοκτήτης *ポイアースとデーモーナッサ Demonassa の子．ポイアースか，あるいは彼自身が*ヘーラクレースの火葬壇に火をつける役目を引き受けた礼に，ヘーラクレースの弓と*ヒュドラーの毒を塗った矢を与えられた．彼は*ヘレネーの求

ピロクテー

婚者の一人であり，*トロイア戦争にはテッサリアのマグネーシア Magnesia のメートーネー Methone の兵を率い七隻の船で参加した．ギリシア軍がテネドス Tenedos 島にあった時，毒蛇に咬まれ，その傷が腐って悪臭を放った（あるいは彼が苦痛に耐えず呻き声を発する）ために，*オデュッセウスの提案により，レームノス島に置き去りにされた．一説には彼が小アジア近くの，クリューセー Chryse 女神を祭ってあった同名の小島（前2世紀になくなった）の祭壇にギリシア軍勢を導いた時に毒蛇に咬まれた，あるいは犠牲を捧げているあいだに一本の毒矢がえびら（箙）から落ちて彼の足を傷つけたともいう．これはヘーラクレースに彼が弓矢を与えられた時，火葬壇の場所を人に言うなと命ぜられていたのに，しっこく尋ねられた結果，その場所に導いて，黙って足でその場の地を打って知らせた罰であると．もっともレームノスに置き去りにしたのは，彼がこの地の*ヘーパイストス神の神官たちから治療をうけるために，彼は神の子*ピュリオスによって傷を治療され，その代りにピュリオスに弓術を授けたとの異説もある．十年後，ギリシア軍は*ヘレノスよりピロクテーテースの弓がギリシア軍になければ，町は陥落しないと告げられ，オデュッセウスは*ディオメーデースあるいは*ネオプトレモスとともにピロクテーテースを迎えに行き，彼をトロイアに連れて来ることに成功．彼は*マカーオーン（あるいは*ポダレイリオス）に治療され，多くのトロイア人を討ち取った．*パリスも彼に討たれたというが，パリスの兄弟ヘレノスがパリスの死後ヘレネーを妻に得んとして失敗したことにあるから，この話は矛盾している．したがって予言したのはヘレノスではなくて，*カルカースだとする説もある．

トロイア陥落後，《*オデュッセイア》はピロクテーテースが無事に帰国したと言っているが，彼の崇拝が南イタリアの諸地方に行なわれていたために，彼はこの地に来て多くの都市を創建したとの伝説がある．彼は*トレーポィロスのもとにこの地に来たロドス Rhodos 人を救援に赴き，戦死したといわれ，その墓と称するものが数ヵ所にあった．

《ピロクテーテース》 *Philoktetes*, Φιλοκτήτης ソポクレースの前409年上演の作．

*クリューセーの島の毒蛇に咬まれ不治の傷をうけた無双の射手*ピロクテーテースは，*トロイア遠征の途上ギリシア軍によってレームノスの島に置き去られ，十年の歳月を無人の場所にただ一人かろうじて生を保っている．彼の所有する*ヘーラクレースの必中の強弓なくしてはトロイアは陥らずとの予言をうけたギリシア軍は，策士*オデュッセウスに若武者*ネオプトレモスを伴わせて，ピロクテーテース召喚に遣わす．オデュッセウスはネオプトレモスに偽りによってピロクテーテースと弓矢とを手に入れるべきであると説き，躊躇する若武者を説得して，自分は船に帰る．ネオプトレモスの船の乗組員の合唱隊．ピロクテーテースは跛の姿で岩陰に帰って来て，*アキレウスの子であり，父の死後その鎧をオデュッセウスに奪われたのを憤って，いまや一度赴いたトロイアより帰国の途にあると，教えられたとおり語るネオプトレモスの話に，ピロクテーテースは計のごとく若者に同情する．彼は自分を船に乗せてギリシアに連れ帰ってくれと必死に頼む．ネオプトレモスが船子たちの勧めで承知するところへ，オデュッセウスが遣わした者が船長に扮して来て，*ポイニクスと*テーセウスの子らが，*アガメムノーンの命によりネオプトレモスを連れ戻すべく追って来たことを告げる．予言者*ヘレノスがネオプトレモスなくしてはトロイアは陥落せずと告げたからである．いまや二人の英雄が船にむかわんとした時，不幸な傷の苦痛が再発し，ピロクテーテースは苦悶する．欺かれているとは知らずに若武者に弓を託し，苦痛の痙攣後の深い眠りに陥る．覚めた時ネオプトレモスの良心はもはやこれ以上ピロクテーテースを欺くことを許さず，すべてを打ち明けるが，彼の返還を求める彼の要求を容れることはギリシア軍の一人たる者に許されないところである．オデュッセウスが来る．策謀の主を認めてピロクテーテースは怒るがいかんともしがたい．オデュッセウスとネオプトレモスの去った後，合唱隊はピロクテーテースに，運命に折れて，彼らともにトロイアに来るように説く．ネオプトレモスがオデュッセウスに追われて来て，弓を返す決心を表明する．返しているところへオデュッセウスが来る．ピロクテーテースは彼にむかって矢を放たんとするが，ネオプトレモスに押さえられる．若者は心をつくして神の運命に従い，トロイアに来て傷の治療をうけ，ともに闘わんことを願うが，ピロクテーテースは聞き入れず，さきの約束の履行を求める．若者はやむなく武人として約束の名誉を破らないために，ギリシア軍の怒りを犯そうと決心する．そこへ神となったヘーラクレースが現われ，ピロクテーテースに*ゼウスの意志に従ってトロイアに赴くことを命ずる．

ピロテース Philotes, Φιλότης　ヘーシオドス中，《友愛》の擬人化神．*ニュクス《夜》の娘，アパテー Apate《偽り》，ゲーラス Geras《老年》，*エリスの姉妹．

ピロメーラー Philomela, Φιλομήλα　アテーナイ王*パンディーオーンと*ゼウクシッペーの娘．*プロクネーの姉妹．パンディーオーンは国境の問題でテーバイの*ラブダコスと争った時，トラーキア王*テーレウスの来援によって勝利を得たので，プロクネーを彼に与えた．二人のあいだに*イテュスが生れたが，テーレウスはピロメーラーに恋し，プロクネーが死んだと偽わって，彼女を迎え，犯したのち，彼女が告げることができないように，その舌を切り取った．しかし彼女は長衣（ペプロス）に織りこんで，プロクネーに自分の不幸を告げた．プロクネーはピロメーラーを探し出し，イテュスを殺して，煮て，テーレウスに供した．姉妹は遁れたが，テーレウスはこれを知って，斧をつかんであとを追い，二人はポーキスのダウリス Daulis で捕えられんとした時，神々に祈り，プロクネーはナイチンゲールに，ピロメーラーは燕に，テーレウスはやつがしら（戴勝）となった．ローマの詩人は姉妹の役を反対にし，テーレウの妻はピロメーラーで，ナイチンゲールにはピロメーラー，燕にはプロクネーがなったとしている．

ピロメーレイデース Philomeleides, Φιλομηλείδης　レスボス王．この島に来る者に自分と闘うことを強いては，殺していたが，*オデュッセウスが（あるいは*ディオメーデースとともに）彼を退治した．

ピロラーオス Philolaos, Φιλόλαος　*ミーノースとニンフのパレイア Pareia の子．*ヘーラクレースがパロス Paros 島に来た時，彼を襲ったが，包囲されて，降伏した．

フ

ファウォーニウス Favonius　ローマの西風神で春の風．ギリシアの*ゼピュロスと同一視されている．

ファウスティーヌス Faustinus　*ファウストゥルスの兄弟．二人は*エウアンドロスとともにイタリアに来住．ファウストゥルスはパラーティーヌス Palatinus 丘で*アムーリウス王の羊を飼っていたのに，ファウスティーヌスはヌミトールの羊をアウェンティーヌス Aventinus 丘で飼っていた．ヌミトールの娘レア・シルウィアが*ロームルスと*レムスの双生児を生んだ時，二人は他の双生児と入れかえ，アムーリウスはこれを棄てさせた．ヌミトールは娘の子供を*ファウストゥルスに育てさせ，ファウスティーヌスはこれを手伝った．ファウスティーヌスはファウストゥルスと同じく，ロームルスとレムスの争いを引き分けんとして，殺された．これは古い時代のアウェンティーヌスとパラーティーヌスにあった住民間の競争を伝説に反映しているものと思われる．

ファウストゥルス Faustulus　ローマのパラーティーヌス丘の麓で*ロームルスと*レムスを拾い上げて，妻の*アッカ・ラーレンティアに育てさせた羊飼．Fau- は Fau-nus と同じであるので，Faunus の一変身とする説がある．ロームルスとレムスが争った時，仲裁に入って，殺され，フォルム Forum に葬られた．ロームルスの項を見よ．

ファウナ Fauna　*ファウヌスを女性にしたイタリアの女神．彼の姉妹で妻．*ボナ・デアと同一視されている．*ヘーラクレース伝説中では，彼女はラティウム Latium の王ファウヌスの妻で，ヘーラクレースに愛されて，ラティウムにその名を与えた*ラティーヌスを生んだことになっている．一説では彼女は*ヒュペルボレイオス人で，ヘーラクレースの子ラティーヌスを生んだのち，ファウヌスに嫁した．

ファウヌス Faunus　ローマの古い，森の神．Faunus は favēre《恩顧を与える》と同語源と考えられ，農産物や家畜の保護者であった．彼は予言の力を有し，おそらくこれは森のささやきを彼の声としたことに由来するもので，この面で彼はファートゥス Fatus《話す者》(fāri《話す》) と呼ばれている．また家畜の多産の神としてはイヌウス Inuus なる称呼を有する．*ファウナと*ファートゥアはその女性形である．一方彼は夢魔（*インクボー）あるいは埋もれた宝の神ともされることがある．彼はギリシアの*パーンと同一視され，ここから彼は複数として，古典時代に山野に住む，羊飼の友なる一種の精，ギリシアの*サテュロスたちと同様ならのとなった．彼は上半身人間で下半身は山羊で，角と蹄をもつ姿で考えられている．

神話中ではファウヌスは*エウアンドロスが

アルカディアから来住した時のラティウム Latium の王で、パラーティーヌス丘上にエウアンドロスが住むのを許した(同項を見よ). 彼はときに*ユーピテルと*キルケーの子とされ、*ピークス王のあとを継いで王となり, 息子(あるいは*ヘーラクレースの息子)*ラティーヌスに王国を譲った(ファウナの項を見よ). 2月15日にローマで行なわれたルペルカーリア Lupercalia 祭は, ルペルクス Lupercus の名のもとに祭られたファウヌスの祭らしく, 農作, 家畜, 人間の多産を祈るのが目的であった.

ファータ Fata 運命の女神. モイラおよびパルカの項を見よ.

ファートゥア Fatua *ファウヌスと同じ性格で, 彼とともに祭られていたイタリアの女神. ファウヌスを見よ.

ファートゥウス Fatuus *ファウヌスを見よ.

ファーマ Fama ギリシアの*ペーメーをローマ化したもの.《うわさ》《世論》の擬人化された女神. ウェルギリウスは彼女を*ガイアが*コイオスと*エンケラドスのあとに生んだとして, ギリシア神話の系譜中に加えた. 彼女は無数の耳目を有し, すみやかに飛び行く. オウィディウスは彼女が天・地・海の境に, 世界の中心に青銅の, 無数の闢きのある, 反響する宮に, 軽信, 過誤, ぬか喜び, 恐怖, 煽動などとともに, 住んでいるものと, まったくのアレゴリーによって描いている.

ファーメース Fames 《飢え》の擬人神. ギリシアのリーモス Limos のローマ名.

フィデース Fides 《信義》の擬人化されたローマの女神.

《フェニキアの女たち》 Phoinissai, Φοίνισσαι, 拉 Phoenissae エウーリーピデースの前413年以後《オイノマーオス》,《クリューシッポス》とともに上演された劇.

アルゴス軍を城外に見る危機に際して*イオカステーは兄弟を和解せんものと, *ポリュネイケースを城内に招く. *アンティゴネーは城の上より敵の軍勢を眺め, 七将を老僕に指し示させる. *デルポイの*アポローンに捧げられたフェニキアの女たちより成る合唱隊の歌. ポリュネイケースが来る. 従順な彼は母の言葉を聞いて和睦に同意し, 流浪の中に*アドラストスを味方に得た話をする. 権力欲と詭弁の権化たる*エテオクレースは, しかし, 和議を拒み, 父と妹たちに面会を求めるポリュネイケースを追い帰す. *クレオーンの召に応じて来た予言者*ティレシアースは, クレオーンの子*メノイケウスが身を犠牲にすれば, テーバイは勝利を得ると告げる. クレオーンは子供を救うために落してやろうとし, メノイケウスはこれに同意するかのごとくにみせて父の前を退き, 塔より身を投ずる. 使者が来てテーバイ軍の勝利を報ずるが, 子供らの身の上を気づかうイオカステーに迫られ, 兄弟はいまや一騎打をせんとしていることを明かす. 后はアンティゴネーとともにこれを止めようと走り去るが, すでにおそく, 両人は相討となり, 馳せつけた母は死せる子の刃を取って自殺する. 不意を襲われてアルゴス軍は敗走する. 戦死した将たちの葬列が舞台を横切りつつあるところへ, *オイディプースが登場. いまは王となったクレオーンは彼の追放を宣し, ポリュネイケースの埋葬を禁じ, アンティゴネーを*ハイモーンの妻とせんとする. 彼女はこの申し出を拒み, 父とともに流浪の旅に出る決心をする. オイディプースは妻と二人の子の死骸に別れを告げ, アンティゴネーに導かれて立ち去る.

フェブリス Febris ローマの《熱病》の女神. ローマだけでも三つの神殿をもち, 帝国全土で崇拝されていた. その古い時代はわからないが, のちには明らかにマラリア性熱病の女神であった.

フェブルウス Februus イタリアのフェブルアリウス Februarius の月の神. のち, 彼は冥界の王*ディース・パテル(ギリシアの*プルートーン・*ハーデース)と同一視された. これはこの月に死者を慰めるための祭フェブルアーリア Februalia が行なわれたためで, フェブルウスはこの祭の擬人化神かも知れない.

フェレートリウス Feretrius 偽誓者を打つ(ferire《打つ》)神, あるいは平和をもたらす(ferre《もたらす》)神としての*ユーピテルの称呼.

フェレンティーナ Ferentina ラティウムのある泉と森のニンフ.

フェーローニア Feronia エトルリアのソーラクテ Soracte 山の近くの《カペーナの森》lucus Capenatis にそのおもな神殿があったイタリアの古い女神. 前217年以前にローマにも移入され, カムプス・マールティウス Campus Martius に神殿があった. テラチナ Terracina の彼女の神殿では奴隷の解放が行なわれたために, 彼女は《自由》Libertas の女神と同一視されている. 彼女の祭には初穂が捧げられ, 市が立った. プライネステ Praeneste の*エリュルスは彼女の子であるという.

フォルス Fors *フォルトゥーナ女神と

対になっている《偶然，機会》の神．フォルトゥーナを見よ．

フォルトゥーナ Fortuna　ローマの本来は豊穣多産の女神．For-tunaのfor-はferre《もたらす》と同語源とされている．しかし彼女の崇拝はセルウィウス・トゥリウス Servius Tulliusによってローマにもたらされたものと伝えられ，ローマ以外に彼女の崇拝は古くよりあり，とくにプライネステ Praeneste では予言の女神として古い時代から神域をもっていた．のち，彼女はギリシアの運命の女神＊テュケーと同一視されるにいたった．

フォルナクス Fornax　ローマのパン焼がまの女神．フォルナーカーリア Fornacalia がその祭である．

フォーンスまたはフォントゥス Fons, Fontus　ローマの泉(fons)の神．＊ヤーヌスの子といわれ，ローマのフォンティナーリス門 Porta Fontinalis 近くに神殿が，ヤーニクルム Janiculum 丘の麓に祭壇(Fontinalia)があった．

プサマテー Psamathe, Ψαμάθη　1. ＊ネーレウスの娘たちの一人．＊アイアコスとの交わりを嫌って，あざらし(海豹)その他さまざまに身を変じて遁れんとしたが，アイアコスは捕え放さず，ついに交わりを結んで，一子＊ポーコスが生れた．子供が＊テラモーンと＊ペーレウスに殺された時，彼女は巨大な狼を送ってペーレウスの家畜を荒させた．のち彼女はアイアコスを棄て，＊プローテウスの妻となった．

2. アルゴス王＊クロトーポスの娘．＊アポローンとのあいだに一子＊リノスを得た．父の怒りを恐れて，子供を棄てたが，のち発見されて，父に殺された．クロトーポス，コロイボスの項を見よ．

プシューケー Psyche, Ψυχή　《魂》の意．ホメーロスでは魂は生きている人間の物質的な性質を失った，弱い影のごときものと考えられていた．のちヘレニズム時代になって，魂と＊エロース・＊アモル《愛》とを結びつけて考えることが多くなった．有名なプシューケーとアモル(エロース)の恋物語は後2世紀のローマの作家アープーレイウスの《黄金のろば》中の，嫁いじめに関する民間のおとぎばなしが神話のなかに混えられた話である．

プシューケーは王の娘で，二人の姉妹があった．三人ともに美しかったが，プシューケーは絶世の美女だった．他の二人は結婚したが，あまりにも美しすぎるために，プシューケーを貰う者がいない．両親は心配して神託に伺ったところ，彼女に花嫁の衣裳を着せ，怪物の人身御供にすべしとの答えを得た．両親はやむなく彼女を山頂の岩の上に残して去ったが，彼女は突然風によって持ち上げられて，深い谷間に運ばれた．深い眠りから覚めると，美しい庭園に囲まれた宮殿があった．彼女が内に入ると，扉はおのずから開き，姿は見えないが，声だけがあって，あらゆる用はこれらの召使たちによって彼女の思いのままに果される．夜になってその怪物が彼女を訪れ，やさしく彼女に近づき，二人は夫婦の契りを結ぶが，彼は絶対に自分の姿を見せない．彼女は幸福に暮していたが，家族に会いたくなった．彼は反対したが，妻の願いによってついに折れ，風はふたたび彼女を両親の所に運んで行った．彼女の幸福を妬んだ姉妹らは，彼女に夜の間にひそかに燈火によって，夫の姿を見るように勧めたので，帰ったのち，彼女はそのとおりにしたところ，横に眠っていたのは美しい青年エロース・アモルであった．しかしその時あつい燈油の一滴が彼の上に落ち，彼は驚いて目覚め，たちまちにして逃げ去った．後悔したプシューケーは彼を求めて世界中をさまよったが，神々は彼女の願いを聞かず，彼女はついにエロースの母＊アプロディーテーに捕えられ，女神によってあらゆる難事を強いられる．まず彼女は夜までにいろいろな種類の混った穀物の山を選りわけることを命ぜられるが，蟻が彼女に同情して，この業をやってくれる．その他の多くの難事をやり了せたのち最後に地獄の女王＊ペルセポネーから美の函を持参することを命ぜられ，ほとんど地上に帰らんとした時，好奇心を押えることができず，開いたところ，そこには美のかわりに深い眠りが入っていて，彼女を眠らせる．アモルは彼女を忘れがたく探しに出て，眠っている彼女を発見して，自分の矢でつついて目を覚まさせ，オリュムポスに上って，＊ゼウスの許可を得，アプロディーテーとプシューケーも和解した．

ブージュゲース Buzyges, Βουζύγης
1. 《牛を軛につなぐ者》の意．軛の発明者．牛が畑で働く功により，牛を殺すことを禁じたといわれる．

2. アテーナイ人．＊ディオメーデースより＊パラディオンを受け取ったアテーナイの＊デーモポーンから，この神像を故国に持ち帰るように託された．パラディオンの項を見よ．

ブーシーリス Busiris, Βούσιρις　＊ポセイドーンとリューシアナッサ Lysianassa の子，エジプト王．暴君で，＊プローテウスをエジプトより追い，＊ヘスペリスたちをさらうべく野盗もより成る軍を送らんとし，収穫が悪いので，

キュプロスから来た*プラシオス(あるいはトラシオス Thrasios)の予言により，この国に来る外国人を毎年*ゼウスの祭壇に供することとし，最初の犠牲者は予言者自身であった．ヘスペリスの林檎を求める*ヘーラクレースが通りかかり，王によって縛られて祭壇に引かれたが，縄目を破り，王とその子*アムピダマース(または*イーピダマース)を殺した．

風神 anemoi, ἄνεμοι, 拉 venti　風はギリシアでもローマでも神格視されている．ホメーロスでは風は*アイオロスの支配下にあるも，*ゼウスの命によって働くとも，彼らはトラーキアの洞穴にすみ，風を支配しているともいわれている．ヘーシオドスでは*ゼピュロス《西風》，*ボレアース《北風》，*ノトス《南風》は*アストライオスと曙の女神*エーオースの子とされ，このうちボレアースとゼピュロスはとくに人格化が強く，*アキレウスの馬はゼピュロスと*ポダルゲーの子であり，ボレアースは*オーレイテュイアをさらい，テルモピュライの合戦ののちアテーナイ人の願いにより，ペルシア艦隊をセーピアス Sepias 岬で襲った．イタリアでも西風*ファウォーニウスはとくに崇拝されていた．

プティーオス Phthios, Φθίος　テッサリアのプティア Phthia に名を与えた英雄．アルカディア王*リュカーオーンの子とも，*ポセイドーンとニンフの*ラーリッサの子ともいわれる．この系譜では彼は*アカイオスと*ペラスゴスの兄弟であるが，ときにアカイオスの子ともされている．*イーロスの娘クリューシッペー Chrysippe を娶り，テッサリアのヘラス Hellas の創建者ヘレーンの父となった．

ブーテース Butes, Βούτης　1．*ボレアースの子，*リュクールゴスの異母兄弟．リュクールゴスを殺そうとして失敗し，仲間とナクソス Naxos 島に遁れ，海賊となり，テッサリアのプティーオーティス Phthiotis を襲った時，ニンフの*コローニスを奪ったが，彼女の祈りにより，*ディオニューソスは彼を狂わしめ，彼は井戸に投身して死んだ．

2．アテーナイ王*パンディーオーンと*ゼウクシッペーの子．*ピロノーラ，*プロクネー，*エレクテウスの兄弟．パンディーオーンの死後，エレクテウスは王に，ブーテースは*アテーナーと*ポセイドーンの神官となり，エレクテウスの娘*クトニアーを娶り，アテーナイのエテオブタダイ Eteobutadai 氏(エレクテイオン Erechtheion 神殿の世襲的神官の家柄)の祖となった．

3．テレオーン Teleon の子．*アルゴナウテースたちの一人．*アルゴー船が*セイレーンたちのそばを通った時，*オルペウスが歌を歌って勇士たちを船に引き留めたが，ブーテースのみ彼女らの方に泳ぎ去った．*アプロディーテーに助けられて，リリュバイオン Lilybaion に連れ行かれ，*エリュクスの父となった．アルゴナウテースたちの遠征，エリュクスの項を見よ．

プテレラーオス Pterelaos, Πτερέλαος, 拉 Pterelaus, 仏 Ptérélas　*ペルセウスの子孫．ペルセウスの子*メーストールの娘*ヒッポトエーと*ポセイドーンとの子*タピオスからプテレラーオスが生れた．しかしプテレラーオス自身がヒッポトエーとポセイドーンの子で，タピオスと*テーレボエースの二子を得たとも，テーレボエースはプテレラーオスの父であるとする者もある．メーストールの兄弟*エーレクトリュオーンが*ミュケーナイを支配していた時，プテレラーオスの息子たちが来て，メーストールの領地返還を要求した．エーレクトリュオーンの拒絶にあって，彼らは彼の牛群を奪い，エーレクトリュオーンの息子たちがこれを防ぎ，たがいに殺し合い，プテレラーオスの息子では船を守っていたエウエーレース Eueres，エーレクトリュオーンの息子ではまだ年少で戦闘に加わらなかった*リキュムニオスだけが生き残った．エーレクトリュオーンはタポス人の地に復讐の軍を送ろうと計画しているあいだに，*アムピトリュオーンに誤って殺されたので，のちエーレクトリュオーンの娘*アルクメーネーの婿たるアムピトリュオーンはタポスに遠征した．しかしプテレラーオスの頭髪中にポセイドーンが植えつけた黄金の髪の毛があるあいだは不死であり，彼が生きているあいだはタポスは陥らないことになっていた．しかし王の娘*コマイトーがアムピトリュオーンに恋して，父の黄金の毛を抜いたので，王は死に，アムピトリュオーンはこの地を征服した．コマイトーとアムピトリュオーンの項を見よ．

プトノス Phthonos, Φθόνος　《嫉妬》の擬人神．

プトリポルテースまたはポリポルテース P(t)oliporthes, Π(τ)ολιπόρθης　*オデュッセウスが*トロイアより帰国後，テスプローティア Thesprotia 人の地に行って留守のあいだに*ペーネロペーとのあいだに生れた子．Ptoliporthos《町の破壊者》は，オデュッセウスの形容詞の一つで，おそらくここから出た後代の付加であろう．

プトリポルトス Ptoliporthos, Πτολίπορθος

《市の破壊者，掠奪者》の意．*オデュッセウスの称呼の一つ．彼の子*テーレマコスと*ナウシカアーとの子で，祖父によってこの名を与えられたという．

ブーノス Bunos, Βοῦνος　*ヘルメースとアルキダメイア Alkidameia の子．*アイエーテースがコリントスを去るにあたって，彼に，彼自身あるいは子孫の帰国まで，コリントスの王座をあずけた．ブーノスの死後*エポーペウスが王位を継承した．

ブーパゴス Buphagos, Βουφάγος　アルカディア人，*イーアペトスとトルナクス Thornax との子．*ヘーラクレースが*アウゲイアースと戦った時，傷ついた*イーピクレースを介抱した．(イーピクレースの死に関しては他説あり，同項参照）．のち*アルテミス女神に恋をしかけ，アルカディアのポロエー Pholoe 山中で女神に殺された．

ブーバスティス Bubastis, Βούβαστις　エジプトのブーバスティスの猫頭女神．*イーシスまたは*アルテミスと同一視された．

プラークシテアー Praxithea, Πραξιθέα
1. ケーピーソス Kephisos 河神（あるいはその娘ディオゲネイア Diogeneia とプラシモス Phrasimos の娘．アッティカ王*エレクテウスの妻．*ケクロプス，*パンドーロス，*メーティオーンの三男，*プロクリス，*クレウーサ，*クトニアー，*オーレイテュイアの四女を得た．娘たちの運命については，エレクテウスおよびおのおのの項を見よ．
2. アッティカ王*エリクトニオスの妻となったニンフ．パンディーオーンの母．
3. エレウシース王*ケレオスの妻は，通常*メタネイラと呼ばれているが，プラークシテアーとなっていることもある．しかしときにプラークシテアーは*デーモポーンの乳母ともされている．
4. *テスピオス王の娘で，*ヘーラクレースと交わった．

プラークシディケー Praxidike, Πραξιδίκη　《正義の執行者》（女性）の意で，*ペルセポネーの称呼の一つ．複数形 Praxidikai の形では，ハリアルトス Haliartos で崇拝されていた女神たち．*オーギュゴスの娘とされ，その神殿には屋根がなく，誓約の証人としてその名のもとに誓いが行なわれた．

プラシオス Phrasios, Φράσιος　キュプロス出身の予言者．エジプトに飢饉があった時，*ブーシーリス王に異邦人を毎年犠牲に供すれば，飢饉がやむと教えたので，王はその言に従って，まず彼を犠牲にした．

ブランコス Branchos, Βράγχος　小アジアのミーレートス Miletos 市南方のディデュモイ Didymoi の*アポローンの神託所の開設者．*デルポイのスミークロス Smikros の子．スミークロスはミーレートスに来て，妻を娶った．彼の母は日輪が喉(branchos)から入って身体中を通って，腹から出た夢を見たので，この名をつけたという．山中で家畜を追っている時，アポローンに愛され，予言力を授けられた．ディデュモイ神託所の神官職は彼の子孫(Branchidai)によって継がれた．

フリアイ Furiae　*ディーライに同じ．ギリシアの*エリーニュスのローマ名．同項を見よ．

プリアーポス Priapos, Πρίαπος　ヘレスポントスのラムプサコス Lampsakos の豊穣の神．生産力を示す男根で表わされ，それに醜い男の胴が付加されている．彼の両親については，種々の説があるが，普通は父は*ディオニューソス，母は土地のニンフ，あるいは*アプロディーテーとされている．しかし彼の誕生については，ヘレニズム時代にいろいろな話が作られた．一つは，アプロディーテーがこの世に生れて，エティオピア人の所に来た時，あまりの美しさに神々を驚かせたので，*ゼウスは彼女に恋して，わが物とした．*ヘーラーは嫉妬のあまり，あるいは父の威力と母の美とをうけついだ子はあまりにも偉大で，神々の脅威となると思って，悪意をもってアプロディーテーの腹に触れ，その結果生れた子は巨大な男根の所有者であった．母はこれを恥じて棄てたが，彼は羊飼に拾われ，生産力の表象として神と敬われたというのである．さらに彼をアプロディーテーと*アドーニスの子で，同じくヘーラーの悪意によってこのような片輪になったとする者，さらに彼はラムプサコスの市民で，その巨大な男根のために追放されたが，神々が彼を受け入れたとする者，また彼は*オシーリスの男性の力の*イーシスによる神格化とする者，彼を*ヘルマプロディーテスと同一視する者もある．

彼の犠牲獣はラムプサコス地方ではろば(驢馬)であったが，これはギリシアの風習にはない犠牲なので，その説明神話が生れた．彼は*シーレーノスや*サテュロスと同じくディオニューソスの従者で，*ローティスなるニンフに恋し，夜間ひそかに彼女を犯わんとしたところ，ろばが急にいなないて，彼女と他の酒神の従者たちを目覚めさせたので，彼は逃げ出さざるを得なかった．あるいは彼が犯そうとしたのは*ウェス

タであるともいう．このため彼にはろばを犠牲にするが，ウェスタ女神の祭にはこの動物に花冠を被せるのであると．しかしろばは古代では性欲のもっとも激しいものと考えられていたから，プリアーポスの犠牲獣となったのであろう．彼の崇拝はアレクサンドロス大王以後急速にギリシア世界に，さらにイタリアに広がった．彼は葡萄園や庭園の守護神兼装飾となり，園をうらやんで見る者の悪意ある目から守り，また羊飼の守神ともなった．

プリアモス Priamos, Πρίαμος, 拉 Priamus, 英・独・仏 Priam　1. *トロイアの王 *ラーオメドーンと *スカマンドロス河神の娘 *ストリューモー(あるいは *オトレウスの娘プラキアー Plakia または *レウキッペー)との子．*トロイア戦争の時のトロイア王．*ヘーラクレースがラーオメドーンの王の時に，トロイアを攻略し，王の息子たちを殺し，娘の *ヘーシオネーと幼少のプリアモスだけを捕虜にし，ヘーシオネーを *テラモーンに与えた時，彼女は結婚の贈物として弟を求め．ヘーラクレースは彼女のヴェールと交換に彼を奴隷として売買した形式で彼女に与えた．それでそれまでは *ポダルケースと呼ばれていた彼はプリアモス(ギリシア語の pria- は《買う》を意味する)と改名したという．ただしこれは後代の俗解にすぎず，彼の名はギリシア語源ではない．

プリアモスはまず *メロプスの娘 *アリスベーを娶り，一子 *アイサコスを得たのち，彼女を *ヒュルタコスに与え，*ヘカベーを妻とした．彼女から *ヘクトール，*パリス，*デーイポボス，*ヘレノス，パムモーン Pammon,*ポリーテース，*アンティポス Antiphos,*ヒッポノオス Hipponoos,*ポリュドーロス，*トローイロス(彼は *アポローンの子ともいわれる)の息子たち，娘には *クレウーサ，*ラーオディケー，*ポリュクセネー，*カッサンドラーが生れた．さらにほかの妾たちから *メラニッポス，ゴルギュティオーン Gorgythion, ピライモーン Philaimon,*ヒッポトオス Hippothoos, グラウコス Glaukos, アガトーン Agathon, ケルシダマース Chersidamas, エウアゴラース Euagoras,*ヒッポダマース Hippodamas,*メーストール Mestor, アータース Atas, ドリュクロス Doryklos,*リュカーオーン Lykaon, ドリュオプス Dryops,*ビアース Bias, クロミオス Chromios, アステュゴノス Astygonos, テレスタース Telestas,*エウアンドロス Euandros, ケブリオネース Kebriones, ミュリオス Mylios, アルケマコス Archemachos,*ラーオドコス Laodo-kos, エケプローン Echephron,*イードメネウス Idomeneus, ヒュペリーオーン Hyperion, アスカニオス Askanıos, デーモコオーン Demokoon, アレートス Aretos, デーイオピテース Deiopites, クロニオス Clonios, エケムモーン Echemmon, ヒュペイロコス Hypeirochos, アイゲオーネウス Aigeoneus, リューシトオス Lysithoos, ポリュメドーン Polymedon, 娘メドゥーサ Medusa, メーデシカステー Medesikaste,*リューシマケー Lysimache, アリストデーメー Aristodeme が生れた．以上は *アポロドーロスの表であるが，このほかに《*イーリアス》にはプリアモスの子としてディーオス Dios, パウサニアースにはアクシーオーン Axion の名がある．

プリアモスは《イーリアス》中では，すでに非常に高齢で，温厚で深切で，敬神の心のあつい老王として描かれ，もはや実戦には加わらず，祖国の滅亡と息子たちの死を見守っている絶望的な非運の人である．しかし彼はこの戦の原因たる *ヘレネーをつねにかばい，温情をもって接する．彼は *メネラーオスとパリスの一騎打のための休戦の協定に，またヘクトールの死骸を乞い受けるべく，夜間に *アキレウスの陣を訪れるため以外には城外にも出ない．のち，彼の息子たちはつぎつぎに討たれ，トロイア陥落のおりには，ホメーロス以後の叙事詩の伝えるところでは，老いの身に武具をまとって，家族の者を守らんとしたが，ヘカベーになだめられ，宮殿内の *ゼウスの神像のもとに遁れたが，ネオプトレモスが彼をその神の像のもとで，あるいはアキレウスの墓まで引きずって行って殺した．トロイア戦争にいたるまでの彼に関しては，彼が若いころ，プリュギアの王 *オトレウスに味方して *サンガリオス河の岸で闘ったこと以外にはなにも伝わらない．

2. プリアモスの子 *ポリーテースの子．同項を見よ．

ブリアレオース Briareos, Βριάρεως, 拉 Briareus, 仏 Briarée　アイガイオーンの項を見よ．

プリクソス Phrixos, Φρίξος　*アタマースと *ネペレーの子．*ヘレーの兄弟．*コルキスへ金毛の羊に乗って遁れ，その王 *アイエーテースの娘 *カルキオペーを与えられた．プリクソスとヘレーは普通は犠牲に供されんとして，救われることになっているが，ある伝えでは，二人は *イーノーを罰せんとして，*ディオニューソスによって狂気にされ，森をさまよっている時に，ネペレーが金毛の羊を与えたともいわ

れる．アタマース，イーノー，ネペレー，ヘレー，アルゴナウテースたちの遠征の項を見よ．プリクソスと妻とのあいだに*アルゴス，*メラース，プロンティス Phrontis，*キュティッソーロスが生れた．一説には彼はコルキスで老齢で世を去り，子供たちは帰国して，オルコメノスの王位を回復したというが，また他の説では，アイエーテースは，*アイオロスの子孫の手にかかって殺されるとの神託を得たので，彼を殺害したという．

プリーステネース Plisthenes プレイステネースを見よ．

ブリーセーイス Brisëis, Βρισηίς リュルネーッソス Lyrnessos の*アポローンの神官，あるいはカーリア Karia のレレクス Lelex 人の王*ブリーセウスの娘．ミュネース Mynes の妻．本名*ヒッポダメイア．ブリーセーイスは《ブリーセウスの娘》の意．夫が*アキレウスに殺されたのち，彼の奴隷，妾となり，二人は深く愛し合った．*アガメムノーンが自分の捕虜の女*クリューセーイスをその父に返還した時，ブリーセーイスをアキレウスから奪ったために，両英雄の不和が生じた．アキレウスの死後彼女は彼のために葬礼競技を行なった．

ブリーセウス Briseus, Βρισεύς カーリア Karia のレレクス Lelex 人の王とも，*クリューセースの兄弟で，リュルネーッソス Lyrnessos の*アポローンの神官ともいわれる．*ブリーセーイスとエーエティオーン Eetion (ただし*アンドロマケーの父とは同名異人)の父．*アキレウスが彼の家を破壊した時に，縊れて死んだ．

ブリゾー Brizo, Βριζώ *デーロス島の女に崇拝された女神，航海の保護者．正夢を送るといわれ，その名は brizein《うたたねする》に由来するらい．

ブリトマルティス Britomartis, Βριτόμαρτις クレータ島の女神．ソーリーヌスによれば，この名はクレータ語で《甘美な乙女》の意．*ゼウスと*カルメーの娘のニンフ．*ミーノースが彼女を愛して，九カ月間そのあとを追ったが，ついに彼女は断崖より身を投げ，漁夫の網 (diktyon) にかかって，救われた．これは女神の称呼ディクテュンナ Diktynna の説明神話である．一説には彼女が狩猟の網の発明者であるため，また彼女が狩のあいだに網にかかり，*アルテミスに助けられたためであるとする．のち，彼女はアイギーナ Aigina 島に遁れ，アルテミスの保護をうけ，同地で*アパイアー（同項を見よ）なる名のもとで崇拝された．ときにアルテミスと同一視されている．

フリナ Furrina ローマの非常に古い女神で，聖森と祭(Furrinalia 7 月 25 日)と特別の神官とをもっていた．聖森はスブリキウス Pons Sublicius 橋の近くのヤーニクルム Janiculum 丘の斜面にあった．その起源はすでに古い時代に忘れられているが，おそらく泉のニンフあるいは女神で，*フリアイの一人とする共和時代の考えは，俗な解釈による誤った語源である．のち，彼女の神域はシリアの神々に占領された．キケローはアルピーヌム Arpinum にも彼女の神殿があったことを伝えている．

ブリーモー Brimo, Βριμώ *ペルセポネー，*ヘカテー，あるいは*デーメーテールと同じと考えられていた，ある女神の称呼．

プリュリス Prylis, Πρύλις *ヘルメースとニンフの*イッサ Issa の子．レスボス Lesbos 島の予言者．*トロイア遠征のギリシア軍がこの島に寄航した時，*パラメーデースに買収されて，*アガメムノーンにトロイアは木馬（*シノーンの項を見よ）によらなければ陥落しないことを教えた．

プルーウィウス Pluvius 《雨を降らす者》の意．ローマの*ユーピテルの称呼の一つ．

プルートス Plutos, Πλοῦτος ヘーシオドスによれば*デーメーテールと*イーアシオーンの子．本来は収穫の富の神で，大地女神たるデーメーテールとその娘*ペルセポネーに従い，彼女らの命によって，土地に富をもたらす役をもっていた．文学では彼は気まぐれな，盲目で，善人にも悪人にも見さかいなく富をもたらし，また取り上げる神として考えられ，この際彼はもはや収穫の富ではなくて，さらに一般的な，動産をも含んだ富である．地下神としての彼は*ハーデースの称呼*プルートーンおよびローマのプルトー Pluto (*タンタロスの母) と関係があると思われる．

プルートーン Pluton, Πλούτων, 拉 Pluto 地下の神*ハーデースの称呼．《富める者》の意．ローマの*ディース・パテルに同じ．この名はまた《富を与える者》とも解され，これはすべての富が地中より生じ，彼が地下神であるところから出た解釈である．プルートスの項を参照．

プレ(ー)イアス プレ(ー)イアデスを見よ．

プレ(ー)イアデス Pleïades, Πληιάδες, Πλειάδες，単数 Pleias, Πληιάς, Πλειάς *アトラースと*プレーイオネー(*オーケアノスの娘)との七人の娘．*タウゲテー，*エーレクトラー，アルキュオネー，*ケライノー，*マイア，*メロペ

ー、*(ア)ステロペーと呼ぶ。他の伝えでは彼女らはアマゾーンの女王の姉妹で、合唱と踊り、夜祭の発明者。この際の彼女らの名は上記と異なる。なお*カリュプソーと*ディオーネーもときにプレーイアデスの中に加えられることがある。彼女らのうちステロペーは*オイノマーオスの、メロベーは*シーシュポスの妻となった。ケライノーと*ポセイドーンより*リュコスが生れ、アルキュオネーとポセイドーンからアイトゥーサ Aithusa、*ヒュリエウス、ヒュペレーノール Hyperenor が生れた。マイアは*ゼウスより*ヘルメースを、ターユゲテーは同じくゼウスより*ラケダイモーンを生んだ。彼女たちはボイオーティアで、母プレーイオネーとともに、*オーリーオーンに出遇い、五年のあいだ彼に追いかけられ、ついに鳩となった。ゼウスは彼女らを憐れみ、星とした。プレイアデスは彼女らの父アトラースが天を支える罰をうけた時、星にされたとも、兄弟*ヒュアースが毒蛇に咬まれて死んだ時、彼女らの五人の姉妹である*ヒュアデスとともに星になったともいう。メロペーは人間シーシュポスの妻となったのを恥じ、ために彼女だけは光が鈍く、*トロイアの祖たるエーレクトラーは、トロイア陥落に際し、悲嘆のあまり、彗星となった。

プレーイオネー Pleïone, Πληιόνη *オーケアノスと*テーテュースの娘。*プレーイアデスの母。*ヒュアデスと*ヒュアースもまた彼女の子とされている。*オーリーオーンに恋され、五ヵ年間追いかけられたのち、プレーイアデスとともに星になった。

プレイステネース Pleisthenes, Πλεισθένης, 拉 Plisthenes *ペロプスの後裔の一人。彼の系譜はきわめて不確実で、多くの異伝がある。一般に彼はペロプスと*ヒッポダメイアの子で*アトレウスと*テュエステースの兄弟である。しかし母は他の女とするものもある。一説には彼はアトレウスがトリピューリア Triphylia のマーキストス Makistos にいた時、クレオレー Kleole (*ディアースの娘) あるいはクレオピュベーのあいだに得た子とする。悲劇では*アガメムノーンと*メネラーオスの父はアトレウスではなく、プレイステネースになっていることがある。この矛盾を解くため、プレイステネースは若くして死に、彼の二子を祖父アトレウスが育てたために、二人は《アトレウスの子》Atreidai と呼ばれたとする者もある。さらに一説ではプレイステネースはアトレウスの子で、テュエステースに育てられ、彼を実父と信じ、アトレウス殺害を命ぜられ、逆にアトレウスに殺

されたという。さらに妙なのは彼をテュエステースの子、*タンタロスの兄弟で、テュエステースに復讐するために、二人をアトレウスが殺したとするものであり、これは後代のなんらかの混同による誤解より生じたものと思われる。

プレウローン Pleuron, Πλευρών *アイトーロスとプロノエー Pronoe の子。*カリュドーンの兄弟。アイトーリアのプレウローンの地にその名を与えた。クサンティッペー Xanthippe (*ドーロスの娘) を娶り、アゲーノール Agenor、*ステロペー Sterope、ストラトニーケー Stratonike、ラーオポンテー Laophonte の父となった。なおクーレース Kures とカリュドーンを彼の子とする伝えもある。彼は*レーダーの曾祖父にあたるので、スパルタで祭られていた。

プレギュアース Phlegyas, Φλεγύας テッサリアのプレギュアイ Phlegyai 人の祖。*アレースとドーティス Dotis あるいはクリューセー Chryse (*ハルモスの娘) の子。彼はテッサリア以外に、ボイオーティアのオルコメノス、ペロポネーソスのエピダウロスとも関係づけられている。*コローニス (*アスクレーピオスの母) は彼の娘とされており、*イクシーオーンも彼の子とする説もある。ボイオーティア伝説では、彼は*エテオクレースのあとを継いでオルコメノス王となり、プレギュア Phlegya 市を建て、戦闘的な人々を集めた。*アポローンの自分の娘に対する行為を怒って、彼はこのプレギュアイ人とともに*デルポイのアポローン神殿を襲ったたいへれ、ウェルギリウスはその罰として彼を地獄においている。彼はペロポネーソスへ偵察に出かけ、そのあいだにコローニスがアポローンに誘惑され、アスクレーピオスがエピダウロスで生れることになったともいう。彼の王位は*ポセイドーンとクリューソゲネイア Chrysogeneia (クリューセーの姉妹) の子クリューセース Chryses が継承した。なお、この他に、プレギュアースはエウポイア Euboia (これは島のことか、同名のボイオーティアの都市か不明) で*リュコスと*ニュクテウスに殺されたとの伝えもある。

プレークシッポス Plexippos, Πλήξιππος
1. *メレアグロスの母*アルタイアーの兄弟。*カリュドーンの猪狩でメレアグロスに殺された。同項を見よ。
2. *ピーネウスと*クレオパトラーの子。同項を見よ。

プレグラー Phlegra, Φλέγρα オリュムポスの神々と*ギガース (巨人) たちとが戦った野。これはまた複数形でプレグライ Phlegrai

プレゲトー

とも呼ばれる.

プレゲトーンまたはピュリプレゲトーン
Phlegethon, Φλεγέθων, Pyriphlegethon, Πυριφλεγέθων 《火の河》の意. *コーキュートス, *アケローンと同じく, 冥界の河.

プレスポーン Presbon, Πρέσβων 1. *ミニュアースとクリュトドーラー Klytodora の息子の一人.

2. *プリクソスと*アイエーテースの娘イオパッサ Iophassa との子. ブージュゲー Buzyge (*リュコスの娘)を妻とし, *クリュメノスの父となった. 彼の祖父*アタマースは自分の子孫が死に絶えたと信じて, オルコメノスの王国を*シーシュポスの孫*ハリアルトスと*コロノスに譲った. プレスポーンの死後プレスポーンが祖父の王位継承権を主張するべく帰国した時, 上記二人は彼に王国を返還し, 自分たちはハリアルトスとコローネイア Koroneia の市を建設した. プレスポーンの孫*エルギーノスでアタマース家のオルコメノス支配は終った.

プロイティス プロイティデスを見よ.

プロイティデス Proitides, Προιτίδες, 単数 Proitis, Προιτίς *ティーリュンス王*プロイトスの娘たちの意. 王には*ステネボイアより得た*リューシッペー, *イーピアナッサ, イーピノエー Iphinoe の三女があった. イーピノエーを挙げないで, 娘は二人とする作家もある. 彼女らは成長すると気が狂った. 原因には*ヘーラーの木像を軽んじた, 女神よりも美しいと誇った, 女神の神殿より父の宮殿の方が立派であると誇った, 女神から黄金を奪って使用した, あるいは*ディオニューソスの祭礼を受け入れなかったなど, 種々の説がある. 彼女らは自分たちが若い牝牛だと信じ, アルゴス全土をさまよい, さらにアルカディアよりペロポネーソス全体を, まったくしどけない風で走り通った. *メラムプースが王国の三分の一を呉れるならば, 乙女たちを治療すると申し出たが, プロイトスはこの莫大な報酬を惜しんだので, 彼女らはさらにひどく気が狂い, そのうえ他の女たちもともに狂い, 家を棄て, 自分の子供たちを殺し, 荒地をさまよった. 禍が大となったので, プロイトスは求められた報酬を与えようとしたところ, メラムプースは兄弟*ビアースにも同じだけの報酬を求めた. プロイトスはこれ以上にさらに要求されることを恐れて, この条件を容れた. そこでメラムプースは若い者のなかからもっとも逞ましい人々をひきつれ, 叫声と強烈な踊りとともに女たちを山からシキュオーンへと一気に追い立てた. 追跡のあいだに最年長

のイーピノエーは死んだが, 他の女たちは潔められて正気にもどり, プロイトスはメラムプース兄弟に残った二人の娘を妻に与えた. 異伝によるとアルゴスの女の狂乱はプロイトスより後世の*アナクサゴラスの時であったという.

プロイトス Proitos, Προῖτος *ダナオスの娘*ヒュペルムネーストラーと*アイギュプトスの子*リュンケウスとの子*アバースとアグライアー Aglaia (*マンティネウスの娘)との子. *アクリシオスと双生の兄弟であるが, 二人はまだ胎内にある時からたがいに相争い, 成長するに及んで王位を争って戦い, アクリシオスが勝利を得て, プロイトスをアルゴリスから追放した. プロイトスは小アジアのリュキアの王*イオバテース (一説ではアムピアナクス Amphianax)のもとに赴き, その娘*アンテイア(ホメーロス)または*ステネボイア(悲劇詩人)を娶った. 彼の舅は軍を送って彼を援助し, 彼はアクリシオスより*ティーリュンスを得た. 一説には二人の争いは勝敗が決せず, アクリシオスはアルゴス, プロイトスはティーリュンスを取ったという. プロイトスはこの城を*キュクロープスたちの助けを得て, 巨石からできた城壁で囲んだ. 兄弟の争いはさらにプロイトスがアクリシオスの娘*ダナエーを犯し, そこから*ペルセウスが生れたという話を生んだが, ペルセウスは普通*ゼウスの子とされる.

*ベレロポーンが彼のもとに遁れて来た時, ステネボイアは彼に恋し, 拒まれて, 彼が自分に恋をしかけたと夫に讒言し, プロイトスが彼をイオバテースのもとに遣わした件については, ベレロポーンの項を見よ.

彼の二人(または三人)の娘についてはプロイティデスの項を見よ. このほかに男子*メガペンテースがあった. プロイトスは*メラムプースと*ビアースにおのおの王国の三分の一を与えたので, メガペンテースは残りの三分の一を継いだが, のちペルセウスがティーリュンスとアルゴスとを交換した. ペルセウスの項を見よ. オウィディウスはプロイトスがペルセウスのいないあいだに, アクリシオスを捕えて, アルゴスの城内に幽閉したが, ペルセウスが帰って来て, *メドゥーサの首を見せて石にしたという話を新たに作っている.

プロクネー Prokne, Πρόκνη アテーナイ王*パンディーオーンの娘で, *ピロメーラーの姉妹. 同項を見よ.

プロクリス Prokris, Πρόκρις アテーナイ王*エレクテウス(あるいは*ケクロプス)の娘. *ケパロスの妻. 彼女は黄金の冠を貰ってプ

テレオーン Pteleon と通じ,夫に見つけられて,*ミーノースのところに逃れた.ミーノースは彼女に言い寄ったが,彼は妻の*パーシパエーの魔法によって,妻以外の女と枕を交わすと,蛇やさそりを放射し,女を殺したので,プロクリスは*キルケーから得た薬草の根で彼を無害にしたのち,枕を交わし,その報酬に彼のもっていた必ず獲物を捕える速い犬と,必ずまと(的)にあたる投槍とを得た.彼女はその後アテーナイに帰り,ケパロスと仲直りし,彼とともに狩をした.彼女が繁みの中の獲物を追っている時に,ケパロスは知らずに槍を投じ,プロクリスを殺した.ケパロスの項を見よ.

プロクルス Proculus, Iulius アルバ・ロンガの貴族.*ロームルスが死後,*クゥイリーヌスなる名で呼ばれ,クゥイリーナーリスの丘に神殿が欲しいと彼に告げた.

プロクルーステース Prokrustes, Προκρούστης *ダマステース,ポリュペーモーン Polypemon, プロコプタース Prokoptas とも呼ばれている.彼はメガラからアテーナイへの道に住んでいた強盗で,旅人を自分のベッドに無理矢理に (damazein) 寝かせ,彼の身長が短かすぎる時には彼を叩き延ばす (prokrouein) か,重しをつけて引き延ばし,ベッドが短かすぎる時,身体の端を切り落し (prokoptein) て,ベッドに合わせ,旅人に大きな苦痛 (polypemon) を与えたので,この名がある.彼は*テーセウスに退治された.彼の父は*ポセイドーンであると.

プロクレース Prokles, Προκλῆς 1. *ヘーラクレイダイの一人*アリストデーモスと*アルゲイアーの子.エウリュステネース Eurysthenes の双生の兄弟.プロクレースとエウリステネースはそれぞれラトレイア Lathreia とアナクサンドラー Anaxandra (*テルサンドロスの娘)を娶り,プロクレースはソオス Soos の父となった.ソオスの子エウリュポーン Eurypon はスパルタの律法者*リュクールゴスの祖である.

2. *ピテュレウスの子.同項を見よ.

プロコプタース Prokoptas, Προκόπτας プロクルーステースの項を見よ.

プロシュムナ Prosymna, Πρόσυμνα アルゴリスのアステリオーン Asterion 河神の娘.アクライアー Akraia とエウボイア Euboia の姉妹.三人は*ヘーラーの乳母となった.プロシュムナは同名の町に名を与えた.

プロ(ー)セルピナ Proserpina ローマの農業の女神か,あるいはギリシアの*ペルセポネーの古い時代の移入,またはギリシア語の名と同じく,他のある言語から借用した女神名.はやくよりペルセポネーと同一視され,冥界の女王で*ディース・パテル (=*ハーデース・*プルートーン)の后.ペルセポネーの項を見よ.

プローテウス Proteus, Πρωτεύς, 拉 Proteus, 仏 Protée 海の老人で*ポセイドーンの従者.海の畜群,すなわちあざらし(海豹)の番をした.ホメーロスは彼の住居はナイル河口のパロス島であるとするが,ウェルギリウスではカルパトス Karpathos 島(クレータとロドスのあいだの島)であるとしている.彼は身体をあらゆるものに変える力を有する.正午に彼は海から出て,岩陰で昼寝をする.彼から予言を得たいと思う者は,その時に彼を捕え,彼は遁れようと身をさまざまに変えるが,捕えて放さないと,彼はあきらめてもとの姿に戻り,未来を教える.彼の娘*エイドテアーに教えられて,*メネラーオスは彼を捕えた.しかしヘーロドトスとエウリーピデースでは彼はエジプト王とされている.前者では彼はメムピス Memphis にいて,*ヘレネーと*パリスがエジプトに漂着した時,ヘレネーとその財宝とを保護した.後者では彼はパロスの王で,妻は*プサマテー (*ネーレウスの娘),エイドテアーと一男*テオクリュメノスがあり,本当のヘレネーはプローテウスの保護をうけ,まぼろしのヘレネーが*トロイアに行ったことになっている.ヘレネーの項を見よ.さらにある伝えでは,彼は*ブーシーリスの専横を避けて国をいで,*ポイニクスの子供たちとともに*エウローペー捜索に出かけ,カルキディケー Chalkidike のパレーネー Pallene に定住,その国の王クレイトス Kleitos を助けてピサルタイ Bisaltai 人を破り,王の娘クリューソノエー Chrysonoe またはトローネー Torone を妻とし,*ポリュゴノス*テーレゴノスの二子を得た.二人は乱暴者で,この地に来る者をすべて殺していたが,ついに*ヘーラクレースに退治された.

プローテシラーオス Protesilaos, Πρωτεσίλαος, 拉 Protesilaus, 仏 Protésilas *イーピクロス(一説には*アクトール)とアステュオケー Astyoche の子.*ポダルケースの兄弟.*トロイア遠征にはテッサリアのピュラケー Phylake (あるいは Phylakai) およびその付近の兵を率い,40隻の船をもって参加した.彼はトロイアに着いて,最初に上陸し,最初に討死した.討った者は*ヘクトールとされている.彼は結婚したばかりで,新築の家に取りかかる前に神々に犠牲を供するのを怠った,あるいは最初に上陸した者は討死する運命にあることを知

プロトオス

り、みずからその番にあたって、死んだともいわれる. 彼の妻*ラーオダメイアの浪漫的な物語については同項を見よ. 彼は第一次遠征でミューシアの*テーレポスの軍と戦った際に, テーレポスの楯をもぎ取り, *アキレウスがテーレポスを傷つけたともいわれる.

プロトオス Prothoos, Πρόθοος, 拉 Prothous
1. アグリオス Agrios の子.
2. アルカディアの*リュカーオーンの子供たちの一人.
3. マグネーシア Magnesia のテントレドーン Tenthredon の子. 40隻を率いて*トロイア戦争に参加. 帰国の途中エウボイアのカペーレウス Kaphereus で難破し, 彼は死んだが, 彼とともにいたマグネーシア人たちはクレータに漂着し, そこから小アジアに行き, マイアンドロス Maiandros 河岸のマグネーシア市を創建した.

プロートゲネイア Protogeneia, Πρωτογένεια 《最初に生れた女》の意. 1. *デウカリオーンと*ピュラーの娘. *ゼウスと交わり*アエトリオス Aethlios (*エンデュミオーンの父)と*オプースの母となった.
2. *カリュドーンと*アイオリアー(*アミュターオーンの娘)との娘. *アレースによって*オクシュロスの母となった.
3. *ヒュアキンティデスの一人.

プローナクス Pronax, Πρῶναξ *ビアースの子*タラオスの子. *アドラストスと*エリピューレーの兄弟. アムピテアー Amphithea (アドラストスの妻)と*リュクールゴス (*オペルテース・*アルケモロスの父) の父. プローナクスは内乱に際して, アルゴスで従兄弟の*アムピアラーオスに殺されたとする伝えがある. *ネメアの競技は彼の葬礼競技に発するとする者もある. ただしアルケモロスの項を見よ.

プロニメー Phronime, Φρονίμη キューレーネー Kyrene 市の創建者*バットスの母. クレータ島アクソス Axos 王エテアルコス Etearchos の娘. 王の後妻が彼女の品行に関して王に讒訴したため, 王はテーラ Thera の商人テミソーン Themison に彼女を殺すべく与えたが, 彼はテーラで彼女をある貴族に妻として与え, 生れたのがバットスであった.

プロポイティデス Propoitides, Προποιτίδες キュプロス島のアマトゥース Amathus 王の娘たち. *アプロディーテーの崇拝を拒んだのを怒って, 女神はたえまなき情欲を送ったので, 彼女らは最初の娼婦となった. のち, 彼女らは石と化したという.

プロマコス Promachos, Πρόμαχος
1. *アイソーンの子. *イアーソーンの弟. 父が*ペリアースに殺された時, 幼い彼もともに殺された.
2. *パルテノパイオスの子. *エピゴノイの一人.

プロミオス Bromios, Βρόμιος *ディオニューソス・*バッコスの称呼の一つ.

プロメーテウス Prometheus, Προμηθεύς *ティーターン神族の一人*イーアペトスと*クリュメネーあるいは*アシアー(ともに*オーケアノスの娘), あるいは*テミスの子. *アトラース, *メノイティオス, *エピメーテウスの兄弟. *ケライノーあるいはクリュメネーを妻とし, *デウカリオーン, *リュコス, キマイレウス Chimaireus (ときに*ヘレーン, *テーベー, アイトナイオス Aitnaios) の父となった. 彼は神神と人間とが犠牲獣の分けまえをきめようとした時, 一方は骨を脂肪で包み, 一方は肉と内臓を皮で包み, *ゼウスに選ばせたところ, 神はだまされて前者を選んだ. かくして人間は一番良い部分を得ることとなり, ゼウスはプロメーテウスに対して怨みを抱くにいたった. つぎにゼウスが人間に水を与えなければ, 人間が困っている時, プロメーテウスはゼウスに秘しておおういきょう(巨回香)草の茎の中に*ヘーパイストスの鍛冶場 (あるいは太陽神) の火を盗んで隠し, 持ち帰って人間に与えた. そこでゼウスは*パンドーラーをヘーパイストスに作らせて, 送った. エピメーテウス《あとで考える男》はプロメーテウス《さきに考える男》の忠告を忘れ, 彼女の美しさに引かれて, 妻とし, ここに人間のあらゆる災禍が生じた. パンドーラーの項を見よ. さらにプロメーテウスは*テティスがゼウスより子を得た場合には, その子は父より偉大となるだろうということを知っていた. ゼウスはこの秘密を明かすことをプロメーテウスに迫ったが, 彼は肯んじなかった. 上記のいずれかの原因で, 怒ったゼウスはプロメーテウスを*コーカソス山に鎖でつなぎ, *エキドナと*テューポーンの子である大鷲にその肝を毎日くらわせた. 肝は夜のあいだにまた生え出るので, 巨人の苦痛は絶えることがない. しかしついに*ヘーラクレースが来て, 鷲を射落し, ゼウスはわが子の栄光のために, これを喜んで, あるいは巨人が秘密を明かしたために, プロメーテウスを解放した. しかしゼウスは彼を決して解放しないと地獄の河*ステュクスの名において誓い, この誓いは破ることが許されないので, 彼に鎖の鋼鉄と岩で作った指輪を象徴的につね

に指にはめていることを命じたという．またこの時に，*ケイローンが死を欲していたが，不死のために死ねず，プロメーテウスがケイローンの不死性を引きうけ，ケイローンは世を去り，プロメーテウスは不死となったとする話があるが，これは年代が合わない．

プロメーテウスは，しかし，一方ではアッティカの職人の崇拝する技術の神であり，彼が人間を水と泥土より創り，他の獣のもつあらゆる能力を人間に付与したとする神話はこの点から生じたものであろう．

《プロメーテウス(縛られた)》 *Prometheus Desmotes*, Προμηθεὺς Δεσμώτης, 拉 *Prometheus Vinctus* 《火をもたらすプロメーテウス》，《解かれたプロメーテウス》と三部作をなすアイスキュロスの作品．上演年代不明であるが彼の円熟期の作たることは疑いがない．

*クロノスと*ティーターン神族の支配をくつがえした新しい神たる*ゼウスとオリュムポスの神々に，巨人神の中で*プロメーテウスのみは，母*テミスの予言に従って忠誠をつくし，その支配樹立に助力する．ゼウスは人間の族を滅ぼし，これに代るべき新しい族を創らんとするが，プロメーテウスは無常の人間を憐れみ，彼らに火を与え，さまざまの生活上の技術を教えた．ためにゼウスは怒り，スキュティア Skythia の海辺の岩山に彼を縛める．劇はプロメーテウスがクラトス Kratos(支配)と*ビアー(暴力)に捕えられて，*ヘーパイストスに伴われ岩壁に導かれるところで始まる．縛られた巨人は孤独のうちに自己の運命を嘆くが，来るべき解放を知るゆえに，また自己の正義を信ずるがゆえに，いたずらに悲しみはしない．*オーケアノスの娘たちの合唱隊が有翼の車に駕して現われ彼を慰める．オーケアノス自身も来て，巨人のためにゼウスを説かんと言うが，プロメーテウスはこれを止める．つぎにゼウスの愛のために牝牛となり，地上をさまよう不幸な乙女 *イーオーが来て身上話をする．プロメーテウスは彼女の将来を予言する．彼はゼウスが支配権を失わないためには，彼より学ばなくてはならない秘密を知っているため，自分を解放せざるを得ないことを知っている．*ヘルメースがゼウスの使者として来て，いかなる結婚から生れる子がゼウスの支配をくつがえすかを教えることを求めるが，彼はこれを拒否し，怒れるゼウスの投ずる雷霆の轟きと閃き，天地をくつがえす混乱のうちに巨人に同情して彼と運命をともにせんと言うオーケアノスの娘たちとともに，奈落に落ちて行く．他の二作は伝存していないが，ゼウスとの和解に終ることは確かである．

フローラ Flora, 仏 Flore イタリアの花と豊穣と春の女神．古くより崇拝され，特定の神官職が彼女のためにあり，前173年以後彼女のための祭(Floralia あるいは Ludi Florales)が行なわれ，そこでは放恣な陽気な行事があった．オウィディウスは彼女は本当は*クローリス Chloris なるギリシアのニンフで，ある春の日に西風*ゼピュロスにさらわれ，二人は結婚し，神は彼女に花を支配する力を与え，蜜と花の種は彼女の人間への贈物であると言っている．さらに*ヘーラーは，*ミネルウァを女性との交わりなしに生んだ*ユーピテルに対して，自分も男性の助けなしに子を生もうと思い，フローラからただそれに触れるだけで女をはらませる力のある花を与えられ，これによって*マールスを生んだ．

ブロンテース Brontes, Βρόντης *ヘーパイストスの鍛冶場で働いていた*キュクロープスの一人．同項参照．

へ

ペイシストラトス Peisistratos, Πεισίστρατος, 拉 Pisistratus *テーレマコスが*ネストールを訪れた際に，彼を伴ってスパルタの*メネラーオスの宮殿に案内したネストールの末子．アテーナイの独裁者ペイシストラトスは彼の子孫と称していた．

ペイシディケー Peisidike, Πεισιδίκη, 拉 Pisidice 1. *アイオロスの娘．*ミュルミドーンの妻となり，アンティポス Antiphos と*アクトールを生んだ．

2. *ネストールとアナクシビエー Anaxibie の娘．*エウリュディケーとも呼ばれている．ネストールの項を見よ．

3. *ペリアースの娘．

4. レスボス島メーテュムナ Methymna の王の娘．*アキレウスがこの市を攻めた時，彼に恋し，自分を妻にするならば，祖国を売ろうと申し出た．アキレウスはこれに同意し，市を攻め取ったのち，彼女を石で打ち殺させた．まったく同様な話がトローアスの地のモネニア Mone-

nia 市のペイシディケーに関して伝えられている. ここでは彼女は市を包囲しているアキレウスに書を送り, 英雄が攻撃を加えるまでもなく, 市民は飲料水の欠乏のために, 降伏するところであると告げたことになっている. ただしその後の彼女の運命は不明.

ペイディッポス Pheidippos, Φείδιππος, 拉 Phidippus　　*ヘーラクレースの子 *テッサロスの子. *ヘレネーの求婚者の一人. *トロイア戦争にはニーシューロス Nisyros, コース Kos, カルパトス Karpathos, カソス Kasos の島々の軍勢を率いて, 30 隻の船で参加. *ヘーラクレイダイの一人として *テーレポスへの使者に立った. 木馬の勇士(シノーンの項を見よ)の一人. トロイア陥落後コース人とともにアンドロス島に定住. 彼の兄弟 *アンティポスは *ペラスゴイ人の地に赴き, これにテッサリアなる名を与えた.

ペイトー Peitho, Πειθώ, 拉 Pitho

1. 《説得》の擬人化された女神. ローマの *アーダ Suada. *アプロディーテーの従者として文学美術に現われる. ヘーシオドスでは大洋神 *オーケアノスの娘(*アルゴスと結婚)となっているが, ときに *アーテーの, ときに *プロメーテウスの娘とされる. 彼女はまたしばしばアプロディーテーそのものの称呼の一つであり, またときに結婚の女神とも考えられている.

2. アルカディアの伝説で, *ポローネウスの妻で, *アイギアレウスと *アーピスの母.

ペイリトオスまたは**ペリトゥース** Peirithoos, Πειρίθοος, Perithus, Περίθους, 拉 Pirithous　　テッサリアの *ラピタイ族の王. *ゼウスとディーア Dia (*イクシーオーンの妻)との子. したがって彼はイクシーオーンの子ともされている. *カリュドーンの猪狩に参加. *テーセウスの親友であり, その経緯についてはつぎのごとく伝えられている. 彼はテーセウスの勇名を聞き, それを試すために, マラトーンでテーセウスの牛群を襲った. 二人はここに相会して, 戦闘になろうとしたが, 相互に相手の美貌に心を奪われ, ペイリトオスは損害の賠償を申いいで, テーセウスはこれを受けず, 両者は親友となった. ペイリトオスが *ヒッポダメイア(*アドラストスとアムピテアー Amphithea の娘, あるいは *ブーテースの娘)を妻とし, その結婚式にケンタウロスたちを招いた. この時, 酒に酔って, ケンタウロスたちの一人 *エウリュティオーン(またはエウリュトス Eurytos)は花嫁を奪わんとし, ここに有名な《*イーリアス》にも語られ, アクロポリスのパルテノーンの彫刻にも見えるラピタイ族とケンタウロスたちとの戦闘が起った. 宴に列席していたテーセウスもともに闘って, ケンタウロスたちを討ち取った. その後ペイリトオスはテーセウスの *アマゾーン族との戦に参加した. 二人はゼウスの娘を妻とする誓いを立て, テーセウスはペイリトオスの助けを得て, *ヘレネーを奪った. ペイリトオスは冥府の女王 *ペルセポネーを得んものと, テーセウスとともに地下の国に降ったが, 地獄の王 *ハーデースは彼らを大いに歓待すると見せて, 忘却の椅子に坐らせると, 彼らは椅子にくっつき, 大蛇によって巻かれてしまった. *ヘーラクレースが冥府に *ケルベロス犬を奪いに来た時, テーセウスは救い出したが, ペイリトオスを救わんとすると, 大地が震動したので, 英雄は神意を察して, 彼の救出を断念した.

ペイレーネー Peirene, Πειρήνη, 拉 Pirene　　コリントス市の名泉ペイレーネーに名を与えた女. *アーソーポス河神の娘. *ポセイドーンとのあいだにレケース Leches とケンクレイアース Kenchreias の二子(コリントスの二つの港 Lechaion と Kenchreai に名を与えた)を得たが, *アルテミスが誤って後者を殺した時に, ペイレーネーの流した涙がこの泉となった. 一説にはペイレーネーは *オイバロスの子であるとされている. さらにこの泉は, *シーシュポス王が *アーソーポスの娘 *アイギーナを犯した男の名を教えた礼に, 河神が王に贈ったものともいう. ペレロポーン, ペーガソスの項を見よ.

ヘイレビエー Heilebie, Ειλεβίη　　リュルコスの項を見よ.

ペイレーン Peiren, Πειρήν, 拉 Piren

1. コリントス王 *グラウコスの子で, *ベレロポーンの兄弟. ベレロポーンは誤って彼を殺したため, 国外に遁れた.

2. ヘーシオドスとアクーシラーオスによる

と，*イーオーの父．彼は*アルゴスとエウアドネー Euadne の子．彼の名はときにペイラース Peiras となっている．

ペウケティオス Peuketios, Πευκέτιος
ペウケティア Peucetia 人の祖．アルカディア王*リュカーオーンの子．兄弟の*オイノートロスとともにイタリアに移住した．

ヘオースポロス Heosphoros, Ἑωσφόρος
暁の明星．曙光神*エーオースと*アストライオスのと子．クレオボイア Kleoboia とのあいだに一女ピローニス Philonis（ピラムモーンの項を見よ），ほかに一女テーラウゲー Telauge があった．

ペーガソス Pegasos, Πήγασος　有翼の神馬．Pegasos の -asos なる接尾辞はこの語がギリシア先住民族の言語に由来することを示しているとされているが，古代のギリシア人はこれを πηγή《水源》と結びつけて，*オーケアノスの源，すなわち極西の地に生れたものの意と解していた．これはペーガソスが，*ペルセウスに退治されたメドゥーサの頸から生れた（したがって父は*ポセイドーン），あるいはその流血が地に滴たって生れたとされているからである．ペーガソスは生れるや，オリュムポスに行き，*ゼウスの雷霆を運ぶ役をした．コリントスの*ペイレーネーの泉で水を飲んでいる時に，*ベレロポーンに捕えられて，彼の馬となった．*アテーナーあるいはポセイドーンが神馬をベレロポーンに与えたともいわれる．ベレロポーンはこの馬の助けにより，*キマイラを退治し，*アマゾーン族やソリュモイ Solymoi人と闘って勝利を得た．彼は*アンテイア・*ステネボイアをこの馬から突き落した．ベレロポーンが天に登ろうと試みた時，ペーガソスは彼を投げ落した．*ピーエロスの娘たち（*ピーエリデス）と*ムーサたちが歌の競技をした時，*ヘリコーン山はあまりの楽しさにふくれあがり，天に達せんとしたので，ペーガソスはポセイドーンの命によりその蹄で山を打ち，もとの大きさにかえらせたが，その打った所から*ヒッポクレーネー《馬の泉》が湧き出た．このほかにも彼の蹄の打撃によって湧出した多くの名泉がある．ペーガソスは天上の星座となり，またローマ時代にはペーガソスは不死のシンボルでもあった．

ヘカテー Hekate, Ἑκάτη　ホメーロスには現われないが，ヘーシオドスの《*テオゴニアー》411行以下で，とつぜん熱烈な称讃の的となっている女神．彼女はペルセーイス Perseïs《ペルセースの娘》と呼ばれる），人間にあらゆる富，会議での雄弁，戦と競技での勝利，馬術，漁業，家畜の飼育での成功，育児など，あらゆる面での幸を与え，*ゼウスも彼女を尊び，彼女の本来の力をなに一つ奪わず，天上，地上，海中での力を与えた．しかし彼女はのち地下の冥界と関係づけられ，あらゆる精霊，呪法の女神となり，炬火を手にし，吠えたける地獄の犬の群を従えた恐ろしい姿で，十字路，三叉（または二叉）の道に現われるもの，あるいは牝犬，牝馬，牝狼となって人に姿を現わすと考えられているにいた．三つの身体を有し，三叉の道のおのおのを眺める姿が彼女の彫刻における代表的なものである．このような道の交叉点で，彼女に毎月供物が供えられ，貧民の食となった．一方彼女は婦人たちの女神，また，夜の女神として，しばしば月神*アルテミスや*セレーネーと混同されている．

ヘカトンケイル Hekatoncheir, Ἑκατόγχειρ, 複数 Hekatoncheires, Ἑκατόγχειρες　百手の巨人，*コットス，*ブリアレオース（*アイガイオーン），*ギュエース（または*ギューゲース）のこと．彼らは*ウーラノスと*ガイアとの子で，*キュクロープスたちとともに，*ゼウスらが*ティーターン神族と戦った時に，オリュムポスの神々を助けた．ブリアレオースは*ヘーラー，*ポセイドーン，*アテーナーがゼウスに対して陰謀を企てた時，*テティスの乞いによってゼウスを護った．

ヘカトンケイレス　ヘカトンケイルを見よ．

ヘカベー Hekabe, Ἑκάβη, 拉 Hecuba, 仏 Hécute　*トロイア王*プリアモスの第一の后．ブリュギア王デュマース Dymas, あるいはトラーキア王*キッセウスの娘．さらに一説では*サンガリオス河神とニンフのエウアゴラー Euagora またはメトーペー Metope との娘となっている．母親にも諸説があり，デュマースの妻はニンフのエウノエー Eunoe であるが，一説には母はクサントス Xanthos の娘グラウキッペー Glaukippe, またキッセウス説では，テーレクレイア Telekleia であるとする．彼女の系譜はティベリウス帝時代に神話学者のあいだの論争の的で，帝は当時の文法家をからかって，彼らにこの問題を提出した．彼女はプリアモスの50人の息子のうち，*ヘクトール，*パリス，*デーイポボス，*ヘレノス，*ポリュドーロス，*トローイロスら19人を生み，また*カッサンドラー，*ポリュクセネーら四人の娘を生んだ．パリスの生れる時，彼女は燃木を生み，その火が全市を焼く夢を見，*アイサコスはこれはこの

ヘカベー

子が国の破滅になる徴であるとし，赤児を棄てるように勧めたので，彼を召使に*イーデー山中に棄てさせた．のち，彼は成長して，トロイアに帰り，文字どおり祖国の破滅の原因となった（パリスの項を見よ）．ヘカベーは《*イーリアス》中では，威厳ある貴婦人として，しかしほとんど表面に出ない悲劇の女として描かれている．悲劇では彼女をめぐる話ができあがった．トロイア陥落に際して，彼女はすべてを失い，捕虜となって引かれて行く．それより前，プリアモスは息子*ポリュドーロスをトラーキアのケルソネーソス Chersonesos の王*ポリュメーストールに多くの財宝とともに，万が一の場合に，トロイア王家の存続を保証すべく，あずけた．しかしトロイア陥落とともに，ポリュメーストールは財宝欲しさに，ポリュドーロスを殺して，死骸を海に投じたが，それはヘカベーが*オデュッセウスのものとなって，出帆しようとしている時，トロイア海岸に打ち上げられる．老貴婦人は娘ポリュクセネーが*アキレウスの霊に犠牲として捧げられ，すでに悲嘆のどん底にあったが，ただちに報復を決心し，*アガメムノーンの許可を得て，ポリュメーストールに財宝のあり場所を教えるとだまして，自分のテントに二人の息子とともに彼をおびき寄せ，トロイアの女たちはその子の目をテントのブローチでえぐって盲目とし，息子たちを殺した．このためギリシア人が彼女を石で打って殺そうとしたが，石のなかからその死骸のかわりに牝犬が現われた，あるいはポリュメーストールの部下に追われた彼女は，牝犬に変じた，ギリシアに行く航海中に牝犬となって，海に身を投じた，ヘレノスがヘカベーとともにケルソネーソスに渡り，牝犬となった彼女をキュノスセーマ Kynossema（《犬の墓》の意）なる所に葬ったともいう．

《ヘカベー》 Hekabe, Ἑκάβη, 拉 Hecuba
エウリーピデースの上演年代不明の作品．

*トロイア王*プリアモスの妻*ヘカベーは，トロイア陥落後捕虜となって娘たちとともに幕舎にある時，娘の一人*ポリュクセネーは*アキレウスの亡霊を宥めるべく犠牲に供せられるため引き立てられて行く．使者が彼女の勇ましいが女らしさを失わぬ最後を報ずる．トロイア陥落の前に多くの財宝とともに落してやって，トラーキアのケルソネーソスの王*ポリュメーストールにあずけた子供*ポリュドーロスを王が欲に目がくらんで殺したことを，彼の死骸が浜辺に打ち上げられた時に覚った女王は，*アガメムノーンの黙認のもとに，ポリュメーストールと二人の子供を幕舎のなかに誘い込み，女たちはよってたかって父の王の目をくり抜き，子供らを殺す．

ヘカメーデー Hekamede, Ἑκαμήδη *アキレウスが*トロイア航行の途中テネドス Tenedos 島を襲った時に，さらわった乙女．アルシノオス Arsinoos の娘．のち*ネストールのものとなった．

ヘカレー Hekale, Ἑκάλη *テーセウスがマラトーン Marathon の牡牛を退治に行く途中，老婆ヘカレーの小屋で歓待され，彼が翌朝出発したのち，彼女は*ゼウスにテーセウスの無事帰還を祈願して，犠牲を捧げた．牡牛退治ののち，帰途ここに立ち寄ったテーセウスは老婆が死んでいるのを見いだし，ゼウス・ヘカレイオス Hekaleios，またはヘカロス Hekalos の神域を造り，ヘカレーを祭った．ヘカレーシア Hekalesia 祭がこれである．これはアッティカのヘカレーの区（デーモス）の，ゼウスとともに祭られていた女神の縁起物語である．彼女は前3世紀の詩人カリマコスの詩によって名高くなった．

ヘクトール Hektor, Ἕκτωρ *トロイア王*プリアモスと*ヘカベーの長子，*アンドロマケーの夫，*アステュアナクスの父．トロイア方の大将で，もっとも勇敢で節度ある戦士．後代の妙な伝えでは，アステュアナクスのほかに，ラーオダマース Laodamas とオクシュモス Oxymos の二人の子があったというが，これは古い時代の物語にはない．彼は*アキレウスとともに，《*イーリアス》中の主人公で，その後の文学はホメーロスの描くヘクトールになんら加えるところがない．彼は《イーリアス》では，まず*パリスが*メネラーオスに戦場で会うのを避けているのを責め，二人の一騎打を提案する．パリスは敗けたが，*アプロディーテーに救われ，戦闘が再開されると，ヘクトールは陣頭に立って勇戦，敵将をつぎつぎにたおすが，敵の逆襲に会い，神々に捧物をするよう勧告すべく一時城内に帰り，妻と子供に会う．ついですべてのギリシア人に挑戦し，大*アイアースと闘ったが，分が悪く，二人は贈物を交換して別れる．アキレウスが戦闘から身を引いているために，ギリシア軍はトロイア方に追われて，自分の陣地に逃げこみ，ヘクトールは味方の軍とともに野営する．彼はギリシア軍営になだれこみ，勇戦するが，アイアースの投じた石にたたかれたおれる．しかし彼は*ゼウスの命をうけた*アポローンに救われる．ギリシア軍の危機に，*パトロクロスはアキレウスに乞うて，彼の身代りに

彼の武具をつけて出陣,トロイア方を敗走せしめるが,深入りして,ついにヘクトールに討たれる. アキレウスは親友の死の復讐を誓う. アキレウスが戦場に臨まんとしているにもかかわらず,また*ポリュダマースの忠告をも退けて,ヘクトールはふたたび城外に野営する. 翌日アキレウスの出陣とともに,トロイア方は総崩れとなるが,ヘクトールはトロイア城内に退かず,両親の懇望にも耳をかさず,城外に踏み留まって,アキレウスを待つ. アキレウスが近づくと,彼は逃げ出す. しかし*アテーナーはヘクトールの弟*デーイポボスが彼を助けに来たと思いこませたので,敵を迎えるべく留まると,デーイポボスの姿はなく,かくてヘクトールとアキレウスの一騎打が始まる. *オリュムポス山上ではゼウスが二人の運命を秤りではかるに,ヘクトールの方の皿が*ハーデースの方に傾き,かくてアポローンはヘクトールを見すてる. 死に際してヘクトールはアキレウスに自分の死体を両親にかえすように頼むが,アキレウスは聞き入れない. アキレウスは彼の死体を戦車に結びつけ,トロイアの周囲を三度めぐって,自分の幕舎に引き行き, 野ざらしにするが,神神は彼を憐れみ,*イーリスを使として,プリアモスに息子の死体を贖いうけるように命じ,プリアモスは夜中にアキレウスの幕舎に赴き,莫大な身代金を積んで,死体を乞いうける. 12日間の休戦のあいだに,トロイア人は彼の葬儀を行ない,アンドロマケー,ヘカベー,*ヘレネーたちは彼を嘆き悲しんだ.《イーリアス》の項を見よ.

ヘクバ Hecuba ギリシアの*ヘカベーのローマ名. 同項参照.

ペーゲウス Phegeus, Φηγεύς, 拉 Phegeus, 仏 Phegée 1. アルカディアのペーゲイア Phegeia 王. *ポローネウスの兄弟とする系譜もある. 一女*アルシノエーまたは*アルヘシボイア(*アルクマイオーンの妻),二男プロノオス Pronoos, *アゲーノール(パウサニアースでは*テーメノスとアクシーオーン Axion)の父. アルクマイオーンの項を見よ.

2.《アイネーイス》中,*トゥルヌスに討たれた*アイネイアースの部下. 同名の同じくトゥルヌスに討たれた者がほかにある.

ヘーゲレオース Hegeleos, Ἡγέλεως *ヘーラクレースと*オムパレーの子*テュルセーノスの子. 彼は父テュルセーノスが発明したラッパを, ヘーラクレースの子孫たちの戦闘に際して,最初に軍事用に用いた. のちアルゴスに*アテーナー・サルピンクス《ラッパのアテーナー》の神殿を建てた.

ヘーシオネー Hesione, Ἡσιόνη 1. アイスキュロスの悲劇《*プロメーテウス(縛られた)》では,大洋神*オーケアノスの娘の一人で, *プロメーテウスの妻.

2. *ナウプリオスの妻で*パラメーデース, *オイアクス, ナウシメドーン Nausimedon の母.

3. *トロイア王*ラーオメドーンの娘. 王が*アポローンと*ポセイドーンの怒りにふれたため, トロイアーには疫病に, ポセイドーンは高潮で運び上げられる怪物を送り,怪物は平野で人人をさらった. ヘーシオネーを怪物に捧げれば,災いから免れるだろうとの神託に,王は海辺の岩に彼女を縛りつけた. *アマゾーンの女王の帯を求めに,帰途トロイアに寄った*ヘーラクレースは, *ゼウスが*ガニュメーデースを奪った代償に王に与えた牝馬を報酬として,怪物を退治したが, 王は約束を破って,馬を与えなかったので,数年後軍を組織して,トロイアを襲い,最初に城内に入った*テラモーンにヘーシオネーを与えた. ヘーラクレースは彼女に捕虜の中から好む者を選んで解放することを許したので,彼女は弟*プリアモスを選び,ヘーラクレースがなにか代償を払うことを求めたところ,彼女は頭のヴェールを取って支払った. 彼女はテラモーンの子をはらんだ時, ミーレートス市に遁れ,その王アリーオーン Arion に迎えられ, *トラムペーロスを生んだともいう.

ヘスティアー Hestia, Ἑστία 炉の女神. 語源的にローマの*ウェスタと同じで,両者は同一視されている. 古代における家の炉は, わが国の《かまど》にひとしく,家の中心であるために,この女神は家庭生活の女神として崇められ, 炉は犠牲を捧げる所であるから,あらゆる犠牲の分け前がまず彼女に捧げられた. 炉あるいは祭壇の女神として彼女は祈願をうけ, 古代の都市は,家,氏族の集合と考えられていたため, 市庁プリュタネイオン prytaneion にも市の炉があり,女神はその保護者として祭られ,市が植民都市を建てる場合にも,市の炉の火が移植民によって新市にもたらされた. 神話ではヘスティアーは*クロノスと*レアーの長女で, *アポローンと*ポセイドーンに求婚されたが, 永遠の処女を守る許しを*ゼウスより得,ゼウスは彼女にすべての人間の家,神々の神殿において祭られる特権を与えた. 彼女は,他の神々が天上の住居を出て,世界を歩き回るのに,つねに炉を離れず,したがってこの女神には神話がない. 彼女はオリュムポスの12神に属して

ヘスペリア

はいるが，その名が《炉》そのものを示すように，一つの抽象的な観念の擬人化にすぎない．

ヘスペリア Hesperia 《夕べの国》の意．イタリアとスペインのこと．

ヘスペリスたち Hesperis, Ἑσπερίς (複数 Hesperides, Ἑσπερίδες) 《夕べの娘》の意. ヘーシオドスでは彼女らは*ニュクス《夜》の娘であるが，のち*ゼウスと*テミスとの，*ポルキュスと*ケートーとの，最後に*アトラースの娘とされている．その数も三人*アイグレー Aigle,*エリュテイア Erytheia, ヘスペラレトゥーサ Hesperarethusa, あるいは*アイグレー,*アレトゥーサ Arethusa, ヘスペリアー Hesperia, 四人*アイグレー,*エリュテイア, ヘスペリアー,*アレトゥーサ, あるいは七人とされている．彼女たちは*ヘーラーがゼウスと結婚した時に，*ガイアから貰った黄金の林檎が植わっている園の番人で，竜の*ラードーンが彼女らを助けていた．園は古くは世界の西のはて，*オーケアノスの流れの近くにあることになっていたが，のちアトラース山脈の近く，あるいは*ヒュペルボレイオス人の国にあるとされていた．ヘーラクレースの項を見よ．後代の合理的神話解釈では，彼女たちはアトラースとその姪のヘスペリスの七人の娘で，多くの羊(ギリシア語で μῆλα は《羊》と《林檎》の意味になる)をもっていた．エジプト王*ブーシーリスは山賊に羊を掠奪し，彼女たちをさらうことを命じたが，その時*ヘーラクレースがこの国に来て，賊どもを殺して，彼女らをアトラースに返し，彼は英雄に彼の領土を与え，天文を教えた．

ヘスペリデス ヘスペリスたちを見よ．

ヘスペロス Hesperos, Ἕσπερος ローマのウェスペル(ーゴ) Vesper(ugo)．《夕べの星》．*アストライオスと*エーオース,*ケパロスとエーオース，あるいは*アトラースとの子で，ヘスペリスたちまたはその母のヘスペリスの父とされている．彫刻では炬火を持った少年の姿で表わされる．ヘレニズム時代の詩人は彼を*ポースポロスあるいは*ヘオースポロス《暁の明星》と混同している．彼はアトラース山に最初に登り，星を眺めているあいだに風にさらわれ，人々は彼が天に昇って星となったと思ったとする合理的解釈がある．

ペーダソス Pedasos, Πήδασος 1. *トロイアの*ラーオメドーンの子ブーコリオーン Bukolion の子．母は水のニンフ．*トロイア戦争で*エウリュアロスに討たれた．

2. *アキレウスの四頭の馬の中，ただ一つ不死でなかった一頭．そのために*サルペードーンに殺された．

ペナーテース Penates, Di ローマの家の食料品を入れる戸棚(penus)の神．つねに複数で考えられ，*ラレースとともに，古くから家の守り神であった．ペナーテースにはまた公の，国家の守護神としてのペナーテースがあり，*アイネイアースが*トロイアからイタリアに捧持し，最初ラウィーニウム Lavinium, ついでアルバ・ロンガ Alba Longa を経てローマにもたらされたと信じられていた．個人の家のペナーテースはかまどとテーブルを支配し，かまどには彼らのためにつねに火が燃やされた．パラーティーヌス丘上のウェリア Velia に国のペナーテースの神殿があった．

ペニーア Penia, Πενία 《貧困》の擬人化された女神．プラトーンは《シュムポシオン》の中で，彼女はポロス Poros 《富》と結婚して，*エロースを生んだとしている．

ペーネイオス Peneios, Πηνειός, 拉 Peneus, 仏 Pénée テッサリアのペーネイオス河の神．*オーケアノスと*テーテュースとの子．*クレウーサを娶り，*スティルベー，ヒュプセウス Hypseus, アンドレウス Andreus, *ダプネー, *キューレーネー(*アリスタイオスの母)を生んだ．イーピス Iphis (ある所伝では*アイオロスの妻, *サルモーネウスの母)，メニッペー Menippe (*ペラスゴスの妻)も彼の娘とする説もある．

ペーネーイス Peneis, Πηνηΐς *ペーネイオスの娘の意．*ダプネーを指す．

ペーネレオース Peneleos, Πηνέλεως ボイオーティアのヒッパルキモス Hippalkimos (ヒッパルモス Hippalmos)の子．12隻の船を率いて*トロイア遠征に加わった．彼の名は*アルゴナウテースたちの遠征の勇士のリストの中にも，*ヘレネー求婚者のリストの中にも見いだされる．トロイアでは彼はイーリオネウス Ilioneus とリュコーン Lykon を討ったが, *ポリュダマースに傷つけられ, *テーレポスの子*エウリュピュロスに討たれた．ギリシア人は彼を嘆き，大部分の戦死者は共同の墓に葬られたのに，彼には特別の墓を築いた．しかし戦死したはずの彼は，木馬の勇士(シノーンの項を見よ)のリストの中にも現われていた．

ペーネロペーまたはペーネロペイア(ホメーロスで) Penelope, Πηνελόπη, Penelopeia, Πηνελόπεια *オデュッセウスの貞淑な妻．スパルタ(アミュークライ)の*テュンダレオースの兄弟*イーカリオスと水のニンフの*ペリボイア(あるいはドーロドケー Dorodoche, またはアステロディアー Asterodia)との娘．*ヘレネ

ーを多くの求婚者が争って、父のテュンダレオースが処置に窮した時に、オデュッセウスが良策を授けた礼に、弟の娘ペーネロペーを彼の妻にしうけてやったとも。彼女は競争の勝者に与えられる賞となり、オデュッセウスが勝利を得て、彼女を娶ったともいわれる。なお彼女の父はイーカリオスではなくて、コルキューラ島の人イーカディオス Ikadios であるとする地方伝承もある。イーカリオスは娘を自分の所に留まることを望んだが、彼女は夫に従って*イタケーに赴いた。

オデュッセウスが*トロイアに遠征した時、二人のあいだの子*テーレマコスは生れたばかりで、オデュッセウスの父*ラーエルテースは田舎に隠退、母の*アンティクレイアは子がいなくなったので気落ちして世を去り(一説には*パラメーデースがオデュッセウスの謀略によって殺されたのを怒った*ナウプリオスがオデュッセウス戦死の偽報をもたらしたために、アンティクレイアは自殺し、ペーネロペーは海に身を投げたとも、鳥の群が彼女を受けとめて、陸に運んだともいう。これは penelops《鴨》と Penelope の連想によるか?)、ペーネロペーは幼な子をかかえて、夫が後見として残した*メントール以外には、ただ一人で家を治めなくてはならなかった。そこで近隣の島々よりすぐれた若い貴族が集まって彼女に求婚し、オデュッセウスの宮殿に来て日夜宴を張って、その財産を消耗した。彼女はラーエルテースの棺衣を織り終えれば求婚に応ずると称し、昼間は織り、夜間にこれをほどいて、三年を過したが、召使の女がこれを求婚者に密告した。20 年目にオデュッセウスが帰国した時、彼女は乞食姿の夫を認め得なかった。夫が求婚者を殺戮しているあいだ彼女は深い眠りに落ちていて、その後はじめて夫を認知した。

ホメーロスおよび叙事詩以上の話のほかに、ペーネロペーが夫の留守中に、貞節ではなかったとの話がある。彼女はこのあいだに 129 人のすべての求婚者と交わって、*パーンを生んだというのであるが、これは《すべての》pan と神名パーン Pan との語源的解釈であろう(?)オデュッセウスは怒って彼女を追放し、彼女はスパルタに帰り、のちアルカディアのマンティネイア Mantineia で世を去ったと。さらに彼女は求婚者の一人アムピノモス Amphinomos (あるいは*アンティノオス)と交わったとも、夫に殺されたともいう。パーンは彼女と*ヘルメースの子とする説もあるが、これは同名のニンフとの混同ではないかと疑われている。オデュッセウスの帰国後*プトリポルテースが生れた。オデュッセウスが子供の*テーレゴノスに殺されたのち、テーレゴノスは彼女を*キルケーの島に伴い、彼女と結婚、キルケーは二人を*幸福の島に送った。

ヘーパイストス Hephaistos, Ἥφαιστος
ギリシアの火と鍛冶の神。ローマの*ウゥルカーヌス。ホメーロス以前の時代より、東部地中海より小アジアにかけて、火山地と関係があるため、火山の神から発達したものであろうと考えられている。神話中では、彼は*ゼウスと*ヘーラーの子、あるいはヘーラーが、ゼウスが*アテーナーを女の助けなしに生んだのに対して、男なしに生んだ子とされている。その後女神はナクソス Naxos 島の*ケーダリオーンに九年間あずけて、鍛冶の術を学ばしめた。しかし地方の伝説中には、彼は*タロースの子で、タロースは*クレース(クレータ島の祖)の子であり、*ラダマンテュスはヘーパイストスの子であるとするものがある。彼の妻はホメーロスの《*イーリアス》では*カリス、ヘーシオドスではカリス女神中最年少の*アグライアーとされているが、《*オデュッセイア》では*アプロディーテーとなっている。

彼は跛であった。一説には、これは生れつきで、母のヘーラーはその醜いのを怒って、オリュムポスから彼を投げおろし、彼は海中に落ちて、海の女神*テティスと*エウリュノメーに救われ、九年のあいだ海中の洞窟で育てられ、彼は彼女らのために多くの宝石を造って与えたという。しかし同じく《イーリアス》中の話に、ゼウスとヘーラーとが天上で*ヘーラクレースに関して争い、ヘーパイストスが仲介に入ったところ、ゼウスは怒って彼の足をつかんで、天上より投げおろし、彼はまる一日落下しつづけて、レームノス Lemnos 島に墜落したが、シンティエス Sinties (トラーキア人でこの島に住んでいた)人に助けられた。この時に跛となったという。《イーリアス》では彼はその後も、ゼウスとヘーラーが争っているのを、ふたたび仲裁し、跛行その他の滑稽なしぐさで神々を笑わせる場面がある。この両方を一緒にして、ゼウスに投げおろされ、海の女神たちに助けられたとする話もある。しかし、一方、彼は母に復讐するために、魔法の椅子を造り、ヘーラーに贈った。女神がこれに坐ったところ、動けなくなり、神々は困って、*ディオニューソスを使者として立て、ヘーパイストスを酔わせて、天上に連れて来て、ヘーラーを解放させたとの話もある。

天上では彼は鍛冶の神として、自分の宮殿に

ペパレート

仕事場をもち，オリュムポスの神々の宮殿はすべて彼の造ったもので，このほか*アキレウスの武器，*ハルモニアーの頸飾，*アイエーテース王の火を吹く牡牛，また*パンドーラーも彼の造り出したものである．後代では，*キュクロープスたちが彼のもとに働く職人であり，彼の仕事場もオリュムポス山上から，レームノス，リパラ Lipara, ヒエラー Hiera, イムブロス Imbros, アイトナ Aitna 等の火山に移されている．

美しいアプロディーテーをゼウスみずから跛の醜男のヘーパイストスに妻として与えたが，彼女はすぐさま*アレースの女となり，二人がともに寝ているのを，*ヘーリオスが発見して，ヘーパイストスに告げた．彼は目に見えない網を造り出し，寝台にかけておき，二人が密会しているとき，網がおのずからしまって，二人を捕えた．ヘーパイストスは神々を呼び寄せて，二人の様子を見せ，女神は解放されるや，たちまち恥じて逃げ出したという話を《オデュッセイア》が伝えている．

ヘーパイストスには *アルゴナウテースたちの遠征に加わった*パライモーン，アルダロス Ardalos, *ペリペーテース，およびアテーナーに恋して，遂げ得ず，そのおりに流した精液が大地に落ちて生れた*エリクトニオスらの子があった．

ギリシア人には彼の小人のような像を炉の傍におく風習があった．彫刻では彼は有髯で，片はだぬぎ，小さい丸い帽子をかぶって，槌その他の道具を手にした，逞しい身体の中年の男として表わされている．

ペパレートス Peparethos, Πεπάρηθος
ペパレートス島に名を与えた，*ディオニューソスと*アリアドネーの子．

ベブリュクス人 Bebryx, Βέβρυξ, 複数 Bebrykes, Βέβρυκες ビーテューニア Bithynia にいたという神話中の民族．アミュコス，アルゴナウテースたちの遠征の項を見よ．

ベブリュケス人 ベブリュクス人を見よ．

ヘーベー Hebe, Ἥβη 《青春(の美)》の意．ローマの*ユウェンタース．神話中では*ゼウスと*ヘーラーの娘，*アレースと*エイレイテュイアの姉妹．彼女はゼウスの家の娘として，神々の世話をし，酒間を取りもち，ヘーラーが戦車に乗るのを援け，アレースが*ディオメーデースと闘って帰ると，妹として，彼の入浴を手伝い，*ホーラーたちと*アポローンの堅琴にあわせて踊る．彼女には独立の崇拝も神話もない．*ヘーラクレースが昇天後，彼女を妻とし，ヘーラクレースは妻に自分を若返らせ，また*イオラーオスを若返らせるのに努力した．二人のあいだにアレクシアレース Alexiares とアニーケートス Aniketos の二児が生れた．イオラーオスの項を見よ．

ヘーミキュネス Hemikynes, Ἡμίκυνες
《半穴》の意．黒海岸，マッサゲタイ Massagetai と*ヒュペルボレイオス人の近くの地に住み，犬の頭を有していたという民族．

ヘーミテアー Hemithea, Ἡμιθέα 1. *スタピュロスとクリューソテミス Chrysothemis の娘*モルパディアーの別名．パルテノスの項を見よ．
2. トローアス Troas の地の王*キュクノスとプロクレイア Prokleia の娘．兄弟の*テネースとともに海に流され，テネドス Tenedos 島に漂着，静かに暮していたが，*トロイア遠征に際し，*アキレウスが来て，彼女に恋して犯さんとし，阻止せんとしたテネースは殺され，彼女は神々に祈って，地中に呑まれた．テネースの項を見よ．

ペーメー Pheme, Φήμη 《うわさ》の擬人化された女神．どこともなく起って民衆のあいだに広がり，世論となる．ヘーシオドスですでに神になっている．ローマの*ファーマ．同項を見よ．

ヘーメラー Hemera, Ἡμέρα 《昼》の擬人化．ヘーシオドスによれば，彼女は*エレボス《暗黒》と*ニュクス《夜》の娘で*アイテールの姉妹となっている．

ペーモノエー Phemonoe, Φημονόη *デルポイの神託所の最初の女予言者．《汝自身を知れ》なる有名な言葉とヘクサメトロス hexametros と称する叙事詩の韻律の発見が彼女に帰せられている．

ヘーラー Hera, Ἥρα オリュムポスの女神中，*ゼウスの正妻として最大の女神．ローマの*ユーノー．結婚と子供，女性の性生活の守護の女神であるが，彼女は本来はギリシア先住民族の神であるらしく，ギリシア人のギリシア侵入に際して，自己の主神と彼女とを夫妻にしたものといわれている．彼女は多くの都市で祭られているが，とくにアルゴスのヘーライオン Heraion とサモス Samos 島の崇拝が名高く，これらの場所では彼女は主神の地位にある．

神話では彼女は*クロノスと*レアーの娘で，*オーケアノスと*テーテュースからレアーからあずかり，世界のはてで養育し，二人が仲たがいした時には，その仲に入った．しかしまた，彼女を養育したのは，*ホーラーたち，*テーメノ

ス，あるいは*アステリオーンの娘たちであるともいう．

ゼウスの最初の妻は*メーティス，ついで*テミスで，ヘーラーは三度目の妻であるとヘーシオドスは伝えている．二人のあいだに*ヘーパイストス，*アレース，*ニイレイテュイア，*ヘーベーが生れた．結婚の場所は一般に*ヘスペリスの園で，*ガイアはその祝いに黄金の林檎を与えたという．しかしその場所を*トロイア近くの*イーデー山中，あるいはクレータからの航海中，上陸したエウボイア島であるなどと，諸説がある．このゼウスとヘーラーとの《聖結婚》の儀式はギリシア各地で行なわれた．市民は彼女の像に花嫁の衣裳を着せ，市を練り歩き，新婚の床のある神域に行って，像を寝かした．実際の結婚にも彼女は関係があり，《結びの》Gamelia，《結びの》Zygia などの称呼がある．

神話中における彼女は，激しい嫉妬の心にかりたてられて，夫の恋人や，その子供たちを迫害する．ヘーラクレース，イーオー，セメレー，カリストー，レートーの項を見よ．また《パリスの審判》についてはパリスの項を参照．

ギガースたちとの戦闘では，ギガースの*ポルピュリオーンが彼女を犯そうとし，その着物を引き裂いたところを，ゼウスが雷霆で撃ち殺した．*イクシーオーンのヘーラーに対する行為とその罰については，同項を見よ．

彼女には，不思議な称呼がある．アルカディアのステュムパーロス Stymphalos には《乙女》Pais，《成人，妻》Teleia，《寡婦》Chera のヘーラーがあり，ことに最後の称呼は，神として不可能なので，住民は説明に困ったらしいが，その起源は不明である．彼女はある時，男女いずれが性行為においてより大きな快楽を得るかについて，夫と議論し，*テイレシアースに尋ねたところ，男女は 1：9 の割合だと答えたため，テイレシアースは盲目にされた．ある時，夫妻は争い，彼女は*キタイローン山中にかくれたが，ゼウスは他の女と結婚すると称して，木像に花嫁の衣裳を着せて，同山中を通行したところ，女神が飛び出して，衣裳をむしりとり，木像であることを発見して，和解した．

ペライアー Pheraia, Φεραία *ヘカテーの称呼の一つ．そこからペライアーは*アイオロスの娘で，*ゼウスと交わってヘカテーをはらみ，生み落すとこれを十字路に乗てたところ，*ペレースの羊飼に拾われ，育てられた，という話が生じた．

ヘーラクレイダイ Herakleidai, Ἡρακλεῖδαι, 拉 Heraclidae，単数 Herakleides, Ἡρακλείδης, 拉 Heraclida 《ヘーラクレースの後裔》の意．歴史時代の多くの名家，ヘレニズム時代の王家は，*ヘーラクレースの子孫たる系譜をもち，みずからヘーラクレイダイと僭称したが，神話中では，ヘーラクレイダイは主にヘーラクレースの第二番目の妻*デーイアネイラの子供たちおよびその子孫を指す．その系譜はつぎのごとくである．

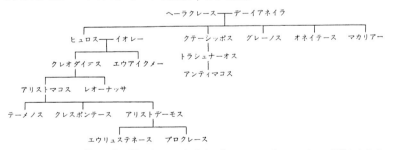

ヘーラクレースが神々の中に移されてのちに，彼の息子らは*エウリュステウスから遁れて，トラーキース Trachis の王*ケーユクスのもとに身を寄せた．しかしエウリュステウスがケーユクスに彼らを引き渡さなければ，武力に訴えると威嚇したので，ケーユクスはもはや彼らを庇護する力なく，彼らは追われてアテーナイに来て，《憐れみの祭壇》に坐して援助を乞うた．*テーセウス（あるいはその子供たちともいう）は彼らを保護し，エウリュステウスを迎え討ち，その息子のアレクサンドロス Alexandros，イーピメドーン Iphimedon，エウリュビオス Eurybios，*メントール，ペリメーデース Perimedes をたおした．戦車に乗って遁れるエウリュステウスを，*ヒュロス（あるいは*イオラーオス）がスケイローニス Skeironis の岩で追

ヘーラクレ

いつき,討ち取って,その首を*アルクメーネーに与えた.彼女はおさ(筬)でその両眼をくり抜いたという.この勝利のかげには,ヘーラクレースの娘*マカリアーの自己犠牲があった.アテーナイ人に若い娘が犠牲になれば,勝利を得るであろうとの神託があったからである.《ヘーラクレイダイ》の項を見よ.

エウリュステウスの死後,ヘーラクレースの後裔たちは父祖の地ペロポネーソスに帰還したいと思った.これが英雄伝説に名高いヘーラクレイダイの帰還である.彼らはペロポネーソスを襲って,すべての都市を攻略したが,帰還後一年にして疫病が全ペロポネーソスに蔓延し,神託はその原因がヘーラクレースの後裔にあることを明らかにした.彼らが定めの時以前に帰還したため,神意に反したからである.そこで彼らはペロポネーソスを棄てて,マラトーンに退き,居住した.さて*トレーポレモスは,彼らがペロポネーソスを退去するまえに,誤って*リキュムニオスを殺した.彼が召使を打っている時に,リキュムニオスとのあいだに入ったからである.このため彼は多くの人々とともにロドスに移って,居住した.しかしヒュロスは,正妻*デーイアネイラから生れた長子として,また父から*イオレーを妻とするよう命ぜられて,彼女を娶り,したがってヘーラレースの子供の中の直系として,ヘーラクレイダイの指導者となって,帰還を遂行すべく努力した.彼は*デルポイに来て,帰還に関して神意を問うたところ,神は三度目の収穫を待ってのちに帰還するよう答えた.彼は三度目の収穫とは三年の意味であると解して,そのあいだ待機し,軍を率いて帰って行ったが,コリントス地峡で彼らを迎え討ったアルカディアのテゲアTegeaの王*エケモスとメガラ市の近くで一騎打して敗れて,世を去った.

ヒュロスの孫*アリストマコスがふたたび神託に伺うと,神々は汝が狭い所によって攻めるならば,勝利を与えるであろう,と答えた.アリストマコスは狭い所とはコリントス地峡であると解し,そこより攻め込んだので,ペロポネーソス方が勝利を得て,アリストマコスは戦死した.これは*オレステースの子*ティーサメノスがペロポネーソスの王であった時である.

アリストマコスの息子たちが成人したとき,帰還について三度目の神託を求めた.神の答えが前と同じであった時,長子*テーメノスは同じ答えを信用して父祖が失敗したことを神に責めた.神は,神託の真意を解し得なかった彼らに責めがあると答えた.というのは,収穫とは土地のではなく,子孫のそれであり,狭い所とはコリントス地峡ではなく,ペロポネーソスとその対岸とのあいだの海を意味したのであると.そこでテーメノスは軍を集め,ロクリスLokris の,いまでは その故事によってナウパクトス Naupaktos と呼ばれている所(nau-《船》,pak-《建造する》の合成語であるとの語源解釈)で船を建造した.ここに留まっているあいだに,テーメノスの弟*アリストデーモスは*アウテシオーンの娘*アルゲイアーとのあいだに生れた双生児エウリュステネース Eurysthenes と*プロクレースとを遺して,雷に撃たれて死んだ.軍もまたこの地で禍に見舞われた.*カルノスなる神がかりになった予言者が現われたが,軍の人々は彼をペロポネーソス人によって軍に禍するために送られた魔法師だと思い誤り,*ヒッポテース(ヘーラクレースの子*アンティオコスの子*ピューラースと*イオラーオスの娘*レイペピレーとのあいだの子)が投槍を投げて殺した.このことがあってのち,軍は船が破壊され,陸軍は飢饉に襲われ,軍は解消してしまった.テーメノスがこの禍について神託を求めたところ,神は,これは予言者殺害が原因であり,殺害者を十年間追放し,案内者として三眼の男を使うべしと命じた.ヒッポテースを追放,三眼の男を探した.そして一眼の馬(一方の目は矢に射られて飛び出したため)に跨っている,*オクシュロスに出遇った.彼は人を殺して,エーリスに遁れ,一年たったので,アイトーリア Aitolia に帰る途中であった.彼に,勝利の暁にはエーリスを与える約束で,案内者として敵と合戦し,陸海で勝利を得て,オレステースの子ティーサメノスを討ち取った.しかし味方がわでも*アイギミオスの子*パムピューロスとデュマース Dymas とを失った.

ペロポネーソス征服後,祖神*ゼウスに感謝の徴として三つの祭壇を築き,そのうえで犠牲を捧げ,新しい領土をくじ引によって分割した.この際エーリスとアルカディアは除外され,エーリスは約束によってオクシュロスに,アルカディアはもとの王にそのまま属すのことになった.一説には神託が食事をともにしたものは犯すべからずと命じた.ヘーラクレースの後裔たちがアルカディアに近づいた時,その王*キュプセロスは使者を送った.彼らは,*クレスポンテースの兵たちが付近の農夫から食物を奪おうとしているのに出遇い,兵たちはアルカディア人にともに食事するように招いた.そのうちに争いが生じたが,ヘーラクレースの後裔たちは神託を思い合わせて,アルカディア人と和を結

び，彼らの国土は犯さなかった．一説には，ヘーラクレースの後裔たちはアルカディア国境で野の収穫を強制徴用した．キュプセロスの使者が贈物をもって到着した時，ヘーラクレースの後裔たちは，神託を思い出して，それを受け取ろうとしなかったが，テュプセロスは彼らがすでに新穀を自分のものとしているから，彼らはすでに和を講じたに等しいと言い，このためヘーラクレースの後裔はアルカディア侵入を行なわなかった．またキュプセロスは娘の*メロペーをクレスポンテースに与えて，和を講じたともいう．

そこでくじ引は，水瓶の中に石を投じ，第一がアルゴス，第二がラケダイモーン，第三がメッセーネーとした．テーメノスとアリストデーモスの子ら(プロクレースとエウリュステース)は石を瓶の中に入れたが，クレスポンテースは肥沃のメッセーネーを得たいと思い，土塊を投入した．これは溶けるから，二つの石がかならず先に現われるはずである．第一にテーメノス，第二にアリストデーモスの子供たちのが現われたので，クレスポンテースはメッセーネーを得た．彼らが犠牲を捧げたおのおのの祭壇上には徴がおかれていた．アルゴスを得た者はひきがえる，ラケダイモーンを得た者は竜，メッセーネーを得た者は狐であった．徴を解釈して，予言者たちは，ひきがえるを得た者は，この動物は進んでいる時には力がないから，国内に留まるがよい，竜を得た者は恐るべき攻撃者となるだろう，狐を得た者は計にたけているであろうと言った．

ヘーラクレースの後裔の帰還の物語は，その中に，ギリシアに最後に侵入したドーリス人の歴史的な記憶とともに，彼ら自身の神話をもたず，彼らが侵入者であることの意識から，ヘーラクレースおよび北方テッサリア境の小地域ドーリスの地で育てられたヒュロスを媒介とし，彼らが*ペルセウスの後裔であるとの理由で，正当化せんとしたものであると思われる．歴史時代においても，アルカディアの方言は，ドーリス方言侵入以前の形を有し，エーリスの方言もまたドーリス方言とは異なるが，しかし同じ系統の方言であった．

《**ヘーラクレイダイ**》 Herakleidai, Ἡρακλεῖδαι エウリーピデースの上演年代不明の作．おそらく前430〜25年のあいだか(?)

アルゴス王*エウリュステウスに追われた*ヘーラクレースの子供らは，*イオラーオスとともに遁れ，アッティカのマラトーンのみが彼らに保護を与える．ヘーラクレースの子供たちの引き渡しを求めるアルゴスとアテーナイとのあいだに戦が生ずる．ヘーラクレースの娘*マカリアーは予言に従ってアテーナイに勝利をもたらすために，自己を捧げて死ぬ．イオラーオスは神の助けにより一日だけ若返って合戦に加わり，エウリュステウスを捕虜とする．彼はヘーラクレースの母*アルクメーネーの面前に引かれ，死刑の宣告をうける．

ヘーラクレース Herakles, Ἡρακλῆς, 拉 Hercules ギリシア神話中最大の英雄．ホメーロスの中までで冥界に*ケルベロス犬の捕獲，*トロイアへの遠征，ピュロスの*ネーレウス家との戦闘，死神の征服など彼に関する物語が見いだされるが，これらの武勇伝からしだいに超人的な英雄が生れいて，物語がつぎつぎに加えられたらしく，そのために前後矛盾した，収拾すべからざる伝説圏が彼をめぐってできあがった．

I. **誕生**．*ペルセウスの孫*アムピトリュオーンは叔父で妻*アルクメーネーの父にあたる*エーレクトリュオーンを誤って殺したために，当時の法に従って亡命し，テーバイ市の王*クレオーンを頼ってこの市に住んでいた．アムピトリュオーンは妻の乞いにより，*テーレボエース人に対して遠征し，勝利を得て帰国する直前に，アルクメーネーに恋していた*ゼウスがアムピトリュオーンの姿となってアルクメーネーを訪れ，一夜を三倍の長さにして，衾をともにした．彼女を信用させるために，神はテーレボエース人との戦闘を物語り，*プテレラーオス(同項およびコマイトーの項をも見よ)の黄金の毛を与えたという．本当の夫が帰国した時に，妻が彼に愛情を示さないので，その原因を尋ねたところ，前夜床をともにしたとの答えに驚いた彼に予言者*テイレシアースは事の真相を伝えた．そこでゼウスには一夜年長のヘーラクレース，アムピトリュオーンには*イーピクレースの双生児がアルクメーネーから生れた．ゼウスが怒ったアムピトリュオーンを鎮めたともいわれる．

ヘーラクレースが生れる時に，ゼウスはペルセウスの後裔の一人でアルゴスの王者となるべき子が生れようとしていると告げた．ゼウスとアルクメーネーとの仲を嫉妬したゼウスの后*ヘーラーは，その日に生れたペルセウスの後裔が支配者たることをゼウスに誓わしめ，お産の女神*エイレイテュイアに命じてヘーラクレースの誕生を遅らせ，ペルセウスの子*ステネロスの子で，まだ七カ月であった*エウリュステウスを先に生れさせた．ヘーラクレースの誕

ヘーラクレ

生についてはガリンティアスの項を参照。なおヘーラクレースを不死にするために，ヘーラーの乳を吸わしめたという不思議な伝えがある。一説には女神が眠っているあいだに，*ヘルメースが乳を吸わしめ，女神は目覚めて驚いて赤児を突きのけたが，すでに飲んで，その時にほとばしり出た乳が天の河となったと。また一説では，彼が生れた時，アルクメーネーはヘーラーの嫉妬を恐れて，アルゴスの近傍に棄てた。この地はヘーラクレースの野と呼ばれている。そこへヘーラーと*アテーナーが通りかかり，アテーナーは赤児の立派なのに驚いて，ヘーラーに乳を与えることを求めた。しかし彼があまり強く吸って乳を痛めたので，女神は彼を払いのけたが，アテーナーが乳をアルクメーネーに返し，もはや恐れるに及ばないと言った。この説では彼はテーバイではなく父祖の地アルゴスに生れたことになっており，本来ヘーラクレースがこの地の人であることを示している。

II. 幼・少年期。二人の子供が生れて八カ月の時に，*ヘーラーは赤児を殺そうとして，二匹の蛇を臥床に送った。*アルクメーネーは*アムピトリュオーンに大声で助けを求めたが，ヘーラクレースは立ち上って一匹ずつを両手で摑み，蛇を締め殺した。一説には，アムピトリュオーンが，どちらが自分の子かを知ろうとして，蛇を投げこんだともいう。

〔教育〕成長するに従って，ヘーラクレースは*アムピトリュオーンに戦車を駆ることを，*アウトリュコスに相撲を，*エウリュトスに弓を，*カストール(*ディオスクーロイの一人とも，また別人ともいう)に武器の遣い方を，*リノスによって竪琴を教えられた。しかしリノスが彼を罰した時，彼は怒って竪琴でリノスを打ち殺した。殺人罪に問われたが，ヘーラクレースは正当防衛は罪に問わずという*ラダマンテュスの法を引用して，放免された。なおその後，音楽をアウトリュコスの甥で，*ピラムモーンの子のエウモルポス Eumolpos から教わったとも伝えられる。さらに弓はラダマンテュスが教えたとの所伝もある。

アムピトリュオーンはこのような事が再発するのを恐れて，ヘーラクレースを牛飼場に送った。ある所伝では，ここでスキュティア Skythia 人の*テウタロスなる者が彼に弓術を教えたことになっている。ここで彼は成長し，身長は六尺余，眼は爛々と輝き，膂力人にすぐれ，彼の矢と，その投げる槍とは必中であって，だれの目にも*ゼウスの子たること明らかな偉丈夫となった。

〔*キタイローンのライオン狩〕18歳の時，キタイローン山に棲むライオンが*アムピトリュオーンと隣国のテスピアイ Thespiai の*テスピオス王の牛を荒したので，彼は王の宮殿を根拠地として50日間狩を行なった。王にはアルネオス Arneos の娘メガメーデー Megamede から生れた50人の娘があり，王は彼女らすべてがヘーラクレースの子をもうけることを望み，狩のあいだ毎夜一人ずつ別の娘をともに寝かせた。彼は自分と衾をともにしている娘はいつも同一人であると思って，すべての娘と契りを交わした(VIII. ヘーラクレースの子供参照)。そしてライオンを退治して，その皮を身にまとい，その頭を冑とした。しかし彼のライオンの皮は，のちネメアで退治したものであるとの説もある。さらに，このライオン退治の舞台は，キタイローンではなく，*ヘリコーン山中，あるいはテウメッサ Teumessa 近傍とする者，またこのライオン退治の勇者はヘーラクレースではなく，*アルカトオスであるとする者もあり，レスボス島の伝えでは，ヘーラクレースはこの島でもライオン退治を行なっている。

〔オルコメノス征服〕この狩の帰途彼はオルコメノス王*エルギーノスの徴税の使者に出会い，彼らの耳，鼻，手を切り取り，縄で頸に結びつけ，これを貢物としてエルギーノスとその臣民たる*ミニュアース人の所に持ち帰るように命じた。これは王の父*クリュメノスをテーバイの*メノイケウスの御者が殺したため，王がテーバイを攻囲し，20年間毎年100頭の牝牛を貢物として送ることを強いていたものである。エルギーノスはヘーラクレースの仕打ちに憤って，テーバイに軍を進めた。ヘーラクレースは*アテーナーから武器を授けられて，テーバイ軍を率いて出陣，エルギーノスを一騎打ちでたおし，ミニュアース人を敗走させ，二倍の貢をテーバイに支払うことを強いた。しかし*アムピトリュオーンはこの戦で戦死した。一説では彼が世を去ったのはエウボイア王*カルコードーンに対する遠征を行ない(同項を見よ)，彼の孫たちの惨死を見たあとであるという。

III. 狂えるヘーラクレース。*クレオーンはヘーラクレースの戦功に対して娘の*メガラーを，また妹娘を*イーピクレースに，賞として与えた。メガラーはいく人かの子をもうけた。ピンダロスによれば八人，アポロードロスによれば三人(テーリマコス Therimachos，*クレオンティアデース Kreontiades，デーイコオーン Deïkoon)，また七人(ポリュドーロス Polydoros，アニーケートス Aniketos，メーキストポノス Mekistophonos, パトロクノウス Patrokleus, トクソクレイトス Toxokleitos, メネブロンテース Menebrontes, ケルシビオス Chersibios), 五人, 四人ともいう. その後ヘーラクレースは*ヘーラーによって狂気にされ, メガラーによって得た自分の子供とイーピクレースの二人の子供とを火中に投じて殺した. ヘーラーは嫉妬によって狂わしめたとも, また彼の罪を償うべく*エウリュステウスに仕えさせるため, あるいは*ゼウスの神託にもかかわらず, ヘーラクレースはアルゴスに赴いて, エウリュステウスの下僕とならなかったので, ヘーラーが神意をこれによって示したのである, ともいわれる. エウリービデースの悲劇《*ヘーラクレース(狂える)》では, 彼が冥界に降っている留守中に, エウボイアの*リュコスがクレオーンを殺して, 王位を簒奪し, 帰って来てそれを知ったヘーラクレースがリュコスを殺し, 感謝の犠牲をゼウスの祭壇に捧げようとした時に狂ったことになっている. 彼は子供たちとメガラーとをエウリュステウスの子や妻と思って射殺し, 父をもエウリュステウスの父*ステネロスと思って殺さんとした時に, *アテーナーが彼の胸を打って気絶させ, 正気にかえって自殺せんとするところを, *テーセウスに救われる.

IV. 十二功業. 正気に帰ったヘーラクレースは, *メガラーを*イーピクレースの子*イオラーオスに与え, われとわが身に追放の判決を下して, テーバイを去り, *テスピオスによって罪を潔められたのちに, *デルポイに赴き, いずこに居住すべきかを*アポローンに尋ねた. 彼は, その時まで, 祖父の名を継いで, アルカイオス Alkaios (またはアルケイデース Alkeides) と呼ばれていたが, *ピュートーの巫女は彼をヘーラクレース《ヘーラーの光栄》と呼び, *ティーリュンス城に住み, *エウリュステウスに 12 年間奉仕し, 命ぜられた仕事を行ない, この功業完成のあかつきに彼は不死となるであろうと言った. 普通彼の功業は十二であるとされているが, アポロドーロスは十のみを認め, それは彼の十の功業が八年と一カ月で終了したのちに, さらに残余の年月のあいだに他の功業を遂行したためであるとし, また功業そのものや, その順序についても異説が多い. また功業を行なった理由も, 上記のほかに説があり, アレクサンドリアのディオティーモスの説のごときに, ヘーラクレースはエウリュステウスの愛人であったために, ヘーラクレースがこれを行なったと言っている. 彼は, 一方, 神々から武具を与えられている. *ヘルメースより剣を, アポローンより弓矢を, *ヘーパイストスより黄金造りの鎧を, *アテーナーより長衣 (ペプロス) を授けられ, *キタイローン (あるいは*ネメア) のライオンの皮をまとい, ネメアで切り取った棍棒を手にしていた. 彼の十二功業とはつぎのごとくである.

(1) *ネメア Nemea のライオン退治. これは*テューポーンと*エキドナとの子の不死身の猛獣で, クレオーナイ Kleonai とプリウース Phlius 両市のあいだのネメアの谷に棲み, 近隣の人畜を殺傷した. ヘーラクレースはネメアに行く途中で, クレオーナイの日傭人*モロルコスの客となった. 彼は自分の子をライオンに食われた憐れな貧乏人であったが, ヘーラクレースを歓待し, ただ一つの所有物たる一頭の牡羊を殺して客に供しようとした. ヘーラクレースはこれを止め, 30日間待つように, そして猟から無事帰還の際には救主*ゼウスに捧げ, 不帰の時には死者 (ヘーロース) としての彼に供えるように命じた. ネメアでライオンを探し出し, まず弓で射たが, 効なく, 不死身であることを知って, 棍棒を振りかざして追った. 二つの入口のある洞穴に逃げこんだので, 一方の入口を塞ぎ, 他の口から入り, 頭に手を巻きつけて窒息するまで締めつけた. これを肩にクレオーナイについたころ, モロルコスが30日目に死者として彼に犠牲を供えようとしているのを見いだし, 救主ゼウスに牡羊を捧げさせた. ヘーラクレースはその場所にゼウスのために*ネメア競技を創設したが, これはのちテーバイにむかう七将によって復興された (アドラストスの項をみよ). ヘーラクレースはライオンを*ミュケーナイに持って行った. *エウリュステウスは彼の強さに驚き, 以後市内に立ち入ることを禁じ, 門の前で獲物を示すように命じた. また彼はそのなかに隠れるために青銅の甕を地中に設け, エーリス人*ペロプスの子*コプレウスを使者として, 爾後の仕事を命じた. 後代の話では, ライオンは彼の働きを記念すべく, ゼウスによって星座に加えられたという.

(2) *レルネー Lerne の*ヒュドラー (水蛇) 退治. これもまた*テューポーンと*エキドナとの子で, ヘーラクレースの力を試すために*ヘーラーが飼い育てたという. ヒュドラーはアルゴスの近くのレルネーの野, *アミューモーネーの泉のかたわらに棲み, 平原に出ては家畜や土地を荒した. 巨大な身体で, 九頭 (ただしこの数は五から百のあいだまで, 区々たる所伝があり, また人頭を有したともいわれる) を有し, 八つは殺すことができるが, 真中のは不死であった. そこで彼は甥の*イオラーオスに戦車を御させ,

ヘーラクレ

ヒュドラーを見いだし、火箭を放ってその棲家から追い出し、出て来るところをしっかと押えたが、蛇は彼の足に巻きついた。棍棒で頭を打ったが、一頭が打たれると二つの頭が生え出るために、効がない。ヘーラーはさらに大蟹(*カルキノス)を助けにつかわし、蟹は彼の足を挟んだ。ヘーラクレースは蟹を殺し、イオラーオスは近くの森に火を放ち、その燃木で蛇の頭の付け根を焼き、生え出るのを止めた。不死の頭は切り落し、地中に埋め、巨石をその上に置いた。蛇の身体を引き裂き、その胆汁に矢を浸して、毒矢とした。しかしエウリュステウスは、これはイオラーオスの力を借りたため、功業中に数えるべきでないとしたとの説もある。(この話を、ヘーラクレースが沼沢の干拓を行ない、いくら干しても泉から水が湧出するのを、沼沢を蛇、泉を頭に譬えたもの、またレルノス Lernos は王で、つねに 50 人の射手を護衛とし、一人をたおすごとにかならず代りの者が現われたのを譬えたものとする合理的解釈説がすでに古代において行なわれていた。)

(3) ケリュネイア Keryneia の鹿. この鹿はオイノエー Oinoe に住んでいた. 前 3 世紀の詩人カリマコスの言によれば、かつて*アルテミスがリュカイオン Lykaion 山中で草を食んでいるのを発見した五頭の巨大で黄金の角をもっている鹿の中の一頭で、他の四頭は女神の戦車につないだが、この一頭のみは*ヘーラーの命により、ヘーラクレースを試すために、ケリュネイアの山中に放していたのであるという。したがってこの鹿はアルテミスに捧げられていたので、英雄は殺したり傷つけたりしないように、まる一年間そのあとを追った。獣が疲れて、アルテミシオン Artemision 山中に遁れ、そこからラードーン河に出て、渡ろうとするところを軽く射て捕え、肩に担いで急いでアルカディアを横切って行った。しかしアルテミスが*アポローンとともに彼に行き遇い、彼女の聖獣を殺そうとしたことを責め、獣を奪い返そうとした。そこで彼は*エウリュステウスが責任者であることを申し立てて、女神の怒りを鎮め、獣を生きながら*ミュケーナイに持参した。ピンダロスは英雄が鹿を追って北へ北へと、ついに*ヒュペルボレイオス人の国を経て、幸ある者の国に赴き、そこでアルテミスに迎えられたという、宗教的解釈による物語を伝えている。

(4) エリュマントス Erymanthos の猪の生獲り. この獣はエリュマントス山から出て来て、プソーピス Psophis 市に害を加えた。この山は普通アルカディアの山とされているが、一説ではテッサリアであるともいう。彼は繁みから大声で叫びつつ猪を追い出し、深い雪の中に疲れ果てたところを追い込み、罠で捕え、*ミュケーナイに持って行った。この時にヘーラクレースの第二次的功業(パレルガ parerga)と呼ばれるものの第一、*ケンタウロスとの戦闘があった(後出およびポロス、ケイローン、ケンタウロスの項を見よ)。

(5) *アウゲイアースの家畜小屋. エーリス王アウゲイアースは太陽神*ヘーリオスの子で、多くの牛(三千頭という)を所有し、その小屋は 30 年間も掃除したことがなかった。ヘーラクレースはエウリュステウスの命であることを明かさず、家畜の十分の一を呉れるならば、一日で溜った糞を選びのぞくと言った。王は信用せず、約束をした。ヘーラクレースはアウゲイアースの息子*ピューレウスを証人に立てたのち、家畜小屋の土台に穴を開け、他方に流出口を作っておいて、相接して流れているアルペイオス Alpheios とペーネイオス Peneios の流れを引いて、小屋を貫流させ、ただ一日で掃除した。しかし王はヘーラクレースがエウリュステウスの命によってこれを行なったことを知って、報酬を与えないのみか、約束したことをも否認し、これに関して喜んで裁きをうけると言った。審判者の前でピューレウスが父に不利な証言をしたので、王は怒って、判決の投票が行なわれる前に、ピューレウスとヘーラクレースとにエーリスを立ちのくように命じた。ヘーラクレースはオーレノス Olenos の*デクサメノスの所に去った。ここで彼のパレルガの第二である*エウリュティオーン退治が行なわれた(同項および後出を見よ)。この仕事も、エウリュステウスは、報酬を貰う約束でなされたと言って、十の仕事の中に加えなかったと、アポロドーロスは言っている。

(6) *ステュムパーリデスの鳥退治. これはアルカディアのステュムパーロス湖畔の深い森に、狼を恐れて逃げこんだ無数の鳥で、近隣の田畑を荒していた。一説にはこれは猛禽で、人をもくらったといい、また一説にはこれは青銅の爪、翼、嘴を有し、翼を矢のごとくに放って敵を倒す、*アーレースに養われた鳥であるともいう。森より鳥を追い出す法がなく途方にくれているヘーラクレースに、*ヘーパイストスの作ったガラガラを*アテーナーが与えた(一説には彼自身が作ったともいう)。これを湖水の近くの山の上で打ち鳴らして鳥を追い出し、射落して退治した。これらの鳥は実は*ステュムパーロスの娘たちで、ヘーラクレースの敵の*モリ

オネを歓待しながら, 彼を拒んだために殺されたという史実の譬えであるとの合理的解釈も後代にあった.

(7) クレータの牡牛. これは一説では*ゼウスのために*エウローペーを運んだ牡牛であるというが, また*パーシパエーの恋した牡牛, あるいは*ミーノースがある日海中から現われたものを*ポセイドーンに捧げようと約束した時に, 海神によって海から送られたもので, ミーノースはその牡牛の立派なのを見て, これを自分の牛群に加え, 別の牛を神に捧げた. 神は怒って牡牛を狂わしめたのだという. この牛を捕えることを命ぜられたヘーラクレースは, クレータに来て, ミーノースに協力を求めたが, ミーノースは自分で闘って捕えるようにと答えたので, ヘーラクレースは牡牛を捕えて, *エウリュステウスの所に持って行った. 彼はこれを*ヘーラーに捧げようとしたが, 女神が受け入れないので, 自由に放った. 牡牛はスパルタとアルカディアを通過し, コリントス地峡を渡り, アッティカのマラトーンに来て住民を悩ませた. これがのちに*テーセウスの退治した牛である.

(8) *ディオメーデースの牝馬. これはトラーキアのビストーン人の王ディオメーデース(同項を見よ)の四頭の人食い馬である. 一説ではヘーラクレースは単身陸路トラーキアに急ぎ, 王を捕えて馬に食わせたところ, 馬はおとなしくなったという. しかし一説では, 英雄はいく人かの仲間とともに海路トラーキアに着き, 馬丁どもを圧服して, 牝馬を海岸に引いて行ったところ, ビストーン人が武装して追いついたので, *ヘルメースの子, ロクリスLokris のオプース Opus の人, *アブデーロス(これはヘーラクレースの愛する少年であった)に牝馬をあずけ, 敵と戦って敗走させ, ディオメーデースを殺したが, 少年は馬に引きずられて(あるいは食われて), 死んだので, ここに墓を築きその墓のかたわらに, 一市 アブデーラ Abdera を築いた. *エウリュステウスはこの馬を放ったが, オリュムポスと呼ばれる山で野獣に殺された.

(9) *アマゾーンの女王*ヒッポリュテーの帯. 女王はすべてのアマゾーンたちの第一人者である印として, *アレースの帯を持っていた. *エウリュステウスの娘*アドメーテーがそれを欲したので, ヘーラクレースが遺わされた. 彼は喜んで行をともにする仲間とともに一隻の船で海を航し, パロス島で*ミーノースの子供たちと戦って, 彼らを征服し, ミーノースの子*アンドロゲオースの二人の息子を人質に取り, 小アジアのミューシア Mysia のダスキュロス Daskylos の子 *リュコスの所に来て, その客となり, その味方をして*ベブリュクス人と戦い, *アミュコスの子*ミュグドーンをはじめ, 多くの敵をたおし, 敵の地をさいて彼らに与えた. リュコスはこの地全体をヘーラクレイア Herakleia と呼んだ(パロス島の事件についてはエウリュメドーンおよびネーパリオーンの項を見よ). ヘーラクレースがアマゾーンの地, テミスキューラ Themiskyra にある港に入ると, ヒッポリュテーが迎え, 帯を与える約束をしたが, *ヘーラーはアマゾーンの一人に身を変じ, 異邦人は女王をさらおうとしているとふれながら, 群集を煽動, アマゾーンたちは武装して馬で船に殺到した. それを見てヘーラクレースは謀られたと思いあやまり, 女王を殺し, 帯を奪い, 他の者たちと闘ってのち出航し, *トロイアに寄航した. 一説にはヒッポリュテーの友だち, あるいは姉妹*メラニッペーが捕えられたので, 交換に帯を与えたが, その後ふたたび戦闘が起り, ヒッポリュテーはヘーラクレースに, メラニッペーは*テラモーンに討たれたということである.

当時トロイアは*アポローンと*ポセイドーンの怒りにふれていた. 二神がこの地の王*ラーオメドーンの放埓をためすために, 人間の姿に身をやつし, 市の城壁を報酬を貰う約束で築いたところ, 王は支払わなかったので, アポローンは疫病を, ポセイドーンは高潮によって現われる怪物たちを送り, 怪物は人々を食った. 王は娘*ヘーシオネーを怪物の餌食に供えるならば, 災いはやむであろうとの神託に, 娘を海岸の岩に縛りつけて捧げた. これを見てヘーラクレースは, *ゼウスが*ガニュメーデースを奪った代償として与えた牝馬を王がくれるならば, 助けてやろうと約束, 怪物を退治したが, 約束を守らないので, 英雄はトロイアに対して戦を開くであろうと威嚇しておいて, 出航した. これについては後出を見よ.

ついでアイノス Ainos に寄航, *ポルテュスの客となった. 出航に際し, ポルテュスの放埓な兄弟*サルペードーンを射殺した. ついでタソス Thasos 島のトラーキア人を征服, アンドロゲオースの息子たちに与え, ついでトローネ — Torone でポセイドーンの子*プロテーウスの子*ポリュゴノスと*テーレゴノスが相撲を挑んだのに応じて, 相撲って殺し, 帯を*ミュケーナイで*エウリュステウスに渡した.

(10) *ゲーリュオーンの牛. ゲーリュオー

ヘーラクレ

ンはエリュテイア Erytheia に棲む怪物で，無数の牛をもち，*エウリュティオーンと番犬*オルトロスが番をしていた．エリュテイアは古くはエーペイロス，のちにはスペインのガデイラにある地とされ，その名の示すごとくに《紅色島》すなわち西方，太陽の沈む夕焼の地である．ヘーラクレースは欧州を通過，多くの野獣を殺し，リビアに入り，タルテーッソス Tartessos に到着，記念に欧州とアフリカの山上に向い合って二つの柱(ジブラルタルのヘーラクレースの柱)を立てた．そこから大洋*オーケアノスを渡るために，太陽神にむかって弓を引きしぼった．神はその剛気に感嘆して，神が毎夕西に沈んだのち，オーケアノスの流れを渡って東方の自分の宮に帰るのに使用する黄金の大盃をヘーラクレースに借し与え，英雄はこれによってオーケアノスを渡った．英雄はさらに，彼を試すべく荒浪を立てて盃をゆすぶったオーケアノスにむかっても弓を引きしぼり，大洋神は恐れて，波をしずめた．エリュテイアに着き，アバス Abas 山中に泊った．オルトロスが彼を認めて，むかって来たが，棍棒で打ち殺し，牛飼のエウリュティオーンをもたおした．近所で*ハーデースの牛を飼っていた*メノイテースが事をゲーリュオーンに告げたので，エウリュオーンはアンテムス Anthemus 河畔に牛を追い去りつつあるヘーラクレースに追いつき，戦闘を交え，射られて死んだ．ヘーラクレースは牛を盃に乗せ，タルテーッソスに渡り，太陽神に盃をかえした．

帰途彼はスペイン，ガリア，イタリア，シシリア，イリュリアを通って，陸路ギリシアに着いたが，このあいだに種々の冒険があり，牛を盗もうとする企てがいろいろな野盗，悪者によって繰り返し行なわれたことになっている．ヘーラクレースのイタリアと関係ある伝説はすべてこの旅のあいだに起きた．彼はまずスペインのフェニキアの植民都市アブデーラ Abdera の地を通り，リグリア Liguria に来ると，土民が彼を襲った．彼は多くの者を射倒したが，矢が尽き，土地には石もなかったので，*ゼウスに祈るとすかさず石の雨が降り，これによって彼は敵を追い払った．これはマルセイユとローヌ河との中間にあるクロー Crau の野での出来事であるという．ついで*ポセイドーンの息子イアレビオーン Ialebion と*デルキュノスが牛を奪わんとしたので，彼らを殺し，エトルリアを通って進んだ．後世にローマが出来た地で，*カークスと闘い，*エウアンドロスの歓待をうけたというが，この二人のことはローマの話である．南イタリアのレーギオン Rhegion で一頭の牡牛が走り

出して，海峡を渡ってシシリアに上り(この故事により，vitulus《仔牛》から Vitalia＞Italia の地名が出たという)，同島のエリュモイ人の王*エリュクスの領有する平野に来た．王はその牡牛を自分の畜群の中に紛れこませた．ヘーラクレースは*ヘーパイストスに牛を託し，エリュクスの畜群中に牡牛を発見，エリュクスをたおして，牡牛を取り返し，ほかの牛とともにイオニア海へと追って行った．しかし*ヘーラーが牛に虻を送り，牛はトラーキアの山中でちりぢりとなった．ヘーラクレースは牛を追い集め，一部分を捕えてヘーレースポントスにつれて行ったが，一部は残されて，その後野生となった．ようやくのことに牛を集めたのちに，彼はストリューモーン河が牛を追いかけるとき邪魔になったので，河を責め，その流れはかつて航行可能であったのを岩で塞いで不可能にし，牛をつれて来て，エウリュステウスに与えた．エウリュステウスはそれをヘーラーに犠牲に供した．

(11) *ヘスペリスの園の黄金の林檎．これは*ゼウスが*ヘーラーと結婚した時に，*ガイアが贈ったもので，アトラース山の近くの*自分の園に植え，その番人に*テューポーンと*エキドナから生れた不死の百頭竜と，ヘスペリスたちをおいた．この園は，一説にはリビアの西方にあるといわれ，一説には北方の*ヒュペルボレイオス人の国にあるアトラース山の近くにあるという．ヘーラクレースはこの園への道がまったく不明なので，まず北方にむかい，マケドニアを通った．旅の途中エケドーロス Echedoros 河岸で*アレースの子*キュクノス(後出)と闘い，ついでイリュリアを通り，*エーリダノス河へと急ぎ，ゼウスと*テミスとのあいだに生れた河のニンフたちの所に来た．彼女らは彼に海の神*ネーレウスに道を尋ねることを教えた．彼は眠っている海神を襲い，あらゆる姿に変身するのを捕えて縛り，園への道を教えるまで放さなかった．園のあり場所を知った彼は，リビアを通って進んだ．ここで彼は*アンタイオスを殺し(後出)，エジプトでは異邦人を犠牲に供していた*ブーシーリス王を討った(後出)．つぎにアジアを通り，リンドス人の港テルミュドライ Thermydrai に寄った．そこで一人の牛追の一方の牛を車からはずして犠牲にし，飲み食いした．牛追は英雄に抗すべくもないので，ある山の上に立って呪った．ヘーラクレースに犠牲を捧げる時に，呪いとともにこれを行なうのはこの故事による．アラビアを通っている時に，*ティートーノスの子エーマティオーン Ematione を殺した．そしてリビアを通って外海に進

み, 太陽神ヘーリオスから黄金の大盃を受け取って, 向いがわの大陸に渡り, カウカソス山上で, *プロメーテウスの肝臓を食っている, エキドナとテューポーンの子の鷲を射落し, 彼を解き放ち(後出), その礼にプロメーテウスは彼に自分で林檎を取りに行かないで, *アトラースの蒼穹をかわりに担い, アトラスを遣わすように教えた. ヒュペルボレオイス人の地でアトラースの所に来た時, 彼は巨人が林檎を取りに行っているあいだ, かわりに蒼穹を背に担った. アトラースはヘスペリスたちから三つの林檎を貰って来たが, 蒼穹をふたたび背にすることを嫌って, 林檎は自分が*エウリュステウスの所に持参するから, 天空をヘーラクレースがかわりに支えるようにと言った. しかしヘーラクレースはプロメーテウスの助言によって, 円座を頭に載せるあいだ天空を引き受けてくれるようにと言い, アトラースはだまされて, 林檎を地上におき, 蒼穹を受け取ったので, ヘーラクレースは林檎を取って立ち去った. しかし一説にはヘーラクレースはみずから番人の竜を退治し, 林檎をもいだのであるという. 林檎を受け取ったエウリュステウスは, それを彼に贈物にしたので, 林檎を*アテーナーが受け取って, またもとの園に返した. これ以外の所におくのは法に反するからである.

(12) *ケルベロス犬 最後の仕事として, *エウリュステウスに冥界の番犬ケルベロスを連れて来ることを命ぜられたヘーラクレースは, 死者以外には行くことの許されない冥界に降る法を教わるために, 秘教に入会する目的でエウシーシスの*エウモルポスを訪ねた. 異邦人は当時は入会を許されなかったので, ピュリオス Pylios の養子となり, エウモルポスによって*ケンタウロス殺戮の穢れを潔められたのち, 入会を認められた. しかし生き身の彼は独力では死者の国に降ることができなかいので, *ゼウスの命により*ヘルメースと*アテーナーとが案内に立ち, ラコーニアのタイナロン Tainaron の洞窟から降った(ポントスのヘーラクレイア Herakleia 人はこの市の近傍の地獄の入口から入ったと主張する). 諸霊が彼を認めた時, ちりぢりに逃げたが, *メレアグロスと*メドゥーサのみは立ちどまった. ヘーラクレースはメドゥーサに対して, 刀を抜いたが, ヘルメースはそれは空しい影にすぎないことを教えた. メレアグロスに対してはヘーラクレースは弓を引いたが, 彼は近づいて, 自分の最後の様子を物語った. ヘーラクレースはその哀れさに落涙し, メレアグロスの妹*デーイアネイラ

を妻とする約束をした. 地獄の門の近くに来て*ペルセポネーに求婚してそのために縛られた*ペイリトオスと, 彼を援けたために同様の目に会っている*テーセウスとを見いだした. ペルセポネーの許しを得て, ヘーラクレースはテーセウスを助け出したが, ペイリトオスを立ちあがらせようとすると, 大地が動揺したので, そのままにした. ついで彼は*アスカラボスがその下に押えられていた岩を転がし除けてやった. ヘーラクレースは霊魂に口をきかすために, 血を吸わせようと, *ハーデースの牝牛を一頭殺した. そこでハーデースの牛飼*メノイテースが彼に挑戦したが, 胴を掴まれ, 肋骨を砕かれ, ペルセポネーの仲介で, 助かった. ハーデースにケルベロスを求めた時, 冥界王は武器を使わないで捕えるならば, と言った. そこでケルベロスを*アケローンの門で発見し, 胸当をつけ, ライオンの皮で身を蔽い, 犬の頭を両手で抱き, 尾の竜に咬まれたけれども, 屈伏するまでは猛獣をしめつけた. 彼は犬を連れてトロイオーンを通って上界に出た. ヘーラクレースはエウリュステウスにケルベロスを見せてのち, ふたたび地獄に連れて行った. オリュムピアの伝えでは, ここでゼウスへの犠牲に際して, それ以外のものを用いることを許されない白楊は, ヘーラクレースが冥界から持参したのであるという. またケルベロスは冥府の犬ではなく, *ゲーリュオーンの牛を番していた犬の中の一匹で, これを連れて来てエウリュステウスに与えたが, 近くのモロッソス Molossos なる者がこの犬を盗み, その子を生ませるために牝犬たちとともに洞穴に閉じこめておいた. エウリュステウスはヘーラクレースに犬を探し出すことを命じ, ヘーラクレースはその命を遂行したのである, とするいわゆる合理的解釈も後代に行なわれていた.

V. 十二功業後の遠征. 十二功業の仕事を終了して, 自由の身となったヘーラクレースはテーバイに戻り, 妻*メガラーを甥*イオラーオスに与えたので, ふたたび結婚しようと, オイカリア Oichalia の領主*エウリュトスが, 自分とその息子たちを弓術で破ったものに娘*イオレーを与えると言っているのを知り, 彼女を得んものと, オイカリアに赴き, 彼らを破ったが, 長子*イーピトス以外は, ヘーラクレースが狂って子供たちを殺したことを知っていて, 同じ事件の再発を恐れ, イオレーを与えることを拒否した. しばらくのち*アウトリュコスがエウボイア島から牛を盗んだ時, エウリュトスはヘーラクレースの仕業だと思ったが, イーピトス

ヘーラクレ

はそれを信ぜず,ヘーラクレースが*アドメートスのために死んだ*アルケースティスを救って,ペライ Pherai から来るのに出遭い(後出),ともに牛を探すように勧めた.ヘーラクレースはその約束をし,彼を*ティーリュンスで歓待していたが,ふたたび発狂し,彼を城壁から投げおろした.殺人の穢れを潔めて貰うために,ピュロスの*ネーレウスのもとに来たが,ネーレウスはエウリュトスへの友情のために拒んだので,アミュークライ Amyklai でヒッポリュトス Hippolytos の子デーイポボス Deiphobos によって潔められた.しかしイーピトスを殺したために大病にかかり,*デルポイの神託に治癒の法を伺ったが,*ピュートーの巫女は彼に神託を与えることを拒んだので,神殿を略奪し,三脚台を奪い,自分の神託所を建てようとした.*アポローンが怒って彼と闘っている時,*ゼウスは雷霆を彼らのあいだに投じて,引き分けた.かくて彼らが別れた時,ヘーラクレースは,自分の身が売られ,三年間奉公し,エウリュトスに殺人の償いを支払えば彼を除き得るだろうとの神託を得た.そこで*ヘルメースがヘーラクレースを売り,*イアルダネース(または イアルダノス)の娘で,リューディアの*トモーロス王の寡婦で,その時の女王*オムパレーが買った.後代の作家はこのあいだヘーラクレースはときには女装し,きわめて柔弱な生活をしたと言っている.エウリュトスは代償を受け取らなかった.ヘーラクレースはこのあいだにエペソスの近くで*ケルコープスを捕え,また*シュレウスを退治した(後出).ついでドリケー Doliche 島に立ち寄り,*イーカロスの死骸が海岸に打ち上げられているのを見て葬り,その島をイーカリア Ikaria と改名,その礼に*ダイダロスはピーサ Pisa にヘーラクレースの像を建てた.それをヘーラクレースは夜間に生きているものと誤って,石を投げつけた.*アルゴナウテースの航海,*カリュドーンの猪狩が行なわれたのは,ヘーラクレースがオムパレーに仕えているあいだであったといわれる.

[*トロイア遠征] オムパレーに奉公の期間が終ったのちに,病を免かれし,すぐれた勇者の志望者からなる軍,18 艘の 50 丁櫓の船をもって*イーリオンにむかって航海した.イーリオンに着き,船の番を*オイクレースに委せ,他の英雄たちと市にむかって進んだ.*ラーオメドーン王は多勢をもって船を襲い,オイクレースを戦闘のあいだに討ったが,ヘーラクレースの軍に追われて,包囲された.*テラモーンが最初に城壁を破って市中に入り,ヘーラクレースがそ

れにつづいた.テラモーンが一番に入ったのを見て,彼はなにびとも自分よりすぐれていると思われることを欲せず,抜刀して彼にむかった.これを知って,テラモーンは近くにある石を集めているふりをして,ヘーラクレースが不思議に思って,理由を尋ねると,光輝ある勝利者ヘーラクレースの祭壇を築いているのだと答えた.彼はこれを喜び,市が落ちた時に,ラーオメドーンとその息子たちを,末子*ポダルケースを除いて,射殺し,ラーオメドーンの娘*ヘーシオネーを賞としてテラモーンに与え,彼女に俘虜の中の彼女の欲する者を解放することを許した.彼女が兄弟のポダルケースを選んだ時,まず彼が奴隷となって,彼女がなにかその代償を支払って,彼を贖わなくてはならないと言った.そこで彼女は頭からヴェールを取って,彼の代償として支払ったので,ポダルケースは*プリアモスと呼ばれるにいたったのである(Priamos は pria-《買う》という動詞語根に似ている点からの,俗解語源).トロイアからの帰途,*ヘーラーは,眠りの神*ヒュプノスに*ゼウスを眠らせ,嵐を送り,ヘーラクレースの船をコース島に漂着させた.目覚めたゼウスはヘーラーをオリュムポスから宙吊りにしたという.コース人は海賊艦隊が来寇したと考え,石を投じて近づくのをはばんだ.しかし彼は夜中に上陸してコースの市を落し,アステュパライア Astypalaia と*ポセイドーンの子*エウリュピュロス王を殺した.この戦闘でヘーラクレースは*カルコードーンに傷つけられたが,ゼウスが彼を奪い去ったので,なんらの害を蒙らなかったという話がある(カルコードーンの項を見よ).彼はここでエウリュピュロスの娘*カルキオペーと交わって,*テッサロスの父となった.また一説にはヘーラクレースは,自分の乗船以外のすべての船を嵐で失い,コースに上陸し,エウリュピュロスの子アンタゴラース Antagoras が畜群を飼っているのに出会い,食糧として一頭の牡羊を求めたところ,アンタゴラースは牡羊をかけて彼に挑戦した.そのあいだに島の人々が勘違いして,助けに来たので,本当の戦闘が起り,ヘーラクレースは多勢に無勢,ついにある女の小屋に逃げこみ,女装して遁れなくてはならなかったという.この後彼は*アテーナーの頼みで,プレグライ Phlegrai に来て,神々の味方をして*ギガース(巨人)たちを征服した.

[*アウゲイアース王征服] その後しばらくしてヘーラクレースはアルカディアの軍勢を集め,ギリシアの勇士たちを伴い,エーリス王ア

ウゲイアースに対して軍を進めた．これはさきにヘーラクレースが王の家畜小屋を掃除した時，その報酬を王が拒んだのに対し報復するためである．王はモリオーヌ Molione と*アクトール(王の弟)との子*エウリュトスと*クテアトスをエーリス軍の将に任じた．彼らは二人でありながら一身になっていて，力は万人を抜き，本当は*ポセイドーンの子であるといわれていた(モリオネの項を見よ)．ヘーラクレースは軍旅のあいだに病気になり，休戦を結んだが，モリオネの息子たちは彼が病気であることを知って，来襲し，ヘーラクレースの弟*イーピクレースに致命傷を与え，さらに多くの者を殺した．そこでヘーラクレースはその時には敗走したが，のち第三*イストミア祭のおりに，エーリス人がモリオネの息子たちを代表者として送った時に，クレオーナイ Kleonai で待ち伏せして，彼らを殺し，エーリスを襲って，市を陥れた．そしてアウゲイアースとその息子たちを殺し，さきに自分に有利な証言をした*ピューレウスを連れ戻して，彼に王国を与えた．エーリスには，ヘーラクレースが敗走してブープラシオン Buprasion まで逃げのび，水を飲んだ時に，甘露であったので，《ヴァーデュ》Vady(《甘露泉》の意，普通のギリシア語の ἡδύ)と名づけた泉があった．ヘーラクレースは，エーリスで*オリュムピア競技を設け，*ペロプスの祭壇を築き，オリュムポス十二神のために六祭壇を建てた．

〔ピュロス Pylos 攻略〕ヘーラクレースは，ピュロス王*ネーレウスが*エリュトス殺害の穢れから自分を潔めることを拒んだため，また彼がオルコメノス王*エルギーノスと戦った際，その婿にあたるネーレウスがエルギーノスを援けたため，あるいはネーレウスが*ゲーリュオーンの牛を奪おうとしたために，怒って，ピュロスに対して軍を進めた．ネーレウスには 11 人の息子があり，長子*ペリクリュメノスは，まことは海神*ポセイドーンの子であり，身を自由に変じ得る力を有する勇者であった．ヘーラクレースに対して，彼は蛇，鷲その他に変身して勇戦し，最後に蜜蜂になって馬の軛にとまった．しかし*アテーナーはヘーラクレースに敵が身近にいることを教えた．ヘーラクレースはそこで蜜蜂を発見し，射殺した，あるいは指で圧しつぶした．この戦闘のあいだに彼は神々とも闘い，*ヘーラーの乳房と，*アレースの大腿を，また*ハーデースをも矢で射て傷つけたという．ピンダロスは*アポローンとポセイドーンもこの戦闘に加わったと言っている．ペリクリュメ

ノスの死後，ピュロスは落ち，ネーレウスとその息子たちは，末子*ネストールを除き，討たれた．ネストールはこの時まだ若年で，ゲレーニア Gerenia 人の所で育てられて，その場にいなかった，あるいはヘーラクレースが先に来た時に，ペリクリュメノスは英雄を追い払うことを主張したのに，ネストールは彼の願いを聞き容れるべきだと言ったために救われたという．パウサニアースによれば，ヘーラクレースはネストールに，自分の子孫の帰還するまでのあいだ，王国をあずけたことのことである．

〔*ヒッポコオーン征服〕彼は異母の兄弟で正統な王位継承者たる*イーカリオスと*テュンダレオースを，自分の 20 人の息子たちとともに，スパルタより追い，王となっていた．ヘーラクレースは，一つにはイーカリオスとテュンダレオースの王位を取り返すため，また一つには，ヒッポコオーンらが*ネーレウスに味方したこと，および*リキュムニオスの子で，従兄弟にあたる*オイオーノスを殺されたことを憤ったためである．オイオーノスはヒッポコオーンの王宮を眺めていた時にモロシア産の猛犬が走り出て，彼に飛びかかったので，石を投げて犬を撃ったところ，ヒッポコオーンの息子らが走り出て，彼を棍棒で打ち殺したのである．ヘーラクレースは軍を集め，アルカディアに来て，その王*ケーペウス(同項を見よ)とその 20 人の息子たちを味方にし，スパルタにむかった．戦塵のあいだに王とその息子たちは死に，またヘーラクレースの兄弟*イーピクレースも，伝えによると，アウゲイアースに対する戦でではなく，この戦でなくなったという(前出)．ヘーラクレースはヒッポコオーンたちを殺し，市を陥れ，テュンダレオースに王国を返してやった．この戦でヘーラクレースは負傷したが，ターユゲトス Taygetos 山中のエレウシースの*デーメーテール神殿で*アスクレーピオスに治療をうけた．また勝利の記念に*アテーナーと*ヘーラー(自分の邪魔をしなかった礼として)の神殿をスパルタに建てた．テゲア Tegea を通る時，その王*アレオスの娘と知らずに，*アウゲーを犯し，この交わりから*テーレポスが生れた(アウゲーとテーレポスの項を見よ)．

〔*デーイアネイラ〕ヘーラクレースは*カリュドーンに来て，*メレアグロスの妹で*オイネウスの娘デーイアネイラに求婚し，彼女を争って牡牛の姿になった*アケローオス河神と格闘して勝った(同項を見よ)．彼はカリュドーン人とともにテスプローティア Thesprotia 人に対して軍を進め，エピュラ Ephyra 市を落し，そ

ヘーラクレ

の王*ピューラースを討ち,その娘*アステュオケーと交わって,*トレーポレモスの父となった. 彼らの所にいた時に, テスピオスに人を派し, 彼の50人の娘より得た50人の子たちのうち, 七人は自分のもとに留め, 三人はテーバイに, 他の40人は植民地を建設するためにサルディニア島に送るようにと言ってやった.

[*ネッソス] こののち*オイネウスの家で宴を開いているあいだに, アルキテレース Architeles の息子でオイネウスの親戚の*エウノモスが彼の手に水を注いでいる時, 誤って打ち殺した. 子供の父は, 事件が過失であるので, 許そうとしたが, ヘーラクレースは法に従って追放を望み, トラーキースの*ケーユクスの所に立ち去る決心をした. *デーイアネイラと息子の*ヒュロスとともにエウエーノス Euenos 河に来たが, この河には*ケンタウロスのネッソスがいて, 神々より渡しの権利を授かったと称し, 報酬を取って通行人を渡していた. ヘーラクレースは自分で河を渡ったが, ネッソスがデーイアネイラを渡しているあいだに, 彼女を犯そうとしたので, ヘーラクレースはネッソスが河から出て来るところを心臓を射た. ネッソスはまさに死なんとして, デーイアネイラを呼び寄せ, 恋の薬が欲しいならば, 自分の地上に落ちた精液と矢じりの傷から流れ出る血とを混ぜるがよいと言った. 彼女はこれを信じて, そのとおりにして, 身につけた.

[*ドリュオプス人および*ラピテース人との戦] ヘーラクレースは*デーイアネイラと*ヒュロスを伴って, ドリュオプス人の地を通過中, 食糧がなくなり, ヒュロスが空腹を訴えた. その時二頭の牛を追いつつ耕している*テイオダマースに出遭い, 食を求めたが, 拒絶されたので, 片方の牛をはずして食った. テイオダマースは遁れ, 自分の市のものどもを連れて来て, 戦闘が生じ, 多勢に無勢, ヘーラクレース自身も武装して闘い, 胸に傷つくほどの乱戦となったが, ついに勝利を得, テイオダマースは討たれた. ついでヘーラクレースはドーリス Doris 人の王*アイギミオスの味方となって戦った. ラピテースたちが土地の境界に関して, *カイネウスの子*コロノースを将として攻め寄せ, 王は囲まれてあやうくなっていたので, ヘーラクレースに, 勝利を得た時には, 王国の三分の一を分つ条件で, 援助を求めたからである. ヘーラクレースはコロノースを殺し, 全土を自由にして王に与え, 約束の土地は自分の後裔たちのために保留しておいた. その後ラピテース人を助けたドリュオプス人に対して軍を進め, その王で, 神をないがしろにして, *アポローンの神域で宴を張っていた*ラーオゴラースを, その息子たちとともに殺した. イトーノス Itonos を通っている時, *キュクノスが彼に挑戦したので, 矛を交えて, この男を殺したと伝えられている (後出). このキュクノスは先に*ヘスペリスの林檎を取りに行った時に闘ったキュクノスと同一人か(?) ついでペーリオン山麓のオルミニオン Orminion で, アミュントール Amyntor 王が武力によって彼の通過を拒んだので, ヘーラクレースはこの男も殺した. ディオドーロスによれば, ヘーラクレースは王の娘*アステュダメイアを妻に求めた時に拒絶されたので, 市を陥れ, 彼女を連れ去り, 一子クテーシッポス Ktesippos を得た.

VI. パレルガ. つぎにここにヘーラクレースの《パレルガ》Parerga, すなわち彼の功業や遠征の際に, たまたま行なわれた, 《第二次的な仕事》を一括して挙げることとする. おのおのの事件はすでに上述の話の中に簡単に指示しておいた.

[*ケンタウロスたち退治と*ポロス] エリュマントスの猪狩に行く途中, ポロエー Pholoe でケンタウロスのポロスに歓待された. 彼はヘーラクレースには焼肉を供しながら, 自分は生のを食べた. ヘーラクレースが酒を求めると, 彼は*ディオニューソスから授けられた一甕の酒 (これをヘーラクレースが来るまで開くなと命ぜられていたとも, ケンタウロス族全体の共有物で一存で開くことができなかったともいう) をもっていて, 英雄の強請に, 甕を開けた. 他のケンタウロスどもは怒って, 岩や樅の木で武装して来襲, 最初に勇敢にポロスの洞窟に入って来たアンキオス Anchios とアグリオス Agrios をヘーラクレースは燃木を投げつけて追い払い, ほかのものどもを矢で射つつ, マレア Malea まで追って行った. そこに住んでいた*ケイローンのもとに遁れて小さくなっているケンタウロスどもにヘーラクレースが矢を放ったところ, *エラトスの腕を射抜いて, ケイローンの膝にささった. 彼の死については同項を見よ. そこでケンタウロスどもはちりぢりに遁れ, *ヒュレーティオーンはポロエーに, *ネッソスはエウエーノス河に, 残りは, 彼らの母ネペレー《雲》が大雨を降らして助け, *ポセイドーンが引きうけて, エレウシース Eleusis の山中に隠した. この際に殺されたケンタウロスはアンキオスとアグリオスのほかに, ダプニス Daphnis, アルゲイオス Argeios, アムピーオーン Amphion, ヒッポティオーン Hippotion, オレ

イオス Oreios, イーソプレース Isoples, メランカイテース Melanchaites, テーレウス Thereus, ドゥーポーン Dupon, プリクソス Phrixos, ホマドス Homados であった. ポロスは死体から矢を抜いて, このように小さなものが大きな者を殺したのに驚いているあいだに, 毒矢が手から滑って足にささり, たちまち彼も死んでしまった. ポロエーに帰って, ヘーラクレースは彼の死んだのを見て, 葬った.

〔*エウリュティオーン退治〕*アウゲイアース王によってエーリスから追われたヘーラクレースは, オーレノス Olenos の*デクサメノスの所に来て, 彼がやむなく娘のムネーシマケー Mnesimache (または ヒッポリュテー Hippolyte) を*ケンタウロスのエウリュティオーンに与えようとしているのを見いだした. 一説では王は娘をアルカディアの*アザーンの許婚にしたが, エウリュティオーンが結婚の宴で, 娘をさらおうとして, ヘーラクレースに殺されたというが, またヘーラクレース自身がアウゲイアースの所に行く途中で娘をわがものとし (ただしこの話では娘の名は*デーイアネイラ), 帰途結婚すると約束したとの話もあり, これではエウリュティオーンが娘を求め, 王はやむなく許可し, 結婚式が挙げられようとしているところへ, ヘーラクレースが現われて, エウリュティオーンを退治したことになっている.

〔*キュクノス, *アンタイオス, *ブーシーリス〕*ヘスペリスの園の林檎を求めて行く途中, エケドーロス河畔で (一説にはラピテース人征伐の帰途イトーノスで) キュクノスと, リビアでアンタイオスと闘い, エジプトで異邦人を犠牲に供していたブーシーリス王を殺した. これらの項を見よ. なおアンタイオスをたおした時, 彼と同じく大地の子である*ピグミーどもが, 復讐せんものと, ヘーラクレースが眠っているところを襲ったが, 目覚めた英雄はピグミーどもを一方の手で全部一摑みにして, ライオンの皮の中に入れ, エウリュステウスの所に持ち帰ったという愉快な話がある.

〔*エーマティオーン〕彼は曙の女神*エーオースと*ティートーノスの子で, *メムノーンの兄弟である. ヘーラクレースは*ヘスペリスの園への旅の途中, アラビアに沿って進んでいる時に, アラビアとエティオピア王たる彼に出遇って, 闘い, 彼を殺した. しかし一説では, 林檎を得て,*ヘーリオスの黄金の盃に乗って帰ろうとする時にこの闘いがいわれ, またエーマティオーンはヘーラクレースが林檎を取るのを邪魔しようとしたともいう.

〔*プロメーテウス解放〕ヘスペリスの林檎を求めに行く途中 (あるいは帰途), カウカソス山中で, プロメーテウスの肝臓を食っている鷲 (*エキドナと*テューポーンとの子) を射落し, *ゼウスがプロメーテウスを永久に解放しないと宣言して, その意志に反しないために, 永遠の縛めの徴として, オリーヴで造った縛め, すなわち頭部を締める冠を選んだのち, プロメーテウスを解き放った (別の所伝についてはプロメーテウスの項を参照).

〔*リュカーオーン退治〕彼は*アレースと*キューレーネーとの子で, *キュクノスおよび*ディオメーデース (トラーキアの) の兄弟である. 彼はその祖父エウロプス Europs の名により, エウローペー Europe と呼ばれていた. エケドーロス河岸の地に住むクレストーン Kreston 人の王で, *ヘスペリスの林檎を求めに行く途中ヘーラクレースがある聖森を通っているところを襲って, 殺された.

〔*アルキュオネウス退治〕これは*ギガース (巨人) との戦における同名の巨人と重なっている. ここでは彼はコリントス地峡に住む巨人で, ヘーラクレースが*ゲーリュオーンの牛を取って帰る途中, 彼は英雄に石を投じて襲ったが, 英雄は棍棒で彼を打ち殺した.

〔*アルケースティスの救助〕これはヘーラクレースが*エウリュトスに娘*イオレーへの求婚を拒まれたのち, あるいは*ディオメーデースの馬を求めに行く途中の出来事とされている. 事件に関してはアルケースティス, アドメートスの項を見よ.

〔*ケルコープスの捕縛〕これはヘーラクレースが*オムパレーに仕えているあいだの出来事. ケルコープスの項を見よ.

〔*シュレウス退治〕これもまた*オムパレーに仕えているあいだの出来事である. シュレウスの項を見よ.

〔*リテュエルセース〕これも*オムパレーに仕えているあいだの出来事である. リテュエルセースの項を見よ.

Ⅶ. オイカリアの攻略とヘーラクレースの死. ヘーラクレースはトラーキース Trachis の*ケーユクスの所に着いて, *エウリュトスに復讐せんものと, オイカリアを襲うべく軍を進めた. アルカディア人, トラーキースのメーリス Melis 人, エピクネーミス Epiknemis の地のロクリス Lokris 人を味方にして, エウリュトスとその息子らを討ち, 市を攻略した. 戦死者, すなわちケーユクスの子*ヒッパソス, *リキュムニオスの子アルゲイオス Argeios と *メ

ヘーラクレ

ラースを葬り、市を略奪し、*イオレーを捕虜とした. エウボイアのケーナイオン Kenaion 岬に船を泊めて、ケーナイオンの*ゼウスの祭壇を築き、犠牲のおりの衣裳を取りに、部下の*リカースをトラーキースの*デーイアネイラの所に遣わした. 彼女は彼からイオレーのことを聞き、夫の愛を失うことを恐れ、*ネッソスの言葉を信じて、夫の下着にひそかにその血を塗った. ヘーラクレースがこれを着て犠牲を行なっているあいだに、下着が暖められると、*ヒュドラー(水蛇)の毒が皮膚を腐蝕し始めた. ヘーラクレースは怒ってリカースの両足を摑んで岬から投げおろし、肉にくっついた下着を肉もろともに引き剝がした. この不幸なさまでトラーキースに運ばれた時、デーイアネイラは事件を知って自害した. ヘーラクレースはデーイアネイラから生れた子供のうち最年長の*ヒュロスに成人してからイオレーを妻とすることを命じ、*オイテーの山に運ばれ、そこに火葬壇を築き、その上に登り、火をつけることを命じたが、だれもそうするこ とを欲しないでいた. その時*ポイアース(またはその子*ピロクテーテース)が羊の群を探して通りかかり、火をつけた. ヘーラクレースはその礼に彼に弓を与えた. 火葬壇が燃えているあいだに雲が彼のもとに降りて来て、雷鳴とともに彼を天に運び上げたという(《トラーキースの女たち》の項を見よ). ヘーラクレースは自分の死のただ一人の目撃者たるピロクテーテースに、彼以外の者に火葬壇の場所を言ってはならないと命じた. ピロクテーテースは尋ねられた時、その場所に行って、片足で地を意味あり気に打って、ヘーラクレースの命に反しないで、場所を教えたが、そのためにのち、彼のその足は傷つき、跛となったと伝えられる.

テルモピュライ Thermopylai《熱い門》の温泉の由来の説明では、ヘーラクレースは火葬壇で焼かれたのではなく、ネッソスの血に苦しめられ、太陽の熱に燃えあがった彼は、火を消すためにある小川に飛びこんで、死んだ. そのために水はそれ以来熱くなり、これがテルモピュライの温泉であるとされている.

不死を得たヘーラクレースは、天上で*ヘーラーと和解し、女神の懐から生れるまねをする儀式によって、彼女の子供となり、その娘*ヘーベーを娶り、彼女からアレクシアレース Alexiares とアニーケートス Aniketos が生れた.

Ⅷ. ヘーラクレースの子供. ヘーラクレースには幾十人もの子供がある. つぎにはじめに母、つぎにその子供たちの名を挙げる.

テスピオスの 50 人の娘(母の名はアポロドーロスの《ギリシア神話》Ⅱ.7.8. を見よ. ここには省略する): アンティレオーン Antileon, ヒッペウス Hippeus, トレプシッパース Threpsippas, エウメーデース Eumedes, クレオーン Kreon, アステュアナクス Astyanax, *イオベース Iobes, ポリュラーオス Polylaos, アルケマコス Archemachos, ラーオメドーン Laomedon, エウリュカピュス Eurykapys, エウリュピュロス Eurypylos, アンティアデース Antiades, オネーシッポス Onesippos, ラーオメネース Laomenes, テレース Teles, エンテリデース Entelides, ヒッポドロモス Hippodromos, テレウタゴラース Teleutagoras, カピュロス Kapylos, オリュムポス Olympos, ニーコドロモス Nikodromos, クレオラーオス Kleolaos, エリュトラース Erythras, ホモリッポス Homolippos, アトロモス Atromos, クレウスターノール Kleustanor, アンティッポス Antippos, アロピオス Alopios, アステュビエース Astybies, ティガシス Tigasis, レウコーネース Leukones, アルケディコス Archedikos, デュナステース Dynastes, *メントール Mentor, アメーストリオス Amestrios, リュカイオス Lykaios, ハロクラテース Halokrates, パリアース Phalias, オイストロベース Oistrobles, エウリュオペース Euryopes, ブーレウス Buleus, *アンティマコス Antimachos, パトロクロス Patroklos, ネーポス Nephos, エラシッポス Erasippos, *リュクールゴス Lykurgos, ブーコロス Bukolos, *レウキッポス Leukippos, ヒッポジュコス Hippozygos. (アポロドーロスによれば長女プロクリス Prokris は双生児を生み、上のリストの最初の二人は彼女の子であるから、全部で 51 人あるべきところ、一人アンテイア Anteia の子の名が欠けている.)

*メガラー: テーリマコス Therimachos, デーイコオーン Deïkoon, *クレオンティアデース Kreontiades.

*デーイアネイラ: *ヒュロス, クテーシッポス Ktesippos, グレーノス Glenos, オネイテース Oneites, *マカリアー Makaria.

*パルテノペー Parthenope (*ステュムパーロスの娘): エウエーレース Eueres.

*カルキオペー Chalkiope (*エウリュピュロス Eurypylos の娘): *テッサロス(またはテッタロス Thettalos).

*アステュオケー Astyoche (*ピューラース 2. Phylas の娘): *トレーポレモス Tlepolemos (ときに*テッサロスも).

メダー Meda(いま一人の*ビューラース 1. の娘)：*アンティオコス Antiochos.

エピカステー Epikaste(アウゲイアース Augeias の娘)：テスタロス Thestalos.

*アウゲー(*アレオス Aleos の娘)：*テーポス.

*オムパレー：*アゲラーオス Agelaos(クロイソス Kroisos の一族の祖)，テュルセーノス Tyrsenos.

*アステュダメイア Astydameia (*アミュントール Amyntor の娘)：クテーシッポス Ktesippos.

*アウトノエー Autonoe(ペイレウス Peireus の娘)：*パライモーン.

*ヘーベー：アレクシアレース Alexiares, アニーケートス Aniketos.

《**ヘーラクレース(狂える)**》 *Herakles Mainomenos*, Ἡρακλῆς Μαινόμενος, 拉 *Hercules Furens* エウリーピデースの上演年代不明の作品.

*ヘーラクレースが*エウリュステウスの命により冥府に降って*ケルベロス犬の捕獲に赴いている留守中に，その妻*メガラーと子供たちを暴戻なる*リュコスが殺さんとしている. ヘーラクレースの老いたる父*アムピトリュオーンは嫁や孫とともに*ゼウスの祭壇に庇護を求めて遁れるが，リュコスは神をないがしろにし，彼らを祭壇より引き立てようとする. アムピトリュオーンとメガラーはいまは是非なしと，死の装束をするために猶予を乞い，家の内に入る. そこへヘーラクレースが帰って来て，彼らを救う. ヘーラーの命によって《狂気》がヘーラクレースの家の屋根に舞い降り，ヘーラクレースは狂って，妻と子供らを殺してのち，正気に帰り，自殺せんとするところへ，彼によって冥府から救出された*テーセウスがリュコスよりヘーラクレースの子供らを救わんとて兵を率いて来る. 事情を知ったテーセウスはなんの躊躇もなく殺人の罪に穢れたヘーラクレースを抱擁し，これは女神の悪意の結果にすぎずとて，ヘーラクレースをアテーナイに招く.

ヘーラクレースの後裔 ヘーラクレイダイの項を見よ.

ペラスゴイ人 Pelasgoi, Πελασγοί, 拉 Pelasgi ギリシアの先住民族. ただしどの歴史時代の民族を指すか不明.

ペラスゴス Pelasgos, Πελασγός *ペラスゴイ人に名を与えた祖. ペラスゴイ人の居住したと伝えられる地にペラスゴスがあり，したがって幾人かが数えられるが，その中心は北方テッサリアと南のペロポネーソスである.

1. アルカディアの王で，*リュカーオーンの父. 彼は*ゼウスと*ニオベーの子で，*オーケアノスの娘*メリボイア(あるいはニンフの*キュレーネー，またはデーイアネイラ Deianeira)と交わって，リュカーオーンを得た. 彼は最初の人間で，大地から生れ，家を発明し，有益な草とそうでないものとを分けたという伝えもある.

2. パウサニアースでは，彼はアルゴスの人で，*トリオパースとソーシス Sosis(Soïs)の子. *イーアソスと*アゲーノールの兄弟. ニオベーと*ゼウスより四代目，*ポローネウスより五代目に当る. *デーメーテールが*ペルセポネーを探してさまよって，アルゴスに来た時に，歓待し，デーメーテール・ペラスギス Pelasgis の神殿を建てた. 彼の娘*ラーリッサはアルゴスのアクロポリスであるラーリッサにその名を与えた.

3. テッサリアのペラスゴス. *ポセイドーンと*ラーリッサの子. *アカイオスと*プティーオスの兄弟. 彼らは故郷のペロポネーソスより当時ハイモニエー Haimonie と呼ばれていたテッサリアに赴き，その地の蕃族を追い，三人でこの地を分けた. これがアカイア Achaia, ペラスギオーティス Pelasgiotis, プティーオーティス Phthiotis の地名の由来である. 五代ののち，彼らの子孫は*クーレーテスと*レレゲスに追われ，その一部はイタリアに移住した.

ペリアース Pelias, Πελίας *サルモーネウスの娘*テューローと*ポセイドーンとの子. *ネーレウスと双生の兄弟. テューローは父の兄弟*クレーテウスに育てられていたが，エニーペウス河に恋し，その流れのそばで水に心をうったえていたところ，ポセイドーンが河神に化けて彼女と交わり，双生児が生れた. 彼女はひそかに双生児を捨てた. そこへ通りかかった馬飼(または商人)の馬が蹄で赤児の一人に触れ，その顔に痣(ペリオン)をつくった. 馬飼は二人を拾い上げて養育し，痣のついた方をペリアース，他をネーレウスと名づけた. 一説には二人は一頭の牝馬に育てられたという. 成人してのち，彼らがその中に入れて棄てられた箱によってテューローに認知された. クレーテウスはテューローを娶り，イオールコス Iolkos 市を創建し，二人から*アイソーン(*イアーソーンの父)，*アミュターオーン，*ペレースが生れた. のちクレーテウスはテューローと別れ，*シデーローを娶ったが，シデーローはテューローを虐待した. ペリアース兄弟はこの時に帰国して，シデーローを襲った. 彼女は*ヘーラーの神殿

ヘーリアダ

に遁れたが，ペリアースは神殿の神聖を犯し，彼女をその祭壇上で切りたおし，その後もヘーラーを尊重しなかった．その後になって，兄弟は相争い，ネーレウスは追われてピュロスに赴いた．ペリアースはクレーテウスのあと，アイソーンの継承すべきイオールコスの王座を横取りし，アナクシビアー Anaxibia (*ビアースの娘)，あるいはピューロマケー Phylomache (*アムビーオーンの娘)を妻とし，一男*アカストス，四女*ペイシディケー，*ペロペイア，*ヒッポトエー，*アルケースティスを得た．イアーソーンがイオールコスに来た時，ペリアースは彼が自分の王国を奪うことを恐れて，金毛の羊皮を取って来ることを命じた．これに関してはアルゴナウテースたちの遠征，メーデイア，イアーソーンの項を見よ．

イアーソーンがなかなか帰って来ないので，ペリアースはイアーソーンは死んだものと信じ，アイソーンを殺そうとした．アイソーンは自決を願い，牡牛の毒血を飲んで死んだ．イアーソーンの母*アルキメエーデーはペリアースを呪い，いたいけな子*プロマコスをあとに残して自殺したが，ペリアースはこの子をも殺した．帰還したイアーソーンはメーデイアに復讐を頼んだ．彼女はペリアースの王宮に行き，彼を若返らせてやると父親たちに約束し，牡羊を八つ裂にして煮たところ，仔羊になって大釜から出て来た．娘たちはペリアースにも同じ魔法を施して貰うために，父をこまごまに切り裂いて，煮たが，生き返らなかった．そこで彼女らはこれに驚き，国を棄ててアルカディアに遁れた．その墓がマンティネイア Mantineia にあったという．アルケースティスはこのことには加わらなかったと伝えられる．ペリアースの子アカストスは父を葬り，盛大な葬礼競技を行なった．

ヘーリアダイと**ヘーリアデス**　ヘーリアデースとヘーリアスを見よ．

ペリアデス　Peliades, Πελιάδες　*ペリアースの娘たちの意．メーデイアの項を見よ．

ヘーリアデースと**ヘーリアス**　Heliades, Ἡλιάδης, Helias, Ἡλιάς，複数 Heliadai, Ἡλιάδαι, Heliades, Ἡλιάδες　太陽神*ヘーリオスの息子たちと娘たちのこと．

息子たちの母はロドス島に名を与えた*ロドスで，彼らは七人であった．彼らはすべてすぐれた天文の知識を有していたが，四人の兄弟テナゲース Tenages の知識をねたんで，殺して逃亡し，*オキモスと*ケルカボスの二人だけが島に残り，年長のオキモスはニンフのヘー

ゲートリアー Hegetoria を娶り，島を支配し，一女キューディッペー Kydippe を得た．彼女は叔父ケルカボスの妻となり，*リンドス，*イアリューソス，*カメイロスの三子を得た．彼らはおのおのロドス島の三市の祖となった．

娘たちは*オーケアノスの娘*クリュメネーの子，*パエトーンの姉妹で，メロペー Merope，ヘーリエー Helie, アイテリエー Aitherie, *ポイベー Phoibe, ディオークシッペー Dioxippe (または*ラムペティエー Lampetie) といった．彼女らはパエトーンがエーリダノス Eridanos 河に墜死した時，岸辺で彼の死を嘆いて，ポプラの木になり，その涙は琥珀のしずくとなった．これは彼女らが父神の許可なしに戦車と馬とをパエトーンに供した罰であるともいわれる．パエトーンの項を見よ．

ペリエルゴス　Periergos, Περίεργος　*トリオパースの子で*ポルパースの兄弟．父の死後ロドス島に移住した．

ペリエーレース　Perieres, Περιήρης

1. *アイオロスの子．彼はペロポネーソスのメッセーネーを領有し，アンダニア Andania に住み，*ペルセウスの娘*ゴルゴポネーを娶り，*アパレウス，*レウキッポス，*テュンダレオース，*イーカリオスの父となった．しかし他の伝えでは，彼はアイオロスの子ではなくて，アミュークラース Amyklas の子*キュノルタースの子であるともいう．なおテュンダレオース一家の系譜には，ペリエーレースのかわりに*オイバロスが現われている．

2. テーバイの*メノイケウスの御者．ボイオーティアのオンケーストス Onchestos の*ポセイドーンの神域で，オルコメノス王*クリュメノスに石を投げつけて瀕死の重傷を負わせ，このために両市のあいだに戦が起った．ヘーラクレースの項を見よ．

ヘーリオス　Helios, Ἥλιος　太陽神，ローマの*ソール．神話中では*ヒュペリーオーンと*テイアーの子．曙の女神*エーオース，月神*セレーネーの兄弟．彼の妻は*オーケアノスと*テーテュースの娘*ペルセーイスで，*キルケー，*パーシパエーの二女，*アイエーテースと*ペルセースの二男を得た．ほかにヘーリオスは*ロドスによって*ヘーリアデースたち七男を，*クリュメネー(ペルセーイスの姉妹)によって*ヘーリアスたち五女と*パエトーンを得た．ホメーロスにおいては，彼は世界をめぐって流れる大洋オーケアノスの東方より出て，天空を横ぎって西方でふたたびオーケアノスの流れに沈むとされている．しかしのち，しだいに

この考え方が人間的に飾られ，彼は壮年の美男子であり，四頭の駿馬（ピュロエイス Pyroeis《火の》，エーオオス Eoos《曙の》，アイトーン Aithon《燃えさかる》，プレゴーン Phlegon《燃える》）に引かれた彼の戦車に駕し，毎朝*エーオースの戦車に先導されて東より登って，天空の道を荒れ狂う馬を御しつつ，快速に横ぎって，西方のオーケアノスの流れにいたり，黄金の宮に入る．西から東へは，黄金の盃に乗って，オーケアノスの流れを渡って，ふたたび東から出る．彼は神としては，オリュムポスの神々の下にあり，彼の島たる*トリーナキエー（のち*トリーナクリアこれはシシリアと同一視された）の島には彼の羊と牛とが飼われていて，*オデュッセウスの部下たちが飢えに迫られてこれを食べた時にも，その復讐にはオリュムポスの神々の力を借りなくてはならなかった．彼の家畜の番にはパエトゥーサ Phaethusa と*ラムペティエーの彼の二人の娘があたっていたという．オデュッセイア，《*オデュッセイア》の項参照．

彼は元来天体としての太陽の擬人化であり，したがって彼の崇拝はギリシアではほとんどなかったと言ってよい．例外はロドス Rhodos 島で，この島では彼はその主神で，ロドス島は，水中より現われる以前に，すでに彼によって選ばれた島であった．この島の最初の住人は太陽神とロドスのあいだに生れた*ヘーリアデースたちであり，その子供たちがこの島の主都市の創建者となっている．太陽神の祭をヘーリエイア Helieia と称し，祭礼競技その他の催しものがあった．また，太陽神の神としての位置はしだいに向上した．彼と*アポローンとの混同もその現われの一つであるが，ローマ帝政期にいたって，太陽崇拝が東方から入って来て，アウレーリアーヌス帝以後はほとんど主神の位置を獲得している．なお彼は世界を天上より見おろしている者として，誓言がしばしば彼の名によって行なわれる習慣があった．

ヘリカーオーン Helikaon, Ἑλικάων　*トロイアの*アンテーノールの息子の一人．*プリアモスの娘*ラーオディケーを妻とした．トロイア陥落に際し，兄弟とともに*オデュッセウスに救われ，アンテーノールとポリュダマース Polydamas とともに北イタリアに赴いた．*デルポイには彼の奉献したという短刀が保存されていた．

ペリグーネー Perigune, Περιγούνη　*テーセウスに退治された*シニスの娘．テーセウスに愛されて*メラニッポスを生んだ．のち彼女はエウリュトス Eurytos の子デーイオネウ
ス Deïoneus の妻となった．

ペリクリュメノス Periklymenos, Περικλύμενος　1. *ポセイドーンとクローリス Chloris の子．テーバイにむかう七将の戦闘で，城壁上から大石を投下して*パルテノパイオスをたおした．アルゴス軍敗走の際に，*アムピアラーオスを追ったが，*ゼウスが雷霆を投じて大地を開き，アムピアラーオスは戦車もろとも大地に呑まれた．

2. *ネーレウスと*クローリス（*アムピーオーンの娘）との子．彼は祖父の*ポセイドーンより身を自由に変ずる術を授けられていた．*ヘーラクレースがネーレウスの王国ピュロスを攻めた時，彼は自在に身を変じて闘い，蜜蜂となって*ヘーラクレースを襲わんとしたところ，*アテーナー女神に教えられて，ヘーラクレースは蜂を殺した．また彼は鷲になったところを，射落されたともいう．

3. *ペーネロペーの求婚者の一人．

ヘリケー Helike, Ἑλίκη　1. セリーノス Selinos の娘．*イオーンの妻となり，一女ブーラ Bura を得た．

2. 赤児の*ゼウスを育てた二人のニンフの一人．*クロノスが怒って彼女らを追った時，ゼウスは二人を大小の熊座にした．ヘリケーは*カリスト（同項を見よ）と同一視されている．このため彼女は，カリストーと同じく，ゼウスに愛され，*ヘーラーの嫉妬によって牝熊に変えられ，ゼウスは彼女を大熊座にしたという話がある．

ヘリコーン山 Helikon, Ἑλικών　ボイオーティアのコーパイス Kopaïs 湖とコリント湾とのあいだにある，約1750メートルの大山塊．*ムーサの山として知られ，ムーサたちは，したがって，ヘリコーニアデス Helikoniades，ヘリコーニデス Helikonides と呼ばれている．山中に*ヒッポクレーネー《馬の泉》（天馬*ペーガソスが足で打った点に湧出した）と*アガニッペーの二泉があり，詩人の霊感の泉として名高い．なお前6世紀(?)の女流詩人コリンナはこの山と*キタイローン山との争いに関する地方伝説を歌っている．

ペリパース Periphas, Περίφας　1. *アイギュプトスの息子の一人．

2. *ラピタイ族の一人．アステュアギュイア Astyagyia を娶り八子を得た．*イクシーオーンはその孫．

3. 一部の作者によると，*ケクロプス以前の古い時代のアッティカ王．正義と敬神とで名高く，とくに*アポローンを崇拝した．人民は彼を神と崇め，*ゼウスと呼び，彼のために神殿を建

ペリペーテ　　　　　　　　　　250

てたので，ゼウスは怒って彼の家を雷霆で打たんとしたが，アポローンの願いによって折れ，彼を訪れ，彼を驚に，その妻をはやぶさ(隼)に変じた．しかしゼウスはその敬神のゆえに，彼を鳥類の王とし，おのれの笏を持たしめて，自分の崇拝に加わらしめた．

ペリペーテース Periphetes, Περιφήτης
1. *ヘーパイストスとアンティクレイア Antikleia との子で，足が悪かったので，鉄(あるいは青銅)の棒を手にしていて，ためにコリュネーテース Korynetes 《棒男》と綽名され，エピダウロスに住み，通行人をこの棒で殺した．*テーセウスは彼を退治し，その棒を持って歩いた．一説には彼は*ポセイドーンの子という．
2. *コブレウスの子．同項を見よ．

ペリボイア Periboia, Περίβοια　1. *オイネウスの後妻．*ヒッポノオスの娘で，*テューデウスの母．オーレノス Olenos 市をオイネウスが攻略した時に，彼女を捕虜にしたとも，アマリュンケウス Amarynkeus の子ヒッポストラトス Hippostratos に穢されたのを怒って父が彼女を殺すべくオイネウスに託した，あるいはオイネウス自身が彼女を犯して，その後妻としたとも伝えられる．
2. *アルカトオスの娘で，*テラモーンの妻．テラモーンと恋した疑いで，父によって売られ，キュプロス島でテラモーンに遇い，妻となり，*アイアースを生んだ．この事件以前に彼女は*テーセウスとともにクレータ島に送られた少女たちの一人として，*ミーノースに恋され，テーセウスがこれをはばんだという．
3. コリントス王*ポリュボスの后で，*オイディプースの養母．
4. エウリュメドーン Eurymedon 王の末女で，*ポセイドーンと交わり，*パイアーケス人の初代の王*ナウシトオスを生んだ．
5. *イーカリオスと交わって*ペーネロペーの母となったニンフ．
6. ロクリスの*アイアースが*トロイアの*アテーナーを憤怒せしめたために，ロクリス人たちが帰国したのち，三年目に疫病に襲われ，トロイアのアテーナーを宥めるために二人の処女を一千年のあいだ嘆願者として送るべしとの神託をうけ，その最初のくじにあたった乙女．いま一人は*クレオパトラー．二人はトロイアに来た時，土地の者に追いかけられて，女神の神域に逃げこみ，彼女らは神域に近づかず，聖域を掃き水を撒き，神域の外に出ず，髪を切り，一枚の衣に裸足でいた．神域外で見つけた時には，彼女たちを殺してもよいという定めであっ

た．かくて彼女らは死ぬまでこの地にいた．

ペリメーレー Perimele, Περιμήλη　1. *アミュターオーンの娘で*イクシーオーンの母．
2. *アドメートスと*アルケースティスの娘．*プリクソスの子*アルゴス とのあいだに*マグネースを生んだ．
3. オウィディウスの《メタモルフォーセース》中，ヒッポダーマス Hippodamas の娘．*アケローオス河神に愛されたが，父は怒って彼女を海中に投じた．河神は*ポセイドーンに願って，その市に自分の名を与えた．これがペルガモン市である．一説には彼は*テーレポスの子*エウリュピュロスの子ギュルノス Gyrnos が隣国に攻められているのを援けた礼に，この市を貰ったという．

ペルガモス Pergamos, Πέργαμος　*ネオプトレモスと*アンドロマケーとの末子．母とともに小アジアに帰り，テウトラーニア Teuthrania の市の王アレイオス Areios を一騎打ちたおし，その市に自分の名を与えた．これがペルガモン市である．一説には彼は*テーレポスの子*エウリュピュロスの子ギュルノス Gyrnos が隣国に攻められているのを援けた礼に，この市を貰ったという．

ヘルキューナ Herkyna, Έρκυνα　ボイオーティアのレバデイア Lebadeia のニンフ．少女の*ペルセポネーの友だち．市の郊外で二人が遊んでいる時，鵞鳥が逃げ出して，洞窟中の石の下にかくれた．ペルセポネーが石をどけたところ，水が湧出して，ヘルキューナの泉となった．この地の*トロポーニオスの神託を伺う者は，まずこの泉で身を潔めなくてはならなかった．

ヘルクレース Hercules　ギリシアの*ヘーラクレースのローマ名．非常にはやい時代に彼の崇拝はローマに入り，彼を祭る大祭壇 Ara Maxima は，彼と盗賊*カークスの闘争の地であるとされ，ローマのフォルム・ボアーリウム Forum Boarium (牛市場) にあった．戦利品や商業の利益の十分の一がこの祭壇に寄付され，ヘーラクレースは《禍除けの神》Alexikakos として，とくに商売人に尊崇された．
　ヘーラクレースとイタリアとの関係は，すべて彼が*ゲーリュオーンの牛を追って，イタリアを通った時に生じた事柄によって説明されている．カークス，エウアンドロス，ファウヌス，ボナ・デアの項を見よ．

ヘルシリア Hersilia　*ロームルスの部下によってさらわれたサビーニー Sabini 人の女の中の高貴な婦人．プルタルコスによれば彼女のみがさらわれた女の中で既婚者で，戦闘中にたおれたサビーニー人ホスティリウス Hostilius の妻であった．しかし彼女はロームルスの部下のホスティーリウスの妻となり，*ホス

トゥス・ホスティーリウス(トゥルス・ホスティーリウス Tullus H. 王の父)の母となったとの伝えもある．彼女はローマ人とサビーニー人の戦争中もっとも熱心に両者の和睦に努めた．しかし一説では，彼女はロームルスの妻で，一女プリーマ Prima と一男アオリウス Aollius (または*アウィリウス)を得，夫が天上に去ったのち，雷火に撃たれて昇天，ホーラ・クウィリーニー Hora Quirini と名づけられて，神となったという．

ヘルセー Herse, Ἕρση　1. アテーナイ王*ケクロプスの娘．*アグラウロスと*パンドロソスの姉妹．*エリクトニオスとの関係については，同項およびアグラウロスの項を見よ．ヘルセーは他の姉妹とともに死んだことになっているが，他の伝えでは，彼女は死なず，*ヘルメースに愛されて，*ケパロスの母となったともいう．ケパロスには他の系譜があり，これについては同項を見よ．

2. *ダナオスの妻の一人．

ペルセー(イス) Perseïs, Περση(ίς)　1. *オーケアノスと*テーテュースの娘．太陽神*ヘーリオスの妻．二人のあいだに*アイエーテース，*ペルセース，*キルケー，*パーシパエーが生れた．彼女の名はペルセーともペルセーイスともいう．

2. *ペルセースの娘の意で，*ヘカテーを指す．

ペルセウス Perseus, Περσεύς, 仏 Persée　アルゴスの*ダナオス王の娘*ヒュペルムネーストラーと*リュンケウスとの子*アバースの子*アクリシオスと*エウリュディケー(*ラケダイモーンの娘)との娘*ダナエーの子．アクリシオス王が男の子を得たいと思って，神託に伺ったところ，神は彼の娘から生れた子供に殺されると言った．彼はこれを恐れ，青銅の室を造り，ダナエーを閉じこめた．彼女を叔父の*プロイトスが犯し，そのためアクリシオスとのあいだに争いが生じたとの伝えもあるが，普通には*ゼウスが黄金の雨に身を変じて，屋根からダナエーの膝に注ぎ，彼女と交わったことになっている．そこでペルセウスが生れ，彼女は乳母とともにひそかに育てていたが，父に発見され，彼はゼウスによって犯されたことを信ぜず，乳母を殺し，娘を赤児と一緒に箱に入れて海に流した．箱はセリーポス Seriphos 島に漂着し，漁夫の*ディクテュースに拾い上げられ，彼は子供を養育した．ディクテュースの兄弟の*ポリュデクテースはこの島の王だった．ダナエーに恋したが，ペルセウスが成人したので，近づ

くことができない．そこでペルセウスも含めて親しい人々を招き，自分になにをくれるかと尋ねた．一説には*オイノマーオスの娘*ヒッポダメイアとの結婚のための祝物の寄与を集めると称したともいう．他の人々は馬こそ王者への贈物にふさわしいと言ったのに，ペルセウスは*ゴルゴーンの首といえども否とは言わないと，若気のいたりで高言したので，これを持参するように命ぜられた．しかし彼は*アテーナーの助けを得，女神と*ヘルメースに導かれて*ポルキュスの娘たちである*グライアイ，すなわち*エニューオー，パムプレードー Pamphredo, デイノー Deino の所に行った．彼女たちはゴルゴーンの姉妹で，生れながらの老婆で，三人で一つの眼，一つの歯しかもたなかった．ペルセウスはこれを奪い，ニンフたちの所への道を教えることを要求した．彼女らに教わったのち，眼と歯を返し，ニンフらのもっている翼のあるサンダル，キビシス Kibisis と称する袋，それをかぶれば身体が見えなくなる帽子を借り，ヘルメースから金剛の鎌を与えられ，空を飛んで世界の西の果の*オーケアノスに来り，ゴルゴーンたちが眠っているのを見つけた．彼女らの名は*ステンノー，*エウリュアレー，*メドゥーサで，メドゥーサのみが不死でなかった．彼女らは恐ろしい怪物で，見た者は石になった．ペルセウスはアテーナーに導かれて，彼女たちの眠っている時に近づき，面をそむけつつ，青銅の楯にその姿を写して見ながら，メドゥーサの首を切り取り，キビシスの中に入れた．ゴルゴーンたちは彼のあとを追ったが，かくれ帽のために，彼を見つけられなかった．

帰途彼は*ケーペウスの支配していたエティオピアに来て，その娘*アンドロメダーが海の怪物の餌食に供えられているのを見いだし，彼女に恋し，自分の妻にすることをケーペウスに約束させ，怪物を退治した．しかしケーペウスの兄弟でアンドロメダーの婚約者たる*ピーネウスがペルセウスに対して陰謀をこらしたのを知って，メドゥーサの首を見せて一味を石に化した．セリーポスに帰ったところ，ポリュデクテースの暴行を避れて，ディクテュースとともに祭壇に避難している母を見いだし，ポリュデクテースとその仲間が集まっている所でメドゥーサの首を差し出して，彼らをすべて石に化し，ディクテュースを王とした．サンダルとキビシスと帽子はヘルメースを通じてニンフたちに返し，メドゥーサの首はアテーナーに捧げた．女神はそれを自分の楯の中央につけた．

ペルセウスは妻と母とを伴って，アクリシオ

ペルセース

スに会いにアルゴスに急いだ.しかし王はこれを知り,神託を恐れてアルゴスを去り,テッサリアのペラスギオーティス Pelasgiotis に赴いた.ラーリッサ Larissa 王テウタミデース Teutamides は亡くなった父王のために葬礼競技を催し,ペルセウスもこれに参加しようと思って来た.そして五種競技(ペンタトロン)のあいだに円盤を投げたところ,見物していたアクリシオスの足にあたって,彼を殺した.神託が果されたことを知って,彼を市外に葬り,自分の手にかかって死んだ人の相続をすることを恥じて,従兄弟でプロイトスの子*メガペンテースの領有する*ティーリュンスと自分のアルゴスとを交換した.ペルセウスはさらにミデア Midea と*ミュケーナイとを城壁で囲み,ティーリュンスを支配した.アンドロメダーとのあいだには,ギリシアに帰る前に生れて,ケーペウスの所に残して来た*ペルセース,ミュケーナイでは*アルカイオス,*ステネロス,*ヘレイオス,*メーストール,*エーレクトリュオーンおよびペリエーレースに嫁した一女*ゴルゴポネーが生れた.

なおペルセウスには*ディオニューソスに関する奇妙な伝えがある.彼は酒神のアルゴス入りに反対し,神と闘って*レルネーの沼沢に溺れさせ,神は死んで天上に登り,*ヘーラーと和解した,また同じ闘いで*アリアドネーをも殺した,さらに殺したのは彼女のみだとの伝えもある.神と英雄はのちヘルメースの仲介により和解したという.ローマの神話学者は,ダナエーとペルセウスはラティウムに漂着し,*ピルムヌス王がダナエーを娶り,アルデア Ardea 市を創建,*トゥルヌスの祖となったとする.さらにダナエーはピーネウスとのあいだにアルゴス Argos を生み,彼女はイタリアに来て,のちのローマの地に住んだ.アルゴスは土着民に殺され,かくて彼の死んだ地はアルギレートゥム Argi-letum《アルゴスの最後(の地)》と呼ばれているとの,妙な語源説もある.アルギレートゥムは大競馬場 Circus Maximus とアウェンティーヌス Aventinus 丘とのあいだの地で,本屋の町として有名であった.

ペルセース Perses, Πέρσης 1. *ティーターン神族のクレイオス Kreios と*エウリュビアーの子で,*アストライオスと*パラースの兄弟.同じくティーターン神族たる*コイオスと*ポイベーの娘*アステリアーを娶り,*ヘカテーの父となった.

2. 太陽神*ヘーリオスと*ペルセーイスの子.*アイエーテース,*キルケー,*パーシパエ

ーの兄弟.タウリス Tauris の王で,アイエーテースから*コルキスを奪って,その王となったが,アイエーテースの娘*メーデイアの子*メードスは彼を殺し,王国を祖父のために取り戻した.一説には,このペルセースは*ヘカテーの父でもあり,彼女は伯父のアイエーテースと結婚して,キルケーとメーデイアを生んだともいう.

3. *ペルセウスと*アンドロメダーの子.ペルシア人の祖.

ペルセポネー Persephone, Περσεφόνη, 拉 Proserpina ペルセパッサ Persephassa, ペルセパッタ Persephatta ともいい,一般に*コレー《乙女》とも呼ばれていた.*ゼウスと*デーメーテール(一説には*ステュクス)の娘で,*ハーデースの后.ハーデースが彼女に恋し,奪った話についてはデーメーテールの項を見よ.彼女にはこれ以外に特別な神話はない.このほかにオルペウス教の中に奇妙な話がある.ゼウスは大蛇の姿となって彼女と交わり,*ザグレウスが生れたというのである.同項を見よ.デーメーテールとペルセポネーはエレウシースを始め,ギリシアの地の秘教の二大女神であって,コレーの名で敬い恐れられていた.彼女の名が上記のようにさまざまな形で現われているのは,おそらくギリシア先住民族より借用したことに由来するらしい.

ペルセポリス Persepolis, Περσέπολις ある人々の説で,*オデュッセウスと*ナウシカアー,あるいは*テーレマコスと*ポリュカステー(*ネストールの娘)との子.

ペルディクス Perdix, Πέρδις 《しゃこ》の意. 1. 2.の母.*ダイダロスの姉妹.*エウパラモスの娘.子の死後みずから縊れて死に,アテーナイで神と祭られた.

2. 1.の子.彼はまた*タロース(あるいはカロース Kalos とも呼ばれている.*ダイダロスは甥を自分の弟子にしたが,ペルディクスは蛇の顎から鋸を発明するなど,その才によってダイダロスを凌駕しそうなので,ダイダロスは彼をアクロポリスより投げ落として殺し,死体をかくしたが,見いだされて,*アレイオス・パゴスの法廷で有罪の判決をうけ,*ミーノースのもとに遁れた.ペルディクスなる名は,アクロポリスからつき落された時,*アテーナーが憐んで,彼をしゃこに変じたためであり,この鳥はダイダロスの子*イーカロスが墜死した時に,彼を嘆いたといわれる.

ヘルマプロディートス Hermaphroditos, Ἑρμαφρόδιτος 男女両性を具えた神.*ヘルメ

ースと愛の女神*アプロディーテーの語尾を男性化した形との合成語であるが，愛の女神の崇拝の中心たるキュプロス島のアマトゥース Amathus 市ではアプロディートスなる男性の神が祭られていたことが知られている．前4世紀の彫刻では彼は乳房を有する美青年，後代では男根を有する美女の姿で表わされている．この名の説明のために，彼はヘルメースとアプロディーテーとのあいだに生れた子供で，小アジアの*イーデー山中でニンフたちに育てられ，美少年に成長，カーリアのハリカルナッソス Halikarnassos 近くのサルマキス Salmakis の泉で沐浴中，そのニンフに恋された．拒まれたニンフは彼に抱きつき，永遠に一体となりたいと神々に祈ったところ，願は一体となり，男女両性となった．一方ヘルマプロディートスはこの泉に浴する者は性の力を失うように天に願い，この力は前1世紀にもこの泉になお残っていたという．

ヘルミオネー Hermione, Ἑρμιόνη　*メネラーオスと*ヘレネーとの娘．*アキレウスの子*ネオプトレモスと結婚した．しかし悲劇では，彼女は最初*オレステースと婚約（あるいは結婚）していたが，*トロイア攻略のためにネオプトレモスの援助が必要なので，メネラーオスは婚約を破棄して彼に娘を与えた．戦争後オレステースは彼にヘルミオネーを譲らなければならなかった．一説には，メネラーオスの留守中に，祖父*テュンダレオースの意志で彼女はオレステースに与えられたともいう．ネオプトレモスはヘルミオネーに子ができないので，*デルポイの神託を伺いに来たところを，オレステースに殺され，オレステースは彼女を娶って，一子*ティーサメノスをもうけた．

ヘルメース Hermes, Ἑρμῆς (古形 Ἑρμείας)　ギリシアのオリュムポスの十二神の一人．*ゼウスの末子として，アルカディアのキュレーネー Kyllene 山中の洞穴で生れた．母は*アトラースの長女*マイア．彼はギリシア先住民族の神であって，その崇拝の中心はアルカディアで，ここからギリシア全土に広がったらしい．彼は生れつきすばらしい詐術の才にめぐまれていた．《ホメーロス讃歌》中の彼に捧げた歌は彼の誕生をユーモアを交えつつ，愉快に語っている．彼は月の四日（4は彼の数である）に生れ落ちて，むつきで巻かれて箕の上に置かれたが，その日の中に早熟の天才を発揮し，抜け出してテッサリアの北のピーエリア Pieria に行き，*アポローンが飼っていた牛群の一部（これは*アポローンが*アドメートスの牛飼となって，あ

ずかっていたものともいう）を盗んだ．足跡によってあとをつけられないように，尾の方を引いて（あるいは牛に靴をはかせて），ピュロスに連れて行った．途中で*バットスなる老人に見つかったが，彼を買収した．ピュロスで二頭を犠牲に捧げたのち，皮を岩に釘づけにし，肉は煮たり焼いたりして食い，他の牛は洞穴に隠しておいた．そしてキュレーネーに帰り，洞穴の前で亀が草を食っているのを見つけ，その甲羅に犠牲にした牛から取ったガットを張り，竪琴を作り出し，ばちも発明した．アポローンは牛を探して，ピュロスにつき，バットスに教えられて，あるいはアポローン自身鳥占いによって，盗人を知り，キュレーネーのマイアの所に来て，母親を責めた．彼女はむつきで巻かれている赤児を示し，彼の言うことは不可解だと弁解した．アポローンはゼウスに訴え，ゼウスはヘルメースが否定したにもかかわらず，牛を返すように命令した．しかしアポローンは竪琴を聞いて，これと交換に牛を与えた．ヘルメースは牛を飼いつつ，今度はシューリンクス笛を発明した．アポローンはこれも欲しがって，牛を飼っている時にもっていた黄金の小杖を与えた．しかしヘルメースは笛のかわりに，その杖のほかに占術も教えて欲しいと言ったので，小石による占術をもアポローンから教わった．かくてヘルメースはつねにケーリュケイオン kerykeion (拉 caduceus) と呼ばれる杖をもつことになった．ゼウスは自分の子の才を愛して，自分自身ならびに地下の神々（*ハーデースと*ペルセポネー）の使者に任じた．上の神話以外には，ヘルメースには彼を主人公とする物語はなく，つねに第二次的な役割を有するにすぎない．*ギガースたちとの戦闘では，彼はハーデースのかくれ帽をかむって，*ヒッポリュトスをたおし，*アローアダイとの闘いでは青銅の壺におしこめられている*アレースを救出，*テューポーンの退治にあたっては，この怪物に手足の腱を切り取られ，キリキアのコーリュキオンの岩穴に押しこめられているゼウスを腱もろとも，番人の竜女*デルピュネーをだまして，盗み出し，ゼウスにひそかにつけて，力を回復せしめた．彼は神々の使者として，*デウカリオーン，*ネペレー（金毛の羊を与えた），*アムピオーン（竪琴），*ヘーラクレース（剣），*ペルセウス（ハーデースのかくれ帽），*オデュッセウス（モーリュ），*カリュプソー（オデュッセウスに対する帰還命令）などに現われている．また彼はゼウスの命により，*イーオーの番をしていた百眼の*アルゴスを殺し，*ディオニューソスを助

けて各地に連れ行き，《*パリスの審判》では女神たちの案内に立っている．彼の子には，盗みの名人でオデュッセウスの祖父の*アウトリュコス，*アルゴナウテースたちの遠征に参加した*エウリュトス，アブデーラ Abdera 市にその名を与えた*アブデーロス，*ヘルセーの子*ケパロス (ただし他の系譜の方が有力)，*ヘルマプロディーテーがある．このほか*パーンは彼が*ペーネロペーと密通してできた子であるとの妙な伝えもある．

彼は富と幸運の神として，商売，盗み，賭博，競技の保護者であり，智者として上記の竪琴や笛のほかに，アルファベット，数，天文，音楽，度量衡の発明者とされ，さらに道と通行人，旅人の保護神として，彼の像と称せられるヘルマイ Hermai (上部が人間の形で，男根があり，下部は柱になっている像) が道路，戸口などに立てられていた．彼はまた夢と眠りの神であり，霊魂を冥界に導く (psychopompos) 役目をもち，おそらくこの地下神としての職能と関連して，諸市で豊穣の神としても祭られていた．アルカディア生れの彼はパーン (*アイギパーン) と関係が深いが，この古い神々が本来どういうものであったか，またいかなる関係にあったかは不明である．ヘルメースは若々しい力に溢れた美青年で，鍔の広い旅行帽ペタソス petasos を被り，小杖ケーリュケイオンをもち，足には有翼のサンダルをはいた姿で現わされている．

ヘレー Helle, Ἕλλη　　*アタマースと*ネペレーの娘．*プリクソスの妹．同項を見よ．彼女が金毛の羊の背から落ちて溺れた海は (*ヘレーの海) Hellespontos (今日のマルマラ海) と名づけられた．一説には彼女は海神*ポセイドーンに救われ，愛されて，*パイオーン，エードーノス Edonos, アルモープス Almops の母となったという．

ヘレイオス Heleios, Ἥλειος　　*ペルセウスと*アンドロメダーの子．タポス Taphos 島の*テーレボエース人遠征に際して，*アムピトリュオーンを助けて出征，勝利を得たのち，*ケパロスとともに島々を支配し，自分たちの名をとって名づけた市を建設して住まった．彼はまたアルゴスのヘロース Helos 市の建設者である．

ペーレイデース Peleides, Πηλείδης, 拉 Pelides　　*ペーレウスの子の意．*アキレウスを指す．

ペーレウス Peleus, Πηλεύς, 仏 Pélée　アイギーナ島の*アイアコスとエンデーイス Endeïs (*スケイローンの娘) との子．*テラモーンの兄弟．*アキレウスの父．ペレキューデース (前6世紀の神話学者) によれば，テラモーンは兄弟ではなくて，*アクタイオスと*グラウケー (*キュクレウスの娘) との子で，ペーレウスの友人であるという．

ペーレウスとテラモーンは，アイアコスが*プサマテー (*ネーレウスの娘) とのあいだに得た異母の兄弟*ポーコスが競技にすぐれているのを妬んで，彼を殺そうとし，その役がくじでテラモーンにあたったので，彼は競技の最中にポーコスの頭に円盤を投げつけて殺害し，二人はその死骸を森の中に隠した．しかし罪が明らかとなり，二人はアイギーナ島より追放され，テラモーンはサラミースへ，ペーレウスはプティーア Phthia の*アクトールの子*エウリュティオーンの所に遁れ，彼によって罪を潔められ，その娘*アンティゴネー (*ポーロスの妻とする説もある) と領土の三分の一を与えられた．夫婦のあいだに*ペリエーレースの子ポーロスの妻となった*ポリュドーラーが生れた．

エウリュティオーンとともに*カリュドーンの猪狩に赴き，猪にむかって投じた槍がエウリュティオーンにあたり，彼を殺した．そこでプティーアから遁れて，イオールコス Iolkos の*ペリアースの子*アカストスの所に行き，彼によって罪を潔められた．そこでペリアースの葬礼競技に参加し，*アタランテーと相撲った．アカストスの妻*アステュダメイアは彼に恋し，逢引きを申しこんだ．しかし拒絶されたので，ペーレウスの妻アンティゴネーにペーレウスがアカストスの娘*ステロペーと結婚しようとしていると偽りの報を送った．そのためにアンティゴネーはみずから縊れた．さらにアステュダメイアはアカストスにペーレウスが自分に情交を試みたと，無実の罪で讒言した．アカストスはこれを信じ，自分が罪を潔めた男を殺すことを欲せず，ペーレウスをペーリオン Pelion 山中へ狩に連れ出した．狩の競技が行なわれたが，ペーレウスは自分がたおした獣の舌だけを切り取って袋に入れた．アカストスの仲間はこの獣を獲物として，ペーレウスには獲物のないことを嘲笑したので，彼は多くの舌を示して，彼らを圧した．彼がペーリオン山中で眠っているあいだに，アカストスは彼の刀を牛糞の中に隠し，彼を棄てて帰った．彼が目が覚めて，刀を探している時に，*ケンタウロス族に囲まれ，危いところを*ケイローンが救い，また刀も探し出して与えた．一説にはこの刀の作者は*ヘーパイストスで，神々が刀がなくて危いペーレウスに，その神刀を与えたともいう．ペーレウ

スはのち*イアーソーン および *ディオスクーロイとともにイオールコスを破壊し、アステュダメイアを八つ裂にし、彼女の四肢をばらまき、そのあいだを通って軍を市中に導いた。彼はまた*アルゴナウテースたちの遠征、*ヘーラクレースの*トロイアと*アマゾーンの国への遠征にも参加した。

彼はネーレウスの娘で海の女神*テティスと結婚した。ケイローンは姿をさまざまに変える女神を摑んで、じっと捕えているようにと教えたので、ペーレウスは燹をねらって女神を捕え、火、水、獣と変身する女神を、もとの姿にかえるまで、放さなかった。そしてペーリオン山中で結婚し、神々は二人のために祝宴を張り、*ムーサたちは歌舞し、ケイローンはとねりこの槍を、*ポセイドーンは神馬*バリオスと*クサントスとを贈った。二人のあいだにアキレウスが生れた時、彼を不死にしようと、テティスはペーレウスには秘密で、夜は火中に隠して父よりうけついだ死すべき部分を破壊し、昼間は*アムブロシアーを塗った。しかしペーレウスは彼女を見張り、赤児が火の中でもがいているのを見て声を上げた。女神は自分の目的をはばまれ、彼を棄てて水のニンフたちの所に去った。

のちアキレウスがトロイアに遠征しているあいだに、老年になった彼はアカストスの子アルカンドロス Archandros およびアルキテレース Architeles に襲われ、プティーアよりコース Kos 島に遁れ、孫の*ネオプトレモスに出会い、*アバースの子孫モローン Molon の所で世を去ったとも、*ネオプトレモスとともにあって、*ヘルミオネーより*アンドロマケーを救ったとも、アカストスに捕えられている彼をネオプトレモスが救い出し、自分の王国を祖父に与えたともいわれる。

ベレキュンティアー Berekyntia, Βερεκυντία *キュベレーの称呼。プリュギア Phrygia のベレキュントス Berekyntos 山で祭られていたことに由来する。

ベレクロス Phereklos, Φέρεκλος *パリスが*ヘレネーを迎えに行った船の建造者。

ベレース Pheres, Φέρης 1. *クレーテウスと*テューローの子。テッサリアのペライ Pherai 市の創建者。*アドメートス、エイドメネー Eidomene (*ビアースの妻)、*リュクールゴス (ネメア王)、ペリオーピス Periopis (ある所伝では*パトロクロスの母) の父。

2. *メーデイアと*イアーソーンの子。兄弟の*メルメロスとともに母親に殺された。

3. *アイネイアースの部下の一人。*ハレーススに討たれた。

ヘレネー Helene, Ἑλένη, 拉・独 Helena, 英 Helen, 仏 Hélène 神話中*ゼウスと*レーダーの娘。*ディオスクーロイと*クリュタイムネーストラーの姉妹。ゼウスは白鳥の姿となってレーダーと交わり、ヘレネーが生れたという。彼女の人間としての父は、レーダーの夫*テュンダレオースである。しかし彼女の生れについては、古くから彼女がゼウスと*ネメシスの娘であるとの伝えがある。ネメシスはゼウスから遁れて、さまざまな姿に身を変じ、最後に鷲鳥になったところ、ゼウスもまた白鳥の姿となってアッティカのラムヌース Rhamnus で彼女と交わった。彼女はこの交わりによって卵を生み、聖林中に棄てたところ、羊飼がみつけて、レーダーに与えた。彼女はこれを箱に入れて保存し、時が来て生れ出たヘレネーを自分の子として育てた。レーダーから生れた卵に関しても、卵は二つで、一方からヘレネーと*ポリュデウケース、一方から*カストールと*クリュタイムネーストラーが生れた、あるいは卵から生れたのはヘレネーと二人の兄弟だけで、クリュタイムネーストラーは普通に生れたともいう。なおヘレネーの姉妹には、このほかに*エケモスの妻となった*ティーマンドラー、*アルテミスが不死としたピューロノエー Phylonoe を加える説もある。

ヘレネーは成長して絶世の美女となった。彼女がまだ少女のころ、*テーセウスと*ペイリトオスがさらって、アピドナイ Aphidnai に連れて行き、テーセウスの母*アイトラーにあずけた。しかしポリュデウケースとカストールが、テーセウスが冥府に*ペルセポネーをさらいに行っているあいだに、アッティカに攻めこみ、*デケロス (または*アカデーモス) に教えられて、アピドナイを攻撃、ヘレネーを取り戻し、アイトラーを捕虜にして、ラケダイモーンに引いて行った。このあいだテーセウスがヘレネーと交わって生れたのが*イーピゲネイアであるとの、変った伝えもある。

ヘレネーの帰国後、彼女の求婚者として、ギリシア中の王や英雄たちが数知れず集まった。テュンダレオースはこの中の一人を選べば、争いが起りはしまいかと心配し、*オデュッセウスの忠告によって、すべての求婚者にヘレネーが婿の選択をすることを受諾させ、この結婚に関して婿がだれかに害を蒙った場合には、求婚者たちはすべて彼に助力すると誓言をさせ、*メネラーオスを婿に選び、オデュッセウスのために

ヘレネー

*イーカリオスの娘*ペーネロペーを貰ってやった. メネラーオスとヘレネーとのあいだには*ヘルミオネーが生れた.

メネラーオスはテュンダレオースのあとをついで, スパルタ王となったが, *トロイアの*パリスがヘレネーを奪うという事件が起った. これはヨーロッパとアジアが戦って, 自分の娘が有名になるように, あるいは半神の族が名高くなるためにとのゼウスの意志であるといわれる. パリスは美の審判で*アプロディーテーに*エリスの女神の黄金の林檎を与えたので(パリスの項を見よ), アプロディーテーは彼に世界一の美女ヘレネーを約束した. パリスはラケダイモーンに赴き, メネラーオスの歓待をうけた. しかしメネラーオスが母の父*カトレウスの葬儀に列すべくクレータに旅立った時, ヘレネーを奪って立ち去った. 彼女はパリスの美貌に進んで行をともにしたとも, 暴力でさらわれたとも, テュンダレオースがパリスに与えたとも, アプロディーテーがパリスをメネラーオスの姿に変じて, ヘレネーを誘惑させたともいう. ヘレネーは九歳になったヘルミオネーをあとに残し, 多くの財宝を船に積み, 夜のあいだにパリスとともに海に出た. 順風に乗って, 三日間で国に帰ったとも, *ヘーラーが大暴風を送り, このためフェニキアのシドーン Sidon に寄航したともいう. またシドーンで王に歓待されたにもかかわらず, 王宮を略奪して遁れ, 追手と闘い, トロイアに帰ったとも, メネラーオスの追跡を遁れるべく, フェニキアとキュプロスで長いあいだ日を送ったともいわれる.

以上はホメーロスなどの, 本当のヘレネーがトロイアに行って, パリスの妻となったという話であるが, 一方, トロイアに行ったのは雲から造り出されたヘレネーの似姿にすぎず, 本当のヘレネーはエジプトにいたという伝えがある. このにせのヘレネーの作者は, 戦争を起す目的をもっていたゼウス, あるいは美の審判で負けて怒ったヘーラーであり, *ヘルメースが本当のヘレネーをエジプトに連れて行って, その王*プローテウスにあずけた. ヘーロドトスは, ヘレネーとパリスがトロイアへの航海の途中エジプトに来て, プローテウスに歓待されたが, 王はやがて二人の仲を知り, 怒ってパリスを追い, メネラーオスが受け取りに来るまでヘレネーをあずかっていたとしている. のちにこの話は, プローテウスが魔法でヘレネーの似姿を造ってパリスに与えたように改められた. この話の起りは, 前6世紀の詩人ステーシコロスにあるらしい. 彼は自分の詩の中でヘレネーを非難したところ, 盲目となった. 詩人は上述の物語を創り出して, ヘレネーの潔白を歌ったところ, 視力を回復したとの物語が伝えられている.

ヘレネーが奪われたことを知って, *アガメムノーンはギリシアの諸王に, かつての約束を思い出させて, トロイア遠征に参加することを求めた. 遠征軍はまずオデュッセウスとメネラーオス(あるいは*アカマースと*ディオメーデース)をヘレネーと財宝との返還要求の使者に立てたが, トロイア人が彼らを殺そうとした時, *アンテーノールが彼らを救った. ギリシア軍は憤って, トロイアにむかい, ここに十年間の*トロイア戦争が生じた. ヘレネーはトロイアにおいて, その美によって市の人々を圧倒したが, しかし戦の開始とともに, その責任者として白眼視された. *ヘクトールと*プリアモスのみが彼女を温い心で庇った.

この戦争のあいだに(最初のころ, あるいは*アキレウスの死のすこし前に), ヘレネーに恋心を抱いたアキレウスが, *テティスとアプロディーテーの手引きで, ヘレネーと逢引きしたという奇妙な話がある. パリスが討たれたのち, 彼女をパリスの兄弟の*デーイポボス, *ヘレノス, *イードメナウスが争ったが, デーイポボスが勝利を得たため, ヘレノスはトロイアを去って, *イーデー山中で暮した. オデュッセウスが乞食に身をやつして, トロイア城内を偵察に来た時, 彼女は彼を認めたが, 裏切ることはしなかった. 彼女は*ヘカベーにこれを告げたが, ヘカベーは彼を無事帰してやったとエウリーピデースは言う. オデュッセウスがディオメーデースとともに*パラディオンを盗みに来た時, 彼女は英雄の手引きをした. 木馬の中の勇士たち(シノーンの項を見よ)の存在を知ったヘレネーは, 馬の周りをめぐって, 勇士たちの妻の声をまねて呼び, アンティクロス Antiklos がこれに答えんとした時, オデュッセウスはその口を押えた. 味方の軍に烽火で知らせたのは, *シノーンではなくて, ヘレネー自身であり, また彼女はデーイポボスの武器をすべてかくし, 彼を無力にしたともいう. メネラーオスはデーイポボスを殺し, ヘレネーの胸元に刃をつきつけて, 殺さんとしたが, 彼女のしどけない姿の魅力に剣を落した. あるいは彼女はアプロディーテーの不可侵の神域に遁れ, 彼女に石を投じて殺そうとしたギリシア人の手から, 石がおのずから落ちたともいう.

ヘレネーとメネラーオスとは帰国するのに八年間かかった. 海上をさまよったすえ, エジプ

に漂着，のち*ミュケーナイに，オレステースが父の復讐を終ったばかりのところへ着き，スパルタに帰った．エジプト滞在中の彼女に関するいろいろな物語がある（《ヘレネー》の項参照）．ナイル河のカノーボス河口に名を与えた船の舵取り*カノーボスはこの地で毒蛇に咬まれて死んだ．この近くの市の王*トーン（あるいはトーニス Thonis）は彼女とメネラーオスを歓待したが，彼女の美に心迷い，犯さんとして，メネラーオスに殺された．あるいはメネラーオスはエティオピア遠征に際して，ヘレネーを王の后*ポリュダムナにあずけたが，后は夫が彼女に心を動かしているのを知って，毒蛇にみちたパロス Pharos 島に，毒除けの薬草（ヘレニオン helenion）をもたせて，送った．またヘレネーはトロイア陥落以前に，夫メネラーオスが恋しくなり，*パロスなる船長にラケダイモーンに自分を連れて行くことを依頼した．しかし嵐に遇って，エジプトに漂着，パロスは毒蛇に咬まれて死んだ．彼女は彼をのちのパロス島に葬った．その後メネラーオスがエジプトに来て，彼女を発見した．

二人は帰国後，《*オデュッセイア》によれば，睦まじく，幸福に暮した．ヘレネーはのちヘーラーによって不死とされ，メネラーオスとともに*エーリュシオンの野に行ったとし，二人はラケダイモーンのテラプナイ Therapnai に葬られたともいう．一説には彼女はアキレウスとともに《白い島》Leuke に永遠に住んでいて，*ポセイドーンをはじめ，神々がその結婚を祝い，二人のあいだには有翼のエウポリオーン Euphorion が生れたという．

一方彼女がその不貞のゆえに罰せられたという話もある．夫の死後，彼女は，*ニーコストラトス（二人の子，あるいはメネラーオスと女奴隷ピーエリス Pieris との子）と*メガペンテース（メネラーオスとテーレーイス Tereïs との子）にペロポネーソスより追われて，ロドス島の旧友*ポリュクソーの所に逃げた．自分の夫を*トロイア戦争で失ったポリュクソーは，彼女を表面上は歓迎し，彼女が浴場にいるところへ，婢女たちに*エリーニュスの姿で現われさせ，彼女を威嚇させた．ヘレネーは木に首をつって縊れて死んだ．ロドス人たちは彼女のためにヘレネー・デンドリーティス Dendritis 《木のヘレネー》の神殿を建てた．またイーピゲネイアが自分をアウリスでうけた仕打ちを怨んで，ヘレネーをタウリス Tauris で犠牲に供したとか，テティスがアキレウスの死を怒って，帰国の途中で彼女を殺したとの話もある．

ヘレネーはその名の示すごとくに，ギリシア先住民族の女神であったらしく，卵より生れた，すなわち鳥と関係あること，デンドリーティスのごとくに木より吊るされている話があることなどは，その名残りであり，彼女の夫という理由だけで，メネラーオスがエーリュシオンの野に赴き得たこともそのためである．おそらく彼女は豊穣の女神で，それがしだいに人間化されて，絶世の美女となったものであろう．

《**ヘレネー**》 Helene, Ἑλένη エウリーピデースの前412年に《*アンドロメダー》とともに上演された劇．

*ヘレネーはエジプト王*プローテウスのもとに無事暮していたが，王の死後その子*テオクリュメノスが彼女を強いて妻にせんとするので，なき王の墓に逃れているところへ，大*アイアースの異母弟*テウクロスが来て，*トロイアはすでに七年前に落ち，*メネラーオスはおそらく生きてはいまいと告げる．彼女が嘆いているところへ，メネラーオスがまぼろしのヘレネーを伴ってこの地に漂着し，プローテウスの墓に来て，真のヘレネーを見て驚き，どちらが本物かと迷うが，偽りのヘレネーは消え去る．そこで二人はテオクリュメノスの姉妹の女神官*テオノエーの助けを得て，死せるメネラーオスの葬礼のためと称して用意された船で遁れる．*ディオスクーロイが出て，テオノエーと王とを和解させる．

ヘレノス Helenos, Ἕλενος *トロイア王*プリアモスと*ヘカベーの子．*カッサンドラーと双生児といわれ，彼女と同じく，テュムブレー Thymbre の*アポローン神殿で予言力をさずけられ，同じくこの神に愛されて，のち神から*アキレウスの手を傷つけた象牙の弓を与えられた．彼は*パリスが*ヘレネーを奪いに出かけた時に，トロイアの陥るべき運命を予言した．*トロイア戦争では彼は勇敢に闘い，メネラーオスに傷つけられた．パリスの死後，*デーイポボスとヘレネーを争って敗れたのち，彼はトロイアを去って*イーデー山中で暮していたが，*カルカースがヘレノスは市を保護している神託を知っていると言ったので，*オデュッセウスは彼を待ち伏せして捕えた．ヘレノスはやむなく，1. *ペロプスの骨が彼らのところに持って来られたら，2. *ネオプトレモスが彼らの味方になったら，3. *パラディオンが盗み出されたら，4. さらに*ピロクテーテースが*ヘーラクレースの弓をもって味方するならば，トロイアは陥るだろうと言った．木馬（シノーンの項を見よ）の計を教えたのも彼であるとの説もある．

ペレボイア

一説には，彼自身の意志でギリシア軍の陣に来たともいう．

トロイア陥落後の彼に関しても説が一致しない．一説では，彼は上記の功により，ヘカベー，*アンドロマケー，カッサンドラーと一部のトロイア人を貰いうけて，トラーキアのケルソーソス Chersonesos に住んだが，ここでヘカベーは牝犬になって死に，彼は彼女をキュノスセーマ Kynossema《犬の墓》と称する所に葬ったという．一説では，彼はネオプトレモスに従い，海路は危いことを教えて，陸路エーペイロスに赴き，ネオプトレモスの死後アンドロマケーを妻とし，王国を継承，ケストリーノス Kestrinos が生れたが，死に際してネオプトレモスの子 *モロッソスに王国を譲った．しかし一説ではヘレノスはネオプトレモスの母 *デーイダメイアを妻としたとの説もある．彼はエーペイロスでカーオニア Chaonia を支配し，ブートロートン Buthroton とイーリオン Ilion の両市を創建，《*アイネーイス》では，アンドロマケーとともにアイネイアースを歓待している．しかし別の説では，彼はデーイポボスとヘレネーを争って敗れてのち，プリアモスの許しを得て，部下とともにトロイアを去って，エーペイロスに到着し，モロッソス人を征服したことになっている．

ペレボイア Phereboia, Φερέβοια *テーセウスとともにクレータの*ミーノータウロスの餌食にすべく送られた少女たちの一人．旅のあいだにテーセウスに愛された．

ペレロポーンまたはペレロポンテース Bellerophon, Βελλεροφῶν, Bellerophontes, Βελλεροφόντης コリントス Korinthos 王 *シーシュポスの子 *グラウコス（しかし本当は *ポセイドーン）の子．母は メガラ王 *ニーソスの娘エウリュメデー Eurymede，あるいはエウリュノメー Eurynome．誤って兄弟のデーリアデース Deliades，一説では *ベイレーンまたはアルキメネース Alkimenes を殺し，*ティーリュンス王 *プロイトスの所に遁れて罪の潔めをうけた．その后 *アンテイア（これはホメーロス中の名，のちには *ステネボイアとなっている）が彼に恋し，逢引きの申し出でをしたが，拒まれたのを怒って，逆に彼が言い寄ったと王に訴えた．プロイトスは自分の客をみずから殺すことを嫌い，彼を殺すようにという依頼の手紙をペレローネに持たせ，リュキア Lykia（のちの話ではその地の王，妻の父の *イオバテース）に送った．イオバテースはまず彼を殺すべく，怪獣 *キマイラ退治を命じたが，ペレローンは持っていた神馬 *ベーガソスに乗って，高く飛び，キマイラの背を射て退治した．つぎに命ぜられたとおりに，ソリュモイ Solymoi 人と *アマゾーンを征服し，ついで王の命で待ち伏せしたリュキア人中の勇者たちをも殺している．イオバテースはベレローンの強いのに驚き，手紙を示し，娘のピロノエー Philonoe（一説にはアンティクレイア Antikleia）を与え，死後王国の継承者とした．ペレローンと妻とのあいだにはイーサンドロス Isandros, *ヒッポロコス（ホメーロス中の *グラウコスの父），*ゼウスと交わって *サルペードーンの母となった *ラーオダメイアが生れた．その後ペーガソスに乗って天に登らんとし，ゼウスの雷霆に撃たれた．彼はコリントスとリュキアで神として祭られていた．ステネボイアに対する復讐については，同項参照．

ヘレーン Hellen, Ἕλλην *デウカリオーンの子（または兄弟）．山のニンフのオルセーイス Orseïs を娶り，*ドーロス，*クストス，*アイオロスの父となった．彼らは歴史時代のドーリス人，イオーニア人，アイオリス人の祖である．これはギリシア人の総称たる《ヘレーネス》Hellenes およびその三大部族の名の系譜的解釈である．

ヘーロー Hero, Ἡρώ レアンドロスの項を見よ．

ペーロー Pero, Πηρώ 1. *ネーレウスの娘．*ビアースは兄弟 *メラムプースの助けによって，彼女を妻とすることができた．同項を見よ．二人のあいだにはペリアルケース Perialkes，アレイオス Areios，アルペシボイア Alphesiboia，また一説では *タラオス，アレイオス，ラーオドコス Laodokos が生れた．のちビアースはアルゴス王 *プロイトスの娘と結婚した．

2. *アーソーポス河神の母．

ベーロス Belos, Βῆλος *ポセイドーンとニンフの *リビュエーとの子．*アイギュプトスと *ダナオスの父．エジプト王となり，ナイル河神の娘アンキノエー Anchinoe とのあいだに上記二人のほかに，一説には *ケーペウスと *ピーネウスが生れた．本来はセム族のバアル Ba'al(Bel)で，アッシリア王，バビュローンの建設者，*ディードーの父，ペルシア王家の祖など，この名は東洋の最古の王として，しばしば現われている．

ベローナ Bellona ローマの戦の女神，古形は Duellona．ギリシアの *エニューオーあるいは軍神 *マールスの同伴者 *ネリオーと同

一視され，マールスの后あるいは妹と考えられている．彼女は軍神の戦車の御者として，炬火，剣，槍を手にした，恐ろしい形相の婦人と考えられている．

ヘーロピレー Herophile, Ἡροφίλη　シビュレの項を見よ．

ペロプス Pelops, Πέλοψ　1. *タンタロスの子．母の名は*クリュティエー，エウリュアナッサ Euryanassa など種々に伝えられ，パクトーロス Pactolos あるいは*クサントス河神の娘であるともいわれる．神々の寵児であったタンタロスは，おごりたかぶり，神々を試すべくペロプスを殺し，料理して神々に供した．すべての神々はただちにこれを覚ったが，*ペルセポネーを失い悲しみにくれていた（あるいは空腹であった）*デーメーテールのみは気がつかないで，肩を食べてしまった．食べたのは*アレース，あるいは*テティスであるとの伝えもある．神々はペロプスをよみがえらせ，肩は象牙で作った．彼の死体を大釜で煮て，引き出し，この際肩が欠けていたので*クロートーが肩を作ったという．なおこのためにペロプスの後裔はその特徴として象牙のごとくに白い肩をもっていたという．

ペロプスは生きかえったのちは，以前より美しくなり，美貌のゆえに*ポセイドーンに愛され，天上に連れて行かれた．神は彼に有翼の戦車を与えたが，これは海を走っても車軸が濡れることがなかった．彼はピーサの王*オイノマーオスの娘*ヒッポダメイアに求婚すべく，ギリシアに行った．オイノマーオスは一部の人々の言うごとくに娘を愛していたためか，彼女と結婚した男の手にかかって死ぬという神託があったためか，求婚者に自分と戦車競走をして勝つことを娘を与える条件とした．彼はアレースから貰った武具と馬をもっていた．求婚者はヒッポダメイアを自分の車に乗せてコリントス地峡にむかって逃げ，オイノマーオスは武装して追跡し，追いついた時には求婚者を殺し，逃げおおせた場合には娘を与えるというのであるが，オイノマーオスの名馬はつねに勝利を得，多くの求婚者（一説には 12 人）が殺された．彼はその首を切り取って，自分の家に釘づけにした．ヒッポダメイアはペロプスを見て彼に恋し，*ヘルメースの子でオイノマーオスの御者*ミュルティロスに援助を乞うた．彼は彼女を愛していたため，あるいはペロプスがオイノマーオスの王国の半分を与えると約束したため，オイノマーオスの車輪のこしき（轂）にくさび（轄）を差しこまずにおいた．かくしてオイノ

マーオスの車輪がはずれ，彼は車から投げ出され，手綱が手にからまり，引きずられて死んだ．一説にはオイノマーオスはペロプスに殺されたともいう．死に際して王はペロプスとミュルティロスを呪った．ヒッポダメイアと，ミュルティロスとともに旅しているあいだに，ペロプスが水を探しに出かけていない時を見すまして，ミュルティロスはヒッポダメイアを犯さんとした．妻からこれを聞いてペロプスはゲライストス Geraistos 岬で，その名を取ってミュルトーン Myrtoon 海と呼ばれるにいたった海へミュルティロスを投じた．ミュルティロスは投げこまれる時に，ペロプスの子孫に呪いをかけた．ペロプスは*オーケアノスに行って罪を潔められたのち，ピーサに帰り，ペロポネーソスを征服し，オイノマーオスの王国を獲得した．ペロポネーソス Peloponnesos は《ペロプスの島》の意であるという．ペロプスとヒッポダメイアから*アトレウス，*テュエステース，*プレイステネース，*ピッテウス，*クリューシッポス（母はときにニンフのアクシオケー Axioche といわれる），娘には*アステュデメイア，アステュメドゥーサ Astymedusa（*アムピトリュオーンの母），*ヒッポトエー（*タピオスの母）が生れた．彼は*オリュムピア競技の創始者とされ，彼の墓が同地にあった．これがのちにすたれ，*ヘーラクレースがペロプスのために再興したというが，この競技はときにオイノマーオスの葬礼競技に始まるとされている．

2. *アガメムノーンと*カッサンドラーの子．

ペロペイアまたは**ペロピアー**　Pelop(e)ia, Πελόπεια, Πελοπία, 拉 Pelopea, Pelopia

1. *テュエステースの娘．父と交わって*アイギストスを生んだ．娘と知らずに森の中で犯したとも，神託が自分の娘によって得た子が復讐してくれると告げたので，この不倫の交情を故意に行なったともいう．彼女はシキュオーンの王*テスプロートスの宮廷にいたが，テュエステースの兄弟の*アトレウスは懐妊している彼女を娶り，生れた子をも引き取った．その子アイギストスがアトレウスを殺した．

2. *ペリアースとアナクシビアー Anaxibia との娘．*アレースによって*キュクノスの母となった．

ペンディース　Bendis, Βενδις, Βενδῖς　トラーキア Thrakia の月の女神．前 5 世紀後半にアッティカのペイライエウス Peiraieus 港にその崇拝が移入され，競馬の炬火競走が行なわれた．

ペンティロス　Penthilos, Πένθιλος　*オレ

ステースと*エーリゴネー(*クリュタイムネーストラーと*アイギストスとの娘)との子. レスボス島のペンティレー Penthile 市の創建者. 彼の子ダマシオス Damasios とエケラーオス Echelaos はレスボスと小アジア沿岸の植民都市の建設者となった.

ペンテウス Pentheus, Πενθεύς, 仏 Penthée
*カドモスの娘*アガウエーと*エキーオーンとの子. テーバイ王. カドモスの後継者とも, カドモスの子*ポリュドーロスを王位より追って王となったともいう. 一説には彼はテーバイの王位にはつかなかったという. *ディオニューソスは母*セメレー(アガウエーの姉妹)に対するアガウエーの中傷の復讐と, 故郷への帰還とを目的とし, アジア遠征ののちテーバイに来た. テーバイの女たちは山中で狂乱のうちに神の秘教を修したが, ペンテウスはカドモスと*テイレシアースの忠告を無視して, この神の崇拝に反対し, 神を捕えるが, 神の鎖はおのずから解け, 宮殿は焼かれる. ペンテウスは*キタイローン山へ女たちの狂舞のさまを見に行き, 女たちに発見され, 母のアガウエー, 姉妹の*イーノー, *アウトノエーをはじめとし, 彼を野獣と思った女たちに八つ裂にされる. テーバイに帰ったアガウエーは正気にもどり, 自分の仕業を認めて大いに嘆き悲しんだ. のちアガウエーは故国を遁れた. この話はエウリーピデースその他の作者によって扱われている.

ベンテシキューメー Benthesikyme, Βενθεσικύμη　*ポセイドーンの娘. 父の命により*エウモルポスを育てた.

ペンテシレイア Penthesileia, Πενθεσίλεια, 拉 Penthesilea, 仏 Penthésilée　*アマゾーンの女王. *アレースとオトレーレー Otrere の娘. *ヘクトールの死後アマゾーンを率いて*トロイアに来援した. その理由は, *テーセウスが*パイドラーと結婚した時に, *ヒッポリュトスの母である*ヒッポリュテーがアマゾーンたちとともに攻めて来て, その戦闘の最中にペンテシレイアが誤ってヒッポリュテーを殺し, *プリアモスに罪を潔められたためであるという. ただしヒッポリュテーの死については, 他の伝えもある. ペンテシレイアは*マカーオーンをはじめ, 多くの者を討ち取ったが, ついに*アキレウスに右乳を刺されたためである. アキレウスは死にぎわの女王の顔の美しさに感動し, 女王の死を嘆いたのを, *テルシーテースに嘲けられ, 怒って彼を殺し, その結果テルシーテースの親戚にあたる*ディオメーデースと争ったという.

ホ

ポイアース Poias, Ποίας　タウマコス Thaumakos あるいはピュラコス Phylakos の子. メートーネー Methone を娶り, *ピロクテーテースの父となった. *アルゴナウテース遠征隊の一人. 青銅巨人*タロースの死は一般に*メーデイアに帰されているが, 一部の人々はポイアースがその踵を射て退治したという. アルゴナウテースたちの遠征の項を見よ. *ヘーラクレースより弓を与えられたのは彼であるとする説と, ピロクテーテースであるとする説がある. 同項を見よ.

ポイニクス Phoinix, Φοῖνιξ, 拉 Phoenix
1. フェニキア王*アゲーノールと*テーレパッサの子. *カドモス, *キリクス, *エウローペーの兄弟. しかし一説には彼はエウローペーの父であるといわれ, さらに他の系譜では彼の父はアゲーノールではなく, *オーギュゴスであると. エウローペーが*ゼウスにさらわれた時, 彼は他の兄弟とともに妹を探しに出され, ついに見つけることができなくなった時, 父のもとに帰らずに, フェニキアのシドーン Sidon の地に定住した.

2. *アミューントール(オルメノス Ormenos の子)の子. 母の名はヒッポダメイア Hippodameia (あるいはアルキメデー Alkimede, クレオブーレー Kleobule). 父の妾(*クリュティエーあるいはプティーア Phthia) を父から引き離すために母に頼まれて, 妾を誘惑した. これが発見され, 人々が彼を止めたが, 国を棄てて, プティーアの*ペーレウスの所に行った. 一説には妾の方から彼にしかけ, 拒絶されて逆にアミューントールにあらぬ罪を訴え, アミューントールは怒って彼を盲目にしたという. ペーレウスは彼を快く迎え(盲目になったとの伝えでは, 彼を*ケイローンのもとに連れて行き, 眼の治療をうけさせ, 視力を回復させたのち), 子の*アキレウスの養育をまかせ, 彼をドロプス人の王とした. ポイニクスはアキレウスとともに*トロイアに出征, *アガメムノーンがアキレウスと和睦せんとした時の使者に立った. ト

ボイニクス Phoinix, Φοῖνιξ, 拉 Phoenix, 仏 Phénix　エジプト人のあいだに伝えられた霊鳥. エティオピアに生れ, 形は鷲に似た大鳥で, 赤, 青, 紫, 金色の翼を有し, 500(1460, 1295 4)年生き, 香木, 香料をもって作った巣に火をつけ, そこで焼け死んだのち, 新たに生れかわるといわれる. 一説には彼はこの巣に坐し, 死ぬと, そこから新しい鳥が生れ, 父の死体を没薬の木で包み, 多くの鳥を従えて, エジプトのヘーリオポリス Heliopolis《太陽の都》に現われ, 太陽神の僧たちは死体を火葬に付したという.

ボイネー Poine, Γοινή　1. 《罰》, 《復讐》の女神. *エリーニュエスと関係して考えられ, 後代のローマではボイナ Poena はエリーニュエスの母とされている.

2. *ブサマテー殺害の復讐のために, *アポローンが送った怪物. ブサマテーの項を見よ.

ボイベー Phoibe, Φοίβη　《輝ける女》の意. *ウーラノスと*ガイアの娘. *コイオスの妻となり, *レートー(*アポローンと*アルテミスの母)と*アステリアーの二女を得た. 彼女はときに*デルポイ神託創設者とされ, 孫のアポローンにこれを贈ったともいわれる. ボイベーなる名は月神に多く用いられ, アルテミス・*ディアーナの称呼となっている.

2. *レウキッポスの娘の一人. レウキッピデスの項を見よ.

3. *ヘーリオスの娘(*ヘーリアデスの一人). 同項を見よ.

ボイボス Phoibos, Φοῖβος　《輝ける者》の意. *アポローンの称呼の一つ. これだけでもアポローンの意味に用いられることがある.

ポーコス Phokos, Φῶκος　1. *アイアコスと*ブサマテーの子. ブサマテーは海神*ネーレウスの娘で, アイアコスとの交わりを嫌てあざらし phoke に身を変じたため, その子はポーコスと呼ばれた. 彼は競技にすぐれていたので, 異母兄弟の*ペーレウスと*テラモーンは彼を殺害せんとし, くじによって実行者をきめ, 当ったテラモーンが競技の最中に彼の頭に円盤を投げつけて殺した. ポーコス Phokis と彼の名によって呼ばれている地を征服し, アステリアー Asteria またはアステロピアー Asteropia(*デーイオーンと*ディオメーデーとの娘)を娶り, *クリソスと*パノペウスの父となった. ペーレウスは子供が殺されたのを怒り, ペーレウスのテッサリアの領地に狼を送り, 彼の家畜を荒させたが, *テティスの願いにより, 狼を石と化したという.

2. 1. と同じくポーキスに名を与えたといわれる英雄. *シーシュポスの後裔で*オルニュトスの子. 彼またはオルニュトスがポーキスに来て, 国を建てたのち, オルニュトスはコリントスに帰り, ポーキスをポーコスに譲った. 彼はまた*アンティオペーの夫ともされている. 同項を見よ.

ホストゥス・ホスティーリウス(または**ホスティウス**)　Hostus Hostilius (Hostinus)　メドゥリア Medullia 出身で, *ロームルスの時にローマに居住していた勇士. *ヘルシリアを娶り, トゥルス・ホスティーリウス Tullus Hostilius 王の父を生んだ. フィーデーナイ Fidenae 市攻略のおりにその武勇によって月桂冠を授けられ, サビーニー Sabini 人との戦闘でも勇ましく闘い, たおれた. その時ローマ軍は総崩れになったが, *ユーピテル・スタトル Jupiter Stator のおかげで立ちなおった. ヘルシリアの項を見よ.

ポースポロス　Phosphoros, Φωσφόρος, 拉 Lucifer　*ヘオースポロスと同じ. 《光をもたらす者》の意. 暁の明星. *エーオースと*アストライオスあるいは*ケパロスの子. 炬火を手にした青年の姿で表わされている. なおこの名は女性として, *ヘカテー, *アルテミスの称呼ともなる.

ポセイドーン　Poseidon, Ποσειδῶν　*ゼウスに次ぐオリュムポスの神. *クロノスと*レアーの子. ホメーロスでは彼はゼウスの弟, ヘーシオドスその他大部分の作家では兄となっている. 彼は他の兄弟とともに父に呑みこまれ, また吐き出された(クロノスとゼウスの項を見よ)のち, 兄弟とともに世界の支配権を父より奪い, くじで海の支配権を得た. 一説にはクロノスは彼のかわりに, だまされて仔馬(彼は馬の神である)を呑みこんだとも, 彼は海中に投ぜられたともいう. ローマでは*ネプトゥーヌスと同一視された.

彼は海のみならず, あらゆる泉の支配者であり, またその称呼エノシクトーン Enosichthon《大地をゆすぶる者》, ガイエーオコス Gaieochos《大地の所有者》(しかしラケダイモーンの碑文中に Γαιαfοχος《大地の(下を)車を駆る者》なる称呼がある)の示すごとくに, 大地の神, 地震の神でもあり, さらに Hippios《馬の(神)》の称呼は彼を馬と密接に結びつけている. また実際彼は牡馬の姿で, 牝馬になった大地女神*デーメーテールと交わったという伝えが残っている. 彼は*アテーナーとアッティカの

ポダルゲー

地を争った時、馬を創り出し、馬を御する術を人間に教えたといわれ、競馬の守護神でもあった。彼は泉の支配者としてはクレーヌーコス Krenuchos《泉の所持者》、ニュムパーゲーテース Nymphagetes《ニンフの指導者》と呼ばれ、地下の水の支配者である彼は、植物の神としても崇拝されていることがある。彼はホメーロスなどではまず第一に海の神であるが、本来は大地神であったと考えられる点が多い。海神としては、彼のほかに、海の老人*ネーレウスがあるが、この古い神の支配を彼が漸次わがものとしたのだと思われる。

彼に関する神話は少い。彼の后は*アムピトリーテー(*オーケアノスの娘)で、二人から*トリートーン、*ベンテシキューメー、*ロデー(*ヘーリオスの妻)が生れた。彼の宮殿はエウボイア島のアイガイ Aigai の沖の海底にあると想定され、彼はここに青銅の蹄に黄金のたて髪の馬を飼い、戦車に駕して、海の怪物を従え、三叉の戟を手に、海を馳せれば、荒波もただちにしずまった。彼は*アポローンと人間の*アイアコスとともに*トロイア王*ラーオメドーンのためにその城壁を築いたが、王は約束の報酬を払うことを拒んだため、トロイアに怪物を送り(ヘーシオネーの項を見よ)、その後トロイア王家に怨みを抱き、アガメムノーンのトロイア遠征ではつねにギリシアの味方をした。《*オデュッセイア》では彼は息子の*ポリュペーモスが*オデュッセウスによって盲にされたので、終始彼の帰国を妨害した。*テーセウスは普通*アイゲウスの子となっているが、ポセイドーンが実父であるとする所伝もある。

彼はギリシアの諸都市が成立して、神々がその主神たる位置を争った時、つねにこの争いに敗れている。アッティカでは彼は三叉の戟で大地をうがち、アクロポリス山上に《海》(歴史時代にはエレクテイオン Erechtheion 神殿内の塩水の井戸)を湧出せしめたが、アテーナーはオリーヴを生え出させ、ゼウスの命じたこの争いの審判者*ケクロプスと*クラナオス、あるいはオリュムポスの神々は、アテーナーを選び、ポセイドーンは怒ってエレウシースの野に洪水を起した。アルゴスでは彼は*ヘーラーと争い、審判者*ポローネウスは女神を選んだので、ポセイドーンはこの地の泉を涸れさせたが、*ダナオスの娘*アミューモーネーが彼の恋人になったために、この災いは止まった。一説には彼は怒ってアルゴスの地を塩水でみたしたが、ヘーラーが彼に水を引かしめたという。このほかにも、彼はコリントスをヘーリオスと争い、*ブリアレオースの審判のもとに、アイギーナ Aigina をゼウスと、ナクソス Naxos を*ディオニューソスと争って敗れている。

ポセイドーンは多くの愛人をもったが、そこから生れた子は怪物か野蛮な人間や馬である。*トオーサから*ポリュペーモス、*メドゥーサから*クリューサーオールと*ペーガソス、アミューモーネーから*ナウプリオス、*イーピメデイアから*アローアダイが生れた。このほか*ケルキューオーン、*スキーローン、*ラモス、*オーリーオーンなど、すべて乱暴者ばかりがポセイドーンから生れている。

ポダルゲー Podarge, Ποδάργη　*ハルピュイアの一人。*ゼピュロスと交わって*アキレウスの戦車をひいた神馬*バリオスと*クサントスを生んだ。なお*ディオメーデース(または*ディオスクーロイ)の馬プロゲオス Phlogeos とハルパゴス Harpagos の母も彼女であると。

ポダルケース Podarkes, Ποδάρκης

1. *プリアモスの少年時代の名。同項を見よ。

2. *イーピクロスの子供の一人。兄弟の*プローテシラーオスとともに*トロイアに遠征、その死後兄のあとをついで、テッサリアのピュラカイ Phylakai の軍の将となった。*アマゾーンの*ペンテシレイアに討たれた時、ギリシア軍は彼の死を悼んで、特別の墓を築いた。

ポダレイリオス Podaleirios, Ποδαλείριος, 拉 Podalirios　*アスクレーピオスの子で*マカーオーンの兄弟。兄弟と同じく名医で、*トロイア遠征に参加した。マカーオーンの項を見よ。トロイア陥落後彼は*カルカース、*アムピロコスたちとともに陸路コロポーン Kolophon に赴き、そこでカルカースを葬ったのち、*デルポイで住むべき場所を神託に伺ったところ、天が落ちて来ても恐れるに及ばない所に住むべしとの答えを得た。これに合致する所とはカーリアの山に囲まれたケルソネーソス Chersonesos 半島であった。一説には彼はこの地に漂着、山羊飼に救われ、国王ダマイトス Damaithos の娘シュルナー Syrna が屋根から落ちて負傷したのを治療したので、彼女とこの半島を与えられ、シュルノス Syrnos の市をそこに創建したという。

ポティーティーとピーナリイー Potitii, Pinarii　二つのローマの古い貴族の家。その祖ポティーティウス Potitius とピーナリウス Pinarius は*エウアンドロスに従って、アルカディアからローマに来た。*ヘーラクレースがローマに来た時、朝夕、自分へ神としての犠牲

を捧げる法を二人に教えた．彼らは朝の犠牲をただしく行なったが，夕の犠牲のおりに，ピーナリウスが時刻におくれたため，ポティーティウスは単独で行なわなければならなかった．ヘーラクレースは怒って，その後ピーナリウスの子孫はポティーティウスの子孫なる神官に犠牲に際して召使として仕えるようにした．犠牲はアウェンティーヌス丘上で毎年行なわれていたが，アッピウス・クラウディウス Appius Claudius の時，彼は莫大な金でポティーティウスの子孫に犠牲の式をやめさせ，これを奴隷に委任させた．このため彼らは盲目となり，まもなく死に絶えたという．

ポデース Podes, Ποδῆς　*トロイア方の*エーエティオーンの子．*ヘクトールの親友．*パトロクロスの死体をめぐる争奪戦で*メネラーオスに討たれた．

ボナ・デア Bona Dea　ローマの女神．《良い女神》の意で，*ファウヌスの娘あるいは妻といわれ，本名はファウナ Fauna，またはファウラ Faula であるという．一説では彼女はファウヌスの娘で，父が不倫にも言い寄ったが，なびかず，ミルトの枝で打たれた．のち，蛇に化して，彼は思いをとげた．一説では彼女はファウヌスの妻で，貞淑だったが，ある日酒に酔い，夫にミルトの枝で打たれて，死んだ．彼は後悔して，彼女を神と祭った．彼女の祭礼は毎年12月にその時の最高官（コーンスルまたはプラィトル）の家でウェスターリス Vestalis と呼ばれる女祭司たちによって行なわれ，葡萄の枝，その他もろもろの木や花で部屋が飾られるが，ミルトだけは用いないのは，上記の原因による．この式には女のみが参加を許された．女神はおそらく大地の精であり，その神殿はアウェンティーヌス Aventinus 丘上の聖岩 Saxum Sacrum の下にあったため，彼女は《岩の下の女神》Subsaxana なる綽号をもっている．なおアウクセーシアーの項を参照．

ボヌス・エーウェントゥス Bonus Eventus　ローマの好い収穫，ひいては成功の神．カムプス・マールティウス Campus Martius に神殿があった．

ホノースまたはホノル Honos, Honor　ローマの《徳》の擬人化神．コリーナ Porta Collina 門外，カペーナ Porta Capena 門（これはのちにウィルトゥス Virtus《武徳》と合祀になった），およびカピトーリウム Capitolium 近くにその神殿があった．

ホプラダーモス Hopladamos, Ὁπλάδαμος　アルカディアの伝説で，*レアーが*ゼウスをはらんでいる時，クロノスよりゼウスを守るべく女神に従っていた巨人の一人．

ポベートール Phobetor, Φοβήτωρ　夢の神．モルペウス，ヒュプノス，オネイロスの項を見よ．

ポボス Phobos, Φόβος　《敗走》の意．*アレースと*アプロディーテーとの子．デイモス Deimos《恐慌》の兄弟．ともにヘーシオドス中の擬人神で神話はない．

ポーモーナ Pomona　ローマの果物 poma の女神．ローマからオスティア Ostia への街道上にその聖森ポーモーナル Pomonal があった．*ウェルトゥムヌスが彼女の愛を得るために種々に身を変じたとか，*ピークスが*キルケの求愛を退けて彼女を愛したとか，彼女に関する恋の物語はいずれも後代のものである．

ホモノイア Homonoia, Ὁμόνοια　《和合》の意．その擬人化．ローマの*コンコルディア．彼女の祭壇がオリュムピアにあった．コンコルディアの項を見よ．

ホモローエウス Homoloeus, Ὁμολωεύς，仏 Homolóée　*アムピーオーンと*ニオベーの息子の一人．父のテーバイ築城を助け，ホモローイダイ Homloïdai 門にその名を残している．

ホーライ　ホーラーたちを見よ．

ホーラーたち Hora, Ὥρα（複数 Horai, Ὧραι），拉 Horae 仏 Heures　季節と秩序の女神．*ゼウスと*テミスの娘で，*モイラたちの姉妹．ヘーシオドスによれば彼女らは三人で，エウノミアー Eunomia《秩序》，*ディケー Dike《正義》，*エイレーネー Eirene《平和》であるが，一般に彼女たちは植物や花を生長させる自然の季節の女神とされ，アッティカでは彼女らの名はタロー Thallo，アウクソー Auxo，カルポー Karpo，（芽生え，生長，結実）とされている．しかしやがて彼女らは春夏（秋）冬の季と同一視されるにいたった．このように ホーラーたちは自然の正しい移り変りと人間社会の秩序の二様の女神と見なされている．したがって彼女らは優雅な三人の美しい乙女の姿で表わされ，通常花あるいは植物を手にしている．特別の神話はなく，つねに第二次的に，主神に従って物語中に現われる．彼女たちは天宮の門の番人である．ときに*ヘーラーを育てたともいわれ，またヘーラーや太陽神の戦車から馬をはずしたり，*アプロディーテー，*ディオニューソス，*ペルセポネー，*デーメーテール，*アポローンなどに従ったりしている．*パーンは彼女たちと好んで遊びたわむれた．彼女らのうちの一人は

西風神*ゼピュロスと交わってカルポス Karpos《果実》を生んだとの後代の伝えがある.

ホラーティウス・コクレス Horatius Cocles 《隻眼のホラーティウス》. エトルリア王ポルセンナ Porsenna がローマに迫った時, ティベル河にかかっているスブリキウス Pons Sublicius 橋をローマ人が破壊するあいだ, スプリウス・ラルティウス Spurius Lartius, ティトゥス・ヘルミニウス Titus Herminius とともに橋頭を守り, 作業が終りに近づいた時に, 仲間の二人を帰し, 橋が破壊されると同時に河中に飛びこんで, およいで帰った. このため彼は隻眼跛行となったという. この話は, カピトーリウム丘下の*ウゥルカーヌスの神域にあったホラーティウスの像と称される隻眼で跛の像(=ウゥルカーヌス)の縁起説明のために作られたものであるらしい.

ポリアス Polias, Πολιάς 《市 polis の守護の女神》としての*アテーナーの称呼. 彼女はこの名のもとにアテーナイのアクロポリスで祭られていた.

ポリーテース Polites, Πολίτης **1.** プリアモスと*ヘカベーの子. *アキレウスに襲われた*トローイロス救援に赴き, *メーリオネースに傷つけられた*デーイポボスを助けた. *トロイア陥落の際にプリアモスの宮殿の祭壇で*ネオプトレモスに殺された. ウェルギリウスの《*アイネーイス》では彼の子*プリアモスが*アンキーセース葬礼競技に参加している.

2. *オデュッセウスの部下の一人で, *キルケーに豚に変えられた男. エウテューモスの項を見よ.

ポリュイーデス または ポリュエイドス Poly(e)idos, Πολύ(ε)ιδος **1.** *メラムプースの子マンティオス Mantios の子*クレイトス の子*コイラノスの子. 彼はエウリュダメイア Eurydameia(*アウゲイアースの子*ビューレウスの娘)を娶り, *エウケーノールとクレイトス Kleitos を得た. 二人は*エピゴノイの遠征に参加した. ポリュイーデスはエウケーノールに*トロイア戦争に赴かなければ天命をまっとうして死ぬが, 参加すれば戦死すると予言した. エウケーノールは後者を選び, *パリスに討たれた. ポリュイーデスは*ベレロポーンに*ペイレーネーの泉で*ペーガソスを捕えることを教え, *イーピトス(*エウリュトスの子)に*ヘーラクレースを*ティーリュンスに訪ねるように勧め, ミューシア王*テウトラースの乱心を治した. もっとも有名なのはクレータ王*ミーノースの子*グラウコスを救った話があるが, これについては同項を見よ. メガラ Megara 市の所伝では彼はコイラノスの子ではあるが, 祖父は*アバースになっていて, 同市の王*アルカトオスを*カリポリス殺害の罪より潔め, *ディオニューソスの神殿を建立したという.

ポリュエイドス *ポリュイーデスに同じ.

ポリュカーオーン Polykaon, Πολυκάων **1.** スパルタ初代王*レレクスの末子で*メッセーネーの夫. 父の王国の分与をうける望みがないので, 妻の考えに従い, アルゴスとラケダイモーンの人々をともない, アンダニア Andania 市を建て, 新しい領土をメッセーネーと呼んだ.

2. *ヒュロスと*イオレーの娘エウアイクメー Euaichme の夫.

ポリュカステー Polykaste, Πολυκάστη **1.** *ネストールの娘. *テーレマコスが父の家を訪れた時, 客人のために風呂を用意した. のちテーレマコスに嫁し, 一子*ペルセポリスを生んだともいわれる.

2. *イーカリオスの妻で*ペーネロペーの母. アカルナーニア Akarnania 人リュガイオス Lygaios の娘. しかしイーカリオスの妻の名は*ペリボイアとも伝えられる.

ポリュクセネー Polyxene, Πολυξένη *プリアモスと*ヘカベーの末の娘. ホメーロスには彼女は出て来ない. その後の*トロイア叙事詩圏の詩のうち, 《キュプリア》 *Kypria* は彼女をトロイア陥落に際し, *ディオメーデースと*オデュッセウスに傷つけられて世を去ったといい, 《イーリオンの陥落》は彼女は同市陥落ののち, *アキレウスの魂を鎮めるため(あるいは帰国の海上航海安全のため)に, 人身御供にされたという. 悲劇はこの伝えに従っている. ここからアキレウスとポリュクセネーの恋の物語が創り出された. アキレウスが*トローイロスを襲ったとき, 彼女もそこにいあわせ, アキレウスが見初めたとも, *ヘクトールの死体を乞いに行ったプリアモスに*アンドロマケーと同行し, 彼女は自分の身をアキレウスの奴隷に供してもと, 彼に懇願して, その心を動かし, 兄の死骸を乞いうけることに成功, アキレウスが彼女に恋するにいたったともいう. 彼は彼女を妻に貰うために, ギリシア軍から身を引いて帰国する, または味方を裏切ってトロイア方につくことを申し出で, その相談にテュムブレー Thymbre の*アポローン神殿に赴いた時に, *パリスが神像の背後より彼を射殺した.

ポリュクセノス Polyxenos, Πολύξενος **1.** *アガステネースの子. *アウゲイアース

の孫. エペイオイ Epeioi 人の将として*トロイア遠征に参加. 帰国後忘れた子を，トロイアでたおれた自分の部下(*クテアトスの子)の名を取って，アムピマコス Amphimachos と呼んだ. *オデュッセウスは，求婚者殺戮後，彼を訪れた際，*トロポニオス，*アガメーデース，*アウゲイアースの話をその上に表わした混酒器(クラーテール)を贈られた. 彼の墓はエーリスにあった.

2. *イアーソーンと*メーデイアの子.

3. *プテレラーオスの子供たちがタポス Taphos 人とともに*ミュケーナイ王*エーレクトリュオーンの領土を襲った時に奪った牛を預けられ，*アムピトリュオーンが彼からこの牛を贖って来たエーリスの王. このポリュクセノスは 1. よりは古い時代に属するから別人であろう.

ポリュクソー Poiyxo, Πολυξώ　1. *ダナオスの妻の一人.

2. *ニュクテウスの妻(娘ともいう). *アンティオペーの母.

3. レームノス Lemnos 島の*アポローン神殿の女祭司で，*ヒュプシピュレーの乳母. レームノスの女たちに夫の殺害を勧めたとも，*アルゴナウテースたち寄航の際に，彼らを歓待することを勧めたともいう.

4. *ヘーラクレイダイの一人*トレーポレモスの妻. 彼女は夫とともにロドスに移り，夫が*トロイアで戦死したのち，その領土の支配者となった. 夫の葬礼競技を行ない，勝利者に白楊の冠を与えた. *トロイア戦争と夫の死の原因たる*ヘレネーがスパルタを追われてロドスに来た時，彼女を殺したとの伝えについては，ヘレネーの項を見よ. しかし一説には，エジプトから*メネラーオスがヘレネーを連れて帰国の途中，島に近づくと，ポリュクソーはロドス人に炬火と石で武装させて，海岸に繰り出したので，メネラーオスは寄航を避けようとしたが，船が風に流され，島に近づくので，召使の女にヘレネーの服装をさせて，ロドス人に引き渡して殺させた. ロドス人はこれに満足して，メネラーオスたちを無事出航させたので，ヘレネーは救われたという.

ポリュクトール Polyktor, Πολύκτωρ　*プテレラーオスとアムピメデー Amphimede の子. *イタコス Ithakos とネーリトス Neritos の兄弟. ケペレーニアより*イタケーに移り，この地の村を作った.

ポリュゴノス Polygonos, Πολύγονος　*ポセイドーンの子プローテウス Proteus とトローネー Torone の子. 兄弟*テーレゴノスとともにトローネーに住み，旅人に相撲を挑んで殺していたが，*ヘーラクレースに退治された.

ポリュダマース Polydamas, Πολυδάμας, (叙事詩形 Pulydamas, Πουλυδάμας)　*トロイアの*パントオスとプロンティス Phrontis あるいはプロノメー Pronome (クリュティオス Klytios の娘)との子. *ヘクトールと同じ夜に生れ，彼の勇武に匹敵する智者. レオークリトス Leokritos の父. *トロイア戦争ではメーキストス Mekistos とオートス Otos を討ち，*メネレーオスに傷つけた. しかし彼の本領は智であって，ギリシア軍営の城壁攻撃を計画，トロイア軍敗走に際しては，一度城内に引きあげることを勧めたが，ヘクトールは聴き容れず，ためにヘクトールは*アキレウスに討たれた. ヘクトールの死後*ヘレネー返還を勧めたが，これもむだに終った.

ポリュダムナ Polydamna, Πολύδαμνα　エジプト王*トーンの妻. *ヘレネーがエジプトに来た時，夫が彼女に手出しするのを妨げるため，彼女をパロス Pharos 島に移し，この島に多い毒蛇の害を蒙らないように薬草を与えた.

ポリュデウケース Polydeukes, Πολυδεύκης, 拉 Pollux　ディオスクーロイの項を見よ.

ポリュデクテース Polydektes, Πολυδέκτης　*マグネース(または*ポセイドーン)と*ケーレビアーとの子. 一説には彼はペリステネース Peristhenes (ポセイドーンと*アミューモーネーの子*ナウプリオスの子ダマストール Damastor との子)とアンドロテアー Androthea (ペリカストール Perikastor の娘)との子である. *ディクテュスの兄弟. セリーポスの王. *ペルセウスに*ゴルゴーンの首を持参するように命じ，彼の母*ダナエーを手に入れようとして，ペルセウスによって石と化せられたことについては，これら二つの項を見よ. なおペルセウスが父*アクリシオスを誤って殺したのち，ペルセウスがポリュデクテースのために催した葬礼競技であったとする奇妙な伝えもある.

ポリュドーラー Polydora, Πολυδώρα　1. *ペーレウスと*アンティゴネー(*エウリュティオーンの娘)の子. *スペルケイオス河神と交わって*メネスティオスを生んだ. のち*ペリエーレースの子*ボーロスに嫁した. 彼女の母は*ポリュメーラー(*アクトールの娘)とする者，彼女をペーレウスの母とする者もある.

2. *オーケアノスの娘たちの一人.

3. *メレアグロスの娘の一人で，*プローテシラーオスの妻. しかし一般にはプローテシラーオスの妻は*ラーオダメイアと呼ばれている.

ポリュドー

4. *ペリエーレースの娘の一人.
5. *ダナオスの娘の一人.

ポリュドーロス Polydoros, Πολύδωρος
1. *カドモスと*ハルモニアーとの子. ニュクテーイス Nykteïs (*ニュクテウスの娘)を娶り,*ラブダコス(*オイディプースの祖父)の父となった. 父の王位を継承したとも, カドモスとともにイリュリア Illyria に赴き, 王位はカドモスの娘*アガウエーの子*ペンテウスが継いだとも, ペンテウスに王位を奪われたともいう.
2. テーバイにむかう七将の一人*ヒッポメドーンの子, *エピゴノイの一人.
3. *プリアモスの末子. ホメーロスでは, 彼は*ラーオトエーの子で, *トロイア戦争が始まった時, まだ弱年なので, 父は戦場に出さなかったが, 足の速いのに自信をもち, 血気にはやって*アキレウスに挑み, 殺され, 着ていた銀の鎧を奪われた. アキレウスの死後*テティスはこれを*アガメムノーンに贈った. 悲劇の主人公としての彼は*プリアモスと*ヘカベーの子で, トロイアの運命が危ういことを知ったプリアモスは彼に莫大な宝をもたせてトラーキアのケルソネーソス Chersonesos の王*ポリュメーストールにあずけた. トロイア陥落後王は金に目がくらんで, ポリュドーロスを殺し, 死骸を海に投ずる. それはトロイアの地に漂着, ヘカベーあるいは彼女の召使が発見する. ヘカベーは捕虜となっていたが, アガメムノーンの許しを得て, ポリュメーストールの二人の子を殺し, 彼自身を盲目にした. 一説にはポリュメーストールの妻はプリアモスの長女*イーリオネーで, ポリュドーロスをあずけられた彼女は両者の名を取りかえて, 実子の*デーイピュロス(あるいはデーイピロス Deiphilos)がポリュドーロスで, ポリュドーロスはデーイピュロスであると人に信じさせる. ポリュメーストールはギリシア軍に唆かされて実子をポリュドーロスと思って殺す. ポリュドーロスはイーリオネーの言により, ポリュメーストールを盲目にして殺したという. デーイピュロスの項を見よ. ウェルギリウスの《アイネーイス》では, *アイネイアースがトラーキアに上陸し, ポリュドーロスの墓場に生えている木の枝を折ろうとしたところ, 木が声を発して, 自分はポリュドーロスを殺した槍から生えたものであると言い, 呪われたこの地に町を建設しようとしたアイネイアースの計画を思いとどまらせたという話がある. さらに他の所伝では, ポリュメーストールは自分の国を荒した*アイアース(*テラモーンの子)

にポリュドーロスを引き渡した. ギリシア軍は*ヘレネーとの交換をトロイア方に求めたが, 拒絶されたので, 彼を市の前で石で打ち殺したという.

ポリュネイケース Polyneikes, Πολυνείκης, 拉 Polynikes, 仏 Polynice *オイディプースと*イオカステー(あるいは*エウリュガネイア)との子.*エテオクレース, *アンティゴネー, *イスメーネーの兄弟. *アドラストスの娘*アルゲイアーを娶り, *テルサンドロスが生れた. 彼については上記の諸項を見よ.

ポリュパテース Polyphates, Πολυφάτης
*メラムプースがこの王の客となっていた時, 犠牲を行なっている最中に, 一匹の蛇が祭壇のそばで王の召使たちに殺された. 王の命によりメラムプースは蛇を葬ったが, これは雌で, 二匹の子蛇をもっていたので, 彼はこれを育てた. この子蛇が彼の耳を潔め, 彼は動物の言葉が判るようになった. これには他の所伝もあり, メラムプースの項を見よ.

ポリュヒュムニアーまたはポリュームニアー Poly(hy)mnia, Πολυ(υ)μνία *ムーサたちの一人. 同項を見よ. 竪琴と農業の発明者とされ, したがって*トリプトレモス(*ケレオスまたはケイマロオス Cheimarrhoos)の母(父は*アレース)とされていることもある. 舞踊, ときに幾何学, ときに歴史をつかさどると考えられている. このほか, 彼女は*エロース, さらに*オルペウスの母(普通は*カリオペー)に擬せられていることがある.

ポリュペイデース Polypheides, Πολυφείδης, 拉 Polyphides 1. マンティオス Mantios の子.*メラムプースの孫. *アポローンから予言の術を授かった. 父と争って, 国を去り, アカイアに住んだ. 一男*テオクリュメノス, 一女ハルモニデー Harmonide があった.
2. シキュオーンの24代の王. *アガメムノーンと*メネラーオスが子供の時, 乳母が*テュエステースより遁すために, 彼にあずけたが, 彼はさらに*オイネウスに二人を託した. *トロイア戦争のときにもなお彼は王位にあったという.

ポリュペーモス Polyphemos, Πολύφημος, 拉 Polyphemus, 仏 Polyphème 1. ラピタイ族の一人. *エラトスとヒッペー Hippe の子. 実際は*ポセイドーンの子といわれる. *カイネウスの兄弟. *ラーオノメー(*ヘーラクレースの娘とも伝えられる)を妻とした. ラピタイ族と*ケンタウロス族との闘争に参加, *アルゴナウテースたちの遠征にも加わったが, ミューシ

ポルキュス

ア Mysia で*ヒュラースが泉のニンフたちにさらわれた時,ヘーラクレースとともにヒュラースを探しているあいだに,船が出帆したので,彼はミューシアに一市キオス Kios を建設して,その王となった.彼はのちポントス Pontos 地方のカリュベス Chalybes 人との戦闘で死んだ.

2. *ポセイドーンとニンフの*トオーサの子で,*キュクロープスたちの一人.オデュッセウスとガラテイアの項を見よ.

ポリュペーモーン Polypemon, Πολυπήμων
*プロクルーステースに同じ.

ポリュボイア Polyboia, Πολύβοια
1. *ヒュアキントスの姉妹で,*アルテミスおよび*ペルセポネーと同一視されている女神.
2. *オイクレースの娘.

ポリュボイテース Polypoites, Πολυποίτης
1. *アポローンとプティーアー Phthia の子.兄弟の*ドーロスと*ラーオドコスとともに*アイトーロスに殺された.
2. *ペイリトオスと*ヒッポダメイアの子.父が*ケンタウロスたちをペーリオン山から追い払った日に生れたという.彼が生れてまもなく母は世を去り,父もアテーナイの*テーセウスの所に行った.成人して父の王位を継ぎ,*ヘレネーに求婚し,トロイア戦争にはギュルトーン Gyrton 人を率い,40隻の船をもって参加,勇戦し,*パトロクロスの葬礼競技に出場,木馬の勇士(シノーンの項を見よ)の一人.トロイア陥落後友だちの*レオンテウスとともに,陸路*カルカース,*ポダレイリオス,*アムピロコスに従ってコロポーンに赴いた.
3. *オデュッセウスと*カリディケー(テスプロ-ティアの女王)との子.母の王位を継承した.

ポリュボス Polybos, Πόλυβος 1. *ヘレネーと*メネラーオスを歓待したエジプトのテーバイ王.
2. シキュオーンの王.*ヘルメースとクトノピューレー Chthonophyle(*ゼウクシッペーと*シキュオーンの娘)との子.その娘リューシアナッサ Lysianassa あるいは*リューシマケーはアルゴス王*タラオスに嫁し,*アドラストスの母となった.王には男子なく,アドラストスがその後継者となった.
3. コリントスあるいはシキュオーンの王.*オイディプースの養父.2.と同人か不明.

ポリュボーテース Polybotes, Πολυβώτης
*ギガース(巨人)と神々との戦で,*ポセイドーンに追われてコース Kos 島に遁れたとき,神がこの島の一片を取ってその上に投じて殺したギガース.この一片はニーシューロス Nisyros 島であるとされている.

ポリュポンテース Polyphontes, Πολυφόντης
1. *アウトポノス Autophonos の子.アルゴスの七将がテーバイ遠征に赴き,*カイトローン山に来た時,使者に立った*テューデウスの帰途を50人の兵とともに待ち伏せしたテーバイの隊長.テューデウスは*マイオーン以外のすべての者を殺した.このときの隊長はポリュポンテースで,マイオーンとリュコポンテース Lykophontes であるとする伝えもある.
2. *ヘーラクレイダイの一人.*クレスポンテースを殺して,その領土メッセーネーとその妻*メロペーを奪ったが,クレスポンテースの子*アイピュトスに殺された.メロペー,アイピュトスの項を見よ.
3. *ラーイオスの伝令使.ラーイオスが*オイディプースに出会った時に,道を開けよと命令し,オイディプースが従わなかったので,その馬の一頭を殺して彼を怒らせ,オイディプースはラーイオスとポリュポンテースを殺した.オイディプースの項を見よ.

ポリュメーストール Polymestor, Πολυμήστωρ トラーキア王.*プリアモス王の娘*イーリオネーの夫.ポリュドーロス,ヘカベー,《ヘカベー》,デーイピュロスの項を見よ.

ポリュメーデー Polymede, Πολυμήδη
*アウトリュコスの娘.*アイソーンの妻.*イアーソーンの母.夫が自殺した時,*ペリアースを呪って,みずからも縊れて死んだ.アイソーンの妻の名は*アルキメデーであるとする者もある.

ポリュメーラー Polymela, Πολυμήλα
1. *ピューラースの娘.*ヘルメースと交わって*エウドーロスの母となってのち,エケクレース Echekles(*アクトルの子孫)に嫁した.
2. 風神*アイオロスの娘.*オデュッセウスとひそかに通じ,彼が出発の時に見せた不機嫌によって父に見破られ,罰せられんとしたが,彼女の兄弟が,アイオロスの子供たちの習慣に従い,彼女を妻にせんことを乞うたので,許された.
3. *アクトールの娘で,*ペーレウスが*テティスと結婚する前の妻とも,ペーレウスの娘ともいわれる.

ポルキュス Phorkys, Φόρκυς 海の神.*ポントスと*ガイアの子.*ネーレウス,*タウマース,*エウリュビアー,*ケートーの兄弟.ケートーを妻とし,*グライアイ(したがって彼女ら

はポルキデス Phorkides（《ポルキュスの娘たち》と呼ばれる）、*スキュラ、その他の海の怪物の父となった。彼の住居はペロポネーソス北岸のアカイア Achaia のアリュムニオン Arymnion、あるいは*イタケーまたはケパレーニア Kephallenia であるという。ローマの伝えでは、彼はコルシカとサルディニアの王で、*アトラースに海戦で敗れて、溺死、海神と祭られたという。

ポルクス Pollux　ギリシアの*ポリュデウケースのラテン名。ディオスクーロイの項を見よ。

ポルターオーン Porthaon, Πορθάων
アゲーノル Agenor とエピカステ Epikaste との子。*プレウローンの孫。*シリュドーンとプレウローンの王。*エウリュテー（*ヒッポダマースの娘）を娶り、オイネウス、アグリオス Agrios、*アルクトス、*メラース、レウコーペウス Leukopeus の五男と、一女*ステロペーの父となった。

ポルテウス Portheus, Πορθεύς, 仏 Porthée
1. *ポルターオーンの別名。
2. *エキーオーン（*トロイア戦争の木馬の勇士の一人で、最初に木馬から飛び出し、落ちて死んだ男（シノーンの項を見よ））の父。

ポルテュス Poltys, Πόλτυς　*ポセイドーンの子。トラーキアのアイノス Ainos の王。*アマゾーンの帯を取りに行った*ヘーラクレースが帰国の途中この地に寄航し、ポルテュスの客となったが、出航する時、その海岸でポルテュスの兄弟である放埒な男*サルペードーンを射殺した。*トロイア戦争の時に、トロイア人はポルテュスに使を送って味方になることを乞うたが、彼はその代償に*ヘレネーを求め、トロイア方はかわりに二人の美女を送ったが、彼は来援しなかった。

ポルトゥーヌス Portunus（ポルトゥムヌス Portumnus とも称せられるが誤り）　ローマの港（portus）あるいは門（porta）の神。特別の神官団を有し、8月17日がその祭日（Portunalia）。ギリシアの*パライモーンと同一視され、したがってマーテル・*マトゥータの子となっている。

ポルトゥムヌス　ポルトゥーヌスの項を見よ。

ポルバース Phorbas, Φόρβας　1. テッサリアの*ラピテース王とオルシノメー Orsinome、あるいは王の子*トリオパースの子。*ラピタイ族と*ケンタウロス族との戦闘に加わった。彼に関しては相互に矛盾する伝えがある。一つは彼はテッサリアのドーティオン Dotion から、兄弟の*ペリエルゴスとともにクニドス Knidos あるいはロドス Rhodos に移住し、彼はイアリューソス Ialysos に、兄弟はカメイロス Kameiros の地に住んだという。他は彼がテッサリアよりペロポネーソス北岸のオーレノス Olenos に移ったとするもので、ここでエーリス王アレクトール Alektor は*ペロプスを恐れて彼と同盟を結び、自分の王国を分ち、ポルバースはアレクトールの姉妹ヒュルミーネー Hyrmine を、アレクトールはポルバースの娘ディオゲネイア Diogeneia を娶った。*アウゲイアースと*アクトールはポルバースの子である。

2. テッサリアのプレギュアイ族に属し、ポーキス Phokis のパノペウス Panopeus の人。*デルポイへの道で旅人をとらえ、自分との拳闘を強いて、殺していたが、*アポローンが子供に身を変じて近づき、彼と闘って打ち殺した。

3. *テーセウスの戦車の術の師。レスリングの発明者ともいわれる。

4. *アルゴスの子。エウボイア Euboia を娶り、*トリオパース、*メッセーネー（普通はトリオパースの娘、したがってポルバースの孫とされている）を得た。

5. 《*アイネーイス》中、*プリアモスの子。*メネラーオスに討たれた。夢の神は彼の姿で*パリヌールスに近づき、海中に投じた。

6. コリントス王*ポリュボスの羊飼。

7. メーティーオーン Methion の子。キューレーネー Kyrene 人。*ペルセウスに殺された。

ポルピュリオーン Porphyrion, Πορφυρίων
オリュムポスの神々と戦った*ギガース（巨人）の一人。*アポローンに射殺された。一説には彼は*ヘーラクレースと*ヘーラーに立ちむかったところ、*ゼウスがヘーラーに対する欲情を彼に起させ、彼が女神の衣を引き裂いて手籠めにせんとした時、彼女の助けを求める声に、ゼウスは雷霆を投じ、ヘーラクレースは矢で、彼を退治したという。

ボルモス Bormos, Βῶρμος　マリアンデューノス Mariandynos、ティティアース Titias（またはティテュオス Tityos）の子。収穫時に泉に水を汲みに行き、水のニンフにさらわれた。一説では狩で死んだとある。毎年収穫時に、彼を嘆く祭が行なわれた。

ボレアース Boreas, Βορέας, 仏 Borée
北風神。曙の女神*エーオースと星神*アストライオスとの子。西風*ゼピュロス、南風*ノトスの兄弟。北方トラーキアのハイモス Haimos 山の洞穴に住み、美術では翼ある有髯の姿

で表わされている. アテーナイ王*エレクテウスの娘*オーレイテュイアをイーリッソス Ilissos 河畔(あるいは*アレイオス・パゴス)よりさらい, 二人のあいだに*カライスと*ゼーテースが生れた. *エリクトニオスの牝馬と馬形で交わり, 12頭の仔馬を得たが, それは麦畑の上を走っても穂がなびかず, 海上を走っても小波も立たないほど軽快だった. *エリーニュスや*ハルピュイアの一人とも同じく馬を生んだ.

ボレアダイ Boreacai, Βορεάδαι, 仏 Boréades 北風神*ボレアースの子*カライスと*ゼーテースのこと. 同項を見よ.

ポロス Pholos, Φέλος アルカディアのポロエー Pholoe に住んでいた*ケンタウロス. *シーレノスととねりこの木のニンフの子. *ケンタウロス の項, ヘーラクレースの項中エリュマントスの猪狩の項を見よ.

ホーロス Horos, Ὧρος エジプトの神. *イーシスと*オシーリスの子. ギリシアでは*ハルポクラテースとして現われている. オシーリスが殺されてのち, イーシスはホーロスを生んだ. 彼は多くの困難を克服して, ついにセト Set (=*テューポーン) を罰することに成功した. 彼はときには鷹の頭をもった騎馬の武者として表わされているが, ハルポクラテースとしては, 口に手をくわえた, ふとった子供として表わされることが多い. 彼はギリシアの*ヘーラクレース, *アポローン, *エロースとき

に同一視されている.

ボロス Boros, Βῶρος *ペリエーレースの子. *ポリュドーラー(*ペーレウスと*エウリュティオーンとの娘*アンティゴネーの娘)を妻とした.

ポローネウス Phoroneus, Φορωνεύς アルゴスの伝えで, *イーナコス河神とニンフの*メリアー(*オーケアノスの娘)との子で, 最初の人間とされている. *アイギアレウス(と*ペーゲウス)の兄弟. ペロポネーソス全体を支配し, ニンフのテーレディケー Teledike(あるいはケルドー Kerdo, または*ペイトー)から*ニオベー(*ゼウスが最初に愛した人間の女), *アーピス, カール Kar(メガラの初代王)を生んだ. *イーアソス, *リュルコス, *ペラスゴス, *アゲーノールなども彼の子のなかに加えられることがある.

彼は*ポセイドーンと*ヘーラーとがペロポネーソスの所有を争った時, 審判を命ぜられ, ヘーラーにこれを帰した. 彼はヘーラー崇拝の移入者, 都市に人間を集中し, 火の使用を教えた者とされている.

ポントス Pontos, Πόντος 《海》の擬人神. *ガイア(大地)と*アイテールとの子. ガイアと交わって*ネーレウス, *タウマース, *ポルキュス, *ケートー, *エウリュビアーの父となった. このほか*ブリアレオースと*テルキーネスも彼の子とする者もある.

マイア Maia, Μαῖα 1. *アトラースの娘(母は*プレーイオネー, したがってマイアは*プレイアデスの一人, あるいは*ステロペー)で, アルカディアのキュレーネー Kyllene 山に住み, *ゼウスと交わって, *ヘルメースの母となった. *カリストーの死後, *アルカスを育てたという.

2. ローマの古い女神. *ウゥルカーヌスとともに祭られ, 5月1日に彼女に供物が捧げられた. 豊穣神であったらしいが, 1. のマイアとのち混同された結果, *メルクリウスと関係づけられて, 5月15日の彼の日にも祭られている.

マイアンドロス Maiandros, Μαίανδρος, 拉 Maeander, 仏 Méandre 小アジアの同名の

マイオーン 270

河の神. 大洋神*オーケアノスと*テーテュースとの子. サミアー Samia (サモス Samos 島にその名を与えた), *キュアネエー(*カウノスと*ビュブリスの母), カリロエー Kallirrhoe らの娘や*マルシュアースとバビュス Babys もまた彼女の子であるといわれる.

マイオーン Maion, Μαίων　1. テーバイの*ハイモーンの子. エウリーピデースは母は*アンティゴネーであるとするが, 普通は彼女はハイモーンと結婚する前に死んだことになっている. リュコポンテース Lykophontes と50人の武装した者とともにテーバイにむかう七将の一人*テューデウスを待ち伏せしたが, マイオーン以外の者はすべてテューデウスに討たれた. テューデウスがたおれたとき, マイオーンは彼を葬った.

2. ホメーロスの一族の祖. したがってホメーロスはしばしばマイオニデース Maionides と呼ばれている. マイオーンは詩人の父(母は*クリテーイス)で, ディーオス Dios の兄弟(ヘーシオドスの父)とも, クリテーイスの後見者とも, 詩人の祖父とも, また詩人は人間の子ではなく, マイオーンはその養父とも伝えられる.

マイナス Mainas, Μαινάς, 複数 Mainades, Μαινάδες, 拉 Maenas, 仏 Ménades　バッケーの項を見よ. テューイアス Thyias (複数 Thyiades)ともいう. ディオニューソスの項参照.

マイナデス　マイナスを見よ.

マイナロス Mainalos, Μαίναλος, 拉 Maenalus, 仏 Ménalos　アルカディア王*リュカーオーンの子. 同地のマイナロス山およびマイナロン Mainalon 市に名を与えた. *ゼウスの食卓に子供の肉を供することを父に勧め, 雷霆に撃たれて死んだ. 他の伝えでは, 彼は*アルカスの子で, *アタランテーの兄弟となっている. マイナロス山は*パーンの遊び場として有名であった.

マイラ Maira, Μαῖρα　1. *アトラースの娘で, アルカディアのテゲア Tegea 市に名を与えた*テゲアーテース(*リュカーオーンの子)の妻. 夫婦の墓が同市の広場にあった. 彼女はレイモーン Leimon, スケブロス Skephros, *キュドーン, アルケディオス Archedios, ゴルテュス Gortys の母である.

2. *イーカリオスの愛犬. 主人の死を知らせ, *エーリゴネーが自殺したのち, その墓のそばで死んだも, オニグロス Onigros の泉に飛びこんで自殺したともいう. *ディオニューソスはこの犬を星座(カニス Canis)のなかにおいた. この犬は*オーリーオーンの犬であったともいう.

3. *ロクロスの母.

マーウォルス Mavors　*マールスに同じ. 同項を見よ.

マカイレウス Machaireus, Μαχαιρεύς　*デルポイの神官でダイタース Daitas の子. *ネオプトレモスが父の死に対する責任を*アポローンに問うべくデルポイに来て, 奉納品を略奪し, 神殿に放火したため, あるいはアポローンに捧げた犠牲獣の肉を神官が取るのに反対したために, マカイレウスに殺された. ただしこれは普通の伝説では異る. ネオプトレモスとオレステースの項を見よ.

マカーオーン Machaon, Μαχάων　医神*アスクレーピオスの子. *ポダレイリオスの兄弟. 母は普通*エピオネー Epione といわれるが, *アルシノエー Arsinoe, クサンテー Xanthe, *ラムペティエー Lampetie, ときに*コローニスの名も彼の母として挙げている伝えがある. ポダレイリオスとともに, テッサリアのトリッケー Trikke, イトーメー Ithome, オイカリア Oichalia の軍勢を30隻の船にのせ, これを率いて*トロイア遠征に参加, 医者として, また戦士として, 働いた. *パンダロスの矢に傷ついた*メネラーオス, *ピロクテーテースなどの傷を治療したが, 彼自身も*パリスの矢にあたり, *ネストールの陣でその女奴隷*ヘカメーデーに看病された. 彼は木馬の勇士中(シノーンの項を見よ)にも数えられ, *エウリュピュロス(*テーレポスの子)または*ペンテシレイアに討たれ, その灰をネストールはゲレーニア Gerenia にもち帰った. マカーオーンはアンティクレイア Antikleia (ディオクレース Diokles の娘)を娶り, ニーコマコス Nikomachos, ゴルガソス Gorgasos の二子を得た. このほかにアレクサーノール Alexanor, ポレモクラテース Polemokrates, スピュロス Sphyros, アルコーン Alkon も彼の子であるという. 彼はゲレーニアで単独に, またポダレイリオスとともに, 父のアスクレーピオスの神域で, 崇拝をうけていた.

マカリアー Makaria, Μακαρία　*ヘーラクレースのただ一人の娘. 母は*デーイアネイラ. *オイテー山上でヘーラクレースが火葬壇で焼かれた時, その火を消した. その後, 兄弟たちとともにトラーキース Trachis に, ついで*エウリュステウスがアテーナイを攻めた時, 神託が人身御供を求めたので, 身を捧げ, かくして味方に勝利を与えた. アッティカのマラトーンにマカリアーの泉がある.

ヘーラクレイダイの項を見よ.

マカルまたはマカレウス Makar, Μάκαρ, Makareus, Μακαρεύς 《*イーリアス*》ではレスボスの王. 普通は太陽神*ヘーリオスと*ロドスとの子で, 兄弟テナゲース Tenages を殺して, この島に遁れたことになっているが, 一説には彼は*ゼウスの子クリーナコス Krinakos の子で, ペロポネーソス北岸のオーレノス Olenos の人であり, *デウカリオーンの洪水後イオーニア人その他の移住民を率いてレスボスに移った. 同じころ*ラピテースの子*レスボスもまた*デルポイの神託によりこの島に移住, マカルの娘*メテュムナーを娶り, レスボス島にその名を与えた. マカルにいま一人の娘ミュティレーネー Mytilene があり, メーテュムナーとともに同名の二つの市にその名を与えた. さらに他の所伝ではマカルは*アイオロスの子で, その娘アムピッサ Amphissa は中部ギリシアのロクリス Lokris にある同名の市に名を与え, *アポローンの恋人となった.

マカレウス Makareus, Μακαρεύς, 拉 Macareus, 仏 Macarée　1. *マカルに同じ.

2. *アイオロスの子. 姉妹の*カナケーとの不倫の恋については同項を見よ.

3. アルカディア王*リュカーオーンの息子の一人.

4. *オデュッセウスの部下の一人. イタリアのカーイエータ Caieta に残され, のち*アイネイアースに発見された.

マグナ・マーテル Magna Mater　キュベレーの項を見よ.

マグネース Magnes, Μάγνης　テッサリアのマグネーシア Magnesia に名を与えた祖. 普通*アイオロスとニナレテー Enarete との子とされている. 水のニンフと交わって, *ポリュデクテースと*ディクテュスを得た(これらの項, および*ペルセウス, ダナエーの項を見よ). このほかに, エイノエウス Einoeus, アレクトール Alektor, エウリュノモス Eurynomos, *ピーエロスも彼の子とされている.

マグネースは, また, *ゼウスと*テュイアーの子で*マケドーンの兄弟とも, *アルゴス 3 と*ペリメーレー(*アドメートスの娘)との子で, *ヒュメナイオスの父とも(ヘーシオドスの説), ヒュメナイオスの父のピーエロスの父ともされいてる.

マケドーン Makedon, Μακεδών　マケドニア人に名を与えた祖. 系譜は一定せず, *ゼウスと*テュイアーとの子で, *マグネースの兄弟, あるいは*アイオロスの子, あるいは*リュカーオーンの子, あるいは*オシーリスの子で, オシーリスが全世界を征服した時, マケドニアを与えられた, あるいはマケドーンは本来からマケドニアの地の人であったともいわれる.

マケロー Makello, Μακελλώ　ダーモーン Damon の娘. デクシテアー Dexithea の姉妹. マケローは姉妹(あるいは母?)と*アポローン, *ゼウス(および*ポセイドーン)を自分の食卓に招いたことがある. ポセイドーン(あるいはゼウス)は, テルキーネス人(またはプレギュアイ Phlegyas 人)が*ステュクス河の水で小麦に害をなした時, 三叉の戟で彼らを打ったが, 彼女たちは許した. デクシテアーはクレータの*ミーノース王の妻となり, 一子エウクサンティオス Euxanthios を生み, 彼は母とマケローが神々を迎えた所にコレーソス Koresos 市《乙女の市》を建てたという. ただしこの地名はギリシア先住民族の言語からの遺産であって, 《乙女の市》(kore《乙女》)は俗解語源にすぎない.

マートゥータ Matuta, Mater　ローマの女神. 曙の女神とされているが, むしろお産と成長の女神として崇拝され, 6月11日のマートラーリア Matralia, すなわちローマの主婦の祭での主神であった. その神殿はフォルム・ボウァーリウム Forum Bovarium (牛市場)にあった. のち, ローマでは彼女は*イーノー・*レウコテアーと同一視された. オウィディウスによると, 彼女は海の女神となってのち, イタリアに来て, スティムラ Stimula (=Semele) の聖森中で*バッケーたちに会い, 彼女たちは*ディオニューソスの仇として, マートゥータに襲いかかった. 彼女の叫び声をちょうどそこを通りかかった*ヘーラクレースが聞いて, 救助にかけつけ, 彼女を*エウアンドロスの母*カルメンタに預けた. カルメンタは彼女とその子*ポルトゥーヌスとがローマで崇拝されるだろうと教た.

マニアー Mania, Μανία　狂気の擬人化された女神.

マーニア Mania　*マーネースと同じく, 古いラテン語で《よい女》の意か(?) 彼女はおそらく死の女神で, *ラレース(あるいはマーネース)の母とされている. コムピターリア Compitalia (ラレースの祭)で彼女も祭られていた.

マネース Manes, Μάνης　プリュギア王. *ゼウスと*ガイアとの子ともいわれる. *カリロエーと交わってアテュス Atys, *コテュス, アクモーン Akmon の父となった.

マーネース Manes　ローマの死者の霊の

マラトーン

総称. 生者に害をすると恐れられ, そのため彼らは manes《よい人々》と呼ばれたらしい. この語には単数形はなく, 集合名詞的に複数で Di Manes の形で用いられた. Feralia, Parentalia, Lemuria の祭で彼らに供物が捧げられた. 祖先の祭 Parentalia は*アイネイアースが父*アンキーセースのために行なった祭に始まると伝えられる. またある年ローマ人がこの祭を行なうことを怠ったところ, 死者たちは墓から出て来て, 町中に広がり, 祭を行なうまでは鎮まらなかったという. マーネースはさらに地下の神々(= di inferi, すなわち*ディース, *オルクス, *プロセルピナら)および冥界の総称となり, 一方祖先の霊(di parentes)の意, さらに個人の墓ができると, その所有者たる個人の霊の意になって, このばあいにも複数形のまま単数に用いられている.

マラトーン Marathon, Μαραθών

アッティカのマラトーンに名を与えた祖. シキュオーン王*エポーペウスの子. 父親に不正にも追放されて, アッティカに亡命, 最初の法を設定, 父の死後帰国, シキュオーンとコリントスの王となり, その子*シキュオーンと*コリントスは二市に名を与えた.

マリアンデューノス Mariandynos, Μαριανδυνός

小アジアのビテューニア Bithynia に住むマリアンデューノス人に名を与えた祖. このほかにパプラゴニア Paphlagonia の一部を支配し, *ベブリュクス人の国を併合した. *ピーネウス(トラーキア王)と*イーダイアとの子とも, キムメリオス Kimmerios, *プリクソス, あるいは*ゼウスの子ともされている.

マリーカ Marica

ラティウムのリーリス Liris 河口のミントゥルナイ Minturnae 市のニンフ. *ファウヌスと交わって*ラティーヌスを生んだ. 彼女は*キルケーと同人と考えられていた.

マルシュアース Marsyas, Μαρσύας

プリュギアのケライナイ Kelainai に近いマルシュアース河神といわれる*サテュロスまたは*シーレーノス. この地で崇拝され, 市の保護神, オーボエ笛の音楽の発明者とされていた. この点で彼はときに*キュベレーの従者の中に加えられることがある. ヒュアグニス Hyagnis と*オリュムポス(あるいは*オイアグロス)の子ともいわれる. 彼は明らかにアジアの神であるが, ギリシアの神話中では, 女神*アテーナーが発明し, それを吹くと頬がふくれて, 顔を醜くするとの理由で棄てた笛を拾い, たくみに吹くようになったので, *アポローンに音楽の競技を申しこんだ. 勝者は敗者を自由にするとの条件で, *ムーサたちの審判下に競技が行なわれ, キタラを演奏したアポローンが勝ち, マルシュアースを木に縛りつけて, 生皮を剝いだ, またはスキュティア人に切り刻ませた. その血, あるいは彼を悲しむ者の涙から, 同名の河が流れ出た.

マールス Mars, Mavors, Mamers

ローマにおいて, *ユーピテル, *クゥイリーヌスとともに, ヌマ Numa 王が特別の神官団サリイー Salii を付した主神. 彼の名は《マーウォルス》Mavors に由来するらしく, ラティーニー族に近い関係にあるオスク族やサビーニー族のあいだではこの神は《マーメルス》Mamers と呼ばれていた. 彼の祭はローマでは春(彼の名を冠した Martius の月, すなわち三月)と秋(十月)に集中されていた. 三月にはサリイーは古歌を唱しつつ, 青銅時代の型に属する 8 字形の楯 (ancilia)をもつ武装の姿で練り歩き, 10月15日には, 彼の祭壇のあった Campus Martius で二頭立の戦車競走が行なわれ, 勝利を得た組の中の外側, すなわち右側の馬が神に捧げられ, その首が争われた. このほかにも戦車競争(equirria)が三月と十月に行なわれた. さらにラッパの祭(Tubilustrium)は三月に, 十月には武具の潔めの祭(Armilustrium)と, 同じく ancilia の行事があった.

彼はギリシアの*アレースと同一視され, ローマの軍神として, 《グラディーウゥス》Gradivus《進軍する者》と呼ばれ, その神話は, ほとんどすべてアレースからの借物にすぎない. ただ一つオウィディウスが伝えている, 彼と*アンナ・ペレンナ(同項を見よ)との関係は別である. 彼はさらに*ロームルスと*レムスの父とされている. 彼の聖獣は狼, 聖鳥はきつつきである. 彼は軍神であるとともに, 一面農業牧畜の神としての職能をもっていたらしく, 彼の祭日が三月と十月に集中していることも, この面からも解釈することを許すように思われるが, 一方古代の軍の行動もまた三月から十月の気候のよい時期に行なわれたので, 本来軍神であった彼が, 同時にその崇拝者たちの土地の保護者となったとも解し得る. さらに彼は元来地下神で, 死者との関係から軍神に転じたとの説もある. 彼の神殿内, カペーナ Capena 門外のと, のちアウグストゥスがフォルムに建てたマールス・ウルトル Ultor《復讐者》のそれが主なものである.

なおローマ人以外にも, マールシー Marsi, マルーキーニー Marrucini, マーメルティーニ

— Mamertini などの諸民族もまたこの神を彼らの祖としている.

マルペーッサ Marpessa, Μάρπησσα　*エウエーノス河神とデーモニーケー Demonike との娘. *アレースの孫娘. ときには*オイノマーオスと*アルキッペーとの娘ともいわれる. *イーダースが彼女に恋して, *ポセイドーンから与えられた有翼の戦車で彼女をさらった時, 同じく彼女に恋をしていた*アポローンがあとを追い, イーダースはアポローンと戦わんとした. そこで*ゼウスが中に入り, 彼女に選択を委せたところ, 彼女は, アポローンが自分が年をとった時に棄てるであろうと考えて, イーダースを選んだ. イーダースとマルペッサからのち*メレアグロスの妻となった*クレオパトラーが生れた.

マルマクス Marmax, Μάρμαξ　*ヒッポダメイアの求婚者の一人. *オイノマーオスに殺され, 彼の馬パルテニアース Parthenias とエリパース Eriphas と一緒に葬られた.

マローン Maron, Μάρων　トラーキアのイスマロス Ismaros の地のエウアンテース Euanthes の子. *アポローンの神官. *オデュッセウスが彼とその家族を保護してやった礼に, 葡萄酒をオデュッセウスに与えた. オデュッセウスが*ポリュペーモスを酔わして酔れたのはこの酒である. のちの作者はマローンを*ディオニューソスと関係づけ, エウアンテース, あるいはマローン自身がこの神の子であるとし, さらにノンノスらは彼を*シーレーノスの子で, ディオニューソスのインド遠征に従ったことにしている.

マンティネウス Mantineus, Μαντινεύς, 拉 Mantineus, 仏 Mantinée　アルカディアの王*リュカーオーンの息子の一人. その娘アグライアー Aglaia は *アパース (*リュンケウスと*ヒュペルメーストラーとの子) に嫁し, *アクリシオスと*プロイトスの母となった.

マントー Manto, Μαντώ　1. 予言者*テイレシアースの娘で, 彼女自身も予言の術にすぐれていた. *エピゴノイによってテーバイが攻略された時, 父を導いて落ちて行くうちに, テイレシアースはハリアルトス Haliartos で死んだ. エピゴノイは, テーバイを攻略した時に, 戦利品のなかからもっともよいものを*アポローンに捧げると誓ったので, 戦利品の一部とともにマントーを*デルポイに送った. 彼女はこの地に長らく滞在したのち, 神の命によって小アジアのクラロス Klaros 市を建設, クレータ人*ラキオスの妻となり, 有名な予言者*モプソスを生んだ.

モプソスは一説にはアポローンの子とされている. エウリーピデースは*アルクマイオーンが狂気のあいだにマントーによって*アムピロコス (彼の同名の叔父と区別) と一女*テイシポネーを得たとしているが, このマントーはテイレシアースのではなくて, *ポリュエイドースの娘ともいわれる.

2. *メラムプースの娘. 同項を見よ.

3. ウェルギリウスによれば, イタリアのマントゥア Mantua 市に名を与えた女. このマントーは 1. と同じで, イタリアに来て, アルバ・ロンガ Alba Longa 市の王ティベリウス Tiberius, あるいはティベル河と結婚し, *オクヌス (*アウクヌス) が生れ, 彼がマントゥア市を建てて, 母の名をつけたといわれている. さらに*アイネイアースを冥界に導き, タルクゥイニウス Tarquinius に予言の書を売った*シビュレーもまたマントーであるとする説もある. また彼女は, テーバイ陥落の際, 悲しみのあまり泉になったとする者もあるが, いずれも後代の物語に属する.

ミ

ミセー Mise, Μίση　ヘーローンダース (前 3 世紀) の作品中に最初に現われる女神. オルペウス教では彼女は男女両性を具有しており, 東洋起源の地下神か (?)

ミーセーノス Misenos, Μισηνός, 拉 Misenus　イタリアのミーセーヌム Misenum 岬にその名を与えた男. *オデュッセウスの従者の一人とも, *ヘクトールの従者で, 彼の死後*アイネイアースに従い, そのラッパ手であったともいう. カンパニアに船が泊っていた時, 彼はいかなる神よりも自分の方がラッパがうまいと誇ったので, ほら貝を吹く*トリートーンが怒って彼を海に突き落した. 彼はミーセーヌムの地に葬られた.

ミセリコルディア Misericordia　ローマの《憐れみ》の女神. *ニュクス (夜) と*エレボス (暗黒) との娘とされている.

ミダース Midas, Μίδας　小アジアのプリ

ミニュアイ

ュギアの伝説的な王．彼はそこに*シーレーノスがつねに訪れる庭をもっていた．ミダースはシーレーノスを捕えるべく，庭の泉に酒を混ぜておいて，彼を酔わしめ，彼が目がさめた時に，その智を自分に伝えることを求めた．その内容は古代において問題となっていたが，アリストテレースは人生は苦難であり，生れることは災いであると言ったと伝え，またアイリアーノスは，この世界の外にエウセベース Eusebes《敬虔な》とマキモス Machimos《戦の》の二大国があり，前者の住民は幸福に一生を送り，笑いのうちに世を去り，後者の住民は武装して生れ，一生を戦闘に暮すが，両者ともに金銀をわれらが鉄を有するごとくに所有し，富み栄えている．この両民族があるときこの世界訪問を思い立ち，オーケアノスを渡って，この世のなかでもっとも幸福な民族である*ヒュペルボレイオス人の国に到着して，その憐れなさまを見て，また自分の国に戻ったという話をしたと伝えている．

また別の所伝では，シーレーノスがはぐれて，捕えられた時に，彼を歓待したので，シーレーノスはミダースになにごとでも望みをかなえてやると言った．王は自分が触れた物がすべて黄金となることを欲した．この望みはかなえられたが，王が食べようとする物がすべて黄金となり，空腹に耐えかねて，*ディオニューソスに救いを求めた．神は彼にパクトーロス Paktolos 河の源で身を潔めることを命じた．このためにこの河には黄金が流れているという．またパーンと*アポローンが音楽の競技をした時に審判者となった彼は，パーンに勝利を与えた．アポローンは怒って彼の耳が愚かであるとて，耳をろばの耳に変えた．王はプリュギア帽の下にこれをかくしていたが，王の床屋がこれを知り，人に話したくてたまらないが，王の怒りを恐れて，地に穴を掘り，穴の中へ王の秘密を話して，その上に土をかけておいたところ，そこから葦が生え，風にそよいで秘密を語った．

ミニュアイ　ミニュアース人を見よ．

ミニュアース　Minyas, Μινύας　ボイオーティアの古都オルコメノス Orchomenos の住民ミニュアース人に名を与えた祖．*ポセイドーンの子，あるいはこの神の子クリューセース Chryses とクリューソゲネイア Chrysogeneia (*ハルモスの娘)の子．《ミニュアースの宝庫》なるものがオルコメノスに残っているが，これは発掘の結果*ミュケーナイ時代の古墳であることが判明している．彼には後継者オルコメノス Orchomenos，*キュパリッソス，《ミニュアデス》と呼ばれる三人の娘(同項を見よ)，*ティテュオスの母エラレー Elare，プリアース Phlias の母アライテュレイア Araithyreia，*イアーソーンの祖母となった*クリュメネーなど多くの娘があり，これらを通じて，イオールコスその他の地の系譜につながっている．なお*アルゴナウテースたちも《ミニュアイ》と呼ばれている．ミニュアースと彼らとのあいだの関係は，かつて密接であったに相違ないが，これに関する伝承はまったく失われて不明である．

ミニュアース人　Minyas, Μινύας，複数 Minyai, Μινύαι　先史時代のボイオーティアのオルコメノス市を中心とし，*ミニュアースを祖とする民族．彼らは*イアーソーンの市たるテッサリアのイオールコス Iolkos を領有し，この他にもペロポネーソスのエーリス Elis，トリピューリア Triphylia，エーゲ海上のテーラ Thera 島，レームノス島(アルゴナウテースたちの遠征の項を見よ)にもミニュアース人を祖とする民族があった．アルゴナウテースたちもミニュアース人と呼ばれ，それは彼らが大部分ミニュアースの娘たちの子孫であったからだといわれているが，伝存のアルゴナウテースたちのリストはこれに反する．しかしこの物語の古い形ではおそらくそうであったのであって，のちにこの冒険に当時の英雄のすべての者が加わったごとくに改められたものであろう．

ミニュアデス　Minyades, Μινυάδες，単数 Minyas, Μινυάς　オルコメノス王*ミニュアースの三人の娘レウキッペー Leukippe，アルシッペー Arsippe，*アルキトエー(アルカトエー Alkathoe)のこと．彼女たちは，*ディオニューソスの祭に，他の女たちが*バッケーとなって山に行ったのに，家に留まったために，神罰を蒙り，狂気となり，レウキッペーの子ヒッパソス Hippasos を仔鹿と思って八つ裂にしたのち，他の女と同じく山に出かけた，あるいはこうもりとなった．その間の事情は作者によって多少異なる．一説には彼女らの腰掛の囲りにつた(蔦)や葡萄のつるが生え，酒と乳が流れ，光がさし，野獣や太鼓，笛の音が聞え，驚き恐れた彼女らは気が狂ったという．またこの際にディオニューソスが乙女に身を変じて現われ，彼女らの怠慢を責めたが，彼女らに嘲笑され，神は彼女らの眼前で牡牛，豹，ライオンに身を変じ，彼女らは気が狂ったともいわれる．

ミネルウァ　Minerva　イタリアの技術，職人の女神．ギリシアの*アテーナーと同一視されている．カピトーリウムの三神として，*ユーピテルの神殿に*ユーノーとともに祭られて

いるが、この三柱の神の崇拝形式はエトルリアから移入されたものらしく、彼女もまた同じ所からの移入であるかも知れない．彼女のいま一つの神殿がカイリウス Caelius 丘にあり、これはファレリイ Falerii が前241年に陥落した時に建てられたもので、主神は Minerva Capta《捕えられたミネルヴァ》と呼ばれる．またアウェンティーヌス Aventinus 丘に、ポーメーリウム Pomerium 外に、第二ポエニ戦争中より作者、俳優その他の職業のギルドの中心になった神域があった．彼女は3月19～23日のクゥインクゥアトルス Quinquatrus と呼ばれる祭日を有し、学校もこの日には休みになった．彼女の持物や神話はすべて*アテーナーからの借り物である．

ミーノース Minos, Μίνως　クレータの伝説的な古い時代の王．*ゼウスと*エウローペーの子．*ラダマンテュスと*サルペードーンの兄弟．兄弟はエウローペーを娶ったクレータの支配者*アステリオーン（またはアステリオス Asterios）に育てられた．ミーノースという名は、エジプトの Pharao と同じく、先史時代のクレータ王を指す名称であったかも知れない．彼は法を制定し、彼の弟ラダマンテュスもまた名高い立法者であって、この二人は死後*アイアコスとともに冥府の判官となった．ミーノースは善政を行ない、九年毎に*イーデー山中の洞窟に赴いて、ゼウスより教えをうけたという．彼は太陽神*ヘーリオスと*ペルセー(イス)の娘パーシパエー（一説にはアステリオーンの娘クレテー Krete）を娶り、息子*カトレウス、*デウカリオーン、*グラウコス、*アンドロゲオース、娘*アカカリス（またはアカレー Akalle）、クセノディケー Xenodike、*アリアドネー、*パイドラーを、またニンフのパレイア Pareia より*エウリュメドーン、*ネーパリオーン、*クリューセース、*ピロラーオス、またニンフのデクシテアー Dexithea よりエウクサンティオス Euxanthios を得た．このほか彼の愛した女には*ブリトマルティス（同項を見よ）、*ペリボイア（同項を見よ）ら数多く、パーシパエーはこれを怒って呪いをかけたので、多くの女たちは彼の身体より出て来るさそりや蛇に殺されてしまった．しかしミーノースのもとに遁れて来た*プロクリスは、ミーノースのもっていた魔法の犬と投槍と交換条件で、*キルケーの根と称する液を無害にする薬草を飲ませたのち、彼と枕を交わした．また彼は男色の点でも多くの話がある．美少年*ミーノトスを愛して兄弟と争い、アリアドネーを奪った*テーセウスをもその後愛して、娘パイドラーを与えたとの話があり、さらに*ガニュメーデースを奪ったのも、ゼウスではなく彼であるともいわれる．

アステリオーンが子なくして世を去った時、彼は自分がクレータの支配者となろうとして反対された．彼は神々からその王国を授けられたと称し、その証拠に神はいかなる自分の願いも聞き容れられるとて、*ポセイドーンに海底より牡牛を送られんことを祈り、かつその牛を神に捧げることを約した．神は海より見事な牡牛をつかわしたので、彼は王国を得たが、牡牛を惜しんで自分の牛群に加え、他の牛を海神に捧げた．ポセイドーンは怒って牡牛を兇暴にした．*ヘーラクレースが捕えた牡牛はこれである．またパーシパエーが牛に対して欲情を抱くようにさせ、彼女は牡牛に恋し、*ダイダロスの援助によって牝牛に化け、交わった結果生れたのが半人半牛の怪物《ミーノースの牡牛》すなわち*ミーノータウロス（一名*アステリオス）である．彼はこれをダイダロスに造らせた迷宮*ラビュリントス中に閉じこめた．子供のアンドロゲオースの死の復讐のためにアテーナイを攻め、そのあいだにメガラ市をも攻略した．その間の話についてはニーソスとスキュラの項を見よ．アテーナイは疫病に苦しめられて降伏、ミーノースは毎年ミーノータウロスの餌食として各七人の少年少女を捧げることを強いた．テーセウスはその人数の中に加わり、ミーノースの娘アリアドネーの援けによって、迷宮中に入って、ミーノータウロスを退治した．テーセウス、アリアドネー、ミーノータウロスの項を見よ．ミーノースはその後逃亡したダイダロスのあとを追ってシシリアに行き、その王*コーカロスによって殺された．ダイダロス、コーカロスの項を見よ．この際彼に従っていたクレータ人たちはヘーラクレイア・ミーノーア Herakleia Minoa 市を建設したといわれ、ここにミーノースの墓なるものがあった．これはアクラガース Akragas 市の独裁者テーローン Theron が破壊し、その灰はクレータに移された．

ミーノータウロス Minotauros, Μινώταυρος, 拉 Minotaurus, 英・独 Minotaur, 仏 Minotaure　*ポセイドーンが海から送った牡牛と*パーシパエー（*ヘーリオスの娘でクレータ王*ミーノースの后）とのあいだに生れた、牛頭人身の怪物．ミーノースは*ダイダロスに入れば出口のわからなくなる迷宮*ラビュリントスを造らせ、その中にミーノータウロスを閉じこめ、アテーナイから毎年（三年ごと、九年ごとともいう）おのおの七人の少年少女を貢として

取り，これをミーノータウロスに供した．*テーセウスがその中の一人となってクレータに来て，ミーノースの娘*アリアドネーの援助を得て，怪物を退治した．Minotauros は《ミーノースの牡牛》の意で，先史時代クレータ島に栄えた華麗な文化の遺跡には牡牛崇拝と闘牛が行なわれていたことが知られ，Labyrinthos は labrys《両刃の斧》より出た名であるしく，これもまた同島の遺跡にその表象的使用が認められる点より，この話は昔のこの文化の遠い記憶を保有しているものと思われる．

ミマース Mimas, Μίμας　オリュムポスの神々と戦った*ギガースたちの一人．*ヘーパイストスが熔鉱を投げつけて，あるいは*ゼウスが雷霆で撃って，殺した．

ミマロネスまたはミマロニデス Mimallones, Μιμάλλονες, Mimallonides, Μιμαλλονίδες　*バッケーたちのマケドニア名．

ミュグドーン Mygdon, Μύγδων　1. プリュギアの*サンガリオス河岸の一領域の王．おそらくプリュギア（あるいはトラーキア）のミュグドーン人の祖（？）　*アマゾーンに襲われた時，*プリアモスに助けられた返礼に，*トロイア戦争では*トロイアに来援した．彼は*コロイボスの父である．

2. *アミュコスの兄弟で，同じく*ベブリュクス人の王．*ヘーラクレースは*リュコスを援けて，彼を破り，その地にポントスのヘーラクレイア Herakleia 市を創建した．

ミュ(ー)ケーナイ Mykenai, Μυκῆναι　アルゴリスの平野の北西隅の丘にあった町．先史ギリシア時代の前 16〜12 世紀のあいだ，ギリシア本土の一大中心地として栄え，その後期 1400〜1150 年は，この市の名よりミュケーナイ時代と称せられる絢爛たる文化の中心であった．ここには壮麗な墳墓や城址，宮殿の遺構が残っている．ホメーロスの*トロイア遠征の総帥*アガメムノーンはここの城主であった．

ミュラー Myrrha, Μύρρα　キュプロス王*キニュラースの娘．同項およびアドーニスの項を見よ．彼女はまた*スミュルナーとも呼ばれている．

ミュリーネー Myrine, Μυρίνη　1. 《イーリアス》中*アマゾーンの女勇士．彼女はオーケアノスの岸に住むアトランテス Atlantes 族の国に大軍をひきいて侵入，これを降し，彼らの願いによって*ゴルゴーンたちと戦闘，のちアフリカ，エジプト，シリアより小アジアを経て，カイコス Kaikos 河の地に帰った．のち，彼女はトラーキア王*リュクールゴスに追放さ

れたモプソス Mopsos 王に殺された．ただしこの遠征譚は後代の作り物で，ギリシア神話とは関係がない．

2. レームノス王*トアースの妻で，*ヒュプシピュレーの母．同島には同名の町がある．

ミュルティロス Myrtilos, Μυρτίλος　*ヘルメースとパエトゥーサ Phaëthusa（*ダナオスの娘）あるいはクリュメネー Klymene との子．*ペロプスが*オイノマーオスの娘*ヒッポダメイアの求婚に来た時，彼女はペロプスに恋し，オイノマーオスの御者ミュルティロスに援助を求めた．ミュルティロスは彼女を愛していたので（あるいはペロプスに売収されて），オイノマーオスの戦車の車輪のこしき（穀）にくさび（轄）を差し込まず，戦車競走でオイノマーオスの車がはずれ，オイノマーオスは死んだ．オイノマーオスは死ぬ前にこの奸計を知って，ミュルティロスがペロプスの手にかかって死ぬように呪った．ペロプスはヒッポダメイアとミュルティロスとともに旅行中，渇をおぼえた妻のために水を持参すべく立ち去った．このあいだにミュルティロスは彼女を犯さんとした．これを彼女より聞いて，ペロプスは，その名を取ってミュルトーン Myrtoon と呼ばれる海へミュルティロスをゲライストス Geraistos 岬から突き落した．ペロプスが彼に約束の褒美を与えないですむように殺したともいう．ミュルティロスは死後ヘルメースによって戦車のアウリーガ Auriga《御者》星座に変えられた．

ミュルトー Myrto, Μυρτώ　*メノイティオスの娘．*パトロクロスの姉妹．*ヘーラクレースとのあいだに一女エウクレイア Eukleia を得た．エウクレイアは未婚で世を去った．*アルテミス・エウクレイアはロクリスとボイオーティアの各地で祭られていた．マカリアーの項を見よ．

ミュルミドネス　ミュルミドーン人の項を見よ．

ミュルミドーン Myrmidon, Μυρμιδών　ミュルミドーン人の祖．*ゼウスとエウリュメドゥーサ Eurymedusa との子で，*アイオロスの娘*ペイシディケーを妻とし，*アクトールとアンティポス Antiphos の二子を得た．彼の娘エウポレイマー Eupolemia は*アルゴナウテースたちの遠征に参加した*アイタリデースの母である．しかし一説には彼は*ペリエーレースの子ディオプレーテース Dioplethes の子であるとされている．

ミュルミドーン人 Myrmidon, Μυρμιδών, 複数 Myrmidones, Μυρμιδόνες　　テッサリアの

プティーア Phthia の民族。*アキレウスに従って*トロイアに遠征した。彼らは《蟻》Myrmex より名づけられたといわれる。その由来についてはアイアコスの頁を見よ。

ミーレートス Miletos, Μίλητος　イオニアのミーレートス市に名を与えた、この市の建設者。*ミーノースの孫娘*アカカリスと*アポローンの子で、ミーノースの怒りを恐れて母親は彼を生んだ時に棄てたが、森で牝狼に育てられ、ついで羊飼に拾われた。ミーノースがのち、彼の美貌にうたれて、彼の素姓を知らずして彼を犯そうとしたので、*サルペードーンの勧めでカーリア Karia に遁れ、ミーレートス市を建て、エウリュトス Eurytos 王の娘*エイドテアーを娶り、*カウノスと*ビュブリスの二子を得た。

オウィディウスはミーレートスの母はデーイオネー Deïone で、彼はミーノースに追われて小アジアに赴き、*マイアンドロス河神の娘*キュアネエーを娶り、上記の二子を得たという。さらに他伝では彼の母はクレオコス Kleochos の娘アレイアー Areia で、母に棄てられ、クレオコスに拾われた。その美貌のためにミーノースに犯されんとして、サモス Samos に遁れ、ここにミーレートス市を建ててのち、カーリアにあった同名の後代の市を築いた。

ム

ムーサ Musa, Μοῦσα, 複数 Musai, Μοῦσαι, 拉 Musa, 英・独・仏 Muse　文芸、音楽、舞踊、哲学、天文など、人間のあらゆる知的活動の女神。*ゼウスと*ムネーモシュネーが九夜のあいだ交わって、九人のムーサを生んだという。このほかに彼女たちを*ハルモニアーの、あるいは*ウーラノスと*ガイアの娘とする説もある。その数も、*デルポイやシキュオーン Sikyon では三人、レスボスでは七人とされているが、ヘーシオドスは彼らを九人とし、これが正規と考えられるにいたった。もっとも古い時代には彼女たちはトラーキアのピーエリア Pieria (*オリュムポスの近く) と ボイオーティアの*ヘリコーン山 (*ヒッポクレーネーの泉) に崇拝の中心をもち、*ピーエリデスと呼ばれ、これはテッサリアのエーマティア Emathia の王*ピーエロスがその父であったからともいわれる。ローマ時代もかなりのちになってから、彼女たちの一人一人にその宰領する領域が定められた。これによると*カリオペー (またはカリオペイア) Kalliope(ia) は叙事詩で、書板と鉄筆、*クレイオー Kleio は歴史、巻物あるいは巻物入れ、*エウテルペー Euterpe は抒情詩で、笛、*タレイア Thaleia は喜劇、喜劇のマスク (つたの冠あるいは羊飼の杖) を持ち、*メルポメネー Melpomene は悲劇、コトゥルノス kothurnos と称する悲劇の靴をはき、マスク、葡萄の冠をいただき、*テルプシコラー Terpsichora は合唱隊抒情詩と踊りで、堅琴、*エラトー Erato は独吟抒情詩で、堅琴、*ポリュヒュムニアー (またはポリュムニアー) Poly(hy)mnia は讃歌、ウーラニアー Urania は天文で、杖をもっている。彼女らには独立の神話は少い。彼女らは*アポローンと*マルシュアースの争いの審判をしたと一説には伝えられ、*タミュリスは彼女らと音楽を競って盲目にされ、*セイレーンたちは競技に負けて海に身を投じた。またカリオペーは*オルペウスの母とされている。プラトーンやアリストテレース以来、彼女らの崇拝を行なう団体が学校にあったところから、アレクサンドレイアでムーセイオン Museion《ムーサの神殿、神域》というのは教育、研究機関の名となった。

ムーサイ　ムーサを見よ。

ムーサイオス Musaios, Μουσαῖος　ホメーロス以前の伝説的詩人。*オルペウスまたは*リノスの弟子あるいは子と称せられ、彼の名のもとに伝わる神託集があった。

ムーサゲテース Musagetes, Μουσαγέτης《*ムーサの指導者》の意。*アポローンの称呼の一つ。

ムーニコス Munichos, Μούνιχος　1. アッティカの港ムーニュキア Munychia に名を与えた王 (アッティカの?)。彼はトラーキア人に追われて来た*ミニュアース人を迎え入れて、この港の囲りに住まわせたので、彼らはこの地に彼の名を冠した。

2. エーペイロスのモロッソス人の王ドリュアース Dryas の子。敬虔な予言者。妻レランテー Lelante とのあいだに三男一女があった。彼の町が匪賊に襲われて、防ぎ得ず、彼らの逃げこんだ塔に賊どもは火を放ったが、*ゼウスは彼らを憐れんで、鳥に化した。

ムーニートス Munitos, Μούνιτος　*テーセウスの子*アカマースが使者として*トロイ

アに来た時に, *プリアモスの娘*ラーオディケーと通じて生れた子. 彼は*アイトラーにあずけられ, トロイア陥落後アイトラーは子供をアカマースに渡した. ムーニートスはその後テッサリアで狩の最中, 蛇に咬まれて世を去った.

ムネーステウス Mnestheus, Μνησθεύς　*アイネイアースに従ったトロイア人. アイネイアースの催した海上競技で二等を得た. ローマのメムミー Memmi 氏の祖とされている.

ムネーモシュネー Mnemosyne, Μνημοσύνη　《記憶》の擬人化された女神. *ウーラノスと*ガイアの, あるいは大洋神*オーケアノスと*テーテュースの娘. *ゼウスは彼女とピーエリア Pieria で九夜つづけて枕を交わし, 一年後に九人の*ムーサたちが生れた.

ムネーモーン Mnemon, Μνήμων　《記憶す, 注意せる》の意. *アキレウスが*トロイア出征に際し, *アポローンの子を殺せば彼もたおれるとの神託があったので, これを英雄が忘れないように, その母*テティスはムネーモーンなる従者をアキレウスにつけた. しかしだれがアポローンの子かわからぬままに, アキレウスはテネドス島で, アポローンの子*テネースを討ち, 彼は怒ってムネーモーンを槍で突き殺した.

ムルキベル Mulciber　ローマの*ウゥルカーヌスの称呼. その意味と語源に関して定説がない.

メ

メガイラ Megaira, Μέγαιρα　*エリーニュスたちの一人. 同項を見よ.

メガペンテース Megapenthes, Μεγαπένθης
1. *ティーリュンス王*プロイトスの子. *ペルセウスは, 誤って父*アクリシオスを殺した時, 自分の手にかかって死んだ人のあとを相続するのを恥じて, メガペンテースと交換を行ない, アルゴスを彼に譲り, 自分はティーリュンスの支配者となった. メガペンテースには一子*アナクサゴラース, 一女イーピアネイラ Iphianeira があった.
2. *メネラーオスと女奴隷テーレーイス Tereis (またはピーエリス Pieris) との子. スパルタのアレクトール Alektor の娘を妻とした. 庶子であるため父の相続ができず, 王国は*オレステースに帰した. オレステースが母殺しの罪で*エリーニュスたちに追われているあいだ, 異母兄弟*ニーコストラトスとともに*ヘレネーを追い出したとの伝えもある. ヘレネーとポリュクソーの項を見よ.

メガメーデー Megamede, Μεγαμήδη　テスピアイ王*テスピオスの妻. アルネオス Arneos の娘. 彼女より生れた50人の娘はすべて*ヘーラクレースと交わって, 男子を生んだ. ヘーラクレースの項を見よ.

メガラー Megara, Μεγάρα　1. テーバイ王*クレオーンの娘. *ヘーラクレースがオルコメノス人を破った褒美として, 王は彼に娘を妻として与えた. ヘーラクレースが*ケルベロス犬を取りに冥界に降りているあいだに, エウボイアから*リュコスが来て, クレオーンを殺し, メガラーとその子供たちをも殺さんとしているところへ, 英雄が帰って来て, リュコスを討ったが, *ヘーラーが《狂気》を送って, 英雄を狂わしめたため, 彼は妻を射殺し, *アムピトリュオーンをも殺さんとした時, *アテーナーが彼を眠らせた. これはエウリーピデースの劇《*ヘーラクレース(狂える)》の筋であるが, 他の人々はメガラーは死なず, 英雄は彼女を*イオラーオスに与えたという. また英雄は一年のあいだ国外に亡命, *イーピクレースと*リキュムニオスが呼び返しても帰らないので, 二人はメガラーを伴って, 捜索の旅にいで, ついに*ティーリュンスでみながめでたく出会ったという話もある. また変った話では, メガラーはリュコスの娘で, 彼はヘーラクレースに娘を与えたために, ヘーラーによって狂気にされ, 娘と子供を殺したとするのもある. 彼女の子供たち(三人あるいは八人)の墓がテーバイにあり, 崇拝をうけていた.
2. *イクシーオーンの母. *ポルバースとポリュメーロス Polymelos が言い寄ったのを拒んだために殺されたが, イクシーオーンはのちその復讐をした.

メガレウス Megareus, Μεγαρεύς　メガラ Megara 市に名を与えた英雄. *ポセイドーンとオイノペー Oinope (*エポーペウスの娘)との子. ときに*アポローン, あるいは*アイゲウスの子ともされている. ボイオーティアのオンケーストス Onchestos の出身. 彼の長子*ティーマルコス Timarchos は*ディオスクーロイのアッティカ遠征の際に戦死した. 末子エウヒッ

ボス Euhippos は*キタイローン山のライオンに食われ, その復讐をした者に娘を与える約束をした. *アルカトオスがこの仕事を成しとげて, エウアイクメー Euaichme を妻にもらった. *ニーソス王が*ミーノースに攻囲された時, メガレウスはその愛助に出かけて戦死し, アルカトオスがこの市(当時ニーサ Nisa と呼ばれていた)を再建した時, メガラと名を改めた. メガラの伝えでは, 市は陥落したことなく, ニーソスの娘イーピノエー Iphinoe をメガレウスが娶り, そのあとをアルカトオスが継いだのであると.

メーキステウス Mekisteus, Μηκιστεύς

1. *タラオスと*リューシマケー(*アバースの娘)の子. *アドラストス, *パルテノパイオス, *プローナクス, *アリストマコス, *エリピューレーの兄弟. テーバイにむかう七将の一人. テーバイで*メラニッポスに討たれた. 彼の子*エウリュアロスは*エピゴノイの一人である.

2. アルカディア王*リュカーオーンの息子の一人.

メゲース Meges, Μέγης *ピューレウスと*クティメネー(オデュッセウスの姉妹)の子. 他の伝えでは彼の母は*ティーマンドラー(*テュンダレオースの娘)となっている. *ヘレネーの求婚者の一人, したがって*トロイア遠征に加わり, ペーダイオス Pedaios, クロイスモス Kroismos, アムピクロス Amphiklos を討ち取った. トロイアから無事帰還したとも, 負傷して, 帰国の途中で世を去ったともいう.

メーストラー Mestra, Μήστρα *エリュシクトーンの娘. *デーメーテールによって飽くことのない空腹にせめられた父に供するため, 彼女は身を奴隷に売ったが, 彼女は愛人の*ポセイドーン神から身体を自由に変ずる術を教わっていたから, つねに主人の所から帰っては, ふたたび身を売って, 父の資をかせいだ.

メーストール Mestor, Μήστωρ 1. *ペルセウスと*アンドロメダーとの子. *ペロプスの娘*リューシディケーを娶って, *ヒッポトエーの父となった. この娘と*ポセイドーンとのあいだに生れたのが*タピオスである.

2. *タピオスの子*プテレラーオスの子の一人.

3. *プリアモスの子の一人. *イーデー山中で牛を奪いに来た*アキレウスに殺された.

メーゼンティウス Mezentius エトルリアのカイレ Caere の王. *アイネイアースがイタリアに来た時に, 彼と戦った. その事情については種々の伝えがある. 最古のカトー(前2世紀)の《オリーギネース》Origines では, ルトゥリー Rutuli 族の王*トゥルヌスはアイネイアースに一敗を喫し, 自分の領土とラティウムの葡萄の収穫の半分を与える約束でメーゼンティウスを味方に招いた. アイネイアースは*ユーピテルに同じ誓いをした. トゥルヌスとアイネイアースはともに戦場でたおれ(アイネイアースは不思議に姿を消したともいう), *アスカニウスは同じ誓いを神にして, メーゼンティウスを討った. これがウィーナーリア Vinalia 祭の起源で, この祭でユーピテルに葡萄の収穫を捧げた. ディオニューシオス・ハリカルナッスス(前1世紀)の伝えでは, 最初の会戦でトゥルヌスと*ラティーヌスがたおれた. ルトゥリーはメーゼンティウスを味方に招いて, 会戦, 夜になって引きわけとなったが, アイネイアースは姿を消し, アスカニウスがそのあとを継いだ. 彼はメーゼンティウスに休戦の代償としてラティウムの葡萄の収穫を求められ, これを*ゼウスに捧げる誓いをした. アスカニウスは月のない闇夜に敵陣を襲い, メーゼンティウスの子*ラウッスが討たれた. メーゼンティウスは和平を乞い, アスカニウスは彼に自由に退却することを許し, メーゼンティウスはその後アスカニウスの味方となった. ウェルギリウスはメーゼンティウスを暴君で, 人民に追われて, トゥルヌスに身を寄せ, ラウッスとともにアイネイアースに討たれたとしている.

メーター Meta, Μήτα *イオーンの子ホプレース Hoples の娘. アテーナイ王*アイゲウスの最初の妻となったが, 子供ができなかった. テーセウスはアイゲウスが他の妻とのあいだにもうけた子である.

メタネイラ Metaneira, Μετάνειρα, 拉 Metanira エレウシース Eleusis 王*ケレオスの妻. *デーメーテールを自分の子の乳母として迎えたが, 女神が彼女の子を火中に投じて不死にしようとしているのを見て, 驚いて声を立てたために, 子供を殺してしまった. ときに彼女はアッティカのヒッポトオーンティダイ Hippothoontidai 氏の祖ヒッポトオーン(*ポセイドーンと*アロペーの子)の妻とされている.

メタボス Metabos, Μέταβος 《アイネーイス》中, プリーウェルヌム Privernum の支配者で, エトルリア出身, ウォルスキー Volsci 族の王. *カミラの父. ローマの伝承では彼はメタポンティオン市の祖*メタポントスと同一視されていて, ギリシアの伝えではメタボスはアリュバース Alybas の子となっている.

メタポントス Metapontos, Μεταπόντος

南イタリアのメタポンティオン Metapontion 市の祖.*メタボスと同人で,この市は以前は メタボン Metabon と呼ばれていたという.彼 は*シーシュポスの子で*アイオロスの孫とも, *アイオロス二世(アイオロスの娘アルネー Arne と*ポセイドーンとの子)とボイオートス Boiotos の養父ともされている.アイオロスの 項を見よ.

メタルメー Metharme, Μεθάρμη　キュブ ロス王*ピュグマリオーンの娘.*キニューラー スの妻となり,オクシュポロス Oxyporos,*ア ドーニスの二男と,オルセディケー Orsedike, ラーオゴレー Laogore,ブライシアー Braisia の三女を生んだ.これらの娘は*アプロディー テーの怒りにふれて,異邦人と枕を交わし,エ ジプトで死んだ.

メッサポス Messapos, Μέσσαπος　**1**. 南 イタリアのイリュリア Illyria 族メッサピイー Messapii にその名を与えた祖.しかし同名の 英雄で,ボイオーティアのエウボイア島側にあ る山メッサピオン Messapion に名を与えた人 がある.彼もまた南イタリアに赴き,メッサピ イーの祖となったと伝えられる.

2. 《*アイネーイス》中,エトルリア人で,海 神*ネプトゥーヌスの子.火も刃も彼を傷つけ ることのできない不死身.*トゥルヌスの味方 の一人.

メッセーネー Messene, Μεσσήνη　アルゴ ス王*トリオパースの娘.*ポルパースの孫(一 説には娘).ラケダイモーン王*レレクスの末子 *ポリュカーオーンに嫁した.兄弟ミュレース Myles が王位についたので,メッセーネーの勧 告により夫は,ラケダイモーンとアルゴスの兵 士の援助のもとに,メッセーネーを征服し,妻 の名をこの地に与え,アンダニア Andania を 主都とし,エレウシース Eleusis から*ポリュ カーオーンがもたらした*デーメーテールと*ペルセポネ ーの秘教を設置した.メッセーネーではポリュ カーオーンとメッセーネーは神として祭られて いた.

メーデイア Medeia, Μήδεια, 拉 Medea, Media, 仏 Médée　*コルキス王*アイエーテス と*イデュイアとの娘.太陽神*ヘーリオス の孫.*キルケーの姪.後代の説では,メーデイ アの母は*ヘカテーで,キルケーはメーデイア の姉妹とするものもある.彼女は魔法に通じ, その力によって,*アルゴナウテースたちとと もに彼女の国に金毛の羊皮を取りに来た*イアー ソーンを助けて,成功させた.彼女はイアー ソーンとともに遁れ,父の追跡の手を避けるため に,連れて来た弟の*アプシュルトスを殺して, 八つ裂にした.アルゴナウテースたちの遠征, イアーソーン,アプシュルトスの項を見よ.彼 女とイアーソーンの結婚は*パイアーケス人の 王*アルキノオスの宮殿で,后の*アーレーテ ーの取り計らいで行なわれた.これらの項を見 よ.彼女はイアーソーンとイオールコス Iolkos に帰ると,イアーソーンの父親*アイソー ンとイアーソーンとを苦しめた*ペリアースに 復讐するために,まず年老いたアイソーン,あ るいは年老いた牡羊を細かに切り刻んで,薬草 の入った大釜に投入して,煮て,アイソーンあ るいは牡羊がふたたび無事な姿で,しかも若返 って出て来るのをペリアースの娘たちに見せた. 娘たちはペリアースを同様に切り刻んで,大釜 に入れて煮たが,メーデイアは偽の薬草しか入 れなかったので,ペリアースの娘たちは父殺し となった.このためイアーソーンとメーデイア はペリアースの子*アカストスによってイオー ルコスから追われた.しかしアカストスは父 の意に反して*アルゴナウテースたちの遠征に 参加,成功して*アルゴーが無事帰国した時,メ ーデイアがただ一人*アルテミスの女神官と称 して上陸,ペリアースの娘たちをだまして,父 を殺させ,二人はアカストスに王国を与えて, 去ったという.しかしヘーシオドスでは二人が イオールコスに定住し,*メーデイオスが生れたと いう.二人はコリントスに遁れて,しばらく無 事に暮し,*メルメロスと*ペレースの二人の子 が生れた.コリントス王*クレオーンが娘*グ ラウケー,あるいは*クレウーサをイアーソー ンの妻にしようとしたので,メーデイアはその 祝いに毒を塗った衣裳を贈り,花嫁がこれを着 た時,衣裳から火が出て,彼女と父王と宮殿と を焼き払った.メーデイアは二人の子を殺して (二人の子は彼女の行為に対して怒った群集に 石で打ち殺されたともいう),有翼の戦車に乗 って,アテーナイ王*アイゲウスのもとに遁れ た.ここでアイゲウスと結婚した彼女は,*テ ーセウスを害しようとしたが果さず(同項を見 よ),彼女は追われし,アイゲウスとのあいだ の子*メードスを連れてアジアに帰った.メー ドスはメーディア Media 人にその名を与えた 祖となった.コルキスに帰った彼女は,父アイ エーテースの位を叔父の*ペルセースが奪って いたので,ペルセースを殺し,父のために王国 を回復してやった.彼女は,その後,不死とな って,エーリュシオンの野で*アキレウスとと もに住んでいるとの伝えもある.イアーソーン とのあいだには,上記のほかに,一女エリオー

ピス Eriopis があり，またディオドーロスは *テッサロス，アルキメネース Alkimenes, ティーサンドロス Tisandros の三子の名を挙げている．

《メーデイア》 Medeia, Μήδεια エウリービデースの，前431年に《*ピロクテーテース》，《ディクテュス》，《刈り入れる人々》とともに上演された作品．

*メーデイアの援助によって金毛の羊を得た*イアーソーンは，さらに彼女の力をかりて*ペリアースを謀殺し，コリントスに遁れる．土地の王*クレオーンには娘以外に子がなく，イアーソーンを婿にしようとする．メーデイアの同情者たるコリントスの女の合唱隊．子供らの守役の老人がクレオーンがメーデイアの魔法による報復を恐れて，彼女と子供らを追放にしようとする噂があると言うところへ，王が現われて彼らの追放を宣する．王の去ったのち彼女は復讐を誓う．イアーソーンが追放される妻子が不自由せぬように金子を持参する．メーデイアは彼の忘恩を責め，偽善をあざ笑う．追放中の身の彼はこの結婚によって富裕となり権力を握り，メーデイアと子供らを助けるつもりだと功利的詭弁をもって答える．メーデイアは猛り狂い，彼の提供するすべてを拒絶する．彼が去ったあとヘアテーナイ王*アイゲウスが現われ，イアーソーンの卑劣を責め，保護を約する．メーデイアは子供らに花嫁への贈物と偽って毒を塗った衣裳と頭飾を持参させる．そこへ子供らの追放は許されたとの報がもたらされる．しかし彼女は子供を奪われてひとり孤独の追放者にあることを苦しがせる．子供への愛と復讐心との矛盾に悶える．使者が登場，花嫁は贈られた衣裳を身につけると，身体を焼かれて死に，救わんとしたクレオーンも同じ運命に陥ったと告げる．メーデイアは子供殺しを決心し，家に入る．救わんとして合唱隊は扉を打ち叩くが甲斐がない．イアーソーンが子供の生命を救わんとかけつけるがすでに遅い．メーデイアは竜の引く車に駕して遁れ去る．

メーデイオス Medeios, Μήδειος *イアーソーンと*メーデイアの子．*ケイローンに養育された以外には物語はない．

メーティオーン Metion, Μητίων アッティカの王*エレクテウスと*プラークシテアーの子．*アルキッペーとのあいだにもうけた彼の子供らは*ケクロプスの子*パンディーオーン二世の王座を奪った．この伝えではメーティオーンは*エウパラモスの父で，*ダイダロスの祖父となっているが，他の伝えでは彼はエウパラモスの子，エレクテウスの孫で，イーピノエー Iphinoe とのあいだにダイダロスと*ムーサイオスを得たことになっている．さらに彼は*ラーメドーンに招かれて，その後継者としてシキュオーンの王位についた*シキュオーンの父であるといわれる．

メーティス Metis, Μῆτις 《思慮》の意．大洋神*オーケアノスと*テーテュースの子．*ゼウスの最初の妻で，彼女は*クロノスが呑み込んだ子供たちを吐き出すように*レアーに薬を与えた．*ガイアと*ウーラノスが，メーティスから生れんとする娘のあとに一人の男の子を生み，彼はゼウスの王位を奪うであろうと言ったので，ゼウスはこれを恐れて，メーティスがはらんだとき彼女を呑みくだした．誕生の時が来たとき，*プロメーテウス，あるいは*ヘーパイストスが，ゼウスの額を斧で打ち，その頭部から*アテーナーが武装して飛び出した．

メーテュムナー Methymna, Μήθυμνα レスボス島の同名の市に名を与えた，*マカルの娘．レペテュムノス Lepetymnos の妻となって，ヒケターオーン Hiketaon とヘリカーオーン Helikaon の母となった．二人の子は*アキレウスがこの島を攻めた時に，殺された．

メドゥーサ Medusa, Μέδουσα ゴルゴー(ン)とペルセウスの項を見る．

メードス Medos, Μῆδος 1. *メーデイアと*アッティカ王*アイゲウス(あるいはアジア内陸のある王ともいう)との子．メーディア人に名を与えた祖．悲劇作家はメードスの話を利用して，つぎのごとき筋を創り出した．彼がアッティカから逃げる途中，*ペルセース(*アイエーテースの兄弟で，彼の大叔父)の国に漂着する．ペルセースは神託によってアイエーテースの子孫に注意するように言われていた．メードスはこれを知って，ペルセースに捕えられた時，*クレオーンの子の*ヒッポテースと素姓を偽り，クレオーンと*クレウサの復讐のためメーデイアを探しに来たと言ったが，ペルセースは信用せず，牢に入れる．ペルセースの国は飢饉に襲われる．そこへメーデイアが竜車に乗って来て，*アルテミスの女神官と称し，飢饉を除いてやると約束，メードス釈放を求め，彼に武器を与えて，二人でペルセースを殺し，メードスはこの地の王となった．

2. 一説にはメードスは*ディオニューソスとニンフの*アルペシボイアとの子とされている．同項を見よ．

メトーペー Metope, Μετώπη *ラードー

ン河神の娘，*アーソーポス河神の妻となり，*イスメーノスとペラゴーン Pelagon の二男と，20女を得た．

メドーン Medon, Μέδων　1. *オイーレウスの庶子．母はレーネー Rhene. 義理の母エリオーピス Eriopis の親戚の者を殺したために故郷のプティーオーティス Phthiotis を遁れた．*トロイアに出征，*ピロクテーテースが病気でレームノス Lemnos 島に棄てられたのち，彼はメートーネ Methone, タウマキエー Thaumakie, メリボイア Meliboia, オリゾーン Olizon (すべてテッサリアのマグネーシア Magnesia の都市) からの軍隊の指揮を取った．のち*アイネイアースに討たれた．

2. *ペーネロペーの求婚者の布告使．彼らの*テーレマコス暗殺の計画をペーネロペーに告げたため，求婚者たちの殺戮のおりに*オデュッセウスに許された．彼もまた求婚者の中に加える作家もある．

3. *ピュラデースと*エーレクトラーとの子．*ストロピオスの兄弟．

4. アッティカの*コドロスの子．父の死後王位をついだとも，王制を廃したともいう．コドロスの項を見よ．

5. ケンタウロスの一人．

メニッペー Menippe, Μενίππη　1. *ネーレーイスの娘たちの一人．

2. *エウリュステウスの母．ただしほかの名も伝えられている．

3. *オルペウスの母．ただし一般には彼の母は*ムーサの一人になっている．同項を見よ．

メネスティオス Menesthios, Μενέσθιος　1. *トロイア戦争で*アキレウスに従って戦った勇士．彼はアキレウスの父*ペーレウスの娘*ポリュドーラーと*スペルケイオス河神との子．一説ではポリュドーラーは娘ではなくて，ペーレウスの妻であるという．さらに一説ではメネスティオスの父は*ペリエーレースの子*ボーロスであるという．

2. アレーイトオス Areïthoos の子．*パリスに討たれた．

メネステウス Menestheus, Μενεσθεύς　1. アテーナイの*エレクテウスの孫ペテオース Peteos の子．*ディオスクーロイが，*テーセウスが冥界に降っているあいだに，アッティカに遠征した時，当時亡命していたメネステウスをつれもどして王座につけた．テーセウス帰国後，彼はスキューロス Skyros 島に退いた．彼の名は*ヘレネーの求婚者の中に見え，50隻の船を従えて*トロイア遠征に参加，木馬の勇士 (シノーンの項を見よ) の一人でもあった．トロイア陥落後メーロス Melos 島に行き，ポリュアナクス Polyanax 王死後，この島の支配者となった．なお南イタリアのスキュレーティオン Skylletion は彼の創設にかかり，スペインのガデス付近には《メネステウスの港》があった．

2. *ディオメーデースの戦車の御者．

メネラーオス Menelaos, Μενέλαος, 拉 Menelaus, 仏 Ménélas　*アトレウスと*アーエロペーとの子．*アガメムノーンの弟．*ヘレネーの夫．スパルタ王．後代の伝えの中には，二人の父は*プレイステネースで，彼が早死したので，二人は*アトレウスに育てられたとするものがある．*パリスがヘレネーを奪ったことから*トロイア戦争が起り，メネラーオスはトロイアにおいて勇戦し，《*イーリアス》では戦をパリスとの一騎打で決せんとし，まさにパリスを討たんとした時に，*アプロディーテーに妨げられ，またトロイア方の*パンダロスは*アテーナーにそそのかされて，メネラーオスを休戦中にもかかわらず射て，休戦を破った．メネラーオスは傷ついたが*マカーオーンに治療される．ついでメネラーオスは*パトロクロスの死体の争奪戦で奮闘した．《*オデュッセイア》では，*テーレマコスが彼を訪れた時，八年の漂流ののち無事に帰国，ヘレネーと幸福な日を送っており，死後*エーリュシオンの野を約束されている．

ホメーロス以後トロイア戦争の前後の彼の生涯に関するさまざまな出来事が加えられた．アガメムノーンとメネラーオスはアトレウスによって*テュエステース探索を命ぜられ，*デルポイで発見し，*ミュケーナイに連れて来た．アトレウスはテュエステースの子*アイギストスにテュエステースを殺させようとしたが，彼は父を認めて，逆にアトレウスを殺した．アガメムノーンとメネラーオスはスパルタの*テュンダレオースのもとに遁れ，兄弟はその娘*クリュタイムネーストラーとヘレネーをそれぞれ妻とした．ヘレネーの結婚については同項を見よ．テュンダレオースは*ディオスクーロイの死後，メネラーオスを後継者とした．ヘレネーには，ホメーロスでは一女*ヘルミオネーがあるのみであるが，後代の伝えでは，このほかに多くの子供があることになっている．

ヘレネーとパリスの出奔は，メネラーオスが*カトレウスの葬儀に行って留守のあいだに起った．パリスのスパルタ訪問についても，一説では，不作と疫病がスパルタを襲ったので，メネラーオスがデルポイの神託によって，トロイ

アの地にある*リュコスとキマイレウス Chimaireus（*プロメーテウスの子）の墓に犠牲を捧げに行った時に、パリスの客となった。のち、パリスが誤って殺人の罪を犯し、トロイアを去ってメネラーオスのもとに来て、潔められ、その客となっているあいだに、事件が起ったともいう。メネラーオスは*イーリス女神にこのことを知らされて 急ぎ帰国し、約によってヘレネーの求婚者たちに援助を求めた。メネラーオスと*オデュッセウスはデルポイに行って、トロイア遠征の成功いかんについて神託を求めたところ、神託は*アテーナー・プロノイア Pronoia に、アプロディーテーがかつてヘレネーに与えた頸飾を献ずることを命じ、ついで*ヘーラがギリシアの味方になった。

メネラーオスは 60 隻の軍船をひきいて遠征に加わった。ギリシア軍がテネドス Tenedos 島に着いた時、メネラーオスはオデュッセウスとともにヘレネーの返還を求める使として、トロイアに赴き、*アンテーノールの客となった。トロイアのパリスの仲間はこの要求を退け、*アンティマコスはパリスに買収されて、メネラーオスを捕えて殺すように市民を煽動したが、アンテーノールはようやくにしてメネラーオスを落してやった。

トロイア陥落に際して、木馬の勇士（シノーンの項を見よ）の一人としてメネラーオスはトロイア市内に入り、パリスの死後ヘレネーの夫となっていた*デーイポボスの家に急ぎ、彼をたおした。ウェルギリウスは、ヘレネーが家中の武器をすべて隠し、メネラーオスとオデュッセウスとを家に導き入れたと言う。さらにヘレネーとの出会いについても種々の話がある。一つではメネラーオスは祭壇に遁れたヘレネーを追って、彼女の胸に刃をかざした時、その美しい胸を見て、怒りを忘れ、和解したというのであり、また他の伝えでは、ヘレネーはメネラーオスに捕えられ、頭髪を引きずられて船に連れて行かれたが、ギリシア人は彼女をメネラーオスに与えて、殺させようとした。しかしオデュッセウスの仲介で彼女は救われたという。

トロイア陥落後、彼はアテーナーに犠牲を捧げたのち、いちはやく*ネストールと*ディオメーデースとともにテネドス、レスボス、エウボイアの島々を経て、スーニオン Sunion 岬にむかった時、舵取りのプロンティス Phrontis が死んだので、埋葬のために上陸ともどりをした。ふたたび海に出て、マレア Malea 岬に来た時に嵐に遇い、クレータ島に吹きつけられて、大部分の船を失い、彼自身はエジプトに漂着し、《オデュッセイア》によれば、ここに五年滞在、巨富を得た。エジプトを出て、ナイル河口のパロス Pharos 島で無風のために 20 日間留まるうちに、食糧がなくなった時、海神*プローテウスの娘*エイドテアーが現われて父神に帰国の方法を尋ねるように勧めた。プローテウスは彼に神々への犠牲を命じ、かくてメネラーオスはトロイアを去って八年目に帰国した。別の話（ステーシコロスに始まるか？）では、トロイアのヘレネーはまぼろしにすぎず、トロイア戦争は単なるまぼろしのヘレネーをめぐって、*ゼウスが神々の後裔たる英雄たちの黙しのために起させたものであるとする。さらにエウリーピデースの《*ヘレネー》では、メネラーオスはこのまぼろしのヘレネーを伴ってエジプトに来て、プローテウス王の子*テオクリュメノスの宮殿前で真のヘレネーに再会する。彼女はテオクリュメノスの求婚を遁れてプローテウスの墓に来ていたのである。二人はテオクリュメノスの姉妹*テオノエーの助けを得て策をめぐらす。ヘレネーはテオクリュメノスにメネラーオスが溺死したため、海上で葬礼を行なうと称して、船を借りる。メネラーオスの部下たちが乗組員から船を奪い、二人は遁れ去る。

二人は幸福な日々のちに、エーリュシオンの野に赴いた。ずっとのちの時代の奇妙な話では、二人はタウリスに行って、*イーピゲネイアによって*アルテミスの犠牲に捧げられたという。二人は歴史時代に神として祭られていた。

メノイケウス Menoikeus, Mενοικεύς

1. テーバイの*クレオーン、*イオカステー、ヒッポメネー Hippomene の父。*ペンテウスの子オクラソス Oklasos の子。

2. テーバイの*クレオーンの子。したがって 1. の孫。テーバイがアルゴスの七将に攻撃された時、予言者*テイレシアースは、カドモスが殺した竜に対する償いとして、*スパルトイたちの後裔で、しかも未婚の者の犠牲がなくてはならないと告げた。この条件にあたる者はメノイケウスしかなかった。クレオーンは子を救わんと努力したが、メノイケウスはこのことを知り、竜の洞穴で自殺した。このほかに、彼は*スピンクスに食われた、あるいはクレオーンが彼を犠牲に供したとの伝えもある。メノイケウスの墓には血潮の色の実のざくろが生え出たといわれる。

メノイティオス Menoitios, Mενοίτιος

1. *ティーターン神族の*イーアペトスと*クリュメネー（*オーケアノスの娘）との子、したがって*アトラース、*プロメーテウス、*エピメ

メノイテー

ーテウスの兄弟. 彼の母はときに*アシアーであるとされている. オリュムポスの神々とティーターン神族との戦闘で, *ゼウスは彼を雷霆で撃ち, *タルタロスに投入した.

2. *アクトールと*アイギーナの子で, *パトロクロスの父. パトロクロスの母に関しては, 種々の説がある. 同項を見よ. 彼はオプース Opus に住み, *アルゴナウテースたちの遠征にも参加した. また彼は*ヘーラクレースを最初に神として崇拝した人であり, 彼の娘*ミュルトーは*ヘーラクレースとのあいだに一女エウクレイア Eukleia をもうけ, エウクレイアはボイオーティアとロクリスの地で*アルテミス・エウクレイアなる名で崇拝されていた.

メノイテース Menoites, Μενοίτης　1. エリュテイア Erytheia で*ハーデースの牛をあずかっていた牛飼. ケウトーニュモス Keuthonymos の子. *ヘーラクレースが*ゲーリュオーンの牛を奪った時, ゲーリュオーンにこのことを告げた. ヘーラクレースが*ケルベロス犬を求めて冥界に降った時に, 霊魂に血を供しようと思って, ハーデースの牝牛を一頭殺した. メノイテースが彼に挑んで, 相撲ったが, 身体の真中を摑まれ, 肋骨を砕かれ, ようやく*ペルセポネーの願いで許された.

2. 《*アイネーイス》中, *ギュアースの船の舵取り. *アンキーセースの命日に*アイネイアースが催した海上の競技で, 不注意のためギュアースに海に投げこまれるが, 岩に泳ぎついた.

3. 《*アイネーイス》中, *トゥルヌスに討たれたアルカディア人.

メフィーティス Mefitis, Mephitis　地中から吹き出る硫黄性の有毒な蒸気の意で, その擬人化された女神. ローマではエスクゥイリーヌス丘にその神殿があり, 彼女は, 疫病がこの蒸気に原因すると考えられていたところより, 疫病の女神とされた. 彼女の崇拝はとくに中部イタリアに広がっていた.

メムノーン Memnon, Μέμνων　曙の女神*エーオースと*ティートーノス(*ラーオメドーンの子で*プリアモスの兄弟)の子. エティオピア王. *トロイアを援助に赴き, 勇戦し, まず*アイアースと闘ったが雌雄が決せず, *ネストールに迫った時, その子*アンティロコスが父を助けに来たのを討ち取った. しかし最後に*アキレウスが彼に立ちむかったが, 両人の母エーオースと*テティスは息子の運命を気ずかって*ゼウスに迫ったので, 大神は二人の運命を秤にかけた. メムノーンの皿がさがった. アキレウスはメムノーンを討ち, ゼウスはエーオースの悲しみを見て, メムノーンに不死を与え, 彼女はその死骸をエティオピアに運んだ. 彼女の涙は朝の露となった. この話は《アイティオピス》 Aithiopis と称する失われた叙事詩の主題であって, *アキレウスを*ヘクトールに, アンティロコスを*パトロクロスに置きかえると, 《イーリアス》との相似が著るしいのに驚かされる. メムノーンの墓はヘレースポントスの岸にあったともいわれ, 彼の死骸が焼かれた時に, メムノニス Memnonis と称する鳥がその火の中より飛び出し, 彼の灰を争い, また毎年彼の墳墓に集まり, 二つに別れて闘い, その半分が死んだという. メムノーンの故郷についても種々の説があり, ペルシアのスーサ Susa をこれにあて, またアッシリア王*テウタモスがエティオピアとスーサの軍勢の将として彼をトロイア援助に送ったとするもの, またエジプトが彼の国であるとするものなどがある. エジプトにはテーバイにメムノネイオン Memnoneion なる彼の神殿があり, またアメンホテプ Amenhotep の巨像がメムノーンの像であると考えられ, この像は日の出に際して音を発したので, メムノーンが母エーオースに挨拶しているのであるとされていた.

メムピス Memphis, Μεμφίς　ナイル河神の娘. *エパポスの妻となり, 一女*リビュエーを生んだ. エジプトのメムピス市は彼女の名を取って名づけられた.

メムブリアロス Membliaros, Μεμβλίαρος　*カドモスに従って*エウローペー探索に出かけたフェニキア人の一人. カドモスはテーラ Thera 島(当時カリステー Kalliste《もっとも美しい島》と呼ばれた)に植民地を建設し, 彼をその長とした. 同島に隣接するアナペー Anaphe の小島もまたときにメムブリアロスと呼ばれ, その名は同人より出ているという.

メラース Melas, Μέλας　1. *プリクソスと*カルキオペーとの子.

2. *ポルターオーンと*エウリュテー(*ヒッポダマースの娘)の子. *オイネウス, *アルカトオス, アグリオス Agrios, レウコーペウス Leukopeus の兄弟. 彼の息子たちはオイネウスに対して陰謀をめぐらしたために, *テューデウスに殺されたとの説がある.

3. *リキュムニオスの子. *ヘーラクレースがオイカリアの*エウリュトスと戦った時に, 戦死した.

メーラース Melas, Μήλας　*ヘーラクレースと*オムパレーの子. 彼に関する伝えは*ヘーゲレオースとまったく同じで, 彼もまた*ヘ

メラムプー

ーラクレイダイの帰還にあたって，ラッパの使用を始めたという．

メラニオーン Melanion, Μελανίων *アムピダマースの子．*アタランテーに競走で勝って，その夫となった．ヒッポメネースの項を見よ．彼の姉妹アンティマケー Antimache は*エウリュステウスの妻．

メラニッペー Melanippe, Μελανίππη

1. *アイオロスと*ヒッペー(*ケイローンの娘)との娘．*ポセイドーンと交わって*アイオロスとボイオータス Boiotos を生んだ．父はこれを怒って，子供を棄て，彼女を盲にしたが，子供は拾われて成長，母を救い出し，ポセイドーンは彼女の視力を回復させた．のち，彼女は*メタポントスと結婚した(アイオロス 2.の項を見よ)．これはエウリーピデースの失われた劇《縛られたメラニッペー》と《哲学者メラニッペー》の話である．

2. ニンフ．*アムピクテュオーンの子*イトーノスに嫁し，ボイオートス Boiotos を生んだ．1.と同人の別の所伝か(？)

3. *アレースの娘で，*アマゾーンの女王*ヒッポリュテーの妹．彼女は*ヘーラクレースの捕虜となった．ヒッポリュテーは降服する条件で，彼女を解放して貰ったが，やがて誤解から戦闘がふたたび始まり，ヒッポリュテーはヘーラクレースに，メラニッペーは*テラモーンに討たれた．

メラニッポス Melanippos, Μελάνιππος

1. テーバイのアスタコス Astakos (*スパルトイたちの子．彼はテーバイに向かう七将の攻撃をむかえて，プロイティダイ Proitidai 門を守り，*メーキステウスを討ち，*テューデウスの腹部に傷つけたが，自分も死んだ．テューデウスが瀕死の有様で横わっている時，*アテーナーは*ゼウスより乞うて薬をもたらし，彼を不死にしようとした．*アムピアラーオスがこれを見て，テューデウスが自分の意見に反してテーバイに遠征すべくアルゴス人を説き伏せたのを憎み，メラニッポスの首を切り取って，彼に与えた．テューデウスはその頭を割って脳をくらったので，アテーナーは嫌悪し，不死にすることをやめた．首を渡したのは*カパネウスであるともいう．メラニッポスの墓はのちシキュオーンの独裁者クレイステネース Kleisthenes が自分の市に移し，*アドラストスの墓のかわりにした．

2. *アレースとトリーテイア Triteia (*トリートーンの娘)の娘．彼はアカイアのトリーテイア市を築き，母の名をこの市に与えた．

3. アグリオス Agrios の子の一人．息子たちは*オイネウスより*カリュドーンの王国を奪ったが，*ディオメーデースに殺された．リュコーベウスの項を見よ．

4. *テーセウスと*ペリグーネー(*シニスの娘)との子．*エピゴノイの時代に，*ネメア競技に優勝．

5. プリアモスの子の一人．

6. このほかに，《*イーリアス》中には，*ヒケターオーンの子で，*アンティロコスに討たれたメラニッポス，さらに同じくトロイア人で*テウクロスに殺された，またパトロクロスに討たれたメラニッポスがある．

メラネウス Melaneus, Μελανεύς 1. *アポローンの子で名高い射手．オイカリアー Oichalia を妻とし，*エウリュトスを得た．メッセーネーで*ペリエーレースより譲られた地にオイカリア市を建設した．

2. アルケシラーオスの子．エウボイア島にエレトリア Eretria 市を築いた．この市はその時はメラネーイス Melaneïs と呼ばれた．

3. ドリュオプス人の王．エーペイロスを征服した．彼もまた*アポローンの子で，*エウリュトスとアムブラキアー Ambrakia (同名の市に名を与えた)の父．

4. *ケンタウロス族の一人．

メラムプース Melampus, Μελάμπους *クレーテウスと*テューロー(*サルモーネウスの娘)との子*アミュターオーンとエイドメネー Eidomene (*ペレースの娘)との子．アミュターオーンはテッサリアからメッセーネーのピュロス Pylos に来住し，*ビアースと*メラムプース(《黒足》の意)を得た．この名は彼が生れた時，日影においたのに，足だけ日にあたって，黒くなったことに由来するという．メラムプースは田舎に住んでいたが，彼の家の前の樫の木の洞にへびが棲んでいて，召使どもに殺された．彼は木を集めて蛇を火葬にしてやり，子蛇を養った．子蛇が大きくなった時，彼の眠っているあいだに，舌で彼の耳を潔めたので，鳥獣の声を解するようになり，さらに犠牲獣の臓腑による占いを習い，アルペイオス河のほとりで*アポローンに出会って，その後，ならぶ者ない予言者となった．さらに彼は病人を潔め治療する術，薬草の知識を身につけた．

ビアースはピュロス王*ネーレウスの娘*ペーローに恋した(プロペルティウスは恋したのはメラムペース自身だとしているが，これは彼のみの説である)．ネーレウスは，求婚者が大勢あったので，*ピュラコスの牝牛を持参した者

メランクラ

に娘を与えると言った．この牝牛はテッサリアのピュラケー Phylake にいて，人も動物も近づき得ない一匹の犬が護っていた．ビアースは自分で盗むことができないので，兄弟に助けを求めた．メラムプースは承知したが，盗んでいるところを発見されて，一年間牢で過ごしたのち，牝牛を手に入れるだろうと予言した．そしてそのとおりになった．一年が残りすくなくなった時に，屋根の人の見えない所にいる虫が，はり（梁）がほとんど虫に食われつくしたと言っているのを聞き，ビアースはただちに自分を他の牢に移すように頼んだ．その後しばらくして牢が崩れ落ちた．ピュロスは驚いて，彼を解放し，息子の*イーピクロスに子のできない理由を尋ねた．そこで彼は牛を貰う条件で承諾し，二頭の牡牛を犠牲にし，切り刻んで鳥を呼び寄せた．兀鷹が来て，つぎのように話しているのを聞いた．ピュロスがかつて牡羊を去勢した時，血のついている小刀をイーピクロスのそばにおいた．子供が恐わがって逃げ去ったのち，彼は聖刀を樫の木に突き差し，そのまま忘れていたが，樹皮が小刀を包み隠してしまった．その小刀を見つけ出し，その錆をけずり落して，十日間イーピクロスに飲ませれば，子供ができるというのである．そのとおりすると，イーピクロスには息子の*ポダルケースが生れた．かくして彼は牛を得，ビアースにネーレウスの娘を貰ってやった．

のち*ティーリュンス王*プロイトスの娘たちが気狂いとなった時，プロイトスに王国の三分の一をよこすならば，娘たちを治療すると言ったが，プロイトスはこのような莫大な報酬を拒んだ．乙女らはさらにひどく狂い，他の女たちも彼女らとともに狂った．プロイトスは，そこでメラムプースの申し出た条件で治療を依頼したが，メラムプースはビアースにも同じだけの土地を与えることを要求し，その条件でメラムプースは若者の中のもっとも逞しい人たちをひきつれ，叫び声と狂激な踊りとともに女たちを山からシキュオーンへと一団となって追いおろした．そのあいだに最年長の*イーピノエーは亡くなったが，他の者は潔められて正気に戻った．そこで*イーピアナッサと*リューシッペーはビアースとメラムプースに妻として与えられ，おのおの王国の三分の一を得て，アルゴリスに住んだ．メラムプース夫妻にはマンティオス Mantios，*アンティパテース，*アバースの三男，プロノエー Pronoe と*マントーの二女が生れた．ただしディオドーロスによると，彼の妻はプロイトスの子*メガペンテースの娘のイーピアネイラ Iphianeira であるという．

メランクライラ Melankraira, Μελάγκραιρα 《黒頭女》の意．クーマイ Cumae の*シビュレーの綽名．

メランティオス Melanthios, Μελάνθιος
1. *ドリオスの子．*イタケーの山羊飼．*オデュッセウスの召使で，同じく婢女の*メラントーの兄弟．オデュッセウスが乞食に化けて帰国した時，彼に対して無礼を働き，求婚者の殺戮にあたっては，彼らに武器を供せんとした．彼は捕えられ，鼻，耳，手足を切り取られて，殺された．
2. *エウリュピュロスに討たれたトロイア人．

メラントー Melantho, Μελανθώ 1. *デウカリオーン（あるいは*プローテウス）の娘．いるかの姿となった*ポセイドーンと交わって，*デルポスの母となった．他の伝えでは，彼女はケーピーソス Kephis(s)os 河神（または*ピュアモス）とのあいだにメライナ Melaina（あるいはメライネス Melainis, ケライノー Kelaino）なる娘をもうけ，その子がデルポスであると．
2. メランティオス 1. の姉妹で，*ペーネロペーの侍女．求婚者の中の*エウリュマコスの妾となり，求婚者の殺戮後，他の婢女たちとともに絞殺された．
3. クリアソス Kriasos の妻で，*ポルバースとクレオボイア Kleoboia の母．

メラントス Melanthos, Μέλανθος 1. メッセーネーのピュロスの王*ネーレウスの子孫．アンドロポムポス Andropompos の子．*ヘーラクレイダイに追われて，アッティカに亡命した．その時*テーセウスの子孫の*テューモイテースがアッティカ王で，ボイオーティア王クサントス Xanthos とオイノエー Oinoe の市を争い，王同志の一騎打で決することとなった．テューモイテースはこの勝負を恐れ，代りに闘って勝った者には王位を譲ると布告した．メラントスはこれに応じ，クサントスと闘うあいだに，その背後に黒い*アイギスをもった戦士がいるかで，クサントスをなじった．クサントスは驚いてふり返った時に，メラントスはこれに乗じてその首を突きさして，殺した．この戦士は*ディオニューソス・メラナイギス《黒いアイギスの》であった．アテーナイ人は神に感謝してその神殿を建て，メラントスを王とした．メラントスがピュロスを追われて，*デルポイの神託を伺うと，頭と足とを食事に供された所に留まるべしとの答えを得，エレウシースに来たところ，犠牲獣の残りとして頭と足とを

供されたので，この地に留まったとの伝えもある．*コドロスの項を見よ．

メリアー Melia, Μελία　1. *オーケアノスの娘．*イーナコス河神の妻となり，*アイギアレウス，*ペーゲウス，*ポローネウスの母となった．

2. *オーケアノスの娘．*アポローンと交わって，*イスメーノスとテーネロス Teneros の二子を生んだ．彼女はテーバイの近くのアポローン・イスメーニオス Ismenios の神殿で崇拝され，テーバイには彼女の名を冠した泉があった．

3. *ネーレーイスの娘たちの一人．

4. *アゲーノールの娘．

メリアス Melias, Μελιάς，複数 Meliades, Μελιάδες　*クロノスが*ウーラノスの生殖器を切り取った時に滴った血から生れたとねりこの精．血を流す槍の柄がこの木で作られるのはこのためであり，また兇悪な青銅時代の人間もこの木から生れたといわれる．

メリアデス　メリアスを見よ．

メーリオネースまたはメーリオーン Meriones, Μηριόνης, Meriɔn, Μηρίɔν　クレータの人．*モロスの子．*イードメネウスの友人で，その戦車の御者．*ヘンネーの求婚者中にその名が見える．彼はイードメネウスとともに*トロイアに遠征，*デーイポボスに負傷を与え，アダマース Adamas など多くの敵将を討ち取り，*パトロクロスの死骸の争奪戦に参加．その火葬のための薪を集め，その葬礼競技で弓術で優勝した．トロイア陥落後イードメネウスとともに無事帰国した．ホメーロス以後の伝えでは，彼はシシリアに行き，クレータ人の植民地ヘーラクレイア・ミーノーア Herakleia Minoa とエンギュイオン Engyion の住民にむかえられ，歴史時代に彼はここで崇拝をうけていた．パプラゴニアのクレーッサ Kressa も彼が築いたとされ，また踊りの名人と考えられていた．

メリケルテース Melikertes, Μελικέρτης　*イーノーと*アタマースの末子．アタマースが狂って子供らを殺した時，イーノーはメリケルテースを抱いて海に投身したが，*ポセイドーンによって海の神に変えられ，メリケルテースは*パライモーン（ローマの*ポルトゥーヌス）となった．なお，アタマースが彼を大釜の熱湯のなかに投げ込んだのを，母がその死骸を抱いて投身した，あるいは彼女自身が投げ込み，投身したとの説もある．*イストミア祭競技はメリケルテース・パライモーンのために行なわれた．その縁起につぎのごとき話が行なわれていた．イーノーはメガラとコリントスとの中間で投身し，いるか（海豚）がその死骸を運んで来た．アタマースの兄弟でコリントス王*シーシュポスは死骸を発見して埋葬し，*ネーレウスの娘の命により，彼をパライモーンとして祭り，葬礼競技としてイストミア祭競技を創始したといわれる．

メリッサ Melissa, Μέλισσα　1. クレータ王*メリッセウスの娘で，姉の*アマルテイアとともに赤児の*ゼウスを，姉が乳で，妹は蜜（メリッサは《蜜蜂》の意）で育てた．のち，彼女は大地の女神（*レアーか？）の神官となった．メリッセウスの項を見よ．

2. *デーメーテールの老女神官．女神は彼女に秘教入会を許した．彼女の隣人の女たちがその際に見たことを教えるように頼んだが，彼女が応じなかったので，女たちは彼女を八つ裂にした．女神は疫病を送り，彼女の死骸から蜜蜂を生ぜしめた．

メリッサはデーメーテール，*アルテミス，*レアーなどの女神の女神官の称呼の一つであり，またエペソスのアルテミスのシムボルとしても蜜蜂が用いられていた．

メリッセウス Melisseus, Μελισσεύς

1. *ゼウス誕生の頃のクレータの王．その二人の娘*アマルテイアと*メリッサに*レアーは生れたばかりのゼウスを*イデー山中の洞穴で育てるように命じた．メリッセウスは神々に最初に犠牲を捧げた人間であるとされている．

2. *ゼウスが幼児のときに，彼を護った*クーレースたちの一人．

3. カーリアの半島の王で，*ヘーリオスの子*トリオパースが兄弟を殺して逃げて来たのを迎えて，その罪を潔めてやった．

メリッソス Melissos, Μέλισσος　アルゴスの人．同地の王ペイドーン Pheidon の専横を避けてコリントスに亡命した．彼の子アクタイオーン Aktaion を*ヘーラクレイダイの一人アルキアース Archias がさらわんとし，そのあいだにアクタイオーンは死んだ．メリッソスは息子の死を憤って，呪いをかけて自殺した結果，飢饉と疫病がコリントスを襲った．その原因を尋ねるべく，アルキアースを主とする使節が*デルポイに送られたが，アクタイオーンの死が原因と判明，アルキアースはコリントスより亡命したので，禍がやんだ．

メリテー Melite, Μελίτη　コルキューラ島のニンフ．*ヘーラクレースが子供たちを殺したために，この島に亡命していた時に，彼と交わって，*ヒュロスを生んだといわれるが，これに関してはヒュロスの項を見よ．

メリボイア

メリボイア Meliboia, Μελίβοια　1. *オーケアノスの娘の一人で、*ペラスゴスと結婚、*リュカーオーンの母となった.

2. *ニオベーの娘の一人. ニオベーの子供たちが*アポローンと*アルテミスに射殺された時に、兄弟のアミュークラース Amyklas と二人だけが*レートーの願いによって、救われたが、メリボイアはこの殺戮のおりの恐怖のために青くなり、ために*クローリスと呼ばれた. 助かった二人はアルゴスに遁れ、レートーの神殿を建てた.

3. エペソスに恋の成就を感謝してアレクシス Alexis とともにアウトマテー Automate《ひとりでに働く》とエピディアイター Epidiaita《食卓に臨む》*アルテミスの神殿を建てた女. 彼女はアレクシスに恋して、結婚の約束をしたが、親が他の男と婚約させたので、アレクシスは絶望して国外に去った. 彼女は結婚の日に、屋根から飛びおりて自殺を計ったが、無傷で落ちた. そこから港に遁れ、小舟に乗ったところ、舟がひとりでに出帆し、恋人が友人を招いて饗宴の用意をしているところに着き、両人は結婚した. 神殿を建てたのはその感謝の意を表するためであった.

メリボイオス Meliboios, Μελίβοιος　山に棄てられた赤児の*オイディプースを拾って育てた羊飼.

メルクリウス Mercurius　ローマの商売の神. ギリシアの*ヘルメースと同一視されている. 彼の名は merx《商品》と関係があるらしい. その神殿はアウェンティーヌス Aventinus の丘にあり、前496年に建てられたが、ローマ市の聖所ポーメーリウム Pomerium の外にあるので、外来の神である疑いが濃い. 彼はヘルメースと同じ姿で表わされ、ヘルメースの神話がそのまま彼の話としてローマで語られている. 彼はまた*ラレースの父とされている. *マイアとともに祭られ、その祭日5月15日は商人の祝日となった.

メルポメネー Melpomene, Μελπομένη　*ムーサたちの一人. 同項を見よ.

メルメロス Mermeros, Μέρμερος　*イアーソーンと*メーデイアとの子、*ペレースの兄弟. 兄弟はメーデイアに殺された、あるいは彼らが*クレウーサ・*グラウケーの所に毒を塗った婚礼の贈物を持参したため、コリントス人に石で打ち殺された. さらに一説ではメルメロスは、イアーソーンが*ペリアースの死後亡命したコルキューラ島に父に従って行き、エーペイロスで狩猟中牡ライオンに殺されたともいう. メーデイアの項を見よ.

メレアグリス Meleagris, Μελεαγρίς, 複数 Meleagrides, Μελεαγρίδες　*メレアグロスの死を嘆いて、*アルテミスにほろほろ鳥 (meleagris) に変えられた彼の姉妹たち. その数は伝えによって多寡があるが、そのうち*ゴルゲーと*デーイアネイラの二人は、*ディオニューソスの願いにより、人間の姿を保った、または彼が二人を人間の姿に戻したという. アルテミスはこの鳥をレーロス Leros の島に移した. レーロス島の伝えでは、この鳥は同島の女神イオカリス Iokallis の聖鳥で、この女神はアルテミスとほぼ等しい女神であった. またこの島のアルテミスの神域ではこの鳥が聖鳥として飼われていた. 姉妹たちの涙は琥珀になったともいわれる. ヘーリアデスの項を参考.

メレアグロス Meleagros, Μελέαγρος, 拉 Meleager, 仏 Méléagre　アイトーリアの*カリュドーンの王*オイネウスと*アルタイアー (*テスティオスの娘) との子. *アレースの子との伝えもある. 彼はすでにホメーロスの《イーリアス》中に現われている. 古い叙事詩の話はつぎのごとくである. オイネウスが取り入れののち、感謝の祈りに際して、神々に犠牲を供したおりに、*アルテミスを忘れたために、女神は巨大な野猪を遣わした. 猪は土地を荒したので、メレアグロスは狩人を呼び集めて、猪狩を催したが、狩の獲物のことでカリュドーン人と*クーレース人とのあいだに争いが生じ、メレアグロスが打って出てテスティオスの子、すなわち母方の叔伯を数人殺した時に、アルタイアーは怒って彼を呪った. 彼はこれを怒って家に閉じこもった. このためにクーレース人は勢いを得て、いまや町は陥落せんとする. 彼は市民や父母姉妹の嘆願をも聞き容れない. しかしついに妻*クレオパトラーに説き伏せられて、打っていで、テスティオスの残りの息子たちを殺して、勝利をもたらすが、自分も戦塵のうちにたおれた. 彼は不死身で、クーレース人の味方をした*アポローンに射られて死んだとするものもある (ヘーシオドス). その後メレアグロスの話はさらに発展させられた. 彼が生れてから七日目に、運命の女神たち (*モイラ) が現われて、炉の火の上に燃えている燃え木が燃え切れば、彼は死ぬだろうと言った. これを聞いてアルタイアーはその木を急いで拾い上げて箱にしまった. 猪がアルテミスの怒りによって現われた時、オイネウスは猪退治にギリシア中のもっともすぐれた勇者たちを呼び集め、獣を退治した者にその皮を与えると布告した. この猪狩に

参会した強者どもは，アポロドーロスの伝えるところではつぎのごとくである．メレアグロスのほかに，アレースの子*ドリュアース，*アパレウスの子*イーダースと*リュンケウス，*ゼウスと*レーダーとの子*カストールと*ポリュデウケース，*アイゲウスの子*テーセウス，ペレースの子*アドメートス，*リュクールゴスの子*アンカイオスと*ケーペウス，*アイソーンの子*イアーソーン，*アムピトリュオーンの子*イーピクレース，*イクシーオーンの子*ペイリトオス，*アイアコスの子*ペーレウスとテラモーン，*アクトールの子*エウリュティオーン，*スコイネウスの娘*アタランテー，*オイクレースの子*アムピアラーオス．彼らとともに*テスティオスの子*イーピクロス，エウヒッポス Euhippos，*プレークシッポス，*エウリュピュロスも集まった．彼らが参会するとオイネウスは九日間彼らを饗応した．十日目にケーペウスやアンカイオスたちが女とともに狩に出るのをよしとせず拒絶したが，メレアグロスはイーダースと*マルペーッサの娘クレオパトラーを妻にしていたのに，アタランテーによって子供が得たいと思って，彼らにアタランテーとともに狩に出るように説き伏せた．彼らが猪を追いつめた時，ヒュレウス Hyleus とアンカイオスは獣に殺され，ペーレウスは誤ってエウリュティオーンを投槍で撃ち殺した．しかしアタランテーが最初に猪の背に矢を射こみ，アムピアラーオスが眼を射た．しかしメレアグロスが獣の脇腹を刺して殺し，その皮を得て，アタランテーに与えた．メレアグロスの伯父たち，すなわちテスティオスの子らは，男たちがその場にいるのに，女が賞を得ては恥であるとし，メレアグロスがそれを受ける意志がないのならば，血縁によってそれは自分たちの物であるとて，皮をアタランテーから奪い取った．メレアグロスは怒って彼らを殺し，皮をアタランテーに与えた．ところがアルタイアーは兄弟たちの死の報に，かの燃え木を火中に投じたので，メレアグロスは突然世を去った．後悔した彼女とクレオパトラーとは首を吊って死に，他の姉妹(*デーイアネイラと*ゴルゲーを除く)は嘆いてほろほろ鳥 (meleagris と Meleagros の類似から来た話か) となった．このほかメレアグロスは*アルゴナウテースたちの遠征に参加，また*ヘーラクレースとの冥府での出会いは同項を見よ．

メレース Meles, Μέλης アテーナイの美少年．ティーマゴラス Timagoras に愛されたが，彼を冷遇し，アテーナイのアクロポリスの断崖から身を投ずることを命じたところ，彼はただちにそのとおりに実行して死んだ．これに動かされてメレースもまた同じ場所から投身した．これを記念してアンテロース Anteros 《恋に対する恋》の祭壇が築かれた．ティーマゴラースが恋された方で，恋した方はメリトス Melitos であったとする伝えもある．

メロプス Merops, Μέροψ 1. エティオピア王．その妻*クリュメネーと交わって，太陽神*ヘーリオスは*パエトーンを得た．同項を見よ．

2. トローアス Troas の地のペルコーテー Perkote 市の有名な予言者．アドラストス Adrastos とアムピーオス Amphios の二子，一女*アリスベーの父．*トロイア戦争に参加している子供たちは，父の予言を無視して戦場に出て，*ディオメーデースに討たれた．

3. *アイネイアースの従者の一人．*トゥルヌスに討たれた．

メロペー Merope, Μερόπη 1. *ヘーリアデスの一人．

2. *アトラースと*プレーイオネーとの娘．*プレイアデスの一人．これはプレイアデス中のほとんど見えないほどかすかな星で，彼女だけが姉妹のなかで人間である*シーシュポスの妻となったのを恥じたためであるといわれる．彼女は*グラウコスの母となった．

3. *オイディプースの養父となった*ポリュボスの妻．

4. *オイノピオーンの娘．オーリーオーンの項を見よ．

5. アルカディア王*キュプセロスの娘．*ヘーラクレイダイの一人*クレスポンテースの妻．彼女はエウリーピデースの失われた悲劇の主人公となっている．その劇によると，クレスポンテースは人民の反乱で殺されたのではなくて，二人の子供とともにヘーラクレイダイの一人*ポリュポンテースに殺害されたのであり，メロペーはその意志に反してポリュポンテースの妻にされた．しかし彼女は末子*アイピュトスをアイトーリアの地に落してやり，母子のあいだの連絡を年老いた従僕がとっていた．そのうちにポリュポンテースはアイピュトスの無事を知り，彼を殺した者に莫大な報酬を約した．成長したアイピュトスはテーレポンテース Telephontes と名を偽って帰国，アイピュトスの殺害者と称して，王に約束の褒美を求める．王は信じないで，彼を客として留める．例の老僕がメロペーにアイピュトスがこの数日来所在不明となったことを告げる．彼女はテーレポンテ

ースを真の殺害者と思いこみ，一夜彼を殺さんとした時，老僕が現われて，アイピュトスを認め，母子はポリュポンテース殺害を計画する．メロペーは悲嘆を装い，いまや支柱を失った女としてポリュポンテースにすがったので，彼はもはやアイピュトスの死を疑わず，感謝の犠牲を捧げるべく，その犠牲獣をアイピュトスに殺すことを命ずる．アイピュトスは犠牲獣のかわりにポリュポンテースを撃って，復讐を遂げ，王位についた．

メーン Men, Μήν　ブリュギアの神．アナトリア全体にわたって崇拝されていた．*アッティスに相似する点が多い．彼はまた墓の保護者，神託の神，医神でもあり，前4世紀ごろからアッティカでも奴隷や在留外人に崇拝されていた．

メーンス Mens　ローマの正しい考えの女神．ローマに神殿があった．

メンテーまたはミンター Menthe, Μένθη, Mintha, Μίνθα　冥府の王*ハーデースに愛されたニンフ．*ペルセポネーは二人の仲を発見し，彼女をふみにじったところ，彼女は同名の植物《はっか》に変身した．

メンテース Mentes, Μέντης　1. タポス Taphos 島の王で，アンキアロス Anchialos の子．《*オデュッセイア》の中で，*アテーナーはメンテースの姿を取って*テーレマコスに忠告を与えた．

2. 《*イーリアス》の中で，キコーン Kikon 人の将．

メンデース Mendes, Μένδης　ナイル河のデルタにあったメンデース市で崇拝されていた山羊神で，ギリシアの*パーンと同一視された．

メントール Mentor, Μέντωρ　1. *イタケーの人．アルキモス Alkimos の子．*オデュッセウスの親友で，英雄が*トロイア出征に際して，後事を彼に託した．メントールは忠実に*テーレマコスを助け，*アテーナーはメントールの姿をかりて，テーレマコスが父を求めて出た旅の案内をし，求婚者たちより彼を守り，求婚者殺戮では彼に父を助けるように激励した．

2. イムブリオス Imbrios の父．*アポローンは彼の姿を取って，*ヘクトールを激励した．

3. *ヘーラクレースと*テスピオスの娘アーソーピス Asopis との子．

4. *エウリュステウスの子．エウリュステウスが*ヘーラクレイダイとアテーナイ人とを敵として戦った時，討たれた．

モ

モイラ Moira, Μοῖρα, 複数 Moirai, Μοῖραι, 拉 Moerae, 仏 Moires　《モイラ》moira は元来《割りあて》の意味を有し，一人の人間に割りあてられる人間の最大関心事は寿命であるから，ここにモイラは《死》と関係づけられ，同時に生との関係から，*エイレイテュイアとも結びつけられる．やがてモイラは運命の女神として擬人化され，ヘーシオドスではすでに*ラケシス Lachesis《配給者》，すなわち運命を割りあてる女，*クロートー Klotho《つむぎ手》，すなわち運命の糸をつむぐ女，アトロポス Atropos《変えるべからざる女》，すなわちその糸を断つ女の三人が考えられている．一方単数のモイラは，なお運命でもあり，また人格神でもあり，神々と運命との関係はしばしば矛盾に陥り，とくに*ゼウスはときに運命を支配するごとくであり，ときにその命に従うがごとくでもある．

神話ではモイラたちはゼウスと*テミスとの娘とも，*ニュクス（夜）の娘ともされている．彼らは，しかし，ピンダロス中では花嫁テミスの付添いとして現われる．彼らは*メレアグロスの伝説中におけるごとくに，しばしば神話伝説に姿を現わすが，それ自身の神話はもっていない．ローマ人は*パルカイをモイライと同一視した．

モイライ　モイラを見よ．

モネータ Moneta　おそらく monere《忠告する》より造られた女性名詞．ローマのカピトーリウムの丘の北頂に神殿をもっていた*ユーノーの称呼．この名称の起源についてはいろいろな伝えがある．地震ののちに子をはらんだ牝豚を捧げるようにとの忠告を与えた，390年のガリア人の侵入の時に，ここに飼われていた聖なる鷲鳥が敵襲を告げたため，エーペイロスのピュロス Pyrrhos 王との戦のあいだに，資金が欠乏した時に，正しい戦争を行なっているかぎり，金の欠乏はないと言った，などである．彼女の神殿は前345年に建てられ，それはマンリウス・カピトーリーヌス Manlius Capitolinus の屋敷跡であった．ここはローマの貨幣鋳造所となり，Moneta はこの意味を有するにいたり，英語の money のごとくに現代の欧州

モプソス　Mopsos, Μόψος　1. アムピュクス Ampyx (またはアムピュコス Ampykos) とニンフのクローリス Chloris との子. ラピテース族. *カリュドーンの猪狩に加わり, *アルゴナウテースたちの遠征には予言者として加わり, *ペリアースの葬礼競技に出場, リビアで蛇に咬まれて死んだ. テッサリアのモプシオン Mopsion にその名を与えた.

2. *テイレシアースの娘*マントーと*アポローンとの子. またクノータ人*ラキオスの子ともいわれる. マントーが小アジアのクラロス Klaros へ, アポローンの命で旅する途中海賊にさらわれ, その首領ラキオスが彼女を妻とし, 一説にはラキオスはアルゴス人で, アポローンがマントーに*デルポイ神殿を出て最初に出会った男を夫にすべしと命じ, それがラキオスであったともいう. クラロスのアポローンの予言所を建て, *カルカースと予言の技を闘わせて, 勝利を得た(同項を見よ). のち, モプソスは*アムピロコスとともにキリキア Kilikia のマロス Mallos 市を建てたが, その所有を争って, 一騎打のあいだに相討となった.

モーモス　Momos, Μῶμος　他人の非を鳴らし, 皮肉を言うことの擬人神. ヘーシオドスでは*ニュクス(夜)の子とされている. 彼はルーキアーノスによって, 神々への皮肉の代弁者とされた.

モリオネまたは**モリオニダイ**　Molione, Μολίονε, Molionidai, Μολιονίδαι　*ポセイドーンとモリオネー Molione(*モロスの娘)との双生児*エウリュトスと*クテアトス. 二人なので, ギリシア語の両数形で表わされる. 彼らはまた母モリオネーの夫*アクトール(エーリス王*アウゲイアースの兄弟)の名からアクトリオーネ(またはアクトリダイ Aktoridai)とも呼ばれる. 彼らは銀の卵より生れた, また彼らは二頭一体の双生児であったとも伝えられるが, ホメーロスの《イーリアス》では二人は別人で, 結婚し子供をもっている. 彼らはピュロス Pylos の*ネーレウスとの戦で, 彼に討たれるところを, ポセイドーンに救われた. のち, 彼らは*ヘーラクレースと闘って殺された. 同項を見よ. 二人は*デクサメノスの娘テーロニーケー Theronike とテーライポネー Theraiphone を娶り, クテアトスの子アムピマコス Amphimachos はエーリス人で, エウリュトスの子*タルピオスはエペイオイ Epeioi 人をひきいて*トロイア遠征軍に加わった.

モルス　Mors　ローマの死の擬人化された女神. ギリシアの*タナトス(男性)に同じ. 同項を見よ.

モルパディアー　Molpadia, Μολπαδία
1. *ディオニューソスの子*スタピュロスの娘. パルテノスの項を見よ.
2. *アマゾーンがアッティカに侵入した時に, *テーセウスと結婚したアマゾーンの*アンティオペーを射殺し, 自分もテーセウスに討たれたアマゾーン.

モルペウス　Morpheus, Μορφεύς　夢の神. 《造形者》の意味で, 《眠り》の神*ヒュプノスの子. *ポベートール Phobetor(または*イケロス Ikelos)《威嚇者》, パンタソス Phantasos《仮像者》の兄弟で, 夢の中で人間にモルペウスは人間の, 他の二人はそれぞれ動物と無生物の姿を見せる役目であった. 彼らは大きな翼で音なく飛翔したという.

モルポス　Molpos, Μόλπος　テネドス島の笛吹き. *テネースの継母がテネースが自分を犯そうとしたと訴えた時に, 彼女に有利な偽証を行なった. このためテネドスでは笛吹きはテネースの神殿に入ることを禁じられていた.

モルモー, モルモリュケーまたは**モルモーン**　Mormo, Μορμώ, Mormolyke, Μορμολύκη, Mormon, Μορμών　*ゲロー, *ラミアーと同様の女怪. モルモリュケー Mormolyke とも呼ばれ, これは《牝狼モルモー》の意. 地獄の*アケローンの乳母とされている. さらにモルモーは*ライストリューゴーン人の女王で, 自分の子を失った悲しみのあまり, 他人の子供を殺そうとするのだという.

モロス　Molos, Μόλος　1. モリオネの祖父. 同項を見よ.
2. クレータの*イードメネウスの戦車の御者*メーリオネースの父. *デウカリオーンの庶子. プルートコスの伝えるところによると, 彼はあるニンフを犯さんとして, 反対に首のない死体として発見されたので, クレータ人はある祭で首のない人形をモロスとして引き回す風習があった.

モロッソス　Molossos, Μολοσσός　*アキレウスの子*ネオプトレモスの子. 母は*ヘクトールの妻で, ネオプトレモスの女となった*アンドロマケー. エウリーピデースの《*アンドロマケー》によると, 彼女はネオプトレモスと一緒にプティーア Phthia に来てモロッソスを生んだ. 十年後ネオプトレモスは*メネラーオスの娘*ヘルミオネーを娶る. ヘルミオネーには子供が生れず, アンドロマケーの呪いがその原

モロルコス

因であるとし，夫が*デルポイに出かけている留守中に，*テティスの神殿に遁れたアンドロマケーとモロッソスを引き出して二人を殺そうとするが，*ペーレウスに救われる．のち，ネオプトレモスが*オレステースに殺され，オレステースがヘルミオネーと結婚した時，二人はエーペイロスに行き，アンドロマケーは*ヘレノスに嫁し，モロッソスはそのあとを継いで王となり，住民に自分の名を与えた．なお彼にはピエロス Pielos と*ペルガモスなる兄弟があった．

モロルコス Molorchos, Μόλορχος *ヘーラクレースがネメアのライオン退治に来た時に，宿をして歓待した貧しい羊飼．ヘーラクレースの項を見よ．

ヤーヌス Janus ローマの古い神．彼は門の守護神で，門は前後にむいているところから，彼もまた普通前後にむいた二つの頭を有する姿 (bifrons) で表わされている．彼のおもな神殿はフォルムの近くにあり，その扉は戦時には開かれ，平時には閉ざされる習慣であった．門はローマでは古くから象徴的な意味をもち，すべての行動の始めであるところから，この神は祈りにおいても犠牲に際しても神々の先頭におかれ，ローマ暦の一月もまた彼の名を冠して Januarius と呼ばれ，彼は《神の中の神》divom deus と称せられ，オウィディウスのごときは，彼を天地の守護者，すべての始めの開閉者と称し，四季の司としての彼は四頭の姿 (Janus quadrifrons) で表わされている．

神話では彼は*カメセスとともにラティウムを支配した古い時代の王とされ，ときに彼はテッサリアからの移住者で，カメセス王に迎えられて，王国の支配を分ったともいわれている．ヤーニクルム Janiculum 丘の上に一市を築き，*ユーピテルに追われた*サートゥルヌス(*ギリシアのクロノスと*ゼウスの神話のローマ化)を迎えた．サートゥルヌスはカピトーリウム Capitolium 丘上にサートゥルニア市を建設した．ティベル河に名を与えたティベリス Tiberis はヤーヌスの子である．ヤーヌスはその神殿近くに泉と神域のあったニンフの*ユートゥルナを娶り*フォーンス Fons(Fontus) を生んだ．ヤーヌスの治世はサートゥルヌスのそれと同じく，人類の黄金時代で，ヤーヌスはテッサリアからイタリアに渡るために船を発明，貨幣を最初に用い，ラティウムの住民に種々の技術を教え，その野蛮な生活を開化した．*ロームルスとその部下がサビーニー Sabini 族の女たちを奪ったため，サビーニーがローマを襲い，*タルペーイアの手引きでひそかにカピトーリウムに侵入せんとした時，ヤーヌス神は熱泉を噴出させて，敵を敗走せしめた．これが戦時に彼の神殿の門が開かれるようになった由来であると伝えられている．

ユ

ユウェンタース Juventas ローマの《青春》の女神．ギリシアの*ヘーベーに似ているが，しかし彼女は青春の美ではなくて，成年の男子の保護神である．彼女はカピトーリウム Capitolium の神殿のミネルウァの部屋の入口に祭られ，彼女はこの神殿建立以前からここにあり，彼女と*テルミヌスとは，神殿建造の際にここを立ち去ることを拒んだといわれる．少年が成年式を挙げる時，この女神に賽銭を奉納した．

ユスティティア Justitia ギリシアの*ディケー(*アストライアー)と同じく，ローマの《正義》の女神．黄金時代には人間とともに住んでいたが，彼らの堕落とともに天に遁れ，乙女座の星となった．

ユートゥルナ Juturna 古名は Diūturna. 泉のニンフ．ヌミーキウス Numicius 河岸で祭られていた．ローマではフォルムの，*ウェスタ神殿近くに彼女の泉があり，*カストールと*ポリュデウケース(ディオスクーロイを見よ)がここで，レーギルス Regillus 湖の戦ののち馬を洗ったという．ローマの彼女の神殿は前241年に建てられた．詩では彼女は*ダウヌスの子で，*トゥルヌスの姉妹とされ，*ユーピテルに愛されて，不死を得，ラティウムの泉と河を支配している．さらに彼女は，ある伝えで

ユーノー Juno, 仏 Junon　　ローマ最大の女神. ギリシアの*ヘーラーと同一視され, *ユーピテル, *ミネルウァとともにカピトーリウム Capitolium 丘上で祭られていた. この際の彼女はレーギーナ Regina《女王》なる称呼をもっている. 彼女は本来女の, とくにその結婚生活の保護神で, ローマの婦人の生活と密接な関係にある. 女たちは誕生日には Juno Natalis《誕生日のユーノー》に供物を捧げたが, これは女神の名 Juno が, また個々の女の保護神と考えられていたためである. 女神の祭のうちの大祭は3月1日のマートローナーリア Matronalia (三月すなわち彼女の子*マールス神の生れた日, あるいはローマ人とサビーニー Sabini 人とが婦人の仲介で和平した日を記念するためとといわれる), および7月7日のノーナイ・カプロティーナイ Nonae Caprotinae の祭で, 後者では婢女たちが闘いの真似事を行なった. 結婚女神としてはユガ(ーリス) Juga(lis), 誕生の女の神としては*ルーキーナと呼ばれ, 後者の資格では, 彼女は*エイレイテュイアと*アルテミスに近づいている. なお女性の神として, ユーノーはまた当然月と関係がある. ルーキーナに供物を捧げる時には, 人はいかなる結び目もすべて解いて, これを行なわなければならなかった. 分娩を阻害しないためである. ユーノーは, カピトーリウム丘上の北東にある頂上, すなわちローマのアルクス Arx《城》と呼ばれている場所に, 神殿を有し, ユーノー・モネータ Moneta《忠告者》と呼ばれていた. 前390年のケルト人侵入に際して, 彼らの襲撃を鵞鳥が鳴いて知らせたのは, モネータの力であるとされている. この神殿にローマの貨幣鋳造所があったので, モネータは貨幣の意ともなった.

ユーピテル Jup(p)iter　　本来印欧語族の天空神で, ローマの神界の主神. ラテン語の Jup(p)iter は*Dieu Pater《天なる父よ!》なる呼びかけの表現が一語となったもので, その主格*Djēus はギリシア語の Zeus と同一である. 彼は天空神としてさらに雷霆の神, 雨, 嵐などの気象現象の神として, 古くより崇拝されていた. この神の古い姿はラテン語の sub Jove《空の下に》なる表現に残っている. のち, 彼はギリシアの*ゼウスと同一視されたが, それ以前にすでにローマの主神であった. 彼はさまざまな機能に応じて, 多くの称呼を付して呼ばれているが, そのうちで一番中心となっているのはユーピテル・カピトーリーヌス Capitolinus である. この神は, エトルリアの影響のもとに, *ユーノーと*ミネルウァとともに三位一体の形で, エトルリア系のタルクゥイニウス・スペルブス Tarquinius Superbus 王の建てた神殿に祭られていた.

それより古く, ユーピテル・フェレトリウス Feretrius がカピトーリウムの丘上に祭られていて, これはかつてこの丘が樫の木(ユーピテルの聖木)で蔽われていた時代からのものとされ, その木に*ロームルスがアークロン Acron 王から奪った spolia opima《最上の分捕品》をかけて捧げたといわれ, 第二の捧物はウェーイイ Veii の王トルムニウス Tolmnius からコルネーリウス・コッスス A. Cornelius Cossus が得た分捕品 (前426年) であった. いま一つ古い神殿はユーピテル・スタトル Stator のそれで, ロームルスがサビーニー Sabini 人と闘った時, ローマ方に利あらず, 彼はユーピテルに, 敵の攻勢を止めてくれれば, この場所(パラーティーヌス Palatinus の丘の麓, 聖道 Via Sacra の小高い所)に神殿を捧げると祈った. そのため敵はこの地点で押し返され, ローマ方は勝利を得たので, ロームルスは約束どおりに神殿を奉献した. カピトーリウムの主神としてコーンスルたちが就任に際して最初に礼拝したのも, 凱旋将軍たちの行列がむかったのも, すべてこのユーピテルであった. 最高神としてのカピトーリウムの彼は Jupiter Opimus Maximus《至善至高のユーピテル》と呼ばれている. 彼はまた条約, 誓言の神として, 偽誓者を罰すると信じられていた. アルバノ Albano 山で毎年催されたラテン同盟の集まり Feriae Latinae では, 彼はラティアーリス Latiaris と呼ばれ, ラテン同盟諸都市の代表が集まって聖餐を分った.

ユールス Julus　　イウールスを見よ.

ラ

ラーイオス Laïos Λάϊος　　テーバイ王. *ラブダコスの子で*カドモスの曾孫. *イオカステーの夫. *オイディプースの父. ラブダコスが死んだ時, ラーイオスはまだ幼少であったの

ライストリ

で、*ニュクテウスの兄弟*リュコスが摂政となったが、リュコスは*ゼートスと*アムピーオーンの母*アンティオペーを虐待したために、この二人に殺され、王国を奪われた．ラーイオスは*ペロプスのもとに遁れ、その客となって、ペロプスの子*クリューシッポスに戦車を馳せる術を教えているあいだに、彼に想いを寄せ、誘拐した．彼はかくてペロプスの呪いを蒙った．一説に*オイディプースとクリューシッポスを争い、オイディプースに殺され、ペロプスの呪咀の第一が実現したとも、この人倫に反した恋により、*ヘーラーの怒りを買ったためともいう．ゼートスとアムピーオーンが亡くなったのち、彼はテーバイ人によって呼びもどされた．彼の第一の妻はエクパース Ekphas の娘*エゥリュクレイア で、イオカステーは後妻であり、したがってオイディプースは義母を妻にしたにすぎないとの伝えもあり、さらにオイディプースの母でラーイオスの妻は*エウリュガネイア (ヒュペルパース Hyperphas の娘)、エウリュアナッサ Euryanassa (同上)、(アステュ)メドゥーサ (Asty-)medusa (*ステネロスの娘) であるとの諸説がある．また反対にエウリュガネイアがオイディプースの子供の母親とする古い伝えもある．ラーイオスとオイディプースとの関係、ならびにその死についてはオイディプースの項を見よ．

ライストリューゴーン人 Laistrygon, Λαιστρυγών, 複数 Laistrygones, Λαιστρυγόνες, 拉 Laestrygon, 仏 Lestrygon　　*オデュッセウスがトロイアより帰国の航海の途中で出会った食人巨人．その国では朝に家畜を牧場に連れて行く人が、そこから帰って来る人に途中で出会うほど夜が短かった．主都は*ラモス王の築いたものであった．オデュッセウスはこの国の港に到着、人民の部下を偵察に送った．彼らは都の門で水を汲んでいる*アンティパテース王の娘に会い、導かれてその家に行くと、その父親はただちに三人の中の一人を殺して食った．残りの者は遁れたが、ライストリューゴーン人どもは々をも追って港に来て、オデュッセウスの乗船以外の船に、大石を投げて破壊した．後代の人はこの国をシシリアあるいはカムパニアのはしのフォルミアイ Formiae にあったとしている．

ライラプス Lailaps, Λαῖλαψ　《ハリケーン》の意．*プロクリスが*アルテミスより得て、*ケパロスに与えた犬の名．*ミーノースから*プロクリスが得たともいう．ケパロス、アムピトリュオーンの項を見よ．

ラ(ー)ウィーニア Lavinia　　*ラティーヌス王と后*アマータとの娘．《*アイネーイス》によれば、彼女は*トゥルヌスの許婚であったが、*アイネイアースがラティウムに来た時に、その妻となり、アイネイアースは新市を建設してラウィーニウム Lavinium と呼んだ．*アスカニウスは《アイネーイス》ではそうではないが、ラウィーニアの子とする説もある．《アイネーイス》では、彼女の子供については言及していないが、他の所伝では、アイネイアースの死後一子*シルウィウスを生み、アスカニウスはラウィーニウムを異母弟に譲って、アルバ・ロンガ Alba Longa 市を創建したが、子なくして死に、シルウィウスを後継者とした．さらにラウィーニアをアイミリア Aemilia の母とし、アイミリアは軍神*マールスと交わって*ロームルスを生んだとする伝えもある．ギリシアの神話とラウィーニアを結びつけた話では、彼女は*アニオスの娘で、アイネイアースの放浪に女予言者として従い、彼がラウィーニウム市を築いた地で世を去った．これは La-vin- の -vinをラテン語の vinum, ギリシア語の (w)oinos 《葡萄酒》と関係づけて、アニオスの三人の娘の一人オイノー Oino とラウィーニアとを同一視せんとした、牽強付会の説である．

ラウェルナ Laverna　　ローマの盗人の女神．ラウェルナーリス Porta Lavernalis 門はこの女神の名に由来する．

ラウスス Lausus　　1. 《*アイネーイス》中、*メーゼンティウスの子．父を救わんとして、*アイネイアースに討たれた．

2. アルバ・ロンガ Alba Longa 王*ヌミトルの子．叔父の*アムーリウスに殺された．

ラーエルテース Laertes, Λαέρτης　*アルケイシオスとカルコメドゥーサ Chalkomedusa の子．*アンティクレイアを妻とし、*オデュッセウスの父となった．アンティクレイア (*アウトリュコスの娘) は彼に嫁する前に*シーシュポスと関係があったために、オデュッセウスはシーシュポスの子ともときに称される．ラーエルテースの祖父*ケパロスはケパレーニア Kephalenia の出で、この島にこの名を与えた．オデュッセウスの出征中、ラーエルテースは田舎に引退し、農耕に従っていた．オデュッセウスが*ペーネロペーの求婚者を殺したのち、ただちに彼のもとに来て、父子で求婚者の親戚たちの来襲に備え、*アテーナーはその時ラーエルテースを魔法の沐浴で若返らせ、彼は*アンティノオスの父エウペイテース Eupeithes を投槍でたおした．なおオデュッセウスのほかに一女

＊クティメネーがあったともいう.

ラーオコオーン　Laokoon, Λαοκόων

1. ＊トロイアのテュムブレー Thymbre の＊アポローン(あるいは＊ポセイドーン)の神官.＊アンテーノール あるいは＊カピュスの子. 後者の場合には＊アンキーセースの兄弟. ギリシア人が勇士たちをその内にかくしておいた木馬(シノーンの項を見よ)をトロイア市内に引き入れることに反対した. 海辺でポセイドーンに犠牲を捧げていると, 二匹の大蛇がテネドス Tenedos 島の方角から海を泳いで来て, 彼と二人の息子を締め殺したのち,＊アテーナー神殿中の女神の像の下でとぐろを巻いた. この蛇は, ラーオコオーンがアポローン神像の前で妻と交わったため, 神が怒って送ったとも, アテーナーが, 彼が木馬の引き入れに反対したので, 送ったともいわれる. 有名なラーオコオーン像はロドスの彫刻家アーゲーサンドロス, ポリュドーロス, アテーノードロス(前 1 世紀)の手に成るもので, 古代の名作の一つである.

2. カリュドーンの＊ポルターオーンと女奴隷の子.＊オイネウスの兄弟.＊メレアグロスに従って, ＊アルゴナウテースたちの遠征に加わった.

ラーオゴラース　Laogoras, Λαογόρας

ドリュオプス人の王. ラピテース人の味方で, 住民に野盗の行為をさせていた.＊ヘーラクレースはこの無道な男が＊アポローンの神域で宴を張っているところを, その息子どもと一緒に殺した.

ラーオダマース　Laodamas, Λαοδάμας

1. ＊エテオクレースの子. その幼少のころ大伯父＊クレオーンが摂政となったが, 成長してテーバイ王となり, アルゴスから来襲した七人の＊エピゴノイたちに敗れた.＊アドラストスの子＊アイギアレウスを討ち取ってのち, たおれたとも, 戦の夜テーバイ人の一部の者とイリュリアに遁れたともいう.

2. ＊トロイアの＊アンテーノールの子.＊アイアースに討たれた.

3. ＊パイアーケス人の王＊アルキノオスの子.＊オデュッセウスが王の客となっていた時, 彼に相撲の技を挑んだが, オデュッセウスは客人としての礼儀から, これに応じなかった.

ラーオダメイア　Laodameia, Λαοδάμεια, 拉 Laodamia, 仏 Laodamie

1. ＊アカストスと＊アステュダメイアとの娘. テッサリアの王＊イーピクロスの子＊プローテシラーオスの妻. 新婚早々夫が＊トロイアに遠征, 戦死の報を受けた際に, 三時間だけ夫をこの世にかえしてくれることを神々に乞い, 彼がふたたび冥府に帰らねばならない時に, その腕に抱かれて自害した. 他の伝えでは, 彼女は夫の像を造らせて, 夜な夜な自分の床で抱いて寝ていた. イーピクロスは召使から彼女が男を引き入れているとの報告を受け, 監視していたが, 事実が判明したので, 彼女の悲しみを絶つ目的で, その像を焼かせたところ, 彼女は火の中に身を投じて死んだ.

2. ＊ベレロポーンと＊イオバテースの娘との娘. ホメーロスによれば,＊ゼウスと交わって＊サルペードーンを生んだ. 彼女は＊アルテミスに仕える誓いをしていたが, 女神の怒りをかって, その矢に射られて死んだ.

3. ＊アルクマイオーンの娘.

ラーオディケー　Laodike, Λαοδίκη

1. ＊オーケアノスの娘の一人.

2. ＊キニューラースの娘.＊エラトスの妻.

3. アルカディアの＊アガペーノールの娘. 彼は＊トロイアより帰国の途中, 難船してキュプロス島に漂着, パポス Paphos 市を建てた. 彼女は故国アルカディアのテゲア Tegea 市にパポスの＊アプロディーテーの神殿を建立, テゲアの＊アテーナーに長衣を奉献した.

4. ＊プリアモスと＊ヘカベーとの娘. 多くの姉妹の中でもっとも美しかった.＊ヘレネーの返還を求める使者として,＊ディオメーデースとともに＊トロイアに来た＊アカマース(＊テーセウスの子)に恋し, 二人のいたピレービアー Philebia の家で密会し, アカマースの子＊ムーニートスを生んだ. しかしこれはホメーロス以後の伝えで, ホメーロスでは彼女は＊ヘリカーオーンの妻となっている. トロイア陥落後, 大地が開いてすべての者の目前で彼女を呑みこんだ. あるいは塔から身を投げたともいう.

5. ホメーロス中,＊アガメムノーンの娘の一人. のち, 彼女の名は＊エーレクトラーとなり, 悲劇の有名な主人公となった.

ラーオトエー　Laothoe, Λαοθόη

1. ホメーロス中, レレクス人 Lelex の王アルテース Altes の娘.＊プリアモスとのあいだに＊リュカーオーンと＊ポリュドーロス(プリアモスの末子)を生んだが, 二人ともに＊アキレウスに討たれた.

2. ＊テスピオスの 50 人の娘の一人. ヘーラクレースの項を見よ.

ラーオドコス　Laodokos, Λαόδοκος

1. ＊アポローンとプティーアー Phthia の子.＊ドーロス と＊ポリュポイテースの兄弟.＊クーレース人の地を支配していたが, エーリスから遁れて来た＊アイトーロスは, 客でありながら,

三人を殺害して，その地を奪い，アイトーリア Aitolia と改名，王となった．

2. *トロイアの*アンテーノールの子．トロイア方とギリシア方が休戦し，*パリスと*メネラーオスとの一騎打が行なわれた時，*アテーナーは彼の姿で*パンダロスに近づき，天を射て休戦を破るように勧めた．

3. *アンティロコスの従者．

4. *プリアモスの子供の一人．

5. ケルト人が*デルポイを攻めた時，防いだ*ヒュペルボレイオス人．ヒュペロコスおよびヒュペルボレイオス人の項を見よ．

ラーオニュトス Laonytos, Λαόνυτος ペレキューデース(前6世紀の神話学者)の伝える古い伝えによれば，*オイディプースと*イオカステーとの子供はラーオニュトスとプラストル Phrastor で，二人はテーバイと*ミニュアース人の王*エルギノスとの戦で死んだ．ここでは*エテオクレース，*ポリュネイケース，*アンティゴネー，*イスメーネーおよびアステュメドゥーサ Astymedusa は，後妻の*エウリュガネイアの子となっている．

ラーオノメー Laonome, Λαονόμη

1. *アルクメーネーと*アムピトリュオーンの娘，したがってヘーラクレースの異父の姉妹．*アルゴナウテースたちの一人*ポリュペーモス(あるいは*エウペーモス)の妻となった．

2. アルゴスの*グーネウスの娘．ときに彼女は*アムピトリュオーンの母とされている．

ラーオメドーン Laomedon, Λαομέδων *トロイア王．*イーロスと*エウリュディケーとの子．*プリアモス，*ヘーシオネーなど多くの子供たちがあった．妻の名は*ストリューモー，ロイオー Rhoio, プラキエー Plakie, トオーサ Thoosa, *レウキッペーなど，いろいろに伝えられる．トロイア城壁の由来，娘ヘーシオネーが*ヘーラクレースによって救われた話は，ヘーシオネーとヘーラクレースの項を見よ．彼とその子供たちは，プリアモスを除いてヘーラクレースに殺された．彼の墓はトロイアのスカイアイ Skaiai 門の上にあり，墓が乱されないかぎり，トロイアは安泰であるといわれていた．彼はときに*ガニュメーデースの父で，*ゼウスはこの美少年を奪った代償に黄金の葡萄樹，あるいは神馬(これを彼はヘーラクレースに与える約束をした)を与えたともいう．さらに後代の伝え(ディオニュシオス)では，ヘーラクレースは*テラモーンと*イーピクロスとを使者として，ヘーシオネーと約束の馬とを要求させたところ，ラーオメドーンは二人を牢獄に投じた．彼は二人を殺そうとし，プリアモスをのぞく他の子供たちもすべてこれに同意した．プリアモスは客の身は不可侵であるとし，テラモーンたちに剣を贈り，ラーオメドーンの計画を知らせた．二人は牢を遁れて，*アルゴナウテースたちに合し，ヘーラクレースはアルゴナウテースたちとともにトロイアを攻略，ラーオメドーンらを殺し，プリアモスを王位につけ，アルゴナウテースたちとともにヘーラクレースは金毛の羊皮を求めに行ったという．しかし，これはまったく後代の作為で，アルゴナウテースたちの冒険とヘーラクレースのトロイア遠征とは本来は関係のないものとされている．

ラキオス Rhakios, 'Ράκιος レベース Lebes の子．クレータの人．小アジアのコロポーン Kolophon に移住，ここで*エピゴノイがテーバイを落してのち，*アポローンの命によりこの地に来た*マントー(*テイレシアースの娘)に出遇い，妻とし，二人から予言者*モプソスと，バムピューリアー Pamphylia (同名の小アジアの地に名を与えた)が生れた．

ラケシス Lachesis, Λάχεσις *モイラたちの一人．同項を見よ．

ラケスタデース Lakestades, Λακεστάδης *テーメノスの子*バルケースが シキュオーン Sikyon を奪ったとき，父ヒッポリュトス Hippolytos と同じく，アルゴスの支配下にあったこの市の王ラケスタデースは，バルケースと共同でこの地を支配した．

ラケダイモーン Lakedaimon, Λακεδαίμων *ゼウスと*ターユゲテーの子．ラケダイモーン(スパルタがその主都であった地方)の住民に名を与えた．*エウロータース王の娘*スパルテーを娶り，王の死後王国を継承した．二人のあいだに彼のあとを受けたアミュークラース Amyklas, *エウリュディケー(*アクリシオスの妻)が生れた．ときにアシネー Asine とヒーメロス Himeros も二人の子といわれる．ヒーメロスはアシネーを犯し，後悔してマラトーン河に投身，この河の名はヒーメロスとなったが，のちさらに*エウロータースとなった．

ラダマンテュス Rhadamanthys, 'Ραδάμανθυς *ゼウスと*エウローペーの子．*ミーノースと*サルペードーンの兄弟．クレータ島の王*アステリオーン(あるいは*アステリオス)がエウローペーを娶り，したがって彼女の三人の子はこの王に育てられた．しかしラダマンテュスの系譜は*クレース(クレータにその名を与えた祖)──*タロース──*ヘーパイストス──ラダマンテュスとするものがある．ラダマンテ

ュスは正義の士として名高く，クレータ人の立法者となり，死後冥府の判官として，ミーノース，*アイアコスとともに亡者を裁いていると. しかし彼は死なずに，*エーリュシオンの野に行ったともいわれる. さらに彼はクレータからボイオーティアに遁れ，*アルクメーネーを妻としたとの伝えがある. 彼の子ゴルテュス Gortys はクレータのゴルテュス市，エリュトロス Erythros はボイオーティアのエリュトライ Erythrai 市に名を与えた祖である.《*オデュッセイア》には彼が*パイアーケス人の船で*ティテュオス探索にエウボイア Euboia に赴いた挿話があるが，前後の関係は不明.

ラティーヌス Latinus, 希 Latinos, Λατῖνος ラティーニー Latini 族にその名を与えた祖. 古くよりギリシアの系譜中に入り，すでにヘーシオドスは彼を*オデュッセウスと*キルケーの子で，テュレーニア Tyrrhenia (＝エトルリア) 人の王とし，また一説には彼はオデュッセウスの子*テーレマコスとキルケーの子とも伝えられる. ウェルギリウスは彼を*ファウヌスと*マーリカ (ミントゥルナイ Minturnae の女神) との子とする. イタリアにおける*ヘーラクレース伝説では，ラティーヌスの母はヘーラクレースが人質に連れて来たヒュペルボレイオス人の娘*パラントー (パラーティウム丘の古名パランテウム Pallanteum と関係づけるためか) とヘーラクレースの子で，彼女はファウヌスの妻に与えられた，あるいはラティーヌスはヘーラクレースとファウヌスの妻または娘とのあいだの子ともされている.

*アイネイアースとの関係についても諸説がある. カトーはラティーヌスはアイネイアースを迎えて，トロイア人たちに土地を，アイネイアースには娘の*ラウィーニアを妻に与えようとしたが，トロイア人たちはこの地で略奪を行ない，ラウィーニアの婚約者たるルトゥリー Rutuli 人の王*トゥルヌスはラティーヌスと組んで，トロイア人と戦い，ラティーヌスとトゥルヌスは戦死し，アイネイアースは主都ラウロラウィーニウム Laurolavinium を陥れ，その王となり，トロイア人と土着民とが混ってラティーニー人となった. 他の伝えではアイネイアースが*トロイア陥落二年後イタリアに来て，一市を建設せんとしたとき，ラティーヌスはこれを阻止せんとし，軍を率いて来たが，戦闘の前夜神が夢枕に立って，アイネイアースとの和を勧め，アイネイアースもまた先祖の霊に同じ勧告をうけたので，二人は和睦し，ラティーヌスはトロイア人に土地と娘を与え，アイネ

イアースは新市にラウィーニウム Lavinium なる名を与えた. しかしこれはラティーヌスの妻*アマータの甥トゥルヌスとの戦の原因となり，ラティーヌスとトゥルヌスは戦死し，アイネイアースはラウィーニアの夫として，王位を継承，かくて生れた新民族はラティーニーと称されるにいたった.

ウェルギリウスではラティーヌスは予言者たちの言により，新来者にラウィーニアを与えて，歓待したが，これは彼の妻アマータとラウィーニアの求婚者トゥルヌスの敵意を買った. アイネイアースの子*アスカニウスは誤って王の飼っている鹿を殺し，これがために悶着が起り，ついにトロイア人とイタリア人とのあいだに戦が始まった. ラティーヌスはこのあいだに優柔不断で，戦を避け，トゥルヌスが討たれたのち，トロイア人と和を結んだ. 一説によれば，ラティーヌスはカイレ Caere の王*メーゼンティウスとの戦の最中に姿を消し，ラティーニーの同盟の保護神たる*ユーピテル・ラティアーリス Latialis となった.

ラティーヌス・シルウィウス Latinus Silvius *アスカニウスから四代目のアルバ Alba 王. 父はアイネーアース・シルウィウス Aeneas Silvius, 祖父はポストゥムス Postumus. 彼は 50 年間王位にあり，ラテン同盟中のいくつかの都市を創建した.

ラディネー Rhadine, Ῥαδίνη 前 6 世紀前半の抒情詩人ステーシコロスの同名の詩の主人公. ただしこれは後代の同名の詩人の作とする説が有力である. ラディネーはペロポネーソスのトリピューリア Triphylia のサモス Samos の乙女で，コリントス市の独裁者の許婚であったが，同郷の青年*レオンティコスを愛していた. 彼女が結婚のため海路を旅して行くのを追って，彼は陸路を進んだ. 独裁者は二人を殺し，死骸を車で送り返したが，後悔して二人を葬った. ストラボーン (前 1 世紀末) の時代にも，絶望した恋人たちは恋愛の成就を願いに彼らの墓に詣でたという.

ラティーノス *ラティーヌスのギリシア名. 同項を見よ.

ラートーナ Latona *レートーのローマ名. 同項を見よ.

ラードーン Ladon, Λάδων 1. アルカディアのラードーン河神. *オーケアノスと*テーテュースの子. ステュムパーリス Stymphalis を娶り，二女*ダプネーと*メトペー (*アーソーポス河神の妻) を得た. ダプネーの母はステュムパーリスではなく，*ガイアであるとも，

ラピタイ

また彼女は*ペーネイオス河神の娘ともいわれている.

2. *ヘスペリスの園の黄金の林檎を守っていた竜. *ポルキュスと*ケートーとの, あるいは*テューポーンと*エキドナ, あるいは*ガイアとの子という. *ヘーラクレースに退治されたのち, *ヘーラーによって星座の中に加えられた.

ラピタイ　ラピテース族を見よ.

ラピテースまたはラピトス　Lapithes, Λαπίθης, Lapithos, Λάπιθος　ラピテース族の項を見よ.

ラピテース族　Lapithes, Λαπίθης, 複数 Lapithai, Λαπίθαι　テッサリアの山嶽地方(ピンドス, ペーリオン, オッサ等の山中)に, 先住民族*ペラスゴス人を追い払って, 住んでいた民族. オーレノス Olenos, エーリス, レスボスにもいた. その支配者の祖先は*ペーネイオス河神に発し, 彼の子にヒュプセウス Hypseus, アンドレウス Andreus および一人の娘があり, 彼女は*アポローンと交わって, ラピテース族に名を与えたラピテースを生んだ. その子が*ポルパース, *ペリパース, *トリオパース(*レスボス?)で, ラピテース族の有名な王*イクシーオーンはその子孫であるとも, *プレギュアースの子ともいわれる. さらにイクシーオーンの子が*テーセウスの親友*ペイリトオスである. *ケンタウロス族はイクシーオーンが雲より造られた*ヘーラーと交わって生れたといわれるので, ラピテース族とは血縁関係にあり, そのために支配権を争ったという. ペイリトオスが*ヒッポダメイアを花嫁に迎えた際の宴会でのケンタウロス, ラピテース両族の争闘に関してはケンタウロスの項を見よ. ラピテース族中の名ある英雄は*カイネウス, *コローノス, *モプソス, *ポリュペーモス, *レオンテウス, *ポリュポイテースなどで, *アルゴナウテースたちの遠征や*カリュドーンの猪狩の勇士中にもその名が見える. おのおのの項を参照. *ヘーラクレースも*アイギミオス王のためにラピテース族と戦った.

ラピトス　*ラピテース族に名を与えたラピテースに同じ.

ラビュリントス　Labyrinthos, Λαβύρινθος　*ダイダロスが*テーセウスに退治された*ミーノータウロスを住まわせるために, クレータ王*ミーノースの命で造った, そこに入る者はだれでも出口がわからなくなる, 迷路にみちた建築. *クノーソスにあったというが, のちの作者はこれをゴルテュン Gortyn 市の石切場と同一視している. Labyrinthos なる語は, その -nth- なる接尾辞により, ギリシア先住民族よりの借用語と推測され, labrys は同じくカーリア Karia 語あるいはリューディア Lydia 語から借用した, ⟥⟤ 形の, 諸刃の斧を表わす語である. テーセウスの項を見よ.

ラブダコス　Labdakos, Λάβδακος　*カドモスの子*ポリュドーロスと*クトニオス(カドモスの播いた竜の牙から生れた, いわゆる*スパルトイの一人)の子*ニュクテウスの娘ニュクテーイス Nykteïs との子. *ラーイオスの父. 彼が一歳のときに父ポリュドーロスが死んだので, ニュクテウスが摂政となり, その死後ニュクテウスの兄弟*リュコスがそのあとを継ぎ, ついでラブダコスが支配権を握った. 彼は国境に関する争いで, アテーナイ王*パンディオーンと戦い, *ペンテウスと同じく, ディオニューソスの崇拝を阻止しようとして, *バッケーたちに八つ裂にされたという.

ラミアー　Lamia, Λαμία, 拉 Lamia 独·仏 Lamie　1. 子供をさらう化物. 乳母が言うことをきかない子供をおどすのによく利用した. 彼女は*ベーロスと*リビュエーとの娘で, *ゼウスに愛され, 子を生むたびに, *ヘーラーが嫉妬して, 殺したので, ラミアーは絶望のはてに他の母親の子供を奪う怪物になったという. ヘーラーはさらに彼女を苦しめるべく, 眠りを奪ったので, ゼウスは彼女に眼をはずしてしまっておくことができるようにしてやり, このあいだには危険はないが, 眠らずに日夜さまよっている時に子供をねらうのであると.

2. 複数で, 子供に憑いて, 血を吸う女鬼.

3. *アルキュオネウスの伝説中, *デルポイの山中にいた怪物.

4. *ゲローと称される怪物の名.

5. *ポセイドーンの娘. *ゼウスと交わってリビアの*シビュレーを生んだ.

ラムプサケー　Lampsake, Λαμψάκη　小アジアのラムプサコス Lampsakos 市に名を与えた, *ベブリュクス人の王マンドローン Mandron の娘. 王が移住を許したポーキス Phokis 人を土着民が, 王の留守中に虐殺せんとしているのを知り, ポーキス人に知らせたので, 彼らは土着民を破って, 市を占領したが, そのあいだにラムプサケーは死んだので, 彼らは彼女を神と敬い, それまではピテュウーサ Pityusa と呼ばれていたこの市の名をラムプサコスに改めた.

ラムペティエー　Lampetie, Λαμπετίη

1. 太陽神*ヘーリオスとニンフの*ネアイラの娘. 姉妹のパエトゥーサ Phaethusa ととも

に*トリーナキエーの島(のちこれはシシリアとされている)で太陽神の牛を飼っており、*オデュッセウスの部下がその牛を食べたことを太陽神に告げた.

2. ある所伝で、*アスクレーピオスの妻で、*マカーオーン、*ポダレイリオス、*イアーソー、*パナケイア、*アイグレーの母.

3. ある所伝で、*ヘーリアデスの一人.

ラムペトス Lampetos, Λάμπετος　レスボスのイーロス Iros の子. 同島のメーテュムナ Methymna 市を*アキレウスが攻略した際に、ヒケターオーン、ヒュプシピュロス Hypsipylos(ともにレペテュムノス Lepetymnos の子)とともに討たれた.

ラムポス Lampos, Λάμπος　1. *トロイアの*ラーオメドーンの子. ドロプス Dolops の父で、トローアスのラムポネイア Lamponeia にその名を与えた.

2. *エーオースの馬の名.

3. *ヘクトールの馬の名.

ラーメドーン Lamedon, Λαμέδων　シキュオーン Sikyon の王. *アイギアレウスの子孫. *コロノスの子で、コラクス Korax の兄弟. コラクスが子なくして世を去り、テッサリアの*エポーペウスが王位を継承したが、*アンティオペーの件で、テーバイの*ニュクテウスと闘ってたおれ、ラーメドーンが王となった. 彼は娘*ゼウクシッペーを*シキュオーンに与えて、その援助を得て、*アカイア人と戦った. 後の妻はアテーナイのクリュティオス Klytios の娘で、このためその子孫の*イアニスコスがのちシキュオーン王となった.

ラモス Lamos, Λάμος　1. 《*オデュッセイア》の中で、*ライストリューゴーン人の王.

2. *ヘーラクレースと*オムパレーとの子. ギリシアのラミア Lamia 市にその名を与えた.

ララ Lara　ラティウムのアルモー Almo 河神の娘のニンフ. 美貌だがおしゃべりであった. *ユーピテルが*ユートゥルナに恋した時、*ユーノーに知らせたので、ユーピテルは怒って、彼女の舌を切り、*メルクリウスに冥界に連れ行かせた. メルクリウスは途中で彼女を犯し、双生児が生れたが、彼らはローマ人に神と敬われ、ラレース Lares(ラールの項を見よ)と呼ばれた. ララはその後ムータ Muta、またはタキタ Tacita、すなわち《黙せる女》の名で祭られた. 以上はオウィディウスによって伝えられている話である.

ラーリッサ Larissa, Λάρισσα　ギリシアの、とくにテッサリアに多い地名. 一方アルゴスの城山もラーリッサと呼ばれる. ラーリッサはこの名の説明のために発見された女性で、テッサリア、あるいはアルゴスの出といわれる. 彼女は*ゼウス(あるいは*ポセイドーン)と交わって*ペラスゴス、*アカイオス、*プティーオスの母となったとも、反対にペラスゴスの娘とも称せられる.

ラーリーノス Larinos, Λάρινος　エーペイロスの羊飼. *ヘーラクレースより*ゲーリュオーンの牛の一部を与えられ(あるいは盗み)、これから出た種は古典時代に有名であった.

ラール Lar, 複数ラレース Lares　ローマの下級神. 一般に複数で用いられる. Lares は Lases に由来する. ラールには四つ角の神 Lares Compitales, 家と家族の神 Lares Familiares, 道路の神 Lares Viales と海路の神 Lares Permarini, 国家の神 Lares Praestites などがあり、それぞれ保護の神として敬われていた. その起源に関しては、死者の霊としての Lar Familiaris より発するとする説と、農場の保護神としての Lares より、四つの農場の合する地点、すなわち四つ角の保護神としての Lares より発するとする説と二つある. ラレースには神話はない. *ララの子とするオウィディウスの話については、ララの項を見よ. タルクゥィニウス Tarquinius の后タナクゥィル Tanaquil の婢と灰から生じた男根との交わりによって生れたラール・ファミリアーリス Lar Familiaris がセルウィウス Tullius Servius 王の父であるとの不可思議な話もある. *マーニアが彼らの母との説もある. のちラレースは*ディオスクーロイと同一視されている.

ラルウァイ Larvae　レムレースの項を見よ.

ラールンダ Larunda　ローマの女神. サビーニー Sabini 族に由来すると思われる. 地下神か(?)　*ララと同一視されているが、音節の長短が異なるので、この同一視は本来的なものではあり得ない.

ラレース　ラールを見よ.

ラーレンティア Larentia　アッカ・ラーレンティアの項を見よ.

リ

リカース Lichas, Λίχας　*ヘーラクレースの部下．英雄がオイカリア Oichalia を囲んだ時，その使者の役目をした．ヘーラクレースがこの市を陥れたのち，リカースを妻*デーイアネイラのもとに，祭礼用の衣服を取りにやった．デーイアネイラは彼からヘーラクレースが*イオレーを愛していると聞き（リカースはこの時イオレーを伴ったともいう），夫の愛が移るのを恐れて，*ネッソスの血を媚薬と信じて，衣の下着に塗りこめた．ヘーラクレースはこの衣服に身を焼かれ，リカースを両脚を摑んで振り回わし，岬から海中に投げこんだ．リカースは石に変じて，リカデス Lichades 群島となったという話もある．ヘーラクレースおよび《トラーキースの女たち》の項を見よ．

リギュス Ligys, Λίγυς　リグリア Liguria 人に名を与えた祖．*ヘーラクレースが*ゲーリュオーンの牛を連れてリグリアを通った時，リギュスとリグリア人が彼を襲った．英雄は矢が欠乏して，危機に瀕したが，父なる神*ゼウスに祈ったところ，石の雨が降り，これを投じて彼は敵を撃退した．ヘーラクレースの項を見よ．

リキュムニオス Likymnios, Λικύμνιος　*エーレクトリュオーン（*ペルセウスの子）とフリュギアの奴隷女ミデアー Midea とのあいだに生れた庶子．*ヘーラクレースの叔父．タボス Taphos 人が*ミュケーナイに攻めて来た時，彼の兄弟たちはすべて戦死したが，彼のみはまだ幼少だったので，生き残った．姉*アルクメーネーの夫*アムピトリュオーンが誤ってエーレクトリュオーンを殺して，ミュケーナイを立ち退き，テーバイに行った時に同行し，テーバイ王*クレオーンの娘ペリメーデー Perimede を妻とし，*オイオーノス（*ヒッポコーンの子供たちに殺された），アルゲイオス Argeios, *メラース（二人はヘーラクレースのオイカリア Oichalia 攻撃中にたおれた）の三子を得た．ヘーラクレースの死後彼は*ヘーラクレイダイと行をともにしたが，年老いてから，ヘーラクレースの子供の一人*トレーポレモスに殺された．トレーポレモスが怠慢な奴隷に杖を投じたのが，誤ってリキュムニオスに当った，あるいはその他のなんらかの理由で二人が争ったともいわれ，一致しない．トレーポレモスはその後ロドス島に移住した．

リテュエルセース Lityerses, Λιτυέρσης　フリュギア王*ミダースの子．彼はもっともすぐれた刈取り人で，彼の所に来た者に刈入れ，あるいは刈入れの競争を強い，負けた者を殺した．しかし最後に，*オムパレーに仕えていた*ヘーラクレースが来て，彼を退治した．一説には*ダフニス（同項を見よ）のために彼を殺し，ダフニスとその愛人ピムプレイア Pimpleia にリテュエルセースの領土を与えたという．リテュエルセースはフリュギア人が刈入れの際に歌った歌であると伝えられている．

リノス Linos, Λίνος　ai Linos《ああ！リノス》なる語を含む悲しみの歌の主人公とされている人物．これは本来はたんに ailinos であったのが，上記の意味に解されてリノスが生じたものらしく，この悲しみの歌の主人公の由来を解釈するために，物語ができあがった．その一つは，彼をアルゴス王*クロトーポスの娘*プサマテーと*アポローンの子であるとし，母に棄てられたのを羊飼が拾って育てていたが，祖父の王の知るところとなり，犬に食われて死に，母も殺されたので，アポローンは怒って怪物を送った．神託により人々は母子を祭り，この歌を歌い，祭礼の時には出会った犬を殺す習慣があったというもの．いま一つはテーバイの伝えで，リノスはアムピマロス Amphimaros とムーサの*ウーラニアー（あるいは*カリオペー）の子で，音楽でアポローンと競ったため，殺された．彼はリズムとメロディを発明し，*カドモスにアルファベットを教えたという．さらにいま一人*ヘーラクレースの音楽の先生で，この英雄を叱ったところ，英雄が怒って彼を打ち殺したというリノスがある．リノスがしだいに音楽の発明者とされるにしたがって，その父も*ヘルメース，あるいは*オイアグロス（*オルペウスの父）とされるなど，系譜も変っている．

リビティーナ Libitina　古いイタリアの死と葬礼の女神．そのローマの神殿では葬礼の必要品がおかれ，借用あるいは購入ができたので，葬儀屋はリビティーナリウス libitinarius と呼ばれた．Libitina は誤って語源的にウェヌスの称呼の一つ Libentina (Lubentina) と混同され，この女神の称呼となった．リビティーナはおそらくエトルリア系の女神であろう．

リビュエー Libye, Λιβύη　*エパポス(*イーオーの子)と*メムピス(ナイル河神の娘)との娘. リビア(これは現在の地名よりはさらに広く, アフリカ北岸一帯を指す)の名は彼女に由来する. 彼女と*ポセイドーンとのあいだに双生児ベーノールと*ベーロスが生れた. なお一説ではリビュエーはイーオーの孫ではなく, 子で, そのポセイドーンとのあいだに得た子は, 上記二人のほかに, *エニューアリオス(これは*アレースの称呼の一つにすぎない), *レレクス, *ポイニクス, *アトラスであったといい, さらに彼女を大洋神*オーケアノスの娘で, *アシアー, *エウローペー Europe, トラーケー Thrake の姉妹とする説もあるが, これは地理的な解釈である.

リーベルまたは**リーベル・パテル**　Liber, Liber Pater　イタリアの古い生産と豊穣の神. はやい時代からギリシアの*ディオニューソスと同一視され, Liber の女性形で, *ケレース・*デーメーテールの伴侶である*プロセルピナ・*ペルセポネーの姉妹たるリーベラ Libera とともに崇拝されている. 最近の研究ではリーベルは本来ディオニューソスと同じで, オスク Osci 族を通じてギリシアから借りた神で, その名 Liber, Libera はギリシア語のディオニューソスの称呼の一つ Ἐλευθέριος に近い Ἐλεύθερος Ἐλευθέρα《自由な》の訳であると思われる. リーベルの祭はリーベラーリア Liberalia が 3 月 17 日に行なわれた. 古いイタリアの神のつねとして, この神にも神話と称すべきものはない.

リーベルタース　Libertas　個人的自由, すなわち奴隷ではない自由市民の条件たる自由の擬人化神. この女神の崇拝はあまり古いものではないと思われる. 帝制時代にはこれは政治的自由の女神となった.

リベンティーナ　Libentina　ローマの*ウェヌスの称呼の一つ. これによって彼女を肉欲の女神として表わした.

リュアイオス　Lyaios, Λυαῖος　《解放者》の意. *ディオニューソスの称呼の一つ. 女性形 Lyaia は大地女神の称呼となっている.

リュカイオス　Lykaios, Λυκαῖος　アルカディアの同名の山に祭られた*ゼウスの称呼. この山ではリュカイア Lykaia 祭がゼウス・リュカイオスのために催された. この祭では犠牲に捧げられた人間の肉を食った者は狼に九年間変身するとの伝えがあった. リュカーオーンの項を参照.

リュカーオーン　Lykaon, Λυκάων　1. アルカディア王*ペラスゴスと*メリボイア(*オーケアノスの娘), あるいはニンフの*キュレーネーとの子. 彼はアルカディア人の王として, 多くの女から 50 人の息子を得た. その名については種々の異説があり, とくにアルカディアの多くの都市の祖をリュカーオーンの息子の中に求めようとした形跡が明らかに認められる. また*カリストーも彼の娘であるといわれている. 彼自身は, 一説では, 敬虔で, 神々が彼をしばしば訪れた. しかし彼の息子たちはこれらの客人に神かどうかを疑い, 子供を殺して, その肉を混ぜて客人に供したところ, 神々はこれを怒って, 嵐を送り, 息子たちを雷霆で撃って殺したという. また一説には, リュカーオーンとその息子たちはあらゆる人間よりも高慢不敬であった. *ゼウスが彼らの不敬をためすべく日傭労働者の姿で近づいた. 彼らは彼を客人として招き, 年長の*マイナロスの議によって, 土地の者の一人の男の子を殺し, その臓腑を犠牲にまぜて供した. ゼウスはこれを怒り, のちにトラペズース Trapezus と呼ばれた土地で机(トラペザ trapeza)を倒し, リュカーオーンとその息子たちを雷霆で撃った. しかし, 一番年下の*ニュクティーモスだけは, *ガイアがゼウスの右手をつかんで, その怒りを彼を撃つまえにしずめたのでで, 助かった. このニュクティーモスが王となった時に, *デウカリオーンの洪水が起ったが, ある者はこれはリュカーオーンの子供らの不敬がその原因であるという. また別の伝えではリュカーオーンは狼となった. これはアルカディアのゼウス・*リュカイオスには人身御供が行なわれ, それに参加した者は犠牲にされた人間を食って, 狼となり, 九年目に, そのあいだに人肉を食わなければ, ふたたび人間にもどるという話と関連がある.

ディオニューシオス・ハリカルナッセウス(前 1 世紀)の伝えるところでは, リュカーオーンには二人あり, 一人はペラスゴスの妻デーイアネイラ Deianeira の父で, いま一人はペラスゴスとデーイアネイラの子で, 50 人の息子の父である. またリュカーオーンの息子のうち, *ペウケティオスと*オイノートロスはイタリアに渡って, それぞれ同名の民族の祖となった.

2. *プリアモスと*ラーオトエーとの子. 彼は*アキレウスに捕えられて, レームノス島に売られたが, イムブロス Imbros 島のエーエティオーン Eetion が彼を買いもどして, ひそかに*トロイアに帰らせた. それから 12 日目に, 戦場でふたたびアキレウスに出遇い, 身代金を取って命を助けてくれと頼んだが, アキレウス

リュカスト

に殺された.
3. *パンダロスの父.
4. *エウリュピュロス(*ポセイドーンの子)の子. 同項を見よ.
5. *アレースと*ピューレーネー(または*キューレーネー)の子. *ヘーラクレースに殺された.

リュカストス Lykastos, Λύκαστος
1. *ミーノースの子. コリュバース Korybas の娘*イーデー Ide を妻とし, ミーノース二世を生んだ.
2. *アレース(あるいは*ミーノース)とピューロノメー Phylonome(アルカディア王*ニュクティーモスの娘)との子. のちアルカディア王となった.

リュクールゴス Lykurgos, Λυκοῦργος, 拉 Lycurgus, 仏 Lycurgue　同名の英雄が多くいる中で, 一番有名なのは
1. *ドリュアースの子でトラーキア王リュクールゴスである.《*イーリアス》で, 彼は*ディオニューソスとその乳母たちを追い, 神は海中に遁れて, *テティスに救われたが, リュクールゴスは神罰によって盲目となり, やがて死んだといわれている. この場合この事件の生じた場所はたんにニューサ Nysa の山とあるのみである. その後この伝説に種々の手が加えられた. これによって彼はトラーキアのストリューモーン Strymon 河付近にいたエードーノス Edonos 人の王で, ディオニューソスを侮辱して追放した最初の人であるとされている. 神は海中へ, *ネーレウスの娘テティスの所へ遁れ, *バッケーたちと彼に従っていた*サテュロスらの多くの者が捕虜になった. しかし彼らは突然解放され, 神はリュクールゴスの気を狂わせた. 彼は息子の*ドリュアースを, 葡萄の木の枝を薙いでいるつもりで, 斧で打ち殺し, その身体のはしばしを切り取ったのち, 正気にかえった. 彼の領土は不作に見舞われ, 神は彼が死なば, 実るであろうと神託をくだした. エードーノス人は彼をパンガイオン Pangaion 山に連れて行き, ディオニューソスの意志によって, 馬に縛りつけ, 八つ裂にした. また他の伝えでは, リュクールゴスは神を追ったのち, 酒に酔って, 母を犯さんとし, ふたたびこのような誤りをしないように, 葡萄の木を切ろうとしたところ, 神は彼を狂わせたため, 彼は妻と子供を殺した. 神は彼をロドペー Rhodope 山で野獣にくらわしめた. これらの伝えは悲劇作者の作品によるものであるが, 史家ディオドーロスは, 神がアジアよりヨーロッパに軍を進めんとし, ヘレースポントス海峡のヨーロッパ側の地の王であるリュクールゴスと条約を結んで, バッケーたちをまず海峡を渡したが, 王は神を殺す計画を立てていた. しかし, カロプス Charops なる者がこれを神に知らせた. 神はアジア側に帰り, 軍の主力をそこに止めた. 王はバッケーたちを襲って, 多くの者を殺したが, 神が主力とともに攻め寄せて, 王を破り, 目をくりぬき, 十字架にはりつけにした. この事件は, また, アラビアのニューサで生じたものともいわれている.

2. アルカディア王*アルカスの後裔*アレオスと*ネアイラの子. 父の死後王となった. 彼には*アンカイオス(*アガペーノールの父), エポコス Epochos, *アムピダマース(*エウリュステウスの妻アンティマケー Antimache と *アタランテーの夫*メラニオーンの父), *イーアソス(*アタランテーの父)の四子があった.
3. ネメア Nemea 王. ときにリュコス Lykos とも呼ばれる. *ペレース(または*プローナクス)の子. アムピテアー Amphithea(または*エウリュディケー)を妻とし, 一子*オペルテース・*アルケモロスを得た. 同項およびヒュプシピュレーの項を見よ.
4. *ヘーラクレースの息子の一人.
5. スパルタの律法者. 彼は伝説と歴史の中間にあり, おそらくはペロポネーソス各地, またスパルタそれ自身でも神として祭られていたリュクールゴスに, スパルタ国制と軍隊組織の創設者たる位置が付加されたのであると思われる.

リュケイオス Lykeios, Λύκειος　*アポローンの称呼の一つ.

リュコス Lykos, Λύκος　同名の人が非常に多い.
1. *ヒュリエウスとニンフのクロニアー Klonia との子. *ニュクテウスの兄弟. しかしこの二人を*クトニオス(*スパルトイの一人)の子とする説もある. 二人は*プレギュアース(*アレースとドーティス Dotis との子)を殺害したため, エウボイア(島ではなく, ボイオーティアの同名の市か?)より遁れ, ヒュリア Hyria に住んでいた. そこからテーバイに来て, *ペンテウス王と親しかったために市民となり, リュコスはテーバイ人によって軍の指揮者に選ばれ, 権力をわがものとした. 一方*ラブダコスが一歳の子*ラーイオスを残して世を去ったので, ラーイオスが子供のあいだ(ラブダコスはニュクテウスの娘を妻とし, ラーイオスを得た), リュコスが摂政となったともいう. リュコ

スは 20 年間王として君臨したのち，ニュクテウスの娘*アンティオペーを虐待したため，彼女の子*アムピーオーンと*ゼートスに殺された．アンティオペーの項を見よ．なおアンティオペーをリュコスの娘とする説，さらに妻とする悲劇があったらしい．ここでは彼女はエパポス Epaphos を愛し，ついで*ゼウスと交わったために，リュコスは*ディルケーを娶った．ディルケーはアンティオペーを嫉妬して，彼女を牢に投じたことになっている．

2．エウリーピデースの《*ヘーラクレース(狂える)》中で，*ヘーラクレースが冥界に降っているあいだに，テーバイの王権をわがものとし，ヘーラクレースの妻*メガラーとその子供たちを追わんとしていた時に，英雄が帰って来て，リュコスを殺した．このリュコスもエウボイアから来た，*ニュクテウスの息子の子孫となっている．

3．アテーナイの*パンディーオーンの子．*アイゲウスの兄弟．パンディーオーンの子供たちがアテーナイに帰った時，彼もアッティカの一部を得たが，やがてアイゲウスに追われて，メッセーネーに遁れた．彼は名高い予言者で，*アポローン・リュキオスの崇拝の創始者であり，*アパレウスを*デーメーテールの秘教に入会させ，また別の所伝では小アジアのリュキアに移住，自分の名を此地に与えた．

4．*タンタロスの子ダスキュロス Daskylos の子．小アジアのマリアンデューノス Mariandynos 人の王．隣国*ベブリュケス人と不和で，彼の兄弟*オトレウスが彼らの王*アミュコスに殺されたので，復讐のため出征せんとしていた時に，*アルゴナウテースたちがアミュコスをたおした．そこで彼らを歓迎し，*ティーピュスと*イドモーンのために盛大な葬礼を行ない，自分の子ダスキュロス Daskylos を航路の案内につけてやった．*ヘーラクレースが*アマゾーンの国に来た時，英雄はリュコスを援けて，ベブリュケス人の王で，アミュコスの兄弟*ミュグドーンをたおして，その領土の一部をリュコスに与えた．

5．*アレースの子．リビア王．異邦人で彼の国に来る者を捕えて，アレースに犠牲に供していた．*ディオメーデースがトロイアからの帰途，この国に漂着し，犠牲に供せられんとしていた時，リュコスの娘*カリロエーは彼に恋して，遁したが，彼は彼女を棄てて逃げたため，彼女は縊れて死んだ．

6．*テルキーネスの一人．*デウカリオーンの洪水を予見して，兄弟たちと共に遁れ，リュキアに上陸．*アポローン・リュキオスの崇拝をこの地に導入した．

7．*ケライノーと*ポセイドーンの子．*幸福の島に送られた．

8．*ケライノーと*プロメーテウスの子．*キマイレウス Chimaireus の兄弟．

9．*アイギュプトスの息子の一人．

10．アルカディア王*リュカーオーンの息子の一人．

11．*アイネイアースの部下の一人．

リュコプローン Lykophron, Λυκόφρων
マストール Mastor の子．殺人の罪を犯して，故郷キュテーラ Kythera の島を遁れ，*テラモーンの子*アイアースに従って*トロイアに出征，*ヘクトールに討たれた．

リュコーペウス Lycopeus, Λυκωπεύς, 拉 Lycopeus, 仏 Lycopée　アグリオス Agrios の子．兄弟の*テルシーテース，オンケーストス Onchestos，*プロトオス，*ケレウトール，*メラニッポスとともに*オイネウスの王国を奪って父に与え，オイネウスを幽閉して虐待した．のち*ディオメーデースが*アルクマイオーンとともにひそかにアルゴスから来て，オンケーストスとテルシーテース以外のアグリオスの息子どもを殺した．ディオメーデースの項を見よ．一説ではリュコーペウスは叔父の*アルカトオスとともに*テューデウスに殺され，このためテューデウスはアルゴスに遁れたという．

リュコメーデース Lykomedes, Λυκομήδης
スキューロス Skyros 島の*ドロプス人の王．*アキレウスがトロイア戦争に出陣すれば戦死することを知っていた母の*テティスは彼を王にあずけ，王は彼を女装させて，自分の娘たちとともに住まわせた．アキレウスはこのあいだに王の娘の一人*デーイダメイアによって一子*ネオプトレモスを得た．アキレウスの項参照．リュコメーデースはアテーナイを追われて自分の所に来た*テーセウスに王国を取られはしまいかと恐れて，あるいは預っていた財宝を返さないために，岩から突き落して殺した．

リュコーレウス Lykoreus, Λυκωρεύς, 拉 Lycoreus, 仏 Lycorée　*アポローンとニンフの*コーリュキアーとの子．パルナッソス山にリュコーレイア Lykoreia 市を築いた．彼の子*ヒュアモスの娘と*アポローンとの子が*デルポスである．同項を見よ．

リューシッペー Lysippe, Λυσίππη

1．アルゴス王*プロイトスと*ステネボイアとの娘の一人．彼女は姉妹たちとともに*ディオニューソスに反対して気が狂い，*メラムプー

リューシデ

スに治療された.

2. *ヘーラクレースと交わった*テスピオスの 50 人の娘の一人. エラシッポス Erasippos の母.

3. ケパレーニア Kephallenia で*ケパロスが娶った女.

リューシディケー Lysidike, Λυσιδίκη

*ペロプスの娘. *ペルセウスと*アンドロメダーの子*メーストールの妻となり, *ヒッポトエーの母となった. 一説には彼女はメーストールの兄弟*アルカイオスの妻で, *アムピトリュオーンの母とも, また*エーレクトリュオーンの妻で*アルクメーネーの母ともいわれている.

リューシマケー Lysimache, Λυσιμάχη

1. *アバース(*メラムプースの子)の娘. *タラオスに嫁し, *アドラストス, *パルテノパイオス, *プローナクス, *メーキステウス, *アリストマコスおよびアムピアラーオスに嫁した一女*エリピューレーの母となった.

2. *プリアモスの娘.

リューティアー Rhytia, Ῥυτία

ペレキューデース(前6世紀の神話学者)の伝えるところによれば, 彼女は*アポローンによって九人の*クーレースたちの母となったという. なおクーレースたちの母については諸説がある.

リュードス Lydos, Λυδός

小アジアのリューディア Lydia に名を与えた祖. その系譜はヘーロドトスでは, *マネース――アテュス Atys――リュードスとなっているが, ハリカルナッソスのディオニューシオス(前1世紀)では

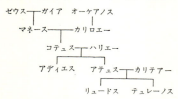

となっている. 彼はこの系譜では*ヘーラクレイダイのリューディア王朝以前の王であるが, 一説では彼は*ヘーラクレースと*オムパレーの侍女との子, したがってヘーラクレイデースであり, マネース王朝のあとに, 王権を獲得したものとされている.

リュムパ Lympha

ローマの水の精の総称. 古くよりギリシアのニンフと同一視されている. 彼女たちを見た者は気が狂うと考えられていたところから, ラテン語の lymphatus《気が狂った》なる語が出た.

リュルコス Lyrkos, Λύρκος

1. *リュンケウス(*アイギュプトスの子)の子. 一説には*アバースの庶子ともいわれる. アルゴスの近くのリュルケイア Lyrkeia(彼以前にはリュンケイア Lynkeia)に住んだ.

2. *ポローネウスの子. *イーナコスの娘*イーオーが*ゼウスにさらわれた時, 彼は他の青年たちとその捜索に出されたが, 発見せずにアルゴスに帰ることを恐れて, カーリアのカウノス Kaunos に住み, その王アイギアロス Aigialos の娘*ヘイレビエーに愛されて, 結婚した. しかし子がないので, *ドードーナの神託を伺ったところ, 最初に交わった女から子を得るであろうとの答えを得た. 彼はその女は自分の妻であると信じて, 喜んで帰国の途についたが, 途中ビュバストス Bybastos に寄航, その王*スタピュロスはこの話を聞いて, 自分の娘によってその子を得たく思った. 二人の娘*ヘーミテアーと*ロイオーはともに彼に想いを寄せていたので, 争ったが, ヘーミテアーが勝って, 歓迎の宴の酒に酔いつぶれた彼に近づいて, 交わった. 翌日彼はこれを知って, 王を責めたが, もはや及ばず, 生れる子供の父親の徴として自分の腰帯を残した. カウノスに帰ると, アイギアロスはこの話を聞いて怒り, リュルコスを追放し, ここに王と彼とに味方する者のあいだに内乱が起った. ヘイレビエーは夫につき, 彼を援助し, ついにリュルコスが勝利を得た. のちヘーミテアーの子バシロス Basilos は父を尋ねて来て, 彼の後継者となった.

リュンケウス Lynkeus, Λυγκεύς

1. *アイギュプトスの 50 人の息子の一人. *ダナオスの娘*ヒュペルメーストラーを娶り, 彼のみ新婚の夜に妻に救われた. ヒュペルメーストラーの項を見よ. 理由としては彼が彼女の処女性を破ろうとしなかった, 彼女が彼を愛していた, 殺人を嫌ったなど種々挙げられている. ダナオスは彼女を捕え, アルゴス人の法廷に訴えたが, *アプロディーテーの助けによって無罪となったので, 女神にその像を奉献した. リュンケウスは市の近くの丘に遁れ, 安全を示すヒュペルメーストラーの炬火の合図を待って降りて来たので, アルゴスにはその丘(リュルケイア Lyrkeia, リュンケウスの子*リュルコスの名による)で炬火祭の催しがあった. のち二人はダナオスに許されて結婚し, *アバースを生んだ. 一説にはリュンケウスはダナオスを殺したともいう.

2. *アパレウスの子. *イーダースの兄弟. 同項を見よ. 彼は*カリュドーンの猪狩に参加,

また*アルゴナウテースとして，その鋭い，万物を透視する視力で活躍した．彼は地下の物をも見ることができたといわれるが，彼は最初に鉱物を掘った金掘人だと合理的解釈をする説もある．

リュンコス Lynkos, Λύγκος　スキュティア Skythia (現在のウクライナ)の王．*トリプトレモスが*デーメーテールの命で麦の栽培を全世界に広めるべく旅した時，彼はトリプトレモスを羨んで，殺さんとし，女神によってリュンクス lynx《大山猫》に変えられた．

リンドス Lindos, Λίνδος　太陽神*ヘーリオスの息子の一人．*ケルカボスの子．ヘーリアダイおよびケルカボスの項を見よ．

ル

ルア Lua, Mater　イタリアの古い女神．*サートゥルヌスとともに祭られ(Lua Saturni)，戦争で捕獲した武器を彼女に捧げて焼いた．語源は lues《疫病》と結びつける説もあるが，女神と《疫病》とのあいだの関係は認められない．

ルーキーナ Lucina　光の中にもたらす女神，すなわち誕生の女神としての*ユーノーの称呼．

ルーキフェル Lucifer　*ポースポロスのローマ名．同項を見よ．

ルクレーティア Lucretia　タルクゥイニウス・コラーティーヌス L. Tarquinius Collatinus の妻．伝説によれば，タルクゥイニウス・スペルブス Superbus の子セクストゥス Sextus に犯され，このことを夫に告げたのち自害した．この事件はユーニウス・ブルートゥス Junius Brutus を主導者とする暴動のきっかけとなり，タルクゥイニウスの一家はローマを追われた．

ルトゥリー Rutuli　ラティウム Latium のアルデア Ardea 市を中心として住んでいた民族．*トゥルヌス王に率いられて，*アイネイアースがイタリアに定住するのを妨害した．

ルーナ Luna　ローマの月の女神．ローマにその神殿があったが，はやくより*ディアーナに吸収された．ルーナ自身の神話はない．ギリシアの*セレーネーと同一視されている．

ルーミーナ Rumina　ローマの，子供に乳を飲ませる母の保護の女神．ルーマ ruma 《胸(乳を飲ませる)》の形容詞より造られた名．女神はパラーティーヌス Palalinus 丘の麓，*ロームルスと*レムスがその下で牝狼より乳を与えられたといわれている《ルーミーナのいちじく》ficus Ruminalis のあった所に聖所をもっていた．

レ

レ(イ)アー Rhe(i)a, 'Ρέα, 'Ρεία　*ウーラノスと*ガイアとの娘．*ヘスティアー，*デーメーテール，*ヘーラー，*ハーデース，*ポセイドーン，*ゼウスを生んだ．クロノスは自分の王座を奪われることを恐れて，子供をつぎつぎに呑みこんだが，ゼウスの時には，かわりに石をだまして呑ませ，ゼウスをひそかにクレータの*イーデー山中で育て，彼を*クーレースたちと*コリュバースたちが守護した．実際の崇拝では，レアーは大地女神で，ガイアとの識別が困難であり，彼女の最初の崇拝はクレータに発し，のち小アジアの大地女神と同一視され，*キュベレー，*アグディスティスなどと混同し，さらにこれらの大地女神の崇拝形式が*ディオニューソスのそれと酷似するところより，両神は密接に関係づけられるにいたった．ローマ人は*サートゥルヌスの妻*オプスをレアーと同一視している．コリュバース，クーレース，キュベレーの項を見よ．

レア・シルウィア R(h)ea Silvia
1. *ロームルスと*レムスの母．*イーリアーともいう．彼女は*アイネイアースの娘とも，アイネイアースの子孫，アルバ・ロンガ Alba Longa の王*ヌミトルの娘ともいう．二子の父は一般には*マールスとなっているが，ヌミトルの兄弟で，彼を王位より追った*アムーリウスだとする者もある．みごもっていることがわかった時，アムーリウスは彼女を牢獄に入れたが，彼の娘アントー Antho の助力によって遁れた．しかし彼女は子供を産んだのち，ティベル河に

レアルコス

投げこまれたか，あるいは虐待された結果死んだ，あるいは二人の子に救われたとも伝えられる．最初の伝えでは，ティベル河が水中より現われて，彼女を迎え，妻としたことになっている．もっとも彼女を妻にしたのはアニオー Anio 河神だという者もある．

2. *ヘーラクレースが*ゲーリュオーンの牛を取りに行った時，帰途ローマで愛されて，アウェンティーヌス Aventinus (同名の丘に名を与えた)の母となった女祭司．

レアルコス Learchos, Λέαρχος *アタマースとその後妻*イーノーとの子．*メリケルテースの兄弟．*ディオニューソスをひそかに育てたことに対して*ヘーラーの怒りをかい，気が狂ったアタマースは，レアルコスを鹿と思って射殺した．子供をライオンの仔とまちがえて，突き落したとの説もある．さらに他の伝えでは，アタマースはイーノーが先妻*ネペレーの子*プリクソスと*ヘレーに対して犯した罪を憤り，彼女を殺そうとして，誤ってレアルコスを殺したともいう．

レアンドロス Leandros, Λέανδρος, 拉 Leander, 仏 Léandre アビュードス Abydos の青年．祭礼のおりに，アビュードスの面しているヘレースポントス Hellespontos の向う岸にあるセストス Sestos 市の*アプロディーテーの女神官*ヘーローと相識り，夜な夜な愛人のかかげる明りを目標に海を泳ぎ渡って会っていたが，ある夜嵐で明りが消え，彼は目標を失って溺死，女の住む家の塔の下に打ち上げられた．女は悲しみのあまり身を投げた．これはヘレニズム時代のロマンティクな物語である．

レーイトス Leïtos, Λήϊτος 1. テーバイのアレクトリュオーン Alektryon の子．ギリシア軍に従って*トロイアに遠征，ピュラコス Phylakos を討ち，*ヘクトールに傷つけられた．

2. アレクトール Alektor の子．*アルゴナウテースのたち遠征に参加した．

レイペピレー Leipephile, Λειπεφίλη *イオラーオスの娘．*ヘーラクレースの子*アンティオコスの子*ピューラースの妻となり，*ヒッポテースを生んだ．

レイモーネー Leimone, Λειμώνη アテーナイ人ヒッポメネース Hippomenes の娘．娘に男があるのを知って怒った父は，彼女を馬とともに一軒家におしこめたが，馬が狂って彼女をくらった．

レウキッピデス Leukippides, Λευκιππίδες *レウキッポスの娘*ヒーラエイラと*ポイベーを指す．彼には他にアルシノエーなる娘がある

が，これはレウキッピデスの中には含まれない．彼女たちに関する*ディオスクーロイと*イーダースと*リュンケウスとの争いについては，これらの項を見よ．パウサニアースの伝える話では，レウキッピデスは本当は*アポローンの娘であることになっている．

レウキッペー Leukippe, Λευκίππη
1. *オーケアノスの娘の一人．
2. *トロイア王*ラーオメドーンの妻．ただし異説が多い．
3. *テスティオス王の妻．*イーピクロスの母．
4. *テストールの娘．*カルカースの姉妹．
5. *エウリュステウスの母．

レウキッポス Leukippos, Λεύκιππος
1. *オイバロスあるいは*ペリエーレースと*ゴルゴポネ(*ペルセウスの娘)との子．*テュンダレオース，*イーカリオス，*アパレウスの兄弟．*イーナコスの娘ピロディケー Philodike を妻とし，*ヒーラエイラ，*ポイベーおよび*アポローンの愛人となって*アスクレーピオスの母となったと伝えられる*アルシノエーの三女を得た．ただしアスクレーピオスの母に関しては異説がある．

2. *ベレロポーンの後裔であるクサンティオス Xanthios の子．自分の姉妹を恋し，母に打ち明け，自分の想いがとげられなければ，自殺するとおどかし，母の同意を得て姉妹と通じた．そのうちに父は彼女をリュキアの人に与えようとしたところ，その男はクサンティオスの娘がひそかに男を引き入れると聞き，クサンティオスにこのことを告げた．父は娘の部屋にしのびこみ，彼は娘が逃げようとしたのを，男と思って切りつけた．レウキッポスは彼女を助けに来て，暗がりの中で父とは知らずにクサンティオスを殺す．レウキッポスは国を追われ，テッサリア人の移民をひきつれてクレータ島に赴いたが，ふたたび追われて小アジアに帰り，ミーレートスの近くのクレーティナイオン Kretinaion を創建した．レウコプリュネーの項を見よ．

3. *オイノマーオスの子．*ダプネーとの恋に関しては同項を見よ．

4. シキュオーン Sikyon 王トゥーリマコス Thurimachos の子．レウキッポスの娘カルキニアー Kalchinia は*ポセイドーンとのあいだに一子ペラトス Peratos を得た．レウキッポスには子がなかったので，ペラトスをシキュオーンの王位の後継者とした．

5. ナクソス島に名を与えた*ナクソスの子．

その子がスメルディオス Smerdios で，彼の治世中に*テーセウスが*アリアドネーをこの島に置き去りにした．

6. *ヘーラクレースと*テスピオスの娘マルセー Marse との子．

7. *ポセイドーンの子で，キューレーネーの支配者であった*エウリュピュロスの子．

レウケー Leuke, Λεύκη　1. *オーケアノスと*テーテュースの娘の一人．*ハーデースに愛され，さらわれて冥界に連れ行かれたが，彼女は不死でなかったので，死んだ．ハーデースは彼女を白ポプラに変えた．レウケーは《白い》を意味する．この木は*エーリュシオンの野にあり，*ヘーラクレースは冥界に赴いた時に，この木から冠を作った．

2. ダニューブ河口にあって，*アキレウスが*ヘレネーとともに死後暮しているといわれる島の名．

レウコス Leukos, Λεῦκος　クレータの*タロースの子．生れた時，父に棄てられた彼を*イードメネウスが拾い上げ，育てた．イードメネウスが*トロイア遠征に赴いた際，留守を彼に任せたのであるが，彼は*ナウプリオス(同項を見よ)の説得により，イードメネウスの妻メーダー Meda と通じ，彼女を神殿に遁れて助けを乞うたその娘*クレイシテューラとともに殺し，クレータの支配権をわがものとしたうえ，帰国したイードメネウスをも追い払った．イードメネウスの項を見よ．

レウコテアー Leukothea, Λευκοθέα　《白い女神》の意．*イーノー(*カドモスの娘で*アタマースの妻)が海に身を投じて海の女神となってのちの名．彼女の姉妹*セメレーが死んで，その子*ディオニューソスが生れた時，*ヘルメースは*ゼウスの命をうけて，イーノーとアタマースにディオニューソスを少女として育てるように説いた．しかし*ヘーラーは怒って二人を狂わせ，アタマースは自分の上の方の子の*レアルコスを鹿と思って狩り立てて殺し，イーノーは下の子の*メリケルテースを煮たった大釜に投げこみ，子供の死骸を抱いて海に身を投じ，彼女はレウコテアー，子供は*パライモーンなる海の神となった．彼らは嵐に遇った船乗りを助けた．*オデュッセウスもまた*カリュプソーの島から出て，難船したが，レウコテアーによって救われて，スケリア Scheria の島に無事漂着した．*イストミア祭の競技は*シーシュポスが創設者で，メリケルテースに捧げたものであるともいわれる．ローマではレウコテアーはマーテル・*マトゥータ，パライモーンは

*ポルトゥーヌスと同一視されている．ロドス島の伝えでは，レウコテアーの前身は*ハーリアーとなっているが，彼女とイーノーの変身した女神との関係は不明．

レウコトエー Leukothoe, Λευκοθόη　1. クリュティエーの項を見よ．

2. バビュローン王オルカモス Orchamos とエウリュノメー Eurynome との娘．*アポローンが彼女の母の姿で近づき，二人は相互に熱愛した．*クリュティエーはこれを嫉妬し，レウコトエーの父に告げたので，彼女は生埋にされた．アポローンは彼女を救い得ず，その墓に*ネクタルと*アムブロシアーを注いだところ，彼女の死体は美しい香木となった．

レウコパネース Leukophanes, Λευκοφάνης　*アルゴナウテースたちの遠征の勇士*エウペーモスの子．キューレーネーのバッティアダイ Battiadai 家の祖．バットス，エウペーモス参照．

レウコプリューネー Leukophryne, Λευκοφρύνη　クサンティオス Xanthios の子*レウキッポスがマンドロリュトス Mandrolytos の支配していたマイアンドロス河岸のマグネーシア Magnesia を攻囲した時，マンドロリュトスの娘レウコプリューネーは味方を裏切った．

レウコーン Leukon, Λεύκων　*アタマースと三度目の妻*テミストー(*ヒュプセウス Hypseus の娘)との子．エウリュティオス Eurythrios，*スコイネウス，プトーオス Ptoos の兄弟．レウコーンには一子エリュトラース Erythras(ボイオーティアのエリュトライ Erythrai 市の創建者)と二女*エウヒッペー(アンドレウス Andreus の妻)とペイシディケー Peisidike (*アルギュンノスの妻または母ともいう)があった．

レオース Leos, Λεώς　*オルペウスの子．アテーナイの人，一男，三女があった．飢饉の年に，*デルポイの神託により，三人の娘を犠牲に供した．アテーナイ人は感謝のしるしに三人のレオースの娘レオーイデス Leoides のためにレオーコリオン Leokorion なる神殿をケラメイコス Kerameikos に建てた．レオースはレオンティス Leontis の部族の祖とされている．

レオーニュモス　アウトレオーンを見よ．

レオンティコス Leontichos, Λεόντιχος　ラディネーの項を見よ．

レオンテウス Leonteus, Λεοντεύς　*ラピテース族の勇士*カイネウスの子*コローノスの子．同族の*ポリュポイテース(*ペイリトオスの子)に従って，ギリシアの*トロイア遠征軍に加わった．*ヘレネーの求婚者や木馬の勇

レオントポ

士(シノーンの項を見よ)の中に彼の名が見いだされる. トロイア陥落後*アムピロコス, *ポダレイリオス, ポリュポイテースとともに予言者*カルカースに従って, 陸路コロポーン Kolophon に進み, ここで世を去ったカルカースを葬ったのち, 帰国した. 彼には兄弟アンドライモーン Andraimon(*ペリアースの娘アムピノメー Amphinome の夫)と姉妹リューシデー Lyside があった.

レオントポノス Leontophonos, Λεοντοφόνος　　*オデュッセウスは*ペーネロペーの求婚者たちを殺したのち, 彼らの親族によって訴えられ, エーペイロスの沿岸の島々の王*ネオプトレモスを審判官としたが, 彼はオデュッセウスが除かれれば, ケパレーニア Kephallenia の島を獲得し得ると考え, 彼に追放を宣告した. オデュッセウスはアイトーリアの*アンドライモーンの子*トアースの所に行き, その娘を娶り, 一子レオントポノスを得た. このほかに*エウヒッペーによって得た子にレオントプローン Leontophron がいるが, レオントポノスとの関係不明. エウヒッペーの項を見よ.

レスボス Lesbos, Λέσβος　　*ラピテースの子で, *アイオロスの孫. 神託により, レスボス島に来住, その王*マカレウスの娘*メーテュムナーを娶った. マカレウスのあとを継いで王となり, その名をこの島に与えた.

レーソス Rhesos, Ῥῆσος　1. ビーテューニア Bithynia の河神. *オーケアノスと*テーテュースとの子.

2. プリアモスの味方のトラーキア王. ホメーロスでは彼は*エーイオネウスの子, エウリーピデースでは*ストリューモーン河神と*ムーサの一人(*エウテルペー, *テルプシコレーあるいは*カリオペー)との子とされている. *トロイア戦争の十年目に*トロイアに来援, 到着の夜に*オデュッセウスと*ディオメーデースは彼の陣にしのび入り, 彼および 12 人の部下を殺し, 彼の名馬を奪った. この(*イーリアス)中の話は, のちに潤色され, 彼の馬がトロイアの野の草をはみ, 彼と馬が*スカマンドロス河の水を飲むならば, トロイアは落ちずとの神託があり, *アテーナーと*ヘーラーの命によって, 上記二人がこの冒険を行なったとされている. レーソスは冥府に赴かず, 半神として洞窟中に生きているとの伝えは, あるいは彼が本来トラーキアの神であることを示すものか.

《**レーソス**》 Rhesos, Ῥῆσος　エウリーピデースの名のもとに伝えられるが, 明らかに偽作, 上演年代不明(前 4 世紀前半?)の劇.

ギリシア軍を圧して, *トロイア城外に陣を張って夜を過す*ヘクトールの所へ, トラーキア王*レーソスが, 来援する. ヘクトールは勝に誇ってレーソスの遅参を責める. その夜敵偵察に来た*ドローンを捕えて殺した*オデュッセウスと*ディオメーデースは逆にヘクトールの陣に忍び入り, *アテーナーの加護のもとにレーソスの寝首をかく. 最後にレーソスの母なる詩の女神の嘆き.

レーダー Leda, Λήδα　　アイトーリアの王*テスティオスと*エウリュテミス Eurythemis との娘. *アルタイアーと*ヒュペルメーストラーの姉妹. 別の所伝ではクリュティエー Klytie とメラニッペーがその姉妹となっている. 一説には, *シーシュポスの子*グラウコスが見えなくなった馬を探している途中, ラケダイモーンの地でパンティデュイア Pantidyia と交わったが, 彼女はその後まもなくテスティオスの妻となり, レーダーが生れた. 彼女はかくて, テスティオスの娘となっているという. *テュンダレオースが*ヒッポコオーンたちに追われ, テスティオスの客となっている時に, レーダーを妻にした. *ゼウスが白鳥の姿となって彼女と交わり, *ヘレネー, *ポリュデウケース, *カストール, *クリュタイムネーストラーが生れたが, 前二者はゼウスの子で, 後二者は同じ夜にテュンダレオースによってできた子供であるという. しかし父親に関しては諸説があり, ホメーロスはカストールもまたゼウスの子としている. さらにヘレネーはレーダーの卵ではなく, *ネメシスがゼウスの寵愛を逃れて, 鷲鳥に身を変じたところ, ゼウスもまた白鳥となって彼女と交わり, 彼女は卵を生んだが, 羊飼がこれを聖森中で見つけて, レーダーの所に持って来た. 彼女はこれを箱に入れて保存しておいたところ, ヘレネーが生れ出たが, 彼女を自分の娘として育てたとの伝えもある. 一般に, エウリーピデースにすでにあるように, レーダーはゼウスとの交わりによって, 卵(あるいは二箇)を生み, ここから上記四子が生れ出たとされる. このほかにレーダーの娘には*エケモスの妻となった*ティーマンドラー, *アルテミスが不死としたピューロノエー Phylonoe, 悲劇詩人が創り出したポイベー Phoebe がある. スパルタにはレーダーの生んだと称される巨大な卵がパウサニアースの時代(後 2 世紀)まで保存されていた.

レータイアー Lethaia, Ληθαία　　オーレノス Olenos の妻. 女神と美を競ったため, 夫婦で石像に変えられた.

レーテー Lethe, Λήθη 《忘却の》意. *エリスの娘. 一説によれば*カリス女神たちの母とされている. これは冥界の河の名で, 亡者はこの水を飲んでこの世の記憶を忘れる. また輪廻説では, 霊魂が新しい肉体に入って生れかわる時, この水を飲んで前世を忘れたという.

同名の泉がボイオーティアの*トロポーニオスの神託所のかたわらにあり, 神託をうける者はこれと, いま一つ*ムネーモシュネー《記憶》の泉の水を飲まなければならなかった. なおレーテーは*タナトス《死》と*ヒュプノス《眠り》の姉妹といわれる.

レートー Leto, Λητώ, 拉 Latona *ティーターン神族の*コイオスと*ポイベーとの娘. *ゼウスに愛されて, *アポローンと*アルテミスの母となった. *ヘーラーは嫉妬から全世界にレートーが子供を生む場所を供することを禁じ, レートーは休むことができずにさまよったが, 浮島だった*デーロス島が彼女に場所を提供した. そのかわりにこの島は四本の柱でしっかりと支えられていたり, その名も*オルテュギアから, デーロス《輝く島》となった. 他の所伝では, ヘーラは太陽の光の照らすいかなる所でもレートーは子を生めないと呪ったが, ゼウスの命令で*ボレアースが*ポセイドーンのもとに連れ行き, 海神はデーロス島を水の天蓋で包み, かくして彼女はヘーラーの呪いにもかかわらず, 二神を生むことができた. 陣痛は九日九夜つづいた. これはヘーラーがお産の女神*エイレイテュイアがレートーの所に行くことを止めたためであったが, 他の女神たちがエイレイテュイアに高価な賠物を与える約束をし, ついにレートーは子供を生むことができた. アリストテレスによれば, レートーは《狼から生れた神》アポローン Apollon Lykogenes の母として, 牝狼の姿となって*ヒュペルボレイオス人の国からヘーラーの目を遁れて12日間でデーロスに着いた. 牝狼が一年のあいだの12日のあいだしか子を生まないのはこのためであるという. アポローン・リュキオス Lykios《狼の》に関して, リュキア Lykia には妙な神話がある. レートーは二人の子供とともにリュキアに赴き, ある泉あるいは池で子供を洗おうとしたが, 近くの羊飼に邪魔されたので, 彼らを蛙に変じた. なおニオベー, ティテュオス, ピュートーンの項を見よ.

レートーは, 多くの場合アポローンとアルテミスとともにであるが, 歴史時代にも崇拝されていた. これはティーターン神族としては例外的なことである.

レプレオス Lepreos, Λέπρεος カウコーン Kaukon とアステュダメイア Astydameia (*ポルバースの娘で*アウゲイアースの姉妹) との子. *ヘーラクレースがアウゲイアースの家畜小屋を掃除した時, (ヘーラクレースのⅣ. 十二功業を見よ). 伯父に約束の報酬を払わないように勧めたのみか, ヘーラクレースを鎖でつないで牢に入れるようにと言ったので, 英雄はアウゲイアースと戦った時に, レプレオスをも罰しようとしたが, アステュダメイアの頼みに動かされ, レプレオスと競技することに決し, 飲食と円盤投のすべてで勝った. レプレオスは怒ってかかって来たので, ヘーラクレースは彼を殺した.

レムス Remus *ロームルスの兄弟. 同項を見よ.

レムレース Lemures *ラルウァイともいう. ローマの信仰で死者の霊. 5月の9日およびそれにつづく奇数の11日と13日に家々を訪れて, たたると考えられ, この日にレムーリア Lemuria (レムーラーリア Lemuralia)の祭が行なわれた. この時家長は夜に裸足で戸外に出て, 手を洗い, 顔をそむけて豆を投げて先祖の魂を戸外に導き出す習慣があった.

レルネー Lerne, Λέρνη アルゴリスの, アルゴスからほど遠くない沼沢地帯. 同名の河がある. *ヘーラクレースの*ヒュドラー退治その他ギリシア神話で名高い.

レレクス Lelex, Λέλεξ 古代ギリシアにおいてカーリア Karia 人と関係のあるとされ, またギリシア本土各地やエーゲ海上の島々に住んでいたとされている民族レレクス人の祖. したがって彼に関しては種々の所伝がある.

1. ラコーニア Lakonia の初代の王. 大地より生れた. 水のニンフのクレオカレイア Kleokareia とのあいだに*エウロータスが生れたとも, レレクスの子はミュレース Myles と*ポリュカーオーンで, ミュレースが父のあとを継ぎ, その子が*エウロータスであり, ポリュカーオーンはアルゴス王*トリオパースの娘*メッセーネーを娶って, メッセーネーの王となったとも伝えられた.

2. メガラ王. *ポセイドーンと*リビュエーとの子で, エジプトから来て, この地の王となった. 彼の二人の孫が入水した*イーノーの死骸を葬った.

3. レウカス Leukas 島の人で, テーレボエース Teleboes 人の祖*テーレボエースはその孫である.

ロ

ロイオー Rhoio, 'Ροιώ *スタピュロスの娘．*ヘーミテアーの姉妹．*リュルコスの愛を姉妹と争った．のち*ゼウスと交わり，子をはらんだが，父は娘の愛人を人間と考え，彼女を箱に入れて，海に流した．彼女はエウボイア（あるいは*デーロス）に漂着，*アニオスを生んだ．彼女はついでザレクス Zarex なる男と結婚し，二人（あるいは五人）の息子を得た．ロイオーを*アイソーンの妾で，*イアーソーンの母とする変った伝承もある．

ロイコス Rhoikos, 'Ροῖκος 1. *アタランテーを犯そうとして，追い，殺された*ケンタウロス．

2. *ディオニューソスに退治された*ギガース(巨人)の一人．

3. まさに倒れんとしていた老樫をロイコスが召使に命じて柱を立ててささえ，かくしてこの木の精のニンフの生命を救った．ニンフたちはその礼に彼になんなりと望むことを許したところ，彼は彼女たちの愛を求めた．彼女たちは絶体の忠実と蜜蜂を使者とする条件で，彼に許した．彼が忠実でなかったから，あるいは蜜蜂が使に来たのに，将棋に夢中になっていた彼は蜂を追い払ったためか，蜂は彼の目を刺し，彼を盲目にした．

ロイトス Rhoitos, 'Ροῖτος ロイトスとロイコスはしばしば，混同していて，どちらが正しいか不明なことがある．

1. ロイコスと同じ*ギガース(巨人)．

2. *ペイリトオスの結婚で，*ラピタイ族と闘った*ケンタウロスの一人．

3. *ペルセウスと*アンドロメダーの結婚に反対した*ピーネーウスの仲間の一人．ペルセウスに殺された．

4. *アンケモルスの父．

ロクロス Lokros, Λοκρός 1. ロクリス Lokris 人に名を与えた祖．彼の系譜は*アムピクテュオーン——*アイトーロス——ピュスコス Physkos——ロクロスとする説と，直接にアムピクテュオーンの子とする説とがある．彼はレレクス人の王で，彼らに自分の名を与えた．彼の妻は，*デウカリオーンの娘*プロートゲネイアで，*ゼウスが彼女と交わって*アエトリオスと*オプースを得たとも，エーリス王*オプースの娘カビュエー Kabye で，ゼウスが彼女をさらってマイナロン Mainalon 山中で交わったのち，ロクロスに与え，生れた子をロクロスはわが子として育て，祖父の名を取ってオプースと呼んだともいう．ロクロスはのちオプースと争い，神託によってパルナッソス山西側の地に移住した．これは歴史時代のパルナッソスの両側にあったロクリスの説明である．

2. *ゼウスと*マイラ(アルゴス王*プロイトスと*アンテイアとの娘)との子．マイラは*アルテミスに従っていたが，この恋によって女神の怒りにふれて射殺された．ロクロスは*アムピーオーンと*ゼートスとともにテーバイ市を築いた．

ロデー Rhode, 'Ρόδη *ポセイドーンと*アムピトリーテーの娘．*ヘーリオスの妻．一説では彼女の父は*アーソーポス河神．

ローティス Lotis, Λωτίς ニンフ．彼女に*プリアーポスが恋して，執拗に迫ったが，つねに遁れていた．ある夜，*ディオニューソスに従って，彼ら二人が同じ群の中にあった時，プリアーポスは彼女に近づき，まさに成功せんとしたが，その時に*シーレーノスのろばが大声でいなないたために，すべての者が目を覚まし，ローティスは遁れ，プリアーポスは笑者になった．のち彼女はみずから願ってロートスlotos の木となった．

ロドス Rhodos, 'Ρόδος *アプロディーテーの娘とも*ポセイドーンと*ハーリアー(ヘーリア—)との娘ともされている．*ロデーと混同していて，区別しがたい．*ヘーリオスと交わり七人の息子(*ヘーリアダイ)の母となった．ヘーリアダイの項を見よ．

ロートパゴイ ロートパゴス人を見よ．

ロートパゴス人 Lotophagos, Λωτοφάγος, 複数 Lotophagoi, Λωτοφάγοι 《*オデュッセイア》中，ロートス lotos を食っている民族．これは記憶を喪失させる力があり，*オデュッセウスがここに来た時，彼の部下たちはこの植物を食べて，故郷を忘れ，この地に留まろうとし，オデュッセウスは彼らをむりやりに船に乗せて，出帆しなければならなかった．

ロドペー Rhodope, 'Ροδόπη 1. トラーキア王*ハイモスの妻．*ヘーラーと美を競ったため，山に化せられた．

2. エペソスの乙女．*アルテミスに処女の誓

いを立てたが，*アプロディーテーはこれを怒って，若い猟人エウテューニコス Euthynikos への恋を吹きこみ．両人は山中で交わった．アルテミスは彼女が処女性を失った場所で彼女をステュクス Styx なる泉に変じた．この泉は処女性の試しに用いられた．処女であることを主張する乙女は，誓いを書いた板を首につけて泉に入る．本当の場合は水は腰までしかないが，嘘の時には首まで来て，誓いの書板を水中にかくしたと．

ロービーグスまたはロービーゴー Robigus, Robigo 麦のさび病の神．あか犬と羊とを捧げて，その霊をなだめ，この穀物の疫病を防いだ．ウィア・クローディア Via Clodia の 5 マイルの標石の所にその聖森があり，4月25日に祭(ロービーガーリア Robigalia)が行なわれた．

ローマまたはローメー Roma, 希 Rhome, Ῥώμη ギリシア式に Rhome「力」とも綴られる．一部の人々の伝えでは，ローマにその名を与えた女．最古の形式では，トロイア人で，*アイネイアースと*オデュッセウスの二人が一緒にモロッソス Molossos 人の地よりこの地に漂着した時に，彼女は船を焼き払うように勧告，パラーティーヌス丘上に彼らは定住し，市が繁栄したので，この市に彼女の名を付した という．一説では彼女はアイネイアースの子*アスカニウスの娘で，トロイア人がローマの地を征服した時，彼女はパラーティーヌス丘上に*フィデースの神殿を建立，かくて彼女の名によりこの地はローマと呼ばれた．彼女はさらにアスカニウスの妻，あるいは*テーレボスの娘で，アイネイアースの妻，あるいは*テーレマコスの娘で*ラティーヌスの姉妹，あるいは*エウアンドロスの娘，さらに*イータロス王とレウカリアー Leukaria の娘ともされている．また彼女はエウアンドロスにパランティオン Pallanteion (のちのパラーティーヌス)に一市を建てることを勧めた女予言者であるとする者もある．

ロームルス(と*レムス) Romulus ローマの建設者で初代の王．一般に*アイネイアースの子孫でアルバ・ロンガ Alba Longa の王*ヌミトルの娘*レア・シルウィアと*マールス神との子で，レムスと双生の兄弟とされている．しかしときに二人はアイネイアースとデクシテアー Dexithea との子で，まだ幼い時に二人は船で航海中，嵐に遇い，他の船は沈没し，二人の船のみがローマの地に着いたとする者，*ローマと*ラティーヌス(*テーレマコスの子)とが二人の両親であるとする者，さらに二人の母はアイミリア Aemilia (アイネイアースと*ラウィーニアとの娘)とする者もある．

普通の話では，ヌミトルの兄弟*アムーリウスは兄の王位を奪い，これを確保するために，ヌミトルの娘レア・シルウィアから子供が生れないように，*ウェスタの巫女にした．しかしマールス神が彼女が祭式の水を汲むために聖森に来た時に，あるいは眠っているあいだに，彼女を犯した．アムーリウスは彼女を殺し，生れた子をパラーティーヌス Palatinus 丘の麓のティベル河岸に棄てた，あるいは王の召使が籠に入れてティベル河に流したところ，大雨で水量が増していたため，籠は逆に河上に流れ，ルーミーナーリスのいちじく ficus Ruminalis の近くに漂着，そこへ子供をもっていた牝狼が来て，二人に乳を与えた．さらにきつつき(啄木鳥)が狼を助けた(狼ときつつきはマールスの使いの動物である)．王の羊飼*ファウストゥルスが二人を見つけ，妻の*アッカ・ラーレンティアに育てさせた．

二人は成長して，若者たちの頭となった．ヌミトルの畜群をレムスがアウェンティーヌス丘で奪わんとして，捕えられた．その時留守であったロームルスが帰って来て，ファウストゥルスより自分たちの素姓を聞き，若者たちをひきいて，アルバ・ロンガに急行，ヌミトルに自分たちの身分を認められ，アムーリウスを殺し，父をアルバ・ロンガの王とし，自分たちはローマの地に新たに一市を建設することとした．この際レムスはアウェンティーヌス丘を，ロームルスはパラーティーヌス丘を選んだが，レムスには 6 羽しか現われなかったのに，ロームルスは 12 羽の鷹を認めた．この神々が与えた前兆によって神に是認されたロームルスが，二頭の牛に引かせた鋤で未来の都市の地域の周囲を掘りめぐらした，あるいは城壁をめぐらしたところ，レムスがそれを軽蔑して，飛び越えたのを怒って，ロームルス(あるいは彼の部下のケレル Celer)は剣を抜いて，彼を殺してしまった．ロームルスはこれを悔い，レムスをアウェンティーヌス丘のレモリア Remoria に葬った．ローマの建設は前 754 年 (752, 722 ともいう)．ロームルスは市民がすくないので，カピトーリウム Capitolium 丘に避難所を設け，イタリア中からあらゆる住所を失った者(亡命者，逃亡奴隷，人殺しら)を集めた．しかし彼らには妻がいないので，8月21日の*コーンススの祭礼競技に近隣のサビーニー Sabini 人を招き，多くのサビーニー人の娘(一人*ヘルシリアのみ人

ロームルス

妻)を奪った．かくしてローマ人とサビーニー人とのあいだに戦が起り，サビーニー人の王ティトゥス・*タティウスはローマに迫り，*タルペーイアの裏切りで，カピトーリウムの城を奪い(タルペーイアの項を見よ)，ローマはまさに危うかったが，*ヤーヌス神が熱泉を噴出させてサビーニー人の道をさえぎり，ロームルスの願いによって，*ユーピテルがローマ軍を助け，ようやくにして勝利を得たので，ロームルスは神に神殿を捧げた．しかし一般にはさらわれたサビーニーの女たちが，夫と親兄弟のあいだにわけて入って，両者をなだめ，和議が成立したことになっている．かくてタティウス王とロームルスは二人でローマを支配していたが，タティウスはやがて世を去ったので，ロームルスは両民族を一人で長く支配した．彼は33年の支配ののち，54歳で世を去った．七月のノーナイ nonai の日にカムプス・マールティウス Campus Martius で閲兵中，突然大雷雨が起り，そのあいだに王の姿は消え去って見えなくなったという．しかし王は貴族たちに暗殺され，上記の話はこれをかくすための作り事であるともされている．ロームルスは*クゥイリーヌスと同一視されているが，これは*プロクルスなる男に彼が夢に現われて，彼は神々の所にあり，クゥイリーヌス神となったと告げたことに由来すると．同項を見よ．

ギリシア神話主要系譜

1. 系譜は主なもののみ．多くの省略がある．
2. 系譜に古代作家により異説矛盾がある．この場合には普通でないものを括弧に入れた．多くの異説についてはおのおのの項を見よ．
3. 系譜の基礎はアポロドーロス《ギリシア神話》においた．神々のはヘーシオドス．
4. 兄弟姉妹の長幼の順は不明のことが多いので無視した．したがって系譜の順はこれと関係なく，便宜上のものである．
5. 英雄諸家の婚姻関係はできるかぎり示したが，不可能な時には括弧内の系譜番号によった．

314

1. 神々の系譜（ティーターン神族とオリュムポス神族）

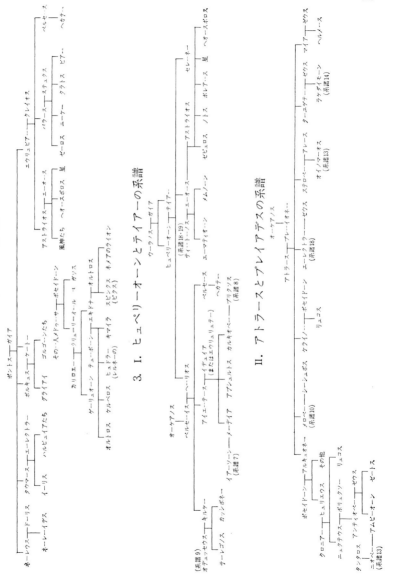

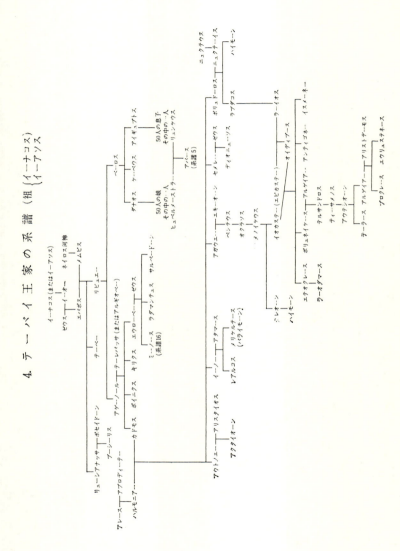

4. テーバイ王家の系譜 (祖 {イーナコス / イーアソス})

5. ペルセウス、ヘーラクレース家の系譜

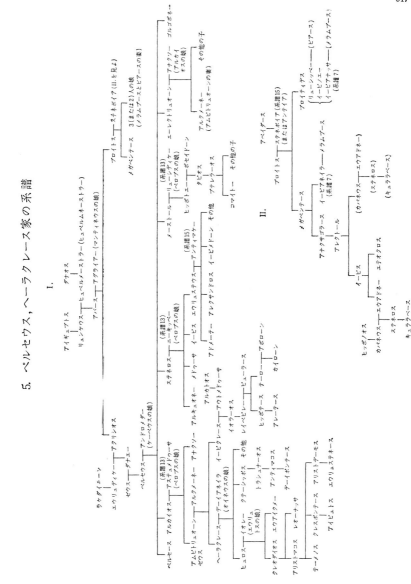

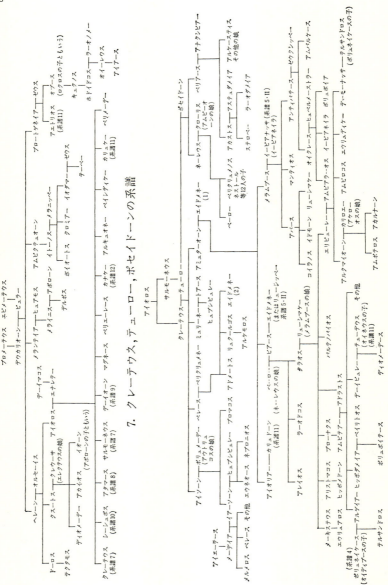

6. デウカリオーンの系譜

7. クレーテウス、デューロー、ポセイドーンの系譜

8. アタマースの系譜

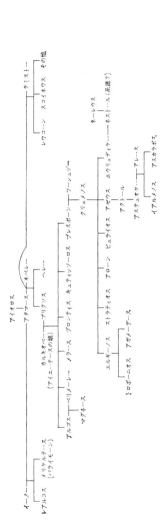

9. デーイオーンとミニュアースの系譜

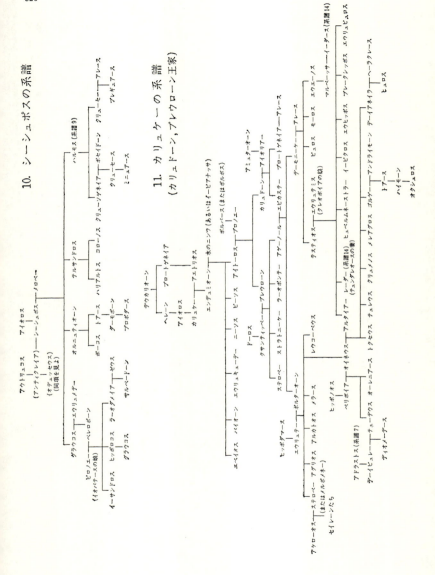

10. シーシュポスの系譜

11. カリュドーンの系譜（カリュドーン、プレウローン王家）

321

12. カナケーの系譜

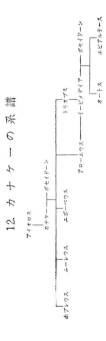

13. タンタロス、ペロプス、アトレウスの系譜

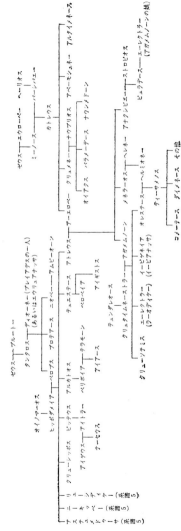

14. テュンダレオース（スパルタ王家）の系譜

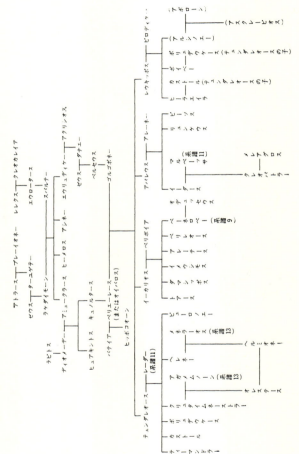

15. アルカス（アルカディア王家）の系譜

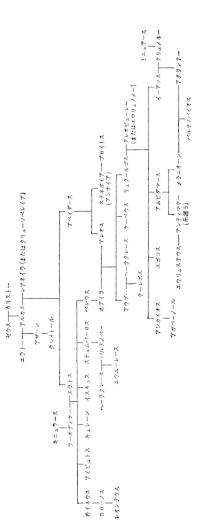

16. エウローペー、ミーノース（クレータ王家）の系譜

17. アイアコス、ペーレウス、アキレウス、アイアースの系譜

18. トロイア王家の系譜

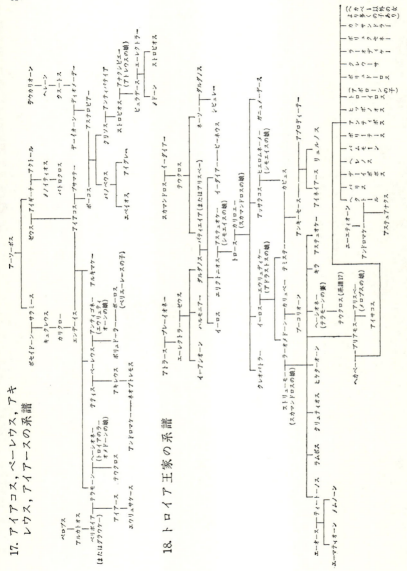

19. アテーナイ王家の系譜

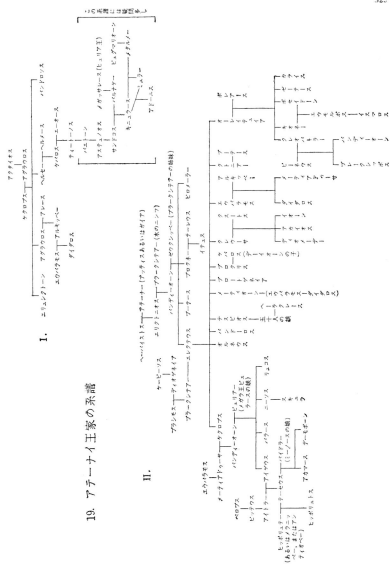

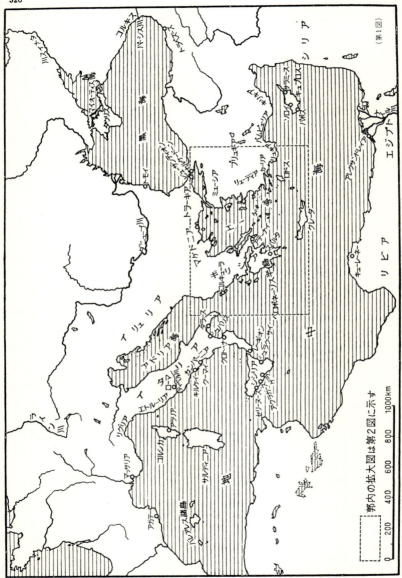

(第1図)

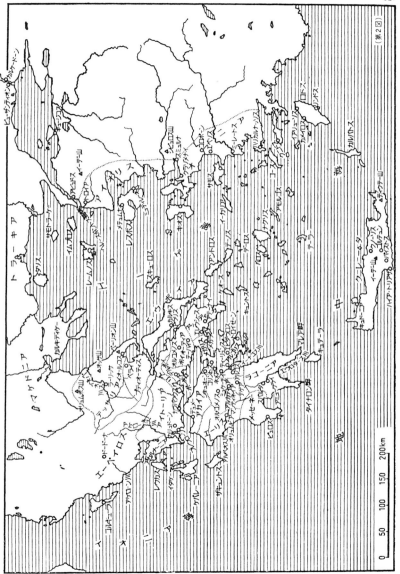

(第2図)

索　引

項目として収録されている場合は，そのページを太字で示し，その範囲が他のページにわたる場合には「～」で示した．ページの後のaは，ページの左側を，bは右側を示す．「系」は系譜で，後の数字は系譜のナンバー，ページの後にある「表」は，そのページにある系譜を意味する．《 》は作品名である．固有名詞の仮名書きについては凡例を参照せよ．

ア

アイア(地名) 1a, 3a
アイアイエー(地名) 1a, 36b, 86b, 110b
アイアキデース 1a
アイアコス 1a～b, 1a表, 4b, 14a, 100b, 108a, 136a,b, 139a, 141a, 169a, 175a, 183b, 190a, 216a, 254a,b, 261a, 262a, 275a, 277a, 289a, 297a；系1,17
アイアース 1. 1a表, 1b～2b, 12a, 14a, 34b, 57a,b, 64b, 85b, 112b, 117b, 158a, 159b, 167a, 169a,b, 177a, 191a, 194a, 228b, 250a, 257b, 284a, 295a, 303b；系13, 17
アイアース 2. 2a, 80b, 96b, 102a, 177a, 179b, 193a, 250a；系6
アイアース(テウクロス2.の子) 158b
アイアース(小) →アイアース2.
アイアース(大) →アイアース1.
《アイアース》 2a, 2b～3a, 159b
アイアンティオイ 2b
アーイウス・ロクェーンス →アーイウス・ロクーティウス
アーイウス・ロクーティウス 3a
アイエーテース 1a, 3a, 9b, 19a, 25a, 32b, 35a,b, 36b, 37a, 52b, 95a, 102b, 108b, 110b, 127b, 188b, 218a, 219b, 220a, 222a, 232a, 248b, 251a, 252a,b, 280a,b, 281b；系3・I, 7
アイオーラー 3a, 71b
アイオーラー(行事)
アイオリア 1.(地名) 3a
アイオリア 2. 3a, 101a, 224a；系7, 11
アイオリアイ(群島) 3a,b, 4a
アイオリデース 3a
アイオリス 3a,b, 76b, 159b, 253b
アイオロス 1. 3a～b, 7b, 32b, 83b, 86b, 203a,b, 217a, 267b
アイオロス 2. 3b, 14b, 18b, 41b, 45a, 46b, 75a, 76b, 80b, 98a, 101a, 109a, 111a, 119a, 121a, 122a, 131a,b, 154a, 157a, 174b, 177b, 209b, 220a, 225a, 230b, 233b, 248b, 258b, 271a, 276b, 280a, 285a, 308a；系6, 7, 8, 9, 10, 11, 12
アイオロス 3. 3b～4a, 107a, 202b, 280a, 285a
アイオロス(島) 3a
アイオーン 4a
アイガイ(地名) 34b, 174b, 262a
アイガイオーン 1. 4a, 26b, 227b
アイガイオーン 2. 4a
アイガイオーン(海，山) 5b, 140b, 161b
アイギアレー 1. 4a, 22b, 107a, 126b, 153b, 154a, 179b
アイギアレー 2. 4a
アイギアレウス 1. 4a, 53b, 170a, 226a, 269b, 287a, 299a
アイギアレウス 2. 4a, 22b, 69b, 70a, 153b, 295a
アイギアレウス 3. 4a
アイギアロス 95b, 304b
アイギアロス(地名) 40a, 111a
アイギオス 145a
アイギコレイス 48b
アイギス 4a～b, 21a, 27b, 47b, 128a, 192b
アイギストス 4b, 12b, 23b, 40a, 67a, 71b, 74a,b, 75a, 91b, 92a,b, 93a, 115a, 148b, 166a, 179b, 191b, 210b, 259b, 260a, 282b；系13
アイギーナ 1a, 4b, 18b, 131b, 132b, 141a, 190b, 197b, 226b, 284a；系1, 17
アイギーナ(島) 1a, 4b, 9a, 24a, 37a, 158b, 169a, 220a, 254a,b, 262b
アイギパーン 4b, 254a
アイギミオス 4b～5a, 129a, 191b, 212a, 234b, 244a, 298a
アイギュピオス 145a
アイギュプトス 5a, 15b, 24b, 79a, 111b, 114a, 128a, 132a, 136b, 138a, 144b, 146a, 175b, 200a, 203b, 204a, 209a, 222b, 249b, 258b, 303b, 304b；系4, 5・I
アイクマゴラース 5a　[128b]
アイゲレー(コローニスの別名)
アイグレー 1. 5a, 230a
アイグレー 2. 5a
アイグレー 3. 5a, 299a
アイグレー 4. 5a, 161b；系17
アイグレー 5. 5a, 134a
アイグレーイス 205b
アイゲウス 5a～b, 6b, 37b, 43b, 102b, 160a,b, 161a,b, 194a, 200a, 202a, 262a, 278b, 279b, 280b, 281a,b, 289a, 303a；系13, 19・II
アイゲオーネウス 219b
アイゲーネー 15b
アイゲステース 15b
アイサ 5b
アイサコス 5b, 31b, 110b, 138b, 195a, 219a, 227b；系18
アイシモス 132b；系9
アイシューエーテース 1. 5b, 43a
アイシューエーテース 2. 5b
アイシュレー 206a
アイスキュロス 13a, 47a, 48a, 63b, 69a, 74a, 91a, 93a, 115b, 125b, 136b, 141b, 163b, 164b, 165a, 225a, 229b
アイスクラーピウス 5b
アイセーポス 5b
アイソーン 5b, 32b, 37b, 45a, 119b, 168b, 210a, 224b, 248a, 267b, 280b, 289a, 310a；系7, 9
アイタリデース 5b～6a, 276b
《アイティオピス》 284b
アイティオプス人 6a
アイティラ 6a
アイテリエー 248b
アイテール 6a, 24a, 60b, 75b, 95b, 147b, 181b, 191a, 232b, 269b
アイトーサ 221a
アイトナ(地名) 232a
アイトナイオス 224b
アイトネー 6a, 194b
アイドーネウス 1. 6a
アイドーネウス 2. 6a
アイトーラ 5b, 6a～b, 102b, 136b, 139a, 150b, 160a,b, 162a, 166b, 194a, 202a,b, 255b, 278a；系13, 19・II
アイトラー(オーケアノスの娘) 206a
アイトーリア 6b, 82a
アイトーリア(地名) 6b, 16a, 29b, 62a, 76b, 81b, 88a, 92b, 101a,

索 引

108a, 118b, 140b, 173a, 178a, 221b, 234b, 238b, 289b, 296a, 308a, b
アイトリオス 146b
アイトーロス 6b, 24b, 53b, 70a, 76b, 81b, 101a, 118b, 178a, 192a, 221b, 267a, 295b, 310a ; 系 11
アイトーロス二世 82a
アイトーン 1. 6b
アイトーン 2. 6b, 249a
アイトーン 3. 6b
アイニア(地名) 130b
アイニアーニア人 111b
アイネアース →アイネイアース
アイネーアース・シルウィウス
アイネアデース 6b　　　　　　　[297b]
アイネイア 7a
アイネイアス 7a
アイネイアース 6b〜7b, 8a, b, 9a, 11a, b, 15a, 16b, 20a, 24a, b, 26a, 27b, 32a, 41a, 44b, 47a, 56a, b, 58a, b, 60b, 62a, 64a, 82b, 88a, 94b, 95a, 96b, 98b, 99b, 100a, 106b, 117a, 119b, 130b, 134a, 135a, 142b, 147b, 148b, 156a, b, 158b, 166a, 168a, 173a, 177a, 179a, 181a, 182a, 187b, 192b, 193a, b, 194b, 195b, 196a, 197a, b, 198b, 199b, 202a, 204a, 211b, 229a, 230b, 255b, 258a, 266a, 271a, 272a, 273a, b, 273a, 279a, b, 282a, 284a, 289b, 294b, 297a, b, 303b, 305b, 311a, b ; 系 18
《アイネーイス》 3b, 7a, 7b〜8b, 11a, 16b, 24b, 27b, 41a, 44b, 52b, 56a, 59a, 73a, 80b, 82b, 97a, 99a, 100a, 106b, 112a, 113a, 117a, 119b, 133a, 134a, 142b, 148b, 155a, 166a, 173a, 174a, 176a, 179a, 181a, 187b, 191a, 192b, 196a, 197b, 198b, 200a, b, 202a, 229a, 258a, 264a, 266a, 268a, 279b, 280a, 284a, 294b
アイネウス 108b, 137a
アイネトス 154a ; 系 9
アイノス(地名) 7a, 70a, 239b, 268a
アイビュティダイ 8b
アイビュトス 1. 8 b, 109a, b, 202a, 203b
アイビュトス 2. 8b, 119a, 267a, 289b, 290a ; 系 5・I
アイビュトス 3. 8b〜9a, 46b, 61b, 117a ; 系 15
アイミリア 294b, 311b
アイリアーノス 274a
アウィリウス 9a, 251a
アウェルヌス(湖) 8a, 9a, 106b
アーウェルンクス 8a

アウェンティーヌス(地名) 62a, 95b, 124a, 150a, 214a, 252a, 263a, 275a, 288a, 311b
アウェンティーヌス 306a
アウクセーシアー 9a
アウグストゥス帝 8a, 27a, 116b, 133b, 188b, 272b
アウクソー 100b, 263b
アウクヌス 9a, 82a, 273b
アウゲー 9a〜9b, 39a, 127a, 171a, b, 179a, 183a, 243b, 247a ; 系 15
アウゲイアース 9a, 9b, 11b, 12b, 14b, 53b, 89b, 103a, 159b, 178b, 211b, 218a, 238b, 242b, 243a, b, 245a, 247a, 264a, b, 265a, 268a, 291a, 309b
アウステル 9b, 186b
アウソニア 107a
アウソニア(地名) 9b, 52a
アウソーン 9b, 101b
アウテシオーン 9b, 31a, 34a, 154b, 169a, 234b ; 系 4
アウトノエー 1. 9b, 145a
アウトノエー 2. 9b, 185b
アウトノエー 3. 9b〜10a, 11a, 14b, 30b, 67b, 97b, 198a ; 系 4
アウトノエー 4. 10a, 247a
アウトノエー 5. 10a
アウトノオス 210a
アウトボラス 267b
アウトマテー 144b,
アウトマテー(神殿) 288a
アウトメドゥーサ 10a, 48a, 53b ;
アウトメドーン 10a　　　[系 5・I]
アウトリュコス 5b, 10a, 41b, 45a, 65b, 84b, 104a, 132a, 137b, 143a, 183a, 212b, 236a, 241b, 254a, 267b, 294b ; 系 9, 10
アウトレオーン 10a
アウラー 10a〜b, 46a, 121b
アウリーガ(星座) 71a, 276b
アウリス(オーギュゴスの娘) 81a
アウリス(地名) 10b, 12b, 13b, 34b, 38a, 54a, 55a, 57a, 85a, 88b, 90a, 102b, 106a, 115a, 134b, 171b, 176b, 257a
アウルス・ポストゥミウス 151a
アウルンキー族 198b
アウレステース 9a
アウレーリアーヌス帝 143b, 249a
アウローラ 10b, 67b
アエティオス 177b
アエトリオス 10b, 76b, 101a, 224a, 310a ; 系 1, 6, 11
アエードーン 10b, 117b, 199b
アエロー 1. 10b, 74a, 197b
アエロー 2. 10b
アーエロペー 1. 10b〜11a, 23a, b, 97b, 179a, 221a, 282b ; 系 13, 16

アーエロペー 2. 11a
アーエロポス 68a
アオイデー 184b
アーオニオス人 11a
アオリス 251a
アカイア(地名) 19a, 40a, 49a, 56a, 111a, 123b, 140b, 154b, 159b, 168b, 247b, 266b, 268a, 285a
アカイア人 11a, 39b, 47a, 48b, 49a, 82a, 163a, 299a
アカイオス 11a, 48b, 49a, 111a, 117a, 217a, 247b, 299b ; 系 6, 19・Ⅱ
アカイメニデース 11a
アガウエー 96, 11a, 67b, 97b, 152b, 189a, b, 198a, 260a, b, 260a ; 系 4
アガウエー(ネーレーイス) 185b
アガウエー(ダナオスの娘) 144b
アカリス 1. 11a〜b, 26b, 103b, 109a, 179b, 275a, 277a ; 系 16
アカリス 2. 11b
アカレー 11b
アガクレース 70b
アカケシオン(地名) 11b
アカコス 11b
アガステネース 11b, 264b
アカストス 11b, 15a, 18a, 65a, 119a, b, 137b, 138b, 162b, 204a, 248a, 254b, 255a, 280b, 295a ;
暁の明星 67b, 186b　　　　　[系 7]
アカーテース 11b
アカデーメイア 11b
アカデーモス 11b, 159b, 255b
アガテュルソス 68a
アガテュルノス 4a
アガトプトレモス 145a
アガトーン 219a
アガニッピデス 11b
アガニッペー 11b〜12a, 249b
アガペーノール 12a, 13a, 40b, 177a, 295b, 302b ; 系 15
アカマース 1. 6b, 12a, 150b, 162a, b, 166b, 171a, 187a, 193b, 211a, 256b, 277b, 278a, 295b ; 系 16, 19・Ⅱ
アカマース 2. 12a, 149a, 204b
アカマース 3. 12a
アガメーデース 12a, 73a, 123a, 138b, 178a, b, 211a, 265a ; 系 8
アガメムノーン 2a, b, 3a, 4b, 10b, 11a, 12b〜13a, 14a, 23a, b, 34b, 43a, 54b〜55a, 62b, 66a, b, 67a, 71a, 74a, b, 75a, 79b, 83a, 84b, 85a, b, 86a, 88b, 91b, 92a, b, 93a, 96b, 97b, 102a, 112b, 113b, 114a, b, 115a, 126a, 139a, 148a, b, 149b, 154a, 156b, 166a, b, 169a, 170a, 176b, 177a, b, 179a, b, 184a, 190b, 193a, b, 194a, 195b, 198b, 210b, 213b, 220a, b, 221a, 228a,

索引　330

256b, 259b, 260b, 262a, 266a, b, 276a, 282b, 295b；系 13, 14
《アガメムノーン》 **13a**, 91a
アカランティス **13a**
アカルナーニア(地名) 13a, 16a, 103b, 191a, 264b
アカルナーン **13a**, 33b
アカレー 275a
アーキス **13**b, 100a
アーギス 28b
アギュイエウス **13**b
アキレウス 1a, b, 1a表, 2a, b, 7a, 10a, 11a, 12b, **13**b〜**14**a, 27a, 39b, 43a, b, 52a, b, 54a, b, 55a, 56b, 57b, 58a, 62b, 67b, 70a, b, 84b, 85a, b, 99b, 100b, 102a, 103a, 107b, 111a, 114b, 119a, 120a, 122b, 124b, 133b, 135b, 138a, 139b, 141b, 153b, 154a, 155a, 156b, 162b, 163a, 169b, 170a, 171b, 174a, 176b, 177a, b, 178b, 183a, b, 184a, 187a, 189b, 190b, 191a, 193b, 194a, b, 195b, 196a, 197b, 203b, 204b, 209b, 212a, 213b, 217a, 219b, 220a, 224a, 225b, 226a, 228a, b, 229a, 230a, 232a, b, 253a, 254a, b, 255a, 256b, 257a, b, 260b, 262b, 264a, b, 265b, 266a, 277a, 278b, 279a, 280b, 281b, 282a, 284a, 291b, 295b, 299a, 301b, 303b, 307a；系 17
アクアーリウス **14**a
アクゥイロー **14**a
アクシエロス 99a
アクシオケー 114a, 259b
アクシオケルサー 99a
アクシオケルソス 99a
アクシーオーン(プリアモスの子) 219b
アクシーオーン(ペーゲウスの子) 33b, 166a, 229a
アクーシラーオス 180b, 226b
アクソス(地名) 224a
アクタイアー 1. **14**a, 185b
アクタイアー 2. **14**a, 145a
アクタイオス 1. **16**a〜b, 108a, 112a, 169a, 254b
アクタイオス 2. **14**b, 15a, 72b, 120b, 121a, 200b；系 19・I
アクタイオス(イストロスの子) 50b
アクタイオーン 9b, 10b, **14**b, 30b, 38a, 97b, 194b；系 4
アクタイオーン(メリッソスの子) 287b
アクテー →アッティカ
アクティウム(地名) 7a
アグディスティス **14**b, 109b, 131b, 305a

アクトリオーネー **14**b, 291a
アクトリダイ 291a
アクトール 1. 4b, 9b, **14**b, 42a, 59b, 65a, 137b, 190b, 225a, 243a, 254b, 265b, 267b, 268b, 276b, 284a, 289a, 291a；系 17
アクトール 2. **14**b〜**15**a
アクトール 3. **15**a
アクトール 4. **15**a, 154a；系 9
アクトール 5. 15a, 18a, 47a, 176a, 223b；系 8
アクトール 6. **15**a
アクトール 7. **15**a, 202b
アクトール 8. **15**a
アクモーン 144a, 271b
アクライアー 223a
アグライアー 1. **15**a, 100b, 141a, 188b, 231b
アグライアー(マンティネウスの子) 222b, 273a；系 5・I
アグライエー 182b
アグラウリア祭 15a
アグラウロス 1. 14b, **15**a, 72b, 121a, 200b；系 19・I
アグラウロス 2. **15**a, 32a, 39b, 71a, 121a, 196a, 200b, 251a；系 19・I
アグラオス 23b
アクラガース(地名) 187b, 275b
アグリオス(オデュッセウスの子) 110b
アグリオス(ギガース) 105a
アグリオス(ケンタウロス) 124b, 244b
アグリオス(ポルターオーンの子) 65a, 79a, b, 123b, 153b, 167a, 170a, 224a, 268a, 284b, 285b, 303b；系 11
アグリオペー 171b
アクリシオス **15**a, 24b, 48a, 65b, 80b, 137b, 145b, 222b, 251a, b, 252a, 265b, 273b, 278a, 296b；系 5・I, 14
アクロポリス(アテーナイの) 4b, 5b, 15a, 20b, 21a, 38a, b, 49a, 71a, 108b, 117a, 119b, 121a, 143b, 161b, 197a, 199a, 200b, 226b, 252b, 262a, 264a, 289a
アクロポリス(アルゴスの) 247b
アクロポリス(ゴルディオンの) 128b
アークロン **15**a〜b, 293b
アグローン **15**b
アーゲーサンドロス 295a
アケシダース 144a
アケステース **15**b, 73a, 114a
アケソー 69b
アゲーノール 1. **15**b, 45a, 67a, 95b, 97a, 103b, 110b, 134b,

144b, 171a, 183a, 260a, 301a；系 4
アゲーノール 2. **15**b, 75b
アゲーノール 3. **15**b, 144b
アゲーノール 4. **15**b
アゲーノール 5. **15**b, 180a
アゲーノール 6. **15**b, 35a
アゲーノール 7. **15**b, 13a, 33b, 166a, 229a, 269b
アゲーノール 8. **15**b, 119b, 247b, 287a
アゲーノール 9. **15**b
アゲーノール(プレウローンの子) 159b, 221b, 268a；系 11
アゲラーオス 1. **15**b
アゲラーオス 2. **15**b, 88b, 247a
アゲラーオス 3. **16**a, 195a
アゲラーオス 4. **16**a
アゲラーオス(ステュムパーロスの子) 138b
アゲラストス(石) 165a
アケルベス **16**a, 156a, 206b
アゲレオース 79b
アケローオス 6b, 13a, **16**a, 27b, 33b, 79a, 96a, 101b, 138b, 140a, 150a, 203a, 243b, 250b；系 11
アケローン 6a, **16**a, 17a, 125b, 190a, 222a, 241b, 291b
アコイテース **16**b
アコンティオス **16**b, 109a
アザーン **16**b, 32a, 70b, 117a, 245a；系 15
アシアー **13**b, 22a, 46b, 70a, 224b, 284a, 301a；系 1
アシオス 1. **16**b
アシオス 2. **16**b, 31b, 211b
アシオス(魔法使) 193a
アシネー(ラケダイモーンの子) 139a, 296b；系 14
アシネー(地名) 210a
アスカニウス →アスカニオス
アスカニオス 6b, 7a, b, 8a, **16**b〜17a, 47a, 59a, 60a, 94b, 100a, 112a, 135a, 168a, 279b, 294b, 297b, 311a
アスカニオス(プリアモスの子) 219b
アスカラボス **17**a
アスカラポス 1. 16a, **17**a, 138a, 165b, 241b
アスカラポス 2. 15a, **17**a, 18a, 39b, 47a；系 8
アスカロン(市) 141b
アスクレーピオス **17**a〜b, 21b, 37b, 45a, 46a, 50b, 59b, 69b, 81b, 108b, 113a, 120a, 124b, 128a, b, 142b, 150a, 171a, 191a, 196a, 204a, 205a, 206a, 208b, 209b, 221b, 243b, 262b, 270b, 299a, 306b；系 14

索引

アスタコス 50b, 164b, 167b, 285a
アスタルテー 17b, 130a ; ——・イシュタル 25a
アステュアギュイア 249b
アステュアナクス 17b〜13a, 43b, 57a, 85b, 135a, 177b, 183a, 228b ; 系18
アステュアナクス(ヘーラクレースの子) 246b
アステュオケー 1. 18a, 66b ; 系18
アステュオケー 2. 18a, 162b, 176a, 210a, 244a, 246b
アステュオケー 3. 18a, 180a
アステュオケー 4. 18a, 71b, 133b, 177b ; 系18
アステュオケー 5. 15a, 17a, 18a, 47a ; 系8
アステュオケー(アドラストスの子) 58b
アステュオケー(イービクロスの妻) 223b ; 系9
アステュオコス 4a
アステュクラテイア 180b
アステュゴノス 219a
アステュダメイア 1. 10a, 176a, 244b, 247a
アステュダメイア 2. 18a, 29a, 31b, 259b
アステュダメイア 3. 11b, 18a, 119a, 138b, 254b, 255a, 295a ; 系7
アステュダメイア(カウコーンの妻) 309b
アステュノオス 106a ; 系19・I
アステュノメー 1. 18a
アステュノメー 2. 18a
アステュノメー 3. 18a, 114a
アステュパライア 66b, 242b
アステュピエース 246b
アステュメドゥーサ(オイディプースの娘) 296a
アステュメドゥーサ(ステネロスの娘) 294a
アステュメドゥーサ(ペロプスの娘) 259b ; 系5・I, 13
アステリアー 1. 18a, 125a, 227a, 252a, 261a ; 系1
アステリアー 2. 18a
アステリアー(イドモーンの母) 53a
アステリアー(ダナオスの子) 144b
アステリアー(デーイオーンの娘) 113b, 191b, 261a
アステリアー(テウクロス 2.の子) 158b
アステリオス →アステリオーン
アステリオーン 1. 18a 67a, 130a, 159b, 233a, 275a, b, 296b,
アステリオーン 2. 18b
アステリオーン 3. 18b, 275b

アステリオーン 4. 18b, 186a
アステリオーン(河神) 53a, 223a
アステリオーン(山) 105b
アステリス(島) 83a
アステール 199a
アステロディアー 230b
アステロピアー 113b, 154a, 191b, 261a ; 系9, 17
アステロペー 18b, 138b, 221a
アステロペース 18b, 138b
アストライアー 18b, 154b, 165a
アストライオス 18b, 66a, 67a, b, 141b, 192a, 196b, 217a, 227a, 230a, 252a, 261b, 268b ; 系1, 2, 3・I
アストラパコス 28b
アスボディコス 196b
アゼウス 116b ; 系8
アーソービス(アーソーボスの子) 46b
アーソービス(ヘーラクレースの妻) 290b
アーソーボス 1a, 4b, 18b, 41b, 46b, 51a, 66a, 80a, 105b, 108a, 123a, 126b, 130a, 131b, 132b, 164b, 186a, 196b, 197b, 226b, 258b, 282a, 310b ; 系17
アタース 219a
アダド・ニラリ三世 142b
アターナー 20b
アタマース 3a, b, 18b〜19b, 35a, b, 53b, 63a, 108b, 128a, 137a, 152a, 165a, 185a, 192a, 194b, 219b, 222a, 254a, 287a, b, 306a, 307a, b ; 系4, 6, 8
アダマース 287a
アタマンティア 19a
アタランテー 19b, 24b, 45a, 116a, 125b, 137a, 196b, 203b, 209b, 254b, 270a, 285a, 289a, 302b, 310a ; 系15
アタルガティス 15b, 149a
アッカ・ラウレンティア →アッカ・ラーレンティア
アッカ・ラーレンティア 19b〜20a, 214a, 311b
アッサーオーン 20b, 180b
アッサラコス 20a, 58b, 98a, b, 101b, 134a, 177b ; 系18
アッティカ(地名) 2a, 5a, 11b, 12a, 17a, 20b, 21a, 27b, 28b, 29b, 42a, 43b, 48b, 49a, 54b, 55a, b, 61b, 63a, b, 68a, 70b, 71b, 72b, 73b, 74a, 78a, 93b, 105b, 109b, 113a, 118a, b, 120b, 121a, b, 126a, 127a, b, 135b, 136b, 140a, 144a, 150b, 152b, 154a, b, 156b, 158a, b, 159b, 160a, 161a, b, 165a, b, 166b, 175a, 177b, 185a, 186b, 193b, 198b, 200a, b, 204b,
205b, 207a, 210a, 218a, 225a, 228b, 235a, 239a, 249b, 255b, 259b, 261b, 262a, 263b, 270b, 272a, 277b, 278b, 279b, 281a, b, 282a, 286b, 290a, 291b, 303a
アッティケ →アッティカ
アッティス 14b, 20a, 109b, 129a, 131b, 290a ; 系19・II
アッティス(クラナオスの娘) 71a, 113a ; 系19・II
アッピウス・クラウディウス 263a
アーテー 20a〜b, 59a, 74a, 226a
アディアンテー 145b
アディエス 304a表
アディテー 145a
アテーナー 2a, b, 4a, b, 6b, 9a, 15b, 17b, 20b〜21a, 26b, 28b, 30a, 32b, 33a, 35b, 36a, 39b, 46a, 47b, 48a, 51a, 53a, 54b, 55b, 56b, 57a, 58a, 59a, 66a, 70a, 71a, 73a, b, 76a, 83a〜84b, 87a, b, 90a, 92a, b, 93a, 96b, 97a, b, 100b, 102a, 105a, 107b, 117b, 121a, 122a, 128a, b, 129a, b, 131b, 137a, 141a, 145a, 146a, 149b, 153b, 156a, b, 157b, 160a, 161b, 167b, 171a, 172a, 174b, 176b, 177a, 178a, b, 181a, b, 190b, 192a, b, 195b, 196a, 197a, 198a, 199b, 200a, b, 217a, 227a, b, 229a, 231b, 232a, 236a, b, 237a, b, 238b, 241a, 242b, 243a, b, 249b, 250a, 251b, 252b, 261b, 262a, 264a, 272a, 274b, 275a, 278b, 281b, 282b, 283a, 285a, 290b, 294b, 295a, b, 296a, 308a, b ; 系1, 19・II ; ——・アレア 171a ; ——・イトーニア 47b, 52b ; ——・サルピンクス 229a ; ——・トリートーニア 123b ; ——・プロノイア 283a
アテーナイ(地名) 5a, b, 11b, 12b, 14b, 15a, 16b, 17b, 20b, 21a, 24b, 25b, 28b, 32a, 34a, 37b, 38a, b, 40a, b, 43b, 45b, 46a, 48b, 49a, 50a, 53a, 61b, 64b, 71a, b, 73b, 76a, 78b, 82a, 91a, 92a, 93a, b, 102b, 106a, 108b, 111a, b, 113a, b, 117a, b, 119b, 120b, 121a, 122b, 126a, b, 127a, 131a, 132b, 135b, 136a, b, 150b, 154a, 160a, b, 161a, b, 162a, b, 164b, 166b, 168a, 176a, 181a, 185b, 186a, 187a, b, 189a, 192b, 193a, 194a, 196a, 197a, 199a, b, 203b, 204a, 205a, b, 209a, 211a, 214a, 216b, 217a, 222b, 223a, 225a, 233a, 235b, 247a, 251a, 252b, 264a, 267a, 269a, 270b, 275b, 279b, 280b, 281a, 282a, 289a,

索引 332

298b, 299a, 303a,b, 307b
アテーナイ王家 系19・Ⅰ, Ⅱ
アテーナイオス 113a
アテーナイ人 23a, 48a, 49a, 50b, 64a,b, 71b, 95b, '126a, 143a, 154a, 158a, 161b, 167b, 191b, 194a, 205b, 216b, 217a, 234a, 290b, 306a
アテーネー 20b
アテュス 20a, 21a
アテュス(カリテアーの夫) 168b, 304a表
アテュス(マネースの子) 271b, 304a
アテュムニオス 130b
アドーニア祭 21b
アドーニス 20a, 21a, 25b, 73a, 90b, 100a, 106a, 130a, 139b, 149b, 173a, 218b, 280a ; 系 19・Ⅰ ; ——の園 21b
アドメーテー 21b, 239a ; 系 5・Ⅰ
アドメートス 21b〜22a, 26b, 34a,b, 35a, 63b, 242a, 250b, 253a, 255a, 271a, 289a ; 系7
アトラース 6a, 16b, 18a, 22a, 22b, 23a, 32b, 46b, 62a, 66b, 74a, 101a,b, 116a, 122a, 127a, 131b, 138b, 147a,b, 148b, 153a, 159b, 189a, 198a, 206a, 220b, 221a, 224b, 230a, 241a, 253a, 268a, 269a, 270a, 283b, 289b, 301a ; 系 1, 3・Ⅱ, 14, 18
アドラステイア 1. 22a, 185a
アドラステイア 2. 22a, 24a, 52a, 140b
アドラストス 4a, 20a, 22a〜b, 24b, 28a, 31b, 34a, 35b, 39a, 46a, 58b, 65b, 68b, 69b, 70a, 72a, 95a, 98b, 107a, 118a, 119b, 136b, 137a, 147a, 153b, 156a, 163b, 164a,b, 167a,b, 170a, 185a, 196b, 201a, 203a,b, 215a, 224a, 226b, 237b, 266b, 267a, 279a, 285a, 295a, 304a ; 系7, 11
アドラストス(メロプス 2. の子) 289b
アドラミュス 164b
アドラミュッテイオン(地名) 113b, 164b
アトランティエー 145a
アトランティス 22a, 22b〜23a
アトランティデス 23a
アトランテス族 276a
アードリアース 48a
アトレイオス 23a, 221a
アトレウス 4b, 11a, 12b, 13a, 23a〜b, 54a, 97b, 114a, 137b, 148b, 149b, 167a, 169a, 179a, 202a, 203a, 221a,b, 282a,b, 295a ; 系

13, 16, 17
アドレーステイア 144a
アトロポス 23b, 290a
アトロモス 246b
アドン 21b
アナクサゴラース 23b, 222b, 278a ; 系 5・Ⅱ
アナクサゴリダイ 23b
アナクサレテー 23b, 55b
アナクサンドラー 223a
アナクシビアー(ピアースの娘、ペリアースの妻) 11b, 34a, 201a, 248a, 259b ; 系 7
アナクシビエー(アガメムノーンの妹) 92b, 113b, 139a, 149b, 210b ; 系 13, 17
アナクシビエー(ダナオスの子) 145a
アナクシビエー(ネストールの妻) 184a, 225b
アナクソー 18a, 31b, 75a ; 系5・Ⅰ
アナグティア 41a
アナクテス →アナケス
アナケス 23b〜24a
アナトリア(地名) 109b, 290a
アナヒタ 24a
アナブリュストス 177b
アナペー 37a, 284b
アナンケー 22a, 24a, 184a
アニオー 97a, 306a
アニオス 24a, 26b, 80a, 85b, 294b, 310a
アニグロス(地名) 207a, 311b
アニーケートス(ヘーラクレースとヘーベーの子) 232b, 246a, 247a
アニーケートス(ヘーラクレースとメガラーの子) 236b
アヌービス 24a, 50b
アパイ(市) 24b
アパイアー 24a, 220a
アパシス 208b
アパース 1. 24a
アパース 2. 24a〜b, 40a, 75a, 103a
アパース 3. 15a, 24b, 209a, 222b, 251a, 273a, 304b ; 系 4, 5・Ⅰ
アパース 4. 24b, 53a, 147a, 255a, 264b, 279a, 286a, 304a ; 系7
アパース 5. 24b
アパース 6. 24b
アパース(山) 240a
アパテー 214a
アパリス 24b
アパレウス 24b, 51b, 62a, 80b, 128a, 151a, 168b, 202a, 248b, 289a, 303a, 304b, 306b ; 系14
アパレーティダイ 24b
アパンティア(地名) 75b
アパンティアス 24b

アパンティアデース 24b
アパンテス族 24a, 160b
アービア(地名) 24b
アビサーオーン 66a
アビース 6b, 24b〜25a, 35a, 169b, 226a, 269b
アビドナイ(地名) 150b, 255b
アビュードス(地名) 306a
アプシュルトス 3a, 4a, 25a, 36b, 52b, 111a, 280b ; 系 3・Ⅰ
アブデーラ(市) 25a, 239a, 240a, 254a
アブデーロス 25a, 239a, 254a
アプーリア(地名) 154a, 193b
アプリア 25a, 174a
アフリカ 7b, 8a, 22a, 37a, 44b, 66b, 110a, 156a, 174b, 189b, 206b, 240a, 276a
アープーレイウス 68b, 216a
アプロディーテー 4a, 6b, 7a, 10a, 12a, 17b, 19b, 21a,b, 23b, 25a, 37a, 39a,b, 40a, 41a, 56b〜58a, 60a,b, 67b, 71a, 72a, 73a, 75b, 88a, 90b, 97a,b, 100a, 106a, 109a, 112b, 117a,b, 120b, 126b, 129b, 130a, 135a, 136b, 140a, 141a,b, 146b, 153a,b, 154a, 157a, 166a, 172b, 176b, 185a, 186b, 187a, 188a,b, 191b, 194b, 195b, 196a, 197a, 198a, 199b, 201b, 204a, 205b, 206b, 207b, 209a, 216b, 217a, 218b, 224a, 226a, 228b, 231b, 232a, 253a, 256a,b, 263b, 280a, 282b, 283a, 295b, 304b, 306a, 310b, 311a ; 系 1, 4, 18 ; ——・アスタルテー 106a ; アリアドネー・—— 30b ; ——・ウェヌス 196a ; ——・エリュキーネー 72a
アプロディートス 253a
アペイダース 16b, 25b, 32a, 39a, 70b, 115a, 137b ; 系 5・Ⅱ, 15
アペイダース(オクシュンテースの子) 82a
アペーモシュネー 10b, 25b, 97b ; 系 13, 16
アペレース 113b
アペレース 113b
アポリーギネース 7b, 25b〜26a, 147b
アポロー →アポローン
アポロドーロス 36b, 87b, 88a, 179a, 180a,b, 185b, 187b, 192b, 193a, 201b, 219b, 236b, 237b, 238b, 246b, 289a
アポローニア(市) 75b
アポローニオス 8b, 144a
アポローン 1b, 9b, 11a〜14b, 17a,b, 18a, 21b, 24a,b, 26a〜27a, 28b, 30b, 31a, 32a, 33b, 34a,b, 37a,b, 38a, 40a, 46a,b,

47a, 49a～52a, 53a, 54b, 55a,
56a～58b, 59b, 61a, b, 62a, 63b,
65b, 66b, 69b, 70a, 73a, 77a～
78b, 80a, 81b, 85a, 86a, 88b,
89b, 90a, b, 91b～93b, 94b,
96a, b, 100b, 102a, b, 103b, 104a,
105a, b, 106a, 107a, 108a, b, 109a,
110a, 112b, 113b, 114a, b, 115b,
117a, 118b, 119b, 120b, 122a,
125a, 127a, 128b, 129b, 132a～
133b, 134b, 137a, 139b, 141a,
143a, b, 146b, 148a, b, 151b, 155b,
160a, b, 162b, 163a, 165a, 166b,
169b, 170b, 171b, 172b, 173b,
174b, 175b, 177b, 178a, b, 180a,
183b, 184a, 186b, 187a, 189b,
190b, 191b, 195b～197a, 199b,
200a, b, 202a, 205b～207b, 208b,
209a, 210a, b, 212a, 215a, 216a,
218b, 219a, 220a, 221b, 228b,
229a, b, 232a, 237a, 238a, 239b,
242a, 243a, 244b, 249a, b, 250a,
253a, b, 257b, 261a, 262a, 263b,
264b, 265a, 266b, 267a, 268b,
269a, 270b～274a, 277a, b, 278b,
285b, 287a, 288a, b, 290b, 291a,
295a, b, 296b, 298a, 300b, 302b,
303b, 304a, 306b, 307b, 309a ;
系 1, 5・I, 6, 14, 16 ; ――・アグライオス 32a ; ――・カルネイオス 287a ; ――・スミンテウス 26a, 158a ; ――・テアーリオス 202a ; ――・ノミオス 135b ; ――・パラーティーヌス 27a ; ――・ヘーリオス 115b ; ――・リュカイオス 26a ; ――・リュキオス 110a, 169b, 303a, 309a ; ――・リュコゲネース 309a
《アポローン讃歌》133a
アマセーヌス(河) 99a
アマゾニス 27a
アマゾーン 14a, 21b, 23a, 27a～b,
39b, 41b, 59b, 66b, 88a, 91a,
114b, 119a, 130b, 137b, 139b,
161b, 177a, 184b, 187a, 202a, b,
203b, 204a, 221a, 226b, 227a,
229b, 239a, b, 255a, 258b, 260b,
262b, 268a, 276a, 285a, 291b,
303a
アマータ 8a, b, 27b, 60a, 173a,
294b, 297b
アマトゥース 224a
アマトゥース(市) 30b, 253a
アマリュンケウス 73b, 250a
アマルテイア 1. 4b, 16a, 27b,
140b, 287b
アマルテイア 2. 27b, 133a
アミンダレース 106b
アミュークライ(地名) 12b, 98b,
99b, 202b, 205b, 230b, 242a
アミュークラース(ニオベー 1. の子) 120b, 180b, 288a
アミュークラース(ラケダイモーンの子) 27b, 32a, 109a, 139a,
146b, 153b, 205b, 248b, 296b ;
系 14
アミュークレイデース 27b
アミュコス 27b～28a, 36a, 37b,
150b, 239b, 276a, 303a
アミュターオーン 3a, 5b, 22a,
24b, 28a, 119b, 168b, 201a,
224a, 247b, 250b, 285b ; 系 7,
11
アミューモーネ 28a, 144b, 145b,
146a, 179a, 237b, 262a, b, 265b
《アミューモーネ》136b
アミューントール 10a, 18a, 28a,
113b, 115b, 176a, 244b, 247a,
260b
アムバルウァーリア祭 31b
アムバルケース 140a ; 系 7
アムビアナクス 137b, 222b
アムピアラーオス 13a, 22a, b,
28a～b, 29b, 33a, 35b, 42b,
65b, 69b, 72a, 76b, 97a, b,
102a, 135b, 154b, 156b, 164a, b,
167b, 170a, 174a, 191a, 207b,
224a, 249b, 285a, 289a ; 系 7
アムピアレオース →アムピアラーオス
アムピーオス 289b
アムピーオーン(イーアソス 3. の子) 45a
アムピーオーン(ケンタウロス) 244b
アムピーオーン(ゼウスの子) 10b,
15b, 18a, b, 28b, 51a, 58b, 70b,
77a, 81a, 114a, 120b, 141a, b,
149b, 157a, 180a, 183a, 184a,
186a, 248a, 249b, 253b, 263b,
294a, 303a, 310b ; 系 1, 3・II,
13
アムピクテュオネイア 28b
アムピクテュオーン 28b, 47b, 52b,
71a, 113b, 123a, 127a, 158a,
285a, 310a ; 系 6
アムピクレース 28b
アムピクロス 279a
アムピダマース 1. 29a
アムピダマース 2. 29a, 217a
アムピダマース 3. 19b, 29a, 66a,
115b, 285a, 302b ; 系 15
アムピダマース 4. 29a, 119a, 190b
アムピダマース(アンティピアーの父) 137b
アムピダマース(バニデースの兄弟) 191a
アムピッサ 24a, 271a

アムピッソス 29a, 175b
アムピテアー(プローナクスの娘) 4a, 22b, 224a, 226b ; 系 7
アムピテアー(リュクールゴス 3. の妻) 302b
アムピディコス 164b, 196b
アムピテミス 11a, 121a
アムピトリーテー 29a, 64a, 136a,
161a, 174b, 185b, 262a, 310b ;
系 1
アムピトリュオーン 18a, 23a,
29a～b, 33b, 53b, 73a, 75a,
103a, 118a, 121b, 122a, 126b,
137b, 157b, 158b, 178b, 191b,
217b, 235b, 236a, b, 247a, 254a,
259b, 265a, 278b, 289a, 296a,
300a, 304a ; 系 5・I
アムピノーイ 197a, 308a
アムピノモス(テュリアーの母) 108a
アムピノモス(ペーネロペーの求婚者) 231a
アムピポリス 211a
アムピマコス(クテアトスの子) 291a
アムピマコス(ポリュクセノス 1. の子) 265a
アムピマコス 300b
アムピメデー 51a, 265a
アムピュクス 291a
アムピュコス 291a
アムピロコス 1. 23b, 28a, 29b,
69b, 102a, 262b, 267a, 308a ; 系 7
アムピロコス 2. 29b, 33b, 273b,
291a
アムブラキア(地名) 122b
アムブラキアー(メラネウス 3. の子) 285b
アムブロシアー 27b, 29b, 50a,
134a, 149b, 184a, 255a, 307b
アムブロシアー(ヒュアデス) 206a
アムペロス 29b
アムポテロス 13a
アムモーン 29b～30a, 44a, 68b, 142a
アムモーン(ゼウスの娘) 189a ; ユーピテル・―― 47a
アムーリウス 30a, 214a, 294b,
305b, 311b
アメイニアース 180a
アメーストリオス 246b
アメンホテプ 284b
アモル 49a, 75b, 216a, b
アライテュレイア 274b ; 系 9
アラクネー 30a
アラストール 1. 30a, 116b, 186a
アラストール 2. 30a
アラビア(地名) 5a, 96b, 145a,

181a, 240b, 245a, 302b
アラボス 96b
アーラ・マクシマ 62a；96a, 104a
アラルコメナイ(地名) 30a, 170b
アラルコメニアー 81a
アラルコメネウス **30a**
アリアー 134a
アリアイオス 181a
アリア会戦 3a
アリアドネー 25b, **30a**〜b, 80a, 112a, 122b, 137a, 143b, 153a, 161a,b, 166b, 172a, 187a, 207b, 209b, 232a, 252a, 275a,b, 276a, 307a；――・アプロディーテー 30b；系16
アリーオーン 1. **30b**, 38b
アリーオーン 2. →アレイオーン
アリーオーン(ミーレートス王) 169b, 174a, 229b
アリーキア(地名) 94a, 150a, 204a
アリスタイオス 9b,14b,**30b**〜**31**a, 49b, 65a, 90b, 110a, 182a, 230b；系4
アリスタイオス(バットスの本名) 189b
アリステアース **31a**
アリストデーモー 219b
アリストデーモス 9b, **31b**, 34a, 118b, 119a, 169a, 223a, 233表, 234b,235a；系4,5・I
アリストテレース(哲学者) 206b, 274a,277b,309a 「ス
アリストテレース →アリスタイオ
アリストパネース 202b
アリストマコス 1. **31a**〜b,164a, 203b, 279a, 304a；系7
アリストマコス 2. **31b**, 165a, 234a；系5・I,233表
アリスベー(メロプスの娘) 5b, 16b, **31b**, 195a, 211b, 219a, 289b；系18
アリゼーロス(ボイオーティアの) 197a
アリベー 173b
アリマスポイ 31a,**31b**,115b
アリュアッテース 106b
アリューバース 62b, 279b
アリュムニオン(地名) 268a
アルウァーレース **31b**,149a
アルカイオス 1. 18a, 29a, **31b**, 34a, 44a, 75a, 112a, 252a, 304a；系5・I
アルカイオス 2. **31b**, 66b, 114b, 137b, 184b；系16
アルカイオス 3. **31b**,181b
アルカイオス(詩人) 58b
アルカイオス(ヘーラクレースの名) 237a
アルカス 8b, 16b, 25b, **31b**〜**32**a, 33a, 38a, 39a, 45a, 50b, 70b,

73a, 100b, 101a, 114b, 117a, 141a, 181b, 192a,. 269a, 270a, 302b；系1,15
アルカディア(地名) 4a, 5a,b, 7a, 8b, 9a, 11b, 12a, 13a, 16b, 17b, 19b, 31a,b, 32a,35a,38a,b,39a, 40b, 42b, 45a, 50b, 51a, 53b, 61b, 62a, 66a, 68a, 70b, 72b, 73a, 74a, 76b, 79b, 80a, 82a, 90a, 94a, 95a, 98a, 100b, 104a, 109a, 110a, 114b, 116b, 117a, 121b, 122a, 124b, 127a, 128b, 130b, 134b, 135b, 137a〜138b, 140b, 141a, 146b, 147b, 150b, 151a, 159b, 160a, 162a, 165b, 166a, 171a, b; 175b, 176a, 179a, 181b, 183a, 184a,b, 187b, 188b, 192a, 196b, 198b, 199a, 202a, 203b, 205a, 209b, 215a, 217a, 218a, 222a, 224a, 226a, 227a, 229a, 231a, 233a, 234a,b, 235a, 238a,b, 239a, 242b, 243b, 245a, 247a, 248a, 253a, 254a,b, 262b, 263a, 269a, 270a, 271a, 273a, 279a, 289b, 297b, 295b, 301a〜302b, 303b；――王家 系15
アルカディアー 192a
アルガデイス 48b
アルカトイア 32a
アルカトゥース →アルカトオス
アルカトエー 32a, 274b
アルカトオス 1. **32a**, 48a, 53b, 101a, 161a, 169a, 211a,b, 236b, 250a, 264b, 279a；系13, 17
アルカトオス 2. 10a, **32a**, 65a, 79a,167a,268a,284b,303b；系11
アルカトオス 3. 5b, 6b,**32a**, 203a
アルカトオス 4. **32a**
アルカトオス(アウトメドゥーサの父) 系5・I
アルカーノール 44b, 200a
アルカロス 109a
アルカンドロス 131a, 255a
アルキアース 287b
アルギオス 63a, 145a
アルギオペー(アゲーノールの妻) 15b；系4
アルギオペー(ピラムモーンの妻) 123a, 146b, 205b, 212b
アルキダメイア 218a
アルキッペー 1. 15a, **32a**, 39b, 196a
アルキッペー 2. **32a**, 143b, 281a；系19・I, II
アルキッペー 3. **32a**〜b, 273a
アルキディケ **32b**, 131a, 168b
アルキテレース 62b, 122a, 131a, 244a, 255a
アルキトエー **32b**, 274b

アルキヌース →アルキノオス
アルキノエー **32b**
アルキノエー(ステネロス 1.の子) 137b
アルキノオス 1. **32b**, 37a, 40a, 83b, 87a, 120a, 166a, 178a,b, 186a,b, 194b, 280b, 295a
アルキノオス 2. **32b**
アルキメデー 5b, **32b**, 45a, 116a, 209b, 248a, 267b；系9
アルキメデー(ポイニクス 2.の母) 260b
アルキビアデース 64b
アルキマケー 81a, 169a；系17
アルキメドーン 5a
アルキメネー 48a
アルキメネース(コリントスの人) 258a,281a
アルキメネース(メーデイアの子) 281a
アルキモス 290b
アルキュオニデス 33a
アルキュオネー 1. 3a,**32b**, 112a, 122a, 220b, 221a；系3・II
アルキュオネー 2. **32b**, 32b〜**33**a；系6
アルキュオネー 3. **33a**
アルキュオネー 4. **33a**, 137b；系5・I
アルキュオネー 5. **33a**, 75a
アルキュオネウス 1. **33a**, 105a, 198b, 245b
アルキュオネウス 2. **33a**, 50b, 298b
アルギュビエー 144b
アルギュノス →アルゲノス
アルギュンノス →アルゲンノス
アルギレートゥム(地名) 252a
アルクス(城) 293a
アルクトゥーロス(河) 81b, 188b
アルクトゥーロス(星) 32a, **33a**, 101a
アルクマイーニダイ 135b
アルクマイオーン 1. 12a, 13a, 16a, 28a, 29b, **33a**〜b, 37b, 38a,b, 69b, 70a, 72a, 76b, 97b, 118a, 153b, 154b, 155a, 164b, 166a, 170a, 229a, 273b, 295b, 303b；系7
アルクマイオーン 2. **33b**, 135b
アルクマイオーン(トラシュメーデースの子) 174a
アルクメオーン →アルクマイオーン
アルクメーネー 12a, 29a,b, **33b**〜**34**a, 53b, 64b, 65a, 75a, 102a, 141a, 157b, 202a, 217b, 234a, 235b, 236a, 296a, 297a, 300a；系1,5・I
アルクメーノール 145a

索引

アルケー 184b
アルゲイアー 1. 22b, **34a**, 42a, 170a, 266b ; 系 4, 7
アルゲイアー 2. 9b, 31a, **34a**, 169a, 223a, 234b ; 系 4
アルゲイオス(ケンタウロス) 244b
アルゲイオス(リキュムニオスの子) 245b, 300a
アルケイシオス **34a**, 121b, 294b
アルケイデース **34a**, 237a
アルゲイポンテース **34a**
アルケーゲテース **34a**
アルケシラーオス 285b
アルケース 145a
アルケウス **34a**, 108a
アルケース(ヒュペルボレイオス人の女) 208b
アルケースティス 21b, 22a, **34a**, 63b, 146a, 242a, 245b, 248a, 250b ; 系 7
《アルケースティス》 22a, 24a～b
アルケディオス 159b, 270a
アルケディコス 246b
アルケプトレモス **34b**
アルケマコス(プリアモスの子) 219a
アルケマコス(ヘーラクレースの子) 246b
アルケモロス 22b, 28b, **34b**, 65b, 164a, 167b, 185a, 207b, 224a ; 系 7
アルケラーオス **34b**, 166a
アルケラーオス(アイギュプトスの子) 145a
アルケロコス 149a
アルゲンノス **34b**
アルゴー 21a, **34b**, 35a～37a, 41a, 73a, 90b, 98b, 156a, 179a, 208a, 217b, 280b
アルゴス 1. 34b～35a, 141a, 180b, 183a, 226a, 227a, 268b ; 系 1
アルゴス 2. 15b, **35a**, 45a, 47b, 51a, 53b, 68a, 191a, 201b, 253b
アルゴス 3. 35a, 102b, 108b, 220a, 250b, 271a ; 系 8
アルゴス 4. 21a, **35a**, 35b
アルゴス 5. **35a**
アルゴス(ダナエーの子) 252a
アルゴス(地名) 10b, 12b, 15a, b, 21b, 22a, b, 23b, 24b, 28a, 29a, b, 30a, 33b, 34b, 42a, 44a, 45a, 47a, 53a, b, 55b, 61a, 62a, 63a, b, 64a, 68b, 69a, 70a, 72a, 78a, 79b, 91b, 93b, 94a, 102a, 107a, 109a, 111b, 113a, 115a, 116a, 118a, 119b, 122a, b, 128b, 131a, 136b, 137b, 141a, 145b, 146a, 152b, 153b, 154b, 157a, 158b, 162a, 163b, 164a, b, 165a, 167a, b,

169a, 174b, 176a, 180b, 183a, 185a, 193a, 205a, 206a, 209a, 212b, 215a, b, 216a, 222a, b, 224a, 229a, 232b, 235a, b, 236a, 237a, b, 247b, 249b, 251a, 252a, 254a, 258b, 262a, 264b, 278a, 267a, b, 269b, 280a, 283b, 287b, 288a, 295a, 296a, b, 299b, 300b, 303b, 304b, 309b, 310b
アルゴナウタイ 32b, **35a**
《アルゴナウティカ》**35a**, 90a
アルゴナウテースたちの遠征 1a, 3a, 5a, b, 9b, 10a, 11b, 15a, 17a, b, 18b, 19a, 21b, 25a, 27b, 29a, 34b, **35a**～**37b**, 40a, b, 45b, 47a, 48a, 51b, 53a, 54a, 55b, 56a, 59b, 63a, b, 64a, 67b, 71a, 72a～73b, 81a, 90b, 95a, 100a, 101b, 107a, 108b, 111a, 112a, 113a, 117a, b, 121a, b, 122a, 127b, 129a, 134a, 137a, b, 140a, 147a, 148b, 150b, 156a, 162a, 169a, 171b, 174b, 179a, 184a, 187a, 192a, 197b, 198b, 205a, 207b, 208a, 210a, 217b, 230b, 242a, 254a, 255a, 260a, 265a, 266b, 274b, 276b, 280a, b, 289a, 291a, 295a, 296a, b, 298a, 303a, 305a, 306a, 307b
《アルゴナウテースたちの遠征》176a
アルゴリス(地名) 5a, 21b, 48a, 53a, 93b, 136b, 157a, 194b, 203a, 222b, 223a, 276a, 286a, 309b
アルコーン 1. **37b**, 198b
アルコーン 2. **37b**
アルコーン 3. **37b**
アルコーン 4. **37b**
アルコーン(マカーオーンの子) 270b
アルシッペー 274b
アルシッポス 17b
アルシノエー 1. 33a, b, **37b**, 38b, 229a
アルシノエー 2. 17b, **37b**, 270b, 306a, b ; 系 14
アルシノオス 184a, 228b
アルセイデス 182b
アルタイアー **37b**, 54a, 79a, b, 150a, 160a, 209a, 221b, 288b, 289a, 308b ; 系 11
アルタイメネース 10b, **37b**, 97b, 98a ; 系 13, 16
アルダロス 232a
アルデア(地名) 110b, 146a, 173a, 252a, 305b
アルテース 111a
アルティス **37b**, 203a
アルティピアー 137b

アルテース 295b
アルテミシオン(山) 238a
アルテミス 13a, 14b, 15b, 16b, 17b, 18a, 19b, 21a, 23a, 24a, 26a, 27b, 30b, 34b, 36b, **37b**～**38b**, 40a, b, 54a～55b, 58a, b, 60b, 61a, 67b, 71b, 74b, 75b, 79b, 89a, b, 90a, 93b, 94a, b, 100b, 101a, 103b, 105a, 110a, 115a, 120b, 125a, 126b, 129b, 134a, 141a, 143a, b, 147a, 149b, 150a, 154a, b, 155b, 158b, 172b, 173b, 176b, 180a, 182b, 183a, 185a, 191b, 199b, 204a, b, 206a, b, 208b, 210b, 218a, 220a, 226b, 227b, 238a, 255b, 261a, b, 267a, 280b, 281b, 283b, 287b, 288a, b, 293a, 294a, 295b, 308b, 309a, 310b, 311a ; 系 1 ; ── ・アグロテラー 32a ; ── ・アルゲンニス 34b ; ── ・イーピゲネイア 54b ; ── ・エウクレイア 276b, 284a ; ── ・オルティア 29a ; ── ・カリステー 38a ; ── ・タウロポロス 54b, 94a ; ── ・ディアーナ 59b, 154b, 261a
アルネー 3b, 280a
アルネオス 236b, 278a
アルバ・ロンガ(地名) 7b, 16b, 17a, 30a, 47a, 103a, 135a, 156b, 182a, 223a, 230b, 273b, 294b, 297b, 305b, 311a, b
アルブネア **38b**, 133a
アルペイオス **38b**, 40a, 46b, 73a, 238b, 285b
アルペシボイア 1. 33b, **38b**, 229a
アルペシボイア 2. 30b, 281b
アルペシボイア(ビアースの娘) 201a
アルペーロス 145b
アルミルストリウム祭 272b
アルメニア 24a
アルモープス 254a
アルモー 299a
アルンス 8b, 99b
アレイアー 277b
アレイオス(テウトラーニアの王) 250b
アレイオス(ビアースの子) 201a, 258b
アレイオス・パゴス 27b, **38b**, 39b, 63b, 71b, 75a, 92a, b, 93a, 121b, 143b, 169a, 196a, 252b, 269a
アレイオパゴス → アレイオス・パゴス
アレイオーン(馬) 22b, **38b**～**39a**, 107b, 146b, 165b
アレーイトオス **39a**, 282a
アレウアース **39a**

索引　　　　　　　　　　　　336

アレウアダイ 39a
アレオス 9a, 25b, 29b, **39a**, 121b, 171a,b, 179a, 183a, 243b, 247a, 302b；系15
アレクサーノール 270b
アレクサンドラー **39a**, 96a
《アレクサンドラー》96b
アレクサンドレイア 88b, 142b, 237a, 277b
アレクサンドロス **33a**, 195a
アレクサンドロス(エウリュステウスの子) 233b；系5・Ⅰ
《アレクサンドロス》177a
アレクサンドロス大王 30a, 128b, 152b, 219a
アレクシアレース 232b, 246a, 247a
アレクシス 288a
アレクシロエー 5b
アーレークトー **39a**, 72a
アレクトリュオーン 25b, **39a**, 306a
アレクトール 55b, 268b, 271a, 278a, 306a；系5・Ⅱ
ア(ー)レース 11a, 15a, 17a, 18a, 19a,b, 20b, 21a, 25b, 27a, 32a, 37b, 38b, **39a〜40a**, 40b, 47a, 50a, 57a, 58a, 62a, 67b, 69a, 71b, 75b, 76a, 79b, 80a,b, 81b, 97a,b, 102a, 107a,b, 122a, 123b, 129b, 132b, 138b, 139b, 141a, 153b, 157b, 159b, 161b, 164a, 166a, 173b, 174b, 175b, 188b, 192a, 196a, 197b, 198a, 203b, 221b, 224a, 232a, 233a, 238a, 239a, 240b, 243a, 245b, 253b, 259a,b, 260b, 263b, 266b, 272b, 273a, 285a, 288b, 289a, 301a, 302a,b, 303a；系1,3・Ⅰ, 4, 8, 9, 10, 11, 19・Ⅰ；――の丘 →アレイオス・パゴス；――の帯 114b
アレスタナース 17a
アレーストール 35a
アーレーテー 32b, 37a, **40a**, 87a, 178a,b, 280b
アレーテース 1. **40a**, 203a；系5・Ⅰ
アレーテース 2. **40a**, 71b, 74b
アレーテース(イーカリオスの娘)　系14
アレトゥーサ 1. 38b, **40a**, 82b, 90a
アレトゥーサ 2. **40a**, 230a
アレトゥーサ 3. 24a, **40a**
アレートス 219b
アーレートス 184b
アーレービネー 51b, 80b；系14
アレビオーン **40a**, 169b
アローアダイ 26b, 38a, 39b, **40a〜b**, 56a,b, 69b, 88a, 105a, 147b, 253b, 262b
アローエー(地名) 5a
アローエイダイ →アローアダイ
アローエウス **40b**, 56a, 70b, 98a；系12
アロス(市) 19a
アローピオス 41b, 246b
アロペー **40b**, 203b, 279b
アロペーコス 28b
アローン 116b；系8
アロンティオン(市) 191a
憐れみの祭壇 233a
アンカイオス 1. 12a, **40b**, 66a, 289a, 302b；系15
アンカイオス 2. 36a, **41a**, 42b
アンキアレー 144a
アンキアロス 290b
アンキセス 124b, 244b
アンキーセース 6b, 7b, 8a, 20a, 25b, 32a, **41a**, 58b, 62a, 73a, 88a, 98b, 106b, 177a, 191a, 203a, 264a, 272a, 284a, 295a；系18
アンギティア **41a**
アンキノエー(ナイル河神の娘) 258b
アンキノエー(プローテウスの妻) 99a
アンキノエー(ペーロスの妻) 5a, 132a, 146a
アンキューラ(地名) 133a
アンクス・マルティウス 20a
アンケモルス **41a**, 310a
アンゲローナ **41a**
アンタイオス **41a〜b**, 94b, 240b, 245a
アンタゴラース 242b
アンダエア(地名) 248b, 264b, 280a
アンテア 15a, **41b**, 48a, 137b, 222b, 227a, 258a, 310b；系5・Ⅱ, 15
アンテイア(テスピオスの娘) 246b
アンテイア(市) 175a
アンテイアース **41b**, 111a, 175a
アンティアデース(ヘーラクレースの子) 246b
アンティアネイラ 67b, 72b
アンティウム(地名) 110b
アンティオキス(地名) 210a
アンティオケ 65b
アンティオケイア(地名) 96a
アンティオコス **41b**, 203a, 210a, 234b, 247b, 306a
アンティオコス(メラースの子) 167a
アンティオペー 1. 18b, 28b, **41b**, 70b, 141a, 157a, 181b, 261b, 265a, 294a, 299a, 303a；系1, 3・Ⅱ

アンティオペー 2. **41b**, 161b, 204a, 291b；系19・Ⅱ
アンティオペー 3. **41b**
アンティオペー 4. **41b**
アンティオペー(ペーロスの娘) 15b
アンティクレイア 10a, **41b**, 84b, 86b, 111b, 132a,b, 179b, 204b, 231a, 294b；系9, 10
アンティクレイア(イオバテースの娘) 48b, 258b
アンティクレイア(ヘーパイストの妻) 250a ┐「の妻) 270b」
アンティクレイア(マカーオーン)┘
アンティクロス 256b
アンティゴネー 1. **41b〜42a**, 42b, 47b, 51a, 64a, 68b, 77b〜79a, 118a, 163b, 164b, 187b, 215a,b, 266b, 270a, 296a；系4
アンティゴネー 2. **42a**
アンティゴネー 3. **42a**, 65a, 138b, 254b, 265b, 269b；系17
《アンティゴネー》**42a〜b**, 164b, ┐
アンティーラ 205b　　　　　　 └187b」
アンティッポス 246b
アンティヌース **42b**, 199a, 231a, 294b
アンティノエー 1. **42b**
アンティノエー 2. **42b**
アンティパテイアー 113b, 139a；系17
アンティパテース 1. **42b**, 86b, 139a, 294a
アンティパテース 2. **42b〜43a**, 76b, 140a, 286a；系7
アンティパテース 3. **43a**
アンティパテース 3. **43a**
アンティビア 137b
アンティポス 1. **43a**, 219a；系13
アンティポス 2. **43a**, 162b, 226a
アンティポス 3. **43a**
アンティポス(ミュルミドーンの子) 225a, 294b
アンティポノス **43a**
アンティマケ 285a, 302b；系5・Ⅰ, 15
アンティマコス 1. **43a**, 148a, 204b, 283a
アンティマコス 2. **43a**, 246b
アンティマコス(デーイポンテースの父) 156b, 233表；系5・Ⅰ
アンティレオーン 246b
アンティロコス **43a**, 103a, 174a, 184a, 187a, 191a, 202a, 284a,b, 285b, 296a
アンテステーリア祭 93b, 123a
アンテードーン 112b, 134a
アンテーノール 5b, 12a, 15b, **43a**, 55b, 57a, 85b, 112b, 149a, 193a, 200b, 249a, 256b, 283a, 295a, 296a

索引

アンテムース(河) 122b, 240a
アンテーレイア 145a
アンテロース 25b, 40a, **43a**, 75b ;
　——の祭壇 289b
アント— 305b
アントゥーコス 110a
アンドライモーン 1. **43**b, 79b,
　81b, 85b, 88a, 127b, 153b, 173a,
　182b, 308a ; 系 11
アンドライモーン 2. **43**b, 175b
アンドレウス 230b, 298a, 307b
アンドロクレース 4a
アンドロクロス **43**b
アンドロゲオース 1. 31b, **43**b,
　66b, 114b, 137b, 161a, 184b,
　205b, 239b, 275a, b ; 系 16
アンドロゲオース 2. **43**b
アンドロス(島) 226a
アンドロテアー 265b
アンドロポムポス 286b
アンドロマケー 7b, 13b, 17b,**43**b,
　57a, 58a, 67b, 115b, 177a, b,
　183a, b, 220a, 228b, 229a, 250b,
　255a, 258a, 264b, 291b, 292a ;
　系 17, 18
《アンドロマケー》 **43**b〜**44**a, 291b
アンドロメダー 31b, **44**a, b, 48a,
　75a, 96b, 121b, 128a, 137b,
　203b, 205a, 251b, 252b, 254a,
　279a, 304a, 310a ; 系 5・Ⅰ
《アンドロメダー》 257b
アンドロメデー **44**a
アンナ **44**b, 47a, 134a, 156a ; ——
　ペレンナ **44**b, 185a, 272b
アンニオス 97a

イ

イア 46b
イアイラ 1. **44**a
イアイラ 2. **44**b〜**45**a
イーアシオス 44b, 74a, 147b
イーアソーン **44**b, 74a, 89b,
　99a, 127a, 141a, 147b, 166a,
　220b ; 系 1, 18
イアーソー 17b, **45**a, 69b, 299a
イーアソス 1. **45**a, 47a, 51a, 53b,
　247b, 269b ; 系 4
イーアソス 2. 19b, **45**a, 66a, 116a,
　302b ; 系 15
イーアソス 3. **45**a
イーアソス(ダクテュロス) 144a
イアーソーン 5b, 10a, 25a, 32b,
　35a〜37b,**45**a〜b, 56b, 59a, 62b,
　100b, 111a, 117b, 120a, 124b,
　150b, 162b, 173a, 187a, 207b,
　210a, 224b, 247b, 248a, 255a,
　265a, 267b, 274b, 280a, b, 281a,
　288a, 289a, 310a ; 系 3・Ⅰ, 7, 9
イアッコス **45**b〜**46**a, 188a

イアニスコス 1. **46**a
イアニスコス 2. **46**a, 299a
イーアネイラ 185b
イアーピュギア(地名) 144a
イ(ー)アーピュクス **46**a〜b, 49b,
　144a
イアーピュゲス族 46a
イアミダイ 9a, 46b, 61b
イアムペー **46**b, 165b
イアモス 9a, 46b, 61b
イアリューソス **46**b, 99b, 123a,
　134a, 248b
イアリューソス(市) 54a, 176a,
　268b
イアルダネース **46**b〜**47**a, 88b,
　242a
イアルダノス →イアルダネース
イアルパース 8a, 44b, **47**a, 156a
イアルメノス 15a, 17a, 18a,**47**a; 系 8
イアレビオーン 240a
イアレモス **47**a
イアンテー 1. **47**a
イアンテー 2. **47**a
イウーリア →ユーリア
イウルス 16b, **47**a
イーオー 15b, 35a, 45a, **47**a〜b,
　48a, 50b, 53a, b, 56b, 69a, 118b,
　124a, 183a, 201b, 206b, 225b,
　227a, 253b, 301a, 304b ; 系 1, 4
イオカステー 41b,**47**b, 51a, 64a, b,
　68b, 69b, 77a, b, 78a, 79a, 118a,
　215a, b, 266b, 283b, 293a, 294a,
　296a ; 系 4
イオカストス 4a
イオカリス 288b
イオカレー 81a
イオクソス 132b
イオス(島) 113b
イオダマー **47**b〜**48**a, 52b ; 系 1, 6
イーオダメー 164b
イオッペー(市) 48a
イオニア(海) 51a, 84b, 240b
イオーニア(地名) 35a, 43b, 48b,
　49a, 106b, 113a, 126a, 172b,
　186b, 205a
イオーニア人 27a, 111a, 117a,
　154b, 186b, 258b, 271a
イオニオス **48**a
イオネー 185b
イオパッサ 108b, 222a
イオパテース 15a,**48**a, 137b,222b,
　258a, b, 295b
イオブム 47a
イオペー 1. **48**a
イオペー 2. **48**a
イオペース **48**a, 246b
イオラーオス 10a, 40a, **48**a〜b,
　53b, 107b, 112b, 210a, 233b,

234b, 235a, b, 237a, b, 278b,
306a ; 系 5・Ⅰ
イオールコス(地名) 5b, 11b, 18a,
　35b, 37b, 42a, 45a, b, 117b,
　119a, b, 150b, 162b, 248a, 254b,
　255a, 274b
イオレー **48**b, 56a, 65b, 99b, 150b,
　174a, 233 表, 234a, 241b, 245b,
　246a, 264b, 300a ; 系 5・Ⅰ
イオーン **48**b〜**49**a, 49b, 111a,
　117a, 204b, 249b, 279b ; 系 6,
　19・Ⅱ
イオーン(キオスの) 95a
《イオーン》 **49**a〜b
イーカディオス 46a, b,**49**b, 231a
イーカリア島 3b, 50a, 152b, 242a
イーカリオス 1. **49**b, 71b, 152b,
　196b, 270a
イーカリオス 2. **49**b〜**50**a, 56b,
　80b, 85a, 109a, 128a, 168b,
　173a, 178a, 199a, 202b, 230b,
　231a, 243b, 248b, 250a, 256a,
　264b, 306b ; 系 9, 14
イーカリオス(海) 50a
イーカロス 1. 49b, **50**a, 143b,
　242a, 252b
イーカロス 2. **50**a, 159a
イクシーオーン 15b, **50**a, 90b,
　124a, b, 147b, 153a, 185a, 221b,
　226a, 233a, 249b, 250b, 278b,
　289a, 298a
イクテュオケンタウロス **50**b
イクマリオス **50**b
イケロス **50**b, 219b
イーサンドロス 258a ; 系 10
イーシス 47b, **50**b, 55b, 68b, 82b,
　142b, 218a, b, 269a
イスキュス 17a,**50**b, 128b ; 系 15
イスケノス **50**b
イスケポリス 32a
イスコーケー 203a
イストミア **50**b, 132b, 136b,161b,
　243a, 287a, b, 307a
イストロス **50**b
イストロス(アイギュプトスの子)
144b
イスマロス 1. **50**b〜**51**a, 164b,
203b
イスマロス 2. **51**a, 64a, 159a, b ;
系 19・Ⅱ
イスマロス(港) 86a, 105b, 273a
イスメーニオス 51a
イスメーネー 1. **51**a
イスメーネー 2. 41b, 42b, 47b,
　51a, 64a, 68b, 77b〜79a, 163b,
　167b, 266b, 296a ; 系 4
イスメーノス 1. 18b,**51**a, 282b
イスメーノス 2. **51**a, 287b
イスメーノス 3. **51**a, 180a
イスメーノス(河) 28b, 164b

索引

イーソプレース 245a
イーダイアー 1. 51a, 135b, 158a ; 系18
イーダイアー 2. 51a, 61a, 117b, 147b, 205a, 272a ; 系18
イーダイオス 1. 51a
イーダイオス 2. 51a
イーダイオス 3. 51a
イーダイオス 4. 51a
イーダイオス 5. 51a
イーダイオス 6. 51a
イタケー 50b, 51a, 51b, 63a, 83a〜84b, 86b, 87a, 88a, 101a, 158b, 171a, 172a, b, 173a, 187a, 193b, 196a, 231a, 265a, 268a, 286b, 290b
イタコス 51a〜b, 265a
イーダース 24b, 33a, 35b, 51b〜52a, 62a, 80b, 117b, 151a, 171b, 196b, 212a, 273a, 289a, 304b, 306 ; 系11, 14
イーダース(アイギュプトスの子) 145b
イーダース(ダクテュロス) 144a
イ(ー)タロス 9b, 52a, 80a, 171a, 311a
イッサ 1. 52a
イッサ 2. 52a, 220b
イッセドネス人 31b
イーデー 1. 52a, 140b
イーデー 2. 52b, 302a
イーデー 3. 52b
イーデー(山)(クレータの) 27b, 116b, 118b, 123b, 126b, 275a, 287b, 305a
イーデー(山)(トロイアの) 2a, 6b, 7a, 16a, 26b, 41a, 44b, 51a, 52a, 52b, 57a, b, 80a, 98a, 102a, b, 127a, 144a, 158a, 195a, b, 196a, 199b, 208a, 228a, 233a, 253a, 256b, 257b, 258a, 279a ; ——のダクテュロスたち 52a
イデュイア 3a, 52b, 280a
イテュス 10b, 52b, 175b, 214a ; 系19・Ⅱ
イテュロス 10b, 52b
イトーネー人 88b
イトーノス 28b, 47b, 52b, 75a, 285a ; 系6
イトーノス(河) 107b, 244b, 245a
イトーメー 52b
イトーネー(地名) 270b
イードメネ 24b, 201a, 285b, 系7
イードメネウス 1. 32a, 52b〜53a, 54a, 57b, 96b, 116b, 177a, 179b, 256b, 287a, 291b, 307a ; 系16
イードメネウス 2. 53a, 219b
イドモーン 24b, 36a, 51b, 53a, 160a, 303a
イドモーン(アイギュプトスの子) 145a
イドモーン(コロポーンの人)30a
イーナキス 53a
イーナコス 24b, 35a, 47a, b, 53a〜b, 194b, 269b, 287a, 304b, 306b ; 系4
イヌウス 53b, 214b
犬座 270a
イーノー 9b, 11a, 18b, 19a, b, 53b, 97b, 128a, 152a, 192a, 194b, 198a, 206a, 219b, 260a, 287a, 306a, 307a, 309b ; 系4 ; ——・レウコテアー 83b, 192a, 271b
《イーノー》 19a
イービアナッサ 1. 53b, 222a, 286a ; 系5・Ⅱ, 7
イービアナッサ 2. 12b, 53b, 74a, 115a ; 系13
イービアナッサ 3. 53b, 76b ; 系11
イービアネイラ(オイクレースの子) 76b ; 系7
イービアネイラ(メガペンテースの子) 278a, 286a ; 系5・Ⅱ, 7
イービクレース 10a, 34a, 48a, b, 53b〜54a, 112b, 197b, 218a, 235b, 236b, 237a, 243a, b, 278b, 289a ; 系5・Ⅰ
イービクロス 1. 54a, 116a, 209b, 210a, 223b, 262b, 286a, 295a, b ; 系9
イービクロス 2. 54b, 160a, 289a, 306b ; 系11
イービクロス 3. 54a, 296a
イービクロス 4. 54a
イービゲネイア 12b, 13a, b, 27b, 29a, 38a, 53b, 54a〜b, 55a, b, 74a, b, 91b, 92b, 93b, 102a, 114b, 115a, 150a, 173a, 176b, 255b, 257a, 283b ; 系13
《イービゲネイア(アウリスの)》 54b〜55a
《イービゲネイア(タウリスの)》 55a〜b, 93b
イービス 1. 55b, 61b, 69a, 164a
イービス 2. 55b, 137b ; 系5・Ⅰ
イービス 3. 55b, 55
イービス 4. 55b
イービス 5. 55b
イービス 6. 47a, 55b
イービス(サルモーネウスの母) [230b]
イービダマース 1. 55b〜56a, 149a
イービダマース 2. 56a, 217a
イービトス 1. 56a, 137a
イービトス 2. 48b, 53a, 65b, 84b, 88b, 134b, 186a, 241b, 242a, 264a
イービトス 3. 56a, 126a
イービトス 4. 34b, 56a
イービトス 5. 56a
イービトス →イービス 2.

イービノエー(アルカトオスの娘) 32a, 211a
イービノエー(エーエティオーンの姉妹) 114a
イービノエー(ニーソスの娘) 279a
イービノエー(プロイトスの娘) 222a, 286a ; 系5・Ⅱ
イービノエー(メーティオーンの妻) 281b
イービメデー →イービメデイア
イービメデイア 56a〜b, 40b, 174b, 262b ; 系12
イービメドゥーサ 145a
イービメドーン 233b ; 系5・Ⅰ
イプティーメー 56b
イベリア(地名) 176a
イムブラソス 1. 56b, 81b
イムブラソス 2. 56b
イムブラソス(グラウコス 6.の父) 113a
イムブリオス 290b
イムブロス(アイギュプトスの子) 63a, 145a
イムブロス(島) 232a, 301b
イメウシモス 系14
イユンクス 47a, 56b
イーリアー 56b, 305b
《イーリアス》 1b, 12a, b, 13b, 14a, 25b, 27a, 43a, b, 56b〜58b, 61a, 75b, 83a, 85b, 88b, 105b, 118a, 122b, 130b, 135b, 138b, 148a, 150b, 153b, 167a, 170a, 176a, b, 177a, b, 184a, 195b, 200a, 206b, 219b, 226b, 228a, b, 231b, 271a, 276a, 282b, 284b, 285b, 288b, 290b, 291a, 302a, 308a
イーリオネー 58b, 156b, 266a, 267b
イーリオネウス 1. 58b
イーリオネウス 2. 58b
イーリオネウス 3. 58b
イーリオネウス(トロイアの勇士) 230b
イーリオン(地名) 20b, 56b, 58b, 59a, 74a, 117b, 192b, 242a, 258a
《イーリオンの陥落》 264b
イーリス 58a, 58b, 74a, 75b, 135b, 138b, 141b, 144a, 211b, 229a, 283a ; 系2
イーリッソス(河) 207a, 269a
イーリーテュイア 50b
イリュリア(地名) 48a, 58b, 95b, 97b, 191a, 198a, 212a, 240a, b, 266a, 295a
イリュリア人 46a, 100a, 144a, 280a
イリュリオス 58b, 97b, 100a, 198a
イルボス 28b
イーレウス 2a
イーレーネー 58b

索引

イーロス Ilos 1. **58**b, 71b, 74a, 147b, 193a；系 18
イーロス 2. **58**b〜**59**a, 65b, 98a, b, 101b, 149a, 177b, 192b, 296a；系 18
イーロス 3. **59**a
イーロス 4. **59**a
イーロス 5. **59**a〜b
イーロス Iros 1. **59**b, 217a
イーロス 2. 42b, **59**b, 68a, 84a, 87b
イーロス（レスボスの）299a
インクブス **59**b
インクボー **59**b, 214b
インディゲテース **59**b
インド（地名）31a, 104b, 115b, 116a, 135b, 140b, 142a, 152b, 181a, 206b
インドス 104b
インフェリー **59**b

ウ

ウァクーナ **59**a
ウァーデュ 243a
ウアロー 133a
ウィア・クローディア 311a
ウィア・サクラ 293b
ウィクトーリア **59**a, 180b
ウィーナーリア祭 279b
ウィルトゥース **59**a〜b, 263a
ウィルビウス 8a, **59**b〜**60**a, 150a, 204a
ウゥルカーナーリア祭 60a
ウゥルカーヌス 8b, **60**a, 82a, 95a, b, 125b, 129b, 231b, 264a, 269b, 278b
ウェーイイ（地名）293b
ウェスタ 3a, **60**a, 68b, 88b, 95b, 99b, 109b, 129b, 151a, 193b, 218b, 219a, 229b, 292b, 311b
ウェスターリア 60a
ウェスターリス 60a, 253a
ウェスパシアーヌス帝 61b
ウェスペル（－ゴー）230a
ウェニーリア **60**a, 173a
ウェヌス 7b, 8a, 25b, 59a, **60**a, 112a, 121a, 129b, 176a, 196b, 300b
ウェヌス・ゲネトリークス **60**a, 121a
ウェヌルス 8b
ウェネーティ人 43a
ウェリア（地名）196a, 230b
ウェルギリウス 7a, b, 16b, 30b, 65a, 72b, 73a, 97a, 99a, 100a, 108a, 110a, 112b, 114a, 117a, 133a, 134a, 135a, 155b, 156a, 170a, 173a, 174a, 175a, 176a, 192b, 196b, 197b, 200b, 211b, 212b, 215a, 221b, 223b, 264a,

266a, 273b, 279b, 283a, 297a, b
ウェルトゥムヌス **60**a〜b, 263b
ウォルスキー人 99a, 279b
ウォルトゥナーリア祭 60b
ウォルトゥルヌス **60**a〜b
ウーカレゴーン **60**b 「139b」
ウーカレゴーン（スピンクスの父）
ウーダイオス 97a, 139a, 157a
ウービス **60**b
ウーラニアー 1. 26b, **60**b, 209a, 277a, 300b
ウーラニアー 2. 25a, **60**b
ウーラニアー 3. **60**b
ウーラノス 6a, 20b, 22a, 25a, 33a, **60**b, 72a, 82b, 94a, b, 95a, 104b, 108a, 109b, 120a, b, 125a, 135b, 140a, b, 141a, 147b, 149b, 153a, 155a, b, 159a, 163a, 165a, 181b, 189a, 191a, 199a, 208a, 227b, 261a, 277a, 278a, 281b, 287a, 305a；系 1, 3・I
ウリクセース →ウリッセース
ウリッセース **60**b, 84b

エ

エーイオネー 185b
エーイオネウス 1. 50a, **61**a, 308a
エーイオネウス 2. **61**a
エイドテア 1. **61**a, 223b, 283b
エイドテア 2. **61**a, 95b, 208a,
エイドテア 3. **61**a   [277b
エイドテア 4. **61**a
エイドテア 5. **61**a
エイドメネー（アミュターオーンの妻）→エイドメネー「255a；系7」
エイドメネー（ピアースの妻）
エイノエウス 271a
エイレイテュイア 37b, 44a, 58b, **61**a〜b, 64b, 72b, 75b, 102a, 141a, 208b, 232a, 233a, 235b, 290a, 293a, 309a；系 1
エイレーネー 58b, **61**a, 141a, 165a, 188b, 263b
エウアイクメー（ヒュロスの子）233 表, 264b；系5・I
エウアイクメー（メガレウスの娘）32a, 211b, 279a
エウアゴラース（ネーレウスの子）186a
エウアゴラース（プリアモスの子）219a
エウアドネー 1. 9a, 18b, 46b, **61**b, 202a
エウアドネー 2. 55b, **61**b, 98b, 137a, 138a；系5・II
エウアドネー（ストリューモーンの子）35a, 139a, 183a, 227a
ウァーレーテー 80b, 203a

エウアンテース 80a, 273a
エウアンドロス 1. **61**b, 130b
エウアンドロス 2. **61**b, 219a
エウアンドロス 3. 7a, 8a, b, **61**b〜**62**a, 73a, 96a, 97a, 103b, 104a, 147b, 157a, 165a, 173a, 181a, 192a, b, 214a, b, 215a, 240a, 262b, 271b, 311a
エウエーノス 32b, 51b, **62**a〜b, 273a；系 11
エウエーノス（河）124b, 244a, b
エウエーノール 22b
エウエーレース（テイレシアースの父）100b, 157a
エウエーレース（プテレラーオスの子）29a, 217b
エウエーレース（ヘーラクレースの子）138b, 246b；系 15
エウーピス 157a
エウクサンティオス 271b, 275a
エウクセノス 179a
エウクランテー 185b
エウクレイア 284a
エウケーノール **62**b, 195b, 264a
エウケーノール（アイギュプトスの子）145a
エウセベース（国）274a
エウテューコス 311a
エウテューモス **62**b
エウテルペー **62**b, 277a, 308a
エウドーラー 206a
エウドーレー 185b
エウドーロス **62**b, 209b, 267b
エウニーケー 185b
エウネー（キニュラースの娘）106b, 158b
エウネー（キュプロスの娘）158b
エウネオス **62**b, 173a, 207b, 208a；系7
エウノエー 131a, 227b
エウノミアー 141a, 263b
エウノモス **62**b〜**63**a, 122a, 244a
エウハイモーン 66a
エウパラモス 32a, **63**a, 121a, 143a, 200a, 252b, 281a, b；系 19
エウヒッペー 1. **63**a, 307b
エウヒッペー 2. **63**a, 145a
エウヒッペー 3. **63**a
エウヒッペー 4. **63**a, 64a, 308a
エウヒッペー（ダウノスの子）154a
エウヒッペー（ピーエロスの妻）201b
エウヒッポス（テスティオスの子）160a, 289a；系 11
エウヒッポス（メガレウスの子）32a, 279b
エウピニュトス 180a
エウプーレウス 1. **63**a, 190a
エウブーレウス 2. **63**a, 188a
エウブロシュネー **63**a, 100b, 141a

エウブーロス 103b
エウベイテース 294b
エウベーモス **63**a〜b, 66b, 67b, 296a
エウボイア(アステリオーンの娘) 223a
エウボイア(アーソーボスの娘) 18b
エウボイア(ポルバースの妻) 174b
エウボイア(地名) 10b, 24a, 37a, 75a,b, 98a, 103a, 105b, 118b, 126b, 155b, 162a, 173b, 174a, 175b, 179b, 180b, 181b, 191a, 200b, 208b, 209b, 221b, 224a, 233a, 236b, 237a, 241b, 246a, 262a, 268b, 278a, 280a, 283a, 285b, 297a, 302b, 303a, 310a
エウポリオーン 257a
エウポルボス **63**b, 200a
エウポレミアー 5b, 276b
エウマイオス 42b, **63**b, 84a,b, 87a,b, 111b, 172a, 212b
エウメーデース(ドローンの父) 178b
エウメーデース(ヘーラクレースの子) 246b
エウメーデース(メラースの子) 167a
エウメニスたち **63**b, 72a, 92b, 93a
エウメニデス →エウメニスたち
《エウメニデス》**63**b, 91a, 92a
エウメーロス 56b, **63**b
エウメーロス(アンティアースの父) 175a
エウメーロス(メロプスの子) 15b
エウモルピダイ 63b
エウモルペー 185b
エウモルポス 48b, 51a, **63**b〜**64**a, 73b, 104a, 111b, 122b, 159a,b, 205b, 212b, 241a, 260b ; 系19・Ⅱ
エウモルポス(ピラムモーンの子) 236a
エウモルポス(笛吹き) 107b, 163a
エウリーピデース 19a, 22a, 33b, 34a, 42a, 43b, 49a, 54b, 55a, 74a,b, 75a, 77a, 78a, 93a,b, 94a, 136b, 137b, 155a, 158b, 159a, 164b, 171b, 177a, 187b, 189a,b, 204a, 207b, 215a, 223b, 228a, 235a, 237a, 247a, 256b, 257b, 260b, 270a, 273b, 278b, 281b, 283b, 285a, 289b, 291b, 303a, 308a,b
エウリーポス(地名) 105
エウリメネー 185b
エウリュアナッサ(ヒュペルバースの娘) 77b, 294a ; 系9
エウリュアナッサ(タンタロスの妻) 148b, 259a ; 系13
エウリュアレー 1. **64**a〜b, 127b, 251b
エウリュアレー 2. **64**a, 89a
エウリュアロス 1. **64**a, 69b, 107a, 279a ; 系
エウリュアロス 2. **64**a, 167a
エウリュアロス 3. 63a, **64**a
エウリュアロス 4. 8b, **64**a, 181a, 230a
エウリュオペース 246b
エウリュガネー →エウリュガネイア
エウリュガネイア 42a, 47b, **64**a, 68b, 77b, 266b, 294a, 296a
エウリュカピュス 246b
エウリュキューデー 6b, 76b ; 系11
エウリュクレイア 1. **64**b, 294a
エウリュクレイア 2. **64**b, 84a,b, 87b
エウリュサケース 1a表, 2b, **64**b, 158a,b, 159b ; 系17
エウリュステウス 20b, 21b, 23a, 27b, 34a, 38a, 48b, 53b, 55b, **64**b〜**65**a, 122a, 123b, 126a, 137b, 153b, 166b, 180b, 212a, 233a,b, 234, 235a,b, 237a〜239b, 240b, 241a,b, 245a, 247a, 270b, 282a, 285a, 290b, 302b, 306b ; 系5・Ⅰ, 15
エウリュステネース 9b, 31b, 34a, 223a, 234b, 235a, 235a ; 系4, 5・Ⅰ
エウリュダマース(アイギュプトスの子) 145a
エウリュダマース(アバースの父) 24b
エウリュダマース(イーロスの子) 59b
エウリュダメイア 211b, 264a
エウリュテー 1. 32a, **65**a, 79a, 138b, 140a, 203a, 268a, 284b ; 系11
エウリュテー 2. **65**a, 196a
エウリュティエー 61a
エウリュティオーン 1. **65**a, 122b
エウリュティオーン 2. **65**a, 124b, 125a, 226b, 238b, 244b
エウリュティオーン 3. **65**a, 159b
エウリュティオーン 4. 14b, 42a, 59b, **65**a, 254b, 265b, 269b, 289a 系17
エウリュティオーン 5. **65**a
エウリュディケー 1. 30b, **65**a, 90b
エウリュディケー 2. **65**b, 145a, 175b
エウリュディケー 3. **65**b, 139a, 145b, 146a, 251a, 296b ; 系5・Ⅰ
エウリュディケー 4. **65**b, 207b, 302b
エウリュディケー 5. **65**b, 296a ; 系18
エウリュディケー 6. **65**b ; 系7
エウリュディケー 7. 42a,b, **65**b, 118a
エウリュディケー 8. **65**b, 116b, 184a ; 系8
エウリュディケー(ネストールの娘) 184b, 225b
エウリュテミス 159b, 308b ; 系11
エウリュトエー(アーソーボスの娘) 80a
エウリュトエー(ダナオスの娘) 203a
エウリュトス 1. 14b, **65**b, 148a, 291a
エウリュトス 2. 10a, 48b, 56a, **65**b, 84a,b, 87b, 173b, 174a, 236a, 241b, 242a, 243a, 245b, 264a, 284b, 285b ; 系5・Ⅰ
エウリュトス 3. **65**b, 67b, 72b, 254a
エウリュトス 4. **66**a, 105a, 153a
エウリュトス 5. **66**a
エウリュトス(ケンタウロス)124b, 226b
エウリュトス(デーイオネウスの父) 249a
エウリュトス(カーリア王) 61a, 277b
エウリュトリオス 307b
エウリュノメー 1. 18b, **66**a, 88b, 100b, 141a, 231b ; 系1
エウリュノメー 2. **66**a ; 系15
エウリュノメー(オルカモスの妻) 307b
エウリュノメー(ニーソスの娘) 258a
エウリュノモス 271a
エウリュパテース 1. **66**a, 148a
エウリュパテース 2. **66**a
エウリュパテース(ケルコープス) 123a
エウリュパトス 33a
エウリュピアー 1. 18b, **66**a, 94a, 192a, 252a, 267b, 296b ; 系1
エウリュピアー 2. **66**a
エウリュピオス(エウリュステウスの子) 233b
エウリュピオス(ネーレウスの子) 186a
エウリュピュロス 1. **66**a〜b, 126b, 195b, 286b
エウリュピュロス 2. **66**b, 102b, 162b, 242b, 246b
エウリュピュロス 3. 18a, **66**b, 115b, 172a, 182b, 183a, 230b, 250b, 270b
エウリュピュロス 4. **66**b, 110a, 122a, 302a, 307a
エウリュピュロス(テスティオスの子) 160a, 289a ; 系11

エウリュピュロス(ヘーラクースの子) 246b
エウリュポーン 223a
エウリュマコス 66b, 286つ
エウリュマコス(アンテーノールの子) 149a
エウリュマース 67a 「79b」
エウリュメデー(オイネウスの娘)
エウリュメデー(グラウコスの妻) 258a ; 系10
エウリュメドゥーサ 276b
エウリュメドーン 1. 66b, 104b
エウリュメドーン 2. 66b, 106a, 114b, 184b, 275a ; 系16
エウリュメドーン(王) 250a
エウリュメネース 186a
エウリュモス 1. 67a
エウリュモス 2. 67a
エウリュリュテー 3a ; 系3・I
エウリュロッテ 67a, 86b, 110b, 111b
エウリュロコス(アイギュプトスの子) 145a
エウリュロコス 108a
エウロス 67a
エウロータース 67a, 139a, 202a, 296b, 309b ; 系14
エウロッパ 245d
エウローペー 1. 15b, 18a, 67a, 97a, 110b, 130b, 141a, 144b, 169b, 171a, 198a, 223b, 239a, 260a, 275a, 284b, 296b ; 系 1,4, 13, 16
エウローペー 2. 63a, 67b
エウローペー 3. 67b, 301a
エウローペー 4. 67b
エウローペー 5. 67b, 144b
エウローペー(地名) 245b
エウローポス 91a
エーエティオーン 13b, 43b, 67b, 114a, 263a ; 系18
エーエティオーン(イムブロス島の) 301b
エーエティオーン(プリーセウスの父) 220a
エーオオス(馬) 249a
エーオース 10b, 18b, 25b, 67a, 67b, 89a, 98a, 106a, 117a, 121b, 141b, 149b, 156a, 186b, 188a, 191b, 192a, 194a, 208a, 217a, 227a, 230a, 245a, 248b, 261b, 268b, 284a,b, 299a ; 系1, 2, 3・I, 18, 19・I
エオスポロス 10a, 32b
エキーオーン 1. 67b, 77a, 97a, 139a, 260a ; 系 4
エキーオーン 2. 65b, 67b, 72b
エキーオーン 3. 67b, 258a
エキドナ 35a, 67b, 68a, 90a, 94b, 101b, 106b, 123b, 136a, 138a, 139a, 147b, 168a, 186a, 224b, 237b, 240b, 241a, 245b, 298a ; 系 2
エキーナデス(群島) 16a, 203b
エクパース 294a
エクバソス 15b
エーゲ(海) 50a, 274b
エケケース 267b
エゲスタ 114a
エケデーモス 11b
エケトス 68a
エケトロス 68a
エケドーロス(河) 107b, 240b, 245a,b
エケナイス 146b
エケプローン(ネストールの子) 184b
エケプローン(プリアモスの子) 219b
エケムーン 219b
エケモス 61b, 68a, 157a, 212a, 234a, 255b, 308b
エケラーオス 260a
エーゲリア 68a~b, 204a
エーコー 46b, 56b, 68b, 157b, 179b, 199a
エジプト(地名) 5a, 21a, 22b, 24a, 25a, 29a, 30a, 47b, 61a, 69a, 82b, 83a, 96a, 98b, 106a, 136b, 139b, 141a, 142a,b, 152b, 153a, 158b, 159a, 165a, 168a, 173b, 178b, 198b, 206b, 216b, 218a, 223b, 230a, 240a, 245a, 256a~257b, 258b, 265a,b, 267a, 269a, 276a, 280a
《エジプト人》 136b
エジプトの神々 68b
エスクゥイリーヌス(丘) 284a
エテアルコス 224a
エティオピア(地名) 44b, 64a, 96b, 115b, 116a, 135b, 142a, 145a, 159a, 177a, 181b, 182a, 245a, 251b, 257a, 261a, 284a, 289b
エティオピア人 82b, 121b, 218b
エテオクレース 22b, 33a, 41b, 47b, 51a, 64a, 68a~69b, 77b, 78a, 118a, 163b, 164a,b, 167b, 215a, 266b, 295a, 296a ; 系 4
エテオクレース(王) 198a, 221b
エテオクレース族 118b
エテオクロス 22b, 55b, 69a, 164a,b ; 系5・II
エテオブータダイ 217a
エテーシアイ風 31a
エトダイアー 180a
エトナ(火山) 13b, 105a, 108b, 168a
エードノス 254a
エードノス人 152b, 302a
エトルリア(地名) 8b, 9a, 27a, 60a, 74a, 82b, 88a, 89b, 96a, 97a, 99b, 104b, 119b, 125a, 127a, 134b, 135a, 144a,b, 147a,b, 215b, 240a, 264a, 275a, 279b, 293b, 300b
エトルリア人 7a, 47a, 124a, 168b, 297a
エナルスポロス 69a
エナレテー 3b, 32b, 98a, 101a, 119a, 131a, 154a, 157a, 271a ; 系6
エナロポロス 69a
エニーペウス 69a, 168b, 178a, 247b
エニューアリオス 69a, 301a
エニューオー 1. 40a, 69a, 258b
エニューオー 2. 69a, 112a, 251b
エネートイ人 43a
エノシクトーン 261b
エパポス 15b, 47b, 69a~b, 96b, 118b, 141a, 146a, 183a, 284b, 301a ; 系 1, 4
エパポス(アンティオペーが愛した) 303a
エパメイノーンダース 202b
エピアルテース 1. 40b, 56a, 69b ; 系 12
エピアルテース 2. 69b, 105a
エーピオネー 17b, 69b, 270b
エピカステー 41b, 47b, 64a,b, 69b, 77a ; 系 4
エピカステー(アガメーデースの妻) 12a, 178a
エピカステー(カリュドーンの子) 101a, 268a ; 系 11
エピカステー(ヘーラクレースの妻) 247b
エピクネーミス(地名) 245b
エピゴノイ 4a, 22b, 29b, 33a, 64a, 69b~70a, 138a, 153b, 157b, 164b, 170a, 197a, 203b, 224b, 264a, 266a, 273b, 279a, 285b, 295a, 296b
エピストロポス 56a, 137a
エピダウロス(地名) 9a, 17a,b, 19b, 128a,b, 157a, 160b, 204b, 205a, 221b, 250a
エピメーテウス 16b, 22a, 46b, 70a, 116a, 158a, 200b, 209b, 224b, 283b ; 系 1, 6
エピメーデース 144a
エピメーリスたち 70a
エピメーリデス →エピメーリスたち
エピュラ 18a, 59a, 62b, 112b, 131b, 176a, 210a, 243b
エピラーオス 186a
エペラーオス 186a
エペイオイ(人) →エペイオス人
エペイオス 1. 6b, 14b, 70a, 76b ; 系 11
エペイオス 2. 70a, 85b, 191b ; 系

索引　342

17
エペイオス人　11b, 70a, 148a, 184a, 265a, 291a
エペイゲウス　70b
エーペイロス(地名)　7a, 13a, 16a, 43b, 63a, 64a, 68a, 75b, 87b, 88b, 95b, 122a, 125b, 160a, 173b, 183b, 208b, 212a, 240a, 258a, 277b, 285b, 288a, 290b, 292a, 299b, 308a
エーペイロス人　183b
エペソス　99b
エペソス(地名)　37b, 43b, 90a, 99b, 134b, 139b, 242b, 287b, 288a, 310b
《エーホイアイ》　1b
エポコス　66a, 302b
エポナ　70b
エポーペウス　1. 41b, 70b, 98a, 127b, 182a, 218a, 272a, 278b, 299a；系12
エポーペウス　2. 70b, 181b
エーマティア(地名)　277a
エーマティスたち　70b
エーマティデス →エーマティスたち
エムプーサ　70b
エーマティオーン(ゼウスの子) 74a
エーマティオーン(ティートーノスの子) 156a, 240b, 245a；系3・I, 18
エライス　24a
エラガバルス帝　143b
エラシッポス　246a, 304a
エラテア(市)　70b
エラトー　1. 70b, 128b, 147a, 277a
エラトー　2. 16b, 32a, 70b, 系15
エラトー　3. 70b, 185b
エラトー　4. 70b, 145a
エラトー　5. 70b
エラトス　1. 8b, 17a, 25b, 32a, 50b, 70b, 115a, 117a, 128b, 138a, 295b；系15
エラトス　2. 71a, 95a, 266b
エラトス　3. 71a, 124b, 244b
エラトス　4. 71a
エラトス　5. 71a
テラトス　6. 71a
エラトーン　164a
エラレー　155b, 274b；系1,9
エリオーピス(アンキーセースの妻) 41a
エリオーピス(メーディアの子) 280a
エリオーピス(メドーンの母) 282a
エリカパイオス　191a
エリクトニオス　1. 15a, 21a, 28b, 53a, 71a, 73b, 94b, 178a, 200a,b, 218a, 232a, 251a, 269a；系19・II

エリクトニオス　2. 18a, 58b, 71b, 98a, 135b, 147b, 158a, 177b；系18
エーリゴネー　1. 49b, 71b, 137a, 196b, 270a
エーリゴネー　2. 71b, 93a, 260a
エーリス(地名)　6b, 9b, 11b, 12b, 14b, 20a, 29a, 34b, 38b, 40a, 45a, 56a, 59a, 69a, 70a, 76b, 81b, 82a, 89b, 124b, 126a, 131a, 146b, 148a, 163a, 181b, 184a, 195a, 197b, 203a, 207a, 209b, 210a, 211b, 234b, 235a, 237b, 238b, 242b, 243a, 245a, 265a, 268b, 274b, 291a, 295b, 298a, 310a
エリス　71b, 214a, 256a, 309a
エーリダノス(河)　36b, 71a～72a, 140a, 165a, 188a, 189a, 240b, 248b
エリッサ　72a, 156a, 205b
エリーニュエス →エリーニュたち
エリーニュたち　6a, 33a, 39a, 53b, 60b, 63b, 72a, 74b, 92a,b, 93a, 94a, 105b, 117b, 154b, 157a, 165b, 172b, 188b, 197b, 199b, 257a, 261a, 269a, 278a
エリーニュス・エウメニデス　78a, 157a
エリパース(馬)　273a
エリピューレー　22a, 28a, 29b, 33a, 55b, 65b, 69b, 72a, 76b, 164a, 170a, 224a, 279a, 304a；系7
エリボイア　161a, 169a
エリポテース　121a
エリュクス　72a～b, 73a, 217b, 240b
エーリュシオン(野)　72b, 82b, 91a, 97b, 190b, 198a, 257a,b, 280b, 282b, 283b, 297a, 307a
エリュシクトーン　1. 72b, 166a, 174b, 279a
エリュシクトーン　2. 15a, 72b, 113a, 121a；系19・I
エリュテイア　1. 72b, 122b, 230a
エリュテイア　2. 72b
エリュテイア(地名)　122b, 240a, 284a
エリトス　72b
エリュトライ(地名)　25b, 133a,b, 297a, 305b
エリュトラース(レウコーンの子) 307b
エリュトラース(ヘーラクレースの子) 246b
エリュトリオス　19a, 165a
エリュトロス　297a
エリュマントス　1. 72b～73a,

124b, 192a, 238a, 244b
エリュマントス　2. 73a
エリュモイ人　72a, 240b
エリュモス　73a
エリュモス(地名)　7a
エリュルス　62a, 73a, 215b
エルギーノス　1. 12a, 73a, 116a, 118a, 178a, 222a, 236b, 243a, 296a；系8
エルギーノス　2. 35b, 36a, 73a～b
エルペーノール　73b, 86b
エルモの火　151a
エーレイオス　9b, 82a
エレウシース　73b, 81b, 124a, 175a
エレウシース(地名)　24a, 40b, 45b, 46a,b, 49a, 81b, 108a, 109b, 111b, 122b～124a, 125a, 136a,b, 159b, 160b, 165a,b, 166b, 167b, 175a, 188a, 209a, 218a, 241a, 243b, 244b, 252b, 262a, 279b, 280a, 286b
エレウシース人　64a, 205b
エレウシースの秘教　63a,b, 91a
エレウシーノス　73b
エレウタリオーン　184a
エレウテライ(地名)　28b, 41b
エレウテリオス　141b
エレオン(地名)　28b
エレクテイオン(神殿)　121a, 217a, 262a
エレクテウス　24b, 48b, 49a, 64a, 71a, 73b～74a, 91a, 111a,b, 117a, 121a,b, 131a, 136a, 140a, 143a, 160a, 185b, 200a,b, 205b, 206a, 217a, 218a, 222b, 269a, 281a, b, 282a；系6, 9, 19・II
《エレクテウスの家》　20b
エーレクトラー　1. 58b, 74a, 144a, 197b；系2
エーレクトラー　2. 45a, 74a, 127a, 141a, 147b, 192b, 198a, 220b, 221a；系1, 3・II, 18
エーレクトラー　3. 12b, 31a, 40a, 74a～b, 91b, 92b, 93a, 94a, 114b, 115a,b, 139a, 156b, 210b, 282a, 295b；系13, 17
エーレクトラー(ダナオスの娘) 145a
《エーレクトラー》　1. 74b, 191b
《エーレクトラー》　2. 75a
エーレクトライ門　164a
エーレクトリデス(島)　71b
エーレクトリュオーン　29a, 31b, 33b, 44a, 75a, 137b, 217b, 235b, 252a, 265a, 300a, 304a；系5・I
エレトリア(市)　180b, 285b
エレパンティス　144b
エレペーノール　33a, 75a～b, 103a, 162a, 166b

索 引

エレボス 6a, 24a, **75**b, 95b, 138a, 181b, 208a, 232b, 273b
エロース 25b, 30a, 40a, 58b, **75**b～**76**a, 112a, 185b, 191a, b, 205b, 216a, b, 230b, 266b, 269a ; ―― ・アモル 216a, b
エンギュイオン(地名) 287a
エンケラドス 21a, **76**a, 105a, 215a
エンケラドス(アイギュプトスの子) 144b
エンケレイス人 97b, 198a
エンデーイス 1a, 1a表, 100b, 108a, 136a, 169a, 254a ; 系17
エンデュミオーン 6b, 10b, 53b, 70a, **76**b, 82a, 101a, 116b, 143a, 147a, 178a, 179b, 187a, 208a, 224a ; 系11
エンテリデース 246b
エンナ(地名) 165a

オ

オーアリーオーン →オーリーオーン
オイアクス 13a, **76**a, 93b, 97b, 116a, 179a, 193b, 229b ; 系13
オイアグロス 26b, **76**a, 90a, 104b, 201b, 272a, 300b
オイオーノス **76**a～b, 243b, 300a
オイカリアー(メラネウス 1.の妻) 285b
オイカリア(地名) 48b, 55a, 65b, 122a, 150b, 173b, 174a, 202b, 241b, 245b, 270b, 284b, 285b, 300a
オイクレース 28a, 33a, 63a, **76**b, 140a, 164a, 242a, 267a, 289a ; 系7
オイストロプレース 246b
オイタ →オイテー
オイテー(地名) 48a, **76**b, 150b, 174a, 175b, 178a, 246a, 270b
オイディープース 9b, 22b, 41b, 42a, 47b, 51a, 64a, b, 68b, **76**b～**78**a, 78b, 79a, 118a, 139b, 154b, 157b, 162a, 163b, 164a, b, 169a, 187b, 215b, 250a, 266a～267b, 288a, 289b, 293b, 294a, 296a ; 系4
《オイディープース》 163b
《オイディープース(コローノスの)》 69a, **78**a～b
《オイディープース王》 **78**b～**79**a
《オイディポデイア》 42a, 77a
オイネウス 1. **79**a, 145a
オイネウス 2. 16a, 22a, 32a, 33b, 37b, 43b, 62b, 64a, 65a, **79**a～80a, 92b, 112b, 123b, 127b, 137b, 138a, 150a, 155b, 164a, 167a, 169a, 170a, 173b, 203a, b, 243b, 244a, 250a, 266b, 268a, 284b, 285b, 288b, 295a, 303b ; 系5・Ⅰ, 11
オイネウス(パンディーオーンの子) 200a
オイノー 24a, 294b
オイノエー(パーンの母) 199a
オイノエー(ピュグマイオイ) 206b
オイノエー(市) 48b, 153b, 238a, 286b
オイノートリア(地名) 52a, **80**a
オイノートロス **80**a, 227a, 301b
オイノトロポイ **80**a
オイノーネ **80**a, 127a, 195b, 196a
オイノーネー(島) 1a, 4b, 131b
オイノピオーン 30b, **80**a, 89a, 137a, 148b, 172a, 173a, 193b, 289b ; 系16
オイノペー 278b
オイノマーオス 13a, 18a, 32a, 39b, **80**a, 89b, 103a, 113b, 138b, 146b, 197b, 203a, 209a, 221a, 251b, 273a, 276b, 306b ; 系3・Ⅱ, 13
《オイノマーオス》 215a
オイバロス 1. 49b, **80**a, 109a, 128a, 168b, 178a, 202b, 205b, 226b, 248b, 306b ; 系14
オイバロス 2. **80**a
オイメー 145b
オイレウス 2a, **80**b, 96b, 169a, 177a, 179b, 282a ; 系6
オウィディウス 5b, 20a, 27b, 33a, 55b, 103a, 129a, 175b, 179b, 208a, 210b, 215a, 222b, 225b, 250b, 271b, 272b, 277b, 292a, 299b
黄金時代 **81**a, 120b
黄金の枝 **81**a
オキモス **81**a, 123a, 248a
牡牛座 67a
オーギュギア 1. **81**a, 83a, 87a, 101a
オーギュギア 2. **81**a, 180a
オーギュギアイ門 81b, 164b
オーギュゴス 1. **81**a, 47b, 218a, 260a
オーギュゴス 2. **81**b
オーギュゴス 3. **81**b
オーキュトエー 100a
オーキュトス 111b
オーキュペテー **81**b, 74a, 100a, 197b
オーキュペテー(ダナオスの娘) 145a
オーキュロエー 1. **81**b, 188b
オーキュロエー 2. 56b, **81**b
オーキュロエー 3. **81**b
オクシュポロス 106a, 280a
オクシュモス 228b
オクシュロス 1. **81**b, 224a
オクシュロス 2. 43b, **81**b, 175b, 187b, 209b, 234b ; 系11
オクシュロス 3. **82**a, 101a
オクシュンテース **82**a, 168a
オクヌス →アウクヌス
オクノス **82**a ; ――の縄 82a
オクラソス 283b ; 系4
オクリーシア **82**a～b
オクリディオーン 81a
オーケアニス **82**b, 163a, 182b ; 系1
オーケアニデス →オーケアニス
オーケアノス 1a, 3a, 6a, 16a, b, 18b, 35a, 36b, 38b, 46b, 47a, 50b, 51a, 52b, 53a, 58b, 60b, 66a, 67b, 68a, 71b, 72b, 74a, 81b, **82**b, 83b, 86b, 88b, 98b, 100b, 101b, 106b, 110a, b, 114a, 115b, 116a, 120a, 122b, 123a, 131a, 133b, 138a, 139b, 140b, 144a, 153a, 155a, b, 163a, 167a, 174b, 175a, 178a, 182b, 183a, 184b, 185b, 186b, 190a, 194b, 197b, 206a, b, 212b, 220b, 221a, 224b, 225a, b, 226a, 227a, 229b, 230a, b, 232b, 240a, 247a, b, 248b, 249a, 251a, b, 259b, 262a, 265b, 269b, 270a, 274a, 276a, 278a, 281b, 283b, 287a, 288a, 295b, 297b, 301a, b, 304a, 304a表, 306b, 307a, 308a ; 系1, 3・Ⅱ
オシーニウス **82**b
オシーリス 50b, 68b, **82**b, 98b, 142b, 153a, 218b, 269a, 271b
オスキラ 71b
オスク族 198b, 272b, 301a
オゾライ族 92b
オソラーピス 142b
オッサ(山) 40b, 298a
《オデュッセイア》 1a, 3a, b, 12b, 14a, 25b, 32b, 42b, 52b, 56a, 59b, 64b, 66b, 67a, 68a, 81a, **83**a～**84**b, 101a, b, 105b, 110b, 134a, 135b, 139b, 150b, 154a, 166a, 172a, 174b, 176b, 177a, 178a, 183b, 186a, b, 187a, 199a, 213a, 231b, 232a, 257a, 262a, 282b, 283a, 290b, 297a, 299a, 310b
オデュッセウス 1b～3b, 9b, 10a, 11a, 13b, 14a, 18a, 20b, 21a, 30a, 32b, 34a, 35a, 40a, 41b, 42b, 43a, 49b, 50a, 51a, 54a, 55a, 56a, 57a, b, 59a, b, 60b, 62b～64b, 65b～67a, 73b, 83a, b, 84a, **84**～**88**a, 96b, 101a, b, 105b, 106a, b, 108a, 110b, 111b, 112b, 121b, 125a, 132a, b, 136a, 137a, 140a, 148b,

索引　　344

153b, 154a, 157b, 158b, 166a, 170a, 171a〜173a, 174b, 176b〜179b, 183a,b, 184a, 186a,b, 187a, 193a,b, 194a, 196a, 199a, 212b, 213a,b, 214b, 217b, 218a, 228a, 230b, 231a,b, 249a, 252b, 253b, 254a, 255b, 256b, 257b, 262a, 264a,b, 265a, 267b, 271a, 273a, 279a, 282a, 283a, 286b, 290b, 294a,b, 295a, 297a, 299a, 307a, 308a, 310b, 311a；系3・Ⅰ, 9, 10, 14
オートス 40b, 56a, **88**a；系12
オートス(トロイア戦没の) 265b
乙女(ヘーラーの称呼) 233a,b
乙女座 71b, 196b
オトリュオネウス 96b
オトリュス 200a
オトリュス(山) 122b, 139b, 210a
オドリュセース 206b
オトレウス 1. 41a, **88**a, 110a, 219b
オトレウス 2. **88**a, 303a
オトレーレー 203b, 260b
オトロノス(島) 75b
オニグロス(泉) 270a
オネイテース 233表, 246b
オネイロス 57a, **88**b
オネーシッポス 246b
オピオゲネース族 134a
オピーオニオン(山) **88**b
オピーオーン 1. 66a, **88**b
オピーオーン 2. **88**b
オピコンシーウァ祭 →オペコンシーウァ祭
オピス(河) 42b
オーピス 89a, 208b
オプス 6a, **88**b, 130a, 305b
オプス(メラースの父) 90a
オプース 80b, **88**b, 224a, 310a；系1, 6
オプース(エーリス王) 88b
オプース(地名) 25a, 59b, 90a, 119a, 190b, 239a, 284a
オペコンシーウァ祭 88b
オペルテース 28a, **88**b, 207b, 208a；──・アルケモロス 224a, 302b
オムパレー 15b, 31b, 46b, **88**b〜89a, 134b, 160b, 163b, 173b, 181b, 212a, 229a, 242a, 245b, 247a, 284b, 299a, 300b
オムパロス 93a, 207b
オーリーオーン 25b, 38a, 64a, 80b, **89**a〜b, 121a, 129a, 132a, 139a, 196b, 210b, 211a, 221a, 262b, 270a, 289b
《オリーギネース》 279b
オリゾーン(地名) 282a
オリュムピア(地名) 6b, 9a, 37b, 38b, 46b, 50b, 61b, 95a, 116b, 120b, 141b, 147a, 181a, 202a, 203a, 241a, 263b
オリュムピアー(ピーソスの妻) 202a
オリュムピア競技 46b, 48a, 56a, 76a, 82a, **89**b, 144a, 161b, 243a, 259b
オリュムポス 1. **89**b
オリュムポス 2. **89**b
オリュムポス 3. **89**b, 272a
オリュムポス(ヘーラクレースの子) 246b
オリュンポス(山) 4a, 22a, 27a, 30a, 37b, 39b, 40b, 66a, 69b, **89**b, 90a, 94b, 100b, 105a, 107a,b, 108b, 129b, 141a,b, 147b, 153a,b, 158a,b, 159a, 165a, 177b, 181a, 185a, 192a, 199a, b, 201a,b, 204a, 205b, 216b, 221b, 225a, 227a,b, 229a,b, 231b, 232a,b, 239a, 242b, 243a, 249a, 253a, 261b, 262a, 268a, 276a, 277a, 284a
オリュムポス神族 系1
オリエントス 139a
オルカモス 307b
オルクス **89**b, 155a, 190a, 272a
オルコメノス(アタマースの子) 19a
オルコメノス(テュエステースの子) 23b
オルコメノス(ミニュアースの子) 47b, 109a, 116a, 206a, 274a；系9
オルコメノス(地名) 12a, 14b, 17a, 29b, 47a, 53b, 73a, 116a, 118a, 120b, 129a, 152a, 178a, 194b, 198a, 220a, 221b, 222a, 236b, 243a, 248b, 274a,b
オルシノメー 174a, 268a
オルシロコス 38b, 56a
オルセーイス 3b, 111a, 177b, 258b；系6
オルセディケー 106a, 280a
オルソピアー 191b
オルタイアー 205b
オルテイア 38a, **89**b
オルテュギア 1. 18a, **89**b〜**90**a, 309a
オルテュギア 2. 38b, 40a, **90**a
オルトロス 68a, **90**a, 122b, 139a, 168a, 240a；系2
オルニス 138a
オルニュティオーン **90**a, 131b, 173a；系6
オルニュトス 1. **90**a
オルニュトス 2. **90**a, 261b
オルネウス 系19・Ⅱ
オルビア(市) 48b

オルブネー 16a, 17a
オルペー(市) 158b
オルペウス 26b, 35a, 37b, 47a, 65a, 76a, **90**a, 100a, 104b, 105b, 140a, 189b, 201b, 208a, 217b, 266b, 277b, 282a, 300b, 307b；──教 24a, 27a, 63a, 75b, 88b, 90a, 99a, 129a, 151b, 153a, 181b, 191a, 252b, 273b
オルミニオン(地名) 244b
オルメノス 260b
オレアス →オレイアデス
オレイアデス **91**a, 182b
オレイオス(オクシュロスの父) 82a, 101a
オレイオス(ケンタウロス) 244b
オーレイテュイア 1. 63b, 73b, **91**a, 100a, 104a, 117b, 187b, 217a, 218a, 269a；系19・Ⅱ
オーレイテュイア 2. **91**a
オーレイテュイア 3. **91**a, 185b
オーレイテュイア 4. **91**a
《オレステイア》 13a, 63b, 74b, **91**a〜**92**b, 94a, 125b
オレステウス **92**b
オレステース 4b, 12b, 28b, 31b, 38a,b, 44a, 54b, 55a,b, 71b, 72a, 74a,b, 75a, 91b, 92a, **92**b〜**94**a, 113b, 114b, 115a,b, 127a, 150a, 154b, 166b, 169a, 171b, 177a, 183b, 191b, 210b, 234a,b, 253a, 257a, 259b, 278a, 292a；系13, 14
《オレステース》 74b, **94**a〜b
《オレステース物語》 92b
オーレニアース 167a；系11
オーレノス 308b
オーレノス(アイトーリア) 67a, 79b, 250a, 298a
オーレノス(アカイア) 65a, 159b, 238b, 245a, 268b, 271a
オーレーン **94**b, 208b
オーローボス(地名) 28b, 45a
オンカイダイ門 164a
オンケーストス 170a, 303b
オンケーストス(地名) 32a, 73a, 248b, 278b
オンコス王 39a
オンネース 142a

カ

ガイア 6a, 16a, 20b, 30b, 33a, 35a, 41a, 46b, 60b, 66a, 74a, 82b, 89a, **94**a〜b, 99b, 101b, 104b, 105a, 108a, 109b, 110a, 117a, 118b, 121a, 125a, 140b, 144a, 147b, 149b, 153a, 155a,b, 159a, 163a, 165a, 167b, 169b, 170a, 175a, 181b, 184b, 186b, 191a,

索引

199a, 204b, 207a, 208a, 215a, 227a, 230a, 233a, 240b, 261a, 267b, 269b, 271b, 277a, 278a, 281b, 297b, 298a, 301b, 304a表, 305a；系 1, 2, 19・Ⅱ
ガイエーオコス 261b
カーイエータ **94**b～**95**a
カーイエータ(地名) 99b, 271a
カイコス(河) 276a
カイサル 47a, 60a, 121a
カイキリウス・メテルス 193b
カイクルス **95**a
カイスト 144b
カイディキウス 3a
ガイトゥーリー人 47a
カイニス **95**a
カイニーナ(地名) 15a
カイネウス 71a, **95**a, 124b, 127b, 129a, 244a, 266b, 298a, 307b；系 15
カイリウス(丘) 68b, 273a
カイルス 6a, **95**a
カイレ 279a, 297b
カイロス **95**a
カイローネイア(地名) 210b
カイローン 210b；系 5・Ⅰ
カウカソス(地名) 27a, 127b, 201a, 224b, 241a, 245b
カウコーン 1. **95**a～b, 309b
カウコーン 2. **95**b, 280a
カウノス 61a, **95**b, 107a, 208a, 270a, 277b
カウノス(市) 208a, 304b
カオス 24a, 75b, 94a, **95**b, 159a, 181a
カーオニア(地名) 7b, 258a
カーオネス族 95b
カーオーン **95**b
カーカ **95**b, 96a
カークス 62a, **95**b～**96**a, 240a, 250b
カーサンドラー →カッサンドラー
カシオス **96**a
カシオス(山) 168a
カスタボス(地名) 196b
カスタリア(泉) 16a, **96**a
カスタリオス 96a, 166b, 170b
カスタリス 96a
カストール 51b, 52a, 67a, 74b, **96**a, 150b, 151a, b, 236a, 255b, 289a, 292b, 308b；系 1, 14
カスペリア 41a
カスミラ 99a
カソス(島) 226a
カーソス 53b
カッサンドラー 2a, b, 12b, 13a, 26b, 27a, 39a, 91b, **96**a～b, 115a, 128b, 177a, b, 189a, 193a, 195a, b, 219a, 227b, 257b, 258a, 259b；系 18

カッサンドラー(イオバテースの子) 48a
カッシエペイア →カッシオペイア
カッシオペー →カッシオペイア
カッシオペー(地名) 96a
カッシオペイア 44a, 69b, **96**b, 103b, 110b, 121b, 130b
カッシボネー **96**b～**97**b, 110b；系 3・Ⅰ
ガッルス 109b
ガデイラ(島) 122b, 240a
カテイルス **97**a
ガデス(地名) 122b, 282b
カテートス **97**a
カトー 279a, 297a
カードゥーケウス **97**a, 253b
カドミロス 99a
カドメイア(地名) 29b, 97b, 198a
カドモス 9b, 11a, 14b, 15b, 18b, 25b, 30b, 36a, 39b, 45a, 53b, 58b, 61a, 67a, b, 74a, 76b, 77a, 81b, **97**a～b, 110b, 111b, 134b, 139a, 142b, 144b, 152a, 163b, 165a, 169a, 171a, 181b, 187b, 189a, b, 198a, 206a, 260a, 266a, 283b, 284b, 293a, 298b, 300b, 307a；系 4
カトレア(市) 159b
カトレウス 10b, 37b, **97**a, 116a, 119b, 159b, 179a, 193b, 195b, 256a, 275a, 282b；系 13, 16
カナケー 3a, b, 40b, 70b, **98**a, 154a, 174b, 271a；系 6, 12
ガニュメーデース 14a, 52a, 58b, 59a, **98**a, 101b, 149b, 177b, 229b, 239b, 275b, 296a；系 18
カネートス 24b, 136b
カネンス **98**a～b
カノーボス **98**b
カノーボス 98b, 159a, 257a
カパネウス 17b, 22b, 55b, 61b, 69b, **98**b, 137a, 138a, 164a, 203b, 285a；系 5・Ⅱ
カピトーリウム(地名) 88b, 130a, 133b, 139b, 144b, 148a, 171a, 201a, 263a, 264a, 274b, 290b, 292a, 293b, 311b, 312a
カビュエー 310a
カビュス 1. 20a, 41a, 58b, **98**a, 134a, 295a；系 18
カビュス 2. **98**b
カビュロス 246b
カブア(地名) 98b, 150a
カプリ(地名) 80b
カプリコルヌス **98**b
カプローティーナ **98**b
カベイラ **98**b, 169b
カベイリデス →カベイリスたち
カベイロー **99**a

カベイロイ →カベイロスたち
カベイロスたち **99**a, 151b
カベーナ門 68b, 99b, 215b, 263a, 272b
カベラ座 27b
カペーレウス(岬) 179b, 224a
カマセーネー 156b
《神々の系譜》 166a
カミーコス(地名) 125b
カミラ 8a, b, **99**a～b, 179b, 197b
カミルス 3a
カムパニア(地名) 80b, 166a, 187a, 197a, 273b, 294a
カムプス・マールティウス(地名) 106b, 215b, 263a, 272b, 312b
カムブレース 47a, **99**b
カメイロー **99**b, 115b, 199b
カメイロス **99**b, 123a, 248b
カメイロス(地名) 176a, 268b
カメセス **99**b, 292a
カメーナイ →カメーナたち
カメーナたち **99**b
カメルス **99**b
カユストロス **99**b, 141b
カライス 35b, 36a, 90b, 117b, 141b, 197b, 205a, 269a；系 19・Ⅱ
ガライス **99**b～**100**a
カライスとゼーテース **100**a
カラウリア 104b
ガラース 100a
ガラタイ族 208b, 209a
ガラテイア 13b, **100**a, 185b
ガラマース 11a
ガラマンテス人 11a, 47a
カーリア(地名) 43b, 50a, 61a, 76b, 95b, 104a, 106b, 159a, 179b, 208a, 220a, 253a, 262b, 277a, b, 287b, 298b, 304b
カーリア人 309a
ガリア人 3a, 98b, 193b, 240a
カリアドネー 145a
《刈り入れる人々》 281a
カリオペー 21a, 26b, 47a, 76a, 90a, b, **100**a～b, 209a, 266b, 277a, b, 300b, 308a
カリオペイア 277a
カリクロー 1. 81b, **100**b
カリクロー 2. **100**b, 108a, 136a；系 17
カリクロー 3. **100**b, 157b
カリコロン 165a
カリス 1. 5a, 25a, 43b, 63a, 66a, **100**b, 101a, 113a, 141a, 146a, 151b, 188b, 191b, 198a, 205b, 208a, 231b, 309a；系 1
カリス 2. **100**b
カリステー(島) 169a, 284b
カリストー 1. 31b, 33a, 38a,

100b～101a, 141a, 199a, 249b, 269a, 301b；系 1, 15
カリストー 2. 101a
カリテアー 168b, 304a表
カリディケー 1. 101a, 145a
カリディケー 2. 88a, 101a, 267a
カリテス →カリスたち
カリポリス 32a, 101a, 264b
カリマコス 60b, 228b, 238a
カリュアー 101a
カリュケー 3b, 10b, 76b, 101a, 107b；系 6, 11
カリュストス（地名）208b
カリュドーン 3a, 6b, 81b, 101a, 221b, 224a；系 7, 11
カリュドーン（地名）33b, 43b, 101a, 108b, 118b, 123b, 153b, 167a, 168b, 169a, 170a, 173b, 200a, 210a, 243b, 268a, 285b, 288b, 295a；——の猪狩 11b, 14b, 17b, 19b, 21b, 32a, 37b, 38a, 39b, 40a, 42a, 45b, 48a, 51b, 53b, 54a, 65a, 67b, 79b, 95a, 101a, 122a, 127a, 158a, 162a, 169a, 170a, 175b, 184a, 203b, 211b, 221b, 226a, 242a, 254b, 291a, 298a, 304b
カリュプソー 1. 9b, 22a, 81a, 83a,b, 87a, 101a～b, 171a, 172a, 178a, 179a, 182b, 185b, 221a, 253b, 307a
カリュプソー 2. 101b
カリュブディス 37a, 83b, 87a, 94b, 131b, 135b, 139b
カリュベー 系 18
カリュベス人 267a
カリロエー 1. 67b, 82b, 101b, 114a, 122b, 270a, 271b, 304a表；系 2
カリロエー 2. 13a, 16a, 33b, 38b, 101b；系 7
カリロエー 3. 58b, 98a, 101b～102a, 135b, 177b；系 18
カリロエー 4. 102a
カリロエー 5. 102a, 303a
かに座 103a
カリレオーン 23b
ガリンティアス 102a, 202a, 236a
ガリンティス 102a
カール 269b
カルカース 13a, 29b, 50a, 53a, 54a,b, 56b, 102a～b, 132b, 133a, 159a, 160a, 176b, 177a, 213a, 257b, 262b, 267a, 291a, 305b, 308a
ガルガヌム（岬）154a
カルカボス 102b
カルキオペー 1. 102b, 162b, 242b, 246b
カルキオペー 2. 19a, 35a, 102b, 108b, 219b, 284b；系 3・Ⅰ, 8
カルキオペー 3. 102b～103a
カルキス 30a, 197b
カルキス（地名）24a, 118b, 126b, 191a, 200b
カルキディケー（地名）7a, 212b, 223b
カルキニアー 306b
カルキノス 103a, 238a
カルコードーン 1. 24b, 33a, 75a, 102b, 103a, 162a, 166b, 236b
カルコードーン 2. 103a
カルコードーン 3. 103a
カルコードーン 4. 103a, 242b
カルコードーン（アイギュプトスの子）144b
カルコメドゥーサ 294b；系 9
カルコーン 24b, 103a
カルターゴー（地名）7a,b, 24b, 47a, 134a, 142b, 155b, 156a, 158b
カルデア 103a
カルデュス 116b
カルナ 103a～b
カルナボーン 103b, 175a
カルネー 103a
カルネイア祭 103b
カルネイオス 103b
カルノス 67a, 103b, 234b
カルパトス（島）223b, 226a
カルボー 103b
カルボス 141b
カルマーノール 103b, 114b
カルマーノール（河）194b
カルメー 103b, 220a
カルメンタ 61b, 181a, 103b～104a, 271b
カルメンタリス門 27a, 104a
カルメンティス 61b, 62a, 103b～104a
カルメンテース 104a
カレー 100b
ガレオーティ 104a
ガレオーティス（市）104a
ガレオーテース 104a
ガロイ →ガロスたち
カロース 252b
ガロスたち 104b
カロプス 76a, 104b, 302b
カロボス 182b
カローン 16a, 90b, 104b, 190a
ガンゲース 104b
ガンジス（河）104b
カントス 121a

✝

キオス（地名）36a, 80a, 89a, 95a, 173a, 210a, 267a
キオニデース 104a
キオネー 1. 63b, 73b, 104a；系 19・Ⅱ
キオネー 2. 10a, 104a, 143a, 212a；系 9
キオネー 3. 104a
キオネー（ネロイスの娘）101b
ギガース 21a, 27a, 33a, 66a, b, 76a, 88b, 89b, 94a,b, 104a～105a, 147b, 153a, 155b, 167b, 192a, 204a, 221b, 233a, 242b, 245b, 253b, 267a,b, 268b, 276a, 310a
ギガース（イスケノスの父）50b
ギガンテス →ギガース
ギガントマキアー 105a, 155b
キケロー 6a, 12b, 40a, 60b, 75b, 184b, 220b
キコーン 105b
キコーン族 83b, 86a, 105a～b, 290b
キタイローン 1. 14b, 28b, 32a, 73a, 78a, 105b, 152b, 157b, 160a, 164a, 167b, 189a, 233b, 236b, 237b, 249b, 260a, 267b, 279a
キタイローン 2. 105b, 154b
キッサ（地名）5a
キッセーイス 106a
キッセウス 55b, 105b～106a, 149a, 227b
キッセウス（アイギュプトスの子）145a
キッセウス（ギュアース 2. の兄）106b
キッセウス（マケドニア王）34b
キップス 106b
キーニュプス（河）111b
キニュラース 21a, 25b, 70b, 85a, 105a～b, 138a, 158b, 191b, 206b, 276a, 280a, 295b；系 15, 19・Ⅰ
キピシス袋 251b
キープス 106b
キマイラ 1. 68a, 106b, 162a, 227a, 258a,b；系 2
キマイラ 2. 106b
キマイレウス 224b, 283a, 303b
キムメリオス人 106b, 272a
キメリア（地名）133b
キモーロス 132a
キモーン 64b, 162b
ギュアース 1. 106b, 284b
ギュアース 2. 106b～107a
ギュアース（ヘカトンケイル）→ギュエース
キュアトス 62b
キュアニッポス 1. 107a
キュアニッポス 2. 23b, 107a
キュアニッポス 3. 107a
キュアネー 1. 107a
キュアネー 2. 107a
キュアネー 3. 4a, 107a
キュアネアイ（島）36a, 107a

キュアネエー **107**a, 270a, 277b
ギュエース 6a, **107**a, 227つ
キュクノス 1. 39b, **107**a～b, 122a, 211b, 240b, 244b, 245a, b, 259b
キュクノス 2. **107**b
キュクノス 3. **107**b, 163a, 232b
キュクノス 4. **108**a
キュクノス 5. **108**a, 211a
キュクノス(オプースの) 系6
キュクラデス(地名) 31a, 172b, 173a
キュクレウス 14a, 100b, **108**a, 112a, 130a, 136a, 169a, 254a, b ; 系17
キュクロープス → キュークロープスたち
キュクロープス人 83b, 86a, b
キュ(ー)クロープスたち 8a, 11a, 15a, 21b, 26b, 60b, 67a, 94a, b, 99b, 100a, 105a, **108**a～b, 120a, b, 138b, 140b, 147b, 155a, b, 157a, 159a, 172b, 179a, 186b, 190a, 205b, 208b, 222b, 225b, 227b, 232a, 257a
キュ(ー)クローペス → キュ(ー)クロープスたち
ギューゲース → ギュエース
キュージコス 12a, 35b, **108**b, 117a, 137a
キュージコス(地名) 31a, **108**b, 116b
ギュティオン(地名) 93a
キュティッソーロス 19a, 102b, **108**b～**109**a, 220a ; 系3
キューディッペー 1. **109**a
キューディッペー 2. 160, **109**a
キューディッペー 3. **109**a
キューディッペー(オキモスの子) 81a, 99b, 123a, 248b
キュテーラ(地名) 25a, b, **109**a, 303b
キュテーレー **109**a
キュテレイア **109**a
キュテレイス **109**a
キュドーニア(地名) **109**a, 116b, 159b
キュドーン 11a, **109**a, 159b, 270a
キュノスセーマ 228a, 258a
キュノッサ **109**a
キュノルタース 80b, **109**a, 153b, 168b, 248b ; 系14
キュパリッソス 1. **109**a
キュパリッソス 2. **109**a, 274a ; 系9
キュパセロス 8b, **109**a～b, 119a, 234b, 235a, 289b
《キュプリア》 12b, 107b, 264b
キュプロス 158b
キュプロス(地名) 12a, 21a, b, 23b, 25a, b, 30b, 55b, 64b, 85a,
106a, 156a, 158b, 166b, 169b, 175b, 191b, 206b, 211a, 217a, 218a, 224a, 250a, 253a, 256a, 276a, 280a, 295b
キュベーベー 109b
キュベレー 14b, 24a, 45a, 51a, 52a, 89b, 94b, 104b, **109**b, 117a, 121a, 126a, b, 127b, 128a, 129a, 144a, 147b, 152b, 157b, 189a, 203b, 255a, 272a, 305a, b ;
—— ・アグディスティス 20a
キューメー(地名) 7b, 27b, 133a, b, 202a
キューモー 185b
キューモトエー 185b
キューモトオーン 76a
キュラバロス 154a
キュララベース 23b, 93b ; 系5・Ⅱ
キュラロス **109**b～**110**a, 212a
ギュルトーン(地名) 95a
ギュルトーン人 267a
ギュルノス 250b
キューレーネー 80a, **110**a, 247b, 301b, 302a
キューレーネー(山) 8b, 74a, 110a, 157b, 253a, b, 269a
キューレーネー 30b, 53a, 66b, **110**a, 230b
キューレーネー(市) 31a, 63b, 66b, 110a, 174b, 190a, 204b, 224a, 268b, 307a, b
キュレーン 系15
キュンティアー **110**a
キュンティエイス **110**a
キュントス(山) 110a
キラ **110**a～b, 195a ; 系18
キラ(地名) 92b
キラース **110**b, 139a
キリキア(地名) 15b, 68a, 97a, 106a, 110b, 131b, 158b, 164b, 167b, 168a, 170b, 210b, 253b, 291a
キリクス 15b, 67a, 97a, **110**a, 130b, 134b, 144b, 165a, 171a, 260a ; 系4
《ギリシア神話》 36b, 179a, 201b, 246b
キーリス 181a
キルクス・マクシムス(地名) 129b, 139b, 184b, 252a
キルケー 1a, 9b, 36b, 41a, 67a, 73b, 83b, 85b, 87a, 88a, 96b, 98a, 101b, **110**b～**111**b, 136a, 140a, 157b, 171a, 172b, 179a, 182b, 188b, 189a, 202a, 215a, 223a, 231b, 248b, 251a, 252a, b, 263b, 264a, 272a, 275a, 280a, 297a ; 系3・I
キルケーイーイ(半島) 111b
金毛の羊 **111**b

ク

クゥイリーナーリア祭 111a
クゥイリーナーリス 111a, 130b, 223a
クゥイリーヌス **111**a～b, 223a, 272b, 312b
クゥインクゥアトルス祭 275a
クサンテー 270b
クサンティオス 306b, 307b
クサンティッペー 221b ; 系11
クサンティッポス 167a
クサントス 1. 58a, **111**a, 135a, 169b, 259a
クサントス 2. 58a, **111**a, 141b, 194b, 197b, 255a, 262b
クサントス(サモスの) 32b
クサントス(ディオメーデースの馬) 153b
クサントス(ボイオーティア王) 126a, 227b, 286b
クシュロバゴイ 179b
クスートス 3b, 4a, 11a, 15a, 48b, 49a, **111**a, 117a, 121a, 153a, 154a, 177b, 209b, 258b ; 系6, 9, 17, 19・Ⅱ
クセノディケー 275a
クセノドケー 88b, **111**a, b, 134b
クセルクセース 105b
クテアトス 14b, **111**b, 243a, 265a, 291a
クティメネー 67a, **111**b, 211b, 279a, 295a
クテーシアース 206b
クテーシオス 63b
クテーシッポス(ペーネロペーの求婚者) 212b
クテーシッポス(ヘーラクレースとアステュダメイアの子) 18a, 244b, 247a
クテーシッポス(ヘーラクレースとデーイアネイラの子) 246b ; 系5・Ⅰ
クトニアー 1. 73b, **111**b, 217a, 218a ; 系19・Ⅱ
クトニアー 2. **111**b
クトニアー(シピュロスの妻) 173b
クトニオス 1. 41b, 74a, 97a, **111**b, 139a, 181b, 298b, 302b
クトニオス 2. **111**b, 145a
クトニオス 3. **111**b
クトニオス(ポセイドーンの子) 134c
クトノピューレー 131b, 267a
クニドス(島) 17b, 134a, 174b, 206a, 268b
グーネウス 1. **111**b
グーネウス 2. 31b, **112**a, 296a
クノーソス(地名) 52b, **112**a, 126b,

索引

298a
クピードー 60b, 75b, **112a**
クーマイ(地名) 7a, b, 8a, 9a, 50a, 112b, 113b, 123b, 286b
グライアイ 69a, **112a**, 121a, 127b, 173b, 251b, 267b ; 系2
グライコス 162b
グラウキッペー(クサントスの子) 227b
グラウキッペー(ダナオスの子) 145a
グラウケー 1. **112a**
グラウケー 2. 45b, **112a**, 117a, b, 280b
グラウケー 3. **112a**, 145a
グラウケー 4. **112a**
グラウケー 5. 14a, 108a, **112a**, 169a, 254b
グラウケー(ウーピスの妻) 60b
グラウケー(テラモーンの妻)系17
グラウコス 1. 111b, **112a**〜b, 134a, 136a
グラウコス 2. **112b**, 131b, 147a, 226b, 258a, 289b, 308b ; 系10
グラウコス 3. 57a, **112b**, 130b, 153b, 204b, 258b ; 系10
グラウコス 4. **112b**, 149a
グラウコス 5. 17b, **112b**〜**113a**, 118b, 264a, 275a ; 系16
グラウコス 6. **113a**
グラウコス 7. **113a**
グラウコス 8. **113a**
グラウコス(プリアモスの子) 219a
グラウコノメー 185b
グラタイーエス 136a
グラティアたち **113a**
グラティエウス 184a
グラティオーン 38a, 105a
グラテイス 199a
クラティス(河) 138a
クラトス 138a, **113b**, 180b, 192a, 201a, 225a ; 系2
クラナエー **113a**
クラナオス 28b, 71a, **113a**〜b, 121a, 262a
グラーニーコス **113b**
クラーノーン **113b**
クラロス 27a, 29b, **113b**, 133a, 273b, 291a
クラントー 185b
クラントール **113b**
クランノーン **113b**
クリアノス 286b
クリアロス(河) 104b
クリーオー **116b**
クリソス 113b, 139a, 191b, 261a ; 系17
クリッサ(地名) 75a, 113b, 139a
グリッフィン 31b

《クリティアース》 22b
クリテーイス **113b**〜**114a**, 270a
クリーナコス 271a
クリーニーッソス **114a**
クリノー 145b
クリーミーソス **114a**
クリムニーソス 15b
クリューサーオール 67b, 101b, **114a**, 122b, 128a, 262b ; 系2
クリューシッペー(イーロスの娘) 217a
クリューシッペー(ダナオスの子) 145a
クリューシッポス 1. 23a, 32a, 77a, **114a**, 203a, 259b, 294a ; 系13
クリューシッポス 2. **114a**, 145a
《クリューシッポス》 215a
クリューセー **114a**, 213a
クリューセー(ダルダノスの妻) 51a, 192b
クリューセー(ハルモスの娘) 198a, 221b ; 系9, 10
クリューセーイス 14a, 18a, 54a, b, 56b, 85b, 102a, **114a**〜b, 115a, 220a
クリューセース 1. 56b, **114a**, **114b**
クリューセース 2. 54b, 93b, **114b**
クリューセース 3. 66b, **114b**, 184b, 275a ; 系16
クリューセース(ポセイドーンの子) 198a, 221b, 274a ; 系9, 10
クリューソゲ(ゴ)ネイア 198a, 221b, 274a ; 系9, 10
クリューソテミス 1. 103b, **114b**
クリューソテミス 2. 12b, 74b, 75a, **114b**〜**115a** ; 系13
クリューソテミス(スタピュロスの妻) 137a, 196b, 232b
クリューソノエー 223b
クリューソペレイア **114b**〜**115a** ; 系15
クリュタイムネーストラー 4b, 12b, 13a, 54a, 55a, 71b, 74a, b, 76a, 91b〜93a, 96b, 114b, 115a〜b, 149b, 150b, 166a, 168b, 169a, 171b, 179b, 193b, 255b, 260a, 282b, 308b ; 系13, 14
クリュタイメーストラー →クリュタイムネーストラー
クリューテアー 308b
クリューティエー 1. **115b**
クリューティエー 2. 115b, 148b, 259a
クリューティエー 3. 115b, 260b
クリューティエー 4. **115b**, 199b
クリュティオス(アテーナイの)

46a, 299a
クリュティオス(エウリュトスの子) 56a, 65b
クリュティオス(ギガース) 105a
クリュティオス(プロノメーの父) 265b
クリュティオス(ラーオメドーンの子) 系18
クリュトドーラー 222a
クリュトネオース(ナウボロスの子) 179a
グリューニオン(市) 115b
グリューノス 66b, **115b**
グリュピオス **115b**
グリュプス **115b**〜**116a**
クリュメネー 1. 22a, 46b, 70a, 82b, **116a**, 158a, 224b, 248b, 283b
クリュメネー 2. **116a**, 188a, 248b, 289b
クリュメネー 3. **116a**
クリュメネー 4. 18b, 45a, **116a**, 121b, 209b, 274a ; 系9, 15
クリュメネー 5. **116a**
クリュメネー 6. **116a**
クリュメネー 7. 10b, 76a, 97b, **116a**, 179a, 193b ; 系13, 16
クリュメネー(アカマスの妻) 12a
クリュメネー(パルテノパイオスの妻) 196b
クリュメネー(ヘルメースの妻) 276b
クリュメネウス 111b
クリュメノス 1. **116a**, 190a
クリュメノス 2. **116a**
クリュメノス 3. 73a, **116a**〜b, 184a, 222a, 236b, 248b ; 系8
クリュメノス 4. **116b**
クリュメノス 5. 30a, **116b**, 137a, 197b
クリュメノス(オイネウス 1.の子) 79b ; 系11
クルーシウス 82b
クルティウス 82b, **116b**
クルティウス(湖) 116b
クレイオー 76a, **116b**, 201b, 205b, 209a, 277a
クレイオス 18b, 66a, 155b, 192a, 252a ; 系1, 2
クレイシテュラー 53a, **116b**, 307b
クレイステネース 285a
クレイテール 35b, 36a, 108a, **116b**〜**117a**
クレイテール(ダナオスの子) 145a
クレイトー 22b
クレイトス 1. **117a**, 264a
クレイトス 2. **117a**, 223b
クレイトス(アイギュプトスの子) 145a

クレイトーニュモス 29a, 190b
クレイトール 1. **117a** ; 系 15
クレイトール 2. **117a**
クレウーサ 1. 30b, 110a, **117a**, 137a, 165a, 230b
クレウーサ 2. 48b, 49a, b, 73b, 111a, **117a**, 121a, 218a ; 系 6, 19・Ⅱ
クレウーサ 3. 45b, 112a, **117a**, 117b, 280b, 281b, 288a
クレウーサ 4. 7b, 16b, 94b, **117a**, 219a ; 系 18
クレウスターノール 246b
クレオカレイア 67a, 309b ; 系 14
クレオコス 277b
クレオダイオス 31b, **117a**～b, 166a, 233 表 ; 系 5・Ⅰ
クレオダメイア 144b
クレオテーラー **117a**, 199b
クレオドクサ 180a
クレオドーラー 197a
クレオドーレー 145a
クレオーナイ(地名) 135a, 237b, 243a
クレオパトラー 1. 51a, 100a, **117b**, 200a, 205a, 221b ; 系 19・Ⅱ
クレオパトラー 2. 33a, **117b**, 273a, 288b, 289a ; 系 14
クレオパトラー 3. **117b**, 250a
クレオパトラー 4. **117b**, 144b, 145a
クレオパトラー 5. 58b, 101b, **117b**, 177b ; 系 18
クレオビス 109a, **117b**
クレオビューレー 系 15
クレオプーレー 系 14
クレオボイア(エウリュテミスの母) 系 11
クレオボイア(クリアソスの子) 286b
クレオボイア(ヘオースポロスの妻) 212a, 227a
クレオポムポス 197a
クレオマンティス 126a
クレオメーストラ 43a
クレオラーオス 246b
クレオーレー 149b, 221a
クレオーン 1. 40a, 45b, 112a, **117b**, 203a, 280b, 281a, b
クレオーン 2. 33b, **118a**, 155a
クレオーン 3. 29b, 53b, 73a, **118a**, 235b, 236b, 237a, 273a, 300a
クレオーン 4. 42a, b, 47b, 65b, 77a～79a, **118a**, 136b, 157b, 164a, b, 187b, 215a, b, 283b, 295a ; 系 4
クレオーン 5. **118a**
クレオーン(ヘーラクレースの子) 246b

クレオンティアデース **118a**～b, 236b, 246b
クレース 89b, **118b**, 148b, 231b, 296b
クレース(市) 111a, 144b
クーレースたち 1. 22a, 27b, 47b, 69a, 99a, 109b, 112b, 116b, **118b**, 119b, 126b, 127b, 140b, 144a, 211a, 221b, 287b, 304a, 305a
クーレース 2. **118b**, 288b, 295b
クレストーン人 245b
クレスボス(地名) 277a
クレスポンテース 8b, 31a, b, 109b, **118b**～119a, 233表, 234b, 235a, 267b, 289b ; 系 5・Ⅰ
クレーソーニュモス 119a
クレソーン 210a
クレータ(地名) 5b, 7a, b, 9b, 11b, 18a, 27b, 30b, 37a, b, 43b, 46a, 47a, 50a, 51a, 52a, b, 53a, 54a, 55b, 61a, 67a, 80a, 89b, 97b, 98a, 103b, 109a, 110a, 112a, 114b, 116a, b, 118b, 120a, 123b, 125a, 126b, 130b, 136a, 140b, 141a, 143b, 144a, 147b, 148b, 158a, 159b, 161a, 162a, 169b, 176a, 179a, 181a, 186a, 187a, 188b, 189a, b, 195b, 199b, 204a, 205b, 206a, 211a, 220a, 232b, 224a, 231b, 233a, 239a, 250a, 256a, 258a, 264a, 271b, 275a, b, 276a, 283a, 287a, b, 291b, 296b, 297a, 305a, 306b, 307a
クレータ人 32a, 84a, 87a, 118b
クレータ王家 系 16
《クレータの女たち》 34a
クレーッサ(地名) 287a
クレーテー 119a
クレーテー(アステリオーンの娘) 275a 「系 16」
クレーテー(デウカリオーンの子)
クレーテア(地名) 188b
クレーテーイス 119a, b
クレーティナイオン(地名) 306b
クレーティナ(市) 97b
クレーテウス Krētheus 3b, 28a, 35b, 45a, **119a**～b, 154a, 168b, 185b, 204a, 207b, 248a, 255a, 285b ; 系 6, 7
クレーテウス Kreteus 18a, **119b**, 159b
クーレーテス →クーレースたち
クレーニダイ門 164a, 167b
クレーヌーコス 262a
グレーノス 233表, 246b
クレブシュドラー(泉) 52b
クロー(野) 240a
クロアントゥス **119b**
クロイソス 15b, 20a, 24b, 205a,

247a
クロイモス 279a
クロイリア **119b**
クロエー **119b**
クロート— **119b**, 259a, 290a
クロトーポス 15b, **119b**, 128b, 137b, 300b
クロトーン **119b**～**120a**
クロトーン人 10a, 119a, 151a
クロニアー 181b, 210b, 302b ; 系 3・Ⅱ
クロニオス 219b
クロノス 24a, 25a, 27b, 46b, 50b, 60b, 66a, 72a, 81a, 88b, 89b, 94a, b, 99b, 104b, 108a, b, 109a, **120a**～b, 124b, 130a, 135b, 140b, 147b, 148b, 155a, b, 159a, 165a, 167b, 169b, 181a, b, 190a, 199a, b, 212b, 225a, 229b, 232b, 249b, 261b, 263b, 281b, 287a, 292b, 305a ; 系 1
クロノス(時) 95b, 191a
クロノスとレアーの海 48a
クロミアー 52b ; 系 6
クロミオス 219a
クロムミュオーン(地名) 120b, 160b, 186a
クロムミュオーンの牝猪 **120b**
クローリス 1. **120b**, 141b, 225b, 291a
クローリス 2. **120b**, 180a, 186a, 288a ; 系 7
クローリス 3. 18b, **120b**, 184a, 249b

ケ

ゲー 94a, 99b, **120a**
ケイマロオス 266b
ケイローン 11b, 13b, 14b, 17b, 30b, 45a, 71a, 81b, 82b, 84b, 100b, 110a, **120a**～b, 124b, 162b, 193b, 202b, 207a, 212b, 225a, 244b, 254b, 255a, 260b, 281a, 285a
ケウトーニュモス 284a
ケオース(島) 16b, 31a, 49b, 109a
ケクロビス(地名) 144a
ケクロプス 1. 14b, 15a, 21a, 32a, 39b, 71a, 72b, 113a, 118b, **120b**～121a, 126b, 249b, 251a, 262a ; 系 19・Ⅰ
ケクロプス 2. 73b, 91a, 111a, **121a**, 200a, 218a, 222b, 281a ; 系 19・Ⅱ
ケクロペイア(地名) 121a
ケーシアス 81b
ケストリーノス 258a
ゲータイ族 103b, 175a, 197a
ケーダリオーン 89a, **121a**, 231b

索引

ケート 67b, 94a, 112a, **121a**, 127b, 144a, 185b, 230a, 267b, 269b, 298a ; 系 2
ケーナイオン(岬) 174a, 246a
ゲニウス・ヨウィアーリス 144b
ゲネトリークス **121a**
ケバリオーン **121a**
ケバリダイ族 121a
ケバレーニア(地名) 88a, 121b, 265a, 268a, 294b, 304a, 308a
ケバロス 3a, 15a, 29b, 54a, 67a, 106a, 116a, 121a〜b, 126b, 154a, 188a, 191b, 222b, 223a, 251a, 254a, 261b, 294a, b, 304a ; 系 9, 19・I, II
ケービーソス(アッティカの) 53a, 73b, 166b, 170b, 218a, 286b ; 系 19・II
ケービーソス(ボイオティアの) 34b, 179b
ケプリオネース 219a
ケプレーン 80a, 138b
ケーペウス 1. 44a, 48a, 96b, **121b**, 205a, 251b, 252a, 258b ; 系 4, 5・I
ケーペウス 2. 11a, 39a, 42b, 121b〜**122a**, 138b, 183a, 243b ; 系 15
ケーペウス 3. **122a**, 289a
ケーペーネス人 121b
ケーユクス 1. 64b, **122a**, 150b, 202b, 212a, 233a, 244a, 245b
ケーユクス 2. 32b, 33a, **122a**, 143a
ゲライストス 205b
ゲライストス(岬) 259b, 276b
ケライナイ(地名) 272a
ケライノー 1. 7b, **122a**, 197b
ケライノー 2. 66b, **122a**, 181b, 220b, 221a, 303b ; 系 3・II
ケライノー 3. **122a**, 145b
ケライノー 4. **122a**, 170b, 286b
ケライノー(プロメーテウスの妻) 158a, 224b ; 系 1
ケライノス 95b, 122a
ゲーラス 214a
ゲラナ **122a**〜b
ゲラーノール **122b**, 137b, 146a
ケラムボス **122b**
ケラメイコス(地名) 122b, 307b
ケラモス **122b**
ケリドーン 10b
ゲーリュオネウス →ゲーリュオーン
ゲーリュオネース →ゲーリュオーン
ゲーリュオーン 40a, 48a, 65a, 68a, 72b, 82b, 88a, 90a, 95b, 101b, 106a, 114a, 119b, **122b**, 123b, 128a, 136a, 139a, 169b, 184a, 211b, 239b, 240a, 241b, 243a, 245b, 250b, 284a, 299b, 300a, 306a ; 系 2
ケーリュクス **122b**
ケーリュケイオン 253b, 254a
ケーリューケス 64a
ケリュネイア(地名) 238a
ケール 122b〜**123a**, 181b
ケルカボス 46b, 81a, 99b, **123a**, 248a, b
ケルキュオーン 1. 28b, 40b, **123a**, 160b, 203b, 262b
ケルキュオーン 2. 12a, b, **123a**
ケルキュセラー 52a
ケルキューラ 18b, **123a**, 127b, 186a
ケルキューラ(島) 37a, 51a, 52a, 96a, 172b, 186b, 231a, 287b, 288a
ケルケテース 145a
ケルコープスたち 88b, 123a〜b, 242a, 245b
ケルコーペス →ケルコープスたち
ケルシダマース **219a**
ケルシビオス 237a
ケルソネーソス(地名) 2a, 38a, 196b, 228a, 258a, 262b, 266a
ケルテー 48a
ケルドー 180b, 269b
ケルト人 36b, 100a, 184a, 202a, 208b, 209a, 293a, 296a
ケルトス 100a
ケルビダース **123b**
ケルベロス 68a, **123b**, 162a, 226b, 235b, 241a, b, 247a, 278a, 284a ; 系 2
ケルミス **123b**, 144a
ケルモス(山) 138a
ケレアーリア祭 124a
ケレウトール **123b**, 170a, 303b
ケレオス 46b, 73b, 123b, 123b〜**124a**, 165b, 166b, 175a, 188a, 218a, 266b, 279b
ゲレオンテス 48b
ケレース 62a, 94b, 109b, **124a**, 129b, 165a, 166a ; ――・デーメーテール 62a, 301a
ゲレーニア(地名) 134a, 186a, 243b, 270b
ケーレピアー **124a**, 265b
ケレル 311b
ケレンデリス(市) 106a
ゲロー **124a**, 291b, 298b
ケロエッサ **124a**, 206b
ゲローノス 68a
ケンクレアイ(港) 226b
ケンクレアース 226b
ケンタウロス 11b, 13b, 14b, 17b, 19b, 45a, 50a, 65a, 71a, 95a, 110a, 111b, 113b, 120a, b, **124a**〜**125b**, 127a, 137a, 150a, 159b, 162a, 174a, 175b, 184a, b, 185a, 198b, 202b, 203a, 207a, 209b, 211b, 212a, 226b, 238b, 241a, 244a, b, 245a, 254b, 266b, 267a, 268a, 269a, 282a, 285b, 298a, 310a
ケンティマヌス **125b**

コ

コイオス 18a, **125b**, 155b, 215a, 252a, 261a, 309a ; 系 1
コイラノス 1. 24b, 113a, 117a, **125a**, 264a, b ; 系 7
コイラノス 2. **125a**
コイラノス 3. **125a**
コイラノス 4. **125a**
幸福の島 34a, 72b, 88a, **125a**, 140a, 191a, 303b
《コエーポロイ》91a, b, **125b**
コオーン 55b
コーカロス **125b**, 143b, 275b
コーキュートス 16a, **125b**, 190b, 222a
コクレス **125b**〜**126a**
コース(地名) 15b, 17b, 25b, 66b, 69b, 102b, 103a, 162b, 226a, 242b, 255a, 267a
コットス 107a, **126a**, 227b
コテュス **126a**
コテュス(マネースの子) 101b, 271b, 304a表
コテュットー →コテュス
コテュッティア祭 126a
コテュトー →コテュス
コトゥルソス 277a
コドロス 40a, 43b, **126a**, 186a, 282a
コーパイス(湖) 34b, 249b
コプレウス 56a, **126a**, 237b, 250a
コマイトー 1. 126a〜b, 217b ; 系 5・I
コマイトー 2. 66a, **126b**
コマータース **126b**
コムビターリア祭 271b
コムペー 118b, **126b**
コメーテース 1. **126b**, 154a, 179b
コメーテース 2. **127a**, 154b ; 系 13
コメーテース 3. **127a**
コメーテース 4. **127a**
コメーテース(アステリオーンの父) 18b
コーモス **127a**
コライノス **127a**
コラクス 70b, 299a
コリーナ門 263a
コーリュキアー **127b**, 303b

コーリュキオン洞窟 **127a** 168a, 170b, 253b
コーリュキデス 127a
コーリュコス 133a
コリュトス 1. 74a,**127a**,147b
コリュトス 2. **127a**,171b
コリュトス 3. **127a**
コリュトス 4. **127a**
コリュトス 5. **127a**
コリュネーテース 39a,**127**a,250a
コリュバース(イーデー 2.の父) 52b,302a
コリュバースたち 26b,45a,51a, 99a,109b,118b,126b,**127**a〜b, 148a,305a
コリュバンテス →コリュバースたち
コリントス 131a,b,**127**b,132b, 272a
コリントス(地名) 3a,4b,5b,15b, 16a,25a,30b,33b,40a, 45b,50b,59b,62b,68a,70b, 77a,79a,80b,84b,90a,112a,b, 117a,b,118a,127a,b,131b,132b, 136a,147a,155a,160b,161b, 170a,173a,186a,218a,226b, 227a,234a,b,239a,245b,250a, 258a,b,259a,261b,262a,267a, 268b,280b,281a,287b,297b
コリンナ 249b
ゴルガソス 270b
コルキス(地名) 1a,3a,19a,25a, 35a,36a,37a,53a,63a,102b, 108b,110b,127b,183b,194b, 205a,219b,220a,252b,280a,b
ゴルギュティオーン 219a
コルキューラ →ケルキューラ
コルキューラ(島) →ケルキューラ(島)
ゴルキューラ 16a,17a
ゴルゲー 1. 43b,79b,81b,**127**b, 150a,153b,167a,173a,288b, 289a；系 11
ゴルゲー 2. **127**b
ゴルゲー 3. **127**b,145a
ゴルゴーピス **128**a
ゴルゴーピス(湖) 127b
ゴルゴポネー 1. 31b,44a,80b, **128**a,168b,248b,252a,306b； 系 5・Ⅰ,14
ゴルゴポネー 2. **128**a,144b
ゴルゴポノス 1. **128**a
ゴルゴポノス 2. **128**a
ゴルゴー(ン) 1. 4b,27b,21a, 22a,44a,64a,82b,101b,112a, 114a,121a,122a,**127**b〜**128**a, 138b,145a,146a,251b,265b, 276a；系 2
ゴルゴー(ン) 2. **128**a 145a；—の頭 128a

コルシカ(地名) 268a
ゴルディアース **128**a〜b
ゴルディオン(市) 128a,b
ゴルテュス(ステュムパーロスの子) 138b
ゴルテュス(テゲアーテースの子) 159b,270a
ゴルテュス(ラダマンテュスの子) 297a
ゴルテュス(地名) 159b
ゴルテュニア(市) 88a
ゴルテュン(地名) 52b,67a,298a
コルトーナ(地名) 88a,127a,147b
コルニクルム(地名) 82a,b
コルヌー・コピアイ(アマルテイアの角) 27b
コルネーリウス・コッスス 293b
コレー **128**b,165a,252b；—・ペルセポネー 165a
コレーソス(市) 271b
コロイボス 1. 119b,**128**b
コロイボス 2. **128**b,276a
コローニス 1. 17a,b,50b,**128**b, 221b,270b
コローニス 2. **128**b
コローニス 3. **128**b〜**129**a,217a
コローニス(ヒュアデス) 206a
コローニスたち **128**a
コローニデス →コローニスたち
コローネー 128b
コローネイア(地名) 18b,194b, 222a
コローネウス 128b
コローノス **129**a,244a,298a, 307b；系 15
コローノス(シーシュポスの孫) 170a,194b,222a；系 10
コローノス(ラーメードーンの父) 299a
コローノス(地名) 78a,162a
コロポーン(地名) 30a,102b,113b, 262b,267a,296b,308a
コロンタース 111b
コンコルディア **129**a,263b
コーンスアーリア祭 129b
コーンスス 88b,129a,184b,311b
コンスタンティヌーポリス・イスタンブール 124a,206b
コーンセンテース・デイー(ディー) **129**b,154b
コンニダース 160b

サ

サイス(地名) 22b
サオー 185b
サオコス 118b,126b
サガリーティス 20a,**120**a
ザキュントス 147b
ザキュントス(地名) 7a,87a

サクスム・サクルム(聖岩) 263a
ザグラ(地名) 151a
ザグレウス 46a,**129**a〜b,153a, 252b
サッポー 188a
サテュリアー 52a
サテュロス 28a,35a,41b,**129**b〜 **130**a,135a,b,151b,152a,b, 182b,189b,214b,218b,272a, 302a
《サテュロス》 34a,91a,136b, 163b,177a
サートゥルナーリア祭 130a
サートゥルヌス 6a,81a,88b,94a, 120b,**130**a,202a,292b,305a,b
サバージオス **130**a
ザビオス 104a
サビーニー(地名) 139b,292b, 299b
サビーニー人 59a,60a,80a,111a, 131a,144b,147a,148a,250b, 251a,261b,272b,293a,b,311b, 312a
サモス(地名) 21b,32b,50a,56b, 81b,133a,205a,232b,270a, 277b,297b
サモトラーケー(地名) 45a,51a, 74a,90b,99a,127a,130b,147b, 181a,198a
サラーキア **130**a,184b
サラーピス 24b,25a,50b,68b, **130**a,142b
サラミース 18b,108a,**130**a；系 17 158b
サラミース(市) 23b,64b,106b, 158b
サラミース(島) 1b,2a,b,3a, 100b,108a,158b,158a,b,161a, 169a,186a,254b
サラミース(湾) 46a
サラムボー **130**a〜b
サリア 97a
サリイー 97a,**130**b,272b
サリオス 97a,**130**b
サルゴン 106b
サルース **130**b
サルデイス(地名) 106b
サルディーア(地名)48a,b,244a, 268a
サルノー(地名) 80b
サルペードーン 1. **139**b,239b, 268a
サルペードーン 2. 18a,30a,43a, 57b,61b,67a,110b,112b,**130**b, 141a,146a,176a,224a,230a, 258b,275a,277a,295b,296b； 系 1,4,10,16
サルペードーン(アンティパテースの父) 43a
サルマキス **131**a,253a
サルミュデーッソス(地名) 15b, 100a,205a
サルモーネウス 3b,32b,69a,

119b, **131**a, 132a, 147b, 154a, 168b, 185b, 230b, 247b, 285b；系6,7
ザレクス 310a
サレンティーニー(地名) 53a
サンガリオス 20a, **131**a〜b, 227b, 276a
サンガリオス(河) 10a, 14b, 46a, 219b
サンクス **131**b
サンダース **131**b
サンドコス 106a；系19・Ⅰ
サンドーン **131**b

シ

シウァ 30a
シカルバース 134a, 156a
シキノス(島) 173a
シキュオーン **131**a, 140a, 267a, 272a, 281b, 299a
シキュオーン(市) 4a, 18b, 22a,b, 23b, 28a, 41b, 46a, 70b, 131a, 140a, 147b, 165b, 169a,b, 170a, 182a, 196a, 222a, 295b, 266b, 277a, 285a, 286a, 296b, 299a, 306b
シクリー人 26a, 52a
《仕事と日々》 81a
シーシュポス 3a,b, 4b, 10a, 41b, 50b, 84b, 90a,b, 112b, 117b, 127b, **131**b, 146a, 147a, 154a, 168b, 170a, 173a, 194b, 198a, 221a, 222a, 226b, 258a, 261b, 280a, 287b, 289b, 294b, 307a, 308b；系3・Ⅱ, 10
《シーシュポス》 177a
シシリア(地名) 6a, 7a,b, 15b, 21a, 30b, 38b, 41a, 46a, 48b, 52a, 72a,b, 73a, 75b, 90a, 100a, 101b, 104a, 105b, 107a, 108a, 114a, 125b, 143b, 146b, 151a, 165a, 166a, 168a, 175a, 179a, 187b, 191a, 194b, 196a, 199b, 240a,b, 249a, 275b, 287a, 294a, 299a
シーデー 1. **132**a
シーデー 2. **132**a
シーデー 3. 89a, **132**a
シーデー 4. **132**a
シーデー 5. **132**a
シデーロー 131a, **132**a〜b, 168b, 185b, 247b
シートーン 117a, 166b
シドーン(地名) 15b, 132a, 256a, 260b
シニス 50b, 127b, **132**b, 160b, 204b, 249a, 285b
シノーペー **132**b, 134b
シノーン 7b, 12a, 52b, 85b, **132**b

〜**133**a, 138a, 148a, 158a, 168a, 170a, 173a, 174a, 177a, 177b, 183a, 191b, 220b, 226a, 230b, 256b, 257b, 267a, 268a, 270b, 282b, 283a, 295a, 308a；系9
シバイ(地名) 156a
シビュラー →シビュレー
シビュレー 7a,b, 8a, 27a,b, 38b, 112b, 124a, **133**a〜b, 155a, 156b, 273b, 286b, 298b；系18
シビュロス(トモーロスの父) 173b
シビュロス(ニオベーの子) 180a
シビュロス(山) 20a, 148b, 149a, 180a, 199b
ジブラルタル(海峡) 22b, 240a
シモエイス 18a, 71b, **133**b〜**134**a, 177b；系18
シャムシ・アダド五世 142b
シュカイオス 7b, 16a, 134a, 156a, 206b
シューネ(河) 91a
シュノイキアー祭 61b
シュバリス 1. 33a, **134**a
シュバリス 2. **134**a
シュマイティス 13b
シュムプレーガデス岩 36a,b, 63a, 107a, **134**a
《シュムポシオン》 75b, 230b
シューメー 46b, **134**a
シューメー(地名) 182b
シューラクーサイ(地名) 38b, 40a, 90a, 107a
シュリア・デア 19b, **134**a
シュリエー(島) 63b
シュリーマン 176a
シューリンクス **134**b, 198b, 199a, 253b
シュルティス(地名) 37a
シュルナー 262b
シュルロス(市) 262b
シュレアー 127b, 132b
シュレウス 88b, 111a, **134**b, 242a, 245b
シュロス 132b, **134**b
シュンカイオス →シュカイオス
小アジア 24a, 27a, 29b, 43b, 76b, 91a, 93b, 99a, 106b, 113b, 127a, 130a, 131a,b, 147b, 149b, 151b, 157b, 166b, 171b, 176b, 180a, 188a, 193a, 197a, 199b, 206b, 201a, 213a, 218b, 222b, 224a, 231b, 239b, 250b, 253a, 260a, 269b, 272a, 273b, 276a, 277b, 291a, 298b, 303a, 304a, 306b
シリア(地名) 15b, 17b, 19b, 21a,b, 44b, 96a, 106a, 110b, 121b, 134b, 141b, 152b, 158b, 168a, 206b, 208a, 220b, 264b
シーリス(山) 102b
シルウァーヌス **134**b〜**135**a, 199a,

212b
シルウィア 135a
シルウィウス 16b, 17a, 47a, **135**a, 168a, 294b
シーレーノス 124b, 129b, 130a, **135**a〜b, 137a, 151b, 152a, 182b, 189b, 218b, 269a, 272a, 273a, 274a, 310b
白い島 10a, 14a, 43a, 257a
シロス 33b, **135**b, 174a
シロス(ケルコープス) 123a
シンティエス 231b
《神統紀》→《テオゴニアー》
《神統紀》(オルペウスの) 90a
新ピュータゴラース派 27a

ス

スアーダ **135**b, 226a
スカイアイ門 177b, 195b, 296a
スカイエー 144b
スカマンドリオス 1. 16b, 17b, **135**a
スカマンドリオス 2. **135**a
スカマンドロス 51a, 58a,b, 70a, 101b, 110a, 111a, 133b, **135**a〜b, 138b, 147b, 158a, 177b, 219a, 308a；系18；──・クサントス 58a
スカマンドロディケー 107b
スキアーポデス **135**b
スキオーネー(市) 6a
スキュタイ族 →スキュティア人
スキュティエー(池名) 27a, 206b, 225a, 305a
スキュティア(スキュテース)人 68a, 158b, 208b, 236a, 272b
スキュテース 68a
スキュピオス **135**b
スキュラ 1. 37a, 83b, 87a, 101b, 111b, 112a, **135**b〜**136**a, 139b, 268a 「系19・Ⅱ」
スキュラ 2. 103b, **136**a, 181a；
スキュリオス 5a
スキュレー →スキュラ
スキュレティオン(地名) 282b
スキューロス(地名) 10a, 13b, 52a, 55b, 85a, 155a, 162a,b, 166b, 183a, 193b, 209b, 282a, 303b
スキラ祭 174b
スキーロス 1. **136**a
スキーロス 2. **136**a, 161a
スキーローン 1a, 100b, **136**a〜b, 160b, 262b
スキーローン(地名) 136
《救いを求める女たち》 **136**b〜**137**a, 164b
スケイーニス(岩) 65a, 233b
スケイローン 100b, **136**a, 254a
スケダソス 202b

索引

スケディオス 56a, **137**a
スケプロス 159b, 270a
スケリア(島) 32b, 37a, **137**a, 178a, 179a, 186b, 307a
スケリエー →スケリア
スコイネウス 1. 116b, **137**a, 289a
スコイネウス 2. 19a, b, **137**a, 165a, 307b ; 系8
スーサ(地名) 284b
スタピュロス 1. 24a, 30b, 80a, **137**a, 172a, 196b, 252b, 291b, 304b, 310a ; 系16
スタピュロス 2. **137**a
スタピュロス 3. 71b, **137**a
スタピュロス 4. **137**a
スティムラ(森) 271b
スティリコー 133b
スティルベー 1. 108b, 117a, **137**a, 230b
スティルベー 2. 10a, **137**b
ステーシコロス 10a, 74a, 92b, 107b, 256a, 283b, 297b
ステニュクラロス(地名) 119a
ステネボイア 15a, 25b, 39a, 48a, **137**b, 222a, b, 227a, 258a, b, 303b ; 系5・II, 15
《ステネボイア》 **137**b
ステネラーオス 167a
ステネラース 119b, 122b, **137**b
ステネレー 1. **137**b, 145a
ステネレー 2. **137**b, 190b
ステネロス 1. 23a, 29a, 31b, 33a, 44a, 55b, 64b, **137**b, 180b, 235b, 237a, 252a, 294a
ステネロス 2. **137**b
ステネロス 3. 31b, 65b, 114b, **137**b〜**138**a, 184b ; 系16
ステネロス 4. 23b, 55b, 69b, 98b, 126b, **138**a ; 系5・II
ステネロス 5. **138**a, 145a
ステネロス 6. **138**a
ステュクス 13b, 67b, 82b, 125b, **138**a, 141a, 143b, 169b, 180b, 184b, 190a, 192a, 196a, 201a, 224b, 252b, 271b ; 系2
ステュグネ 145a
ステュムパーリス 297b
ステュムパーリデス 1 **138**a, 238b
ステュムパーリデス 2 **138**a
ステュムパーロス 12a, 70b, **138**a〜b, 197a, 238b, 246b ; 系15
ステュムパーロス(地名) 138b, 156a, 233a, 238b ; ――の鳥 81a
ステルクルス 202a
ステルケース 202a
ステルノプス 187b
ステロペー 1. 80a, b, **138**a〜b, 148b, 203a, 269b ; 系3・II
ステロペー 2. 65a, 79a, **138**b, 140a, 268a ; 系11

ステロペー 3. **138**b, 221b ; 系11
ステロペー 4. 122a, **138**b
ステロペー 5. **138**b, 254b ; 系7
ステロペー 6. **138**b
ステロペー(アイテールの子) 6a
ステロペー(太陽神の娘) 66b
ステントール **138**b
ステンノー 127b, 138b, 251b
ストア学派 141b
ストラティオス 116b ; 系8
ストラティコス 184b
ストラトニーケー(エウリュトス2.の母) 65b
ストラトニーケー(プレウローンの子) 221b ; 系11
ストラトラーオス 197a
ストラボーン 48b, 297b
ストリューモー 110a, 135b, **138**b, 156a, 219a, 296a ; 系18
ストリューモーン 35a, **138**b〜**139**a, 183a, 187b, 308a
ストリューモーン(河) 211a, 240b, 302a
ストロパデス(群島) 100a, 197b
ストロピエー(泉) 51a
ストロピオス 1. 74a, b, 91b, 92b, 113b, 135a, **139**a, 210b ; 系13, 17
ストロピオス 2. 31a, 74b, **139**a, 210b, 282a ; 系17
ストロムボス 124a, 207a
ストロムポリ(地名) 3a
ストロンギュレー(地名) 3a, 56b
スーニオン(岬) 283a
スパイリア(島) 6b, 139a
スパイロス **139**a, 160b
スパルタ(地名) 12b, 25a, 38a, 39a, 49b, 56a, 76b, 80b, 83a, 84a, 89b, 92b, 93b, 109a, 139a, 148a, 151a, 154b, 162a, 168b, 169a, 172a, 176b, 190a, 193a, 195b, 198a, 202b, 221b, 223a, 225a, 230b, 231a, 239a, 243b, 256a, 257a, 264b, 265a, 278a, 282b, 302b, 308b
スパルタ王家 系14
スパルタ人 28b, 72b, 150b
スパルテー 65b, 67a, **139**a, 205b, 296b ; 系14
スパルトイ 41b, 76b, 77a, 97b, 111b, **139**a, 157a, 181b, 283b, 285a, 298b, 302b
スパルトーン 154b
スピューロス 270b
スピンギオス 19a
スピンクス 68a, 77b, 90a, 118a, 187b, **193**a〜b, 201b, 283b ; 系2
《スピンクス》 163b

スプサクサーナ 263a
スプリウス・ラルティウス 264a
スプリキウス橋 125b, 220b, 264a
スペイオー 185b
スペイン 106b, 230a, 240a
スペクルム・ディアーナイ 150a
スペーッラ 177b
スペリー 59b
スペルケイオス **139**b, 175b, 265b, 282a
スペルブス(王) 133b
スペルモー 24a
スポラデス(群島) 113b
スミークロス 218b
スミュルナ(地名) 113b, 139b
スミュルナー 1. **139**b
スミュルナー 2. 21a, 106a, **139**b, 276a
スミンティオン(地名) 54b
スミンテウス **139**b
スミンテー(町) 139b
スムーラス **139**b
スメルディオス(地名) 307a

セ

セイリオス **139**a
セイリオス(星) 31a
セイレーネス →セイレーン
セイレーノス →シーレーノス
セイレーン 16a, 37a, 72a, 86b, 90b, 100a, 138b, **139**b〜**140**a, 170b, 197a, 217b, 277b ; 系11
ゼウクシッペー 1. 73b, **140**a, 214a, 217a ; 系19・II
ゼウクシッペー 2. 131a, **140**a, 267a, 299a
ゼウクシッペー 3. **140**a
ゼウクシッペー 4. **140**a ; 系7
ゼウス 1a, b, 4a, b, 6b, 10b, 11a, 13a, 14a, b, 17b〜22a, 23a, b, 24a, 25a, 26a, b, 27b, 28b, 29b, 30a, 31a, b, 32b, 33b, 34b, 35a, 36b, 37b, 39a, b, 40b, 41a, b, 45a, 46a, 47a, b, 48b, 50a, 51b〜53b, 56b〜59a, 60b, 61a, b, 64b, 66a, b, 67a, 68b, 69a, 72a, 74a, 75b, 76a, b, 80b, 81a, b, 83a, 87a, 88b, 89b, 90b, 92a, 94b, 95a, 96a, 97a〜98b, 99b, 100b〜102a, 103a, 104a, 105a, b, 107b, 108b, 109a, 110b, 115a, 118b, 119a, 120a, b, 122a, b, 123b, 124a, 126b, 127a, b, 129a〜131b, 132b, 133a, 134a, 135a, b, 137a, 138a, **140**a 〜141b, 142b, 143a, 144a, 145b, 146b, 147a〜149a, 150b, 151a, 152a, 153a, 154b〜156a, 157b, 158a, 159a, 161a〜162b, 164a 〜166a, 167a, b, 168a, 169b〜

索引　354

171a, 172b, 173b, 174a,b, 176b, 178a, 180a〜182a, 183b, 184b, 185a, 187a〜189a, 190a,b, 192a,b, 194b, 195a,b, 196b, 197a, 198a, 199a,b, 200b〜202a, 205a〜207a, 208a,b, 210b, 211a, 213b, 216b, 217a, 218b, 220a, 221a, 222b, 224a〜227a, 228b〜230a, 231b〜233b, 234b, 235b, 236a, 237a,b, 239a〜241a, 242a,b, 246a, 247a, 249b, 250a, 251a, 252b, 253a,b, 255b, 256a, 258b, 260a, 261b〜263b, 268b〜270a, 271a,b, 272a, 273a, 275a〜276b, 278a,b, 279b, 281b, 283b, 284a, 285a, 287b, 289a, 290a, 292b, 293b, 295b, 296a,b, 298b, 299b, 300a, 301b, 303a, 304a表, 304b, 305a, 307a, 308b, 309a, 310a,b ; 系1, 3・II, 4, 5・I, 6, 9, 10, 13, 14, 15, 16, 17, 18 ; ――・イトマース 52b ; ――・エレウテリオス 141b ; ――・クテーシオス 141b ; ――・クーロス祭 118b ; 子供の――祭 118b ; ――・サバージオス 130a ; ――・ソーテール 141b ; ――・ヘカレイオス, ――・ヘカレーシオス 161a, 228b ; ――・ヘルケシオス 183b ; ――・ユーピテル 156a ; ――・ラビュスティオス 19a ; ――・リュカイオス 32b, 188b, 301a,b
セクストゥス 305a
セゲスタ 114a
セゲスタ (市) 15b, 114a
セゲステー 15b
セストス (市) 306a
ゼーテース 35b, 36a, 117b, 141b, 205a, 269a ; 系19・II ; カライスと―― 100a
セト 50b, 82b, 269a
ゼートス 10b, 18b, 28b, 41b, 52b, 70b, 114a, 117b, 141a, 141b, 157a, 164b, 294a, 303a, 310b ; 系1, 3・II
セーピアス (岬) 217a
ゼピュロス 25b, 58b, 67b, 141b, 186b, 194b, 197b, 205b, 214b, 217a, 225b, 262b, 264b, 268b ; 系3・I
セプテーリア 26a
セーベーティス 80b
セーペートス 80b
セミーラミス 19b, 99b, 141b〜142b, 181b
セム族 181a, 258b
セムナイ 72a
セメレー 11a, 14b, 97b, 129b, 141a, 142b, 152a, 153a, 167a, 189a, 198a, 260a, 307a ; 系1, 4

セーモー・サンクス 131b
セラーピス 130a, 142b
セラーペイオン (地名) 142b
セリーノス 49a, 249b
セリーボス 44a, 124a, 145b, 154a, 251a,b, 265b
セルウィウス・トゥリウス 82a, 150a, 216a, 299b
セルゲストゥス 142b
ゼレイア (市) 102b, 199b
セレストゥス 142b
セレーネー 38b, 76b, 143a〜b, 149b, 155b, 179b, 189a, 199a, 208a, 227b, 248b, 305b ; 系1, 3・I ; ――・ボイベー 155b
セロイ 173b
ゼーロース 138a, 143b, 180b, 192a, 201a ; 系2

ソ

ソオス 223a
ソーコス 118b, 126b
ソーシス 247b
ソスピタ 143b
ソーテール 141b
ソポクレース 2a,b, 42a, 54b, 69a, 74a,b, 77a,b, 78a,b, 91a, 114b, 118b, 164b, 171b, 173b, 187b, 191b, 213a
ソムネス 143a
ソラクス (河) 38b
ソーラクテ (山) 143b, 215b
ソーラーヌス 143b
ソーリーヌス 220a
ソリュモイ人 227a, 258b
ソール 143a〜b, 248b ; ――・インディゲス 143b
ソーローン 133b, 205a

タ

ダイタース 270b
ダイダリオーン 104a, 143a, 212a
ダイタリダイ 144a
ダイダロス 12a,b, 32a, 46a, 48b, 50a, 62a, 125b, 163a〜144a, 148a, 161a, 188b, 189a, 242a, 252b, 275b, 281a,b, 298a ; 系19・I, II ; ――の祭 30a
タイナロス 71a
タイナロン (地名) 30b, 63a, 241a
ダイプローン 144b, 145b
ダイメネース 154b ; 系13
ダウナ 62a
ダウニア (地名) 144a, 154a
ダウニオス 46a
ダウヌス 41a, 46a, 60a, 144a, 154a, 173a, 212b, 292b
タウマキエー (地名) 282a

タウマコス 260a
タウマース 58a, 74a, 94a, 144a, 197b, 267b, 269b ; 系2
タウリス (地名) 3a, 29a, 38a, 55a, 74a, 93b, 94a, 114a, 150a, 173a, 210b, 252b, 257a, 283b
ダウリス (地名) 77a, 211b, 214b
タウロス 132a, 186a
タウロス人 54b, 176b
タウロポロス 55b
ダエイラ 73b
タキタ 299a
ダクテュロイ →ダクテュロスたち
ダクテュロスたち 123b, 144a
タゲース 144a〜b
ダスキュロス 239a, 303a
タソス 15b, 97a, 110b, 144b
タソス (島) 15b, 63b, 97a, 138a, 144b, 239b
タティウス 116a, 144b, 148a
ダナイス (ニンフ) 118b
ダナイスたち 144b〜145b, 146a, 209a
ダナイデス →ダナイスたち
ダナエー 15a, 24b, 65b, 141a, 144a, 145b〜146a, 154a, 222b, 251a, 252a, 265b ; 系1, 5・I, 14
ダナオイ 145b, 146a
ダナオス 5a, 9b, 14a, 15a, 24b, 28a, 63a, 65b, 67b, 70b, 90b, 101a, 112a, 117b, 122a, 127b, 128a, 132a, 136b, 137b, 144b, 145b, 146a, 149b, 175b, 203a, 209a, 211b, 222b, 251a, 258b, 262a, 265a, 266a, 276b, 304b ; 系4, 5・I
《ダナオスの娘たち》 136b
タナクウィル 82a, 299b
タナグラ (地名) 175a
タナグラー 3b
タナトス 22a, 123a, 130b, 131b, 146a, 208a, 291b, 309a
ダニューブ (河) 14a, 36b, 50b, 307a
タピオス 146a, 203b, 217b, 259b, 279a ; 系5・I
タピオス人 121b, 191b
ダプニス 106b, 146b, 148a, 182b, 300b
ダプニス (ケンタウロス) 244b
ダプヌース 90a
ダプネー 146b, 189a, 230b, 297b, 306b
タボス (地名) 126a,b, 146a, 254a, 290b
タボス人 29a, 33b, 146a, 217a, 265a, 300a
ダマイトス 262b
ダマシオス 260a
ダマシクトーン (ニオベーの子)

180a
ダマシクトーン（ペーネレオースの子）154a
ダマシッポス 系14
ダマステース 146b, 223a
ダマストール 179a, 265b
ダミアー 9a, 146b
タミュラース →タミュリス
タミュリス 90a, 146b～147a, 205b, 212b, 277b
タムース 199a
タムズ 21b
ダムナメヌス 144a
ダーモポーン 173a；系10
ダーモーン 271b
ターユゲテー 141a, 147a, 220b, 221a, 296b；系1, 3・Ⅱ, 14
ターユゲトス（山）150b, 243b
タラオス 18a, 22a, 24b, 28a, 31b, 72a, 119b, 147a, 164a, 196b, 201a, 203b, 224a, 258b, 267a, 279a, 304a
タラキーナ（地名）99b
タラクシッポス 1. 147a
タラクシッポス 2. 147a
タラッシウス 147a
タラッシオ 147a
タルクィトッス 176a
タルクゥイニア（地名）144b, 147a
タルクゥイニウス・コラーティーヌス 305a
タルクゥイニウス・スペルブス 82a,b, 133b, 134b, 273b, 293b, 299b, 305a,b
タルコーン 8b, 82b, 96a, 131b, 147a～b, 168b, 172a, 201a
ダルダニア 147b
ダルダネルス（海峡）176a
ダルダノス 6b, 41a, 45a, 51a, 58b, 62a, 71b, 74a, 99a, 117b, 127a, 133a, 141a, 147b, 158a, 192b, 193a；系1, 18
タルタロス 6a, 35a, 46b, 50a, 60b, 67b, 72a, 88b, 89a, 94b, 99b, 107a, 108a,b, 120a,b, 140b, 147b～148b, 155a,b, 167b, 190b, 243b
タルーティウス 20a
タルテーッソス（地名）240a
タルテュビアダイ 148a
タルテュビオス 85a, 106a, 149a, 177b
タルビオス 148b, 291a
タルペーイア 148a, 292b, 312a
タルマティウス 148a
ダルマティア（海岸）52a
タレイア 1. 26b, 146b, 148a, 277a
タレイア 2. 100b, 141a, 148a
タレイア 3. 148a
タレイア（ニンフ）194b

ダレース 1. 148a～b
ダレース 2. 148b
ダレース 3. 51a, 148b
タレントゥム（市）46a
タレントゥム（湾）102b
タロー（地名）263b
タロー（―）ス 1. 37a, 67a, 116b, 118b, 148b, 231b, 260a, 296b, 307a
タロー（―）ス 2. 143a, 148b, 252b
タロース（オイノピオーンの子）80a
タンタリダイ 148b
タンタロス 1. 28b, 59a, 90b, 98a, 115b, 141a, 147b, 148b～149b, 153a, 180a, 199b, 220b, 259a, 303a；系3・Ⅱ, 13
タンタロス 2. 12b, 115a, 149b, 180a, 221b
タンタロス 3. 149b, 180a

テ

デア・シュリア 149a
デア・ディーア 31b, 149a
テアーネイラ 149a, 169b, 174a
テアーノー 1. 12a, 15b, 43a, 55b, 106a, 112b, 149a～b, 193a
テアーノー 2. 3b, 149b
テアーノー 3. 145a, 149b
テイアー 67b, 143a, 149b, 155b, 192a, 208a, 248b；系1, 3・Ⅰ
テイアー（オーケアノスの娘）123a
ディーア（デーイオネウスの娘）50a, 153a, 226a
ディーア（リュカーオーンの娘）175b
ディーア（地名）30b, 161b
テイアース 21a, 149b
ディアース 149b, 221a
ディ（―）アーナ 38a, 59a,b, 60b, 68a, 81a, 99a, 129b, 143b, 149b～150a, 154b, 305b；―・ティーファナ 150a；―・ネモレンシス 150a
デーイアネイラ 16a, 37b, 48b, 62b, 79b, 81b, 127b, 150a, 173b, 174a, 184b, 212a, 233b, 233表, 234a, 241a, 243b, 244a, 245a, 246a,b, 270b, 288b, 289a, 300a；系5・Ⅰ, 11
デーイアネイラ（ペラスゴスの娘）247b, 301b
ティヴォリ（地名）156b
ディウス・フィディウス 131b
ディエスピテール 150b
ディオークシッペー（ダナオスの娘）145a
ディオークシッペー（ヘーリオスの娘）248b
ディオクレース 38b, 270b

ディオゲネイア（ケーピーソスの娘）73b, 218a；系19・Ⅱ
ディオゲネイア（ポルバースの娘）268b
デーイオコス 195b
ディオコリュステース 144b
ディオス（プリアモスの子）219b
ディーオス（マイオーン 2.の兄弟）270a
ディオスクーロイ 6b, 11b, 12b, 23b, 35b, 45b, 51b, 54b, 68b, 75a, 99a, 115a, 120a, 141a, 150b, 159a, 162a, 165b, 169a, 185a, 197b, 236a, 255a,b, 257b, 262b, 278b, 282a,b, 299b, 306b
テイオダマース 151b, 210a, 244a
ディオドーロス 23a,b, 109b, 237a, 244b, 281a, 286a, 296a, 302a
ディオナーイア 153a
ディオニューシア祭 163b
ディオニューシオス・ハリカルナッセウス 279b, 301b, 304a
ディオニューソス 10a, 16b, 19a, 24a, 27b, 28b, 29b, 30a, 31a, 32b, 38b, 41b, 42a, 45b, 46a, 49b, 56a, 66a, 71b, 79a,b, 80a, 82b, 90b, 91a, 99a, 104b, 105a, 115b, 118b, 122b, 124a,b, 128b, 129a,b, 130a, 135b, 137a, 141a, 142b, 150a, 151b～153b, 157b, 161a,b, 162b, 166a,b, 167a, 168b, 172a, 173a, 175a,b, 182a,b, 189a, 197a, 199a, 200a, 206a, 207b, 209a,b, 217a, 218b, 219b, 222a, 224b, 231b, 232a, 244b, 252a, 253b, 260a, 262b, 263b, 264b, 271b, 274a,b, 281b, 288b, 291b, 298b, 301a, 302a, 303b, 305a, 306a, 307a, 310a,b；系1, 4, 9, 16；――ザグレウス 153a, 192b；――バッコス 189b, 224b；――メラナイギス 286b
ディオーネー 1. 6a, 22a, 25a, 141a, 153a, 155a,b, 173b, 221a；系1
ディオーネー 2. 148b, 153a；系13
ディオーネー 3. 153a, 185b
ディオーネー（ヒュアデス）206a
デーイオネー 277b
デーイオネウス 50a, 153a
デーイオネウス（アイオロスの子）→デーイオーン
デーイオネウス（エウリュトスの子）249a
デーイオピテース 219b
ディオプレーテース 276b
デーイオーケー 64a
ディオメーデー 1. 15a, 117a, 121a, 153a, 154a, 209a, 261a；系6, 9, 17, 19・Ⅱ
ディオメーデー 2. 109a, 153b,

205b ; 系 14
ディオメーデー 3. **153**b
ディオメーデース 1.　25a, 39b, **153**b, 211b, 239a, 245b, 262b
ディオメーデース 2.　4a, 7a, 12a, 20b, 22b, 39b, 57a, b, 58b, 64a, 69b, 79b, 85a, b, 102a, 107a, 112b, 123b, 126b, 138a, 144a, **153**b, 156b, 166b, 167b, 170a, 177a, 178b, 179a, b, 183a, 190b, 193a, b, 194a, 195b, 199b, 209b, 213a, 214b, 216b, 232a, 256b, 260b, 264b, 282b, 283a, 285b, 289b, 295b, 303a, b, 308a, b ; 系 7, 11 ; ——の島 154a
ディオーレース 10a
デーイオーン 3b, 15a, 101a, 113b, 116a, 121a, b, 153a, **154**a, 209b, 261a ; 系 6, 9, 17
デーイオーン(エウリュトス 2. の子) 65b　　　　　「212a」
デーイオーン(ピローニスの母)
ディカイオス 134b
ティガシス 246b
ディクテー **154**a
ディクテー(地名) 140b
ディクテュス 124a, 145b, 146a, **154**a, 179a, 251a, b, 265b, 271a
《ディクテュス》 281a
ディクテュンナ **154**b, 220a
ティグリス(河) 142a
ディケー 18b, 141a, b, **154**b, 196b, 263b
デーイコオーン 236b, 246b
ティコリュントス(市) 48b
デイー(ディー)・コーンセンテース 154b
ティーサメノス 1. 31b, 93b, 127a, **154**b, 191b, 234a, b, 253a ; 系 13
ティーサメノス 2. 9b, **154**b, 169a, 170a ; 系 4
ティーサンドロス 281a
ティーシボネー 1. 53b, 72a, 105b, **154**b
ティーシボネー 2. 154b〜155a
ディース 190a, 272a
ディスコルディア 71b
ディース・パテル 89b, 143a, **155**b, 215b, 220b, 223b
ティスベー **155**a, 210b
ティソーア 138b
ティーターニス **155**a
ティーターノマキアー 55a, **155**a, 155b
デーイダメイア 1a表, 13b, **155**a, 183a, 258a, 303b
デーイダメイア →ヒッポダメイア
デーイダメイア(ペリエーレースの娘) 159b　　　「娘) 130b」
デーイダメイア(ベレロポーンの)

ティーターン 4a, 10a, 18a, b, 22a, 46a, b, 60b, 67b, 81b, 82b, 94a, b, 98b, 99b, 105a, 120a, 125a, 129a, 138a, 140b, 143a, 147b, 153a, 155a, **155**b, 159a, 163a, 165a, 180b, 181a, 189b, 190a, 192a, 194a, 201a, 208a, 224b, 225a, 227b, 252a, 283b, 284a, 309a ; 系 1
ティティアース 268a
ティテュオス 26b, 38a, 63a, 67b, **155**b, 274b, 297a ; 系 1, 9
ティティオス(ポールモスの父) 268b
ディデュマ 27a, **155**a
ディデュモイ(地名) 218b
ディテュランボス(詩) 30b
ディード 7a, b, 8a, 16a, 44b, 47a, 72a, 112a, 134a, 142b, **155**b〜**156**a, 206b, 258b
ティトゥス・タティウス 60a, 139b, 312a
ティトゥス・ヘルミニウス 264a
ティートーノス **156**a, 240b, 245a, 284a ; 系 3・Ⅰ, 18, 19・Ⅰ
ディノー 112a, 251b
デイノス 153b
ディー・パレンテース 272a
ティービュス 35b, 36a, 41a, 73a, **156**a, 179a, 303a
デーイピュレー 22b, 153b, **156**a〜b, 167a ; 系 7, 11
デーイピュロス 58b, **156**a, 266a
デーイピロス →デーイピュロス
ティーファータ(山) 150a
ティーブル(地名) 38b, 97a, 133a, 156b
ティーブルトゥス 97b, **156**b
ティーブルヌス **156**b
ティベリウス 199a, 227b, 273b
ティベリス 292b
ティベリス(河) 156b
ティベリーヌス **156**b
ティベル 8a, 9a, 156b, 273b, 306a
ティベル(河) 62a, 98b, 103a, 109b, 119b, 139b, 142b, 264a, 292b, 305b, 311b
デーイポベー **156**b
デーイポベー(地名) 133a
デーイポボス 17a, 58a, **156**b, 177a, 193a, 195a, 219a, 227a, 229a, 256b, 257b, 264, 283a, 287a ; 系 18
デーイポボス(ヒッポリュトスの子) 242a
デーイポンテース **156**b, 166a, 191b, 204b, 211b ; 系 5・Ⅰ
《ティーマイオス》 22b
デーイマコス 1. 3b, 98a, **157**a ; 系 6

デーイマコス 2. **157**a, 186a
ティーマゴラース 289a, b
ディー・マーネース祭 272a
ティーマルコス 278b
ティーマンドラー 62a, 68a, 104a, 115a, **157**a, 168b, 211b, 255b, 279a, 308b ; 系 14
ディモイテース **157**a
ディモス 25b, 39b, 263b
ディーライ 72a, **157**a
ティーリュンス 15a, 29a, 44a, 48a, 56a, 65a, 108b, 137b, **157**a, 194b, 222a, b, 237a, 242a, 252a, 258a, 264a, 278a, b, 286a
ディルケー 16a, 28b, 41b, **157**a, 303a ; ——の泉 51a
テイレシアース 9a, 29b, 33b, 42b, 70a, 77b, 78b, 83b, 86b, 87b, 100b, 115b, 118a, 154b, **157**a〜b, 164a, 179a, 189a, 202a, 215a, 233b, 235b, 260a, 273b, 283b, 291a, 296b
ティーレシアース **157**b
ディンデュメーネー 109b, **157**b〜**158**a
ディンデュモン(地名) 157b
デウカリオーン 1. 3b, 10b, 14a, 28b, 53a, 70a, 81a, 88b, 92b, 101a, 116a, b, 121a, 122b, 147b, **158**a, 164b, 167a, 170b, 177b, 181b, 206a, 209b, 224a, 253b, 258b, 271a, 286b, 301b, 303a, 310a ; 系 1, 6, 11, 17
デウカリオーン 2. 52b, **158**a, 161b, 162a, 275a, 291b ; 系 16
テウクロイ人 51a
テウクロス 1. 51a, 135b, 147b, **158**a ; 系 18
テウクロス 2. 1a表, 2b, 3a, 23b, 64b, 106a, 112b, **158**a, 169b, 177a, 257b, 285b ; 系 17
テウタミデース 252a
テウタモス 284b
テウタロス **158**a, 236a
テウティス 90a
テウトラース 1. 9a, b, 51b, **158**b, 171b, 179a, 264a
テウトラース 2. **158**b
テウトラース 3. **158**b
テウトラーニア(山) 158b, 250b
テウトラーニオス 2a
テウメッサ(地名) 121b, 236b
テオクロトス 146b, 197b
テオクリュメノス 1. 66b, 84a, **158**b, 172a, 266b
テオクリュメノス 2. **158**b, 159a, 223b, 257b, 283b
テオクリュメノス(イスメーネーの恋人) 51a, 167b
テオクリュメノス(テストールの

索 引

子) 160a
テオクリュメノス(トモーロスの子) 173b
《テオゴニアー》神統記 94a, **159a**, 227a
テオゴネー 173b
テオドシウス 133b
テオドーロス 133a
テオノエー 1. 98b, 158b, **159a**, 257b, 283b
テオノエー 2. 50a, **159**a, 160a
テオパネー **159a**
テギュリオス 64a, **159a**
デクサメノス 65a, 66a, 148a, **159b**, 238b, 245a, 291a
デクシテアー(アイネイアースの妻) 311a
デクシテアー(ミーノースの妻) 271b, 275a
テクタモス 18a, **159b** ; 系6
デグマ **159b**
テクメーッサ 1a表, 2a, b, 3a, 64b, **159b**
デグメノス 82a
デゲア(地名) 9a, 12a, 13a, 39a, 61b, 94a, 121b, 127a, 130b, 138b, 159b, 171a, 179a, 212a, 234a, b, 270a, 295b
テゲア人 68a, 109a
テゲアテース 98a, 109a, **159b**, 270a
デケレイア(地名) 159b
デケロス **159b**, 255b
テスティオス 247a
テスティオス 37b, 43a, 49b, 54a, 79a, 127a, **159b**〜**160a**, 168b, 209a, 288b, 289a, 306b, 308b ; 系11
テストール 50a, 53a, 102a, 159a, **160a**, 306b
テスピアー 196b
テスピアイ(地名) 76a,160a,179b, 196b, 236b, 278a
テスピオス 41b, 48a, 55b, 66a, 70b, 76b, **160a**, 180b, 191b, 209a, 218a, 236b, 237a, 244a, 246b, 278a, 290b, 295b, 304a, 307a ; 系19・Ⅱ
テスプローティア(地名) 18a,33b, 62b, 88a, 160a, 162b, 176a, 210a, 267a
テスプローティア人 87b,101a, 217b, 243b
テスプロートス **189**a 259b
テスプロートス(湾) 16a
デスポイナ 165b
テスモポリア祭 62a, 165b, 175a
テーセウス 1b, 5a〜6b, 11b, 12a, 22b, 30b, 35b, 40b, 41b, 43b,
48a, 50b, 54a, 69a, 78a,b, 80a, 103a, 118a, 123a, 124b, 126a, 127b, 132b, 136a, b, 137a, 143b, 150b, 158a, 159b, **160a**〜**162b**, 164b, 166b, 167b, 172a, 179a,b, 186a, 187a, b, 189a, 192b, 194a, 202b, 204a, b, 207a, 209b, 213b, 223a, 226a, b, 228b, 233b, 237a, 239a, 241b, 247a, 249a, 250a, 255b, 258a, 260b, 252a, 267a, 268a, 275a, b, 276a, 277b, 279b, 280b, 282a, 285b, 286b, 289a, 291b, 295b, 298a, 303b, 307a ; 系 13, 16, 19・Ⅱ
《テーセウス伝》 6a
テッサリア(地名) 4b, 14b, 17a, 19a, 21b, 30b, 35b, 39a, 48b, 49a, 54a, 66a, 69a, 72b, 76b, 89b, 95a, 99b, 107a, b, 108b, 110a, 111a, b, 113b, 117a, 119b, 122b, 124b, 128b, 131a, 146b, 162a, b, 174b, 175b, 177b, 178a, 187b, 213a, 217a, 221b, 223b, 226a, 230b, 238b, 235a, 247b, 252a, 253a, 255a, 261a, 262b, 268a, b, 270b, 271a, 274b, 276b, 277a, 278a, 282a, 285b, 286a, 291a, 292a, b, 295a, 298a, 299a, b, 306b
テッサロス 1. 43a, 102b, **162**b, 226a, 242b, 246b
テッサロス 2. 47b, **162**b, 281a
テッサロス 3. **162**b
テッサロス 4. 162b, 187b
テッタロス 246b
テティス 1a表, 4a, 5b, 13b, 14a, 37a, 44a, 53a, 57a, b, 58a, 66a, 120b, 138a, 152b, **162b**〜**163**a, 183b, 185b, 186b, 194b, 195a, 224b, 227b, 231b, 255a, 256b, 257a, 259a, 261a, 266a, 267b, 278b, 284a, 292a, 302a, 303b ; 系17
テーテュース 16a,b,18b,38b,46b, 50b, 51a, 53a, 66a, 67b, 71b, 74a,82b, 101b, 115b, 116a, 131a, 133b, 138a, 139b, 153a, 155a, b, **163**a, 194b, 206a, 221a, 230b, 232b, 248b, 251a, 270a, 278a, 297b, 307a, 308a ; 系 2
テトラポリス 48b
テナゲース 248a, 271a
テネース 107a, **163**a, 232b, 278b, 291b
テネドス(島) 85b, 86a, 107b, 132b, 163a, 184a, 193b, 213a, 228b, 232b, 283a, 291b, 295a
テーネロス 287a
テーノス(島) 100a, 208b
テーノドーロス 295a
テーバイ(地名,エジプトの) 165a,
173b,175a, 267a, 284b
テーバイ(地名,ボイオーティアの) 10b, 11a, 15b, 16a, 18b, 19b, 22a, b, 25b, 28a, b, 29b, 31b, 33a, b, 34a, 36a, 39a, 41b, 42a, 43b, 50b, 51a, 52b, 53b, 55b, 61b, 68b, 69b, 73a, 76a〜79a, 81a, b, 90a, 97a, b, 98b, 99a, 100b, 102a, 118a, 120b, 136b, 138a, 139a, b, 149b, 152b, 153b, 154b, 157a, b, 162a, 163b, 164a, b, 165a, 167b, 170a, 178b, 180a, 181b, 182a, 185a, 187b, 189a, b, 196b, 197a, 198a, 200a, 203b, 207b, 214a, 215b, 235b〜237b, 241b, 244a, 245b, 249b, 260a, 263b, 266a, 267b, 270a, 273b, 278a,b, 279a, 283b, 285a, 287a, 293a, 295a, 296a,b, 299a, 300a,b, 302b, 303a, 306a, 310b
テーバイ王家 系4
テーバイ人 51a, 70a, 77b, 81b, 102a, 103a, 116a, 163b, 164a, 167b
《テーバーイス》 79b, 164b
《テーバイにむかう七将》 69a, **163a**〜b, 164b
《テーバイ物語》 163b〜164b
デビディア 95a
テーベー 1. 164b, 224b
テーベー 2. 47b, **164**b ; 系 1, 6
テーベー 3. 18b, 28b, **164**b
テーベー 4. 110b, 113b, **164**b〜 **165**a
テーベー 5. 69b, **165**a ; 系 4
テーベー(小アジアの市) 43b
テーベー(ミューシアの市) 67b, 113b, 114a
テミス 1. 6a, 18b, 26a, 61b, 141a,b,155a,b,158a,162b,**165**a, 196b, 224b, 225a, 230a, 233a, 240b, 263b, 290a ; 系 1
テミス 2. 61b, 104a, **165**a
テミスキューラ(地名) 239b
テミステー(アンキーセースの母) 41a, 58b ; 系18
テミストー 18b, 19a, 137a, **165**a, 307b ; 系 8
テミストー(ザビオスの娘) 104a
テミストノエー 122a
テミソーン 224a
テムプサ(地名) 62b
テムペー(地名) 25a
テメセー(地名) 62b
デーメーテール 6a, 9a, 17a, 24a, 37b, 38b, 45a〜46b, 50b, 62a, 63a, 72b, 73b, 94b, 95b, 99a, 103b, 108a, 109b, 111b, 119b, 120a, 122b, 124a, 129b, 138a, 140a, b, 141a, 147b, 155a, **165**a

索引　358

~166a, 166b, 170a, 175a, 178a, 188a, 190a, 191b, 196b, 199b, 207b, 209a, 212b, 220b, 230b, 231b, 232b, 243b, 247b, 252b, 259a, 261b, 263b, 279a,b, 280a, 287b, 303a, 305a,b；系 1；——・エリーニュス 72a；——・クトニアー 111b；——・ケーレス 170a；——・テスモポロス 165b；——・ペラスギス 247b
《デーメーテール讃歌》167a
テーメノス 1. 166a, 232b
テーメノス 2. 33b, 166a, 229a
テーメノス 3. 31a,b, 34b, 103b, 119a, 157a, 166a, 196a, 211b, 233表, 234a,b, 235a, 296b；系 5・I
デーモコオーン 219b
デーモゴルゴーン 166a
デーモドコス 1. 83b, 87a, 166a
デーモドコス 2. 115a, 166a
デーモドコス 3. 166a
デーモーナッサ(アムピアラーオスの娘) 154b, 170a；系 7
デーモーナッサ(ピロクテーテースの母) 212b
デーモニーケー 62a, 159b, 273a；系 11
デーモピレー(地名) 133a
デーモボ(オ)ーン 1. 124a, 165b, 166a~b, 175a, 218a
デーモボ(オ)ーン 2. 6b, 12a, 82a, 93b, 150b, 154a, 162a,b, 166b, 168a, 177a, 187a, 193a,b, 211a, 216b；系 16, 19・II
テューイアー 1. 166b, 170b
テューイアー 2. 167a, 271a
テューイアス 152a, 167a, 189b, 270a
テューイアデス →テューイアス
テュエステース 4b, 11a, 12b, 23a,b, 80a, 114a, 115a, 137b, 148b, 149b, 167a, 178a, 202a, 203a, 221a,b, 259b, 266b, 282b；系 13
テューエーネ 206a
テュオーネー 142b, 153a, 167a
テュキオス 167a
テュケー 167a, 216a
デュサウレース 63a, 175a, 188a
テューデウス 22b, 32a, 51a, 64a, 69a,b, 79b, 127b, 153b, 156b, 163b, 164a, 167a~b, 250a, 267b, 270a, 284b, 285a；系 7, 11
デュナステース 70b, 246b
デュナメネー 185b
デューネー 62a
テュプルティス 61b
テュポーエウス →テューポーン
テューポーン 67a, 68a, 82b, 90a,

94b, 106b, 123b, 136a, 139a, 147b, 159a, 167b~168a, 170a, 186a, 244b, 237b, 240b, 241a, 245b, 253b, 269a, 298a；系 2
デュマース(アイギミオスの子) 4b, 234b
デュマース(プリュギア王) 16b, 88a, 227b
テュムブレー(地名) 96a, 148b, 177b, 195b, 257b, 264b, 295a
テューモイテース 1. 110b, 168a, 202a
テューモイテース 2. 82a, 126a, 168a, 286b
デュラキオン(市) 48a
デュラコス 48a
テュランノス 113b
テュリアー(アイギュプトスの妻) 145a
テュリアー(キュクノス 5.の母) 108a
デュリッゾー(地名) 48a
テュリボス 192a
テュリムナース 63a, 64a
テュルス 100a, 108a
テュルセーノス →テュレーノス
テュルソス 66a, 105a, 151b, 153a, 168b
テュレウス →テュルス
テュレウス(オイネウス 2.の娘) 79b；系 11
テュレーニア人 21b, 113a, 152b, 179b, 297a
テュレーヌス 147a
テュレーノス 147a, 168b, 172a, 201a, 229a, 247a, 304a表
テューロー 5b, 28a, 32b, 45a, 69a, 119b, 131a, 132a,b, 158b, 185b, 207b, 247b, 255a, 285b；系 7
テュロス 16b
テュロス(地名) 7b, 15b, 16a, 67a, 97a, 110b, 134a, 156a, 206b
テュンダリダイ 150b, 168b
テュンダレオース 12b, 49b, 50a, 62a, 68a, 69a, 80b, 85a, 93a,b, 109a, 115a, 128a, 150b, 157a, 168b, 176b, 202b, 211b, 230b, 231a, 243b, 248b, 253a, 255b, 256a, 279a, 282b, 306b, 308b；系 11, 13, 14
テーラ(島) 9b, 63b, 169a, 190a, 224a, 274b, 284b
テーライボネー 148a, 159b, 291a
テュラーウゲー 227a
テーラース 9b, 169a；系 4
テラチナ(地名) 111b, 215b
テラブナイ(地名) 257a
テラ・マーテル 170a
テラモーニオス 1a
テラモーン 1a,b, 1a表, 2b, 12a,

14a, 32a, 34b, 64b, 81a, 108a, 112a,b, 136a, 149a, 158a, 159b, 169a, 174a, 177a, 191a, 216a, 219a, 229b, 239b, 242a,b, 250a, 254a,b, 261a, 266a, 285a, 289a, 296a,b, 303b；系 13, 17, 18
デーリアデース 258a
テリス 154b
テーリマコス 236b, 246b
テルキース 24b, 25a, 169b
テルキーニス(島) 169b
テルキーネス 98b, 169b, 194b, 269b, 303a
テルキーネス人 271b
デルキュノス 40a, 169b, 240a
テルクシーオーン 1. 24b, 25a, 169b
テルクシーオーン 2. 170a
テルクシノイア 81a
テルクシノエー 184b
デルケティス 170a
テルケトー 19b, 99b, 141b, 170a
テルサンドロス 1. 131b, 170a, 194b；系 10
テルサンドロス 2. 9b, 22b, 33a, 69b, 154b, 169a, 170a, 171b, 190b, 223a, 266b；系 4, 7
テルシーテース 57a, 85b, 170a, 260b, 303b
テルース 94a, 170a
テルス・マテル祭 124a
デルピュネー 1. 168a, 170a, 253b
デルピュネー 2. 26a, 170b
テルプーサ 61b, 170b
テルブーサ(地名) 38b, 157b, 165b
テルプシコラー 140a, 170b, 277a, 308a
デルポイ 5a, 6b, 9b, 12a, 13a, 16a,b, 19b, 26a,b, 27a, 31a, 33a,b, 43b, 44a, 46b, 49a,b, 54b, 56a, 66a, 70a, 71b, 72b, 73b, 74b, 77a, 78b, 85a, 91b, 92a, 93a,b, 94a, 96a,b, 97a, 102b, 107a, 113b, 117a, 118a, 121b, 126a,b, 128b, 133a, 151b, 156b, 157b, 159a, 160a,b, 162b, 165a, 166b, 170b, 171b, 178b, 179b, 183b, 184a, 197a, 200a,b, 205a, 206a, 207a,b, 208b, 209a, 210a, 215a, 218b, 221b, 232b, 234a, 237a, 242a, 249a, 253a, 261a, 262b, 268b, 270b, 271a, 273b, 277a, 282b, 283a, 286b, 287b, 291a, 292a, 296a, 298b, 307b
デルポイ人 126a, 212b
デルポス 122a, 166b, 170b, 206a, 266b, 303b；系 6
テルーモー 170a
テルモードーン(河) 36a
テルモピュライ(地名) 28b, 134b,

索 引

246a；——の戦 217a
テルミオス 81b
テルミッソス 104a
テルミヌス 170b, 292a
テルミュドライ(港) 240b
テーレーイス 257a, 278a
テーレイネー 139a
テーレウス 171b, 175b, 200a, 214a,b；系19・Ⅱ
テーレウス(ケンタウロス) 245a
テレウタゴラース 246b
テレウオーン 2a, 64b, 159b
テレオーン 217b
テーレクレイア 149a, 227b
テーレゴノス 1. 52a, 85b, 88a, 96b, 110b, 171a, 172b, 179a, 231b；系3・Ⅰ
テーレゴノス 2. 69a, 171a, 223b, 239b, 265a
テレシラ 180b
テレース 246b
テレストラ 219a
テレステース 55b
テレスポロス 171a
テーレダマス 96b
テーレディケー 24b, 180b, 269b
テーレトゥーサ 55b
テーレパッサ 15b, 67a, 97a, 134b, 171a, 260a；系4
テーレボエース 171a, 217b, 309b,
テーレボエース人 29b, 33b, 80b, 118b, 126a, 203b, 235b, 254a
テーレボス 2a, 9a,b, 13b, 18a, 50b, 51b, 66b, 85a, 93b, 102a, 115a,b, 127a, 147a, 154b, 168b, 170a, 171a, 176b, 179a, 182b, 183a, 190b, 196b, 201a, 224a, 226a, 230b, 243b, 247a, 250b, 270b, 311a；系15
テーレポス(キュパリッソスの父) 109a
《テーレポス》 34a
テーレポス(地名) 79b
テーレポンテース 289b
テーレマコス 42b, 83a, 84a,b, 85a, 87b, 88a, 97a, 158b, 172a, 174a, 178b, 184a, 193b, 218a, 225a, 231a, 252b, 264b, 282a,b, 290b, 297a, 311a；系9
テーレモス 67a, 172b
テーロー 210b；系5・Ⅰ
デーロー 185b
デロイ(地名) 195a
デーロス 7a,b, 16b, 18a, 24a, 25b, 26a, 27a, 89a,b, 94b, 110a, 133a, 161b, 172b, 207a, 208b, 220a, 309a, 310a
テーローニケー 159b, 291a
テローン 80b
テーローン 187b, 275b

デンドリーティス 172b
テントレードーン(地名) 224a

ト

トアース 1. 30b, 119b, 137a, 172a～173a, 207b, 208a, 276b；系 7, 16
トアース 2. 54b, 55b, 93b, 173a
トアース 3. 62b, 207b, 173a
トアース 4. 43b, 56b, 81b, 85b, 88a, 127b, 173a, 182b, 187b, 308a；系11
トアース 5. 90a, 173a；系10
トアース 6. 173a；系14
トアース 7. 173a
トアース 8. 173a
トアース(ギガース) 105a
トゥーキュディデース 64b
トゥスクルム 151a, 171a
トゥビルストリウム祭 272b
トゥーボーン 245a
トゥーリオイ(地名) 126b
ドゥーリキオン(地名) 157a, 211a
トゥーリマコス 306b
トゥルス・ホスティーリウス 251a, 261b
トゥルヌス 7a～8b, 27a, 41a, 59a, 60a, 62a, 80b, 82b, 99b, 113a, 142b, 143a, 144a, 146a, 154a, 173a, 174b, 187b, 192b, 194b, 197b, 198b, 200a, 212b, 229a, 252a, 279a, 280a, 284a, 289b, 292b, 294b, 297a,b, 305a
トオーサ 173a～b, 262b, 267a
トオーサ(ラーオメドーンの妻) 296a
トオーン 105a
トクセウス 1. 65b, 173b
トクセウス 2. 79b, 173b；系 11
トクソクレイトス 237a
ドーティオン(地名) 268b
ドーティス(アレースの妻) 221b, 302b
ドーティス(イアリューソスの妻) 46b, 134a
ドート 185b
ドードーナ 35b, 40a, 90a, 104a, 136a, 141b, 153a, 173a, 174a, 208b, 304b
ドードーン 67a
トーニス 257
トメイ(地名) 36b
トモーロス 1. 173b
トモーロス 2. 88b, 173b, 242a
トモーロス 3. 173b
トラガソス 107b
トラーキア(地名) 2a, 6a, 7a, 12a, 25a,b, 27a, 36a, 39b, 55b, 61a, 64a, 65a, 70a, 76a, 86a, 90a,b, 91a, 97a, 104b, 105b, 117a, 122a, 126a, 130a,b, 138b, 139a, 141b, 149a, 151b, 152b, 153b, 156b, 159a, 165b, 168a, 171a, 175a, 183b, 187b, 189b, 197a, 200a, 206b, 207b, 208a, 211a,b, 214a, 227b, 228a, 239a, 240b, 258a, 259b, 266a, 267b, 268a,b, 272a, 273a, 276a, 277a, 302a, 308a, 310b
トラーキア人 48b, 56b, 138a, 231b, 239b
トラーキス(地名) 63a, 150b, 173b, 174a, 202b, 233a, 244a, 245b, 246a, 270b
《トラーキースの女たち》 150b, 173b, 246a, 300a
トラーケー 301a
トラシオス 217a
トラシュナーオス 233表；系5・Ⅰ
トラシュメーデース 135b, 174a, 184a
トラペズース(地名) 301b
トラムペーロス 25a, 149a, 169b, 174a, 229b
ドランケース 8b, 174a～b
トリアイ 174b
ドーリエウス 72b
ドリオス 174b, 286b
ドリオス(山) 56a
ドリオニア(地名) 108b
トリオパース 45a, 56a, 72b, 98a, 102b, 174b, 247b, 248b, 268a,b, 280a, 287b, 298a, 309b；系12
トリオプス →トリオパース
ドーリオン 145a
ドーリキオン(島) 87a
ドリケー(島) 242a
トリゲミナ門 62a
トリコス(地名) 121a
ドーリス 1. 116a, 148a, 162b, 174b, 185a, 186b
ドーリス 2. 174b, 185b
ドーリス(地名) 119b, 206a
ドーリス人 4b, 8b, 38a, 82a, 103b, 119a, 129a, 159b, 160a, 175b, 177b, 212a, 235a, 244a, 258b
トリータイア(市) 123b
トリッケー(地名) 17a, 270b
ドーリッペー 24a
トリータイア 174b, 285a
トリートー 174b
トリートゲネイア 20b, 174b
トリートーニス(湖) 20b, 37a, 63a, 66b, 121a, 174b
トリトパトレ(イ)ス 174b
トリートーン 21a, 37a, 63a, 66b, 122a, 123b, 174b, 186b, 192a,b, 262a, 273b；系1
トリーナキエー(地名) 83b, 87a,

175a, 249a, 299a
トリーナクリア 175a, 249a
トリバロス 123a
トリビューリア(地名) 221a, 274b, 297b
トリプトレモス 31b, 41b, 63a, 64a, 73b, 94b, 103b, 124a, 165b, 166b, 175a, 188a, 266b, 305a
ドリュアス →ハマドリュアス
ドリュアース 1. 152b, 175a, 302a
ドリュアース 2. 175b, 302a
ドリュアース 3. 145a, 175b
ドリュアース 4. 39b, 175b, 289a
ドリュアース 5. 175b
ドリュアース 6. 175b
ドリュアース(オーリーオーンの子) 195b
ドリュアース(ポリュボスの父) 32b
ドリュアース(モロッソス人の王) 277b
ドリュアデス →ハマドリュアデス
ドリュオプス 139b, 175b, 199a
ドリュオプス(プリアモスの子) 219a
ドリュオプス人 150b, 151b, 175b, 203a, 210a, 244a, 285b, 295a
ドリュオペー 1. 29a, 43b, 175b
ドリュオペー 2. 176a
ドリュオペー 3. 176a
ドリュオペー 4. 176a
ドリュオペス →ドリュオプス
ドリュクロス 219a
トルナクス 218a
トルムニウス 293b
トレーシメネース 196b, 197a
ドレパヌム →ドレパノン
ドレパノン(地名) 7a, 8a, 41b
トレプシッパース 246b
トレーポレモス 18a, 162b, 172b, 176a, 210a, 213a, 231a, 244a, 246b, 265a, 300a
トローアス(地名) 54b, 98a, 199b, 225b, 232b, 289b, 299a
トロ(ー)イア(地名) 1b, 2a, 4a, 5b, 6a〜9a, 10a, b, 12a, 13b, 14a, 15b, 16b, 17a, 18a, 20a, 24b, 25b〜27a, 29b, 39b, 41a, 42a, 43a, b, 47a, 48a, 50b, 51a, 52b, 53b, 54a, 18a, 55b〜59a, 60b〜62b, 63b, 64a, b, 66a, b, 70a, b, 71b, 73a, 74a, 75a, 76a, b, 80a, 81a, 83a, b, 84b〜86a, 87a, 91a, b, 94a, 95b, 96a, b, 98a, 101b, 102a, 103a, 105b, 106a, 107a, 110a, b, 111b, 112b, 114a〜115b, 116b, 117a, 122a, 125a, 126a, b, 127a, 128b, 130b, 132b, 133a, b, 135a, b, 137a, 138a, 139b, 140b, 141a, 142b, 146a, 147b, 148a, 149a, b, 153b, 154a, 156a, b, 158a, b, 162b, 163a, 166a, b, 168a, 169b, 170a, 171b〜173a, 174a, 176a, 176a〜179a, 182b, 183a, b, 186a, 189a, 190b, 191b, 192b, 193a, b, 195a, b, 196a, 197a, 198a, b, 199b, 200b, 201a, 202a, 204b, 209b, 211b, 213a, b, 217b, 219a, b, 220b, 221a, 223b, 226a, 227b〜231a, 232b, 233a, 235b, 239b, 242a, b, 249a, 250a, 253a, 255a, 256a〜258a, 260b, 261a, 262a, 263a, 264a, b, 265a〜267a, 268a, 270b, 276a, 277a〜279a, 282a〜284b, 287a, 290b, 291a, 294a, 295a〜296b, 299a, 301b, 303a, b, 306a〜308b
トロイア王家 系18
トロイア人 2a, 32a, 58a, b, 71a, 100a, 132b, 133a, 147b, 173a, 177a, 193b, 194b, 213a, 229a, 256b
《トロイア陥落物語》 148b
トロイア戦争 4b, 11b, 12a, 13b, 24a, 27a, 32a, 39b, 51a, 62a, 67b, 93b, 96b, 106a, 107a, 112b, 133a, 154b, 162b, 163a, 166a, 168b, 170a, 176a〜b, 182b, 184a, 195b, 209b, 211b, 213a, 219a, b, 224a, 226a, 230a, 256b, 257a, b, 264a, 265a〜266b, 267a, 268a, 276a, 282a, b, 283b, 289b, 303b, 308a
《トロイアの女たち》 177a〜b
トロイアの木馬 7b, 12a, 52b, 85b, 107a, 132b, 133a, 138a, 148a, 158a, 168a, 170a, 173a, 174a, 177a, 177b, 183a, 191b, 220b, 226a, 230b, 256b, 257b, 267a, 268a, 270b, 282b, 283a, 295a, 308a
トロイゼーネー 157a, 177b, 202a
トロイゼーン(地名) 5a, 6a, 9a, 102b, 115b, 132b, 136b, 139a, 160a, 177b, 187b, 194a, 202b, 204a, b, 207a, 241b
トローイロス 13b, 26b, 177b, 219a, 227b, 264a, b ; 系18
トロキロス 63a
トロース 18a, 20a, 41a, 58b, 71b, 98a, 101b, 102b, 117b, 133b, 147b, 177b, 193a ; 系18
ドーロス 3b, 4b, 6b, 18a, 26b, 48b, 111a, 159b, 177b, 226b, 258b, 257a, 295b ; 系6, 11
ドードーケー 230b
トローネー(テーレゴノスの母) 171a, 223b, 265a
トローネー(地名) 239b, 265b
ドロプス 299a
ドロプス人 178a, 260b, 303b
ドロペス →ドロプス人
トロポーニオス 12a, b, 73a, 178a〜b, 211a, 250b, 265a, 309a ; 系8
ドローン 57b, 85b, 154a, 178b, 308b
トーン 178b, 257a, 265b

ナ

ナーイアス 178a
ナーイアデス 27b, 178a, 182b
ナイオス 173b
ナイル 67b, 165a, 183a, 258b, 284b, 301a
ナイル(河) 69a, 82b, 96a, 98b, 223b, 257a
ナウシカアー 32b, 83b, 87b, 178a〜b, 186b, 218a, 252b
ナウシトエー 185b
ナウシトオス 1. 32b, 178b〜179a, 250a
ナウシトオス 2. 136a, 161a, 179a
ナウシトス 3. 101b, 179a
ナウシノオス 101b, 179a
ナウシメドーン 76a, 116a, 179a, 193b, 229a ; 系13
ナウティー 179a
ナウテース 179a
ナウパクトス(地名) 31a, 103b, 234b
ナウプリア(市) 179a
ナウプリオス 1. 28a, 179a, 262b, 265b
ナウプリオス 2. 4a, 9b, 10b, 52b, 76a, 97b, 115a, 116a, 126b, 154a, 171b, 177a, 193b, 210b, 229b, 231a, 307a, 179a ; 系13, 16
ナウボロス 56a, 113b, 137a, 139a, 179a
ナクソス 11a, 179b, 306b
ナクソス(地名) 29a, 30b, 40b, 56a, b, 80a, 112a, 121a, 152b, 161b, 179b, 217a, 231b, 262b
ナナ 20a, 131a
ナノス 1. 179b
ナノス 2. 88a, 179b
ナバイアー 179b, 182b
ナフティア(地名) 194b
ナポリ 123b
ナポリ人 197b
ナポリ(湾) 4a
ナルキッソス 68b, 157b, 179a〜180b, 211b

ニ

ニオベー 1. 10b, 15b, 18a, 20a,

28b, 33a, 51a, 58b, 61a, 120b, 148b, 149b, 153a, 180a, 183a, 184a, 263b, 288a ; 系 3・Ⅱ, 13
ニオベー 2. 34b, 67b, 141a, 180b, 247b, 269b ; 系 1
ニーキッペー 1. 33a, 64b, 137b, 180b ; 系 5・Ⅰ, 13
ニーキッペー 2. 180b
ニーケー 14b, 21a, 59a, 138a, 143b, 180b, 192a, 201a ; 系 2
ニコストラテー 61b, 104a, 181a
ニーコストラトス 181a 257a, 278a
ニーコダマース 206b
ニーコトエー 197b
ニーコドロモス 246b
ニーコマコス 270b
ニーサ 188a, 279a
ニーサイア(港) 181a
ニーシューロス(地名) 105a, 226a, 267b
ニーセーイス 181a
ニーソス 1. 5a, 103b, 136a, b, 181a, 200a, 258a, 279a ; 系 19・Ⅱ
ニーソス 2. 8b, 64a, 181a, 211b
ニーソス(エンデュミオーンの子) 系 11
ニニュアース 142a
ニネヴェ(市) 142a, 181a
ニノス 142a, 181a〜b, 210b
ニュクス 6a, 71b, 75b, 95b, 123a, 138a, 146a, 181b, 185a, 186a, 191a, 208a, 214a, 230a, 232b, 273b, 290a, 291a
ニュクテーイス 266a, 298b ; 系 4
ニュクティメネー 181b, 182a
ニュクティーモス 31b, 95b, 181b, 192a, 301b, 302a
ニュクテウス 1. 41b, 100b, 181b, 210b, 221b, 265a, 266a, 294a, 298b, 299a, 302b, 303a ; 系 3・Ⅱ, 4
ニュクテウス 2. 181b, 182a
ニュクテウス(カリストーの父) 100b
ニューサ 182a
ニューサ(地名) 152a, 165a, 168a, 302a, b
ニューソス 182a
ニュムバイ →ニュムペー
ニュムパーゲーテー 262a
ニュムペー 178a, 182a〜b
ニーレウス 182b, 201a
ニーレウス(ポセイドーンの子) 98a ; 系 12
ニンフ →ニュムペー

ヌ

ヌマ 68a, b, 99b, 272b
ヌミーキウス 44b

ヌミーキウス(河) 7a, 292b
ヌミトル 30a, 56b, 182a〜b, 214a, 294b, 305b, 311a, b

ネ

ネアイラ 1. 180a, 183a
ネアイラ 2. 9a, 29a, 183a, 302b ; 系 15
ネアイラ 3. 183a
ネアイラ 4. 5a, 183a, 298b
ネアイラ 5. 183a
ネアイラ(ネーレウスの娘) 3a
ネイト 21a
ネイロス 101b, 183a ; 系 4
ネオプトレモス 1a, 1a表, 2a, 10a, 13b, 18a, 43b, 44a, 66b, 85b, 88a, 93b, 95b, 115b, 155a, 163a, 172a, 173a, 177a, b, 183a, 197a, 212a, 213a, b, 219b, 250b, 253a, 255a, 257b, 258a, 261a, 264a, 270b, 291b, 292a, 303b, 308a ; 系 17
ネオメーリス 185b
ネクタル 27b, 29b, 149a, 184a, 307b
ネッシダース 184a
ネーサイエー 185b
ネストール 30a, 43a, 57b, 65b, 83a, 85a, 86a, 87b, 103a, 111b, 116b, 120b, 135b, 172a, b, 174a, 177a, 184a〜b, 186a, 187a, 191a, 225a, b, 223b, 243b, 252b, 264b, 270b, 283a, 284a ; 系 7, 8
ネソー 133a ; 系 18
ネダー 52b, 184b, 188b
ネッソス 124b, 150a, b, 174a, 184b, 244b, 246a, 300a
ネーバリア 72a
ネーバリオーン 66b, 114b, 184b, 275a ; 系 16
ネプトゥーニーネー 184b
ネプトゥーヌス 7b, 8b, 60a, 129b, 130a, 184b〜185a, 198b, 261b, 280a
ネブロニオス 207b ; 系 7
ネブロボノス 207b
ネペレー 1. 18b, 185a, 219b, 253b, 254a, 306a ; 系 8
ネペレー 2. 121b, 185a, 244b
ネーポス 246b
ネミ(地名) 59b, 68a, 150a
ネメア(地名) 22b, 28a, 62b, 65b, 164a, 167b, 185a, 207b, 236b, 255a, 302b
ネメア祭 22b, 185a, 196b, 208a, 224a, 237b, 285b
ネメアのライオン 68a, 123b, 185a, 237b, 292b ; 系 2
ネメシス 22a, 60b, 180a, 181b, 185a, 255b, 308b ; ――・アドラス

テイア 185a
ネリオー 185a, 258b
ネーリーテース 185a〜b
ネーリトス 51a, 265a
ネーリーネー 185b
ネーレーイス 29a, 44a, 91a, 174b, 185b, 186b, 282a, 287a
ネーレーイデス 182b, 185b ; 系 2
ネーレウス Neleus 1. 9b, 14b, 18b, 30a, 69a, 119b, 120b, 126a, 147a, 157a, 168b, 184a, 185b〜186a, 201a, 210a, 235b, 242a, 243a, b, 247b, 248a, 249b, 258b, 285b, 286a, b, 291a ; 系 7, 8
ネーレウス 2. 186a
ネーレウス Nereus 3a, 9b, 14a, 44a, 70b, 94a, 100a, 101b, 109a, 112a, 116a, 144a, 148a, 152b, 153a, 162b, 174b, 182b, 185a, b, 186b, 191a, 194b, 203b, 216a, 223b, 240b, 254b, 255a, 262a, 267b, 269b, 287b, 302a ; 系 2
ネーロー 145a

ノ

ノウア・ウィア 3a
ノクス 186a
《農耕詩》 30b
ノストイ 186a
ノティオン 102b
ノトス 9b, 67b, 186a, 217a, 268b ; 系 3・Ⅰ
ノーナ 186b, 196a
ノーナイ 312b ; ――・カプロティーナイ(祭) 99b, 293a
ノーナクリス(地名) 138a
ノミアー 146b
ノミオス 186b
ノーラ(地名) 80b
ノンノス 273a

ハ

バアル 258b
バイア 120b, 160b, 186a
パーイアイ(市) 187a
パイアークス 1. 123a, 186a
パイアークス 2. 166a
パイアーケス人 32b, 37a, 40a, 83b, 84a, 87a, 120a, 123a, 137a, 178a, 186a〜197a, 212a, 250a, 280b, 295a, 297a
パイアーン →パイエーオーン
パイエーオーン 187a, 190a
パイオー 206a
パイオス 187a
パイオナイオス 144a
パイオニア人 187a, 209b

索引

バイオニダイ(氏) 187a
バイオーン 1. 6b, 70a, 76b, **187a**, 254a；系11
バイオーン 2. **187a**
バイシュレー 206a
バイストス 46a
バイストス(地名) 52b, 55b
バイディモス 180a
ハーイデース 190a
バイドラー 12a, 25b, 161b, 162a, 166b, **187a**〜b, 194a, 204a, b, 260b, 275a；系 16, 19・II
ハイモス 1. **187b**, 206b, 310b
ハイモス 2. **187b**
ハイモス(山) 168a, 187b, 268b
バイオーニオス 181a
ハイモニア(市) 187b
ハイモニエー(地名) 247b
ハイモーン 1. 11a, 162b, **187b**
ハイモーン 2. **187b**；系4
ハイモーン 3. 42a, b, 65b, 77b, 118a, **187b**, 215b, 270a；系4
ハイモーン 4. 81b, 187b〜**188a**；系11
バウォル **188a**
バウキス **188a**
パウサニアース 11a, 21b, 23b, 49a, 69a, 72a, 166a, 180a, 184a, 219b, 229a, 243b, 247b, 306b, 308b
バウボー 46a, b, 175a, **188a**
バエトゥーサ(ダナオスの娘) 276b
バエトゥーサ(ヘーリオスの娘) 183a, 249a, 298b
バエトーン 4a, 106a, 108a, 116a, 121b, **188a**, 248b, 289b；系 19・I
バエトーン(馬) 67b
バエトンティアデス 188a
バオーン **188a**
バガサイ(港) 35b, 107b
バキス **188b**
バークス **188b**
バクソイ(島) 199a
バクトラ(市) 142a
バクトリア(地名) 142a, 181a
バクトーロス 148b, 259a
バクトーロス(河) 274a
ハグニアース 156a
ハグノー **188b**；——の泉 188b
パーシス 1a, 81b, **188b**
パーシス(河) 36a, b
パーシテアー **188b**, 208a
パーシパエー 3a, 25b, 30b, 43b, 97b, 110b, 112b, 119, 143b, 158a, 188a, **188b**〜**189a**, 223a, 239a, 248b, 251a, 252a, 275a, b；系 13, 16
パシリス(市) 109b
パシレイア **189a**

パシロス 304b
ハダット 19b
パタラ(市) 49b
パッカイ →パッケー
《パッカイ》 **189a**〜b
バッキュリデース 150a, 161a
パッケー 152a, b, 166a, 182a, 189a, **189b**, 271b, 274b, 276a, 298b, 302a, b
パッコス 46a, 151b, **189b**
パッサラー 152a, 189b
パッサリス →パッケー
パッサレウス **189b**
パッティアダイ(家) 307b
パットス 1. **189b**, 253b
パットス 2. 63b, **189b**, 224a
パッポシーレーノス 135b
パテイア 168b, 202b；系14
パティエイア 147b, 158a；系18
ハーデース 6a, 17a, 63a, 72b, 82b, 87b, 90b, 99a, 105a, 107a, 108b, 116a, 120a, 122b, 129a, 132a, 140a, b, 142b, 147b, 153a, 155a, 162a, 165a, b, 187a, **190a**, 215b, 220b, 223b, 226b, 229a, 240a, 241b, 243a, 252b, 253b, 284a, 290a, 305a, 307a；系1；——・プルートーン 155a, 165a, 223b
パトライ(地名) 66a, 126b, 175a
《バトラコミュオマキアー》 **190b**
パトラ(地名) 126b
ハトル 47b, 50b
パトロクレース →パトロクロス
パトロクレウス 237a
パトロクロス 1b, 4b, 13b, 14a, b, 29a, 43a, 55b, 57b, 58a, 62b, 63b, 66a, 85b, 112b, 119a, 130b, 137b, 148b, 154a, 177a, **190b**〜**191a**, 209b, 228b, 255a, 263a, 267a, 276b, 282b, 284a, b, 285b, 287a；系17
パトロクロス(ヘーラクレースの子) 246b
パトローン **191a**
パトーン 164b, **191a**
パナケイア 17b, 69b, **191a**, 299a
パニデース **191a**；——の審判 191a
パネース 181b, **191a**
パノプテース **191a**
パノペー 1. 185b, **191a**
パノペー 2. **191b**
パノペウス 5a, 70a, 113b, 161b, **191b**, 261a；系17
パノペウス(地名) 191b, 268b
パピュス 270a
パピュローン 141b, 142a, 149b, 210b, 258b, 307b
パビロニア(地名) 21b
パプラゴニア(地名) 43a, 137b, 197a, 272a, 287a

パプラゴニア人 209b
パポス 106a, **191b**, 206b
パポス(市) 12a, 106a, 191b, 295b
ハマドリュアス 82a, 90b, 101a, 175a, b, 182b, **191b** 「アス」
ハマドリュアデス →ハマドリュ
パムピューリアー 296b
パムピューリア(地名) 132a
パムピューリオイ族 191b
パムピューロス 4b, **191b**, 234b
パムプレードー 112a, 251b
パムボース **191b**
ハムモーン →アムモーン
パムモーン 219a；系18
ハライ(地名) 38a, 54b
ハライスス →ハレースス
パライビオス **191b**〜**192a**
パライモーン 1. 19a, 50b, **192a**, 268a, 287a, b, 307a；系 4, 8
パライモーン 2. **192a**, 232a
パライモーン 3. 10a, **192a**, 247a
パライモーン(ダイダロスの父) [143a]
バラクス 107a
パラシア(市) 192a
パラシオイ人 109b
パラシオス **192a**
パラス 21a, 174b, **192a**, 192b；——・アテーナー 132b
パラース 1. 66a, 67b, 138a, 143a, 180b, **192a**, 194a, 201a, 252a；系 1, 2
パラース 2. 21a, 105a, **192a**
パラース 3. 62a, 147b, **192a**〜b
パラース 4. 6b, 8b, 59b, 62a, 173a, **192b**
パラース 5. **192b**
パラース 6. 5a, b, 160b, 161b, **192b**, 194a, 200a；系19・II
パラーティウム(丘) →パラーティーヌス(丘)
パラディオン 2a, 7a, 43a, 59a, 74a, 85b, 132b, 147b, 154a, 166a, 177a, 179a, 192a, **192b**, 216b, 256b, 257b
パラーティーヌス(丘) 8a, 27a, 61b, 62a, 109b, 133b, 144b, 192b, 214a, 215a, 230b, 293b, 297a, 305b, 311a, b
パラメーデース 4a, 13a, 52b, 76a, 85a, b, 97b, 115a, 116a, 126b, 132b, 154a, 172a, 179a, **193b**〜**194a**, 220b, 229b, 231a；系13
《パラメーデース》 177a
パラロス **194a**；——船 194a
パランティアス **194a**
パランティオン(パランテイオン)(地名) 61b, 62a, 311a
パランティス →パランティアス
パランティダイ **194a**
パランティデース →パランティ

索 引

ダイ
パランテーウム 297a
パラント― 297a
パラントス 54a
ハリア(エ)― 185b, 194b
ハーリアー 169b, 194b, 307b, 310b
ハリアクモーン 1. 194b
ハリアクモーン 2. 194b
ハリアクモーン(河) 53b 194b
パリアース 245b
ハリアルトス 170a, 194b, 222a ; 系 10
ハリアルトス(地名) 170b, 194b, 218a, 222a, 273b
ハリエー(コトュスの妻) 304a表
ハリエー(ネーレーイス) 185b
ハリオス 1. 194b
ハリオス 2. 194b
パリオス 1. 141b, 194b, 197b, 255a, 262b
パリオス 2. 194b
パリオン(市) 134a
ハリカルナッソス(地名) 253a, 304a
パリキ―ー 6a, 194b, 195a
パリス 2a, 5b, 6b, 14a, 16a, 25b, 27a, 39a, 43a, 51a, 52a, 57a, 61b, 62b, 66a, 71b, 80a, 85a, b, 96b, 98a, 102a, 107b, 110b, 112b, 127a, 135a, 144a, 156b, 163a, 176b, 177a, 193a, b, 195a～196a, 198a, 199b, 213a, 219a, 227b, 228a, b, 254a, 255a, 256a, b, 257b, 264a, b, 270b, 282a, b, 283a, 296a ; 系 18
ハリテルセース 196a
パリヌールス 8a, 196a, 268b
パリヌールス(岬) 196a
ハリメーデー 185b
パリュス 132b
パリュエラ(河) 147a
ハリーリア祭 198a
ハリロティオス 38b, 39b, 65a, 196a
パルカたち 186b, 196a, 290b
パルカイ ―→パルカたち
ハルキュオネー 3a, 32b, 196a, 210b
パルケース 196a～b, 296b
パルティス 145a
パルテニアース(馬) 273a
パテニオス ―→パルテニオン
パルテニオン(山) 9b, 171b, 196b
パルテノス 1. 137a, 196b
パルテノス 2. 196b
パルテノパイオス 19b, 22b, 69a, b, 164a, b, 171b, 196b, 224b, 249b, 279a, 304a ; 系 7, 15
パルテノペー 1. 197a
パルテノペー 2. 138b, 197a,

246b ; 系 15
パルテノーン 197a, 226b
パルナケー 106a ; 系 19・I
パルナッソス 197a
パルナッソス(地名) 46b, 49b, 84b, 96a, 113b, 127a, 158a, 166b, 170b, 174b, 175b, 197a, 303b, 310b
ハルバゲー 98a
ハルパゴス 197b, 262b
ハルパリオーン 1. 197a, 209b
ハルパリオーン 2. 197a
ハルパリュケー 1. 197a, 197b
ハルパリュケー 2. 30a, 116b, 197b
ハルパリュケー 3. 197b
《ハルパリュケーの悲しみ》197b
ハルパリュコス 1. 197a, 197b
ハルパリュコス 2. 197b
ハルパリュコス 3. 197b
ハルパリュコス 4. 197b
ハルピーナ(市) 197b
ハルピュイア 7b, 8a, 10b, 36a, 58b, 74a, 81b, 94b, 100a, 122a, 123a, 141b, 144a, 194b, 197b, 199b, 205a, 262b, 269a ; 系 2
ハルピュイア(市) 191a
ハルピュイアイ ―→ハルピュイア
ハルピンナ 80a, 197b
ハルポクラテース 68b, 142b, 197b ―→198a, 269a
パルメニデース 75b
ハルモス 131b, 198a, 221b, 274a ; 系 9, 10
ハルモトエー 117b, 199b
ハルモニアー 1. 11a, 13a, 25b, 28a, 33a, b, 39b, 53b, 58b, 69b, 74a, 97b, 142b, 152a, 163b, 170a, 198a, 232a, 266a, 277a ; 系 1, 4, 18
ハルモニアー 2. 198a
ハルモニアー(ニンフ) 27a
ハルモニエー 45a, 141a
ハルモニデー 266b
ハルモニデース 198a
ハルモネース(市) 198a
ハレイア 66b, 184b, 214a, 275a ; 系 16
パレース 198a～b
ハレース 173a, 198b, 255b
パレーネー 117a, 198b
パレーネー(地名) 6a, 33a, 104b, 105a, 223b
パレルガ 238b, 244b
パレーロス 37b, 198b
パレーロン(地名) 43b, 154a, 166b, 198b
パレンターリア祭 272b
ハロクラテース 246b
ハロス(市) 19a

パロス Phallos 198b
パロス Pharos 198b, 257a
パロス Paros(島) 43b, 66b, 114b, 137b, 184b, 214b, 239a, b, 257a
パロス Pharos (島) 198b, 223b, 265b, 283b
パーン 4b, 31b, 46b, 56b, 61b, 62a, 68b, 70b, 127a, 129b, 134b, 135b, 143a, 152a, 168a, 170b, 173b, 175b, 176a, 182b, 186b, 198b～199a, 204b, 214b, 231a, 254a, 263b, 270a, 274a, 290b ; ―→リュカイオス 62a
パンアテーナイア 43b, 71a, 161b
パンガイオン(山) 302a
パンクラティス 56a
パンタソス 291b
パンダレオ(―)ス 10b, 99b, 115b, 117b, 149a, 197b, 199a
パンダロス 1. 57a, 102b, 199b, 270b, 282b, 296a, 302a
パンダロス 2. 44b, 65a, 200a
パンディーア 143a
パンディーオーン 1. 71a, 73b, 140a, 200a, 214a, 217a, 218a, 222b, 298b ; 系 19・II
パンディーオーン 2. 5a, 121a, 136b, 181a, 192b, 194a, 200a, 210a, b, 281a, 303a ; 系 19・II
パンディーオーン 3. 117b, 200a, 200a
パンディーオーン 4. 145b, 200a
パンティデュイア 308b
パンテース 145a
パンデーモス 25a
パントゥース ―→パントオス
パントオス 63b, 200a, 265b
パンドーラー 1. 70a, 158a, 200b, 209b, 224b, 232a ; 系 1
パンドーラー 2. 200b, 205b
パンドーロス 73b, 200b, 218a ; 系 19・II
パンドロソス 15a, 71a, 121a, 200b, 251a ; 系 19・I

ヒ

ビアー 22a, 138b, 143b, 180b, 192a, 201a, 225a ; 系 2
ピアース 1. 23b, 28a, 119b, 147a, 201a, 222a, b, 224a, 248a, 255a, 258b, 285b, 286a ; 系 5・I, 7
ピアース 2. 201a
ピアース 3. 201a, 219a
ピアース 4. 201a
ピアロー 5a
ピニアース 201a
ヒエラー 168b, 172a, 182b, 201a
ヒエラー(島) 6b, 232a
ヒエラークス 201b

ピーエリア(地名) 201b, 253a, 277a, 278a
ピーエリアー(オクシュロスの妻) 82a
ピーエリアー(ダナオスの妻) 145a
ピーエリス 70b, 201b
ピーエリス(メネラーオスの妻) 257a, 278a
ピーエリデス 1. 201b, 277a
ピーエリデス 2. 13a, 201b, 227a
ヒエレイア 50b
ピエロス 43b, 183b, 292b
ピーエロス 1. 13a, 76a, 201b, 227a, 277a
ピーエロス 2. 201b, 205b, 209a, 271a
ヒエロピレー 27b
ヒエロポリス・バムピュケー 19b
ヒエロムネーメー 134a ; 系18
ピガレイア(地名) 66a
ピーキオン(山) 77b
ピクス 201b
ピークス 98a, 202a, 215a, 263b
ピグミー 122a, 202a, 245a
ピークムヌス 212b
ヒケターオーン 1. 202a, 285b ; 系18
ヒケターオーン 2. 202a
ヒケターオーン(レベテュムノスの子) 281b, 299a
ピーサ 76b
ピーサ(市) 70a, 197b, 202a, 242a, 259a, b
ピーサイ(市) 202a
ピサルタイ人 166b, 211a, 223b
ピサルテース 159a
ピーシストラトゥス 202a
ピーシディケー 202a
ヒストリス 202a
ピストン人 25a, 239a
ピーソス 1. 202a
ピーソス 2. 202a ; 系14
ピーソス 3. 202a
ピーソス(エンデュミオーンの子) ; 系11
ピタネー 1. 9a, 61b, 202a
ピタネー 2. 202a
ピタネー(市) 202a
ピッサルリク(丘) 176a
ピッテウス 6a, 23a, 136b, 160a, b, 177b, 202a~b, 259b ; 系13, 19・Ⅱ
ヒッパソス 1. 15a, 202b
ヒッパソス 2. 122a, 202b, 245a
ヒッパソス 3. 202b
ヒッパソス(レウキッペーの子) 274b
ヒッパルキモス 230b
ヒッパルモス 230b
ヒッパレクトリュオーン 202b

ヒッペー 202b, 285a
ヒッペー(エラトスの妻) 266b
ヒッペウス 246b
ヒッポー 202b
ヒッポー(オーキュロエーの別名) 81b
ヒッポカムポス 202b
ヒッポクレーネー 202b, 227a, 249b, 277a
ヒッポコオーン 32b, 37b, 49b, 50a, 53b, 66a, 69a, 76a, b, 80b, 121b, 140a, 168b, 202b~203a, 243b, 300a, 308b ; 系14
ヒッポコオーン(ヒュルタコスの子) 211b
ヒッポコリュステース 145b
ヒッポジュゴス 246b
ヒッポストラトス 79b, 250a
ヒッポタデース 203a
ヒッポダマース 1. 32a, 65a, 203a, 268a, 284b ; 系11
ヒッポダマース 2. 203a, 219a
ヒッポダマース(ペリメーレーの父) 16a, 250b
ヒッポダメイア 1. 13a, 23a, 32a, 80b, 103a, 110b, 113b, 114a, 149b, 167a, 177b, 202a, 203a, 221a, 251b, 259a, b, 273a, 276b ; 系13
ヒッポダメイア 2. 22b, 124b, 159b, 203a, 226a, 267a, 298a ; 系7
ヒッポダメイア 3. 144b, 203a
ヒッポダメイア 4. 203a, 220a
ヒッポダメイア 5. 6b, 32a, 203a
ヒッポダメイア(ポイニクス 2. の母) 260b
ヒッポティオーン 244b
ヒッポディケー 145b
ヒッポテース 1. 40a, 41b, 103b, 203a, 210a, b, 234b, 306a ; 系5・Ⅰ(別伝)
ヒッポテース 2. 203a~b, 281b
ヒッポテース 3. 203b
ヒッポトエー 1. 146a, 203b, 217b, 259b, 279a, 304a ; 系5・Ⅰ
ヒッポトエー 2. 185b, 203b
ヒッポトエー 3. 203b, 248a
ヒッポトエー(ダナオスの娘) 145a
ヒッポトオス 1. 145a, 203b
ヒッポトオス 2. 8b, 203b
ヒッポトオス 3. 203b
ヒッポトオス 4. 203b, 209b
ヒッポトオス 5. 203b, 219a
ヒッポトオス(アウゲーの兄弟) 171b
ヒッポトオーン 40b, 203b, 279b
ヒッポトオーンティス →ヒッポトオーンティダイ
ヒッポトオンティダイ 40b, 203b,

279b
ヒッポトオーンティデス →ヒッポトオーンティダイ
ヒッポドロモス 246b
ヒッポノエー 185b
ヒッポノオス 1. 79b, 98b, 164a, 167a, 203b, 250a ; 系5・Ⅱ, 11
ヒッポノオス 2. 203b, 219a ; 系18
ヒッポノメー 31b
ヒッポメドゥーサ 145a
ヒッポメドーン 22b, 31b, 50b, 164a, b, 203b, 266a ; 系7
ヒッポメネー 283b
ヒッポメネース 1. 19b, 203b
ヒッポメネース 2. 203b
ヒッポメネース(アテーナイ人) 306a
ヒッポリュテー 1. 41b, 112b, 161b, 187a, 202b, 203b~204a, 239a, b, 260b, 285a ; 系19・Ⅱ
ヒッポリュテー 2. 11b, 119a, b, 204a
ヒッポリュテー 3. 204a
ヒッポリュテー(イーピトスの妻) 137a
ヒッポリュテー(デクサメノスの娘) 245a
ヒッポリュトス 1. 17b, 21b, 41b, 59b, 150a, 161b, 162a, 187a, b, 204a, b, 260b ; 系19・Ⅱ
ヒッポリュトス 2. 105a, 204a, 253b
ヒッポリュトス 3. 145a, 204a
ヒッポリュトス(ディオメーデースの妻の恋人) 154a
ヒッポリュトス(デーイポボスの父) 242a
ヒッポリュトス(ラケスタデースの父) 296b
《ヒッポリュトス》 187b, 204a~b
ヒッポロコス 1. 112b, 204b, 258b ; 系10
ヒッポロコス 2. 204b
ヒッポロコス 3. 43a, 204b
ヒッポロコス(ドリュアースの父) 175a
ピティアース 44b, 200a
ピテークーサ(群島) 123b
ピテュエーウス(地名) 298b
ピテュオカムプテース 204b
ピテュス 199a, 204b
ピーテーニア(地名) 27b, 169a, 232a, 272a, 308a
ピテュレウス 157a, 204b~205a, 223a
ピートー 205a
ビトーンとクレオビス 109a, 117b, 205a
ピーナリイー 205b

索 引

ピーナリウス 262b, 265a
ピーネウス 1. 205a
ピーネウス 2. 44a, 96b, 205a, 251b, 252a, 258b, 310a
ピーネウス 3. 15b, 36a, 51a, 61a, 100a, 117b, 191b, 192a, 197b, 200a, 221b, 272a ; 系 18, 19・Ⅱ
ビムブレイア 146b, 300b
ヒーメロス 205a～b
ヒーメロス(ラケダイモーンの子) 139a, 296b ; 系 14
ヒュア(市) 206a
ヒュアキンティア祭 205b
ヒュアキンティデス 200b, 205b, 224a
ヒュアキントス 27b, 109a, 153b, 201b, 205b～206a, 257a ; 系 14
ヒュアキントトロポス 205b
ヒュアグニス 272a
ヒュアース 22a, 206a, 221a
ヒュアデス 22a, 152a, 206a, 221a
ビュアネプシオーン(月) 165b
ヒュアモス 170b, 205a, 286b, 303b ; 系 6
ヒュエーットス 206a
ヒュエーットス(市) 206a
ヒュゲイエア 17b, 45a, 130b, 206a
ヒュギーヌス 13a, 182a
ビュグマイオイ 206a～b
ビュグマリオーン 1. 7b, 44b, 134a, 156a, 206b
ピュグマリオーン 2. 106a, 191b, 206b, 280a ; 系 19・Ⅱ
ビューザース 124a, 187b, 206b～207a
ビューザンティオン(地名) 2a, 124a, 187b, 206b
ビューシグナトス 190b
ビュスコス 310a
ピュタゴラース 5b, 27a, 63b, 208b
ピュタリダイ 207a
ピュタロス 160b, 207a
ビュッサ 15b
ビューティアー 26b, 96b, 207a ; ――の道 26a
ピューティア祭 26a, 75a, 170b, 207a～b
ピューティオス 92b, 207a
ピューティス 170b
ピューテース 170b
ピュート― 170b, 197a, 207a, 237a, 242a
ピュート―(ヒュアデス) 206a
ヒュドラー 48a, 68a, 103a, 123b, 163a,b, 207a, 212b, 237b, 239a, 246a, 309b ; 系 2
ヒュドロオコス 14a
ピュートーン 26a, 91b, 103b,

167b, 170b, 207a～b, 309a
ビュバストス(地名) 304b
ヒュプシスタイ門 164a
ヒュプシピュレー 22b, 25b, 28a,b, 34b, 35b, 62b, 164a, 167b, 173a, 207b～208a, 265a, 276b, 302b ; 系 7
ヒュプシピュロス 299a
ヒュプセウス 18b, 30b, 110a, 117a, 165a, 230b, 298a, 307b
ヒュプセーノール 66a
ヒュプノス 130b, 143a, 146a, 181b, 208a, 242b, 291b, 309a
ヒュプラ(市) 104a
ヒュプリス 199a
ピュプリス 61a, 95b, 107a, 208a, 270a, 277b
ビュブロス(地名) 21b, 69a, 106a, 208a
ヒュベイロコス 219b
ヒュベリエー(地名) 178b, 186b
ヒュペリーオーン 6a, 67b, 143a, 149b, 155b, 189a, 192a, 208a, 248b ; 系 1, 3・Ⅰ
ヒュペリーオーン(プリアモスの子) 219b
ヒュベルパース 77b, 294a ; 系 9
ヒュベルビオス 145b
ヒュベルヒッペー 145b
ヒュベルボレ(イ)オイ→ヒュベルボレイオス人
ヒュペルボレイオス・アポローン 202a
ヒュベルボレ(イ)オス人 24b, 26a, 31a,b, 89a, 94b, 104a, 115b, 170b, 184a, 208a～209a, 214b, 230a, 232b, 238a, 240b, 241a, 274a, 296a, 297a, 309a
ヒュベルムネーストラー 1. 5a, 24b, 136b, 144b, 145b, 146a, 209a, 222b, 251a, 273a, 304b ; 系 4, 5・Ⅰ
ヒュベルムネーストラー 2. 28b, 76b, 104a, 209a, 308b ; 系 7, 11
ヒュベルメーストラー→ヒュベルムネーストラー
ヒュベルラーオス 167a
ヒュベレーノール(スパルトイ) 97a, 139a
ヒュベレーノール(パントオスの子) 221a
ヒュベレーノール(ポセイドーンの子) 221a
ヒュベロコス 208b
ヒュベロコス 1. 208b, 209a
ヒュベロコス 2. 80b, 138b, 209a
ヒュメナイオス 47a, 60b, 209a～b, 271a
ヒュメーン→ヒュメナイオス

ビュラー 1. 3b, 28b, 70a, 158a, 209b, 224a ; 系 1, 6
ビュラー 2. 52a, 183a, 209b
ヒューライオス 19b, 125b, 209b
ビュライオス 209b
ビュライオス(クリュメノス 3. の子) 116b ; 系 8
ビューライクメース 1. 209b
ビューライクメース 2. 82a, 209b
ビューライクメース 3. 209b
ピュライメネース 197a, 209b
ピュラーオーン 186a
ビュラカイ(市) 54a, 210a, 223b, 262b, 286a
ビューラキス 11b
ビュラコモーン 108a
ビュラケー→ビュラカイ
ビュラコス 1. 5b, 15a, 45a, 54a, 116a, 121b, 154a, 209b～210a, 285b, 286a ; 系 9
ビュラコス 2. 210a
ビュラコス(トロイア遠征の勇士) 306a
ビュラコス(ポイアースの父) 260a
ヒュラース 35b, 36a, 122a, 151b, 169a, 182b, 210a, 267a
ピュラース 5a, 136b, 181a, 200a, 210a, 210b ; 系 19・Ⅱ
ピューラース 1. 203a, 210a, 247a
ピューラース 2. 18a, 162b, 176a, 210a, 244a, 246b
ピューラース 3. 62b, 210a, 267b
ピューラース 4. 210a～b, 234b, 306a ; 系 5・Ⅰ
ピュラデース 31a, 54b, 55a,b, 74b, 75a, 91b, 92a,b, 93a,b, 94a, 113b, 139a, 191b, 282a ; 系 13, 17
ピューラモス 155a, 210b
ピュラルケー 154a
ヒュリア(地名) 12a, 106a, 178b, 181b, 210b, 302b
ピュリアー 5a, 181a, 200a, 210a, 210b ; 系 19・Ⅱ
ヒュリエウス 12a, 89a, 181b, 210b～211a, 221a,302b ; 系 3・Ⅱ
ピュリオス 211a, 213a
ピュリオス(ヘーラクレースの養父) 241a
ピューリオス 108a, 211a
ピュリケー(踊り) 183a, 211a, 212a
ピュリコス 211a
ピュリコス(市) 212a
ピュリス 12a, 166b, 211a
ピュリプレゲトーン→プレゲトーン
ピュルゴー 1. 211a～b
ビュルゴー 2. 211b
ビュルサ(牛皮) 156a

索引

ヒュルタコス 16b, 31b, 181a, 211b, 219a
ヒュルネートー 157a, 166a, 211b
ヒュルミーネー 9b, 14b, 268b
ヒューレー(地名) 167a
ヒュレイス人 212a
ヒュレウス 289a
ビューレウス 157a, 211b, 243a, 264a, 279a
ビューレーネー 1. 211b
ビューレーネー 2. 211b
ビューレーネー 3. 107a, 153b, 211b, 245b
ビューレーネー(リュカーオーン 5.の母) 302a
ビューレーネウス 211b
ビュレーノール 211b〜212a
ピュロエイス(馬) 249a
ピュロス 4b, 31b, 48b, 65a, 68a, 81b, 117a, 150a, 166a, 173b, 174a, 212a, 233b, 234a, 235a, 244a, 246a, b, 287b；系 5・I, 11
ピュロス(巨人) 212a
ピュロス(河) 212a
ピュロス 183a, 211a, 212a；系 11
ピュロス(メッセーネーの市) 83a, 126a, 157a, 158b, 166a, 172a, 174a, 184a, b, 186a, 210a, 211a, 235b, 242a, 243b, 248a, 249b, 253b, 285b, 286a, b, 290b, 291a
ピュロス(エーリスの市) 210a
ピューロダメア 145a
ピューロノエー 115b, 168b, 255b, 308b；系 3
ピューロノメー 110a, 212a
ピューロノメー(ニュクティーモス の娘) 192a, 302a
ピューロマケー 248a
ピューロン 65b
ピライオス 64b
ピライダイ(氏) 64b
ピライモーン 219a
ヒーラエイラ 151a, 212a, 306a, b；系 14
ピラムモーン 104a, 114b, 143a, 146b, 205b, 212a〜b, 227a, 236a
ピランドロス 11b
ピーリトウス 212b
ピリュラー 82b, 120a, 124b, 184b, 212b
ピリュラー(ナウプリオスの妻) [179a]
ピールムヌス 60a, 144a, 146a, 173a, 212b, 252a
ピーレーネー 212b
ピレービアー 295b
ピレモーン 188a, 212b
ピレーン 212b
ピロイティオス 84b, 87b, 212b〜213a
ピロクテーテース 2a, 80a, 85b,

102a, 154a, 177a, 183a, 196a, 211a, 213a, b, 246a, 257b, 260a, 270b, 282a
《ピロクテーテース》 213a〜b, 281a
ピロッタス 20a, 180b
ピロディケー 37b, 306b；系 14
ピロテース 214a
ピローニス 212a, 227a
ピロノエー 48a, 204b, 258b；系 10
ピロノメー 107b, 163a
ピロメーラー 73b, 140a, 200a, 217a, 214a〜b, 222b；系 19・II
ピロメーレー 14b
ピロメーレイデース 85a, 214b
ピロラーオス 66b, 114b, 184b, 214b, 275a；系 16
ピンダロス 13a, 17a, 21a, 24b, 46b, 56b, 107b, 183b, 236b, 238a, 243a, 290a
ピンドス(山脈) 16a, 110a, 177b, 298a

フ

ファウォーニウス 214a, 217a
ファウスティーヌス 214a
ファウストゥルス 20a, 311b, 214a〜b
ファウナ 214b, 263a
ファウヌス 9a, 13b, 59b, 61b, 62a, 129b, 134b, 176a, 199a, 202a, 214a, 214b〜215a, 263a, 272a, 297a
ファウラ 263a
ファータ 215a
ファートゥア 214b, 215a
ファートゥゥス 214a, 215a
ファーマ 215a, 232b
ファメース 215a
ファリスキー族 198b
ファレーリイー(地名) 198b, 275a
フィガリア(地名) 165b
フィータ 215a, 311a
フィーデーナイ(市) 261b
風神 217a；系 2
フェティア(地名) 194b
フェニキア(地名) 15b, 47b, 48a, 63b, 97a, 106a, 132a, 134a, 145a, 156a, 179b, 215a, 240a, 256a, 260a, b
フェニキア人 11a, 54a, 63b, 169a
《フェニキアの女たち》 164b, 215a〜b
フェニキア文字 97b
フェブリス 215b
フェブルアーリア祭 215b
フェブルアリウス 215b
フェブルース 215b
フェラーリア祭 272a
フェルシナ(地名) 9a

フェレートリウス 215b
フェレンティーナ 215b
フェローニア 73a, 215b
フォルス 215b〜216a
フォルトゥーナ 215b, 216a
フォルナーカーリア祭 216a
フォルナクス 216a
フォルミアイ(地名) 294a
フォルム 60a, 116b, 129a, 214a, 272a, 292a, b；―・ボアーリウム 250b, 271b
フォーンス 216a, 292b, 293a
フォンティナーリア祭壇 216a
フォンティナーリス門 216a
フォントス 216a, 293a
ブーコリオーン 230a；系 18
ブーコロス 246b
ブサマテー 1. 1a, 158b, 185b, 223b, 254b, 216a；系 17
ブサマテー 2. 119b, 128b, 261a, 300b
ブシーカルパクス 190b
ブシューケー 76a, 112a, 216a〜b
ブージュゲー(クリュメノスの妻) 73a
ブージュゲー(リュコスの娘) 222a；系 8
ブージュゲース 1. 216b
ブージュゲース 2. 193a, 216b
ブーシーリス 29a, 56a, 216b〜217a, 218a, 223b, 230a, 240b, 245a；系 4
ブーシーリス(アイギュプトスの 子) 144b
ブソービス(地名) 13a, 33a, b, 38b, 238a
《ブソービスのアルクマイオーン》 34a
ふたご座(星座) 151a [260b]
プティーナ(ポイニクスの義父)
プティーア(ニオベーの娘) 180a
プティーア 13b, 42a, 65a, 70b, 183b, 217a, 254b, 255a, 260b, 277a, 291b
プティーアー(アポローンの妻) 26b, 178a, 267a, 295b
プティーオス 217b, 247b, 299b
プティーオーティス(地名) 177b, 217a, 247b, 282a
ブーデイオン(地名) 70b
ブテオリ(地名) 9a
ブーテース 1. 128b, 203a, 217b, 226b
ブーテース 2. 73b, 111b, 140a, 200a, 217a；系 19・II
ブーテース 3. 37a, 72a, 140a, 217b
ブテレオーン(地名) 222b
プテレラーオス 29a, b, 51a, 126a, b, 146a, 171a, 203b, 217b,

235b, 265a, 279a；系5・Ⅱ
プトオス 19a, 165a, 307b
プトノス 217b
プトリポルテース 88a, **217b**, 231b
プトリポルトス 172b, **217b〜218a**
プトレマイオス(王朝) 142b
プートロートン(市) 258a
プーノス 70b, **219a**
プーパゴス 38a, **218a**
プーバスティス 68b, **218a**
プーバスティス(地名) 218a
プーバーストス(市) 196b
プープラシオン(地名) 243a
ププリウス・ウァティニウス 151a
プーラ 249b
プライシアー 106a, 280a
プライトル 106b
プライネステ(地名) 62a, 73a, 95a, 171a, 215b, 216a
フラーウィウス帝 188b
プラウローニアー 38a
プラウローン(地名) 38a, 54b, 55b
プラキアー 110a, 138b, 219a, 296a
プラキェー →プラキアー
プラークシテアー 1. 73b, 117a, 200b, **218a**, 281a；系19・Ⅱ
プラークシテアー 2. 71a, 200a, **218a**；系19・Ⅱ
プラークシテアー 3. 165b, **218a**
プラークシテアー 4. **218a**
プラークシディケー **218a**
プラシオス 186a, 217a, **218a〜b**
プラシモス 73b, 218a；系19・Ⅱ
プラストール 47b, 296a
プラタイアー 18b, 105b
プラタイアイ(地名) 105b
フラックス 176a
プラトーン 11b, 22b, 23a, 25a, 75b, 230b, 277b
プランガース 139a
プランキダイ(家) 155b, **218b**
プランクタイ(岩) 134a
プランコス 123a, 155b, **218b**
フリアイ 72a, 157a, **218b**, 220b
プリアース 274b；系9
プリアーボス 25b, 104a, 198b, **218b〜219a**, 310b
プリアモス 1. 5b, 7b, 12a,b, 14a, 16a,b, 18a, 26b, 27a, 31a, 42a, 43a, 51a, 53a, 57a, 58a,b, 60b, 61b, 62a, 66b, 85b, 88a, 95b, 96a,b, 106a, 110a,b, 117a, 128b, 132b, 138b, 156a,b, 168a, 177b, 172b, 177a,b, 183a,b, 190b, 194a, 195a,b, 200b, 201a, 202a, 203a,b, 211b, **219a**, 227b〜229b, 242b, 249a, 256b, 257b, 258a, 260b, 262b, 264a,b, 266a, 267b, 268b, 276a, 278a, 279a, 284a, 285b, 295b, 296a,b, 301b,
304a, 308a；系18
プリアモス 2. **219b**, 264a
プリアレオース 4a, 6a, 107a, **219b**, 227b, 262a, 269b
プリーウェルヌム(市) 99a, 279b
プリウース(地名) 131b, 237b
プリエーネ(市) 202a
プリクソス 3a, 14b, 18b, 19a,b, 35a,b, 102b, 108b, 128a, 133b, 159a, 185a, 194b, **219b〜220a**, 222a, 250b, 254a, 272a, 284b, 306a；系3・Ⅰ, 8
プリクソス(ケンタウロス) 245a
プリーステネース **220a**
プーリーセーイス 13b, 14a, 56b, 57b, 114b, 203a, **220a**
プリーセウス **220a**
プリゾー **220a**
プリトマルティス 103a, 154a,b, **220a〜b**, 275a；――・アルテミス 24a
フリナ **220b**
フリナーリア祭 220b
プリーマ 251a
プリーモー **220b**
プリュオス 95b
プリュギア(地名) 2a, 10a, 14b, 20a, 41a, 44b, 46a, 52a,b, 58b, 59a, 64b, 75a, 88a, 89b, 96a, 99a, 106b, 109b, 113b, 118b, 126a,b, 127a, 128a,b, 130a, 133a, 144a, 146b, 147b, 148b, 152b, 159b, 188a, 189b, 197a, 219b, 227b, 255a, 271b, 272a, 273b, 276a, 290a, 300a,b
プリュギア人 85b, 131b, 134a, 148b, 194a
プリュケー 145a
プリュタネイオン 229b
プリューニコス 146a
プリューノーンダース 123a
プリュリス 52a, **220b**
プルーウィウス **220b**
プルータロス 6a, 30b, 192a, 199a, 250b, 291b
プルッティウム(地名) 52a, 173a
プルートー(ゼウスの妻) 141a, 148b, 220b；系1, 13
プルートー(ローマのハーデース) 190a
プルートゥス 103a
プルートゥス・ユーニウス 305a
プルートス 45a, **220b**
プルートーン 89b, 155a, 166a, 190a, **220b**, 223b；――・ハーデース 140b, 215b
プレアッテュス(湾) 158a
プレ(ー)イアス 153a, **220b**
プレ(ー)イアデス 22a, 32a, 74a, 80b, 89a, 122a, 138b, 147a, 148b,
203a, 206a, 208b, **220b**, 269a, 289b；系3・Ⅱ, 13
プレーイオネー 32b, 74a, 89a, 101a, 122a, 138b, 147a, 206a, 220b, **221a**, 269a, 289b；系3・Ⅱ, 14, 18
プレイステネース 11a,b, 23b, 97b, 149b, 179a, **221a〜b**, 259b, 282b
プーレウス 246b
プレウローン 6b, 138b, 160a, **221b**, 268a；系11
プレウローン(地名) 49b, 54a, 79a, 108a, 127a, 159b, 221b
プレキュア(市) 221b
プレギュアイ人 70b, 212b, 221b, 268b, 271b
プレギュアース 17a, 39b, 50a,b, 128b, 181b, 198a, **221b**, 298a, 302b；系9, 10
プレークサウレー 185b
プレークシッポス 1. 160a, **221b**, 289a；系11
プレークシッポス 2. 117b, 200a, 205a, **221b**, 系19・Ⅱ
プレグラー **221b〜222a**
プレグライ(地名) 104b, 221b, 242b
プレゲトーン 190b, **222a**
プレゴーン 249a
プレスボーン 1. **222a**
プレスボーン 2. 116a, 194b, **222a**；系8
プロイティス **222a**
プローイティダイ門 164a, 285a
プロイティデス **222a**；系5・Ⅱ
プロイトス 15a, 22a, 23b, 24b, 48a, 53b, 61a, 137b, 145b, 157a, 201a, 222a, **222b**, 251a, 252a, 258a,b, 273b, 278a, 296a, 303b, 310b；系5・Ⅰ, Ⅱ, 15
プロイトス(ガリンティアスの父) 102a
プロイトス(ナウプリオスの子) 179a
プロカス 30a, 103a, 182a
プロクネー 73b, 140a, 175b, 200a, 214a,b, 217a, **222b**；系19・Ⅱ
プロクリス 67a, 73b, 116a, 121b, 189a, 218a, **222b〜223a**, 275a, 294a；系9, 19・Ⅱ
プロクリス(テスピオスの娘) 246b
プロクルス 223b, 312b
プロクルーステース 160b, **223a**, 267a
プロクレイア 107b, 163a, 232b
プロクレース 1. 9b, 31a, 34a, 119a, 169a, **223a**, 233表, 234b, 235a；系4
プロクレース 2. 205a, **223a**
プロゲオス 197b, 262b
プロコネーソス(地名) 31a

プロコプタース 223a
プロシュムナ 223a
プロシュムナ(町) 223a
プロシュムノス 152b, 153a
プロ(ー)セルピナ 60b, 155a, **223**a〜b, 272a ; ――・ペルセポネー 301a
プロテアース 149b ; 系13
プローテウス 31a, 61a, 83a, 98b, 99a, 152b, 158b, 159a, 171a, 172a, 216a, b, **223**b, 239b, 256a, 257b, 265a, 283b, 286b
プローテウス(アイギュプトスの子) 144b
《プローテウス》 91a
プローテシラーオス 6a, 11b, 57b, **223**b〜**224**a, 262b, 265b, 295a ; 系9
プロトー 185b
プロトエーノール 197a
プロトオス 1. 170a, **224**a, 303b
プロトオス 2. **224**a
プロトオス 3. **224**a
プロートゲネイア 1. 10b, 88b, 101a, 158a, **224**a, 310a ; 系1, 6, 11
プロートゲネイア 2. 81b, 101a, **224**a ; 系11
プロートゲネイア 3. 73b, 111b, 205b, **224**a
プロートゲネイア(エレクテウスの娘) 系19・Ⅱ 3. に同じともいう
プロートノエー 188a
プロトゴノス 191a
プローナクス 4a, **224**a, 279a, 302b, 304a ; 系7
プロニメー 189b, **224**a
プロノエー(ニンフ) 95b
プロノエー(ポルバースの娘) 6b, 101a, 221b ; 系11
プロノエー(メラムプースの子) 286a
プロノオス(デウカリオーンの子) 92b
プロノオス(ペーゲウスの子) 13a, 33b, 166a, 229a
プロノメー 265b
プロペルティウス 38b, 285b
プロボイティデス **224**a
プロボダース 系10
プロポンティス(地名) 16b, 108b
プロマコス 1. **224**b, 248a ; 系7
プロマコス 2. 69b, 197a, **224**b
プロミオス **224**b
プロミオス(アイギュプトスの子) 145a
プロメーテウス 16b, 22a, 46b, 66b, 68a, 70a, 116a, 124b, 141a, 155b, 158a, 162b, 164b, 165a, 200b, 201a, **224**b〜**225**a, 225b, 226a, 229b, 241a, 245b, 281b, 283a, b, 303b ; 系1, 6
《プロメーテウス(縛られた)》225a, 229b
《プロメーテウス(解かれた)》 225a
《プロメーテウス(火をもたらす)》 225a
フローラ **225**b
フローラ祭 225b
プロンティス(舵取り) 283a
プロンティス(パントオスの妻) 200a, 265b
プロンテース(プリクソスの子) 102b, 108b, 220a ; 系8
プロンテース 108b, **225**b

ヘ

ペイサンドロス(アンティマコス1.の子) 43a
ペイサンドロス(ペーネロペーの求婚者) 212b
ペイシストラトス 83a, 184b, **225**a
ペイシストラトス(アテーナイの独裁者) 225a
ペイシディケー 1. 3b, 14b, **225**b, 276b ; 系6
ペイシディケー 2. 184b, **225**b
ペイシディケー 3. **225**b, 248a
ペイシディケー 4. **225**b
ペイシディケー(レウコーンの娘) 34b, 307b
ペイソス 80b
ペイダレイア 207a
ペイディアース 185a
ペイディッポス 162b, **226**a
ペイトー 1. 35a, 56b, 135a, 205a, **226**a
ペイトー 2. 180b, **226**a, 269b
ペイドーン 287b
ペイライエウス(地名) 259b
ペイラース(ステュクスの夫) 138a
ペイラース(ペイレーン) 227a
ペイリトオス 6a, 22b, 50a, 65a, 95a, 110a, 111b, 124b, 127a, 162a, 175b, 202b, 203a, **226**a, 241b, 255b,‒267a, 289a, 298a, 307b, 310a ; 系7
ペイソス 10a, 247a
ペイレーネー 18b, **226**b
ペイレーネー(泉) 226b, 227a, 264a
ペイレーン(ダナオスの娘) 145a
ヘイレビエー **226**b, 304b
ペイレーン 1. **226**b, 258a
ペイレーン 2. 47a, **226**b〜**227**a
ペイロオス 56b
平和の祭壇 188b
平和の神殿 188b
ペウケティア(地名) 144a

ペウケティア人 80a, 227a
ペウケティオス 46a, 80a, 144a, **227**a, 301b
ヘオース →エーオース
ヘオースポロス 122a, 137b, 143a, 212a, **227**a, 230a, 261b ; 系2, 3・Ⅰ
ペーガソス 114a, 128a, 137b, 202b, **227**a, 249b, 258b, 262b, 264a ; 系2
ヘカタイオス 206b
ヘカテー 3a, 18a, 33a, 54b, 70b, 102a, 105a, 136a, 143b, 155b, 220b, **227**a〜b, 233b, 251a, 252a, b, 261b, 280a ; 系2
ヘカトンケイル 4b, 60b, 94a, b, 99b, 105a, 107a, 120a, b, 125b, 126a, 140b, 147b, 155a, b, **227**b
ヘカトンケイレス →ヘカトンケイル
ヘカベー 5b, 16b, 26b, 58a, b, 85b, 86a, 96a, 106a, 110a, b, 117a, 131a, 156b, 177a, b, 195a, 211b, 219a, b, **227**b〜**223**a, 228b, 229a, 256b, 257b, 258a, 264a, b, 266a, 295b ; 系18
《ヘカベー》 156b, **228**a〜b
ヘカメーデー 184a, **228**b, 270b
ヘカレ 160b, **228**b
ヘカレーシア祭 228b
ヘカロス 228b
ヘクサメトロス(律) 208b, 232b
ヘクトール 1b, 3a, 6b, 7a, 14a, 16b, 17b, 34b, 43a, b, 57a, b, 58a, 61a, 70b, 96a, 112b, 122b, 125a, 126a, 135a, 137a, 148b, 156b, 158b, 177a, b, 178b, 183a, 190b, 191a, 195a, b, 219a, b, 223b, 227b, **228**b, 256b, 260b, 263a, 264b, 265b, 273a, 284b, 290b, 291b, 299a, 303b, 306a, 308b ; 系18
ヘクバ **229**a
ペーゲイア(地名) 229a
ペーゲウス 1. 13a, 15b, 33a, b, 38b, 166a, **229**a, 269b, 287b
ペーゲウス 2. **229**a
ヘーゲートリアー 81a, 248a
ヘーゲレオース **229**a, 284b
ヘーシオドス 1b, 6a, 17a, 20a, 25a, 53b, 58b, 60b, 61b, 71b, 75b, 77a, 79b, 81a, 82b, 90a, 91a, 94a, 95b, 100b, 104a, 107a, 108a, 110a, b, 111a, 123a, b, 139a, 146a, 147b, 152a, 159a, 165a, b, 167a, 180a, b, 181b, 185a, 191a, 197b, 201b, 208a, 214a, 217a, 220b, 226a, b, 227a, 230a, 231b, 232b, 233a, 261b, 263b, 270a, 271a, 277a, 280b, 288b, 290a,

291a, 297a ; ——・ピンダロス 110a
ヘーシオネー 1. **229**b
ヘーシオネー 2. 179a,**229**b
ヘーシオネー 3. 1a表,158a,169b, 219a,239b,242b,296a ; 系 17,18
ヘスティアー 60a, 120a, 129b, 140b, 155a, **229**b～**230**a, 305a ; 系 1
ヘスペラレトゥーサ 230a
ヘスペリア 4a,7a,230a
ヘスペリアー 5b,230a
ヘスペリス 5a, 40a, 41**a**, 68a, 72a,b, 82b, 121a, 122b, 128a, 186b, 216b, 217a, **230**a, 233a, 240b, 244b, 245a,b, 298a
ヘスペリデス 22a, 165a,**230**a
ヘスペロス 22a, 209a,**230**a
ベダイオス 149b, 279a
ペタソス 254a
ペーダソス 1. **230**a
ペーダソス 2. **230**a
ペッシヌース(地名) 14b, 109b, 157b
ベディアス 113a
ベディーレー 206a
ベテオース 282a
ベナーテース **230**b
ベニア **230**b
ベーニケ 136b
ペーネイオス 110a, 117a, 137a, 146b, 165a, **230**b, 298a
ペーネイオス(河) 238b
ペーネーイス **230**b
ペネウス 167a
ペネオス(地名) 53b,62a
ペーネレオース 128b, 154b, **230**b, 265b
ペーネロペー 10a,15b, 16a, 42b, 49b, 50b, 52a, 56b, 63a,b, 66b, 71a, 83a, 84a,b, 85a, 87b, 88a, 158b, 171a, 172a,b, 173a, 174b, 179b, 196b, 199a, 201a, 217b, **230**b～**231**b, 249b, 250a, 254a, 256a, 264b, 282a, 236b, 294b, 308a ; 系 9,14
ペーネロペイア →ペーネロペー
ヘーパイスティネー 185b,200a
ヘーパイストス 2b, 4b, 6a, 14a, 20b, 21a, 25b, 36a, 37a, 39a, 57b, 58a, 60a, 66a 71a, 89a, 98a,99a, 100a, 105a,120b,121a, 123a, 129b, 131b, 135b, 141a, 148a,b, 162b, 166a, 188b, 192a, 194b, 198a, 200b, 210b, 211a, 213a, 224b, 225a,b, **231**a～**232**a, 233a, 237b, 238b, 240b, 250a, 254b, 276a, 281b, 296b ; 系 1, 19・Ⅱ ; ——ウゥルカーヌス 125b

ベパレートス 30b,137a,**232**a ; 系 16
ベパレートス(島) 232a
ベブリュクス 211b
ベブリュクス人 27b, 36a, **232**a, 239b, 272a, 276a, 298b, 303a
ベブリュケス **232**a
ヘブロス 187b
ヘブロス(河) 90b
ヘーベー 48b, 141a, **232**a～b, 233a, 246a, 247a, 292b ; 系 1
ペーミオス(詩人) 83a
ペーミオス(スミュルナの) 113b
ヘーミキュネス **232**b
ヘーミテアー 1. 137a,196b,**232**b, 304b,310a
ヘーミテアー 2. 163a, **232**b
ヘーメー 215a,**232**b
ヘーメラー 6a, 75b, 95b, 181b, 196b,**232**b
ヘーモノエー **232**b
ペラ(地名) 201b
ヘーラー 4a, 19a, 21b, 24b, 25a, 26b, 28a, 30a, 32b,35a,b,37a,b, 39a,40b,42a, 45b, 46a, 47a,b, 50a, 53a, 56b～58b, 61a, 63b, 64b,66b, 68b, 69a,b, 89a,b, 100b, 101a, 102a, 105a,b, 117b, 118b, 120a,b, 121a, 122a, 124a,129a,b, 132a,b, 135b, 139b, 140b, 141a, 142b, 152a,b, 153a,b, 155a,b, 157b, 162b, 163a, 166a, 167b, 173b, 176b, 185a,b, 187b, 194b, 195b, 199b, 205a, 206a～208a, 218b, 222a, 223a, 225b, 227b, 230b, 231b, 232a, **232**b～**233**b, 235b,236a,237a,b,238a,239a,b, 240b, 242b, 243a,b, 246a, 247a,b, 248a, 249b, 252a, 256a, 257a, 262a, 263b, 268b, 269b, 283a, 278b, 293a, 294a, 298a,b, 305a, 306a, 307a, 308a, 309a, 310b ; 系 1 ; ——・ガメーリアー 233a ; ——・ケーラー 233b ; ——・ジュギアー 233a ; ——・テレイア 233b
ベライ(地名)14b, 21b, 34a,b, 38b, 83a, 242a, 255a
ベライアー **233**b
ヘライア(地名) 232b
ベライビア人 111b
ベライモーン 4a 「239b, 276a」
ヘーラクレイア(ポントスの)
ヘーラクレイア(ミーノーアの) 275b, 287a
ヘーラクレイア(ルーカーニアの) 193b
ヘーラクレイア人 241a
ヘーラクレイオス(河) 209b
ヘーラクレイダイ 8b, 9b, 31b,

34a, 49a, 68a, 81b, 82a, 109b, 117a, 118b, 135b, 154b, 166a, 173a, 176a, 169a, 186b, 187a, 191b, 196a, 203a, 204b, 212a, 223a, 226a, **233**b, 247a, 265a, 267b, 284b, 286b, 270b, 287b, 289b, 290b, 300a, 304a
《ヘーラクレイダイ》 **235**a～b
ヘーラクレイトス 133a
ヘーラクレース 1b, 4b, 5a, 9a,b, 10a, 15b, 16a, 18a, 20a～22a, 25a, 26b, 27b, 29a, 30a, 31a,b, 33a, 34a,b, 35b, 36a,37a,b,38a, 39a～41b, 43a, 46a,b, 48a,b, 49b, 50a, 53b, 55b, 56b, 61a, 62a～63b, 64b, 65a～66b, 68a, 69a,b, 70b, 71a, 72a,b, 73a, 75a,76a,b, 79b, 80a, 81b, 82a, 88a～89b, 90a, 95b, 96a, 99b, 100a, 101b～105a, 106b, 107b, 108a, 109a, 111a, 113b, 114a,b, 116a,b, 117a, 118a,b, 120a,b, 121b, 122a,b, 123b, 124b, 125a, 126a, 129a, 130b, 131b, 134b, 135a, 136a, 137b～139a, 141a, 146a,b,147a,150a,b,151b,153b, 156b, 158b, 159b, 160a,b, 161b, 162a,b, 164b, 166a,b, 168b, 169a,b,171a,b,173b,174a,176a, 179a, 181b, 183a～185a,186a,b, 190a, 192a,b, 196a,b, 197b, 200a, 202b, 203a,b, 207a, 208b, 209b, 210a, 211b, 212a～213b, 214b, 215a, 217a, 218a, 219a, 223b,224b,226a,b,229a,b,230a, 231b～235a, **235**b～**247**b, 249b, 250b, 253b, 255a, 257b, 259b, 260a, 262b, 263a, 264a, 265b, 266b, 267a, 268a,b, 269b, 270b, 271b, 275b, 276a,b, 278a,b, 284a,b, 285a, 287b, 289b, 290b, 291b, 292b, 295a, 296a,b, 297a, 298a, 299a～300b, 302a,b, 303a, 304a, 306a, 307a, 309b ; 系 1, 5・Ⅰ, 11, 15, 19・Ⅱ ; ——アレクシカコス 250b ; ——の像 242a ; ——の野 236a ; ——の柱 240a
ヘーラクレース(ダクテュロス) 144a
《ヘーラクレース(狂える)》 **237**a, 247b, 278b, 303a
ヘーラクレースの後裔 →ヘーラクレイダイ
ペラゴーン 18b,97a, 282a
ヘラス(地名) 28a, 217a
ペラスギオーティス(地名) 247b, 252a
ペラスゴイ人 31b,´108b, 145b, 159b, 175b, 209b, 226a, **247**a, 298a

索引　370

ペラスゴス 1. 110a, 141a, 166a, 180b, **247**b, 288a, 301b ; 系 1
ペラスゴス 2. 45a, 53b, 136b, 230b, **247**b, 269b
ペラスゴス 3. 113b, 187b, 217a, **247**b, 299b
ペラスゴス(アドラミュスの父) 164b
ペラスゴス人 →ペラスゴイ人
ペラトス 306b
ヘラーニーコス 178b
ヘーリアー →ハーリアー
ペリアクレース 201a
ヘーリアス 4a, **248**a
ペリアース 5b, 11b, 19b, 21b, 34a, 35b, 37b, 42b, 45a, b, 48a, 54a, 69a, 100a, 107a, 112b, 119b, 132b, 168b, 185b, 186a, 201a, 203b, 224b, 225b, **247**b, 254b, 259b, 267b, 280b, 281b, 288a, 291a, 308a ; 系 7
ヘーリアダイ →ヘーリアデース
ヘーリアデス →ヘーリアス
ヘーリアデース 4a, 46b, 81a, 99b, 123a, 188a, **248**a〜b, 249a, 261a, 288b, 289b, 299b, 310b
ペリアデス **248**a
ペリアルケース 258b
ペリアンドロス 30b
ヘーリエー 248b
ヘーリエイア祭 249a
ペリエルゴス **248**b, 268b
ペリエーレース 1. 3b, 49b, 80b, 109a, 128a, 159b, 168b, 202a, 205b, **248**b, 252a, 254b, 265b, 266a, 269b, 276b, 282a, 285b, 306b ; 系 6, 14, 17
ペリエーレース 2. 73a, **248**b
ヘリオガバルス帝 →エラガバルス
ヘーリオス 3a, 5a, 9b, 14b, 16a, 21a, 27b, 33b, 67b, 70b, 81a, b, 83b, 87a, 101a, 110b, 116a, 123a, 143a, b, 149b, 155b, 165a, 174b, 175a, 183a, 185b, 188a, b, 189a, 194b, 205a, 208a, 232a, 238a, 241a, 245a, **248**a〜249a, 251a, 252a, 261a, 269a, 271a, 275a, b, 280a, 287b, 289b, 298b, 310b ; 系 1, 3・I, 13, 16 ; ──・ヒュペリーオーン 155b
ペリオーピス 255a
ヘーリオポリス(市) 261a
ペーリオン(山) 11b, 30b, 35b, 40b, 45a, 120b, 124b, 134b, 202b, 244b, 254b, 255a, 267a, 298a
ペリカーオーン 149a, **249**a, 281b, 295b
ペリカストール 265b
ペリグーネー 132b, **249**b, 285b

ペリクリュメネー 21b ; 系 7
ペリクリュメノス 1. 28b, 164b, 196b, **249**b
ペリクリュメノス 2. 186a, 243a, b, **249**b ; 系 7
ペリクリュメノス 3. **249**b
ヘリケー 1. 49a, **249**b
ヘリケー 2. 109a, **249**b
ヘリケー(オイノピオーンの母) 80a
ヘリケー(市) 49a, 154b
ヘリコーニアデス 249b
ヘリコーン(キタイローンの兄弟) 105b
ヘリコーン(山) 11a, b, 105b, 201b, 202b, 211b, 227a, 236b, 249b, 277a
ペリステネース(アイギュプトスの子) 145a
ペリステネース(ダマストールの子) 265b
ペリトゥース →ペイリトオス
ペリバース 1. 145a, **249**b
ペリバース 2. **249**b, 298a
ペリバース 3. 249b, 250a
ペリバース(オイネウスの子) 79b
ペリベーテース 1. 127a, 160b, 232a, 250a
ペリベーテース 2. 126a, **250**a
ペリボイア 1. 79b, 167a, 203b, **250**a ; 系 11
ペリボイア 2. 1a表, 32a, 161a, 169a, **250**a, 275a ; 系 13, 17
ペリボイア 3. 77a, 78a, **250**a
ペリボイア 4. 178b, **250**a
ペリボイア 5. 49b, 230b, **250**a, 264b ; 系 14
ペリボイア 6. 117b, **250**a
ペリボイア(アウラーの母) 10a
ペリメーデー(アイオロスの娘) 3b ; 系 6
ペリメーデー(クレオーンの娘) 300a
ペリメーデース 233b
ペリメーレー 1. 50a, **250**b
ペリメーレー 2. 35a, **250**b, 271a ; 系 8
ペリメーレー 3. 16a, 203a, **250**b
ペリレオース(クリュタイメーストラの従弟) 93a ; 系 14
ペール(神) 181a
ペルガモス 43b, 115b, 183b, **250**b, 292b
ペルガモン(地名) 17b, 115b, 250b
ヘルクーナ **250**b ; ──の泉 250b
ヘルクレース **250**b
ヘルケシオス 141b
ヘルコーテー(市) 117a, 289b
ペルーサ 185b
ペルシア(地名) 9a, 24a, 105b,

133a, 202b, 284b
ペルシア王家 44a, 258b
ペルシア艦隊 217a
ペルシア軍 68a
ペルシア人 210a, 252b
ペルシア戦争 46a, 108a, 162b, 181a
ペールーシオン(地名) 96a
ヘルシリア 9a, 111a, **250**b〜**251**a, 261b, 311b
ヘルセー 1. 15a, 71a, 121a, 122b, 200b, **251**a, 254a ; 系 19・I
ヘルセー 2. 145b, **251**a
ペルセー(イス) 1. 3a, 101a, 110b, 188b, 248b, **251**a, 252a, 275a ; 系 3・I
ペルセー(イス) 2. 227a **251**a
ペルセウス 15a, 20a, 21a, b, 22a, 24b, 31b, 44a, 55b, 64b, 75a, 80b, 112a, 114a, 124a, 127a, 128a, 137b, 141a, 145b, 146a, 154a, 175a, 163b, 180b, 203b, 205a, 208b, 217b, 222b, 227a, 235a, b, 248b, **251**a, 252b, 253b, 254a, 265b, 268b, 278a, 279a, 300a, 304a, b, 310a ; 系 1, 5・I, 14
ペルセウス(ネストールの子) 184b
ペルセウス(マケドニア王) 151a
ペルセース 1. 18a, 66a, 192a, 227a, **252**a ; 系 1, 2
ペルセース 2. 4a, 188b, 248b, 251a, **252**a, 280b, 281b ; 系 3・I
ペルセース 3. 44a, 252a, **252**b ; 系 5・I
ペルセパッサ 252b
ペルセパッタ 252b
ペルセポネー 6a, 9a, 17a, 21a, 22a, 24a, 34a, 38b, 45a, 46a, b, 52b, 60b, 63a, 75b, 76b, 87b, 90b, 99a, 100b, 107a, 124a, 128b, 129a, 130a, 137b, 138a, 140a, 141a, 150b, 162a, 165a, b, 166b, 167a, 175a, 188a, 190a, 207a, 216b, 218a, 220b, 223a, b, 226b, 241b, 247b, 250b, **252**b, 253b, 255b, 259a, 263b, 267a, 280a, 284a, 290b ; 系 1 ; ──・コレー 39a, 175a
ペルセポネー(ミニュアースの娘) 45a
ペルセポリス 172b, 178b, **252**b, 264b
ペルディクス 1. 143a, **252**b
ペルディクス 2. **252**b
ヘルマイ(像) 254a
ヘルマヌービス 24a
ヘルマプロディーテー 218b, 254a
ヘルマプロディートス 131a, **252**b
ヘルミオネー 44a, 74b, 93b, 94b,

154b, 169a, 181a, 183b, 195b, **253a**, 255a, 256a, 282b, 291b ; 系 13, 14
ヘルミオネー(地名) 54b, 111b, 116a, 165a
ヘルメース 5b, 10a, 11a, b, 15a, b, 18b, 23a, 24a, 25a, 26b, 28b, 34a, 35a, 39b, 40b, 47b, 49a, 50b, 51a, 52a, 58a, 61b, 62a, b, 65b, 67b, 70a, 72b, 73b, 75b, 83a, b, 84b, 86b, 87a, 88b 92a, 96b, 97a, b, 99a, 101b, 104a, 105a, 109a, 110a, b, 117a, 127a, 129b, 135b, 141a, 143a, 145b, 146b, 149a, 152a, 158a, 161b, 168a, 170b, 175b, 176a, 181a, 186b, 188a, 189b, 195b, 198b, 199a, b, 200b, 201b, 204a, 210b, 212a, 218a, 220b, 221a, 225b, 231a, 236a, 237a, 239a, 241a, 242a, 251a〜252b, **253a**, 256a, 259a, 267a, b, 269a, 276b, 288a, 300b, 307a ; 系 1, 3・Ⅱ, 9
ヘルメーソス 11b
ヘルモス 145a
ヘルモス(河) 212a
ヘレー 18b, 19a, 159a, 185a, 187a, 219b, **254a**, 306a ; 系 8
ベーレイアデース 13b
ヘレイオス 31b, 44a, 252a, **254a**
ベーレイオーン 13b
ベーレイデース 13b, **254a**
ペレウス(アウゲーの兄弟) 171b
ペレウス(エラトスの子) 9a, 29a, 70b, 183a ; 系 15
ペレウス(オイネウスの子) 79b
ペーレウス 1a, 1b 表, 11b, 13b, 14a, b, 18a, 19b, 42a, 44a, 45b, 59b, 65a, 70b, 113b, 119a, 120a, 136a, 138b, 139b, 150b, 162b, 163a, 169a, 186b, 190b, 194b, 195a, 204a, 216a, **254a**〜**255a**, 261a, 260b, 265b, 267b, 269b, 282a, 289a ; 系 17
ペーレウス(蛙のピューシグナトスの父) 190b
ペレキューデース 14a, 157b, 254b, 296a, 304a
ペレキュンティアー 109b, **255a**
ペレキュントス(山) 255a
ペレクロス 195b, **255a**
ペレース 1. 21b, 119b, 168b, 247b, **255a**, 285b, 289a, 302b ; 系 7
ペレース 2. 45b, 59a, **255a**, 280b, 288a ; 系 7
ペレース 3. **255b**
ヘレースポントス(地名) 19a, 36b, 133a, 134a, 218b, 240b, 254a, 284b, 302a, 306a

ヘレニオン 98b, 172b, 257a
ヘレネー 2a, 6b, 10a, 11b, 12a, 13b, 43a, 47a, 49b, 50a, 51a, 52b, 54a, 55a, 57a, 58a, 69a, 74b, 75b, 80a, 83a, 85a, b, 94a, b, 96b, 98a, b, 112b, 115a, 127a, 137a, 141a, 148a, 150b, 156b, 158b, 159a, b, 162a, 166b, 168b, 169a, 172b, 176a〜177b, 178b, 181a, 182b, 185a, 191a, 193a, b, 195b, 198a, b, 201a, 212b, 213a, 219b, 226a, b, 229a, 230b, 253a, 255a, **255b**〜**257b**, 265a, b, 267a, 268a, 278a, 279a, 282a〜283b, 285a, 295b, 307a, b, 308b ; 系 1, 13, 14 ; ──・デンドリーティス 257a, b
《ヘレネー》 158b, 159a, **257b**, 283b
ヘレネー(地名) 50a, 168b
ヘレネース 116a, 258b
ヘレノス 7b, 8a, 85b, 95b, 96a, 102a, 156b, 177a, 183a, b, 193a, 195b, 213a, b, 219a, 227b, 228a, 256b, **257b**〜**258a**, 292a ; 系 18
ペレボイア **259a**
ベレロポーン 6a, 27a, 48a, 106b, 112b, 130b, 131b, 137b, 204b, 222b, 226b, 227a, **258a**〜b, 264a, 295b, 306b ; 系 10
ベレロポンテース →ベレロポーン
ヘレーン 3b, 48b, 101a, 111a, 116a, 154b, 158a, 177b, 224b, **258b** ; 系 6, 11, 17
ヘレーン(ポセイドーンの子) 41b
ヘレーン(プティーオスの子) 217a
ヘーロー **258b**, 306a
ヘーロー 1. 147a, 186a, 201a, **258b**, 285b ; 系 7
ベーロー 2. 18b, **258b**
ヘーロース 237b
ベーロス 5a, 15b, 121b, 132a, 146a, 149b, 156a, 158b, 181a, 183a, **258b**, 298b, 301a ; 系 4
ヘロース(市) 254a
ヘローティア祭 67a
ヘローディケー 109b
ヘードトス 20a, 22a, 82b, 106b, 180a, 181b, 189b, 205a, 206b, 223b, 256a, 304a
ペローナ 59b, 69a, 185a, **258b**〜**259a**
ペロピアー 1. ペロペイア 1.
ペロピアー 2. ペロペイア 2.
ペロピアー(ニオベーの子) 180b
ヘーロピレー 133a, **259a**
ペロプス 1. 18a, 23a, 29a, 31b, 32a, 33a, 59a, 64b, 77a, 80b, 89b, 110b, 114a, 115b, 126a, 136a, 137b, 138b, 139a, 148b, 149a, b, 153a, 167a, 177b, 180b,

192b, 202a, 203a, b, 221a, 237b, 243a, 257b, **259a**, 268b, 276b, 279a, 294a, 304a ; 系 5・Ⅰ, 13, 17, 19・Ⅱ
ペロプス 2. 96b, **259b**
ペロペイア 1. 4b, 23b, **259b** ; 系 13
ペロペイア 2. 107a, 248a, **259b**
ペロポネーソス(地名) 17b, 24b, 31a, b, 34b, 38b, 45a, 49a, 68a, 76a, b, 79b, 80a, 81b, 82a, 84b, 86a, 87b, 103b, 109a, b, 111a, 117b, 118b, 119a, 120b, 126a, 132a, 136b, 147a, 153b, 154b, 170a, 175b, 178a, 210a, 212a, 221b, 222a, 234a, b, 247b, 248b, 257a, 259b, 268a, b, 269b, 271a 274b, 297b
ペロポネーソス人 126b, 234b
ヘーロロス 50b
ベーロロス 97b, 139a
ヘーローンダース 273a
《変身譜》→《メタモルフォーセース》
ペンディース **259b**
ペンティレー(市) 260a
ペンティロス 71b, **259b**〜**260a**
ペンテウス 10a, 11a, 67b, 97b, 151b, 152b, 157b, 181b, 189a, b, 266a, **260a**〜b, 283b, 298b, 302b ; 系 4
ペンテシキューメー 64a, **260b**, 262a
ペンテシレイア 14a, 27a, 39b, 99b, 103a, 119a, 170a, 177a, 262b, 270b

ホ

ポー(河) 9a, 36b, 43b, 72a
ボイアース 37a, 148b, 212b, 246a, **260a**
ボイオーティア(地名) 4a, 10a〜12a, 15a, 18b〜19b, 28a, 30a, 32b, 34a, b, 47a, b, 51a, 73a, 75a, 76a, 81a, b, 89a, 97a, 99a, 105b, 112a, b, 126a, 129a, 137a, 140b, 156a, 160a, 164b, 167a, 170b, 175a, 176b, 178a, 179b, 180a, 185a, 188b, 196b, 197a, 201b, 202b, 206a, 209b, 210b, 221a, b, 230b, 248b, 249b, 250b, 274a, b, 276b, 277a, 278b, 280a, 284a, 286b, 297a, 302b, 307b, 309a
ボイオーティア人 116a
ボイオートス 3b, 41b, 52b, 81a, 280a, 285a ; 系 6
ボイナ 261a
ボイニクス 1. 15b, 67a, 81b, 96b, 97a, 103b, 110b, 134b, 144b,

索引　372

171a, 223b, **260a**, 301a ; 系4
ポイニクス 2. 13b, 28a, 57b, 85a, 115b, 178a, 183a, 213b, **260**b
ポイニクス 3. **261**a
ポイニケー 200b
ポイネー 1. **261**a
ポイネー 2. 128b, **261**a
ポイベー 1. 18a, 125a, 155a,b, 252a, **261**a, 309a ; 系 **1**
ポイベー 2. 51b, 151**a**, **261**a, 306a,b ; 系14
ポイベー 3. 248b, **261**a
ポイベー(ダナオスの妻) 145a
ポイベー(レーダーの娘) 308a
ポイボス 26a, **261**a
ポウィライ(地名) 44b
ポエードロミア祭 27b
ポエードロミオーン(月) 45b, 165b
ポエニ戦争 109b
ポーキス(地名) 15a, 24b, 56a, 59a, 74a, 90a, 91b, 92b, 97a, 134a, 137a, 139a, 154a, 161b, 173a, 191b, 214b, 261a,b, 268b, 298b
ポーキス人 70b
ポーコス 1. 1a, 14b, 65a, 113b, 139a, 169a, 191b, 216a, 254b, **261**a ; 系9, 17
ポーコス 2. 41b, 90a, 173a, **261**b ; 系10
星系 2, 3・**I**
ホスティウス 250b, **261**b
ホスティウス・ホスティーリウス **261**b
ポストゥムス 297b
ポスポロス(地名) 47b, 191b
ボースポロス 230a, **261**b, 305a
ポセイドーン 1b, 2b, 3a,b, 4a, 5b, 6b, 7a, 8b, 9a,b, 11a, 12a, 15a,b, 16a, 18b, 21a, 22b, 24a, 25b, 26b, 27b, 28a, 29a, 32b, 36a, 38b, 39b〜41b, 44a, 45a, 46b, 50b, 51b, 53, 56a, 57a,b, 58a, 61b〜64a, 65a, 66a,b, 67b, 69a, 70b, 72a, 73a,b, 81a, 83a,b, 86b, 87a, 88a, 89a, 95a, 97a, 98a,b, 101a,b, 104a, 105a, 107b, 108a,b, 110a, 112a, 114a, 115b, 116a, 119b, 120a, 121a, 122a,b, 123a, 124a, 125a, 126a, 127b, 128a,b, 129b, 130a,b, 132b, 134a,b, 135b, 136a, 139a, 140b, 143b, 146a, 149b, 151b, 155a, 159a, 160a〜161b, 162b, 164b, 165b, 168b, 169b, 170b, 172b, 173a, 174b, 177a, 178b, 179a, 181b, 184a〜186a, 187a,b, 188b, 190a, 191b, 194b, 196a,b, 197a, 198a, 202a, 203b, 204a,b, 206b, 207a, 210b, 216b, 217a,b, 221a,b, 223a,b, 226b, 227a,b, 229b, 239a,b, 240a, 242b, 243a, 244b, 247b, 248b, 249b, 250a,b, 254a, 255a, 257a, 258a,b, 259a, 260b, **261**a〜**262**b, 265a,b, 266b, 267a, 268a, 269b, 271b, 273a, 274a, 278b〜280a, 285a, 286b, 287a, 291a, 295a, 298b, 299b, 301a, 303b, 305a, 306b, 307a, 309a,b, 310b ; 系1, 2, 3・**II**, 4, 5・**I**, 7, 9, 10, 12, 17, 19・**II** ; ——・エレクテウス 73b ; ——・ネプトゥーヌス 62a, 129a ; ——・ヒッピオス 129a
ポタモーン 145a
ポダルケー 145a
ポダルギオス 141b, 194b, 217a, **262**b
ポダルケース 1. 219a, 242b, **262**b
ポダルケース 2. 223b, **262**b, 286a ; 系9
ポダルゴス 153b
ポダレイリオス 17a, 46a, 102b, 177a, 213a, **262**b, 257a, 270b, 299a, 308a
ポティーティイ **262**b〜**263**a
ポティーティイウス 262b, 263a
ポデース **263**a
ホドイドコス 80b ; 系6
ポトニアイ(地名) 77a, 112b
ボナ・コーピア 27b
ボナ・デア 59b, 214b, **263**a
ポヌス・エーウェントゥス **263**a
ホノース **263**a
ポノニア(地名) 9a
ホノーリウス帝 133b
ホノル→ホノース
ホプラダーモス **263**a
ホブレース 98a ; 系12
ホプレース 102b, 279b
ホプレーテス(民族) 48b
ポペートール **263**b, 291b
ホボス 25b, 39b, **263**b
ホマドス 245a
ポムビロス 81b
ポムペイ(地名) 76a
ポーメーリウム(地名) 275a, 288a
ホメーロス 1b, 2a, 4a, 6a,b, 7a, 11a, 12a〜14a, 17a, 20a,b, 21a, 22a, 23a, 25a, 29b, 35a,b, 37b, 39b, 42a, 43a,b, 47b, 52a, 53b, 54a, 56b, 58b, 61a, 65b, 71b, 72b, 74a, 75b, 77a, 78a, 82b, 83a,b, 84b, 85a, 86a, 89a, 90a, 91a, 92b, 94a, 96a, 98a, 100b, 101b, 104b, 105b, 106b, 107b, 109a, 113b, 114a, 115a, 124a, 130b, 131b, 136a, 137b, 139a, 141b, 146a, 147a, 148a,b, 150b, 152a, 153b, 154a, 156b, 165a, 167a, 170a, 172a, 176a,b, 178a, 180a, 181a,b, 182a, 186b, 187a, 190a,b, 191a,b, 194a, 197b, 208a, 216a, 217a, 219b, 222b, 223b, 227a, 228b, 230b, 231a,b, 235b, 248b, 256a, 258a,b, 261b, 262a, 264a, 266a, 270a, 276a, 277b, 282b, 287a, 288b, 291a, 295b, 308a,b,
ホメーロス(テーレマコスの子) 172b
《ホメーロス讃歌》 165a, 253a
ポーモーナ 60b, 202a, **263**b
ポーモーナル(地名) 263b
ホモノイア **263**b
ホモリッポス 246b
ホモローイダイ門 28b, 164a, 263b
ホモローエウス **263**b
ホーライ →ホーラーたち
ホーラ・クウィリーニー 111a, 251a
ホーラーたち(ホーライ《季節》) 25a,b, 61b, 100b, 151b, 154b, 165a, 232a,b, **263**b ; 系1
ホラーティウス・コクレス **264**a
ポリアス **264**a
ポリーテース 1. 219a,b, **264**a, 291a,b ; 系18
ポリーテース 2. 62b, **264**a
ポリポルテース **217**b
ポリュアナクス 282b
ポリュイードス 62b, 113a, 117a, 158b, 211b, **264**a, 273b
ポリュエイドス →ポリュイードス
ポリュカーオーン 1. **264**b, 280a, 309b
ポリュカーオーン 2. **264**b
ポリュカステー 1. 172b, 184b, 252b, **264**b
ポリュカステー 2. 49b, **264**b
ポリュクセネー 14a, 86a, 177a,b, 183b, 195b, 219a, 227b, **264**b ; 系18
ポリュクセノス 1. 11b, **264**b
ポリュクセノス 2. **265**a
ポリュクセノス 3. 29a, **265**a
ポリュクソー 1. 145a
ポリュクソー 2. **265**a ; 系3・**II**
ポリュクソー 3. **265**a
ポリュクソー 4. 172b, 176a, 257a, **265**a
ポリュクソー(ヒュアデス) 206a
ポリュクトール 51a, **265**a
ポリュクトール(アイギュプトスの子) 145a
ポリュゴノス 171a, 223b, 239b, **265**a〜b
ポリュダマース 200a, 229a, 230a, **265**b
ポリュダマース(アンテーノールの子) 149a, 249a
ポリュダムナ 178b, 257a, **265**b

索引

ポリュデウケース 28ε, 36a, 51b, 52a, 67a, 150b, 151a,b, 255b, **265b**, 268a, 289a, 292b, 308b ; 系 1, 14
ポリュデクテース 124a, 145b, 154a, 179a, 251a,b, **265b**, 271a
ポリュテクノス 10b
ポリュドーラー 1. 139b, 254b, **265b**, 269b, 282a ; 系 17
ポリュドーラー 2. **265b**
ポリュドーラー 3. **265b**〜**266a**
ポリュドーラー 4. **266a**
ポリュドーラー 5. 175b, **266a**
ポリュドーロス 1. 77a, 97b, 187b, 198a, 260a, **266a**, 298b ; 系 4
ポリュドーロス 2. 203b, **266a**
ポリュドーロス 3. 7b, 156b, 219a, 227b, 228a, **266a**, 295b ; 系 18
ポリュドーロス(メガラーの子) 236b
ポリュドーロス(彫刻家) 295a
ポリュネイケース 9b, 22b, 28a, 33a, 34a, 41b, 42a,b, 47b, 51a, 55b, 64a, 68b, 69b, 77b, 78a,b, 118a, 154b, 165b, 164a,b, 167a,b, 169a, 170a, 175a, 215a,b, **266b**, 277a, 296a ; 系 4, 7
ポリュノメー 185b
ポリュパテース **266b**
ポリュビオス 126a
ポリュヒュムニアー 76a, 90a, **266b**, 277a
ポリュペイデース 1. 158b, **266b**
ポリュペイデース 2. 169a, **266b**
ポリュペーモス 1. 36a, 71a, 189b, 210a, **266b**, 296a, 298a
ポリュペーモス 2. 11a, 13b, 83b, 86a, 100a, 105b, 173b, 262a,b, **267a**, 273a
ポリュペーモーン 132b, 223a, **267a**
ポリュポイア 1. **267a**
ポリュポイア 2. 76b, **267a** ; 系 7
ポリュポイテース 1. 6b, 26b, 178a, **267a**, 295b
ポリュポイテース 2. 102b, **267a**, 298a, 307b, 308a ; 系 7
ポリュポイテース 3. 88a, 101a, **267a**
ポリュポイテース(ポリュポンテース 3.) 77b
ポリュポス 1. **267a**
ポリュポス 2. 22a, 147a, **267a**
ポリュポス 3. 77a,b, 78a, 250a, **267a**, 268b, 289b
ポリュポス(ドリュアースの子) 32b
ポリュポーテース 105a, **267a**〜b
ポリュポンテース 1. **267b**

ポリュポンテース 2. 8b, **267b**, 289b, 290a
ポリュポンテース 3. 77b, **267b**
ポリュムニアー →ポリュヒュムニアー
ポリュムネーストス 189b
ポリュムノス 152b
ポリュメーストール 2b, 58b, 74b, 156b, 228a, 266a, **267b**
ポリュメーデー 5b, 10a, 45a, **267b** ; 系 7
ポリュメドーン 219b
ポリュメーラー 1. 62b, 210a, **267b**
ポリュメーラー 2. **267b**
ポリュメーラー 3. 265b, **267b**
ポリュメーロス 278b
ポリュラーオス 246b
ポルキデス 268a
ポルキュス 68a, 94a, 112a, 121a, 127b, 136a, 144a, 173a, 230a, 251b, **267b**〜**268a**, 269b, 298a ; 系 2
ポルクス 150b, **268a**
ポルコス →ポルキュス
ポルセンナ 119b, 124a, 125b, 264a
ポルターオーン 32a, 65a, 79a, 138b, 140a, 170a, 203a, **268a**, 284b, 295a ; 系 11
ポルテウス 1. 79a, **268a**
ポルテウス 2. 67b, **268a**
ポルテュス 130b, 239b, **268a**
ポルトゥーナーリア祭 268a
ポルトゥーヌス **268a**, 271b, 287a, 307b
ポルトゥムヌス **268a**
ポルパース 1. 6b, 9b, 14b, 136a, 248b, **268a**〜b, 278b, 298a, 309b ; 系 11
ポルパース 2. **268b**
ポルパース 3. **268b**
ポルパース 4. 174b, **268b**, 280a
ポルパース 5. **268b**
ポルパース 6. **268b**
ポルパース 7. **268b**
ポルパース(トロイア人) 58b, 5. と同?
ポルパース(地名) 16a
ポルピュリオーン 105a, 233a, **268b**
ポルピュリオーン(シーシュポスの子) 131b
ポルボス(ポルパース 1.) 系 11
ポールモス **268b**
ボレアース 14a, 35b, 36a, 64a, 67b, 73b, 90b, 91a, 100a, 104a, 117b, 141b, 186b, 187b, 204b, 205a, 217a, **268b**, 309a ; 系 3・I, 19・II
ボレアダイ 100a, **269b**

ポレモクラテース 270b
ポレモーン 179b
ポロエー(山) 124b, 218a, 244b, 245a, 269a
ポロス 124b, 125b, 135b, 209b, 211b, 244b, 245a, **269a**
ポロス 230b
ホーロス 50b, 82b, **269a**
ポーロス 254b, 265b, **269b**, 282a ; 系 17
ポローニア(地名) 9a
ポローネウス 24b, 35a, 53a, 67b, 111b, 122b, 180b, 226a, 229a, 247b, 262a, **269b**, 287a, 304b
ポントス 18b, 58b, 66a, 74a, 94b, 121a, 144a, 169b, 186b, 192a, 267b, **269b** ; 系 2
ポントス(地名) 241a, 267a, 276a
ポントメドゥーサ 185b

マ

マイア 1. 31b, 110a, 141a, 220b, 221a, 253a,b, **269a**, 288a ; 系 1, 3・II
マイア 2. **269b**
マイアンドロス 107a, **269b**〜**270a**, 277b
マイアンドロス(河) 224a, 307b
マイオニデース 270a
マイオーン 1. 164a, 167b, 187b, 267b, **270a**
マイオーン 2. 114a, **270a**
マイナス 129b, 151b, 152a, 166b, 189b, **270a**
マイナデス 270a
マイナース 19b, **270a**, 301b
マイナロス(山) 270a
マイナロン(山) 310a
マイナロン(市) 270a
マイラ 1. 159b, **270a**
マイラ 2. 49b, 71b, **270a**〜b
マイラ 3. **270b**, 310b
マーウォルス **270b**, 272b
マヴロポタモ(地名) 207a
マカイレウス 183b, **270b**
マカーオーン 17a, 46a, 57b, 195b, 213a, 260b, 262b, **270b**, 282b, 299a
マカリアー 34a, 233 表, 234a, 235b, 246a,b, **270b**〜**271a** ; ——の泉 270b
マカル 271a, 281b
マカレウス 1. 52a, **271a**, 308a
マカレウス 2. 3b, 98a, **271a**
マカレウス 3. **271a**
マカレウス 4. **271a**
マーキストス(地名) 221a
マキモス(市) 274a
マグナ・マーテル **271a**

索引

マグネーシア(地名) 213a, 224a, 271a, 282a, 307b
マグネーシア人 224a
マグネース 3b, 35a, 167a, 201b, 209a, 250b, 265b, **271a**, 304a 表;系6,8
マケドニア(地名) 6b,7a,13a,34b, 70b, 89b, 91a, 107b, 151a,b, 166a, 194b, 201b, 240b, 271b, 276a
マケドニア人 271a
マケドーン 91a, 167a, 201b, **271a～b**
マケロー **271b**
マストール 303b
マッサゲタイ(地名) 232b
松曲げ男 132b
マデイラ(島) 125a
マートゥータ 268a,**271b**,307a
マートラーリア祭 271b
マートローナーリア祭 293a
マニアー **271b**
マーニア **271b**,299b
マネース 101b,**271b**,304a
マーネース **271b～272a**
《マーメルス》272b
マーメルティーニー 272b
マラケー 63b
マラトーニオス 92b
マラトーン 70b,127b,131a,**272a**
マラトーン(市) 48b,162a,174b, 205b, 226a, 234a, 235a, 270b, 272a; ――の牡牛 43b, 160b, 228b, 239a; ――の会戦 68a, 162b,199a
マラトーン(河) 296b
マリアンデューノス **272a**
マリアンデューノス人 36a, 51b, 53a,88a,156a,268b,272a,303a
マリーカ 272a,297a
マルーウィイー人 41a
マルーキーニー 272b
マルケルス 8a
マールシー族 41a,272b
マルシュアース 20b, 76a, 89b, 96a,270a,**272a～b**,277b
マールス 44b, 97a, 111a, 129b, 130b, 182b, 185a, 188a, 202a, 225b,258b, 259a, 270b, **272b～ 273a**, 293a, 294b, 305b, 311a,b
マールス・ウルトル 272b
マルセー 307a
マルセイユ 37b,179b,240a
マルティウス(月) 272b
マルペーッサ 32a, 33a, 51b, 62a, **273a**,289a;系11,14
マルペーッソス(地名) 133a
マルマクス **273a**
マルマラ海 254a
マレア(地名) 71a,86a,112a,120b, 124b,132a,244b,283a
マロス 128b
マロス(市) 29b,291a
マローン 86a,105b,**273a**
マローン(オイノピオーンの子) 80b
マンティオス(メラムプースの子) 76b, 158b, 264a, 266b, 286a; 系7
マンティネイア(地名) 12a, 42b, 130b, 178b, 199a, 231a, 248a
マンティネウス 222b,**273a～b**; 系5・I
マントー 1. 26b, 29b, 33b, 70a, 102b, 118a, 154b, 157b, **273b**, 291a,296b
マントー 2. **273b**,286a
マントー 3. 9a,**273b**
マントゥア(市) 9a,273b
マンドロリュトス 307b
マンドローン 298b
マンリウス・カピトーリーヌス 290b

ミ

ミスメー 17a
ミセー 273a
ミーセーヌム(地名) 273a,378b
ミーセーノス 175a,**273a～b**
ミセリンコルディア **273b**
ミダース 128a, 135a, 173b, **273b ～274a**,300b
ミデア(地名) 137b,203a,252a
ミデアー 75a,300a
ミニュアイ **274a**
ミニュアース(アルゴナウテースた ち) 274b
ミニュアース 19b,32b, 45a, 47b, 101a, 109a, 116a, 121b, 152b, 209b, 222a, **274a～b**;系9,10, 15;――の宝庫 274a
ミニュアース人 17a, 29b, 73a, 169a, 190a, 236b, 274a, 274b, 277b,296a
ミニュアースの娘→ミニュアデス
ミニュアデス 152b, 274a, **274b**; 系9
ミネルウァ 21a, 44b, 59a, 99a, 129b, 185a, 225a, **274b～275a**, 292a,293a,b
ミノア時代 61a
ミーノース 10a, 11a, 17b, 18a, 30b, 31b, 37a, 43b, 46a, 52a,b, 66b, 67a, 97b, 98a, 106a, 110b, 112a,b, 113a, 114b, 118b, 119b, 121b, 125b, 130b, 136a, 137b, 138a, 141a, 143b, 148b, 158a, 161a,b, 175a, 181a, 184b, 187a, 188b, 189a, 190a, 204a, 205b, 208a, 214b, 220a, 223a, 239a, 250a, 252b, 264a, 271b, **275a～b**, 276a, 277a,b, 279a, 294a, 296b, 297a, 298a, 302a; 系1,4,13,16
ミーノース二世 52b,302a
ミーノータウロス**.** 5b, 18b, 30b, 43b, 143b, 161a, 189a, 258a, 275b,**275b～276a**,298a
ミマース 105a,**275a**
ミマロニデス →ミマロネス
ミマロネス **276a**
ミュグドーン 1. 128b,**276a**
ミュグドーン 2. 239b,**276a**,303a
ミュグドーン人 276a
ミュ(ー)ケーネー 53b
ミュ(ー)ケーナイ(地名) 12b,20b, 23a,b, 29a, 53b, 54b, 64b, 66b, 74b, 91a, 108b, 126a,128a,137b, 157a, 217b, 237b, 238a,b, 239b, 252a, 257a, 265a, 274a, **276a**, 282b,300a
ミュコノス(地名) 2a
ミューシア(地名) 2a, 5b, 9a,b, 12b, 13b, 36a, 43b, 50b, 51b, 67b, 85a, 89b, 98a, 100a, 113b, 114a, 115b, 117a, 151b, 157b, 158a,b, 171b, 176b, 182b, 196b, 201a, 202a, 210a, 224a, 239b, 264a,266a,267a
ミュティレーネー 271a
ミュティレーネー(地名) 188a
ミュネース(ブリーセーイスの夫) 220a
ミュネース(ラケダイモーン人) 113a
ミュラー 21a, 106a, 139b, 149b, 173a,**276a**;系19・I
ミュリオス 210a
ミュリーネー 1. **276a～b**
ミュリーネー 2. 119b,172b,207b, **276b**;系7
ミュリーネー(地名) 102b,127a
ミュルティロス 23a,80b,259a,b, **276b**
ミュルトー **276b**,284a
ミュルトーオン(地名) 259b,276b
ミュルミドネス **276b**
ミュルミドーン 5b, 14b, 225b, **276b～277a**
ミュルミドーン人 1b, 13b,**276b**
ミュレース 280a,309b
ミルティアデース 64b
ミーレートス 11a, 26b, 61a, 95b, 107a, 130b, 208a, 275a, **277a～b**;系16
ミーレートス(地名)35a,52b,125a, 130b, 155b, 169b, 174a, 186b, 206b,218b,259b,277a,b,306b
ミンター →メンテー

索引

ミントゥルナイ(地名) 272a, 297a

ム

ムーサ 11b, 13a, 16a, 26b, 30b, 47a, 60b, 62b, 70b, 76a, 77b, 90b, 91a, 96a, 99b, 100a, 105b, 113b, 126b, 127a, 128b, 139b, 140a, 141a, 147a, 148a, 170b, 184b, 201b, 202b, 205b, 209a, 211b, 227a, 249b, 255a, 266b, 272b, **277a**~b, 282a, 288a, 300b, 308a ; 系1
ムーサイ **277b**
ムーサイオス 64a, 94b, **277b**, 281b
ムーサゲテース **277b**
ムーセイオン 277b
ムータ 299a
ムーニコス 1. **277b**
ムーニコス 2. **277b**
ムーニートス 6b, 12a, **277b**, 295b
ムーニュコス 110b, 195a
ムーネーシマケー 65a, 125b, 159b, 245a
ムネーステウス **278a**
ムネーストラー(エリュシクトーンの娘) 72b
ムネーストラー(ダナオスの娘) 145a
ムネーモシュネー 60b, 141a, 155a, b, 277a, **278**a, 309a ; 系1
ムネーモーン 163a, **278**b
ムーニュキア 277b
ムルキベル 60a, **278**b

メ

メガイラ 72a, **278a**
メガッサレース 106a ; 系19・I
メガペンテース 1. 23b, 222b, 252a, **278**a, 286a ; 系19・II
メガペンテース 2. 257a, **278**a
メガメーデー 160a 236b, **278**a
メガラ(地名) 2a, 5a, 22b, 32a, 54b, 100b, 101a, 103b, 123a, 128b, 136a, b, 161a, b, 169a, 181a, 200a, 201a, 204a 210a, b, 211a, 223a, 234a, 258a, 264b, 269b, 275b, 278b, 279a, 287a, 309b
メガラー 1. 48a, 65b, 73a, 118a, 160a, 212a, 236b, 237a, 241b, 246b, 247a, **278**a, 303a
メガラー 2. **278**b
メガリス(市) 119b
メガレウス 19b, 32a, 127b, 203b, **278**b
メガレ(ン)シア祭 109b
メガロポリス(地名) 25b, 93a
メーキステウス 1. 22b, 64a, 69a, b, 164a, 279a, 285a, 304a ;

系7
メーキステウス 2. **279a**
メーキストス 265b
メーキストポノス 237a
メゲース 211b, **279a**
メーストラー **279a**
メーストール 1. 29a, 31b, 44a, 146a, 203b, 217b, 252a, 279a, 304a ; 系5・I
メーストール 2. **279a**
メーストール 3. 219a, **279a**
メーストール(ハリテルセースの父) 196a
メーゼンティウス 7b, 8a, b, **279a**~b, 294b, 297b
メーター 102a, **279**b
メダー(ピュラースの娘) 203a, 247a
メーダー(イードメネウスの妻) 53a, 116b, 179b, 307a
メタネイラ 24a, 46b, 165b, 166b, 175a, 188a, 218a, **279b**
メタボス 99a, **279b**, 280a
メタポン(地名) 280a
メタポンティオン(市) 70a, 279b, 280b
メタポンティス(島) 134a
メタポントゥム 3b
メタポントス 3b, 149b, **278b**, 280a, 285a
《メタモルフォーセース》 55b, 210b, 250b
メタルメー 106a, 206b, **280**a ; 系19・I
メッサピア(地名) 70a, 144a
メッサピイー族 280a
メッサピオン(山) 280a
メッサボス 1. **280**a
メッサボス 2. 8a, **280b**
メッシナ(海峡) 101b
メッセーネー 264b, 268b, **280a**, 309b
メッセーネー(地名) 8b, 17a, 38b, 51b, 52b, 56a, 84b, 93a, 95b, 119a, 140b, 151a, 168b, 186a, 187a, 210a, 235a, 248b, 267b, 280a, 285b, 286b, 303a
メッセーネー人 186b
メーデイア 3a, 5b, 13b, 25a, 32b, 35a, 36b, 37a, b, 41a, 45b, 52b, 53a, 56b, 59a, 95a, 111a, 127b, 131b, 148b, 160b, 161a, 162b, 182a, 187a, 189a, 203a, b, 206a, 248a, 252b, 255a, 260a, 265a, **280**a, 281a, 281b, 288a ; 系3・I, 7
《メーデイア》 281a
メーデイア人 38b, 280b, 281b
メーティアドゥーサ 121a, 200a ; 系19・II

メーティオケー 129a
メーティオコス 197a
メーデイオス 45b, 280b, **281a**
メーティオーン 5a, 24b, 32a, 73b, 131a, 143a, 200a, b, **281a**~b ; 系19・II
メーティーオーン(ポルバース 7. の父) 268b
メーティス 20b, 120a, 140b, 155a, 165a, 133a, **281**b ; 系1
メーティス(パネース) 191a
メーデシカステー 219b
メーテューナ(市) 225b, 299a
メーテュムナー 271a, **281**b, 308a
メドゥーサ 22a, 44a, 64a, 112a, 114a, 122b, 127b, 128a, 205a, 222b, 227a, 241a, 251b, 262b ; 系5・I
メドゥーサ(ステネロス 1. の子) 137b
メドゥーサ(プリアモスの娘) 219b
メドゥーサ(ポリュボスの妻) 77a
メドゥリア(地名) 261b
メトゲーノス 156a
メードス 1. 203b, 252b, 280b, **281b**
メードス 2. 38b, **281b**
メトーネー(地名) 213a, 282a
メトーネー 260a
メトーペー 18b, 51a, 123a, **281**b, 297b
メトーペー(エケトスの子) 68a
メトーペー(ヘカベーの母) 131a, **282a**
メドーン 1. 80b, **282a**
メドーン 2. **282a**
メドーン 3. 31a, 74b, 210b, 282a ; 系17
メドーン 4. 126a, **282a**
メドーン 5. **282a**
メナイクメース 113a
メナルケース 145a
メニッペー 1. **282a**
メニッペー 2. **282a**
メニッペー 3. 90a, **282a**
メニッペー(オーリーオーンの娘) 129a
メニッペー(ペーネイオスの娘) 230b
メネスティオス 1. 265b, **282a**
メネスティオス 2. 195b, **282a**
メネステウス 1. 150b, 162a, b, 166b, **282a**~b
メネステウス 2. **282b**
メネステース 161a
メネプロンテース 237a
メネマコス 145a
メネラーオス 2a, b, 3a, 4b, 10b, 12b, 13a, 23a, b, 43a, 44a, 54a, 55a, 57a, b, 61a, 63b, 80a, 83a,

84a, 85a,b, 86a, 87b, 93b, 94a,b, 97b, 98a,b, 112a,b, 135a, 148b, 149b, 156b, 159a, 169a, 172a,b, 176b, 177a,b, 181a, 190b, 193b, 195b, 198b, 199b, 209b, 265a, 266b, 267a, 268b, 270b, 219b, 221a, 223b, 225a, 228b, 253a, 255b〜257b, 263a, 265a, 266b, 267a, 268b, 270b, 278a, 282b〜283b, 291b, 296a ; 系 13, 14

メノイケウス 1. 31b, 73a, 77a, 118a, 236b, 248b, **283**b ; 系 4
メノイケウス 2. 118a, 157b, 164a, 215a,b, **283**b
メノイティオス 1. 16b, 22a, 46b, 116a, 224b, **283**b
メノイティオス 2. 4b, 14b, 137b, 190b, 276b, **284**a ; 系 17
メノイテース 1. 122b, 240a, 241b, **284**a
メノイテース 2. **284**a
メノイテース 3. **284**a
メフィーティス **284**a
メムノニス 284b
メムノネイオン (地名) 284a
メムノーン 6a, 14a, 43a, 177a, 184a, 195b, 208a, 245a, **284**a ; 系 3・I, 18
メムピス 69a, 183a, **284**b, 301a ; 系 4
メムピス (ダナオスの妻) 145a
メムピス (地名) 25a, 69b, 142b, 223b, 284b
メムブリアロス **284**b
メムブリアロス (地名) 284b
メムミー (氏) 278a
メライナ 170b, 286b
メライニス 286b ; 系 6
メラース 1. 102b, 103b, 220a, **284**a ; 系 8
メラース 2. 64a, 65a, 79a, 138a, 167a, 268a ; 系 11
メラース 3. 245a, **284**b, 300a
メラース (オプスの子) 90a
メラーース **284**b〜**285**a
メラニオーン 19b, 29a, 164a, 196b, 203b, 302b ; 系 15
メラニッペー 1. 3b, 149b, **285**a
メラニッペー 2. 52b, **285**a ; 系 6
メラニッペー 3. 161b, 204a, 239b, **285**a ; 系 19・II
メラニッペー (オイネウスの子) 79b
メラニッペー (レーダーの姉妹) 308b
《メラニッペー (縛られた)》 285a
《メラニッペー (哲学者)》 285a
メラニッポス 1. 28b, 164b, 167b, 279a, **285**b
メラニッポス 2. 123b, 174b, **285**a

メラニッポス 3. 170a, **285**b, 303b
メラニッポス 4. 132b, 249a, **285**b
メラニッポス 5. 219a, **285**b
メラニッポス 6. 202a, **285**b
メラニッポス (コマイトーの恋人) 66a, 126b
メラネーイス (市) 285b
メラネウス 1. 65b, **285**b
メラネウス 2. **285**b
メラネウス 3. **285**b
メラネウス 4. **285**b
メラムピュゴス 123b
メラムプース 22a, 23b, 24b, 28a, 33a, 42b, 53a,b, 54a, 61a, 76b, 117a, 125a, 140a, 152b, 158b, 191a, 201a, 222a,b, 258b, 264a, 266b, 273b, **285**b, 303b, 304a ; 系 5・I, 7
メラムプース (ギュアースの父) 106b
メランカイテース 245a
メランクライラ 286b
メランテイア 206a ; 系 6
メランティオス 1. 84a,b, 87b, 212b, **286**b
メランティオス 2. 66a, **286**b
メラント 1. 170b, 206a, **286**b
メラント 2. 84a, 87b, **286**b
メラント 3. **286**b
メラントス 126a, **286**b〜**287**a
メリアー 1. 47a, 53b, 269b, **287**a
メリアー 2. 51a, **287**a
メリアー 3. **287**a
メリアー 4. **287**a
メリアス **287**a
メリアース →メリアス
メリオネース 12a, 125a, 153a, 197a, 264a, **287**a, 291b
メリーオーン →メリオネース
メリケルテース 18b, 19a, 152a, **287**a〜b, 306a, 307a ; 系 4, 8 ; ――パライモーン 50b, 287a
メリース人 245b
メリッサ 1. **287**b
メリッサ 2. **287**b
メリッセウス 1. 52a, 140b, 206a, **287**b
メリッセウス 2. 22a, **287**b
メリッセウス 3. **287**b
メリッソス **287**b
メリテー 212a, **287**b
メリテー (ネーレーイス) 185b
メリトス 289b
メリボイア 1. 247b, **288**b, 301a
メリボイア 2. 180b, **288**a
メリボイア 3. **288**a
メリボイア (マグネースの妻) 201b
メリボイア (地名) 282a
メリボイオス **288**a
メルクリウス 99a, 129b, 269b,

288a, 299a
メルポメネー 16a, 140a, 147a, 277a, **288**a
メルポメネー (セイレーンの母) 系 11
メルメロス 45b, 255a, 280b, **288**a〜b ; 系 7
メルメロス (イアーソーンの曾孫) 59a
メレアグリス 127b, **288**b
メレアグロス 11b, 19b, 35b, 37b, 33a, 39b, 79b, 101a, 117b, 127b, 150a, 160a, 196b, 221b, 241a, 243b, 265b, 273a, 290a, 295a ; 系 11, 14
メレーシゲネース 114a
メレース 91a, 113b, 114a, **289**a〜b
メレテー 184b
メーロス (島) 137b, 282b
メロビス 15b
メロプス 1. 116a, **289**b
メロプス 2. 5b, 31b, 108b, 117a, 195a, 219a, **289**b
メロプス 3. **289**b
メロプス (エウメーロスの父) 15b, 69b
メロプス (パンダレオースの父) 199b
メロペー 1. 248b, **289**b
メロペー 2. 131b, 170a, 220b, 221a, **289**b ; 系 3・II, 10
メロペー 3. 77a, **289**b
メロペー 4. 80a, 89a, **289**b
メロペー 5. 8b, 109b, 119a, 235a, 267b, **289**b
メロペー (エレクテウスの娘) 73b
メロペー (メガレウスの妻) 203b
メロペー (パンダレオースの娘) 117b, 199b
メーン **290**a
メーンス **290**a
メンテー 190a, **290**a
メンテース 1. 83a, **290**a〜b
メンテース 2. 105b, **290**b
メンデース **290**b
メンデース (市) 290b
メントール 1. 83a, 172a, 231a, **290**b
メントール 2. **290**b
メントール 3. 246b, **290**b
メントール 4. 233b, **290**b

モ

モイラ 21b, 23b, 102a, 105b, 115b, 119b, 123a, 141a, 159b, 165a, 168a, 181b, 196a, 263b, 288b, **290**b, 296b ; 系 1
モイライ →モイラ

木馬 →トロイアの木馬
モネータ 6a,**290b**～**291a**,293a
モネニア(市) 225a
モプシオン(地名) 291a
モプソス 1. **291a**,298a
モプソス 2. 26b,29b,102b,273b,**291a**,296b
モプソス(王) 276b
モプソス(ゲラナの子) 122a,206b
モーモス 181b,**291a**
モリオニダイ →モリオネ
モリオネ 65b,138a,b,148a,159b,184a,238b,243a,**291a**,291b
モリオネー 243a,291a
モーリュ 86b,110b,253b
モルス **291b**
モルパディアー 1. 137a,196b,**291b**,232b
モルパディアー 2. **291b**
モルペウス **291b**
モルポス **291b**
モルモー **291b**
モルモリュケー →モルモー
モルメーン →モルモー
モロシア(地名) 243b
モロス 1. 287a,291a,**291a**
モロス 2. 287a,**291b**
モロス(運命) 123a,181b
モロッソス 43b,183b,258a,**291a**～**292b**
モロッソス(犬を盗んだ) 241b
モロッソス人 6a,183b,258a,277b,311a
モロルコス 237b,**292b**
モローン 255a
モンス・サケル(地名) 44b

ヤ

ヤーニクルム 216a,220b,292a
ヤーヌス 99b,103a,130a,156b,216a,**292a**～b,293a,312a

ユ

ユウェンタース 232a,**292a**
ユガ(=リス) 293a
ユスティティア **292a**～b
ユートゥルナ 8b,60a,b,**232b**～**293a**,292b,299a
ユートゥルナ(地名) 151a
ユーノー 7b,8a,99a,b,129b,143a,173a,232b,274b,290b,291a,**293a**,293b,299a,305a；誕生日の—— 293a；——・モネータ 293a；——・ルーキーナ 61b
ユーピテル 6a,8a,27a,47a,60b,98b,99a,111a,129b,133b,139b,141b,143b,150b,171a,215a,b,220b,225b,272b,274b,279b,292b,**293a**～b,299a,312a；——・オーピミス・マークシミス 293b；——・カピトーリーヌス 293b；至善至高の—— →——・オーピミス・マークシミス；——・スタトル 261b,293b；——・フェレトリウス 293b；——・ラティアーリス(ラティアル) 47a,293b,297b
夢の神 88b,181b
ユーリア(氏) 16b,47a,60a,121a
ユールス 7b,16b,60a,**293b**

ラ

ライアース 82a
ラーイオス 47b,64b,68b,77a,b,78b,79b,114a,118a,139b,181b,203a,267b,**293a**～**294b**,298b,302b；系 4
《ラーイオス》 163b
ライストリューゴーン人 42b,83b,86b,291b,**294a**,299a
ライラプス **294a**
ラ(ー)ウィーニア 7a,8a,16b,27b,44b,47a,56b,135a,168a,173a,**294b**,297a,b,311b
ラウィーニウム(地名) 7a,16b,135a,193a,b,230b,294b,297b
ラウェルナ **294b**
ラウェルナーリス門 294b
ラウッス 1. 8b,24b,279b,**294b**
ラウッス 2. **234b**
ラウレントゥム 144b
ラウロラウィーニウム(地名) 297a
ラーエルテース 34a,41b,63b,84b,87b,111b,121b,132a,231b,**294b**～**295a**；系 9
ラーオコオーン 1. 7b,96b,133a,177a,**295a**
ラーオコオーン 2. **295a**
ラーオゴラース 244b,**295a**
ラーオゴレー 106a,280a
ラーオダマース 1. 22b,33a,69a,b,70a；系 4
ラーオダマース 2. **295a**
ラーオダマース 3. **295a**
ラーオダマース(ヘクトールの子) 228b
ラーオダメイア 1. 11b,224b,265b,**295a**～b；系 7,9
ラーオダメイア 2. 130b,141a,258b,**295b**；系 1,10
ラーオダメイア 3. **295b**
ラーオディケー 1. **295b**
ラーオディケー 2. 70b,138a,**295b**；系 15
ラーオディケー 3. **295b**
ラーオディケー 4. 12a,219a,249a,278a,**295b**；系 18
ラーオディケー 5. 12b,74a,**295b**；系 13
ラーオディケー(アーピスの母) 24b
ラーオディケー(ヒュペルボレイオス人) 208b
ラーオトエー 1. 266a,**295b**,301b
ラーオトエー 2. **295b**
ラーオトエー(テストールの母) 160a
ラーオドコス 1. 6b,26b,178a,267a,**295b**～**296a**
ラーオドコス 2. 199b,**296a**
ラーオドコス 3. **296a**
ラーオドコス 4. 219a,**296a**
ラーオドコス 5. 208b,209a,**296a**
ラーオドコス(ビアースの子) 201a
ラーオニュトス 47b,**296a**
ラーオノメー 1. 63b,266b,**296a**
ラーオノメー 2. 31b,112a,**296a**
ラーオノメー(ホドイドコスの妻) 80b；系 6
ラーオポンテー 160a,221b；系 11
ラーオメドーン 6a,9a,15b,18a,26b,42a,58b,65b,76b,98a,107b,110a,138b,156a,163a,168a,169b,202a,219a,229b,230a,239b,242a,b,262a,284a,**296a**～b,299a,306b；系 17,18
ラーオメドーン(ヘーラクレースの子) 246b
ラーオメネース 246b
ラキオス 273b,291a,**236b**
ラキニーア 120a
ラケシス 290a,**296b**
ラケスタデース 196b,**296b**
ラケダイモーン 65b,109a,139a,141a,145b,147a,205b,221b,251a,**296b**；系 1,3・Ⅱ,5・Ⅰ,14
ラケダイモーン(地名) 12b,48b,49b,50a,67a,84b,119a,121b,190a,205b,235a,255b,256a,257a,261b,264b,280a,296b,308b
ラケダイモーン人 113a,162a
ラコーニア(地名) 7a,31a,110a,142b,146b,147a,169a,189a,202a,212a,241a,309b
ラコーニア人 211a
ラダマンテュス 18a,34a,67a,72b,130b,141a,148b,175a,190a,231b,236a,275a,**296b**～**297a**；系 1,16
ラティアーリス →ユーピテル・ラティアーリス
ラティアル →ユーピテル・ラティアル
ラティウム(地名) 7a,b,8a,26a,

索引

44b, 73a,b, 82a, 94b, 98a, 99b, 111b, 146a, 156b, 168a, 173a, 179a, 182a, 204a, 214b, 215a,b, 252a, 272a, 279b, 292a,b, 294b, 299a, 305b
ラティウム人 →ラティーニ人
ラティーニ人 16b, 26a, 62a, 151a, 173a, 272b, 297a,b
ラティーヌス 7a～8b, 9b, 27b, 47a, 60a, 88a, 101b, 110b, 111a, 135a, 168a, 172b, 173a, 174a, 202a, 214b, 215a, 272a, 279b, 294b, 297a～b, 311a
ラティーヌス・シルウィウス **297**b
ラディネー **297**b
ラティーノス →ラティーヌス
ラティーノス(カテートスの子) 97a
ラテン人 8b, 62a, 110b
ラテン同盟 293b
ラートーナ 60b, **297**b
ラトモス(山) 76b
ラトレイア 233a
ラードーン 1. 18b, 51a, 61b, 104a, 146b, 281b, **297**b～**298**a
ラードーン 2. 230a, **298**a
ラードーン(河) 134b, 238a
ラピタイ 14b, 162a, 198b, 226a,b, 249b, 226b, 268a, **298**a, 310a
ラピテース 109a, 153b, 174b, 268a, 271a, **298**a, 308a
ラピテース族 4b, 9b, 30b, 50a, 65a, 95a, 110a, 113b, 117a, 120b, 124b, 127a, 128b, 129a, 137a, 184a, 203a, 209b, 212a, 244a, 245a, 291a, 295a, **299**a, 307b
ラピトス **298**a ; 系 14
ラピュスティオン(地名) 77a
ラビュリントス 30b, 50a, 143b, 161a, 275b, **298**a～b
ラブダコス 77a, 114a, 118a, 200a, 214a, 266a, 293a, **298**b, 302b ; 系 4
ラミア(市) 299a
ラミアー 1. 291b, **298**b
ラミアー 2. **298**b
ラミアー 3. 33a, 134a, **298**b
ラミアー 4. **298**b
ラミアー 5. 133a, 136a, **298**b
ラムヌース(地名) 185a, 255b
ラムプサケー **298**b
ラムプサコス(地名) 218b, 298b
ラムペティエー 1. 249a, **298**b ～**299**a
ラムペティエー 2. 5a, 270b, 299a
ラムペティエー 3. 183a, 248b, 299a
ラムペトス **299**b
ラムポス 1. **299**a ; 系 18

ラムポス 2. 67b, **299**a
ラムポス 3. 67b, **299**a
ラムポス(アイギュプトスの子) 145a
ラムポネイア(地名) 299a
ラムボーン 153b
ラーメドーン 46a, 131a, 140a, 281b, **299**a
ラモス 1. 262b, 294a, **299**a
ラモス 2. **299**a
ラーモーン 88b
ララ **299**a～b
ラーリッサ 217a, 247b, **299**b
ラーリッサ(地名) 39a, 71a, 209b, 247b, 252a, 299b
ラーリーノス 299a
ラール 299a, **299**b ; ――・ファミリアーリス 299b
ラルウァイ **299**b, 309b
ラールンダ **299**b
ラレース 230b, 271b, 288a, **299**b
ラーレンティア **299**b

リ

リーウィウス 16b
リーウィウス・アンドロニークス 99b
リカース 174a, 246a, **300**a
リカデス(地名) 300a
リギュス **300**a
リキュムニオス 29a,b, 75a, 76a, 176a, 217b, 234a, 243b, 245b, 278b, 284b, **300**a
リクソス 145a
リグドーン 55b
リグリア(地名) 40a, 108a, 169b, 240a, 300a
リグリア人 36b, 52a
リテュエルセース 146b, 245b, **300**b
リノス 26b, 47a, 60b, 76a, 100a, 119b, 128b, 147a, 170b, 201b, 216a, 236a, 277b, **300**b
リーバイオス(地名) 115b
リバラ(地名) 3b, 232a
リバライ(島) 3a, 107a
リバロス 4a, 9b, 107a
リビア(地名) 5a, 11a, 23a, 30a,b, 31a, 41a, 63a,b, 69b, 102a, 110a, 111b, 121b, 133a, 146a, 206a, 240b, 245a, 291a, 298b, 301a, 303a
リビティーナ **300**b
リビティーナーリウス 300b
リビュエー 15b, 46b, 69b, 96b, 146a, 183a, 258b, 284b, 298b, **301**a, 309b ; 系 4
リーベラ 301a
リーベラーリア祭 71b, 301a

リーベル 46a, 71b, 153a, **301**a
リーベルタース **301**a
リーベル・パテル →リーベル
リベンティーナ **301**a
リムノーレイア 185b
リーモス 215a
リュアイオス **301**a
リュカイア祭 301a
リュカイオス **301**a
リュカイオス(ヘーラクレースの子) 246b
リュガイオス 49b, 264b
リュカイオン(山) 188b, 238a
リュカイトス 117b
リュカーオーン 1. 4a, 11b, 31b, 46a, 80a, 95a, 98a, 100b, 110a, 117a, 147b, 158a, 159b, 160a, 175b, 181b, 187b, 192a, 197b, 205a, 217a, 224a, 227a, 247b, 270a, 271a, 273a, 279a, 288a, **301**a, 303b
リュカーオーン 2. 62b, 190b, 219a, 295b, **301**b～**302**a
リュカーオーン 3. 199b, **302**a
リュカーオーン 4. 66b, **302**a
リュカーオーン 5. 39b, 245b, **302**a
リュカーオーン(イリュリア人) 144a
リュカストス 1. 52b, **302**a
リュカストス 2. 192a, **302**a
リュカストス(地名) 52b
リュキア(地名) 15a, 26a, 30a, 48a, 95b, 102b, 106b, 110b, 112b, 130b, 137b, 146a, 169b, 222b, 258a,b, 303a, 306b, 309a
リュキアー 49b
リュキア人 94b, 125a, 199b, 204b, 258b
リュクトス(地名) 52b, 125a
リュクールゴス 1. 17b, 104b, 152b, 162b, 175a,b, 217a, 276a, **302**a
リュクールゴス 2. 12a, 19b, 29a, 39a, 40b, 45a, 66a, 68a, 122a, 183a, 289a, **302**b ; 系 15
リュクールゴス 3. 62b, 65b, 167b, 207b, 224a, 255a, **302**b ; 系 7
リュクールゴス 4. 246b, **302**b
リュクールゴス 5. 56a, 223a, **302**b
リュケイオス 26a, **302**b
リュコス 1. 28b, 41b, 70b, 157a, 181b, 210b, 221b, 222a, 294a, 298b, **302**b
リュコス 2. 237a, 247a, 278a,b, **303**a
リュコス 3. 5a, 200a, **303**a ; 系 19・II
リュコス 4. 36a, 88a, 156a, 239b,

索 引

276a, **303**a
リュコス 5. 102a, **303**a
リュコス 6. 169b, **303**b
リュコス 7. 122a, 181b, 221a, **303**b；系 3・Ⅱ
リュコス 8. 224b, 283a, **303**b
リュコス 9. 144b, **303**b
リュコス 10. **303**b
リュコス 11. **303**b
リュコス(ネメア王)→リュクールゴス 3.
リュコプローン **303**b
リュコプローン(詩人) 96b, 172a
リュコーベウス 170a, **303**b
リュコポンテース 267b, 270a
リュコメーデース 13b, 52a, 155a, 162a,b, 183a, 209b, **303**b
リュコメーデース(クレオーン 5.の子) 118a
リュコルマース(河) 62b
リュコーレイア(市) **303**b
リュコーレウス 127a 206a, **303**b
リュコーロス 206a
リュコーン 230b
リューシアナッサ(エパポスの娘) 69b, 216b；系 4
リューシアナッサ(ポリュボスの娘) 147a, 267a
リューシアナッサ(ネーレーイス) 185b
リューシッペー 1. 201a, 222a, 286a, **303**b；系 5・Ⅱ
リューシッペー 2. **304**a
リューシッペー 3. 121b, **304**a
リューシッペー(テウトラース 1.の母) 158b
リューシデー 308a
リューシディケー 146a, 203b, 279a, **304**a；系 5・Ⅰ, 13
リューシトオス 219b
リューシマケー 1. 24b, 31b, 147a, 196b, 267a, 279a, **304**a；系 7
リューシマケー 2. 219b, **304**a
リュタイアー 205b
リュティアー **304**a
リューディア(地名) 15b, 20a, 24a,b, 30a, 46b, 88b, 89a, 99b, 101b, 106b, 109b, 114a, 130b, 133a, 134a, 147a, 148b, 168b, 173b, 180a, 189b, 212a, 242a, 298b, 304a
リュティオン(地名) 52b
リュードス 168b, **304**a
リュムバ **304**a
リュルケイア(地名) 304b
リュルコス 1. **304**b
リュルコス 2. 269b, 310a, **304**b
リュルネーソス(地名) 7a, 13b, 190b, 220a
リュルノス 系 18

リューンクス 305b
リュンケイア(地名) 304b
リュンケウス 1. 5a, 15a, 24b, 144b, 145b, 146a, 209a, 222b, 251a, 273a, **304**b；系 4, 5・Ⅰ
リュンケウス 2. 24b, 35b, 51b, 52a, 80b, 289a, **304**b, 306a；系 14
リュンコス **305**a〜b
リーリス(河) 272a
リリュバイオン(地名) 37a, 217a
リンドス 99b, 123a, 248b, **305**b
リンドス(市) 21a, 146a, 176a
リンドス人 240b

ル

ルア 130a, **305**a
ルーヴィア人 131b
ルーカーニア(地名) 193b
ルーカーニア人 52a
ルーキアーノス 291a
ルーキーナ 293a, **305**a
ルーキフェル **305**a
ルークス・ヘレルニー 103a
ルクレーティア **305**a
ルーケリア(市) 193b
ルーディー・フローラーレース祭 225b
ルーナ **305**b
ルトゥリー 7a, 8a,b, 32a, 47a, 64a, 100a, 173a, 181a, 297a,b, **305**b
ルペルカーリア祭 62a, 215a
ルペルクス 215a
ルーミーナ **305**b；——のいちじく 305b, 311b
ルーミーナーリス(地名) 311b

レ

レアー 66a, 80a, 88b, 94b, 98b, 99a, 109b, 118b, 120a, 123b, 125b, 140b, 144a, 152b, 155a,b, 163a, 165a, 166b, 169b, 184b, 190a, 199a, 211b, 212b, 229b, 232b, 261b, 263a, 281b, 287b, **305**a〜b；系 1
レア・シルウィア 1. 30a, 56b, 182b, 214a, **305**b〜**306**a, 311a,b
レア・シルウィア 2. **306**a
レアーデス 164b
レアネイラ 系 15
レアルコス 18b, 19a, 152a, **306**a, 307a；系 4,8
レアンドロス **306**a
レイアー →レアー
レーイトス 1. 75a, **306**a
レーイトス 2. **306**a
レイベートラ(地名) 91a

レイベピレー 40a, 48a, 210a, 234a, **306**a；系 5・Ⅰ
レイモーネー **306**a
レイモーン 159b, 270a
レイリオペー 179b
レウカス(地名) 7a, 188a, 309b
レウカリアー 311a
レウキッピデス **306**a〜b
レウキッペー 1. **306**b
レウキッペー 2. 110a, 138b, 219a, 296a, **306**b
レウキッペー 3. **306**b
レウキッペー 4. 159a, 160a, **306**b
レウキッペー 5. **306**b
レウキッペー(クレイトーの母) 22b
レウキッペー(ミニュアースの娘) 274b
レウキッポス 1. 17b, 37b, 51b, 80b, 128a, 150b, 168b, 212a, 248b, 261a, 306a, **306**b；系 14
レウキッポス 2. **306**b, 307b
レウキッポス 3. 146b, **306**b
レウキッポス 4. **306**b
レウキッポス 5. **306**b
レウキッポス 6. 246b, 307a
レウキッポス 7. 66b, **307**a
レウキッポス(エウアレテーの兄弟) 203b
レウクトラ(地名) 202b
レウケー 1. 190a, **307**a
レウケー 2. 54b, **307**a
レウコス 53a, 54a, 116b, 179b, **307**a
レウコテアー 19a, 35b, 87a, 194b, 287b, **307**a
レウコトエー 1. 115b, **307**b
レウコトエー 2. **307**b
レウコーネー 107a
レウコーネース 246b
レウコパネース 63b, **307**b
レウコプリュス(地名) 107b, 163a
レウコプリュネー **307**b
レウコーペウス 65a, 79a, 268a, 284b；系 11
レウコーン 19a, 34b, 165a, **307**b；系 8
レオーイデス 307b
レオークリトス 265b
レオーコリオン 307b
レオース **307**b
レオードス 258b
レオーナッサ 183b, 233a；系 5・Ⅰ
レオーニュモス →アウトレオーン
レオンティコス 297b, **307**b
レオンティス族 307b
レオンテウス 102a, 129a, 267a, 298a, **307**b〜308a；系 15
レオントプローン 63a, 308a
レオントポノス 88a, 173a, **308**a

索引

レオントメネース 154b
レカイオン(港) 226b
レーギア(神殿) 88b
レーギオン(地名) 72b, 240a
レーギルス(湖) 151a, 292b
レークス・ネモレンシス 150a
レークセーノール(カルキオペーの父) 102b
レークセーノール(ナウシトオスの子) 178b
レケース 226b
レスボス 271a, 298a, **308a**
レスボス(地名) 25a, 30b, 52a, 70b, 85a, 90b, 124a, 170a, 174a, 181b, 188a, 214b, 220b, 225b, 236b, 260a, 281b, 283a, 298a, 299a, 308a
レーソス 1. **308a**
レーソス 2. 57b, 61a, 85b, 100a, 139a, 154a, 170b, **308a**, 308b
《レーソス》 308a
レーダー 62a, 68a, 115a, 141a, 150b, 157a, 160a, 168b, 176b, 185a, 209a, 221b, 255b, 289a, **308b**, ; 系 1, 11, 14
レータイアー **308b**
レーテー 190b, **309a**
レート 18a, 26a, 37b, 38a, 58a, 60b, 89b, 125a, 141a, 155b, 172b, 180a, 207a, 208b, 261a, 288a, 297b, **309a**～b ; 系 1
レートス 203b, 209b
レーネー Rhene 282a
レーネーたち Lenai 152a
レバデイア(地名) 12b, 178a, 250b
レプレイオン(市) 184b
レプレオス **309b**
レベース 296b
レベテュムノス 281b, 299a
レムス 20a, 30a, 56b, 173b, 182b, 192a, 214a, 272b, 305b, **309b**, 311a, 312b

レームノス(地名) 25b, 35b, 57a, 63b, 73a, 80a, 85a, 99a, 119b, 154a, 162b, 169a, 172b, 176a, 177a, 183a, 190a, b, 207b, 208a, 211a, 213a, 231b, 232a, 265a, 274b, 276b, 282a, 301b
レムーラーリア祭 →レムーリア祭
レムーリア祭 272a, 309b
レムレース **309b**
レモリア(地名) 311b
レランテー 277b
レラントス 10a
レルネー(地名) 28a, 47b, 48a, 68a, 103a, 123b, 145b, 153a, 168a, b, 203b, 207a, 212b, 237b, 238a, 252a, **309b**
レルノス 103a, 179a, 238a
レレクス 1. 67a, 178a, 264b, 280a, **309b** ; 系 14
レレクス 2. 210a, 301a, **309b**
レレクス 3. ·**309b**
レレクス人 21b, 41a, 43b, 210a, 220a, 247b, 295b, 309b, 310a
レーロス(地名) 288b

ロ

ロイオー 24a, 26b, 137b, 196b, **310a**, 304d
ロイオー(ラーオメドーンの妻) 296a
ロイコス 1. 19b, 125b, 209b, **310a**
ロイコス 2. **310a**
ロイコス 3. **310a**
ロイトス 1. **310a**
ロイトス 2. **310a**
ロイトス 3. **310a**
ロイトス 4. 41a, **310a**
ロクェンス →アーイウス・ロクーティウス
ロクーティウス →アーイウス・ロ

クーティウス
ロクリス(地名) 2b, 37a, 59b, 62b, 80b, 88b, 92b, 102a, 193a, 223a, 234b, 239a, 250a, 271a, 276b, 284a
ロクリス人 2a, 10a, 25a, 33a, 62b, 90a, 117b, 134a, 151a, 245b, 310a
ロクロス 1. 88b, **310a**～b ; 系 6
ロクロス 2. 270b, **310b**
ロケイア 37b
ロデー 123a, 262a, **310b** ロドスを見よ
ロデー(ケルカボスの妻) 46b
ロデー(ダナオスの娘) 145a
ロディアー 144b
ローティス 218b, **310b**
ロートス 86a
ロドス 81a, 174b, 194b, 248a, b, 249a, 271a, **310b**
ロドス(島) 21a, 37b, 46b, 54a, 97b, 98a, b, 99b, 123a, 134a, 146a, 169a, 172b, 176a, 187b, 194b, 223b, 248a, b, 249a, 265a, 268b, 295a, 300b, 307b
ロドス人 213a, 257a
ロートパゴイ →ロートパゴス人
ロートパゴス人 83b, 86a, **310b**
ロドベー 1. 187b, 302a, **310b**
ロドベー 2. **310b**
ロドベー(キーコンの父) 105b
ローピーグス **311a**
ローピーゴー →ローピーグス
ローマ 62a, 172a, **311a**
ロームルス 7b, 8a, 9a, 15b, 20a, 30a, 56b, 60a, 111a, 116b, 139b, 144b, 147a, 148a, 173b, 182b, 192a, 198a, 214a, 223a, 250a, 251a, 261b, 272b, 292b, 293b, 294b, 305b, 309b, **311a**～**312b**
ローメー →ローマ

■岩波オンデマンドブックス■

ギリシア・ローマ神話辞典

1960年 2月25日　第 1 刷発行
2012年11月 9 日　第28刷発行
2018年11月13日　オンデマンド版発行

著　者　高津春繁（こうづ はるしげ）

発行者　岡本　厚

発行所　株式会社　岩波書店
〒101-8002　東京都千代田区一ツ橋 2-5-5
電話案内　03-5210-4000
http://www.iwanami.co.jp/

印刷／製本・法令印刷

© 城戸顯子 2018
ISBN 978-4-00-730819-2　　Printed in Japan